约翰-克利斯朵夫〔上〕

Jean-Christophe

〔法〕罗曼·罗兰／著

傅　雷／译

名著名译丛书

人民文学出版社

PEOPLE'S LITERATURE PUBLISHING HOUSE

Romain Rolland
JEAN-CHRISTOPHE
根据 Librairie Ollendorff,1926 年版本译出

图书在版编目(CIP)数据

约翰-克利斯朵夫:全2册/(法)罗曼·罗兰著;傅雷译.—北京:人民文学出版社,2017(2025.2重印)
(名著名译丛书)
ISBN 978-7-02-012475-6

Ⅰ.①约… Ⅱ.①罗…②傅… Ⅲ.①长篇小说—法国—近代 Ⅳ.①I565.44

中国版本图书馆 CIP 数据核字(2017)第 038773 号

责任编辑 黄凌霞
装帧设计 刘 静 陶 雷
责任印制 苏文强

出版发行 人民文学出版社
社　　址 北京市朝内大街 166 号
邮政编码 100705

印　　刷 三河市中晟雅豪印务有限公司
经　　销 全国新华书店等

字　　数 1128 千字
开　　本 890 毫米×1290 毫米 1/32
印　　张 40.375 插页 4
印　　数 91001—96000
版　　次 1957 年 3 月北京第 1 版
印　　次 2025 年 2 月第19次印刷

书　　号 978-7-02-012475-6
定　　价 88.00 元(全两册)

如有印装质量问题,请与本社图书销售中心调换。电话:010-65233595

罗曼·罗兰

罗曼·罗兰（1866—1944）

法国思想家、文学家、音乐评论家、社会活动家。生于法国克拉姆西。1915年诺贝尔文学奖得主，是二十世纪上半叶法国著名的人道主义作家。主要作品有《革命戏剧集》，传记《贝多芬传》《米开朗基罗传》《托尔斯泰传》，小说《约翰－克利斯朵夫》《哥拉·布勒尼翁》《母与子》。

《约翰－克利斯朵夫》是罗曼·罗兰的长篇小说代表作，通过约翰－克利斯朵夫一生经历去反映现实社会一系列矛盾冲突，宣扬人道主义和英雄主义。小说描写了约翰－克利斯朵夫奋斗的一生，从儿时音乐才能的觉醒，到青年时代对权贵的蔑视和反抗，再到成年后在事业上的追求和成功，最后达到精神宁静的崇高境界。1915年罗曼·罗兰凭借《约翰－克利斯朵夫》获诺贝尔文学奖。

译　者

傅　雷　（1908—1966），字怒安，号怒庵，原江苏省南汇县下沙乡（现浦东新区航头镇）人，中国著名翻译家、作家、教育家、美术评论家。早年留学法国巴黎大学。傅雷一生嫉恶如仇，其翻译作品多以揭露社会弊病、描述人物奋斗抗争为主。他翻译了大量的法文作品，其中包括巴尔扎克、罗曼·罗兰、伏尔泰等名家著作。

出版说明

人民文学出版社从上世纪五十年代建社之初即致力于外国文学名著出版,延请国内一流学者研究论证选题,翻译更是优选专长译者担纲,先后出版了“外国文学名著丛书”“世界文学名著文库”“二十世纪外国文学丛书”“名著名译插图本”等大型丛书和外国著名作家的文集、选集等,这些作品得到了几代读者的喜爱。

为满足读者的阅读与收藏需求,我们优中选精,推出精装本“名著名译丛书”,收入脍炙人口的外国文学杰作。丰子恺、朱生豪、冰心、杨绛等翻译家优美传神的译文,更为这些不朽之作增添了色彩。多数作品配有精美原版插图。希望这套书能成为中国家庭的必备藏书。

为方便广大读者,出版社还为本丛书精心录制了朗读版。本丛书将分辑陆续出版。

人民文学出版社

2015 年 1 月

译者献词*

真正的光明绝不是永没有黑暗的时间,只是永不被黑暗所掩蔽罢了。真正的英雄绝不是永没有卑下的情操,只是永不被卑下的情操所屈服罢了。

所以在你要战胜外来的敌人之前,先得战胜你内在的敌人;你不必害怕沉沦堕落,只消你能不断地自拔与更新。

《约翰-克利斯朵夫》不是一篇小说,——应当说:不只是一部小说,而是人类一部伟大的史诗。它所描绘歌咏的不是人类在物质方面而是在精神方面所经历的艰险,不是征服外界而是征服内界的战绩。它是千万生灵的一面镜子,是古今中外英雄圣哲的一部历险记,是贝多芬式的一阕大交响乐。愿读者以虔敬的心情来打开这部宝典罢!

战士啊,当你知道世界上受苦的不止你一个时,你定会减少痛楚,而你的希望也将永远在绝望中再生了罢!

---

* 这是傅雷先生一九三七年为本书写的献词,一九八六年再版时应读者要求重新收入。——编者

译者弁言*

在全书十卷中间，本册所包括的两卷恐怕是最混沌最不容易了解的一部了。因为克利斯朵夫在青年成长的途中，而青年成长的途程就是一段混沌、暧昧、矛盾、骚乱的历史。顽强的意志，簇新的天才，被更其顽强的和年代久远的传统与民族性拘囚在樊笼里。它得和社会奋斗，和过去的历史奋斗，更得和人类固有的种种根性奋斗。一个人唯有在这场艰苦的战争中得胜，才能打破青年期的难关而踏上成人的大道。儿童期所要征服的是物质世界，青年期所要征服的是精神世界。还有最悲壮的是现在的自我和过去的自我冲突：从前费了多少心血获得的宝物，此刻要费更多的心血去反抗，以求解脱。

> 这个时期正是他闭着眼睛对幼年时代的一切偶像反抗的时期。他恨自己，恨他们，因为当初曾经五体投地地相信了他们。——而这种反抗也是应当的。人生有一个时期应当敢把不公平，敢把跟着别人佩服的敬重的东西——不管是真理是谎言——一概摒弃，敢把没有经过自己认为是真理的东西统统否认。所有的教育，所有的见闻，使一个儿童把大量的谎言与愚蠢，和人生主要的真理混在一起吞饱了，所以他若要成为一个健全的人，少年时期的第一件责任就得把宿食呕吐干净。

是这种心理状态驱使克利斯朵夫肆无忌惮地抨击前辈的宗师，抨击早已成为偶像的杰作，抉发德国民族的矫伪和感伤性，在他的小城里树立敌人，和大公爵冲突，为了精神的自由丧失了一切物质上的依傍，终而至于亡命国外。（关于这些，尤其是克利斯朵夫对于某些大作的攻击，原作者在卷四的初版序文里就有简短的说明。）

---

* 这是傅雷先生一九四一年为《约翰-克利斯朵夫》第二册撰写的序文，原置于卷四之首，一九八六年再版时应读者要求重新收入。——编者

至于强烈犷野的力在胸中冲撞奔突的骚乱，尚未成形的艺术天才挣扎图求生长的苦闷，又是青年期的另外一支精神巨流。

> 一年之中有几个月是阵雨的季节，同样，一生之中有些年龄特别富于电力……
>
> 整个的人都很紧张。雷雨一天一天地酝酿着。白茫茫的天上布满着灼热的云。没有一丝风，凝集不动的空气在发酵，似乎沸腾了。大地寂静无声，麻痹了。头里在发烧，嗡嗡地响着；整个天地等着那愈积愈厚的力爆发，等着那重甸甸的高举着的锤子打在乌云上面。又大又热的阴影移过，一阵火辣辣的风吹过；神经像树叶般发抖……
>
> 这样等待的时候自有一种悲怆而痛快的感觉。虽然你受着压迫，浑身难受，可是你感觉到血管里头有的是烧着整个宇宙的烈火。陶醉的灵魂在锅炉里沸腾，像埋在酒桶里的葡萄。千千万万的生与死的种子都在心中活动。结果会产生些什么来呢？……像一个孕妇似的，你的心不声不响地看着自己，焦急地听着脏腑的颤动，想道："我会生下些什么来呢？"

这不是克利斯朵夫一个人的境界，而是古往今来一切伟大的心灵在成长时期所共有的感觉。

> 欢乐，如醉如狂的欢乐，好比一颗太阳照耀着一切现在的与未来的成就，创造的欢乐，神明的欢乐！唯有创造才是欢乐。唯有创造的生灵才是生灵。其余的尽是与生命无关而在地下飘浮的影子……
>
> 创造，不论是肉体方面的或精神方面的，总是脱离躯壳的樊笼，卷入生命的旋风，与神明同寿。创造是消灭死。

瞧，这不是贝多芬式的艺术论么？这不是柏格森派的人生观么？现代的西方人是从另一途径达到我们古谚所谓"物我同化"的境界的，译者所热诚期望读者在本书中有所领会的，也就是这个境界。

"创造才是欢乐"，"创造是消灭死"，是罗曼·罗兰这阕大交响乐中的基调；他所说的不朽，永生，神明，都当做如是观。

我们尤须牢记的是，切不可狭义地把《克利斯朵夫》单看做一个音乐家或艺术家的传记。艺术之所以成为人生的酵素，只因为它含有丰满无比的生命力。艺术家之所以成为我们的模范，只因为他是不完全的人群中比较最完全的一个。而所谓完全并非是圆满无缺，而是颠扑不破地、再接再厉地向着比较圆满无缺的前途迈进的意思。

然而单用上述几点笼统的观念还不足以概括本书的精神。译者在第一册卷首的献词和这段弁言的前节里所说的，只是《克利斯朵夫》这部书属于一般的、普泛的方面。换句话说，至此为止，我们的看法是对一幅肖像画的看法：所见到的虽然也有特殊的征象，但演绎出来的结果是对于人类的一般的、概括式的领会。可是本书还有另外一副更错杂的面目：无异一幅巨大的历史画，——不单是写实的而且是象征的，含有预言意味的。作者把整个十九世纪末期的思想史、社会史、政治史、民族史、艺术史来做这个新英雄的背景。于是本书在描写一个个人而涉及人类永久的使命与性格以外，更具有反映某一特殊时期的历史性。

最显著的对比，在卷四与卷五中占着一大半篇幅的，是德法两个民族的比较研究。罗曼·罗兰使青年的主人翁先对德国作一极其严正的批判：

> 他们耗费所有的精力，想把不可调和的事情加以调和。特别从德国战胜以后，他们更想来一套令人作呕的把戏，在新兴的力和旧有的原则之间觅取妥协……吃败仗的时候，大家说德国是爱护理想。现在把别人打败了，大家说德国就是人类的理想。看到别的国家强盛，他们就像莱辛一样地说："爱国心不过是想做英雄的倾向，没有它也不妨事"并且自称为"世界公民"。如今自己抬头了，他们便对于所谓"法国式"的理想不胜轻蔑，对什么世界和平，什么博爱，什么和衷共济的进步，什么人权，什么天然的平等，一律瞧不起；并且说最强的民族对别的民族可以有绝对的权利，而别的民族，就因为弱，所以对它绝对没有权利可言。它，它是活的上帝，是观念的化身，它的进步是用战争，暴行，压力，来完成的……（在此，读者当注意这段文字是在本世纪初期写的。）

尽量分析德国民族以后，克利斯朵夫便转过来解剖法兰西了。卷五用的"节场"这个名称就是含有十足暴露性的。说起当时的巴黎乐坛时，作者认为"只是一味地温和，苍白，麻木，贫血，憔悴……"又说那时的音乐家"所缺少的是意志，是力；一切的天赋他们都齐备，——只少一样：就是强烈的生命。"

克利斯朵夫对那些音乐界的俗物尤其感到恶心的，是他们的形式主义。他们之间只讨论形式一项。情操，性格，生命，都绝口不提！没有一个人想到真正的音乐家是生活在音响的宇宙中的，他的岁月就寄于音乐的浪潮。音乐是他呼吸的空气，是他生息的天地。他的心灵本身便是音乐；他所爱，所憎，所苦，所惧，所希望，又无一而非音乐……天才是要用生命力的强度来测量的，艺术这个残缺不全的工具也不过想唤引生命罢了。但法国有多少人想到这一点呢？对这个化学家式的民族，音乐似乎只是配合声音的艺术。它把字母当做书本……

等到述及文坛、戏剧界的时候，作者所描写的又是一片颓废的气象，轻佻的癖习，金钱的臭味。诗歌与戏剧，在此拉丁文化的最后一个王朝里，却只是"娱乐的商品"。笼罩着知识阶级与上流社会的，只有一股沉沉的死气：

豪华的表面，烦嚣的喧闹，底下都有死的影子。

巴黎的作家都病了……但在这批人，一切都归结到贫瘠的享乐。贫瘠，贫瘠。这就是病根所在。滥用思想，滥用感官，而毫无果实……

对此十九世纪的"世纪末"现象，作者不禁大声疾呼：

可怜虫！艺术不是给下贱的人享用的下贱的刍秣。不用说，艺术是一种享受，一切享受中最迷人的享受。但你只能用艰苦的奋斗去换来，等到"力"高歌胜利的时候才有资格得到艺术的桂冠……你们沾沾自喜的培养你们民族的病，培养他们的好逸恶劳，喜欢享受，喜欢色欲，喜欢虚幻的人道主义，和一切足以麻醉意志，使它萎靡不振的因素。你们简直是把民族带去上鸦片烟馆……

巴黎的政界，妇女界，社会活动的各方面，却逃不出这腐化的氛围。然而作者并不因此悲观，并不以暴露为满足，他在苛刻的指摘和破坏后面早就潜伏着建设的热情。正如克利斯朵夫早年的剧烈抨击古代宗师，正是他后来另创新路的起点。破坏只是建设的准备。在此德法两民族的比较与解剖下面，隐伏着一个伟大的方案：就是以德意志的力救济法兰西的萎靡，以法兰西的自由救济德意志的柔顺服从，西方文化第二次的再生应当从这两个主要民族的文化交流中发轫。所以罗曼·罗兰使书中的主人翁身为德国人，使他先天成为一个强者，力的代表（他的姓克拉夫脱在德文中就是力的意思);秉受着古弗拉芒族的质朴的精神,具有贝多芬式的英雄意志,然后到莱茵彼岸去领受纤腻的、精练的、自由的法国文化的洗礼。拉丁文化太衰老,日耳曼文化太粗犷,但是两者汇合融和之下,倒能产生一个理想的新文明。克利斯朵夫这个新人,就是新人类的代表。他的最后的旅程,是到拉斐尔的祖国去领会清明恬静的意境。从本能到智慧,从粗犷的力到精练的艺术,是克利斯朵夫前期的生活趋向,是未来文化——就是从德国到法国——的第一个阶段。从血淋淋的战斗到平和的欢乐,从自我和社会的认识到宇宙的认识,从扰攘骚乱到光明宁静,从多雾的北欧越过了阿尔卑斯,来到阳光绚烂的地中海,克利斯朵夫终于达到了最高的精神境界:触到了生命的本体,握住了宇宙的真如,这才是最后的解放,“与神明同寿”! 意大利应当是心灵的归宿地。(卷五末所提到的葛拉齐亚便是意大利的化身。)

尼采的查拉图斯脱拉现在已经具体成形,在人间降生了。他带来了鲜血淋漓的现实。托尔斯泰的福音主义的使徒只成为一个时代的幻影,烟雾似的消失了,比“超人”更富于人间性、世界性、永久性的新英雄克利斯朵夫,应当是人类以更大的苦难、更深的磨炼去追求的典型。

这部书既不是小说,也不是诗,据作者的自白,说它有如一条河。莱茵这条横贯欧洲的巨流是全书的象征。所以第一卷第一页第一句便是极富于音乐意味的、包藏无限生机的“江声浩荡……”

对于一般的读者,这部头绪万端的迷宫式的作品,一时恐怕不容易把握它的真际,所以译者谦卑地写这篇说明作为引子,希望为一般探宝山的人做一个即使不高明、至少还算忠实的向导。

一九四〇年

目 录

第 一 册

第 二 册

第　三　册

第　四　册

第　一　册

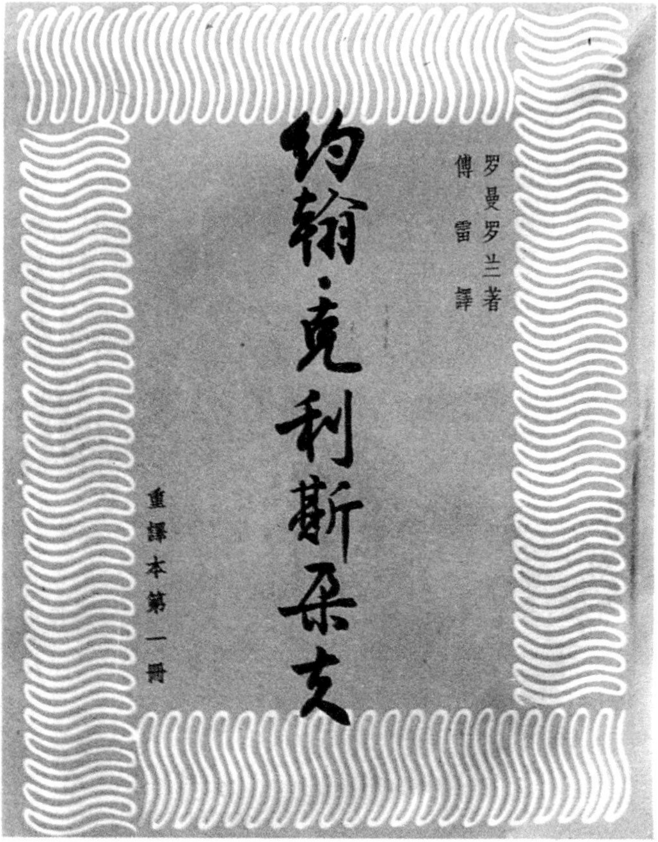

傅雷先生生前为本书第一册设计的封面，沈尹默先生题写书名，人民文学出版社一九五七年出版。

献　给

各国的受苦、奋斗，而必战胜的自由灵魂。

——罗曼·罗兰

原　序

我们印行《约翰-克利斯朵夫》这个定本①的时候，决定采取另外一种分册的方法。以前单行的十卷，实际是归纳为三大部分的：

一、约翰-克利斯朵夫：1. 黎明；2. 清晨；3. 少年；4. 反抗。

二、约翰-克利斯朵夫在巴黎：1. 节场；2. 安多纳德；3. 户内。

三、旅程的终途：1. 女朋友们；2. 燃烧的荆棘；3. 复旦。

现在我们不以故事为程序而以感情为程序，不以逻辑的、外在的因素为先后，而以艺术的、内在的因素为先后，以气氛与调性（tonalité）来做结合作品的原则。

这样，整个作品就改分为四册，相当于交响曲的四个乐章：

第一册包括克利斯朵夫少年时代的生活（黎明，清晨，少年），描写他的感官与感情的觉醒，在家庭与故乡那个小天地中的生活，——直到经过一个考验为止，在那个考验中他受了重大的创伤，可是对自己的使命突然得到了启示，知道英勇的受难与战斗便是他的命运。

第二册（反抗，节场）所写的，是克利斯朵夫像年轻的西格弗里德②一样，天真，专横，过激，横冲直撞的去征讨当时的社会的与艺术的谎言，挥舞着堂吉诃德式的长矛，去攻击骡夫，小吏，磨坊的风轮，和德法两国的节场。这些都可以归在反抗这个总题目之下。

第三册（安多纳德，户内，女朋友们）和上一册的热情与憎恨成为

---

① 《约翰-克利斯朵夫》最初陆续于《半月刊》上发表，以后又出十卷本的单行本，又合成三册本与五册本的两种版本。此四册本的版本，作者称之为定本（édition définitive）。

② 西格弗里德　瓦格纳歌剧中的主人公，为瓦格纳创造的理想人物，为旧时代（瓦格纳说是黄金统治的时代，即资本主义时代）崩溃后的新人物。罗曼·罗兰创造的克利斯朵夫亦是一种理想的未来世界的人物，但他的活动是在艺术方面。

对比，是一片温和恬静的气氛，咏叹友谊与纯洁的爱情的悲歌。

第四册（燃烧的荆棘，复旦）写的是生命中途的大难关，是“怀疑”与破坏性极强的“情欲”的狂飙，是内心的急风暴雨，差不多一切都要被摧毁了，但结果仍趋于清明高远之境，透出另一世界的黎明的曙光。

在《半月刊》上初发表的时候（1904 年 2 月—1912 年 10 月），每卷卷尾都附有两句拉丁文铭文，那是刻在哥特式大教堂的正堂门口圣·克利斯朵夫像的座下的：

> 当你见到克利斯朵夫的面容之日，
> 是你将死而不死于恶死之日。

作者借用这两句，表示他私心愿望约翰-克利斯朵夫对于读者所发生的作用，能够和对于作者发生的作用一样：就是说，在人生的考验中成为一个良伴和向导。

考验是大家都经历到了；而从世界各地来的回响，证明作者的愿望并没有成为虚幻。他今日特意重申这个愿望。在此大难未已的混乱时代，但愿克利斯朵夫成为一个坚强而忠实的朋友，使大家心中都有一股生与爱的欢乐，使大家能不顾一切地去生活，去爱！

罗曼·罗兰

一九二一年一月一日于巴黎

卷一・黎　明

在平旦之前的黎明时分，
当你的灵魂在身内酣睡的时间……

《神曲・炼狱》第九

第一部

蒙蒙晓雾初开，

皓皓旭日方升……

《神曲·炼狱》第十七

江声浩荡，自屋后上升。雨水整天地打在窗上。一层水雾沿着玻璃的裂痕蜿蜒流下。昏黄的天色黑下来了。室内有股闷热之气。

初生的婴儿在摇篮里扭动。老人进来虽然把木靴脱在门外，走路的时候地板还是格格地响：孩子哼啊嗐地哭了。母亲从床上探出身子抚慰他；祖父摸索着点起灯来，免得孩子在黑夜里害怕。灯光照出老约翰·米希尔红红的脸，粗硬的白须，忧郁易怒的表情，炯炯有神的眼睛。他走近摇篮，外套发出股潮气，脚下拖着双大蓝布鞋。鲁意莎做着手势叫他不要走近。她的淡黄头发差不多像白的；绵羊般和善的脸都打皱了，颇有些雀斑；没有血色的厚嘴唇不大容易合拢，笑起来非常胆怯；眼睛很蓝，迷迷惘惘的，眼珠只有极小的一点，可是挺温柔；——她不胜怜爱地瞅着孩子。

孩子醒过来，哭了。惊慌的眼睛在那儿乱转。多可怕啊！无边的黑暗，剧烈的灯光，混沌初凿的头脑里的幻觉，包围着他的那个闷人的，蠕动不已的黑夜，还有那深不可测的阴影中，好似耀眼的光线一般透出来的尖锐的刺激，痛苦，和幽灵，——使他莫名其妙的那些巨大的脸正对着他，眼睛瞪着他，直透到他心里去……他没有气力叫喊，吓得不能动弹，睁着眼睛，张着嘴，只在喉咙里喘气。带点虚肿的大胖脸扭做一堆，变成可笑而又可怜的怪样子；脸上与手上的皮肤是棕色的，暗红的，还有些黄黄的斑点。

“天哪！他多丑！”老人语气很肯定地说。

他把灯放在了桌上。

鲁意莎噘着嘴，好似挨了骂的小姑娘，约翰·米希尔觑着她笑道："你总不成要我说他好看吧？说了你也不会信。得了罢，这又不是你的错，小娃娃都是这样的。"

孩子迷迷糊糊的，对着灯光和老人的目光愣住了，这时才醒过来，哭了。或许他觉得母亲眼中有些抚慰的意味，鼓励他诉苦。她把手臂伸过去，对老人说道："递给我罢。"

老人照例先发一套议论："孩子哭就不该迁就。得让他叫去。"

可是他仍旧走过来，抱起婴儿，嘀咕着："从来没见过这么难看的。"

鲁意莎双手滚热，接过孩子搂在怀里。她瞅着他，又惭愧又欢喜地笑了笑：

"哦，我的小乖乖，你多难看，多难看，我多疼你！"

约翰·米希尔回到壁炉前面，沉着脸拨了拨火；可是郁闷的脸上透着点笑意：

"好媳妇，得了罢，别难过了，他还会变呢。反正丑也没关系。我们只希望他一件事，就是做个好人。"

婴儿与温暖的母体接触之下，立刻安静了，只忙着唧唧喳喳地吃奶。约翰·米希尔在椅上微微一仰，又张大其词地说了一遍：

"做个正人君子才是最美的事。"

他停了一会儿，想着要不要把这意思再申说一番；但他再也找不到话，于是静默了半晌，又很生气地问："怎么你丈夫还不回来？"

"我想他在戏院里罢，"鲁意莎怯生生地回答，"他要参加预奏会。"

"戏院的门都关了，我才走过。他又扯谎了。"

"噢，别老是埋怨他！也许我听错了。他大概在学生家里上课罢。"

"那也该回来啦。"老人不高兴地说。

他踌躇了一会儿，很不好意思地放低了声音：

"是不是他又……"

"噢，没有，父亲，他没有。"鲁意莎抢着回答。

老人瞅着她，她把眼睛躲开了。

"哼，你骗我。"

她悄悄地哭了。

"哎哟，天哪！"老人一边嚷一边往壁炉上踢了一脚。拨火棒大声掉在地下，把母子俩都吓了一跳。

"父亲，得了吧，"鲁意莎说，"他要哭了。"

婴儿愣了一愣，不知道是哭好还是照常吃奶好；可是不能又哭又吃奶，他也就吃奶了。

约翰·米希尔沉着嗓子，气冲冲地接着说："我犯了什么天条，生下这个酒鬼的儿子？我这一辈子省吃俭用的，真是够受了！……可是你，你，你难道不能阻止他么？该死！这是你的本分啊。要是你能把他留在家里的话！……"

鲁意莎哭得更厉害了。

"别埋怨我了，我已经这么伤心！我已经尽了我的力了。你真不知道我自个儿在家的时候多害怕！好像老听见他上楼的脚步声。我等着他开门，心里想着：天哪！不知他又是什么模样了？……想到这个我就难过死了。"

她抽抽噎噎的在那儿哆嗦。老人看着慌了，走过来把抖散的被单给撩在她抽搐不已的肩膀上，用他的大手摩着她的头："得啦，得啦，别怕，有我在这儿呢。"

为了孩子，她静下来勉强笑着："我不该跟您说那个话的。"

老人望着她，摇了摇头："可怜的小媳妇，是我难为了你。"

"那只能怪我。他不该娶我的。他一定在那里后悔呢。"

"后悔什么？"

"您明白得很。当初您自己也因为我嫁了他很生气。"

"别多说啦。那也是事实。当时我的确有点伤心。像他这样一个男子——我这么说可不是怪你，——很有教养，又是优秀的音乐家，真正的艺术家，——很可以攀一门体面的亲事，用不着追求像你这样一无所有的人，既不门当户对，也不是音乐界中的人。姓克拉夫脱的一百多年来就没娶过一个不懂音乐的媳妇！——可是你也知道我并不恨你；

赶到认识了你，我就喜欢你。而且事情一经决定，也不用再翻什么旧账，只要老老实实地尽自己的本分就完了。”

他回头坐下，停了一会儿，庄严地补上一句，像他平常说什么格言的时候一样：

“人生第一要尽本分。”

他等对方提异议，往壁炉里吐了一口痰；母子俩都没有什么表示，他想继续说下去，——却又咽住了。

他们不再说话了。约翰·米希尔坐在壁炉旁边，鲁意莎坐在床上，都在那里黯然神往。老人嘴里是那么说，心里还想着儿子的婚事非常懊丧。鲁意莎也想着这件事，埋怨自己，虽然她没有什么可埋怨的。

她从前是个帮佣的，嫁给约翰·米希尔的儿子曼希沃·克拉夫脱，大家都觉得奇怪，她自己尤其想不到。克拉夫脱家虽没有什么财产，但在老人住了五十多年的莱茵流域的小城中是很受尊敬的。他们是父子相传的音乐家，从科隆到曼海姆一带，所有的音乐家都知道他们。曼希沃在宫廷剧场当提琴师；约翰·米希尔从前是大公爵的乐队指挥。老人为曼希沃的婚事大受打击；他原来对儿子抱着极大的希望，想要他成为一个他自己没有能做到的名人。不料儿子一时糊涂，把他的雄心给毁了。他先是大发雷霆，把曼希沃与鲁意莎咒骂了一顿。但他骨子里是个好人，所以在认清楚媳妇的品性以后就原谅了她，甚至还对她有些慈父的温情，虽然这温情常常用嘀咕的方式表现。

没有人懂得曼希沃怎么会攀这样一门亲的，——曼希沃自己更莫名其妙。那当然不是为了鲁意莎长得俏。她身上没有一点儿迷人的地方：个子矮小，没有血色，身体又娇，跟曼希沃和约翰·米希尔一比真是好古怪的对照，他们俩都是又高又大，脸色鲜红的巨人，孔武有力，健饭豪饮，喜欢粗声大气地笑着嚷着。她似乎被他们压倒了；人家既不大注意到她，她自己更尽量地躲藏。倘若曼希沃是个心地仁厚的人，还可以说他的看中鲁意莎是认为她的朴实比别的长处更可宝贵；然而他是最虚荣不过的。像他那样的男子，长得相当漂亮，而且知道自己漂亮，喜欢摆架子，也不能说没有才华，大可以攀一门有钱的亲，甚至——谁知道？——可能像他夸口的那样，在他教课的中产之家引诱个把女学生……不料他突然之间挑了一个小户人家的女子，又穷，又丑，又无教育，又没追求他……倒像是他为了赌气而娶的！

但世界上有些人永远做着出人意料，甚至出于自己意料的事，曼希沃便是这等人物。他们未始没有先见之明：——俗话说，一个有先见之明的人抵得两个……——他们自命为不受欺骗，把舵把得很稳，向着一定的目标驶去。但他们的计算是把自己除外的，因为根本不认识自己。他们脑筋里常常会变得一片空虚，那时就把舵丢下了；而事情一放手，它们立刻卖弄狡狯跟主人捣乱。无人管束的船会向暗礁直撞过去，而足智多谋的曼希沃居然娶了一个厨娘。和她订终身的那天，他却也非醉非癫，也没有什么热情冲动：那还差得远呢。但或许我们除了头脑、心灵、感官以外，另有一些神秘的力量，在别的力量睡着的时候乘虚而入，做了我们的主宰；那一晚曼希沃在河边碰到鲁意莎，在芦苇丛中坐在她身旁，糊里糊涂跟她订婚的时候，他也许就是在她怯生生地望着他的苍白的瞳子中间，遇到了那些神秘的力量。

才结婚，他就对自己所做的事觉得委屈。这一点，他在可怜的鲁意莎面前毫不隐瞒，而她只是诚惶诚恐地向他道歉。他心并不坏，就慨然原谅了她；但过了一忽儿又悔恨起来，或是在朋友中间，或是在有钱的女学生面前；她们此刻态度变得傲慢了，由他校正指法而碰到他手指的时候也不再发抖了。——于是他沉着脸回家，鲁意莎好不辛酸地马上在他眼中看出那股怨气。再不然他待在酒店里，想在那儿忘掉自己，忘掉对人家的怨恨。像这样的晚上，他就嘻嘻哈哈，大笑着回家，使鲁意莎觉得比平时的话中带刺和隐隐约约的怨恨更难受。鲁意莎认为自己对这种放荡的行为多少要负些责任，那不但消耗了家里的钱，还得把他仅有的一点儿理性再减少一点。曼希沃陷到泥淖里去了。以他的年纪，正应当发愤用功，尽量培植他中庸的天资，他却听任自己往下坡路上打滚，给别人把位置占了去。

至于替他拉拢金发女仆的那股无名的力量，自然毫不介意。它已经尽了它的使命；而小约翰-克利斯朵夫便在命运驱使之下下了地。

天色全黑了。鲁意莎的声音把老约翰·米希尔从迷惘中惊醒,他对着炉火想着过去的和眼前的伤心事,想出了神。

"父亲,时候不早了吧,"少妇恳切地说,"您得回去了,还要走好一程路呢。"

"我等着曼希沃。"老人回答。

"不,我求您,您还是别留在这儿的好。"

"为什么?"

老人抬起头来,仔细瞧着她。

她不回答。

他又道:"你觉得自个儿害怕,你不要我等着他吗?"

"唉!那不过把事情弄得更糟:您会生气的;我可不愿意。您还是回去罢,我求您!"

老人叹了口气站起来:"好吧,我走啦。"

他过去把刺人的须在她脑门上轻轻拂了一下,问她可要点儿什么不要,然后拈小了灯走了。屋子里暗得很,他和椅子撞了一下。但他没有下楼已想起儿子醉后归来的情景;在楼梯上他走一步停一步,想着他独自回家所能遭遇的种种危险……

床上,孩子在母亲身边又骚动起来。在他内部极深邃的地方,迸出一种无名的痛苦。他尽力抗拒:握着拳头,扭着身子,拧着眉头。痛苦变得愈来愈大,那种沉着的气势,表示它不可一世。他不知道这痛苦是什么,也不知道它要进逼到什么地步,只觉得它巨大无比,永远看不见它的边际。于是他可怜巴巴地哭了。母亲用温软的手摩着他,痛楚马上减轻了些;可是他还在哭,因为觉得它始终在旁边,占领着他的身体。——大人的痛苦是可以减轻的,因为知道它从哪儿来,可以在思想上把它限制在身体的一部分,加以医治,必要时还能把它去掉;他可以固定它的范围,把它跟自己分离。婴儿可没有这种自欺欺人的方法。他初次遭遇到的痛苦是更惨酷,更真切的。他觉得痛苦无边无岸,像自己的生命一样,觉得它盘踞在他的胸中,压在他的心上,控制着他的皮肉。而这的确是这样的:它直要把肉体侵蚀完了才会离开。

母亲紧紧搂着他,轻轻地说:

“得啦,得啦,别哭了,我的小耶稣,我的小金鱼……”

他老是断断续续地悲啼。仿佛这一堆无意识的尚未成形的肉,对他命中注定的痛苦的生涯已经有了预感。他怎么也静不下来……

黑夜里传来圣·马丁寺的钟声。严肃迟缓的音调,在雨天潮润的空气中进行,有如踏在苔藓上的脚步。婴儿一声号啕没有完就突然静默了。奇妙的音乐,像一道乳流在他胸中缓缓流过。黑夜放出光明,空气柔和而温暖。他的痛苦消散了,心笑开了;他轻松地叹了口气,溜进了梦乡。

三口钟庄严肃穆,继续在那里奏鸣,报告明天的节日。鲁意莎听着钟声,也如梦如幻地想着她过去的苦难,想着睡在身旁的亲爱的婴儿的前程。她在床上已经躺了几小时,困顿不堪。手跟身体都在发烧;连羽毛毯都觉得很重;黑暗压迫她,把她闷死了;可是她不敢动弹。她瞧着婴儿;虽是在夜里,还能看出他憔悴的脸,好似老人的一样。她开始瞌睡了,乱哄哄的形象在她脑中闪过。她以为听到曼希沃开门,心不由得跳了一下。浩荡的江声在静寂中越发洪大,有如野兽的怒嗥。窗上不时还有一声两声的雨点。钟鸣更缓,慢慢地静下来;鲁意莎在婴儿旁边睡熟了。

这时,老约翰·米希尔冒着雨站在屋子前面,胡子上沾着水雾。他等荒唐的儿子回来;胡思乱想的头脑老想着许多酗酒的惨剧,虽然他并不相信,但今晚要没有看到儿子回来,便是回去也是一分钟都睡不着的。钟声使他非常悲伤,因为他回想起幻灭的希望。他又想到此刻冒雨街头是为的什么,不禁羞愧交迸地哭了。

流光慢慢地消逝。昼夜递嬗,好似汪洋大海中的潮汐。几星期过去了,几个月过去了,周而复始。循环不已的日月仍好似一日。

有了光明与黑暗的均衡的节奏,有了儿童的生命的节奏,才显出无穷无极、莫测高深的岁月。——在摇篮中做梦的浑噩的生物,自有他迫切的需要,其中有痛苦的,也有欢乐的;虽然这些需要随着昼夜而起灭,但它们整齐的规律,反像是昼夜随着它们而往复。

生命的钟摆很沉重地在那里移动。整个的生物都湮没在这个缓慢的节奏中间。其余的只是梦境,只是不成形的梦,营营扰扰的断片的梦,盲目飞舞的一片灰尘似的原子,令人发笑令人作呕的炫目的旋风。还有喧闹的声响,骚动的阴影,丑态百出的形状,痛苦,恐怖,欢笑,梦,梦……——一切都只是梦……而在这混沌的梦境中,有友好的目光对他微笑,有欢乐的热流从母体与饱含乳汁的乳房中流遍他全身,有他内部的精力在那里积聚,巨大无比,不知不觉,还有沸腾的海洋在婴儿的微躯中汹汹作响。谁要能看透孩子的生命,就能看到湮埋在阴影中的世界,看到正在组织中的星云,方在酝酿的宇宙。儿童的生命是无限的。它是一切……

岁月流逝……人生的大河中开始浮起回忆的岛屿。先是一些若有若无的小岛,仅仅在水面上探出头来的岩石。在它们周围,波平浪静,一片汪洋的水在晨光熹微中展布开去。随后又是些新的小岛在阳光中闪耀。

有些形象从灵魂的深处浮起,异乎寻常的清晰。无边无际的日子,在伟大而单调的摆动中轮回不已,永远没有分别,可是慢慢地显出一大串首尾相连的岁月,它们的面貌有些是笑盈盈的,有些是忧郁的。时光的连续常会中断,但种种的往事能超越年月而相接……

江声……钟声……不论你回溯到如何久远,——不论你在辽远的时间中想到你一生的哪一刻,——永远是它们深沉而熟悉的声音在歌唱……

夜里,——半睡半醒的时候……一线苍白的微光照在窗上……江声浩荡。万籁俱寂,水声更洪大了;它统御万物,时而抚慰着他们的睡眠,连它自己也快要在波涛声中入睡了;时而狂嗥怒吼,好似一头噬人的疯兽。然后,它的咆哮静下来了:那才是无限温柔的细语,银铃的低鸣,清朗的钟声,儿童的欢笑,曼妙的清歌,回旋缭绕的音乐。伟大的母性之声,它是永远不歇的!它催眠着这个孩子,正如千百年来催眠着以前的无数代的人,从出生到老死;它渗透他的思想,浸润他的幻梦,它的滔滔汩汩的音乐,如大氅一般把他裹着,直到他躺在莱茵河畔的小公墓上的时候。

钟声复起……天已黎明！它们互相应答，带点儿哀怨，带点儿凄凉，那么友好，那么静穆。柔缓的声音起处，化出无数的梦境，往事，欲念，希望，对先人的怀念，——儿童虽然不认识他们，但的确是他们的化身，因为他曾经在他们身上逗留，而此刻他们又在他身上再生。几百年的往事在钟声中颤动。多少的悲欢离合！——他在卧室中听到这音乐的时候，仿佛眼见美丽的音波在清新的空气中荡漾，看到无挂无碍的飞鸟掠过，和暖的微风吹过。一角青天在窗口微笑。一道阳光穿过帘帷，轻轻地泻在他床上。儿童所熟识的小天地，每天醒来在床上所能见到的一切，所有他为了要支配而费了多少力量才开始认得和叫得出名字的东西，都亮起来了。瞧，那是饭桌，那是他躲在里头玩耍的壁橱，那是他在上面爬来爬去的菱形地砖，那是糊壁纸，扯着鬼脸给他讲许多滑稽的或是可怕的故事，那是时钟，滴滴答答讲着只有他懂得的话。室内的东西何其多！他不完全认得。每天他去发掘这个属于他的宇宙：——一切都是他的。——没有一件不相干的东西：不论是一个人还是一个苍蝇，都是一样的价值；什么都一律平等地活在那里：猫，壁炉，桌子，以及在阳光中飞舞的尘埃。一室有如一国；一日有如一生。在这些茫茫的空间怎么能辨得出自己呢？世界那么大！真要令人迷失。再加那些面貌，姿态，动作，声音，在他周围简直是一阵永远不散的旋风！他累了，眼睛闭上了，睡熟了。甜蜜的深沉的瞌睡会突然把他带走，随时，随地，在他母亲的膝上，在他喜欢躲藏的桌子底下……多甜蜜，多舒服……

这些生命初期的日子在他脑中蜂拥浮动，宛似一片微风吹掠，云影掩映的麦田。

阴影消散，朝阳上升。克利斯朵夫在白天的迷宫中又找到了他的路径。

清晨……父母睡着。他仰卧在小床上，望着在天花板上跳舞的光线，真是其味无穷的娱乐。一忽儿，他高声笑了，那是令人开怀的儿童的憨笑。母亲探出身来问：“笑什么呀，小疯子？”于是他更笑得厉害了，也许是因为有人听他笑而强笑。妈妈沉下脸来把手指放在嘴上，叫他别吵醒了爸爸;但她困倦的眼睛也不由自主地跟着笑。他们俩窃窃私语……父亲突然气冲冲地咕噜了一声,把他们都吓了一跳。妈妈赶紧转过背去像做错了事的小姑娘,假装睡着。克利斯朵夫钻进被窝屏着气。……死一般的静寂。

过了一会儿,小小的脸又从被窝里探出来。屋顶上的定风针吱呀吱呀地在那儿打转。水斗在那儿滴滴答答。早祷的钟声响了。吹着东风的时候还有对岸村落里的钟声遥遥呼应。成群的麻雀,蹲在满绕常春藤的墙上聒噪,像一群玩耍的孩子,其中必有三四个声音,而且老是那三四个,吵得比其余的更厉害。一只鸽子在烟囱顶上咯咯地叫。孩子听着这种种声音出神了,轻轻地哼着唱着,不知不觉哼得高了一些,更高了一些,终于直着嗓子大叫,惹得父亲气起来,嚷着:“你这驴子老是不肯安静!等着罢,让我来拧你的耳朵!”于是他又躲在被窝里,不知道该笑还是该哭。他吓坏了,受了委屈;同时想到人家把他比作驴子又禁不住要笑出来。他在被窝底下学着驴鸣。这一下可挨了打。他迸出全身的眼泪来哭。他做了些什么事呢?不过是想笑,想动!可是不准动。他们怎么能老是睡觉呢?什么时候才能起来呢?

有一天他忍不住了。他听见街上好像有只猫,有条狗,一些奇怪的事。他从床上溜下来,光着小脚摇摇晃晃地在地砖上走过去,想下楼去瞧一下;可是房门关着。他爬上椅子开门,连人带椅地滚了下来,跌得很痛,哇的一声叫起来;结果还挨了一顿打。他老是挨打的!……

他跟着祖父在教堂里。他闷得慌。他很不自在。人家不准他动。那些人一齐念念有词,不知说些什么,然后又一齐静默了。他们都摆着一副又庄严又沉闷的脸。这可不是他们平时的脸啊。他望着他们,不免有些心虚胆怯。邻居的老列娜坐在他旁边,装着凶恶的神气,有时他连祖父也认不得了。他有点儿怕,后来也惯了,使用种种方法来解闷。他摇摆身子,仰着脖子看天花板,做鬼脸,扯祖父的衣角,研究椅子坐垫上的草秆,想用手指戳一个窟窿。他听着鸟儿叫,他打呵欠,差不多把下巴颏儿都掉下来。

忽然有阵瀑布似的声音:管风琴响了。一个寒噤沿着他的脊梁直流下去。他转过身子,下巴搁在椅背上,变得很安静了。他完全不懂那是什么声音,也不懂它有什么意思:它只是发光,漩涡似的打转,什么都分辨不清。可是听了多舒服!他仿佛不是在一座沉闷的旧屋子里,坐在一点钟以来使他浑身难受的椅子上了。他悬在半空中,像只鸟;长江大河般的音乐在教堂里奔流,充塞着穹隆,冲击着四壁,他就跟着它一齐奋发,振翼翱翔,飘到东,飘到西,只要听其自然就行。自由了,快乐了,到处是阳光……他迷迷糊糊的快睡着了。

祖父对他很不高兴,因为他望弥撒的时候不大安分。

他在家里,坐在地上,把手抓着脚。他才决定草毯是条船,地砖是条河。他相信走出草毯就得淹死。别人在屋里走过的时候全不留意,使他又诧异又生气。他扯着母亲的裙角说:“你瞧,这不是水吗?干吗不从桥上过?”——所谓桥是红色地砖中间的一道道的沟槽。——母亲理也不理,照旧走过了。他很生气,好似一个剧作家在上演他的作品时看见观众在台下聊天。

一忽儿,他又忘了这些。地砖不是海洋了。他整个身子躺在上面,下巴搁在砖头上,哼着他自己编的调子,一本正经地吮着大拇指,流着口水。他全神贯注地瞅着地砖中间的一条裂缝。菱形砖的线条在那儿扯着鬼脸。一个小得看不清的窟窿大起来,变成群峰环绕的山谷。一条蜈蚣在蠕动,跟象一样的大。这时即使天上打雷,孩子也不会听见。

谁也不理他,他也不需要谁。甚至草毯做的船,地砖上的岩穴和怪兽都用不着。他自己的身体已经够了,够他消遣的了!他瞧着指甲,哈哈大笑,可以瞧上几个钟点。它们的面貌个个不同,像他认识的那些人。他教它们一起谈话,跳舞,或是打架。——而且身体上还有其余的部分呢!……他逐件逐件地仔细瞧过来。奇怪的东西真多啊!有的真是古怪得厉害。他看着它们,出神了。

有时他给人撞见了,就得挨一顿臭骂。

有些日子,他趁母亲转背的时候溜出屋子。先是人家追他,抓他回去;后来惯了,也让他自个儿出门,只要他不走得太远。他的家已经在城的尽头,过去差不多就是田野。只要他还看得见窗子,他总是不停地向前，一小步一小步的走得很稳，偶尔用一只脚跳着走。等到拐了弯，杂树把人家的视线挡住之后，他马上改变了办法。他停下来，吮着手指，盘算今天讲哪桩故事；他满肚子都是呢。那些故事都很相像，每个故事都有三四种讲法。他便在其中挑选。惯常他讲的是同一件故事，有时从隔天停下的地方接下去，有时从头开始，加一些变化；但只要一件极小的小事，或是偶然听到的一个字，就能使他的思想在新的线索上发展。

随时随地有的是材料。单凭一块木头或是在篱笆上断下来的树枝（要没有现成的，就折一根下来），就能玩出多少花样！那真是根神仙棒。要是又直又长的话，它便是一根矛或一把剑；随手一挥就能变出一队人马。克利斯朵夫是将军，他以身作则，跑在前面，冲上山坡去袭击。要是树枝柔软的话，便可做一条鞭子。克利斯朵夫骑着马跳过危崖绝壁。有时马滑跌了，骑马的人倒在土沟里，垂头丧气地瞧着弄脏了的手和擦破了皮的膝盖。要是那根棒很小，克利斯朵夫就做乐队指挥；他是队长，也是乐队；他指挥，同时也就唱起来；随后他对灌木林行礼：绿的树尖在风中向他点头。

他也是魔术师，大踏步地在田里走，望着天，挥着手臂。他命令云彩："向右边去。"——但它们偏偏向左。于是他咒骂一阵，重申前令；一面偷偷地瞅着，心在胸中乱跳，看看至少有没有一小块云服从他；但它们还是若无其事的向左。于是他跺脚，用棍子威吓它们，气冲冲地命令它们向左：这一回它们果然听话了。他对自己的威力又高兴又骄傲。他指着花一点，吩咐它们变成金色的四轮车，像童话中所说的一样；虽然这样的事从来没实现过，但他相信只要有耐性，早晚会成功的。他找了一只蟋蟀想叫它变成一匹马：他把棍子轻轻地放在它的背上，嘴里念着咒语。蟋蟀逃了……他挡住它的去路。过了一会儿，他躺在地下，靠近着虫，对它望着。他忘了魔术师的角色，只把可怜的虫仰天翻着，看它扭来扭去的扯动身子，笑了出来。

他想出把一根旧绳子缚在他的魔术棍上，一本正经地丢在河里，等鱼儿来咬。他明知鱼不会咬没有饵也没有钓钩的绳，但他想它们至少会看他的面子而破一次例；他凭着无穷的自信，甚至拿条鞭子塞进街上阴沟盖的裂缝中去钓鱼。他不时拉起鞭子,非常兴奋,觉得这一回绳子可重了些,要拉起什么宝物来了,像祖父讲的那个故事一样……

玩这些游戏的时候,他常常会懵懵懂懂的出神。周围的一切都隐没了,他不知道自己在那里做些什么,甚至把自己都忘了。这种情形来的时候总是出其不意的。或是在走路,或是在上楼,他忽然觉得一片空虚……好似什么思想都没有了。等到惊醒过来,他茫然若失,发觉自己还是在老地方,在黑魆魆的楼梯上。在几步踏级之间,他仿佛过了整整的一生。

祖父在黄昏散步的时候常常带着他一块儿去。孩子拉着老人的手在旁边急急忙忙地搬着小步。他们走着乡下的路,穿过锄松的田,闻到又香又浓的味道。蟋蟀叫着。很大的乌鸦斜蹲在路上远远地望着他们,他们一走近,就笨重地飞走了。

祖父咳了几声。克利斯朵夫很明白这个意思。老人极想讲故事,但要孩子向他请求。克利斯朵夫立刻凑上去。他们俩很投机。老人非常喜欢孙子;有个愿意听他说话的人更使他快乐。他喜欢讲他自己从前的事,或是古今伟人的历史。那时他变得慷慨激昂;发抖的声音表示他像孩子一般的快乐连压也压不下去。他自己听得高兴极了。不幸逢到他要开口,总是找不到字儿。那是他惯有的苦闷;只要他有了高谈阔论的兴致,话就说不上来。但他事过即忘,所以永远不会灰心。

他讲着古罗马执政雷古卢斯,公元前的日耳曼族首领阿米奴斯,也讲到德国大将吕佐夫的轻骑兵——诗人克尔纳,和那个想刺死拿破仑皇帝的施塔普斯。他眉飞色舞,讲着那些空前绝后的壮烈的事迹。他说出许多历史的名词,声调那么庄严,简直没法了解;他自以为有本领使听的人在惊险关头心痒难熬,他停下来,装做要闭过气去,大声地擤鼻涕;孩子急得嗄着嗓子问:"后来呢,祖父?"那时,老人快活得心都要跳出来了。

后来克利斯朵夫大了一些,懂得了祖父的脾气,就有心装做对故事的下文满不在乎,使老人大为难过。——但眼前他是完全给祖父的魔力吸住的。听到激动的地方,他的血跑得很快。他不大了解讲的是谁,那些事发生在什么时候，不知祖父是否认识阿米奴斯，也不知雷古卢斯是否——天知道为什么缘故——上星期日他在教堂里看到的某一个人，但英勇的事迹使他和老人都骄傲得心花怒放，仿佛那些事就是他们自己做的；因为老的小的都是一样的孩子气。

克利斯朵夫不大得劲的时候，就是祖父讲到悲壮的段落，常常要插一段念念不忘的说教。那都是关于道德的教训，劝人为善的老生常谈，例如："温良胜于强暴"，——或是"荣誉比生命更宝贵"，——或是"宁善毋恶"；——可是在他说来，意义并没这样清楚。祖父不怕年轻小子的批评，照例夸大其词，颠来倒去说着同样的话，句子也不说完全，或者是说话之间把自己也弄糊涂了，就信口胡诌，来填补思想的空隙；他还用手势加强说话的力量，而手势的意义往往和内容相反。孩子毕恭毕敬地听着，以为祖父很会说话，可是沉闷了一点。

关于那个征服过欧洲的科西嘉人①的离奇的传说，他们俩都是喜欢常常提到的。祖父曾经认识拿破仑，差点儿和他交战。但他是赏识敌人的伟大的，他说过几十遍：他肯牺牲一条手臂，要是这样一个人物能够生在莱茵河的这一边。可是天违人意：拿破仑毕竟是法国人；于是祖父只得佩服他，和他鏖战，——就是说差点儿和拿破仑交锋。当时拿破仑离开祖父的阵地只有四十多里，祖父他们是被派去迎击的，可是那一小队人马忽然一阵慌乱，往树林里乱窜，大家一边逃一边喊："我们上当了！"据祖父说，他徒然想收拾残兵，突然扑在他们前面，威吓着，哭着：但他们像潮水一般把他簇拥着走，等到明天，离开战场已不知多远了，——祖父就是把溃退的地方叫做战场的。——克利斯朵夫可急于要他接着讲大英雄的战功；他想着那些在世界上追奔逐北的奇迹出了神。他仿佛眼见拿破仑后面跟着无数的人，喊着爱戴他的口号，只要他举手一挥，他们便旋风似的向前追击，而敌人是永远望风而逃的。这简直是一篇童话。祖父又锦上添花地加了一些，使故事格外生色；拿破仑征服了西班牙，也差不多征服了他最厌恶的英国。

克拉夫脱老人在热烈的叙述中，对大英雄有时不免愤愤地骂几句。

---

① 指拿破仑，因科西嘉为拿破仑出生地。

原来他是激起了爱国心,而他的爱国热忱,也许在拿破仑败北的时节比着耶拿一役普鲁士大败的时节更高昂。他把话打断了,对着莱茵河挥舞老拳,轻蔑地吐一口唾沫,找些高贵的字来骂,——他决不有失身份的说下流话。——他把拿破仑叫做坏蛋,野兽,没有道德的人。如果祖父这种话是想培养儿童的正义感,那么得承认他并没达到目的;因为幼稚的逻辑很容易以为“如果这样的大人物没有道德,可见道德并不怎么了不起,第一还是做个大人物要紧”。可是老人万万想不到孩子会有这种念头。

他们俩都不说话了,各人凭着自己的一套想法回味那些神奇的故事,——除非祖父在路上遇见了他贵族学生的家长出来散步。那时他会老半天地停下来,深深地鞠躬,说着一大串过分的客套话。孩子听着不知怎样的脸红了。但祖父骨子里是尊重当今的权势的,尊重“成功的”人的;他那样敬爱他故事中的英雄,大概也因为他们比旁人更有成就,地位爬得更高。

天气极热的时候,老克拉夫脱坐在一株树底下,一忽儿就睡着了。克利斯朵夫坐在他旁边,挑的地方不是一堆摇摇欲坠的石子,就是一块界石,或是什么高而不方便的古怪的位置;两条小腿荡来荡去,一边哼着,一边胡思乱想。再不然他仰天躺着,看着飞跑的云,觉得它们像牛,像巨人,像帽子,像老婆婆,像广漠无垠的风景。他和它们低声谈话;或者留神那块要被大云吞下去的小云;他怕那些跑得飞快,或是黑得有点儿蓝的云。他觉得它们在生命中占有极重要的地位,怎么祖父跟母亲都不注意呢?它们要凶起来一定是挺可怕的。幸而它们过去了,呆头呆脑的,滑稽可笑的,也不歇歇脚。孩子终于望得眼睛都花了,手脚乱动,好似要从半空中掉下来似的。他眏着眼皮,有点瞌睡了。……四下里静悄悄的。树叶在阳光中轻轻颤抖,一层淡薄的水汽在空气中飘过,迷惘的苍蝇旋转飞舞,嗡嗡地闹成一片,像大风琴;促织最喜欢夏天的炎热,一劲儿地乱叫:慢慢地,一切都静下去了……树颠啄木鸟的叫声有种奇怪的音色。平原上,远远的有个乡下人在吆喝他的牛;马蹄在明晃晃的路上响着。克利斯朵夫的眼睛闭上了。在他旁边,横在沟槽里的枯枝上,有只蚂蚁爬着。他迷糊了……几个世纪过去了。醒过来的时候，蚂蚁还没有爬完那小枝。

有时祖父睡得太久了；他的脸变得死板板的，长鼻子显得更长了，嘴巴张得很大。克利斯朵夫不大放心地望着他，生怕他的头会变成一个怪样子。他高声地唱，或者从石子堆上稀里哗啦地滚下来，想惊醒祖父。有一天，他想出把几支松针扔在他的脸上，告诉他是从树上掉下来的。老人相信了，克利斯朵夫暗里很好笑。他想再来一下，不料才举手就看见祖父眼睁睁地望着他。那真糟糕透啦：老人是讲究威严的，不答应人家跟他开玩笑，对他失敬；他们俩为此竟冷淡了一个多星期。

路愈坏，克利斯朵夫觉得愈美。每块石子的位置对他都有一种意义；而且所有石子的地位他都记得烂熟。车轮的痕迹等于地壳的变动，和陶努斯山脉①差不多是一类的。屋子周围二公里以内路上的凹凸，在他脑子里清清楚楚有张图形。所以每逢他把那些沟槽改变了一下，总以为自己的重要不下于带着一队工人的工程师；当他用脚跟把一大块干泥的尖顶踩平，把旁边的山谷填满的时候，便觉得那一天并没有白过。

有时在大路上遇到一个赶着马车的乡下人，他是认识祖父的。他们便上车，坐在他旁边。这才是一步登天呢。马奔得飞快，克利斯朵夫快乐得直笑；要是遇到别的走路人，他就装出一副严肃的、若无其事的神气，好像是坐惯车子的；但他心里骄傲得不得了。祖父和赶车的人谈着话，不理会孩子。他蹲在他们两人的膝盖中间，被他们的大腿夹坏了，只坐着那么一点儿位置，往往是完全没坐到，他可已经快活至极，大声说着话，也不在乎有没有人回答。他瞧着马耳的摆动，哎哟，那些耳朵才古怪哟！它们一忽儿甩到左边，一忽儿甩到右边，一下子向前，一下子又掉在侧面，一下子又往后倒，它们四面八方都会动，而且动得那么滑稽，使他禁不住大笑。他拧着祖父要他注意。但祖父没有这种兴致，把克利斯朵夫推开，叫他别闹。克利斯朵夫细细地想了想，原来一个人长大之后，对什么都不以为奇了，那时他神通广大，无所不知，无所不晓。于是他也装作大人，把他的好奇心藏起来，做出漠不关心的

---

① 陶努斯山脉在德国西部美因河、莱茵河和拉恩河之间。

神气。

他不作声了。车声隆隆,使他昏昏欲睡。马铃舞动:丁、当、冬、丁。音乐在空中缭绕,老在银铃四周打转,像一群蜜蜂似的;它按着车轮的节拍,很轻快地在那里飘荡;其中藏着无数的歌曲,一支又一支的总是唱不完。克利斯朵夫觉得妙极了,中间有一支尤其美,他真想引起祖父的注意,便高声唱起来。可是他们没有留意。他便提高一个调门再唱,——接着又来一次,简直是大叫了,——于是老约翰·米希尔生了气:"喂,住嘴!你喇叭似的声音把人闹昏了!"这一下他可泄了气,满脸通红,直红到鼻尖,抱着一肚子的委屈不作声了。他痛恨这两个老糊涂,对他那种上感苍天的歌曲都不懂得高妙!他觉得他们很丑,留着八天不刮的胡子,身上有股好难闻的气味。

他望着马的影子聊以自慰。这又是一个怪现象。黑黑的牲口侧躺着在路旁飞奔。傍晚回家,它把一部分的草地遮掉了,遇到一座草堆,影子的头会爬上去,过后又回到老地方;口环变得很大,像个破皮球;耳朵又大又尖,好比一对蜡烛。难道这真的是影子吗?还是另外一种活的东西?克利斯朵夫真不愿意在一个人的时候碰到它。他决不想跟在它后面跑,像有时追着祖父的影子,立在他的头上踩几脚那样。——斜阳中的树影也是动人深思的对象,简直是横在路上的栅栏,像一些阴沉的、丑恶的幽灵,在那里说着:"别再往前走啦。"轧轧的车轴声和嘚嘚的马蹄声,也跟着反复地说:"别再走啦!"

祖父跟赶车的拉拉扯扯的老是谈不完。他们常常提高嗓子,尤其讲起当地的政治,或是妨害公益的事的时候。孩子打断了幻想,提心吊胆地望着他们,以为他们俩是生气了,怕要弄到拔拳相向的地步。其实他们正为了同仇敌忾而谈得挺投机呢。往往他们没有什么怨愤,也没有什么激动的感情,只谈着无关痛痒的事大叫大嚷,——因为能够叫嚷就是平民的一种乐趣。但克利斯朵夫不懂他们的谈话,只觉得他们粗声大气的,五官口鼻都扭做一团,不免心里着急,想道:"他的神气多凶啊!一定的,他们互相恨得要死。瞧他那双骨碌碌转着的眼睛!嘴巴张得好大!他气得把口水都唾在我脸上。天哪!他要杀死祖父了……"

车子停下来。乡下人喊道:“哎,你们到了。”两个死冤家握了握手。祖父先下来,乡下人把孩子递给他,加上一鞭,车子去远了。祖孙俩已经在莱茵河旁边低陷的路口上。太阳往田里沉下去。曲曲弯弯的小路差不多和水面一样平。又密又软的草,窸窸窣窣的在脚下倒去。榛树俯在水面上,一半已经淹在水里。一群小苍蝇在那里打转。一条小船悄悄地驶过,让平静的河流推送着。涟波吮着柳枝,唧唧作响。暮霭苍茫,空气凉爽,河水闪着银灰色的光。回到家里,只听见蟋蟀在叫。一进门便是妈妈可爱的脸庞在微笑……

啊,甜蜜的回忆,亲切的形象,好似和谐的音乐,会终身在心头缭绕!……至于异日的征尘,虽有名城大海,虽有梦中风景,虽有爱人倩影,其刻骨铭心的程度,决比不上这些儿时的散步,或是他每天把小嘴贴在窗上嘘满了水汽所看到的园林一角……

如今是门户掩闭的家里的黄昏了。家……是抵御一切可怕的东西的托庇所。阴影,黑夜,恐怖,不可知的一切都给挡住了。没有一个敌人能跨进大门……炉火融融,金黄色的鹅,软绵绵的在铁串上转侧。满屋的油香与肉香。饱餐的喜悦,无比的幸福,那种对宗教似的热诚,手舞足蹈的快乐!屋内的温暖,白天的疲劳,亲人的声音,使身体懒洋洋地麻痹了。消化食物的工作使他出了神:脸庞,影子,灯罩,在黑魆魆的壁炉中闪烁飞舞的火舌,一切都有一副可喜的神奇的面貌。克利斯朵夫把脸颊搁在盘子上,深深地体味着这些快乐……

他躺在暖和的小床上。怎么会到床上来的呢?浑身松快的疲劳把他压倒了。室内嘈杂的人声和白天的印象在他脑中搅成一片。父亲拉起提琴来了,尖锐而柔和的声音在夜里哀吟。但最甜美的幸福是母亲过来握着半睡半醒的克利斯朵夫的手,俯在他的身上,依着他的要求哼一支歌词没有意义的老调。父亲觉得那种音乐是胡闹;可是克利斯朵夫听不厌。他屏着气,想笑,想哭。他的心飘飘然了。他不知自己在哪儿,只觉得温情洋溢,他把小手臂绕着母亲的脖子,使劲抱着她。她笑道:

“你不要把我勒死吗?”

他把她搂得更紧了。他多爱她！爱一切！一切的人与物！一切都是好的，一切都是美的……他睡熟了。蟋蟀在灶肚里叫。祖父的故事，英雄的面貌，在快乐的夜里飘浮……要像他们那样做一个英雄才好呢！……是的，他将来是个英雄！……他现在已经是了……哦！活着多有意思！……

这小生命中间，有的是过剩的精力，欢乐，与骄傲！多么充沛的元气！他的身心老是在跃动，飞舞回旋，教他喘不过气来。他像一条小壁虎日夜在火焰中跳舞。① 一股永远不倦的热情，对什么都会兴奋的热情。一场狂乱的梦，一道飞涌的泉水，一个无穷的希望，一片笑声，一阕歌，一场永远不醒的沉醉。人生还没有拴住他；他随时躲过了：他在无垠的宇宙中游泳。他多幸福！天生他是幸福的！他全心全意地相信幸福，拿出他所有的热情去追求幸福！……

可是人生很快会教他屈服的。

① 欧洲俗谚谓此种壁虎能在火中跳跃不受灼伤。

第二部

天已大明，
曙色仓皇飞遁，
远听宛似海涛奔腾……

《神曲·炼狱》第一

克拉夫脱家的祖籍是安特卫普。老约翰·米希尔少年时脾气暴躁，喜欢打架，某次闹了乱子，逃出本乡。大约在五十年前，他栖身到这个亲王驻节的小城里：红的屋顶，尖的屋脊，浓荫茂密的花园，鳞次栉比地散布在一个柔和的山岗下，倒映在灰绿的莱茵河里。他是出色的音乐家，在这每个人都是音乐家的地方马上被人赏识了。四十岁后，他娶了王府乐队指挥的女儿克拉拉·萨多罗斯，在当地生了根。接着他承袭了岳父的差事。克拉拉是个文静的德国女子，生平只喜欢烹饪跟音乐。她对于丈夫的崇拜，只有她对父亲的敬爱可以相比。约翰·米希尔也非常佩服妻子。他们和和睦睦地过了十五年，生了四个孩子。随后克拉拉死了；约翰·米希尔大哭几场之后，过了五个月又娶了奥蒂丽·苏兹，一个二十岁的姑娘，腮帮通红，非常壮健，老带着笑容。奥蒂丽的长处正好和克拉拉的一样多，而约翰·米希尔也正好一样地爱她。结婚了八年之后，她也死了，但已经生了七个孩子。统共十一个儿女，只有一个活着。虽然他很疼孩子，但那些接二连三的打击并没改变他的快活脾气。最惨酷的打击是三年以前奥蒂丽的死，他那个年纪已不容易重建人生，再造家庭了。可是悲痛了一晌，老约翰·米希尔又定下心来；任何灾难都不能使他失掉精神上的平衡。

他是富于感情的人；但他最特出的一点是健康。他天生的不喜欢愁闷,需要佛兰德①式的狂欢,儿童般的痴笑。不论有如何悲伤的事,他绝不少喝一杯,少吃一口;音乐更是从来不放弃的。在他指挥之下,亲王的乐队在莱茵河地区颇有些小名气,而约翰·米希尔运动家般的体格与容易动怒的脾气,也是遐迩皆知。他总不能克制自己,虽然他已经尽量的克制,因为这个性子暴烈的人实际是胆小的,生怕败坏名誉;他喜欢讲规矩,怕人批评,然而他受着血气支配:杀性起处,会突然之间暴躁起来,不但在乐队练习的时候,就在音乐会中有时也会当了亲王的面愤愤地摔他的指挥棍,发疯般地乱跳,狂叫怒吼,把一个乐师臭骂一顿。亲王看着好玩;被骂的音乐家可不免心中怀恨。约翰·米希尔事后觉得羞愧,便表示过分的礼貌想教人忘记;但一有机会他又马上发作了。年纪越大,极端易怒的脾气也越厉害,终于使他的地位不容易维持。他自己也觉得,有一天他大发脾气之后,乐队几乎罢工,他便提出辞呈,心里却希望以多年服务的资格,人家不让他走,会挽留他;可是并不;既然很高傲,不愿意转圜,他只得伤心地走了,认为人家无情无义。

从此,他就不知道怎样消磨日子。七十多岁的人还很壮健,他照旧工作,从早到晚在城里跑来跑去,不是教课,就是聊天,高谈阔论,什么都要过问。他心思巧妙,想出种种方法来消遣:修理乐器,作许多改良的试验,有时也实现一部分。他也作曲,拼命想作曲。从前他写过一部《弥撒祭乐》,那是他常常提到而为家庭增光的。他当时花了不少心血,差一点中风。他教自己相信那是一部杰作,但明明知道写作的时候脑子里是多么空虚。他不敢再看原稿,因为每看一次,总发现一些自以为独创的乐句其实是别个作家的断片,由他费了好大的劲硬凑起来的。这是他极大的痛苦。有时他有些思想,觉得很美,便战战兢兢地奔向书桌,心里想这一回灵感总给他抓住了罢?——但手里才拿起笔,头脑已经空虚了,声音没有了,他竭力想把失踪的乐思给追回来,结果只听到门德尔松或勃拉姆斯等等知名的调子。

---

① 佛兰德,中世纪伯爵领地,包括今比利时的东、西佛兰德省和法国北部部分地区,其民素以乐天著称。

乔治·桑说过:“有些不幸的天才缺乏表现力,正如那个口吃的大人物姚弗洛哀·圣-伊兰尔①所说的,他们把深思默想得来的秘密带到了坟墓里去。”约翰·米希尔便是这等人。他在音乐方面并不比在语言方面更能表现自己;但他老是一厢情愿:他真想说话,写作,做个大音乐家,大演说家!这种力不从心的隐痛,他对谁也不说,自己也不敢承认,竭力的不去想,但不由自主的要想,而一想到就觉得心灰意冷。

可怜的老人!在无论哪方面,他都不能完全表露他的本来面目:胸中藏着多少美丽而元气充沛的种子,可是没法长成;对于艺术的尊严,对于人生的价值,有着深刻动人的信仰,但表现的方式往往是夸张而可笑的;多么高傲,但在现实生活中老是佩服上级的人,甚至还带点儿奴性;多么想独往独来,结果却是唯命是听;自命为强者,实际上可凡事迷信;既向往于英雄的精神,也拿得出真正的勇气,而为人却那么胆小懦怯!——那是一个只发展了一半的性格。

于是约翰·米希尔把野心寄托在儿子身上;而曼希沃最初也表现得很有希望,他从小极有音乐天才,学的时候非常容易,提琴的演技很早就成熟了,大家在音乐会中捧他,把他当做偶像。他钢琴也弹得很不错,还能玩别的乐器。他能说会道,身体长得很好,虽然笨重一些,——可确是德国人认为古典美的那种典型:没有表情的宽广的额角,粗线条的五官生得很端正,留着卷曲的胡子,仿佛是莱茵河畔的一尊朱庇特。老约翰·米希尔对儿子的声名很得意,看到演奏家的卖弄技巧简直出神了;老人自己就从来不能好好地弄一种乐器。要曼希沃表现思想是毫不困难的,糟糕的是他根本没有思想;甚至不愿意思想。他正如一个庸碌的喜剧演员,只知道卖弄抑扬顿挫的声音,而不问声音表现的内容,只知道又焦急又虚荣的留神他的声音对群众的效果。

最奇怪的是,他虽然像约翰·米希尔一样老是讲究当众的态度,虽然小心翼翼地尊重社会的成规,可始终有些跌跌撞撞的,出其不意的,糊里糊涂的表现,使人家看了都说克拉夫脱家里的人总带些疯癫。最

① 法国十九世纪杰出的生物学家和动物学家。

初那还没有什么害处；似乎这种古怪劲儿正是大家说他有天才的证据；因为在明理的人看来，一个普通的艺术家绝不会有这种现象。然而不久，大家看出了他的癫狂的性质：主要的来源是杯中物。尼采说酒神是音乐的上帝，曼希沃不知不觉也是这么想；不幸他的上帝是无情的：它非但不把他所缺少的思想赐给他，反而把他仅有的一点儿也拿走了。攀了那门大众认为荒唐，所以他也认为荒唐的亲事以后，他愈来愈没有节制了。他不再用功，深信自己的技巧已经高人一等，结果把那点儿高人一等的本领很快地就丢了。别的演奏家接踵而至，给群众捧了出来；他看了非常痛心；但他并不奋起力追，倒反更加灰心，和一伙酒友把敌手毁谤一顿算是报复。他凭着那种荒谬的骄傲，满以为能够承继父亲做乐队指挥；结果是任命了别人，他以为受了迫害，便装出怀才不遇的神气。老克拉夫脱的声望，使他在乐队里还保住提琴师的职位；但教课的差事差不多全部丢了。这个打击固然伤害了他的自尊心，但尤其影响到他的财源。几年以来，因为时运不济，家庭的收入已经减少许多。经过了真正富足的日子，窘境来了，而且一天一天的加剧。曼希沃只是不理会；他在装饰与享受方面并不因此少花一文。

他不是一个坏人，而是一个半好的人，这也许更糟；他生性懦弱，没有一点儿气魄，没有毅力，还自以为是慈父、孝子、贤夫、善人；或许他真是慈父孝子等等，如果要做到这些，只要有种婆婆妈妈的好心，只要像动物似的，爱家人像爱自己一部分的肉体一样。而且他也不能说是十分自私：他的个性还够不上这种资格。他是哪一种人呢？简直什么都不是。这种什么都不是的人真是人生中可怕的东西！好像一块挂在空中的没有生命的肉，他们要往下掉，非掉下不可；而掉下来的时候把周围的一切都拉下来了。

小克利斯朵夫开始懂得周围的事，正是家境最艰难的时候。

那时他已经不是独子了。曼希沃给妻子每年生一个孩子，完全不管将来的结局。两个在很小的时候就死了。其余两个正好是三岁和四岁。曼希沃从来不照顾他们。鲁意莎要出门，就得把两个小的交给克利斯朵夫，他现在已经有六岁了。

这个职务使克利斯朵夫牺牲不小：下午他不能再到野外去舒舒服服地玩。可是人家拿他当大人看，他也很得意，便一本正经地尽他的责任。他竭力逗小兄弟们玩儿，把自己的游戏做给他们看，拿母亲和小娃娃说的话跟他们胡扯。再不然他学大人的样轮流地抱他们；重得吃不住了，他就咬紧牙齿，使劲把小兄弟搂在怀里，不让他跌下。两个小的老是要人抱；克利斯朵夫抱不了的时候，他们便哭个不休。他们磨他，常常把他弄得发窘。他们很脏，需要收拾，照顾。克利斯朵夫不知道怎么办。他们欺负他。有时他真想打他们一顿，可是又想："他们还小呢，什么都不知道。"便满不在乎的让他们抓、打、耍弄。恩斯德会无缘无故地叫嚷，跺脚，满地打滚：他是个神经质的孩子，鲁意莎嘱咐克利斯朵夫不能跟他别扭。洛陶夫却像猴子一样的狡猾，老是趁克利斯朵夫手里抱着恩斯德的时候，在他背后百般捣乱：砸破玩具，倒翻水，弄脏衣服，在壁橱里乱掏，把碟子都掉在地下。

洛陶夫捣乱的凶狠，往往使母亲回来非但不夸奖克利斯朵夫，反而对着狼藉满地的情形愁眉苦脸地说一句（虽然不是埋怨他）：

"可怜的孩子，你真不高明。"

克利斯朵夫受着委屈，心里说不出的难过。

鲁意莎从来不错过挣钱的机会，遇到特殊情况照旧出去当厨娘，人家结婚或是小孩子受洗的时候，她帮着做酒席。曼希沃假装不知道，因为这有伤他的自尊心；但瞒着他去做，他也并不生气。小克利斯朵夫对于人生的艰苦还一无所知；他除了父母的意志以外不知道还有什么别的约束，而父母的约束也并不怎么严，他们是差不多让他自生自发的。他只希望长大成人，可以为所欲为。一个人亦步亦趋所能碰到的钉子是他意想不到的；他尤其想不到连父母也不能完全自主。他第一次看到人有治人与治于人的分别，而他家里的人并非属于前一类的那天，他整个身心都反抗起来：这是他一生第一次的受难。

那天，母亲替他穿了最干净的衣服，那是人家布施的旧衣衫，由鲁意莎很巧妙很耐性地改过了的。依着她的吩咐，他到她工作的人家去接她。他一想要自个儿进去，不免有点儿胆小。一个当差在门洞下面闲荡，拦住了孩子用长辈的口气问他来意。克利斯朵夫红着脸，照母亲嘱咐的话，嘟囔着说要找“克拉夫脱太太”。

“克拉夫脱太太？找她干吗，克拉夫脱太太？”当差很俏皮地把“太太”两个字念得特别重，“她是你母亲吗？鲁意莎在厨房里，你从那边上去，厨房在走廊尽头。”

他朝着那个方向走过去，脸越来越红了；听见人家叫出母亲的小名，觉得很难为情，他窘极了，恨不得马上逃到可爱的河边，去躲在树底下，他平常自言自语编故事的地方。

一到厨房，他又被别的仆人包围，他们叫叫嚷嚷的招呼他。在里面靠近炉灶的地方，母亲对他笑着，又温柔又有些不好意思。他跑过去扑在她的腿中间。她戴着一条白围裙，手里拿着一支大木匙。她抬起他的下巴，让大家看到他的脸，叫他给在场的每个人去握手请安，这一下他可更加慌了。他不愿意那么做，扭转身子朝着墙壁，把手蒙着脸。可是，慢慢地他胆子大了些，在手指缝里露出一只亮晶晶笑眯眯的眼睛，给人家一瞧又立刻躲起来。他偷偷地打量屋子里的人。母亲那种大事在身地忙碌的神气，他从来没见过；她在每只锅子里尝尝味道，发表意见，用肯定的口气说明烹调的诀窍，原来在那个人家当差的厨娘恭而敬之地听着。屋子非常漂亮，摆着耀眼的铜器；母亲在这等地方受人佩服，当那种角色，孩子看了心里很骄傲。

大家的谈话突然停止。厨房的门打开了，进来一位太太，拖着硬邦邦的衣服窸窣作响，不大放心地对四周看了看。她年纪已经不轻，可还穿着件袖子宽大的浅色衣衫；她手里提着衣摆，怕碰到什么东西。可是她仍旧走到灶前看看菜，甚至还尝尝味道。当她微微举起手臂的时候，袖子一滑，把肘子部分的胳膊都露了出来：克利斯朵夫认为怪难看，非常不雅。她对鲁意莎说话的口气多么刺耳，多么威严！而鲁意莎回答她又多么恭敬！克利斯朵夫看着愣住了。他躲在屋角想不给人家发现；可是没用。太太查问这个男孩子的来历，鲁意莎便过来拉他，要他去见太太，抓住了他的手不让他再把脸蒙起来。克利斯朵夫虽然想挣扎逃跑，可是莫名其妙的觉得，这一回是无论如何不能抗拒的了。太太望着孩子吓昏了的脸，先很和气地对他笑了笑，但马上又拿出长辈的神气，查问他的品行、宗教的功课等。他只是一言不答。她也查看衣服怎么样；鲁意莎立刻说好极了，随手整了整他的上衣；克利斯朵夫觉得身上一紧，几乎要叫起来；他不明白为什么母亲要向那位太太道谢。

太太拉着他的手，说要带他到她的孩子那边去。克利斯朵夫求救似的望着母亲；可是她对女主人那种巴结的神气使他感到没有希望，只得跟着太太走，像一头被牵入屠场的羔羊。

他们到了一个园子里，那儿有两个孩子沉着脸，一男一女，和克利斯朵夫差不多年纪，好像正在生气。克利斯朵夫一来，倒是给他们解了围。两人走拢来打量这新来的孩子。克利斯朵夫被太太丢在那儿，呆呆地站在一条小道上，低着眼睛。那两个在几步之外，把他从头到脚地瞧着，彼此碰着肘子，指手画脚地笑。终于他们打定了主意，问他是谁，从哪儿来的，他父亲是做什么的。克利斯朵夫愣头愣脑的一声不出，窘得几乎哭出来；那个拖着淡黄辫子，穿着短裙，光着两腿的小姑娘，尤其使他害臊。

他们玩起来了。正当克利斯朵夫心神略定的时候，那位小少爷突然在他面前站住，扯着他的衣服说："唷！这是我的！"

克利斯朵夫莫名其妙。听说他的衣服是别人的，他觉得非常气愤，拼命地摇头否认。

"我还认得出呢！"那个男孩子说，"是我的旧蓝上装：这儿还有块污迹。"

他用手指点在上面。随后他又细细看下去，打量克利斯朵夫的脚，问他那双满是补丁的鞋头是用什么补的。克利斯朵夫的脸涨得通红。小姑娘噘着嘴轻轻地和她的兄弟说："他是个穷小子。"这一下克利斯朵夫可想出话来了。他嗄着嗓子结结巴巴地说，他是曼希沃·克拉夫脱的儿子，母亲是当厨娘的鲁意莎，——他以为这个头衔和别的头衔一样好听，而且自己是很有理由的；也以为这样一说，他们那种瞧不起人的偏见就给驳倒了。但那两个孩子，虽然给这个新闻引动了兴味，可并不因此瞧得起他。相反，他们倒拿出老气横秋的口气，问他将来当什么差使，厨子还是马夫。克利斯朵夫又不作声了，仿佛有块冰直刺到他的心里。

两个有钱的孩子，突然对穷小子起了一种儿童的、残忍的、莫名其妙的反感，看他默不作声更大胆了，想用什么好玩的方法折磨他。小姑娘尤其不放松。她看出克利斯朵夫穿着紧窄的衣服不能跑，便灵机一动，要他做跳栏的游戏。他们用小凳堆起来做栅栏，叫克利斯朵夫跳过去。可怜的孩子不敢说出不能跳的理由，便迸足气力往前一冲，马上倒在地下，只听见周围哈哈大笑。他们要他再来过。他眼泪汪汪的，拼了一下命，居然跳过了。可是那些刽子手还不满意，认为栅栏不够高，又把别的东西加上去，堆成了一座小山。克利斯朵夫试着反抗，说不跳了。小姑娘便叫他胆怯鬼，说他害怕。克利斯朵夫听着受不住，明知非跌不可，也就跳了，跌了。他的脚碰到了障碍物，所有的东西都跟着他一齐倒下。他擦破了手，差点儿砸破脑袋；而最倒霉的是，他的衣服在膝盖部分和旁的地方都撕裂了。他又羞又恼，只听见两个孩子高兴得在周围跳舞；他心里难过死了，觉得他们瞧不起他，恨他：为什么？为什么？他宁可死了！——最难受的痛苦就是儿童第一次发现别人的凶恶：他以为全世界的人都在迫害他，没有一点儿倚傍：真是什么都完了，完了！……克利斯朵夫想爬起来；男孩子把他一推又跌倒了；小姑娘还要踢他。他重新再爬：两个孩子却一齐扑在他身上，坐在他背上，把他的脸揿在土里。于是他心头火起；一桩又一桩的磨折怎么受得了！手疼得发烧，又撕破了美丽的衣衫，——那真是大难临头了！——羞愧，悲伤，对强暴的愤懑，一下子来的多少灾难，统统变成一股疯狂的怒气。他把手和膝盖撑在地下，撅起身子，像狗一样抖擞了一下，把两个敌人摔开了，等到他们再扑上来，他便低着头直撞过去，给了小姑娘一个嘴巴，又是一拳把男孩子打倒在花坛中间。

于是一阵叫嚷，孩子们尖声喊着逃进屋子去了。然后只听见砰砰訇訇的开门，怒气冲冲的啰唣。太太出现了，拖着长裙，尽量地奔。克利斯朵夫看见她来并不想逃，他对自己所做的事吓坏了：这是闯了大祸，犯了大罪；但他一点不后悔。他等着。他完了。管它！他已经绝望了。

太太向他直扑过来。他觉得挨了打，听见她狂叫怒吼，说了许多话，一句也听不出。两个小冤家又来了，看着他受辱，一边还咭咭呱呱地直着嗓子叫。仆人们也都到场,七嘴八舌地嚷成一片。又为了彻底收拾他,鲁意莎也给叫了来;她非但不保护他,反而不问情由就是几个嘴巴,还要他赔礼。他愤愤地拒绝了。母亲更用力推他的身子,拉他到太太跟孩子前面,要他下跪,可是他跺脚,大叫,咬着母亲的手,终于在仆人们的哄笑声中逃跑了。

他走了,伤心得不得了,又气愤,又挨了顿巴掌,脸上火辣辣地发烧。他竭力不去想它,急急忙忙搬着脚步,因为不愿意在街上哭。他恨不得马上到家,用眼泪来发泄一下,喉咙塞住了,血都跑到了头里,他差不多要爆裂了。

终于到了家,他奔上黑魆魆的楼梯,奔到他睡觉的地方,临着河,在一个窗洞底下。他气吁吁地倒在床上,眼泪像洪水似的决了口。他不大明白为什么要哭,但非哭不可;第一阵的巨潮快完了,他接着又哭,因为抱着一肚子的恨,他要哭,要教自己难过,好似他责罚了自己,同时也就责罚了别人。后来,想到父亲快回家,母亲要把事情全盘说出来,他觉得苦难还没有完呢。他决心逃了,不管上哪儿,只要能从此不回来。

不料他下楼的时候,正碰到父亲回家。

"你干吗,孩子？往哪儿去?"曼希沃问他。

他不回答。

"大概闯了祸吧,你做了什么事啊?"

克利斯朵夫一味地不作声。

"你做了什么事？回答我呀!"

孩子哭起来了,曼希沃嚷起来了,两人的声音越来越高,临了鲁意莎也急急忙忙上楼了。她还像刚才一样地神魂不定,一进来就大骂,又加上几个嘴巴,曼希沃听明白了,也帮着揍他(或许没有明白之前已经动手了),那股狠劲差不多可以打死一条牛。他们俩叫着嚷着。孩子嚎着。结果父母吵架了,火气都一样地大。曼希沃一边揍着孩子一边说孩子并没错,说这是侍候别人的好处,他们仗着有钱,肆无忌惮。鲁意莎一边揍着孩子一边骂丈夫野蛮,说她不答应他碰孩子,把他打伤了。的确,克利斯朵夫流了些鼻血,他自己并不在乎;母亲粗手粗脚的把湿布堵住他鼻子,他也并不感激,因为她还在骂他。末了,他们把他推在一间黑房里，不给他吃晚饭。

他听见他们对叫对嚷；他不知道更恨哪一个，似乎是母亲，他从来想不到她会这样凶的。一天的苦难一齐压在他心上：所有的委屈，两个孩子的强凶霸道，那太太的强凶霸道，父母的强凶霸道，——还有他虽然不大明白，可是像剧烈的伤口一般使他感觉到的，是他引以自傲的父母居然会向那些卑鄙的恶人低头。这种卑躬屈膝的态度，他第一次隐隐约约地感觉到，认为简直是无耻。他心中一切都动摇了：对父母的尊敬与钦佩，对人生的信心，希望爱人家、同时也受到人家的爱那种天真的需要，盲目而绝对的道德信仰，一股脑儿都给推翻了。这是天翻地覆的总崩溃。他给暴力压倒了，既没法自卫，也没法躲闪。他闭住了气，以为要死了。在无可奈何的反抗中，他身子都发僵了。他用拳、用头、用脚，往墙上乱打乱撞，大号大叫，抽搐着，拼命地撞着家具，倒在了地下。

父亲母亲都赶了来，把他抱在怀里，这一下他们俩是比赛谁更温柔了。母亲替他脱了衣服，放倒在床上，坐在旁边，直等到他比较安静的时候。但他一点儿不让步，一点儿不原谅，他假装睡着，不愿意和她拥抱。他认为母亲恶劣而又卑鄙。至于她为生活和养活他而受的苦，不得不站在人家一边跟他为难的隐痛，他是万万想不到的。

等到孩子眼中流不完的眼泪也流到了最后一滴，他觉得松动了些。他累极了，可是神经过于紧张，还不能立刻睡着。他迷迷糊糊地觉得刚才的印象又在那里浮动，尤其是那个小姑娘，睁着明亮的眼睛，耸着小鼻子，一脸的瞧不起人，肩上披着长头发，光着腿，说着那些幼稚而装腔作势的话。他打了个寒噤，好像又听到她的声音了。他记得自己在她面前多么傻，不由得恨死了她。他不能原谅她的欺侮，恨不得也把她欺侮一顿，教她哭一场。他想种种的方法，可一个都想不出。看样子，她完全不把他放在心上。可是为了消消自己的气，他假定一切都能够如愿以偿。他把自己想做一个有权有势的人，而她又爱上了他。根据这个，他就造出一段荒唐的故事，结果他竟信以为真了。

她为他害了相思病；他可是不理她。他在她门前走过，她躲在窗帘后面偷偷地看他；他明明知道，却故意假痴假呆，同人家有说有笑。甚至为了增加她的苦闷,他出门到远地去了。他干了很大的事业。——他从祖父的英雄故事中挑出几段做穿插。——那时她可悲伤得病倒了。她的母亲,那位骄傲的太太来哀求他:“我可怜的女儿快死了。我求你,请你来罢!”于是他去了。她躺在那儿,脸色苍白,瘦得不得了。她向他伸出手来。她说不上话,只顾捧着他的手亲着哭着。于是他很慈悲很温柔地望着她,嘱咐她保养身体,允许她爱他。故事编到这个地方,他为了延长自己的快意,便把那一段对话和动作翻来覆去讲了好几遍,结果他睡了,心平气和地睡熟了。

他睁眼醒来,已经天亮了,可是这一天的光辉没有昨天早晨那样轻快了:世界有过一点儿变化了。克利斯朵夫已经尝到了人间的不公道。

有些时候家里非常艰难,而这种情形越来越多了。遇到这些日子,大家吃得很苦。感觉最清楚的要算克利斯朵夫。父亲是一点不觉得的,他第一个捡菜,尽量地拿。他咭咭呱呱地说话,自得其乐地哈哈大笑,全没注意到他的女人强作笑容,和瞧他捡菜的那种目光。盘子从他手里递过来,一半已经空了。鲁意莎替孩子们分菜,每人两个马铃薯。轮到克利斯朵夫,往往盘子里只剩了三个,而母亲自己还没拿。他早已知道,没轮到他就已经数过了。他便鼓足勇气,装做满不在乎地说:“只要一个,妈妈。”

她有点不放心了。

“两个罢,跟大家一样。”

“不,真的,我只要一个。”

“你不饿么?”

“对啦,我不大饿。”

可是她也只拿一个,他们俩仔仔细细地剥皮,把它分成小块,慢条斯理地吃着。母亲留心看着他,等他吃完了就说:“喂,把这个吃了罢!”

“不,妈妈。”

“你可是病了?”

“不是的,我吃饱了。”

有一回父亲怪他作难，把最后一个马铃薯充公，自己拿去吃了。从此克利斯朵夫留了神，把剩余的一个放在自己盘里，留给小兄弟恩斯德；他一向是贪嘴的，早就在眼梢里瞅着了，待了一忽儿就说："你不吃吗？给我行不行，克利斯朵夫？"

哦！克利斯朵夫多恨他的父亲，恨他的不想到他们，连吃掉了他们的份儿都没想到！他肚子多饿，他恨父亲，竟想对他说出来，可是他又高傲地想起来，自己没有挣钱的时候没有说话的权利。父亲多吃的这块面包，是父亲挣来的。他还一无所有，对大家只是一个负担。将来他可以说话，——要是还能挨到将来！喔！就怕等不到那一天早已饿死了！……

这种惨酷的挨饿的痛苦，他比别的孩子感觉得更清楚。他的强壮的胃受着毒刑；有时他为之发抖，头疼；胸口有个窟窿在打转，越转越大，仿佛有把锥子往里钻。可是他忍着不说，他觉得母亲在注意他，便装做若无其事。鲁意莎很揪心地，隐隐约约地懂得，儿子省着不吃是为了让别人多吃一些；她拼命丢开这念头，总是丢不开。她不敢追究，不敢查问克利斯朵夫的真情；要是真的，她又怎么办呢？她自己从小就挨饿惯的。既然没有办法，抱怨有什么用？的确，她因为身体衰弱，不需要多吃东西，没想到孩子挨饿的时候更难受。她什么话也不和他说。有一两次，两个孩子跑在街上，曼希沃出去了，她要大儿子留在身边替她做点儿小事。她绕线，克利斯朵夫拿着线团。冷不防她丢下活儿，热情冲动地把他拉在怀里，虽然他很重，还是抱他坐在膝上，紧紧地搂着他。他使劲把手臂绕着她的脖子。他们俩无可奈何地哭着，拥抱着。

"可怜的孩子！……"

"妈妈，亲爱的妈妈！……"

他们一句话也不多说，可是彼此心里很明白。

克利斯朵夫过了好久才发觉父亲喝酒。曼希沃的酗酒并不超过某个限度，至少在初期。发酒疯的时候也并不粗暴。大概总是过分的快乐。他说些傻话，几小时地拍着桌子，直着喉咙唱歌；有时他死拖活拉的要跟鲁意莎和孩子们跳舞。克利斯朵夫明明看见母亲垂头丧气，躲得远远的，低着头做活，她尽量地不看酒鬼，他要是说出使她脸红的野话，她就很温和地叫他住嘴。可是克利斯朵夫弄不明白；他多么需要快乐，父亲兴高采烈的回家，在他简直像过节一样。家里老是那末凄凉，这种狂欢正好让他松动一下。父亲滑稽的姿势，不三不四的玩笑，使他连心都笑开了；他跟着一起唱歌，跳舞，觉得母亲很生气地喝阻他非常扫兴。这有什么不对的地方，父亲不也在那样做吗？虽然他一向头脑很灵，把事情记得很清，觉得父亲好些行为都跟他儿童正直的本能不尽符合，可是他对父亲仍旧很崇拜。这在儿童是一种天然的需要。也是自我之爱的一种方式。倘使儿童自认为没有能力实现心中的愿望，满足自己的骄傲，他就拿这些去期望父母；而在一个失意的成人，他就拿这些去期望儿女。在儿童心中，父母便是他自己想做而做不到的人物，是保卫他的人，代他出气的人；父母心中的儿女亦然如此，不过要等将来罢了。在这种“骄傲的寄托”中间，爱与自私便结成一片，其奋不顾身的气势，竭尽温存的情绪，都达于沉醉的境界。因此克利斯朵夫把他对父亲的一切怨恨都忘了，尽量找些景仰他的理由：羡慕他的身段，羡慕他结实的手臂，他的声音笑貌，他的兴致；听见人家佩服父亲的演技，或者父亲过甚其词地说出人家对他的恭维话，克利斯朵夫就眉飞色舞，觉得很骄傲。他相信他的自吹自擂，把父亲当做一个天才，当做祖父所讲的英雄之一。

一天晚上七点光景，只有他一个人在家。小兄弟们跟着老祖父散步去了，母亲在河边洗衣服。门一开，曼希沃闯了进来；他光着头，衣衫不整，蹦蹦跳跳的，一倒便倒在桌前的椅子里。克利斯朵夫笑了，以为他像平常一样又来玩把戏了，便迎上前去。但走近一看，他再也笑不上来了。曼希沃坐在那里，垂着手臂，眨巴着眼睛望着前面，脸色通红，张着嘴，不时发出很可笑的蝈蝈声。克利斯朵夫愣住了。他先是以为父亲开玩笑，可是看他一动不动，便害怕了。他喊着：“爸爸！爸爸！”

曼希沃仍是像母鸡一样蝈蝈的叫。克利斯朵夫无可奈何地抓着他的胳膊，尽力地推他摇他：“爸爸，好爸爸，你回答我啊！”

曼希沃身子软绵绵的晃来晃去，差不多快倒下来；他脑袋向前，对着克利斯朵夫的头伸过来，瞪着他，气哼哼地嘟囔着，根本说不成话。

赶到克利斯朵夫的眼睛和他神色错乱的眼睛碰在一起的时候，孩子忽然大吃一惊，逃到卧房的尽里头，跪在床前，把脸埋在被窝底下。这样过了半晌。曼希沃在椅子上重甸甸地摇摆，傻笑。克利斯朵夫掩着耳朵不愿意听，打着哆嗦。他的心绪真是没法形容：只觉得昏天黑地，又是怕又是痛苦，仿佛死了什么人，死了一个心爱而敬重的人。

一个人也不回家，屋子里只有父子两个，天黑下来了，克利斯朵夫的恐怖一分钟一分钟地增加。他不由自主地要伸着耳朵听，可是一听那个认不得的声音，全身的血都凉了，瘸腿似的钟摆，替那胡闹的怪声打拍子。他受不住了，想逃了。可是要走出屋子非在父亲面前过不可，而克利斯朵夫一想要看到父亲的眼睛就发抖，仿佛会吓死的。他想法蹲在地下，手脚并用地爬到房门口。他既不敢喘气，也不敢抬头望一眼，只要在桌子底下看到父亲的脚有点小小的动作，他就停住。醉鬼的一条腿在那里索索地抖。克利斯朵夫终于到了门口，笨拙地手也抓住了门钮，不料慌慌张张的一松手，门又突然关上了。曼希沃想转过身来看，他坐着摇摆的椅子冷不防失去了重心，稀里哗啦地倒在了地下。克利斯朵夫吓得连逃出去的气力也没有了，靠在墙上眼看着父亲躺在脚下；他喊救命了。

一跤跌下，曼希沃清醒了些。把摔他下地的椅子骂着，咒着，捶了几拳，挣扎着想站起而站不起来之后，他背靠着桌子坐定了，开始认出周围的环境。他看见克利斯朵夫哭着，就叫他过去。克利斯朵夫想逃，可是挪不动身子。曼希沃又叫他；看孩子站着不动就生了气，赌起咒来。克利斯朵夫只得浑身哆嗦的向前。曼希沃把他拉过去，抱他坐在膝上，先拧着孩子的耳朵，结结巴巴的，把儿童应该如何尊重父亲的话教训了一顿。随后，他忽然改变了念头，一边说着傻话一边把他放在怀里颠簸，哈哈大笑。然后他又急转直下地想到不快活的念头，哀怜孩子，哀怜自己，紧紧搂着他，几乎教他喘不过气，把眼泪和亲吻盖满着孩子的脸；末了，他高声唱着**我从深处求告**，[①]摇着孩子给他催眠。克利

① 《旧约·诗篇》第一三〇篇："耶和华啊，我从深处向你求告，主啊，求你听我的声音……"

斯朵夫吓昏了,一点不敢挣扎。他在父亲怀里闷死了,闻到一股酒气,听着醉汉的打嗝儿,给讨厌的泪水与亲吻的口水沾了一脸,他又害怕又恶心的在那儿受难。他真想叫喊,可是一声也喊不出。他觉得这可怕的情形仿佛有一世纪之久,——直到后来,房门一开,鲁意莎挽着一篮衣服进来了。她大叫一声,把篮摔在地下,拿出她从来未有的狠劲,奔过来从曼希沃怀里抢出了克利斯朵夫。

"哎哟!该死的酒鬼!"她嚷着,眼里冒着火。

克利斯朵夫以为父亲要去杀死母亲了。可是曼希沃被他女人气势汹汹的态度吓呆了,一句话也没有,哭起来了。他在地下乱滚,把头撞着家具,嘴里还说她是对的,他是一个酒鬼,害一家的人受苦,害了可怜的孩子们,他愿意马上死掉。鲁意莎转过身子不理他,把克利斯朵夫抱到隔壁房里,尽量地抚慰他。孩子还在发抖,对母亲的问话也答不上来;接着他又号啕大哭。鲁意莎把他的脸在水里浸了一忽儿,拥抱他,对他说着温柔的话,和他一起哭了。终于他们俩都静下来。她跪在地下,叫他也跪在旁边。他们做了个祈祷,求上帝治好父亲这种恶习,使他仍旧和和气气的,跟从前一样。鲁意莎安排孩子睡下。他要她坐在床边拿着他的手。那一夜,鲁意莎在发烧的克利斯朵夫的床头坐了好久。酒鬼却躺在地下打鼾。

过了一晌,克利斯朵夫上学了,他老望着天花板上的苍蝇,把拳头捶着旁边的孩子,推在地下;他动个不停,笑个不停,从来不念书。有一天,克利斯朵夫自己摔在了地下,讨厌他的老师便说了句难听的话隐射某个大家知道的人,说他大概要青出于蓝的走上那条路了。所有的孩子听着都哈哈大笑;有些同学还揭穿隐喻,加上一些又明白又有分量的注解。克利斯朵夫爬起来,羞得满脸通红,拿起墨水瓶对准一个正在笑的人扔过去。老师冲上来就是一顿拳头,用鞭子抽他,要他跪在地下,再加上极重的罚课。

他脸色发了青,憋着一肚子怨气回家,冷冷地说他再也不上学了。家里人并没把他的话放在心上。明天早上,母亲提醒他该上学了,他却安安静静地回答,他早说过不去的了。鲁意莎对他软骗硬吓都没用。他坐在一角,死赖在那里。曼希沃揍他,他就直嚷;每次揍过了叫他上学，他总是火气更大地回答一声“不去！”人家要他至少说出理由来，他却咬紧牙关，死不开口。曼希沃抓着他硬送到学校交给老师。可是他一到座位上，就有计划的毁坏手头所有的东西：墨水瓶，笔，练习簿，书本，而且故意做得教人看见，带着挑战的意味望着老师。结果他被关进黑房。——过了一会儿，老师发现他用手帕缚着脖子，拼命往两头拉：他要把自己勒死。

人家只得打发他回去。

克利斯朵夫很能吃苦。他结实的身体是父亲与祖父的遗传。家里没有一个娇弱的人：生病也罢，不生病也罢，他们从来不抱怨，什么也不能使克拉夫脱父子的习惯改动分毫。他们不管什么天气都出门，夏天跟冬天一样，几小时的淋着雨或晒着太阳，有时还光着头，敞开着衣服，由于疏忽或由于逞强，走上几十里地也不觉得疲倦。可怜的鲁意莎一声不出的跟在后面，血色全无，两腿虚肿，心跳得要蹦出来了，只能走一下停一下，他们又可怜她又瞧不起她。克利斯朵夫也差不多要跟着他们轻视母亲了：他不懂一个人怎么会生病的。他跌了一跤，碰了一下，弄破了，烫坏了的时候，他是不哭的，只对着使他受罪的东西生气。父亲跟小伙伴们的强暴，街上和他打架的野孩子，把他磨炼得十分结实。他不怕挨打，鼻青眼肿地回家是常事。有一天，他在这一类的恶斗中，被敌人压在身底下，拼命把他的脑袋撞着街上的石板；他被救出来的时候，差不多快闷死了。他可认为稀松平常，预备把这一套照样去回敬别人。

然而他也害怕许许多多的东西；虽然为了骄傲而不说，但他最痛苦的莫过于童年时代那些连续不断的恐怖。尤其有两三年之久，它们像病一般的把他折磨着。

他怕藏在暗处的神秘的东西，怕那些要害人性命的恶鬼，蠢动的妖魔，那是每个孩子的头脑里都有而且到处看得见的。一方面这是原始动物的遗传；一方面因为初生的时期，生命与虚无还很接近，在母胎中昏睡的记忆，从冥顽的物体一变而为幼虫的感觉，都还没有消失：这种种的幻觉便是儿童恐怖的根源。

他怕那扇阁楼的门:它正对着楼梯,老是半开着。他要走过的时候,心就跳了,便鼓足勇气蹿过去,连望也不敢望一下。他觉得门背后总有什么人或什么东西。逢到阁楼门关上的日子,他从半开的猫洞里清清楚楚听到门后的响动。这原不足为奇,因为里边有的是大耗子;但他的幻想认为那是一个鬼怪:身上是七零八落的骨头,百孔千疮的皮肉,上面是一个马头,一双吓得死人的眼睛,总之是奇奇怪怪的形状。他不愿意想它,但不由自主的要想。他手指颤巍巍的去摸摸门键是否闩牢,摸过之后,走到半楼梯还要再三回去瞧瞧。

他怕屋外的黑夜。有时他在祖父那边待久了,或是晚上被派去有什么差使。老克拉夫脱住的地方差不多已经在城外,一过他的屋子便是上科隆去的大路。在这座屋子与市梢上有灯火的窗子中间,大约隔着二三百步,克利斯朵夫却觉得有三倍的远。有一段路拐了弯,什么都看不见了。黄昏时的田野是荒凉的;地下都黑了,天上灰灰的好不可怕。走完环绕大路的丛树而爬上土丘的时候,还能看到天边有些昏黄的微光;但这种光并不发亮,反比黑夜更教人难受,黑的地方显得更黑:那是一种垂死的光。云差不多落到地面上。小树林变得很大很大,在那儿摇晃。瘦削的树好似奇形怪状的老人。路旁界石上的反光,像青灰色的衣服。阴影似乎在蠕动。土沟里有侏儒坐着,草里闪着亮光,空中有东西飞来飞去,可怕得很,还有不知从何而来的虫,叫得那么尖厉刺耳。克利斯朵夫老是提心吊胆,预备自然界中出点儿什么凶恶的怪事。他飞奔着,心在胸中乱跳。

望见了祖父屋里的灯光,他才安心。但糟糕的是,往往老人还没回家;那才更可怕了。田野里只有这所孤零零的老屋子,便是在白天,孩子已经非常胆怯。要是祖父在家,他就忘了恐怖;但有时老人会不声不响丢下他出门。克利斯朵夫没有发觉。室内很安静。所有的东西对他都是很熟很和气的。屋里有张白大木床;床头的搁板上放着一部又大又厚的《圣经》,火炉架上供着纸花,两位太太和十一个孩子的照片,老人在每张相片下面都注着他们的生年死月。壁上挂着嵌在镜框里的祷文,莫扎特和贝多芬的粗劣的彩色肖像。屋角放着架小钢琴,另外一角放着一架大提琴;还有是杂乱的书架,挂着烟斗;窗口摆着几盆风吕草。

周围的一切好像都是朋友。老人在隔壁房里走来走去;可以听见他在刨木头,敲钉子;他自言自语,骂自己糊涂;再不然是大声唱着,把赞美诗,酒歌,感伤的歌,杀气腾腾的进行曲,杂凑在一起。在这种环境里,他觉得很安全。克利斯朵夫坐在靠窗的大沙发中,膝上摆着一本书,埋头看着图画,出神了。天慢慢地黑下来,他的眼睛模糊了,终于丢开书本,恍恍惚惚地胡思乱想起来。车轮远远的在路上隆隆地响。一条母牛在田间叫。城里懒懒的钟声奏着晚祷。渺茫的欲望,模糊的预感,在惘然幻想的儿童心中觉醒了。

突然克利斯朵夫心中一慌,惊醒了。他抬起眼睛:黑夜茫茫;侧耳倾听:万籁俱寂。祖父才走出去。他打了个寒噤,靠着窗口,还想望一望他:路上很荒凉;万物开始扮起骇人的脸。天哪!要是**它**会来?——谁呢?……他可说不出。反正是可怕的东西……屋子里的门都关不严。楼梯格格作响,好似有人走过。孩子跳起来,拖着一张沙发,两张椅子和一张桌子,摆到室内最安全的一角,围成一道栅栏:沙发靠着墙壁,左边一张椅子,右边一张椅子,桌子摆在前面。中间布置一架双折的梯子,他趴在顶上,除了刚才看的书,又另外拿了几本抱在手里,当做被围受困时的防御物,于是他松了口气,因为在孩子的想象中,敌人无论如何不能冲过栅栏的了:那是禁止的。

但敌人有时就会从书中跳出来。——在祖父随便买来的旧书里,有些附着插图,给孩子很深刻的印象:他又想看又怕看。那全是些神怪的幻境,例如《圣·安东尼的诱惑》,其中有鸟的骷髅在水瓶里下粪,无数的蛋在破开的青蛙肚子里像虫一般蠕动,没有身子的头在走路,屁股吹着喇叭,还有家用的器具和动物的尸身,裹着大氅,像老太太般,一边庄严地前进,一边行着礼。克利斯朵夫看着毛骨悚然,但就因为厌恶,反而常常要看。他老半天地瞪着它们,不时向四下里溜一眼,看是什么东西在窗帘的皱裥中扭动。——一本解剖书里有一幅人体的图尤其使他厌恶。快到书中那个地方的时候,他哆嗦着翻着书页。那些五颜六色的怪模样对他有种特别强烈的刺激。而儿童的创造力把呆板的图画又加了一番润色。他分不清这些光怪陆离的图跟现实有什么不同。而夜里做梦的时候,书中的图画反比白天看到的活的形象对他更有影响。

他也怕睡觉。有好多年，噩梦老是教他睡不安稳：——有时，他在地窖里闲荡，忽然看见风洞里钻进那个解剖图上的人体对他挤眉弄眼。——有时，他独自在一间屋里；听见走道上有轻微的脚步声，他扑过去关门，才抓住门钮，外边已经有人在拉了；他锁不了门，没有气力了，只能喊救命。他知道外边要进来的是**谁**。——有时，他和家里的人在一块儿；可是突然之间，他们的脸变了，做出许多疯疯癫癫的事。——有时，他很安静地在看书；冷不防觉得有一个看不见的幽灵在他**四周**。他想逃，可是被拴住了。他要喊，嘴巴给堵住了。脖子给紧紧地箍着。他上气不接下气地醒过来，牙齿格格地打战，直哆嗦了好些时候；他怎么样也摆脱不了恐怖的感觉。

他的卧室是屋子里没有窗没有门的一角；进口高头有根铁杆，挂着条破帘子，就算跟父母的卧房隔开了。重浊的空气使他呼吸阻塞。和他睡在一床的兄弟们常常用脚踢他。他头里热烘烘的，白天牵挂着的小事这时给格外地夸大了，化为种种的幻觉。在这种近乎噩梦的、神经极度紧张的情形之下，一点儿极小的刺激都使他很痛苦。地板上格格的响声使他惊悸不止。父亲的鼾声大得异乎寻常，不像是人的呼吸，他听着不寒而栗，竟像是一头野兽睡在那里。黑夜把他压倒了，它简直是无穷无尽的，永远是这样的了：他仿佛已经躺了几个月。他喘着气，在床上坐起来，用衬衫的袖子抹着脑门上的汗。有时他推醒弟弟洛陶夫；可是他咕噜了几声，把所有的被一齐卷在身上又睡熟了。

他这种狂乱的苦闷，直要到帘子下面的地板上透露一线鱼白色的时候，才算过去。这道黎明时分幽微的白光，使他一下子平静了。虽然谁也不能在阴影中辨别出来，他已经觉得那道光溜进了屋子：热度立刻退下去，血流也正常了，仿佛泛滥的河水重新回进了河床；全身的温度平均了，他的失眠的干涩的眼睛终于闭上了。

晚上快到睡觉的时间他就惊慌。他打定主意要抵抗瞌睡，预备熬夜，免得做噩梦。可是疲倦终究把他征服了；而且总在他最不防备的时候，那些妖魔又出现了。

可怕的黑夜！大多数的孩子觉得多甜蜜而一部分的孩子觉得多可怕的黑夜！……他怕睡觉，又怕睡不着觉。睡着也罢，醒着也罢，周围总是些鬼怪的形象,幻想中的幽灵,还有那些母胎中的幼虫,在童年将尽时的微光中浮动,好似在疾病的阴影中荡漾。

但这些幻想的恐怖,不久便将在“大恐怖”前面消失。这大恐怖是蛀蚀一切人类的“死”,古往今来的哲人竭力要忘掉它否定它而终于无效的“死”。

有一天他在壁橱里摸索的时候,抓到一些不认得的东西:一件孩子的衣衫,一顶有条纹的小帽。他得意扬扬地拿到母亲前面,她非但不对他笑,反而沉着脸叫他放还原处。他并没马上照办,还要追问为什么;母亲一言不答,把东西抢过来放在他拿不到的一格里去了。他觉得莫名其妙,便再三的发问。她被逼不过,终于说出那是他没有出世以前早已死掉的一个小哥哥的衣服。他愣住了:他从来没听见讲过这件事。他静默了一会儿,还想多知道些。可是母亲好像心不在焉;只说他也叫做克利斯朵夫,可是比他听话。他提出别的问句,她却不愿意回答了,只说那个孩子在天上,为他们大家祈祷。克利斯朵夫再也问不出什么;母亲叫他住嘴,让她安心工作。她似乎真是一心在那里缝东西,若有所思的,眼睛也不抬起来。过了一忽儿,她看见他躲在一边生气,便对他笑笑,很温柔地叫他到外边去玩。

这些话给了克利斯朵夫很大的刺激。哦,原来有过一个孩子,跟他一样也是母亲的儿子,取着同样的名字,差不多和他没有分别,可是已经死了!——死,他不大明白是怎么回事,大概是挺可怕的罢。——人家从来没提到那个克利斯朵夫;他完全给忘了。那么要是他死了,势必是一样的了?——晚上和大家一桌子吃饭,看他们有说有笑,谈着不相干的事,他心里还想着那个念头。他要死了,敢情人家还会这样快活!嗳嗳!他做梦也想不到母亲这样的自私,死了儿子还能笑!他对父母都恨起来了,很想为自己痛哭一场,预先哭自己的死。同时他也想提出一大串问题,可是不敢,他记得母亲叫他住嘴的口气。——终于他忍不住了,到睡觉的时候,母亲来拥抱他,他就问:

“妈妈,他是不是也睡在我的床上?”

可怜的母亲打了个寒噤,勉强装着若无其事的声音问:“谁啊?”

“那孩子……那个死了的孩子。”克利斯朵夫声音很低。

母亲突然把他紧紧地抱着说：“住嘴，住嘴。”

她的声音在发抖；克利斯朵夫靠在母亲怀里，听到她的心跳。两人静默了一会儿，随后她说：

“小宝贝，这种话以后不能再提了……安心睡觉吧……不，这不是他的床。”

她把他拥抱了一下；他以为母亲的腮帮湿了，只希望是真的湿了。他心里宽慰了些：原来她还是心痛的！但过了一会儿，听到母亲在隔壁屋里用着那种安静的、日常听惯的声音说话，他又起了疑心。究竟哪种声音是真的，现在的还是刚才的？——他在床上翻来覆去地想了好久，得不到答案。他极希望母亲难过；当然，母亲不快活他也要不快活的；可是那无论如何对他是一种安慰，可以减少他一些孤独之感。——然后他睡熟了，明天，他不再想了。

过了几星期，有个在街上和他一起玩耍的孩子，到了平时该来的时候竟没有来；有人说他病了；从此他不来玩也没有人奇怪。事情已经有了解释，不是挺简单吗？——一天晚上，克利斯朵夫很早上了床，从他的一角看见父母屋里还亮着灯光。有人敲门，一位邻居的太太来谈天。他心不在焉地听着，一边照例编他自己的故事，并没把人家的谈话句句听清。忽然邻人说了句：“他死了。”克利斯朵夫的血便马上停住：因为他知道说的是谁，就屏着气听下去。他的父母大惊小怪地叫了几声。曼希沃又扯着他的粗嗓子嚷道：“克利斯朵夫，听见没有？可怜的弗理兹死了。”

克利斯朵夫挣扎了一下，静静地回答说：“是的，爸爸。”

他的气闭住了。

可是曼希沃又顶了一句：“是的，爸爸。你就会说这一句么？你不觉得难过吗？”

鲁意莎很了解孩子，说道，“别闹了！让他睡觉！”

于是他们把声音放低了。可是克利斯朵夫竖起耳朵，想听清所有的细节：什么伤寒，什么冷水浴，什么神志昏迷，什么父母的哀痛。听到后来，他不能呼吸了，有股气塞着他，直升到喉头，他浑身哆嗦，所有可怕的景象都印在脑子里了。尤其是他们说那种病会传染，就是说他也能像弗理兹一样的死；想到这里，他吓得浑身冰冻了：因为他记得最后一次看见弗理兹是跟他握过手的，当天也曾在他屋前走过。——可是他忍着不作声，免得给人家逼着说话，便是父亲在邻居走了以后问他："克利斯朵夫，你睡熟了么？"他也不回答。于是他听见父亲对母亲说：

"这孩子没心肝。"

母亲一言不答；可是过了一会儿她轻轻地来揭开帘子，向他的小床望了望。克利斯朵夫赶紧闭上眼睛，装着他听见兄弟们睡熟的时候那种均匀的呼吸。母亲提着足尖走开了。他却恨不得留住她，告诉她，说他怎样害怕，求她救救他，至少得安慰他一下！但他怕人耻笑，把他看做胆怯无用；而且心里也很明白，人家说什么也没用的。一连几小时，他痛苦到了极点，自以为病已经上了身，头疼得要死，胸口也不舒服，他万分恐怖地想道："完了完了，我病了，我要死了，我要死了！……"一忽儿，他在床上坐起来，低声叫着母亲；可是他们睡得很熟，他不敢惊醒他们。

从这时起，死亡的念头把他童年的生活给毒害了。他的神经使他无缘无故地受种种磨难，一忽儿胸口受着压迫，一忽儿又一阵剧烈的痛苦，一忽儿又是喘不过气来。凭着他的想象力，他把自己吓昏了，以为每种痛苦里头都有那只吃人的野兽来取他性命。几次三番，就在母亲身旁几步路的地方，也没有给母亲发觉，他受着临终的痛苦。因为他尽管胆小，还是有勇气把他的恐惧藏起来，而这股勇气是许多情绪混合成功的：第一是傲气：他不肯求助于人；第二是羞耻心：他不敢说出自己的害怕；第三是体贴：不愿惊动母亲。但他老在心里想："这一次我可是病了，病得很重了。这是咽喉炎哪……"咽喉炎这名词是他偶然听到而记着的……"喔，上帝！饶了我这一次吧！"

他颇有宗教思想，完全相信母亲说的话，说灵魂在死后升到上帝面前，如果它是虔敬的，可以进入天国的乐园。但他对于这个旅行非但不受吸引，倒反害怕。他一点不羡慕那些孩子，在睡梦中毫无痛苦地被上帝召了去，照母亲说是上帝奖赏他们。他快睡熟的时候，不免心惊胆战，唯恐上帝对他也这么来一手。骤然之间离开了暖和的床，给拉到空中带到上帝面前:一定是挺可怕的。在他想象中,上帝有如一颗奇大无比的太阳,讲话的声音像打雷一般:那不是大大的受罪吗? 眼睛,耳朵,整个的灵魂,都会给烧掉的! 何况上帝还会惩罚;谁保得了呢? ……除此以外,还有多少可惊可怖的事,他虽然不大了了,可是从谈话中能猜到:身体要给装进一口匣子,孤零零地躺在一个窟窿里,在平时人家带他去做祷告的可厌的公墓上,举目无亲……天哪! 天哪! 多惨啊! ……

可是活着也不见得愉快,眼看父亲喝得烂醉,被他毒打,受别的孩子欺负,大人们的怜悯又多么难堪,没有人了解他,连自己的母亲在内。大家教你受委屈,没有人爱你,孤零零的,孤零零地,一个人多么渺小! ——是啊;但就因为这个他想活下去。他觉得自己有股怒潮汹涌的力。而这力又是多么奇怪的东西! 它眼前还一筹莫展;它好像在很远的地方,被什么东西堵着,包着,僵在那里;他完全不知道它要做什么,将来变做什么。但这股力的确在他心中,那是他很清楚的,它在那儿骚动,怒吼。明天,喔! 明天,那它才来报复哩! 他有种如醉如狂的欲望要生存,为的是剪除暴力,主持正义,为的是惩罚恶人,为的是干一番伟大的事业。"喔! 只要我活着……"(他想了一下)"只要能活到十八岁!"——有时他认为要活到二十一岁。那是最大限度了。他相信活了那些年纪,尽够他统治世界了。他想起他仰慕的英雄,想起拿破仑,想起更古远而他最崇拜的亚历山大大帝。没有问题,他将来是跟他们一样的人物,只要能再活十二年……十年。他简直不哀怜在三十岁上死掉的人。他们已经老了,享受过人生了……要是他们白活了一世,那只能怪他们自己。但现在就死,那可什么都完了! 年纪轻轻的死掉,在大人们心中永远留着一个谁都可以埋怨的小孩子的印象,真是太惨了! 他想到这里就拼命地哭,仿佛他已经死了。

这些关于死亡的悲痛,使他在童年时代受到许多磨难,——直到后来他厌恶人生的时候才摆脱掉。

在这片沉闷的黑暗中,在一刻浓似一刻的令人窒息的夜里,像一颗明星流落在阴暗的空间,开始闪出那照耀他一生的光明:音乐,神妙的音乐！……

不久以前，祖父送给孩子们一架旧钢琴，那是他的一个主顾预备扔掉而由他花了许多心血修理得像个样子的。这件礼物并没受到欢迎。鲁意莎觉得屋子里不再添东西也已经很窄了；曼希沃说爸爸米希尔并没破费，那不过是堆烧火用的木柴。唯有小克利斯朵夫不知为什么对这件新来的东西非常高兴。他认为这是一只神仙的匣子，有的是奇妙的故事，好像祖父偶尔给他念几页而两人都为之着魔的《天方夜谭》。他听见父亲试音的时候，从中奏出一组轻快的琶音，仿佛阵雨之后，暖和的微风在林间湿透的枝条上吹下一阵淅沥的细雨。他拍着手叫："再来一次！"可是父亲满脸瞧不起地阖上琴盖，说它完全不中用了。克利斯朵夫不敢再要求，可是老在乐器四周徘徊，只要人家一转背，他便揭开琴盖捺一个键子，好像掀起什么大虫的绿壳，想把关在里头的怪物放出来。有时，他急忙中用力太猛了，母亲就嚷着："你不能安静一会儿吗？不准什么东西都乱动！"有时他阖上琴盖的时候压痛了手指，便哭丧着脸放在嘴里吮着……

如今他最快乐的是母亲整天出去帮佣或上街买东西的时候。他听着她下楼，到了街上了，走远了。只有他一个人了。于是他揭开钢琴，拖着一张椅子，爬在上面，肩头刚和键盘一样高：那就行了。为什么他要等大人不在家呢？平常也没人拦着他不许玩，只要声音不太大。但当着别人他不好意思，他不敢。而且他们说话，走动，把他的乐趣给破坏了。没有人的时候才妙呢！……克利斯朵夫屏着气，因为希望周围更静，也因为心里慌张，仿佛要去开炮似的。他把手指按上琴键，心就跳了；有时他把一个键子捺了一半就放手，再去捺另外一个。谁知道从这一个里出来的是什么呢？……忽然声音来了：有些是沉着的，有些是尖锐的，有些是当当地响着，有些是低低的吼着。孩子一个又一个地听上老半天，听它们低下去，没有了；它们有如田野里的钟声，飘飘荡荡，随着风吹过来又吹远去；细听之下，远远的还有别的不同的声音交错回旋，仿佛羽虫飞舞；它们好像在那儿叫你，引你到窎远的地方……愈趋愈远，直到那神秘的一角，它们埋进去了，沉下去了……这才消灭了！……喔，不！它们还在喃喃细语呢……还在轻轻地拍着翅膀呢……这一切多奇怪！好像是些精灵鬼怪。它们多么听话，让人家关在这只破旧的箱子里，这可弄不明白了！

但最美的是用两个手指在两个键上同时按下去。那你永远不会知道是什么结果的。有时两个精灵是敌对的；它们彼此生气，扭打，怨恨，起哄，声音变得激昂了，叫起来了，一忽儿是愤愤的，一忽儿又是很和平的。克利斯朵夫顶爱这种玩意儿；那可以说是被缚的野兽，咬着它们的锁链，撞着笼子的壁，仿佛要把它撞倒了跳出来，正像童话里的鬼怪，给关在封有所罗门印玺的阿拉伯箱中。——有些精灵却奉承你，诱哄你，其实它们也只想咬人，而且都是火辣辣的。克利斯朵夫不知它们要什么，它们勾引他，使他神摇意荡，差不多脸红了。——还有一些相亲相爱的音，在那儿互相搂抱，好似两个人的亲吻；它们是妩媚的，柔和的。这是些善良的精灵：它们笑靥迎人，脸上没有一丝皱痕；它们喜欢小克利斯朵夫，小克利斯朵夫也喜欢它们；他含着眼泪听着，一遍又一遍地把它们叫回来。那是他的朋友，亲爱的，温柔的朋友……

孩子就是这样的在音响的森林中徘徊，觉得周围有无数陌生的力量，偷偷地觑着他，呼唤他，有的是为了抚慰他，有的是为了要吞掉他……

有一天他被父亲撞见了。粗声大气的嗓子把他吓得发抖。克利斯朵夫以为做了错事，把手抱着耳朵，预防猛烈的巴掌。可是父亲出乎意外的没有骂，他很高兴，他笑着：

“嗯，你喜欢这个么，孩子？”他说着亲热地拍拍孩子的头，“要不要我教你弹？”

怎么不要呢？……他高兴极了，嘟囔着回答说要的。两人便一齐坐在钢琴前面。这一回克利斯朵夫是坐在一大堆厚厚的书上了，很用心地上他的第一课。他先听说这些咿咿唔唔的精灵都有古怪的名字，中国式的，单音节的，甚至是单字的。他觉得很诧异，他另外造出一些美丽动人的名字，好似神话里的公主一般。他不喜欢父亲提到它们时那种亲狎的态度。而且他召来的不是原来的那些精灵了；在他手指底下滚出来的都显得神情冷淡。但克利斯朵夫仍旧很高兴地学到了音与音的关系和等级，那些音阶好比一个王统领着一队兵士，或是一队鱼贯而行的黑人。他又很诧异的发现,每个士兵或每个黑人都可以轮流的做王做领袖,带领一个同样的队伍,甚至在键盘上可以从下到上引出整个的联队。他喜欢抓住那个支配它们的线索来玩。可是这些比他早先发现的要幼稚多了,他再也找不到那个迷人的森林了。然而他很用功,因为那也并不沉闷。父亲的耐性使他很奇怪。曼希沃毫不厌倦地教他把同样的功课来了一遍又一遍。克利斯朵夫不明白父亲怎么肯这样费心:难道是喜欢他么?喔!他多好!孩子一边用功一边心里很感激。

要是他知道了老师的存心,他就不会这样满意了。

从这天起,曼希沃把孩子带到一个邻居家里。那边有一个室内音乐会,每星期演奏三次。曼希沃当第一小提琴手,约翰·米希尔当大提琴手。另外还有一个银行职员,一个席勒街上的老钟表匠。不时还有个药剂师挟着长笛来加入。总是下午五点开始,九点散场。一阕终了,大家喝些啤酒,街坊上的人随便进进出出,靠壁站着,一声不出的在那里听,按着拍子摇头顿足,抽的烟把屋子弄得乌烟瘴气。演奏的人一页复一页、一曲复一曲地奏下去,始终是那么耐性。他们不说话,聚精会神的,拧着眉头,偶然鼻子里哼几声表示高兴,可是他们非但不能把曲子的美表现出来,并且也感觉不到。他们的演技既不十分准确也不十分按拍,但从来不越轨,很忠实的依照谱上的标识。他们对于音乐,容易学会,容易满足;而那种不高不低的成就,在这个号称世界上最富音乐天才的民族中间是很普遍的。他们贪多务得而并不挑剔品质;对于这等强健的胃口,一切音乐都是好的,分量重的尤其好,——他们既不把贝多芬与勃拉姆斯加以区别,也不知道同一作家的一阕空洞的协奏曲和一阕深刻动人的奏鸣曲之间有何差异,因为它们都是同样的原料做成的。

克利斯朵夫躲在一边,在钢琴后面;没有人会惊动他,因为连他自己也得在地下爬着进去。里边黑洞洞的,地位刚好容得下他这个孩子,蜷着身子躺在地板上。人家抽的烟直刺他的眼睛与喉咙;另外还有灰尘,一大球一大球的像羊毛;可是他毫不在意,只顾严肃地听着,像土耳其人般盘膝而坐,肮脏的小手指把琴后布上的那些窟窿愈挖愈大。所奏的音乐他并不全部喜欢，但绝对没有使他厌烦的东西；他也从来不想整理出什么意见来，因为他觉得年纪太小，什么还没有懂。有些音乐使他瞌睡，有些使他惊醒；反正没有不入耳的。虽然他自己并不知道，可是使他兴奋的总是些上品的音乐。他知道没有人看见，就扮着鬼脸，耸着鼻子，咬着牙齿，或者吐出舌头，做出发怒的或慵懒的眼神，装着挑战的、威武的神气挥舞手足，他恨不得往前走，打，把世界碎为齑粉。他骚动得那么厉害，终于钢琴顶上露出了一个人头，对他喊道："喂，孩子，你发疯了么？不准和钢琴捣乱，把手拿出来好不好？我要来拧你的耳朵了！"——这一下他可是又羞又恼。干吗人家要来扫他的兴呢？他又不干坏事。真的，人家老是跟他过不去！他的父亲又从而附和。人家责备他吵闹，不喜欢音乐。结果连他自己也相信这话了。——那些老实的公务员只会像机器似的奏些协奏曲；要是告诉他们，说在场的人中间对音乐真有感觉的只有那个孩子的话，他们一定会大吃一惊的。

倘使人家要他安静，那末干吗奏那些鼓动他的曲子呢？在那些乐章中，有飞奔的马，刀剑的击触，战争的呐喊，胜利的欢呼，人家倒要他跟他们一样摇头摆脑的打拍子！那他们只要奏些平板的幻想曲，或唠叨了大半天而一句话也没说的乐章就得了。这类东西在音乐中有的是，例如戈尔德马克①的那一阕，刚才老钟表匠就很得意地说："这个很美。一点儿也不粗糙。所有的棱角都给修得圆圆的……"那时孩子就迷迷糊糊的很安静了。他不知道人家奏些什么，到后来甚至听不见了，但他很快活，四肢酥软，在那里胡思乱想。

他的幻想可并不是什么连贯的故事，而是没头没尾的。他难得看到一幅清楚的形象：母亲做着点心，用刀刮去手指上的面糊；——或是隔天看见在河里游泳的一只水老鼠；——再不然是他想用柳条做的那根鞭子……不知道为什么现在会想起这些！——他往往是一无所见，可是明明觉得有无数的境界。那好比有一大堆极重要的事，不能说或不必说，因为是人尽皆知的，从古以来就是这样的。其中有些是凄凉

---

① 卡尔·戈尔德马克(1830—1915)，匈牙利作曲家，作品有歌剧《萨巴女王》《炉边的蟋蟀》等。

的，非常凄凉的；但绝对没有日常生活中遇到的那种难堪，也并没有像克利斯朵夫挨着父亲的巴掌，或是羞愤交加地想着什么委屈的时候那种丑恶与屈辱：它们只使他精神上感到凄凉静穆。同时也有些光明的境界，散布出欢乐的巨流，于是克利斯朵夫想道："对啦……我将来要做的就是**这样的**。"他完全不知道所谓**这样的**是怎么回事，也不知道为什么他说这句话；但他觉得非说不可，觉得那是极明显的事。他听到一片海洋的声音，就在他身旁，只隔着一道砂堤。这片海洋是什么东西，要把他怎样摆布，克利斯朵夫连一点观念都没有。他只意识到这海洋要从堤岸上翻过来，那时……啊，那时才好呢，他可以完全快乐了。只要听着它，给它洪大的声音催眠着，一切零星的悲痛与耻辱就都能平复下来，固然这些感觉还使他伤心，可是再没有可耻与侮辱的意味：一切都显得那么自然，差不多是甜美的了。

平庸的音乐往往使他有这种醉意。写作这类东西的人是些可怜虫，一无所思，只想挣钱，或是想把他们空虚的人生编造一些幻象，所以才依照一般的方式——或为标新立异起见而全然不照方式——把音符堆砌起来。但便是一个伧夫俗物所配制的音乐，也有一股强烈的生命力，能把天真的心灵激发出狂风骤雨。甚至由俗物唤引起来的幻想，比那些使劲拖曳他的强有力的思想更神秘更自由：因为无意义的动作与废话并不妨害心灵自身的观照……

孩子这样的躲在钢琴后边物我两忘，——直到他忽然觉得蚂蚁爬上他大腿的时候，才记起自己是个小孩子，指甲乌黑，把鼻子望墙上轻轻挨着，双手攀着脚的小孩子。

曼希沃踮着足尖走进来，撞见孩子坐在太高的键盘前面的那天，他把他打量了一会儿，忽然心中一亮："哦，神童！……怎么早先没想到呢？……这不是家庭的运气吗！"没有问题，他一向认为这孩子将来不过是个乡下人，跟他母亲一样。"可是试一下又不破费什么。嗬，这倒是一个机会！他将来可以带着他周游德国，也许还能到国外去。那不是又愉快又高尚的生活吗？"——曼希沃老想在自己的行为中发掘出一点高尚的成分，而发掘不出的时候是难得有的。

有了这点信心以后，他一吃过晚饭，最后一口东西刚下肚，就马上把孩子再去供在钢琴前面，要他复习白天的功课，直到他眼睛累得要合拢来的时候。然后明天又是三次。后天又是三次。从此竟是每天如此。克利斯朵夫很快就厌倦了，后来竟闷得慌了；终于他支持不住，试着反抗了。人家教他做的功课真无聊，不过要他的手在键盘上飞奔，越快越好，一边要把大拇指很快地偷渡过去，①或是把跟中指与小指牵连在一块儿的无名指练得婉转如意。这些都教他头痛；而且听起来一点不美。余音袅袅的妙境，迷人的鬼怪，一刹那间感觉到的梦一般的世界……一切都完了……音阶之后又是练习，练习之后又是音阶，枯索，单调，乏味，比着餐桌上老讲着饭菜，而且老是那几样饭菜的话更乏味。孩子先是不大用心听父亲所教的东西了。给骂了一顿，他老大不愿意的继续下去。这样当然招来了冷拳，他便用最恶劣的心情来反抗。有一晚听见父亲在隔壁屋子说出他的计划，克利斯朵夫的气更大了。哦，原来是为了要把他训练成一头玩把戏的动物拿到人前去卖弄，才这样的磨他，硬要他整天去拨动那些象牙键子！他连去看看亲爱的河的时间都没有了。他们干吗要跟他过不去呢？——他的骄傲与自由都受了伤害，他愤慨极了。他决意不是从此不弄音乐，便是尽量的弹得坏，使父亲灰心。这对他也不大好受，可是他的自由独立非挽救不可。

从下一课起，他就实行他的计划。他一心一意的把音弹错，把装饰音弄成一团糟。曼希沃叫着喊着，继之以怒吼；戒尺像雨点一般落下来。他有根粗大的戒尺，孩子弹错一个音，就打一下手指；同时在他耳边咆哮，几乎把他震聋。克利斯朵夫疼得把脸扭做一团，咬着嘴唇不让自己哭出来，忍着痛苦照旧乱弹，觉得戒尺来了便把脑袋缩下去。但这不是个好办法，他不久也发觉了。曼希沃和他一样固执，他发誓哪怕两天两晚地拼下去，他也决不放过一个音，直到他弹准为止。克利斯朵夫拼命留神要教自己每次都弹错，曼希沃看见他每逢装饰音就故意使性子，把小手重重地打在旁边的键子上，也就怀疑他是存心闹鬼。戒尺的记数加了倍，克利斯朵夫的手指完全失去了知觉。他不声不响的，可怜

---

① 按钢琴指法，中指弹过第三个音时当用拇指在食指中指下面弯过去弹第四个音。

巴巴的抽咽着，把眼泪往肚里咽。他懂得这样下去是没有侥幸可图的，只能试试最后一个办法。他停下来，一想到他将要掀起的暴风雨，先就发抖了：

“爸爸，我不愿意再弹了。”他鼓足勇气说。

曼希沃气得不能呼吸了。

“怎么！……怎么！……”他喊道。

他摇着孩子的手臂差点儿把它扭断。克利斯朵夫越来越哆嗦，一边举着肘子防备拳头，一边继续说：“我不愿意再弹。第一，因为我不愿意挨打。而且……”

他话没有说完，一个巴掌把他打断了呼吸。曼希沃嚷道：“嘿！你不愿意挨打？你不愿意挨打？……”接着拳头就像冰雹一样落下来。

克利斯朵夫大哭大叫地说：“而且……我不喜欢音乐！……我不喜欢音乐！……”

他从凳上滑了下来。曼希沃狠狠地把他重新抱上去，抓着他的手腕往键盘上捣了一阵，嚷道：“你非弹不可！”

克利斯朵夫嚷道：“我偏不！”

曼希沃没有法儿，只能把他推在门外，说要是他不好好地弹他的练习，一个音都不错，就整天整月的没有东西吃。他把他屁股上踢了一脚，关上了门。

克利斯朵夫给赶到了楼梯上，又脏又暗，踏级都给虫蛀了的楼梯上。天窗的破玻璃中吹进一阵风，墙上湿漉漉的全是潮气。克利斯朵夫坐在肮脏的踏级上；又愤怒又激动，心在胸中乱跳。他轻轻地咒骂父亲：

“畜生！哼，对啦，你是畜生！……小人……野兽！……我恨你，我恨你！……只希望你死，死！”

他悲愤填胸，无可奈何地瞅着滑腻腻的楼梯，望着破玻璃窗高头迎风飘荡的蜘蛛网。他觉得自己在苦难中孤独无助。他望着栏杆中间的空隙……要是往下跳呢？……或者从窗里跳呢？……是啊，要是用跳楼自杀来惩罚他们，他们良心上该多么难过！他仿佛听见自己坠楼的声音。上面急急忙忙开门，好不凄惨地叫起来：“他跌下去了！跌下去了!”一阵脚步声在楼梯上滚下来。父亲母亲哭着扑在他身上。母亲哭哭啼啼地嚷着:“都是你呀!是你害死他的!”父亲把手臂乱动了一阵跪在地下,把脑袋撞着栏杆,喊着:“我该死呀!我该死呀!”——想着这些,克利斯朵夫的痛苦解淡了,差不多要哀怜那些哭他的人了;但转念一想,又认为他们活该,觉得自己出了口气非常痛快……

编完了故事,他发觉自己还是在楼梯高头的黑影里;再对下面瞧了一眼,跳楼的念头完全没有了;甚至还打了个寒噤怕掉下去,赶紧退后了些。于是他觉得真的做了犯人,好似一头可怜的鸟给关在笼里,除了千辛万苦,绞尽脑汁以外,别无生路。他哭着哭着;用肮脏的小手擦着眼睛,一忽儿就把整个脸涂得乌七八糟。他一边哭一边照旧望着周围的东西;这倒给了他一点儿消遣。他把哼啊嗐的哭声停了一会儿,仔细瞧了瞧那只开始蠕动的蜘蛛。然后他又哭,可是没有多大的劲了。他听着自己哭,尽管无意识地在那里哼着,可已经不大明白为什么要这样哼了。不久他站起来;窗子在吸引他。他坐在窗槛上,小心翼翼地把身子紧靠着里头,斜着眼睛瞅着他又好奇又厌恶的蜘蛛。

莱茵河在屋下奔流。人在楼梯的窗口临河眺望,好似悬在动荡的天空。克利斯朵夫平常一拐一拐下楼的时候总是对河瞧上一眼的,但从来没见到今天这样的景色。悲伤使感觉格外锐敏;眼睛经过泪水的洗涤,往事的遗迹给一扫而空,一切在眼膜上刻画得更清楚了。在孩子心目中,河仿佛是个有生命的东西,是个不可思议的生物,但比他所见到的一切都强得多!克利斯朵夫把身子往前探着,想看个仔细;嘴巴鼻子都贴着玻璃。**它**上哪儿去呢?**它**想怎么办呢?**它**好似对前途很有把握……什么也拦不住**它**,不分昼夜,不论晴雨,也不问屋里的人是悲是喜,**它**总是那么流着;一切都跟**它**不相干;**它**从来没有痛苦,只凭着**它**那股气魄恬然自得。要能像**它**一样的穿过草原,拂着柳枝,在细小晶莹的石子与砂块上面流过,无忧无虑,无牵无挂,自由自在,那才快活咧!……

孩子全神贯注地瞧着,听着,仿佛自己随波逐流地跟着河一起去了……他闭上眼睛,便看到光怪陆离的颜色:蓝的,绿的,黄的,红的;还有巨大的影子在飞驰,水流似的阳光在倾泻……种种的景象渐渐分明了。一片辽阔的平原,微风挟着野草与薄荷的香味,把芦苇与庄稼吹得有如涟波荡漾。矢车菊,罂粟,紫罗兰,到处都是花。啊,多美!空气多甜蜜!躺在那些又软又厚的草上多舒服啊!克利斯朵夫觉得又快活又有些迷糊,好像过节的日子父亲在他的大玻璃杯中倒了一点儿莱茵美酒……河流又往前去……景色变了……一些垂在水面上的树:齿形的叶子像小手般在水底下打回旋。林间有所村落倒映在河里。微波轻拍的白墙上面,可以看到杉木与公墓上的十字架……随后是巉岩,是连绵起伏的山峦,坡上有葡萄藤,有小松林,有城堡的遗迹。过后又是平原、庄稼、禽鸟、阳光……

浩荡的绿波继续奔流,好像一整片的思想,没有波浪,没有皱痕,只闪出绿油油的光彩。克利斯朵夫简直看不见那片水了;他闭上眼睛想听个清楚。连续不断的澎湃的水声包围着他,使他头晕眼花。他受着这永久的,控制一切的梦境吸引。波涛汹涌,急促的节奏又轻快又热烈地往前冲刺。而多少音乐又跟着那些节奏冒上来,像葡萄藤沿着树干扶摇直上:其中有钢琴上清脆的琶音,有凄凉哀怨的提琴,也有缠绵婉转的长笛……那些风景隐灭了。河流也隐灭了。只有一片柔和的、暮霭苍茫的气氛在那里浮动。克利斯朵夫感动得心都颤抖了。那时又看到些什么呢?哦,全是些可爱的脸!……——一个黄发垂髫的小姑娘在叫他,带着慵懒与嘲弄的神气……一个脸色苍白的男孩子,碧蓝的眼睛不胜怅惘地望着他。……还有别的笑容别的眼睛,——有的是好奇而乱人心意的眼睛,简直把你瞧得脸红,——有的是亲切而痛苦的眼睛,像狗那么和善的目光,——有傲慢的眼睛,也有苦恼的眼睛……还有那张惨白的妇人的脸,乌黑的头发,紧锁的嘴巴,眼睛似乎占据了半个脸庞,恶狠狠地瞪着他……而最可爱的却是那张对他微笑的脸,淡灰的眼睛,微微张开的嘴巴,小小的牙齿多么光亮……啊!慈悲的温柔的笑容!把他的心都融化了!他觉得多舒畅,多爱它!啊,再来一次罢!再对我笑一下罢!你别走呀!——哎哟!它隐掉了!可是他心中已经留下一股无法形容的温柔的感觉。凡是可怕可悲的事都没有了,什么都没有了……只有一场轻飘的梦,一阕清朗的音乐,在阳光中浮动,好似室女座中的众星在夏季的天空闪烁……——可是刚才那些是怎么回事呢？使孩子神摇魄荡的好多景象又是什么呢？他从来没看到过，可是明明认识它们。它们从哪儿来的？从生命的哪一个神秘的深渊中来的？是过去的呢还是将来的呢？……

然后，什么都隐灭了，一切形象都化掉了……然后，好像一个人在高空，隔着云雾，最后一次又看到那洋溢的河在田野中泛滥，那么威严那么迟缓地流着，简直像是静止的。而远远的仿佛有道灰白的微光，一片汪洋，一线水波在天边颤动，——那是大海。河向着海流去，海也向着河奔来。海吸引河，河也需要海。终于河流入海，不见了……音乐在那里回旋打转，舞曲的美妙的节奏疯狂似的来回摆动；一切都卷入它们所向无敌的漩涡中去了……自由的心灵神游太空，有如为空气陶醉的飞燕，尖声呼叫着翱翔天际……欢乐啊！欢乐啊！什么都没有了！……哦！那才是无穷的幸福！……

时间流逝，黄昏来了，楼梯那边已经黑了。雨点滴在河面上，化成无数的圆涡跟着水波打转。有时，一根树枝，几片黑色的树皮，无声无息地浮过，顺流而去。凶残的蜘蛛饱餐之后躲在最暗的一角，——小克利斯朵夫老是伏在窗洞边上；抹得乌七八糟的苍白的脸上闪着幸福的光彩。他睡熟了。

第三部

日色曚昽微晦

《神曲·炼狱》第三十

他不得不让步了。虽然英勇的抵抗极其顽强,终究给戒尺制服了。每天早上三小时,晚上三小时,克利斯朵夫必须坐在这架刑具前面。又要用心,又是厌烦,大颗大颗的眼泪沿着鼻子跟腮帮淌着:他把常常冻得红肿的小手在黑白的键子上搬动,弹错一个音戒尺就打下来,同时还要听老师的咆哮,那是他觉得比挨打更受不了的。他自以为对音乐恨透了,但他拼命用功,那可不是单单为了怕父亲的缘故。祖父有过几句话给了他深刻的印象。老人看见小孙子哭,就郑重其事的和他说,为着人间最美最高尚的艺术,为着安慰苍生,为人类增光的艺术而吃些苦是值得的。克利斯朵夫一方面因为祖父把他当做大人看待而非常感激,一方面因为那些话跟他儿童的刻苦与高傲的精神非常投合而大为感动。

但主要的原因,还是音乐所引起的某些情绪深深地印在心头,使他不由自主地留恋音乐,把一生奉献给这个他自以为深恶痛绝,竭力反抗而无效的艺术。

依照德国的惯例,城里有座戏院,演着歌剧、喜歌剧、轻歌剧、话剧、喜剧、歌舞、杂耍,以及一切可以上演的东西,不拘种类不拘风格。每星期表演三次,从下午六点到九点。老约翰·米希尔每次必到,对所有的节目都感到同样的兴趣。有一次他带着孙子一起去。好几天以前,他先把情节详细解释了一番。克利斯朵夫一点也不明白,只记得有些可怕的事;他一边迫不及待的想看,一边也十分怕看。他知道剧中要有一场雷雨,他就怕给霹雳打中。他知道剧中有一场战争,他就不敢说自己会不会被杀死。头天晚上，他在床上真是急坏了。到了上演的日子，他几乎希望祖父有事不能来。可是开演的时间近了而祖父还没到，他又开始发愁，时时刻刻从窗里张望。终于老人出现了，他们俩动身了。他的心在胸中乱跳，口干舌燥，连一个字都说不上来。

他到了那座神秘的屋子，那是家里的人常常提起的。约翰·米希尔在门口碰上几个熟人；孩子紧紧抓着他的手，生怕把祖父丢了，他不明白这个时候他们怎么还能泰然自若的有说有笑。

祖父坐在老位置上，在第一排紧靠乐队的地方。他凭着栏杆，立刻和低音提琴手拉不断扯不断的谈起话来。这儿是他的天地了，凭他音乐方面的权威，这儿可有人听他说话了；他便利用，甚至滥用这种机会。克利斯朵夫什么也听不见。看着这富丽堂皇的剧场，使他胆小的那么多的观众，等待开演的心情，把他神志都搅糊涂了。他不敢回过头去，以为所有的目光都盯着他一个人。他哆哆嗦嗦地把小鸭舌帽夹在膝盖中间，圆睁着眼睛瞪着那个奇妙的幕。

终于台上敲了三下。祖父擤过鼻子。掏出脚本，那是他一字不肯放过的，有时倒反因之不注意台上的戏文。乐队开始演奏，一听开头几个和弦，克利斯朵夫就安心了。这个音响的世界可是他的世界了；从此以后，不管演的戏多么离奇，他总觉得很自然的。

一开幕便是些纸板糊起来的树，和差不多跟这个一样假的东西。孩子张着嘴望着，觉得有趣极了，可并不惊奇。戏剧的情节发生在假想的东方，那是他连一点观念也没有的。诗歌体的台词全是无聊的废话，叫人摸不着头脑。克利斯朵夫什么也看不清，把剧情都弄错了，拿这个角儿认作那个角儿，扯着祖父的衣袖提出可笑的问句，证明他全盘不懂。可是他非但不厌烦，倒反看得出神了。他拿那个荒谬的脚本自己杜撰了一个故事，和台上演的全不相干；眼前的情节随时跟他的故事抵触，不得不随时修正，孩子可并不着急。演员们叫着各种不同的声音；他从中挑了几个他喜欢的角儿，提心吊胆地注意他们的命运。他尤其为一个美人儿颠倒，不老不少的年纪，金黄的长发，大得有点过分的眼睛，光着脚。不近情理的怪场面并没使他觉得刺眼。高大臃肿的演员的丑态，奇形怪状的合唱队分站两行，做着毫无意义的姿势，穷嘶极喊时的怪相,凌乱的假头发,男高音歌手的高底靴,女主角的化装,五颜六色的涂抹一脸:儿童尖锐的眼睛对这些都没有注意到。他好似一个动了爱情的人,看不见爱人的真面目。儿童创造幻觉的奇妙的力量,能随时拦住不愉快的感觉把它改头换面。

这些奇迹原是音乐促成的。它把所有的东西罩上一层薄雾,使一切都显得高尚,美丽,动人。音乐使心灵狂热的需要爱,使它觉得周围的空虚,然后又提供许多幽灵似的对象来填补这空虚。小克利斯朵夫情绪紧张到极点。有些话,有些手势,有些乐句,使他非常不自在;他不敢看了,不知道那是正当的还是不正当的,脸一忽儿红一忽儿白,脑门上全是汗;而他还怕旁人发觉自己的慌乱。歌剧到第四幕,照例有桩不可避免的祸事要临到一对爱人头上,让男主角与女主角有个尖声大叫的机会;但那时孩子觉得要闭过气去了;他喉咙像着了凉一样的难过,双手掐着脖子,连口水都咽不下了;他胀饱了泪水。幸而祖父感动的程度也和他不相上下。他对戏剧的兴趣,像儿童一样的天真。逢到惊心动魄的情节,他装做若无其事的轻轻咳嗽,遮掩心中的激动;可是克利斯朵夫看得很清楚,觉得很高兴。他热极了,昏昏欲睡,坐在那儿又非常不舒服。但他一心一意地想着:“是不是还有好久呢?希望它不要完呀!……”

可是,突然之间一切都完了,他不明白为什么完了。幕一闭,大家都站起身子,心荡神驰的境界给打断了。

一老一小的两个孩子在夜里回去。多美的夜!多恬静的月光!他们俩一声不出,翻来覆去想着他们的回忆。终于老人问道:“你快活吗?”

克利斯朵夫一时答不上来,他还受着感情的控制,并且他不愿意说话,生怕把幻景赶跑了;他勉强振作了一下,深深叹了口气,声音很轻地回答说:“哦!是的!”

老人笑了笑,过了一会儿又说:“你瞧,做个音乐家多了不起!造出这些奇妙的场面,不是最大的光荣吗?那简直跟上帝下凡一样。”

孩子听了大吃一惊。怎么!这是人造出来的?他真没想到。他几乎以为那是自然而然产生的,是天造地设的……原来一个人,一个音乐家，就像他将来也会成功的那种人，竟能造出这样的作品！哎哟！希望自己能有那么一天，便是一天也好！过后……过后，随便怎么都可以！就是死也甘心了！他问："祖父，这是谁作的呢？"

祖父说作者叫做法朗梭阿·玛丽·哈斯莱，是个德国的青年音乐家，住在柏林，他从前认识的。克利斯朵夫竖起耳朵听着，突然问道：

"那末您呢，祖父？"

老人打了个寒噤。

"什么？"他问。

"您，您有没有也作过这些东西？"

"当然。"老人的声音有点儿不高兴。

说完他不作声了；走了几步，又深深地叹了口气。这是他终身隐痛之一。他一向想写戏剧音乐，可是灵感不帮忙。他纸夹里头的确藏着他创作的一二幕乐谱；但他对它们的价值毫无把握，从来不敢拿给人家去评一评。

直到家里，他们俩再也不说一句话。两人都睡不着觉。老人心里很难过，念着《圣经》安慰自己。克利斯朵夫在床上回想着当晚的情形，连小地方都记得，赤足的女郎又在他面前出现了。快睡着的时候，一句音乐忽然清清楚楚在耳边响着，好像乐队就在近边；他不由得惊跳起来，昏昏沉沉地靠着枕头想道："将来有一天，我也要写这种东西。噢！我是不是能写呢？"

从那时起，他唯一的欲望就是看戏。因为人家把看戏作为他工作的酬报，他对功课更上劲了。他老想着戏：上半星期想着过去的戏，下半星期想着下次的戏。他甚至怕上演的那天害病；这种恐惧使他常常觉得有三四种病的征象。到了那天，他吃不下饭，好像担着重大的心事，骚乱不堪，跑去对时钟看了几十次，以为天不会黑的了。临了他忍不住了，在售票房开门以前一个钟点就出发，怕没有位置；又因为他第一个到，对着空荡荡的场子不免暗暗发急。祖父和他说过，有两三次因为看客不多，演员宁可退还票价而停演。他注意来的人，数着："二十三，二十四，二十五……噢！不够啊……人数老是不够啊！"看到花楼或正厅里来了几个重要的人物，他心又轻松了些，对自己说："这一个，他们总不敢请他回去吧？为了他，总得开演吧！”——可是他还没有把握，直要乐师们进了场才放心。但他到最后一刻还在发急，不知道会不会开幕，会不会像某一晚那样临时宣布更改戏码。他山猫似的小眼睛瞅着低音提琴手的乐谱架，瞧瞧谱上的题目是不是当晚演的戏。等到看清楚了，过了两分钟又看一下，只怕刚才看错了……乐队指挥还没有进场，一定是害病了……幕后有人忙忙碌碌的乱做一堆，又是谈话声，又是急促的脚步声。可是闯了祸，出了事吗？还好，声音没有了。指挥已经在他的位置上。明明一切都准备好了……还不开场！是怎么回事呢？……他急坏了。——终于开演的记号响了。他的心跳了。乐队奏着序曲；然后，克利斯朵夫有几个钟点在极乐世界中载沉载浮，美中不足的就是担心这境界早晚要完的。

过了些时候，一件音乐界的大事把克利斯朵夫刺激得更兴奋了。第一次使他激动的那出歌剧的作者，法朗梭阿·玛丽·哈斯莱要来了。他要亲自指挥乐队演奏他的作品。全城都为了这件事轰动起来。年轻的大音乐家正在德国引起剧烈的争辩；十五天内，大家只谈论他。可是他到了城里，情形又不同了。曼希沃和老约翰·米希尔的朋友们老讲着他的新闻，把音乐家的起居生活说得那么离奇；孩子非常热心地听在耳里。想到大人物就在这儿，住在他的城里，呼吸着同样的空气，走着同样的街道，他暗中激动到极点，只希望能见到他。

大公爵①把哈斯莱招待在他的府第里。除了上戏院去主持预奏会，音乐家难得出门，而逢到预奏的场合，克利斯朵夫是不能进去的；他又因为生性很懒，进出都坐着亲王的车。因此克利斯朵夫很少有瞻仰到他的机会；他只有一次看见他在路上过，而且只看见车厢底里的皮大氅，虽然他在路旁等了几小时，用肘子左一下右一下的在人堆中钻到第一排，还得想法不给人家挤掉。他又花了好多时间站在爵府外面，听人家说哪儿是音乐家的卧室，他就远远地对那边的窗子东张西望，聊以自

① 克利斯朵夫本乡的城市是一个诸侯的首府，诸侯的爵位当是大公爵。书中屡次提及亲王，是欧洲人对一般诸侯的尊称，与实际的爵位无关。

慰。他往往只看到百叶窗:因为哈斯莱起得很晚,差不多整个上午窗子总是关着的。所以消息灵通的人说哈斯莱怕见日光,永远过着夜生活。

末了,克利斯朵夫终于能靠近他的大人物了。那是举行音乐会的一天。全城的人都到场。大公爵和他的家族占据了御用的包厢,高头悬着冠冕、由两个肥胖的小天使高高地举在空中。戏院的布置像举行什么大典一样。台上扎着橡树的枝条和带花的月桂。凡是有些本领的音乐家,都以能参加乐队为荣。曼希沃坐在他的老位置上,约翰·米希尔担任合唱队的指挥。

哈斯莱一出现,立刻来了个满堂彩,妇女们还站起来想看个仔细。克利斯朵夫恨不得用眼睛把他吞下去。哈斯莱的相貌很年轻很清秀,可是有些虚肿,疲倦;鬓角已经不剩什么,在拳曲的黄头发中间,头顶有点儿秃了。眼睛是蓝的,目光没有神。淡黄的短髭下面,那张带有嘲弄意味的嘴巴老是在那里微微扯动。他身躯高大,好似站不稳的样子,可并非为了局促,而是由于疲倦或是厌烦。他的指挥的艺术灵活而带点任性,整个高大而脱骱似的身子在那里波动,手势忽而柔媚忽而激烈,像他的音乐一样。可见他非常的神经质;而他的音乐也反映出这种性格。一向无精打采的乐队这时也感染了那种震荡颠动的气息。克利斯朵夫呼吸迫促,虽然怕引起人家的注意,还是没法安安静静地坐在那里;他烦躁至极,站起身子,音乐给了他那么剧烈那么突兀的刺激,逼得他摇头摆脑,手舞足蹈,使邻座的人大受威胁,只能尽量躲闪他的拳脚。而且全场的人都兴奋若狂,音乐会的盛况比音乐本身更有魔力。末了,掌声跟欢呼声像雷雨似的倒下来,再加乐队依照德国习惯把小号吹得震天价响,表示对作者致敬。克利斯朵夫得意之下,不由得浑身哆嗦,仿佛那些荣誉是他受到的。他很高兴看见哈斯莱眉飞色舞,像儿童一样的心满意足;妇女们丢着鲜花,男人们挥着帽子;大批的听众像潮水一般往舞台拥过去。每人都想握一握大音乐家的手。克利斯朵夫看见一个热烈的女人把他的手拿到唇边,另外一个抢着哈斯莱放在指挥台上的手帕。他莫名其妙的也想挤到台边,可是他要真的到了哈斯莱身边,马上会不胜惊惶地逃走的。他像头羊似的低着脑袋在裙角与大腿之间乱钻,想走近哈斯莱,——但他太小了,挤不过去。

祖父在大门口把他找到了,带他去参加献给哈斯莱的夜乐会。①那时已经天黑了,点着火把。乐队里全体人员都在场,所谈的无非是刚才听到的神妙的作品。到了爵府前面,大家静悄悄的集中在音乐家的窗下。虽然哈斯莱跟众人一样早已知道,可是大家还装得非常神秘,在静寂的夜里开始演奏哈斯莱作品中最著名的几段。哈斯莱和亲王在窗口出现了,众人对他们欢呼,而他们俩也对大家行礼。亲王派了一个仆人来请乐师们到府里去。他们穿过大厅,壁上满是油画,绘着戴盔的裸体人物:深红的皮色,做着挑战的姿势;天上盖着大块的云像海绵一般。另外也有男男女女的大理石像,穿着铁片做的短裙。地毯那么柔软,走在上面没有一点声音。后来进入一间大厅,光亮如同白昼,桌上摆满着饮料和精美的食物。

大公爵就在那间屋里,可是克利斯朵夫看不见他:他心目中只有哈斯莱一个人。哈斯莱迎着乐师走过来,向他们道谢,他一边说一边找字,赶到句子说到一半想不出下文,便插一句滑稽的俏皮话,引得众人都笑了。然后大家开始吃东西。哈斯莱特别把四五个艺术家请在一边,把克利斯朵夫的祖父也找了来,恭维了一番。他记得最先演奏他作品的那些人里头就有约翰·米希尔;又提到他常常听见一个朋友,祖父从前的学生,说他如何如何了不起。祖父不胜惶恐地道谢,回答了几句过火的奉承话,连极崇拜哈斯莱的克利斯朵夫听了也非常难为情,但哈斯莱似乎觉得挺舒服挺自然。等到祖父不知所云地说了一大堆,没法接下去的时候,便把克利斯朵夫拉过去见哈斯莱。哈斯莱对克利斯朵夫笑了笑,随手摸着他的头;一知道孩子喜欢他的音乐,为了想见到他已经好几晚睡不着觉,他便抱起孩子,很亲热地向他问长问短。克利斯朵夫快活得面红耳赤,紧张得话也不会说了,望也不敢望了。哈斯莱抓着他的下巴颏儿,硬要他抬起头来。克利斯朵夫先偷偷地张望了一下:哈斯莱眼睛笑眯眯的,非常和善;于是他也笑了。然后,他觉得在他心爱的大人物的臂抱中那么快乐,那么幸福,以至眼泪簌落落的直掉下

① Séré nade 为曲体名称(即所谓小夜曲),亦为演奏此种乐曲之音乐会名称,原为男女相悦求爱之用,后演变为对名流伟人之歌颂,但仍照昔时习惯,于夜间露天举行。

来。哈斯莱被这天真的爱感动了,对他更亲热,把他拥抱着,像母亲一样温柔地和他说话。同时他尽挑些滑稽的话,呵孩子的痒,逗他发笑;克利斯朵夫也禁不住破涕为笑了。一忽儿他已经跟他很熟,毫无拘束的回答哈斯莱的话,又自动咬着哈斯莱的耳朵说出他所有的小计划,仿佛他们俩是老朋友;他说他怎样想做一个像哈斯莱那样的音乐家,写出像哈斯莱那样美妙的作品,做一个大人物等。一向怕羞的他居然放心大胆地说着,可不知道说些什么,他出神了。哈斯莱听着他的唠叨笑开了,说:

"等你大了,成功了一个音乐家的时候,你得上柏林来看我,我可以帮你的忙。"

克利斯朵夫快活得答不上话。哈斯莱便跟他开玩笑说:

"你不愿意吗?"

克利斯朵夫拼命摇头,摇了五六次,表示绝不是不愿意。

"那末一言为定喽?"

克利斯朵夫点点头。

"那末你亲我一下啊!"

克利斯朵夫把胳膊勾着哈斯莱的脖子,使劲地抱着他。

"哎啊,小家伙,你把我弄潮了!放手!你擤擤鼻子好不好!"

哈斯莱一边笑一边亲自替又羞又喜的孩子擤鼻子。他把他放在地下,拉他到桌子旁边,把糕饼塞满了他的口袋,说道:

"再会了!别忘了你答应的话。"

克利斯朵夫快乐得有点飘飘然。世界上一切都不存在了。他怀着一腔热爱,目不转睛地看着哈斯莱所有的表情,所有的动作。可是忽然有句话使他听了很奇怪。哈斯莱举起杯子,脸色顿时紧张起来,说道:

"我们在这种快乐的日子也不该忘了我们的敌人。那是永远不应该忘掉的。我们没有被打倒并不是因为他们留情。我们也用不着为了他们的生存而留情。所以我的干杯祝贺对有些人是除外的!"

大家对于这古怪的祝词笑着鼓掌;哈斯莱也跟着大家一起笑,又像刚才一样的高兴了。但克利斯朵夫心里很不痛快。虽然他崇拜哈斯莱,不敢议论他的行为,可是他觉得今天晚上应当和颜悦色,只有些快乐的念头才对,哈斯莱想到那些丑恶的事未免太扫兴了。可是这个印象是模糊的,而且很快就被过度的欢乐和在祖父杯子里喝的一点儿香槟酒赶跑了。

祖父在回家的路上自言自语地说个不停,哈斯莱对他的恭维使他高兴极了;他大声地说哈斯莱是个天才,一百年只会出一个的那种天才。克利斯朵夫一声不出,把他像爱情那样的醉意都藏在心里:啊! 他亲过他,抱过他! 他多好! 多伟大!

他在小床上热烈地抱着枕头想道:

“噢! 我为他死也甘心的,甘心的!”

光明的流星在小城的天空照耀了一晚之后,克利斯朵夫精神上便受到确切不移的影响。在他整个的童年时代,哈斯莱变成他的模范,他的眼睛始终盯住了它。学着哈斯莱的样,六岁的孩子也决心要写音乐了。其实好久以前,他已经不知不觉地在那里作曲了;他没有知道自己作曲的时候已经在作曲了。

对一个天生的音乐家,一切都是音乐。只要是颤抖的,震荡的,跳动的东西,大太阳的夏天,刮风的夜里,流动的光,闪烁的星辰,雷雨,鸟语,虫鸣,树木的呜咽,可爱或可厌的人声,家里听惯的声响,咿咿呀呀的门,夜里在脉管里奔流的血,——世界上一切都是音乐;只要去听就是了。这种无所不在的音乐,在克利斯朵夫心中都有回响。他所见所感,全部化为音乐。他有如群蜂嗡嗡的蜂房。可是谁也没注意到,他自己更不必说了。

像所有的儿童一样,他一天到晚哼个不停。不论什么时候,不论做着什么事:——在路上一蹦一跳的时候,——躺在祖父屋子里的地板上,手捧着脑袋,看着书中的图画的时候,——在厨房里最黑的一角,薄暮时分坐在小椅子里惘然出神的时候,——他的小嘴老是在那里咿咿唔唔,闭着嘴,鼓着腮帮,卷动舌头。他这样会毫不厌倦地玩上几小时。母亲先是没有留意,然后不耐烦地叫起来了。

等到这种迷迷糊糊的状态使他厌烦了,他就想活动一下,闹些声音出来。于是他编点儿音乐,给自己直着嗓子唱。他为了日常生活不同的节目编出不同的音乐。有的是为他早上像小鸭子一般在盆里洗脸时用的。有的是为他爬上圆凳坐在可恶的乐器前面时用的,——更有为他从凳上爬下来时用的(那可比爬上去时的音乐明朗多了)。也有为妈妈把汤端上桌子时用的:——那时他走在她前面奏着军乐。——他也有气概非凡的进行曲,一边哼一边很庄严地从餐室走向卧室。有时他趁此机会和两个小兄弟组织一个游行队伍:三口儿一个跟着一个,一本正经地走着,各奏各的进行曲。当然,最美的一支是克利斯朵夫留给自己用的。什么场合用什么音乐都有严格的规定,克利斯朵夫从来不会用错。别人都会混淆,他可对其中细微的区别分辨得很清楚。

有一天他在祖父家里打转,跺着脚,仰着脑袋,挺着肚子,无休无歇地转着,转着,直转得自己头晕,一边还哼着他的曲子,——老人正在剃胡子,停下来探出他满是皂沫的脸,望着他问:“你唱什么呢,孩子?”

克利斯朵夫回答说不知道。

“再来一下!”祖父说。

克利斯朵夫试来试去,再也找不到他的调子了。祖父的留神使他很得意,想借此卖弄一下他的好嗓子,便独出心裁唱了一段歌剧,可是老人要他哼的并非这个。约翰·米希尔不作声了,似乎不理他了。可是孩子在隔壁屋里玩耍的时候,他特意让房门半开着。

几天之后,克利斯朵夫用椅子围成一个圆圈,做着一出音乐喜剧,那是用戏院里断片的回忆凑起来的;他学着人家的样,一本正经的跳着小步舞,向挂在壁上的贝多芬像行礼。正当他用一只脚站着打个转身的时候,看见祖父在半开的门里探着头对他望着。他以为老人家笑他,便害臊起来,立刻停止了,奔到窗前把脸贴在玻璃上,好像看着什么挺有趣的东西。老人一句话也不说,走过来拥抱他;克利斯朵夫这才看出他很快活。小小的自尊心不免乘机活动了:他相当聪明,知道人家赏识他,可拿不准在剧作家、音乐家、歌唱家、舞蹈家这些才能中间,祖父最称赏他哪一项。他想大概是歌舞部分,因为那是他自己最得意的玩意儿。

过了一星期,他已经把那件事完全忘了,祖父却像有什么秘密似的告诉他,说有些东西给他看。老人打开书桌,捡出一本乐谱放在钢琴上叫孩子弹。克利斯朵夫莫名其妙的勉强摸着。[1] 乐谱是手写的，还是老人用他肥大的笔迹特别用心写的。题目都用的花体字。祖父坐在克利斯朵夫身边替他翻谱，过了一会儿问孩子那是什么音乐。克利斯朵夫只顾着弹琴，根本没注意弹的东西，回答说不知道。

"你想想吧，难道不认得吗？"

不错，这音乐明明是熟的，可想不起在哪儿听过……祖父笑道："再想想吧。"

克利斯朵夫摇摇头，说："我想不起。"

他仿佛心中一亮，觉得这些调子……可是他不敢……不敢指认……

"祖父，我不知道。"

他脸红了。

"哎，小傻子，你自己的调子还认不得吗？"

对，他知道是自己的，可是给人家一提，倒反吃了一惊，他嚷着：

"噢！祖父！"

老人喜洋洋地把那份谱解释给他听："你瞧：这是咏叹调，是你星期二躺在地下唱的。——这是进行曲，是我上星期要你再唱而你想不起来的。——这是小步舞曲，是你在我的安乐椅前面按着拍子跳舞的……你自个儿瞧吧。"

封面上，美丽的哥特字体写着：[2]

童年遣兴：咏叹调，小步舞曲，圆舞曲，进行曲。

约翰-克利斯朵夫·克拉夫脱作品第一号。

克利斯朵夫简直愣住了。他看到自己的名字，美丽的题目，大本的乐谱，他的作品！……他只能结结巴巴的接着说：

"噢！祖父！祖父！……"

老人把他拉到身边。他扑在老人膝上，把头钻在他怀里，快活得脸红了。比他更快活的老人，装着若无其事的声音和他说（因为他觉得

---

① 凡是一个新曲子，在琴上一边辨认音符一边慢慢地弹，在弹琴的人叫做"摸"。

② 哥特字体俗称为花体字，产生于十三世纪，早期印刷书写多用此体。

自己快要感动得忍不住了)：

“当然，我按照调性替你加上了伴奏跟和声。还有……”他咳了一声，“还有，我在小步舞曲后面加上一段特里奥①，因为……因为那是习惯如此！……而且……我想也没有什么害处。”

他把那段特里奥弹了一遍。——克利斯朵夫因为能跟祖父合作，觉得很得意：

“那末，祖父，也得写上您的名字啊。”

“不用写。除了你也用不着别人知道。只要……”他声音发抖了，“只要将来我不在的时候，这点儿纪念能教你想起我。你总不会忘了祖父吧，嗯？”

可怜的老人没有把话完全说出来，他预感到孙儿的作品将来不会像他的一样湮没不彰，所以在自己那些可怜的调子里挑了一个放进去。而这种对假想的荣名沾点儿光的欲望，也很谦卑很动人，因为他只想以无名的方式参加一缕思想，不让它完全消灭。——克利斯朵夫感动到极点，拼命把他亲吻。老人越来越压不住自己的感情，一味亲着他的头发。

“你说，你不会忘了的，是不是？将来你成了一个音乐家，一个大艺术家，为家、为国、为艺术争光的时候，成了名的时候，你会记得是你的老祖父第一个赏识你，第一个料到你将来的造就的？”

他听着自己的话，眼泪都上来了，可还不愿意给孩子看出他动了感情。他狂咳了一阵，沉着脸，拿乐谱当做宝贝似的藏起来，把孩子打发走了。

克利斯朵夫回到家里，快乐得飘飘然。路上的石子都在他周围跳舞。可是家里人的态度使他有点儿扫兴。他得意扬扬的忙着讲他的音乐成绩，他们却你一声我一声地嚷起来。母亲嘲笑他。曼希沃说是老人家疯了，与其把孩子弄得神魂颠倒，还不如保养保养自己身体；至于

---

① 特里奥(Trio)原义为三种乐器合奏之音乐，称为三重奏。但十八世纪后期小步舞曲之第二部常称为特里奥，乐器数量及音乐本身均与第一部小步舞曲成为对比。

克利斯朵夫，得趁早丢开那些无聊的玩意儿，立刻到琴上去练四个钟点。第一，先得把琴弹得像个样；至于作曲，将来有的是时间，等到无事可做的时候再去研究不迟。

这篇大道理，初听好似曼希沃想防止儿童年纪轻轻就趾高气扬的危险，其实并不然。而且他不久就会表示他的意思正相反。但因他自己从来没有什么思想需要在音乐上表现，也不需要表现任何思想，所以他凭着演奏家的迷信，认为作曲是次要的东西，只能靠了演奏家的艺术才能显出它的价值。当然，他对于像哈斯莱一流的大作曲家所引起的狂热也并非无动于衷；那些掌声雷动的盛况也使他肃然起敬（得到群众捧场的，他无不尊敬）；可是他不免暗中忌妒，因为觉得作者抢掉了他演奏家应得的彩声。经验告诉他，人家给大演奏家捧场的时候也一样热闹，而且特别是捧他个人的，所以受的人觉得更舒服更痛快。他假装极崇拜大音乐家的天才，但非常喜欢讲他们可笑的轶事，使人家瞧不起他们的头脑与私德。他认为在艺术的阶梯上演奏家是最高的一级，因为他说，既然舌头是人身最高贵的器官，那末没有语言，还谈什么思想？没有演奏家，还有什么音乐？

不管用意如何，他的训诫对孩子精神上的发展究竟是好的，使它不致因祖父的夸奖而失去平衡。并且在这一点上，他的训诫还嫌不够。克利斯朵夫立刻认为祖父比父亲聪明得多；他虽然毫无怨色地坐上钢琴，可并非为了服从，而是为了能像平时一样，一边心不在焉地让手指在键盘上移动，一边胡思乱想。他弹着无穷无尽的练习，同时听见有个骄傲的声音老在心中叫着："我是一个作曲家，一个大作曲家。"

从那天起，因为他是个作曲家，他就开始作曲了。连字还不怎么写得起来，他已经在家用账簿上撕下纸片，涂着蝌蚪似的音符了。可是为了苦苦追求自己有什么思想，怎么写下来，他反而什么思想都没有了，只知道自己要思想。他构造乐句的时候也一样的执着；而因为他是天生的音乐家，尽管言之无物，好歹总算达到了目的。然后他得意非凡地拿给祖父去看，祖父快活得哭了，——他年纪越大越容易流泪，——还说是妙极了。

这是很可能把孩子宠坏的。幸而他天性淳厚，再加一个从来不想给人什么影响的人的影响救了他。——那是鲁意莎的哥哥,以通情达理而论,他可以说是个模范。

他和她一样矮小,瘦弱,有点儿驼背。人家不知道他准确的年纪,大概不出四十岁,但好像已经五十,甚至五十开外了。小小的脸上全是皱襞,粉红的皮色,和善的淡蓝眼睛像有点枯萎的相思花。他因为怕冷,怕过路风,到哪儿都戴着他的鸭舌帽,要是脱下来,便露出一个小小的、粉红的、圆锥形的秃脑袋,教克利斯朵夫和小兄弟们看了直乐。为了这脑袋,他们老是跟他淘气,问他把头发弄到哪儿去了,父亲在旁说些粗俗的笑话,使孩子们更狂起来,恐吓着说要抽他的光头了。他总是第一个先笑,耐着性子让他们玩儿。他是个小贩,从这一村到那一村,背着个包裹,其中包罗万象:什么糖、盐、纸张、零食、手帕、围巾、靴子、罐头食品、日历、流行歌曲的谱、药品,一应俱全。好几次有人想要他住定一处,替他盘下一家杂货店,一个针线铺什么的。可是他总混不惯:忽然有一天他夜里起来把钥匙放在门下,背着包裹走了。大家可以几个月的看不见他;然后他又出现了:多半是黄昏时候,只听见轻轻敲了几下,门推开了一半,规规矩矩的脱着帽子,露出一个秃顶的小脑袋,一双和善的眼睛,一副腼腆的笑容。他先说一声:“大家好”;进来之前,他从来不忘了把脚下的灰土踩干净,再挨着年纪向每个人招呼,然后拣屋里最隐僻的一角坐下。他点起烟斗,伛着背,大家照例一窝蜂地取笑他,他却静静地等那阵冰雹过去。克利斯朵夫的祖父跟父亲都瞧不起他,对他冷言冷语。他们觉得这个丑家伙太可笑了;行贩这个低微的地位又伤了他们的尊严。这些他们都表现得明明白白;但他好似毫无知觉,照旧很敬重他们,结果他们也心软了,尤其是把人家的敬意看得很重的老人。他们常常跟他说些过火的笑话,使鲁意莎都为之脸红。她早已死心塌地承认克拉夫脱家里的人高人一等,相信丈夫与公公是不会错的;但她对哥哥极有手足之情,而他不声不响的也非常爱她。本家已经没有亲属,兄妹俩都是谦抑,退让,被生活压倒的人;彼此的怜悯,暗中忍受的相同的苦难,使两人相依为命,大有辛甜交迸之感。克拉夫脱父子可身体结实,生性粗鲁,直叫直嚷,元气充足,喜欢把日子过得痛痛快快的;在他们中间,那一对仿佛老站在人生之外或人生边上的懦弱的好人，心心相印，同病相怜，彼此可从来不说出来。

克利斯朵夫以小孩子的那种轻薄无情，跟祖父父亲一样，对小贩存着瞧不起的心。他拿舅舅解闷儿，把他当做一件滑稽的东西；他死乞白赖的捣乱，舅舅总是泰然忍受。克利斯朵夫心里可爱着他，只不大明白为什么，他喜欢舅舅，第一因为他像一件听话的玩具，要他怎么就怎么。第二因为他总捎着点好东西来：一块糖啊，一张图画啊，或是别的玩意儿。这矮子不来便罢，一来孩子们总是皆大欢喜，因为他必有些出人意料的新鲜事儿。他不论怎么穷，还是有办法给每人送一样小东西。家里人的命名节，他一个都不会忘掉，老是不早不晚，在那一天上赶到，从袋里掏出些可爱的，一片诚心挑来的礼物。人家受惯了这些礼，简直不大想到向他道谢；而他只要能拿点东西送人，似乎已经挺高兴了。睡眠不大安稳的克利斯朵夫，夜里常常温着白天的事，有时想起舅舅真好，觉得对这个可怜的人说不尽的感激，可是在白天一点不向舅舅表示，因为那时，他只想耍弄他了。而且他年纪太小，还没懂得好心多么可贵：在儿童的语言中，善与蠢差不多是同义字；高脱弗烈特舅舅不就是一个活榜样吗？

一天晚上曼希沃有人请吃饭，高脱弗烈特一个人待在楼下，鲁意莎安排两个小的去睡觉了，他便出去坐在屋子附近的河边。克利斯朵夫闲着无事，也跟在后面，照例像小狗似的捉弄舅舅，直弄到自己上气不接下气的滚在他脚下。他扑在地上，把鼻子钻在草里。喘息稍定，他又想找些别的胡话，想到之后又大声嚷着，笑弯了腰，把脸埋在土里。舅舅只是一声不出。他觉得这静默有点儿古怪，便抬起头来预备把胡话再说一遍，不料劈面看到舅舅的脸，四下里暮霭沉沉，一层黄黄的水汽照着他。克利斯朵夫话到嘴边又咽了下去。高脱弗烈特微微笑着，半阖着眼睛，半张着嘴巴；凄苦的脸容有种说不出的严肃。克利斯朵夫把肘子托着下巴，眼睛盯着他。天黑了，舅舅的脸慢慢隐没了。万籁俱寂。克利斯朵夫也被舅舅脸上那股神秘的气息感染了。地下漆黑，天色清明：星都亮了。河上微波拍岸。孩子迷迷糊糊的，不知不觉嘴里嚼着草梗。一只蟋蟀在身边叫。他觉得自己快睡着了……忽然高脱弗烈特在黑暗里唱起来。他的声音很轻，有点儿嗄，像是闷在心里的，一二十步以外就听不清。但它有一种动人的真切味儿,可以说是有声音的思想;从这音乐里头,好像在明净的水里面,可以直看到他的心。克利斯朵夫从来没听到这样的唱,也从来没听到这样的歌。又慢,又简单,又天真,歌声用着严肃的、凄凉的、单调的步伐前进,从容不迫,间以长久的休止,——然后又继续向前,逍遥自在,慢慢地在黑夜里消失了。它仿佛来自远方,可不知往哪儿去。清明高远的境界并掩饰不了骚乱不宁的心绪;恬静的外表之下,有的是年深月久的哀伤。克利斯朵夫凝神屏气,不敢动弹,他紧张得浑身发冷。歌声完了,他在地下爬过去,嗄着嗓子叫了声:"舅舅!……"

高脱弗烈特不回答。

"舅舅!"孩子又叫着,把手和下巴颏儿都搁在他膝盖上。

高脱弗烈特非常亲热地回了声:"孩子。"

"那是什么啊,舅舅?告诉我,您唱的是什么啊?"

"我不知道。"

"您说啊,那是什么!"

"我说不出是什么,就是一支歌。"

"是您编的吗?"

"不,不是我编的!你问得好蹊跷!……那是一支老歌。"

"谁编的呢?"

"不知道。"

"什么时候的歌?"

"不知道……"

"是您小时候的歌吗?"

"我出世以前,我父亲,父亲的父亲,父亲的父亲的父亲以前,一向就有的。"

"好怪!从来没人跟我提过。"

他想了一会儿,说:"舅舅,您还会唱别的吗?"

"会。"

"再唱一支别的行不行?"

"干吗再唱别的?唱一支就够了。我们要唱的时候,不能不唱的时候才唱。不能唱着玩儿。”

“人家演奏音乐的时候不是来了一曲又一曲吗?”

“我唱的那个不是音乐。”

孩子愣住了。他不十分明白,可并不想要人解释。的确,那不是音乐,不是一般的音乐。他又问:“舅舅,您是不是也编呢?”

“编什么?”

“编歌呀!”

“歌？噢！我怎么能编呢？那是编不起来的。”

孩子用他那种一贯的逻辑盯着问:“可是,舅舅,反正从前是人家编的呀……”

高脱弗烈特固执地摇摇头:“那是一向有的。”

孩子紧跟着又说:“可是,舅舅,难道人家不能再编些别的,新的歌吗?”

“为什么要编？各种各样的歌都有了。有的是给你伤心的时候唱的;有的是给你快活的时候唱的;有的是为你觉得累了,想着远远的家的时候唱的,有的是为你恨自己的时候唱的,因为你觉得自己是个下贱的罪人,好比一条蚯蚓;有的是为了人家对你不好,你想哭的时候唱的;有的是给你开心的时候唱的,因为风和日暖,天朗气清,你看到了上帝的天堂,他是永远慈悲的,好像对你笑着……一句话说完,你心里想唱什么就有什么歌给你唱。干吗还要我编呢?”

“干吗要编？为的要做个大人物啊!”孩子一肚子全是祖父的教训和他天真的梦想。

高脱弗烈特温柔地笑了笑。克利斯朵夫有点儿生气了,问:“您笑什么?”

高脱弗烈特回答:“噢！我啊,我是个挺平常的人。”

他摩着孩子的头,问:“那末你是要做个大人物了,你?”

“是的。”克利斯朵夫挺高傲地回答。

他以为舅舅会夸他几句,不料舅舅又问:

“干吗要做大人物?”

“为编些好听的歌呀!”

高脱弗烈特又笑起来："你想编些歌，为的要做个大人物；你想做个大人物，为的要编些歌。你倒像一条狗追着自己的尾巴打圈儿。"

克利斯朵夫听了大不高兴。要是在别的时候，他决不肯让一向给他嘲笑惯的舅舅反过来嘲笑他。同时，他做梦也想不到舅舅会那样聪明，一句话把他驳倒。他想找个理由或是什么放肆的话顶回去，可是找来找去找不到。高脱弗烈特接着又说："大人物有什么用？哪怕你像从这儿到科布伦茨一样大，你也作不了一支歌。"

克利斯朵夫不服气了："要是我想作呢！……"

"你越想作越不能作。要作的话，就得跟它们一样。你听啊……"

月亮刚从田野后面上升，又圆又亮。地面上，闪烁的水面上，有层银色的雾在那里浮动。青蛙们正在谈话，草地里的蛤蟆像笛子般唱出悠扬的声音。蟋蟀尖锐的颤音仿佛跟星光的闪动一唱一和。微风拂着榛树的枝条。河后的山岗上，传来夜莺清脆的歌声。

高脱弗烈特沉默了半晌，叹了口气，不知是对自己说还是对克利斯朵夫说：

"还用得着你唱吗？它们唱的不是比你所能作的更好吗？"

这些夜里的声音，克利斯朵夫听过不知多少次，可从来没有这样的感觉。真的！还用得着你唱吗？……他觉得心里充满着柔情与哀伤。他真想拥抱草原、河流、天空，和那些可爱的星。他对高脱弗烈特舅舅爱到了极点，认为他是最好、最美、最聪明的人，从前自己把他完全看错了。克利斯朵夫不了解他，大概他很难过吧。他悔恨交集，真想叫出来："舅舅，不要难过了，我以后不跟您淘气了！原谅我吧，我多爱您！"可是他不敢说。——忽然他扑在舅舅怀里，没法说出心里的话，只热烈地拥抱着舅舅，说了好几遍："我多爱您！"高脱弗烈特又惊又喜，亲着孩子，一迭连声地嚷着："怎么啦？怎么啦？"然后他站起来拉着他的手说了声："得回去了。"克利斯朵夫很不高兴，以为舅舅没有懂得他的意思。可是快到家的时候，高脱弗烈特对他说："以后，要是你愿意，咱们可以在晚上再去听上帝的音乐，我再给你唱别的歌。"等到克利斯朵夫不胜感激的拥抱舅舅，预备去睡觉了，他看出舅舅是完全了解他的。

从此他们常常在晚上一块儿散步：一声不出地顺着河边走，或是穿过田垄。高脱弗烈特慢慢地抽着烟斗，克利斯朵夫拉着他的手，对着黑暗有点害怕。他们坐在草上；静默了一会儿之后，高脱弗烈特和他谈着星辰、云彩，教他辨别泥土、空气，和水的气息，辨别在黑暗中飞舞蠕动，跳跃浮游的万物的歌声、叫声、响声，告诉他晴雨的先兆，夜间的交响曲中数不清的乐器。有时高脱弗烈特唱些或是悲凉或是快乐的歌，总是那一派的；而克利斯朵夫听了也总是一样地激动。他要唱的话，一晚也只唱一支歌。克利斯朵夫又发觉，凡是要求他唱的，他总唱得很勉强；最好是要他自动想唱的时候。往往你得不声不响地等个老半天，正当克利斯朵夫想着"他今晚不会唱了……"的时候，高脱弗烈特才唱起来。

一天晚上，恰好舅舅不唱歌，克利斯朵夫忽然想起把他费了许多心血，觉得非常得意的作品，挑一个唱给他听。他要表示自己是个了不起的艺术家。舅舅静静地听完了说：

"多难听，可怜的克利斯朵夫！"

克利斯朵夫懊丧得一句话也回答不出来。高脱弗烈特带着可怜他的意味又说：

"为什么你要作这个呢？多难听！又没人硬要你作。"

克利斯朵夫气得满面通红地顶了句："祖父可说我的音乐挺好呢。"

"啊！"舅舅不慌不忙地回答，"他一定不会错的。他是个挺博学的人，对音乐是内行。我一点也不懂……"

停了一会儿，他又接着说："可是我觉得很难听。"

他非常安静地瞅着克利斯朵夫，看见他又气恼又伤心，便笑着："你还作些别的调子吗？也许我更喜欢别的。"

克利斯朵夫认为这意思不错，也许换一个调子可以消灭刚才那一支的印象，便把他作的统统唱了一遍。高脱弗烈特一声不出，等他唱完了，才摇摇头，十分肯定地说：

"这些更难听了。"

克利斯朵夫咬着嘴唇，下巴发抖；真想哭出来。舅舅仿佛也很丧气的，一口咬定说：

“哦！多难听！”

克利斯朵夫带着哭声嚷道：“可是为什么您要说它难听呢？”

高脱弗烈特神色泰然地望着他，回答道：“你问我为什么？……我不知道……第一因为它无聊……对啦……它无聊，它没有意思，所以难听……你写的时候，心里就没有什么可说的。干吗你要写呢？”

“我不知道，”克利斯朵夫声音怪可怜地说，“我就想写一个好听的歌。”

“对啦！你是为写作而写作的。你为了要做一个大音乐家，为教人家佩服才写作的。你骄傲，你扯谎：所以你受了罚，你瞧！谁要在音乐上骄傲，扯谎，总免不了受罚。音乐是要谦虚，真诚。要不然还成什么音乐呢？那不是对上帝不敬吗？亵渎上帝吗？他赐给我们那些美丽的歌，都是说真话跟老实话的。”

他发觉孩子不高兴，想拥抱他。可是克利斯朵夫愤愤地躲开了：几天之内他对他生了气。他恨舅舅。他再三对自己说：“他是头驴子！什么都不知道。比他聪明得多的祖父，可认为我的音乐很好呢。”然而他心里明白舅舅还是对的。那些话深深地印在他脑子里了；他觉得自己扯了谎很可耻。

所以他虽然老是记恨，从此写音乐的时候总忘不了舅舅；因为想到舅舅看了要怎么说，他常常把写的东西撕掉。要是不顾一切地写完了一个明知不大真诚的调子，他便很小心地藏起来。他最怕舅舅的批评；只要高脱弗烈特对他某一个曲子说一声：“嗯，还不太难听……我喜欢这个……”他就高兴极了。

有时他为了出气，故意捣鬼，把名家的作品冒充自己的唱给他听，倘若舅舅偶尔认为要不得，他就乐死了。可是舅舅并不着慌。看到克利斯朵夫拍着手在他身边快活得直跳，他也真心地跟着笑了；而且他老是这样的解释：“这也许写得很好，可是没说出一点儿意思。”——他从来不愿意听曼希沃他们的那些小规模的音乐会。不论作品多美，他总是打呵欠，表示不胜厌倦。过了一忽儿他支持不住，无声无息地溜了。他说：

“你瞧，孩子：你在屋子里写的那些，全不是音乐。屋子里的音乐好比屋子里的太阳。音乐是在外边，要呼吸到老天爷新鲜的空气才有音乐。”

他老是讲起老天爷，因为他很虔诚，跟那两位虽然每星期五守斋①而自命为强者的克拉夫脱父子不同。

不知为什么，曼希沃忽然改变了主意。他不但赞成祖父把克利斯朵夫的灵感记录了下来，而且花了几晚工夫亲自把乐稿抄了两三份，使克利斯朵夫大为惊奇。人家无论怎么问他，他总一本正经地回答说：“等着瞧吧……”或是一边笑一边搓着手，使劲摸着孩子的头算是跟他开玩笑，再不然是高高兴兴地打他几下屁股。克利斯朵夫讨厌这一类的亲热；可是他看到父亲的确很快活，不知道为什么。

曼希沃跟约翰·米希尔常常很秘密的在一块儿商量着什么。一天晚上，克利斯朵夫很惊讶的听见说，他，克利斯朵夫，把《童年遣兴》题献给雷沃博大公爵殿下了。原来曼希沃先设法探听亲王的意思，亲王表示很乐意接受这个敬意。于是曼希沃得意非凡地宣布，事不宜迟，应当立刻进行下列几项步骤：第一，备一份正式的申请书送呈亲王；——第二，刊印作品；——第三，组织一个音乐会演奏孩子的作品。

曼希沃和约翰·米希尔又开了好几次长久的会议，很紧张地讨论了两三晚。那是不准人家去扰乱他们的。曼希沃起草，修改；修改，起草。老人直着嗓子说话，仿佛在那里吟诗。他们有时争执，有时拍桌子，因为找个字儿找不到。

然后，他们把克利斯朵夫叫去，安排他坐在桌子前面，拿着笔，右边站着父亲，左边站着祖父。祖父嘴里念着文句，教孩子写下来。他完全不知道写的是什么，一则他每写一个字都得费很大的劲，二则父亲在他耳边直嚷，三则祖父把抑扬顿挫的音调特别加强，使克利斯朵夫听了就心慌意乱，再也顾不到去听它的意义。老人也跟孩子一样紧张，他没法坐下，老在屋子里踱来踱去，按着文字的内容做出各种表情，又时时刻刻来看孩子写的那张纸。克利斯朵夫给两颗掩在背后的大脑袋吓昏

① 基督旧教规定，每星期三、五两日不食肉类，现代旧教徒往往只在星期五守斋一日。

了，吐着舌头，笔也抓不稳，眼睛也看不清，不是笔画的勾勒太长了，就是把写好的给弄糊涂了；——于是曼希沃狂叫，怒吼，米希尔大发雷霆；——只得从头再写，过了一忽儿又从头再写；赶到快写完了，毫无斑点的纸上忽然掉了一大滴墨水：——于是大家拧他的耳朵，他眼泪汪汪的，可不准哭出来，因为怕弄湿了纸；——然后从第一行起再来过。孩子以为那是一辈子没有完的了。

终于完工了；约翰·米希尔靠着壁炉架，把信再念一遍，快乐得连声音都发抖；曼希沃仰在椅子里，眼睛望着天花板，颠头耸脑的装做内行，体味着下面那封信的风格：

高贵尊严之殿下！

窃臣行年四岁，音乐即为臣儿童作业。自是以还，文艺之神宠锡有加，屡颁灵感。光阴荏苒，倏届六龄：文艺之神频频以抒写胸臆为嘱。顾渺小幼弱，稚骙无知，臣愚又安敢轻于尝试。唯神命难违，不得不勉力以副，乃成拙作，谨敢不辞罪戾，渎呈于吾
高贵之殿下之前，以博
一粲。伏维
殿下聪明睿智，德被六艺；四方才士，皆蒙
恩泽；区区愚忱，当邀
洞鉴！

臣约翰-克利斯朵夫·克拉夫脱诚惶诚恐百拜具呈

克利斯朵夫什么也没听到；他能把工作交代已经高兴至极，唯恐人家要他再来一遍，便赶紧溜到野外去了。他对刚才写的东西一点概念都没有，也完全不把它放在心上。可是老人念了一遍，又念一遍，想更深切的体味一番；念完之后，他和曼希沃一致认为是篇杰作。信和乐谱一经送呈，大公爵也表示同样的意见。他叫人传话，说两者的风格都一样的动人。他批准了音乐会，传令把音乐研究院的大厅交给曼希沃支配，并且答应在举行音乐会那天召见儿童艺术家。

于是曼希沃赶紧组织音乐会。宫廷音乐联合会答应帮忙，初步奔走的成功愈加触动了他喜欢大场面的脾气，便同时筹备用精美的版本

刊印《童年遣兴》。他本想在封面上加一张他和克利斯朵夫两人的镂版像，孩子坐在钢琴前面，他自己拿着提琴站在旁边。但他不得不放弃这个计划，并非为了费用太贵，——那是曼希沃决不顾虑的，——而是为了时间赶不及。于是他换了一幅象征的图，画着一只摇篮，一支小号，一个鼓，一只木马，中间是架竖琴在那儿放光。书名上有段很长的献词，亲王的名字印得异乎寻常的大，作者的署名是“约翰-克利斯朵夫·克拉夫脱，旹年六岁”。（其实他已经七岁半了。）插图的镂版费很贵，结果祖父卖掉了一口十八世纪的雕有人像的柜子；那是老人从来不肯割爱的，虽然古董商华姆塞跟他提过好几回想收买。可是曼希沃绝对相信，乐谱发售预约①的收入不但抵得够成本，还能有多余。

还有一件事要他们忙的，就是克利斯朵夫在音乐会中穿的服装。他们为此特意开了一个家庭会议。曼希沃的意思，想要孩子穿着短装，光着腿，像一个四岁的孩子打扮。可是克利斯朵夫年纪虽小，已经长得很壮健；而且，大家认识他，也瞒不过人的。于是曼希沃想出一个非常得意的念头，决定了燕尾服和白领结。鲁意莎说他们要叫可怜的孩子闹笑话了，但她的反对毫无用处。曼希沃猜透众人的心理，认为这种出人不意的装束一定能博个满堂彩。事情就这样决定了；裁缝给叫来量这个小人物的尺寸。另外还得置办讲究的内衣和漆皮鞋，又是些贵得惊人的东西。克利斯朵夫穿着新装拘束不堪。为了使他习惯起见，人家要他穿了新衣把他的作品练了好几次，又教他怎么行礼。一个月中间他老坐在琴凳上，连一刻儿的自由也没有了。他气愤至极，可不敢反抗：因为他想到自己要完成一件显赫的事业；他为之又骄傲又害怕。并且大家很疼他：怕他着凉，用围巾裹着他的脖子；鞋子有人替他烘燥，怕他脚上受寒；饭桌上他吃的是最好的菜。

终于那了不得的一天到了。理发匠来主持他的化装，要把他倔强的头发烫得拳起来，直到头发给收拾得像羊毛一般服帖才算完工。家里的人一个个在他前面走了一转，说他漂亮极了。曼希沃把他左右前后仔细端详过后，拍了拍脑门，赶紧去摘了一大朵花拴在孩子衣襟上。

① 当时印行图书乐谱，均有赖于发售预约。书印出以后的发售，往往为数极微。

可是鲁意莎一看见他，不由得举着胳膊怪难受的说，他的神气真像只猴子。克利斯朵夫听了懊恼万分。他不知道对自己那副古怪的打扮应该得意还是害臊。他只觉得窘极了；可是在音乐会中他更慌得厉害：在这个大可纪念的一天，他除了发窘以外根本没有别的感觉。

音乐会快开场了，座位还空着一半。大公爵没有到。在这种场合自有一位消息灵通的热心朋友来报告，说府里正在开会，大公爵不会来了：这是从极可靠的方面传出来的。曼希沃听了大为丧气，魂不守舍的踱来踱去，靠在窗上东张西望。老约翰·米希尔也着了急，但他是为孙子操心，把嘱咐的话絮絮叨叨地说个不停。克利斯朵夫也给他们刺激得很紧张：他并不把弹的曲子放在心上，只是想到要向大众行礼而着慌，而且他越想心里越急。

可是非开场不可了：听众已经表示不耐烦了。乐队奏起《科里奥朗序曲》①。孩子既不知道科里奥朗，也不知道贝多芬；他虽然常常听到贝多芬的音乐，可并不知道作者。他从来不关心听的作品是什么题目，却自己造出名字来称呼它们，编些小小的故事，幻想出一些零星的风景。他通常把音乐分作三类：水、火、土，其中当然还有无数细微的区别。莫扎特属于水的一类：他的作品是河畔的一片草原，在江上飘浮的一层透明的薄雾，一场春天的细雨，或是一道五彩的虹。贝多芬却是火：有时像一个洪炉，烈焰飞腾，浓烟缭绕；有时像一个着火的森林，罩着浓厚的乌云，四面八方射出惊心动魄的霹雳；有时满天闪着毫光，在九月的良夜亮起一颗明星，缓缓地流过，缓缓地隐灭了，令人看着心中颤动。这一次，那颗英雄的灵魂，不可一世的热情，照旧使他身心如沸。他被卷进了火海。其余的一切都消灭了，跟他不相干了！垂头丧气的曼希沃，焦灼万状的约翰·米希尔，那些忙乱的人，听众，大公爵，小克利斯朵夫：他和这些人有什么关系？他被那个如醉如狂的意志带走了。他跟着它，气吁吁的，噙着眼泪，两腿麻木，从手掌到脚底都痉挛了；血

---

① 科里奥朗是罗马族长，公元四九一年被逐，遂带领佛尔西安人进攻罗马，在其母亲和妻子哀求下撤兵，随即被佛尔西安人所杀。《科里奥朗序曲》是贝多芬为德国戏剧家科林的同名戏剧所谱写。

在那里奔腾,身子在那里发抖……——他正这样的竖起耳朵,掩在布景的支柱后面听着的时候,忽然心上好似挨了一棍:乐队中止了;静默了一忽儿之后,铜管乐器和钹奏起军乐来。两种音乐的转变,来得那么突兀,克利斯朵夫不禁咬牙切齿,气得直跺脚,对墙壁抡着拳头。可是曼希沃高兴极了:原来是亲王驾到,所以乐队奏着国歌向他致敬。约翰·米希尔声音颤巍巍的对孩子又把话嘱咐了一遍。

序曲重新开始,这一回可是奏完了。然后就轮到克利斯朵夫。曼希沃把节目排得很巧妙,使他和儿子的技艺能同时表现出来:他们要合奏莫扎特的一阕钢琴与小提琴的奏鸣曲。为了增加效果,克利斯朵夫应当先出场。人家把他带到前台进口的地方,指给他看放在台前的钢琴,又把所有的举动教了他一遍,便把他推出后台。

他在戏院里早走惯了,并不怎么害怕。可是自个儿站在台上,面对着几百只眼睛,他忽然胆小起来,不由自主地往后一退,甚至想退进后台:但他看见父亲直瞪着他,做着手势,只得继续向前。并且台下的人已经看到他了。他一边往前,一边听见四下里乱哄哄的一片好奇声,又继之以笑声,慢慢地传遍全场。不出曼希沃所料,孩子的装束果真发生了他预期的效果。看到这皮色像波希米人般的小孩儿,拖着长头发,穿着绅士式的晚礼服,怯生生地跨着小步:场子里的人都不禁哈哈大笑,有的还站起身来想看个仔细;一忽儿竟变成了哄堂大笑,那虽然毫无恶意,可是连最镇定的演奏家也不免要为之着慌的。笑声,目光,对准着台上的手眼镜,把克利斯朵夫吓得只想赶快走到钢琴那里,在他心目中,那简直是大海中的一座岛屿。他低着头,目不斜视,沿着台边加紧脚步;走到中间,也不按照预先的吩咐对大众行礼,却转过背去扑向钢琴。椅子太高了,没有父亲的帮忙坐不上去:他可并不等待,竟自慌慌张张的屈着膝盖爬上了,教台下的人看着更好笑。但克利斯朵夫是得救了:一到乐器前面他就谁都不怕了。

终于曼希沃也出场了;承蒙群众好意,他得到相当热烈的彩声。奏鸣曲立刻开始。小家伙弹得挺有把握,毫不慌张,他集中精神,抿紧着嘴,眼睛盯住了键盘,两条小腿挂在椅子下面。他越弹下去,越觉得自在,仿佛置身于一些熟朋友中间。一阵喁喁的赞美声一直传到他的耳边;他想到大家不声不响的在那儿听他,欣赏他,心里很得意。但曲子一完,他又怕了;众人的彩声使他只觉得害羞而不觉得快乐。父亲拉着他的手到台边向大众行礼的时候,他更难为情了。他不得不深深地,傻头傻脑地行着礼,面红耳赤,窘到极点,仿佛做了什么可笑而要不得的事。

他又被抱上钢琴,独奏他的《童年遣兴》。那可轰动全场了。奏完一曲,大家热烈叫好,要求他再来一遍;他对自己的成功非常得意,同时对他们带有命令意味的喝彩也差不多生气了。演奏完毕,全场的人站起来向他欢呼;大公爵又传令一致鼓掌。那时只有克利斯朵夫一个人在台上,便坐在椅子里一动也不敢动。掌声越来越热烈,他的头越来越低下去,红着脸,羞得什么似的;他拼命扭转身子,对着后台。曼希沃出来把他抱在手里,要他向台下飞吻,把大公爵的包厢指给他看。克利斯朵夫只是不理。曼希沃抓着他的手臂轻轻地威吓他。于是他无可奈何地做了个手势,可是低着眼睛,对谁都不看,始终把头扭向别处,觉得那个罪真受不了。他非常痛苦,可不知痛苦些什么;他自尊心受了伤害,一点不喜欢台下那些听众。他们对他拍手也不相干,他不能原谅他们笑他,看着他的窘相觉得开心;他也不能原谅他们看到他这副可笑的姿态,悬在半空中送着飞吻;他差不多恨他们喝彩了,曼希沃才把他放下地,他立刻奔向后台;半路上有位太太把一束紫罗兰掷中了他的脸,他吃了一惊,愈加飞奔起来,把一张椅子也给撞倒了。他越跑,人家越笑;人家越笑,他越跑。

终于他到了前台出口的地方,一大堆人挤在那儿看他,他却拼命低着头钻过去,直跑到后台的尽里头躲着。祖父快活极了,对他尽说着好话。乐队里的乐师都笑开了,夸奖他,可是他既不愿意望他们一眼,也不肯跟他们握一握手。曼希沃侧着耳朵听着,因为掌声不绝,想把克利斯朵夫再带上前台。孩子执意不肯,死拉着祖父的衣角,谁走过去,他就伸出脚来乱踢,接着又大哭了,人家只得把他放下。

正在这个时候,一个副官进来说,大公爵传唤两位艺术家到包厢里去。孩子这种模样怎么能见人呢?曼希沃气得直骂;他一发怒,克利斯朵夫哭得更凶了。为了止住他那股洪水,祖父答应给他一磅巧克力糖,只要他不哭;贪嘴的克利斯朵夫马上停了,咽着眼泪,让人家带走,可还要人家先赌着顶庄严的咒,决不出其不意的再把他送上台。

到了亲王包厢的客室里,他先见到一位穿着便服的先生,小哈巴狗式的脸,上嘴唇留着一撮翘起的胡子,颔下留着尖尖的短须,身材矮小,脸色通红,有点儿臃肿,半取笑半亲热地大声招呼他,用肥胖的手轻轻地拍着他的腮帮,叫他"再世的莫扎特!"这便是大公爵。——接着他被递给公爵夫人,她的女儿,以及别的随从。可是因为他不敢抬起眼睛,对这些漂亮人物的唯一的回忆,只是从腰带到脚那一部分的许多美丽的衣衫和制服。他坐在年轻的公主膝上,既不敢动弹,也不敢呼吸。她向他提出许多问话,都由曼希沃在旁毕恭毕敬的,用着呆板的套语回答;可是她根本不听曼希沃,只顾耍弄着孩子。他觉得脸越来越红,又以为给每个人注意到了,便想找句话来解释,他深深地叹了口气,说道:

"我热得脸都红了。"

公主听了这话大声笑了。克利斯朵夫可并不因之像刚才恨大众一样的恨她,因为那笑声很好听;她拥抱他,他也一点不讨厌。

这时候,他瞥见祖父又高兴又不好意思地,站在走廊里包厢进口的地方;他很想进来说几句话,可是不敢,因为人家没招呼他,只能远远地看着孙儿的光荣,暗中得意。克利斯朵夫忽然动了感情,觉得应当为可怜的老人家主持公道,让人家知道他的价值。于是他凑在他新朋友的耳边悄悄地说:

"我要告诉您一桩秘密。"

她笑着问:"什么秘密呀?"

"您知道,我的小步舞曲里那一段好听的特里奥,我刚才弹的……您知道吗?……——(他轻轻地哼着)——嗳!那是祖父作的,不是我的。别的调子都是我的。可是那最美的一支是祖父作的。他不愿意人家说出来。您不会说的吧?……——(他指着老人)——瞧,祖父就在那边。我真爱他。他对我真好。"

年轻的公主哈哈大笑,说他真是一个好宝贝,拼命地亲他;可是她马上把这件事当众说了出来,使克利斯朵夫跟老祖父都吃了一惊。大家一齐笑了;大公爵向老人道贺,他却慌做一团,想解释又解释不清,说话结结巴巴的,像做了什么错事。但克利斯朵夫再也不对公主说一句话;尽管她逗他惹他,他总是一声不出,沉着脸:他瞧不起她,因为她说了话不算。他对亲王们的印象也为了这件背信的事而大受影响。他气愤至极,以至人家说的话,和亲王笑着称他为"宫廷钢琴家,宫廷音乐师"等,一概没有听见。

他和家里的人出来,从戏院的走廊到街上,到处被人包围着,有的夸奖他,有的拥抱他,那是他大不高兴的:因为他不愿意给人拥抱,也受不了人家不得他的同意就随便摆布他。

终于,他们到了家,门一关上,曼希沃立刻骂他"小混蛋",因为他说出了特里奥不是他作的。孩子明知道他做的是件高尚的行为,应该受称赞而不是受埋怨的,便忍不住反抗起来,说些没规矩的话。曼希沃气恼之下,说要不是刚才弹得不错,他还得挨打呢;可是他做了这桩傻事,把音乐会的效果全给破坏了。克利斯朵夫极有正义感,便坐在一边生气;他对父亲,公主,所有的人,都瞧不起。他觉得不舒服的,还有邻人们来向他的父母道喜,跟他们一起嘻嘻哈哈,好像是他的父母弹的琴,又好像他是他们的,他们大家的一件东西。

这时,爵府里一个仆人奉大公爵之命送来一只金表,年轻的公主送他一匣精美的糖。克利斯朵夫看了两件礼物都很喜欢,不知道更爱哪一件;但他心情那么恶劣,一时还不肯承认自己高兴;他继续在那里怄气,眼睛瞟着糖果,心里想着一个背信的人的礼物该不该收下的问题。他正想让步的时候,父亲要他立刻坐到书桌前面,口授一封道谢的信,教他写下来。那可是太过分了!或许是因为紧张了一天,或许是因为父亲要他写"殿下的贱仆,音乐家某某……"那样羞人的字句,他竟哭了。没有办法教他写一个字。仆人嘴里冷一句热一句的,在旁等着。曼希沃只得自己动笔。那当然不会使他对孩子多原谅一些。更糟的是克利斯朵夫把表掉在地下,打破了。咒骂像冰雹似的落在他身上。曼希沃嚷着要罚掉他的饭后点心。克利斯朵夫愤愤地说偏要吃。为了惩罚他,母亲说要没收他的糖果。克利斯朵夫气极了,说她没有这权利,那是他的东西,不是别人的,谁也不能抢他的!他挨了一个嘴巴。大怒之下,他把匣子从母亲手里抢过来,摔在地下乱踩。他给揍了一顿,抱到房里，脱了衣服放在床上。

晚上，他听见父母跟朋友们吃着丰盛的晚餐，那顿为了庆祝音乐会而八天以前就预备起来的晚餐。他对这种不公平的行为，差点儿在床上气死了。他们大声笑着，互相碰杯。父母对客人推说孩子累了；而且谁也没想到他。可是吃过晚饭，大家快告别的时候，有个人拖着沉重的脚步溜进房间：老祖父在他床前弯下身子，非常感动地拥抱他，叫着："我的好克利斯朵夫！……"一边把藏在袋里的几块糖塞给了他，然后，好像很难为情的，他溜走了，再也不说什么。

这一下克利斯朵夫觉得很安慰。但他已经为白天那些紧张的情绪累死了，不想再去碰祖父给的好东西。他疲倦至极，差不多马上睡着了。

他一晚没有睡好。他神经不安，常常突然之间身子抽搐，像触电似的。梦里有种犷野的音乐跟他纠缠不清。他半夜里惊醒过来。白天听到的贝多芬的序曲，在耳边轰轰地响，整个屋子都有它急促的节奏。他在床上坐起，揉了揉眼睛，弄不清自己是不是睡着……不，他并没有睡。他认得这音乐，认得这愤怒的呼号，这疯狂的叫吼，他听到自己的心在胸中忐忑乱跳，血液在那里沸腾，脸上给一阵阵的狂风吹着，它鞭挞一切，扫荡一切，又突然停住，好似有个雷霆万钧的意志把风势镇压了。那巨大的灵魂深深地透入了他的内心，使他的肢体和灵魂尽量地膨胀，变得硕大无朋。他顶天立地的在世界上走着。他是一座山，大雷大雨在胸中吹打。狂怒的大雷雨！痛苦的大雷雨！……哦！多么痛苦！……可是怕什么！他觉得自己那么坚强……好，受苦罢！永远受苦罢！……噢！要能坚强可多好！坚强而能受苦又多好！……

他笑了。静寂的夜里只听见他的一片笑声。父亲醒了，叫道：

"谁啊？"

母亲轻轻地说：

"别嚷！是孩子在那里做梦！"

他们三个都不作声了。周围的一切都不作声了。音乐没有了，只听见屋子里的人均匀的打鼾声，——他们都是些患难的同伴，相倚相偎地坐在脆弱的舟中，给一股天旋地转的力量卷进黑夜去了。

卷二·清　晨

第一部　约翰·米希尔之死

三年过去了。克利斯朵夫快满十一岁。他继续受他的音乐教育。他跟圣·马丁寺的管风琴师弗洛李昂·霍才学和声,那是祖父的朋友,非常博学的。老师告诉他,凡是他最喜欢的和弦,他听了身心陶醉,禁不住要打寒噤的和声是不好的,不能用的。孩子追问理由的时候,老师说就是这么回事,和声学的规则是这样的。但因他天性倔强,倒反更喜欢那些和声。他最高兴在人人佩服的大音乐家的作品中找出这一类例子,拿去给祖父或老师看。祖父回答说,那在大音乐家是了不起的,对贝多芬或巴赫是百无禁忌的。老师可不这么迁就,他生气了,挺不高兴地说那不是他们所作的最好的东西。

现在克利斯朵夫可以随便到音乐会和戏院里去;同时他每样乐器都学一点,小提琴已经拉得很好,父亲想替他在乐队里谋个位置。他实习了几个月,居然非常称职,便正式被任为宫廷音乐联合会的第二小提琴手①。他就这样的开始挣钱;而这也正是时候了,因为家里的情形一天不如一天。曼希沃的酗酒更厉害,而祖父也更老了。

克利斯朵夫体会到家里凄惨的境况,已经有了少年老成和心事重重的神气。他打起精神干他的差事,虽然觉得毫无兴趣,晚上不免在乐队里打瞌睡。戏院再也引不起他小时候那样的情绪了。那时,——四年以前,——他最大的野心是爬到他现在这个位置。但人家要他演奏的音乐,一大半是他不喜欢的;尽管还不敢下断语,他暗中认为它们无聊;要是偶然演奏些美丽的乐曲,他又看不上别人那种颟顸的态度;他最爱的作品,结果也像乐队里的同事们一样令人生厌:他们在幕下之后

① 音乐总谱上关于小提琴的音乐有两种,低音部分的小提琴音乐是由第二小提琴演奏的。

喘喘气，搔搔痒，然后笑嘻嘻地抹着汗，消消停停地讲些废话，好似才做了一小时的健身运动。他从前钟情的人物，那个金发赤足的歌女，此刻又从近处看到了；幕间休息的时候，他常常在餐厅里碰到她。她知道他小时候喜欢她，就很乐意拥抱他；可是他一点不感到愉快：她的化装，身上的气味，粗大的胳膊，狼吞虎咽的胃口，都招他厌；现在他简直恨她了。

大公爵没有忘记他的钢琴师：这并不是说，以钢琴师的名义应有的一点儿月俸会准期支付，那是永远要去催讨的；但克利斯朵夫常常被召进府去，或者因为有什么贵宾到了，或者因为爵爷们兴之所至要听他弹琴了，差不多老是在晚上，正当克利斯朵夫想独自清静一会儿的时候。那就得丢下一切，急急忙忙赶去。有时，人家教他在穿堂里等着，因为晚餐没有终席。仆役们为了常常看到他，和他说话的口气挺随便。然后他被带进一间灯烛辉煌、很多镜子的客厅，那些酒醉饭饱的人毫无礼貌的用好奇的眼睛瞧着他。他得走过上足油蜡的地板去亲吻爵爷们的手；他可是越大越笨拙了，因为他觉得自己可笑，而自尊心也受了伤害。

随后他坐上钢琴，不得不替那些笨蛋演奏（他认为他们是笨蛋）。有时候，人家那种漠不关心的态度简直使他受不了，几乎要停下来。他缺乏空气，好像快闷死了。奏完以后大家随便夸奖一阵，介绍他见这个见那个。他觉得被人当做古怪的动物，跟亲王动物园里的珍禽异兽一样，所有赞美的话多半是对主人而不是对他说的。他自以为受了羞辱，因之他的多心几乎成了一种病态，而且因为不敢表现出来，所以愈加痛苦。哪怕是人家最无心的行动，他也看出有侮辱的成分：有人在客厅的一角笑，那一定是笑他，可不知笑他什么，是笑他的举动呢还是笑他的服装，笑他的面貌呢还是笑他的手足。一切都使他感到屈辱：人家不跟他谈话他觉得屈辱，跟他谈话也觉得屈辱，把他当做小孩子般给他糖果也觉得屈辱，要是大公爵用着贵人们那种不拘小节的态度，给他一块金洋把他打发走，他尤其难堪。他因为穷，因为被人看做穷而苦恼。有一天晚上回家的时候，他手里拿的钱使他心里难过到极点，甚至把它扔在地窖的风洞里。可是过了一忽儿，他不得不压着傲气去捡回来，因为家里积欠肉店的账已经有好几个月了。

他的家长可想不到这些为了自尊心所受的痛苦,倒还因为他受到亲王的优遇而很高兴呢。儿子能在爵府里跟那些漂亮人物一起消磨夜晚,老实的鲁意莎简直想不出还有什么更美的事。至于曼希沃,那更是向朋友们经常夸耀的资料。但最快乐的还是老祖父。他表面上装做独往独来,说话毫无忌讳,瞧不起名衔地位,骨子里却是挺天真的仰慕金钱、权势、荣誉、声望;看见孙儿能接近那些有财有势的人,他真得意极了,仿佛孩子的光荣能直接反射到自己身上;他虽然装做若无其事,总掩不住脸上的光彩。凡是克利斯朵夫进爵府的晚上,老约翰·米希尔就得借端待在媳妇那里。他等孙儿回来的心情,竟像小孩子一样的不耐烦。克利斯朵夫一回家他先装着漫不经心的神气,提出些无关紧要的问句,好比:

"嗯,今儿弹得不坏罢?"

或者是亲热的暗示,例如:

"哦,我们的小克利斯朵夫回来了,一定有些新闻讲给我们听了。"

再不然便用一句巧妙的恭维话捧捧他:

"公子在上,我们这厢有礼了!"

可是克利斯朵夫沉着脸,心绪恶劣,冷冷地回答了一声"您好",就去坐在一旁生气。老人家继续问下去,提到些比较实际的事,孩子的回答只有唯唯诺诺。家里别的人也插进来问长问短:克利斯朵夫可愈来愈拧着眉头,一字一句差不多全得从他嘴里硬逼出来,终于约翰·米希尔发脾气了,说出难听的话。克利斯朵夫也不大客气地顶回去,结果闹得不欢而散。老人砰的一声带上了门,走了。这些可怜虫所有的乐趣都给克利斯朵夫破坏了,而他们也完全不了解他恶劣的心绪。他们奴颜婢膝的精神,可并非他们的过失!他们根本没想到另有一套做人的方法。

于是克利斯朵夫变得深藏了;虽然对家人不下什么判断,他总觉得自己跟他们隔着一道鸿沟。当然,他也夸张这种隔膜的情形;因为即使思想不同,要是他能推心置腹的跟他们谈一谈,他们也不见得不了解他。然而父母与子女之间要能彻底地推心置腹,哪怕彼此都十二分的相亲相爱,也极不容易办到:因为一方面,尊敬的心理使孩子不敢把胸臆完全吐露；另一方面，有自恃年长与富有经验那种错误的观念从中作梗，使父母轻视儿童的心情，殊不知他们的心情有时和成人的一样值得注意，而且差不多永远比成人的更真。

克利斯朵夫在家里看到的客人，听到的谈话，使他和家人隔离得更远了。

上他们家来的有曼希沃的朋友，多数是乐队里的乐师，喜欢喝酒的单身汉，并不是坏人，但俗不可耐；他们的笑声和脚步声使屋子都为之震动。他们爱好音乐，但议论音乐时的胡说八道的确令人气恼。孩子的感情是含蓄的，那些大人兴高采烈的恶俗的表现把他伤害了。遇到他们用这种态度来称赞他心爱的乐曲，他仿佛连自己也受了侮辱，便浑身发僵，脸都气白了，装出一副冰冷的神气，好似对音乐全无兴趣；要是可能，他竟要恨音乐了。曼希沃说他：

“这家伙没有心肝，没有感觉。不知他这种性格像谁。”

有时他们一起唱着四部合唱的日耳曼歌，和声极平板，速度极慢，又笨重，又一本正经，跟那些唱的人一样。克利斯朵夫便躲在最远的一间房里对着墙壁咒骂。

祖父也有他的朋友：管风琴师，地毯匠，钟表匠，低音提琴手，全是些多嘴的老头儿，永远说着同样的笑话，无休无止的讨论艺术，政治，或是当地世家的家谱，——他们的兴趣并不在于所讲的题目，只要能说话，能找到说话的对手就高兴了。

至于鲁意莎，她只跟几个邻居的妇女来往，听些街坊上的闲言碎语；每隔相当时候，也有些“好心的太太”，说是关切她，跑来约她在下次宴会中帮忙，同时还越俎代庖，过问孩子们的宗教教育。

所有的客人中，克利斯朵夫最讨厌丹奥陶伯伯。他是约翰·米希尔前妻克拉拉祖母的前夫之子，跟人家合开一个做非洲与远东贸易的商号。他可以说是新派德国人中的一个典型：一方面对民族古老的理想主义冷嘲热讽的表示唾弃，一方面因为国家打了胜仗，特别崇拜强权与成功，而那种崇拜，正显出他们是暴发户，最近才领略到强权与成功的滋味。但要改换上百年的民族性是不能一下子办到的，所以被压制的理想主义，随时会在言语、举动、道德习惯，和日常生活中动不动引用歌德的名句等上面流露出来。那真是良心与利害观念很古怪的混合品,也是一种很古怪的努力,想把旧时德国中产阶级的道德,和新式商人的不顾廉耻加以调和:这种混合,老带着不可向迩的虚伪的气息,因为它结果把德国的强权,贪心,利益,作为一切权利,一切正义,一切真理的象征。

克利斯朵夫耿直的天性受不了这一套。他不能判断伯父是否有理;可是他瞧不起他,觉得他是敌人。祖父也不喜欢那种观念,反对那些理论;但他要不了三言两语就被驳倒了,因为丹奥陶口齿伶俐,老人气度宽宏的天真,在他嘴里马上会变得幼稚可笑。结果约翰·米希尔也对自己的好心肠引以为羞了;甚至为表示他并不像人们所想的那么落伍,也学着丹奥陶的口吻:但他说来总不是味儿,连自己都觉得别扭。可是不管他心里怎么想,丹奥陶毕竟威风得很;而老人对一个在实际事务上能干的人素来很尊敬,尤其因为自己绝对没有这等才具,所以更羡慕不止。他巴望孙儿之中也有一个能爬到那种地位。曼希沃也有这意思,决心要洛陶夫走伯父的路。因此全家都奉承这位有钱的亲戚,希望他将来帮忙。他知道人家少不了他,便借此机会大模大样的摆架子:什么都得过问,什么都要批评,毫不隐瞒他轻视艺术和艺术家的心理,甚至故意摆在脸上,羞辱那些当乐师的亲戚。他嘴里肆无忌惮地刻薄他们,他们居然厚着脸跟着他笑。

克利斯朵夫尤其被伯父作为嘲笑的目标;他可是不能忍耐的。他一声不出,咬着牙,沉着脸。伯父又拿他这种不声不响的气愤开玩笑。有一天丹奥陶在饭桌上把他折磨得太不像话了,克利斯朵夫不由得心头火起,对他脸上唾了一口。那可真是件骇人听闻的事了。伯父先是愣了一愣,然后气势汹汹地破口大骂。克利斯朵夫也给自己的行为吓呆了,连雨点般打在他身上的拳头都不觉得;可是人家要拉他跪在伯父前面的时候,他就拼命挣扎,推开母亲,逃到屋外去了。他在田野里乱窜,直跑到气都喘不过来方才停下。他听见远远的有叫唤他的声音;他心里盘算:既不能把敌人摔在河里,要不要自己跳下去。他在田里睡了一夜。天亮的时候,他去敲祖父的门。老人为了克利斯朵夫的失踪急坏了,一夜不曾阖眼,再没勇气埋怨他。他送他回家;大家看他那么紧张,便绝口不提昨天的事;而且还得敷衍他,因为晚上要到爵府里去弹琴。可是曼希沃唠叨了几个星期,口气之间并不指定谁,只抱怨着说,要希望那些没出息的、教你丢脸的人,看到品行端正、循礼守法的好榜样而觉悟,真是太难了。至于丹奥陶伯伯,在街上碰到克利斯朵夫的时候,便掉过头去,掩着鼻子,表示痛心疾首。

在家里既得不到什么同情,他便尽量的不待在家里。人家不断加在他身上的约束使他非常痛苦:要他尊重的人物跟事情太多了,又不许他追问理由;克利斯朵夫可是生来不知忌惮的。人家越想要他驯服,做个循规蹈矩的德国小布尔乔亚①,他越觉得需要摆脱羁绊。在乐队里或爵府里,一本正经的,无聊透顶的受够了罪,他只想和小马一样在草里打滚,也不管什么新短裤,就从绿草如茵的山坡上滑下来,或是跟街坊上的野孩子摔着石头打架。他不常常这么玩,倒并非为了怕挨骂或挨打,而是因为没有同伴。他和别的孩子老是格格不入,连街上的野孩子也不喜欢跟他玩儿,因为他对游戏太认真,下手也太重。而他也孤独惯了,和那些年纪相仿的孩子离得远远的;他为了自己游戏玩得不高明很难为情,不敢加入他们的伙。于是他假装不感兴趣,虽然心里极希望人家邀他参加。可是谁也不跟他说一句话,他就做出满不在乎的神气,好不难过地走开了。

他的安慰只有在高脱弗烈特舅舅来的时候和他出去闲逛。他越来越接近他了,认为舅舅独往独来的性格是对的。高脱弗烈特到处流浪,不肯住定一个地方的乐趣,现在他完全懂得了。他们俩常常在黄昏时到田野去散步,漫无目的,只是一味往前走,因为高脱弗烈特老想不起时间,回去总是很晚,给家里人埋怨。最快活的是趁夜里大家睡熟的时候溜出去。高脱弗烈特明知那是不应当的,可禁不住克利斯朵夫苦苦哀求,而他自己也舍不得放弃这种乐趣。半夜前后,他到屋子前面照着约定的暗号吹一声唿哨。和衣睡着的克利斯朵夫便偷偷地下床,手里拿着鞋子,屏着气,像野人一样巧妙地爬到临街的厨房窗下。他爬上桌

---

① 布尔乔亚是法语 bourgeoisie(资产阶级)之译音,在本书中,多半系指中产阶级或市民阶层。

子;舅舅在外边用肩头接应他。于是他们俩出发了,快活得像小学生一样。

有时他们还去找渔夫奚莱弥,高脱弗烈特的朋友;他们坐着他的小艇,慢慢地在月下荡出去。桨上滴下的水珠好似一组琶音,或是一连串的半音阶。一层乳白色的水汽在河面上颤动。群星在天空打着寒噤。两岸的鸡声遥遥呼应;有时听见半空中云雀那种颤动不已的歌声,它们是误会了月光从地上升起来的。大家相对无语。高脱弗烈特轻轻地唱着一支歌。奚莱弥讲着关于动物生活的奇怪的故事;像谜一样简短的话,使事情显得更神秘。月亮隐在树林后面去了。小艇驶到了一带黑沉沉的岗峦下面。黑的天光和黑的水色合成一片。河上没有一丝波纹。万籁俱寂。扁舟在黑夜里荡漾。简直说不出它是在荡漾,漂浮,还是停着不动。……芦苇摇曳,望四下里纷披,声音像丝绸的摩擦。他们悄悄地靠岸,下了地,走回去。有时要到黎明才回家。他们顺着河边走。一大群银白色的阿勃兰德鱼,像麦穗一般的绿,又像宝石一般的蓝,在晨光熹微中簇拥而来;它们像墨杜萨①头上的群蛇似的万头攒动,拼命追逐人家丢下去的面包,一边打圈儿一边往水里沉,然后像一道闪光似的忽然不见了。河水给反光染上粉红与葵花的色调。鸟儿一批一批醒了。他们加紧步子赶回去。像出门时一样的小心,孩子爬进空气恶浊的卧室,爬上他的床,马上睡熟了,身上带着田野里清新的香味。

他这样的出去,回来,一点事儿都没有,可以永远不给人发觉,要不是有一天小兄弟恩斯德出头告密的话:从此,这种事被禁止了,克利斯朵夫也受到监视了。可是他照旧有法子溜出去。他对谁都看不上,就喜欢跟这个当行贩的舅舅和他的朋友来往。家里的人看了气恼极了。曼希沃说他自甘下流。老约翰·米希尔忌妒克利斯朵夫对高脱弗烈特的亲热;他责备孩子有了接近上流社会、侍奉贵人的机会,不该屈尊俯就,去交接那些市井小人。大家认为克利斯朵夫不爱惜身份。

---

① 墨杜萨为希腊神话中的蛇发女妖,被其目光触及者即化为石头。

虽然曼希沃的纵酒与懒惰使家里经济日趋困难，但约翰·米希尔在世的时候，生活还过得去。第一，只有他一个人还能对曼希沃有些影响，使他在沉湎耽溺的下坡路上多少有所顾忌。而且老人的声望也令人忘了醉鬼的无行。还有，家里缺少钱用的时候，他总尽力帮忙。凭了前任乐队指挥的资格，他有笔小小的恩俸，此外他继续收些学生，替人家的钢琴校音，挣些零钱。这些进款大部分都交给媳妇。她虽然用种种方法瞒着，他还是看出她手头很紧。鲁意莎想起他为了他们而熬苦非常抱歉。老人家生活一向过得挺舒服的，极需要享用的，所以他的撙节尤其是难能可贵。有些时候他日常的牺牲还嫌不够；譬如为了偿还急迫的债务，约翰·米希尔就不得不偷偷地卖掉一件心爱的家具，或是书籍，或是纪念品。曼希沃发觉父亲暗中拿钱给鲁意莎，就常常硬抢了去。老人一知道这情形，——不是从鲁意莎那里，因为她的痛苦是从来不让他知道的，而是从随便哪一个孙子嘴里，——他就大发雷霆，而父子之间也就大吵一场，教人看了直打哆嗦。他们俩的脾气都异乎寻常的暴烈，一忽儿工夫就口出恶言，互相威吓，差不多预备动武了。但即使在最冲动的时候，曼希沃也摆脱不了那根深蒂固的敬意；并且不管他醉得多厉害，结果还是低下了头，让父亲大叫大骂的百般羞辱。然而下次一有机会，他照样再来。约翰·米希尔一想到将来就寒心。

"可怜的孩子们，"他和鲁意莎说，"我死了，你们怎么办？……还算运气，"他拍了拍克利斯朵夫，"我还能撑到这孩子能养活你们的时候！"

可是他计算错了：他已经到了生命的终点。这当然是谁也没想到的。八十多岁的人，头发还没有掉，白发中间有几簇还是灰的，浓密的胡子也有好些全黑的。牙齿虽然只剩了十来颗，但咬嚼起来还挺有劲。要看他吃饭的神情才有意思呢。他胃口很好，虽然责备曼希沃纵酒，他自己喝起来量也是挺大的。他特别喜欢摩泽尔河一带出产的白酒。至于葡萄酒、啤酒、苹果汁，凡是上帝创造的一切可口的东西，他都很欣赏。他可决不糊涂到把理性掉在酒杯里，他是有节制的。固然，像他那种宽大的尺度，换了比较脆弱的理性，也得在酒杯里惨遭灭顶的了。他目力很好，脚下很健，忙来忙去的不怕疲倦。六点起床，梳洗非常到家：

因为他很重视规矩跟身份。他自个儿在家过活，一切都亲自动手，绝对不要媳妇来管他的事；他打扫卧室，煮咖啡，缝纽扣，敲打，粘贴，修理；光穿着件衬衣在屋里来来往往，上上下下，响亮的男低音嗓子一刻不停地唱着，还加上些做歌剧的手势。——随后他出门了，不管是什么天气。他去办他的事，一件也忘不了，但他是难得准时的：不是在街头巷尾跟熟人絮絮不休，便是和他忽然记起了面貌的邻妇说笑打趣：因为他既喜欢老朋友，也喜欢年轻娇艳的脸蛋。他这样的东待一下，西留一下，从来不知道时间。可是他决不错过用餐的时刻：他到处可以吃饭，根本不用人家邀请。他要到晚上天黑了，把孙儿们看饱之后才回去。他躺在床上，在未曾阖眼之前打开破旧的《圣经》来念一页；半夜里——因为他每一觉不过睡一两个钟点，——他起来拿一本地摊上买来的旧书：不管什么历史，神学，文学，或科学，翻到哪里便念几页，也不管有趣没趣；他不大明白书中的意义，可一字不肯放过，直念到重新睡着的时候。星期日他上教堂去望弥撒，带着孩子们散步，玩着滚木球的游戏。——他从来不闹病，除非脚趾里有些痛风，使他夜里在床上念着《圣经》的时候咒骂几声。他仿佛可以这样的活到一百岁，他觉得也没有理由不超过一百岁；人家说他将来一定百岁而终，他可认为对于上帝的恩惠绝对不应当指定界限。唯有他的容易流泪和越来越坏的脾气，才显出他的老态。只要一点儿不耐烦，他就会暴跳如雷：红红的脸与短短的脖子都变了紫红；他怒气冲冲地叫吼着，直到气都喘不过来才停下。家庭医生是他的一个老朋友，劝他保养身体，把脾气与胃口都节制一些。但他像所有的老人一样固执，为了表现大无畏精神，反而更放纵了；他嘲笑医药，嘲笑医生。他表示全不把死放在心上，说起话来也一味夸口，证明他绝对不怕死。

一个很热的大暑天，他喝了许多酒，又跟人家争论了一番，回到家里在园子里做工。平时他就喜欢翻泥巴。那天，他秃着脑袋，晒着大太阳，争论的怒意还没消下去，气愤愤地掘着地。克利斯朵夫坐在绿荫下面，手里拿着一本书，可并不看；他听着催人入梦的蟋蟀的鸣声出神，心不在焉地望着祖父的动作。老人背对着他，弯着腰在那儿拔草。克利斯朵夫突然看见他站起来，手臂乱动了一阵，就像石块似的扑倒在地下。他当时竟想笑出来，可是看见老人躺着不动，他就叫他，跑过去使劲摇他。慢慢地他害怕了。他蹲下身子，想把倒在地下的大脑袋捧起来。可是它重得不得了，再加孩子浑身哆嗦，简直没法挪动。后来他一看见往上翻过去的，颜色惨白，淌着鲜血的眼睛，他吓得身子都凉了，马上大叫一声，一松手把祖父的头丢下，魂不附体地站起身子，望外奔逃，一边嚷一边哭。有个过路人把孩子拦住了，克利斯朵夫一句话也说不上来，只指着屋子，那人就走进大门，孩子也跟在后面。住在邻近的人听见叫喊也走来了。一霎时园子里挤满了人。大家踏着花草，俯在老人身上抢着说话。两三个男人把他从地下抬起。克利斯朵夫站在屋门口，脸朝着墙，拿手蒙了脸；他怕看，又禁不住要看；众人抬着祖父走过的时候，他在指头缝里瞧见老人巨大的身体像一堆软绵绵的东西：一条胳膊垂在地下；脑袋靠在一个扛抬的人膝上，抬的人走一步，脑袋就跳一下；面部浮肿，沾满了泥土，淌着血，张着嘴，眼睛挺可怕。孩子看了又大叫一声，逃了。他一口气奔到自己家里，好似有人追逐一般。他直着嗓子叫出凄厉的声音，冲进厨房。母亲正在剥洗蔬菜。他扑上去，拼命搂着她向她求救，号啕大哭，脸扭做了一团，话也不能说了。但他一开口，母亲就明白了，马上脸色发白，让手里的东西都掉在地下，一言不发地奔了出去。

克利斯朵夫一个人靠着柜子，哭个不休。小兄弟们都在玩耍。他不大明白刚才是怎么回事，他也没想着祖父，只想着那些可怕的景象，唯恐人家要他回去再看。

果然，到了傍晚，两个小兄弟在屋里淘气淘够了，嚷着玩厌了，肚子饿了的时候，鲁意莎急急忙忙回家，拉着他们往祖父家里去。她走得很快；恩斯德与洛陶夫照例嘀嘀咕咕；可是母亲吆喝的口气那么凶，他们不敢出声了。他们本能地感到一种恐怖：进门的时候一齐哭了。天色还没完全黑；落日最后的微光照在屋内，照在门钮上、镜子上，挂在外间半明半暗的壁上的小提琴上，变成一种异样的反光。老人卧房内点着一支蜡烛；摇曳的火焰和惨淡的暮色交错之下，室内的阴影愈加令人窒息了。曼希沃坐在窗下大声哭着。医生弯着腰站在床前，遮掉了床上的人。克利斯朵夫心跳得要爆裂了。鲁意莎教孩子们跪在床边。克利斯朵夫大胆觑了一眼。在下午那一幕之后，他准备看到些更可怕的景象，所以一瞥之下他差不多松了口气。祖父一动不动的好似睡在那儿。孩子一念之间以为祖父病好了。但他听到急促的呼吸，细看之下又看见那张肿大的脸上有个跌得紫红的伤痕，才明白祖父是快死了，而他又开始哆嗦起来。他一边照母亲的吩咐做着祷告，希望祖父病好，一边却又默祷着，要是祖父不能好，那末希望他现在这样就算是死了。他对于以后要发生的事恐怖到极点。

老人自从跌跤之后就失了知觉。他只清醒了一忽儿，那一忽儿恰好使他明白自己的情形：而这真是惨极了。神父已经到场替他做着临终祷告。老人给扶起来靠着枕头；他好容易睁开那不听指挥的眼睛，大声呼着气，莫名其妙地瞪着火光和众人的脸；然后他脸上突然表示一种难以形容的恐怖，张开嘴来结结巴巴地说：

"哦，那末……那末，我是要死了吗？……"

那沉痛的音调直刺克利斯朵夫的心，使他永远忘不了。老人不再说话，只像小孩儿一样的哼哼唧唧。接着他又昏过去，但呼吸更困难了；他呻吟叫苦，双手乱动，仿佛在抵抗那个要他长眠不起的睡眠。在半昏迷半清醒的状态中，他叫了声：

"妈妈！"

多沉痛啊！跟克利斯朵夫一样，老人竟会呼天抢地地喊他的母亲，喊他从来没提到过的母亲：这岂不是对着最大的恐怖作一次最大而无益的呼吁吗？……他似乎安静了一会儿，心中又闪出一道微光。那双重甸甸的眼睛，虹彩仿佛都散掉了，和孩子吓呆了的眼睛碰在一处，忽然亮了起来。老人挣扎着想笑，想说话。鲁意莎拉着克利斯朵夫走近床边。约翰·米希尔扯了扯嘴唇，想用手摸孩子的头。可是他又立刻昏迷，从此完了。

孩子们被赶到隔壁房里，大家很忙乱，没有工夫照顾他们。克利斯朵夫，由于愈怕愈想看的心理，站在半开半阖的门口偷觑着，看那张凄惨的脸仰倒在枕上，好像被一股残暴的力紧紧掐着脖子……脸上的皮肉越来越瘪下去了……生命渐渐地陷入虚无，仿佛是有个唧筒把它吸得去的……痰厥的声音教人毛骨悚然，机械式的呼吸像在水面上破散的气泡，这最后几口气表示灵魂已经飞走而肉体还想硬撑着活下去。——然后脑袋往枕旁一滑，什么声音都没有了。

直到几分钟以后，在号啕声，祈祷声，和死亡所引起的纷乱中，鲁意莎才瞥见克利斯朵夫脸色发青，嘴巴抽筋，眼睛睁得很大，抓着门钮，身子在那儿抽风。她奔过去，他马上在她怀里发厥了。她把他抱走。他失去了知觉。等到醒过来的时候，他发现自己躺在床上，因为陪的人走开了一忽儿，吓得直叫，又发了病，昏了过去，当夜和明天一天都有热度。最后，他安静下来，到第二天晚上睡着了，直睡到第三天下午。他觉得有人在房里走动，母亲扑在床上拥抱他；也仿佛远远的有柔和的钟声。可是他不愿意动弹；他好像在一个梦里。

他重新睁开眼睛的时候，看见高脱弗烈特舅舅在床前坐着。他疲倦极了，什么也想不起。但过了一会儿，记忆又恢复了，他哭了。高脱弗烈特走过来拥抱他。

“怎么啦，孩子？怎么啦？”他轻轻地说。

“哎哟！舅舅，舅舅！”孩子紧紧地靠着他，哼个不停。

“哭罢，”舅舅说，“你哭罢！”

他也跟着哭了。

克利斯朵夫哭得心中松快了一些，揉着眼睛，望着舅舅。舅舅知道他要问什么事了，便把手指放在嘴上，说道：“别问，别说话。哭是对你好的。说话是不好的。”

孩子一定要问。

“问也没用。”舅舅回答。

“只要问一件事，一件就够了！……”

“什么呢？”

克利斯朵夫犹豫了一会儿，说：“哎，舅舅，他现在在哪儿呢？”

“孩子，他和上帝在一起。”

可是克利斯朵夫问的并不是这个。

“不，您不明白我的意思。我是问他，他在哪儿？”

（他是指肉体。）

他声音颤动地又问：

“他还在屋子里吗？”

“今儿早上已经给葬了，我们那亲爱的人，”高脱弗烈特回答，“你没听见钟声吗？”

克利斯朵夫松了口气。但过后一想到从此不能再看见亲爱的祖父，他又非常伤心地哭了。

“可怜的孩子！”高脱弗烈特不胜同情地望着他。

克利斯朵夫等着舅舅安慰他；可是舅舅毫无举动，他觉得安慰也是没用的。

“舅舅，”孩子问，“难道您不怕这个吗，您？”

（他心里真希望舅舅不怕，并且告诉他怎么样才能不怕！）

但高脱弗烈特好似担了心事。

“嘘！”他声音也有点变了……

“怎么不怕呢？”他停了一会儿又说，“可是有什么办法？就是这么回事。只能忍受啊。”

克利斯朵夫摇摇头，表示不接受。

“只能忍受啊，孩子，”高脱弗烈特又说了一遍，“他要这样就得这样。他喜欢什么，你也得喜欢什么。”

“我恨他！”克利斯朵夫对天晃着拳头，愤愤地说。

高脱弗烈特大惊之下，叫他住嘴。克利斯朵夫自己也对刚才说的话怕起来，便跟着舅舅一同祈祷。但他心里怀着一腔怒火，虽然念念有词地说着卑恭的话，暗中对那可怕的事，和造成那可怕的事的妖魔似的主宰，恨到了极点，只想反抗。

多少的日子过去了，多少的雨夜过去了：在新近翻动过的泥土底下，可怜的老约翰·米希尔孤零零地躺着。当时曼希沃几次三番的大号大哭，可是不到一星期，克利斯朵夫听见他又在高高兴兴地笑了。人家提到死者的名字，他立刻哭丧着脸，但过了一会儿，又指手画脚地说起话来，挺有精神了。他的悲伤是真的，但不可能教自己的心绪老是那么抑郁。

懦弱隐忍的鲁意莎，对什么都是逆来顺受的，就一声不响地接受了这桩不幸。她在每天的祷告中加了一段祷告,按着时候去打扫墓地,仿佛照顾坟墓也是她家务中的一部分。

高脱弗烈特对于老人长眠的那一小方地的关心,真教人感动。他要来的话,总带一件纪念物,不是亲手做的十字架,便是约翰·米希尔生前喜欢的什么花。这种事他从来不忘记,而且老是瞒着人去做的。

鲁意莎有时带着克利斯朵夫一同上公墓。那块肥沃的土地,阴森森的点缀着花草树木,在阳光中发出一股浓烈的气味,和萧萧哀吟的柏树的气息混在一起。克利斯朵夫厌恶那块地,厌恶那些气味,可是不敢承认,因为他觉得这表示自己怕死,同时对死者不敬。他非常苦闷。祖父的死老压在他心上。好久以前他就知道什么叫做死,久已想过死,也久已害怕死,但还没有见过死的面目。而一个人对于死只要亲眼目睹之后,才会明白自己原来一无所知,既不知所谓死,亦不知所谓生。一切都突然动摇了;理智也毫无用处。你自以为活着,自以为有了些人生经验;这一下可发觉自己什么都不知道,什么都没看见:原来你是在一个自欺欺人的幕后面过生活,而那个幕是你的精神编织起来,遮掉可怕的现实的。痛苦的观念,和一个人真正的流血受苦毫不相干。死的观念,和一路挣扎一路死去的灵肉的抽搐也毫不相干。人类所有的语言,所有的智慧,和现实的狰狞可怖相比之下,只是些木偶的把戏;而所谓人也只是行尸走肉,花尽心机想固定他的生命,其实这生命每分钟都在腐烂。

克利斯朵夫日夜想着这个问题。祖父临终的景象老是在他的记忆中,他还听到那可怕的呼吸。整个的天地都改变了,仿佛布满着一片冰雾。在他周围,不论转向哪一边,总觉得那盲目的野兽有股血腥气吹在他脸上;他知道有种毁灭一切的力威胁着他,而他一无办法。但这些念头非但压不倒他,反而激起他的愤怒与憎恨。他没有一点儿听天由命的性格,只知道低着头向“不可能”直撞过去。虽然撞得头破血流,虽然眼看自己不比敌人高强,他还是不断反抗痛苦。尔今尔后,他的生活就是对命运的残酷做着长期的斗争,因为他不愿意忍受那个命运。

正当他被死的念头缠绕不休的时候,生活的艰难可把他的思想转移了目标。家庭的衰落一向被老祖父挡着,他不在之后就一发不可收拾了。克拉夫脱一家最大的财源与老人同归于尽;贫穷的苦难进到家里来了。

而曼希沃还要火上添油。他非但不加紧工作,并且因为摆脱了唯一的管束,反而加深了嗜好。他几乎每天晚上都喝得烂醉,挣的钱也从来不带一个回家。教课的差事差不多已经完全丢了。有一次,他酩酊大醉地到一个女学生那里去上课:从此就没有一家再要他上门。至于乐队的差事,人家只为了看在他故世的父亲面上,才勉强让他保留着;但鲁意莎担心他随时可能出点乱子,给人撵走。而且人家已经把开差的话警告过他了,因为有几晚他在戏快完场的时候才赶到,还有两三次他完全忘了,根本没去。再说,他有时发起酒疯来,心痒难熬的只想说些傻话或做些傻事。那时他什么事都做得出。有一晚台上正演着《女武神》,①他竟想拉起小提琴协奏曲来!大家好容易才把他拦住了。而在台上演戏的时候,为了戏文里的,或是为了脑筋里忽然想起的好玩事儿,他居然哈哈大笑。他教周围的同事乐死了。大家看他会闹笑话,许多地方都原谅他。但这种优容比严厉的责备更难受。克利斯朵夫看了简直无地自容。

那时孩子已经当了第一小提琴手。他设法监视父亲,必要时还代他的职务,在他发酒疯的日子要他住嘴。那可不是件容易的事,最好还是不理不睬;否则醉鬼一知道有人瞧着,就会做鬼脸,或是长篇大论的胡说一阵。克利斯朵夫只能掉过头去,唯恐看到他做出什么疯疯癫癫的事;他想聚精会神只管自己的工作,可总免不了听见父亲的瞎扯和旁人的哄笑。他急得眼泪都冒上来了。那些乐师也是好人,发觉了这情形,对孩子很表同情,便放低笑声,不在克利斯朵夫面前谈论他的父亲。但克利斯朵夫觉得他们是可怜他,知道只要自己一走,大家马上就会嘲笑的;他也知道父亲已经成为全城的话柄。他因为无法阻止,好像受着刑罚一样。戏完场以后,他陪着父亲回家:教他抓着自己的手臂,忍着他的唠叨,想遮掉他东倒西歪的醉态。可是这样的遮掩又瞒得了谁呢?

---

① 《女武神》为瓦格纳所作《尼勃龙根的指环》四部曲中的第二出歌剧。

纵使费尽心机,他也不容易把父亲带回家里。到了街上拐弯的地方,曼希沃就说跟朋友们有个紧急的约会,凭你怎么劝,他非去不可。而且还是谨慎一些,少说几句为妙,否则他拿出父亲的架子骂起来,又得教街坊推出窗来张望了。

所有家用的钱也给他拿去花掉。曼希沃不但拿自己挣来的钱去喝酒,还把女人和儿子辛辛苦苦换来的钱也送到酒店里去。鲁意莎常常流泪,但自从丈夫恶狠狠地说家里没有一件东西是她的,她嫁过来根本没有带一个钱,她就不敢抗拒了。克利斯朵夫想反抗:曼希沃却打他嘴巴,拿他当野孩子看待,把他手里的钱抢了去。孩子虽然不足十三岁,身体却很结实,对于这种训责开始咕噜了;可是他还不敢抗争,只能让父亲搜刮。母子俩唯一的办法是把钱藏起来。但曼希沃心思特别灵巧,他们不在家的时候,他总有办法把藏的钱给找出来。

不久,光是搜刮家里的钱也不够了。他卖掉父亲传下来的东西。克利斯朵夫好不痛心地眼看着书籍、床、家具、音乐家的肖像,一件一件地给拿走。他一句话也不能说。有一天,曼希沃在祖父的旧钢琴上猛烈地撞了一下,揉着膝盖,愤愤地咒骂,说家里简直没有转动的余地,所有的旧东西非清出不可;那时克利斯朵夫可大声嚷起来了。不错,为了卖掉祖父的屋子,卖掉克利斯朵夫童年时代消磨了多少美妙的光阴的屋子,把那边的家具搬过来以后,家里的确很挤。而那架声音发抖的旧钢琴也的确不值什么钱,克利斯朵夫早已不用,现在弹着亲王送的新琴了。但不管那琴怎么破旧,怎么老弱,总是克利斯朵夫最好的朋友:音乐那个无穷的天地是它启示的;音响的世界是在它变黄了的键盘上发现的;而且它也是祖父留下的一个纪念,他花了好几个月为孙儿修理完整:那是一件神圣的东西。所以克利斯朵夫抗议说父亲没有权利卖掉它。曼希沃叫他住嘴,他却嚷得更凶,说琴是他的,谁也不能动的。他这么说是准备挨打的。但父亲冷笑着瞪了他一眼,不作声了。

第二天,克利斯朵夫已经把这件事忘了。他回到家里觉得很累,但心绪还不坏。他看到小兄弟们的眼神好似在暗中笑他,未免奇怪。他们假装专心看书,可是偷偷地觑着他,留神他的动作,要是被他瞪上一眼,就一齐低下头去看书。他以为他们又在捣什么鬼了,但他久已习惯，也就不动声色，决意等发觉的时候照例把他们揍一顿。他便不再追究，只管跟父亲谈话；父亲坐在壁炉旁边，装出平日没有的那种关切，问着孩子当天的事。克利斯朵夫一边说话，一边发现父亲暗中和两个小的挤眉弄眼。他心里一阵难受，便奔到自己房里……钢琴不见了！他好不悲痛地叫了一声，又听见小兄弟俩在隔壁屋里匿笑，他全身的血都涌上了脸，立刻冲到他们面前，嚷着：

“我的琴呢？”

曼希沃抬起头来，假作吃了一惊的神气，引得孩子们哈哈大笑。他看着克利斯朵夫的可怜相也忍不住掉过头去笑了。克利斯朵夫失掉了理性，像疯子似的扑向父亲。曼希沃仰在沙发里猝不及防，被孩子掐住了喉咙，同时听见他叫了一声：

“你这个贼！”

曼希沃马上抖擞一下，把拼命抓着他的克利斯朵夫摔在地砖上。孩子脑袋撞着壁炉的铁架，爬起来跪着，仰着脸气哼哼地又喊道：

“你这个贼！……偷盗我们，偷盗母亲，偷盗我的贼！……出卖祖父的贼！……”

曼希沃站着，对着克利斯朵夫的脑袋抡着拳头；孩子可是眼睛充满了憎恨，瞪着父亲，气得浑身发抖。曼希沃也发抖了。他坐了下去，把手捧着脸。两个小兄弟尖声怪叫地逃了。屋子里喧闹了一阵忽然静下来。曼希沃嘟嘟囔囔不知说些什么。克利斯朵夫靠在墙上，还在那里咬牙切齿地用眼睛盯着他。曼希沃开始骂自己了：

“对，我是一个贼！我把家里的人都搜刮完了。孩子们瞧不起我。还是死了的好！”

他嘟囔完了，克利斯朵夫照旧站着，吆喝着问：

“琴在哪儿？”

“在华姆塞那里。”曼希沃说着，连头也不敢抬起来。

克利斯朵夫向前走了一步，说：“把钱拿出来！”

失魂落魄的曼希沃从袋里掏出钱来交给了儿子。克利斯朵夫快走出门了，曼希沃却叫了声：“克利斯朵夫！”

克利斯朵夫站住了。曼希沃声音发抖的又说：

“我的小克利斯朵夫！……别瞧不起我！”

克利斯朵夫扑上去勾住了他的脖子，哭着叫道：

“爸爸，亲爱的爸爸！我没有瞧不起您！唉，我多痛苦！”

他们俩都大声地哭了。曼希沃自怨自叹地说：

“这不是我的错，我并不是坏人。可不是，克利斯朵夫？你说呀，我不是坏人！”

他答应不喝酒了。克利斯朵夫摇摇头表示不信；而曼希沃也承认手头有了钱就管不住自己。克利斯朵夫想了一想，说道：“爸爸，您知道吗，我们应当……”

他不说下去了。

“什么啊？”

“我难为情……”

“为了谁？”曼希沃天真地问。

“为了您。”

曼希沃做了个鬼脸：“没关系，你说罢。”

于是克利斯朵夫说，家里所有的钱，连父亲的薪水在内，应当交给另外一个人，由他把父亲的零用按日或按星期交给他。曼希沃一心想讨饶，——并且还带着点酒意，——认为儿子的提议应当更进一步，他说要当场写个呈文给大公爵，请求自己的薪水按期由克利斯朵夫代领。克利斯朵夫不愿意这么办，觉得太丢人了。可是曼希沃一心要做些牺牲，硬把呈文写好。他被自己这种慷慨的行为感动了。克利斯朵夫不肯拿这封信；而刚回家的鲁意莎，知道了这件事，也说她宁可去要饭，也不愿意丈夫丢这个脸。她又说她是相信他的，相信他为了爱他们，一定能痛改前非。结果大家都感动了，彼此亲热了一阵。曼希沃的信留在桌上，随后给扔进抽屉藏了起来。

过了几天，鲁意莎整东西的时候又发现了那封信；因为曼希沃故态复萌，使鲁意莎非常难过，所以她非但不把信撕掉，反而放在一边。她把它保留了好几个月，虽然受尽磨折，还是几次三番把送出去的念头压了下去。可是有一天她看见曼希沃又殴打克利斯朵夫，抢去了孩子的钱，便再也忍不住了；等到只有跟哭哭啼啼的孩子两个人在家的时候，她就拿出信来交给他,说:“你送去罢!”

克利斯朵夫还拿不定主意;但是他懂得家里已经搅光了,要是想抢救他们仅有的一些进款,就只有这办法。他向着爵府走去,二十分钟的路程直走了一个钟点。这桩丢人的事压着他的心。想到要去公然揭破父亲的恶癖,他最近几年孤独生活所养成的傲气就受不住。他有一种奇怪的,可是很自然的矛盾:一方面明知父亲的嗜好是大众皆知的,一方面偏要自欺欺人,假装一无所知;他宁可粉身碎骨,也不愿承认这一回事。现在可是要由他自己去揭穿了!……他好几次想掉过头来回家,在城里绕了两三转,快到爵府了又缩回来。但这件事不单跟他一个人有关,还牵涉他的母亲和兄弟。既然父亲不管他们,他做大儿子的就应当出来帮助他们。再没有迟疑的余地,再没有心高气傲的余地:羞愧耻辱,都得望肚子里咽下去。他进了府邸,上了楼梯,又差点儿逃回来。他跪在踏级上,一只手抓着门钮,在楼梯台上待了几分钟,直到有人来了才不得不进去。

办公室里的人都认得他。他求见剧院总管阁下,哈曼·朗巴哈男爵。一个年轻的办事员,胖胖的,秃着头,皮色娇嫩,穿着白背心,戴着粉红领结,和他亲热地握着手,谈论着昨晚的歌剧。克利斯朵夫把来意重新说了一遍。办事员回答说男爵这时没空,克利斯朵夫要有什么呈文,不妨拿出来,让他们跟别的要签字的文件一块儿递进去。克利斯朵夫把信递给他。办事员瞧了一眼,又惊又喜地叫道:“哎!这才对啦!他早该这么办了!他一辈子也没做过一件比这个更好的事。哎!酒鬼!他怎么会下这个决心的?”

他说不下去了。克利斯朵夫把呈文一手抢回,气得脸都青了:

“我不答应……我不答应你侮辱我!”

办事员愣住了:“可是,亲爱的克利斯朵夫,谁想侮辱你呢?我说的话还不是大家心里都想到的!便是你自己也是这么想的。”

“不!”克利斯朵夫气冲冲地回答。

“怎么!你不这样想?你以为他不喝酒吗?”

“不,根本没有这种事!”克利斯朵夫说着,跺了跺脚。

办事员耸耸肩膀:“那末,他干吗要写这封信呢?”

“因为……”克利斯朵夫说,——(他不知怎么说好了),——“因为我每个月来领我的薪水,可以同时领父亲的。用不着我们两个都来……父亲很忙。”

他自己对这种荒唐的解释也脸红起来。办事员瞧着他,神气之间有点儿讥讽,也有点儿怜悯。克利斯朵夫把信在手里揉着,想往外走了。那办事员可站起来,抓着他的手臂说:“你等一忽儿,我去想办法。”

他说着便走进总管的办公室。克利斯朵夫待在那儿,别的办事员都望着他。他不知道应当怎么办,想不等回音就溜,他正要拔步的时候,门开了,那位怪殷勤的职员说:

“爵爷请你。”

克利斯朵夫只得进去。

哈曼·朗巴哈男爵是个矮小的老人,整齐清洁,留着鬓脚跟小胡子,下巴剃得干干净净。他翻起眼睛从金边眼镜的上面望了望克利斯朵夫,照旧写他的东西,也不理会他局促的行礼。

“哦,”他停了一会儿说道,“克拉夫脱先生,你是请求……”

“爵爷,”克利斯朵夫抢着回答,“请原谅。我重新考虑过了,不想再请求了。”

老人并不追问他为什么一下子改变了意见,只是更仔细地瞧着克利斯朵夫,轻轻咳了几声,说道:“克拉夫脱先生,请你把手里的信交给我。”

克利斯朵夫发现总管的目光盯着他不知不觉还在那儿揉着的纸团。

“用不着了,爵爷,”他嘟囔着说,“现在用不着了。”

“给我吧。”老人若无其事地又说了一遍,仿佛什么也没听见。

克利斯朵夫不由自主地把揉作一团的信递给了他,嘴里还说着一大堆不清不楚的话,伸着手预备收回他的呈文。爵爷把纸团小心地展开来看过了,望着克利斯朵夫,让他不知所云地说了一会儿,然后打断了他的话,眼睛一亮,带点儿俏皮的意味:“好吧,克拉夫脱先生,你的请求批准了。”说完他摆一摆手,把孩子打发了,重新写他的东西。

克利斯朵夫泰然自若地走出来，经过公事房的时候，那位办事员亲热地和他说：

“别恨我啊，克利斯朵夫！”

克利斯朵夫低着头，让人家握了握他的手。

他出了爵府，羞得身子都凉了。人家和他说的话都回想起来：他以为那些器重他而哀怜他的人，同情之中有些侮辱意味的讥讽。他回到家里，对母亲的问话只愤愤地回答几个字，仿佛为了刚才做的事而恨着她。他一想到父亲，良心就受着责备，恨不得把事情统统告诉他，求他原谅。可是曼希沃不在家。克利斯朵夫眼睁睁地醒着在床上等，直等到半夜。他越想越难过：把父亲的好处渲染了一番，认为他是个懦弱的好人，给自己人出卖的可怜虫。一听见楼梯上的脚声，他就跳起来，想迎上去扑在他怀里。可是曼希沃那副烂醉的模样，使克利斯朵夫一阵恶心，连走近他的勇气都没有了。他重新上了床，好不心酸地觉得自己的梦想简直可笑。

过了几天，曼希沃知道了这件事，立刻大发雷霆。他不管克利斯朵夫怎样的哀求，竟跑到爵府里去吵了一场。回来的时候他可是垂头丧气，对经过的情形一字不提。原来人家对他很不客气，告诉他关于这件事他不应该有这种口吻，——他还能有这份薪水，是靠儿子的面子，将来他再要胡闹，哪怕是一点儿小事，就得给取消了。所以，曼希沃马上接受了这个办法，还在家里得意扬扬地自吹自捧，说这个牺牲的念头原是他第一个想起的。这样，克利斯朵夫也觉得良心平安了。

另一方面，曼希沃却在外边诉苦，说他的钱给女人跟儿子搜刮完了，自己一辈子为他们卖命，临了倒给人家管束得连一点享用都没有。他也设法骗克利斯朵夫的钱，甜言蜜语，花样百出，使克利斯朵夫看了好笑，虽然他并没笑的理由。可是克利斯朵夫决不让步，曼希沃也不敢坚持。这个十四岁的孩子把他看透了；曼希沃对着这双严厉的眼睛只觉得心虚胆怯。他常常在暗地里捣乱一下，作为报复。他上小酒店去开怀畅饮，一个钱都不付，推说儿子会来还的。克利斯朵夫怕丑事闹大了，不敢争论；他跟母亲俩千辛万苦地去偿还曼希沃的债。——并且曼希沃自己领不到薪水以后，更不注意乐队里的职务了，缺席的次数愈来愈多,终于给人家开了差,连克利斯朵夫代他央求也没用。从此父亲与兄弟的生活,全家的开支,都只靠孩子一个人了。

这样,克利斯朵夫在十四岁上就做了一家之主。

他毅然决然挑起这副沉重的担子。他的傲气不许他向别人求助。他发誓要凭自己一个人的力量去解决困难。母亲的到处央求,到处接受那些难堪的帮助,他从小就看了痛苦极了。逢到她从有钱的女太太们家里,高高兴兴地拿了些钱回来,母子之间就得吵一架。她并不以为人家的施舍有何恶意;而且这笔钱可以使克利斯朵夫少辛苦一点,给菲薄的晚饭添个菜,她还觉得挺快活呢。可是克利斯朵夫沉下了脸,整晚的不开口了,对那个添的菜一口也不吃。鲁意莎看了很难过,还不识时务硬要儿子吃,而他又偏不吃;结果她生了气,说些刺耳的话,他也照样顶回去。末了他把饭巾往桌上一扔,跑出去了。父亲耸耸肩,说他假清高;兄弟们嘲笑他,把他的一份瓜分了。

可是总得想法过日子。乐队里的薪水已经不够应付家用,他便开始教课。他的演奏的才能,他的人品,尤其是亲王的器重,替他在有钱的中产阶级里招徕不少主顾。每天早上,从九点起,他去教女孩子们弹琴;学生的年纪往往比他大,卖弄风情的玩意儿使他发窘,弹得一塌糊涂的琴使他气恼。她们在音乐方面是奇蠢无比,而对可笑的事倒感觉得特别灵敏;俏皮的眼睛决不放过克利斯朵夫笨拙的举动。那他真是受罪了。坐在她们身旁,挨在椅子边上,他脸红耳赤,一本正经,心里气死了,可不敢动弹,竭力忍着,既怕说出什么傻话来,又怕说话的声音惹人笑。他勉强装做严厉的神气,却又觉得人家在眼梢里觑着他,便张皇失措,在指点学生的时候心里忽然慌起来,怕自己可笑,其实是已经可笑了;终于他一阵冲动,不由得出口伤人。学生要报复是挺容易的;她们决不错过机会:瞅着他的时候,或向他提出一些简单的问话的时候,她们都有办法使他发窘,羞得他连眼睛都红了;再不然,她们要求他做些小事情,——譬如到一件家具上拿什么忘掉的东西:——那可把他折磨得太厉害了,因为他必须在含讥带讽的目光注视之下走过房间,它们毫不客气地觑着他可笑的动作,不灵活的腿,僵硬的手臂,因为不知所措而变得强直的身体。

上完了课，他得奔赴戏院的预习会。他常常来不及吃中饭，袋里带着些面包咸肉之类在休息时间吃。乐队指挥多皮阿·帕弗很关切孩子，不时教他代为主持乐队的预习，作为锻炼。同时他还得继续自己的音乐教育。接着又有些教课的事，一直忙到傍晚戏院开演的时候。完场以后，爵府里往往召他去弹一二个钟点的琴。公主自命为懂音乐的，不分好坏，只是非常喜欢。她向克利斯朵夫提出些古怪的节目，把平板的狂想曲与名家的杰作放在一起。但她最喜欢要他即席作曲，出的全是肉麻的感伤的题目。

克利斯朵夫半夜里从爵府出来，累得要死，手是滚烫的，头里发烧，胃里又没有一点东西。他浑身是汗，外面可下着雪或是寒气彻骨的雾。他得穿过大半个城才能到家，一路走，一路牙齿打战，瞌睡得要命，还得留神脚下的水洼，免得弄脏了他独一无二的晚礼服。

他终于回到了一向和兄弟们合住的卧房。踏进那间空气恶浊的顶楼，苦难的枷锁可以暂时脱卸一下的时候，他才格外感觉到自己的孤独，感觉到生活的可厌和没有希望。他差不多连脱衣服的勇气都没有了。幸而一上床，瞌睡立刻使他失去了痛苦的知觉。

但在夏季天方黎明的时候，冬季远在黎明之前，他就得起身。他要做些自己的功课：只有五点到八点之间，他是自由的，可还得挪出一部分光阴去对付公家的事，因为宫廷乐师的头衔和亲王的宠幸，使他不得不为宫廷里的喜庆事儿作些应时的乐曲。

所以他连生命的本源都受了毒害，便是幻想也是不自由的。但束缚往往使人的幻想更有力量。行动要不受妨碍，心灵就缺少刺激，不需要活跃了。谋生的烦恼，职业的无聊，像牢笼一般把克利斯朵夫关得越紧，他反抗的心越感觉到自己的独立不羁。换了一种无牵无挂的生活，他可能随波逐流，得过且过。现在每天只有一二小时的自由，他的精力就在那一二小时之内尽量迸射，像在岩石中间奔泻的急流一样。一个人的力量只能在严格的范围之内发挥，对于艺术是最好的训练。在这一点上，贫穷不但可以说是思想的导师，并且是风格的导师；它教精神与肉体同样懂得淡泊。时间与言语受了限制，你就不会说废话，而且养成了只从要点着想的习惯。因为生活的时间不多,你倒反过了双倍的生活。

克利斯朵夫的情形就是这样。他在羁绁之下参透了自由的价值;他绝对不为无聊的行动与言语而浪费宝贵的光阴。他天生是多产的,兴之所至,往往下笔不能自休,思想虽然真诚,可是毫无选择:现在他不得不利用最短的时间写出最丰富的内容,那些缺点就给纠正了。对于他精神方面艺术方面的发展,这是最重大的影响,——远过于老师的教导与名作的榜样。在他个性酝酿成熟的那几年内,他养成了一种习惯,把音乐看做一种确切的语言,每个音有每个音的意义;他痛恨那些言之无物的音乐家。

然而他当时所作的曲子还谈不上自我表现,因为他根本还没发现他的自我。教育把许多现成的感情灌输给儿童,成为他们的第二天性;克利斯朵夫就在这一大堆现成的感情中摸索,想找出他自己。他对自己真正的性格只有一些直觉;青春期的热情,还没有像一声霹雳廓清天空的云雾那样,把他的个性从假借得来的衣服下面发掘出来。在他心中,暧昧而强烈的预感,和一些摆脱不掉而与自己不相干的回忆混在一起。他痛恨这些谎言,又看了写出来的东西远不及他所想的而懊丧。他很苦闷地怀疑自己。但他又不肯吃了莫名其妙的败仗就算了,发愤要写出更好的、伟大的作品。不幸他老是失败。写的时候往往还有幻想,以为不坏;过后他又觉得毫无价值,把东西撕掉,烧掉。而他最难堪的是,那些应时的曲子,他作品中最坏的一部分,偏偏给人家珍藏起来,没法销毁,——例如为庆祝亲王诞辰所作的协奏曲《王家的鹰》,为公主亚台拉伊特婚礼所写的颂歌,都被人不惜工本,用精致的版本印出来,使他恶俗不堪的成绩永垂后世:——因为他是相信后世的。……想到这样的羞辱,他竟哭了。

多紧张的年月！无休无歇！辛苦的工作没有一点儿调剂。没有游戏,没有朋友。他怎么能有呢？下午,别的孩子玩耍的时候,小克利斯朵夫正拧着眉头,集中精神,在尘埃满目、光线不足的戏院里,坐在乐谱架前面。晚上,别的孩子已经睡觉了,他还是在那儿,筋疲力尽地软瘫在椅子上。

他和兄弟们绝对谈不到亲切。最小的一个，恩斯德，十二岁，是个下流无耻的小坏蛋，整天跟一批和他差不多的小无赖鬼混，不但学了种种的坏习气，而且还有些丢人的恶癖，老实的克利斯朵夫连想也没想到，而有天发觉了不胜痛恨。至于洛陶夫，丹奥陶伯伯最喜欢的那个，是预备学生意的。他规矩，安分，可是性情阴险，自以为比克利斯朵夫高明万倍，不承认他在家里有什么权，只觉得吃他挣来的面包是应当的。他跟着父亲伯父恨克利斯朵夫，学他们那套胡说乱道。两兄弟都不喜欢音乐；洛陶夫为了模仿丹奥陶伯伯，还故意装做瞧不起音乐。克利斯朵夫把当家的角色看得很认真，他的监督与训诫使小兄弟们感到拘束，想起来反抗；但克利斯朵夫拳头又结实，对自己的权限又看得很清，把两个兄弟收拾得服服帖帖。可是他们尽可拿他随意摆布，利用他的轻信做的圈套无不成功。他们拐骗他的钱，扯着弥天大谎，再在背后嘲笑他。而克利斯朵夫是永远会上当的。他极需要人家的爱，听到一个亲热的字眼就会怨气全消，得到一点儿感情就会原谅一切。有一次，小兄弟俩假情假意地和他拥抱，使他感动得流泪，乘机把觊觎已久的亲王送的金表骗上了手，又偷偷地笑他的傻；克利斯朵夫碰巧听见了，不禁信心大为动摇。他瞧不起他们，但因为天生的需要爱人家，相信人家，所以还是继续受骗。他也明明知道，他恨自己，一发觉兄弟俩耍弄他，就把他们揍一顿。可是事过境迁，只要他们再丢下什么饵，他又会上钩的。

可是还有更辛酸的事呢。他从有心讨好的邻人那边，知道父亲说他坏话。曼希沃从前为了儿子的光荣大为得意，此刻却不知羞耻地忌妒起来。他要想法把孩子压倒。这简直是荒谬绝伦，唯有付之一笑，便是生气也大可不必：因为曼希沃对自己做的事也莫名其妙，只是为了失意而恼羞成怒。克利斯朵夫一声不出，怕一开口就会说出太重的话，但心里是气愤极了。

晚上大家一块儿吃晚饭的时候，没有一点儿家庭的乐趣：围着灯光，对着斑斑污点的桌布，听着无聊的废话跟咀嚼的声音，克利斯朵夫觉得他们又可恨，又可怜，而结果还是情不自禁地要爱他们！他只跟好妈妈一个人还有些息息相通的感情。但鲁意莎和他一样整天的辛苦，到晚上已经毫无精神,差不多一句话也不说,吃过晚饭在椅子上补着袜子就打瞌睡了。而且她那种好心使她对丈夫和三个孩子的感情不加区别;她一视同仁地爱他们。所以克利斯朵夫不能把母亲当知己,虽然他极需要一个知己。

于是他把一切都藏在心里,几天的不开口,咬着牙齿做他那些单调而辛苦的工作。这种生活方式对儿童是很危险的,尤其在发育期间,身体的组织特别敏感,容易受到损害而一辈子不能恢复。克利斯朵夫的健康因之大受影响。父母原来给他一副好筋骨,一个毫无疵点的健康的身体。可是过度的疲劳,小小年纪就得为生活操心,等于在身上替痛苦开了一个窟窿;而一朝有了这窟窿,他的结实的身体只能给痛苦添加养料。他很早就有神经不健全的征象,小时候一不如意就会发晕,抽风,呕吐。到七八岁刚在音乐会中露面的时代,他睡眠不安,梦里会说话,叫嚷,或是哭,或是笑;只要他有了什么心事,这些病态的现象就会复发。接着是剧烈的头疼,一忽儿痛在颈窝或太阳穴里,一忽儿头上像有顶铅帽子压着。眼睛也使他不好过:有时像针尖戳入眼窠,又常常眼花得不能看书,必须停止几分钟。吃的东西不够,不卫生,不规则,把他强健的胃弄坏了:不是肚子疼,便是泻肚子,把他搅得四肢无力。但使他最受不了的是心脏:它简直像发疯一般的没有规律,忽而扑通扑通的在胸中乱跳,仿佛要爆裂了;忽而有气无力,好似要停下来了。夜里,孩子体温的倏升倏降真是怕人,它能从高热度一变而为贫血的低温度。他一下子热得发烧,一下子冷得发抖,他闷死了,喉咙管打了结,有个核子塞在那里使他没法呼吸。——当然,他慌张到极点,一方面不敢把这些感觉告诉父母,一方面却不断地加以分析;而精神越集中,病痛的程度越加增,或者还创造出一些新的痛苦。他把知道的病名都轮流地加在自己身上:以为眼睛快要瞎了,又因为走路的时候偶然发晕,便以为马上要倒下去死了。——永远是这种夭折的恐怖缠绕他,压迫他,紧紧地跟着他。哎!要是他非死不可,至少不要现在就死,在他还没有胜利之前死!……

胜利……那个执着的念头老在他胸中燃烧,虽然他并没意识到;而他筋疲力尽,不胜厌恶地在人生的臭沟中挣扎的时候,也老是那个念头在支持他！那是一种渺茫而强烈的感觉，感觉到他将来的成就和现在的成就……现在的成就？难道就是这么一个神经质的，病态的，在乐队里拉着提琴和写些平庸的协奏曲的孩子吗？——不是的。真正的他绝不是这样的一个孩子。那不过是个外表，是一天的面目，绝不是他的本体。而他的本体，跟他目前的面貌，目前的思想形式，都不相干。这一点他知道得很清楚。只要照一照镜子，他就认不得自己。这张又阔又红的脸，浓厚的眉毛，深陷的小眼睛，下端臃肿而鼻孔大张的短鼻子，狠巴巴的牙床骨，噘起的嘴巴，这整个又丑又俗的面具跟他全不相干。而他在自己的作品中也一样找不到自己。他批判自己，知道现在所作的东西和他现在的人都毫无出息。可是将来会变成怎样的人，能写出怎样的作品，他的确很有把握。有时他责备自己这种信念，以为那是骄傲的谎话；他要教自己屈辱，教自己痛苦，作为对自己的惩罚。然而信念历久不变，什么都不能使它动摇。不管他做什么，想什么，没有一宗思想，一桩行为，一件作品，有他自己在内，把自己表白出来的。他知道这一点，他有种奇怪的感觉，觉得最真实的他并非目前的他，而是明日的他……没有问题，将来一定能显出自己来的！……他胸中充满了这种信仰，他醉心于这道光明！啊！但愿今天不要把他中途拦住了！但愿自己不要掉在今天所安排的陷阱之中！……

他抱着这样的心情，把他的一叶扁舟在时间的洪流中直放出去，他目不旁视，危然肃立，把着舵，眼睛直望着彼岸。在乐队里，和饶舌的乐师在一块儿的时候，在饭桌上，和家人在一块儿的时候，在爵府里，心不在焉地弹着琴为傀儡似的贵族消闲的时候，他老是生活在这个不可知的、一个小小的原子就能毁灭的未来中间。

他一个人在顶楼上对着破钢琴。天色垂暮，日光将尽。他使劲睁着眼睛读谱，直读到完全天黑的时候。以往的伟大的灵魂流露在纸上的深情，使他大为感动，连眼泪都冒上来了。仿佛背后就站着个亲爱的人，脸上还感觉到他呼出来的气息，两条手臂快来搂住他的脖子了。他打了个寒噤转过身去。他明明觉得，明明知道不是孤独的。身边的确有一颗爱他的、也是他爱的灵魂。他因为没法抓住它而叹息。但便是这点儿苦闷,和他出神的境界交错之下,骨子里还是甜蜜的。甚至那种惆怅也不是暗淡的。他想到在这些音乐中再生的亲爱的大师,以往的天才。他抱着一腔热爱,想到那种人间天上的欢乐,——没有问题,这是他光荣的朋友们的收获,既然他们的欢乐的余晖也还有这么些热意。他梦想要和他们一样,布施几道爱的光芒。他自己的苦难,不就是见到了神明的笑容而苏慰的吗?将来得轮到他来做神明了!做个欢乐的中心,做个生命的太阳!……

可是,等到有一天他能和他心爱的人们并肩的时候,达到他企慕的一片光明的欢乐的时候,他又要感到幻灭了……

第二部　奥　多

某星期日，乐队指挥多皮阿·帕弗，请克利斯朵夫到离城一小时的乡间别墅去吃饭。他搭着莱茵河的船。在舱面上，他坐在一个和他年纪差不多的少年旁边，那少年看他来了，就很殷勤的把身子让过一点。克利斯朵夫并没留意。可是过了一忽儿，他觉得那邻座的人老在打量他，便也瞅了他一眼，看见他金黄的头发光溜溜的梳在一边，脸蛋儿又红又胖，嘴唇上隐约有些短髭，虽是竭力装做绅士模样，仍脱不了大孩子神气。他穿得非常讲究：法兰绒服装，浅色手套，白皮鞋，淡蓝领带，还拿着一根很细的手杖。他在眼梢里偷觑着克利斯朵夫，可并不转过头来，脖子直僵僵的像只母鸡。只要克利斯朵夫一望他，他就脸红耳赤，从袋里掏出报纸，装做一心一意的读报。可是几分钟以后，他又抢着把克利斯朵夫掉在地下的帽子给捡起来。克利斯朵夫对于那么周到的礼貌觉得奇怪，把他又瞧了一眼，他又脸红了；克利斯朵夫冷冷地谢了一声，因为他不喜欢这种过分的殷勤，不愿意人家管他的事。可是受到这番奉承，他心里毕竟是怪舒服的。

一忽儿他把这些都忘了，只注意着一路的风景。他好久没有出城了，所以尽量吟味着刮在脸上的风，船头的水声，浩荡的河面，岸上时刻变换的风景：灰色的平淡无奇的崖岸，一半浸在水里的丛柳，金黄的葡萄藤，有好多传说的削壁，城镇上矗立着哥特式的钟楼，和工厂里黑烟缭绕的烟突。他正在自言自语地出神，邻座的少年却怯生生地，嗄着嗓子，穿插几句关于那些修葺完整，挂满了常春藤的废墟的典故。他说着话，仿佛对自己演讲似的。克利斯朵夫给他提起了兴致，便向他问长问短。对方马上抢着回答，很高兴能够显显他的才学，嘴里老是把克利斯朵夫叫做官廷提琴师先生。

“敢情你认得我吗？”克利斯朵夫问。

“哦！是的。”少年那种天真的钦佩的口吻，教克利斯朵夫听了非常得意。

他们就此搭讪起来。那少年在音乐会中看见过克利斯朵夫，而人家所说的关于克利斯朵夫的故事更给了他深刻的印象。他并没说出这一点，可是克利斯朵夫体会得到，并且还因之而惊喜交集。从来没有人对他用过这种感动的恭敬的口吻。他继续打听关于一路上城镇的史迹，那少年就把最近才得来的知识一齐搬出来，使克利斯朵夫大为钦佩。但这不过是他们的借题发挥：两人真正的兴趣是在于认识对方的人。他们不敢直接爽快地提到正文，只偶尔提出一两句笨拙的问话。终于他们下了决心；克利斯朵夫才知道这位新朋友叫做“奥多·狄哀纳先生”，是城里一个富商的儿子。一谈之下，他们当然发现了共同的熟人，话慢慢地多起来了。船到了克利斯朵夫的目的地的时候，他们正谈得非常起劲。奥多也在这儿下船。这种巧事，他们认为非常奇怪。克利斯朵夫提议在午餐以前随便遛遛，于是两人就往田野里走去。克利斯朵夫亲热地挽着奥多的手臂，告诉他自己的计划，好像从小就认识似的。他因为年龄相仿的同伴一个也没有，所以和这个有教养，有知识，对他表示好感的少年在一块儿，感到说不出的快乐。

时间过得很快，克利斯朵夫可不觉得。狄哀纳因为青年音乐家对他那么信任而很得意，也不敢提醒他午餐的时间已经到了。最后他认为非说不可的时候，克利斯朵夫正在树林中望山岗上爬去，回答他到了高头再说；而一到岗上，他又往草地上躺下，仿佛准备在那儿待上一天似的。过了一刻钟，狄哀纳看他全没动身的意思，就很胆小地又说了一遍：“你的中饭怎么办呢？”

克利斯朵夫仰躺在那里，把手枕着头，满不在乎地回答说：“管它！”

说完了他望着奥多，看到他吃惊的神气，便笑起来，补充了两句：“这儿太舒服了，我不去了。让他们等罢！”

他抬起半个身子，接着又说：“你有事吗？没有，是不是？我看还是这样吧：咱们一块儿去吃饭。我认得一家乡村饭店。”

狄哀纳很想反对，并不是有谁等着他，而是因为要他突然之间决定一件事有点儿为难:他很有规律,什么都得事先有个准备。可是克利斯朵夫说话的口吻简直不容许人家反对,他只得由他摆布。于是两人又谈下去了。

到了饭店,兴致就差了点儿。他们想着谁做东道的问题,各人都要争面子做主人:一个是因为有钱,一个是因为没有钱。他们嘴上不说,但狄哀纳点菜的时候,竭力装出俨然的口气;克利斯朵夫看破了他的用意,就点些更精致的菜表示抢做主人,还故意显得态度很自然。狄哀纳想再争一下,抢着挑酒,克利斯朵夫狠狠地瞪了他一眼,拣饭店里最贵的一瓶要了来。

对着那些丰盛的饭菜,他们都觉得胆小了,一时话也没有了:既不敢痛痛快快地吃,举动也变得很僵。他们忽然想到对方是个陌生人,不由得留了神。两人拼命找话来说,总是说不下去。开头半个钟点真是窘到极点。幸而酒饭起了作用,彼此的眼神表示有了信心。尤其是难得这样大吃大喝的克利斯朵夫,话特别的多。他讲他生活的艰难;而奥多也不再拘谨,说他也并不快乐。他娇弱,胆小,常常受同伴的欺侮。他们嘲笑他,因为他看不上他们的举动而恨他,耍弄他。——克利斯朵夫握着拳头,说要是给他看到了,他们一定得吃些苦。——奥多也得不到父母的了解。那种苦闷克利斯朵夫是知道的;他们俩便同病相怜。狄哀纳家里想要他做个商人,接父亲的事。他可是想做诗人,哪怕要像席勒一样逃出本乡,尝遍千辛万苦,还是要做诗人!(而且父亲的财产将来全是他的,也不是个小数目。)他红着脸说已经写过几首关于生活的苦恼的诗,可是不敢念出来,虽然克利斯朵夫再三要求。最后,他终于感动得上气不接下气地吟了二三首。克利斯朵夫认为妙极了。他们互相说出心中的计划:将来,他们要写剧本,写歌曲。他们彼此钦佩。除了克利斯朵夫音乐的名气,他的魄力与举动的大胆也使奥多觉得了不起。克利斯朵夫可佩服奥多的温文尔雅,落落大方,——在这个世界上一切原是相对的,——也佩服他的博学多闻,那是克利斯朵夫完全没有而非常渴望的。

他们吃了饭昏昏欲睡,把肘子靠在桌上,轮流地讲着,听着,眼神都显得非常温柔。大半个下午过去了,该动身了。奥多作了最后一次努力去抢账单,可是给克利斯朵夫气愤愤的眼睛一瞪,就不敢坚持了。克利斯朵夫只担心一件事,怕身边的钱不够付账;那时他可决不让奥多知道,预备拿出表来。可是还不到这地步;那顿饭只花了他差不多一个月的收入。

两人重新走下山坡。松林里已经展开傍晚的阴影;树尖还在夕阳中庄严地摆动,发出一片波涛声;遍地是紫色的松针,像地毯似的踏上去没有一点儿声响。他们俩一句话也不说。克利斯朵夫心旌摇摇,有股异样的、甜美的感觉,他很快乐,想说话,紧张到极点。他停了一会儿,奥多也跟着停下。四下里寂静无声。一群苍蝇在一道阳光中嗡嗡地响。一根枯枝掉在地下。克利斯朵夫抓着奥多的手,声音抖动着问:

"你愿意做我的朋友吗?"

奥多嘟囔着回答:"愿意的。"

他们握着手,心儿直跳,简直不敢互相看一眼。

过了一会儿,他们又往前走,两人之间隔着几步路,把树林走完了也不再说一句话:他们怕自己,怕心里那种神秘的激动,脚下走得很快,直走出了树荫方始停下。到了那儿,他们定了定神,挽着手,欣赏着清明恬静的晚景,断断续续地吐出一言半语。

两人上了船,坐在船首,在明亮的夜色中勉强谈些不相干的话,可是根本没有听,只觉得懒洋洋的快乐极了:既不需要谈话,也不需要握手,甚至也用不着互相望一望:他们不是已经心心相印了吗?

快到岸的时候,他们约定下星期日相会。克利斯朵夫把奥多一直送到他家的大门口。在暗淡的煤气灯下,彼此羞怯地笑了笑,很感动地、喃喃地说了声"再会"。两人分别之后都松了一口气,因为几小时以来,他们精神那么紧张,直要费尽气力才能找出一言半语来打破沉默,把他们磨得累死了。

克利斯朵夫一个人摸黑回去,心在那里唱着:"我有个朋友了,我有个朋友了!"他什么都看不见了,什么都听不到了,什么也不想了。

一回家,他马上睡熟了,可是夜里醒了二三次,仿佛有个摆脱不掉的念头在那儿惊扰他。他再三说着:"我有个朋友了。"说完又睡着了。

第二天早上，他觉得一切好似做了一个梦。为了证明不是梦，他尽量回想隔天所有的小事。教学生的时候他还在回想；下午在乐队里又是那样的心不在焉，甚至一出门就记不起刚才奏的是什么东西。

回家他看见有封信等着他。他根本用不到想它是哪儿来的，就跑去关着房门细读。淡蓝色的信纸，工整，细长，柔软的字体，段落分明地写着：

> 亲爱的克利斯朵夫先生，——我可以称为我极尊敬的朋友吗？
>
> 我念念不忘地想着昨天的聚首，并且要谢谢你的盛意。我真感激你对我的一切：你的可爱的谈话，愉快的散步，还有出色的午餐！我只因为你破费了那么多钱而觉得抱歉。昨天真是过得太好了！我们的相遇岂非是出于天意吗？我觉得这是命中注定的。一想到下星期的约会，我就不胜欣慰！但望你不致因为爽约而与宫廷乐长先生有何不快，否则我真是太过意不去了！
>
> 亲爱的克利斯朵夫先生，我永远是你的忠仆与朋友
>
> 奥多·狄哀纳
>
> 附笔：——下星期日请勿枉驾敝寓，最好至公园相见。

克利斯朵夫含着泪读完了信，把它吻着，大声笑着，在床上仰着身子把两腿往空中高高地举了一下，然后立刻坐上桌子，拿起笔来写回信，连一分钟都不能等。可是他没有写信的习惯：不知道怎样表现他满腹的热情。笔尖戳破了信纸，墨水沾污了手指，他急得直跺脚。他吐着舌头换了五六次稿纸，终于用歪歪斜斜、高低不一的字把信写成了，别字连篇是不必说的：

> 我的灵魂！为什么你为了我爱你，就说感激的话呢？我不是告诉你，没有认识你之前我是怎样的忧郁怎样的孤独么？你的友谊对我是世界上最宝贵的东西。昨天我是幸福了，幸福了！那是我有生以来第一次。我念着你的信，快活得哭了。是的，你别怀疑，我们的相识是命运决定的：它要我们结为朋友，做一些大事业。朋友这个字多甜蜜！哪里想得到我竟会有个朋友的？噢！你不会离开我的罢？你对我是永远忠实的罢？永远！永远！……一块儿

长大,一块儿工作,我把我音乐的奇想,把在我脑子里翻来覆去的古怪东西,你把你的智慧与惊人的才学,共同合作,那才美呢!你知道的事情真多!我从来没见过像你这样聪明的人。有时候我很着急:觉得不够资格做你的朋友。你这样高尚,这样有本领,居然肯爱我这样一个俗物,我真是感激不尽!……啊,不!我刚才说过不应该提到感激两字!朋友之间谈不到恩德。我是不受人家施舍的!我们相爱,我们就是平等的。我恨不得早些看到你!好罢,你不愿意我上你家里去,我就不去,虽然我不大明白你干吗要这样谨慎;——可是你比我聪明,你一定不会错的……

还有一句话!你永远不能提到钱。我恨钱,听到钱这个字就恨。虽然我没有钱,可还有力量款待我的朋友;为了朋友把所有的东西拿出来才是我的乐事。你不是也会这样的吗?我需要的时候,你不是会把你全部的家产给我吗?——可是这种情形是永远不会有的!我有手,有脑子,不愁没有饭吃。——好,星期日见罢!——天哪!要跟你分别整整的一星期!而两天以前,我还不认识你呢!我真不懂,没有你跟我做朋友的时候,我怎么能活了那么些年的!——我们的指挥想埋怨我。我可不在乎,你更用不着操心!那些人跟我有什么相干?不管是现在是将来,他们对我爱怎么想就怎么想罢!我心里只有你。你得爱我啊,我的灵魂!你得像我爱你一样的爱我!我是你的,你的,从头到脚都永远是你的。

克利斯朵夫

克利斯朵夫在那个星期中等得心烦意躁。他特意走了好多路绕到奥多住的地方,在四周徘徊,并不是想看到他本人,但看到他的家已经使他紧张到脸上一忽儿红一忽儿白。到星期四,他忍不住了,又写了第二封信,比第一封更热烈。奥多的复信也是一派多愁善感的气息。

终于到了星期日,奥多准时而至。可是克利斯朵夫在公园走道上已经等了快有一个钟点,在那里发急了。他怕奥多害病,至于奥多会不会失约,他根本没有这念头。他老是轻轻地念着:“天哪!希望他来呀!”他捡起走道上的小石子拿棍子敲着,暗暗地说,如果连着三下敲不着,奥多就不会来了,敲着的话,奥多会立刻出现。可是虽然他那么留神,玩意儿也并不难,他竟连失三下。正在那个时候,奥多倒是不慌不忙地来了:因为奥多就在最激动的时候也是规行矩步的。克利斯朵夫奔过去,嗄着嗓子招呼他:你好。奥多也回答了一声:你好。随后他们再也找不到话,除非说些天气极好,此刻正是十点五分或六分,要不然就是十点十分(因为爵府的大钟老是走得慢的)一类的话。

他们上车站搭火车到邻近的一个名胜区。路上他们谈不到十句话,便是想用富有表情的眼神来补充,也没有什么结果。他们想从眼睛里表示两人是何等样的朋友,可是表示不出,只像在那里做戏。克利斯朵夫发现了这一点,心里很难堪。他不懂:怎么一小时以前满腹的感情,现在非但无法表白,并且感觉不到了。奥多也许对这个境界没有体会得这样清楚,因为他不像克利斯朵夫那么真,比较把自己看得重;但他也感到失望。原因是两个孩子的感情在离别的一星期内所达到的高峰,没法在现实生活中维持,而一旦重新相见之下,第一个印象便是发觉各人想的全是虚幻的。唯一的办法是放弃那些幻象,但他们不能毅然决然地承认这一点。

他们在乡间遛了一天,始终摆脱不了那种不痛快的情绪。那天是过节的日子:乡村客店和树林里都挤满了游客,——全是一般小布尔乔亚的家庭,叫叫嚷嚷的,随处吃东西。两人心绪愈加坏了,认为便是这些讨厌的人使他们没法再像上次一样的无拘无束。可是他们照旧谈着,搜索枯肠地找出话来,生怕没有话说。奥多搬出书本上的知识。克利斯朵夫提到音乐作品与小提琴演奏的技术问题。他们教彼此受罪,自己听了自己的话也觉得受罪。他们可依旧讲个不停,提心吊胆的唯恐中断:因为一静下来,不是冷冰冰的更有了个窟窿吗?奥多想哭出来,克利斯朵夫差点儿丢下朋友跑掉,因为他恼羞成怒,烦闷极了。

直等到搭车回去以前一个钟点,他们的精神才松动。树林深处有条狗的声音;它在那儿追着什么。克利斯朵夫提议躲在它经过的路上,瞧瞧那被狗追逐的野兽。他们在密林中乱跑。狗一忽儿走远,一忽儿走近。他们或左或右、忽前忽后地跟着它。狗叫得更凶了,那种杀气腾腾的狂吠,表示它已经急得冒火;它向他们这边奔来了。小径里有些车轮的沟槽,铺满了枯叶,克利斯朵夫和奥多伏在上面,屏着气等着。吠声没有了;狗失掉了它的线索,远远地叫了一声之后,树林里顿时静下来。万籁俱寂,只有无数的生物一刻不停地蛀着树木,摧毁森林的虫豸在那里神秘地蠕动,——那是无休无歇的死的气息。两个孩子听着,待着不动。正当他们灰心了想站起来说一声"完啦,它不会来了"的时候,——忽然一头野兔从密林中向他们直蹿过来:他们同时看到了,快活地叫起来。野兔从地上一纵,跳往旁边,一个筋斗栽到小树林里;树叶纷披地波动,像水面上一下子就消失的皱纹。他们后悔不该那么叫一声,但这点儿小事已经把他们逗乐了。他们想着野兔吓得栽筋斗的模样,笑弯了腰;克利斯朵夫还很滑稽地学它的样,奥多跟着也来了。然后他们俩一个追、一个逃地玩起来。奥多做野兔,克利斯朵夫做狗,在树林中,在草原上,往来驰骋,穿过篱垣,跳过土沟。一个乡下人直着嗓子大嚷,因为他们蹿进了麦田;他们可照旧奔着。克利斯朵夫学狗叫学得那么逼真,奥多笑得直流眼泪。最后,他们在斜坡上往下滚,一路发疯似的大叫大喊赶到他们连一个字都说不上来的时候,就坐在地下,笑盈盈地彼此瞧着。现在他们可快活了,不恼自己了。因为这一下他们不再扮什么生死之交的角色,只痛痛快快地露出了他们的本来面目,两个孩子的面目。

他们手挽着手回去,唱着莫名其妙的歌;可是快进城的时候,又想要装腔作势,把两人姓名的缩写,交错着刻在最后一株树上。幸而他们兴高采烈,把那套多情的玩意儿给忘了,在回家的火车上,只要眼睛碰在一起,就禁不住哈哈大笑。他们一边告别,一边说这一天真是过得"太有劲"了。而分手之后,两人更觉得那句话是不错的。

他们又开始惨淡经营,比蜜蜂更耐性更巧妙:只凭一些平淡无奇的零星的回忆,居然把彼此的友谊和他们自己都构成一幅美妙的图画。两人花了一星期的时间把对方理想化,然后到星期日见面;虽然事实与幻象差得很远,但他们已经看不见那个差别了。

他们都认为能和对方做朋友是值得骄傲的。截然不同的性格反而使他们接近。克利斯朵夫没有见过比奥多更漂亮的人物。纤巧的手,美丽的头发,鲜艳的皮色,羞怯的谈吐,彬彬有礼的举动,整齐清洁的服装,都使克利斯朵夫看了喜欢。奥多却是给克利斯朵夫充沛的精力跟独立不羁的性格唬住了。几百年遗传下来的根性,使他对一切权势都诚惶诚恐地抱着敬意。现在跟一个天生瞧不起成规的同伴混在一块儿,他不免又惊又喜,听着克利斯朵夫批评城里有声望的人,看他肆无忌惮地学大公爵的举动,奥多微微发抖,有种恐怖的快感。克利斯朵夫一发觉自己有这种魔力,便越发过火地拿出他嬉笑怒骂的脾气,像老革命党似的把社会的习俗、国家的法律,攻击得体无完肤。奥多听着又害怕又高兴,大着胆子附和几句,但事先总得瞧瞧周围有没有人。

两人一同散步的时候,克利斯朵夫喜欢爬在人家墙上采果子,一看见什么栅栏上写着闲人莫入的字样,就故意要跳过去。奥多心惊胆战,唯恐被人撞见;但这些情绪自有一种快感,而晚上回家之后还自以为英雄好汉。他战战兢兢地佩服克利斯朵夫。凡事只听朋友安排:他服从的本能不是得到了满足吗?克利斯朵夫也从来不要他费心打主意:他决定一切,替他分配一天的时间,甚至一辈子的时间,不容分辩地为奥多定下将来的计划,像定他自己的一样。奥多听到克利斯朵夫支配他的财产,将来造一所独出心裁的戏院,未免有些愤懑,可是也赞成了。他朋友认为大商人奥多·狄哀纳先生所挣的钱,再没有比这个更高尚的用途,说话时那种独断的口吻,吓得奥多不敢表示异议,而那种深信不疑的态度,使奥多也相信了他的主张。克利斯朵夫想不到这个会拂逆奥多的意志。天生是专断的脾气,他不能想象朋友或许另外有个志愿。要是奥多表示出一个不同的欲望,他会毫不迟疑地把自己的牺牲。他还恨不得多牺牲一些呢。他极希望能为了朋友去冒险,有个机会表现一下他友谊的深度。他渴望散步的时候遇上什么危险,让他勇往直前地去抵抗。为了奥多,他便是死也死得快乐的。目前他只能小心翼翼地照顾他,遇到难走的路,像搀小姑娘似的搀着他;他怕他累了,怕他热了,怕他冷了;坐在树底下,就脱下自己的上装披在他肩上;一同走路的时候,又替他拿着大衣,他简直想把朋友抱着走呢。他不胜怜爱地瞅着他,像个动了爱情的人。他的确是动了爱情了。

他自己可不知道,他还不懂什么叫做爱情。但他们在一块儿的时候，有时他会像初交那天在松林中一样，觉得心荡神驰，身上一热，血都上了头脸。他怕了。两个孩子不约而同地、慌慌张张地在路上忽前忽后，彼此躲开；他们假装在灌木丛中找桑实，只不懂为什么心会这样乱。

在他们的信里头，这些感情表现得尤其热烈，而且也不用怕和事实抵触，自欺欺人的幻想丝毫不受妨碍。他们每周要通信二三次，都是热烈的抒情的表现，差不多不谈实际的事，只用晦涩的文句提出一些严重的问题，常常从极度的兴奋一变而为绝望。他们互称为“我的宝贝，我的希望，我的爱，我的我”。他们滥用“灵魂”这个字眼，把自己可悲的命运描写得可歌可泣，一方面又因为把自己的苦难扰乱了朋友而难过。

“亲爱的，我很生气，”克利斯朵夫写道，“因为我给了你痛苦。我受不了你痛苦：你不应该痛苦，我不愿意你痛苦。（他在这两句下面划了一道线，把信纸都戳破了。）要是你痛苦了，我哪儿去找生活的勇气呢？要你快乐了，我才会快乐。噢！你快乐吧！所有的苦难都给我吧，那是我乐于忍受的！你得想到我！爱我！我需要人家爱我。你的爱情之中有股暖气，可以给我生命。唉，你真不知道我冷得发抖呢！我心里仿佛是寒风凛冽的冬天。噢！我拥抱你的灵魂。”

“我的思想亲吻你的思想。”奥多回答。

“我把你的头抱在手里，”克利斯朵夫又写道，“凡是我嘴上没有说过的，将来也不会说的，都由我整个的心灵来表现。我拥抱你，像我爱你一样的热烈。你瞧罢！”

奥多假装怀疑他：“你爱我，是不是像我爱你一样呢？”

“噢！天哪！”克利斯朵夫嚷道，“岂止一样，而是十倍、百倍、千倍于你！怎么！难道你不觉得吗？你要我怎么样才能打动你的心呢？”

“我们的友情多美啊！”奥多叹道，“从古以来可有这样的感情吗？多甜蜜，多新鲜，跟梦一样。但愿它别消散了！要是你不爱我了，我怎么办呢？”

“亲爱的，你多糊涂，”克利斯朵夫回答，“原谅我责备你，这种小心眼儿的恐惧使我愤慨。你怎么能问我会不爱你呢？对于我，活着就是为爱你。哪怕是死也消灭不了我的爱。你要毁灭我的爱也办不到。纵使你欺骗我，使我心碎肠断，我一边死一边还要祝福你，拿你感应于我的爱来祝福你。你这种忧虑是对不起人的，千万别再拿这些念头来使你自己受罪，使我伤心！”

可是过了一星期轮到他这么写了：

“三天以来，我听不到你的一言半语。我浑身发抖了。你把我忘了吗？想到这点，我的血都凉了……对啦，你把我忘了……前天，我已经觉得你对我冷淡。你不爱我了！你想离开我了！……告诉你：你要忘了我，欺骗我，我会杀死你像杀条狗一样！”

“亲爱的，你侮辱我，”奥多呻吟着说，“你使我流泪。我可是冤枉的。可是你爱怎么办就怎么办罢。你对我可以为所欲为，甚至你毁灭了我的灵魂，我还会留下一道光明来爱你！”

“神灵在上！”克利斯朵夫嚷道，“我使我的朋友哭了！……咒我罢！打我罢！把我摔在地下罢！我该死！我不配受你的爱！”

他们信上的地址有特别的写法，邮票有特别的粘法，斜粘在信封的右下角，表示跟他们写给普通人的信不同。这些孩子气的玩意儿对他们的确有爱情那样神秘的魅力。

有一天，克利斯朵夫教课回来，在一条邻近的街上看见奥多跟一个年纪相仿的少年亲热地谈着笑着。克利斯朵夫的脸发了白，瞅着他们，看他们在拐角儿上不见了。他们没有看见他。他回到家里，仿佛乌云遮着太阳，一切都黑了。

下星期日见面的时候，克利斯朵夫先是一句不提。溜达了半小时，他才声音嘶嗄地说：“星期三我在十字街头看到你的。”

“哦！”奥多回答了一声，脸红了。

克利斯朵夫接着说：“那天不光是你一个人呢。”

“是的，我跟别人在一块儿。”

克利斯朵夫咽了口唾沫，假装若无其事地问：

“跟谁呢？”

“我的表兄弟法朗兹。”

“哦！”

克利斯朵夫停了一会儿又说：“你没跟我提过他。”

“他住在莱纳巴哈。”

“你跟他常见面吗?”

“他有时到这儿来的。”

“你也上他那儿去吗?”

“有时候也去。”

“哦!”克利斯朵夫又哼了一声。

奥多想换个题目,把在树上啄磨的一头鸟指给朋友看。他们便扯到别的事去了。十分钟以后,克利斯朵夫忽然又问:

“你们俩很好吗?”

“你说谁啊?”奥多问。

(他心里很明白说的是谁。)

“你跟你的表兄弟啰。”

“是的。你为什么要问?”

“不为什么。”

奥多不大喜欢这位表兄弟,因为常常给他耍弄。可是有种古怪的淘气的本能,使他补上一句:“他是挺可爱的。”

“谁?”克利斯朵夫问。

(他也知道是谁。)

“法朗兹啰。”

奥多以为克利斯朵夫有话要说了;但他好像没听见,只管在榛树上折着丫枝。

“他好玩得很,老是有故事讲的。”奥多又道。

克利斯朵夫心不在焉地打着唿哨。

奥多可更进一步:“他又那么聪明……那么漂亮! ……”

克利斯朵夫耸耸肩,仿佛说:“这家伙跟我有什么相干?”

奥多因为逗不出话来,还想往下说,克利斯朵夫却是很不客气地把他岔开了,指着远远的一个目标提议奔过去。

整个下午,他们不再提了;可是彼此很冷淡,装出那种平素没有的过分的礼貌,尤其在克利斯朵夫这方面。他的话老在喉咙口。终于他忍不住了,对着跟在后面五六步远的奥多转过身来,气势汹汹地抓着他的手，把话一齐倒了出来：

“听我说，奥多！我不愿意你跟法朗兹亲热，因为……因为你是我的朋友；我不愿意你爱别人甚于爱我！我不愿意！你不是知道的吗，你是我的一切。你不能……你不该……要是我丢了你，我只有死了！我不知道会做出些什么事来。我会自杀，也会杀死你。噢！对不起！……”

他眼泪都涌了出来。

他这种痛苦，真实的程度甚至会说出威胁人的话，使奥多又感动又惊骇，赶紧发誓，说他目前，将来，永远不会像爱克利斯朵夫一样地去爱别人，又说他根本不把法朗兹放在心上，倘若克利斯朵夫要他不跟表兄弟见面，他就永远不跟表兄弟见面。克利斯朵夫把这些话直咽到肚子里，他的心活过来了。他大声地呼着气，大声地笑着，真情洋溢地谢了奥多。他对自己刚才那一场觉得很惭愧，但心中确是一块石头落了地。他们面对面站着，握着手，一动也不动。两人都非常的快乐，非常的窘。他们一声不出地踏上归途，接着又谈起话来，恢复了愉快的心情，觉得彼此更亲密了。

但这一类的吵架并非只此一遭。奥多发觉他对克利斯朵夫有这点儿力量以后，便想滥用这力量；他知道了哪儿是要害，就忍不住要动手去碰。并非他乐于看克利斯朵夫生气；那他是挺怕的呢。但折磨克利斯朵夫等于证实自己的力量。他并不凶恶，而是有些女孩子脾气。

所以他虽然许了愿，照旧和法朗兹或什么别的同伴公然挽着手，故意叫叫嚷嚷，做出不自然的笑。克利斯朵夫埋怨他，他只是嘻嘻哈哈，直要看到克利斯朵夫眼神变了，嘴唇发抖，他才着了慌，改变语气，答应下次不再来了。可是第二天他还是这么一套。克利斯朵夫写些措辞激烈的信给他，称他为：

“坏蛋！但愿从今以后再也听不到你的名字！我再也不认得你了。你去见鬼罢，跟那些像你一类的，狗一般的东西，一齐去见鬼罢！”

但只要奥多一句哀求的话，或是像有一次那样送一朵花去，象征他永远的忠诚，就能使克利斯朵夫愧悔交迸地写道：

“我的天使！我是个疯子。把我的荒唐胡闹忘了罢。你是世界上最好的人。单是你的小指头就比整个的愚蠢的克利斯朵夫有价值多了。你有多么丰富的感情,而且多么细腻,多么体贴!我含着泪吻着你的花。它在这儿,在我的心上。我把它用力压入皮肤,希望它使我流血,使我对你的仁爱,对我的愚蠢,感觉得更清楚些!……”

可是,他们慢慢地互相厌倦了。有人说小小的口角足以维持友谊,其实是错误的。克利斯朵夫恨奥多逼他做出那些激烈的行为。他平心静气地想了想,责备自己的霸道。他的忠诚不贰与容易冲动的天性,第一次经验到爱情,就把自己整个儿给了人,要别人也整个儿地给他。他不答应有第三者来分享友谊。自己早就预备为朋友牺牲一切,所以要朋友为他牺牲一切不但是名正言顺,而且是必需的。可是他开始觉得:这个世界不是为配合他这种顽强的性格造的,他所要求的是不可能得到的。于是他勉强压制自己,很严厉地责备自己,认为自私自利,根本没有权利霸占朋友的感情。他很真诚地做了番克己功夫,想让朋友完全自由,虽然那是他极大的牺牲。他甚至为了折辱自己,还劝奥多别冷淡了法朗兹;他硬要自己相信,他很高兴奥多跟别的同伴来往,也希望奥多和旁人在一起觉得愉快。可是心中雪亮的奥多故意听从了他劝告的时候,他又禁不住沉下脸来,而突然之间脾气又发作了。

充其量他只能原谅奥多更喜欢别的朋友,但他绝对不能容忍说谎。奥多既非不老实,也不是假仁假义,只是天生的不容易说真话,好像口吃的人不容易吐音咬字。他的话既不完全真,也不完全假。或是因为胆怯,或是因为没有认清自己的感情,他说话的方式难得是干干脆脆的,答语总是模棱两可的;无论什么事,他都藏头露尾,像有什么秘密,使克利斯朵夫心头火起。倘使给人揭穿了,他非但不承认,反而竭力抵赖,胡扯一阵。有一天,克利斯朵夫气愤之下,打了他一个嘴巴。他以为他们的友谊从此完了,奥多永远不会原谅他的了。不料别扭了几个钟点,奥多反而若无其事地先来迁就。他对于克利斯朵夫的粗暴的举动并不记恨,或许还觉得有种快感呢。他既不满意朋友的容易上当,对他的话有一句信一句,同时还因此瞧不起克利斯朵夫而自认为比他优越。在克利斯朵夫方面,他也不满意奥多受了羞辱毫无抵抗。

他们不用初交时期的目光相看了。两人的短处都很鲜明地显了出来。奥多觉得克利斯朵夫独来独往的性格没有先前那么可爱了。散步的时候,克利斯朵夫给人许多麻烦。他完全不顾体统,不修边幅,脱去上衣,解开背心,敞开衣领,撩起衣袖,把帽子矗在手杖顶上,吹着风觉得很痛快。他走路时舞动手臂,打着唿哨,直着嗓子唱歌,皮色通红,流着汗,浑身灰土,像赶集回来的乡下人。贵族脾气的奥多最怕给人看到他和克利斯朵夫在一起。要是迎面碰上了车子,他便赶紧落后十几步,仿佛他只是一个人在那里散步。

在乡村客店或回来的车厢里,只要克利斯朵夫一开口,也一样的惹人厌。他大声嚷嚷,想到什么说什么,对奥多的狎习简直教人受不了;他不是毫无好感地对大众皆知的人物批评一阵,就是把坐在近旁的人评头论足,或是琐琐碎碎地谈着他的私生活与健康。奥多对他丢着眼风,做出惊骇的表情,克利斯朵夫却全不理会,照旧旁若无人。奥多看见周围的人脸上挂着微笑,恨不得钻地下去。他觉得克利斯朵夫粗俗不堪,不懂自己怎么会给他迷住的。

最严重的是,克利斯朵夫继续藐视所有的篱笆,墙垣,"禁止通行、违即严惩"等的牌示,和一切限制他的自由而保卫神圣的产业的措施。奥多时时刻刻提心吊胆,劝告是白费的:克利斯朵夫为表示勇猛,反而捣乱得更凶。

有一天,克利斯朵夫,后面跟着奥多,不顾(或正因为)墙上胶着玻璃瓶的碎片,爬进一个私人的树林。他们正像在自己家里一样舒舒服服散步的时候,给一个守卫迎面撞见了,大骂一顿,还威吓着说要送去法办,然后态度极难堪地把他们赶了出来。在这个考验中,奥多一点显不出本领:他以为已经进了监狱,哭了,一边还愣头愣脑地推说,他是无意之间跟着克利斯朵夫进来的,没留神到是什么地方。赶到逃了出来,他也并不觉得高兴,马上气咻咻地责备克利斯朵夫,说是害了他。克利斯朵夫狠狠地瞪了他一眼,叫他"胆怯鬼!"他们很不客气地抢白了几句。奥多要是认得归路的话,早就跟克利斯朵夫分手了;他无可奈何地跟着克利斯朵夫;他们俩都装做各走各路。

天空酝酿着雷雨。他们因为心中有气,没有发觉。虫在闷热的田里嘶嘶乱叫。突然之间万籁俱寂。他们过了几分钟才发觉那种静默:

静得耳朵里嗡嗡地响起来。他们抬头一望:天上阴惨惨的,已经堆满了大块的乌云,从四下里像千军万马般奔腾而来,好似有个窟窿吸引它们集中到一处。奥多心中忧急,只不敢和克利斯朵夫说;克利斯朵夫看了好玩,故意装不觉得。可是他们不声不响地彼此走近了。田里没有一个人,也没有一丝风影。仅仅有股热气偶尔使树上的小叶子轻轻抖动。忽然一阵旋风卷起地下的灰尘,没头没脑地抽打树木,把树身都扭弯了。接着又是一片静寂,比先前的更加凄厉。奥多决意开口了,他声音颤动着说:“阵雨来了。该回去了。”

克利斯朵夫答道:“好,回去罢!”

可是已经太晚了。一道炫目的剧烈的光一闪,天上就发出隆隆的响声,乌云吼起来了。一霎时,旋风把他们包围着,闪电使他们心惊胆战,雷声使他们耳朵发聋,两人从头到脚都浸在倾盆大雨里。他们在无遮无蔽的荒野中,半小时的路程内没有人烟。排山倒海似的雨水,死气沉沉的黑暗,再加一声声的霹雳发出殷红的光。他们心里想快快地跑,但雨水浸透的衣服紧贴在身上,没法开步,鞋子发出咕吱咕吱的声音,身上的水像急流似的直泻下来。他们连喘气都不大方便。奥多咬着牙齿,气疯了,对克利斯朵夫说了许多难听的话;他要停下来,认为这时走路是危险的,威吓着说要坐在路上,躺在耕过的泥地里。克利斯朵夫一言不发,尽管往前走,风、雨、闪电,使他睁不开眼睛,隆隆的响声使他昏昏沉沉,他也有些慌了,只是不肯承认。

忽然阵雨过了,像来的时候一样突兀。但他们都已经狼狈不堪。其实,克利斯朵夫平时衣衫不整惯了,再糟些也算不了什么;但那么整洁又那么讲究穿着的奥多,就不免哭丧着脸;他好像不脱衣服洗了个澡;克利斯朵夫回头一望,禁不住笑出来。奥多受了这番打击,连生气的力量都没有了。克利斯朵夫看他可怜,就高高兴兴地和他谈话。奥多却火气很大地瞪了他一眼。克利斯朵夫带他到一个农家。两人烘干了衣服,喝着热酒。克利斯朵夫认为刚才那一场很好玩。但奥多觉得不是味儿,在后半截的散步中一声不出。回家的路上两人都恼了,临别也不握握手。

自从出了那件胡闹的事,他们有一个多星期不见面,心中都把对方很严厉地批判了一番。但他们把星期日的散步自己罚掉了一次以后，简直闷得发慌，胸中的怨恨终于消了。克利斯朵夫照例先凑上去，奥多居然接受了。两人也就言归于好。

他们虽然有了裂痕，还是彼此少不了。他们有很多缺点，两人都很自私。但这种自私是天真的，不自觉的，不像成年人用心计的自私那么可厌，差不多是可爱的，并不妨害他们的真心相爱。他们多么需要爱，需要牺牲！小奥多编些以自己为主角的忠诚义侠的故事，伏在枕上哭了；他想出动人的情节，把自己描写做刚强、英勇、保护着自以为疼爱至极的克利斯朵夫。至于克利斯朵夫，只要看见或听见什么美妙的或出奇的东西，就得想："可惜奥多不在这儿！"他把朋友的面目和自己整个的生活混在一起；而这面目经过渲染，显得那么甜美，使他陶然欲醉，把朋友的真相完全给忘了。他又想起好久以前奥多说过的某些话，拿来锦上添花地点缀了一番，感动得心中颤抖。他们互相模仿。奥多学着克利斯朵夫的态度，举动，笔迹。克利斯朵夫看见朋友变了自己的影子，拿自己的话、自己的思想都当做是他的，不禁大为气恼。可是他不知不觉也在模仿奥多，学他的穿扮、走路，和某些字的读音。这简直是着了魔。他们互相感染，水乳交融，心中洋溢着温情，像泉水一般到处飞涌。各人都以为这种柔情是给朋友激发出来的，可不知那是青春时期的先兆。

对谁都不提防的克利斯朵夫，一向是把纸张文件随处乱扔的。但怕羞的本能使他把写给奥多的信稿和奥多的回信特意藏在一边，并不锁起来，只夹在乐谱中间，以为那儿是决没有人去翻的。他根本没想到小兄弟们的捣乱。

最近他发觉他们常常望着他一边笑一边窃窃私语：咬着耳朵，乐不可支。克利斯朵夫听不见他们的话；他用他的老办法，不管他们说什么，做什么，只装全不在意。可是有几个字好像很熟，引起了他的注意。不久，他就觉得兄弟们毫无问题偷看了他的信。恩斯德和洛陶夫互相称着"我亲爱的灵魂"，装着那种可笑的一本正经的神气；克利斯朵夫喝问他们的时候，一句话都逼不出来。两兄弟假装不懂，说他们总该有爱怎么称呼就怎么称呼的权利。克利斯朵夫看见所有的信都放在原处,也就不追问下去了。

接着有一天,小坏蛋恩斯德在母亲的抽屉里偷钱,被克利斯朵夫撞见了,大骂一顿,他乘机把心里的话都说了出来,毫不客气地揭穿恩斯德的不少罪状。恩斯德听了不服,傲慢地回答说克利斯朵夫没有资格责备他,又对克利斯朵夫与奥多的友谊说了些不三不四的话。克利斯朵夫先是不懂,但听见对方把奥多牵涉到他们的口角中去,就硬要恩斯德说个明白。小兄弟只是冷笑;然后,看到克利斯朵夫气得脸色发青,他害怕了,不肯再开口。克利斯朵夫知道这样逼是没用的,便耸耸肩坐下来,装做不屑搭理的神气。恩斯德恼羞成怒,又来那一套下流的玩意儿;他要教哥哥难堪,说着一大堆越来越要不得的脏话。克利斯朵夫竭力忍着不发作。赶到明白了兄弟的意思,他不由得起了杀性,从椅子上一跃而起。恩斯德连叫嚷也来不及,克利斯朵夫已经扑在他身上,和他一起滚在地下,把他的头往地砖上乱撞。一片惨叫声把鲁意莎、曼希沃,全家的人,都吓得赶来了。等到恩斯德给救出来的时候,已经被打得不像话了。克利斯朵夫还死抓不放,直要别人打了他才松手。大家骂他野兽;他的模样也的确像野兽:眼睛暴突,咬牙切齿,只想往恩斯德扑过去。人家一问到缘故,他火气更大了,嚷着要杀死兄弟。恩斯德对打架的原因也不肯说。

克利斯朵夫饭也吃不下了,觉也睡不着了。他在床上浑身哆嗦,嚎啕大哭。那不单为了奥多而痛苦,而且心中正在经历一场剧烈的变化。恩斯德决想不到自己使哥哥受的是怎么样的痛苦。克利斯朵夫像清教徒一样的严正,绝对不能忍受下流的事,而事实上免不了一桩一桩的发现出来,使他深恶痛绝。虽然生活很自由,本能很强烈,他在十五岁上还是天真未凿。纯洁的天性与紧张的工作,使他一点不受外界的沾染。兄弟的话替他揭开了一个丑恶的窟窿。他从来想不到人会有这种丑行的;现在一有这观念,他的爱人家和被人家爱的乐趣完全给破坏了。不但是他和奥多的友谊,而是一切的友谊都被毒害了。

更糟的是,几句冷嘲热讽的话使他以为(也许并没有这回事),小城里有些居心不正的人在那里注意他;尤其隔不多时,父亲对他和奥多的散步也说了几句。父亲可能是无意的,但存了戒心的克利斯朵夫听到无论什么话都觉得有猜疑他的意味;他几乎自以为真的做了坏事。同时,奥多也经历着同样的苦闷。

他们还偷偷地相会,但再没从前那种忘形的境界。光明磊落的友谊受了污辱。两个孩子相亲相爱的感情一向是那么羞怯,连友爱的亲吻也不曾有过;最大的快乐便是见见面,在一块儿体味他们的梦想。被小人的猜疑玷污之下,他们甚至把最无邪的行动也自疑为不正当:抬起眼睛望一望,伸出手来握一握,他们都要脸红,都要想到不好的念头。他们之间的关系简直使他们受不住了。

两人并不明言,但自然而然地少见面了。他们勉强通信,可老是注意着字句,写出来的话变得冷淡无味,大家灰心了。克利斯朵夫借口工作繁重,奥多推说事忙,彼此停止了通信。不久,奥多进了大学;于是照耀过他们一生中几个月的友谊就此隐没了。

同时,新的爱情就要来占据克利斯朵夫的心,使别的光明都为之黯然失色。这次跟奥多的友谊,其实只是未来的爱情的先导罢了。

第三部 弥 娜

在下面那些事发生以前四五个月,参议官史丹芬·冯·克里赫新寡的太太,离开了故夫供职的柏林,带着女孩子搬回到她的出生地,这个莱茵河流域的小城里来。她在这儿有一所祖传的老屋,附带一个极大的花园,简直跟树林差不多,从山坡上蜿蜒而下,直到河边与克利斯朵夫的家相近的地方。克利斯朵夫从顶楼上的卧室里,可以看到垂在墙外的沉重的树枝,和瓦上生着苔藓的红色屋顶。园子右边,从上到下有条人迹罕至的小路,爬上路旁的界石可以望见墙内的景致:克利斯朵夫就没有放过这机会。他看到荒草塞途的小径,盘错虬结的树木,草坪像野外的牧场,屋子正面粉着白色,板窗老是关得很严。每年一两次,有个园丁来绕一转,开一下门窗,把屋子通通气。随后花园又给大自然霸占了,一切重归静寂。

这静悄悄的气息给克利斯朵夫的印象很深。他偷偷地爬在他那个瞭望台上:先是眼睛,然后是鼻尖,然后是嘴巴,跟着人的长大慢慢地达到了墙顶的高度;现在他提着脚尖已经能把手臂伸进墙内了。这姿势虽然很不舒服,他却是把下巴颏儿搁在墙头上,望着,听着:黄昏将临,草坪上散布着一片金黄色的柔和的光波,松树荫下映着似蓝非蓝的反光。除非路上有人走过,他可以老在那儿出神。夜里,种种的香气在花园四周飘浮:春天是紫丁香,夏天是声息花,秋天是枯萎的落叶。克利斯朵夫深夜从爵府回来,不管怎么疲倦,总得在门外站一忽儿,呼吸一下这股芳洌的气息,然后不胜厌恶地回进他臭秽难闻的卧室。克里赫家大铁门外有块小空地,石板缝里生满了野草,克利斯朵夫小时候就在这儿玩过。大门两旁有两株百余年的栗树,祖父常常来坐在下面抽着烟斗,掉下的栗子正好给孩子们做弹丸做玩具。

有一天早晨他在小路上走过,照例爬上界石,心不在焉地望了一下。正想爬下来,他忽然觉得有些异样的感觉:一看屋子,原来窗户大开,阳光直晒到室内;虽然没有一个人影,但屋子仿佛从十五年的长梦中睡醒了,露着笑容。克利斯朵夫回家不免心中纳闷。

在饭桌上,父亲提到街坊上纷纷议论的资料:克里赫太太带着女儿回来了,行李多得难以相信。栗树四周的空地上挤满了闲人,争着看箱笼什物从车上卸下来。这件新闻在克利斯朵夫眼界很窄的生活中简直是桩大事;诧异之余,他一边去上工,一边根据父亲照例夸大的叙述,对那迷人的屋子里的主人空想了一阵。随后他忙着工作,把那件事给忘了;直到傍晚将要回家的时候,一切才重新在脑中浮起;他为了好奇,爬上瞭望台,想瞧瞧围墙里头究竟发生了什么事。他只看见那些静悄悄的小径,一动不动的树木好似在夕阳中睡熟了。过了几分钟,他完全忘了为什么爬上来的,只体味着那片和平恬静的境界。这个古怪的位置,——摇摇晃晃地站在界石顶上,——倒是他沉思幻想最好的所在。在湫隘闷人的小路尽头,四周都是黑洞洞的,晒着阳光的花园自有一些神奇的光彩。那是令人心旷神怡的地方,他的思想在那儿自由飘荡,音乐在耳边响起来,他听着差不多要睡着了……

他这样地睁着眼睛,张着嘴,幻想着,也说不出从那时开始幻想的,因为他什么都没看见。忽然他吃了一惊。在他前面,花园里一条小径拐弯的地方,有两个女人对他望着。一个是穿着孝服的少妇,面目姣好而并不端正,浅灰的金黄头发,个子高大,仪容典雅,懒洋洋的侧着头,眼神又和善又俏皮地瞅着他。另外是个十五岁的小姑娘,站在母亲背后,也穿着重孝,脸上的表情活脱是想傻笑一阵的孩子。母亲一边望着克利斯朵夫,一边做着手势叫小姑娘不要作声;她可双手掩着嘴巴,好似费了好大的劲才没笑出来。那是一张鲜艳的、又红又白的圆脸;小鼻子太大了一些,小嘴巴太阔了一些,小小的下巴颏儿很饱满,眉毛细致,眼神清朗,一大堆金黄的头发编着辫子,一个圈儿盘在头顶上,露出一个浑圆的颈窝与又光又白的脑门:总而言之,活像克拉纳赫画上的脸庞。①

---

① 克拉纳赫为十五至十六世纪德国大画家,所作女像自成一格,脑门特别宽广,眼梢向上,有类中国古时的美女典型。

克利斯朵夫出其不意地看到这两个人,愣住了。他非但不逃,反而像钉在了他的位置上。直到年轻的太太装着又可爱又揶揄的神气,笑盈盈地向他走近了几步,他方始惊醒过来,从界石上不是跳下而是滚下,把墙上的石灰抓去了一大块。他听见人家用和善的亲热的口气叫了他一声"孩子!"接着又有一阵儿童的笑声,轻快清脆,像鸟的声音。他在小路上手和膝盖都着了地,稍微愣了愣,马上拔步飞奔,仿佛怕人追赶似的。他非常难为情,回到自己卧房里一个人的时候,更羞得厉害了。从此他不敢再走那条小路,唯恐人家埋伏在那儿等他。要是非经过那屋子,他就挨着墙根,低着脑袋,差不多连奔带跑地走过,绝不敢回头瞧一眼。同时,他可念念不忘地想着那两张可爱的脸;他爬上阁楼,脱了鞋子,使人听不见脚步声,从天窗里远望克里赫家的住宅和花园,虽然明知道除了树怄和屋顶上的烟突以外什么都瞧不见。

一个月以后,在每周举行的音乐会中,他演奏一阕自己作的钢琴与乐队的协奏曲。正弹到最后一段,他无意中瞥见克里赫太太和她的女儿,坐在对面的包厢中望着他。这是完全想不到的,他呆了一呆,几乎错过了跟乐队呼应的段落。接着他心不在焉地把协奏曲弹完了。弹完以后,他虽不敢向克里赫母女那边望,仍不免看见她们的拍手有点儿过分,仿佛有心要他看到似的。他赶紧下了台。快出戏院的时候,他在过道里又看见克里赫太太只和他相隔几排人,似乎特意等他走过。说他不看见她是不可能的:但他只做没有看见,马上回过头来,打戏院的边门急急忙忙走了出去。过后他埋怨自己不应当这样,因为他很明白克里赫太太对他并没恶意。可是他知道,要是同样的情形再来一次的话,他一定还是逃的。他怕在路上撞见她:远远地看到什么人有点儿像她,就立刻换一条路走。

结果还是她来找他。

有一天他回家去吃午饭,鲁意莎得意扬扬地告诉他,说有个穿制服的仆人送来一封信,是给他的;说着她递过一个黑边的大信封,反面刻着克里赫家的爵徽。克利斯朵夫拆开信来,内容正是他怕读到的:

本日下午五时半敬请

光临茶叙，此致

宫廷乐师克利斯朵夫·克拉夫脱先生。

约瑟芬·冯·克里赫夫人启

“我不去。”克利斯朵夫说。

“怎么！”鲁意莎喊道，“我已经回报人家说你去的了。”

克利斯朵夫跟母亲吵了一场，埋怨她不该与闻跟她不相干的事。

“仆人等着要回音。我说你今天正好有空。那个时候你不是没事吗？”

克利斯朵夫尽管怄气，尽管赌咒说不去，也是没用，这一下他是逃不过的了。到了邀请的时间，他脸上挺不高兴地开始穿扮，心中可并不讨厌这件意外事儿把他的闹别扭给制服了。

克里赫太太当然一眼就认出，音乐会中的钢琴家便是那个乱发蓬松的，在她花园墙顶上伸头探颈的野孩子。她向邻居们打听了一下他的事，被孩子那种勇敢而艰苦的生活引起了兴趣，想跟他谈谈。

克利斯朵夫怪模怪样地穿着件不称身的常礼服，像个乡下牧师，胆怯得要命地到了那里。他硬要自己相信，克里赫母女当初第一次看见他的时候来不及辨清他的面貌。穿过一条很长的甬道，踏在地毯上听不见一点脚步声，他被仆人带到一间有扇玻璃门直达花园的屋子。那天正下着寒冷的细雨，壁炉里的火生得很旺，从窗里可以望见烟雾迷蒙中的树影。窗下坐着两位女人：克里赫太太膝上摆着活计，女儿捧着一册书，克利斯朵夫进去的时候她正在高声朗诵。她们一看见他就很狡猾地互相递了个眼色。

“哎，她们把我认出来了。”克利斯朵夫想着，心慌了。

他小心翼翼地，可是很笨拙地行了个礼。

克里赫太太愉快地笑着，对他伸出手来。

“你好，亲爱的邻居，”她说，“我很高兴见到你。自从那次音乐会以后，我就想告诉你，我们听了你的演奏多么愉快。既然唯一的办法是请你来，希望你原谅我的冒昧。”

这些平凡的客套虽然有点儿俏皮的意味，可还有不少真情实意，让克利斯朵夫松了口气。

“哦,她们并没认出我呢。”他想着,心宽了。

克里赫小姐正阖上书本,很好奇地打量着克利斯朵夫;她的母亲指着她说:

“这是我的女儿弥娜,她也很想见见你。”

“可是,妈妈,我们并不是第一次见面啊。”弥娜说着笑了出来。

“噢!她们早认得我了。”克利斯朵夫想到这个又慌了。

“不错,”克里赫太太也笑着说,“我们搬来的那天,你来看过我们的。”

小姑娘听了这些话,越发放声大笑,而克利斯朵夫的窘相使弥娜更笑个不住。那是种狂笑,连眼泪都笑出来了。克里赫太太想阻止她,可是自己也禁不住笑;克利斯朵夫虽然局促不安,也不由得跟着一起笑。她们那种高兴是情不自禁的,教人没法生气。可是弥娜喘了口气,问克利斯朵夫在她们墙上可有什么事做的时候,他简直不知所措了。她看着他的慌张觉得好玩,他却心慌意乱,结结巴巴的不知说些什么。幸而克里赫太太叫人端过茶来,把话扯开了,才给他解了围。

她很亲热地问他生活情形。但他的心还没放下。他不知道怎么坐,不知道怎么抓住那摇摇晃晃的茶杯;他以为每次人家替他冲水,加糖,倒牛奶,捡点心,就得赶紧站起,行礼道谢;而常礼服,硬领,领带,把他紧箍着,使他身子僵直像戴了个甲壳,不敢也不能把头向左右挪动一下。克里赫太太无数的问话与动作使他发窘,弥娜的目光使他心惊胆战,似乎老盯着他的脸、手、动作,和衣服。她们想让他自在一点,所以克里赫太太滔滔不尽地和他说话,弥娜好玩地对他做着媚眼,他可是慌得更厉害了。

结果她们知道除了唯唯诺诺与行礼之外,再也逗引不出他什么;克里赫太太独自说话也说得腻烦了,便请他坐上钢琴。他弹了莫扎特的一段柔板,比对着音乐会里的听众更羞怯。但便是这种羞怯,便是给两位妇女挑引起来的那种惶惑,便是使他又快活又发慌的那些胸中的激动,跟乐章里头的温柔与童贞的气息非常调和,使音乐更显得像春天一样的可爱。克里赫太太听了大为感动,把心中的感觉说了出来,语气之间不免显出上流人物惯有的态度，把他夸奖了一番，但她的真诚并没因之而减少一点；而过分的恭维出诸一个可爱的人，也是听了舒服的。顽皮的弥娜不作声了，她不胜惊奇地瞧着这个说话那么蠢而手指那么富于表情的少年。克利斯朵夫感到她们的同情，胆子大了一些。他继续弹着，向弥娜微微转过身子，很局促地笑了笑，低着眼睛，怯生生地说：

“这就是我在你们墙上作的。”

他弹了一个小曲子，主题的确是站在他喜欢的那个地方，望着花园的时候想到的，可并不是他见到弥娜和克里赫太太的那晚，——（不知为了什么神秘的理由，他硬要自己相信是那一晚！）——而是好几晚以前的。那段悠闲沉静的稍快的行板里面，有的是清明高远的印象：群鸟在那里欢唱，庄严的大树在恬静的夕阳中沉沉入睡。

两位妇女听得高兴极了。曲子一完，活泼的克里赫太太马上站起身子，兴奋地握着他的手，非常热情地向他道谢。弥娜拍着手嚷着“妙极了”，又说为了使他再作出些跟这个一样“登峰造极”的曲子，她要叫人靠墙放一座梯子，让他能舒舒服服地工作。克里赫太大叫克利斯朵夫不要听弥娜的疯话，只说既然他喜欢这个花园，尽可以随时来玩，也不必来招呼她们，要是他觉得拘束的话。

“你不必来招呼我们，”弥娜好玩地学着母亲的话，“可是，要是真的不来招呼，你得小心些！”

她用手指点了几下，装出威吓的神气。

弥娜并不一定要克利斯朵夫来拜访她们，也不想勉强他尽什么礼数；但她喜欢给人家一点儿印象，本能地觉得这是怪有意思的玩意儿。

克利斯朵夫快活得满面通红。克里赫太太又讲起他的母亲，说从前还认识他的祖父，这些小手段把他完全笼络了。两位妇女的亲热，诚恳，渗透了他的心；他夸张这种浮而不实的好意和交际场中的殷勤，因为他一厢情愿要认为那是深刻的感情。凭着天真的信心，他把自己的计划和苦难都说了出来。他再也不觉得时间过得多快，直到仆人来请用晚饭才吃了一惊。但克利斯朵夫的羞愧立刻变为欣喜，因为女主人请他一块儿吃饭，认为大家早晚是，而且现在已经是好朋友了。他坐在母女的中间，可是他在饭桌上所显的本领，远不如在钢琴上的讨人喜欢。他这一部分的教育是完全欠缺的;他认为坐上饭桌主要是吃喝,用不着顾到什么方式。爱整洁的弥娜就噘着嘴瞧着他,表示大不高兴了。

人家预备他一吃过饭就走的。但他跟着她们回进小客厅,和她们一起坐下,不想动身了。弥娜好几次忍着呵欠,向母亲示意。他完全不觉得,因为他快乐得有点醉意了,以为别人也和他一样;——因为弥娜望着他的时候照旧睒着眼睛(其实那是她的习惯),——还有因为他一坐下来就不知道怎样站起来告辞。要不是克里赫太太拿出她又可爱又随便的态度把他送走,他竟会这样地坐一夜的。

他走了,克里赫太太的褐色眼睛,弥娜的蓝眼睛,都有一道爱怜的光留在他心上;像花一般柔和细腻的手指,有种温馨的感觉留在他手上;还有一股他从来没闻过的、微妙的香味,在他周围缭绕,使他迷迷糊糊,差点儿发晕。

两天以后,照着预先的约定,他又到她们家里,教弥娜弹琴。从此他经常一星期去上两次课,时间是早晨;往往他晚上还要去,不是弹琴,便是谈天。

克里赫太太很高兴和他见面。这是一位聪明仁厚的女子。丈夫故世的时候,她三十五岁,虽然身心都还年轻,以前在交际场中非常活跃,却毫无遗憾地退隐了。她的特别容易抛弃世俗,也许因为浮华的乐趣已经享受够了,觉得她以前的那种日子不能希望永久过下去。她不忘记丈夫,倒不是为了在结缡的几年中对他有过近乎爱那样的感情:她是只要真诚的友谊就足够的;总之,她是淡于情欲而富于情感的人。

她预备一心一意地教养女儿。凡是一个女人需要爱人家,需要被人家爱的那种独占的欲望,只能以自己的孩子为对象的时候,母性往往会发展过度,成为病态。可是克里赫太太在爱情方面的中庸之道,使她对儿女之爱也有了节度。她疼爱弥娜,但把她看得很清楚,决不想遮藏女儿的缺点,正如她对自己也没有什么幻想一样。极有机智,极通情理,她那百发百中的眼光一瞥之间就能看破每个人的弱点与可笑之处:她只觉得好玩,可没有半点恶意;因为她宽容的气度与喜欢嘲弄的脾气差不多是相等的:她一边笑人家,一边很愿意帮助人家。

小克利斯朵夫正好给她一个机会，能够把善心与批评精神施展一下。她来到本城的初期，为了守丧与外界不相往来，克利斯朵夫便成为她消闲解闷的对象。第一是为了他的才具。她虽不是音乐家，但很爱好音乐，懒洋洋地在那个缠绵悱恻的境界中出神，觉得身心愉快。克利斯朵夫弹着琴，她坐在炉火旁边做着活计，迷迷糊糊地笑着：手指一来一往的机械的动作，在或悲或喜的往事中飘忽不定的幻想，都使她默默体味到一种乐趣。

但她对音乐家比对音乐更感兴趣。她相当聪明，感觉到克利斯朵夫那种少有的天赋，虽不能辨别出他真正的特点。眼看那神秘的火焰在他心中冒上来，她就很好奇地注意它觉醒的过程。至于他品格方面的优点，他的正直、勇敢，以及在儿童身上格外显得动人的刻苦精神，都很快地受到她的赏识。但她观察他的时候，还是一样的洞烛幽微，还是用的锐敏而嘲弄的目光。他的笨拙，丑陋，可笑的地方，她都觉得好玩；她也并不把他完全当真（她当真的事情根本不多）。并且，克利斯朵夫暴烈的性子，古怪的脾气，滑稽的激烈的冲动，使她认为他精神不大正常，而是一个十足地道的克拉夫脱，他们一家世代都是老实的好人，优秀的音乐家，但多少有点儿疯癫。

克利斯朵夫并没觉察这种轻描淡写的嘲弄的态度，只感觉到克里赫太太的慈爱。他是一向得不到人家的温情的！虽说宫廷里的差事使他和上流社会每天都有接触，可怜的克利斯朵夫始终是个野孩子，既无知识，又无教养。自私的贵人们对他的关切，只限于利用他的才具，绝对不想在任何方面帮助他。他到爵府里去，坐上钢琴弹奏，弹完了就走路，从来没人肯纡尊降贵和他谈谈，除非是漫不经心地夸他几句。从祖父死了以后，不论在家里在外边，没有一个人想到帮助他求点学问，学点立身处世之道，使他将来好好地做个人。无知无识与举动粗鲁，使他受累不浅。他千辛万苦，搅得满头大汗，想把自己培植起来，可是一无结果。书籍，谈话，榜样，什么都没有。他很需要把这种苦闷告诉一个朋友，却下不了决心。便是在奥多面前，他也不敢开口，因为刚说了几个字，奥多就拿出自命不凡的轻蔑的口气，使他好似心上放了块烧红的烙铁。

在克里赫太太面前，一切可变得自然了。用不着克利斯朵夫要求，——(那是他高傲的脾气最受不了的!)——她自动地而且挺温和地给他指出，什么是不应该做的，什么是应该做的；教他衣服如何穿着，吃饭、走路、说话应当用什么态度；在趣味与用字的习惯方面所犯的错误，她一桩都不放过；而且她对孩子多疑的自尊心应付得那么轻巧那么留神，使他没法生气。她也给他受点文学教育，表面上好像是不经意的:他的极端的无知，她绝对不以为奇，但一有机会总指出他的错误，简简单单的，若无其事的，仿佛克利斯朵夫犯的错是挺自然的；她并不拿沉闷的书本知识吓唬他，只利用晚上在一块儿的机会，挑些历史上的，或是德国的，或是外国的诗人的美丽的篇章，教弥娜或克利斯朵夫高声朗诵。她把他当做一个家属的孩子，亲热的态度带点儿保护人的意味，那是克利斯朵夫不觉得的。她甚至管他的衣着，给他添换新的，打一条毛线围巾，送些穿扮用的小东西，而给的时候又那么亲切，使他能毫不难堪地收下礼物。总之，她对他差不多像慈母一样地处处照顾，事事关心。凡是本性善良的妇女，对一个信托她的孩子都有这种本能，用不着对孩子有什么深刻的感情。但克利斯朵夫以为这些温情是专为他个人而发的，便感激到了极点；往往他突然之间有些热情冲动的表现，使克里赫太太尽管看了好笑，心里还是很舒服。

和弥娜的关系又是另外一种了。克利斯朵夫去给她上第一课时，前天的回忆和小姑娘的媚眼还使他充满了醉意，不料一去就看到个和前天完全不同的，装做大人气派的女孩子，不由得呆了一呆。她连望也不望他，也不留神他的说话，偶尔向他抬起眼睛，那副冷若冰霜的神色又使他大吃一惊。他寻思了半晌，要知道什么地方得罪了她。其实他并没得罪她，弥娜对他的感情，不多不少跟前天一样，就是说完全不把他放在心上。那天她对他笑脸相迎，无非是由于女孩儿卖弄风情的天性，喜欢随便碰到一个人就试试自己的媚眼的力量，哪怕是个丑八怪，她也会这样做一下来解解闷的。可是到了第二天，对这个太容易征服的俘虏，她已经全无兴趣。她把克利斯朵夫很严厉地打量过了，认为他是个又丑又穷、又没教养的男孩子，琴弹得很好，可是手脏得厉害，饭桌上拿叉的样子简直要不得，吃鱼的时候还用刀子！所以在她眼里，他一点没有可爱之处。她很愿意跟他学琴，甚至也愿意和他玩儿，因为目前没有别的同伴；而且她虽然想装做大人，还常常有疯狂的冲动，需要让过剩的快活劲儿发泄一下，而这个快活劲儿，和她母亲的一样，由于在家守丧的关系，更憋闷得慌。但她对克利斯朵夫并不比对一头家畜多关心一点。要是她在最冷淡的日子还会向他挤眉弄眼，那纯粹是由于忘形，由于心里想着别的事情，——或是单单为了不要忘掉习惯。可是给她这么瞧上一眼，克利斯朵夫的心会直跳起来。其实她连看也不大看到他：她自己在那里编故事呢。这少女的年龄，正是一个人用愉快而得意的梦境来麻醉自己的年龄。她时时刻刻想着爱情，那种浓厚的兴趣与好奇心，要不是因为她愚昧无知，简直不能说是无邪的了。并且，她以有教养的闺女身份，只知道用结婚的方式去想象爱情。理想中的对象该是哪种人物，始终还没确定。有时她想嫁一个军官，有时想嫁一个伟大的正宗的诗人，像席勒一派的。她老是有新的计划代替旧的计划；每个计划来的时候，她总看得很认真，信念很坚定。但不论什么理想，只要接触到现实就会立刻退让。因为那种有传奇性格的少女，一朝看到了一个不甚理想的，但比较切实的真正的人物走进了她的圈子，就极容易把她们的梦想忘掉。

目前，多情的弥娜还很安定很冷静。虽然有个贵族的姓氏和世家的称号使她自豪，骨子里她的思想跟青春期的德国女仆的那一套根本没有什么分别。

克利斯朵夫自然不懂得女子心理的这些复杂的变化，——而且表面比实际更复杂。他常常给两位女朋友的态度弄糊涂了；但他能够爱她们是多么快活，甚至把她们使他困惑使他有点难过的表情都信以为真，唯有这样，他才能相信她们对他的感情和他对她们的一样。只要听到亲热的一言半语，或是看到可爱的眼神，他就快乐至极，有时竟感动得哭了。

他在清静的小客厅里对着桌子坐着，旁边克里赫太太在灯下缝着东西……——(弥娜在桌子对面看书；他们一声不出：从半开的花园门里，可以看到小径上的细沙在月光下闪烁；微的喁语从树颠上传来……)——他觉得非常快活,便突然无缘无故从椅子上跳起来,跪在克里赫太太面前,抓着她的手狂吻,不管她手里有没有针;他一边哭着一边把他的嘴、他的腮帮、他的眼睛贴在她的手上。弥娜从书上抬起眼睛,耸了耸肩膀,抿了抿嘴。克里赫太太微微笑着,看着这个扑在她脚下的大孩子,用另一只空闲的手摩着他的头,又用她那种慈祥、悦耳,同时又带点嘲弄意味的声音说:

"嗯,小傻子,嗯,你怎么啦?"

噢!多甜美啊:这声音,这安逸,这宁静,这微妙的气氛,没有叫嚷,没有冲突,没有苦恼,在艰难的人生的一片水草中间,——还有那照着生灵万物的英雄的毫光,——念着大诗人歌德,席勒,莎士比亚辈的作品而想起的——奇妙的世界,力的巨潮,痛苦与爱情的巨潮!……

弥娜把头埋在书里在那儿朗诵,说话的兴奋使她脸上微微有点红晕,清脆的声音偶尔把音念糊涂了,读到战士与帝王的谈吐,她故意装出俨然的语调。有时克里赫太太自己拿起书本,遇到悲壮的段落就羼入她那种温柔的、富于性灵的韵味。她平常总喜欢仰在安乐椅里静听,膝上放着永不离身的活计,对着自己的念头微笑:——因为在所有的作品里,她老是发现自己的思想。

克利斯朵夫也试着念,可是过了一会儿只能放弃:他结结巴巴地,跳过句读,好似完全不懂书中的意义,遇到动人的段落连眼泪都要淌出来,没法再念下去。于是他很气恼地把书丢在桌上,引得两位朋友哈哈大笑……噢!他多爱她们!他到哪儿都看到她们两人的影子,把她们和莎士比亚与歌德的人物混在一起,几乎分不清了。诗人某句隽永的名言,把他的热情从心底里挑动起来的名句,和第一次念给他听的亲爱的嘴巴分不开了。二十年后,他重读《哀格蒙特》与《罗密欧》①,或看到它们上演的时候,某些诗句总使他想起这些恬静的黄昏,这些快乐的梦,和心爱的克里赫太太与弥娜的脸容。

他可以几小时地望着她们,晚上,在她们念书的时候,——夜里,在床上睁着眼睛梦想的时候,——白天,在乐队里心不在焉地演奏,对着

---

① 《哀格蒙特》为歌德名剧,《罗密欧》即莎士比亚《罗密欧与朱丽叶》的简称。

乐谱架半阖着眼睛出神的时候。他对两人都有一种天真无邪的温情;虽然还不知道什么叫做爱情,他自以为动了爱情。但他不知道爱的是母亲还是女儿。他一本正经地思索了一番,没法挑选。可是他觉得既然非有所抉择不可,他就挑了克里赫太太。一朝决定之后,他果然发现他爱的真是她。他爱她聪明的眼睛,爱她那副嘴巴张着一半的浮泛的笑容,爱她年轻的美丽的前额,爱她纷披在一边的光滑细腻的头发,爱她带点儿轻咳的,好像蒙着一层什么的声音,爱她那双柔软的手,爱她大方的举动,和那神秘的灵魂。她坐在他身旁,那么和气地给他解释一段文字的时候,他快乐得浑身哆嗦:她的手靠在克利斯朵夫肩上;他觉得她手指的温暖,脸上有她呼吸的气息,也闻到她身上那股甜蜜的香味:他出神地听着,完全没想到书本,也完全没有懂。她发觉他心猿意马,便要他还讲一遍:他一个字都说不出;她就笑着生气了,把他鼻子揿在书里,说这样下去他只能永远做头小驴子。他回答说那也没有关系,只要能做"她的"小驴子而不给她赶走。她假作刁难,然后又说,虽然他是一头又蠢又坏的小驴子,除了本性善良以外没有一点儿用处,她还是愿意留着他,或许还喜欢他。于是他们俩都笑开了,而他更是快乐极了。

克利斯朵夫自从发觉自己爱了克里赫太太之后,对弥娜就离得远了。她的傲慢冷淡,已经使他愤愤不平;而且和她常见之下,他也渐渐放大胆子,不再检点行动,公然表示他的不痛快了。她喜欢惹他;他也毫不客气地顶回去,彼此说些难堪的话,把克里赫太太听得笑起来。克利斯朵夫斗嘴的技术并不高明,有几次他出门的时候气愤至极,自以为恨着弥娜了。他觉得自己还会再上她们家去,只是为了克里赫太太的缘故。

他照旧教她弹琴,每星期两次,从早上九点到十点,监督她弹音阶和别的练习。上课的屋子是弥娜的书房,一切陈设都很逼真地反映出小姑娘乱七八糟的思想。

桌上摆着一组塑像,是些玩弄乐器的猫,有的拉着小提琴,有的拉着大提琴,等于整个的乐队。另外有面随身可带的小镜子,一些化妆品和文具之类，排得整整齐齐。古董架上摆着小型的音乐家胸像：有疾首蹙额的贝多芬，有头戴便帽的瓦格纳，还有贝尔凡特的阿波罗。① 壁炉架上放着一只青蛙抽着芦苇做的烟斗，一把纸扇，上面画着拜罗伊特剧院的全景。② 书架一共是两格，插的书有鲁布克、蒙森、席勒、于勒・凡纳、蒙丹诸人的作品。③ 墙上挂着《圣母与西施丁》和海高玛作品的大照片；④周围都镶着蓝的和绿的丝带。另外还有一幅瑞士旅馆的风景装在银色的蓟木框里；而特别触目的是室内到处粘着各式各种的相片，有军官的，有男高音歌手的，有乐队指挥的，有女朋友的，全写着诗句，或至少在德国被认为诗句似的文字。屋子中间，大理石的圆柱头上供着胡髭满颊的勃拉姆斯的胸像。钢琴高头，用线挂着几只丝绒做的猴子和跳舞会上的纪念品，在那儿飘来荡去。

弥娜总是迟到的，眼睛睡得有点儿虚肿，一脸不高兴的神气；她向克利斯朵夫略微伸一伸手，冷冷地道了一声好，便不声不响，俨然地坐上钢琴。她自个儿的时候，喜欢无穷无尽地尽弹音阶，因为这样可以懒洋洋地把半睡半醒的境界与胡思乱想尽拖下去。但克利斯朵夫硬要她注意那些艰难的练习，她为了报复，便尽量地弹得坏。她有相当的音乐天才而不喜欢音乐，——正像许多德国女子一样。但她也像许多德国女子一样认为应当喜欢；所以她对功课也还用心，除非有时为了激怒老师而故意捣鬼。而老师最受不了的是她冷冰冰的态度。要是遇到谱上富于表情的段落，她认为应当把自己的心灵放进去的时候，那就糟透了；因为她变得非常多情，而实际是对音乐一无所感。

坐在她身旁的小克利斯朵夫并不十分有礼。他从来不恭维她：正是差得远呢。她为此非常记恨，他指摘一句，她顶一句。凡是他说的话，她总得反驳一下；要是弹错了，她强说的确照着谱弹的。他恼了，两

---

① 按系阿波罗神雕像之一种。贝尔凡特乃罗马教皇宫内的美术馆名称。此处所指系藏于该馆的阿波罗雕像的复制品。

② 按系专演音乐家瓦格纳作品之剧院。拜罗伊特系德国地名。

③ 鲁布克为德国美术史家；蒙森为德国史学家。以上二人均十九世纪人物。于勒・凡纳为法国十九世纪科学小说作家；蒙丹为法国十六世纪文学家。

④ 拉斐尔生平作圣母像极多，大半均系不朽之作，此为其中之一，因图中绘有教皇西施丁二世，故名。海高玛为十九世纪后半期的德国画家。

人就斗嘴了。眼睛对着键盘,她偷觑着克利斯朵夫,看他发气,心里很高兴。为了解闷,她想出许多荒唐的小计策,目的无非是打断课程,教克利斯朵夫难堪。她假做勒住自己的喉咙,引人家注意;或是一迭连声地咳嗽,或是有什么要紧事儿得吩咐女仆。克利斯朵夫明知道她是做戏;弥娜也明知道克利斯朵夫知道她做戏;可是她引以为乐,因为克利斯朵夫不能把心里的话说出来,揭破她的诡计。

有一天她正玩着这一套,有气无力地咳着,用手帕蒙着脸,好似要昏厥的样子,眼梢里觑着气恼的克利斯朵夫,她忽然灵机一动,让手帕掉在地下,使克利斯朵夫不得不给她捡起来,他果然很不高兴地照办了。然后她装着贵妇人的口吻说了声"谢谢!"他听了差点儿气得按捺不住。

她觉得这玩意儿妙极了,大可再来一下。第二天她便如法炮制。克利斯朵夫却怀着一腔怒意,竟自不理。她等了一忽儿,含嗔带怨地说道:

"请你把我的手帕给捡起来,好不好?"

克利斯朵夫忍不住了:

"我不是你的仆人,"他粗暴地回答,"你自个儿捡罢!"

弥娜一气之下,突然站起来,把琴凳都撞翻了:

"嘿! 这是什么话!"她愤愤地把键盘敲了一下,出去了。

克利斯朵夫等着。可是她竟不回来。他对自己的行为很惭愧。觉得太粗野了。同时他也忍无可忍,因为她把他耍弄得太不像话了。他怕弥娜告诉她的母亲,使他永远失掉克里赫太太的欢心。他不知道怎么办:虽然后悔自己的粗暴,他可怎么也不愿意道歉。

第二天他听天由命地又去了,心里想弥娜大概不见得会再来上课。但弥娜心高气傲,决不肯告诉母亲,何况她自己也担点儿干系,所以让他比平时多等了五分钟之后就出来了,直僵僵地坐上钢琴,既不转过头来,也不说句话,好似根本没有克利斯朵夫这个人。可是她照旧上课,以后也继续上课,因为她很明白克利斯朵夫在音乐方面是有本领的,而自己也应当把琴弹得像个样,倘使她想做一个教育完全的大家闺秀的话,她不是自命为这种人吗?

可是她多烦闷啊！他们俩多烦闷啊！

三月里一个白茫茫的早晨，小雪球像羽毛般在灰色的空中飘舞，他们俩在书房里。天色很黑。弥娜弹错了一个音，照例推说是谱上写的。克利斯朵夫明知她扯谎，仍不免探着身子，想把谱上争论的那一段细看一下。她一只手放在谱架上，并不拿开。他的嘴巴跟她的手靠得很近。他想看谱而没看见：原来他望着另外一样东西，——望着那娇嫩的，透明的，像花瓣似的东西。突然之间，不知脑子里想到了什么，他把嘴唇用力压在那只小手上。

他们俩都吃了一惊。他往后一退，她把手缩了回去，——两人都脸红了。彼此一声不出，望也不望。慌慌张张地静了一忽儿，她重新弹琴，胸部一起一伏，像受到压迫似的，同时又接二连三的弹错音。他可没有发觉：他比她慌得更厉害，太阳穴里跳个不住，什么都听不见。为了打破沉默，他嗄着嗓子，胡乱挑了几个错。他自以为在弥娜的心目中从此完了，对自己的行动羞愧无地，觉得又荒唐又粗俗。课上完了，他和弥娜分手的时候连瞧也不敢瞧，甚至把行礼都忘了。她却并不恨他，再也不觉得克利斯朵夫没有教养了；刚才她弹错那么多音，是因为她暗中瞅着他，心里非常好奇，而且破天荒第一遭地对他有了好感。

他一走，她并不像平时那样去找母亲，却是一个人关在屋里推敲那件非常的事。她两手托着腮帮，对着镜子，发现眼睛又亮又温柔。她轻轻咬着嘴唇在那儿思索。一边很得意地瞧着自己可爱的脸，一边又想到刚才的一幕，她红着脸笑了。吃饭的时候她很快活，兴致很好，饭后也不愿意出去走走，大半个下午都待在客厅里，手里拿着活儿，做不到十针就弄错了；她可不管这些。她坐在屋子的一角，背对着母亲，微微笑着；或是为了松动一下而在屋子里蹦蹦跳跳，直着嗓子唱歌。克里赫太太给她吓了一跳，说她疯了。弥娜却是笑弯了腰，勾着母亲的脖子狂吻，差点儿使她气都喘不过来。

晚上回到房里，她过了好久才上床。她老对着镜子回想，但因为整天想着同样的事，结果是什么都想不起来。她慢条斯理地脱衣服，随时停下来，坐在床上追忆克利斯朵夫的面貌：而在脑海里出现的却是一个她想象中的克利斯朵夫,那时她也不觉得他怎么丑了。她睡下了,熄了灯。过了十分钟,早上那幕忽然又回到记忆中来,她大声地笑了。母亲轻轻地起来,推开房门,以为她不听吩咐又躲在床上看书,结果发觉弥娜安安静静地躺着,在守夜小灯的微光下睁着眼睛。

"怎么啦?"她问,"什么事儿教你这样快活?"

"没有什么,"弥娜一本正经地回答,"我只是瞎想。"

"你倒很快活,自个儿会消遣。现在可是该睡觉了。"

"是,妈妈。"弥娜很和顺地回答。

可是她心里说着:"你走罢!快点儿走罢!"一直嘀咕到房门重新关上,能够继续体味她那些梦的时候。于是她懒洋洋地出神了。等到身心都快入睡的时候,她又快活得惊醒过来:

"噢!他爱我……多快活啊!他会爱我,可见他多好!……我也真爱他!"

然后她把枕头拥抱了一下,睡熟了。

两个孩子第一次再见的时候,克利斯朵夫看到弥娜那么殷勤,不禁大为诧异。除了例有的招呼以外,她又装着甜蜜的声音向他问好,然后安安分分,端端正正地坐上钢琴,简直乖得像个天使。她再没顽皮学生的捣乱念头,而极诚心地听着克利斯朵夫的指点,承认他说得有理;一有弹错的地方,她自己就大惊小怪地叫起来,用心纠正。克利斯朵夫给她弄得莫名其妙。在那么短的时间内她竟大有进步:不但是弹得好了些,而且也喜欢音乐了。连最不会恭维人的克利斯朵夫,也不由得把她夸奖了几句;她高兴得脸红了,用水汪汪的眼睛望了他一眼表示感激。从此以后,她为他费心打扮,扎些色调特别雅致的丝带;她笑盈盈地,装着不胜慵困的眼神看着克利斯朵夫,使他又厌恶又气恼,同时也觉得心荡神驰。现在倒是她找话来说了,但她的话没有一点儿孩子气:态度很严肃,又用着装腔作势的迂腐的口吻引用诗人的名句。他听着不大回答,只觉得局促不安:对于这个他不认识的新的弥娜,他感到惊奇与惶惑。

她老是留神着他。她等着……等什么呢?……她自己可明白吗？……她等他再来。——他却防着自己，认为上次的行动简直像个野孩子；他似乎根本没想到那件事了。但她开始不耐烦了；有一天，他正安安静静坐在那儿，跟那危险的小手隔着相当的距离，她突然烦躁起来，做了一个那么快的动作，连想也来不及想，把手送过去贴在他的嘴上。他先是吓了一跳，接着又恼又害臊。但他仍旧吻着她的手，而且非常热烈。这种天真的放浪的举动使他大为愤慨，几乎想丢下弥娜立刻跑掉。

可是他办不到了。他已经给抓住了。一阵骚乱的思潮在胸中翻上翻下，使他完全摸不着头脑。像山谷里的水汽似的，那些思想从心底里浮起来。他在爱情的雾氛中到处乱闯，闯来闯去，老是在一个执着的、暧昧的念头四周打转，在一种无名的、又可怕又迷人的欲望四周打转，像飞蛾扑火一样。自然的那些盲目的力突然骚动起来了……

他们正在经历一个等待的时期：互相观察，心里存着欲望，可又互相畏惧。他们都烦躁不安。两人之间照旧有些小小的敌意和怄气的事，可再不能像从前那样地无拘无束了：他们都不出声。各人在静默中忙着培植自己的爱情。

对于过去的事，爱情能发生很奇怪的作用。克利斯朵夫一发觉自己爱着弥娜，就同时发觉是一向爱她的。三个月以来，他们差不多天天见面，他可从来没想到这段爱情；但既然今天爱了她，就应该是从古以来爱着她的。

能够发现爱的是谁，对他真是一种宽慰。他已经爱了好久，只不知道哪个是他的爱人！现在他轻松了，那情形就好比一个不知道病在哪里，只觉得浑身不舒服的病人，忽然看到那说不出的病变成了一种尖锐的痛苦而局限在一个地方。没有目标的爱是最磨人的，它消耗一个人的精力，使它解体。固然，对象分明的热情能使精神过于紧张过于疲劳，但至少你是知道原因的。无论什么都受得了，只受不了空虚！

虽然弥娜的表示可以使克利斯朵夫相信她并非把他视同陌路，但他仍不免暗自烦恼，以为她瞧不起他。两人彼此从来没有明确的观念，但这观念也从来没有现在这样的杂乱：那是一大堆不相连续的、古怪的想象，放在一起没法调和的；因为他们会从这个极端跳到另一个极端，一忽儿认为对方有某些优点，——那是在不见面的时候，——一忽儿又认为对方有某些缺陷，——那是在见面的时候。——其实，这些优点和缺点，全是凭空杜撰的。

他们不知道自己要些什么。在克利斯朵夫方面，他的爱情是一种感情的饥渴，专横而极端，并且是从小就有的；他要求别人满足他的饥渴，恨不得强迫他们。他需要把自己，把别人，——或许尤其是别人，——完全牺牲；而这专制的欲望中间，有时还夹着一阵一阵的冲动，都是些暴烈的、暧昧的，自己完全莫名其妙的欲念，使他觉得天旋地转。至于弥娜，特别是好奇心重，有了这个才子佳人的故事很高兴，只想让自尊心和多愁善感的情绪尽量痛快一下；她存心欺骗自己，以为有了如何如何的感情。其实他们的爱情一大半是纯粹从书本上来的。他们回想读过的小说，把自己并没有的感情都以为是自己有的。

可是快要到一个时期，那些小小的谎言，那些小小的自私自利，都得在爱情的神光前面消失。这个时期或是一天，或是一小时，或是永恒的几秒钟……而它的来到又是那么出人意料！……

一天傍晚，只有他们两人在那儿谈话。客厅里黑下来了。话题也变得严重起来。他们提到“无穷”“生命”“死亡”。那比他们的热情规模大得多了。弥娜慨叹自己的孤独，克利斯朵夫听了，回答说她并不像她所说的那么孤独。

“不，”她摇摇头，“这些不过是空话。各人只顾自己，没有一个人理睬你，没有一个人爱你。”

两人静默了一会儿。然后，克利斯朵夫紧张得脸色发青，突然说了句：

“那末我呢？”

兴奋的小姑娘猛地跳起来，抓着他的手。

门开了，两人往后一退。原来是克里赫太太进来了。克利斯朵夫随手抓起一本书看着，连拿颠倒了都没觉得。弥娜低着头做活，让针戳了手指。

整个黄昏他们再没有单独相对的机会，他们也怕有这种机会。克里赫太太站起来想到隔壁屋子去找件东西，一向不大巴结的弥娜这回竟抢着代母亲去拿；而她一出去，克利斯朵夫就走了，根本没向她告辞。

第二天，他们又见面，急于把昨晚打断的话继续下去，可是不成。机会是很好。他们跟着克里赫太太去散步的时候，自由谈话的机会真是太多了。但克利斯朵夫没法开口，他为之懊恼极了，干脆在路上躲着弥娜。她假装没注意到这种失礼的举动，可是心里很不高兴，并且在脸上表示出来。等到克利斯朵夫非说几句话不可的时候，她冷冰冰地听着，使他几乎没有勇气把话说完。散步完了，时间过去了；他因为不知利用而很丧气。

这样又过了一星期。他们以为误解了对方的感情，甚至竟不敢说那天晚上的一幕是不是做梦。弥娜恼着克利斯朵夫。克利斯朵夫也怕单独见到弥娜。他们之间从来没有这么冷淡过。

终于有一天，早上和大半个下午都阴雨不止。他们在屋子里，一句话不说，只是看看书，打打呵欠，望望窗外；两人都憋闷得慌。四点左右，天开朗了。他们奔进花园，靠着花坛，眺望底下那片一直伸展到河边的草坪。地下冒着烟，一缕温暖的水汽在阳光中上升；细小的雨点在草地里发光；潮湿的泥土味与百花的香味混在一起；黄澄澄的蜜蜂在四周打转。他们身子靠得很近，可是谁也不望谁；他们想打破沉默，却又下不了决心。一只蜜蜂跌跌撞撞地停在饱和雨水的紫藤上，把水珠洒了她一身。两人同时笑起来，而一笑之下，他们马上觉得谁也不恼谁了，仍旧是好朋友了；但还不敢互相望一眼。

突然之间，她头也没回过来，只抓着他的手说了声：

“来罢！”

她拉着他奔入小树林。那里有些拐弯抹角的小路，两旁种着黄杨，林子中间还有一块迷宫似的高地。他们爬上小坡，浸透了雨的泥土使他们溜来滑去，湿漉漉的树把枝条向他们身上乱抖。快到坡脊，她停下来喘口气。

“等一忽儿……等一忽儿……”她轻轻说着，想把呼吸缓和一下。

他望着她。她望着别处，微微笑着，嘴张着一半，喘着气；她的手在克利斯朵夫的手里抽搐。他们觉得手掌与颤抖的手指中间,血流得很快。周围是一片静寂。树上金黄色的嫩芽在阳光中打战;一阵细雨从树叶上飘下,声音那么轻灵;空中有燕子尖锐的叫声。

她对他转过头来:像一道闪电那么快,她扑上他的脖子,他扑在她的怀里。

“弥娜! 弥娜! 亲爱的弥娜! ……”

“我爱你,克利斯朵夫,我爱你!”

他们坐在一条潮湿的凳上。两人都被爱情浸透了,甜蜜的,深邃的,荒唐的爱情。其余的一切都消灭了。自私,自大,心计,全没有了。灵魂中的阴影,给爱情的气息一扫而空。笑眯眯的含着泪水的眼睛都说着:“爱啊,爱啊。”这冷淡而风骚的小姑娘,这骄傲的男孩子,全有股强烈的欲望,需要倾心相许,需要为对方受苦,需要牺牲自己。他们认不得自己了;什么都改变了:他们的心,他们的面貌,照出慈爱与温情的光的眼睛。几分钟之内,只有纯洁、舍身、忘我;那是一生中不会再来的时间!

他们你怜我爱地嘟囔了一阵,立了矢志不渝的誓,一边亲吻,一边说了些无头无尾的、欣喜欲狂的话,然后他们发觉时间晚了,便手挽着手奔回去,一忽儿在狭窄的小路上几乎跌跤,一忽儿撞在树上,可是什么也没觉得,他们快活得盲目了,醉了。

和她分手以后,他并不回家:回家也睡不着觉的。他出了城,在野外摸黑乱走。空气新鲜,田野里荒荒凉凉的,漆黄一片。一只猫头鹰寒瑟瑟地叫着。他像梦游病者那样地走着,从葡萄藤中爬上山岗。城里细小的灯光在平原上发抖,群星在阴沉的天空打战。他坐在路边矮墙上,忽然簌落落地流下泪来,不知道为什么。他太幸福了,而这过度的欢乐是悲与喜交错起来的;他一方面对自己的快乐感激,一方面对那些不快乐的人抱着同情,所以他的欢乐既有“好景不长”的感慨,也有“人生难得”的醉意。他哭得心神酣畅,不知不觉地睡着了。醒来的时候,天已经黎明。白茫茫的晓雾逗留在河上,笼罩在城上,那儿睡着困倦的弥娜,她的心也给幸福的笑容照亮了。

当天早上，他们又在花园里见面了，彼此把相爱的话重新说了一遍，可是已不像昨天那样的出诸自然。她似乎学做舞台上扮情人的女演员。他虽然比较真诚，也扮着一个角色。两人谈到将来的生活。他对自己的清贫引为恨事。她可表示慷慨豪爽，同时为了自己的豪爽很得意。她自命为瞧不起金钱。这倒是真的：因为她不知道钱是什么东西，也不知道没有钱是怎么回事。他对她许愿，要成为一个大艺术家：她觉得很有意思，很美，像小说一样。她自以为一举一动非做得像个真正的情人不可。她念着诗歌，多愁善感。他也被她感染了，注意自己的修饰，装扮得非常可笑，也讲究说话的方式，满嘴酸溜溜的。克里赫太太看着他不由得笑了，心里奇怪什么事把他搅成这样蠢的。

可是他们也有些诗意盎然的时间，往往在平淡的日子突然放出异彩，好比从雾霭中透过来的一道阳光。一瞥一视，一举一动，一个毫无意义的字眼，就会使他们沉溺在幸福里面；傍晚在黑洞洞的楼梯上说的"再会！"眼睛在半明半暗中的相探和相遇，手碰到手的刺激，语声的颤抖：这些无聊的琐碎事儿，到夜里，——在听着每小时的钟声就会惊醒的轻浅的梦中，心头像溪水的喁语般唱着"他爱我"的时候，——又会一件一件地重新想起。

他们发现了万物之美。春天的笑容有无限的温柔。天空之中有光华，大气之中有柔情，这是他们从来没领略到的。整个的城市，红色的屋顶，古老的墙垣，高低不平的街面，都显得亲切可爱，使克利斯朵夫心中感动。夜里，大家睡熟的时候，弥娜从床上起来，凭窗遐想，懵懂懂的，骚动不已。下午他不在的时候，她坐在秋千架上，膝上放着本书，半阖着眼睛出神，懒懒的似睡非睡，身心一齐在春天的空气中飘荡。她又几小时地坐在钢琴前面，翻来覆去地老弹着某些和弦、某些段落，令人听了厌倦不堪，她可是感动得脸色发白，身上发冷。她听着舒曼的音乐哭了。她觉得对所有的人都抱着恻隐之心，而他也和她一样。路上碰到穷人，他们都偷偷地给点儿钱，然后不胜同情地彼此望一眼，因为自己能这样慈悲而非常快乐。

其实他们的善心是有间歇性的，弥娜忽然发觉，从她母亲小时候就来当差的老妈子弗列达，过的那种微贱的、替人尽心出力的生活多么可怜，便跑到厨房里，把正在补衣服的女仆勾着脖子亲热一阵，使她大吃一惊。可是两小时以后她对弗列达说话又很不客气了，因为她没有一听到打铃马上就来。至于克利斯朵夫，尽管对整个的人类抱着热爱，尽管为了怕踏死一条虫而绕着弯儿走路，对自己家里的人可冷淡极了。由于一种奇怪的反应，他对别人越亲热，对家人越冷越无情：他连想也不大想到他们，对他们说话非常粗暴，见到他们就讨厌。弥娜和他两人的慈悲心原来只是过剩的爱情，一朝泛滥起来，随便碰到一个人就会发泄，不问是谁。除了这种情形以外，他们反而比平常更自私，因为心中只有一个念头，而一切都得以那个念头为中心。

这少女的面貌在克利斯朵夫生活中占了多重要的地位！当他在花园里找她而远远地瞥见那件小小的白衣衫的时候，在戏院里听见楼厅的门开了，传来那么熟悉的快乐的声音的时候，在别人的闲话中听见提到克里赫这可爱的姓氏的时候：他多么激动！他脸上白一阵红一阵，几分钟之内，什么都看不见了，什么都听不见了。接着急流似的血在身上奔腾，多少无名的力在胸中激撞。

这天真而肉感的德国姑娘有些奇怪的玩意儿。她把戒指放在面粉上，要大家轮流用牙齿衔起而鼻子不沾白粉。或者用根线穿着饼干，各人咬着线的一端，得一边嚼着线一边尽最快的速度咬到饼干。他们的脸接近了，气息交融了，嘴唇碰到了，勉强嘻嘻哈哈地笑着，可是手都凉了。克利斯朵夫很想咬她的嘴唇让她疼一下，便突然往后倒退；她还在那儿强笑。两人都转过头去，假作冷淡，暗中却是偷眼相看。

这些乱人心意的游戏，又吸引他们又教他们发慌。克利斯朵夫简直害怕，他宁可有克里赫太太或别人在一起而觉得拘束的。不论当着谁的面，两颗动了爱情的心照旧息息相通；而且越是受到外来的约束，心的交流越来得热烈而甜蜜。那时，他们之间一切都有了无穷的价值：只要一句话，一抿嘴，一个眼神，就能在日常生活的平淡无奇的面目之下，把双方内心生活的丰富而新鲜的宝藏重新显露出来，而只有他们俩能看到，至少他们相信如此。于是他们便会心而笑，对这些小小的神秘挺得意。旁人听来，他们所说的无非是些极普通的应对；但在他们俩竟好比唱着永远没有完的恋歌。声音笑貌之间瞬息万变的表情，他们都看得清清楚楚，像本打开的书；甚至他们闭着眼睛也能看到：因为只要听听自己的心，就能听到朋友心中的回声。他们对人生，对幸福，对自己，都抱着无穷的信心，无穷的希望。他们爱着人，也有人爱着，那么快乐，没有一点阴影，没有一点疑心，没有一点对前途的恐惧！唯有春天才有这种清明恬静的境界！天上没有一片云。那种元气充沛的信仰，仿佛无论如何也不会枯萎。那么丰满的欢乐似乎永远不会枯竭。他们是活着吗？是做梦吗？当然是做梦。他们的梦境与现实的人生没有一点相像的地方。要有的话，那就是在这个不可思议的时间，他们自己就变了一个梦：他们的生命在爱情的呼吸中溶解了。

克里赫太太不久就窥破了他们自以为巧妙而其实很笨拙的手段。有一天，弥娜和克利斯朵夫说话的时候身子靠得太紧了些，她母亲出其不意地闯进来，两人便慌慌张张地闪开了。从此弥娜起了疑心，认为母亲已经有点儿发觉。可是克里赫太太装做若无其事，使弥娜差不多失望了。弥娜很想跟母亲抵抗一下，这样就更像小说里的爱情了。

她的母亲可偏不给她这种机会；她太聪明了，决不因之操心。她只在弥娜前面用挖苦的口气提到克利斯朵夫，毫不留情地讽刺他的可笑，几句话就把他毁了。她并非是有计划的这么做，只凭着本能行事，像女人保护自己的贞操一样，施展出那种天生的坏招数。弥娜白白地反抗，生气，顶嘴，拼命说母亲的批评没有根据，其实是批评得太中肯了，而且克里赫太太非常巧妙，每句话都一针见血。克利斯朵夫的太大的鞋子，难看的衣服，没有刷干净的帽子，内地人的口音，可笑的行礼，粗声大气的嗓子，凡是足以损伤弥娜自尊心的缺点，一桩都不放过；而说的时候又像是随便提到的，没有一点存心挑剔的意味；愤慨的弥娜刚想反驳，母亲已经轻描淡写地把话扯开。可是一击之下，弥娜已经受伤了。

她看克利斯朵夫的目光，慢慢地不像从前那么宽容了。他隐隐约约的有点儿觉得，就不安地问："你为什么这样地望着我？"

她回答说："不为什么。"

可是过了一忽儿，正当他挺快活的时候，她又狠狠地埋怨他笑得太响，使他大为丧气。他万万想不到在她面前连笑也得留神的：一团高兴马上给破坏了。——或是他说话说得完全出神的时候,她忽然漫不经意地对他的衣着来一句不客气的批评,或者老气横秋地挑剔他用字不雅。他简直没有勇气再开口,有时竟为之生气了。但他一转念,又认为那些使他难堪的态度正表示弥娜对他的关心;而弥娜也自以为如此。于是他竭力想虚心受教,把自己检点一下;她可并不满意,因为他并不真能检点自己。

至于她心中的变化,他根本来不及觉察。复活节到了,弥娜要跟母亲上魏玛那边的亲戚家去玩几天。

分别以前的最后一个星期,他们又恢复了初期的亲密。除了偶然有点儿急躁以外,弥娜比什么时候都更亲热。动身前夜,他们在花园中散步了很久;她拉着克利斯朵夫到小树林里,把一口小香囊挂在他的颈上,里头藏着她的一绺头发;他们把海誓山盟的话又说了一遍,约定每天通信;又在天上指定了一颗星,以便夜晚两人在两地同时眺望。

重大的日子到了。夜里他再三想着:“明天她在哪儿呢?”这时又想道:“啊,是今天了。早上她还在这儿,可是晚上……”不到八点,他就去了。她还没起床。他勉强到花园里遛了一下,觉得支持不住,只得回进屋子。走廊里堆满了箱笼包裹;他在一间房里拣着个角儿坐下,留神开门的声音和楼板的响动,认出上面屋里的脚步声。克里赫太太微微带着点笑意,和他俏皮地招呼了一声,停也不停地走过去了。终于弥娜出现了,脸色苍白,眼睛虚肿,她昨夜并没比他睡得更好。她做出很忙的神气对仆人发号施令,一边给克利斯朵夫握手,一边继续和老弗列达谈话。她已经准备出发了。克里赫太太又进来,母女俩讨论着帽笼的事。弥娜好像完全没注意到克利斯朵夫:他站在钢琴旁边,可怜巴巴的,谁也不理会他。她跟着母亲出去,一忽儿又进来;在门口和克里赫太太又说了几句,然后把门带上。那时只有他们两个了。她奔过来抓着他的手,把他拉到隔壁百叶窗已经关上的客厅去。于是她突然把脸凑上来偎着他的脸,使劲地拥抱他,一边哭一边问:

“你应许我吗,应许永远爱我吗?”

他们轻轻地哭着,抽抽噎噎的压制自己,不让人家听到。一有脚步声,他们赶紧分开。弥娜抹了抹眼睛,跟仆人们又装出那副俨然的神气,可是声音有点儿发抖。

她把一块又脏又皱、浸透眼泪的小手帕掉在地下,给他偷偷地捡了去。

他搭着她们的车把她们送到站上。两个孩子面对面坐着,彼此连望也不敢望,怕忍不住眼泪。他们的手互相摸索,用力握着,把手都掐痛了。克里赫太太假痴假呆的只做不看见。

终于时间到了。克利斯朵夫站在车厢门口,车子一发动,他就跟着跑,眼睛老盯着弥娜,一路和站上的员工乱撞,一忽儿便落在列车后面。他还是跑着,直到什么都看不见了方始上气不接下气地停下来,和一些不相干的人站在月台上。回到家里,大家都出去了,他哭了一个上午。

他初次尝到离别的悲痛,这是所有的爱人最受不了的折磨。世界,人生,一切都空虚了。不能呼吸了。那是致命的苦闷。尤其是爱人的遗迹老在你周围,眼睛看到的没有一样不教你想起她,现在的环境又是两人共同生活过的环境,而你还要重游旧地竭力去追寻往日的欢情:那时好比脚下开了个窟窿,你探着身子看,觉得头晕,仿佛要往下掉了,而真的往下掉了。你以为跟死亡照了面。不错,你的确见到了死亡,因为离别就是它的一个面具。最心爱的人不见了:生命也随之消灭了,只剩下一个黑洞,一片虚无。

克利斯朵夫到他们相爱过的地方都去走了一遭,特意要让自己痛苦。克里赫太太把花园的钥匙留给了他,使他照旧可以去散步。他当天就去了,痛苦得差点儿闷死。他去的时候以为能找到一点儿离人的痕迹:哪知这种痕迹只嫌太多,每一处的草坪上都有她的影子在飘浮;每条小路的每个拐弯的地方,他都等她出现,虽然明知不可能,但硬要相信可能;他也竭力去找他爱情的遗迹:那些曲折迷离的小路,挂着紫藤的花坛,小林子里的木凳,还老对自己说着:“八天以前……三天以前……昨天,就不过是昨天,她还在这儿……今天早上还在这儿……”他把这些念头在胸中翻来覆去地想个不停,直到快闭过气去了才丢开。——他除了哀伤之外,还有对自己的愤恨,因为他虚度了良辰,没有加以利用。多少钟点,多少光阴,他有那么大的福分看到她,把她当做空气，当做养料，而他竟不知体味那福分！他听任时间飞逝，没有把它一分钟一分钟地细细咀嚼……现在……现在可太晚了……没法挽救了！没法挽救了！

他回到家里，只觉得亲属可厌：他受不了那些脸、那些举动、那些无聊的谈话，和昨天、前几天，她在的时候完全一样地谈话！他们过着照常的生活，仿佛根本没有他这件不幸的事。城里的居民也同样地毫无知觉。大家只顾着自己的营生，笑着，嚷着，忙着；蟋蟀照旧地唱，天上照旧发光。他恨他们，觉得被普天之下的自私压倒了。殊不知他一个人就比整个的宇宙都更自私。在他心目中一切都没有价值了。他再没有什么慈悲，也不再爱什么人了。

他过着悲惨的日子，只机械地干着他的事，可没有一点儿生活的勇气。

一天晚上，他正不声不响，垂头丧气地和家里的人一同吃饭，邮差敲门进来，送给他一封信。没看到笔迹，他的心就知道是谁写的了。四个人眼睛直盯着他，用着很不知趣的，好奇的态度等他看信，希望他们无聊的生活得到点儿消遣。克利斯朵夫把信放在自己盘子旁边，忍着不拆，满不在乎地说信的内容早已知道了。但两个兄弟绝对不信，继续在暗中留神，使他吃那顿饭的时候受尽了罪。吃完了，他才能把自己关在房里。他心儿乱跳，拆信的时候差点把信纸撕破。他担心着不知信上写的什么，可是刚念了几个字就快活极了。

那是一封很亲热的短信，弥娜偷偷地写给他的。她称他为“亲爱的克利斯德兰”，说她哭了好几回，每晚都望着星，她到过法兰克福，那是一个了不起的大城，有华丽的大商店，但她什么都没在意，因为心里只想着他。她教他别忘了忠诚自矢的诺言，说过她不在的时候谁都不见，只想念她一个人。她希望他把她出门的时期整个儿花在工作上面，使他成名，她也跟着成名。最后她问他可记得动身那天和他告别的小客厅，要他随便哪天早上再去，她的精神一定还在那儿，还会用同样的态度和他告别。她签名的时候自称为“永远永远是你的……”；信后又另外加了几句，劝他买一顶平边的草帽，别再戴那个难看的呢帽：——“平边的粗草帽，围一条很阔的蓝丝带：这儿所有的漂亮绅士都是戴的这一种。”

克利斯朵夫念了四遍才完全弄清楚。他昏昏沉沉,连快活的气力都没有了;突然之间他疲乏到极点,只能上床睡觉,把信翻来覆去地念着,吻着,藏在枕头底下,老是用手去摸,看看是否在老地方。一阵无可形容的快感在他心中泛滥起来。他一觉睡到了天明。

他的生活现在比较容易过了。弥娜忠贞不贰的精神老在周围飘荡。他着手写回信,但没有权利自由发挥,第一要把真情隐藏起来:那是痛苦而不容易做到的。他用的过分客套的话一向很可笑,现在还得拿这些套语来很拙劣地遮掩他的爱情。

信一寄出去,就等着弥娜的回音:他此刻整个儿的生活就是等信了。为了免得焦急,他勉强去散步,看书。但他只想着弥娜,像精神病似的嘴里老念着她的名字,把它当做偶像,甚至拿一册莱辛的著作藏在口袋里,因为其中有弥娜这个名字;每天从戏院出来,他特意绕着远路走过一家针线铺,因为招牌上有 Minna 这五个心爱的字母。

想到弥娜督促他用功,要他成名的话,他就责备自己不该荒废时日。那种劝告所流露的天真的虚荣,是表示对他有信心,所以他很感动。为了不负她的期望,他决定写一部不但是题赠给她,而且是真正为她写的作品。何况这时他也没有别的事可做。计划刚想好,他就觉得乐思潮涌,好比蓄水池中积聚了几个月的水,一下子决破了堤,奔泻出来。八天之内他不出卧房,鲁意莎把三餐放在门外,因为他简直不让她进去。

他写了一阕单簧管与弦乐器的五重奏。第一部是青春的希望与欲念的歌;最后一部是喁喁的情话,其中杂有克利斯朵夫那种带点儿粗犷的诙谑。作品的骨干是第二部轻快的广板,描写一颗热烈天真的心,暗示弥娜的小影。那是谁也不会认得的,她自己更认不得;但主要的是他能够认得清清楚楚。他自以为把爱人的灵魂整个儿抓住了,快乐得发抖了。没有一件工作比这个更容易更愉快。离别以后郁结在他胸中的过度的爱情,在此有了发泄;同时,创造艺术品的惨淡经营,为控制热情所做的努力,把热情归纳在一个美丽清楚的形式之中的努力,使他精神变得健全,各种官能得到平衡;因之身体上也有种畅快的感觉。这是所有的艺术家都领略到的最大的愉快。创作的时候,他不再受欲念与痛苦的奴役,而能控制它们了;凡是使他快乐的、使他痛苦的因素,他认为都是他意志的自由的游戏。只可惜这样地时间太短:因为过后他照旧碰到现实的枷锁,而且更重了。

只要克利斯朵夫为这件工作忙着,就差不多没有时间想到弥娜不在:他和她在一起生活。弥娜不在弥娜身上,而整个儿在他心上。但作品完成以后,他又孤独了,比以前更孤独更没精神了;他想起写信给她已经有两星期而还没有回音。

他又写了封信,可不能再像第一封那样地约束自己。他埋怨弥娜把他忘了,用的是说笑的口吻,因为他并不真的相信。他笑她懒惰,很亲热地耍弄了她几句。他藏头露尾地提到自己的工作,故意刺激她的好奇心,同时也因为想让她回来以后出其不意地高兴一下。他把新买的帽子描写得很仔细;又说为了服从小王后的命令,——他把她每句话都当真的,——老守在家里,对一切邀请都托病谢绝;可并没补上一句,说他连跟大公爵都冷淡了,因为某次爵府里有晚会找他,他竟没去。全封信都表示他快活得忘其所以,信里最多的是情人们顶喜欢的、心照不宣的话,以为只有弥娜一个人懂的,他觉得自己手段高明,居然把应该用到爱情二字的地方都用友谊代替了。

写完了,他暂时宽慰了一下:第一因为写信的时候好像就和弥娜当面谈了一次;第二因为他相信弥娜一定会马上答复。所以他三天之内很有耐性,这是预算信件一来一往必须要的时间。可是过了第四天,他又觉得活不下去了,一点精力也没有,对什么事也不感兴趣,除了每次邮班以前的那个时间。那时他可焦急得浑身发抖,变得非常迷信,为了要知道有没有信来,到处找些占卜的征兆,譬如灶肚里木柴的爆裂声,或是偶然听到的什么话。时间一过,他又垂头丧气:既不工作,也不散步,生活唯一的目标是等下次的邮班,而他还得用全副精神来撑到那个时间。到了傍晚,当天的希望断绝之后,他可消沉到极点:似乎怎么样也活不到明天的了。他几小时地坐在桌子前面,话也不说,想也不想,甚至也没有去睡觉的气力,直要最后迸出一些残余的意志才能上床。他睡得昏昏沉沉的,做着乱梦,以为黑夜是永无穷尽的了。

这种连续不断的等待,结果变成了一场真正的病。克利斯朵夫竟疑心他的父亲、兄弟,甚至邮差,收了他的信藏起来。一肚子的惶惑把他折磨得好苦。至于弥娜的忠实,他没有一刻儿怀疑过。所以要是她不写信,那一定是害了病,快死下来了,或许已经死了。他抓起笔来写了第三封信,那是悲痛至极的几行,感情,字迹,什么都不顾虑了。邮班的时间快到了,他乱涂一阵,信纸翻过来的时候把字弄糊了,封口的时候把信封搅脏了:管它!他决不能等下一次的邮班。他连奔带跑地把信送到了邮局,便凄怆欲绝地开始再等。第二天夜里,他清清楚楚地看到弥娜病着,在那里叫他;他爬起来,差点儿要动身去找她了。可是她在哪儿呢?上哪儿去找呢?

第四天早上,弥娜的信来了,——半页信纸,——口气又冷又傲慢。她说不懂他这种荒唐的恐惧是从哪儿来的,她身体很好,只是没有空写信,请他以后别这样的冲动,并且停止通信。

克利斯朵夫看了大为沮丧。他可不怀疑弥娜的真诚,只埋怨自己,觉得弥娜恼他那些冒昧而荒谬的信是很对的,认为自己糊涂,用拳头敲着自己的脑袋。但这些都是白费:他终究感到了弥娜的爱他不及他的爱弥娜。

以后几天的沉闷简直无可形容。虚无是没法描写的。唯一使克利斯朵夫留恋人生的乐趣——和弥娜的通信——被剥夺了,现在他只是机械地活着,日常生活中唯一想做的事,就是晚上睡觉以前,把他和弥娜离别的无穷尽的日子,像小学生似的在月历上划去一天。

回来的日子已经过了。一星期以前她就该到了。克利斯朵夫从失魂落魄的阶段转变到狂热的骚动。弥娜临走答应把归期和时刻先通知他。他随时等候消息,预备去迎接;为了猜测迟到的原因,他把念头都想尽了。

祖父的朋友,住在近边的地毯匠费休,常常吃过晚饭衔着烟斗来和曼希沃谈话;有天晚上他又来了。独自在那里苦闷的克利斯朵夫,眼看最后一次的邮差过后,正想上楼睡觉,忽然听见一句话使他打了个寒噤。费休说明天清早要上克里赫家去挂窗帘,克利斯朵夫愣了一愣,问道：

“她们可是回来了吗？”

“别开玩笑了罢！你还不跟我一样地明白？”费休老头儿咕噜着说，“早来了！她们前天就回来了。”

克利斯朵夫什么话都听不见了；他离开房间，整整衣衫预备出门。母亲暗中已经留神了他一些时候，便跟到甬道里怯生生地问他哪儿去。他一言不答，径自走了，心里很难过。

他奔到克里赫家，已经是晚上九点。她们俩都在客厅里，看他来了似乎不以为奇，很从容地招呼他。弥娜一边写信一边从桌上伸过手来，心不在焉地向他问好。她因为没有把信搁下来表示抱歉，装做很留心听他的话，但又时常扯开去向母亲问点儿事。他原来预备好一套动人的措辞，说她们不在的时候他多么痛苦；但他只能嘟嘟囔囔地说出几个字，因为谁也不注意，也就没勇气往下说了：他自己听了也觉得不顺耳。

弥娜把信写完了，拿着件活儿坐在一边，开始讲她旅行的经过，谈到那愉快的几个星期，什么骑着马出去玩儿啦，古堡中的生活啦，有趣的人物啦。她慢慢地兴奋起来，说到某些故事，某些人，都是克利斯朵夫不知道的，但她们俩回想之下都笑了。克利斯朵夫听着这篇话，觉得自己是个外人；他不知道取什么态度好，只能很勉强地陪着她们笑，眼睛老盯着弥娜，但求她对自己望一眼。弥娜说话多半是对着母亲的，偶尔望着他，眼神也跟声音一样，虽然和气，可淡漠得很。她是不是为了母亲而这样留神呢？他很希望和她单独谈一谈；可是克里赫太太老待在这儿。他设法把话扯到自己身上，谈他的工作，谈他的计划；他觉得弥娜毫不关心，便竭力引起她对自己的兴趣。果然她非常注意地听着了，常常插几个不同的惊叹词，虽然有时不甚恰当，口气倒表示很关切。正当弥娜可爱地笑了笑，使他心里飘飘然又存着希望的时候，她拿小手掩着嘴巴打了个呵欠。他立刻把话打住。她很客气地道歉，说是累了。他站起身子，以为人家会留他的；可是并不。他一边行礼一边拖延时间，预备她们请他明天再来：但谁也不说这个话。他非走不可了。弥娜并不送他，只淡淡地很随便地跟他握了握手。他就在客厅的中央和她分别了。

他回到家里，心中只觉得恐惧。两个月以前的弥娜，他疼爱的弥娜，连一点影踪也没有了。怎么回事呢？她变了怎么样的人呢？世界上多少心灵原来不是独立的，整个的，而是好些不同的心灵，一个接着一个，一个代替一个地凑合起来的。所以人的心会不断地变化，会整个儿地消灭，会面目全非。可怜克利斯朵夫还从来没见识过这些现象，一朝看到了简单的事实，就觉得太残酷了，不愿意相信。并且他不胜惊骇地排斥这种念头，硬以为自己看错了，弥娜还是当初的弥娜。他决定第二天早上再去，无论如何要跟她谈一谈。

他睡不着觉，听着自鸣钟报时报刻，一小时一小时地数着。天一亮，他就在克里赫家四周打转，等到能进去了就马上进去。他碰见的可并非弥娜，而是克里赫太太。她素来起早，好动，那时在玻璃棚下提着水壶浇花；一看到克利斯朵夫，她就开玩笑似的叫了起来：

“哦！是你！……来得正好，我正有话跟你谈。请等一等……”

她进去放下水壶，擦干了手，回出来望着克利斯朵夫局促不安的脸色笑了笑；他已经觉得大祸临头了。

“咱们到花园里去罢，可以清静些。”她说。

他跟着克里赫太太在花园里走，那儿到处有他爱情的纪念。她看着孩子的慌乱觉得好玩，并不马上开口。

“咱们就在这儿坐罢。”她终于说了一句。

他们坐在凳上，就是分别的前夜弥娜把嘴唇凑上来的那条凳上。

“我要谈的事，你大概知道了罢，”克里赫太太装出严肃的神气，使孩子更窘了，“我简直不敢相信，克利斯朵夫。过去我认为你是个老实的孩子，一向信任你。哪想到你竟滥用我的信任，把我女儿弄得七颠八倒。我是托你照顾她的。你该敬重她，敬重我，敬重你自己。”

她语气之中带点儿说笑的意味：她对这种儿童的爱情并不当真；——但克利斯朵夫感觉不到；他一向把什么事都看得很严重，当然认为那几句埋怨是不得了的，便马上激动起来。

“可是，太太……太太……”他含着眼泪结结巴巴地说，“我从来没滥用您的信任……请您别那么想……我可以赌咒，我不是一个坏人……我爱弥娜小姐，我全心全意地爱她，并且我是要娶她的。”

克里赫太太微微一笑。

“不，可怜的孩子，”她所表示的好意骨子里是轻视，这一点克利斯朵夫也快看出来了，“那是不可能的，你这话太幼稚了。”

“为什么？为什么？”他问。

他抓着她的手，不相信她是说的真话，而那种特别婉转的声音差不多使他放心了。她继续笑着说：“因为……”

他再三追问。她就斟酌着用半真半假的态度（她并不把他完全当真），说他没有财产，弥娜还喜欢好多别的东西。他表示不服，说那也没关系，金钱，名誉，光荣，凡是弥娜所要的，将来他都会有的。克里赫太太装着怀疑的神气，看他这样自信觉得好玩，只对他摇摇头。他可一味地固执。

“不，克利斯朵夫，”她口气很坚决，“咱们用不着讨论，这是不可能的。不单是金钱一项，还有多少问题！……譬如门第……”

她用不着说完。这句话好比一支针直刺到他的心里。他眼睛终于睁开了。他看出友好的笑容原来是讥讽，和蔼的目光原来是冷淡：他突然懂得了他和她的距离，虽然他像儿子一样地爱着她，虽然她也似乎像母亲一样地待他。他咂摸出来，她那种亲热的感情有的是高傲与瞧不起人的意味。他脸色煞白地站了起来。克里赫太太还在那儿声音很亲切地和他说着，可是什么都完了；他再也不觉得那些话说得多么悦耳，只感到她浮而不实的心多么冷酷。他一句话都答不上来。他走了，四周的一切都在打转。

他回到自己房里，倒在床上，愤怒与傲气使他浑身抽搐，像小时候一样。他咬着枕头，拿手帕堵着嘴，怕人家听见他叫嚷。他恨克里赫太太，恨弥娜，对她们深恶痛绝。他仿佛挨了巴掌，羞愤交集地抖个不停。非报复不可，而且要立刻报复。要是不能出这口气，他会死的。

他爬起来，写了一封又荒谬又激烈的信：

太太，我不知是不是像你所说的，你错看了我。我只知道我错看了你，吃了大亏。我以为你们是我的朋友。你也这么说，面上也做得仿佛真是我的朋友，而我爱你们还远过于我的生命。现在我知道这些都是假的，你对我的亲热完全是骗人：你利用我，把我当消遣，替你们弄弄音乐，——我是你们的仆人。哼，我可不是你们的仆人！也不是任何人的仆人！

你那么无情地要我知道，我没有权利爱你的女儿。可是我的心要爱什么人，世界上无论什么也阻止不了；即使我没有你的门第，我可是和你一样高贵。唯有心才能使人高贵：我尽管不是一个伯爵，我的品德也许超过多少伯爵的品德。当差的也罢，伯爵也罢，只要侮辱了我，我都瞧不起他。所有那些自命高贵而没有高贵的心灵的人，我都看做像块污泥。

再会吧！你看错了我，欺骗了我。我瞧不起你。

我是不管你怎么样，始终爱着弥娜小姐爱到死的人。——（因为她是我的，什么都不能把她从我心里夺去的。）

他刚把信投入邮筒，就立刻害怕起来。他想丢开这念头，但有些句子记得清清楚楚；一想起克里赫太太读到这些疯话，他连冷汗都吓出来了。开头还有一腔怒意支持他；但到了第二天，他知道那封信除了使他跟弥娜完全断绝以外决不会有别的后果：那可是他最怕的灾难了。他还希望克里赫太太知道他脾气暴躁，不至于当真，只把他训斥一顿了事；而且，谁知道，或许他真诚的热情还能把她感动呢。他等着，只要来一句话，他就会去扑在她脚下。他等了五天。然后来了一封信：

亲爱的先生，既然你认为我们之中有误会，那末最好不要把误会延长下去。你觉得我们的关系使你痛苦，那我绝不敢勉强。在这种情形之下大家不再来往，想必你认为很自然的罢。希望你将来有别的朋友，能照你的心意了解你。我相信你前程远大，我要远远的，很同情的，关切你的音乐生涯。

约瑟芬·冯·克里赫

最严厉的责备也不至于这样残酷。克利斯朵夫眼看自己完了。诬蔑你的人是容易对付的。但对于这种礼貌周全的冷淡，又有什么办法？他骇坏了。想到从今以后看不到弥娜，永远看不到弥娜，他是受不了的。他觉得跟爱情相比，哪怕是一点儿的爱情，世界上所有的傲气都值不得什么。他完全忘了尊严,变得毫无骨气,又写了几封请求原谅的信,跟他发疯一般闹脾气的信一样荒谬。没有回音。——什么都完了。

他差点儿死。他想自杀,想杀人。至少他自以为这样想。他恨不得杀人放火。有些儿童的爱与恨的高潮是大家想不到的,而那种极端的爱与恨就在侵蚀儿童的心。这是他童年最凶险的难关。过了这一关,他的童年结束了,意志受过锻炼了,可是也险些儿给完全摧毁掉。

他活不下去了。几小时地靠着窗子,望着院子里的砖地,像小时候一样,他想到有个方法可以逃避人生的苦难。方法就在这儿,在他眼睛底下……而且是立刻见效的……立刻吗?谁知道?……也许先要受几小时惨酷的痛苦……这几小时不等于几世纪吗?……可是他儿童的绝望已经到了那种地步,逼得他老在这些念头中打转。

鲁意莎看出他在痛苦;虽然猜不透他想些什么,但凭着本能已经有了危险的预感。她竭力去接近儿子,想知道他的痛苦,为的是要安慰他。但可怜的女人早就不会跟克利斯朵夫说什么心腹话了。好些年来,他老是把思想压在心里;而她为了物质生活的烦恼,也没有时间再去猜儿子的心事,现在想来帮助他,却不知从何下手。她在他四周绕来绕去,像个在地狱中受难的幽灵;她只希望能找到一些安慰他的话,可是不敢开口,生怕恼了他。并且她虽然非常留神,她的举动,甚至只要她一露面,他都觉得生气;因为她一向不大伶俐,而他也不大宽容。他的确爱着母亲,母亲也爱着他。但只消那末一点儿小事就能使两个相爱的人各自东西。例如一句过火的话,一些笨拙的举动,无意之间的眨一眨眼睛,扯一扯鼻子,或是吃饭、走路、笑的方式,或是没法分析的一种生理上的不痛快……尽管大家心里认为不值一提,实际却有数不清说不尽的意义。而往往就是这种小地方,足以使母子、兄弟、朋友、那么亲近的人永远变成陌路。

因此克利斯朵夫在他的难关中并不能在母亲身上找到依傍。何况情欲的自私只知有情欲,别人的好意对它也没有什么用。

一天晚上,家里的人都睡了,他坐在房里既不思想也不动弹,只是没头没脑地浸在那些危险的念头中间:静悄悄的小街上忽然响起一阵脚步声,紧跟着大门上敲了一下,把他从迷惘中惊醒了,听到有些模糊的人声。他记起父亲还没回家,愤愤地想大概又是喝醉了被人送回来,像上星期人家发现他倒在街上那样。曼希沃,这时已经毫无节制;他的不顾一切的纵酒与胡闹,换了别人早已送命,而他体育家般的健康还是毫无影响。他一个人吃的抵得几个人,喝起酒来非烂醉不休,淋着冷雨在外边过夜,跟人打架的时候给揍个半死,可是第二天爬起来照旧嘻嘻哈哈,还想要周围的人跟他一样快活。

鲁意莎已经下了床,急急忙忙去开门了。克利斯朵夫一动不动,掩着耳朵,不愿意听父亲醉后的嘟囔,和邻居叽叽咕咕的埋怨……

突然有阵说不出的凄怆揪住了他的心:他怕出了什么事……而立刻一阵惨叫声使他抬起头来,向门外冲去……

黑魆魆的过道里,只有摇曳不定的一盏灯笼的微光,在一群低声说话的人中间,像当年的祖父一样,担架上躺着个湿淋淋的、一动不动的身体。鲁意莎扑在他颈上痛哭。人家在磨坊旁边的小沟里发现了曼希沃的尸体。

克利斯朵夫叫了一声。世界上别的一切都消灭了,别的痛苦都给扫空了。他扑在父亲身上,挨着母亲,他们俩一块儿哭着。

曼希沃脸上的表情变得庄严,肃穆;克利斯朵夫坐在床头守着长眠的父亲,觉得亡人那股阴沉安静的气息浸透了他的心。儿童的热情,像热病的高潮一般退尽了;坟墓里的凉气把什么都吹掉了。什么弥娜,什么骄傲,什么爱情,唉!多可怜!在唯一的现实——死亡——面前,一切都无足重轻了。凭你怎么受苦,愿望,骚动,临了还不是死吗?难道还值得去受苦,愿望,骚动吗?……

他望着睡着的父亲,觉得无限哀怜。他生前的慈爱与温情,哪怕是一桩极小的事,克利斯朵夫也记起来了。尽管缺点那么多,曼希沃究竟不是个凶横的人,也有许多好的品性。他爱家里的人。他老实。他有些克拉夫脱刚强正直的家风:凡是跟道德与名誉有关的,决不许任意曲解,而上流社会不十分当真的某些丑事,他可绝不容忍。他也很勇敢,碰到无论什么危险的关头会高高兴兴地挺身而出。固然他很会花钱,但对别人也一样地豪爽:看见人家发愁,他是受不了的;随便遇上什么穷人,他会倾其所有的——连非他所有的在内,一齐送掉。这一切优点,此刻在克利斯朵夫眼前都显出来了:他还把它们夸大。他觉得一向错看了父亲,没有好好地爱他。他看出父亲是给人生打败的:这颗不幸的灵魂随波逐流地被拖下了水,没有一点儿反抗的勇气,此刻仿佛对着虚度的一生在那里呻吟哀叹。他又听到了那次父亲的求告,使他当时为之心碎的那种口吻:

“克利斯朵夫!别瞧不起我!”

他悔恨交迸地扑在床上,哭着,吻着死者的脸,像从前一样地再三嚷着:

“亲爱的爸爸,我没有瞧不起您,我爱您!原谅我罢!”

可是耳朵里那个哀号的声音并没静下来,还在惨痛地叫着:

“别瞧不起我!别瞧不起我!……”

而突然之间,克利斯朵夫好像看到自己就躺在死者的地位,那可怕的话就在自己嘴里喊出来;而虚度了一生,无可挽回地虚度了一生的痛苦,就压在自己心上。于是他不胜惊骇地想道:“宁可受尽世界上的痛苦,受尽世界上的灾难,可千万不能到这个地步!”……他不是险些儿到了这一步吗?他不是想毁灭自己的生命,毫无血气地逃避他的痛苦吗?以死来鄙薄自己,出卖自己,否定自己的信仰,但世界上最大的刑罚,最大的罪过:跟这个罪过相比,所有的痛苦,所有的欺骗,还不等于小孩子的悲伤?

他看到人生是一场无休、无歇、无情的战斗,凡是要做个够得上称为人的人,都得时时刻刻向无形的敌人作战:本能中那些致人死命的力量,乱人心意的欲望,暧昧的念头,使你堕落使你自行毁灭的念头,都是这一类的顽敌。他看到自己差点儿堕入深渊,也看到幸福与爱情只是一时的欺罔,为的是教你精神解体,自暴自弃。于是,这十五岁的清教徒听见了他的上帝的声音:

“往前啊,往前啊,永远不能停下来。”

“可是主啊,上哪儿去呢?不论我干些什么,不论我上哪儿,结局不都是一样,不是早就摆在那里了吗?”

“啊,去死罢,你们这些不得不死的人！去受苦罢,你们这些非受苦不可的人！人不是为了快乐而生的,是为了服从我的意志的。痛苦罢！死罢！可是别忘了你的使命是做个人。——你就得做个人。”

卷三·少　年

第一部　于莱之家

家里变得冷清清的。父亲死后，仿佛一切都死了。没有了曼希沃的粗嗓子，从早到晚就只听见令人厌烦的河水的声音。

克利斯朵夫发愤之下，埋头工作了。他因为过去希图幸福而恨自己，要罚自己。人家安慰他，或是跟他说些亲热的话，他都逞着傲气置之不理。他聚精会神干着他的日常工作，冷冰冰的一心教课。不知道他遭了不幸的学生，认为他的无动于衷不近情理。但年纪大一些而受过患难的，懂得一个孩子这种表面上的冷淡，实际是藏着多少痛苦，便觉得他可怜。他并不接受他们的同情。便是音乐也不能给他什么安慰，而仅仅是他的一项功课。他对什么都不感兴趣，或者自以为不感兴趣，故意要把生活弄得毫无意义而仍然活下去，仿佛这样他才痛快一点。

两个兄弟，看到家中遭了丧事那么冷静，都害怕起来，赶紧往外逃了。洛陶夫进了丹沃陶伯父的铺子，住宿在那里。恩斯德当过了两三种行业的学徒，结果上了船，在莱茵河上走着美因茨和科隆的航线；他只要用钱的时候才回来一次。家里只剩了克利斯朵夫和母亲两人，屋子显得太大了；而经济的困难，和父亲死后发觉的债务，使他们不得不忍痛去找一个更简陋而更便宜的住所。

在菜市街上，他们找到了一个三层楼面，一共有两三间房。地点是在城中心，非常嘈杂，跟河流、树木、所有亲切的地方都离得远了。但这时候应当听从理智，不能再凭感情做主。克利斯朵夫在此又找到了一个好机会教自己受些委屈。屋子的主人，法院的老书记官于莱，和祖父是朋友，跟他们都认识的：这一点就足以使鲁意莎打定主意；她守着空荡荡的老家太孤独了，只想去接近一般不忘记她心爱的家属的人。

他们开始准备搬家。在那所教人又爱又难受的，从此永别的老屋里，他们待了最后几天，深深体会着那种凄凉的情味。为了害羞或害怕，他们竟不大敢彼此诉说痛苦。各人都以为不应该让自己的感伤向对方流露。护窗板关了一半，房里阴惨惨的，两人在饭桌上急匆匆地吃着饭，说话也不敢高声，互相望也不敢望，生怕藏不住心中的慌乱。他们一吃完就分手：克利斯朵夫出门去做他的事，但一有空就回来，偷偷地溜进家里，提着足尖走上他的卧房或是阁楼，关了门，坐在屋角的一口旧箱子上或是窗槛上，不思不想地待在那里，而一走路就会东响一下西响一下的老屋子，有种莫名其妙的嗡嗡声填满他的耳朵。他的心跟屋子一样地颤动。他战战兢兢地留神着屋内屋外的声息，楼板的响声，和许多细小莫辨而熟悉的声音：那是他一听就知道的。他失去了知觉，脑子里全是过去的形象，直要圣·马丁寺的大钟提醒他又得上工的时候才醒过来。

鲁意莎在下一层楼上，轻轻地走来走去。一忽儿脚步声听不见了，她可以几小时的没有声音。克利斯朵夫伸着耳朵细听，不大放心地走下来。一个人遭了大难以后，就会长时期的这样动辄焦心。他把门推开一半：母亲背朝着他，坐在壁橱前面，四周堆满着许多东西：破布，旧东西，七零八落的杂物，都是她想清理而搬出来的。可是她没有气力收拾：每样东西都使她想起一些往事；她把它们翻过来转过去，胡思乱想起来；东西在手里掉下了，她垂着手臂，瘫在椅子里，几小时地在痛苦的麻痹状态中发呆。

现在，可怜的鲁意莎就靠回想过日子，——回想她那个苦多乐少的过去。但她受苦受惯了，只要人家回报她一点儿好意就感激不尽；几道仅有的微光已尽够照明她的一生。曼希沃给她的折磨已经完全忘了，她只记得他的好处。结婚的经过是她生平最了不起的一件事。曼希沃固然是由于一时冲动而很快就后悔了，她可是全心全意把自己交给他的，以为人家爱她也跟她爱人家一样，因此很感激曼希沃。至于丈夫以后的改变，她根本不想去了解。既不能看到事实的真相，她只知道凭着谦卑与勇敢的本性去接受事实；像她这样的妇女是用不着了解人生就能活下去的。凡是自己弄不清的，她都让上帝去解释。一种特殊的虔诚，使她把从丈夫与旁人那里受到的委屈，统统认作上帝的意思，而只把人家对她的好意算在人家头上。所以她那种悲惨的生活并没给她留下辛酸的回忆;她只觉得衰弱的身体给多年吃不饱而劳苦的生活搅坏了。曼希沃不在了,两个儿子高飞远走,离开了老家,另外一个也似乎不需要她了,她就完全失掉了活动的勇气:疲乏至极,恍恍惚惚,意志已经麻木了。她正患着神经衰弱症,一般辛苦的人老年逢到意外的打击而失掉了工作的意义,往往会有这种情形。她打不起精神来把袜子编织完工,把找东西的抽屉收拾好,连站起身子关窗的劲也没有:她坐在那里,脑子里空空洞洞,筋疲力尽,只能够回想。她觉得自己的衰老而为之脸红,竭力不让儿子发觉;而克利斯朵夫只顾着自己的痛苦,什么也没注意。当然,他对母亲现在动作说话之慢,暗中很不耐烦;但尽管这些情形和她往日的习惯大不相同,他也并不放在心上。

有一天他撞见母亲手里抓着、膝上放着、脚下堆着、地板上铺着各种各样的破布,才破题儿第一遭地奇怪起来。她伸着脖子,探着头,呆着脸,听见他进来不禁吓了一跳,苍白的腮帮上泛起红晕,不由自主地做了一个动作,想把手里的东西藏起,一边勉强笑了笑,嘟囔着:

"你瞧,我整东西来着……"

可怜的母亲对着往事的遗迹发呆的模样,他看了伤心至极,非常同情。但他故意用着稍微粗暴而埋怨的口吻,想使她振作一下:

"喂!妈妈,您这样可不行哪!屋子关得严严的,老待在那些灰尘中间,太不卫生了。上点儿劲吧,赶快把东西收起来。"

"好罢。"她很和顺地回答。

她勉强站起身子,想把东西归还到抽屉里去,但又立刻坐了下来,垂头丧气地让手里的东西掉在地下。"噢!不成,不成,我简直收拾不了!"她说着哭起来了。

他吓坏了,弯下身子摩着她的头:"哎,妈妈,怎么啦?要不要我帮忙?您病了吗?"

她不作声,只一劲儿地抽抽搭搭。他握着她的手,跪在她前面,想在这间黑魆魆的屋子里把她看个仔细。

"妈妈!"他有点揪心了。

鲁意莎把头靠着他的肩膀,眼泪直淌下来。

“孩子,我的孩子!”她把他紧紧地搂着,“你不会离开我罢?你得答应我,你不离开我罢?”

他听了心都碎了:“不会的,妈妈,我不离开您的。您哪儿来的这种念头?”

“我多苦恼!他们全把我丢了,丢了……”她指着周围的东西,可不知她说的是那些东西,还是她的儿子和死了的人。

“你会陪着我吗?不离开我吗?……要是你也走了,我怎么办呢?”

“我不走的。咱们住在一块儿。别哭啦。我答应您得了。”

她还是哭着,没法停下来。他拿手帕替她抹着眼泪。

“您心里想着什么啊,好妈妈?您难过吗?”

“我不知道,我不知道是怎么回事。”她竭力静下来装出笑脸。

“我再想得明白也没用:为了一点儿小事就会哭起来……你瞧,我又来了……原谅我罢。我真傻。我老了,没精神了,觉得什么都没意思,我对什么事也不中用了。我真想把自己跟这些东西一块儿埋掉算了。”

他把她像孩子一样紧紧地抱在怀里。

“别难受啦,您歇歇罢,别乱想了……”

她慢慢地静下来。

“真胡闹,我自己也难为情……可是怎么会这样的呢?怎么会这样的呢?”

这位一辈子勤勉的老太太,弄不明白她的精力怎么会一下子衰退的,只觉得非常难受。克利斯朵夫只做不觉得。

“妈妈,大概您是累了罢,”他竭力装出毫不介意的口吻,“没关系的,您瞧着吧。”

但他在那里担心了。他从小看惯母亲勇敢、隐忍,对所有的折磨都不声不响地抵抗过来。这一回的精神崩溃使他害怕了。

他帮着把散在地下的东西收拾起来。她往往抓着一件东西舍不得放下;他就轻轻地从她手里拿走,而她也让他拿走了。

从这天起,他尽量多跟母亲在一块儿。工作完毕,他不再关在自己房里而来陪她了。他觉得她那么孤独,又不够坚强担受这孤独:把她这样地丢在一边是很危险的。

夜晚,他坐在她身旁,靠近打开着的临街的窗。田野慢慢黑下来了。人们一个一个地都在回家。远远的屋子里,亮起小小的灯光。这些景象,他们见过千百次,可是不久就要看不到了。两人断断续续地说着话,互相指出黄昏时那些熟悉的,早就预料到的小事,感到很新鲜。他们往往半晌不作声。鲁意莎莫名其妙地提到忽然想起的一件往事,一些片断的回忆。如今身旁有了一颗对她怜爱的心,她舌头比较松动了。她费了很大的劲想说话,可是不容易:因为平时在家老躲在一边,认为丈夫儿子都太聪明了,和她谈不上话的;她从来不敢在他们之间插一句嘴。克利斯朵夫现在这种孝顺而殷勤的态度,对她完全是新鲜的,使她非常快慰也非常胆怯。她搜索枯肠,只表达不出胸中的意思;句子都是有头无尾的,不清不楚的。有时她对自己所说的也难为情起来,望着儿子,一桩事讲了一半就停止了。他握着她的手:她才放下了心。他对于这颗儿童般的慈母的心不胜怜爱,那是他小时候的避难所,而此刻倒是它来向他找依傍了。他又高兴又悲哀地听着那些无聊的,除了他以外谁也不感兴趣的唠叨,听着那平凡而没有欢乐的一生的,微不足道的,但鲁意莎认为极宝贵的回忆。他有时拿别的话打断她,怕她因回想而伤心,劝她睡觉。她懂得他的意思,使用着感激的眼神望着他说:“真的,这样我心里倒觉得舒服些;咱们再待一会儿罢。”

他们坐到深夜,等街坊上全睡熟了的时候方始分手。她因为胸中的郁积发泄了一部分,觉得松快了些;他因为精神上多了一重担负,有点闷闷不乐。

搬家的日子到了。前一天晚上,他们在不点灯火的房间里比平时逗留得更久,一句话也不说。每隔一些时候,鲁意莎叹一声:“唉!天哪!”克利斯朵夫提到明天搬场的许多小节目,想使母亲分心。她不愿意睡觉,克利斯朵夫很温和地催她去睡。但他自己回到房里,也隔了好久才上床。靠着窗子,他竭力透过黑暗,对屋子底下黑魆魆的河面最后望了一番。他听到弥娜花园里大树之间的风声。天上很黑。街上没有一个行人。一阵冷雨开始下起来了。定风针格格地响着。隔壁屋里有个孩子在啼哭。黑夜压在地面上,阴惨惨的教你透不过气来。破裂的钟声报出单调的时刻,一点,半点,一刻,在沉闷静寂的空气中叮叮当当,和屋顶上的雨声交错并起。

等到克利斯朵夫心中打着寒噤终于准备睡觉的时候,听见下一层楼上有关窗的声音。上了床,他想到穷人怀念过去真是件可悲的事:因为他们不够资格像有钱的人一样有什么过去;他们没有一个家,世界上没有一席地可以让他们珍藏自己的回忆:他们的欢乐,他们的苦恼,他们所有的岁月,结果都在风中飘零四散。

第二天,他们在倾盆大雨中把破旧的家具搬往新居。老地毯匠费休借给他们一辆小车和一匹小马,自己也过来帮忙。但他们不能把所有的家具带走,新租的房子比老屋窄得多。克利斯朵夫只能劝母亲把一些最旧最无用的丢掉。而这也费了好多口舌;她对无论什么小东西都认为很有价值:一张摆不平的桌子,一张破椅子,什么也不愿意牺牲。直要费休拿出他跟祖父老朋友的身份,帮克利斯朵夫一边劝一边埋怨;而这好人也了解她的痛苦,答应把这些宝贵的破东西存一部分在他家里,等他们将来去拿。这样,她才忍痛把它们留了下来。

搬家的事早就通知了两个兄弟,但恩斯德上一天回来说他没有空,不能到场;洛陶夫只在中午的时候出现了一下;他看着家具装上车子,发表了一些意见,就匆匆忙忙地走了。

他们在满是泥浆的街上出发了。克利斯朵夫拉着缰绳,马在泥泞的街面上滑来滑去。鲁意莎靠着儿子身边走,替他挡着雨。然后他们在潮湿的屋子里把东西安顿下来。天上云层很低,半明半暗的光线使房间更阴沉了。要没有房东的照顾,他们简直心灰意懒,支持不住。等到车子走了,家具乱七八糟地堆了一地,天已经快黑了。克利斯朵夫母子俩筋疲力尽,一个倒在箱子上,一个倒在布包上,忽然听见楼梯上一声干咳,有人敲门了。进来的是于莱老头,他先郑重其事地表示打搅了他亲爱的房客很抱歉,又请他们下去一块儿吃晚饭,庆祝他们的乔迁之喜。满腹辛酸的鲁意莎想拒绝。克利斯朵夫也不大高兴参与那种家庭的集会;但老人一再邀请,克利斯朵夫又觉得母亲第一晚搬来不应该老想着不快活的念头,便硬劝她接受了。

他们走到下一层楼,看见于莱全家都在那里:老人以外,还有他的女儿,女婿伏奇尔,两个外孙,一男一女,年纪比克利斯朵夫小一些。大家抢着上前,说着欢迎的话,问他们是否累了,对屋子是否满意,是否需要什么,一大串的问话把克利斯朵夫闹昏了,一句也没听懂;因为他们都是七嘴八舌,同时说话的。晚餐端了出来,他们便坐上桌子,但喧闹的声音还是照旧。于莱的女儿阿玛利亚立刻把街坊上所有的零碎事儿告诉鲁意莎,例如近边有哪几条街道,她屋里有哪些习惯哪些方便,送牛奶的几点钟来,她自己几点钟起床,买东西上哪几家铺子,她平时给的是什么价钱。她直要把一切都解释清楚了才肯放松鲁意莎。鲁意莎迷迷糊糊的,竭力装做对这些话很注意,但她随便接了几句,证明她完全没有懂,使阿玛利亚大惊小怪地嚷起来,从头再说一遍。于莱老人却在那里对克利斯朵夫解释音乐家的前途如何艰苦。克利斯朵夫的另一边坐着阿玛利亚的女儿洛莎,从晚餐开始就没有停过说话,滔滔汩汩,连喘气的工夫都没有:她一句话说到一半,气透不过来了,但又马上接了下去。无精打采的伏奇尔对着饭菜咕噜。这可掀起了一场热烈的辩论。阿玛利亚,于莱,洛莎,都打断了自己的话加入论战,对红焖肉太咸还是太淡的问题争辩不休:他们你问我,我问你,可没有一个人的意见和旁人的相同。每人都认为别人的口味不对,只有他自己的才是健全而合理的。他们为此竟可以辩论到最后之审判。

末了,大家在怨叹人生残酷这一点上意见一致了。他们对鲁意莎和克利斯朵夫的伤心事很亲切地说了些动人的话,表示同情,称赞他们的勇敢。除了客人的不幸之外,他们又提到自己的、朋友的、所有认得的人的不幸。他们一致同意,说好人永远倒霉,只有自私的人和坏人才有快乐。他们得到一个结论,认为人生是悲惨的,空虚的,要不是上帝的意思要大家活着受罪,简直是死了的好。克利斯朵夫因为这些思想和他当时的悲观心理很接近,就很看重房东家里的人,而对他们小小的缺点视若无睹了。

等到他和母亲回到杂乱的房里,两人觉得又疲倦又抑郁,可不像从前那么孤独了。克利斯朵夫在黑暗里睁着眼睛,因为疲劳过度和街上吵闹而睡不着觉。沉重的车子在外边过,墙壁都为之震动,下一层楼上全家都睡了,在那里打鼾:他一边听着,一边以为在这儿跟这些好人在一起,即使不能快乐,也可以减少些苦恼,——固然他们有点讨人厌,但和他受着同样的痛苦,似乎是了解他而他也自以为了解他们的。

他终于蒙眬睡去,可是天方破晓就给邻人吵醒了,他们已经在开始争论,还有人拼命扳着唧筒打水,准备冲洗院子和楼梯。

乌斯多斯·于莱是个矮小的驼背老头,眼睛常带不安和郁闷的表情,红红的脸全是肉疙瘩与皱痕,牙齿都脱落了,乱七八糟的胡子,老是被他用手拈来拈去。他心地很好,为人正直,非常讲道德,从前和祖父也还投机。人家说他们很相像。的确,他们是同辈而在同样的礼教之下长大的;但他没有约翰·米希尔那样结实的体格,换句话说,尽管有许多地方两人意见相投,实际是完全不同的;因为造成一个人的特点的,性情脾气比思想更重要。虽然人与人间因智愚的关系而有不少虚虚实实的差别,但最大的类型只有两种:一种是身体强壮的人,一种是身体软弱的人。于莱老人可并不属于前一流。他像米希尔一样讲做人之道,但讲的是另外一套;他没有米希尔那样的胃口、那样的肺量、那种快活的脸色。他和他的家属,在无论哪方面气局都比较狭小。做了四十年公务员而退休之后,他感到无事可做的苦闷,而在不曾预先为暮年准备好一种内心生活的老人,这是最受不了的。所有他先天的、后天的,以及在职业方面养成的习惯,都使他有种畏首畏尾与忧郁的气息,他的儿女多少也有些这种性格。

他的女婿伏奇尔是爵府秘书处的职员,大约有五十岁。他高大,结实,头发已经全秃,戴着金丝眼镜,脸色相当好,自以为闹着病;大概这倒是真的,虽然病没有像他所想的那么多,可是乏味的工作把他脾气弄坏了,终日伏案的生活把身体也磨得不大行了。他做事很勤谨,为人也不无可取,甚至还有相当教育,只是被荒谬的现代生活牺牲了。像多数当职员的人一样,他结果变得神经过敏。这便是歌德所说的"郁闷而非希腊式的幻想病者",他很哀怜这种人,可是避之唯恐不及。

阿玛利亚的做人既不像她父亲那一套，也不像丈夫那一套。强壮，活泼，粗嗓子，她绝不哀怜丈夫的唉声叹气，老实不客气地埋怨他。但两人既然老在一起过活，总免不了受到影响；夫妇之间只要有一个闹着神经衰弱，不消几年两人很可能都变做神经衰弱。阿玛利亚虽然喝阻伏奇尔的叹苦，过了一会儿她可婆婆妈妈的比他自己更怨得厉害；这种从责备一变而为帮着诉苦的态度，对丈夫全无好处；他的无病呻吟给她大惊小怪地一闹，痛苦倒反加了十倍。她不但使伏奇尔看到他的诉苦引起了意外的反响而更害怕，并且她的心绪也搅坏了。结果她对自己那么硬朗的身体，对父亲的，对儿子的，对女儿的，也来无端端地发愁了。那简直成了一种癖：因为嘴里念个不停，她竟信以为真。极轻微的伤风感冒就被看得很严重，无论什么都可以成为揪心的题目。大家身体好的时候，她还是要着急，因为想到了将来的病。所以她永远过着惴惴不安的日子。可是大家的健康不见得因之更坏；仿佛那种连续不断的诉苦倒是维持众人的健康的。每人照常吃喝，睡觉，工作；家庭生活也并不因之松弛下来。阿玛利亚光是从早到晚楼上楼下的活动还嫌不够，必须要每个人跟着她一块儿拼命；不是把家具翻身，就是洗地砖、擦地板，永远是一片叫喊声、脚步声，天翻地覆地忙个不停。

两个孩子，被这种呼来喝去的，谁也不让自由的淫威压倒了，认为低头听命是分内之事。男孩子莱沃那，脸长得漂亮而呆板，一举一动都是怪拘束的。女孩子洛莎，金黄头发，温和而亲切的蓝眼睛还相当好看；要不是那个太大而长相蠢笨的鼻子使面貌显得笨重，带点儿愣头愣脑的表情的话，她细腻娇嫩的皮肤跟那副和善的神气，还能讨人喜欢。她教你想起瑞士巴塞尔美术馆中霍尔朋的少女像：画的那个曼哀市长的女儿，低着眼睛坐着，手按着膝盖，肩上披着淡黄头发，为了她难看的鼻子神态有点发僵。洛莎可不在乎这一点，她的娓娓不倦的唠叨丝毫不受影响。人家只听见她成天尖着嗓子东拉西扯，——老是上气不接下气的，仿佛没有时间把话说完，老是那么一团高兴，不管母亲、父亲、外祖父气恼之下把她怎样埋怨；而他们的气恼并非为了她聒噪不休，而是因为妨碍了他们的聒噪。这般好心的人，正直，忠诚，——老实人中的精华，——所有的德性差不多齐备了，只缺少一样使生活有点儿趣味的、静默的德性。

克利斯朵夫那时很有耐性。忧患把他暴躁激烈的脾气改好了许多。和一般高雅大方而实际冷酷无情的人来往过后，他对那些毫无风趣，非常可厌，但对人生抱着严肃的态度的好人，更体会到他们的可贵。因为他们过着没有乐趣的生活，他就以为他们没有向弱点屈服。一旦断定他们是好人，认为自己应当喜欢他们之后，他就凭他的德国人性格，硬要相信自己的确喜欢他们了。可是他没有成功，原因是这样的：日耳曼民族有种一厢情愿的心理，凡是看了不痛快的事一概不愿意看见，也不会看见；因为一个人早已把事情判断定了，精神上得过且过的非常安静，决不愿意再让事情的真相来破坏这种安静，妨碍生活的乐趣。克利斯朵夫可没有这个本领。他反而在心爱的人身上更容易发现缺点，因为他要把他们整个儿的爱，绝对没有保留：这是一种无意识的对人的忠诚，对真理的渴望，使他对越喜欢的人越苛求，越看得明白。所以不久他就为了房东们的缺点暗中气恼。他们可并不想遮掩自己的短处，只把所有令人厌恶的地方全暴露在外面，而最好的部分倒反给隐藏起来。克利斯朵夫想到这点，便埋怨自己不公平，努力丢开最初的印象，去探寻他们加意深藏的优点。

他想法跟老于莱搭讪，那是于莱求之不得的。为了纪念从前喜欢他而夸奖他的祖父，他暗地里对于莱很有好感。可是天真的约翰·米希尔比克利斯朵夫多一种本领，能够对朋友存幻想；这一层克利斯朵夫也发觉了，他竭力想探听于莱对祖父的回忆，结果只得到一个米希尔的近于漫画式的，褪色的影子，和一些毫无意义的片断的谈话。于莱提到他的时候，开场老是千篇一律的这么一句：

"就像我对你可怜的祖父说的……"

于莱除了当年自己说过的话，其余一概没听见。

约翰·米希尔从前说不定也是这样的。大多数的友谊，往往只是为了要找个对手谈谈自己，痛快一下。但约翰·米希尔虽然那么天真的只想找机会高谈阔论，至少还有同情心，准备随时发泄，不管得当与否。他对一切都感兴趣，恨自己不是十五岁的少年，看不见下一代的奇妙的发明,没法和他们的思想交流。他有人生最可宝贵的一个德性:一种永久新鲜的好奇心,不会给时间冲淡而是与日俱增的。他没有相当的才具来利用这天赋,但多少有才具的人会羡慕他这种天赋!大半的人在二十岁或三十岁上就死了:一过这个年龄,他们只变了自己的影子;以后的生命不过是用来模仿自己,把以前真正有人味儿的时代所说的、所做的、所想的、所喜欢的,一天天地重复,而且重复的方式越来越机械,越来越脱腔走板。

老于莱真正生活过的时代已经是很久以前的事了,而且他当时也没有多少生气,留剩下来的自然更贫弱可怜。除了他从前的那一行和他的家庭生活,他什么也不知道,什么也不愿意知道。他对所有的事都抱着现成的见解,而那些见解还是他少年时代的。他自命为懂得艺术,却只知道几个偶像的名字,提到它们就搬出一套夸张的滥调;余下的都被认为有等于无,不足挂齿。人家和他说起现代艺术家,他或是充耳不闻,或是顾左右而言他。他自己说极喜欢音乐,要克利斯朵夫弹琴。克利斯朵夫上过一两次当;但音乐一开场,老人就和女儿大声说起话来,仿佛音乐能使他对一切不关音乐的事增加兴致。克利斯朵夫气恼之下,不等曲子弹完就站了起来:可是谁也不注意。只有三四个老曲子,有极美的,也有极恶俗的,但都是大众推崇的,才能使他们比较的静一些,表示完全赞成。那时老人听了最初几个音就出神了,眼泪冒上来了,而这种感动,与其说是由于现在体会到的乐趣,还不如说是由于从前体会过的乐趣。虽然这些老歌曲也有克利斯朵夫极爱好的,例如贝多芬的《阿台拉伊特》,结果他都觉得厌恶了:老人哼着开头的几个小节,一边拿它们和“所有那些没有调子的该死的近代音乐”作比较,一边说着:“这个吗,这才叫做音乐。”——的确,他对近代音乐是一无所知的。

他的女婿比较有点知识,知道艺术界的潮流,但反而更糟:因为他下判断的时候永远存心要压低人家。既不是不聪明,也不是没有鉴赏力,他可不愿意欣赏一切现代的东西。倘若莫扎特与贝多芬是和他同时代的,他一样会瞧不起,倘若瓦格纳与理查德·施特劳斯死在一百年前,他一样会赏识。天生不快活的脾气,使他不肯承认他活着的时候会有什么活着的大人物:这是他受不了的。他因为自己虚度了一生,必须相信所有的人都白活了一辈子,那是一定的事;谁要跟他意见相反,那末这种人不是傻瓜,便是存心开玩笑。

因此,他讲起新兴的名流总带着尖刻挖苦的口吻,又因为他并不傻,只要瞧上一眼就会发现人家的可笑和弱点。凡是陌生的名字都使他猜疑;关于某个艺术家还一无所知的时候,他已经准备批评了,——唯一的理由就是不认识这个艺术家。他对克利斯朵夫的好感,是因为相信这个愤世嫉俗的孩子像他一样觉得人生可厌,而且也没有什么天才。一般病病歪歪、怨天尤人的可怜虫,彼此会接近的最大的原因,是能够同病相怜,在一块儿怨叹。他们为了自己不快乐而否认别人的快乐。但便是这批俗物与病夫的无聊的悲观主义,最容易使健康的人发觉健康之可贵。克利斯朵夫便经历到这个情形。伏奇尔那种抑郁的念头,原来他是很熟悉的;可是他很奇怪竟会在伏奇尔嘴里听到,而且认不出来了。他厌恶那些思想,他为之生气了。

克利斯朵夫更气恼的是阿玛利亚的作风。其实这忠厚的女人不过把克利斯朵夫关于尽职的理论付诸实行罢了。她无论提到什么事,总把尽职二字挂在嘴上。她一刻不停地做活,要别人也跟她一样地做活。而工作的目的并非为增加自己和别人的快乐:正是相反!她仿佛要拿工作来教大家受罪,使生活变得一点儿趣味都没有,——要不然生活就谈不上圣洁了。她无论如何不肯把神圣的家务放下一分钟,那是多少妇女用来代替别的道德与别的社会义务的。要是没有在同一的日子同一的时间抹地板,洗地砖,把门钮擦得雪亮,使劲地拍地毯,搬动桌子、椅子、柜子,那她简直以为自己堕落了。她还对那些事大有炫耀的意思,当做荣誉攸关的问题。许多妇女不就是用这个方式来假想自己的荣誉而加以保护的吗?她们所谓的荣誉,就是一件必须抹得光彩四射的家具,一方上足油蜡,又冷又硬,滑得教人摔跤的地板。

伏奇尔太太责任固然是尽了,人并不因之变得可爱些。她拼命干着无聊的家务,像是上帝交下来的使命。她瞧不起不像她一样死干的人,喜欢把工作歇一歇而体味一番人生的人。她甚至闯到鲁意莎的屋里,因为她往往要停下工作出神。鲁意莎见了她叹口气,可是不好意思地笑了笑,终于向她屈服了。幸而克利斯朵夫完全不知道这种事:阿玛利亚总等他出去之后才往他们家里闯;而至此为止,她还没有直接去惹克利斯朵夫,他是决计受不了的。他暗中觉得和她处于敌对状态,尤其不能原谅她的吵闹:他为之头都疼了。躲在卧房里,——一个靠着院子的低矮的小房间,——他顾不得缺少空气,把窗子关得严严的,只求不要听到屋子里砰砰訇訇的响声,可是没用。他不由自主地要特别留神,楼下最小的声音都引起他的注意。等到短时间地安静了一下,那透过楼板的粗嗓子又嚷起来的时候,他真是气极了,叫着,跺着脚,大骂一阵。可是屋子里沸沸扬扬,人家根本没觉得,还以为他哼着调子作曲呢。他咒着伏奇尔太太,希望她入地狱。什么顾虑,什么尊敬,都不生作用了。在那种时候,他竟认为便是最要不得的荡妇,只要能不开口,也比叫叫嚷嚷的大贤大德的女人强得多。

因为恨吵闹,克利斯朵夫就去接近莱沃那。全家的人都忙做一团,唯有这年轻的孩子永远安安静静,从来没有提高嗓子的时候。他说话很得体,很有分寸,每个字都经过挑选,而且从容不迫。暴躁的阿玛利亚没有耐性等他把话说完;全家都为了他的慢性子气得直嚷。他可是不动声色。什么也扰乱不了他心平气和与恭敬有礼的态度。克利斯朵夫知道莱沃那是预备进教会的,所以对他特别感到好奇。

对于宗教,克利斯朵夫的立场是很古怪的,而他自己也不大弄得清楚。他从来没时间去仔细想。学识既不够,谋生的艰难把精神都占据了,他不可能分析自己,整理自己的思想。以他激烈的脾气,他会从这一个极端跳到另一个极端,从完全的信仰变成绝对的不信仰,也不想到和自己矛盾不矛盾。快乐的时候,他根本不大想到上帝,但是倾向于信上帝的。不快活的时候,他想到上帝,可不大相信:上帝会容许这种苦难与不公平的事存在,他觉得是不可能的。但他并不把这些难题放在心上。其实他是宗教情绪太浓了,用不着去多想上帝。他就生活在上帝身上,无须再信上帝。信仰只是为软弱的人、萎靡的人、贫血的人的!他们向往于上帝,有如植物的向往于太阳。唯有垂死的人才留恋生命。凡是自己心中有着太阳有着生命的,干吗还要到身外去找呢?

要是克利斯朵夫过着与世不相往来的生活,也许永远想不到这些问题。但社会生活的种种约束,使他对这等幼稚而无谓的题目不得不集中精神想一想,决定一个态度;因为它们在社会上占着一个大得不相称的地位,你随处都会碰上它们。仿佛一颗健全的、豪放的、精力充沛、抱着一腔热爱的心灵,除了关切上帝存在不存在以外,没有成千成百更急迫的事要做!……倘若只要相信上帝,倒还罢了!可是还得相信一个某种大小、某种形状、某种色彩、某个种族的上帝!关于这些,克利斯朵夫连想也没想到。耶稣在他的思想中差不多一点没有地位。并非他不爱耶稣:他想到耶稣的时候是爱他的,问题是他根本不想到他。有时他因之责备自己,觉得闷闷不乐,不懂为什么他不多关心一些。但他对仪式是奉行的,家里的人都奉行的,祖父还常常读《圣经》;他自己也去望弥撒,还可以说参加陪祭,因为他是大风琴师,而且他的尽心职务可以作为模范。可是从教堂里出来,他不大说得清刚才想些什么。他努力念着《圣经》,教自己集中思想,念的时候也有兴趣,甚至感到愉快,但不过把它当做美妙的奇书,本质上跟别的书并无分别,谁也不会想到把它叫做圣书的。老实说,他对耶稣固然抱着好感,但对贝多芬更有好感。星期日他为圣·弗洛里昂教堂的弥撒祭弹管风琴,他逢着演奏巴赫的日子,比演奏门德尔松的日子宗教情绪更浓。① 有些祭礼特别引起他的热诚。可是他爱的究竟是上帝呢还是音乐呢?有一天一个冒失的神父就这样打趣似的问过他,全没想到这句带刺的话惹起了孩子多少烦恼。换了别人决不会把这一点放在心上,也决不会因之而改变生活方式,——(不要知道自己想些什么而恬然自得的人,世界上不知有多少!)——但克利斯朵夫的需要真诚已经到了添加烦恼的程度,使他对无论什么事都要求良心平安。一旦心上有了不安,他就得永远不安下去。他非常恼恨,以为自己的行为有了骗人的嫌疑。他究竟信不信上帝呢?……可怜他在物质与思想两方面都没有能力独自解答,那是既要闲暇,又要知识的。然而这问题非解答不可,否则不是漠不关心就是假仁假义,而要他做这两种人都是办不到的。

① 十八世纪的巴赫与十九世纪的门德尔松都作有宗教音乐,前者宗教情绪尤为热烈。

他很胆怯地试着去探问周围的人。大家的神气全表示极有自信。克利斯朵夫急于想知道他们的理由,可毫无结果。差不多永远没有一个人给他明确的答复,他们说的都是闲文。有些人把他当做骄傲,告诉他这些事是不容讨论的,成千成万比他聪明而善良的人都不加讨论地相信了上帝,他只要依照他们的榜样就得了。还有些人居然生了气,仿佛向他们提出这个问题是侮辱他们;这也许不是对自己的信仰顶有把握的人。另外有些人却耸耸肩膀,笑着说:“嗷!你相信了也没有什么害处啊……”他们的笑容是表示:“而且又不费一点儿事!……”这些人是克利斯朵夫最瞧不起的。

他也试过把这些苦闷告诉一个神父:结果是失望了。他不能正式讨论。对方虽是很殷勤,仍不免在客套中使人感到他和克利斯朵夫谈不上真正的平等;神父的大前提是:他的高人一等的地位与知识是毫无疑义的,所有的讨论不能超过他指定的界限,否则便是有失体统……这完全是不痛不痒的装点门面的把戏。等到克利斯朵夫想越出范围,提出那个尊严的人物不愿意回答的问题,他就想法敷衍了事,先用长辈对小辈的神气笑了笑,背几句拉丁文,像父亲一般责令他祈祷,祈祷,求上帝来启示他,指引他。——克利斯朵夫在这番谈话之后,觉得神父那种有礼而自命不凡的口吻,教人屈辱得厉害。不管自己有理没理,他无论如何不愿意再去请教什么神父了。他承认这些人物在聪明与神圣的名衔上比他高;但讨论的时候就没有什么高级、低级、名衔、年岁、姓氏等的分别!重要的是真理,而在真理之前,大家全是平等的。

因此,他能找到一个和他年纪相仿而有信仰的少年是挺高兴的。他自己也只求信仰,只希望莱沃那给他信仰的根据。他向他表示好感。莱沃那照例态度很温和,可并不怎么热心;他对什么事都不大热心的。因为家里老是有阿玛利亚或老人打岔,没法有头有尾的说话,克利斯朵夫便提议吃过晚饭一同去散步。莱沃那太讲礼貌了,不能拒绝,虽然心里并不情愿,因为他无精打采的性情素来怕走路,怕谈话,怕一切要他费几分气力的事。

克利斯朵夫不知道谈话应当怎样开始。说了两三句闲话,他就突如其来地扯到挂在他心上的问题。他问莱沃那是不是真的预备去做教士，那对他是不是一种乐趣。莱沃那愣了愣，不大放心地望了他一眼，看见克利斯朵夫绝对没有恶意，才安了心，回答说：

“是啊，要不然又是为的什么呢？”

“啊！”克利斯朵夫叹了一声，“你真幸福！”

莱沃那觉得克利斯朵夫的口气有些艳羡的成分，心里不由得很舒服。他立刻改变态度，话多起来了，脸色也开朗了。

“是的，我是幸福的。”他说着，眉飞色舞。

“你怎么能够到这一步的呢？”

莱沃那先不回答他的问题，提议到圣·马丁寺的回廊底下找个安静的地方，拣条凳子坐下。那儿，可以望见种着刺球树的广场的一角，还有远远的罩在暮霭中的田野。莱茵河在小山脚下流过。他们旁边有个荒废的公墓沉沉睡着，铁门紧闭，所有的墓都被蔓草湮没了。

莱沃那开始说话了。他眼睛里闪着点得意的光彩，说能够逃避人生，找到一个可以托庇的，永远不受灾害的地方是多么舒服。克利斯朵夫最近的创伤还没平复，非常热烈地需要遗忘与休息；可是心中还有些遗憾。他叹了一口气，问：

“可是，完全放弃人生，你不觉得有所牺牲吗？”

“噢！”莱沃那安安静静地回答，“有什么可以惋惜的？人生不是又悲惨又丑恶吗？”

“可也有些美妙的地方。”克利斯朵夫说着，望着幽美的暮色。

“有些美妙的地方，可是极少。”

“这极少的一些，对我还是很多呢！”

“噢！得了罢，只要你心中放明白些，事情就很简单。一方面是一点点的好处和多多少少的坏处；另一方面是没有什么好，也没有什么坏，而这还不过是在活着的时候；以后可是有无穷的幸福。两者之间还有什么可迟疑的？”

克利斯朵夫不大喜欢这种算盘。他觉得这样锱铢必较的生活太贫乏了。但他勉强教自己相信这便是智慧。

“那末，”他带着一点讥讽的口气问，“你想你不至于被片刻的欢娱诱惑吗？”

“既然知道欢娱只有一刹那,而以后的时间却是无穷无尽,一个人还会这么傻吗?”

“那末你真的认为死后的时间是无穷无尽的了?”

“当然。”

克利斯朵夫便仔仔细细地问他。克利斯朵夫抱着一腔希望,冲动得厉害。要是莱沃那能给他千真万确的证据使他信仰的话,他要用着何等的热情去跟着他皈依上帝,把世界上的一切统统丢开!

最初,莱沃那很得意自己这个使徒的角色,同时以为克利斯朵夫的怀疑不过是一种姿态,表示不肯随俗,只要几句话就能使他为了顾全体统而信服的;他便搬出《圣经》、福音书、奇迹和传统等。但克利斯朵夫听了一会儿便拦住了他的话,说这是拿问题来回答问题,他所要求的并非把正是他心中怀疑的对象敷陈演绎,而是指示他解决疑窦的方法。这样以后,莱沃那就沉下了脸,觉得克利斯朵夫的病比他想象中的严重得多,居然表示只有用理性才能说服他。然而他还以为克利斯朵夫喜欢标新立异,——他想不到一个人的不肯随俗竟会是出于真诚的,——所以他并不失望;他仗着新近得来的学问,搬出学校里的知识,关于上帝存在与灵魂不死的问题,把许多玄学的论证乱七八糟地一齐倒出来,而说话的方式是威严多于条理。克利斯朵夫精神很紧张,皱紧眉头听着,觉得非常吃力;他要莱沃那把话重复了几遍,竭力想猜透其中的意义,把它灌进自己的脑子,一步一步跟着他推理的线索。终于他嚷起来,说这是跟他开玩笑,是思想的游戏,是能言善辩之徒的打趣,信口雌黄,自以为言之有物。莱沃那给他这一驳,竭力为经典的作者辩护,说他们是真诚的。克利斯朵夫可耸耸肩膀,打赌说这些人要不是滑稽大家,便是卖弄笔头的该死的文人;他一定要莱沃那提出别的证据。

等到莱沃那骇然发觉克利斯朵夫的中毒已经到了无可救药的田地,就对他不再发生兴趣了。他记得人家的嘱咐,说不要浪费光阴去和根本没有信仰的人争辩,——至少在他们一味固执,不愿意相信的时候。那既不会使对方得益,反而有把自己也弄糊涂了的危险。最好让这种可怜虫听凭上帝安排;要是上帝有意思的话,自然会点醒他的;要是上帝没有这意思,那不是谁也没有办法吗?于是莱沃那不想再继续辩论。他只温和地说目前是无法可想了,一个人要决意不肯睁开眼来,那末任何推理都不能给他指示道路的;他劝克利斯朵夫祈祷,求上帝的恩宠:没有恩宠是什么都不成的;要信仰,必须心里要信仰。

心里要?克利斯朵夫苦闷地想道。那末,只要我心里要上帝存在,上帝便存在了!只要我喜欢否定死,死就不存在了!……唉!……为那些不需要看到真理的人,能够心里想要怎么样的真理就看到怎么样的真理的人,能造出些称心如意的梦而去软绵绵地躺在里面的人,生活真是太容易了!但在这种床上,克利斯朵夫知道自己是永远睡不着觉的……

莱沃那继续说着话,回到他最喜欢的题目,说静思默想的生活多么可爱;在这个毫无危险的阵地上,他又滔滔不绝了。用着单调的快乐得发抖的声音,他说皈依上帝的生活是多么幸福,可以远离世界,远离吵闹(他说到这里口气非常恼恨,他差不多和克利斯朵夫一样地厌恶吵闹),远离强暴,远离讥讽,远离那些零星的小灾难,每天守着信仰那个又温暖又安全的窝,对遥远的不相干的世界上的苦难,只消心平气和地取着静观的态度。克利斯朵夫一边听着一边意味到这种信仰的自私自利。莱沃那也觉得他在猜疑,便急急地解释。静思默想的生活并非懒散的生活!相反,那是以祈祷来代替行动的生活;世界上要没有祈祷,还成什么世界!我们用祈祷来为人赎罪,代人受过,把自己的功绩献给别人,在上帝面前替人讨情。

克利斯朵夫不声不响地听着,愈来愈愤慨了。他觉得莱沃那的出世明明是假仁假义。他不至于那么不公平,把一切有信仰的人都认为假仁假义。他很知道,舍弃人生的行为在一小部分的人是无法生活,是惨痛的绝望,是求死的表示;——而在更少数的一部分人,是一种热情的出神的境界……(这境界能维持多久是另一问题)……但在大半的人,逃世岂不往往是冷酷无情的计算,并非为了别人的幸福或真理,而只顾着自己的安宁吗?倘若这种情形被那般真诚的信徒觉察了,岂不要为了自己的理想受到亵渎而感到痛苦吗?……

满心喜悦的莱沃那,此刻正在陈说世界的美与和谐,那是他在神光照耀的云端里望出来的:底下,一切都是黑暗,偏枉,痛苦;上面,一切变得清楚,光明,整齐;世界有如一座时钟,什么都安排得井井有条……

克利斯朵夫只是漫不经意地听着,心里想:“他究竟是真有信仰呢,还是自以为有信仰?”可是他自己的信仰,需要信仰的热烈的意念,并没因之动摇。那绝不是像莱沃那这样一个傻瓜的庸俗的心灵,贫弱的论证,所能损害的……

城里已经黑了。他们坐的凳子已经埋在阴影里;天上的星亮了,一层白雾从河上飘起。蟋蟀在墓园的树底下乱叫。圣·马丁寺的大钟开始奏鸣:先是一个最高的音,孤零零的,像一头哀鸣的鸟向天发问;接着响起第二个音,比前一个低三度,和高音的哀吟合在一起;然后是最低的一个五度音,仿佛是对前两个音的答复。三个音融成一片。在钟楼底下,那竟是一个巨大无比的蜂房里的合唱。空气和人的心都为之颤动。克利斯朵夫屏着气,心里想:音乐家的音乐,和这个千千万万的生灵一齐叫吼的音乐的海洋相比,真是多么可怜;这是野兽,是音响的自由世界,决非由人类的聪明分门别类,贴好标签,收拾得整整齐齐的世界所能比拟。他在这片无边无岸的音响中出神了……

等到那气势雄伟的喁语静默了,最后的颤动在空气中消散完了,克利斯朵夫便惊醒过来,骇然向四下里瞧了瞧……什么都认不得了。在他周围,在他心中,一切都变了。上帝没有了……

失掉信仰和得到信仰一样,往往只是一种天意,只是电光似的一闪。理智是绝对不相干的;只要极小的一点儿什么:一句话,一刹那的静默,一下钟声,已经尽够了。在你散步,梦想,完全不预备有什么事的时候,突然之间一切都崩溃了:周围只剩下一片废墟。你孤独了,不再有信仰了。

克利斯朵夫惊骇之下,弄不明白那是什么原因,怎么会发生的。那真像河水的春汛一样……

莱沃那依旧在那里喃喃不已,声音比蟋蟀的鸣声更单调。克利斯朵夫听不见了。天已经全黑。莱沃那不作声了。克利斯朵夫待着不动使他非常奇怪,又担心时间太晚,便提议回去。克利斯朵夫只是不理。莱沃那去拉他的手臂,克利斯朵夫微微一跳,睁着失神的眼睛瞪着莱沃那。

“克利斯朵夫，得回去啦。”莱沃那说。

“见鬼去罢！”克利斯朵夫气冲冲地回答。

“哎哟，我的天！我什么地方得罪了你啦，克利斯朵夫？”莱沃那问话的神气很害怕，他给他吓呆了。

克利斯朵夫定了定神。

“不错，你说得对，”他口气温和了些，“我不知道说些什么。见上帝去罢！见上帝去罢！”

他独自留下，心里苦闷到极点。

“啊！天哪！天哪！”他喊着，扭着手，热情冲动地仰望着漆黑的天，“为什么我没有信仰了呢？为什么我不能再有信仰了呢？我心中有了些什么事呢？……”

他信仰的破灭，跟他刚才与莱沃那的话是毫无关系的：这番谈话不能成为他信仰破灭的理由，正如阿玛利亚的叫嚣和她家人的可笑，不能成为他近来道德心动摇的原因。那不过是借口而已。骚动不是从外面，而是从他内心来的。他觉得有些陌生的妖魔在心中蠢动，他不敢对自己的思想细看，不敢正面去瞧一瞧他的病……他的病？难道这是一种病吗？他只知道有种恹恹无力的感觉，有股醉意，有种痛快的悲怆，把他的心浸透了。他自己做不了主了。他想振作起来，恢复昨天那种坚忍刻苦的精神，可是没用。一切都一下子崩溃了。他忽然感觉到有个广大无垠的世界，灼热的，野蛮的，不可衡量的……超越上帝的世界！……

这不过是一刹那的事。但从此他就失掉了过去生活中的平衡。

于莱家里的人，克利斯朵夫完全没注意到的只有那个女孩子洛莎。她长得根本不好看；而自己也绝对谈不上俊美的克利斯朵夫，对别人的美貌倒很苛求。他有种青年人的冷酷，把生得丑的女人简直不当做人，除非她的年龄已经到了不会牵动柔情，只能令人有些严肃的、恬静的、近乎虔敬的感情的阶段。并且洛莎虽不是不聪明，可毫无特殊的天赋，而她的喋喋不休还使克利斯朵夫避之唯恐不及。所以他不愿意费心去了解她，以为她没有什么可了解的，充其量不过是偶尔望她一眼罢了。

可是她比许多年轻的姑娘强得多，至少远胜他热恋过的弥娜。她是个老老实实的女孩子，没有虚荣，不卖弄风情，在克利斯朵夫没搬来之前，从来没发觉自己的丑，或者是不把这一点放在心上，因为她周围的人不把这点放在心上。倘使外祖父或母亲嘀嘀咕咕地提到她长得丑，她只是笑笑，并不信以为真，或者认为无关紧要；而他们也不比她多操什么心。多少别的女人，和她一样或更难看的，还不是照旧有人爱吗？德国人对体格的缺陷特别能宽容：他们会熟视无睹，甚至能化丑为妍，凭着一厢情愿的幻想，无论什么脸都可以和最出名的美女典型出其不意地拉上关系。于莱老人用不着别人怎么鼓励，就会说他外孙女的鼻子像吕杜维齐的于侬雕像①上的鼻子。幸而他老是叽里咕噜的脾气不喜欢说人好话；而全不在乎鼻子模样的洛莎，只知道依照习俗把家务做得好好的才值得自己骄傲。人家教她什么，她就当做福音书一般地接受。难得出门，没有人给她作比较，她很天真地佩服自己的尊长，完全相信他们的话。天生地喜欢流露真情，不知道猜疑，极容易满足，她可竭力学着家里人叹苦的口吻，把听到的悲观论调照式照样挂在嘴边。她非常热心，老是想到别人，设法讨人喜欢，替人分忧，迎合人家的心意，需要待人好而不希望回报。她这种好心当然被家里的人妄用，虽然他们心地不坏，对她也很喜欢；但人们总不免滥用那些听凭摆布的人的好意。大家认为她的殷勤是分内之事，所以并不特别对她满意；不管她怎么好，人家总要她更好。而且她手脚不利落，匆忙急迫，动作莽撞像男孩子一样，又过分地流露感情，常常因之闯祸：不是打破杯子，就是倒翻水瓶，或是把门关得太猛了，使家里的人对她大为生气。不断地挨着骂，她只能躲在一边哭。但她的眼泪是一下子就完的，隔不多久她照旧笑嘻嘻的，咭咭呱呱地嚷起来，对谁也不记恨。

克利斯朵夫搬到这里来，在她生活中是件大事。她时常听见提到他。克利斯朵夫因为有点小名气，在城里也是人家谈话的资料。于莱一家常常说到他，特别是老约翰·米希尔活着的时候，喜欢对所有的熟

---

① 于侬为罗马神话中朱庇特之妻。希腊及罗马时代，遗有于侬雕像甚多；吕杜维齐的雕像乃指存于罗马吕杜维齐别墅（今改称皮翁龚巴尼博物馆）中的于侬像。

人夸他的孙子。洛莎在音乐会中也看见过一两次年轻的音乐家。一知道他要住到她们屋子里来,她不禁连连拍手。为了这有失体统的行为受了一顿严厉的训斥,她非常不好意思。但她不觉得有什么不好的地方。她过着那样单调的生活,来个新房客当然是种意想不到的消遣。他搬来的前几天,她等得烦躁死了。她唯恐他不喜欢她们的屋子,便尽量想法要它显得可爱。搬来那天,她还在壁炉架上供了一小束花,表示欢迎。至于她自己,可绝对不想到装扮得好看一些;克利斯朵夫一瞥之下就断定她人既长得丑,衣服又穿得难看。她对他的看法可并不如此,虽然也很有理由断定他难看;因为那天克利斯朵夫又忙又累,衣冠不整,比平时更丑了。但洛莎对谁都不会批评的,认为她的父亲、母亲、外祖父,全是挺美的人,所以觉得克利斯朵夫的相貌跟她想象中的完全一样,而一心一意地钦佩他了。在饭桌上和他并坐在一起使她非常胆怯,而不幸她的胆怯是用唠叨不已的说话来表现的,以致马上失掉了克利斯朵夫的好感。她可并没发觉,这第一晚倒还给她留下一个光明的回忆呢。等到新房客上了楼,她独自在卧房里听到他们在上面走动的时候,她觉得那些声音非常可爱,屋子也似乎有了生气。

第二天,破题儿第一遭,她不大放心地仔细照了照镜子;虽然还不知道将来的不幸有多大范围,但她已经有些预感了。她想把自己的面貌批判一番,可是办不到。她颇有些疑惧的心理,深深地叹着气,想改变改变装饰,不料把自己装得更难看了。她还想出那种倒霉念头,竭力去巴结克利斯朵夫。好不天真地只想时时刻刻看到新朋友,替他们出些力,她在楼梯上奔上奔下地忙个不停:不是拿一样没用的东西去给他们,就是硬要帮他们忙,老是大声笑着,嚷着。只有听到母亲不耐烦的声音叫唤她了,她的热心和絮聒才会给打断一下。克利斯朵夫沉着脸,要不是竭力按捺的话,早已发作过几十次了。他忍耐了两天,到第三天把门上了锁。洛莎敲敲门,叫了几声,心里明白了,便不好意思地下楼去,不再来了。他碰到她的时候,推说因为要赶一件工作,不能来开门。她不胜惶恐地向他道歉。她明明看出自己这种天真的巴结是失败了:本意是想跟人家亲近,结果却适得其反,把克利斯朵夫吓跑了。他老实不客气地表示对她不高兴,连话也不愿意听她的,也不遮掩他心中的不耐烦。她觉得自己的多说话招他厌,下着决心在晚上静默了一些时候;可是说话的劲比她的意志更强,突然之间又来噜苏了。克利斯朵夫不等她一句话说完,把她丢下就跑,她不恨他,只恨她自己,认为自己糊涂,可厌,可笑,觉得这些缺点真是可怕,非改不可。但她试了几次都失败了,就很灰心,以为永远改不掉了,自己没有力量改的了。但她还试着改。

然而还有些别的缺点是她无能为力的:她长得丑有什么办法呢?现在这是毫无疑问的了。有一天她照着镜子突然发觉这个不幸的时候,简直像晴天霹雳。不用说,她还要夸大自己的缺陷,把鼻子看得比实际大了十倍,似乎占据了整个脸庞;她不愿意再露面了,恨不得死掉才好。但少年人希望的力量那么强,极端失望的时间是不会久的;她紧跟着以为自己看错了,教自己相信早先的确是看错了,甚至有时候觉得鼻子跟普通人的一样,还可以说长得不坏呢。于是她凭着本能,很笨拙地想出一些幼稚的手段,例如把头发多遮掉一部分脑门,使面部的不相称不至于太显著。其中可并没卖弄风情的动机;她脑子里从来没有爱情的念头,或者至少她没有意识到。她所要求的并不多,只是很少的一点儿友谊;但这一点儿,克利斯朵夫就没有意思给她。洛莎觉得,只要他们相遇的时候,他能和和气气地、友好地道一声好,她就会非常快乐了。但克利斯朵夫的目光平常总是那么冷,那么无情!她见了心都凉了。他并没对她说什么难堪的话;她却宁愿受几句埋怨而不要这种冷酷的静默。

一天晚上,克利斯朵夫正在弹琴。他在阁楼上布置了一个小房间,在屋子最高的地方,免得听到人家吵闹。洛莎在下面非常激动地听着。她爱音乐,虽然因为没有受过训练而趣味很低级。只要母亲在家,她便待在房间的一角做活,仿佛很认真,但她的心老是牵挂着楼上的琴声。幸而母亲到近边买什么东西去了,洛莎就马上跳起来,丢下活计,心儿乱跳地一直爬到阁楼门口。她屏着气把耳朵贴在门上,直要母亲回家了方始蹑手蹑脚地下楼,不让自己闹出一点儿声响;可是她举动不大利落,永远是急急忙忙的,往往差一点从楼梯上滚下去。有一回她弯着身子,腮帮贴在锁孔上听着,一不小心身体失了平衡,把额角撞在门上。

她吓得气都透不过来。琴声立刻停止：她可连逃跑的气力也没有。她站起身子，正好房门开了。克利斯朵夫看见是她，便恶狠狠地瞪了她一眼，也不开一声口，径自粗暴地把她推过一边，愤愤地奔下楼梯，出去了。他直等到吃晚饭才回家，对她那万分抱歉与求他原谅的眼神睬都不睬，好似没有她这个人；而好几个星期他根本不弹琴了。洛莎暗中大哭了几场，可没有一个人觉察，也没有一个人注意她。她热烈地祈求上帝……求什么呢？她不大明白。只是需要把心中的哀伤诉说一番。她以为克利斯朵夫一定是恨死了她。

虽然如此，她还存着希望。只要克利斯朵夫多少注意到她，好像在听她说话，或是握手比平常亲热一些，她就觉得有了希望。

最后，家里的人几句莽撞的话又教她做了一场空梦。

全家的人都对克利斯朵夫抱着好感。这个十六岁的大孩子，严肃，孤独，把责任看得很重，使他们都有些敬意。他的坏脾气，他的死不开口，他的郁闷的神色，他的莽撞的举动，在这样一个家庭里是决没有人奇怪的。连把一切艺术家都看做懒虫的伏奇尔太太，也不敢逞着心意埋怨他傍晚靠在阁楼的窗上对着院子呆望，直望到天黑：因为知道他白天已经被教课的事累死了；而且为了一个大家心照不宣的理由，她和别人一样地敷衍他。

洛莎和克利斯朵夫说话的时候，常常发现父母在旁挤眉弄眼，交头接耳。先是她并不在意。后来她奇怪起来，感到惶惑，很想知道他们说些什么，但又不敢动问。

有天傍晚，她爬上凳子去解开拴在两株树上晾衣服的麻绳，跳下来的时候在克利斯朵夫的肩头撑了一下，她眼睛忽然跟靠墙坐着抽烟斗的父亲与外祖父的眼睛碰在一处。两个男人彼此丢了一个眼色；于莱和伏奇尔说："将来倒是出色的一对。"

伏奇尔发觉女儿在那里听着，用肘子把老人撞了撞，于莱便仿佛要周围的人都听见似的，大声地"嗯！嗯！"了两下，自以为把刚才的话很巧妙地混过去了。克利斯朵夫转着背，完全没觉得；但洛莎听了心里一怔，竟忘了自己在往下跳，把脚扭坏了。要不是克利斯朵夫一边埋怨她老是这么笨,一边把她扶住,她早已摔倒了。她的脚扭得很痛,但是不动声色,简直没想到痛而只想到才听见的话。她往自己屋里走去,走一步痛一步,可硬撑着不让人家发觉。她心里有种甜蜜的骚动。她往床前的一张椅子上倒下,把头埋在被单里。脸上热烘烘的,眼中含着泪,她笑了。她羞得几乎想钻下地去,没法集中思想,只觉得太阳穴里乱跳,脚踝骨疼得厉害,颇有些发着高热度而麻痹的境界。她隐隐约约听见外边的声音和街上玩耍的孩子的声音,外祖父的话还在耳朵里响着;她轻轻笑着,红着脸,往被窝里钻;她又是祷告,又是感谢,又有欲望,又觉得害怕,——她动了情了。

她听见母亲叫唤,就勉强站起,不料跨了一步便痛得受不住,差点儿发晕,觉得头脑昏昏沉沉地乱转。她以为要死了,她真希望就这样的死了,同时也拼命地想活,为了那个已经许给她的幸福而活。终于母亲跑来了,家里的人都着了慌。照例受了顿埋怨,包扎好了,躺上了床,她给肉体的痛苦与内心的喜悦刺激得精神恍惚。多么甜蜜的一夜!……这似睡非睡的夜里最琐碎的事,也变了她将来神圣的回忆。她并不想着克利斯朵夫,也不知道想些什么。她反正是幸福了。

第二天,克利斯朵夫自以为对这件事多少有些责任,便来问问她的情形,他破题儿第一遭对她表面上有些亲热。她心里感激到极点,甚至祝福她的痛苦了。她愿意终身受苦,为的要终身能有这种快乐。——她一动不动地躺了好几天,在床上只顾翻来覆去地想着外祖父的话,还要加以推敲,因为她起了疑心,不知道他说的"将来是……"呢,还是"可能是……"呢?

并且他究竟说过这种话没有?——说过的,他的确说过,她清楚得很……可是怎么!难道他们不觉得她难看,不觉得克利斯朵夫讨厌她吗?……然而能有个希望究竟是甜蜜的!她甚至以为自己弄错了,或许她并不像自己所想的那么丑;她在椅子上把身体抬起一点儿,照着挂在对面的镜子:不知道怎么想才好。总而言之,外祖父跟父亲的判断比她准确:一个人对自己的判断是靠不住的……天哪!要是真的可能!……要是碰巧……要是她真的长得好看而自己早先不知道的话!……或许她把克利斯朵夫并没多少好意的感情给夸张了。没有问题，这冷淡的男孩子从出事的第二天跑来表示一下关切以后，再也不把她放在心上，不想再来问问她的病状；但洛莎是原谅他的；他忙着多少事啊！怎么能有时间想到她呢？我们不能批评一个艺术家像批评别人一样。

可是不管她多么隐忍，当克利斯朵夫在旁走过的时候，仍不由自主要心中忐忑地等着，希望听到句好言好语……只要一个字，一个眼风就够了……其余的自有她的幻想来补足。初期的爱情只需要极少的养料！只消能彼此见到，走过的时候轻轻碰一下，心中就会涌出一股幻想的力量，创造出她的爱情；一点儿极无聊的小事就能使她销魂荡魄：将来她因为逐渐得到了满足而逐渐变得苛求的时候，终于把欲望的对象完全占有了之后，可没有这种境界了。——那时洛莎编了一个从头至尾都是杜撰的故事，让自己整个儿生活在里面而谁也不发觉。故事是这样的：克利斯朵夫偷偷地爱着她，可不敢说出来，为了胆小，或是为了别的什么原因，荒诞不经的，才子佳人式的，总之是这个多情的小姑娘想入非非找出来的原因。她根据了这个，编成无穷尽的故事，完全是荒谬绝伦的；她也知道荒谬；可不愿意去想到它荒谬，她拿着活计可以几天几天地对自己扯谎。她甚至忘了说话：平日拉不断扯不完的话一齐往心里倒流，好似一条河忽然隐没到地下去了。在她心里，多嘴的脾气可是要痛痛快快发泄的：多少的长篇大论！多少没有声音的唠叨！有时人家看见她扯动嘴唇，好比有些人看书的时候轻轻地念着字音，以便了解意义一样。

从这些梦想中醒来，她又快乐又悲哀。她知道事实并不像她刚才所想的那样；但这些梦给她留下一道幸福的光，使她回到实际生活的时候增强了信心。而她对于争取克利斯朵夫这桩事也绝对不灰心。

她着手进攻了，可完全是无意识的。凡是强烈的感情需要行动的时候，都有那种万无一失的本能：笨拙的小姑娘，居然一下子想出了办法去打动朋友的心。她不直接拿他做目标；但等到完全康复，能在屋子里走动了，她便去亲近鲁意莎。只要有一点儿借口就行。她想出无数的小事情帮鲁意莎的忙：上街的时候替她带买东西，使鲁意莎不必再上菜市和商贩论价，也不必到院子里的龙头上去打水；甚至一部分的家务，像洗地砖、抹地板等也由洛莎代劳了，鲁意莎虽是局促不安地拦阻也没用，而老人家精神不济，也没多大勇气拒绝人家帮忙。克利斯朵夫整天在外，鲁意莎非常孤独，有这个殷勤而热闹的小姑娘做伴心里也好过些。后来洛莎竟待在她家里不走了，拿了活计来跟鲁意莎谈天。她用些并不高明的小手段把话扯到克利斯朵夫身上。听见人家提起他，说到他的名字，洛莎就觉得快活，手指哆嗦，连眼睛都不敢抬起来。鲁意莎很高兴谈谈她心疼的儿子，讲他小时候的许多小事情，无聊的，可笑的；但洛莎决不认为无聊可笑。想到小孩子时代的克利斯朵夫，做着那个年龄上的或是胡闹或是惹人怜爱的事儿，洛莎的快乐和激动简直没法形容；每个女子都有的母性，在她心中和另外一种柔情融在一起，愈加甜蜜了；她笑得眼睛都湿了。鲁意莎看洛莎这样关心不禁大为感动。她猜到女孩子的心事，只装不知道；但她心里很喜欢，因为在这个屋子里所有的人中间，唯有她懂得这个姑娘的心是多么好。有时她把话打住了，望着洛莎。洛莎听见没有声音觉得奇怪，便抬起头来。鲁意莎对她微微笑着。于是洛莎热情冲动地扑在她臂抱里，把脸藏在她怀里。然后她们又照常做着活儿，谈着话。

晚上，克利斯朵夫回家的时候，鲁意莎既感激洛莎的好意，又想要实行自己的计划，便把邻家的孩子赞不绝口。克利斯朵夫也被洛莎的热心感动了，知道那是对母亲有好处的：她脸色不是开朗得多吗？他向她热烈道谢，洛莎支吾其词地溜了，唯恐露出自己的慌乱：克利斯朵夫认为，她这个办法比跟他说话聪明而且可爱多了。他看待她的眼光也不像以前那么怀着很深的成见了，并且明白表示出来：他想不到在她身上会发现那些意想不到的优点。洛莎也觉察到了，看到他的好感一天天地加增，以为这点好感正在往爱情的路上发展。她比先前更耽溺于梦想了。凭着年轻人万事如意的推想，她几乎相信凡是一心一意追求的一定能成功。——何况她的欲望也没有什么不合理的地方。克利斯朵夫对于她的好心，对于她需要为人家鞠躬尽瘁的本性，不是应当比别人更敏感吗？

然而克利斯朵夫心中并不想她，只是敬重她。在他的念头里，她一点儿地位都没有。他正为许多别的事操心。克利斯朵夫不再是克利斯朵夫了。他不认得自己了。心中经历着极大的转变,他的生命整个儿都给颠倒了。

克利斯朵夫感到极度的困倦,烦躁。他无缘无故的没有了气力,脑袋重甸甸的,眼睛,耳朵,所有的器官都像是醉了,在那里嗡嗡作响。什么事都不能使他集中精神。思想从这个题目跳到那个题目,激动狂乱,把他累得要死。五光十色的形象旋转不已,他为之头都晕了。他先还认为这是由于过度的疲乏与春天的困扰。可是春天过了,他的病状有增无减。

这便是轻描淡写的诗人们所说的青春期的困惑,薛侣班的烦恼①,爱欲在年轻的身心中的觉醒。在他们看来,仿佛这全身动摇、死灭、再生的关头,信仰、思想、行动、整个生活准备在痛苦与欢乐的抽搐中毁灭而重新鼓铸的大变动,仅仅是小孩子的胡闹!

他的灵和肉都在那里发酵。他又惊奇又厌恶地看着这个情形,没有力量挣扎。他完全不明白内心有了什么变化。他的生命解体了,成天地恍恍惚惚,无精打采。工作简直变成了刑罚。夜里的睡眠是困顿的,断断续续的,做些奇形怪状的梦,种种的欲望抬起头来:他被兽性抓住了。浑身灼热,汗流浃背,他对自己只感到厌恶;他努力想丢开那些荒唐的脏念头,简直疑心自己疯了。

白天他也逃不了这些兽性的缠绕。他觉得自己正在往灵魂的黑暗的陷坑里沉下去,没有一点东西可以给他抓握,没有什么藩篱能挡住那种混乱。所有的盔甲,所有据以自卫的坚固的壁垒:他的上帝,他的艺术,他的高傲,他的道德信仰,一切都崩溃了,瓦解了。他看到自己赤裸裸的,被捆绑着,躺在地下,一动也不能动,像一个虫蛆满身的尸首。有时他使劲反抗了几下:他的意志到哪儿去了呢?他号召意志,意志也不来:正如一个人在梦中知道做着梦,拼命想醒而醒不过来。结果只能从

---

① 薛侣班为博马舍的喜剧《费加罗的婚姻》中的侍从武士,至今成为羞人答答而情窦初开的少年的典型。他分析自己的时候说:“只要看见一个女人,我心就跳了;爱情与肉欲二字使我的心发抖,慌乱。我只想对人说:‘我爱你’,我甚至在花园里对树木、对云、对风,都自言自语地说着这句话。”

这一个梦转到另一个梦。末了他觉得不去挣扎倒还少一些痛苦,便抱着无可奈何的心理听其自然了。

他生命的正常的波流似乎给阻断了。有时它渗进了地下的裂缝,有时却非常猛烈地飞涌起来。长流不尽的时间也会中断,显出些窟窿,张着大口,让你陷进去。克利斯朵夫看着这种情形,仿佛跟自己毫不相干。生灵,万物,——连他自己在内,——对他都不相干了。他照常办公,做事,可完全是无意识的;他觉得生命的机构已经发生障碍,随时可以停止。和母亲与房东们坐在饭桌前面,在乐队里,在乐师与听众之间,头脑会突然变成一片空虚:他呆呆地望着在他周围扭动的脸,什么都弄不清了。他问自己:"这些人跟……有什么关系呢?"他甚至不敢说出"这些人跟我"。因为他已经不知道自己是不是活着。他说话罢,声音仿佛是从别个身体上来的。做什么动作罢,他又像在远处,高处,塔顶上,看到自己的动作。他失魂落魄,把手按着脑袋。他竟要做出一些荒唐胡闹的事来了。

尤其在众目睽睽之下,他自己格外留神的时候,更容易有这种情形。譬如在爵府里的那些晚会中间,或是他当众演奏的时候,突然之间他觉得需要扯个鬼脸,说些野话,向大公爵吐吐舌头,或是往什么太太的屁股上踢一脚。有一回他挣扎了一个晚上,因为他一边指挥乐队,一边竟想当众脱衣服;而他越是压制这念头,越是被这个念头纠缠不清,直要使尽全身之力才能撑过去。在这种荒唐的斗争之后,他一身大汗,觉得脑子里空空如也。他真是疯了。只要他想到不该做某一件事,某一件事就像偏执狂一样顽强地把他死抓不放。

于是他的生活不是被那些疯狂的力播弄,就是堕入虚无的境界。一切像是沙漠上的狂风。哪儿来的这阵风呢?这种疯狂又是怎么回事呢?扭他的四肢,扭他的头脑的欲望,从哪个窟窿里冒出来的呢?他仿佛是一张弓,被一只暴烈的手快拉断了,——不知为了什么目的,——过后又被扔在一边,像无用的枯枝似的。他不敢深究自己做了谁的俘虏,只觉得被打败了,非常屈辱,又不敢正视自己的失败。他困倦不堪,一点儿志气都没有了。那些不愿意看到难堪的真相的人,从前他是瞧不起的,现在他了解了。在这些虚无的时间,一想到浪费的光阴,丢掉的工作，白白断送了的前途，他吓得浑身冰冷。但他并不振作起来，只无可奈何地承认虚无的力量，而宽恕自己的懦弱无能。他觉得委身于虚无倒有种悲苦的快感，好比一条在水面上快要沉下去的船。挣扎有什么用？一切都是空的：美，善，上帝，生命，无论什么生物，都是空的。在街上走的时候，忽然他双脚离地了，既没有土地，也没有空气，也没有光明，也没有他自己：什么都没有。他头重脚轻，脑门向前探着；他能够撑着不跌下去也是间不容发的事了。他想他要突然倒下去了，被雷劈了。他以为自己已经死了……

克利斯朵夫正在脱胎换骨，正在换一颗灵魂。他只看见童年时代那颗衰败憔悴的灵魂掉下来，可想不到正在蜕化出一颗新的，更年轻而更强壮的灵魂。一个人在人生中更换躯壳的时候，同时也换了一颗心；而这种蜕变并非老是一天一天的，慢慢儿来的：往往在几小时的剧变中，一切都一下子更新了，老的躯壳脱下来了。在那些苦闷的时间，一个人自以为一切都完了，殊不知一切还都要开始呢。一个生命死了。另外一个已经诞生了。

一天晚上，他独自在卧室里，背对着窗，在烛光底下，把胳膊靠在桌上。他并不工作。几星期以来，他不能工作了。一切在他头里打转。宗教，道德，艺术，整个的人生，一股脑儿都同时成了问题。思想既然是总崩溃了，就谈不到什么条理跟方法；他只在祖父留下的或是伏奇尔的杂书中胡乱抓几本看看：神学书，科学书，哲学书，大都是些零本；他完全看不懂，因为每样都得从头学起；而且他从来不能看完一本，翻翻这个，看看那个，把自己搅糊涂了，结果是疲倦不堪，颓丧到了极点。

那天晚上，他正沉浸在困人的麻痹状态中发呆。全屋子的人都睡了。窗子开着，院子里一丝风也没吹过来。天上堆满了密云。克利斯朵夫像傻子似的，望着蜡烛慢慢地烧到烛台底里。他不能睡觉，什么也不想，只觉得那空虚越来越深，在那儿吸引他。他拼命不要看那个窟窿，却偏偏不由自主地要凑上去。在窟窿里骚然蠢动的是混乱，是黑暗。一阵苦闷直透入内心，背脊里打了个寒噤，他毛骨悚然，抓住桌子怕跌下去。他颤巍巍地等着什么不可思议的事,等着一桩奇迹,等着一个上帝……

忽然之间,在他背后,院子里好似开了水闸一样,一场倾盆大雨浩浩荡荡直倒下来。静止不动的空气打着哆嗦。雨点打在干燥坚硬的泥土上,好比钟声一般铮铮作响。像野兽那样暖烘烘的土地上,在狂乱与快乐的抽搐中冒起一大股泥土味,一股花香,果子香,动了爱情的肉香。克利斯朵夫神魂颠倒,全身紧张,连五脏六腑都颤抖了……幕揭开了。简直是目眩神迷。在闪烁的电光中,在黑暗的最深处,他看到了——看到了上帝,看到自己就是上帝。上帝就在他心中:它透过卧室的屋顶,透过四面的墙壁,把生命的界限推倒了;它充塞于天地之间,宇宙之间,虚无之间。世界像飞瀑似的冲入它的怀抱。对着这个天翻地覆的景象,克利斯朵夫吓呆了,出神了;旋风把自然界的规则扫荡完了,克利斯朵夫也被吹倒了,带走了。他失掉了呼吸,倒在了上帝身上,他醉了……深不可测的上帝!那是生命的火把,生命的飓风,求生的疯狂,——没有目的,没有节制,没有理由,只为了轰轰烈烈的生活!

精神上的剧变过去以后,他沉沉睡着了,那是久已没有的酣睡。第二天醒来,他头脑昏沉,四肢无力,像喝过了酒。昨夜使他惊骇万状的,那道阴森而强烈的光,在他心中还剩下一些余晖。他想要那道光再亮起来,可是办不到。而且他愈追求愈找不着。从此,他集中精力要求那个一刹那间的幻象再现一回,结果是劳而无功。出神的境界决不让意志做主的。

然而这种神秘的狂乱状态,并非只此一遭,以后又发生了好几次,但从来不像第一回那么剧烈。来的时候总是克利斯朵夫最意想不到的时候,短短的几秒钟,完全是出其不意的,甚至抬一抬眼睛,举一举手的时间,幻象已经过去了,他连想也来不及想到这是幻象,事后还疑心是做梦。第一晚是一块烈焰飞腾的陨石在黑暗中燃烧,以后的只是一簇毫光,几小点稍纵即逝的微光,肉眼只能瞥见一下就完了。但它们出现的次数愈来愈多,终于把克利斯朵夫包围在一个连续而模糊的梦境中,使他的精神都溶解在里头。凡是足以驱散这种朦胧的意境的,他都恼恨。他没法工作,甚至也想不到工作。有人在旁边他就恨,尤其是亲近的人,连母亲在内,因为他们自以为有权控制他的精神。

他跑出去,常常在外边消磨日子,到夜晚才回家。他寻求田野里的清静,为的能称心如意地,像狂人一般,把自己整个儿交给那些执着的念头。——但在荡涤尘怀的空旷中,和大地接触之下,那种纠缠变得松懈了,那些念头也没有幽灵一般的性质了。他的狂热并没减少一点,倒反加强,但已经不是危险的精神错乱,而是整个生命的健全的醉意:肉体和灵魂都为了自己的力而得意。

他重新发现了世界,仿佛还是第一次看到。这是童年以后的另外一个童年。似乎一切都被一句奇妙的咒语点化了。自然界放出轻快的火花。太阳在沸腾。天色一清如水,像河一般流着。大地咕噜作响,吐出沉醉的气息。生命的大火在空中旋转飞腾:草木,昆虫,无数的生物,都是闪闪发光的火舌。一切都在欢呼呐喊。

而这欢乐便是他的欢乐,这股力便是他的力。他和万物分不开了。至此为止,便是在童年时代快乐的日子,怀着热烈而欣喜的好奇心看着大自然的时候,他也觉得所有的生物都只是些与世隔绝的小天地,或是可怕的,或是滑稽的,跟他毫无关系,他也无从了解。连它们是否有感觉有生命,他也不大清楚,只认为是古怪的机器而已。凭着儿童无意识的残忍心理,克利斯朵夫曾经把一些可怜的昆虫扯得四分五裂,看着它们古古怪怪地扭动觉得好玩,根本没想到它们的受苦。平时那么镇静的高脱弗烈特舅舅看到他折磨一只苍蝇,禁不住愤愤地把它从手里抢下来。孩子先还想笑,后来也给舅舅的神气感动得哭了。那时他才明白他的俘虏也有生命,和他一样,而他是犯了凶杀的罪。从此以后,他虽然不再伤害动物,可也并不对它们有什么同情;在旁边走过的时候,他从来没想到去体会一下,那些小小的躯壳里头有些什么在骚动;他倒是把它当做噩梦一般的怕想到。——可是现在一切都显得明白了。那些暧昧的生物也放出光明来了。

克利斯朵夫躺在万物滋长的草上,在昆虫嗡嗡作响的树荫底下,看着忙忙碌碌的蚂蚁,走路像跳舞般的长脚蜘蛛,望斜刺里蹦跳的蚱蜢,笨重而匆忙的甲虫,还有光滑的、粉红色的、印着白斑、身体柔软的虫。

或者他把手枕着头,闭着眼睛,听那个看不见的乐队合奏:一道阳光底下,一群飞虫绕着清香的柏树发狂似的打转,嗡嗡的苍蝇奏着军乐,黄蜂的声音像大风琴,大队的野蜜蜂好比在树林上面飘过的钟声,摇曳的树在那里窃窃私语,迎风招展的枝条在低声哀叹,水浪般的青草互相轻拂,有如微风在明净的湖上吹起一层皱纹,又像爱人窸窸窣窣的脚步声走过了,去远了。

这些声音,这些呼喊,他都在自己心里听到。这些生物,从最小的到最大的,内部都流着同一条生命的巨川:克利斯朵夫也受着它的浸润。他和千千万万的生灵原是同一血统,它们的欢乐在他心中也有友好的回声;它们的力和他的力交融在一起,像一条河被无数的小溪扩大了。他就浸在它们里面。强烈的空气冲进他窒息的心房,胸部几乎要爆裂了。而这个变化是突如其来的:正当他只注意自己的生命,觉得它像雨水般完全溶解而到处只见到虚无之后,一旦他想在宇宙中忘掉自己,就到处体会到无穷无极的生命了。他仿佛从坟墓中走了出来。生命的巨潮泛滥洋溢地流着,他不胜喜悦地在其中游泳,让巨流把他带走,以为自己完全自由了。殊不知他更不自由了。世界上没有一个生物是自由的,连控制宇宙的法则也不是自由的,——也许唯有死才能解放一切。

可是刚在旧的躯壳中蜕化出来的蛹,只知道在新的躯壳中痛痛快快地欠伸舒展;它还来不及认识新的牢笼的界限。

日月循环,从此又开始了新的一周。光明灿烂的日子,如醉如狂的日子,那么神秘,那么奇妙,像童年时代初次把一件件的东西发现出来一样。从黎明到黄昏,他老是过的空中楼阁的生活。正事都抛弃了。认真的孩子,多少年来便是害病也没缺过一课,在乐队的预奏会中也没缺席一次,此刻竟会找出种种借口来躲避工作。他不怕扯谎,也不觉得惭愧。过去他喜欢用来压制自己的刻苦精神:道德,责任,如今都显得空洞了。它们那种专制的淫威,一碰到人类的天性就给砸得粉碎,唯有健全的、强壮的、自由的天性,才是独一无二的德性,其余的都是废话!那些繁缛琐碎,谨慎小心的规则,一般人称之为道德而以为能拘囚生命的:真是太可怜了！这样的东西也配称为牢笼吗？在生命的威力之下，什么都给推倒了……

精力过于充沛的克利斯朵夫，发疯似的想用盲目的暴烈的行为，把那股使他窒息的力毁掉，烧掉，让它发泄。这种兴奋的结果往往是突然之间的松弛；他哭着，扑在地下，亲着泥土，恨不得把牙齿和手陷进去，把泥土吞下肚子；烦闷与情欲使他浑身发抖。

一天傍晚，他在一个树林旁边散步。眼睛被日光照得有些醉意，头里昏昏沉沉地在打转，他精神非常兴奋，看出来的东西都是另外一副面目。柔和的暮色使万物更添了一种神幻的情调。紫红与金黄的阳光在栗树底下浮动。草原上好像放出一些磷火似的微光。天色像人的眼睛一样温和可爱。近边的草场上有个少女在割草。穿着衬衣和短裙，露着脖子跟手臂，她扒起干草，堆在一处。她长着个短鼻子，大脸盘，天庭饱满，头上裹着一块手帕；焦黑的皮肤给太阳晒得通红，仿佛在尽量吸收傍晚的日光。

克利斯朵夫对她动了心。他靠在一株榉树上看着她向林边走来。她并没留神，只是无意之间抬了抬头:他看见她黑不溜秋的脸上配着一对蓝眼睛。她走得那么近，甚至弯下身子捡草的时候，他从她半开的衬衣里看见了脖子跟背上那些淡黄的毛。郁积在他胸中的暧昧的欲望突然爆发了。他从后面扑上去，搂住了她的脖子和腰，把她的头往后扳着，拿嘴用力压在她半开的嘴里，吻着她那又干又裂的嘴唇，碰到了她把他怒咬的牙齿。他的手在她粗糙的胳膊和汗湿的衬衣上乱摸。她挣扎着，他可把她抱得更紧，差不多想掐死她。终于她挣脱了，大叫大嚷，吐着口水，用手抹着嘴唇，没头没脑地骂他。他一松手就往田里逃了。她在背后扔着石子，不住地用许多脏字称呼他。他脸红耳赤，倒不是因为被她当做或说做是怎么样的人，而是为了他对自己的感想。这个突如其来的无意识的行动，使他惊骇万状。他刚才做的什么事呢？准备做些什么呢？他所能想象到的只能引起心中的厌恶。而他竟想去做这桩他厌恶的事。他跟自己抗拒着，弄不清究竟哪一方面的才是真的克利斯朵夫。一股盲目的力在进攻他，他尽量地逃也逃不掉:那等于逃避自己了。那股力要把他怎么办呢？明天，一个钟点以内……在他穿过田垄走上大路的时间内，他又会做出些什么来呢？连能不能走上大路也不敢说。会不会退回去再追那个姑娘呢？以后又怎么办呢？……他记起了掐住她喉咙的疯狂的一刹那。他不是什么事都会做出来吗？甚至可能犯罪！……是的，可能犯罪……心中的骚乱使他没法呼吸。到了大路上，他停下来喘口气。姑娘在那边跟一个听见她叫喊而奔过来的少女谈着话；她们把拳头插在腰里，望着他哈哈大笑。

他回去以后，几天地关在家里不敢动。便是在城里，他也只在不得已的时候才出去。凡是有走过城门往田野去的机会，他都战战兢兢地避免，生怕又遇到那股疯狂的气息，像阵雨以前的狂风一样，吹起他心中的欲念。他以为城墙可以给他保障，却想不到只要在紧闭的护窗里头露出一线看也看不见的，仅仅容得下一双眼睛的空隙，敌人就会溜进来。

第二部 萨皮纳

在院子对面,屋子的陪房部分,底层住着一个二十岁的新寡的女人和一个女孩子,叫做萨皮纳·弗洛哀列克太太,也是于莱老人的房客。她占着临街的铺面,和靠院子的两间房,还带着一小方花园,跟于莱家的只隔一道绕满藤萝的铁丝网。她难得在园子里露面;只有孩子从早到晚独自在那里扒着泥土。自生自发的园子有点乱七八糟,老于莱看了大不高兴,他是喜欢把小路给耙得平平整整,使自然界也显得有条有理的。关于这一点,他曾经对房客说过几回;或许就为了这个缘故她根本不到园子里来了,而园子也并没因此给收拾得像个样。

弗洛哀列克太太开着一个小针线铺,在这城中心商业繁盛的街上原来可以很发达;但她对铺子并不比对花园更关心。照伏奇尔太太的说法,一个爱面子的女人,家务是应当自己动手的,——尤其在没有相当的财产容许她闲荡的时候,更没有闲荡的理由,——可是那位太太雇了个十五岁的女孩子,每天早上来做几个钟点零活,打扫屋子,看守铺子,使她自己可以懒洋洋地赖在床上,或是把时间花在梳妆上面。

有时,克利斯朵夫从玻璃窗里看到她光着脚,拖着很长的睡衣在房里走来走去,或是几小时地坐在镜子前面发呆;因为她满不在乎,连窗帘都忘了放下,便是发觉了也懒得走过去动一动手。克利斯朵夫倒反更怕羞,特意从窗边走开,免得她发窘。但那诱惑的力量真是不小:他红着脸,偷偷地瞟了一眼她那清瘦的裸露的胳膊,有气无力地环绕着披散的头发,两手勾搭着抱着颈窝;她就是这样地出神了,直要胳膊酸麻了才放下来。克利斯朵夫相信自己看到这幕可爱的景象完全是出于无意的,而他脑子里想着音乐的时候,也并不因之慌乱;可是他上了瘾,结果他看萨皮纳的时间和她为了梳妆花费的时间一样多。她并非卖弄风情,平时倒是随随便便的,对衣着还不及阿玛利亚或洛莎那么仔细周到。她老半天地照着镜子,纯粹是由于懒惰;每插一支针也像花了很大的劲,必须歇一歇,对镜子扮一下苦脸。白天快完了,她还没完全穿扮好。

萨皮纳没有收拾完毕,往往女仆已经走了,而顾客在门外打铃了。她听见铃响,还得人家叫了一两声,才决心从椅子上站起,笑眯眯的,从容不迫地走出去,——从容不迫地寻找顾客所要的货,——要是找了一下找不到,或是要花一些气力,譬如把梯子从这边搬到那边才能拿到,——她就消消停停地说那东西已经卖完了;因为她不想把屋子整理一下,也不肯添办卖缺的货,顾客们不是不耐烦了,就是照顾别的铺子去了。可是他们并不怪怨她。这样一个可爱的,说话的声音那么柔和的女人,对什么都是不慌不忙的:怎么能跟她生气呢?随便你说什么,她都无所谓;人家也感觉得很清楚,即使抱怨的话已经出了口,也没勇气再说下去;他们走了,对她可爱的笑容也回报一个笑容,可是从此不再上门了。她并不因之着慌。她老是那么笑盈盈的。

她的相貌很像佛罗伦萨的少女。眉毛向上,长得很好看;灰色的眼睛在浓密的睫毛底下只睁开一半。下眼皮带点儿浮肿,底下有条很浅的皱痕。玲珑的小鼻子,下端微微地向上翘着;鼻尖和上嘴唇中间另有一条小小的曲线。嘴巴张开着一点,上嘴唇往上吊起,有笑意,也有倦意。下嘴唇太厚了一些;脸盘的下部是圆的,像意大利画家斐利卜·利比所画的圣母:有种天真而严肃的神气。皮色不十分清白,头发是浅褐色的,打卷的部分很乱,绾的髻尤其不知所云。细身材,小骨骼,动作老是懒洋洋的。穿扮并不讲究,——一件敞开着的短袖,纽扣七零八落,脚下拖着双破烂的旧鞋子,有点不修边幅,——但她青春的风韵,温和的气息,天真的娇媚,自有动人怜爱的魔力。她站在铺子门口换换空气的时候,过路的青年们总喜欢瞅她几眼;她虽然不把他们放在心上,却也注意到了,眼中表示出一点感激与喜悦;妇女被人好意相看之下,都有这种表情,意思仿佛是说:“多谢多谢!……再来一下罢!再瞧我一眼罢!……”

可是她尽管觉得能讨人喜欢是种快乐,懒惰的天性使她从来不想做点儿什么去讨人喜欢。

在于莱和伏奇尔这些人看来,她正是一个引起反感的对象。她的一切都使他们愤慨:她的无精打采,家里的杂乱,衣着的随便,永远的微笑,客客气气听着他们的批评而满不在乎,对于丈夫的死、孩子的病、营业的衰落、日常生活中大大小小的烦恼,都若无其事地不以为意,无论什么也改变不了她的习惯和游手好闲的脾气,——她的一切都教他们生气;而最糟的是这样一个人居然会讨人喜欢。这是伏奇尔太太不能原谅的。仿佛萨皮纳故意拿她的行为来取笑根深蒂固的传统,真正的做人之道,一板三眼的责任,毫无乐趣的工作,取笑那些忙乱、闹哄、吵架、叹苦,和有益身心的悲观主义;而这悲观主义便是于莱一家的,也是所有的规矩人的生存的意义,使他们的生活成为补赎罪孽的准备的。要是一个女人饱食终日,无所事事,把神圣的日子糟蹋完了,还胆敢不声不响地瞧不起人,人家却像苦役犯一般地忙得要命,——而结果大家倒派她有理,那还像话吗?不要教守本分的人灰心吗?……幸而,谢谢上帝!世界上还有些明白人,能使伏奇尔太太跟他们一起得到些安慰。他们从百叶窗里偷觑着小寡妇,每天都得把她议论一番。吃晚饭的时候,这些闲话使全家的人都嘻嘻哈哈地乐死了。克利斯朵夫心不在焉地听着。伏奇尔夫妇素来好批评邻居们的行为,他早已听腻了,再也不去注意。何况他对萨皮纳的认识仅限于脖子和裸露的手臂,虽然觉得可爱,还谈不到对她的为人有什么确切的见解。然而他觉得自己对她非常宽容;而且为了故意跟人家别扭,他很高兴萨皮纳教伏奇尔太太生气。

天气很热的时候,吃过晚饭,大家没法待在院子里;那边整个下午晒着太阳,连晚上都很闷热。只有靠街的一边还能让人透口气。有时于莱跟伏奇尔和鲁意莎在门口坐一会儿。伏奇尔太太和洛莎不过露一露脸:她们忙着家里的事;而伏奇尔太太还要争面子,格外表示她没有闲逛的时间;为了要人听到,她高声地说,所有在这儿靠着屋门打着呵欠,十个指头不肯动一动的人,都叫她头疼。既然她不能强迫他们做事(那是她觉得非常遗憾的),她唯有眼不见为净,回到屋里去狠命地做自己的事。洛莎自以为应当学她的样。而于莱与伏奇尔,觉得到处是过路风，因为怕着凉，也回到楼上去了。他们睡得极早，并且哪怕你请他们做皇帝，也不能教他们改变一点儿习惯。从九点起，门外只剩下鲁意莎和克利斯朵夫两个人了。鲁意莎整天关在屋子里；晚上，克利斯朵夫一有空闲就陪着她，硬要她换换空气。她自个儿是决不会出来的：街上的声音使她害怕。孩子们尖声怪叫地追来追去，街坊上所有的狗都汪汪地叫起来，跟他们呼应。还有钢琴声，远处又有单簧管声，旁边的街上又有人吹着短号。四下里都有彼此招呼的声音。三三两两的人来来往往，在屋子前面走过。要是让鲁意莎一个人待在这个嘈杂的环境中，她简直不知怎么办；跟儿子在一起，她几乎对这些感到有兴趣了。声音慢慢地静下去。孩子跟狗最先睡觉。一群一群的人也散了伙。空气更新鲜，周围也更静了。鲁意莎用细小的声音讲着阿玛利亚或洛莎告诉她的小新闻。她并不觉得这些有多大的兴味，但一方面不知道跟儿子说些什么好，一方面又需要和他亲近，找些话来谈谈。克利斯朵夫咂摸到这种用意，便假装关心她说的话，但并不细听。他迷迷糊糊地想着许多白天的事。

一天晚上，母亲正这样地讲着，他看见隔壁针线铺的门开了。一个女人的影子悄悄地走出来，坐在街上，和鲁意莎的椅子只差几步路。克利斯朵夫虽然瞧不见她的脸，可已经认得是什么人了。他恢复了精神。空气仿佛更甜美了。鲁意莎没有觉察萨皮纳在场，照旧轻轻地说着闲话。克利斯朵夫听得比较留神了，甚至觉得需要参加一些议论，说几句话，或许还要教旁人听见。瘦小的影子待着不动，有点困倦的模样，两腿交叉着，双手叠在一起平放在膝上。她向前望着，似乎什么都没听到。鲁意莎想睡觉了，进了屋子。克利斯朵夫说他还想待一忽儿。

时间快到十点。街上没有人了。最后几个邻居一个一个都回进了屋子，只听见铺子关门的声音。玻璃窗内的灯睒了睒眼睛，熄了。还有一两处亮着的，接着也熄掉了。四下里静悄悄的……只有他们两人，彼此可并不瞧一眼，都屏着气，似乎不知道各人身边还有一个人。远处的田里传来一阵新近割过的草原的香味，邻家的平台上飘来种在盆里的丁香花的香味。空气静止。天河缓缓地在那里移转。一座烟囱的上空，大熊星和小熊星的车轴在滚动；群星点缀着淡绿的天，像一朵朵的翠菊。本区教堂的大钟敲着十一点,别的教堂在四周遥遥呼应,有些是清脆的声音,有些是迟钝的声音,家家户户的时钟也传出重浊的音调,其中还有喉音嘶嗄的鹧鸪声。①

他们从幻想中惊醒过来,同时站起,正要进门的时候,一声不出地互相点了点头。克利斯朵夫回到楼上,点起蜡烛,坐在桌子前面,把手捧着头,一无所思地待了好久。然后他叹了一口气,睡了。明天他一起来就不由自主地走近窗口,向萨皮纳的房间那边望了一眼。可是窗帘拉得很严。整个上午都是这样。从此也永远是这样。

第二天晚上,克利斯朵夫向母亲提议再到门前去坐一回;他居然有了乘凉的习惯。鲁意莎觉得很高兴:以前看他吃罢晚饭就躲在自己房里,把玻璃窗跟护窗一齐关着,她有些担心。——不声不响的小影子也照旧出来,坐在老地方。他们很快地点了点头,鲁意莎根本没发觉。克利斯朵夫和母亲谈着话。萨皮纳对她的女孩子微微笑着,看她在街上玩;到九点,萨皮纳带她去睡了,然后又悄悄地回出来。她要是在屋里多待了一些时候,克利斯朵夫就担心她不会再来。他留神屋子里的动静,听着不肯睡觉的女孩子的笑;萨皮纳还没有在铺门口出现,他已经听到衣服窸窸窣窣的声音,便掉过头来,声音更兴奋地和母亲谈着话。有时他觉得萨皮纳觑着他,他也偷偷地瞟她几眼。可是他们的眼睛从来没碰在一起。

终于孩子做了他们的联系。她在街上和别的儿童奔跑。一条和善的狗把脸搁在脚上,躺在地下打盹;他们去惹它,它把红眼睛睁开了一半,结果给惹恼了,咕噜了几声:他们便一边叫一边逃,又怕又乐。女孩子尖声嚷着,尽望后面瞧,好像被狗追着似的:她往鲁意莎这边直扑过来,把鲁意莎逗笑了。她拉住了孩子问长问短,开始跟萨皮纳搭讪。克利斯朵夫并不插嘴。他不跟萨皮纳说话,萨皮纳也不向他说话。两人心照不宣地,都装做没有对方这个人。但她们说的话,他一个字都没放过。鲁意莎觉得他的不开口仿佛表示敌意。萨皮纳并不这样想;但他

---

① 这是一种以鹧鸪的叫声报告时刻的挂钟。

使她胆怯,回答鲁意莎的话不免因之有些慌张,过了一会儿她借端进去了。

整整一个星期,鲁意莎因为感冒,不得不待在屋里,外边只剩克利斯朵夫与萨皮纳两个人了。第一次,他们都有些害怕。萨皮纳为免得发僵,把女儿抱在膝上不住地亲吻。克利斯朵夫非常局促,不知道是否应当继续不理不睬。那的确有点儿为难;他们虽没直接谈过话,鲁意莎早已把他们介绍过。他想迸出一两句话来,不料声音在喉咙里搁浅了。幸而女孩子又来给他们解了围。她玩着捉迷藏,在克利斯朵夫的椅子周围打转,他把她拦住了亲了一下。他不大喜欢小孩子,但拥抱这一个的时候有种特殊的快感。孩子一心想玩,竭力挣脱。克利斯朵夫耍弄她,被她在手上咬了一口,只得把她放走了。萨皮纳笑了起来。他们一边瞧着孩子一边交换了几句无聊的话。随后,克利斯朵夫想把谈话继续下去(他自以为应当如此),可是找不出多少话来;而萨皮纳也帮不了他的忙,只把他说的重复一遍:

"今晚天气很舒服。"

"是的,真舒服。"

"院子里简直透不过气来。"

"是的,闷得很。"

话说不下去了。萨皮纳趁着孩子该睡觉的时候,进了屋子不再出来。

克利斯朵夫怕她以后几晚都要这样,怕鲁意莎不在的时候,她会躲着不跟他单独在一起。事实可并不如此;第二天,萨皮纳又跟他搭讪了。她是为了要说话而说话,而不是为了说话有什么乐趣。明明她费了很大的劲才找到话题,她对自己的问话也觉得憋闷:不论是回答是发问,都往往在难堪的静默中停住了。克利斯朵夫想起从前和奥多最初几次的会面;但和萨皮纳的谈天,范围更窄了,而她还没有奥多的耐性。试了几下不成功,她就丢手:太费气力的事,她是不感兴趣的。她不作声了,他也就跟着不作声。

这样以后,一切又立刻变得很甜美。黑夜恢复了它的安静,心灵恢复了它的幽思。萨皮纳在椅子上缓缓摇摆,沉入遐想。克利斯朵夫也在一旁出神。他们一句话也不说。半小时以后,一阵熏风从装着杨梅的小车上吹来,带着醉人的香味,克利斯朵夫不由得轻轻地自言自语。萨皮纳回报他一两个字。他们俩又不作声了,只体味着这种宁静跟那些不相干的话。他们做着同样的梦,想着同一的念头;什么念头呢? 不知道,他们自己也不承认有同样的思想。大钟敲了十一点,两人笑了笑,分手了。

第二天,他们根本不想再开始谈话,只守着他们心爱的静默,隔了半晌才交换一言半语,证明他们原来都想着同样的事。

萨皮纳笑着说:"不勉强自己说话真是舒服多了! 你以为该找点儿话来说,可是多麻烦啊!"

"唉!"克利斯朵夫声音非常感动,"要是大家都像你这样想才好呢!"

两人一齐笑了。他们都想到了伏奇尔太太。

"可怜的女人!"萨皮纳说,"真教人头疼!"

"她自己可从来不头疼。"克利斯朵夫表示很痛心。

萨皮纳瞧着他的神色,听着他的话,笑了起来。

"你觉得有趣吗?"他说,"你满不在乎,因为你不受这个罪。"

"对啦,我锁了门躲在家里。"

她差不多没有声音地、轻轻地笑了一笑。克利斯朵夫在恬静的夜里很高兴地听着她。他吸了一口新鲜的空气,觉得畅快极了。

"啊! 能够不作声多舒服!"他说着伸了个懒腰。

"说话真没意思!"她回答。

"对啦,不说话大家已经很了解了!"

两人又没有声音了。他们在黑暗里彼此瞧不见,可都微微地笑着。

然而,即使他们在一起的时候有同样的感觉,——或者自以为如此,——还谈不到互相有什么认识。萨皮纳根本不在乎这一点。克利斯朵夫比较好奇,有天晚上问她:

"你喜欢音乐吗?"

"不,"她老老实实地回答,"我听了心中发闷,一点儿都不懂。"

这种坦白使他很高兴。一般人听到音乐就烦闷,嘴里偏要说喜欢极了:克利斯朵夫听腻了这种谎话,所以有人能老实说不爱音乐,他差不多认为是种德性了。他又问萨皮纳看书不看。

不,先是她没有书。

他提议把他的借给她。

“是正经书吗?”她有些害怕地问。

她要不喜欢的话,就不给她正经书。他可以借些诗集给她。

“那不就是正经书吗?”

“那末小说罢?”

她噘了噘嘴。

难道这个她也不感兴趣吗?

兴趣是有的;但小说总嫌太长,她永远没有耐性看完。她会忘了开头的情节,会跳过几章,结果什么都弄不清,把书丢下了。

“原来是这样的兴趣!”

“哦,对一桩凭空编出来的故事,有这点儿兴趣也够了。一个人在书本以外不是也该有点儿兴趣吗?”

“也许喜欢看戏罢?”

“那才不呢!”

“难道不上戏院去吗?”

“不去。戏院里太热,人太多。哪有家里舒服?灯光刺着你眼睛,戏子又那么难看!”

在这一点上,他和她表示同意。但戏院里还有别的东西,譬如那些戏文吧。

“是的,”她心不在焉地回答,“可是我没空。”

“你忙些什么呢,从早到晚?”

她笑了笑:“事情多着呢!”

“不错,你还有你的铺子。”

“哦!”她不慌不忙地说,“为铺子我也不怎么忙。”

“那末是你的女孩子使你没有空啰?”

“也不是的,可怜的孩子,她很乖,会自个儿玩的。”

“那末忙什么呢?”

他对自己的冒昧表示歉意。但她觉得他的冒昧很有意思。

“事情多着呢,多得很!”

“什么呢?”

她可说不清。有各种各样的事要你忙着。只要起身,梳洗,想中饭,做中饭,吃中饭,再想晚饭,收拾一下房间……一天已经完了……并且究竟还该有些空闲的时间!……

“你不觉得无聊吗?”

“从来不会的。”

“便是一事不做的时候也不无聊吗?”

“就是那样我不会无聊;要做什么事的时候,我心里倒堵得慌了。”

他们互相望着,笑了。

“你真幸福!”克利斯朵夫说,“要我一事不做就办不到。”

“你一定办得到的。”

“我这几天才知道我也会不做事的。”

“那末你慢慢地就会一事不做了。”

他跟她谈过了话,心里很平静很安定。他只要看见她就行了。他的不安,他的烦躁,使他的心抽搐的那种紧张的苦闷,都松了下来。他跟她说话的时候,想到她的时候,心一点儿不乱。他虽然不敢承认,但一接近她,就觉得进入了一种甜蜜的麻痹状态,差不多要蒙眬入睡了。

这些夜里,他比平时睡得特别好。

做完了工作回家的时候,克利斯朵夫总向铺子里瞧一眼。他难得看不见萨皮纳的,他们便笑着点点头。有时她站在门口,两人就谈几句话;再不然他把门推开一半,叫小孩子过来塞一包糖给她。

有一天,他决意走进铺子,推说要几颗上装的纽扣。她找了一会儿找不到。所有的纽扣都混在一起,没法分清。她因为被他看到东西这么乱,有点儿不大得劲。他可觉得很有趣,低下头去想看个仔细。

“不行!”她一边说一边用手遮着抽屉,“你不能看!简直是堆乱东西……”

她又找起来了。但克利斯朵夫使她发窘,她懊恼之下,把抽屉一推,说道:“找不到了。你到隔壁街上李齐铺子去买罢。她一定有。她那儿是要什么有什么的。”

他对她这种做买卖的作风笑了。

“你是不是把所有的顾客都这样介绍给她的?”

“这也不是第一回了。”她满不在乎地回答。

可是她究竟有些不好意思。

“整东西真麻烦,”她又说,“我老是一天一天地拖着,可是明儿我一定要开始了。”

“要不要我帮忙?”

她拒绝了。她心里是愿意的:可是不敢,怕人家说闲话,而且他来了,她也会胆怯的。

他们继续谈着话。过了一会儿,她说:“你的纽扣怎么样呢? 不上李齐那边去买吗?”

“才不去呢,”克利斯朵夫说,“等你把东西整好了我再来。”

“噢!”萨皮纳回答,她已经忘了刚才的话,“你别等得那么久啊!”

这句老实话使他们俩都笑开了。

克利斯朵夫向着她关上的抽屉走过去。

“让我来找行不行?”

她跑上来想拦住他:“不,不,不用再找,我知道的确没有了。”

“我打赌你一定有的。”

他一来就把他要的纽扣得意扬扬地找到了。可是他还要另外几颗,想接着再找;但她把匣子抢了过去,赌着气自己来找了。

天黑下来了,她拿了匣子走近窗口。克利斯朵夫坐在一旁,只离开她几步路。女孩子趴在他的膝上,他装做听着孩子胡扯,心不在焉地回答着。其实他瞧着萨皮纳,萨皮纳也知道他瞧着她。她低着头在匣子里掏。他看到她的颈窝跟一部分的腮帮,——发现她脸红了,他也脸红了。

孩子老是在讲话,没有人理她。萨皮纳木在那里不动了。克利斯朵夫看不清她做些什么,但相信她是什么也没做,甚至也没看着她手里的匣子。两人还是不作声,孩子觉得奇怪,从克利斯朵夫的膝上滑了下来,问:“干吗你们不说话了?”

萨皮纳猛地转过身子,把她搂在怀里。匣子掉在地下,纽扣都往家具底下乱滚;孩子快活得直叫,赶紧跑着去追了。萨皮纳回到窗子前面,把脸贴着玻璃好似望着外边出神了。

“再见。”克利斯朵夫说着,心乱了。

她头也不回,只很轻地回答了一声“再见”。

星期日下午,整个屋子都空了。全家都上教堂去做晚祷。萨皮纳可是一向不去的。有一次当幽美的钟声响个不歇,好似催她去的时候,克利斯朵夫看见她在小花园里坐在屋门口,便开玩笑似的责备她;她也开玩笑似的回答说,非去不可的只有弥撒祭,而不是晚祷;过分热心非但用不着,并且还有些讨厌;她认为上帝对她的不去做晚祷决不会见怪,反而觉得高兴呢。

“你把上帝看做跟你自己一样。”克利斯朵夫说。

“我要是他,那些仪式才使我厌烦呢!”她斩钉截铁地说。

“你要做了上帝,就不会常常来管人家的事了。”

“我只求他不要管我的事。”

“那倒也不见得更糟。”克利斯朵夫说。

“别说了,”萨皮纳叫起来,“这些都是亵渎的话!”

“说上帝跟你一样,不见得有什么亵渎。”

“你别说了行不行?”萨皮纳半笑半生气地说。她怕上帝要着恼了,便赶快扯上别的话:“再说,一星期中也只有这个时间,能够安安静静地欣赏一下园子。”

“对啦,他们都出去了。”

他们彼此望了一眼。

“多么清静!”萨皮纳又说,“真难得…… 我们不知道自己在哪儿了! ……”

“嘿!”克利斯朵夫愤愤地嚷起来,“有些日子我真想把她勒死!”

他们用不到解释说的是谁。

“还有别人怎么办呢?”萨皮纳笑着问。

“不错,”克利斯朵夫懊丧地说,“还有洛莎。”

“可怜的小姑娘!”

他们不作声了。然后克利斯朵夫又叹了口气:

“要永远像现在这样才好呢!……”

她笑眯眯地把眼睛抬了一下,又低下去。他发觉她正在做活:

“你在那里做什么?”

(他和她隔着两方花园之间绕满常春藤的铁丝网。)

“你瞧,我剥青豆来着。”她把膝上的碗举起来给他看。

她深深地叹了一声。

“这也不是什么讨厌的工作。”他笑着说。

“噢!老是要管三顿吃的,麻烦死了!”

“我敢打赌,要是可能,你为了不愿意做饭,宁可不吃饭的。”

“当然啰!”

“你等着,我来帮你。”

他跨过铁丝网,走到她身边。

她在屋门口坐在一张椅子上,他坐在她脚下的石级上。从她的衣兜里,他抓了一把豆荚;然后把滚圆的小豆倒在萨皮纳膝间的碗里。他望着地下,瞧见萨皮纳的黑袜子把她的脚和踝骨勾勒得清清楚楚。他不敢抬起头来看她。

空气很闷。天上白茫茫的,云层很低,一丝风都没有。没有一张飘动的树叶。园子给关在高墙里头:世界就是这么一点儿。

孩子跟着邻家的妇人出去了。屋子里只有他们两个。什么话也不说,也不能再说什么。他低着头只顾在萨皮纳的膝上掏起一把把的豆荚;碰到她身子,他的手指就颤抖,有一回在鲜润光滑的豆荚中跟她也在发抖的手指碰上了。他们继续不下去了。两人都待着不动,也不互相瞧一眼:她仰在椅子里,微微张着嘴巴,让手臂往下吊着;他坐在她脚下,靠着她,觉得沿着肩膀与胳膊有股萨皮纳腿上的暖气。他们都有些气喘。克利斯朵夫把手按在石级上想教它冷:可是一只手轻轻碰到了萨皮纳伸在鞋子外边的脚,就放在上面,拿不开了。他们打着寒噤,像要发晕似的。克利斯朵夫的手紧紧抓着萨皮纳纤小的脚趾。萨皮纳流着冷汗，向克利斯朵夫弯下身子……

一阵很熟悉的声音把他们的醉意赶走了，使他们吓了一跳。克利斯朵夫纵起身子，跳过铁丝网。萨皮纳把豆荚撩在衣兜里进了屋子。他在院子里回头望了一下，她正站在门口，便彼此瞅了一眼。雨点开始簌簌地打在树叶上……她把门关上了。伏奇尔太太和洛莎回家了……他也上了楼……

正当昏黄的天色暗下来，被阵雨淹没了的时候，他从桌边站起，有股按捺不住的力鼓动着他；他奔到关着的窗子前面，向着对面的窗伸出手臂。同时，对面的玻璃窗里，在黑洞洞的室内，他看见——自以为看见——萨皮纳也向他张着臂抱。

他急急忙忙从家里冲出去，下了楼梯，奔进园子。冒着被人看见的危险，他正想跨过铁丝网，可是望了望她刚才出现的窗子，看到护窗都关得严严的，屋子似乎睡着了。他迟疑了一下。于莱老人正要下地窖去，见了他就跟他招呼。他走了回来，自以为做了个梦。

洛莎不久就发觉了周围的情形。她并不猜疑，还不知道什么叫做妒忌。她准备倾心相与，不求酬报。但她虽然很伤心地忍受了克利斯朵夫的不爱她，可也从来没想到克利斯朵夫可能爱上别人。

一天晚上，吃过晚饭，她刚把做了几个月的一件挑绣收拾完工，觉得很快活，想松动一下，去跟克利斯朵夫谈谈。趁母亲转过背去的时候，她偷偷地溜出房间，溜出屋子，像个犯了什么错的小学生。克利斯朵夫曾经瞧不起她，说她那个活儿是永远做不完的，如今她很高兴能够驳倒他了。克利斯朵夫对她的感情，可怜的小姑娘是知道的，可是没用；她老以为自己看到别人感到愉快，别人看到她一定也是一样的。

她走出去了。克利斯朵夫和萨皮纳坐在门前。洛莎一阵难过，可并没把这个直觉的印象特别放在心上，仍旧高高兴兴地招呼着克利斯朵夫。在静寂的夜里，她的尖嗓子给克利斯朵夫的感觉好像是个弹错的音。他在椅子里打了个哆嗦，气得把脸扭做一团。洛莎得意扬扬地把挑绣直送到他面前，克利斯朵夫不耐烦地把它撩开了。

“完工啦，完工啦！”洛莎盯住了他说。

“那末再做一条罢!”克利斯朵夫冷冷地回答。

洛莎愣了一愣。她的兴致都给扫尽了。

克利斯朵夫还接着刻薄她:“等到你做了三十条,人也老了的时候,你至少可以觉得这一辈子没有白活!”

洛莎真想哭出来:“天哪! 你话说得多狠,克利斯朵夫!”

克利斯朵夫觉得很惭愧,和她说了几句好话。她是只要一点儿鼓励就会满足而得意起来的,便马上直着嗓子唠叨:她不能轻声说话,老是照家里的习惯大叫大嚷。克利斯朵夫竭力压着自己,可仍掩饰不了恶劣的心绪。他先还气哼哼地回答一句半句,后来竟不理她了,转过身子,在椅子上扭来扭去,听着她的叫嚣咬牙切齿。洛莎明明看见他不耐烦,知道应该住嘴了;可是她反而聒噪得更厉害。萨皮纳,不声不响,和他们只隔几步路,坐在黑影里,无关痛痒地在那儿冷眼旁观。后来她看腻了,觉得这一晚是完了,便进了屋子。克利斯朵夫直到她走了好一会儿才发觉,也立刻站起身子,冷冷地说了声再会就不见了。

洛莎一个人在街上,狼狈不堪,望着他进去的大门。她含着眼泪赶紧回家,轻手轻脚的,免得跟母亲说话;她急急忙忙脱下衣服,一上床就蒙着被嚎啕大哭。她并不推敲刚才的情形,也没想到克利斯朵夫爱不爱萨皮纳,克利斯朵夫和萨皮纳是不是讨厌她;她只知道什么都完了,活着没意思了,只有死了。

第二天早上,她又凭着那种永远打不倒的,自骗自的希望,转起念头来了。回想到前一天的事,她觉得不应该看得那么严重。固然克利斯朵夫是不爱她,她也认命了;但心里存着个念头(虽然自己不肯承认),以为自己的爱情早晚会博得他的爱情。可是她从哪儿看出他和萨皮纳有什么关系呢? 像他那样聪明的人,怎么会爱一个无聊平庸的女子? 那些缺点不是大家都看得很清楚吗? 这样一想,她放心了,——可是并不因此不监视克利斯朵夫。白天她什么都没看到,既然根本没有什么事;但克利斯朵夫看见她整天在他周围打转,又不说出为了什么,不禁大为气恼。而他更气的是,晚上她老实不客气到街上来坐在他们旁边。那等于把前一晚的事重演一遍:只有洛莎一个人说着话。萨皮纳没有等多久便进去了;克利斯朵夫也学了她的样。洛莎不得不承认自己的出场对他们是大煞风景;但可怜的姑娘还想骗自己。她并没发觉最糟的就是硬要教人理睬她;而以她那种素来笨拙的手段,以后几晚她还是来那么一套。

第三天,克利斯朵夫被洛莎在旁边紧盯着,空等了一场萨皮纳。

第四天,只有洛莎一个人了。他们俩都不愿意再挣持下去。可是她除了克利斯朵夫的憎恨以外,什么也没到手。他把她恨死了,因为黄昏时那一忽儿工夫是他唯一快乐的时间,而现在给她剥夺了。再加克利斯朵夫一心只顾着自己的感情,从来不想到去体会一下洛莎的心事,所以更不能原谅她。

萨皮纳可久已猜透洛莎的心:她对自己是否动了爱情还没弄清楚,就已经知道洛莎在那里忌妒了,但嘴上一字不提;并且像一切漂亮妇女一样,她有种天生的残忍,因为知道自己必胜无疑,就不声不响地,很狡猾地,冷眼看着那个笨拙的情敌白费气力。

洛莎打了败仗,对着她战略的后果非常丧气地考虑了一番。为她,最好是别一把死抓,别和克利斯朵夫去纠缠,至少在目前:而这个办法正是她所不用的;最坏的是跟他提到萨皮纳:而这就是她所用的手段。

为了试探克利斯朵夫的意思,她心中忐忑地、怯生生地和他说了句萨皮纳长得俏。克利斯朵夫冷冷地回答说她的确很俏。虽然这种回答早在洛莎意料之中,她仍觉得心上挨了一拳。她很知道萨皮纳好看,可从来没注意过,如今是用了克利斯朵夫的眼光第一次去看她;她看到萨皮纳面目清秀,小鼻子,小嘴,身材玲珑,态度举动多么有风韵……啊!她看了多痛苦!……要能有这样的身体,她有什么东西不肯牺牲呢!人家为什么不爱她而爱萨皮纳,她也太明白了!……她的身体!……她怎么会长了个这样的身体的呢?它使她精神上受到多大的压迫!她觉得它多丑!多可厌!而且只有死才能摆脱这个躯壳!……她太高傲,同时也太谦卑了,决不肯因为得不到人家的爱而怨叹:她没有这个权利;她想教自己更谦虚一点。但她的本能表示反抗……不,这是不公平的!……为什么这个身体是她的,她的,而非萨皮纳的呢?……人家为什么要爱萨皮纳呢?她用什么方法教人爱的呢?……洛莎用着毫不留情的眼光看她，觉得她懒惰、随便、自私，对谁都不理不睬，不照顾家，不照顾孩子，什么都不管，只顾着自己，活着只为了睡觉，闲荡，一事不做……而这倒能讨人喜欢……讨那么严厉的克利斯朵夫，她最敬重最佩服的克利斯朵夫的喜欢！哎哟！这可太不公平了！太荒唐了！……克利斯朵夫怎么会不发觉的呢？——她禁不住在他面前时常说几句对萨皮纳不好听的话。她并不愿意说，但不由自主地要说。她常常后悔，因为她心肠很好，不喜欢说任何人的坏话。但她更加后悔的是这些话惹起了克利斯朵夫尖刻的答复，显出他对萨皮纳是怎样的钟情。他的感情受了伤害，他便想法去伤害别人，而居然成功了。洛莎一言不答地走了，低着头，咬着嘴唇，免得哭出来。她以为这是自己的错，是咎由自取，因为她攻击了克利斯朵夫心爱的人，使克利斯朵夫难过。

她的母亲可没有她这种耐性。心明眼亮的伏奇尔太太，和老于莱一样，很快就注意到克利斯朵夫和邻家少妇的谈话：要猜到其中的情节是不难的。他们暗中想把洛莎将来嫁给克利斯朵夫的愿望受了打击；而在他们看来，这是克利斯朵夫对他们的一种侮辱，虽然他并不知道人家没有征求他的同意就把他支配了。阿玛利亚那种专横的性格，决不答应别人和她思想不同；而克利斯朵夫在她几次三番表示瞧不起萨皮纳以后，仍然去和萨皮纳亲近，尤其使她愤慨。

她老实不客气把那种意见对克利斯朵夫唠叨。只要他在场，她总借端扯到萨皮纳身上，想找些最难堪的，使克利斯朵夫最受不了的话来说；而凭她大胆的观点和谈锋，那是很容易找到的。在伤害人或讨好人的艺术中，女子强悍的本能远过于男子；而这种本能使阿玛利亚对于萨皮纳的不清洁，比对她的懒惰与道德方面的缺点攻击得更厉害。她的放肆而喜欢窥探的眼睛，透过玻璃窗，一直扫到卧室里头，在萨皮纳的梳洗方面搜寻她不干净的证据，然后再用那种粗俗的兴致，一件一件地说给人家听，要是为了体统攸关而不能全说，她就用暗示来教人懂得。

克利斯朵夫又难堪又愤怒，脸色发了白，嘴唇抖个不住。洛莎眼看要出事了，央求母亲不要再说，甚至替萨皮纳辩护；但这些话反而使阿玛利亚攻击得更凶。

突然之间，克利斯朵夫从椅子上跳起来，拍着桌子，嚷着说这样地议论一个女人，暗地里刺探她而抖出她的私事是卑鄙的；一个人真要刻毒到极点，才会去拼命攻击一个好心的，可爱的，和善的，躲在一边的，不伤害谁，也不说谁的坏话的人。可是，倘若以为这样就能教她吃亏，那就错了：那倒反增加别人对她的好感，愈加显出她的善良。

阿玛利亚也觉得自己过火了些，但听了这顿教训恼羞成怒，把争论换了方向，认为在嘴上说说善良真是太容易了：这两个字可以把什么都一笔勾销了吗？哼！只要不做一件事，不照顾一个人，不尽自己的责任，就能被认为善良，那真是太方便了！

听了这番话，克利斯朵夫回答说，人生第一应尽的责任是要让人家觉得生活可爱，但有些人认为凡是丑的、沉闷的、教人腻烦的、妨害他人自由的，把邻居、仆人、家属，跟自己一股脑儿折磨而伤害了的，才算是责任。但愿上帝保佑我们，不要像碰到瘟疫一样地碰到这一类的人，这一种的责任！……

大家越争越激烈。阿玛利亚变得非常不客气了。克利斯朵夫也一点不饶人。而最显明的结果，是从此以后克利斯朵夫故意跟萨皮纳老混在一块儿。他去敲她的门，和她快快活活地有说有笑，还有心等阿玛利亚与洛莎看得见的时候这么做。阿玛利亚说些气愤的话作为报复。可是无邪的洛莎被这种残忍的手段磨得心都碎了；她觉得他瞧不起她们，他要报复；她辛酸地哭了。

这样，从前受过多少冤枉气的克利斯朵夫，也学会了教别人受冤枉气。

过了一些时候，萨皮纳的哥哥给一个男孩子行洗礼；他是面粉师，住在十几里以外的一个叫做朗台格的村子上。萨皮纳是孩子的教母。她教人把克利斯朵夫也请了。他不喜欢这种喜庆事儿，但为了气气伏奇尔一家，同时又能跟萨皮纳做伴，也就很高兴地答应了。

萨皮纳有心开玩笑，也请了阿玛利亚与洛莎，明知她们是不会接受的。而结果的确不出她所料。洛莎很想答应。她并没瞧不起萨皮纳，甚至为了克利斯朵夫喜欢她的缘故，有时对她也很有好感，颇想去勾着萨皮纳的脖子，把自己的心意告诉她。可是她的母亲在面前，她的榜样也摆在面前:只得拿出一些傲气来谢绝了。等到他们动身以后,想到他们在一起很快活,在田野里散步,七月里的下午又多美,而她却关在房里,面前放着一大堆衣服得缝补,母亲又在旁边嘀咕,她可透不过气来了;她恨自己刚才的傲气。啊! 要是还来得及的话! ……要是还来得及的话,她也能一样地去乐一下……

面粉师派了他那辆铺着板凳的马车来接克利斯朵夫和萨皮纳,路上又接了几位别的客人。天气又凉快又干燥。鲜明的太阳把田野里一串串鲜红的樱桃照得发亮。萨皮纳微微笑着。她的苍白的脸,吹着新鲜的空气有了粉红的颜色。克利斯朵夫把女孩子抱在膝上。他们彼此并不想说话,只跟坐在旁边的人闲扯,不管跟谁,也不管谈些什么:他们很高兴听到对方的声音,很高兴能坐在一辆车里。两人交换着像儿童一样快活的目光,互相指着一座屋子、一株树、一个走路人。萨皮纳喜欢乡下,可差不多从来不去:无可救药的懒惰使她绝对不会散步;她不出城快一年了,所以这天看到一点儿小景致就觉得趣味无穷。那对克利斯朵夫当然说不上新鲜;但他爱着萨皮纳,也就像所有谈恋爱的人一样,对一切都用情人的眼光去看,凡是她衷心喜悦的激动他都感觉到,还要把她所感到的情绪鼓动得更高:和爱人在精神上合二为一的时候,他把自己的生机也灌注给她了。

到了磨坊,庄子上的人和别的来客在院子里招呼他们,大声叫嚷,把人耳朵都震聋了。鸡,鸭,狗,也一齐哄叫起来。面粉师贝尔多是个浑身黄毛的汉子,脑袋和肩膀全是方的,个子的高大肥胖,正好和萨皮纳的瘦小纤弱成为对比。他把妹子一把抱起,轻轻巧巧地放在地下,仿佛怕她会碰坏了似的。克利斯朵夫很快就看出来,小妹妹向来是对她彪形大汉的哥哥爱怎么办就怎么办的,而他尽管说些戆直的笑话,挖苦她的使性、懒惰,和数不清的缺点,照旧对她百依百顺。她受惯了这种奉承,认为挺自然的。她把一切都认为挺自然的,对什么也不以为奇。她决不做点儿什么去讨人喜欢,只觉得有人爱她是稀松平常的事;要不然她也不以为意;因为这样,才每个人爱她。

克利斯朵夫还有一个比较不大愉快的发现,原来洗礼不但要有一个教母,还得有一个教父,教父对教母照例有些特权,那是他决不肯放弃的，倘若教母又年轻又漂亮的话。一个佃户，长着金黄的鬈发，耳上戴着环子，走近萨皮纳，笑着把她两边的腮帮都亲了亲；克利斯朵夫看了才记起那个风俗。他非但不以为早先没想到是自己糊涂，为之而生气是更其糊涂，他反而对萨皮纳大不高兴，像故意把他诱进圈套似的。在以后的仪式中和萨皮纳不在一起的时候，他心绪更坏了。大家在草场上蜿蜒前进，萨皮纳不时从队伍中转过身来对他很和善地望一眼。他假装看不见。她知道他在那儿怄气，也猜到是为的什么；但她并不着慌，只觉得好玩。虽然她跟一个心爱的人闹了别扭非常难过，可永远不想花点儿精神去解除误会：那太费事了。只要听其自然，每样事都会顺当的……

在饭桌上，克利斯朵夫坐在面粉师的太太和一个脸颊通红的大胖姑娘中间。刚才他曾经陪着这姑娘去望弥撒，连看都不屑于看，这时他对她瞧了瞧，认为还过得去，便有心出气，闹哄着向她大献殷勤，惹萨皮纳注意。他果然成功了；但萨皮纳对什么事什么人都不会忌妒的：只要人家爱着她，她决不计较人家同时爱着别人；所以她非但没有气恼，倒反因克利斯朵夫有了消遣而很高兴。她从饭桌的那一头，对他极温柔地笑着。克利斯朵夫可是慌了，那毫无问题表示萨皮纳满不在乎；他便一声不响地发气，不管人家是跟他开玩笑还是灌酒，始终不开口。他憋着一肚子的火，不懂自己干吗要跑来吃这顿吃不完的饭；后来他有些迷迷糊糊了，竟没听到面粉师提议坐着船去玩儿，顺手把有些客人送回庄子。他也没看到萨皮纳向他示意，要他去坐在同一条船上。等到想起了，已经没有位置，只能上另一条船。这点小小的不如意也许会使他心绪更坏，要不是他马上发觉差不多所有的同伴都得在半路上下去。这样他才展开眉头，对大家和颜悦色。况且天气很好，在水上消磨一个下午，划着船，看那些老实的乡下人嘻嘻哈哈的，他恶劣的心绪也消灭得无影无踪了。萨皮纳既不在眼前，他用不着再留神自己，只管跟别人一样地玩个痛快了。

他们一共坐了三条船，前后衔接，互相争前，兴高采烈地骂来骂去。几条船靠拢的时候，克利斯朵夫看见萨皮纳对他眼睛笑眯眯的，也禁不住向她笑了笑，表示讲和了，因为他知道等会他们是一块儿回去的。

大家开始唱些四部合唱的歌，每个小组担任一部，逢到重复的歌词就来个合唱。几条船疏疏落落地散开着，此呼彼应。声音滑在水面上像飞鸟掠过似的。不时有条船傍岸，让一两个乡下人上去；他们站在河边，向渐渐远去的船挥着手。小小的一队人马分散了，唱歌的人也一个一个地离开了乐队。末了只剩下克利斯朵夫、萨皮纳，和面粉师。

他们坐在一条船上，顺流而下地回去。克利斯朵夫和贝尔多拿着桨，但并不划。萨皮纳坐在船尾，正对着克利斯朵夫，一边和哥哥谈话，一边望着克利斯朵夫。这段对话使他们能彼此心平气和地静观默想。要不是靠那些信口胡诌的话，他们就不会有这个境界。嘴里仿佛说："我看的不是你呀。"但两人的眼睛是表示："不错，我是爱你的，但你是谁呢？……不问你是谁，我是爱你的，但你究竟是谁啊？……"

忽然天上盖了云，雾从草原上升起来，河里冒着水汽，太阳给遮掉了。萨皮纳哆哆嗦嗦地把头和肩膀都用小黑披肩裹紧了。她仿佛很累。船沿着岸在垂柳底下滑过的时候，她闭上眼睛，小小的脸发了白，抿着嘴，一动不动，好似很痛苦，——好似受过了痛苦，已经死了。克利斯朵夫一阵难过，向她探着身子。她睁开眼来，看见克利斯朵夫很不放心地瞧着她打着问号，就对他微微一笑。那对他简直是一道阳光。他低声问：

"你病了吗？"

她摇摇头说："我觉得冷。"

两个男人把自己的外衣一齐披在她身上，裹着她的脚、腿、膝，像对付一个睡在床上的孩子。她听凭摆布，只拿眼睛来表示谢意。一阵小小的冷雨下起来了。他们拿起桨来急急忙忙赶着回去。浓密的乌云遮黑了天空。河里卷起乌油油的水浪。田野里，东一处西一处的屋子亮起灯光。回到磨坊的时候，已经大雨倾盆，而萨皮纳是浑身湿透了。

厨房里生起很旺的火，大家等阵雨过去。但雨势越来越大，再加狂风助威。他们进城还得坐车走十几里路。面粉师说决不让萨皮纳在这样的天气中动身，劝他们两个都在庄子上过夜。克利斯朵夫不敢就答应，想在萨皮纳的眼中看她的表示；但她的眼睛老盯着灶肚里的火，好像怕影响了克利斯朵夫的决定。可是克利斯朵夫一答应，她就把红红的脸——(是不是被火光照着的缘故呢?)——转过来对着他,他看出她很高兴。

多愉快的一晚……外面雨下得很凶。炉火把一簇簇的金星往烟囱里送。他们一个圈儿坐着,奇奇怪怪的人影在墙上跳动。面粉师教萨皮纳的孩子看他用手做出种种影子。孩子笑着,可不大放心。萨皮纳弯着身子向着火,拿根笨重的铁棒随手拨弄;她有点儿疲倦,微笑着在那里胡思乱想;嫂子跟她谈着家常,她只点点头,可并没有听进去。克利斯朵夫坐在黑影里,靠近面粉师,轻轻地扯着孩子的头发,望着萨皮纳的笑容。她知道他望着她。他知道她向他笑着。整个晚上他们没有谈一句话或是正面看一眼;而他们也没有这个欲望。

晚上他们很早就分手了。两人的卧房是相连的,里头有扇门相通。克利斯朵夫无意中看了看门,知道在萨皮纳那边是上了锁的。他上床竭力想睡。雨打在窗上,风在烟囱里呼呼地叫。楼上有扇门在那里咿咿呀呀。窗外一株白杨被大风吹得格格地响着。克利斯朵夫没法睡觉,他想到自己就在她身旁,在一个屋顶之下,只隔着一堵壁。他并没听见萨皮纳的屋里有什么声音,但以为是看见她了,便在床上抬起身子,隔着墙低声叫她,跟她说了许多温柔而热情的话。他似乎听到那个心爱的声音在回答他,说着跟他一样的话,轻轻地叫着他;他弄不清是自问自答呢,还是真的她在说话。有一声叫得更响了些,他就忍不住了,立刻跳下床去,摸黑走到门边;他不想去打开它,还因为它锁着而觉得很放心。可是他一抓到门钮,门居然开了……

他愣了一愣,轻轻地把门关上了,接着又推开,又关上了。刚才不是上了锁的吗?是的,明明是上了锁的。那末是谁开的呢?……他心跳得快窒息了,靠在床上,坐下来喘了喘气。情欲把他困住了,浑身哆嗦,一动也不能动。盼望了几个月的,从来没有领略过的欢乐,如今摆在眼前,什么阻碍都没有了,可是他反而怕起来。这个性情暴烈的,被爱情控制的少年,对着一朝实现的欲望突然感到惊怖,厌恶。他觉得那些欲望可耻,为他想要去做的行为害臊。他爱得太厉害了,甚至不敢享受他的所爱,倒反害怕了,竟想不顾一切地躲避快乐。爱情,爱情,难道只有把所爱的人糟蹋了才能得到爱情吗？……

他又回到门口，爱情与恐惧使他浑身发抖，手握着门钮，打不定主意。

而在门的那一边，光着脚踏在地砖上，冷得直打哆嗦，萨皮纳也站在那里。

他们这样地迟疑着……有多久呢？几分钟吗？几个钟点吗？……他们不知道他们都站在那儿；但心里明明知道。他们彼此伸着手臂，——他给那么强烈的爱情压着，竟没有勇气进去，——她叫着他，等着他，可又怕他真的进去……而当他决意进去的时候，她刚下了决心把门闩上了。

于是他认为自己是个疯子。他使劲推着门，嘴巴贴在锁孔上哀求：

“开开罢！”

他轻轻地叫着萨皮纳；她连他喘气的声音都听到。她站在门旁，一动不动，浑身冰冷，牙齿格格地响着，既没有气力开门，也没有气力退回到床上……

狂风继续抽打着树木，把屋里的门吹得砰砰訇訇……他们各自回到床上，拖着疲累的身子，心里充满着苦闷。雄鸡嘶嗄的声音唱起来了。满布水雾的窗上透出一些东方初动时的微光。黯淡的，惨白的，给不断的雨水淹没的黎明……

克利斯朵夫等到能够起身的时候就立刻起身，到厨房里跟人闲谈。他急于要动身，怕单独见到萨皮纳。主妇说萨皮纳病了，昨天在外边着了凉，今天不能动身：他听了差不多松了口气。

归途很凄凉。他不愿意坐车，便独自走回去。田里湿透了，黄黄的雾像尸衣一般笼罩着大地、树木、村舍。生命也像日光似的熄灭了。一切都像幽灵。他自己也像个幽灵。

他回去看见每个人脸上都挂着怒意。他和萨皮纳在外边过夜，天知道在哪里：大家为之非常气愤。他关在房里埋头工作。第二天萨皮纳回来，也躲在家里。他们加意提防，避免相见。天气很冷，雨老是不停：两人都不出门。他们彼此只在关着的玻璃窗中看到。萨皮纳裹了很多衣服，烤着火胡思乱想。克利斯朵夫钻在他的纸堆里面。两人隔着窗子冷冷地点点头。他们不大明白自己的心里有些什么感觉，只是互相恼恨，恼自己，恼一切。农庄上那夜的事已经置之脑后了：他们想到就脸红，可不知道是为了他们的情欲而脸红，还是为了没有向情欲低头而脸红。他们觉得见面非常痛苦，因为要想起那些不愿意想起的事，便齐了心躲在自己屋里，希望能彼此忘掉。但那是办不到的，他们还为了藏在心中的敌意而难过。萨皮纳冰冷的脸上所表现的恼恨，克利斯朵夫看见了一次就永远排遣不了。她对这些念头也一样的痛苦，想把它们压下去，否认它们，可是不行，她无论如何丢不开。其中还有羞愧的成分，因为她的心事被克利斯朵夫猜到了，也因为自己想给人而结果并没有给。

有人请克利斯朵夫到科隆与杜塞尔多夫两处去举行几次演奏会，他马上接受了。他很乐意能出门两三个星期。为了筹备音乐会，又要作一个新的曲子到那边去演奏，克利斯朵夫把全副精神拿了出来，忘了那些难堪的回忆。萨皮纳也恢复平常那种恍恍惚惚的生活，过去的事逐渐淡下来了。两人想到对方的时候，甚至可以无动于衷。他们真的相爱过吗？竟有些怀疑了。克利斯朵夫快要出发了，根本没有向萨皮纳告别。

动身的前一天，不知怎么他们又有了接近的机会。那是全家不在的一个星期日的下午。克利斯朵夫为了准备旅行的事也出去了。萨皮纳坐在小园子里晒太阳。克利斯朵夫回到家里，非常匆忙，看到她点了点头就想走了。但就在快走过的时候，不知为什么他停了下来：是为了萨皮纳脸上没有血色呢，还是为了什么说不出的情绪：悔恨，恐惧，温情？……他回过身子，靠在铁丝网上对萨皮纳道了一声好。她一声不出，只向他伸出手来。她的笑容非常温柔，——他从来没见过她这样温柔。她伸出手来的意思仿佛是说："我们讲和了罢……"他在铁丝网上抓住了她的手，弯下身去亲吻。她并不想缩回去。他真想扑在她脚下和她说："我爱你。"……两人不声不响地互相瞧着，可并没解释什么。过了一会儿，她把手挣脱了，掉过头去。他也掉过头去，遮掩心中的慌乱。然后，他们又彼此望着，眼神都显得安定了。落日正在西沉。晚霞在明净寒冷的天空变出橙黄,青紫,种种细腻的颜色。她用着平日惯有的姿势,哆哆嗦嗦地把披肩裹一裹紧。

“你好吗?”他问。

她微微抿了抿嘴,好像这样的话用不着回答。他们还在那里互相望着,非常快乐:仿佛两人一度失散了,这一回才重新遇上……

终于他打破了沉默,说道:“我明天走了。”

萨皮纳吃了一惊:“你走了?”

他赶紧补充:“噢!不过是两三个星期。”

“两三个星期!”她有点儿失魂落魄了。

他说他是去开音乐会的,去了回来便整个冬天不出门了。

“冬天,”她说,“那还远得很……”

“噢!那不是一晃眼的事吗?”

她眼睛望着别处,摇摇头,隔了一会儿又说:“我们什么时候再能见面呢?”

他不大明白这问句,他不是早已回答过了吗?

“回来了就能见面了,不过是半个月,至多二十天。”

她神气还是那么黯然若失。他想跟她说句笑话:

“你不会觉得时间太久的,睡睡觉不就得了吗?”

“是的。”

她勉强想笑,可是嘴唇在发抖。

“克利斯朵夫!……”她突然向他挺起身子,叫了一声。

她说话之间有些悲痛的音调,好像是说:“待在家里罢!别走啊!……”

他握着她的手,望着她,不懂她为什么把这半个月的旅行看得这样重;但只要她说出一句要他不走的话,他就会马上回答:“好,我不走……”

她正想说话的时候,街上的大门开了,洛莎回来了。萨皮纳挣脱了克利斯朵夫的手,赶紧回到屋子。在屋门口,她又回头望了他一下,——然后不见了。

克利斯朵夫预备晚上再和她见一次面。但伏奇尔一家盯着他，母亲也到处跟着他，行装又是照例的没有收拾停当，他竟抽不出时间溜出屋子。

第二天，他清早就动身了。走过萨皮纳的门口，他很想进去敲她的窗子，觉得没有和她告别而离开非常难过；——昨天他还没有来得及说再会，就给洛莎岔开了。但他想到这时她还睡着，把她叫醒一定要使她不高兴。而且见了面又说些什么呢？要取消旅行如今也太晚了；而倘使她竟要求他取消又怎么办呢？……最后，他下意识地感到，对她试试自己的魔力，——必要时甚至让她痛苦一下，——倒也不坏。他并不把萨皮纳和他离别的痛苦如何当真；只想着也许她真的对他有情，那末这次短时间的分离还可以增加她的感情。

他奔到车站。不管怎么样，他总有些内疚。可是车子一动，什么都忘了。他觉得心中朝气蓬勃。古城中的屋顶和钟楼给朝阳染上了粉红色，他欣然和它们作别，又用着出门人那种无挂无虑的心思，对着一切留着的人说了声再会，就把他们丢开了。

他逗留科隆与杜塞尔多夫的时期，从来没想到萨皮纳。从早到晚忙着预奏会、音乐会、饭局、谈话，他只注意着无数新鲜的事，演奏的成功使他非常得意，再没工夫想起过去的事。只有一次，离家以后的第五夜，他做了个噩梦突然惊醒过来，发觉自己在睡梦中想着她，而他就是因为想到她而惊醒的，但他记不起是怎么样想到她的。他又是悲痛又是骚动。那也不足为奇：晚上他在音乐会中表演，散会以后被人请去吃消夜，喝了几杯香槟。既然睡不着觉，他便起来了。老是有段音乐在脑中纠缠不清。他以为睡眠不安是为了这个缘故，就把那段乐思写了下来。写完了再看一遍，他发现其中有股悲伤的情调，不禁大为诧异。他写的时候并不悲伤，至少他觉得如此。但他有几回真的悲伤的时候，倒只能写出欢乐的音乐，教自己看了生气。所以这时他也不去多想。内心的这种出其不意的表现，他虽然莫名其妙，已经习惯了。当下他又立刻睡熟，到下一天早上，什么都忘了。

他的旅行延长了三四天。那是他逞一时高兴，因为他知道只要自己愿意，就能立刻回去；可是他并不急。直到上了归途的车厢，他方才又想起了萨皮纳。他没有写信给她，并且那样的满不在乎，连上邮局问问有没有他的信也懒得去。他对自己这种杳无音信的态度暗暗地觉得痛快，因为知道那边有人等他，有人爱他……有人爱他？她还从来没向他这么说过，他也从来没向她说过。没有问题，两人都知道这一点，用不着说的。可是还有什么比听到对方的心愿更可宝贵的呢？为什么他们迟迟不说呢？每次他们正要倾吐的时候，老是有桩偶然的事，不如意的事，把他们岔开了。为什么呢？为什么呢？他们浪费了多少时间！……他急不可待地想从那张心爱的嘴里听到那几句心爱的话。他也急不可待地想把那些话说给她听。在空无一人的车厢里，他高声说了好几遍。离家越近，他心越急，竟变成一种悲怆的苦闷了……快点儿到吧！快点儿到吧！噢！一小时之内他可以看到她了！

他回到家里正是早上六点半。一个人都没起来。萨皮纳的窗子关着。他提着脚尖走过院子，不让她听见。他想到教她出其不意地惊奇一下，不由得笑了。他奔上楼去，母亲还睡着。他毫无声息地洗了脸；肚子饿得很，到食橱里去找东西又怕惊醒母亲。他听见院子壁有脚步声，便悄悄地打开窗子，看见照例最先起床的洛莎在那里扫地。他轻轻地叫她。她一看见就做了个又惊又喜的动作。接着可又一本正经地沉下了脸。他以为她还在生他的气；但他兴致很好，便下楼走到她身边：

“洛莎，洛莎，”他声音很高兴地说，“拿些东西给我吃，要不然就得吃你啦！我饿死了！”

洛莎笑了笑，带他到楼下的厨房里，一边替他倒一碗牛奶，一边不由得对他的旅行和音乐会提出一大堆问话。他很乐意回答，因为到了家觉得挺快活，连听到洛莎的絮聒也差不多喜欢了；可是洛莎在问长问短的时候突然停住，拉长着脸，眼睛望着别处，好似有什么心事。随后她重新说下去；但她似乎埋怨自己的多嘴，又突然停住了。终于他注意到了，问：“你怎么啦，洛莎？还跟我怄气吗？”

她拼命摇头，表示否认，然后转过身来向着他，以她那种举动突兀的习惯，冷不防两手抓住了他的胳膊，说：“噢！克利斯朵夫！”

他吃了一惊，把手里的面包掉在地下：“什么！什么事？”

她又说："噢！克利斯朵夫！……闯了大祸呀！……"

他把桌子一推，结结巴巴地问："这里？"

她指着院子对面的屋子。

他嚷道："噢！萨皮纳！"

洛莎哭着说："她死了。"

克利斯朵夫什么都看不见了。他站起来，觉得要跌跤，赶紧抓住桌子，把桌上的东西都倒翻了，他想叫喊。他感到剧烈的痛苦，终于呕吐起来。

洛莎吓坏了，抢着上前，捧着他的头，哭了。

赶到能开口的时候，他说："那绝不会是真的！"

他明知是真的，但他要否认事实，要已经发生的事没有发生。一看到洛莎泪流满颊，他就不再怀疑，嚎啕大哭了。

洛莎抬起头来叫了声："克利斯朵夫！"

他扑在桌上蒙着脸。她向他探着身子："克利斯朵夫！……妈妈来了！……"

克利斯朵夫站起来："噢！不，我不愿意她看见我。"

他晃晃悠悠的，眼睛给泪水蒙住了；她拉着他的手，把他带进一间靠着院子的柴房。她关上了门，里边全黑了。他随便坐在一个劈柴用的树根上，她坐在柴堆上。外边的声音在这儿已经听不大清；他尽可以大叫大嚷，不用怕人听到。他便放声大哭。洛莎从来没看见他哭过，甚至想不到他会哭的；她只知道像她那样的女孩子才会落眼泪，一个男人的绝望可使她又是惊骇又是哀怜。她对克利斯朵夫抱着一腔热爱；而这种爱全没有自私的意味，只是一心一意地要为他牺牲，为他受苦，代他受罪。她像做母亲一般地把手臂绕着他，说："好克利斯朵夫，别哭了！"

克利斯朵夫掉过头去，回答说："我愿意死！"

洛莎合着手："别说这个话，克利斯朵夫！"

"我愿意死。我活不下去了……活不下去了……活着有什么意思？"

"克利斯朵夫，我的小克利斯朵夫！你不是孤独的。还有人爱你……”

“那跟我有什么相干？我什么都不爱了。别人死也好活也好。我什么都不爱，我只爱她，只爱她！”

他把头埋在手里，哭声更大了。洛莎再没有什么可说的。克利斯朵夫的爱情这样自私，她心如刀割。她自以为和他最接近的时候，不料变得更孤独更可怜。痛苦非但没有把他们拉近，倒反隔得更远了。她很伤心地哭着。

过了一会儿，克利斯朵夫止住了哭声，问：“可是怎么的呢？怎么的呢？……”

洛莎明白他的意思，回答说：“你走的那晚，她害了流行性感冒，就此完了……”

“天哪！……干吗不写信给我呢？”他抽搭着问。

“我写了信，可不知道你的地址：你又没告诉我们。我到戏院去问，也没人知道。”

他知道她是怕羞的，上戏院去一定很难为了她。

“可是……可是她要你写的？”他又问。

她摇摇头：“不。可是我想……”

他眼睛里表示出一点感激，洛莎的心融化了：“可怜的……可怜的克利斯朵夫！”

她流着泪勾着他的脖子。克利斯朵夫咂摸到这种纯洁的感情多么可贵。他多么需要安慰，便把她拥抱了：“你真好，那末你也喜欢她吗，你？”

她挣脱了身子，向他热情地望了一眼，一句话也不回答，哭了。

这一眼使他心中一亮，那就等于说：“我爱的不是她啊……”

克利斯朵夫几个月来不知道的——不愿意看到的事，终于看到了：她爱着他。

“嘘！有人叫我了。”

他们听见阿玛利亚的声音。

“你愿意回家去吗？”洛莎问。

“不，我还不能回去，不能跟母亲说话……等一会儿再看……”

“那末你留在这儿，我去去就来。”

他待在黑暗的柴房里，只有那结着蜘蛛网的小风洞漏进一道阳光。街上有女人叫卖的声音，隔壁马房里，一匹马在喘气，把蹄子踢着墙。克利斯朵夫发觉了洛莎的心事并不高兴，只是精神分散了一下。他从前不明白的事，如今全明白了。从来不加注意的无数的小事，都给回想起来，显得简单明了。他很奇怪怎么会想到这些，又觉得把自己的苦难从心上丢开，哪怕是一分钟罢，也是不应该的。然而这苦难太惨酷了，保卫生命的本能比他的爱情更强，逼着他把目光转向别处，去想到洛莎的问题；那好比一个投河自杀的人不由自主地要随便抓住一件东西，让自己再在水面上支持一会儿。并且因为此刻他正在痛苦，所以能感觉到另外一个人的痛苦，——为他而受的痛苦。他明白了刚才她流的那些眼泪。他觉得洛莎可怜，也想到从前自己对她多么残忍，——将来还是要残忍。因为他不爱她。他爱她有什么用呢？可怜的小姑娘！……他白白地对自己说她心肠很好（她刚才已经给他证明了），但她心肠好跟他有什么相干？她的生命又跟他有什么相干？……

他想：“为什么她倒不死而死了那一个呢？”

他又想：“她活着，她爱我，她爱我这句话今天可以对我说，明天可以对我说，我终身她都可以对我说；——可是另外一个，我唯一爱的一个，她可没有说出她爱我就死了，我也没有跟她说我爱她，我永远不能听她说的了，她也永远不能听到我的了……”

最后一晚的情景又在心头浮起：他记得他们正要说话的时候，被洛莎岔开了。于是他恨洛莎。

柴房的门开了。洛莎低声唤着克利斯朵夫，摸黑找他。她抓着他的手。他一碰到就觉得有种反感：他埋怨自己不应该这样，可是没用；那简直是不由自主的。

洛莎一声不出。她的深刻的同情居然把她教会了静默。克利斯朵夫很高兴她不用无聊的话来扰乱他的悲伤。可是他想知道……只有和她才能讲起她。他低声问：

“她什么时候……？”

（他不敢说出死这个字。）

“到上星期六刚好八天。”

忽然有件过去的事在他脑中闪过。他问:“是在夜里吗?”

洛莎诧异地望着他:“是的,在夜里两三点钟的时候。”

那个凄凉的调子又在他心中响起来。

“她有没有受到剧烈的痛苦?”他哆嗦着问。

“不,不,谢谢老天;告诉你,好克利斯朵夫,她差不多没有什么痛苦,人那么软弱,一点儿没有挣扎。我们马上看出她是完了。”

“可是她,她自己有没有这样觉得?”

“不知道。我相信……”

“她有没有说什么话?”

“没有,一句也没有。她只是像小孩子一样的叫苦。”

“那时你在那里吗?”

“是的,头两天她哥哥没有来以前,就是我一个人在那里。”

他感激之下,紧紧握着她的手:

“谢谢你。”

她觉得自己的血往心中倒流。

静默了一会儿,他吞吞吐吐地问出那句老是压在心上的话:“她没有留下什么话……给我吗?”

她很难过地摇摇头。她真想能说出他心里期待着的话,只恨自己不会扯谎。她安慰他说:“她神志昏迷了。”

“她说话吗?”

“我们听不大清。她说得很轻。”

“女孩子到哪儿去了?”

“给舅舅带到乡下去了。”

“她呢?”

“她也在那边,是上星期一从这儿出发的。”

他们俩又哭了。

外边,伏奇尔太太的声音又在叫洛莎了。克利斯朵夫一个人在柴房里想着那些死后的日子。八天!已经八天了……噢!天哪!她变成怎么样啦?八天之中下过多少雨!……而这个时期内他倒在笑,倒在快活。

他在口袋里碰到一个纸包,是鞋子上用的一副银扣子,他买来预备送她的。他想起那天夜晚自己的手放在她脱着鞋子的脚上。那只纤小的脚如今在哪儿呢?一定觉得很冷吧!……他又想到,那个温暖的感觉便是他对这个心爱的肉体的唯一的回忆。他从来不敢用手碰一碰她的身体,把它抱在怀里。现在她去了,对他始终是个陌生人。关于她的肉体和灵魂,他都一无所知。她的外表,她的生命,她的爱情,他没有拿到一点儿纪念……她的爱情吗?……他有什么证据?没有一封信,没有一件遗物,——什么也没有。到哪儿去抓握她的爱呢?在他自己心里呢,还是在他以外?……唉!只有一片虚无!除了他对她的爱,除了他自己,她还剩些什么?……——可是不管怎样,他努力想把她从毁灭中抢救出来,想否认死:这种热烈的愿望,使他在激昂的坚信的冲动之下,紧紧抓着那一点儿最后的残余:

> ……我没有死,我只改换了住处;
> 我在你心中常住,你这见到我而哭着的人。
> 被爱者化身为爱人的灵魂。

他从来没读到这几句伟大的名言;但它们的确藏在他的心底里。每个人都要轮到去登上千古长存的受难的高岗。每个人都要遇到千古不灭的痛苦,抱着没有希望的希望。每个人都要追随着抗拒过死,否认过死,而终于不得不死的人。

他躲在屋里,整天关着护窗,免得看见对面的窗子。他避着伏奇尔家里的人,只觉得他们讨厌。其实他并没可以责备他们的地方:这些人多么忠厚多么虔敬,决不会再说出他们对亡人的感想。他们知道克利斯朵夫的痛苦,不管心里以为如何,面上总是尊重他的痛苦,留着神绝对不在他面前提到萨皮纳的名字。但他们是她生前的敌人,便是这一点就能使克利斯朵夫在萨皮纳死后跟他们做敌人了。

并且,他们叫叫嚷嚷的作风并没改变;即使他们的同情是真诚的,而且还是短时间的,他们也显而易见没有受到这个不幸的打击,——

(那不是挺自然的吗?)——甚至暗里觉得拔去了眼中钉也难说。至少克利斯朵夫是这么猜想。因为伏奇尔一家对他的用意现在被他看破了,他更容易加以夸张。其实他们对他并不在乎,倒是他把自己看得很重。他相信萨皮纳的死既然替房东们的计划去掉了一重障碍,他们一定觉得洛莎有希望了。因此他讨厌洛莎。只要别人——(不问是伏奇尔夫妇,是鲁意莎,是洛莎)——在暗中支配他,他就不管什么情形,非和人家硬要他爱的人疏远不可。每逢他的最不能受到侵犯的自由似乎受到侵犯的时候,他就会跳起来。而且这一回的事不只跟他一个人有关。旁人一厢情愿地替他做主,不但损害了他的权利,同时也损害了他倾心相与的死者的权利。所以他竭力要加以保卫,虽然并没有人攻击那些权利。他怀疑洛莎的好意,因为她看着他痛苦而痛苦,时常来敲他的门,想安慰他,和他谈谈故世的人。他并不拒绝,他需要和认识萨皮纳的人提到萨皮纳,打听她病中的细节。但他并不因之感激洛莎,以为她的好心是有作用的。她一家的人,连阿玛利亚在内,让她跑来作长时间的谈话,要是阿玛利亚自己没有好处,会答应洛莎这样做吗?洛莎不是也跟家里的人有默契吗?他不能相信她的同情是完全真诚而没有私心的。

当然她不能毫无私心。洛莎的哀怜克利斯朵夫是真的;她努力想用克利斯朵夫的眼光来看萨皮纳,想从克利斯朵夫身上去爱萨皮纳;她狠狠地埋怨自己从前不该对死者抱有恶感,甚至在夜晚的祷告中求萨皮纳宽恕。可是她,她是活着,每天时时刻刻看到克利斯朵夫,她爱着他,用不着再怕另外一个,另外一个已经消灭了,连她留给人的印象将来也会消灭,现在只有她一个人了,或许有朝一日……——这些念头,洛莎能不想吗?固然朋友的痛苦就是她的痛苦,但在她痛苦的时候,她能把突然之间冒起来的快乐与非分的希望压下去吗?接着她马上责备自己。而那些念头也不过像电光般地一闪。可是已经够了,克利斯朵夫已经看到了。他眼睛一瞪,她心里就凉了半截,看出他的恨意;萨皮纳死了而她活着,他就恨她这一点。

面粉师赶了车来搬萨皮纳的家具。克利斯朵夫教课回来,看见门前和街上,堆着一张床、一口橱、被褥、衣裳,所有她留下来的东西。他看得难受极了，便急急忙忙地走过去，不料在门洞里迎面撞见贝尔多，被他拦住了：

“啊！亲爱的先生，”他兴奋地握着克利斯朵夫的手，“咱们那天在一块儿的时候哪想得到？咱们多高兴呵！可是她的确是从那次该死的游河以后得了病的。唉，别说了吧，怨也没用！现在她死了。以后就要轮到我们了。这就叫做人生……你，你身体怎么样？我吗，我很好，托老天的福！”

他满脸通红，流着汗，有股酒气。一想到他是她的哥哥，可以随便提到她的事，克利斯朵夫觉得很难堪。面粉师可是很高兴遇到一个朋友能够谈谈萨皮纳；他不了解克利斯朵夫的冷淡。他一出现就教人突然之间想到农庄上的那一天，又冒冒失失地提起快乐的往事，一边说话一边用脚踢着萨皮纳的可怜的遗物：这些情形会勾起克利斯朵夫多少痛苦，面粉师是万万想不到的。只要他嘴里一提到萨皮纳的名字，克利斯朵夫心就碎了。他想找个机会教贝尔多住嘴。他踏上楼梯，可是面粉师盯着他不放，在楼梯上挡住了他絮絮不休。有些人，特别是乡下人，谈到疾病就津津有味；面粉师便是这个脾气，他非常细致地描摹萨皮纳的病情，克利斯朵夫再也忍不住了（他硬撑着，使自己不至于痛苦得叫起来），老实不客气打断了贝尔多的话，冷冷地说了声：

“对不起，少陪了。”

他连作别的话都不说就走了。

这种冷酷无情使面粉师大为气愤。他并不是没猜到妹子跟克利斯朵夫暗中相恋的情形。而克利斯朵夫竟表示这样的不关痛痒，真教他觉得行同禽兽，认为克利斯朵夫毫无心肝。

克利斯朵夫逃到房里，气都喘不过来了。在搬家的时间，他不敢再出门，也决心不向窗外张望，可是不能不望；他躲在一角，掩在窗帘后面，瞧着爱人零零碎碎的衣服都给搬走。那时他真想跑到街上去喊：“喂！喂！留给我吧！别把它们带走啊！”他想求人家至少留给他一件东西，只要一件，别把她整个儿地带走。但他怎么敢向面粉师要求呢？他在她的哥哥面前根本没有一点儿地位。他的爱，连她本人都不知道：他怎么敢向别人揭破呢？而且即使他开口，只要说出一个字，他就会忍不住嚎啕大哭的……不,不,不能说的,只能眼看她整个儿地消灭,沉入海底,没法抢救出一丝半毫……

等到事情办完,整个屋子搬空了,大门关上,车轮把玻璃震动着,慢慢地去远了,听不见了,他就扑在地下,一滴眼泪都没有,连痛苦的念头、挣扎的念头都没有,只是全身冰冷,像死了一样。

有人敲他的门,他躺着不动。接着又敲了几下。他忘了把门上锁:洛莎开门进来了,看见他躺在地板上,不由得惊叫了一声,站住了。克利斯朵夫怒气冲冲地抬起头来说:

"什么事?你要什么?别来打搅我!"

她迟疑不决地靠在门上,嘴里再三叫着:

"克利斯朵夫!……"

他一声不响地爬起来,觉得被她看到这情形很难为情。他扑着身上的灰尘,恶狠狠地问:"哦,你要什么?"

洛莎怯生生地说:"对不起……克利斯朵夫……我来……我给你拿……"

他看见她手里拿着一件东西。

"你瞧,"她向他伸出手来,"我问贝尔多要了一件纪念品。我想你也许会喜欢……"

那是一面手袋里用的银的小镜子,她生前并非为了卖弄风情而是为了慵懒而几小时照着的镜子。克利斯朵夫马上抓住了,也抓住了拿着镜子的手:

"噢!好洛莎!……"

他被她的好意感动了,也为了自己对她的不公平非常难过。他一阵冲动,向她跪了下来,吻着她的手:"对不起……对不起……"

洛莎先是不明白,随后却是太明白了;她脸一红,哭了出来。她懂得他的意思是说:

"对不起,要是我不公平……对不起,要是我不爱你……对不起,要是我不能……不能爱你,要是我永远不爱你!……"

她并不把手缩回来:她知道他所亲吻的并不是她。他把脸偎着洛莎的手,热泪交流:一方面知道她窥破了他的心事,一方面因为不能爱她,因为使她难过而十分悲苦。

两人便这样地在傍晚昏暗的房中哭着。

终于她挣脱了手。他还在喃喃地说:“对不起!……”

她把手轻轻地放在他的头上。他站起身子。两人不声不响地拥抱着,嘴里都有些眼泪的酸涩的味道。

“我们永远是好朋友。”他低声地说。

她点了点头,走了,伤心得一句话都说不上来。

他们都觉得世界没有安排好。爱人家的得不到人家的爱。被人家爱的偏不爱人家。彼此相爱的又早晚得分离。……你自己痛苦。你也教人痛苦。而最不幸的人倒还不一定是自己痛苦的人。

克利斯朵夫又开始往外逃了。他没法再在家里过活,不能看到对面没有窗帘的窗,空无一人的屋子。

更难受的是,老于莱不久就把底层重新出租了。有一天,克利斯朵夫看见萨皮纳的房里有些陌生面孔。新人把旧人的最后一点儿遗迹也给抹掉了。

他简直不能待在家里,成天在外边闲荡,直到夜里什么都看不见了才回来。他到乡下去乱跑,而走来走去总走向贝尔多的农庄。可是他不进去,也不敢走近,只远远地绕着圈子。他在一个山岗上发现一个地点,正好临着庄子、平原,与河流;他就把这地方作为日常散步的目的地。从这儿,他的目光跟着纡曲的河流望去,直望到柳树荫下,那是他在萨皮纳脸上看到死神的影子的地方。他也认出他们俩终宵不寐的两间房的窗子:在那边,两人比邻而居,咫尺,天涯,被一扇门,一扇永恒的门,分隔着。他也能在山岗上俯瞰公墓,可踌躇着不敢进去:从小他就厌恶这些霉烂的土地,从来不愿意把他心爱的人的影子跟它连在一起。但从高处远处看,这墓园并没阴森的气象,而是非常恬静,在阳光底下睡着……睡着!……哦,她多喜欢睡啊!……这儿什么也不会来打搅她了。田野里鸡声相应。庄子上传来磨子的隆隆声,鸡鸭的聒噪声,孩子们玩耍的呼号声。他看见萨皮纳的女孩子,还能分辨出她的笑声呢。有一回,靠近庄子的大门,他躲在围墙四周凹下去的小路上,等她跑过便把她拦住了,

尽量地亲吻。女孩子吓得哭了,差不多认不得他了。他问:

“你在这儿快活吗?”

“快活……”

“你不愿意回去吗?”

“不!”

他把她松了手。小孩子的满不在乎使他很难过。可怜的萨皮纳!……但孩子的确就是她,有点儿是她……虽然是那么一点儿!孩子不像母亲;她明明是从母腹中经过的,但那神秘的勾留只给她淡淡地留下一点儿母亲的气息,留下一点儿声音的抑扬顿挫,吊起嘴唇、侧着脑袋的模样。其余的部分全是另外一个人;而这另外一个和萨皮纳混合起来的人,使克利斯朵夫非常厌恶,虽然他没有明白承认。

克利斯朵夫只有在自己心中才能找到萨皮纳。她到处跟着他;但他只有在孤独的时候才真正觉得和她在一起。她和他最接近的地方莫过于那个山岗,远离着闲人,就在她的本乡,到处都有她往事的遗迹。他不惜赶了多少里路到这儿来,一边奔着一边心跳地爬上岗去,好像赴什么约会似的;那的确可以算是个约会。他一到便躺在地下,——那是她曾经躺过的;他闭上眼睛,就被她的印象包围了。他不看见她的面貌,不听见她的声音,他不需要这些;她进到他心里,把他抓住了,他也把她占有了。在这种热情冲动的幻觉中,除了和她同在以外,什么知觉都没有了。

而这种境界也是不长久的。——实在说来,自然而然来的幻觉只经验到一次;第二天便是他有意追求的了。而以后虽然克利斯朵夫尽力要它再现也没用。那时他方始想起要把萨皮纳真切的形象唤引起来;以前他可是没有这个念头的。有时他居然成功了,像几道电光似的一闪,使他心中一亮。但那是要几小时的等待,熬着几小时的黑暗才能得到的。

“可怜的萨皮纳!”他想道,“他们都把你忘了,只有我爱着你,永远把你存在心里,噢!我的宝贝!我占有你,抓着你,决不让你逃掉的!……”

他这样说着,因为她已经逃掉了:她在他的思想里隐去,好似水在手里漏掉一样。他老是回到那里去赴她的约会。他要想念她,便闭上眼睛。过了半小时，一小时，甚至两小时，他发觉自己一无所思。山谷里的声响，闸口下面潺潺的水声，在坡上啮草的两头山羊的铃声，在他头上的小树间的风声，一切都渗进他软绵绵的思想，好似浸透一块海绵那样。他对着自己的思想发气，硬要它服从意志，盯住那个死者的形象；但过了一忽儿，他疲倦不堪，叹了口气，又让思想被外来的感觉催眠了。

他振作精神，在田野里跑来跑去，寻访萨皮纳的印象。他到镜子里去找，那是映射过她的笑容的。他到河边去找，那是她的手曾经在水中浸过的。但镜子和水只反射出他自己的影子。走路的刺激，清新的空气，奔腾活跃的血，唤起了他心中的音乐。他想既然找不到她，就换个方向吧。

“噢！萨皮纳！……”他叹了一声。

他把这些歌曲题赠给她，努力要使他的爱情与苦恼在其中再现……可是没用：爱情与苦恼固然是重现了，可完全没有萨皮纳的份。爱情与痛苦是望着前面而不是回顾以往的。克利斯朵夫没法抵抗他的青春。生命的元气又挟着新的威势在他胸中迸发了。他的悲伤，他的悔恨，他的贞洁的火炽的爱情，他压在心里的肉欲，把他的狂热煽动起来了。虽然哀痛，他的心却是跳得那么轻快激昂，兴奋的歌曲按着如醉如狂的韵律响亮起来；一切都在庆祝生命，连悲哀也带着庆祝的意味。克利斯朵夫太坦白了，不能老是骗着自己；他承认自己并不在想念爱人，就瞧不起自己。可是生命在那里鼓动他；精神上充满着死气而肉体充满着生气，他只能很悲哀地听凭那再生的精力，和生活的盲目的狂欢把他摆布；痛苦，怜悯，绝望，无可补救的损失的创伤，一切关于死的苦闷，对于强者无疑是猛烈的鞭挞，把求生的力量刺激得更活泼了。

克利斯朵夫也知道，在他心灵深处有一个不受攻击的隐秘的地方，牢牢地保存着萨皮纳的影子。那是生命的狂流冲不掉的。每个人的心底都有一座埋藏爱人的坟墓。他们在其中成年累月地睡着，什么也不来惊醒他们。可是早晚有一天，——我们知道的，——墓穴会重新打开。死者会从坟墓里出来，用她褪色的嘴唇向爱人微笑；她们原来潜伏在爱人胸中，像儿童睡在母腹里一样。

第三部　阿　达

多雨的夏季之后,接着是晴朗的秋天。果园里的树枝上挂满了各种果实。红的苹果像牙球一样地发光。有些树木早已披上晚秋灿烂的装束:那是如火如荼的颜色,果实的颜色,熟透的甜瓜的颜色,橘子与柠檬的颜色,珍馐美馔的颜色,烤肉的颜色。林中到处亮出红红的光彩;透明的野花在草原上好似朵朵的火焰。

一个星期日的下午,他在一个山坡上走下来,迈着大步,因为是下坡路,差不多是连奔带跑的了。他哼着一个调子,那节奏在散步开始的时候就在脑子里盘旋不已。满面通红,敞开着衣服,他一边走一边挥着手臂,眼睛像疯子一般骨碌碌地乱转;在路上拐弯的地方,他忽然撞见一个高大的黄头发的姑娘,骑在一堵墙上,使劲拉着一根粗大的树枝,摘着紫色的枣子狼吞虎咽。他们俩一见之下都愣了一愣。她含着满嘴的东西,呆呆地对他望了一会儿,大声笑了。他也跟着笑了。她的模样教人看了好玩:圆圆的脸嵌在金黄的鬈发中间,粉红的腮帮很饱满,一双大蓝眼睛,鼻子大了一点,鼻尖俨然地向上翘着,嘴巴又小又红,露出一口雪白的牙齿,四个狠巴巴的犬牙特别显著,下巴颏儿很肥,个子又胖又高,非常壮健。克利斯朵夫对她嚷着:

"好啊,你多吃一点罢!"

说完他就想继续赶路,可是被她叫住了。

"先生!先生!发发善心帮我下来行不行?我没法……"

他回头走了几步,问她是怎样上去的。

"用我的手脚啰……爬上来总是容易的……"

"尤其在头上挂着开胃的果子的时候……"

"是啊……可是吃过了就没有勇气,不知道怎么下地了。"

他看着她吊在高头,说:"这样你不是挺舒服吗?还是消消停停待在这儿罢。我明天再来看你。再见了。”

他身子可并不动，只管站在她下面。

她装做害怕的神气，拿腔作势地哀求他别把她丢在这儿。他们一边笑一边彼此望着。她指着手里抓住的丫枝问：“你也来一点儿罢？”

克利斯朵夫自从和奥多一块儿玩的那个时候起，到现在还不知道尊重私人的产业，便毫不迟疑地接受了。而她也就好玩地把枣子往他身上大把大把地丢下来。等他吃过以后，她又说：“现在我可以下来了罢？……”

他还俏皮地让她等了一会儿。她在墙上开始不耐烦了。最后他说：“好，来罢！……”他一边说一边对她张开手臂。

但她正要跳下来的时候又说：“等一忽儿，让我再多摘几颗带着走！”

她把能够采到的最好的枣子统统采下，装满了上衣的衣兜，又警告他：“小心！接我的时候别把它们压坏了！”

他几乎想故意把它们压坏。

她从墙上弯下身子，跳在他的臂抱里。他虽然很结实，她的体重也差点儿使他往后翻倒。他们个子一样高，脸也碰到了。他吻着她满是枣子汁的嘴唇，她也大大方方还了他一吻。

“你上哪儿去？”他问。

“我不知道。”

“你是一个人出来散步的吗？”

“不，还有朋友呢。可是我跟他们走失了……哎！喂！”她突然大声叫起来。

没有回音。她也满不在乎。两人就信步往前走去。

“你呢，你往哪儿去？”她问。

“我也不知道。”

“那末很好。咱们一块儿走罢。”

她从上衣兜里掏出枣子咬起来了。

“你要吃坏肚子了。”他说。

“才不会呢！我整天都吃的。”

从上衣的隙缝里,他看到了她的衬衣。

“你看,枣子都烘热了。”她说。

“真的吗?”

她笑着递了一个给他。他拿去吃了。她一边像小孩子般吮着枣子,一边从眼梢里觑着他。他不大知道这桩奇遇等会儿怎么结束。她可至少有点儿预感了。她等着。

“哎! 喂!”有人在树林里喊。

她答应了一声:“哎! 喂!”又接着对克利斯朵夫说:“原来他们在那儿,还算是我运气!”

其实她倒认为是没运气。但女人是不能说出心里的意思的……谢天谢地! 要不然世界上就不可能有什么礼教了……

人声慢慢地逼近。她的朋友们快走到大路上来了。她忽然把身子一纵,跳过路旁的土沟,爬上土堆,躲在树木后面。他看着她这种举动觉得奇怪。她可做着手势硬要他过去,他就跟着她,一路进了树林。走得相当远了,她又叫起来:

“哎! 喂! ……”接着又对克利斯朵夫解释:“至少得教他们来找我。”

那些人在大路上停着脚步,听她的声音是从哪儿来的。他们答应了一声,也进了树林。她可是并不等,只一忽儿往东、一忽儿往西地乱窜。他们直着嗓子叫她,叫到后来也不耐烦了,觉得要找着她的最好的办法是不去找她,就嚷了声:“好,希望你一路顺风!”说完他们径自唱着歌走了。

他们对她这样的置之不理,使她大为气恼。她的确想摆脱他们,可不答应他们这样轻易地对付她。克利斯朵夫看着呆住了:和一个陌生女子玩捉迷藏,他觉得并没多大兴趣;他也不想利用只有他们两个人的机会。她也没有这个念头;气愤之下,她已经把克利斯朵夫忘了。

“噢! 岂有此理!”她拍了拍手说,“他们竟不管我啦?”

“那不是你自己愿意的吗?”克利斯朵夫说。

“不是的!”

“明明是你躲开的。”

“我躲开是我的事,跟他们不相干。他们应当来找我。我要迷了路怎么办呢? ……”

她想着可能遭遇到的情形自怜自叹起来,要是……要是碰到了跟刚才相反的事又怎么办呢!

“哼! 我一定得把他们骂一顿。”

她迈开大步,往回头的路上奔去。

上了大路,她想起了克利斯朵夫,又望着他。——可是情形已经不同。她笑了出来。几分钟以前盘踞在她心里的小妖怪已经不在了。在另外一个小妖怪还没来到以前,她对克利斯朵夫觉得无所谓了。而且她肚子很饿,使她想起已经到了晚餐的时间,急于要上乡村客店去跟朋友们会齐。她抓着克利斯朵夫的手臂,把全身的重量都压在他的胳膊上,哼唧着说没有气力了。可是她把克利斯朵夫拖着下坡的时候,照旧一边跑,一边叫,一边笑,像发疯似的。

他们谈着话。她问清楚了他是谁,但她从来没听见过他的名字,也不觉得音乐家的头衔如何了不起。他打听出她是大街上一家帽子铺里的女店员,名字叫阿台哀特,——朋友们都称她阿达。今天一同出来玩的有一个女同事,和两个规规矩矩的青年:一个是惠莱银行的职员,一个是时髦布店的伙计。他们利用星期日出来游玩,约定上勃洛希乡村客店吃晚饭,——在那儿可以眺望莱茵河上美丽的风景,——然后搭船回去。

克利斯朵夫和阿达走进客店,三个同伴早已在那里了。阿达对朋友们发了一阵脾气,抱怨他们不该把她丢下,接着把克利斯朵夫给介绍了,还说是他救了她的。他们完全不把她的怨叹当真;但他们认得克利斯朵夫:银行职员是因为久仰他的大名,布店伙计是因为听过他的几个曲子,——(他马上哼了一段)。他们对他表示的尊敬引动了两个姑娘的好奇心。阿达的女友,弥拉,——真名叫做耶娜,——是一个暗黄头发的女孩子,眼睛眨个不停,脑门上骨头很显著,头发很硬,脸蛋像中国女人,黄澄澄的油腻的皮色,有些怪模怪样,可是不俗,颇有动人之处。她立刻对宫廷音乐师大献殷勤。他们请他赏光和他们一块儿吃饭。

他从来没受过这样的恭维:每个人都尊敬他奉承他,两个妇女,彼此不伤和气地，争着要博取他的欢心。她们俩都在追求他：弥拉用的手段是特别周到的礼貌，躲躲闪闪的眼睛、在桌子底下轻轻碰他的腿；——阿达可厚着脸把她的眼睛、嘴巴，和漂亮的人品所有的魅力一齐施展出来。这种不大雅观的卖弄风情，使克利斯朵夫局促不安，心里发慌。但这两个大胆的女子，和他家里那些面目可憎的人比较，究竟是别有风味。他认为弥拉很有意思，比阿达聪明；可是她那种过分的客套和意义不明的笑容使他又喜欢又厌恶。她敌不过阿达朝气蓬勃的魅力；而她也很明白这一点，一发觉没有了希望，就不再坚持，照旧笑盈盈地，耐性地，等着自己当令的日子。至于阿达，看到自己能够左右大局了，也不再进攻；她刚才的举动，主要是为跟她的女友捣乱；这一点成功了，她也就感到满足。但她已经弄假成真。她在克利斯朵夫的眼中咂摸出被她燃烧起来的热情；而这热情也在她胸中抬头了。她不作声了，那套无聊的搔首弄姿的玩意儿也停止了：他们你望着我，我望着你，嘴上都还有那个亲吻的余味。他们时常突然之间附和别人的说笑，闹哄一阵；随后又不出一声，彼此偷偷地瞧着。临了他们连瞧都不瞧了，仿佛怕流露真情似的。他们都一心一意地在那里培养自己的情欲。

吃完饭，大家准备动身了。要到渡轮的码头，还得在树林中走两里路。阿达第一个站起来，克利斯朵夫跟在后面。他们在门口的阶沿上等着其余的同伴：——两人并肩站着，一言不发，浓雾中只有客店门前那盏独一无二的挂灯透出些少光明……

阿达抓着克利斯朵夫的手，拉着他沿着屋子往园中黑暗的地方走去。在一座挂满葡萄藤的平台底下，他们躲了起来。四下里一片漆黑。他们彼此看不见。柏树的梢头在风中摇曳。他的手指被阿达紧紧地勾着，感觉到她手指上的暖气，闻到系在她胸口的葵花的香味。

她突然之间把他拉在怀里；克利斯朵夫的嘴碰到了阿达的被雾水沾湿的头发，他吻着她的眼睛、睫毛、鼻孔、胖胖的脸蛋、嘴角，找来找去找到了她的嘴唇，胶住了。

其余的人出来了，叫着："阿达！……"

他们一动不动，紧紧地抱着，几乎停止了呼吸。

他们听见弥拉的声音说："他们走在前面去了。"

同伴的脚步声在黑暗里远去。他们俩搂得更紧了,喃喃地吐出几个热情的字。

村里的大钟远远地响起来。他们松了手。得赶快地奔到轮船码头了。两人一句话也不说,挽着胳膊,握着手,调整着脚步上路,——那是像她的为人一样急促而坚决的步子。路上很荒凉,田野里没有一个人,十步之外看不见一点东西;在这样可爱的良夜,他们心定神安,稳稳实实地走着,从来也不蹴到地下的石子。因为已经落后,他们就抄着近路。曲折的小道在葡萄园中忽上忽下,然后又有一大段沿着半山腰前进。他们在浓雾中听见河水的汹汹声,轮船靠埠时的机轴声,便离开了正路,往田间斜刺里奔去,终于到了莱茵河畔的岸上,但离开码头还有一程路。两人安定的心绪并没受到骚乱。阿达忘了晚间的疲倦。在静寂的草地上,在罩着朦胧的月色而雾气更湿更浓的河边,他们仿佛能够走上一夜。轮船的汽笛响了,那个妖魔般的大东西在黑暗中离了岸。

"好,咱们搭下一班罢。"他们笑着说。

一阵水浪冲在河边的沙滩上,在他们的脚下四散分溅。

码头上人家告诉他们:"最后一班才开出。"

克利斯朵夫的心忐忑跳着。阿达把他的胳膊抓得更紧了。

"得了吧,"她说,"明儿总该有一班吧。"

几步路以外,在雾的光晕中,一盏灯挂在临河的平台上,发出闪闪的微光。再远一点,有几扇照亮的玻璃窗,原来是一家小客店。

他们走进园子。细沙在脚下窸窸窣窣地响着。他们摸索着找到了梯子的踏级,进门的时候屋子里正在开始熄火。阿达挽着克利斯朵夫的胳膊,说要一间客房。人家把他们带进一间临着园子的卧室。克利斯朵夫靠在窗上,看着河中变幻不定的水光和豆一般的灯光,巨大的蚊虫张着翅膀望挂灯的玻璃上乱撞。房门关上了。阿达站在床边微笑。他不敢瞧她。她也不瞧他,但在睫毛底下留神着克利斯朵夫所有的动作。每走一步,楼板就会格格地响。客店里无论多么细小的声音都听得见。他们坐在床上,一声不出地紧紧搂抱了。

园子里摇曳不定的灯光熄灭了。一切都熄灭了。……

黑夜有如深渊……没有光明,没有意识……只有生命。暧昧的,凶狠的,生命的力。强烈的欢乐。痛快淋漓的欢乐。像空隙吸引石子一般吸引生命的欢乐。情欲的巨潮把思想卷走了。那些在黑夜中打转的陶醉的世界,一切都是荒唐的,狂乱的……

夜里……有的是他们混合在一起的呼吸,有的是交融为一的两个身体的暖气,有的是他们一齐陷了进去的麻痹的深渊……一夜有如几十百夜,几小时有如几世纪,几秒钟的光阴像死一样的长久……他们做着同一个梦,闭着眼睛说话,蒙眬中互相探索的脚碰到了又分开了,他们哭着,笑着;世界消灭了,他们相爱着,共同体验着睡眠那个虚无的境界,体验那些在脑海中骚乱的形象,黑夜的幻觉……莱茵河在屋下小湾中唧唧作响;水波在远处撞着暗礁,仿佛细雨打在沙上。泊船的浮埠受着水流激荡,发出呻吟声。系着浮埠的铁索一松一紧,发出叮当声。水声一直传到卧室里。睡的床好比一条小船。他们偎依着在炫目的波浪中浮沉,——又像盘旋的飞鸟一般悬在空中。黑夜变得更黑了,空虚变得更空虚了。他们彼此挤得更紧,阿达哭着,克利斯朵夫失去了知觉,两人一齐在黑夜的波涛中消失了……

黑夜有如死……——为何还要再生?……

潮湿的窗上透出熹微的晨光。两个软瘫的肉体中重新燃起生命的微光。他醒了。阿达的眼睛对他望着。他们的头睡在一个枕上。手臂相连。嘴唇胶在一起。整整的一生在几分钟内过去了:阳光灿烂的岁月,庄严恬静的时间……

“我在哪儿呢?我变了两个人吗?我还是我吗?我再也感觉不到我的本体。周围只有无穷。我好比一座石像,睁着巨大的安静的眼睛,心里是一片平和……”

他们又堕入天长地久的睡梦中去了。清澈的远钟,轻轻掠过的一叶扁舟,桨上溜滑下来的水珠,行人的脚步,一切黎明时分例有的声音并没有打扰他们,只使他们知道自己活在那里,抚摩着他们迷迷糊糊的幸福,使他们加意吟味……

轮船在窗前呼呼地响着,把半睡半醒的克利斯朵夫惊醒了。他们预定七点动身,以便准时赶回城里工作。他低声地问:“你听见没有?”

她依旧闭着眼睛,微微地笑了笑,把嘴唇凑过来,挣扎着把他吻了一下,脑袋又倒在克利斯朵夫的肩上了……他从玻璃窗中望见船上的烟囱,空无一人的跳板,一大抹一大抹的浓烟在白色的天空映过。他又昏昏睡着了……

一小时过去了,他一点儿没觉得,听到钟响才惊跳起来。

“阿达! 阿达! ……”他轻轻地在她耳边叫,“已经八点了。”

她始终闭着眼睛,拧了拧眉毛,扯了扯嘴巴,表示不高兴。

“噢! 让我睡罢!”她说。

她挣脱了他的手臂,非常困倦地叹了口气,转过背去又睡了。

他在她身边躺着。两个身体都是一样的温度。他胡思乱想起来。血流得那么壮阔,那么平静。所有的感官都明净如水,连一点儿小小的印象都非常新鲜地感受到。他对自己的精力与少壮觉得很愉快,想到自己已经成人尤其骄傲。他对他的幸福微笑,觉得很孤独,像从前一样的孤独,也许更孤独,但那是毫无悲戚而与神明相通的孤独。再没有什么狂乱。再没有什么黑影。天地自由自在地反映在他清明宁静的心上。他仰躺着,对着窗子,眼睛沉没在明晃晃的雾雰中,微微笑着:

“活着多有意思! ……”

哦! 活着! ……一条船在河上驶过……他突然想起亡故的人,想起那条过去的船,他们不是曾经同舟共济的吗? 他——她……——是她吗? ……不是这一个睡在身旁的她。——可是那唯一的爱人,可怜的,已经死了的她吗? 但目前这一个又是怎么回事呢? 她怎么会在这儿的? 他们怎么会到这间房里、这张床上的? 他望着她,可不认识她:她是个陌生人;昨天早上,他心中还没有她。他关于她又知道些什么呢? ——只知道她并不聪明,并不和善,也知道她此刻并不美丽:凭她这张憔悴而瞌睡的脸,低低的额角,张着嘴在那里呼气,虚肿而紧张的嘴唇显出一副蠢相。他知道自己并不爱她。他不胜悲痛地想到:一开始他就亲吻了这对陌生的嘴唇,第一天相遇的晚上就接触了这个不相干的肉体,——至于他所爱的,眼看她在旁边活着,死掉,可从来没有敢抚摩一下她的头发,而且也从此不可能领会到她身上的香味。什么都完了。一切都化为乌有。尘土把她整个儿抢了去,他竟没有保卫她……

他俯在这无邪的睡熟的女人身上,细细端详她的面貌,用着恶意的目光瞅着她。她觉得了,被他瞧得不安起来,使劲撑起沉重的眼皮对他笑着,像儿童初醒的时候一样口齿不清地说:“别瞧我呀,我难看得很……”

她困倦得要死,笑着说:“噢!我真瞌睡得很啊。”接着又回到她的梦里去了。

他禁不住笑了出来,温柔地吻着她像儿童一样的嘴巴跟鼻子,然后又把这个大女孩子瞧了一忽儿,跨过她的身子,悄悄地起床了。他一离开,她就宽慰地叹了口气,伸手伸脚地躺个满床。他一边洗脸一边留神着怕惊醒她,其实她绝不会醒的;他梳洗完毕,坐在靠窗的椅子里,眺望雾气缭绕,像流着冰块的江面;他迷迷糊糊地沉入遐想,听到有一曲凄凉的田园音乐在耳边飘荡。

她不时把倦眼睁开一半,茫然望着他,过了几秒钟才认出来,对他笑着,又从这个梦转到别一个梦里去了。她问他是什么时候了。

“九点差一刻。”

她蒙眬中想了想:“九点差一刻,那又怎么呢?”

到九点半,她四肢欠伸了一会儿,叹了口气,说要起床了。

敲了十点,她还没有动,可气恼着说:“啊,钟又响了!……时间过得真快……”

他笑了,走到床边挨着她坐下;她把手臂绕着他的脖子,讲她的梦境。他并不留神细听,常常说几个温柔的字打断她。可是她叫他别作声,一本正经地,好似讲的是最重要的事:

“她在吃晚饭:大公爵也在座;弥拉是一头纽芬兰种的狗……不,是一头卷毛的羊,在那里侍候他们……阿达竟会在桌上腾空走路,跳舞,躺着,都是在空中。哦,那是挺方便的;你只要做就是了……你瞧,这样……这样……那就行了……”

克利斯朵夫取笑她,她也笑了,但对他的笑有点儿生气。她耸耸肩说:“啾!你完全不懂!……”

他们在床上吃了早点，用的是同一只碗，同一把羹匙。

终于她起来了：把被褥一推，伸出美丽雪白的脚，肥胖的大腿，一滑就滑到床前的地毯上。然后她坐着喘了会气，望着她的脚。末了，她拍拍手要他出去；他稍一迟疑，她就抓着他的肩膀推到门外，把门闩上了。

她慢腾腾地把美丽的四肢细细瞧了一番，舒舒服服地欠伸了一阵，哼着一支感伤的歌，看见克利斯朵夫在窗上弹指，就把水泼他的脸，临走又在花园里摘了枝头最后的一朵玫瑰：他们俩终究上船了。雾还没有散，可是阳光已经透出来了，两人在乳白色的光中蠕动。阿达和克利斯朵夫坐在船尾，依旧带着困倦与不乐意的模样，咕噜着说阳光射着她的眼睛，一定要整天闹头痛了。克利斯朵夫并不把她的话怎么当真，她便沉着脸不出声：眼睛半开半阖，那种俨然的神气像个才睡醒的孩子。船到了第二个码头，有个漂亮女人上来，坐在靠近他们的地方：阿达就马上提起精神，和克利斯朵夫说了好些多情而风雅的话，又用起客套的"您"字来了。

克利斯朵夫一心想着她该用什么理由向女店主解释她的迟到。她可是完全不放在心上：

"欧，这又不是第一次。"

"什么第一次？"

"我的迟到啰。"她对他的问话有点儿气恼。

他不敢追问她迟到的原因。

"这一回你怎么说呢？"

"说我母亲病了，死了……我哪知道等会儿怎么说呢？"

这种轻薄的口气使他听了很不愉快。

"我不愿意你扯谎。"

她可生了气："告诉您罢，第一我从来不扯谎……第二，我总不成对她说……"

"为什么不能？"他半说笑半正经地问。

她耸了耸肩，笑了，说他粗野，下流，并且先请他别对她这么"你呀你呀"的称呼。

"难道我没有权利吗？"

“绝对没有。”

“凭了咱们的关系还不成吗?”

“咱们根本没有什么关系。”

她带着挑战的神气,眼睛盯着他笑了;虽然她是说笑,但他觉得,要她一本正经地这样说,甚至真的这样想,也不费她什么事。接着大概想起了什么好玩的事分了心,她突然望着克利斯朵夫哈哈大笑,把他拥抱着亲吻,一点也不顾忌旁边的人,而他们也似乎不以为奇。

如今,他每次散步都得跟那些女店员和银行职员做伴,他们的俗气使他很厌恶,时常想在路上和他们走散;但阿达老喜欢跟人别扭,偏不愿意再在林中迷路了。逢到下雨或是因为别的理由而不出城,克利斯朵夫就带阿达上戏院,逛美术馆,逛公园;因为她非要和他一同露面不可,甚至还要他陪着去望弥撒;但他真诚到近乎荒谬的性格,使他自从失掉信心以后不肯再踏进教堂,连管风琴师的职位也早已借端辞掉;而同时他的宗教情绪又太重了(他自己可不知道),不能不认为阿达的提议是种亵渎的行为。

晚上他到她家里去。他老在那儿碰到住在一幢屋子里的弥拉。弥拉对他并不记恨,照旧伸出软绵绵的、大有抚爱意味的手,谈些不相干的或是轻薄的事,然后很识趣地溜开了。照理两个女人在那种情形之下不可能再亲密,但她们倒反显得交情更深,而且形影不离。阿达什么事都不瞒弥拉,弥拉把什么都听在肚里;说的人和听的人似乎都一样的得劲。

克利斯朵夫和两个女人在一起觉得很窘。她们之间的友谊,古怪的谈话,放浪的行动,尤其是弥拉看事情的态度和见解非常放肆,——(在他面前已经好多了,但那些背后的谈话自有阿达告诉给他听),——她们不顾体统的好奇心,老是涉及无聊的或是淫猥的题目,所有那些暧昧而有点兽性的气氛,使克利斯朵夫极难受,同时又极有兴趣;因为他从来没见识过。一对小野兽似的女人说着废话,胡说乱道地瞎扯,傻笑,讲到粗野的故事高兴得连眼睛都发亮:克利斯朵夫听着她们简直给搅糊涂了。弥拉一走开,他真觉得松了口气。两个女人在一块儿等于一个陌生世界,而他完全不懂那个世界的语言。他没法教她们听他的:她们连听也不听,只取笑他这个陌生人。

他和阿达单独相对的时候,他们仍旧说着两种不同的语言;但至少他们努力想彼此了解。其实,他越了解她,骨子里反而越不了解她。克利斯朵夫在她身上才第一次认识女人。虽然萨皮纳可以算是他认识的,但他对她一无所知:她仅仅是他心上的一个梦。如今是阿达来使他找补那个错失的时间了。他也竭力想解决女人的谜,——而女人或许只有对一般想在她们身上寻求多少意义的人才成其为谜。

阿达绝对不聪明,而这还不过是她最小的缺点。要是她承认不聪明,克利斯朵夫觉得倒也罢了。然而虽然只知道注意无聊的事,她还自命风雅,很有自信地判断一切。她谈论音乐,对克利斯朵夫解释他最内行的东西,而她的意见与否决都是绝对的。你根本不用想去说服她,她对什么都有主张,都能领略,自视甚高,顽固不化,虚荣心极重,对什么也不愿而且不能了解。她就是固执到底,不肯去了解事情!当她愿意凭着她的优点和缺点,老老实实地保持本来面目的时候,克利斯朵夫才更喜欢她呢!

事实上,她根本不想用什么头脑。她所关心的不过是吃、喝、唱歌、跳舞、叫喊、嬉笑、睡觉。她希望快活;要是她真能快活也很不错了。可是虽然天生的有了一切快活的条件:贪吃懒做,肉欲很强,还有那种使克利斯朵夫又好气又好笑的天真的自私自利,总而言之,虽然凡是能使自己觉得生活有趣的坏习气都已齐备,——(也许朋友们并不能因为她的坏习气而也觉得人生可爱,但一张高高兴兴的脸,只要长得好看,总还能让接近的人沾到些快乐的光!)——虽然她有那么多的理由应该对人生满足,阿达却没有这点儿知足的聪明。这个漂亮强壮的姑娘,又娇嫩,又快活,气色那么健康,兴致那么好,胃口那么旺,居然为自己的身体操心!她一个人要吃几个人的量,而口口声声抱怨身体不行。她不是叹这个苦,就是叹那个苦:一忽儿是脚拖不动啦,一忽儿是不能呼吸啦,又是头痛啦,脚痛啦,眼睛痛啦,胃痛啦,再不然是神魂不安,害了心病。她对每样东西都害怕,迷信得像个害神经病的,认为到处都有预兆:吃饭的时候,刀子,交错的叉,同桌的人数,倒翻的盐瓶等,全与祸福有关，非用种种的仪式来消灾化吉不可。散步的时候，她数着乌鸦，看是从哪个方向飞来的；她走在路上老是留神脚下，倘若上午看见一只蜘蛛爬过，就要发愁，就要回头走了；你想劝她继续散步，只有教她相信时间已经过午，所以那是好兆而不是噩兆了。她也怕自己做的梦，絮絮不休地讲给克利斯朵夫听；倘若忘了什么细节，她会几个钟点地想下去；她要把每个小地方告诉克利斯朵夫，而那些梦总是一大串荒谬的事，牵涉到古怪的婚姻，死了的人，或是什么女裁缝、亲王，诸如此类的滑稽可笑或淫乱的故事。克利斯朵夫非听她不可，还得发表意见。往往她会给这些胡闹的梦境纠缠到好几天。她觉得人生不如意，看人看事都很苛刻，老在克利斯朵夫前面嘀嘀咕咕地诉苦。克利斯朵夫离开了那般怨天尤人的小市民，又来碰到他的死冤家，“郁闷而非希腊式的幻想病者”，未免太犯不上了。

她在叽里咕噜的不高兴的时候，会突然之间地乐起来，没头没脑地闹哄一阵；这种兴致和刚才的愁闷同样无理可喻。那时她就没来由地，笑不完地笑，在田里乱跑，疯疯癫癫地胡闹，玩着小孩子的游戏，扒着泥土，弄着脏东西，捉着动物，折磨蜘蛛、蚂蚁、虫，使它们互相吞食，拿小鸟给猫吃、虫给鸡吃、蜘蛛给蚂蚁吃，可是并无恶意，只由于无意识的作恶的本能，由于好奇，由于闲着没事。她有种永远不会餍足的需要，要说些傻话，把毫无意思的字说上几十遍，要捣乱，要刺激人家，要惹人厌烦，要撒一阵野。路上一遇到什么人，——不管是谁，——她就得卖弄风情，精神百倍地说起话来，又是笑又是闹，装着鬼脸，引人注意，拿腔作势地做出种种急剧的举动。克利斯朵夫提心吊胆地预感到她要说出正经话来了。——而她果然变得多情了，并且又毫无节制，像在别的方面一样：她大声嚷嚷地说她的心腹话。克利斯朵夫听得难受极了，恨不得把她揍一顿。他最不能原谅的是她的不真诚。他还不知道真诚是跟聪明与美貌一样少有的天赋，而硬要所有的人真诚也是一种不公平。他受不了人家扯谎，而阿达偏偏扯谎扯得厉害。她一刻不停地，泰然自若地，面对着事实说谎。她最容易忘记使他不快的事，——甚至也忘了使他高兴的事，——像一切得过且过的女子一样。

虽然如此，他们究竟相爱着，一心一意地相爱着。阿达的爱情，真诚不减于克利斯朵夫。尽管没有精神上的共鸣作基础,他们的爱可并不因此而减少一点真实性,而且也不能跟低级的情欲相提并论。这是青春时期的美妙的爱:虽然肉感很强,究竟不是粗俗的,因为其中一切都很年轻;这种爱是天真的,差不多是贞洁的,受过单纯热烈的快感洗练的。阿达即使在爱情方面远不如克利斯朵夫那么无知,但还保存着一颗少年的心,一个少年的身体;感官的新鲜,明净,活泼,不亚于溪水,差不多还能给人一个纯洁的幻象,那是任何东西代替不了的。在日常生活中她固然自私,平庸,不真诚;爱情可使她变得纯朴,真实,几乎是善良的了;她居然能懂得一个人为了别人而忘却自己的那种快乐。于是克利斯朵夫看着她觉得心都醉了,甚至愿意为她而死:一颗真正动了爱情的心,借了爱情能造出多少又可笑又动人的幻觉,谁又说得尽呢?克利斯朵夫因为富有艺术家天生的幻想力,所以恋爱时的幻觉比常人更扩大百倍。阿达的一颦一笑对于他意义无穷;亲热的一言半语简直是她善心的证据。他在她身上爱着宇宙间一切美好的东西。他称她为他的我,他的灵魂,他的生命。他们都爱极而哭了。

他们两人的结合不单是靠欢娱,而还有一种往事与幻梦的说不出的诗意,——是他们自己的往事与幻梦吗?还是在他们以前恋爱过的人,生在他们以前而现在活在他们身上的人的往事与幻梦?他们林中相遇的最初几分钟,耳鬓厮磨的最初几天,最初几晚,躺在彼此怀里的酣睡,没有动作,没有思想,沉溺在爱情的急流中,不声不响体会到的欢乐的急流中……这些初期的魅惑沉醉,他们彼此不说出来,也许自己还没觉得,可是的确保存在心里。突然之间显现出来的一些境界,一些形象,一些潜伏的思想,只要在脑海中轻轻掠过,他们就会在暗中变色,浑身酥软,迷迷糊糊的好像周围有阵蜜蜂的嗡嗡之声。热烈而温柔的光……醉人的甜美的境界使他们的心停止了跳动,声息全无……这是狂热以后的困倦与静默,大地在春天的阳光底下一边颤抖一边懒懒地微笑……两个年轻的肉体的爱,像四月的早晨一样清新,将来也得像朝露一样地消逝。心的青春是献给太阳的祭礼。

使克利斯朵夫和阿达关系更密切的,莫如一般人批判他们时所取的态度。

他们初次相遇的第二天,街坊上就全知道了。阿达一点儿不想法隐瞒那段姻缘,反而要把她征服男子的得意在人前炫耀。克利斯朵夫原想谨慎一点,但觉得被大家用好奇的目光盯着,而他又不愿意躲躲闪闪,便干脆和阿达公然露面了。小城里顿时议论纷纷,乐队里的同事带着调侃的口气恭维他,他可置之不理,认为自己的私事用不着别人顾问。在爵府里,他的有失体统的行为也受到了指摘。中产阶级的人更把他批评得厉害。他丢掉了一部分家庭教课的差事。还有一部分家庭,是从此在克利斯朵夫上课的时候都由母亲用着猜疑的神气在旁监视,好像他要把那些宝贵的小母鸡抢走似的。小姐们表面上照理装得一无所知,实际上可无所不知,于是一方面认为克利斯朵夫眼界太低而对他表示冷淡,一方面可更想多知道些这件事情的底细。克利斯朵夫原来只有在小商人和职员阶级中走红。但恭维与毁谤使他一样着恼;既然没法对付毁谤,他便设法不受恭维:这当然是很容易的。他对于大众的爱管闲事非常恼恨。

对他最生气的是于莱老人和伏奇尔一家。他们觉得克利斯朵夫的行为不检是对他们的侮辱。其实他们并没当真想招他做女婿,他们——尤其是伏奇尔太太,——一向不放心那种艺术家性格。但他们天性忧郁,老是以为受着命运播弄,所以一发觉克利斯朵夫和洛莎的婚姻没有了希望,就相信自己原来的确是要那件婚事成功的,而这个打击又证明他们碰来碰去都是不如意的事。照理,倘若他们的不如意应当归咎于命运的话,那末就跟克利斯朵夫不相干了;但伏奇尔夫妇的推理,只会使他们找出更多的理由来怨天尤人。因此他们断定:克利斯朵夫的行为恶劣不单是为了自己寻欢作乐,并且是有心伤害他们。除此以外,他们对克利斯朵夫的丑行的确深恶痛绝。凡是像他们那样虔诚、守礼、极有私德的人,往往认为肉体的罪恶是所有的罪恶中最可耻的,最严重的,差不多是唯一的罪恶,因为只有这罪恶最可怕,——安分良民决不会偷盗或杀人,所以这两桩根本不用提。这种观点使他们觉得克利斯朵夫骨子里就不是个好人,便对他改变了态度。他们板起一副冰冷的面孔,遇到他就掉过头去,克利斯朵夫本不稀罕和他们交谈,对他们的装腔作势只耸耸肩膀。阿玛利亚一方面装出瞧不起他而躲开他的神气,一方面又尽量要和他搭讪,以便把心里的话对他说出来:但克利斯朵夫只做看不见。

他看了真正动心的,只有洛莎的态度。这女孩子对他的批判比她的父母更严。并非因为克利斯朵夫这次新的恋爱把她最后的被爱的机会打消了,那是她早知道没希望的,——(虽然她心里也许还在希望……她是永远在那里希望的!)——而是因为克利斯朵夫是她的偶像,而这尊偶像如今是倒下来了。在她无邪的心里,这是最大的痛苦,比受他轻视更残酷的痛苦。从小受着清教徒式的教育,亲炙惯了她热诚信奉的狭隘的道德,她一朝得悉了克利斯朵夫的行为,非但惋惜,而且痛心。他爱萨皮纳的时候,她已经很痛苦,已经对她崇拜的英雄失掉了一部分幻象。克利斯朵夫竟会爱一个这样平凡的人,她觉得是不可解的,不光彩的。但至少这段恋爱是纯洁的,而萨皮纳也没有辜负这纯洁的爱情。何况死神的降临把一切都变得圣洁了……但经过了那一场,克利斯朵夫立刻爱上另外一个女人,——而且是怎样的一个女人!——那真是堕落得不像话了!洛莎甚至为死者抱不平了。她不能原谅他忘掉萨皮纳……——其实他对于这一点比她想得更多;她没法想象一颗热烈的心同时容得下两种感情;她认为一个人要忠于"已往",就非牺牲"现在"不可。她纯洁,冷静,对于人生,对于克利斯朵夫,都没有一点儿观念。在她心目中,一切都应当像她一样的纯洁,狭窄,守本分。她的为人与心胸尽管很谦卑,可也有一桩骄傲,就是纯洁,她对己对人都要求纯洁。她不能,永远不能原谅克利斯朵夫这样的自暴自弃。

克利斯朵夫即使不想向她有所声辩,——(对于一个清教徒式的女孩子根本不能解释什么)也想跟她谈谈。他很愿意告诉她,他还是她的朋友,很重视她对他的敬意,而他还有受这敬意的资格。可是洛莎躲着他,冷冷的一声不出,明明是瞧不起他。

他对这个态度又伤心又气愤,自以为不该受此轻蔑;但他的心绪终于给搅乱了,认为自己错了。而最严酷的责备乃是在想起萨皮纳的时候对自己的责备。他苦闷地想道:

“天哪！怎么会的呢？……我怎么会变成这样的呢？……”

然而他抵挡不住冲击他的巨浪。他想到人生是罪恶的，便闭上眼睛不去看它而只顾活着。他多么需要活，需要爱，需要幸福！……他的爱情没有一点可鄙的地方！他知道爱阿达可能是他的不聪明，没有见识，甚至也不十分快乐；可是这种爱绝对谈不到卑鄙。即使——（他竭力表示怀疑）——阿达在精神方面没有多大价值，为什么他对于阿达的爱就会因此而减少它的纯洁呢？爱是在爱的人的心里，而非在被爱的人的心里。凡是纯洁的人、强壮健全的人，一切都是纯洁的。爱情使有些鸟显出它们身上最美丽的颜色，使诚实的心灵表现出最高尚的成分。因为一个人只愿意给爱人看到自己最有价值的面目，所以他所赞美的思想与行动，必须是跟爱情塑成的美妙的形象调和的那种。浸润心灵的青春的甘露，力与欢乐的神圣的光芒，都是美的，都是有益健康而使一个人心胸伟大的。

朋友们误解他固然使他难过，但最严重的是他的母亲也开始烦恼了。

这个忠厚的女人绝不像伏奇尔一家把做人之道看得那么窄。她亲身经历了多少真正的痛苦，不会再想去自寻烦恼。她生来是个谦卑的人，只受到人生的磨折，没享到人生的快乐，更不希求快乐，随遇而安，也不想去了解她的遭遇，绝对不敢批判或责难别人，她自以为没有这权利。要是旁人的思想跟她的不同，她就自认为愚蠢，不敢说人家错误；她觉得硬要他人遵守自己在道德与信仰方面的死板的规则是可笑的。而且，她的道德与信仰完全出之于本能：她只顾自己的纯洁与虔敬，全不管别人的行为，这正是一般平民容忍某些弱点的态度。这也是当年约翰·米希尔不满意她的一点：在体面的与不体面的两等人中，她不大加以区别；在街上或菜市上，她不怕停下来跟街坊上人尽皆知而正经妇女视若无睹的、那些可爱的女人谈话。她觉得分别善恶，决定惩罚或宽恕，都是上帝的事。她所要求人家的只有一点儿亲切的同情；为了减轻彼此生活的重担，这是必不可少的。主要是在于心地好，其余的都无关大体。

但自从她搬进了伏奇尔的屋子，大家开始来改造她的性格了。那时她已经萎靡不振，无力抵抗，所以房东一家喜欢中伤别人的脾气更容易把她控制。先是阿玛利亚抓住了她;在从早到晚一起做活,而只有阿玛利亚一个人开口的情形之下,柔顺而颓丧的鲁意莎,不知不觉也染上了批评一切判断一切的习惯。伏奇尔太太当然不会不说出她对克利斯朵夫的行为是怎么看法。鲁意莎的无动于衷使她很气恼。她觉得鲁意莎对他们那么愤慨的事不加过问,简直有悖礼法;她直到把鲁意莎说得心都乱了方始满意。克利斯朵夫也觉察到这一点。母亲虽不敢埋怨他,但每天总得怯生生的,不大放心的,絮絮不休地说几句;倘使他不耐烦了,把话顶回去,她就不再开口,但眼神还是那么忧郁;有时他出去了一次回来,看出她是哭过了。他对母亲的性格认识得太清楚了,知道那些烦恼绝不是从她心里来的。——从哪儿来的呢?他完全明白。

他决意要结束这种局面。一天晚上,鲁意莎忍不住眼泪,晚饭吃到一半就站起来,也不让克利斯朵夫知道她为什么难过。他便急急忙忙奔下楼去,敲伏奇尔家的门。他恼怒极了。他不但因为伏奇尔太太挑拨他的母亲而着恼,他还得把她的教唆洛莎跟他不和,把她的中伤萨皮纳,以及他几个月来隐忍着的一切,痛痛快快地报复一下。他胸中的怨气越积越多,非发泄不可了。

他闯进伏奇尔太太家里,用着勉强装做镇静,但禁不住气得发抖的声音,问她向母亲说了些什么,把她弄成这个模样的。

阿玛利亚对他毫不客气,回答说她爱说什么就说什么,用不着把她的行为向任何人报告,——尤其是对他。她借此机会把久已准备好的一套话统统说了出来,还说要是他母亲苦闷,他除了自己的行为以外,用不着再找旁的理由;而那种行为对他是羞耻,对大众是件丑事。

克利斯朵夫巴不得她先来攻击以便反攻。他气势汹汹地嚷着说,他的行为是他自己的事,决不管伏奇尔太太高兴不高兴;她要抱怨,向他抱怨就是,她爱怎么说都可以:那不过像下一阵雨罢了,可是他禁止她,——(听见没有?)——他禁止她跟他母亲去噜苏,要知道侵犯一个又老又病的可怜的女人是卑鄙的。

伏奇尔太太高声大叫起来。从来没有一个人敢对她用这种口气的。她说她决不受一个野孩子的教训,——并且还在她自己家里!——她便尽量地羞辱他。

听到吵架的声音，大家都跑来了，——除了伏奇尔，他对于可能妨害他健康的事，一向是躲得老远的。气极了的阿玛利亚把情形告诉了老于莱，老于莱就声色俱厉地请克利斯朵夫以后少发议论，也不必上门。他说用不着克利斯朵夫来告诉他们怎么做人，他们只知道尽责任，过去如此，将来也如此。

克利斯朵夫回答说他当然要走的，将来也不再踏进他们家里了。可是他先得把关于这该死的责任的话——（此刻这责任几乎成为他的私仇了）——痛痛快快说完了才肯走。他说这个责任反而会使他喜欢邪恶。他们拼命把“善”弄得可厌，使人不愿意为善。他们教人在对照之下，觉得那些虽然下流但很可爱的人倒反有种魔力。到处滥用责任这个字，无聊的苦役也名之为责任，无足重轻的行为也名之为责任，还要把责任应用得那么死板，霸道，那非但毒害了人生，并且亵渎了责任。责任是例外的，只有在真正需要牺牲的时候才用得着，绝对不能把自己恶劣的心绪和跟人过不去的欲望叫做责任。一个人不能因为自己愚蠢或失意而悲苦愁闷，就要所有的人跟他一块儿悲苦愁闷，跟他一样过那种残废的人的生活。最重要的德性是心情愉快。德性应该有一副快活的、无拘无束的、毫不勉强的面目！行善的人应该觉得自己快乐才对！但那个永不离嘴的责任，老师式的专制，大叫大嚷的语调，无聊的口角，讨厌的、幼稚的、无中生有的吵架，那种闹哄，那种毫无风趣的态度，没有趣味、没有礼貌、没有静默的生活，竭力使人生变得贫乏的、鄙陋的悲观主义，觉得轻蔑别人比了解别人更容易的、傲慢的愚蠢，所有那些不成器局、没有幸福、没有美感的布尔乔亚道德，都是不健全的，有害的，反而使邪恶显得比德性更近人情。

克利斯朵夫这样想着，只顾对伤害他的人泄愤，可没有发觉自己和他们一样的不公平。

无疑的，这些可怜虫大致和他心目中所见到的差不多。但这不是他们的错：那种可憎的面目、态度、思想，都是无情的人生造成的。他们是给苦难折磨得变了形的，——并非什么飞来横祸，伤害生命或改换一个人面目的大灾难。——而是循环不已的厄运，从生命之初到生命末日，点点滴滴来的小灾小难……那真是可悲可叹的事！因为在他们这些粗糙的外表之下，藏着多少的正直、善心，和默默无声的英勇的精神！……藏着整个民族的生命力和未来的元气！

克利斯朵夫认为责任是例外的固然不错，但爱情也一样是例外的。一切都是例外的。一切有点儿价值的东西，它的最可怕的敌人，并非是不好的东西——（连恶习也有它的价值）——而是它本身成了习惯性。心灵的致命的仇敌，乃是时间的磨蚀。

阿达开始厌倦了。她不够聪明，不知道在一个像克利斯朵夫那样生机蓬勃的人身上，想法使她的爱情与日俱新。在这次爱情中间，她的感官与虚荣心已经把所有的乐趣都榨取到了。现在她只剩下一桩乐趣，就是把爱情毁灭。她有那种暧昧的本能，为多少女子（连善良的在内）多少男人（连聪明的在内）所共有的。——他们都不能在人生中有所创造：作品，儿女，行动，什么都不能，但还有相当的生命力，受不了自己的一无所用。他们但愿别人跟自己一样的没用，便竭力想做到这一点。有时候这是无心的；他们一发觉这种居心不良的欲望，就大义凛然地把它打消。但多数的时候他们鼓励这种欲望，尽量把一切活着的，喜欢活着的，有资格活着的，加以摧毁；而摧毁的程度当然要看他们的力量如何：有些是小规模的，仅仅以周围亲近的人作对象；有些是大举进攻，以广大的群众为目标。把伟大的人物伟大的思想拉下来，拉得跟自己一般高低的批评家，还有以引诱爱人堕落为快的女孩子，是两种性质相同的恶兽。——可是后面的一种更讨人喜欢。

因此阿达极想把克利斯朵夫腐化一下，使他屈辱。其实她还没有这个力量。便是腐化人家，她那点儿聪明也嫌不够：她自己也觉得，所以她怀恨克利斯朵夫的一大原因，就是她的爱情没有力量伤害他。她不承认有伤害他的欲望；要是能阻止自己，也许她还不会这么做。但她认为要伤害他而办不到未免太岂有此理。倘使一个女人没有一种幻象，使她觉得能完全驾驭那个爱她的人，给他不论是好是坏的影响，那就是这个男人爱她爱得不够，而她非要试试自己的力量不可了。克利斯朵夫没有留意到这些，所以阿达说着玩儿问他：

“你肯不肯为了我把音乐丢掉？”（其实她完全没有这个意思。）

他却老老实实地回答：

“噢！这个吗，不论是你，不论是谁，都没有办法的。我永远丢不了音乐。”

“哼！亏你还说是爱我呢！”她恨恨地说。

她恨音乐，——尤其因为她完全不懂，并且找不到一个空隙来攻击这个无形的敌人，来伤害克利斯朵夫的热情。倘若她用轻蔑的口吻谈论音乐，或是鄙夷不屑的批评克利斯朵夫的曲子，他只是哈哈大笑；阿达虽然懊恼至极，结果也闭上了嘴，因为知道自己可笑。

但即使在这方面没有办法，她可发现了克利斯朵夫的另一个弱点，觉得更容易下手：那就是他的道德信仰。他虽然和伏奇尔一家闹翻了，虽然青年期的心情使他沉醉了，可依旧保存着他那种精神上的洁癖而自己并不觉得，使一个像阿达般的女人看了始而诧异，继而入迷，继而好笑，继而不耐烦，终于恼恨起来。她不从正面进攻，只是狡猾地问：

“你爱我吗？”

“当然。”

“爱到什么程度？”

“尽一个人所能爱的程度。”

“那不能算多……你说，你能为我做些什么？”

“你要什么就什么。”

“要你做件坏事你做不做？”

“要用这种方式来爱你，太古怪了！”

“不是古怪不古怪的问题。只问你做不做？”

“那是永远不需要的。”

“可是假使我要呢？”

“那你就错了。”

“也许是我错了……可是你做不做？”

他想拥抱她，被她推开了。

“你做还是不做？你说？”

“不做的，我的小宝贝。”

她气愤愤地转过身子。

“你不爱我，你根本不懂什么叫做爱。”

“也许是罢。”他笑嘻嘻地说。

他明知自己在热情冲动的时候，会像别人一样做出一桩傻事，也许坏事，或者——谁知道？——更进一步的事；但他认为很冷静地说出来以此自豪是可耻的，而说给阿达听是危险的。他本能地感到他那个心爱的敌人在旁等着，只要他漏出一点儿口风便乘机而入；他不愿意让她拿住把柄。

有几次，她又回到老题目上来进攻了：

“你是因为你爱我而爱我呢，还是因为我爱你而爱我？”

“因为我爱你而爱你。”

“那末假使我不爱你了，你还是会爱我的？”

“是的。”

“要是我爱了别人，你也永远爱我吗？”

“啊！这个我可不知道……我想不会吧……总之我那时不再爱别的人了。”

“我爱了别人，情形又有什么不同？”

“哦，大不同了。我也许会变，你是一定会变的。”

“我会变吗？那又有什么关系？”

“当然关系很大。我爱的是你现在这样的你。你要变了，我不敢担保再爱你。”

“噢！你不爱我，你不爱我！这些废话是什么意思？一个人要就爱，要就不爱。如果你爱我，你就该爱我，爱我现在的样子，也不管我做些什么，永远得爱下去。”

“这样的爱你，不是把你当做畜牲了吗？”

“我就是要你这样地爱我。”

“那么你看错人了，”他开玩笑似的说，“我不是你心目中的那种人。我即使愿意这样做也未必做得到。何况我也不愿意。”

“你自命为聪明！你爱你的聪明甚于爱我。”

“我爱的明明是你，你这个没良心的！我爱你比你爱自己还深切。你越美丽，心越好，我越爱你。”

“你倒是个老学究。”她懊恼地说。

“你要我怎么办呢？我就是爱美，恨丑。”

“便是我身上的丑也恨吗？”

“尤其是在你身上的。”

她愤愤地跺着脚：“我不愿意受批判。”

“那末你尽管抱怨吧，抱怨我批判你，抱怨我爱你。”他温柔地说着，想抚慰她。

她让他抱在怀里，甚至还微微笑着，允许他亲吻。但过了一忽儿，他以为她已经忘了，她又不安地问：“你觉得我丑的是什么呢？”

他不敢告诉她，只是很懦怯地回答：“我不觉得你有什么丑的地方。”

她想了一想，笑着说：“你说你是不喜欢扯谎的，可不是？”

“那我最恨了。”

“对。我也恨。我从来不扯谎，所以在这方面我不用操心。”

他对她瞧了瞧，觉得她是说的真心话。对自己的缺点这样的毫无知觉，他看了心软了。

“那末，”她把手臂勾着他的脖子，“假使我一朝爱了别人而告诉了你，你干吗要恨我呢？”

“别老是磨我啊。”

“我不磨你；我不跟你说我现在爱了别人；而且还可以告诉你现在不爱别人……可是将来要是我爱了……”

“咱们不用想这个。”

“我可是要想的……那时候你不恨我吗？总不能恨我吧？”

“我不恨你，只是离开你。”

“离开我？为什么？要是我仍旧爱着你的话？……”

“一边爱着别人一边还爱我？”

“当然啰，那是可能的。”

“对我们可不会有这种事。”

“为什么？”

“因为你爱上别一个的时候，我就不爱你了，决不再爱你了。”

“刚才你还说：‘也许……’现在你说你不爱我了！”

“这样对你更好。”

“为什么？”

“因为你爱着别人的时候我要是还爱你，那末结果对你、对我、对别人都是不利的。”

“哦！……你简直疯了。那末我非一辈子和你在一块儿不可吗？”

“放心，你是自由的。你爱什么时候离开我就什么时候离开我。可是那时候不是再会而是永别了。”

“但要是我仍旧爱你呢？”

“爱是需要彼此牺牲的。”

“那末你牺牲罢！”

他对她这种自私不由得笑了；她也笑了。

“片面的牺牲只能造成片面的爱。”他说。

“绝对不会的，它能造成双方的爱。如果你为我而牺牲，我只有更爱你。你想想罢，在你一方面，既然能为我牺牲，就表示你非常爱我，所以你就能非常幸福了。”

他们笑了，很高兴能够把彼此那么认真的意见丢开一下。

他笑着，他望着她。其实她的确像她所说的，决无意思此刻就离开克利斯朵夫；虽然他常常使她腻烦，使她气恼，她也知道像他这样的忠诚是多么可贵；而且她也并不爱别人。她刚才的话是说着玩的，一半因为知道他不喜欢这种话，一半因为觉得玩弄这些危险而不清不白的思想自有一种乐趣，像小孩子喜欢搅弄脏水一样。他知道这点，并不恨她。但对于这一类不健全的辩难，对于跟这个捉摸不定而心神不安的女子的争执，他觉得厌倦了；为了要无中生有的，在她身上找出优点来骗自己而花那么大的劲，他也厌倦了，有时甚至厌倦得哭了。他想：“为什么她要这样呢，一个人为什么要这样呢？人生真无聊！”……同时他微微笑着，望着俯在他身上的那张娇艳的脸，蓝的眼睛，花一般的皮色，爱笑爱唠叨而带点蠢相的嘴巴，半开半阖的、露着舌头与滋润的牙齿的光彩。他们的嘴唇差不多碰上了；可是他仿佛是远远地看着她，很远很远，像从别一个世界上望过来的；他眼看她慢慢地远去，隐没在云雾里了……随后他竟瞧不见她了,听不见她了。他忘了一切,只想着音乐,想着他的梦,想着跟阿达完全无关的事。他听见一个调子。他静静地在那里作曲……啊！美妙的音乐！……多么凄凉,凄凉欲绝！可又是温柔的,慈爱的……啊！多么好！……可不是？可不是？……其余的一切都是虚幻的。

他被人抓着手臂推了几下,听见有个声音喊着:

“喂,你怎么啦？你真的疯了吗？干吗这样地瞅着我呢？干吗不回答我呢?”

他又看到了那双望着他的眼睛。那是谁啊？……——啊！是的……——他叹了一口气。

她仔细地把他打量着,要知道他想些什么。她弄不明白,只觉得自己白费气力,没法把他完全抓住,他老是有扇门可以逃的。她暗中生气了。

有一次她把他从这种出神的境界中叫回来,问:“干吗你哭呀?”

他把手抹了抹眼睛,才觉得湿了。

“我不知道。”他说。

“干吗你不回答？我已经问了你三遍啦。”

“你要什么呢?”他语气很温和地说。

她又开始那些古怪的辩论,他做了一个厌倦的手势。

“别急,”她说,“我再说一句就完啦。”

可是她又滔滔不竭地说开去了。

克利斯朵夫气得直跳起来:“你能不能不再跟我说这些下流话?”

“我是说着玩儿的。”

“那末找些干净一点的题目!”

“至少你得跟我讨论一下,说出你讨厌的理由。”

“这有什么理由可说的！譬如垃圾发臭,难道还得讨论它发臭的原因吗？它发臭,那就完了,我只能堵着鼻子走开。”

他愤愤地走了,迈着大步,呼吸着外边冰冷的空气。

可是她又来了,一次,两次,十次。凡是能伤害他良心的,使它难堪的,她都一齐抖出来摆在他面前。

他以为这不过是一个神经衰弱的女子的病态的玩意儿，喜欢把磨人当做消遣。他耸耸肩膀，或是假装不听她的，并不拿她当真。但他有时仍不免想把她从窗里扔出去：因为神经衰弱这个病和闹神经衰弱的人对他都不是味儿……

然而只要离开她十分钟，他就会把一切讨厌的事忘得干干净净。他又抱着新的希望新的幻象回到阿达身边去了。他是爱她的。爱情是一种永久的信仰。一个人信仰，就因为他信仰，上帝存在与否是没有关系的。一个人爱，就因为他爱，用不着多大理由！……

克利斯朵夫和伏奇尔一家吵过以后，不能再在他们屋子里住下去了，鲁意莎只能另找一所屋子。

有一天，克利斯朵夫的小兄弟，久无音讯的恩斯德，突然回家了。他试过各种行业，结果都给人撵走。丢了差事，不名一文，身体也搅坏了，他认为还是回到老家来养息一下的好。

恩斯德和两个哥哥的关系都不算坏；他们瞧不起他，他知道这点，可并不介意，所以不恨他们。他们也不恨他，因为恨他也是徒然。人家无论对他说什么都等于是耳边风。他眯着谄媚的眼睛笑着，装做痛悔的神气，心想着别处，嘴里可是诺诺连声，说着道谢的话，结果总在两个哥哥身上敲到一些钱。克利斯朵夫对这个讨人喜欢的坏蛋，不由自主的很有好感。他外表更像他们的父亲曼希沃。和克利斯朵夫一样的高大，结实，他五官端正，面貌之间好似人很爽直，眼神清朗，鼻子笔直，嘴巴带着笑意，牙齿美丽，举动很迷人。克利斯朵夫一看见他心就软了，预先准备好要责备他的话，连一半都没说出；他骨子里对这个漂亮少年有点像母亲对儿子那样的偏宠，他不但和他同一血统，而且至少在体格上是替他挣面子的。他认为这兄弟心并不坏，再加恩斯德也一点儿不傻。他虽然没有教育，倒也不俗，甚至对陶养心情的活动还感到兴趣。他听着音乐觉得津津有味，尽管不懂哥哥的作品，可仍好奇地听着。克利斯朵夫一向没有得到家里的人多少同情，所以在某些音乐会中看到小兄弟在场也很高兴。

但恩斯德主要的本领，是彻底认识和善于利用两个哥哥的性格。

克利斯朵夫知道恩斯德的自私和薄情,知道他只有用得着母兄的时候才想到他们,但他照旧受他甜言蜜语的哄骗,难得会拒绝他的要求。他对他比对另一个兄弟洛陶夫喜欢得多。洛陶夫为人规矩安分,做事认真,很讲道德,不向人要钱,也不拿钱给人,每星期日照例来看一次母亲,待上一个钟点,老讲着自己的事,自吹自捧,吹他的商店和有关他的一切,从来不问一下别人的事,一点儿不表示关心,时间一到就走,认为责任已尽,有了交代了。这个兄弟,克利斯朵夫简直受不了。他在洛陶夫回家的时候总想法待在外边。洛陶夫可是忌妒克利斯朵夫:他瞧不起艺术家,克利斯朵夫的名气使他心里难过。然而他在他的商人社会中常常利用哥哥的声誉,只从来不跟母亲或克利斯朵夫提到,假装不知道哥哥有什么名望。反之,凡是克利斯朵夫出了点不愉快的事,哪怕是极小的,他都知道。克利斯朵夫瞧不起这些胸襟狭窄的行为,只做不觉得;但他从来没想到(要是发觉了,他是受不住的),洛陶夫所知道的对他不利的消息,一部分是从恩斯德那里得来的。这小坏蛋把克利斯朵夫跟洛陶夫不同的地方看得很清:当然他承认克利斯朵夫的优越,或许还对他的戆直有些略带讥讽意味的同情。但他决不肯不利用克利斯朵夫的戆直;另一方面,他尽管瞧不起洛陶夫的心地不好,也照旧不顾羞耻地利用他那种心地。他迎合洛陶夫的虚荣和忌妒,恭恭敬敬听他的埋怨,把城里的丑事,尤其是关于克利斯朵夫的,告诉他,——而恩斯德对于克利斯朵夫的事也知道得特别详细。终于他目的达到了:洛陶夫虽然那么吝啬,结果也和克利斯朵夫一样让他把钱骗了去。

这样,恩斯德一视同仁地利用他们,也一视同仁地嘲笑他们。而他们两个也一样地喜欢他。

恩斯德虽是诡计多端,回到老家的时候情形也怪可怜了。他从慕尼黑来,在那儿他丢了最后一个差事,照例他是谋到一个事马上就会丢了的。一大半的路程,他是走的,冒着大雨,晚上天知道住在哪儿。浑身泥巴,衣衫褴褛,他简直像乞丐一样,咳嗽又非常厉害,因为在路上害了恶性支气管炎。一看见他这副模样的回来,鲁意莎骇坏了,克利斯朵夫真心感动地迎上前去。眼泪不值钱的恩斯德,少不得借此利用一下;

于是大家都动了感情,三个人哭做一团。

克利斯朵夫腾出他的房间;大家熏暖了被窝,把似乎快要死下来的病人安置睡下。鲁意莎和克利斯朵夫轮流在床头看护。既要请医生,买药,又要在房里生火,张罗一些特殊的食物。

接着他们又得想到替他从头到脚,里里外外,把衣服鞋袜都办起来。恩斯德让他们去费心。鲁意莎和克利斯朵夫,满头大汗地,到处去设法弄钱。这时他们手头很拮据:新近搬了家,屋子是照样的不舒服,租金倒更贵;克利斯朵夫教课的差事减少了,支出可加增了许多。他们平时仅仅弄到一个收支相抵,此刻更不得不想尽方法筹款。当然,克利斯朵夫可以向洛陶夫要钱,他才更有力量帮助恩斯德;可是克利斯朵夫不愿意,他定要争口气,独力来救济小兄弟。他认为这是自己的责任,因为他是长兄,尤其因为他是克利斯朵夫。半个月以前,有人向他接洽,说一个有钱的业余音乐家愿意出资收买一部作品用自己的名字出版,克利斯朵夫当时愤慨地拒绝了,如今可不得不忍着羞辱答应下来,而且还是自己去央求的。鲁意莎出去做散工,替人家缝补衣服。他们的牺牲都不让彼此知道,关于钱的来源,总是互相扯谎。

恩斯德在养病期间,坐在火炉旁边缩做一团,一边咳嗽一边说出他欠了些债。他们都替他还了。没有一个人埋怨他。对一个浪子回头的病人,说责备的话似乎显得自己气量太小了。恩斯德也好像吃过苦而改变了。他含着眼泪讲起从前的错误;鲁意莎拥抱他,劝他不必再想。他有一套软功夫,一向会装腔作势地哄骗母亲。从前克利斯朵夫为此而忌妒他,现在可觉得最年轻最虚弱的儿子当然应该最受疼爱。他虽然和恩斯德年纪相差不多,却不但把他看做兄弟,简直当做儿子一样。恩斯德对他非常尊敬,有时还提起克利斯朵夫沉重的负担,金钱的牺牲……克利斯朵夫不让他说下去,恩斯德便用谦恭的亲切的眼神表示感激。克利斯朵夫对他的忠告,他嘴上无不接受,似乎准备一朝身体恢复之后立刻重新做人,好好地去工作。

他病好了,但养息的时间很长。他从前把身体糟蹋得厉害,医生认为需要特别小心。因此他继续住在母亲身边,和克利斯朵夫合睡一张床,胃口很好地吃着哥哥挣来的面包和母亲给他预备的好菜。他绝口不提动身的话。鲁意莎与克利斯朵夫也不跟他提。一个是找到了心疼的儿子,一个是找到了心疼的兄弟,他们俩都太高兴了。

夜长无事,克利斯朵夫慢慢地和恩斯德谈得比较亲密了。他需要跟人说些心腹话。恩斯德很聪明,思想很快,只要一言半语就懂得,所以跟他谈话是很有趣的。可是克利斯朵夫还不敢提到最贴心的事,——他的爱情,仿佛说出来是亵渎的。而什么都一清二楚的恩斯德只做不知道。

有一天,已经完全复原的恩斯德,趁着晴朗的下午出去沿着莱茵河溜达。离城不远,有所热闹的乡村客店,星期日人们都到这儿来喝酒跳舞;恩斯德看见克利斯朵夫和阿达与弥拉占着一张桌子,正在嘻嘻哈哈地闹哄。克利斯朵夫也看见了兄弟,脸红起来。恩斯德表示识趣,不去招呼他就走过去了。

这次的相遇使克利斯朵夫非常为难,跟那些人在一起尤其觉得惭愧;被兄弟撞见的难堪,非但是因为从此失掉了指摘兄弟的资格,而且也因为他对长兄的责任抱着很高,很天真,有点儿过时的,在许多人看来未免可笑的观念;他觉得这样的不尽长兄之责等于是堕落。

晚上他们在卧室里碰到了,他等恩斯德先开口讲那件事。恩斯德偏偏很小心的不作声,也在那里等着。直到脱衣服的时候,克利斯朵夫才决意和兄弟提到他的爱情。他心慌得厉害,简直不敢望一望恩斯德;又因为羞怯,便故意装出突如其来的口吻。恩斯德一点儿不帮他忙;他不声不响,也不对哥哥瞧一眼,可是把什么都看得很清:克利斯朵夫笨拙的态度和言语之间所有可笑的地方,都逃不过恩斯德的眼睛。克利斯朵夫竟不大敢说出阿达的名字;他所描写的她的面貌,可以适用于所有的爱人。但他讲着他的爱,慢慢地被心中的柔情鼓动起来,说爱情给人多少幸福,他在黑夜中没有遇到这道光明以前是多么苦恼,没有一场深刻的恋爱,人生等于虚度一样。恩斯德肃然听着,对答得很聪明,绝对不提问句,只是很感动地握一握手,表示他和克利斯朵夫抱有同感。他们交换着关于恋爱与人生的意见。克利斯朵夫看到兄弟能这样地了解他,快慰极了。他们在睡熟之前友爱地拥抱了一下。

从此克利斯朵夫常常和恩斯德提到他的爱情,虽然老是很胆怯,不敢尽量吐露，但这位兄弟的谨慎与识趣使他很放心。他也表示出对阿达的疑虑，但从来不指摘阿达，只埋怨自己。他含着眼泪说，要是失掉了她，他就活不了。

同时他也在阿达面前提起恩斯德，说他长得怎么美，怎么聪明。

恩斯德并不要求克利斯朵夫介绍阿达；只是郁郁闷闷地关在房里不肯出门，说是一个熟人都没有。克利斯朵夫觉得自己不应该每星期日和阿达到乡间去玩，而让兄弟独自守在家里。另一方面他觉得要不能和情人单独相处也非常难受；然而他总责备自己的自私，终于邀请恩斯德和他们一块儿去玩了。

在阿达门外，他把兄弟介绍了。恩斯德和阿达很客气地行了礼。阿达走了出来，后边跟着那个形影不离的弥拉；她一看见恩斯德就惊讶地叫了一声。恩斯德微微一笑，拥抱了弥拉，弥拉若无其事地接受了。

“怎么！你们原来是认识的？”克利斯朵夫很诧异地问。

“当然啰。”弥拉笑着说。

“从什么时候起的？”

“好久好久了。”

“噢！你也知道的？”克利斯朵夫问阿达，“干吗不跟我说？”

“你以为我认识弥拉所有的情人吗？”阿达耸了耸肩膀。

弥拉假装对阿达的话生了气。克利斯朵夫所能知道的就是这些。他很不快活，觉得恩斯德、弥拉、阿达，都不坦白，虽然实际上不能说他们扯谎；但要说事事不瞒阿达的弥拉偏偏把这一件瞒着阿达是难于相信的，说恩斯德和阿达以前不相识也不近事实。他留神他们。他们只谈几句极平常的话，而以后一起散步的时候，恩斯德只关心着弥拉。在阿达方面，她只和克利斯朵夫谈话，而且比平时格外和气。

从此以后，每次集会必有恩斯德参加。克利斯朵夫很想摆脱他，可不敢说。他的动机单单是因为觉得不应该把兄弟引做作乐的同伴，可绝对没有猜疑的心。恩斯德的行动毫无可疑之处：他似乎钟情于弥拉，对阿达抱着一种有礼的，差不多是过分敬重的态度，仿佛他要把对于哥哥的敬意分一些给哥哥的情妇。阿达并不感到奇怪；她自己的行动也十分谨慎。

他们在一起作着长时间的散步。两兄弟走在前面，阿达与弥拉在后面又是笑又是唧唧哝哝。她们停在路中间长谈，克利斯朵夫与恩斯德停下来等她们。结果克利斯朵夫不耐烦了，自个儿往前了；可是不久，他听见恩斯德和两个多嘴的姑娘有说有笑，就懊恼地走回来，很想知道他们说些什么；但他们一走近，话就突然中止了。

“你们老是在一块儿商量什么秘密呀？”他问。

他们用一句笑话把他蒙过去了。他们三个非常投机，像市场上的小偷似的。

克利斯朵夫才跟阿达狠狠地吵了一架。从早上起他们就生气了。平时，阿达在这种场合会装出一副一本正经而恼怒的面孔，格外地惹人厌，算做报复。这一次她只做得好似没有克利斯朵夫这个人，而对其余的两个同伴照旧兴高采烈。仿佛她是欢迎这场吵架的。

反之，克利斯朵夫可极想讲和；他比什么时候都更热情了。除了心中的温情以外，他还感激爱情赐给他的幸福，后悔那些无聊的争论糟蹋了光阴，再加一种莫名其妙的恐惧，似乎他们的爱情快要完了。阿达只做不看见他，和别人一起笑着；他很悲哀地瞧着她俊美的脸，想起多少宝贵的回忆；有时这张脸（现在就是的）显得多么善良，笑得多么纯洁，以至克利斯朵夫问自己，为什么他们没有相处得更好，为什么他们以作践幸福为乐，为什么她要竭力忘掉那些光明的时间，为什么她要抹煞她所有的善良与诚实的部分，为什么她一定要（至少在思想上）把他们纯洁的感情加以污辱而后快。他觉得非相信他所爱的对象不可，便竭力再造一次幻象。他责备自己不公平，恨自己缺少宽容。

他走到她身边跟她搭讪，她冷冷地回答了几句，一点没有跟他讲和的意思。他紧紧逼着她，咬着她耳朵要求她和别人离开一会儿，单独听他说话。她很不高兴地跟着他。等到他们落后了几步，弥拉与恩斯德都瞧不见他们了，他便突然抓着她的手，求她原谅，跪在树林里的枯叶上面。他告诉她，他不能这样跟她吵了架而活下去；什么散步，什么美丽的风光，无论什么他都不感乐趣了；他需要她爱他。是的，他往往很不公平，脾气暴躁，令人不快；他求她原谅，说这种过失就是从他爱情上来的，因为凡是平庸的，和他们宝贵的往事配不上的，他都不能忍受。他提起过去的事，提起他们的初遇，最初几天的生活；他说他永远那样地爱她，将来也永远爱她，但愿她不要离开他！她是他的一切……

阿达听着，微笑着，有点儿慌，差不多心软了。她的眼睛变得很柔和，表示他们相爱，不再怄气了。他们互相拥抱，紧紧靠在一起，往木叶脱落的树林中走去。她觉得克利斯朵夫很可爱，听了他温柔的话很高兴；可是她那些想入非非的作恶的念头，连一个也没放弃。她有些迟疑，念头不像先前坚决了，但胸中所计划的事并不就此丢开。为什么？谁说得清呢？……因为她早已打定主意要做，所以非做不可吗？……谁知道？或许她认为，在这一天上欺骗朋友来对他证明，对自己证明她的不受拘束是更有意思。她并不想让克利斯朵夫跑掉，那是她不愿意的。现在她自以为对他比什么时候都更有把握了。

他们在树林里走到一片空旷的地方，那儿有两条小路通到他们要去的山岗。克利斯朵夫拣的一条，恩斯德认为是远路，应当走另外一条。阿达也那么说。克利斯朵夫因为常在这儿过，坚持说他们错了。他们不承认。结果大家决定来实地试一试，各人都打赌说自己先到。阿达跟恩斯德走。弥拉可陪着克利斯朵夫，表示她相信克利斯朵夫是对的，还补充着说他从来不会错的。克利斯朵夫对游戏很认真，又不愿意输了东道，便走得很快，弥拉觉得太快了；她并不像他那么着急。

“你急什么，好朋友，”她口气又安闲又带些讥讽的意味，“我们总是先到的。”

给她一说，他也觉得自己不大对了：“不错，我走得太快了，用不着这样赶路的。”

他放慢了脚步又说：“可是我知道他们的脾气，一定连奔带跑地想抢在我们前面。”

弥拉大声笑了：“放心罢！他们才不会跑呢。”

她吊着他的胳膊跟他靠得很紧。她比克利斯朵夫稍微矮一点，一边走一边抬起她又聪明又撒娇的眼睛望着他。她的确很美，很迷人。他简直不认得她了：她真会变化。平时她的脸带点苍白，虚肿；可是只要有些刺激，或是什么快乐的念头，或是想讨人喜欢的欲望，这副憔悴的神气就会消失,眼睛四周和眼皮的皱裥都没有了,腮帮红起来,目光有了神采,整个面目都有股朝气,有种生机,有种精神,为阿达所没有的。克利斯朵夫看到她的变化奇怪极了;他掉过眼睛,觉得单独跟她在一起有点心慌意乱。他局促不安,不听她的话,也不回答她,或是答非所问:他想着——硬要自己只想着阿达。他记起了她刚才那双柔和的眼睛,心中便充满着爱。弥拉要他欣赏林木的美,纤小的枝条映在清朗的天空……是啊,一切都很美:乌云散开了,阿达回到他怀抱里来了,他们之间的冰山给他推倒了;他们重新相爱,合二为一。他呼吸自由了,空气多轻松!阿达回到他怀抱里来了……一切都使他想念她……天气很潮湿:她不至于受凉罢?……美丽的树上点缀着冰花:可惜她没看见!……他忽然记起所赌的东道,便加紧脚步,特别留神不让自己迷路,一到目的地,就得意扬扬地叫起来:“我们先到了!”

他很高兴地挥着帽子。弥拉微微笑着,望着他。

他们所到的地方是树林中间一片很长的削壁。这块山顶上的平地,周围是胡桃树与瘦小的橡树,底下是郁郁苍苍的山坡,松树的顶上盖着紫色的云雾,莱茵河像一条带子,躺在蓝色的山谷中间。没有鸟语。没有人声。没有一丝风影。这是冬季那种恬静岑寂的日子,它仿佛瑟瑟缩缩地在朦胧暗淡的阳光底下取暖。山坳里驰过的火车,不时远远地传来一声短促的呼啸。克利斯朵夫站在岩崖边上看着风景。弥拉看着克利斯朵夫。

他向她转过身子,高高兴兴地说:“嘿!那两个懒东西,我不是早告诉过他们吗?……好吧,只有等他们了……”

他在到处开裂的地上躺了下来,晒着太阳。

“对啦,咱们等罢……”弥拉说着抖开了头发。

她语气挖苦得厉害,克利斯朵夫不禁抬起身子望着她。

“怎么啦?”她若无其事地问。

“你刚才说什么?”

“我说:咱们等罢。真用不着要我跑得那么快的。”

“对啦。”

他们俩在高低不平的地上躺下。弥拉哼着一个调子。克利斯朵夫跟着唱了几句,但他时时刻刻停下来伸着耳朵听,说道:“好像听到他们的声音了。”

弥拉继续唱着。

“你静一会儿好不好?”

弥拉停了一下。

“唿,一点声音都没有。”

她又哼起来了。

克利斯朵夫开始坐立不安:“也许他们迷了路。”

“迷路?才不会呢。恩斯德对这里的路熟得很。”

克利斯朵夫忽然有了个古怪的念头:“要是他们先到了这儿又出发了呢?”

弥拉仰躺着,望着天,唱歌唱到一半突然狂笑起来,差点儿连气都闭住了。克利斯朵夫硬要回到车站去,说他们一定在那里了。弥拉听到这句才决意开口:

“这才是跟他们走散的好办法呢!……我们又没说过车站,约好在这儿相会的。”

他重新坐在她身边。她看他等急了觉得好玩。他也发觉她的目光在笑他。但他一本正经地操心起来,——不是怀疑他们而是担心他们的遭遇。他又站起身子,说要回到树林里去找他们,叫他们。弥拉轻轻地嗤了一声,从袋里掏出针线剪刀,消消停停地拆开帽上的羽毛把它重新缝过:她的神气好似准备在这儿待上一天的了。

“别忙,傻子,”她说,“他们要是愿意来,不会自个儿来吗?”

他心里一震,回过身来向着她。她可不瞧他,专心做着自己的工作。他走近去叫着:

“弥拉!”

“嗯?”她一边说一边依旧做她的事。

他蹲下去想对她瞧个仔细,又叫了一声:“弥拉!”

“怎么啦?”她抬起眼睛,笑盈盈地望着他,“什么事?”

她看着他慌张的神气不禁露出嘲笑的脸色。

“弥拉!”他说话的声音都嗄了,“告诉我你是怎么想的……”

她耸耸肩，笑了笑，又低下头去做活了。

他抓着她的手，把她正在缝的帽子拿开："别做了，别做了，你告诉我呀……"

她正面瞧着他，心软了。她看见克利斯朵夫的嘴唇在发抖。

"你以为，"他声音更轻了，"恩斯德和阿达……"

她微微一笑："嘿！嘿！"

他气得直跳起来："不！不！那是不可能的！你决不会这样想的！……不！不！"

她把手按着他肩膀，笑倒了："哎啊！亲爱的，你多傻！你多傻！"

他用力摇着她的身子说："别笑！干吗你笑？要是真的话，你就不会笑了。你是爱恩斯德的……"

她继续笑着，把他拉过去拥抱了。他不由自主地还了她一吻。但他一接触她的嘴唇，感觉到还有他兄弟的亲吻的暖气，就往后一退，把她的头捧着，隔着相当的距离，问：

"那么你是早知道的！你们早商量好的？"

她一边笑一边说："是的。"

克利斯朵夫既不叫嚷，也没有一个发怒的动作。他张着嘴仿佛不能呼吸了，闭着眼睛，把手紧紧地压着胸部：心快要爆裂了。接着他躺在地下，捧着脑袋，因为厌恶与绝望而浑身抽搐起来，像小时候一样。

并不怎么温柔的弥拉这时也觉得他可怜了；她凭着那种母性的同情，伏在他身上，和他说着亲热的话，拿出提神醒脑的盐来要他闻一闻。他可不胜厌恶地把她推开了，冷不防站起身子，吓了她一跳。他没有报复的气力，也没有报复的念头。他瞅着她，痛苦得脸都抽搐了。

"混蛋，"他垂头丧气地说，"你不知道你害得人多苦……"

她想留住他。可是他往树林中逃了，对着这些无耻的勾当、污浊的心灵，和他们想拖他下水的乱伦的淫猥，深恶痛绝。他哭着，哆嗦着，又恨又怒，大声嚎了出来。他厌恶她，厌恶他们，厌恶自己，厌恶自己的肉体与心灵。他心中卷起一股轻蔑的怒潮：那是酝酿已久了的；对于这种卑鄙的思想，下流的默契，他在里面混了几个月的恶浊的空气，他迟早要起来反抗的；只因为他需要爱人家，需要把爱人造成种种幻象，才尽量地拖了下来。现在可突然爆发了:而这样倒是更好。一股精纯的大气。一阵冰冷的寒风,把所有的臭秽一扫而空。厌恶的心情一下子把阿达的爱情给毁灭了。

如果阿达以为这件事可以加强她对克利斯朵夫的控制,那就更证明她庸俗不堪,不了解她的爱人。嫉妒的心理,可以使不清白的人更恋恋不舍,但在一个克利斯朵夫那样年轻、纯洁、高傲的性格,只会因之而反抗。他尤其不能而且永远不能原谅的,是这次的欺骗在阿达既非由于热情冲动,也非由于女人的理智难于抗拒的那种下流的使性。不是的,——他现在明白了,——她的用意是要使他丢人,使他羞辱,因为他在道德方面和她抗衡,因为他抱着与她敌对的信仰而要惩罚他,要把他的人格降低到跟普通人一样,把他踩在脚下,使她感觉到自己作恶的力量。他不明白:为什么多数的人要把自己和别人所有的纯洁一齐玷污而后快?为什么这般猪狗似的东西,乐此不疲地要在垃圾中打滚,要浑身没有一块干净的地方才快活?……

阿达等了两天,以为克利斯朵夫会去迁就她的。过了两天她发急了,给了他一封亲热的短信,绝口不提过去的事。克利斯朵夫置之不理。他对阿达切齿痛恨,简直没有言语可以形容。他把她从自己的生活中扫除了。世界上没有她这个人了。

克利斯朵夫摆脱了阿达的羁绊,但还没有摆脱他自己的。他徒然对自己作种种的幻想,徒然想回到过去那种贞洁、坚强、安静的境界。一个人决不能回到过去,只有继续向前。回头是无用的,除非看到你早先经过的地方,和住过的屋顶上的炊烟,在天边,在往事的云雾中慢慢隐灭。可是把我们和昔日的心情隔离得最远的,莫如几个月的热情。那好比大路拐了一个弯,景色全非;而我们是和以往的陈迹永诀了。

克利斯朵夫不肯承认这一点。他向过去伸着手臂,非要他从前那种高傲而隐忍的精神复活过来不可。可是这精神已经不存在了。情欲的危险不在于情欲本身,而在于它破坏的结果。尽管克利斯朵夫现在不爱了,甚至暂时还厌恶爱情,也是没用;他已经被爱情的利爪抓伤了,心中有了个必须想法填补的窟窿。对柔情与快感的需要那么强烈，使尝过一次滋味的人永远受着它的侵蚀：一旦没有了这个疯魔，就得有别种疯魔来代替，哪怕是跟以前相反的，例如“憎厌一切”的疯魔，对那种“高傲的纯洁”的疯魔，“信仰道德”的疯魔。——而这些热情还不能餍足他的饥渴，至多是暂时敷衍一下。他的生活变成了一连串剧烈的反动，——从这一个极端跳到另一个极端。时而他想实行不近人情的禁欲主义：不吃东西，只喝清水，用走路、疲劳、熬夜等来折磨肉体，不让它有一点儿快乐。时而他坚信，对他那一类的人，真正的道德应当是力，便尽量去寻欢作乐。禁欲也罢，纵欲也罢，他总是烦恼。他不能再孤独，却又不能不孤独。

他唯一的救星可能是找到一种真正的友谊，——也许像洛莎的那一种，那他一定会借以自慰的。但两家之间已经完全闹翻，不见面了。克利斯朵夫只碰到过一次洛莎。她望了弥撒从教堂里出来。他迟疑着不敢上前；她一见之下似乎想迎着他走过来；可是他从潮水般的信徒堆里向她挤过去时，她把头转向了别处；而他走近的时候，她只冷冷地行了个礼就走开了。他觉得这姑娘对他存着冷淡与鄙薄的心，可不知道她始终爱着他，极想告诉他；但她又因之埋怨自己，仿佛现在再爱他是一桩罪过，因为克利斯朵夫行为不端，已经堕落，跟她距离太远了。这样，他们就永远分离了。而这对于两人也许都有好处。虽然心地极好，她可没有活泼泼的生命力去了解他。他虽然极需要温情与敬意，也受不了平凡的、闭塞的、没有欢乐、没有痛苦、没有空气的生活。他们俩一定会痛苦的，——为了教对方痛苦而痛苦。所以使他们俩不能接近的不幸，归根结底倒是大幸，——那对一般刚强而能撑持的人往往是这样的。

但在当时，这个情形对他们毕竟是大大的不幸与苦恼，尤其对克利斯朵夫。一个有道德的人这样的不容忍，这样的心地褊狭，把最聪明的人变得不聪明，把最慈悲的人变得不慈悲的褊狭，使克利斯朵夫非常气愤，觉得受了侮辱，甚至为表示抗议起见，他走上了极端放纵的路。

他和阿达常到郊外酒店去闲坐的时候，结识了几个年轻人，——都是些过一天算一天的光棍；他们无愁无虑的心情与无拘无束的态度，倒也并不使他讨厌。其中有一个叫做弗烈特曼，跟他一样是音乐家，当着管风琴师，年纪三十上下，人很聪明，本行的技术也不坏，可是懒得不可救药，宁可饿死渴死也不愿意振作起来的。他为了给自己的懒散解嘲，常常说一般为人生忙碌的人的坏话；他那些不大有风趣的讥讽，教人听了发笑。他比他的同伴们更放肆，不怕——可是还相当胆小，大半出之以挤眉弄眼与隐隐约约的措辞，——讽刺当道的人，甚至对音乐也敢不接受现成的见解，把时下徒负虚名的大人物暗中加以挞伐。他对女人也不留余地，专门喜欢在说笑话的时候，引用憎厌女性的某修士的名言："女人的灵魂是死的。"克利斯朵夫比谁都更欣赏这句尖刻辛辣的话。

心乱如麻的克利斯朵夫，觉得和弗烈特曼谈天是种排遣。他把他的为人看得很透，对那种粗俗的挖苦人的脾气也不会长久喜欢的；冷嘲热讽和永远否定一切的口吻，很快教人腻烦，只显出说话的人的无能；但这个态度究竟和市侩们自命不凡的鄙俗不同。克利斯朵夫心里尽管瞧不起这同伴，实际却少不了他。他们老混在一起，跟弗烈特曼的那些不三不四的朋友待在酒店里，而他们比弗烈特曼更无聊：整夜的赌钱，嚼舌，喝酒。在令人作呕的烟草味道与残肴剩菜的味道中间，克利斯朵夫常常突然惊醒过来，呆呆地瞪着周围的人，不认得他们了，只是痛苦地想道：

"我在哪儿呢？这是些什么人啊？我跟他们在一起干什么呢？"

他们的谈话与嬉笑使他恶心，可没有勇气离开他们：他怕回家，怕跟他的欲念与悔恨单独相对。他入了歧路，知道自己入了歧路：他在弗烈特曼身上寻找，而且清清楚楚地看到，他有朝一日可能变成的那副丢人的面目；而他心灰意懒，看到了危险非但不振作起来，反而更加委顿了。

要是可能，他早已入了歧路。幸而像他那一类的人，自有别人所没有的元气与办法，能够抵抗毁灭：第一是他的精力，他的求生的本能，不肯束手待毙的本能，以智慧而论胜过聪明，以强毅而论胜过意志的本能。并且他虽然自己不觉得，还有艺术家的那种特殊的好奇心，那种热烈的客观态度，为一切真有创造天赋的人都有的。他尽管恋爱，痛苦，让热情把自己整个儿地带走，他可并不盲目，还是能看到那些热情。它们固然是在他心中，可并不就是他。在他的灵魂中，有千千万万的小灵魂暗中向着一个固定的，陌生的，可是实在的目标扑过去，像整个行星的体系在太空中受着一个神秘的窟窿吸引。这种永远不息的,不自觉的自我分化的境界,往往发生在头晕目眩的时候,正当日常生活入于麻痹状态,在睡眠的深渊中射出神秘的目光,显出生命的各种各样面目的时候。一年以来,克利斯朵夫老是给一些梦纠缠着,在梦中清清楚楚地感到一种幻象,仿佛自己在同一刹那之间是几个完全不同的人,而这几个不同的人往往相隔很远,有几个世界的距离,有几个世纪的相差。醒了以后,他只有梦境留下来的一种骚乱惶惑的感觉,而一点记不起造成这惶惑的原因。那感觉好比一个执着的念头消灭以后所给你的困倦;念头的痕迹始终留在那儿,你可无法了解。一方面他的灵魂在无穷的岁月中苦苦挣扎,一方面另有一颗清明宁静而非常关切的灵魂,在他心中看着他劳而无功的努力。他瞧不见这另外一颗灵魂,但它那道潜在的光的确照着他。这灵魂对这些男男女女,对这个世界,这些情欲,这些思想,不问是折磨人的,平庸的,或竟是下贱的思想,都极需要而且极高兴地去感觉,观察,了解,为之受苦;——而这一点就让那些思想与人物感染到它的光明,把克利斯朵夫从虚无中救度了出来。这第二重的心灵使他感到并不完全孤独。它什么都要尝试,什么都要认识,在极有破坏性的情欲前面筑起一座堡垒。

这另一颗心灵固然能够使克利斯朵夫的头浮在水面,但还不能使他单靠自己的力量跳出水来。他还不能控制自己,不能韬光养晦。什么工作都没有心思去做。他精神上正在过一道难关,结果是极有收获的:——他将来的生命都在这个转变中间长了芽;——但这种内心的财富,目前除了极端放荡以外别无表现;这样丰满的生命力在当时所能产生的结果,跟最贫弱的心灵的并无分别。克利斯朵夫被生命的狂流淹没了。他所有的力都受着极猛烈的推动,长大得太快了,而且是同时并进的。只有他的意志并没同样迅速地长成,倒反被这些妖魔吓坏了。他的身心到处都在爆裂。可是这个惊天动地的精神上的剧变,别人是一无所见的。克利斯朵夫自己也只觉得没有意志,无力创造,无力生存。而欲念、本能、思想,却先后地涌了出来,宛如硫黄的浓烟从火山口中奔腾直冒;于是他问自己:

"现在又要冒出些什么来呢?我要变成怎么样呢?难道永远是这

样的了？还是我克利斯朵夫就要完了？永远一无所成了吗？”

而他遗传得来的本能，前人的恶习，此刻忽然暴露了出来。

他拼命喝酒了。

他往往酒气冲人，嘻嘻哈哈地回家：完全消沉了。

可怜的鲁意莎对他望了望，叹着气，一句话也不说，只管祈祷。

有天晚上他从酒店里出来，在城门口瞥见高脱弗烈特舅舅滑稽的背影，驮着包裹走在他前面。这矮子已经有几个月不到本地来，在外边逗留的时期越来越长了。克利斯朵夫非常高兴地老远叫他。给包袱压得弯了身子的高脱弗烈特，回过头来瞧见克利斯朵夫装着鬼脸，便坐在路旁的界石上等他。克利斯朵夫眉飞色舞，连奔带纵地跑过来，握着舅舅的手使劲地摇，表示十二分亲热。高脱弗烈特对他瞅了好久，才说：

“你好，曼希沃。”

克利斯朵夫以为舅舅认错了，禁不住哈哈大笑。他想：“可怜的人老啦，记忆力都没有了。”

的确，高脱弗烈特神气老了许多，皮肤更皱，人更矮，更瘦弱，呼吸也短促而费劲。克利斯朵夫还在那里唠唠叨叨。高脱弗烈特把包裹驮在肩上，默默无声地又走起来了。他们俩肩并肩地一同回家，克利斯朵夫指手画脚，直着嗓子说话。高脱弗烈特咳了几下，只是不作声。克利斯朵夫问他什么话的时候，他仍旧管他叫曼希沃。这一回克利斯朵夫可问他了：

“哎！您怎么叫我曼希沃？我明明是克利斯朵夫，难道您忘了吗？”

高脱弗烈特只管走着，抬起眼睛把他瞧了瞧，摇摇头冷冷地说：

“不，你是曼希沃，我清清楚楚认得是你。”

克利斯朵夫停着脚步，呆住了。高脱弗烈特照旧迈着小步走着，克利斯朵夫不声不响地跟在后面。他酒醒了。走过一家有音乐的咖啡店门口，不清不楚的镜子里照出门灯和冷清清的街道，克利斯朵夫上去照了一下，也认出了父亲的面目，不由得失魂落魄地回到家里。

他整夜地反省，彻底做了番检讨。现在他明白了。不错，他认出了在心中抬头的本能与恶习，觉得不胜厌恶。他想起在父亲遗骸旁边守灵的情景，想起当时许的愿，又把那时以后自己的生活温了一遍，发觉每件事都违背了他起的誓。一年以来他做了些什么呢？为他的上帝，为他的艺术，为他的灵魂，他做了些什么呢？为他不朽的生命做了些什么呢？没有一天不是白过的，不是糟蹋掉的，不是玷污的。没有写过一件作品，没有转过一个念头，没有做过一次持久的努力。只有一大堆混乱的欲念纷至沓来，互相毁灭。狂风，尘埃，虚无……他的志愿有什么用？要做的事一件也没做到，而所做的全是跟志愿相反的。他做了一个他不愿意做的人：这便是他生活的总账。

他一夜没有睡着。早上六点，天还没有亮，他听见舅舅准备动身了。——因为高脱弗烈特不愿多耽留。他只是经过这儿，照例来看看他的妹妹与外甥，早就声明第二天要走的。

克利斯朵夫走下楼去。高脱弗烈特看见他血色全无，一夜的痛苦使他的腮帮陷了下去。他向克利斯朵夫亲热地笑了笑，问他可愿意送他一程。天还没有破晓，他们就出发了。两人用不着说话，彼此都很了解。走过公墓的时候，高脱弗烈特问：

"你可愿意进去一下吗？"

他到城里来一次，总得去看一次约翰·米希尔和曼希沃的墓。克利斯朵夫不到这儿已有一年了。高脱弗烈特跪在曼希沃的墓前说道：

"咱们来祈祷罢，但愿他们长眠，永息，别来缠绕我们。"

他这个人一方面极有见识，一方面又有古怪的迷信，有时使克利斯朵夫非常诧异；但他这一回对舅舅完全了解。直到走出公墓，他们一句话也不多说。

两人关上了咿呀作响的铁门，顺着墙根走去，寒瑟的田野正在醒过来，小路高头是伸在墓园墙外的柏树枝条，积雪在上面一滴滴地往下掉。克利斯朵夫哭了。

"啊！舅舅，"他说，"我多痛苦！"

他不敢把他爱情的磨难说出来，怕使舅舅发窘；他只提到他的惭愧，他的无用，他的懦怯，他的违背自己的许愿。

"舅舅，怎么办呢？我有志愿，我奋斗；可是过了一年，仍旧跟以前一样。不！连守住原位也办不到！我退步了。我没有出息，没有出息！

我把自己的生命蹉跎了,许的愿都没做到! ……”

他们正在爬上一个俯瞰全城的山岗。高脱弗烈特非常慈悲地说:

“孩子,这还不是最后一次呢。人是不能要怎么就怎么的。志愿和生活根本是两件事。别难过了。最要紧是不要灰心,继续抱住志愿,继续活下去。其余的就不由我们做主了。”

克利斯朵夫无可奈何地再三说着:“我许的愿都没做到!”

“听见没有?”高脱弗烈特说……

(鸡在田野里啼。)

“它们也在为了别个许了愿而做不到的人啼。它们每天早上为了我们每个人而啼。”

“早晚有一天,”克利斯朵夫苦闷地说,“它们会不再为我啼的……那就是没有明天的一天。那时我还能把我的生命怎么办呢?”

“明天是永远有的。”高脱弗烈特说。

“可是有了志愿也没用,又怎么办呢?”

“你得警惕,你得祈祷。”

“我已经没有信仰了。”

高脱弗烈特微微笑着:

“你要没有信仰,你就活不了。每个人都有信仰的。你祈祷罢。”

“祈祷什么呢?”

高脱弗烈特指着在绚烂而寒冷的天边显现出来的朝阳,说道:

“你得对着这新来的日子抱着虔敬的心。别想什么一年十年以后的事。你得想到今天。把你的理论统统丢开。所有的理论,哪怕是关于道德的,都是不好的,愚蠢的,对人有害的。别用暴力去挤逼人生。先过了今天再说。对每一天都得抱着虔诚的态度。得爱它,尊敬它,尤其不能污辱它,妨害它的发荣滋长。便是像今天这样灰暗愁闷的日子,你也得爱。你不用焦心。你先看着。现在是冬天,一切都睡着。将来大地会醒过来的。你只要跟大地一样,像它那样的有耐性就是了。你得虔诚,你得等待。如果你是好的,一切都会顺当的。如果你不行,如果你是弱者,如果你不成功,你还是应当快乐。因为那表示你不能再进一步。干吗你要抱更多的希望呢?干吗为了你做不到的事悲伤呢?一个人应当做他能做的事。……Als ich kann(竭尽所能)。”

“噢！那太少了。”克利斯朵夫皱着眉头说。

高脱弗烈特很亲热地笑了：

“你说太少，可是大家就没做到这一点。你骄傲，你要做英雄，所以你只会做出些傻事……英雄！我可不大弄得清什么叫做英雄；可是照我想，英雄就是做他能做的事，而平常人就做不到这一点。”

“啊，”克利斯朵夫叹了口气，“那末生活还有什么意思呢？简直是多余的了。可是有些人说‘愿即是能！’……”

高脱弗烈特又温和地笑了起来：“真的吗？那末，孩子，他们一定是些说谎大家。要不然他们根本没有多大志愿……”

他们走到了岗上，很亲热地互相拥抱了一下。小贩拖着疲乏的步子走了。克利斯朵夫若有所思地看着舅舅走远，反复念着他那句话：

“Als ich kann。”

他笑着想：“对……竭尽所能……能够做到这一步也不错了。”

他向着城中回头走。冰冻的雪在脚下格格地响。冬天尖厉的寒风，在山岗上把赤裸的枯枝吹得发抖。他的脸也被吹得通红，皮肤热辣辣的，血流得很快。山岗底下，红色的屋顶迎着寒冷而明亮的阳光微笑。空气凛冽。冰冻的土地精神抖擞的好似非常快乐。克利斯朵夫的心也和它一样。他想：

“我也会醒过来的。”

他眼中还含着泪。他用手背抹掉了，望着沉在水雾中间的旭日，笑了出来。大有雪意的云被狂风吹着，在城上飘过。他对乌云耸了耸鼻子表示满不在乎。冰冷的风在那里吹啸……

“吹罢，吹罢！随你把我怎么办罢！把我带走罢！……我知道我要到哪儿去。”

当你见到克利斯朵夫的面容之日，
是你将死而不死于恶死之日。

（古教堂门前圣者克利斯朵夫像下之拉丁文铭文）

第　二　册

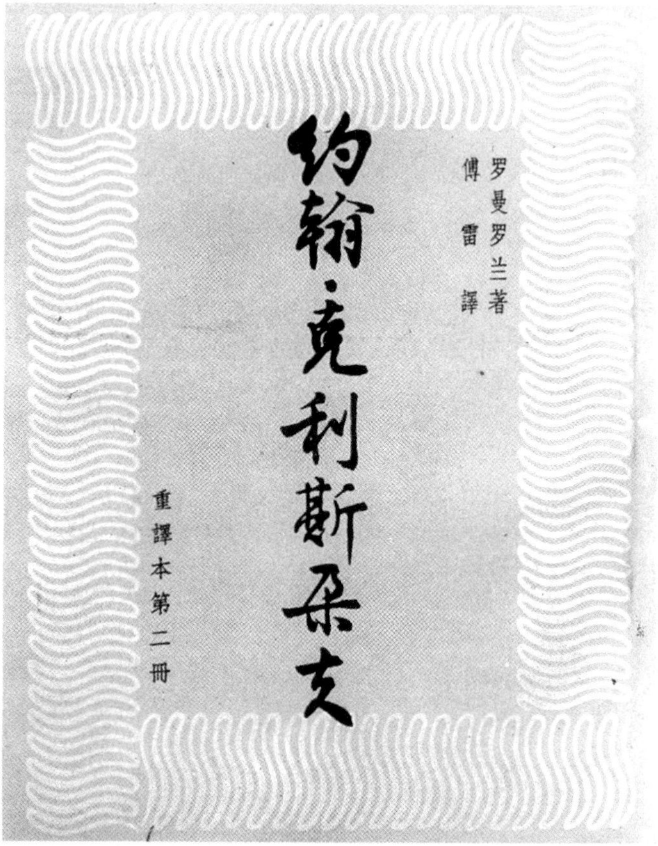

傅雷先生生前为本书第二册设计的封面，沈尹默先生题写书名，人民文学出版社一九五七年出版。

卷四·反　抗

卷四初版序

约翰-克利斯朵夫正要进入一个新阶段的时候,比较激烈的批评可能使各方面的读者感到不快;我请求我的和约翰-克利斯朵夫的朋友们切勿把我们的批评认为定论。我们每一缕的思想,只代表我们生命中的一个时期。倘使活着不是为了纠正我们的错误,克服我们的偏见,扩大我们的思想与心胸,那末活着有什么用?所以请大家忍耐些!如果我们错了,还是要请你们信任。我们知道我们会错的。一朝发觉了我们的谬妄,我们要比你们批评得更严厉。我们每过一天都想和真理更接近一些。且待我们到了终点,再请你们判断我们努力的价值。古话说得好:"暮年礼赞人生,黄昏礼赞白昼。"

罗曼·罗兰

一九〇六年十一月

第一部　松动的沙土

摆脱了！……摆脱了别人，摆脱了自己！……一年以来把他束缚着的情欲之网突然破裂了。怎么破裂的呢？他完全不知道。他的生命奋发之下，所有的锁链都松解了。这是发育时期的许多剧变之一；昨天已死的躯壳和令人窒息的往昔的灵魂，在发育时期都被强毅的天性撕得粉碎。

克利斯朵夫非常畅快地呼吸着，可不大明白自己有了什么改变。他送了高脱弗烈特回来，寒气凛冽的旋风在城门洞里打转。行人都低着头。上工的姑娘们气愤愤地和往裙子里直钻的狂风撑持；她们停下来喘着气，鼻子和腮帮都给吹得通红，脸上露着愤怒的神色，真想哭出来。克利斯朵夫可快活地笑了。他所想的并非眼前的这阵风暴，而是他才挣脱出来的精神上的风暴。他望着严冬的天色，盖满着雪的城市，一边挣扎一边走路的人们；他看看周围，想想自己：一点束缚也没有了。他是孤独的……孤独的！多快乐啊，独立不羁，完全自主！多快乐：摆脱了他的束缚，摆脱了往事的纠缠，摆脱了所爱所憎的面目的骚扰！多快乐：生活而不为生活俘虏，做着自己的主人！……

回到家里，浑身是雪。他高兴地抖了抖，像条狗似的。母亲在走廊里扫地，他在旁边走过，把她从地下抱起，嘴里唧唧哝哝地亲热地叫了几声，像对付小娃娃那样。克利斯朵夫身上全给融化的雪弄潮了；年老的鲁意莎在儿子的臂抱里拼命撑拒，像孩子般天真地笑着，叫他做"大畜生"！

他连奔带爬地上楼，进了卧室。天那么黑，他照着小镜子竟不大看得清自己。可是他心里快活极了。又矮又黑，难于转身的卧房，他觉得差不多是个王国。他锁上门，心满意足地笑着。啊，他终于把自己找到了！误入歧途已经有多少时候！他急于要在自己的思想中沉浸一番。

如今他觉得自己的思想像一口宽广的湖，到了远处跟金色的雾化成一片。发过了一夜的烧，他站在岸旁，腿上感觉到湖水的凉气，夏日的晨风吹拂着身体。他跳下去游泳，不管也不在乎游到哪儿，只因为能够随意游泳而满心欢喜。他一声不出，笑着，听着心中无数的声音：成千累万的生命都在里头蠢动。他头在打转，什么都分辨不清了，只咂摸到一种目眩神迷的幸福。他很高兴能感觉到这些无名的力，可是他懒洋洋的还不想马上加以试验，只迷迷糊糊地体味着这个志得意满的陶醉的境界，因为自己的内心已经到了百花怒放的季节，那是被压了几个月而像突然临到的春天一样爆发起来的。

母亲招呼他吃饭了。他昏昏沉沉地下楼，好似在野外过了一整天以后的情形；脸上那种光彩甚至使鲁意莎问他有什么事。他不回答，只搂着她的腰在桌子周围跳舞，让汤钵在桌上冒气。鲁意莎喘着气喊他做疯子；接着她又拍着手嚷起来。

“天哪！”她很不放心地说，“我敢打赌他又爱上了什么人了！”

克利斯朵夫放声大笑，把饭巾丢在空中。

“又爱上了什么人！”他喊道，“啊！天！……不，不！那已经够了！你放心。嘿！那是完啦，完啦，一辈子的完啦！”

说罢，他喝了一大杯凉水。

鲁意莎望着他，放心了，可是摇摇头笑着：“哼，说得好听！还不像酒鬼一样，要不了一天就不算数的。”

“便是一天也是好的。”他很高兴地回答。

“不错！可是究竟什么事教你这样乐的？”

“我就是乐，没有什么理由。”

他肘子靠在桌上，和她对面坐着，把他将来要干的事统统告诉她。她又亲切又不大相信地听着，提醒他汤要凉了。他知道她并没有听，可也不在乎；因为他是说给自己听的。

他们俩笑着，互相望着：他说着话，她并不怎么听进去。虽然她有这样一个儿子很得意，可并不十分重视他艺术方面的计划；她只想着：“既然他这样快活，那就行了。”他一边对自己的议论听得飘飘然，一边望着母亲的脸，头上紧紧地裹着黑巾，头发雪白，年轻的眼睛不胜怜爱地瞅着他，神气那么安静那么慈祥。他完全能看出她的思想。

“我说的这些，你都满不在乎，可不是？”他带着开玩笑的口气说。

“哪里？哪里？”她勉强否认。

他把她拥抱着说：“怎么不是，怎么不是！得了罢！用不着辩。你这么办也不错。只要爱我就行了。我不需要人家了解我，既不要你了解，也不要谁了解。现在我再也不需要谁，不需要什么了：我心里什么都有！……”

“啊，”鲁意莎接着说，“他现在又疯着一点儿什么了！……也罢！既然非疯魔不可，我宁可他有这一种。”

让自己在思想的湖上漂浮，多甜蜜，多快乐！……躺在一条小船里头，浴着阳光，水面上清新的微风在脸上轻轻拂过，他悬在空中，睡着了。在他躺着的身子底下，在摇摆的小船底下，他感觉到深沉的水波；他懒懒地把手浸在水里。他抬起身子把下巴搁在船边上，像童时那样望着湖水流过。他看见水中映出多少奇怪的生灵像闪电般飞逝……一批过了又是一批，从来没有相同的。他对着眼前这种奇幻的景象笑了，对着自己的思想笑了；他不需要固定他的思想。挑选吗？干吗要在这千千万万的梦境中挑选呢？有的是时间！……将来再说罢！等到他要的时候，只消撒下网去就能把在水里发光的怪物捞起……现在先让它们过去，等将来再说罢！

小船随着温暖的微风与迟缓的水波漂浮。天气温和，阳光明媚，四下里静悄悄的。

他终于懒洋洋地撒下网去；俯在到处起泡的水上，他瞧着网完全沉下。待了一忽儿，他从容不迫地把网拉起来，觉得越拉越重了；正要从水中提出的时候，他停下来喘一口气。他知道有了收获，可不知道是什么收获；他有心延宕，想多咂摸一下等待的乐趣。

终于他下了决心：五光十色的鱼出现到水外来了；它们扭来扭去像一窠乱蛇。他好不诧异地瞧着，拿手指去拨动，想挑出最好看的放在手里鉴赏一会儿；但才把它们提到水外，变化无穷的色彩就黯淡了，它们本身也在他手中化掉了。他重新把它们扔进水里,重新下网。他对于心中蠢动的梦境,极想一个一个地瞧过来,可一个都不愿意留下;他觉得它们在明净的湖中自由漂浮的时候更美……

他唤起各式各样的梦境,一个比一个荒唐。他的思想已经积聚了多少时候没有用过,心中装满的宝藏膨胀得要爆起来了。可是一切都乱七八糟:他的思想好比一个杂货栈,或是犹太人的古董店;稀有的宝物,珍奇的布帛,废铜旧铁,破烂衣服,统统堆在一间屋里。他分辨不出哪些是最有价值的,只觉得全都有趣。其中有的是互相击触的和弦,像钟一般奏鸣的色彩,像蜜蜂般嗡嗡响着的和声,像多情的嘴唇般笑盈盈的调子。有的是幻想的风景,面貌,各种热情,各种心灵,各种性格,文学的或玄学的思想。有的是庞大的无法实现的计划:什么四部剧,十部剧,想把什么都描写为音乐,包括各式各样的天地。还有的(而且是最多的)是暧昧的,闪电似的感觉,都是突然之间无缘无故激发起来的,说话的声音,路上的一个行人,滴答的雨声,内心的节奏,都可成为引子。——许多这一类的计划只有一个题目;大多数只有一两行,可是已经够了。他像小孩子一样,把幻想中创造的当做已经真的创造了。

然而他活泼的生机不容许他长时间地以这种烟雾似的幻梦为满足。虚幻的占有,他觉得厌倦了,他要抓住梦境。——可是从何下手呢?这一个跟那一个都显得一样重要。他把它们翻来覆去,一忽儿丢下,一忽儿又捡起……不,可是不能重拾的,它已经不是原来的模样了,一个梦决不给你连抓到两次;它随时随地都在变,在他手里,在他眼前,在他眼睁睁地瞧着的时候已经变了。必须赶快才好,可是他不能;工作的迟缓使他惶惑。他恨不得一天之中把什么都做完,但连最小的工作他也觉得困难得不得了。最糟的是他才开始工作已经在厌恶这工作。他的梦过去了,他自己也过去了。他做着一桩事,心里就在懊恼没有做另外一桩。只要他在美妙的题材中挑定一个,就会使他对这个题材不感兴趣。因此他所有的宝藏都变成毫无用处。他的思想,唯有他不去碰它的时候才有生命;凡是他能把握到的都已经死了。这真是当太尔式的痛苦:仰取果实,变为石块;俯饮河水,水即不见。①

为了苏解他的饥渴,他想乞灵于已经获得的泉源,把他从前的作品来安慰一下……可是那种饮料简直受不了!他喝了第一口便连咒带骂地唾了出来。怎么!这不冷不热的东西,这种乏味的音乐,便是他的作品吗?——他把自己的曲子重新看了一遍,心里说不出的懊丧:他莫名其妙,不懂当初怎么会写出来的。他脸红了。有一次,看到特别无聊的一页,他甚至转过身去看看室内有没有人,又去把脸埋在枕上,好似一个害臊的儿童。又有几次,他的作品显得那么可笑,以至他竟忘了是自己的大作……

"嘿!该死的!"他叫着,笑弯了腰。

但他最受不住的,莫过于那些他从前自以为表白热情、表白爱情的喜悦与悲苦的乐曲。他从椅子上跳起来,仿佛给苍蝇叮了一口,用拳头打着桌子,敲着脑门,愤怒得直叫,用粗话来骂自己,把自己当做蠢猪、混蛋、畜生、小丑。最后他喊得满面通红地去站在镜子前面,抓着自己的下巴,说着:"你瞧,你瞧,你这蠢东西,你这蠢驴似的嘴脸!你扯谎!让我来教训你!替我去投河死了罢,先生!"

他把脸埋在面盆里,直浸到闭过气去,然后他脸色绯红,眼珠往外突着,像海豹一般直喘大气,也顾不得抹一抹脸,就奔向书桌,拿起该死的乐曲气冲冲地撕掉了,嘴里咕噜着:"去你的罢,你瞧,混蛋!该死的家伙!……你瞧,你瞧!……"

他这才觉得松了口气。

这些作品里使他最气恼的是谎话。没有一点东西出于真正的感觉。只是背熟的滥调,小学生的作文:他谈着爱情,仿佛瞎子谈论颜色,全是东摭西拾,人云亦云的俗套。而且不只是爱情,一切的热情都被他当做高谈阔论的题目。——固然,他一向是力求真诚的,但光是想要真诚还不够:问题是要真能做到;而一个人对人生毫无认识的时候,又怎么能真诚呢?靠了最近六个月的经历,他才能发觉这些作品的虚伪,才能在现在和过去之间突然看出一条鸿沟。如今他跳出了虚幻的境界,

① 当太尔为神话中里第国王,因杀子飨神,被罚永久饥渴。

有了一个真正的尺度，可以测验他思想真伪的程度了。

既然痛恨从前没有热情就写下来的作品，再加上他矫枉过正的脾气，他就打定主意，从此不受热情驱策决不写作。他也不愿意再去捕捉自己的思想，发誓除非创作的欲望像打雷似的威逼他，他是永远放弃音乐的了。

他这么说着，因为他明明知道暴风雨快来了。

所谓打雷，他要它在什么地方什么时候发生就在什么地方什么时候发生。但在高处比较更容易触发，有些地方——有些灵魂——竟是雷雨的仓库：它们会制造雷雨，在天上把所有的雷雨吸引过来；一年之中有几个月是阵雨的季节，同样，一生之中有些年龄特别富于电力，使霹雳的爆发即使不能随心所欲，至少也能如期而至。

整个的人都很紧张。雷雨一天一天地酝酿着。白茫茫的天上布满着灼热的云。没有一丝风，凝集不动的空气在发酵，似乎沸腾了。大地寂静无声，麻痹了。头里在发烧，嗡嗡地响着；整个天地等着那愈积愈厚的力爆发，等着那重甸甸的高举着的锤子打在乌云上面。又大又热的阴影移过，一阵火辣辣的风吹过；神经像树叶般发抖……随后又是一片静寂。天空继续酝酿着雷电。

这样等待的时候自有一种悲怆而痛快的感觉。虽然你受着压迫，浑身难过，可是你感觉到血管里头有的是烧着整个宇宙的烈火。陶醉的灵魂在锅炉里沸腾，像埋在酒桶里的葡萄。千千万万的生与死的种子都在心中活动。结果会产生些什么来呢……像一个孕妇似的，你的心不声不响地看着自己，焦急地听着脏腑的颤动，想道："我会生下些什么来呢？"

有时不免空等一场。阵雨散了，没有爆发；你惊醒过来，脑袋重甸甸的，失望，烦躁，说不出的懊恼。但这不过是延期而已；阵雨早晚要来的；要不是今天，就是明天；它爆发得越迟，来势就越猛烈……

瞧，它不是来了吗？……生命的各个隐蔽的部分，都有乌云升起。一堆堆蓝得发黑的东西，不时给狂暴的闪电撕破一下；——它们飞驰的迅速使人眼花缭乱，从四面八方来包围心灵；而后，它们把光明熄灭了，突然之间从窒息的天空直扑下来。那真是如醉若狂的时间！……奋激达于极点的元素，平时被自然界的规律——维持精神的平衡而使万物得以生存的规律——幽禁在牢笼里的，这时可突围而出，在你意识消灭的时候统治一切，显得巨大无比，莫可名状。你痛苦至极。你不再向往于生命，只等着死亡来解放了……

而突然之间是电光闪耀！

克利斯朵夫快乐得狂叫了。

欢乐，如醉如狂的欢乐，好比一颗太阳照耀着一切现在的与未来的成就，创造的欢乐，神明的欢乐！唯有创造才是欢乐。唯有创造的生灵才是生灵。其余的尽是与生命无关而在地下飘浮的影子。人生所有的欢乐是创造的欢乐：爱情，天才，行动，——全靠创造这一团烈火迸射出来的。便是那些在巨大的火焰旁边没有地位的：——野心家，自私的人，一事无成的浪子，——也想借一点黯淡的光辉取暖。

创造，不论是肉体方面的或精神方面的，总是脱离躯壳的樊笼，卷入生命的旋风，与神明同寿。创造是消灭死。

可怜的是不能生产的人，在世界上孤零零的，流离失所，眼看着枯萎憔悴的肉体与内心的黑暗，从来没有冒出一朵生命的火焰！可怜的是自知不能生产的灵魂，不像开满了春花的树一般满载着生命与爱情的！社会尽管给他光荣与幸福，也只是点缀一具行尸走肉罢了。

克利斯朵夫受着光明照耀的时候，一阵电流在身上流过，使他发抖了。那好像在黑夜茫茫的大海中突然出现了陆地。也好像在人堆里忽然遇到一双深沉的眼睛瞪了他一下。这种情形，往往是在几小时的胡思乱想、意气消沉之后发生的，尤其在想着别的事，或是谈话或是散步的时候。倘若在街上，他还因为顾虑而不敢高声表示他的快乐。在家里可什么都拦不住他了。他手舞足蹈，直着嗓子哼一支欢呼胜利的调子。母亲听惯了这种音乐，结果也明白了它的意义。她和克利斯朵夫说，他活像一只才下了蛋的母鸡。

乐思把他渗透了：有时是单独而完整的一句；更多的时候是包裹着

整部作品的一片星云：曲子的结构，大体的线条，都在一个幕后面映现出来；幕上还有些光华四射的句子，在阴暗中灿然呈露，跟雕像一样分明。那仅仅像一道闪电；有时是接踵而至的好几道闪电；而每一道光明都在黑暗中照出一些新的天地。但这个捉摸不定的力，往往出其不意地露了一忽儿脸，会在神秘的一隅躲上几天，只留下一道光明的痕迹。

克利斯朵夫一味体验着这种灵感的乐趣，对其余的一切都厌弃了。有经验的艺术家当然知道灵感是难得的，凡是由直觉感应的作品必须靠智力完成；所以他尽量挤压自己的思想，把其中所有的神圣的浆汁吸收干净，——(甚至还常常加些清水)。——可是克利斯朵夫年纪太轻，太有自信，不免轻视这些手段。他抱着不可能的梦想，只愿意产生一些从头至尾都是自然而然流出来的作品。要不是他有心不顾事实，他不难发觉这种计划的荒谬。没有问题，那时正是他精神上最丰富的时代，绝对没有给虚无侵入的空隙。对于这源源不绝的灵感，无论什么都可以成为引子；眼中见到的，耳中听到的，在日常生活中接触到的；一瞥一视，片言半语，都可以在心中触发一些梦境。在他浩无边际的思想天地中，布满着千千万万的明星。——然而便是这种时候，也有一切都一下子熄灭的事。虽然黑夜不会长久，虽然思想的缄默不致延长到使他痛苦的程度，他究竟怕这无名的威力一忽儿来找着他，一忽儿离开他，一忽儿又回来，一忽儿又消灭……他不知道这一回的消灭要有多久，也不知道还会不会恢复。——高傲的性格使他不愿意想到这些，他对自己说着："这力量就是我。一朝它消灭了，我也不存在了：我会自杀的。"——他不住地心惊胆战，可是这倒反给他多添了一种快感。

然而即使灵感在目前还没有枯竭的危险，克利斯朵夫也已经明白单靠灵感是永远培养不起一件整部的作品的。思想出现的时候差不多总是很粗糙，必须费很大的劲把它们去芜存菁。并且它们老是断断续续，忽起忽落的；倘使要它们连贯起来，必需羼入深思熟虑的智慧和沉着冷静的意志，才能锻炼成一个新生命。克利斯朵夫既是一个天生的艺术家，当然不会不做这一步功夫；但他不肯承认，而硬要相信自己仅仅是传达心中的模型，其实他为了使它明白晓畅起见，早已把内心的意境多多少少变化过了。——不但如此，他有时竟完全误解思想的含义。

因为乐思的来势太猛了，他往往没法说出它意义所在。它闯入心灵隐处的时候，还远在意识领域之外，而这种纯粹的力又是超出一般的规律的，意识也无法辨认出来，使自己骚动而集中注意的究竟是什么，它所肯定的感情又是哪一种：欢乐，痛苦，都在那独一无二的，因为是超乎智力而显得不可解的热情中混在一起。可是了解也罢，不了解也罢，智慧究竟需要对这种力给一个名字，使它和人类孜孜矻矻砌在头脑里的，逻辑的结构，有所联系。

因此，克利斯朵夫相信，——要自己相信，——在他内心骚扰的那种暧昧的力，的确有一个确定的意义，而这意义是和他的意志一致的。从深邃的潜意识中踊跃出来的自由的本能，受着理智的压迫，不得不和那些明白清楚而实际上跟它毫不相干的思想合作。在这种情形之下，作品不过是把两种东西勉强放在一起：一方面是克利斯朵夫心中拟定的一个伟大的题材，一方面是意义别有所在而克利斯朵夫也茫然不知的那些粗犷的力。

他低着头摸索前进，受着多少矛盾的，在胸中互相击撞的力的鼓动，在支离灭裂的作品中放进一股暗晦而强烈的生命，那是他无法表白，但是使他志得意满，非常高兴的。

自从他意识到自己有了簇新的精力，他对于周围的一切，对人家过去教他崇拜的一切，对他不假思索而一味尊敬的一切，敢于正视了；——并且立刻肆无忌惮地加以批判。幕撕破了：他看到了德国人的虚伪。

一切民族，一切艺术，都有它的虚伪。人类的食粮大半是谎言，真理只有极少的一点。人的精神非常软弱，担当不起纯粹的真理；必须由他的宗教，道德，政治，诗人，艺术家，在真理之外包上一层谎言。这些谎言是适应每个民族而各个不同的：各民族之间所以那么难于互相了解而那么容易彼此轻蔑，就因为有这些谎言作祟。真理对大家都是一样的，但每个民族有每个民族的谎言，而且都称之为理想；一个人从生到死都呼吸着这些谎言，谎言成为生存条件之一；唯有少数天生的奇才经过英勇的斗争之后，不怕在自己那个自由的思想领域内孤立的时候，才能摆脱。

由于一个极平常的机会,克利斯朵夫突然发觉了德国艺术的谎言。他早先的不觉察,并非因为他没有机会常常看见,而是因为距离太近,没有退步的缘故。现在,山的面目显出来了,因为他离得远了。

他在市立音乐厅的某次音乐会里。大厅上摆着十几行咖啡桌,——大概有二三百张。乐队在厅的尽里头的台上。克利斯朵夫周围坐着些军官,穿着紧窄的深色长外套,——胡子剃得很光,阔大的红红的脸,又正经又俗气;也有些高声谈笑的妇人,过分装做洒脱;天真的女孩子们露着全副牙齿微笑;胡髭满面,戴着眼镜的胖男子,活像眼睛滚圆的蜘蛛。他们每喝一杯酒总得站起来向什么人举杯祝贺健康,态度非常恭敬,虔诚,把脸色与说话的音调都变过了:好似念着弥撒祭里的经文,他们扮着庄严而可笑的神气互相敬酒。音乐在谈话声与杯盘声中消失了。可是大家把说话和饮食的声音尽量压低。乐队指挥是个高大的驼背老人,挂在下巴上的须像条尾巴,往下弯的长鼻子架着眼镜,神气颇像一个语言学家。——这些典型的人物,克利斯朵夫久已熟识。但这一天,他忽然用着看漫画的目光看他们了。的确,有些日子,凡是平时不觉察的旁人的可笑,会无缘无故跃入我们眼里的。

音乐会的节目包括《哀格蒙特序曲》,瓦尔德退菲尔的《圆舞曲》,《汤豪塞巡礼罗马》,尼古拉的《风流妇人》,《阿塔利亚进行曲》,《北斗星》幻想曲。① 贝多芬的《序曲》奏得很照规矩,《圆舞曲》奏得很激昂。轮到《汤豪塞巡礼罗马》的时候,台下有开拔瓶塞的声音。克利斯朵夫邻桌的一个胖子,按着《风流妇人》的音乐打拍子,挤眉弄眼地做着福斯塔夫②的姿势。一位又老又胖的妇人,穿着天蓝衣衫,束着一条白带子,扁鼻梁上架着一副金边眼镜,皮色鲜红的胳膊,粗大的腰围,用洪大的嗓子唱着舒曼和勃拉姆斯的歌。她扬着眉毛,做着媚眼,睐着眼皮,忽左忽右地摇头摆脑,满月似的脸上挂着个肥大的笑容,穷形极相地做

---

① 《哀格蒙特序曲》为贝多芬作品;《汤豪塞巡礼罗马》为瓦格纳歌剧《汤豪塞》中的一段;《阿塔利亚进行曲》为门德尔松所作;《北斗星》为梅亚贝尔所作的喜歌剧。

② 福斯塔夫为《风流妇人》中的男主角,为愚蠢可笑的角色。

着哑剧:要没有她那副庄重老成的气息,简直像咖啡店里的歌女。这位儿女满堂的妈妈,居然还扮做痴騃的姑娘,想表现青春,表现热情;而舒曼的歌也就跟着像逗弄小娃娃的玩意儿。大家都听得出神了。可是南德合唱班的人马一出台,听众的注意简直到了庄严的程度。合唱班一忽儿咿咿唔唔的,一忽儿大声叫吼的,唱了几支极有情致的歌。四十个人的声音等于四个人,似乎他们有意取消真正合唱的风格,只卖弄一些旋律的效果,凄凄楚楚的自以为极尽细腻,轻的时候像要咽气,响的时候又突然震耳欲聋,好似敲着大铜鼓;总之是既不浑厚,又不平衡,纯粹是柔靡不振的风格,令人想起波顿①的妙语:

"让我来装做狮子罢。我的叫吼可以跟嘴里衔着食物的白鸽的声音一样柔和,也可以教人相信是夜莺的歌唱。"

克利斯朵夫听着,一开头就越来越诧异。这些情形对他绝对不是新鲜的。这些音乐会,这个乐队,这般听众,他都是熟的。但突然之间他觉得一切都虚伪。一切,连他最心爱的《哀格蒙特序曲》在内,那种虚张声势的骚动,一板三眼的激昂慷慨,这时都显得不真诚了。没有问题,他所听到的并非贝多芬和舒曼,而是贝多芬和舒曼的可笑的代言人,而是嘴里嚼着东西的群众,把他们的愚蠢像一团浓雾似的包围着作品。——不但如此,作品中间,连最美的作品中间,也有点儿令人不安的成分,为克利斯朵夫从来没感觉到的……究竟是怎么回事呢?他不敢分析,以为怀疑心爱的大师是亵渎的。他不愿意看,可是已经看到了,而且还不由自主地要看下去;像彼萨的含羞草一般,他在指缝里偷看。

他把德国艺术赤裸裸地看到了。不论是伟大的还是无聊的,所有的艺术家都婆婆妈妈的,沾沾自喜的,把他们的心灵尽量暴露出来。有的是丰富的感情,高尚的心胸,而且真情洋溢,把心都融化了;日耳曼民族多情的浪潮冲破了堤岸,最坚强的灵魂给冲得稀薄,懦弱的就给淹溺在它灰色的水波之下:这简直是洪水;德国人的思想在水底里睡着了。像门德尔松、勃拉姆斯、舒曼,以及等而下之的那些浮夸感伤的歌曲的小作家,又有些怎么样的思想!完全是沙土,没有一块岩石。只是一片

① 波顿为莎士比亚名剧《仲夏夜之梦》中的织工。

湿漉漉的,不成形的黏土……这一切真是太荒唐太幼稚了,克利斯朵夫不相信听众会不觉得。但他向周围瞧了一下,只看见一些恬然自得的脸,早就肯定他们所听到的一定是美的,一定是有趣的。他们怎么敢自动加以批评呢?对于这些人人崇拜的名字,他们是非常尊敬的。并且有什么东西他们敢不尊敬呢?对他们的音乐节目,对他们的酒杯,对他们自己,他们都一样的尊敬。凡是跟他们多少有些关系的,他们心里一概认为"妙不可言"。

克利斯朵夫把听众与作品轮流打量了一番,觉得作品反映听众,听众也反映作品。克利斯朵夫忍俊不禁,装着鬼脸。等到合唱班庄严地唱起一个多情少女的羞怯的《自白》,他再也抑止不住,竟自大声地笑了。四下里立刻响起一片愤怒的嘘斥声。邻座的人骇然望着他,而他一看到这些吃惊的脸更笑得厉害,甚至把眼泪都笑了出来。这一下大家可恼了,喊着:"滚出去!"他站起来走了,耸耸肩膀,笑得浑身扭动。全场的人看了都气愤至极。从此克利斯朵夫就慢慢地跟他城里的人处于敌对的地位。

有了这次经验以后,克利斯朵夫回到家里,决定把几个"素受尊重的"音乐家的作品重新浏览一遍。结果他大为懊丧,因为发现他最敬爱的某些大师也有说谎的。他竭力怀疑,以为自己看错了。——可是不,没有怀疑的余地……一个伟大民族的艺术财富中竟有那么些平庸的作品与谎言,他真是大吃一惊。经得起磨勘的乐曲实在太少了!

从此,要去看别的心爱的作品的时候,他就免不了心惊肉跳……可怜他像中了妖法似的,到处都碰到同样的失意!他为了某几个大师简直心都碎了,仿佛失掉了一个最爱的朋友,也仿佛突然发觉自己那么信任的朋友已经把他欺骗了多年。他为之痛哭流涕,夜里睡不着了,苦恼不已。他责备自己:是不是他不会判断了?是不是他完全变了傻子?……不,不,他比什么时候都更能看到太阳的光辉,更能感到生命的丰满:他的心并没愚弄他……

他又等了好久,不敢惊动他认为最好最纯粹的作家,那些圣中之圣。他唯恐把自己对他们的信心动摇了。但一颗事事讲求真理的灵魂,本能上对一切都要追根究底,看透真相,即使因之而惹起痛苦也在所不顾:对这种铁面无私的本能,又有什么方法抗拒呢?——于是他打开那些神圣的作品,看看像军中的禁卫队似的最后一批精华……不料才看了几眼,就发现它们并不比别的更纯洁。他没有勇气继续了。有时他竟停下来,阖上乐谱,仿佛诺亚的儿子用外衣把父亲裸露的身体给遮起来似的。①

这样以后,他对着这些废墟怅然若失。他恨不得牺牲一切,不让他神圣的幻象破灭。他心里悲痛极了。幸而元气那么充足,他对艺术的信仰并不因之而动摇。凭着年轻人天真自大的心理,他似乎认为以前谁也没经历过人生,还得他从头再来。因为沉醉于自己新生的力,他觉得——(也许并非没有理由)——除了极少的例外,在活生生的热情和艺术所表现的热情之间,一点关系都没有。他以为自己表现的时候更成功更真切,那可错了。因为他充满着热情,所以在自己的作品中不难发现热情;但除了他以外,谁也不能在那些不完全的辞藻中辨别出来。他所指摘的艺术家多数是这种情形。他们心中所有的,表现出来的,的确是深刻的感情;但他们语言的密钥随着他们的肉体一齐死了。

克利斯朵夫不懂得人的心理,根本没想到这些理由:他觉得现在是死的一向就是死的。他拿出青年人的霸道与残忍的脾气,修正他对过去的艺术家的意见。最高贵的灵魂也给他赤裸裸地揭开了,所有可笑的地方都没有被放过。而所谓可笑,在门德尔松是那种过分的忧郁,高雅的幻想,四平八稳而言之无物;在韦伯是虚幻的光彩,枯索的心灵,用头脑制造出来的感情;李斯特是个贵族的教士,②马戏班里的骑师,又是新古典派,又有江湖气,高贵的成分真伪参半,一方面是超然尘外的理想色彩,一方面又是令人厌恶的卖弄技巧;至于舒伯特,是被多愁善感的情绪淹没了,仿佛沉在几里路长的明澈而毫无味道的水底里。便是英雄时代的宿将,半神,先知,教会的长老,也不免虚伪。甚至那伟大

① 诺亚为《旧约》中救人类于洪水的希伯来族长,醉后裸卧,其二子萨姆与耶弗为之以衣覆蔽。

② 李斯特于一八三九年曾受奥皇册封为贵族,于晚年(1865)在罗马入圣·芳济会为修士。马戏班骑师与江湖气,均指其卖弄技巧。

的巴赫，三百年如一日的人物，承前启后的祖师，——也脱不了诳语，脱不了流行的废话与学究式的唠叨。在克利斯朵夫心目中，这位见过上帝的人物①，他的宗教有时只是没有精神的，加着糖的宗教，而他的风格是七宝楼台式的，繁琐纤细的风格。他的大合唱中，有的是牵惹柔情的老虔婆式的调子，仿佛灵魂絮絮不休地向耶稣谈情，克利斯朵夫简直为之作呕，似乎看到了肥头胖耳的爱神飞舞大腿。并且，他觉得这位天才的歌唱教师②是关在屋子里写作的，作品有股闭塞的气息，不像贝多芬或亨德尔有那种外界的强劲的风，——他们以音乐家而论也许不及他伟大，可是更富于人性。克利斯朵夫对一般古典派的大师不满意的，还因为他们的作品缺少自由灵动的气息，而差不多全部是"建筑"起来的：有时是一种情绪用音乐修辞学的滥调加以扩大的；有时只是一种简单的节奏，一种装饰的素描，循环颠倒，翻来覆去，用机械的方式向各方面铺张，发展。这种对称的，叠床架屋的结构，——奏鸣曲与交响乐——使克利斯朵夫大为气恼，因为他当时对于条理之美，对于规模宏大，深思熟虑的结构之美，还不能领会。他以为这是泥水匠的而非音乐家的工作。

他的批评浪漫派，严厉也不下于此。可怪的是，他最受不了的倒是那般自命为最自由、最自然、最少用"建筑"功夫的作家，像舒曼那样在无数的小作品中把他们的生命一点一滴全部灌注进去的人，他尤其恨他们，因为在他们身上认出他自己少年时代的灵魂，和所有他此刻发誓要摆脱干净的无聊东西。当然，虚伪的罪名决不能加之于淳朴的舒曼：他几乎从来不说一句不是真正感觉到的话。然而他的榜样正好使克利斯朵夫懂得，德国艺术最要不得的虚伪还不在于艺术家想表现他们并不感到的情操，倒是在于他们想表现真正感到的情操，——因为这些情操本身就是虚伪的。音乐是心灵的镜子，而且是铁面无情的镜子。一个德国音乐家越天真越有诚意，他越暴露出德国民族的弱点，动摇不定的心境，婆婆妈妈的感情，缺少坦白，伪装的理想主义，看不见自己，不

---

① 巴赫每作一曲，必先称："耶稣佑我！"一曲完成，必于纸尾附加一笔："荣耀归主！"其虔诚为音乐家中罕见。"见过上帝"一语尤指巴赫所作圣乐而言。

② 巴赫曾任莱比锡圣·托马斯学院歌唱教师二十七年。

敢正视自己。而这虚伪的理想主义便是一般最大的宗师——连瓦格纳在内——的疮疤。克利斯朵夫重读他的作品时,不禁咬牙切齿。《洛恩格林》于他显得是大声叫嚣的谎言。他恨这种粗制滥造的豪侠的传奇,虚假的虔诚,恨这个不知害怕的,没有心肝的主角,简直是自私与冷酷无情的化身,只知道自画自赞,爱自己甚于一切。① 这等人物,他在现实中只嫌见得太多:有的是这种德国道学家的典型,漂亮而没有表情,无懈可击而刻薄寡恩,把自己看做高于一切,不惜牺牲别人来供养自己。《漂泊的荷兰人》的浓厚的感伤情调与忧郁的烦闷,使克利斯朵夫同样不能忍受。《四部曲》中那些颓废的野蛮人,在爱情方面完全枯索无味,令人作呕。西格蒙特劫走弱妹的时候,居然用男高音唱起客厅里的情歌。在《神界的黄昏》里,西格弗里德和布仑希尔德以德国式的好夫妻的姿态,在彼此面前,尤其在大众面前,夸耀他们虚浮的、唠叨的闺房的热情。② 各式各种的谎言都汇集在这些作品里:虚伪的理想主义,虚伪的基督教义,虚伪的中古色彩,虚伪的传说,天上的神,地下的人,无一不虚伪。在此自命为破除一切成规的戏剧中间,标榜得最显著的就是成规。眼睛,头脑,心,决不会不发觉这种情形,除非它们自愿。——而它们竟甘心情愿要受蒙蔽。对于这种幼稚而又老朽的艺术,野性毕露的粗人与装腔作势的小姑娘的艺术,德国人居然非常得意。

可是克利斯朵夫的厌恶是没用的:一听到这音乐,他照旧被作者恶魔般的意志抓住了,和别人一样的激动,也许更厉害。他笑着,哆嗦着,脸上火辣辣的,心中好似有千军万马在奔腾;于是他认为,在那些有这种飓风般的威力的人是百无禁忌的。他在唯恐幻梦破灭而战战兢兢地

---

① 瓦格纳所作《洛恩格林》歌剧中的主角洛恩格林(天神),营救人间被冤的女子哀尔撒,并与之结为夫妇,条件为新娘绝对不能问其为何许人,从何处来。婚后哀尔撒向其追问,洛恩格林即飘然远引,一去不返。当时瓦格纳自比为洛恩格林,要社会爱他而不问其为何许人,从何处来。

② 《漂泊的荷兰人》,《四部曲》,均瓦格纳所作歌剧。《四部曲》原名《尼伯龙根四部曲》,包括《莱茵的黄金》《女武神》《西格弗里德》《神界的黄昏》四歌剧。西格蒙特为《女武神》中人物,布仑希尔德在《女武神》以下三歌剧中均有出现。瓦格纳歌剧本事均取材于古代日耳曼民族传说,人物有神道、侏儒、野蛮人等。

打开的神圣的作品中,发现自己的情绪和当年一样热烈,什么也没有减损作品的纯洁:那时他快活地叫起来了。这是他在大风浪中抢救出来的光荣的遗物。多运气啊!他似乎把自己救出了一部分。而这怎么不是他自己呢?他所痛恨的那些伟大的德国人,可不就是他的血和肉,就是他最宝贵的生命吗?他所以对他们这样严,因为他对自己就是这样严。还有谁比他更爱他们呢?舒伯特的慈祥,海顿的无邪,莫扎特的温柔,贝多芬的英勇悲壮的心,谁比他感觉得更真切?韦伯使他神游于喁喁的林间,巴赫使他置身于大寺的阴影里面,顶上是北欧灰色的天空,四周是辽阔无垠的原野,大寺的塔尖高耸云际……在这些境界中谁比他更虔诚呢?——然而他们的诳语使他痛苦,永远忘不了。他把谎言归咎于民族性,认为只有伟大是他们自身的。那可错了。伟大与缺点同样是属于这个民族的,——它的雄伟而骚动的思潮,汇成一条音乐与诗歌的最大的河,灌溉着整个欧罗巴……至于天真的纯洁,他能在哪一个民族中找到而敢于对自己的民族这样苛求呢?

可是他完全没想到这些。仿佛一个宠惯的孩子,他无情无义地把从母亲那边得来的武器去还击母亲。将来,将来他才会发觉受到她多少好处,发觉她多么可贵呢……

但这个时期正是他闭着眼睛对幼年时代的一切偶像反抗的时期。他恨自己,恨他们,因为当初曾经五体投地地相信了他们。——而这种反抗也是应当的。人生有一个时期应当敢不公平,敢把跟着别人佩服的敬重的东西——不管是真理是谎言——一概摒弃,敢把没有经过自己认为是真理的东西统统否认。所有的教育,所有的见闻,使一个儿童把大量的谎言与愚蠢,和人生主要的真理混在一起吞饱了,所以他若要成为一个健全的人,少年时期的第一件责任就得把宿食呕吐干净。

克利斯朵夫到了一个身心健康的人厌恶一切的关头。本能逼着他把满肚子不消化的东西一齐淘汰。

第一先得摆脱那种令人恶心的多愁多病的情绪,那在德国人心中点点滴滴流出来的时候,像是从潮湿的地道里来的,有股霉烂的气息。

来点儿光明吧！来点儿光明吧！像雨点一样多的歌①，涓涓不绝地流出德国人的心情，散布着瘴气，臭味，必须来一阵干燥峭厉的风把它们一扫而空才好。歌的题材永远脱不了什么欲望，思乡，飞翔，请问，为何？敬月，敬星，献给夜莺，献给春天，献给太阳；或是什么春之歌，春之快乐，春天的旅行，春夜，春讯；或是爱情的声音，爱情的圆满，情话，情愁，情意；或是花之歌，花之敬礼，花讯；或是我心殷殷，我心如捣，我心已乱，我眼已花；还有是跟蔷薇、小溪、斑鸠、燕子等等来一套天真而痴骙的对白；再不然是提出些可笑的问句：——“要是野蔷薇没有刺的话”，——“燕子筑巢的时候，她的配偶是老的一个呢还是新结合的？”——总而言之，全是春花秋月，触景生情，无病呻吟的靡靡之音。多少美妙的东西给亵渎了，多少高尚的感情被滥用了！而最糟的是，一切都是浪费掉的，老在公众前面把自己的心赤裸裸地拿出来，只想亲热的，愣头愣脑的，向人大声诉说衷曲。明明无话可说而偏偏絮絮不休！这些唠叨难道没有完的吗？——喂！池塘里的青蛙，你们静静行不行！

克利斯朵夫觉得最难堪的，莫过于表白爱情时的谎言，因为他更有资格拿它和事实相比。那套如泣如诉而循规蹈矩的情歌的公式，跟男子的情欲与女人的心都不相干。可是爱情这回事，写作的人也经历过来，一生中至少有过一次的！难道他们就是这样恋爱的吗？不，不，他们是扯谎，照例的扯谎，对自己扯谎；他们想要把自己理想化……而所谓理想化就是不敢正视人生，不敢看事情的真相——到处是那种胆怯，没有光明磊落的气概。到处是装出来的热情，浮夸的戏剧式的庄严，不论是为了爱国，为了饮酒，为了宗教，都是一样。所谓酒歌，只是把拟人法应用到酒和杯子方面去的玩意儿，例如“你，高贵的酒杯啊……”。至于信仰，应该像泉水一般从灵魂中出其不意地飞涌出来的，这里却是像货物一样故意制造出来的。爱国的歌曲仿佛是写来给一群绵羊按着节拍咩咩地叫的……——哎！你们大声地吼罢！……怎么！难道你们

① 此处所谓的歌（Lied）为德国特有的一种歌唱乐曲，有纯粹的民间歌谣，亦有音乐家以著名的诗歌谱成的。自无名作家以至贝多芬、舒伯特、舒曼等均制作甚夥，而庸俗作家的产量尤为丰富，在德国为家家户户歌咏的最通俗的音乐。本书中凡用仿宋体排的歌字，均指此种体裁的歌。

竟永远地扯谎，——永远地理想化，——连喝醉的时候，断杀的时候，疯狂的时候也要扯谎吗？……

克利斯朵夫甚至恨理想主义。他以为这种谎言还不如痛痛快快的赤裸裸的暴露。——骨子里他的理想主义比谁都浓厚，他以为宁可忍受粗暴的现实主义者，其实这些人是他最大的敌人。

但他给热情蒙蔽了。缥缈的雾，贫血的谎言，“没有阳光的幽灵式的思想”，使他浑身冰冷。他迸着全部的生命力向往于太阳。他一味逞着青年人的血气，瞧不起周围的虚伪；是他假想的虚伪，他没看到民族的实际的智慧在那里逐渐造成一些伟大的理想，把粗野的本能加以驯服或加以利用。要使一个民族的心灵改头换面，既不是靠些片面的理由，靠些道德的与宗教的规律所能办到，也不是立法者与政治家、教士与哲学家所能胜任：必须几百年的苦难和考验，才能磨炼那些要生存的人去适应人生。

然而克利斯朵夫照旧作曲；而他指责别人的缺点，在自己的作品中就不能避免。因为创作在他是一种抑捺不住的需要，不肯服从智慧所定的规律的。一个人创作的动机并不是理智，而是需要。——并且，尽管把大多数的情操所有的谎言与浮夸的表现都认出来了，仍不足以使自己不蹈覆辙，那主要是得靠长时期艰苦的努力的。在现代的社会里，大家秉受了多少代懒惰的习惯之后，更不容易绝对的守真返璞。而有一般人，有一些民族，尤其办不到；因为他们有种不知趣的痼癖，在极应当缄口的时候，偏偏让自己的心唠叨不已。

克利斯朵夫还没认识静默的好处：在这一点上他的精神是纯粹德国式的；同时他也没有到懂得缄默的年纪。由于父亲的遗传，他爱说话，爱粗声大气地说话。他自己也觉察到，拼命想改掉；但这种挣扎反而使他一部分的精力变得麻痹了。此外他还得跟祖父给他的另外一种遗传斗争，就是要准准确确地把自己表现出来极不容易。他是演奏家的儿子，卖弄技巧对他有很大的诱惑，当然是危险的诱惑：——那是纯粹属于肉体方面的快感，能够把肌肉灵活运用的快感，克服困难，炫耀本领，迷惑群众，一个人控制成千成百的人的快感。虽然追求这种快感在一个青年人是可以原谅的，差不多是无邪的，但对于艺术对于心灵究竟是个致命伤。那是克利斯朵夫知道的，是他血统里固有的；他竭力唾弃而结果仍免不了让步。

因此，种族的本能与自己天赋的本能都在鼓动他，过去的重负像寄生虫般黏着他，使他无法摆脱，他只能摇摇晃晃地前进，而结果已经和他深恶痛绝的境界相去不远。他当时所有的作品，全是真实与夸张，明朗的朝气与口齿不清的傻话的混合品。前人的性格束缚着他的行动，他的个性难得能突破包围透露出来。

并且他是孤独的。没有一个人帮助他跳出泥洼。他自以为跳出的时候，实际却是陷得更深。他暗中摸索，屡次尝试，屡次失败，糟蹋了许多精神与时间。甜酸苦辣的味道他都尝过了，创作的骚动使他心绪不宁，也辨别不出自己的作品中哪些是有价值的。他想着些荒唐的计划，轮廓庞大而宣传哲理的交响诗，把自己难住了。可是他又太真诚，不能长此拿这些妄想来骗自己；他还没有动手起草，已经不胜厌恶地把那些计划丢开了。或者他想把最没法下手的诗歌谱成序曲。于是他在那个不属于自己的园地中迷了路。等到他亲自动手写脚本的时候（因为他自以为无所不能），那就完全是荒谬绝伦的东西；他又想采用歌德、克莱斯特、赫贝尔，①或莎士比亚的名著，可是把原作的意义都误解了。并非因为他缺少聪明，而是缺少批评精神；他不了解别人，因为太想着自己；他到处只看见自己那个天真而浮夸的心灵。

除了这些根本没法长成的怪物以外，他又写了许多小品，直接表现那些一刹那的——实际是最永久的——情感，写了许多歌。在这儿，跟别的地方一样，他竭力一反流行的习惯。他重新采用别人已经谱成音乐的著名的诗篇，狂妄地要跟舒曼与舒伯特作法不同而更真切。有时他把歌德笔下的富有诗意的人物，把迷娘或《威廉·迈斯特》中的竖琴师②等等，刻画出

---

① 克莱斯特（1777—1811）为德国戏剧家。赫贝尔（1813—1863）为德国诗人，近代最大戏剧家之一，首创心理描写。

② 歌德所作小说《威廉·迈斯特》，述一意大利伯爵洛泰利奥因女儿迷娘自幼被吉普赛人拐走，乃扮作行吟诗人，手弹竖琴，周游各地寻访，卒获团聚。迷娘卒与大学生威廉·迈斯特结为夫妇。十九世纪法国音乐家托玛采用此故事谱成歌剧，题作《迷娘》。

他们明确而骚动的个性。有时他也制作一些爱情的歌，灌输入犷野而肉感的气息，把贫弱的艺术家与浅薄的群众素来心照不宣的蒙在情歌上的感伤色彩，一扫而空。总而言之，他要使人物与热情为了他们本身而存在，不让那般星期日坐坐啤酒店，找机会随便发泄一下感情的德国家庭当做玩物。

但他往往觉得诗人的作品太文雅，宁愿采用最简单的题材，什么古老的歌，在善书里读到的年代悠久的敬神的民谣；他特意不用它们原有的赞美歌性质，而大胆地用世俗的、活泼的手法去处理。或者他利用一些成语，甚至随便听到的几句话，民众的对白，儿童的感想：这一类笨拙而平淡的语言倒反透露出最纯粹的感情。在这等地方，他是得其所哉了，他自己不觉得，可的确达到了深刻的境界。

好的也罢，坏的也罢，——坏的居多，——他所有的作品都充满着生命力。当然不是全部新鲜的东西，那还差得远呢。克利斯朵夫往往就因为真诚而显得平凡；有时他不惜采用人家早已用过的形式，因为他觉得这种形式能够准确表现他的思想，而且因为他的感觉是这样而不是那样。他无论如何不愿意求新奇，以为只有平庸至极的人才操心这种问题。他但求说出自己的感觉，决不问前人有没有说过。他很骄傲地相信，这才是求新奇的最好的办法；世界上不是永远只有一个克利斯朵夫吗？凭着青年人目空一切的气概，他认为古往今来还一无成就，一切还得开始或是从头再做。因为觉得内心这样的充实，人生这样的无穷无极，他就处于得意忘形的、欢欣鼓舞的境界。时时刻刻都在欢欣鼓舞。这种心绪也用不着快乐来支持，便是悲哀它也能够适应：他的力是他欢欣鼓舞的泉源，是一切幸福，一切德性之母。生活罢，尽量地生活罢！……凡是感觉不到自己有这种力的醉意，这种生的欢欣(哪怕是极痛苦的生活)的人，便不是艺术家。这等于一块试金石。必须不问欢乐与痛苦都能够欢欣鼓舞的，才是真正的伟大。门德尔松或勃拉姆斯，仅仅像十月的雾，像淅沥的细雨，从来没有这种神通。

这种神通克利斯朵夫却是有的；他以天生的戆直冒昧的性格，尽量在人前显露他的快乐。他不觉得这种举动有什么恶意，只是想跟旁人分享他的快乐。他没想到这种快乐会伤害大多数没有这快乐的人。同时他也不管别人高兴不高兴；他就是极有自信，认为把自己的信念告诉人家是挺自然的。他把自己的丰满和一般音符制造家的贫弱作了一个比较，觉得要人家承认他的优越是极容易，太容易了。只消把自己拿出去就行。

于是他就把自己拿出去了。

大家等着他。

克利斯朵夫并不隐瞒他的感想。自从明白了德国人的虚伪，对什么都不愿意看到真相之后，他就决意要表露自己的真诚，绝对的，不稍假借的真诚，对任何人任何作品都不留余地。又因为他做什么事都不能不走极端，便说出许多荒唐的话骇人听闻。而他的小孩子脾气也真是可惊。只要碰到一个人，他就马上说出他对德国艺术的感想，好似一个人有了奇妙的发现，不愿留为独得之秘。别人听了会对他不满意，那是他万万想不到的。一发觉某一部名作里头有什么荒谬的地方，他就一心想着这个问题而急于逢人便诉，不管听的人是音乐家或是业余的爱好者。他得意扬扬地发表他的怪论。旁人先还不当真，听了他的胡说八道笑笑。可是不久他们发觉他老说着这一套，一味坚持的作风未免趣味恶劣。克利斯朵夫的那些怪论，显而易见不是嘴上说说而是深信不疑的，那时大家就不觉得有趣了。并且他肆无忌惮，公然在音乐会里叫叫嚷嚷，发表他刻薄的议论，或者明白表示瞧不起那般声名显赫的大师。

在小城里，什么都会不胫而走地传播开去的：克利斯朵夫说的话，一句也没有漏过人们的耳朵。他去年的行为已经惹动公愤。大家没有忘掉他和阿达那种招摇的无耻的行动。他自己倒是记不起了：岁月递嬗，往事都成陈迹，现在的他和从前的他已经渺不相关。但别人替他一一想起：所有的小城市自有一般人把街坊邻舍的过失，污点，悲惨的、丑恶的、不愉快的事件，全部牢记在心，仿佛这是他们在社会上的职务。克利斯朵夫的案卷中，在过去的话柄之外，如今又加上一批新的。两相对照，事情给衬托得更明显了。从前是触犯礼教，现在又伤害了风雅。最宽容的人说他是“标新立异”，大多数却肯定他是“完全疯了”。

还有另一种更危险的舆论在外边开始传布;——因为是从最高方面来的,所以更轰动一时:——据说克利斯朵夫在继续供职的宫廷中,胆敢对大公爵本人也不成体统的,毁谤德高望重的大师;他把门德尔松的《哀丽阿》①称做伪善的牧师的废话,把舒曼的一部分歌也同样加以侮辱;——而克利斯朵夫这种话还是正当威严的亲王们表示尊重这些作品的时候说的。大公爵冷冷地回答说:“听你的话,先生,有时人家竟会疑心你不是德国人。”

这句报复的话,从那么高贵的人嘴里吐出来,直流传到街头巷尾。凡是妒忌克利斯朵夫的声名,或为了其他的私仇而和他过不去的人,立刻补充说,他的确不是一个纯粹的德国人。大家记得他父系方面是佛兰德族。外方来的移民毁谤他所在国的荣誉当然不足为奇。这一下可把事情解释明白了,而日耳曼民族除了看不起敌人以外,也更有理由抬高自己的身价了。

至此为止,大家只是对克利斯朵夫作些精神上的报复,可是他还要提供更具体的材料。一个人自己要被人批评的时候去批评别人,是最不智的事。换了一个聪明一点的艺术家,一定会尊敬他的前辈。但克利斯朵夫认为别人的庸俗是应当瞧不起的,自己的力量是应当得意的,没有理由把他的轻视别人和自己的得意藏在肚里。而他的表示得意又是忘形的。最近一些时候,他非常需要发泄。他一个人消受不了那么些欢乐,要不是分一些给别人,他竟会快乐得爆裂的。既没有朋友,他就把乐队里的一个青年同事,叫做西格蒙·奥赫的,当做心腹。他是魏登贝格人,在乐队里当副指挥:脾气很好,城府极深,一向对克利斯朵夫很尊敬的。他对这位同事毫不提防;他怎么会想到把自己的快乐告诉一个闲人或是敌人有什么不妥呢?他们不是应该反过来感谢他吗?他这是不分敌友,使大家一齐快乐啊。——殊不知天下的难事就莫过于教人家接受一桩新的幸福;他们几乎更喜欢旧的苦难,因为他们所需要的是一种咀嚼了几百年的粮食。一想到这个幸福是得之于别人的,他们尤其受不了。这简直是一种侮辱,直要无法避免的时候才肯容忍,而

① 《哀丽阿》为门德尔松所作有名的清唱剧。

且他们是要设法报复的。

因此,克利斯朵夫的心腹话尽管有一千个理由不会受任何人欢迎,但有一千零一个理由可以受到西格蒙·奥赫的欢迎。乐队指挥多皮阿·帕弗不久就要告老,克利斯朵夫虽然年纪很轻,可大有继承的希望。奥赫既是纯粹的德国人,当然承认克利斯朵夫有这个资格,既然宫廷方面这样宠任他。可是奥赫自命不凡,以为倘若宫廷方面多了解他一点,他自己更有资格当指挥。所以看到克利斯朵夫高高兴兴而故意扮着正经面孔跑进戏院的时候,他就堆起一副异样的笑容,来接受克利斯朵夫倾箱倒箧的心腹话了。

"哦,"他狡猾地说,"又有什么新的杰作吗?"

克利斯朵夫一把抓住了他的手臂回答:"啊!朋友!这一件作品可是登峰造极了……要是你听到的话……该死!那太美了!唉,将来能听到这个曲子的,简直是天赐之福!大家听过以后连死也甘心的了。"

听到这种话的可不是个聋子。奥赫并不一笑置之,也不拿这种幼稚的狂热嘻嘻哈哈地打趣一番。克利斯朵夫的脾气是倘使有人指出他的可笑,他自己就会先笑的。可是奥赫假装听得出神,逗克利斯朵夫多说一些傻话;等到一转身,就赶快添枝加叶地把这些话柄传播出去。大家先在音乐家的小圈子里把他挖苦一阵,然后好不心焦地等机会来批判那些可怜的作品。——可怜的作品,不曾问世已经被判决了。

作品终于露面了。

克利斯朵夫在乱七八糟的稿子里,选了一阕以赫贝尔的《尤迪特》为题材的《序曲》,那种粗犷有力的作风,和德国人的萎靡不振对照之下,使他特别觉得可取。(可是他已经讨厌这作品,认为赫贝尔老是不顾一切地喜欢卖弄天才,多所做作。)其次是一阕交响曲,借用瑞士画家鲍格林的浮夸的题目,叫做:人生的梦,又加上一句小题词:人生是一场短促的梦。还有是一组歌,和几阕古典作品,再加奥赫的一支欢乐进行曲:那是克利斯朵夫明知平庸但为了表示亲热而放进去的。

几次的预奏会还平静无事。虽然乐队绝对不了解所奏的作品,各人心里对这种古怪的新音乐非常骇异,但还来不及有什么意见;尤其在群众没有表示的时候，他们决不能有何主张。看到克利斯朵夫那么自信，他们也就俯首帖耳地接受了。一般音乐师都很能服从，很有纪律，像一切良好的德国乐队一样。唯一的困难倒是在女歌唱家方面。她就是上次音乐厅中穿蓝衣服的太太，在德国很有声望，曾经在德累斯顿和拜罗伊特扮演瓦格纳剧中的主角，肺量的宏大是没有话说的。她虽然学会了瓦格纳派最得意的咬音的艺术，把辅音唱得高扬，元音唱得沉重像击锤一样，可是就因为这样，她没有懂得自然的艺术。她对付一个字有一个字的办法：所有的音都加强，所有的音节仿佛穿着铅底鞋子在那里重甸甸地拖，每一句都带着悲剧的气息。克利斯朵夫要求她把戏剧化的成分减少一些。她先还乐意听从，可是天生笨重的声音和卖弄嗓子的习惯使她无法控制。克利斯朵夫变得心烦意躁，告诉这位可敬的太太，说他是要叫人类说话，而不是要巨龙法弗奈吹小号①。她听了这种不客气的话当然大不高兴。她回答说谢谢上帝，她已经知道什么叫做歌唱，她也很荣幸地唱过勃拉姆斯的歌，就在那位大人物前面，而他也听得津津有味。

“那可糟了！糟了！”克利斯朵夫喊道。

她傲然笑着，要求他把这句谜一样的惊叹语解释明白。他回答说勃拉姆斯一辈子也没有懂得什么叫做自然，他的称赞简直是最难堪的责备，虽然他克利斯朵夫有时不大有礼貌，——就像她刚才指摘的，——可也不至于说出对勃拉姆斯那种唐突的话。

两人继续用这种口吻争执下去；那位太太始终依着她慷慨激昂的方式唱，——结果有一天，克利斯朵夫冷冷地说他看明白了，那是她的天赋如此，没法改的；但既然他的歌唱不好，还是干脆不唱，从节目中删掉得了。——那时已经到了音乐会的前夜：大家都知道音乐会中有她的歌，她自己也在外边提过；并且她不无相当的音乐天才，很能赏识那些歌里面的某些优点；克利斯朵夫临时改变节目等于是侮辱她。而她想到明天的音乐会也许会奠定青年音乐家的声名，也就不愿意跟这颗

① 法弗奈为《西洛弗里德》歌剧中守护尼伯龙根指环的巨龙，以女歌唱家善唱瓦格纳作品，故以此讽之。

将升的明星伤了和气。所以她突然让步了,在最后一次预奏会中,完全依照了克利斯朵夫的指示。可是她打定主意,在下一天的音乐会中非用她自己的作风唱不可。

日子到了。克利斯朵夫一点不着急。他脑子里装满了自己的音乐,没法加以批判。他知道他的作品有些地方要给人笑。可是有什么相干?一个人怕闹笑话,就写不出伟大的东西。要求深刻,必须有胆子把体统、礼貌、怕羞,和压迫心灵的社会的谎言,统统丢开。倘若要谁都不吃惊,你只能一辈子替平庸的人搬弄一些他们消受得了的平庸的真理,你永远踏不进人生。直要能把这些顾虑踩在脚下的时候,一个人才能伟大。克利斯朵夫居然这样做了。大家很可能嘘他,他有把握不让他们安静的。想到熟人们对曲子里某些大胆的部分会装出怎样的嘴脸,他暗暗觉得好玩。他预备受一番尖刻的批评,先在肚里好笑了。无论如何,除非是聋子,他作品中的力量是谁都不能否认的,——至于这力能否讨人喜欢是另一问题。并且那有什么关系?……讨人喜欢!讨人喜欢!……只要有力量就行了。让它像莱茵河一样把什么都卷走吧。

他碰的第一个钉子是大公爵不到场。爵府的包厢里只有几个不相干的人,在府里当随从的太太们。克利斯朵夫愤愤地想道:“这混蛋跟我怄气,他不知道对我的作品怎样表示才好:他不来就是怕为难。”他耸耸肩膀,假装不在乎这些无聊的事。但别人看了很注意:这是对克利斯朵夫的第一个教训,同时对他的前途也是个威胁。

听众也不比主子殷勤:三分之一的座位是空的。克利斯朵夫不由得心酸地想起他童年音乐会的盛况。要是他稍有经验,一定会懂得演奏上品音乐的时候,听众的数目自然比不上演奏平凡音乐的时候:因为大部分人感到有兴趣的是音乐家而非音乐;而且一个跟普通人没有分别的音乐家,显然不及一个穿着短裤的儿童音乐家那么好玩,那么动人,能够教傻瓜们开心。

克利斯朵夫空等了一会儿听众,决意开场了。他硬要自己相信这样倒是更好,以为“朋友虽少,都是知己”。——可怜他这种乐观的心绪也维持不了多久。

一曲又一曲的音乐尽管奏下去，场子里寂静无声。有种寂静无声是因为大家感情冲动到极点，快要涌出来的缘故。但眼前的寂静简直是一无所有，一无所有。大家仿佛睡着了。每一句音乐都掉在漠不关心的深渊里。克利斯朵夫背对着听众，全神对付着乐队，可是依旧感觉到场子里的情形。凡是真正的艺术家都有一种精神上的触觉，能够感知他演奏的东西是否在听众心里引起共鸣。他照常打着拍子，非常兴奋，可是从池子和包厢里来的那股沉闷的空气，使他心都凉了。

终于《序曲》奏完了，大家有礼地、冷冰冰地拍了一阵手，就静下来了。克利斯朵夫宁可受人嘘斥一顿……便是怪叫一声也好！至少得有点儿生命的表示，对他的作品表示一点反响！……——可是完全没有。——他瞧瞧群众，群众也彼此瞧瞧。他们互相在目光中探求一些意见而探求不到，只能又扮起那副漠不关心的脸。

音乐重新开始，轮到那支交响曲了。——克利斯朵夫几乎不能终曲，屡次想丢下指挥棒，掉过头来就走。他也传染到了大众的麻木，结果竟不懂自己指挥的东西了；他明明觉得掉入了烦闷的深渊。连他预料在某些段落上群众会交头接耳说的俏皮话也没有，大家都在一心一意地翻阅节目单。克利斯朵夫听见众人同时哗啦啦的翻纸张的声音；然后又是一片静默，直到曲子完了；然后又是一阵有礼的掌声表示懂得一曲已经奏完。——大家静下来以后还有两三下零星的掌声，因为没有回响，也就不好意思地停住了：空虚显得更空虚，而这件小小的事故更显得听众是多么厌烦。

克利斯朵夫坐在乐队中间，不敢向左右张望一下。他真想哭出来，同时也气得浑身哆嗦。他恨不得站起身子向大家喊："你们多讨厌！多讨厌！……一齐替我滚罢！……"

听众稍为清醒了些，等着女歌唱家出场，那是他们听惯而捧惯的。刚才那些新作品等于一片大海，他们没有指南针，只能在那里彷徨；她可是稳固的陆地，绝没有令人迷失的危险。克利斯朵夫看出大家的思想，轻蔑地笑了一笑。女歌唱家也知道群众在等她；克利斯朵夫去通知她上台的时候，她的神气就像王后。他们俩用着敌对的态度彼此望了一眼。照例克利斯朵夫应当搀着她手臂,但他竟双手插在袋里,让她自个儿出台。她气冲冲地走过去;他很不高兴地跟在后面。她一露脸,立刻来了个满堂彩;大家松了口气,脸上发出光来,有了精神;所有的手眼竟都一齐瞄准。她对自己的魔力很有把握,开始唱起歌来,不消说是照她自己的方式,全不遵从克利斯朵夫上一天的嘱咐。替她伴奏的克利斯朵夫脸色变了。这种捣乱他是预先料到的。一发觉她走腔,他立刻敲着钢琴,愤怒地说了声:

"不是这样的!"

可是她不理。他就在背后用着又重浊又生气的声音提醒她:

"不! 不! 不是这样的! ……不是这样的! ……"

这些气愤愤的咕噜,虽然台下听不见,对乐队里的人可是句句分明;她一急,拼命把节奏拉慢,不该休止的地方也休止。他没有留意,自顾自地弹下去,终于歌和伴奏相差了一节。听众一点没觉得:他们久已认定克利斯朵夫的音乐既不会悦耳,拍子也不会准的;但克利斯朵夫并不这样想,他像疯子似的,脸都扭做一团,终于爆发了。他突然半中间停下来,直着嗓子嚷道:"得了罢!"

她一口气收不住,继续唱了半节,然后也停住了。

"得了罢!"他粗暴地又说了一遍。

全场为之愣了一愣。过了一忽儿,他又冷冷地说:"咱们再来!"

她愣然望着他,双手哆嗦着,真想把乐谱往他头上扔过去;事后她竟不懂当时怎么没有那样做。但她慑于克利斯朵夫的威严,只得重新开始。她把全部的歌唱完了,连一个拍子一个小地方也不敢变动:因为她觉得克利斯朵夫绝对不会留情,而一想起要再受一次侮辱就吓得浑身发抖。

她唱完以后,台下掌声不绝。他们并不是捧她唱的歌,——(要是她唱别的作品,也可以博得同样的掌声)——而是捧这位有名的老资格的女歌唱家:他们知道赞赏她是没有错的。同时大家还想补偿一下她受的侮辱。他们隐隐然觉得她刚才唱错了,但认为克利斯朵夫当场给她指出来简直不成体统。大家都喊着"再来一次"。克利斯朵夫可很坚决地把琴关上了。

她没有发觉这桩新的侮辱;她心里乱得很,根本不想再来一次。她急急忙忙下了台,躲在化妆室里把胸中郁积着的恼恨与愤怒一齐发泄了出来:又是哭,又是叫,把克利斯朵夫直骂了一刻钟……狂怒的叫声一直传到门外。据那些进去探望她的朋友出来说,克利斯朵夫对她的态度简直跟下等人一样。众人的议论在戏院中是传得很快的。所以克利斯朵夫重新踏上指挥台演奏最后一曲的时候,场子里颇有些骚乱的现象。但这个曲子不是他的,而是奥赫的《欢乐进行曲》。听众既喜欢这曲平凡的音乐,便不必嘘斥克利斯朵夫而就有极简单的办法来表示他们的不满意:他们有心替奥赫捧场,热烈鼓掌要求作者露面了两三次;奥赫当然不肯放过机会。而这时音乐会也完了。

大公爵和宫廷方面的人,那些终日无聊而爱说短道长的内地人,对音乐会的情形当然知道得清清楚楚。和女歌唱家有交情的几家报纸,绝口不提那件不愉快的事,只一致恭维她歌唱的艺术,而在报道她所唱的作品的时候顺便提了提那些歌。关于克利斯朵夫其他的作品,只是寥寥几行,所有的报纸全是大同小异的论调:"……对位学很有功夫。风格非常烦琐。缺少灵感。没有旋律。纯粹是头脑的而非心灵的产物。缺乏真诚。只想独创一格……"——接下去的一段文字是讨论真正的独创,举出一般故世的大师,"不求独创一格而自然独创一格的",如莫扎特、贝多芬、吕威、舒伯特、勃拉姆斯等的作品为证。——然后笔头一转又转到当地的戏院不久要重演克莱采尔的作品,就手把那出"永远清新永远美丽的歌剧"长篇累牍地描写了一番。

总之,便是对克利斯朵夫最有好感的批评家也完全不了解他的作品;而绝对不喜欢他的人自然更表现出阴险的仇视态度;——至于大众,既没有批评家,不管是好意的或恶意的批评家领导,只能一声不出。让大众自己去思想的时候,他们就干脆不思想。

克利斯朵夫灰心到了极点。

其实他的失败不足为奇。他的作品不讨人喜欢的理由不止一个,而有三个。第一,它们还不够成熟。第二,它们还太新鲜,不能教人一下子就懂得。第三,把这肆无忌惮的青年教训一顿是大家都高兴的事。——可是克利斯朵夫头脑不够冷静,不肯承认他的失败是势所必然的。一个真正的艺术家,长时期地被人误解以后,看惯了人类无可救药的愚蠢,会变得心胸开朗;而克利斯朵夫还谈不到这一点。他相信群众,相信成功,以为那是一蹴即就的,既然他具备着成功的条件:这种幼稚的信心现在可是被粉碎了。有敌人,他倒认为稀松平常。但他觉得奇怪的是连一个朋友都没有了。凡是他认为可靠的,一向对他的音乐感兴趣的人,从那次音乐会以后,再没一句鼓励他的话。他想法去试探他们,他们总是闪烁其词。他再三追问,要知道他们真正的思想:结果是一般最真诚的人把他从前的作品,早年的幼稚的东西,提出来作比较。——接连好几次,他听到人家拿他的旧作做标准,说他的新作不行,——可是几年以前,在那些作品还是簇新的时候,他们也认为不好的。新的就是不好的:这是一般的原则。克利斯朵夫可不懂这一套,便大惊小怪地叫起来。人家不喜欢他也可以,他不但容许,甚至还欢迎,因为他并不想做每个人的朋友。可是人家喜欢他而又不许他长大,硬要他一辈子做个小孩子,那可不像话了!在十二岁上是好的作品,到二十岁上便不行了;他希望不要老是停留在那个阶段上,希望要变,变,永远地变下去……想阻遏一个人的生命不让它发展的,岂非混蛋!……他童年的作品所以有意思,并非在于它幼稚无聊,而是在于有股前程无限的力潜伏在那里!而这前程,他们竟想把它毁掉!……可知他们从来没懂得他,也从来没爱过他;他们所喜欢的只是他的庸俗,只是他跟庸俗的人没有分别的地方,而并非真正的"他":他们的友谊其实是误解……

也许他把这些情形夸张了些。一般老实人不能爱好一件新的作品,但它有了二十年的寿命,他们就会真诚地爱好:这是常有的现象。新生命的香味太浓了,他们虚弱的头脑受不住,必须由时间来把这味道减淡一点才行。艺术品一定要积满了成年累月的油垢,方始有人了解。

但克利斯朵夫不允许人家不了解现在的他,而等他成为过去之后再了解他。他宁可人家干脆不了解他,在任何时间任何情形之下都不了解他:所以他气愤至极。他痴心妄想地要人了解,替自己说明,跟人家辩论;这才是白费气力,那不是要把整个时代的口味都改过来吗?但他自信很强，决心要把德国人的口味彻底洗刷一番，不管人家愿不愿意。其实他绝对不可能做到这一点。要说服一个人绝不是几次谈话所能济事；他说话的时候既找不到适当的字，又是对大音乐家，甚至对谈话的对方取着狂妄傲慢的态度，结果只多结了几个冤家。殊不知他先得从从容容把自己的思想整理好了，才能强迫人家听他的……

而他的星宿，他的坏星宿，恰好来给了他说服人家的机会。

他在戏院的食堂里和乐队里的几个同事围着一张桌子坐着，他们听了他的艺术批评骇坏了。他们的意见也并不一致，但对他放肆的言论都大不乐意。中提琴师老克罗斯是个忠厚人，很好的音乐家，一向是真心喜欢克利斯朵夫的；他装着咳嗽，想等机会说一句双关的笑话把话题扯开去。克利斯朵夫可完全没注意，倒反越说越有劲，教克罗斯灰心了：

"他干吗要说这些话呢？真是天晓得！一个人尽管心里这么想，可用不着说啊！"

最奇怪的是，他也"这么"想过；至少他怀疑过这些问题，克利斯朵夫的言论把他心里的许多疑惑挑了起来，但他没有勇气承认，——一半是怕冒不韪，一半是因为谦虚，不敢相信自己。

吹短号的韦格尔可是一句话也不愿意听；他只愿意赞美：不论什么东西，不论好的坏的，天上的星或地下的煤气灯都一律看待；他的赞美也没有什么等差，只知道赞美，赞美，赞美。这是他生活必不可少的条件，受到限制就要痛苦的。

但大提琴师哥赫痛苦得更厉害：他全心全意的爱好下品的音乐。凡是被克利斯朵夫嬉笑怒骂的，痛诋的，都是他最心爱的；他本能地挑中一些最陈腐的作品，心中装满着浮夸的、动辄落眼泪的感情。但他的崇拜一切虚伪的大人物完全是出于真心。唯有他自以为崇拜真正的大人物时才是扯谎，——而这扯谎还是无邪的。有些勃拉姆斯的信徒，以为在他们的上帝身上可以找到过去的天才们的气息：他们在勃拉姆斯身上爱着贝多芬。哥赫却更进一步，他爱贝多芬的倒是勃拉姆斯的气息。

可是对克利斯朵夫的怪论最表愤慨的还是吹巴松管的史比兹。他的音乐本能所受的伤害,还不及他天生的奴性所受的伤害。某个罗马大帝是连死也要站着死的。他可非伏倒在地下死不可,因为伏在地下是他天生的姿势;在一切正统的、大家尊重的、成功的事物前面匍匐膜拜,他觉得其乐无穷;他最恨人家不许他舔泥土。

于是,哥赫唉声叹气,韦格尔做着绝望的姿势,克罗斯胡说八道,史比兹大叫大嚷。但克利斯朵夫不慌不忙比别人喊得更响,说着许多对德国与德国人最难堪的话。

在旁边一张桌子上,有一个青年听着克利斯朵夫的话捧腹大笑。他长着一头乌黑的鬈发,一对聪明秀美的眼睛,大鼻子到了快尽头的地方不知道往左边去还是右边去,便同时往两边摊开了,底下是厚嘴唇;他神情不定,可是不俗。听着克利斯朵夫的话,对每个字都又同情又俏皮地留着神,他笑得连脑门、太阳穴、眼角、鼻孔、腮帮,到处都打起皱来,有时还要浑身抽搐。他并不插嘴,可是把每句话都听在耳里。克利斯朵夫的高论说到一半,忽然愣住了,给史比兹奚落之下,更气得结结巴巴的,最后才找到了像块大石头般的字儿把敌人打倒:看到这情形,那青年格外高兴。而当克利斯朵夫冲动至极,越出了他思想的范围,突然说出些骇人听闻的胡话,使在场的人都大声怪叫的时候,邻座的青年更乐不可支了。

最后各人对于这种自以为是的争辩也腻烦了,彼此分手了。剩下克利斯朵夫最后一个想跨出门口,那个听得津津有味的青年便迎上前去。克利斯朵夫一向没注意到他。但那青年很有礼貌地脱下帽子,微笑着通报自己的姓名:"弗朗兹·曼海姆"。

他对于自己在旁窃听这种冒昧的行动,先表示了一番歉意,又把克利斯朵夫大刀阔斧痛击敌人的气魄恭维了一阵。想到这点,他又笑了。克利斯朵夫挺高兴地望着他,可是还不大放心:

"真的吗?"他问,"你不是取笑我吗?"

那青年赌着咒否认。克利斯朵夫脸上登时有了光彩。

"那末你认为我是对的,是不是?你同意我的主张了?"

"老实说,我不是音乐家,完全是门外汉。我所喜欢的唯一的音乐,——绝对不是恭维,——是你的音乐……至少这可以表明我的趣味不算太坏……”

“唔!唔!”克利斯朵夫虽然还有些怀疑,究竟被捧上了,“这还不能算证据。”

“哎,你真苛求……得了罢!……我也跟你一样想:这算不得证据。所以你对德国音乐家的意见,我绝不敢大胆批评。但无论如何,你对一般的德国人,老年的德国人,批评得太中肯了;那些糊涂的浪漫派,那种腐败的思想,多愁多病的感情,人家希望我们赞美的陈言俗套,真叫做‘这不朽的昨日,亘古不灭的昨日,永久长存的昨日,因为它是今日的金科玉律,所以也是明日的金科玉律!……’”

他又念了一段席勒诗中的名句:

“……亘古常新的昨天,永远是过去的也永远会再来……”

“而他就是第一个该打倒的!”曼海姆又加上一句按语。

“谁?”克利斯朵夫问。

“写下这种句子的老古董喽。”

克利斯朵夫不懂他的意思。曼海姆接着又说:

“第一,我希望每隔五十年大家把艺术和思想做一番大扫除的工作,只要是以前的东西,一样都不给它剩下来。”

“那可过分了些。”克利斯朵夫笑了笑。

“一点儿都不过分,我告诉你。五十年已经太长了,应当是三十年,或者还可以少一些!……这才是一种卫生之道。谁会把祖宗的旧东西留在家里呢?他们一死,我们就恭恭敬敬地把他们送出去放在一边,让他们去烂,还得堆上几块石头,使他们永远不得回来。软心的人也会放些花上去。那我不反对,我也无所谓。我只要求他们别跟我来找麻烦。我就从来不麻烦他们。活的在一边,死的在一边:各管各的。”

“可是有些死人比活人更活!”

“不!不!要是说有些活人比死人更死倒更近于事实。”

“也许是罢。不管怎么样,有些老人的确还年轻。”

“假使他还年轻,我们自己会发觉的……可是我不信这个话。从前有用的,第二次绝不会再有用。只有变才行。第一先得把老人丢开。在德国,老人太多了。得统统死掉才好!”

克利斯朵夫聚精会神听着这些古怪的话,费了很大的劲讨论;他对其中一部分的见解有同感,也认出有好多思想跟自己的一样,只是听到别人用夸张可笑的口吻说出来,觉得有点刺耳。但因为他相信人家和他一样的严肃,便认为那些话或许是这个似乎比他更有学问更会讲话的青年根据了他的原则,按照逻辑推演出来的。多少人不能原谅克利斯朵夫的刚愎自用,其实他往往谦虚得有点孩子气,极容易受一般教育程度比他高的人愚弄,尤其在他们不是为了避免讨论难题而拿自己的教育做挡箭牌的时候。曼海姆故意以发表怪论为乐,一问一答,话越说越野,自己听了也在暗笑。他从来没碰到一个人拿他当真的,如今看到克利斯朵夫费尽心力想讨论,甚至想了解他的胡说八道,不由得乐死了;他一边嘲笑克利斯朵夫,一边因为克利斯朵夫对他这么重视而很感激,觉得他又可笑又可爱。

他们分手的时候已经变成好朋友;可是过了三小时,克利斯朵夫在戏院预奏会中看见曼海姆在乐队的小门里伸出头来,笑嘻嘻地对他做着鬼脸,仍不免有点奇怪。预奏完毕,克利斯朵夫过去找他。曼海姆很亲热地抓着他的胳膊说:

“你有工夫吗?……你听我说。我有个主意在这儿,也许你会觉得是胡闹……你不想抽个空,把你对音乐和对那些无聊的音乐家的感想写下来吗?与其跟乐队里四个只会吹吹笛子拉拉提琴的傻瓜白费口舌,直接向大众说话不是有意思多吗?”

“你问我这样做是不是有意思得多?……是不是我愿意?……嘿,可是我写了文章送到哪儿去呢?你倒说得好,你!……”

“我不是说过有个主意吗?……我跟几个朋友:亚达尔培·洪·华特霍斯,拉斐尔·高特林,亚陶尔夫·梅,吕西安·哀朗弗尔,——办了一份杂志。这是本地唯一有见解的杂志,名字叫做*酒神*——你一定知道的吧?……我们都佩服你,很想请你加入我们的团体。你愿意担任音乐评论吗?”

克利斯朵夫听了这话受宠若惊,恨不得马上接受;他就是怕不够资格，不会写文章。

“放心，”曼海姆说，“你一定会写的。何况一朝做了批评家，你尽可以为所欲为。别顾虑什么公众。你才想不到他们多蠢呢。做个艺术家算得什么！谁都可以嘘他。可是批评家有权利向大家说：‘替我嘘这个家伙！’场子里的听众，反正把思想这件麻烦事儿交给你了。你爱怎么想都可以，只要你装做在思想。那些傻蛋只求塞饱肚子，不管是什么。他们没有不吃的东西。”

克利斯朵夫终于答应了，非常感动地道谢。他只提一个条件，就是文字的内容绝对不受限制。

“自然啰，自然啰，”曼海姆回答，“绝对自由！咱们每个人都是自由的。”

晚上散戏的时候，他又第三次去盯着克利斯朵夫，把他介绍给亚达尔培·洪·华特霍斯和其余的朋友。他们都对他很诚恳。

除了华特霍斯是本地的旧世家出身，余下的尽是犹太人，都很有钱：曼海姆的父亲是银行家；高特林的是有名的葡萄园主；梅的是冶金厂经理；哀朗弗尔的是大珠宝商。这些父亲全是老派的以色列族①，勤俭啬刻，永远守着他们的民族精神，不惜千辛万苦地搞钱，而对自己的毅力比对财富更得意。但那些儿子似乎生来要把父亲挣起来的家业毁掉；他们取笑家庭的成见，取笑那种像蚂蚁般苦吃苦熬，惨淡经营的生活；他们学着艺术家派头，假作瞧不起财产，把它从窗里扔出去。其实他们根本没有多大手面，尽管荒唐胡闹，也不会昏了头，忘了实际。并且做父亲的也很留神，把缰绳拉得很紧。最会挥霍的是曼海姆，真心想把家私大大方方地花个痛快；可是他一无所有，只能在背后直着嗓子骂父亲吝啬，心里倒也满不在乎，还认为父亲的办法是对的。归根结底，唯有华特霍斯一个人财产自主，拿得出现钱，杂志便是由他出钱维持的。他是诗人，写些亚尔诺·霍尔茨和瓦尔特·惠特曼一派的“自由诗”②，一句长一句

① 今欧洲人统称希伯来族为以色列人或犹太人。

② 亚尔诺·霍尔茨（1863—1929）为德国新现实派的诗人兼剧作家。瓦尔特·惠特曼为十九世纪美国诗人。

短的，所有的点、逗点、三点、横画、静默、大写字、斜体字、底下加线的字等，都有一种极重要的作用，不下于叠韵和重复的词句。他用各国文字中的字，各种没有意义的声音羼在诗里。他自命——（不知道为什么）——要在诗歌方面做一个塞尚纳①。的确，他很有想象力，对枯索无味的东西很有感觉。他又是感伤又是冷淡，又是纯朴又是轻浮，偏要把加工雕琢的诗句装做名士派。在时髦人物心目中，他很可能成为一个好诗人。可惜杂志上，沙龙里，这等诗人太多了；而他还想做到只此一家。他一味充作没有贵族偏见的王爷，其实他这种偏见比谁都要多，只是自己不承认。他有心在他主持的杂志周围只安插一批犹太人，为的教他的反犹太家属骇怪，同时向自己证明他的思想自由。他对同人说话的口吻很客气很平等，骨子里是不动声色地瞧不起他们。他明知他们利用了他的姓氏和金钱非常得意，却也由他们去，因为这样他才能自得其乐地轻视他们。

而他们也瞧不起他听任他们利用，因为知道他有利可图。其实他们是互相利用。华特霍斯拿出姓氏和金钱；他们拿出文才和做买卖的头脑，同时也带来一批主顾。他们比他聪明得多，并不是更有个性，那也许比他还少呢。但在这个小城里，像在无论哪里无论什么时候一样，——因为种族的关系而孤立了几百年，刻薄的眼光给磨炼得格外尖锐，——他们的思想往往最前进，对于陈旧的制度与落伍的思想的可笑感觉得最清楚。可是他们的性格不像他们的头脑来得洒脱，所以尽管挖苦那些制度跟思想，还是想从中渔利而并不愿意改革。他们虽自命为在思想上独往独来，实际和那位贵族出身的华特霍斯同样是内地的冒充时髦的朋友，同样是游手好闲的纨绔子弟，把文学当做消闲打趣的玩意儿。他们喜欢装出一副刽子手的神气，可是并不凶，拿来开刀的无非是些不相干的人，或是他们认为对自己永远不足为害的人。他们绝对没有心思去得罪一个社会，知道自己早晚要回到社会，跟大家过一样的生活，接受他们早先排斥的偏见的；而当他们一朝冒着危险去对一个

① 塞尚纳（1839—1906）为法国后期印象派画家，为二十世纪初期的野兽派、立体派之先驱。

当代的偶像——已经在动摇的偶像,——大张挞伐的时候,他们也决不破釜沉舟,为的是一有危机立刻可以上船。而且不问厮杀的结果如何,一场完了,必须等好些时候才会再来一次。非利士人尽可放心,那些新大卫派的党徒①只是要人家相信他们发起狠来非常可怕;——可是他们并不愿意发狠。他们更喜欢和艺术家们称兄道弟,和女演员们一块儿吃消夜。

克利斯朵夫在这个环境中很不舒服。他们最爱谈论女人跟马,而谈得毫无风趣。他们都很呆板。华特霍斯说话慢腾腾的,声音清楚而没有音色,那种细到的礼貌显得他又无聊又讨人厌。编辑部秘书亚陶尔夫·梅是个臃肿笨重的家伙,缩着脑袋,神气很凶横,老是认为自己没有错的:他事事武断,从来不听人家的回答,好似非但瞧不起对方的意见,压根儿就瞧不起对方。艺术批评家高特林,有种神经性的抽搐,一刻不停地眨巴着眼睛,戴着副大眼镜,——大概为了模仿他来往的那些画家,特意留着长头发,默默地抽着烟,嘟嘟囔囔地说个一言半语,永远没有完整的句子,用大拇指在空中莫名其妙地乱划一阵。哀朗弗尔是个秃顶的矮个子,堆着笑容,留着淡黄色的胡子,一张细腻而没有精神的脸,弯弯的鼻子,在杂志上写些关于时装和社交界的消息。他声音软绵绵地说些挺露骨的话;人很聪明,可是阴险,往往还很卑鄙。——这般富家子弟全是无政府主义者;那是再恰当也没有了:一个人丰衣足食的时候来反对社会是最奢侈的享受,因为可以把得之于社会的好处一笔勾销,正像路劫的强盗把一个行人搜刮光了,对他说:“你还待在这儿干吗?去你的罢!我用不着你了!”

克利斯朵夫在这一群人里头只对曼海姆抱有好感。当然他是五个人中最有生气的一个,他对自己说的话和旁人说的都觉得好玩;他结结巴巴的,嘟嘟囔囔的,嘻嘻哈哈的,老说着混话,既不能有条有理地讨论什么,也不大知道自己在想什么;可是他很和气,没有野心,对谁都不记

① 德国大音乐家舒曼早年曾集合爱美爱真的同志,创立一秘密音乐团体,号称“大卫党”;因古代以色列王大卫曾征服非利士人,而非利士人又为十九世纪德国大学生对一般商人市侩的轻蔑的称呼,舒曼更以非利士人称呼音乐界中的俗物与顽固分子。

恨。其实他并不十分老实,常常扮着一种角色,但不是有意的,而且是与人无害的。他会醉心于一切荒诞不经的——往往是救世济人的——理想,但凭他那种精明的头脑与玩世不恭的态度,他决不完全相信;便是兴奋的时候他也能保持冷静,永远不至于为了实行理论而找麻烦。但他需要有点儿东西让他疯魔,那对他是一种游戏,时时刻刻要变换的。目前他疯魔的是慈悲。不用说,他觉得仅仅做人做得慈悲是不够的,非要显得慈悲不可;他宣传慈悲,同时又指手画脚地加以表现。因为故意要闹别扭,反对家里的人那种刻板而辛苦的生活,反对礼教,反对军国主义,反对德国人的市侩气,所以他是托尔斯泰的信徒,相信涅槃,相信福音,相信佛教,——他自己也弄不大清究竟信些什么,——总之是宣扬一种软绵绵的、没有骨头的、婆婆妈妈的、宽大为怀的道德;它很乐意原谅一切罪恶,尤其是肉的罪恶,并不讳言对这一类罪恶的偏心,可不大能容忍所有的德性,——这种道德所标榜的简直是:共同寻欢,如有盟约,彼此娱乐,仿佛结社,而最后还要放上一个圣洁的光轮才觉得高兴。这中间颇有点小小的虚伪,那味道在感觉细致的人是不大好闻的,甚至还是恶心的,如果拿它当真的话。可是曼海姆并不拿这一套当真,只是玩玩而已。这种下流无耻的基督教是随时准备让位的,无论什么偶像都可以来取而代之:暴力也好,帝国主义也好,什么古怪的野兽也好。曼海姆是在做戏,真心地做戏;在他没有跟别人一样恢复老老实实的犹太人面目和犹太精神之前,他把自己所没有的各种情操轮流地试过来。他是一个可爱而又极可厌的人。

在某一时期内,克利斯朵夫成为他疯魔的对象之一。曼海姆什么都相信他,到处把他的名字挂在嘴上,在家人前面把他恭维备至。据他说来,克利斯朵夫是个天才,是个了不起的人,写着古怪的音乐,关于音乐的议论尤其精妙,才思焕发,——并且是一表人才:一张秀美的嘴,一副漂亮的牙齿。他还补上一句,说克利斯朵夫很佩服他。——终于有一晚他把克利斯朵夫带到家里来吃饭了。而克利斯朵夫也就见到了这位新朋友的父亲,银行家洛太·曼海姆,和弗朗兹的妹妹于第斯。

这是他第一遭踏进一个犹太人的家庭。这民族虽然在小城里人口不少，并且以它的财富、团结、智慧，在当地占着重要地位，可是跟别的社会很少往来。民间一向对它抱着牢不可破的成见，暗中有点敌意，有种近于侮辱的怜悯。克利斯朵夫家里的人就存着这种心。当年祖父是不喜欢犹太人的；——不料命运跟他开玩笑，他两个最好的学生——（一个成了作曲家，一个成了有名的演奏家）——偏偏是以色列人；这一下老人家可为难了：因为有时他真想拥抱这两位优秀的音乐家，但又记起他们曾经把耶稣钉上十字架；他不知道怎么解决这个矛盾。临了他还是把他们拥抱了，相信上帝看在他们爱好音乐面上会原谅他们的。——克利斯朵夫的父亲曼希沃自命为自由思想者，决不会挣了犹太人的钱而心里起什么疙瘩，还认为是极应该的；但他时常取笑他们，瞧不起他们。——至于他的母亲，可不敢断定她偶然替犹太人当厨娘是不是一桩罪过。他们对她很傲慢：但她并不记恨，她对谁也不记恨，反而对这般被上帝罚入地狱的可怜虫非常同情。在她去帮忙的人家，看见主人的女儿走过，或听见孩子们快乐的笑声，她就不由得要这样想：

“多美丽的姑娘！……多好看的孩子！……真可惜！……”

听到克利斯朵夫说晚上要去曼海姆家吃饭，她一句话也不敢说，心里可不大好过。她以为人家说犹太人的坏话固然不该相信，——（所有的人都被人说坏话的）——老实人是到处有的，但犹太人管犹太人，基督徒管基督徒，各管各的，究竟是更好更得体。

克利斯朵夫完全没有这些成见，因为永远要跟周围的人闹别扭，所以反而受这个异族的吸引。可是他对它并没有什么认识。他有过来往的几个犹太人只是最粗俗的一批，无非是些小商人和猬集在莱茵河与大教堂中间的几条街上的平民。他们以人类共有的群居本能，正在把那个区域变做犹太人居留地。克利斯朵夫偶然上那儿去闲逛，用着好奇而善意的目光，随便瞧瞧那些腮帮陷下去的女人，嘴唇和颧骨都很突出，堆着神秘的笑容，稍微有点下流神气，恬静的面部表情的和谐，不幸被粗俗的谈吐与粗野的笑声给破坏了。但便是在下层阶级中，在这些脑袋特别大，眼睛没有神，神气浑浑噩噩，又矮又臃肿的人身上，在这最高贵的民族的没落的后裔身上，甚至在那些臭秽的渣滓中间，也有几点微弱的光在那儿闪闪烁烁，好似在沼泽上空飘荡的磷火：那是一些奇妙的眼神，灵光四射的智慧，从污泥之中发射出来的微妙的电流，使克利斯朵夫看了有些着迷，有些惶惑。他想其中必有些高尚的灵魂在挣扎，必有些伟大的心灵想从泥淖中超拔出来；他很想能碰到他们，帮助他们；虽然没认识他们，而且心里还有些害怕，他已经喜欢他们了。但他从来没有跟一个犹太人有过什么亲密的关系，更没机会接近犹太社会里的优秀分子。

因此，上曼海姆家吃饭对他颇有一种新鲜的，甚至像禁果一般的诱惑力。而把禁果递给他的夏娃使禁果显得更有味道。一进门，克利斯朵夫眼里只看见于第斯·曼海姆一个。她跟他至此为止所认识的女人完全不同。高大，轻灵，虽然长得结实，个子还是细瘦的；脸庞四周的黑头发并不多，可是很浓，部位很低，遮着太阳穴和瘦骨嶙峋的黄澄澄的脑门；眼睛有点近视，眼皮很厚，眼珠稍微突出了一点，高鼻子底下的鼻孔很大；腮帮清瘦，下巴厚重，皮色相当红润；美丽的侧影轮廓很分明，很有性格；正面的表情比较含糊，复杂；两只眼睛和两边的面颊都是不相等的。在她身上，你可以感觉到一个很强的种族，感觉到杂凑在这个种族的模子里的许多成分，乱七八糟的，有极美的，也有极恶俗的。她的美，特别在于那张不大说话的嘴巴，在于那双因近视而显得更深沉，因四周的黑影而显得更阴气的眼睛。

对于这双不只是个人的而是整个种族的眼睛，必须一个比克利斯朵夫更有经验的人，才能透过它们湿漉漉而火辣辣的眼帘，看出这个女人的真正的心。而这在一对又热烈又沉闷的眼睛里头，他所发现的便是整个以色列族的灵魂，为她本人并没意识到的。克利斯朵夫一见之下，可搅糊涂了。直要再过很多时候，常常在这种眼睛里迷失以后，他才能在这个东方的大海上看出一点头绪来。

她望着他，清明的眼神毫无骚乱的现象；似乎这基督徒的灵魂被她全部看透了。他也感觉到。他觉得在她迷人的目光下面有股刚强、明白、冷静的意志，毫不客气地在那里搜索他的内心；虽是毫不客气，可并无恶意。她只是拿他一把抓住了。有种卖弄风情的女人对谁都要施展一下迷人的魅力；于第斯可并不是这种作风。卖弄风情，她比谁都厉害;但她知道自己的力量,只让本能去施展她的力量,——尤其对一个像克利斯朵夫那样容易征服的俘虏,更犯不上多费气力。她更感兴趣的是要认识她的敌人(——凡是男人,陌生人,对她都是敌人,——以后遇到相当的机会也可能跟他们携手)。人生是一场赌博,唯有聪明人才能赢;所以第一要看清敌人的牌而不能泄露自己的牌。能够做到这一步,她就感到胜利的快意。她并不在乎胜利能否给她什么好处。她这么做是为了好玩。她热心的对象是聪明,但并非那种抽象的聪明,虽然她头脑相当扎实,研究无论什么学问都可以成功,要是她愿意的话,而且比她的哥哥更配继承银行家洛大·曼海姆的事业;然而她更喜欢活泼泼的,对付人的那种聪明。她最喜欢参透一个人的灵魂,估量它的价值,——(在这一点上,她和麦西的犹太女人称金洋一样仔细);——她靠着奇妙的感觉,能够在一霎眼之间看破别人的弱点与污点,从而找到了心灵的密钥,把它抓住:这便是她控制人的手段。但她并不恋恋于她的胜利,也绝对不利用她的俘虏。好奇心与骄傲一朝满足之后,她就把俘虏丢过一边,注意别的对象去了。她这种力完全是虚耗掉的。在一颗这么活泼的灵魂中有一股死气。好奇与无聊这两个特点,在于第斯是兼而有之的。

因此,克利斯朵夫瞧着她,她也瞧着克利斯朵夫。她不大说话,但只要嘴角上露出一点不可捉摸的笑影,就可把克利斯朵夫催眠。笑影掠过以后,又是一副冰冷的面孔,淡漠的眼睛;她招呼晚饭,冷冷地和仆人说话,似乎不再听客人的话了。然后,她眼睛又亮起来,插几句话,清楚明白,表示她什么都听到,什么都懂得。

她把她哥哥对克利斯朵夫的评语冷静地检查了一下:她素来知道弗朗兹夸大的脾气;一看到克利斯朵夫,她那个喜欢挖苦的性格正好有了用武之地;她哥哥不是在她面前夸说克利斯朵夫长得如何漂亮如何体面吗?——似乎弗朗兹有种天赋,专门会看到事实的反面,或是故意以此为乐。但把克利斯朵夫仔细研究之下,她也承认弗朗兹说的并非完全虚妄;而她一步一步推究进去的时候,发现克利斯朵夫的确有一种力,虽然还没固定,还没平衡,但是很厚实很大胆。她看了很高兴,因为她比谁都明白力量多么难得。她有本领教克利斯朵夫说话,教他自动透露思想,显出他智力的限度与缺点。她要他弹琴。她不喜欢音乐,可懂得音乐,并且能辨别出克利斯朵夫的音乐的特色,虽然毫不感动。始终保持着冷淡而有礼的态度,她只用几句简短、中肯,而没有一点夸奖意味的话,表示她对克利斯朵夫的关切。

克利斯朵夫感觉到这一点,非常得意;因为他觉得这样的判断是有价值的,她的赞许是难得的。他毫不掩藏他有征服她的意思,而因此所表示的天真教三位主人都为之微笑:他只对于第斯说话,也只为了于第斯说话;对其余两个,他简直不理,仿佛根本没有那两个人。

弗朗兹瞧着他,嘴唇和眼睛都跟着克利斯朵夫说话而扯动,神气有点佩服又有点俏皮。他跟父亲和妹子丢着眼风,不由得笑了出来。妹子却不动声色,只装没看见。

洛太·曼海姆是个高大结实的老人:背有点儿驼,皮色鲜红,灰色的头发梳得根根向上,像刷子一样,须和眉毛都很黑;一张笨重的脸很有气魄,神气是喜欢挖苦人的。他用着老奸巨猾的和善的态度,也在研究克利斯朵夫;而他也立刻辨别出这个青年的确"有点儿东西"。但他既不关心音乐,也不关心音乐家:那不是他的一行,他一点不懂,而且非但不隐瞒,还为此自鸣得意:——像他这种人肯承认有什么事不懂,是为的表示骄傲。——克利斯朵夫很不客气而并无恶意地,明白表示用不着银行家先生奉陪,只要有于第斯小姐和他谈天就不会寂寞了;老人家听了觉得怪有意思,便去坐在火炉旁边读报,心不在焉地,含讥带讽地,听着克利斯朵夫的废话和他古怪的音乐,想到竟会有人懂得这一套而觉得有趣,不由得暗中好笑;后来他也不愿意再留神他们的谈话,把估量生客这件差事交给女儿去了。而她也的确不辱使命。

克利斯朵夫走了以后,洛太问于第斯:

"嗯,你居然套出了他的真话;你觉得这个艺术家怎么样?"

她笑了笑,想了一会儿,作了个总结:"他有点儿糊涂,可并不傻。"

"对,"洛太接着说,"我也觉得这样。那末他是会成功的了?"

"我相信他会成功。他是个强者。"

"好,"只有对强者才感兴趣的洛太用着一种强者的逻辑回答,"那就该帮助他了。”

克利斯朵夫回去也很佩服于第斯·曼海姆,但并不动心。对这一点于第斯是看错了。一个是由于感觉灵敏,一个是由于本能(那在他是代替机智的),两人彼此都误会了。她脸上那个谜和头脑的活跃,的确把克利斯朵夫迷住了;但他并不爱她。他的眼睛和精神是受了诱惑,心可是并不。——为什么呢?——倒不容易说。因为在她身上看到了什么暧昧不明的或令人不安的性格吗?但在别的情形之下,这反而多了一个刺激爱情的因素:一个人不怕自讨苦吃的时候,才是爱情最强的时候。克利斯朵夫的不爱于第斯,跟他们本人都不相干的。真正的理由,使他们俩都觉得有点屈辱的理由,是他和最近一次的恋爱还隔得太近。他并不是吃一次亏,学一次乖。但他在热爱阿达的时候消耗了多少的信心,多少的精力,多少的幻象,现在剩下来的已不够培植一般新的热情。要希望冒起另外一朵火焰,必须在心中另外烧起一堆火来:在旧火已熄、新火未燃的期间,只能有些转眼即灭的火星,有些上次大火中留下来的残灰余烬,发出一道明亮而短促的光,因为缺乏燃料而马上熄灭的。再过六个月,他或许会盲目地爱上于第斯。现在他只把她当朋友看待,——当然是一个乱人心意的朋友;——但他努力驱除这种骚乱:因为这会引起他对于阿达的不愉快的回忆。于第斯对他的吸引力,是在于她跟别的女人不同的地方,而非在于跟别的女人相同的地方。她是他见到的第一个聪明女子。聪明,是的,她浑身上下都是聪明。便是她的美,——她的举止,动作,面貌,嘴唇的曲线,眼睛,手,清瘦典雅的身段,——也反映出她的聪明;她的身体就是靠聪明塑成的;没有了聪明,她就会显得丑了。这聪明使克利斯朵夫非常喜欢。他以为她胸襟如何宽大,如何洒脱,其实她并没到这个程度;他还不知道她令人失望的地方呢。他渴想向于第斯推心置腹,把自己的思想让她分担一些。他从来没有能找到一个关切他的思想的人:得一知己是多么快乐啊!他小时候常常抱怨没有姊妹,认为一个姊妹应当比一个兄弟更能了解他。见到了于第斯,友谊那个虚幻的希望又复活了。他根本没想到爱情。因为没有爱情,所以他认为和友谊相比之下,爱情简直太平凡了。

克利斯朵夫这种微妙的心理,于第斯不久就感觉到了,大为气恼。

她并不爱克利斯朵夫;而且为她颠倒的年轻人已经有过不少,都是本地有钱而有身份的子弟,即使克利斯朵夫对她倾心,也不见得会使她怎么得意。但知道他竟无功于衷,她可心中有气了。眼看自己只能在理智方面对他发生影响,未免太委屈了;女人要能使男人失掉理智才觉得更有意思!何况她并没用什么理智去影响人家,根本是克利斯朵夫一厢情愿,凭空造出来的。于第斯脾气很专横。她平素把她认识的一般青年的软弱的思想支配惯了。既然他们庸庸碌碌,她认为控制他们也没多大意思。对付克利斯朵夫可困难得多,所以也有趣得多。她压根儿不理会他的什么计划,但很高兴去支配那个簇新的头脑,那股犷野的力,使它们成器,——当然是照她的而不是照她不屑了解的克利斯朵夫的办法。但她立刻发觉要做到这一步非经过一番斗争不可;克利斯朵夫有的是各种各样的成见,有的是她认为过激而幼稚的思想:那都是些败草,她决意要拔掉的;可是一根都没拔掉。她的自尊心一点没得到满足。克利斯朵夫倔强得厉害。既然不动爱情,他用不着在思想上对她让步。

她不服气,在某一个时期内想要征服他。克利斯朵夫那时虽然头脑清楚,也差点儿重蹈覆辙。男子只要有人奉承,使他的骄傲与欲望获得满足,就极容易上当;而富于幻想的艺术家更容易受骗。于第斯不难把克利斯朵夫诱入恋爱的陷阱,把他再毁一次,也许毁得更彻底。可是她照例很快就不耐烦了,认为犯不上费那么大的劲去征服这样的一个人;克利斯朵夫已经使她腻烦;她已经不了解他了。

他一过了某种限度,她就不能了解。至此为止,她是完全懂得他的。再要往前,就不能单靠她出众的聪明了;那需要一点热诚,或者暂时可以刺激热诚的幻想,就是说:爱情。她很了解克利斯朵夫对人对事的批判,认为很有意思,相当中肯;她自己也不是没有这么想过。她所大惑不解的是,在实行这些思想可能碰到危险或麻烦的时候,为什么要把思想去影响自己的实际生活。克利斯朵夫对所有的人取着反抗态度是不会有结果的:他总不见得自命要改造社会吧?……那末是什么意思呢?……不是自己把脑袋往墙上撞吗?一个聪明人尽可批判别人,暗地里嘲笑别人,轻视别人;但他的行事是跟他们一样的,仅仅略胜一筹罢了:这才是控制人的唯一的办法。思想是一个世界,行动又是一个世界。何苦做自己思想的牺牲品呢?思想要真实:那当然!可是干吗说话也要真实呢?既然人类那么蠢,担当不了真理,干吗要强迫他们担当?忍受他们的弱点,面上迁就,心里鄙薄,觉得自己无挂无碍:你岂不得意?要说这是聪明的奴隶的得意也可以。但反正免不了做奴隶,那末即以奴隶而论,还是逞着自己的意志去做奴隶,不必再作那些可笑而无益的斗争。最要不得的是做自己思想的奴隶而为之牺牲一切。一个人不该上自己的当。——她清清楚楚看到,要是克利斯朵夫一意孤行,走着和德国艺术德国精神的偏见反抗到底的路,一定会使所有的人跟他作对,连他的保护人在内,结果是一败涂地。她不懂为什么他要跟自己过不去,要把自己毁灭而后快。

要懂得这一点,先要懂得他的目的不在于成功而在于信仰。他信仰艺术,信仰他的艺术,信仰他自己,把这些当做不但是超乎一切利害的,而且是超乎他的生命的现实。等到她的批评使他不耐烦了,用着天真的夸大的口气说出这些理由时,她先是耸耸肩膀,不拿他当真。她认为他只是唱高调,像她哥哥那样,每隔多少时候总得宣讲一番又荒唐又伟大的决心而决不冒冒失失去实行的。后来看见克利斯朵夫真是为这些空话着了迷,她便认为他是疯子,对他不感兴趣了。

从此她不再费心表现自己的长处,只拿出她的本相来了:她骨子里是个十足地道的德国人,远过于你一开头所看到的,也远过于她自己所想象的。——大家错怪以色列人,说他们不属于任何民族,在欧洲无论哪一个地方都保存着他们清一色的民族性,不受当地民族的影响。其实,世界上没有一个民族比犹太人更容易感染土著的气息;法国犹太与德国犹太之间固然有不少共同点,但从他们居留的国家得来的不同点更多;他们接受异族的思想习惯特别快,并且接受的还是习惯多于思想。而所谓第二天性的习惯,在大多数人竟是独一无二的天性,所以一个地方的土著根本没资格责备犹太人缺少深刻而经过思考的民族性,因为这特性在土著身上连影子都找不到。

女人原来对外界的影响比较感觉灵敏,对生活情况也适应得更快,更能随遇而安;而全欧洲的犹太女人尤其能把当地的物质与精神两方面的风气学得惟妙惟肖，往往还过分，——同时仍保存着她们的轮廓，保存她们的民族特有的那种乱人心意的、浓烈的、经久不散的魅力。克利斯朵夫看了大为惊异。他在曼海姆家遇到那些姑母，堂表姊妹，和于第斯的女朋友们。其中有几个虽然极不像德国人，热烈的眼睛和鼻子离得很近，鼻子又和嘴巴离得很近，轮廓分明，暗黄色的皮肤长得很厚，虽然她们整个的外表都不像德国女人，可是比真正的德国女人更彻底的德国化：谈话，装束，都跟德国女人一般无二，甚至还要过火。于第斯比她们这一批都高明；你比较之下就能看出她的智力有哪些过人的地方，她的人品有哪些是自己修养得来的。可是别人所有的大多数缺点，她也一样具备，在思想方面她比别人自由得多，差不多完全独往独来，但她的行事并不比人家更大胆；至少她实际的利害观念在这儿代替了她独往独来的精神。她相信社会，相信阶级，相信偏见，因为通盘计算之下，她觉得这些对她还是有利的。她徒然嘲笑德国气质，她自己就是亦步亦趋地追随着德国潮流。她很感觉到某个知名的艺术家的平庸，但照旧尊敬他，因为他是知名的；而假使她和他有来往，她更要佩服他，让自己的虚荣心满足一下。她不大喜欢勃拉姆斯的作品，暗中还疑心他不过是个第二流的艺术家；但他的荣名使她肃然起敬；又因为收到过他五六封信，她更毫不迟疑地断定他是当代最大的音乐家。克利斯朵夫的价值，副官长弗雷希的愚蠢，都是她确认的事实；但弗雷希的追求她的财富，比克利斯朵夫纯粹的友谊使她更得意：因为不管他多么傻，一个军官终究是另一阶级的人物；而一个德国的犹太女子比别的女子更难踏进这一个阶级。她并不相信这些无聊的封建观念，也很明白假使她嫁给副官长弗雷希，倒是她给了他面子，然而她还是拼命想勾引他，不惜卑躬屈膝对这个傻瓜做着媚眼，逢迎吹拍，唯恐不至。这个骄傲的犹太姑娘，有资格骄傲的姑娘，银行家曼海姆的聪明而眼高的女儿，平素多么瞧不起德国的小布尔乔亚妇女的，竟想降低身份去学她们的样。

这一次的经验，时间并不久。克利斯朵夫对于第斯的幻想很快就消灭了，差不多和幻想来的时候一样快。说句公道话，这是应该由于第斯负责的，因为她一点不想法使他保留幻想。像这种性格的女子一朝把你批判定了，把你在心中丢开之后，你就不存在了，她心目中已经没有你这个人，会对着你毫无顾忌地暴露她的灵魂，不以为羞，好似不怕在猫狗前面赤身露体一样。克利斯朵夫看到了于第斯的自私，冷酷，性格的平庸。幸而时间还短，他没有完全为她着迷。但他的发现已经使他痛苦，使他烦躁。他虽不爱于第斯，可爱着于第斯可能成就的——应该成就的人物。她美丽的眼睛使他感到一种痛苦的诱惑，难以忘怀；尽管他现在知道了这双眼睛里面只有一颗萎靡不振的心灵在那儿睡着，他仍旧把它们看做先前所看到的，他愿意看到的那个样子。这是没有爱情的爱的幻觉。一般艺术家不完全耽溺在自己作品里的时候，那种幻觉在他们心中是占着很重要的地位的。无意中碰到的一张脸就会使他们有这个境界；他们能看出它所有的美，为本人不觉得的，不以为意的；而因为本人不以为意，所以艺术家更爱那个美。他们有如爱一件快要死灭而无人赏识的美妙的东西。

这也许是他自己看错了，于第斯这个人说不定早已定局，不能再有什么发展。但克利斯朵夫有过一个时候是相信她有前途的；这个幻觉始终存在，所以他不能用客观的眼光去判断她。他觉得她所有美好的地方都是她独有的，她本身整个儿都是美好的；她所有的庸俗，应当让德国与犹太这个双重的民族性去负责，尤其是德国，因为他自己为了德国性格受过更多痛苦。既然别个民族他还一个都不认识，他就把德国气质作为负罪的羔羊，拿世界上所有的罪过一齐教它担当。于第斯给他的幻灭，使他又多了一项攻击德国气质的理由，认为它摧残了这样一颗灵魂的热情是不能原谅的。

这便是他和以色列族初次相遇的情形。他本希望在这个刚强而孤立的民族中间找到一个奋斗的盟友，而今一切都成泡影。热情冲动的直觉原是极不稳定的，常常使他从这一个极端跳到另一个极端；因此他立刻断定，犹太民族并没像一般所说的那么坚强，而接受外来影响也太容易了。它除了本身的弱点之外，还要加上它到处搜罗得来的弱点。他在这儿非但找不到一些倚傍来支持他的艺术，反而有跟这个民族一同陷在沙漠里的危险。

一边发觉了危险，一边又没冲过危险的把握，他便突然不上曼海姆家去了。人家请了他好几回，他都谢绝了，也不说明理由。至此为止，他一向是殷勤得有点过分的，这一下突然之间的改变当然引起了注意：大家认为这是他的“怪僻”，但曼海姆一家三个人，都相信跟于第斯不无关系；洛太和弗朗兹在饭桌上常常把这个问题作为取笑的资料。于第斯耸耸肩，说征服一个男人弄到这个局面也太妙了，接着又冷冷地要求她的哥哥别老跟她开这种玩笑。可是她也不放过逗引克利斯朵夫回来的机会。她写信给他，借口问他一个只有他能解答的音乐问题，末了很亲切地提到他近来很少去而大家渴想见见他的话。克利斯朵夫复了信，回答了她的问题，推说事情忙，始终不去。有时，他们在戏院里碰到。克利斯朵夫眼睛老向着别处，避免看到曼海姆家的包厢；于第斯存心想给他一个最动人的微笑，他却装做连于第斯这个人都没看见。她也不坚持。对他既无所谓，她觉得这个起码艺术家让她白费心血也不应该。他要愿意回来，他自个儿会回来的！要不然也就算了！……

结果真的算了；没有他，曼希姆家里晚上也并不怎么寂寞。可是于第斯不由自主地恨着克利斯朵夫。他在的时候她不把他放在心上，她倒认为很平常，他要因之而不高兴也可以；但要不高兴到绝交的程度，那她觉得简直是狂妄，骄傲，只有自私而没有热情。——同样的缺点只要不在自己身上而在别人身上，于第斯就觉得不能容忍。

然而她对克利斯朵夫的作品和行事倒反更注意。她不动声色地逗他的哥哥提到这些问题，把他白天和克利斯朵夫的谈话讲出来，然后她含讥带讽地评论几句，凡是可笑的地方一桩都不放过，使弗朗兹对克利斯朵夫的热情不知不觉地降低下去。

在杂志方面，先是一切都很好。克利斯朵夫还没看出那些同事的庸俗；他们也因为他是自己人而承认他有天才。最初发现他的曼海姆还没读到他一个字，就已经在到处宣扬，说克利斯朵夫是个出色的批评家，他当做曲家是走错了路，最近才由曼海姆把他点醒的。他们在杂志上用着神秘的措辞替他的文章做预告，大大地引起了读者的好奇心。他第一篇评论披露的时候，在这个人心麻木的小城里好似一块大石头掉在鸭塘里。题目叫做:音乐太多了!

“音乐太多了,吃的东西太多了,喝的东西太多了!大家不饥而食,不渴而饮,不需要听而听,只是为了狼吞虎咽的习惯。这简直和斯特拉斯堡的鹅一样。这民族竟是害了贪食症。你给他随便什么都可以。瓦格纳的《特里斯坦》也好,《赛金根的吹号手》也好,贝多芬也好,玛斯加尼也好,赋格曲也好,两拍子的军队进行曲也好,阿唐,巴赫,普契尼,莫扎特,马斯涅,都好。他连吃什么东西都不知道,只要有的吃。甚至吃了也不觉得快乐。瞧瞧他在音乐会里的神气罢。有人还说什么德国式的狂欢!其实什么叫做欢乐他们就不知道:他们永远是狂欢的!他们的狂欢和他们的悲哀一样是像雨水般随便流的:贱如泥土的欢乐,没有精神也没有力。他们愣头傻脑地笑着,几小时的吸收声音,声音,声音。他们一无所思。一无所感,只像一些海绵。真正的欢乐与真正的痛苦,——力,——决不会像桶里的啤酒般流上几小时的。它掐住你的咽喉,使你惊心动魄地慑服,以后你不会再想要别的:你已经醉了!

“音乐太多了!你们糟蹋自己,糟蹋音乐。你们糟蹋自己是你们的事;可是音乐,别胡来了罢!我不许你们糟蹋世界上的美,把圣洁的和声跟恶浊的东西放在一只篮里,把《帕西法尔》的《序曲》插在《联队女儿》的幻想曲和萨克管的四重奏中间,或是把贝多芬的柔板跟美洲土人舞乐或雷翁加伐罗的无聊作品放在一起。你们自命为世界上最大的音乐民族,你们自命为爱音乐。可是爱哪一种音乐呢?好的还是坏的?你们不论好坏都同样地拍手喝彩。你们先挑一下行不行?究竟要哪一种?你们不知道,不愿意知道:你们怕决定,怕闹笑话……你们这种谨慎小心,替我见鬼去罢!——你们说,你们在一切偏见之上,是不是?——其实你们是被压在一切偏见之下……”

于是他引了高特弗里德·凯勒的两句诗,——那是一个苏黎世的布尔乔亚,他的光明磊落,勇于战斗的态度,本地风光的生辣的气息,是克利斯朵夫非常爱好的:

> 得意扬扬自命为超乎偏见之上的人,
> 其实是完全在偏见之下。

他又继续写道："你们应当有勇气保持你们的真！应当有勇气不怕显得丑！假如你们喜欢恶劣的音乐，就痛痛快快地说出来。把你们的本相拿出来。把你们灵魂上的不清不楚的胭脂花粉统统抹掉罢，用水洗洗干净罢。多少时候你们没有在镜中照照你们这副丑相了呢？让我来照给你们看罢。作曲家，演奏家，乐队指挥，歌唱家，还有你们，亲爱的听众，你们可以彻底明白你们是什么东西了……你们爱做什么人物都可以，但至少要真！要真，哪怕艺术和艺术家因之而受到损害也没关系！假使艺术不能和真理并存，那末就让艺术去毁灭吧！真理是生，谎言是死。"

这番激烈的血气方刚的话，再加那种不雅驯的态度，自然使大家叫起来了。可是对于这篇每个人都包括在内而没有一个人清清楚楚受到攻击的文字，谁也不愿意认为针对自己。每个人都是，都自以为，自称为真理的朋友，所以那篇文章的结论绝不致受人非难。人家不过讨厌它的语气，一致认为失态，尤其是出之于一个半官方艺术家之口。一部分的音乐家开始骚动了，愤懑地抗议了：他们料到克利斯朵夫决不会这样就算了的。另外一批人自以为更聪明，去恭维克利斯朵夫有勇气，可是对他以后的文字也同样在那里惴惴不安。

抗议也好，恭维也好，结果总是一样。克利斯朵夫已经冲了出去，什么都拦不住他了；而且依着他早先说的话，作家和演奏家都免不了受到攻击。

第一批开刀的是乐队指挥①。克利斯朵夫绝不限于对指挥乐队的艺术作一般性的讨论。他把本城或邻近诸城的同事一一指出姓名，或者用着极明白的隐喻，令人一望而知说的是谁。譬如，每个人都能认出那个毫无精神的宫廷乐队指挥，阿洛伊·洪·范尔奈，小心谨慎的老人，一身载满了荣誉，什么都害怕，什么都要敷衍，不敢对乐师们有何指摘，只知道俯首帖耳地跟着他们的动作。除了有过二十年的声誉，或至

---

① 法、意两国，凡负责及指挥某一教堂的音乐节目的，称为教堂乐长（maitre de chapelle）。在德国，十九世纪及以前，诸侯宫廷中的教堂乐长，亦称 Kapellmeister，近代用义更广，不论教堂的、民间的、剧院的乐队指挥，均统称为 Kapellmeister，比英语中的 conductor 多一点尊称的意味。

少经过学士院的什么大老盖过官章的作品以外，他绝不敢把新作随便排入节目。克利斯朵夫用着挖苦的口吻恭维他的大胆，称赞他发现了加德、德沃夏克、柴科夫斯基；恭维他的乐队演奏准确，节拍不差毫厘，表现得细腻入微；他提议在下次音乐会中可以替他把车尔尼的《速度练习曲》[①]配成器乐来演奏，又劝他不要过于疲劳，过于热情，得保重身体。——再不然，克利斯朵夫对他指挥贝多芬《英雄交响曲》的作风发出愤怒的叫喊：

“轰啊！轰啊！给我轰死这些家伙罢！……难道你们全不知道什么叫做战斗，什么叫做对于人类的荒谬与野蛮的战斗，——还有那个一边欢笑一边把它们打倒在脚下的力吗？嘿，你们怎么会知道呢？它所攻击的就是你们！你们的英勇是在于能够听着，或忍着呵欠而演奏贝多芬的《英雄交响曲》，——（因为这个曲子使你们厌烦……那末老实说出来罢，说那个曲子使你们厌烦，厌烦得要死！）——你们的英勇还有什么表现？大概是光着脑袋，驼着背，忍着过路风而恭迎什么大人物吧。”

对于这些音乐院的长老演奏过去的名作时所用的“古典”风格，他只嫌冷嘲热讽的字不够用。

“古典！这句话把什么都包括了。自由的热情，像学校的课本一样被删改修正了！生命，这片受着长风吹打的广大的平原，——也给关在古典学院的院子中间！一颗颤动的心的犷野威武的节奏，被缩成钟锤的摆动，安安静静地，规规矩矩地，按着四拍子前进，在重拍上加强一下！……你们要把大海装入小玻璃缸，放些金鱼，才能鉴赏大海。你们要把生命扼杀之后才懂得生命。”

他对这般他称为“打包匠”式的乐队指挥固然不客气，但对“马戏班骑师”式的名指挥尤其严厉，——他们周游各地，教人家欣赏他们手舞足蹈的姿势，爬在大名家的背上显本领，把人尽皆知的作品弄得面目全非，难于辨识，在贝多芬的《第五交响曲》中表现他们的身手矫捷。克利斯朵夫把他们当做卖弄风情的老妇，走江湖的吉普赛人，走绳索的

① 车尔尼为十九世纪钢琴家兼作曲家，所作尤多为学生练习指法用的曲子。《速度练习曲》为此种练习曲之一。

卖技者。

演奏家也是给他嘲弄的好材料。他批判他们卖弄手法的音乐会时，声明自己是外行，说这些机械的练习是属于工艺学院的范围的：时间的长短，音符的数目，耗费的精力等，只有画成图表才能显示，才能估量它们的价值。有时，一个著名的钢琴家堆着笑脸，头发掉在眼角上，在两小时的音乐会中解决了技术上最大的困难，克利斯朵夫说他根本还不能把莫扎特的一曲简单的行板弹得像个样。——当然，他并非不知克服困难的乐趣。他自己也体味过来：这是人生一乐。但只看见作品的物质的一方面，认为艺术上的英勇壮烈就只有这一点，那他觉得又丑恶又可耻了。什么“钢琴之狮”，“钢琴之豹”，他都不能原谅。——同时他对那般在德国很出名的老学究也不大客气，因为他们苦心孤诣要保存名作的原文，便加意压制思想的奔放，并且像汉斯·冯·彪洛夫那样，表演一阕热情的奏鸣曲的时候，简直像教大家上一堂朗诵台词的课程。①

歌唱家们也有挨骂的份儿。克利斯朵夫对于他们粗俗笨重的歌唱和内地式的浮夸的腔派，心中真有千言万语要说。这不但因为他记得和那位蓝衣太太的争执，而且许多使他受罪的表演更加强了他的恨意。他竟说不清他的眼睛跟耳朵哪一样更难受。至于舞台面的恶俗、服装的难看、颜色的火爆等，克利斯朵夫因为缺少比较的材料，还不能充分地批评。他所厌恶的，尤其在于人物、举动、态度的粗俗，歌唱的不自然，演员的不能感染剧中人的精神，漠不关心地从一个角色换唱另一个角色，只要音域相仿。那些身发财发、好不得意的妇人，不管是唱伊索尔德是唱卡门，只知道卖弄自己。安福太斯居然交了费加罗！② ……但克利斯朵夫感觉得最清楚的，当然是歌唱的恶劣，特别是以旋律的美

---

① 汉斯·冯·彪洛夫(1830—1894)为德国十九世纪最大的钢琴家和指挥家之一，此处批评其演技，系作者本人亲聆以后的评语。

② 伊索尔德为瓦格纳歌剧《特里斯坦与伊索尔德》中的女主角，卡门为法国比才所作歌剧《卡门》的女主角。两部作品的风格，女主角的性格，完全不同。安福太斯为瓦格纳歌剧《帕西法尔》中的角色，费加罗为莫扎特歌剧《费加罗的婚姻》中的角色，性质迥异，声部亦不同(一为男中音，一为男低音)。

为主的古典作品。德国已经没人会唱十八世纪末期的那种完美的音乐，也没人肯费心去研究了。格路克和莫扎特的清朗明净的风格，与歌德的一样，好似浴着意大利的阳光的，到韦伯已经染上狂乱颤动的气息而开始变质，到梅亚贝尔又给笨重的漫画手法变得可笑，而到瓦格纳风靡一世的时候更被完全压倒了。尖声怪叫的女武神在希腊的天空飞过。斯堪的纳维亚的神话掩蔽了南国的光明。现在再没有人想到唱音乐，只想到唱诗。细节的疏忽，丑恶的地方，甚至错误的音符，都被认为无关宏旨，借口说唯有作品的全体才重要，唯有思想才重要①……

“思想！好，就谈思想罢。仿佛你们是懂得思想的！……可是不管你们懂不懂，至少得尊重思想所挑选的形式。第一得让音乐成其为音乐！”

而德国艺术家自命为对于表情与深刻的思想的关心，在克利斯朵夫看来简直是开玩笑。表情吗？思想吗？是的，他们到处都用上了，——到处，而且是一律的。一双羊毛靴子，跟一座弥盖朗琪罗的雕像，他们一样地会在其中找到思想，——不多也不少。不论演奏哪一个作家，哪一件作品，用的老是同样的精力。在多数人心目中，音乐的要素只是音量，只要不是杂声而是音乐的声音就得了。德国人对唱歌的兴趣那么浓，其实只是为了声带经过了运动以后的快感。主要是尽量地鼓起气来，尽量地放射出去，要有力，持久，按着拍子。克利斯朵夫称赞某个有名的女歌唱家，说可以送她一纸健康证书。

他吆喝了艺术家还不算，更要从台上跳到台下，把那些张着嘴巴看他开刀的群众教训一顿。群众被他呵斥之下，觉得啼笑皆非。那真要令人呼冤叫屈了，因为他们一向很留神，不加入任何艺术论战，小心翼翼地跟一切棘手的问题都站得老远，而且唯恐自己犯错误，所以对一切都拍手叫好。但克利斯朵夫认为拍手就是他们的罪状！……对恶劣的作品拍手吗？——那已经该死了！可是克利斯朵夫更进一步，说他们最不应该对伟大的作品拍手。

“轻薄的家伙！你们想教人相信你们竟这样热烈吗？……得了

① 以上一段均系批评瓦格纳歌剧对近代音乐的不良影响。瓦格纳对歌剧另有一套理论，意欲融音乐、诗歌、哲学、神话、戏剧于一炉。而其歌剧的歌唱风格亦另辟蹊径，此处即攻击此种风格的弊病。

罢！这恰恰证明完全相反。要拍手，等热闹的结束来的时候再拍手罢，那些段落原来是像莫扎特说的为‘驴子耳朵’①写的。在这儿，你们尽管尽兴吧：人家是准备你们大叫大嚷的，那也是音乐会中应有的一套。可是在贝多芬的《弥撒祭乐》以后鼓掌……你们不是该死吗！……那明明是最后之审判。荣耀归主那一章，②惊心动魄的气势像海洋上的狂风暴雨，大力士般的猛烈的意志好比一阵飓风，忽然停在云端里，双手攀着深渊，然后又奋力向太空飞去……狂风怒号。在最惊险的关头，突然来了一段转调，一种抖动的声音透过乌云从天上直落到颜色惨白的海上，像一片光。这是到了结束的阶段。死神那种疯狂的飞翔冷不防停了下来，它的翅膀被三道闪电③钉住了。周围的一切还在发抖，迷糊的眼睛还在发花。心忐忑地跳着，气息仅属，四肢瘫痪……而最后一个音符还在振动的时候，你们已经在高兴了，乐了，你们叫着，笑着，议论纷纷，拍手了！……难道你们一无所见、一无所闻、一无所感、一无所悟吗？一个艺术家的痛苦为你们原来只是一出戏，认为贝多芬临终的血泪给描写得非常精细！你们对耶稣上十字架竟喊着‘再来一次！’这个超凡入圣的人在痛苦中挣扎了一辈子，结果只给你们这批愚夫愚妇消磨一个钟点！……”

这样，他无意之间诠释了歌德的两句名言；不过他没有达到歌德那种清明高远的境界罢了：

“大众把崇高伟大当做游戏。要是他们看到了崇高伟大的面目，那就连望一望的勇气也没有了。”

克利斯朵夫还不肯就此罢休。热情冲动之下，他跳过了群众，像一颗炮弹似的去轰那个圣坛，那个禁地，那个庸才俗物的避难所——批评界了。他把同业骂得体无完肤。其中有一个胆敢攻击当时最有天才的

---

① 神话载，弗里基弥达斯因不喜阿波罗所奏的竖琴，被阿波罗将其耳朵变为驴耳。今以此语喻不懂音乐的人。

② 贝多芬的《弥撒祭乐》共分五大颂曲：(一)吾主怜我，(二)荣耀归主，(三)我信我主，(四)圣哉圣哉，(五)神之羔羊。而第二部《荣耀归主》本身又分成三章，以下所描写的是第一章的境界。

③ 所谓三道闪电系指第一章将结束时由大号用特别加强的声量(*fff*)奏出的三个和弦。

作曲家，最前进的乐派的代表，哈斯莱。他写过许多标题交响曲，虽然不免偏激，究竟是才气纵横的作品。克利斯朵夫小时候见过他，为了纪念当时的情绪，始终对他很感激。现在看到一个不学无术的愚蠢的批评家竟然敢教训这样的天才，不禁气愤到极点，大叫起来：

“反了！反了！难道你除了王法以外，不知道还有别的法纪吗？天才决不给你拖上庸俗的老路的。他创造法纪，他的意志会成为大家的规律。”

在这一段傲慢的开场白以后，克利斯朵夫抓住了倒霉的批评家，把他近来所写的荒谬的文字痛加批驳，淋漓尽致地训了一顿。

整个批评界都觉得受了侮辱。他们一向对论战置身事外，不想冒冒失失地去碰钉子；他们对克利斯朵夫认识很清楚，知道他内行，也知道他没有耐性。至多他们之中有几个很含蓄的表示，一个这样优秀的作曲家越出了本行去乱撞未免可惜。他们不论意见怎么样（在他们能有个意见的时候），总还尊重他跟他们一样享有批评家的特权，可以批评一切而自己不受批评。但看到克利斯朵夫突然把同行之间的默契破坏以后，他们立刻把他看做国民公敌了。他们一致认为，一个青年胆敢冒犯那些为国增光的宗师真是岂有此理，就开始对他作剧烈的攻击。他们并不写什么长文章来一套有系统的辩论；——（虽然新闻记者有种特殊的本领，用不着顾到对方的论证，甚至无须一读，照旧能进行他的论战，此刻也不愿意跟一个实力充足的敌人在这种阵地上对垒。）——凭着多年的经验，他们知道报纸的读者总是相信他的报纸的，报纸而一有辩论的口吻就会减低自己的声望；还不如直截了当地肯定一切，或更好是否定一切。否定比肯定加倍有力。这是可以从重心律直接推演出来的：把一颗石子从上面丢下来，不是比往上抛更容易吗？因此他们宁可用一些阴险的、挖苦的、侮辱的短文，逐日刊登在显著的地位，把傲慢的克利斯朵夫形容得非常可笑，从来不指出他的姓名，但一切都描写得十分明显。他们把他的言论改头换面，弄得荒谬绝伦；又讲他的轶闻秘史，往往事出有因而一大半是凭空捏造的，而且编得非常巧妙，刚好能挑拨克利斯朵夫跟城里人的，尤其是宫廷方面的感情。他们也攻击他的外表、面貌、服装，勾勒出一幅漫画。因为听到再三再四的说，大家终于觉得克利斯朵夫真是这副模样了。

克利斯朵夫的朋友们对这些都可以满不在乎，倘使他们的杂志在论战中没有挨打。其实外边的攻击不过是种警告；人家并不想把它牵入漩涡，而是有心把它和克利斯朵夫撇清，但这份杂志怎么不怕它的声誉受到影响未免令人奇怪；他们暗示，倘若它再不检点，就顾不得遗憾与否，对编辑部其余的人也要下手了。亚陶尔夫·梅和曼海姆开始受到的攻击虽然并不猛烈，已经使窠里的人张皇起来。曼海姆只是笑笑：以为那可以教他的父亲、伯叔、堂兄弟，以及无数的家族着恼，他们自命对他的行为举止有监护之责，一定要因之大为愤慨的。但亚陶尔夫·梅把事情看得非常严重，责备克利斯朵夫连累了杂志。克利斯朵夫老实不客气把他顶回去了。其余几个因为没有挨骂，倒认为这个老是向他们说大话的梅代他们吃些苦也挺有意思。华特霍斯暗中很高兴；他说不砍破几个脑袋就不成其为厮杀。自然，他意思之中绝不是说砍破自己的脑袋；他自以为靠着他的门第与社会上的关系，处于绝对安全的地位，至于他的犹太同志们吃些亏也没有什么害处。至此为止还没轮到的高特林和哀朗弗尔可不怕攻击，他们俩会回敬的。他们觉得不愉快的倒是克利斯朵夫那种死心眼儿，使他们跟所有的朋友，尤其是跟所有的女朋友弄得很僵。看到最初几篇文字，他们乐死了，以为这玩笑开得很妙：他们佩服克利斯朵夫捣乱的劲，同时以为只要一句话就能使他斗争的热情降低一点，至少对他们所指定的某些男女朋友留些情分。——可是不行。克利斯朵夫什么话都不听，什么请托都不理会，只像疯子一样地蛮干。要是让他搅下去，简直没法在地方上过活了。他们的腻友已经哭哭啼啼，怒气冲冲地到社里来闹过几场。他们用尽手段劝克利斯朵夫在某些地方笔下留情：克利斯朵夫完全不理。他们生气了，克利斯朵夫也生气了；但他的态度还是照旧。华特霍斯看着这些朋友着急觉得好玩，绝对不动心，并且故意袒护克利斯朵夫使他们更气。他也许比他们更能赏识克利斯朵夫的勇敢的蛮劲，佩服他不留退路也不为将来着想，只低着头逢人便撞。至于曼海姆，对这番大锣大鼓的吵架看得高兴极了，自以为把一个疯子带到这群循规蹈矩的人里去的确是开了个大大的玩笑;眼看克利斯朵夫跟人家一拳来一脚去,他笑弯了腰。虽然他受着妹子的影响,开始相信克利斯朵夫真有点疯头疯脑,他倒反更喜欢他;他需要在他喜欢的人身上找出些可笑的地方。所以他和华特霍斯两人在别的朋友前面替克利斯朵夫撑腰。

他头脑很实际,虽然竭力自以为不实际;因此他认为替朋友着想,最好把他的利害关系和当地最前进的音乐团体的利害关系打成一片。

像大多数的德国城市一样,这里也有一个瓦格纳友谊会,代表反抗保守派的新思想。如今各处对瓦格纳的声望已经公认了,作品也排入了德国所有歌剧院的节目,替瓦格纳辩护当然不会再有什么危险。可是瓦格纳的胜利是硬争取得来的,而非由于人家的心悦诚服;骨子里大众仍旧很固执地抱着保守心理,尤其像这儿一样的小城市,跟时代的潮流完全隔绝,只知道仗着古老的名气自命不凡。德国人天生的对新思想新潮流有种疑虑,凡是真实的强烈的东西,没有经过几代的人咀嚼的,他们都懒得去体会:这种情形在这里比别的地方更厉害。固然瓦格纳的作品已没有人敢非难,但一切受瓦格纳思想感应的新作品,大家都不大乐意接受:这就充分证明了上面所说的民族性。所以倘若一切的瓦格纳友谊会能够热心保护艺术界新兴的杰出的力量,那末它们很可以做些有益的事。有时它们的确尽过这种责任,布鲁克纳与胡戈·沃尔夫就受到某些瓦格纳会的支持。① 但大宗师的自私自利往往使门徒也跟着自私自利;拜罗伊特既然成了崇拜独一无二的上帝之所,②拜罗伊特所有的小支部也成为信徒们永远礼拜同一个上帝的小教堂。充其量,他们只在正殿旁边的小祭坛上供奉几个忠实信徒的神位,而还得这些信徒对那位独一无二的,多才多艺的神明,音乐、诗歌、戏剧、玄学各方面的祖师,表示五体投地的崇拜,对他神圣的主义能够一字一句地遵守勿渝才行。③

本地的瓦格纳友谊会就是这种情形。——可是它还装点门面,想结纳一批可为己用的有才气的青年,已经在暗中对克利斯朵夫留意了很

---

① 布鲁克纳(1824—1896)与胡戈·沃尔夫(1860—1903)生前受勃拉姆斯党徒排挤。

② 德国巴伐利亚邦拜罗伊特城的瓦格纳剧院,为瓦格纳亲自设计监造,绝对不演他人作品。

③ 此处所称大宗师、独一无二的上帝、神明、祖师,均指瓦格纳。

久。它不着痕迹地向他表示好感,他根本不觉得;因为他不需要跟人家联络,他不懂为什么他的同胞一定要组织团体挨在一块儿,仿佛单枪匹马就什么事都做不了:唱歌,散步,喝酒,都是不行的。他讨厌所有的社团。但比较起来,他对瓦格纳友谊会还容易接受,它至少办些美妙的音乐会;而瓦格纳派的艺术主张,他虽然不全部赞同,究竟比别的音乐团体跟他接近得多。单看它对付勃拉姆斯和勃拉姆斯党跟他一样激烈,似乎他和这个党派之间的确还能找到一些共同的立场。因此他就听人拉拢了。居间的是曼海姆,他是没有一个人不认识的。虽非音乐家,他也是瓦格纳会的会员。——会中的领袖们早就留意克利斯朵夫在杂志上掀起的论战。他打发敌人的某些作风被认为很有力量,大可加以利用。固然克利斯朵夫对他们神圣的偶像也很不恭敬地刺过几下,但他们宁可装做看不见;——而且这几下最初的,并不如何猛烈的攻击,对于他们急于要趁克利斯朵夫未作更进一步的攻击之前就去加以笼络,也许不为无因,虽然他们并不承认。他们很殷勤地征求他同意,可不可以拿出他几支歌参加瓦格纳会主办的音乐会。克利斯朵夫听了很得意,便答应了。他上他们会里去,又禁不住曼海姆的怂恿,马上入了会。

当时领导这个瓦格纳友谊会的人有两个:一个是公认为权威的作家,一个是权威的乐队指挥。两人都是对瓦格纳信仰极坚的。前者名叫姚西阿·葛林,写过一部《瓦格纳辞典》,可以使人随时随地了解大师的思想,可知者无所不知,可解者无所不解,真是他一生的杰作。他在饭桌上能够整章整卷地背出来,不下于法国内地的中产阶级熟读《毕赛尔诗歌》①。他也在《拜罗伊特公报》上发表讨论瓦格纳与亚利安精神的文字。当然,他认为瓦格纳是纯种亚利安典型,德国民族在亚利安种内是抵抗拉丁的塞米气息的中流砥柱,尤其能抵抗法国的塞米气息的坏影响。② 他宣告高卢族淫靡的风气已经给打倒了,但他仍旧

① 《毕赛尔诗歌》为伏尔泰所作讽刺圣女贞德的长诗,纯粹是反宗教的,曾风行一时。

② 亚利安族被认为纯血种的白种民族,源出中亚细亚,经由印度而移植欧洲,征服土著,并与土著混合。至纯种亚利安族究由现代何种民族代表,言人人殊,或谓日耳曼族,或谓拉丁族。塞米气息系指塞米族的性格。塞米族指今之阿拉伯人、叙利亚人、犹太人。

天天不断地拼命攻击，仿佛那个永久的敌人始终还有威胁的力量。他对法国只承认有一个大人物，高皮诺伯爵①。葛林是个矮小的老人，很有礼貌，像处女一样动不动会脸红的。——会中另一个台柱名叫哀利克·洛贝，四十岁以前是一家化学厂的经理；然后丢掉了一切去做乐队指挥。他的能够达到目的，一半是靠他的意志，一半是靠他的有钱。他是拜罗伊特的狂热的信徒：据说他曾经穿了朝山的布鞋从慕尼黑步行到拜罗伊特。奇怪的是，这位博览群书，周游大地，做过各种不同的行业而处处显出性格坚强的人，在音乐方面竟会变成一头巴奴越的绵羊。② 他所有的那些特出的性格，一到这儿只使他表现得比别人更蠢。因为在音乐方面太无把握，不敢相信自己的感觉，所以他指挥瓦格纳作品的时候，完全依照在拜罗伊特注册过的艺术家和指挥的演奏法。他要把演出的场面与五颜六色的服装，照式照样地摹仿，迎合瓦格纳小朝廷里的幼稚而低级的口味。他很像那种疯魔弥盖朗琪罗的人，临画的时候把原作的霉点都要摹写下来，因为霉点沾在神圣的作品上，所以也是神圣的了。

克利斯朵夫对这两个人物原来不会怎么钦佩的。但他们是交际场中的人物，和蔼可亲，相当博学；而洛贝只要谈到音乐以外的问题也不无趣味。再加他是个糊涂虫，而克利斯朵夫就不讨厌糊涂虫：觉得他们不像明白人那么庸俗可厌。他还不知天下最可厌的莫过于说废话的人，也不知在大家误称为“怪物”的人身上，所谓特色比其余的人更少。因为这些“怪物”其实在只是疯子，他们的思想已经退化到跟钟表的动作相仿。

---

① 高皮诺伯爵(1816—1882)为法国外交家兼文学家，著有《种族不平等论》一书，认为亚利安族为最优秀的人种；而最纯粹的亚利安种在今日为日耳曼人(但并非德国人，因德国人已与高卢族及斯拉夫族混血)，即住居英、比及法国北部、斯堪的纳维亚半岛的淡色头发，脑壳长度大于宽度四分之一的人。此项学说被德国学者利用，并转指德国人为纯种亚利安人，作为大日耳曼主义之根据。尼采与瓦格纳等的主张，皆与高皮诺的学说有关。

② 典出法国拉伯雷名著《巨人传》：巴奴越受羊贩邓特诺诟辱，乃购其一羊驱之入海，群羊见之均起而效尤，纷纷投海，卒至羊贩邓特诺于抢救时亦溺死海中。今以巴奴越绵羊喻盲从之群众。

葛林和洛贝为了笼络克利斯朵夫，对他非常敬重。葛林写了篇文章把他恭维了一阵；洛贝指挥他作品的时候完全听从他的吩咐。克利斯朵夫看了大为感动。不幸这些殷勤的效果给那般献殷勤的人的不聪明完全糟蹋了。他不可能因为人家佩服他而对他们发生幻象。他很苛求；别人佩服他的地方倘使跟他的真面目相反，他就不容许；凡是把他认识错了而做他朋友的，他差不多会认为仇敌。所以他极不满意葛林拿他当做瓦格纳的信徒，在他的《歌》和瓦格纳的《四部曲》中找共同点，——实际是除了一部分音阶相同以外根本渺不相关。而听到自己的作品给排在一个瓦格纳学者的无聊的仿制品旁边，——两头又放着永远少不了的瓦格纳的两件大作，他也并不愉快。

不用多少时候他就觉得在这个小党派里头透不过气来。这又是一个学院，跟那些老的学院一样窄，而且因为它在艺术上是个新生儿，所以气量更小。克利斯朵夫对于艺术形式或思想形式的绝对价值，开始怀疑了。至此为止，他以为伟大的思想到一处就有一处光明，而今他发觉思想尽管变迁，人还是一样：而且归根结底，主要还在于人：有怎么样的人，就有怎么样的思想。假如他们生来是庸俗的，奴性的，那末便是天才也会经由他们的灵魂而变得庸俗，奴性；而英雄扭断铁索时的解放的呼声，也等于替以后的几代签下了卖身契。——克利斯朵夫忍不住把这种意思说出来。他痛诋艺术上的拜物教，说什么偶像，什么古典的大师，都用不着；只有瞧不起瓦格纳，敢把他踩在脚下，仰着脸前进，永远看着前面不看后面的人，敢让应该死的死而跟人生保持密切关系的人，才配叫做瓦格纳思想的承继者。葛林的胡说乱道惹恼了克利斯朵夫。他挑出瓦格纳作品里的错误或可笑的地方。瓦格纳的信徒们免不了说这是他妒忌他们的上帝，而且是荒唐可笑的妒忌。至于克利斯朵夫，他相信那些在瓦格纳死后拼命崇拜瓦格纳的人，一定就是在他生前想把他扼杀的人：这可冤枉他们了。像葛林与洛贝一流的人，也有受着灵光照耀的时间；二十年前他们也站在前锋，然后像多数的人一样留在那儿不动了。人的力量太薄弱了，上山只爬了第一段就不济事而停住了，唯有极少数的人才有充分的气力继续趱奔。

克利斯朵夫的态度使那些新朋友很快地跟他疏远了。他们的好感是桩交易:要他们站在他一起,必须他站在他们一起;而克利斯朵夫显而易见连一点成见都不肯抛弃:他不愿意加入他们的一党。人家就对他冷淡了。他所不愿意送给大小神明的谀辞,人家也不愿意送给他了。他的作品不像从前那样受到欢迎;有人还抗议他的名字在节目单上出现得太多。大家在背后嘲笑他,批评的话也多起来了,葛林和洛贝的不加阻止,似乎表示赞成他们的意见。可是会里的人还不想跟克利斯朵夫决裂:第一因为莱茵河畔的民族喜欢骑墙派的作风,喜欢用不了了之的办法使不上不下的局面尽拖下去;第二因为大家还希望克利斯朵夫就范,即使不能被说服,至少可能因疲劳而让步。

克利斯朵夫却不给他们有这种时间。他一发觉人家对他抱着反感而不愿意明白承认,还想自欺欺人地和他维持友好的关系,他就非要对方明白他是敌人不可。有一晚他在瓦格纳友谊会中看出了大家的虚情假意,便直截了当地向洛贝表示退会。洛贝莫名其妙;曼海姆赶到克利斯朵夫家里想调停。克利斯朵夫才听了几个字就嚷起来:

"不,不,不,不! 别跟我再提这些家伙。我不愿意再看见他们了……我受不了,受不了……我对他们讨厌死了,对他们连一个都不能看。"

曼海姆哈哈大笑。他这时忘了劝克利斯朵夫平平气,倒是想看热闹了:

"我知道他们要不得,"他说,"可也不是从今天起的:又出了什么新的事呢?"

"没有什么新的事。我就是受够了……好,你笑罢,笑我罢:没有问题,我是疯子。谨慎的人是照着理性行事的。我可不是这样,我是凭冲动的。我身上的电积得太多的时候,它就需要发泄,不惜牺牲;要是别人受到痛苦,就算他们倒霉! 也算我倒霉! 我生来不是过集团生活的。从今以后,我只管我自己了。"

"你总不成对谁都不理罢?"曼海姆说,"你不能赤手空拳演奏你的音乐。你需要男的女的歌唱家,需要一个乐队,一个指挥,需要听众,需要啦啦队……"

"不! 不! 不!"克利斯朵夫嚷着;听到最后一句他更跳起来:"啦

啦队！你不害臊吗？”

“不是出钱收买的啦啦队，——虽然老实说，除此以外，要群众明白一件作品的价值还找不出第二个方法。——可总得有人捧场，有个组织严密的小团体；这是每个作家都有的：朋友的用处就在这等地方。”

“我不要朋友！”

“那末你得给人家嘘。”

“我愿意给人家嘘！”

这一下，曼海姆可乐死了。

“给人嘘这种福气你也保持不久的。将来人家会根本不奏你的作品。”

“不奏就不奏！你以为我非成个名人不可吗？……是的，我过去一个劲儿想达到这个目的……真是无聊！发疯！愚蠢！……仿佛满足了最庸俗的骄傲，就能补偿种种的牺牲：烦闷，痛苦，羞愧，耻辱，卑鄙无耻，讨价还价，所有这些拿去收买光荣的代价！假使我还打着这种算盘，我真是见了鬼了！这一套再也不来了！我不愿意再跟群众和宣传发生关系。宣传简直是无耻的玩意儿。我要关起门来，只为了自己而生活，为了我喜欢的人而生活……”

“对啦，”曼海姆用着讥讽的口气说，“可也得有个行业。你干吗不学做鞋子呢？”

“哎！要是我像那个妙人萨克斯①一样是个靴匠的话！我的生活才多快乐呢！平时是靴匠，星期日是音乐家，而且是个自得其乐的，在小圈子里跟两三个知己玩玩的音乐家！这才像一种生活！……牺牲了我的时间跟心血，让那些混蛋批评我，我不是发疯吗？有几个老实人喜欢你了解你，不是比教成千成万的傻子来听你、瞎说一阵、吹拍一阵好多吗？……什么骄傲，什么成名的欲望，这些魔鬼休想再抓住我了：这是你可以相信我的！”

“一定相信，”曼海姆说着，心里在想：“要不了一个钟点，他会说出

① 萨克斯为十六世纪德国诗人，早年曾为鞋匠。

完全相反的话的。”于是他若无其事地加上一个结论，说道：“那末行啦，瓦格纳友谊会的事就归我去料理了？”

克利斯朵夫不由得举起胳膊嚷起来：“我舌敝唇焦地跟你说了一个钟点，竟是白费的吗？……我告诉你，我再不踏进那个会里去的了！我恨透了这些瓦格纳会，所有的会，所有的羊圈，一定要你挨着我，我挨着你，才能会齐了声音咩咩地叫。替我去告诉那些绵羊：我是一只狼，我有牙齿，我不是生来啃草根的！”

“好，好，我跟他们说去，”曼海姆一边走一边觉得这早晨过得挺有意思，心里想：“他是个疯子……疯得该锁起来了……”

他急急忙忙去告诉妹妹，她耸耸肩膀说：“疯吗？他要教人家这么想就是了！……其实他是愚蠢，并且骄傲得可笑……”

可是，克利斯朵夫在华特霍斯的杂志上继续发表他激烈的批评文章。并非他感到什么趣味：他觉得批评这一行很讨厌，差不多想丢掉了。但因为人家拼命要他住嘴，所以他有心固执，不肯露出让步的神气。

华特霍斯有点不放心了。只要拳头不落在他身上，他永远会毫不动心地站在云端里看厮杀。但几星期以来，别的报纸似乎忘了他的不可侵犯的身份，对他作家的自尊心居然开始攻击了，而且刻薄得厉害；倘若华特霍斯精明一些的话，很可以看出那是朋友放的冷箭。的确，那些攻击是哀朗弗尔和高特林两人暗中唆使出来的：他们认为唯有这个办法才能使他阻止克利斯朵夫的笔战。而他们果然看准了。华特霍斯立刻公开地说克利斯朵夫使他厌烦，接着也不袒护他了。从此，杂志里的人就想尽方法要他住嘴。可是要他住嘴，等于想把口罩去套在一头正在咬东西的狗嘴上！人家对他说的话反而刺激他。他把他们叫做胆怯鬼，声明他是什么话都要说的，——凡是他有权利说的都要说。他们要撵走他，尽管把他撵走罢，那可以教城里人知道他们跟别人一样没种；要他自动离开可办不到。

他们听了面面相觑，狼狈不堪，抱怨曼海姆送了他们这样的一件礼物，一个疯子。老是嘻嘻哈哈的曼海姆，夸口说他自有办法制服克利斯朵夫，他打赌从下一期起，克利斯朵夫就会在酒里掺些清水。他们表示不信；但事实证明曼海姆并没夸口。克利斯朵夫的下一篇文字，虽谈不上怎么殷勤，可是对谁也没有不客气的话了。曼海姆的方法挺简单，说穿了，大家都奇怪怎么早没想到。克利斯朵夫从来不把他发表的东西再看一遍，看校样也极快极马虎。亚陶尔夫·梅屡次用婉转的口气责备他，认为有一个错字就是丢了杂志的脸。克利斯朵夫原来不把批评当做一种艺术，便回答说挨骂的人不会看不懂的。曼海姆就抓住机会说克利斯朵夫有理，校对是印刷所监工的事；他愿意代劳。克利斯朵夫感激得有点不好意思了。但大家一致告诉他，这种办法可以免得损失时间，倒是帮了杂志的忙。于是克利斯朵夫把校样交给曼海姆，请他仔细地改。曼海姆自然不肯马虎：那对他简直是种游戏。开场他只是很小心地改几个字，删掉一些令人不快的形容词。后来看到事情很顺当，他便胆子大起来，更进一步了：他把整个句子重新写过，改动意义，着实显出一点本领。这玩意儿是在于大体上保持句子的轮廓，保持克利斯朵夫特有的笔调，同时把意义改得和克利斯朵夫的恰恰相反。曼海姆为了删改工作所花的心血，远过于他自己写一篇；他一辈子也没用过这样的苦功。但他看着结果很得意：一向被克利斯朵夫挖苦的某几个音乐家，看到他态度慢慢地缓和，终于恭维他们的时候，不禁大为诧异。杂志里的人都欢喜极了。曼海姆把他呕尽心血的杰作高声朗诵，引得众人哄堂大笑。有时哀朗弗尔对曼海姆说："小心点儿！你太过分了！"

"嗷，没有危险的。"曼海姆回答。

于是他变本加厉地干下去。

克利斯朵夫什么都没觉察。他到社里来丢下原稿就不过问了。有时他还把曼海姆拉到一边说：

"这一回，我对他们才不客气呢，这些下流东西！你念罢……"

曼海姆便拿来念了。

"嗯，你觉得怎么样？"

"凶极了，朋友，简直不留余地！"

"你想他们会怎么说？"

“啊！一定是大叫大嚷啰！”

可是毫无动静。相反，在克利斯朵夫周围，人家的脸色反而好看起来；他痛恨的人居然在街上向他行礼。有一回，他拧着眉毛，叽里咕噜地跑到社里来，把一张名片往桌上一丢，问：“这算什么意思？”

这是最近被他痛骂了一顿的一个音乐家的名片，上面写着“感激不尽”几个字。

曼海姆笑着回答：“他是说的反话呀。”

克利斯朵夫马上松了口气：“嘿！我就怕我的文章使他高兴呢。”

“他气死了，”哀朗弗尔说，“可是他不愿意表示出来，想装得满不在乎的一笑置之。”

“一笑置之？……混蛋！”克利斯朵夫气愤愤地说，“让我再写一篇。最后笑的人才笑得痛快呢！”

“不，不，”华特霍斯听了克利斯朵夫的话不大放心，“我不相信他是笑你。我看倒是屈服的表示，他是个真诚的基督徒；人家打了他左边的嘴巴，他就把右边的送上来。”

“那更妙了！”克利斯朵夫说，“嘿！胆怯鬼。既然他要，我就赏他一顿板子罢！”

华特霍斯还想插几句，可是别人都笑起来了。

“让他去罢……”曼海姆说。

“对，”华特霍斯忽然镇静了，“也不在乎多一篇少一篇！……”

克利斯朵夫走了。同事们手舞足蹈地狂笑了一阵。等到大家静了一些，华特霍斯对曼海姆说：“笑尽管笑，究竟差点儿闯祸……我求你还是小心些罢。你要教我们倒霉了。”

“嗽，别急！”曼海姆回答，“日子还长呢……再说，我也替他放了好多交情。”

第二部　陷　落

正当克利斯朵夫改革德国艺术的经验到了这一个阶段，城里来了个法国戏班子。说准确些，那是一群乌合之众，因为照例是不知从哪儿搜罗得来的一般穷光蛋，和只要能做戏就不管人家剥削的青年演员。班首是一个有名的过时的女戏子。她这一回到德国来巡回表演，路过这小小的省城就做三天戏。

华特霍斯的一般同文为这件事轰得很热闹。曼海姆和他的朋友们对巴黎的文坛和社交界是很熟的，或自命为很熟的；他们把从巴黎报纸上看来的似解非解的谣言，逢人便说。他们在德国是法国派的代表。这就教克利斯朵夫不想再去多了解什么法国精神。曼海姆赞美巴黎的话使克利斯朵夫听腻了。他上巴黎去过几次；那儿也有他的一部分家族；——那是普及于整个欧罗巴的，他们到一处都得到一处的国籍，得到一处的高官厚爵：在英国有个男爵，在比国有个参议员，在法国有个部长，在德国有个议员，另外还有一个教皇册封的伯爵。他们以犹太人而论彼此很团结，很重视共同的根源，同时也诚心诚意地做了英国人、比国人、法国人、德国人，和教皇的臣属；他们的骄傲使他们认为自己所选择的国家是世界上第一个国家。唯有曼海姆喜欢发怪论，有心把一切别的国家看得比他自己的更可爱。所以他常常很热烈地提到巴黎；但他称赞巴黎人的时候，总把他们形容做荒唐胡闹，大叫大嚷的疯子，一天到晚不是闹革命就是寻欢作乐，从来没有一本正经的时间。所以克利斯朵夫对于这个“拜占庭式的，颓废的，伏越山那一边的共和国”并不觉得可爱。他想象中的巴黎，仿佛最近出版的德国艺术丛书中某一册卷首的插画：前景是巴黎圣母院的一个妖怪俯瞰着城中的屋顶，①

① 巴黎圣母院屋顶四周，有许多中世纪的雕刻，表现妖魔鬼怪。

令人想到那个传说：

> 永恒的肉欲，有如永不餍足的吸血鬼，
> 在伟大的都市上面，看着嘴边的食物馋涎欲滴。

以纯粹的德国人性格，克利斯朵夫瞧不起那些放浪的法国人和他们的文学；关于法国，他只知道一些粗俗的滑稽作品，只看过《哀葛龙》与《没遮拦太太》，①还有是咖啡店音乐会里的小调。小城市里趋奉时髦的习气，一般最无艺术趣味的人到戏院去争先定座的情形，使克利斯朵夫对那个走码头的女角儿格外表示冷淡与轻视。他声言决不劳驾去听她的戏。加以票价贵得惊人，他也花不起，所以更容易说到做到。

法国剧团带到德国来的戏码，除了两三出古典剧以外，大部分是无聊的，“专门用来出口的”巴黎货色：因为越是平庸的东西越是国际化。第一晚上演的《多斯加》②是克利斯朵夫熟识的；他看过翻译本的演出，照例带点儿德国内地剧院所能加在法国作品上的轻松趣味。所以看着朋友们上剧院的时候，他冷冷地笑着说他用不着去再听一遍倒落得耳目清净。但第二天他仍不免伸着耳朵听他们热烈谈论昨晚的情形，而且因为自己没有去，不能驳他们的话，他又气极了。

预告的第二出戏是法译本的《哈姆莱特》。对于莎士比亚的戏，克利斯朵夫是一向不肯放过机会的。在他心目中，莎士比亚和贝多芬都是取之不尽用之不竭的生命的灵泉。而在他最近所经过的烦闷惶惑的时期内，《哈姆莱特》更显得可贵。虽然怕对这面神奇的镜子把自己的本相再照一遍，他还是有点动心，在戏院的广告四周转来转去，很想去定一个座。可是他那么固执，因为对朋友说过了那些话，不愿意食言。要不是回去的路上碰到了曼海姆，他那晚一定像第一天一样守在家里的。

曼海姆抓着他的胳膊，气愤愤的，可是照旧很俏皮地告诉他，有个

① 《哀葛龙》为法国洛斯当的戏剧，于一九〇〇年在巴黎上演。《没遮拦太太》为法国萨杜与奠洛合作的戏剧，一八九三年在巴黎初演。剧中女主角说话毫无忌讳，故名为没遮拦太太。

② 《多斯加》为萨杜所作五幕剧，于一八八七年在巴黎上演，后普契尼又以之谱成歌剧。

老混蛋的亲戚，父亲的姊妹，不早不晚带着大队人马撞了来，使他们不得不留在家里招待。他想往外溜，可是父亲不答应他在家族的礼数和对长辈的敬意方面开玩笑；而他这时候因为要刮一笔钱，不能不敷衍父亲，只有让步，不上戏院去。

“你们已经有了票子吗？”克利斯朵夫问。

“怎么没有！一个挺好的包厢；而且临了还得拿去（我此刻就为这个出来的），送给那该死的葛罗纳篷，爸爸的股东，让他带着妻子女儿去摆架子。这才有趣呢！……我非把他们挖苦一下不可。可是他们绝不会放在心上，只要我送了他们票子，——虽然他们更希望这些戏票变成钞票。”

他突然停住，张着嘴瞪着克利斯朵夫：

“噢！……行了行了！……有办法了！……”他咽咽咽地叫了几声。

“克利斯朵夫，你看戏去吗？”

“不去。”

“哦，你去罢，帮我一次忙。你不能拒绝的。”

克利斯朵夫莫名其妙：“可是我没有位置啊。”

“位置在这儿。”曼海姆得意非凡地说着，把戏票塞在他手里。

“你疯了，你父亲吩咐你的事怎么办呢？”

曼海姆捧着肚子大笑：“他一定要大发雷霆了！……”

他抹了抹眼睛，说出他的结论：

“明儿一起床我就向他要钱，趁他还蒙在鼓里的时候。”

“既然知道他要不高兴，我就不能接受你的。”克利斯朵夫说。

“知道？你什么都不用知道，也什么都不知道，那跟你毫不相干。”

克利斯朵夫捻开票子：“我一个人拿了四个座儿的包厢怎么办？”

“随你怎么办。你可以睡在里头，可以跳舞，要是你高兴。还可以带些女人去。你总有几个吧？要不然向人家借也借得到。”

克利斯朵夫把戏票递还给曼海姆：“我不要，真的不要。你拿回去吧。”

“我才不拿回来呢，”曼海姆往后退了几步，“你要不耐烦去，我也不强迫;可是我决不收回。你把票子扔在火里也好,拿去送给葛罗纳篷也好,你这个道学先生!我管不了。再见吧!”

他说完就走,让克利斯朵夫抓着票子待在街上。

克利斯朵夫真是为难了。他想照理应当把戏票送给葛罗纳篷去,可是没有这个劲。他三心二意地回家;等到想起看一看钟点,只有穿起衣服来上戏院的时间了。糟掉这张票子当然太傻。他劝母亲一块儿去,母亲却宁可睡觉。于是他出发了,像小孩子一样的高兴,可是一个人享受这样的乐趣总有点不舒服。对曼海姆的父亲和被他抢掉位置的葛罗纳篷,他倒不觉得过意不去,只对于可能和他分享的人抱歉;为一般像他一样的青年,那不是天大的乐事吗?他想了好久也想不出请谁一同去。而且时间已经很晚,得赶紧的了。

他进戏院的时候走过售票房,看见窗子关上,挂着客满的牌子。好些人都在懊丧地退出去,其中有一个姑娘还舍不得就走,带着艳羡的神气看着进去的人。她穿着黑衣服,非常朴素,个子不十分高大,一张瘦瘦的脸非常秀气;他没注意她长得好看不好看。他在她前面走过,停了一会儿,忽然转过身来,脱口而出地问:“小姐,你没买到票吗?”

她脸一红,回答说:“没有,先生。”她说话是外国口音。

“我有个包厢不知怎么办。可不可以请你一起去?”

她脸更红了,一边道谢一边表示不能接受。克利斯朵夫被她一拒绝,心里一慌,也跟着道歉,同时又继续邀请,可是说来说去她总不肯答应,虽然她心里很愿意。他急起来了,忽然下了决心说:“好吧,我有个办法。你把票子拿去。这出戏我早已看过,——(那是夸口。)——我不在乎,你一定比我更感兴味。请你拿了罢,我完全是诚心的。”

那姑娘被他这种真诚的态度感动了,差点儿连眼泪都涌上来。她结结巴巴地道谢,表示决不愿意他做这样的牺牲。

“那不是得了吗?咱们进去罢。”他笑着说。

他的神气那么善良,那么坦白,她觉得刚才就不应该拒绝,便不好意思地回答说:“那末多谢你了。”

他们进去了。曼海姆的包厢在戏院的中央,突出在外面,毫无隐蔽的。他们一进场就被大家注意了。克利斯朵夫请那少女坐在前面，自己坐得靠后面一点，免得她发窘。她正襟危坐，羞得连头也不敢转动一下，心中懊悔不该接受他的邀请。克利斯朵夫为了让她定一定神，同时也为了无话可说，假装望着别处。但他不论望到哪儿，都觉察为了自己带着一个陌生女子混在漂亮的包厢客人中，旁人都在大惊小怪，议论纷纷。他向大家瞪着眼睛，觉得他不去过问别人而别人老是来过问他，真是岂有此理。他没想到那种冒昧的好奇心尤其是针对他的同伴，而众人对她的目光也更露骨。为了表示不把旁人的思想议论放在心上，他便探着身子和她搭讪。可是他一开口，她更惊慌得厉害，觉得要回答他的话真是件苦事；她低着头，好容易才说出一个是或否。克利斯朵夫看她怕羞得可怜，也就缩在包厢的尽里头不理她了。幸而台上的戏也开场了。

克利斯朵夫没有看广告，也不关心那有名的女演员扮什么角色。他像那些天真的人一样，到戏院来是看戏而非看戏子的。他根本不去猜那名角是扮奥菲利娅还是扮王后；并且即使他要猜，以两个剧中人的年龄来说，也一定以为她是扮王后，而万万想不到她会扮哈姆莱特的。一看到这个角色出现，一听见这个像玩具的娃娃似的机械的音色，他竟老半天的不敢相信……

"这是谁呢？是谁呢？"他轻轻地问着自己，"总不成是……"

等到他不得不承认那的确是哈姆莱特的时候，不由得开口骂了一句；那位女伴是外国人，没有懂，但左近的包厢里已经听到，马上气愤愤地把他喝住了。他便缩在包厢的尽里头，好称心如意地咒骂一顿。他气极了。要是他能公平一点，对于化装的漂亮，把一个六旬老妇变成青年男子，甚至还显得俊美（至少在一般捧角的人心里）的艺术上的"解数"，可能表示敬意。但他压根儿就讨厌"解数"，讨厌一切违反自然的现象。他喜欢女是女，男是男。（这种事现在就不大可能。）贝多芬的莱奥诺拉那种幼稚可笑的化装，①他已经觉得不舒服。女扮男装的哈

① 贝多芬的歌剧《莱奥诺拉》（亦称《菲德里奥》），女主角莱奥诺拉女扮男装，入狱营救丈夫。此系剧中情节使然，与此处演哈姆莱特而女扮男装完全不同。

姆莱特更荒谬绝伦了。把一个结实、肥胖、苍白、易怒、思想太多、见神见鬼的丹麦人变成一个女子,——连女子也算不上,因为女人扮的男人永远是个妖怪,——把哈姆莱特弄成一个太监,一个不雌不雄的家伙……那真要当时的人懦弱到极点,批评界无聊到极点,才会让他出台而不把他嘘下去!女戏子的声音使克利斯朵夫怒不可遏。她那种歌唱式的,念一个字像敲一下锤子似的说白,平板单调的朗诵,似乎从香曼莱①以来就被世界上最无诗歌感觉的民族奉为至宝。克利斯朵夫气得不知怎么办了,干脆背对着舞台,怒容满面,朝着包厢的板壁,好似一个孩子受着面壁的处罚。幸而他的同伴不敢向他望,要不然一定会把他当做疯子的。

克利斯朵夫脸上古怪的表情突然停止了。他一动不动,声息全无。一种优美的富有音乐味的声音,一个女性的沉着而温柔的声音响亮起来。克利斯朵夫竖起耳朵,一边听着台上的话一边转过身子,好不诧异地想瞧瞧有这等天籁的究竟是何等人物。原来是奥菲利娅。当然这奥菲利娅跟莎士比亚的奥菲利娅一点不相干。她是个美丽的姑娘,高大,壮健,身段窈窕,像希腊的雕刻一样,浑身上下都极有生气。虽然为了她的角色竭力压制自己,她仍旧有股青春与欢乐的力在皮肤里、举动里,和笑眯眯的深色的眼睛里闪耀。美丽的身体的魔力,居然使一刹那前对于哈姆莱特的表演那么愤懑的克利斯朵夫,不觉得这个人物跟他意想中的奥菲利娅不符有什么遗憾;而且他满不在乎地把自己臆想中的奥菲利娅为这个台上的奥菲利娅牺牲了。和热情冲动的人一样,他凭着无意的自欺欺人的心理,认为剧中人贞洁而骚乱的心头应当有这股青春的热情。而使他更着迷的,还有她那神奇的声音,纯粹,温暖,醇厚:每个字都像一个美丽的和弦;而在音节四周,更有那种轻快的南方口音,活泼松动的节奏,好比一阵茴香草与野薄荷的香味在空中缭绕。一个南欧的奥菲利娅不是奇观吗?……她带来了金黄的太阳和法国南部的季候风。

克利斯朵夫忘了他的同伴,竟移到包厢前排,坐在她的身旁,眼睛

① 香曼莱为十七世纪法国女演员,以演拉辛的悲剧见称于史。

直盯着那个不知名姓的女演员。可是一般并非来听一个无名女戏子的群众，完全不注意她；直要等女扮男装的哈姆莱特开口，他们才决心鼓掌。克利斯朵夫看了大为生气，低声骂着“蠢驴！”使十步以内的人都听见了。

到幕间休息的时候，克利斯朵夫才记起了他的同伴；看她始终那么羞怯，他一边笑一边想到她一定给他粗野的举动吓坏了。——不错：这年轻的姑娘，和他萍水相逢而相处几小时的少女，的确拘谨得近乎病态：刚才要不是在特别兴奋的情形之下，她决不会接受他的邀请。而她一接受就后悔，恨不得找个机会溜掉。更糟的是她成了众目睽睽的目标，而同伴在背后——（她连转过头去望一望都不敢）——低声咒骂，咕噜不已，越发使她慌张得厉害。她以为他什么都会做出来的；他一坐到前面来，她简直吓得身子都凉了：知道他还有什么古怪的行动呢！她真想钻下地去。她不知不觉退后了一些，生怕碰到他的身子。

可是在休息时间听到他和善的说话，她又放了心。

“我是个挺不愉快的同伴，是不是？请你原谅。”

她望着他，看见他挺和气地笑着，就像刚才使她决意接受邀请的时候的笑容。

他接着又说：“我不能隐藏我的思想……可是那也太不成话了！……这个女人，活了那么一把年纪的女人！……”

他脸上又做了个厌恶的表情。

她微微一笑，轻轻地回答：“说是这么说，究竟是很美的。”

他注意到她的外国口音，就问：“你是外国人吗？”

“是的。”

“是教员吗？”他一边看着她朴素的衣服一边又问。

“是的。”她红着脸回答。

“请问是哪一国人？”

“法国人。”

他做了个惊讶的姿势：“法国人？真想不到。”

“为什么？”她胆怯地问。

“你这样的……严肃！”

(她以为这句话在他嘴里不完全是恭维。)

“法国像我这样的也有的是。”她说的时候有点不好意思。

他瞧着她那张小小的忠厚的脸,鼓起的脑门,笔直的小鼻子,四周簇拥着栗色头发的瘦瘦的腮帮。可是他视而不见,心里只想着那美丽的女演员,再三说:

“怪了,你是法国人!……真的吗?你跟那个奥菲利娅是一个国家的?简直教人不能相信。”

他静默了一会儿又说:“她多美啊!”

他这么说着,完全没觉得这个话仿佛把奥菲利娅跟这个女伴做了个不大客气的比较;她明明感觉到了,可并不怪克利斯朵夫,她自己也认为奥菲利娅美极了。他想从她那儿打听一些关于那个女戏子的消息,她却一点不知道;显而易见她对剧坛的情形很隔膜。

“听到台上说法国话,你一定很愉快吧?”他问。

这句话他是随口说的,不料正说到了她的心里。

“啊!”她那种流露真情的口吻使他很注意,“我真高兴。在这儿我闷死了。”

这一回他可对她仔细瞧了瞧:她的手微微痉挛着,好似感到压迫的样子。但她立刻想起这种话可能得罪他:“噢!对不起,”她说,“我不知道说些什么。”

他老老实实地笑了:“得了罢,不用客套!你说得很对。在这儿,不一定要法国人才堵得慌,嘿!”

他耸起肩膀呼了口气。

可是她觉得说出了心里的话很难为情,从此不作声了。同时她也注意到,隔壁几个包厢里有人在偷听他们的谈话:他也发觉了,大为愤怒。他们俩就这样打断了话。休息的时间还没完,他便走到戏院的回廊里去遛遛。少女的话还清清楚楚在他耳朵里,他可心不在焉,脑子里全是奥菲利娅的形象。在以后的几幕中,她更把他完全抓住了;等到奥菲利娅发疯的一场,唱着那一段爱与死的凄凉的歌,她的声音那么动人,使克利斯朵夫惊心动魄,快要放声大哭了。他恨自己这样软弱,——(他认为真正的艺术家是不应该哭的)——又不愿意让人家看到，便突然从包厢里走了出去。回廊里，大厅上，都没有人。他心慌意乱地走下楼梯，不知不觉出了大门。他需要呼吸一下晚上凉爽的空气，在黑洞洞的荒凉的街上迈开大步走一会儿。他走到运河边上，把肘子靠着栏杆，望着静静的水，看街灯的倒影在那里摇晃。他的心情也跟这个一样：含糊，激动；除了一大片欢乐在表面上飘荡，什么都看不见。报告时刻的大钟响了，他不可能再回到戏院去看戏剧的结束。去看福丁布拉斯的胜利吗？① 他没有这兴致。谁会羡慕这个胜利的人？看饱了人生的可笑与残酷，谁还愿意当他这个角色呢？整个作品是对人生的可怕的控诉。可是剧中的生命力多么强烈，以至连悲伤也成为欢乐，惨痛也令人陶醉了……

克利斯朵夫回到家里，把那个被他丢在包厢内而连姓名也不知道的少女完全忘了。

第二天早上，他到一家三等旅馆去访问女演员。剧团的经理把她和其余的伙伴安顿在这儿，那个名角儿住的却是城里的第一家旅馆。克利斯朵夫被带进一间杂乱的小客厅，打开着的钢琴上放着残余的早餐，还有些夹头发的针和又脏又破烂的乐谱。奥菲利娅在隔壁屋子直着嗓子唱，像个只想弄些声音闹哄一下的孩子。人家去通报的时候，她停了一下，问话的声音挺高兴，也不管客人会不会听到：

“他找我有什么事，那位先生？他叫什么名字？……克利斯朵夫……姓什么？……克拉夫脱！克利斯朵夫·克拉夫脱？……多怪的姓！”

她重复了两三遍，念到R的时候拼命地卷舌头。

“不像个姓，倒像个赌咒的字……”接着她真的赌了一个咒。

“他是个年轻人还是个老头儿？……讨人喜欢吗？……——行，我就来。”

于是她又唱起来：

再没有比我的爱情更甜蜜的了……

① 福丁布拉斯为挪威王子，因哈姆莱特及丹麦王等先后惨死而获登王位。

同时她在房里搜索，咒骂那支躲在乱东西里找不到的贝壳别针。她不耐烦了，吼了几声，表示火气很大。克利斯朵夫虽然看不见，也能想象出她隔壁的举动，不由得笑了。终于他听到脚声走近，奥菲利娅气势汹汹地打开了门，出现了。

她还没完全穿好衣服，只裹着件浴衣，宽大的袖子里露出一对赤裸的手臂，头也没梳，一卷卷的头发掉在眼睛和腮帮上。美丽的深色眼睛，嘴巴，面颊，下巴上那个可爱的酒窝，一股脑儿都堆满着笑意。她用着沉着而歌唱般的声音，对自己的衣着略微表示一下歉意。她明知道用不着道歉，客人只会欢迎她这副打扮。她以为他是来访问的新闻记者。但听到他说是专诚为她，为钦慕她而来的，她非但没有失望，反觉得十分高兴。她心地很好，很殷勤，最得意的是能够讨人喜欢，也不把这一点瞒人。克利斯朵夫的访问和热心使她快乐极了，——她还没给人宠坏呢。她的动作，态度，都那么自然，连她小小的虚荣心，和因为能讨人喜欢而表示的高兴，也是自然的，所以他一点不发窘。两人立刻像老朋友一样。他说几句不成语法的法语，她说几句不成语法的德语；要不了一小时，两人把所有心里的话都说出来了。她完全没有送客的意思。这个壮健快活的南方女子，又聪明，又活泼，在那些无聊可厌的伙伴中间，在这个不通语言的地方上，要不是天生的性情快乐，早就闷死了；现在有个人谈谈，当然喜出望外。至于克利斯朵夫，跟本地一般狭窄虚假的小市民混腻了，遇到这个无拘无束的，很有平民气息的南方女子，也觉得说不出的痛快。他还不知道这一类的性格也有做作的地方，跟德国人不同的是他们除了外面所表现的那些，心里就没有别的，甚至连面上所表现的那些也没有。可是她至少是年轻的，活泼泼的，想什么说什么，直截了当；她对一切都要批评，用着新鲜的眼光，毫无顾虑；她身上的气息就像那种扫除云雾的南方的季候风。她很有天分，没有教育，也不会思索，对一切美的好的东西随时随地都能感觉到，并且真的非常感动；但过了一会儿又哈哈大笑了。不用说，她喜欢搔首弄姿，喜欢做媚眼，在敞开了一半的梳妆衣下面露出她的胸脯，很想教克利斯朵夫着迷，但这纯粹是出于本能。她毫无心计，更喜欢说说笑笑：跟人家随随便便的，一来就熟，没有拘束也没有客套。她和他讲着戏班子里的内幕,她的苦闷,同事之间无聊的猜忌,奚撒贝——(她这样地称呼那个名角儿)——的耍手段,不让她出头。他和她说出对德国人的不满,她听了拍手附和。她心很好,不愿意说谁的坏话,可是不能因之而不说;她一边取笑别人,一边埋怨自己缺德,而说话之间又显出南方人特有的那种观察力,滑稽而中肯:她压制不了自己,形容一个人的时候说话非常刻薄。她乐死了,嘻开着苍白的嘴唇,露出一副小狗般的牙齿;脸上的血色给脂粉遮掉了,只有围着黑圈的眼睛在那里发亮。

他们忽然发觉已经谈了一小时。克利斯朵夫向高丽纳——(这是她在戏班里的名字)——提议下午再来,带她到城里去遛遛。她听了快活极了;两人约定吃过中饭就见面。

时间一到,他就来了。高丽纳坐在旅馆的小客厅里,捧着一个本子高声念着。她用笑眯眯的眼睛招呼他,只管念下去,念完了一句,才做手势要他坐在大沙发上,挨着她:

"这儿坐罢。别说话。我得把台词温一遍。一刻钟就完了。"

她用指尖点着脚本,念得又快又草率,像个性急慌忙的小姑娘。他提议替她背一遍。她就把脚本递给他,站起来背了。她不是吞吞吐吐,就是把一句的结尾念上三四遍才能想到下一句。她脑袋摇摇摆摆,把头发针都掉在地下。碰到一个固执的字不肯回到记忆中来,她便像野孩子一样地暴躁起来,说出古里古怪的赌咒的话,甚至很粗野的字眼,——其中有一个很粗野很短的,是她用来骂自己的。克利斯朵夫看她那么有才气又那么孩子气,觉得很奇怪。她把声音的抑扬顿挫调动得很准确,很动人;可是她聚精会神地念到一段,半中间竟不知所云地胡诌起来。她的背功课活像一头小鹦鹉,完全不问其中的意义,那时就变成可笑的胡言乱语了。她可一点不着急:一发觉就捧腹大笑。最后,她喊了一声"算啦!"便从他手里抢过脚本往屋角一扔,说:

"放学了!时间到了!……咱们走吧!"

他可替她的台词有些担心,问:"你想你这样行了吗?"

"当然啰,"她肯定地回答,"并且还有那提词的人,要他干吗的?"

她到房里去戴帽子。克利斯朵夫因为等着她,便坐在钢琴前面按了几个和弦。她听了在隔壁屋里喊起来:"噢!这是什么?你再弹呀!

那多好听!”

她跑来了,随手把帽子往头上一套。他弹完了,她要他再弹,嘴里还来一阵娇声娇气的赞叹;那是法国女子的习惯,不管是为了《特里斯坦》或是为了一杯巧克力。克利斯朵夫笑了:这对他的确换了一种口味,和德国人张大其词的派头完全不同。其实是一样的夸张,不过是两个极端罢了:一个是把一件小古董说得山样大,一个是把一座山说得小古董样小:还不是一样可笑! 可是他那时觉得后面的一种比较可爱,因为是从他心爱的嘴里说出来的。高丽纳问他弹的是谁的作品;一知道是他的大作,她又叫了起来。他早上已经告诉过她,他是个作曲家,但她根本没注意。她挨着他坐下,硬要他把全部作品弹一遍。散步的事给忘了。这不但表示她有礼,而且因为她极喜欢音乐,她靠着奇妙的本能补足了教育的缺陷。他先还不拿她当真,只弹些最浅的曲子。但他无意中奏了一段自己比较看重的作品而她居然更喜欢,虽然他并没告诉她什么,他就又惊又喜了。一般德国人遇到懂音乐的法国人,都会表示一种天真的诧异,克利斯朵夫就是这样:

“怪了! 想不到你鉴赏力很高! ……”

高丽纳冷笑了一声。

这样以后,他弹着越来越难懂的作品,想瞧瞧她究竟懂到什么程度。可是大胆的音乐似乎并没有把她搞糊涂;而在一阕因为从来没有被德国人了解,连克利斯朵夫自己也开始怀疑的,特别新颖的曲调之后,高丽纳竟要求他再来一遍,而且还站起身子背出调子来,几乎一点没错;那时克利斯朵夫的诧异更是可想而知了。他转过身来对着她,非常感动地握着她的手,嚷道:“噢! 你倒是个音乐家!”

她笑了,说她早先在一个外省的歌剧院中唱过,但有个剧团经理在跑码头的时候碰到她,认为她有演韵文剧的才具,劝她改了行。

“多可惜!”他说。

“为什么? 诗也是一种音乐啊。”

她要他把歌的意义给解释了;他又用德语把歌词念给她听,她马上跟着学,像猴子一样容易,连他抿嘴唇挤眼睛的动作都学上了。后来她背着唱的时候可错误百出,闹了很多笑话,背不出的地方就随口造些古怪的声音填上去，把两人都笑死了。她毫不腻烦地要他尽弹，他也毫不腻烦地听着她美丽的声音；她还不懂歌唱这一行的诀窍，像小姑娘一样尖着喉咙，但自有一种说不出的清脆动人的味道。她说话爽直，想什么说什么。虽然她没法解释为什么她有的喜欢有的不喜欢，但她的判断骨子里的确有个理由。奇怪的是，逢到那些最规矩的，在德国最受赏识的作品，她反而最不惬意，只为了礼貌而恭维几句，但人家明明看出她不感兴趣。因为她没有音乐素养，所以不会像那些鉴赏家与艺术家一样，对"耳熟"的东西不知不觉地感到愉快，也不会在一件新的作品中去爱好在前人的作品中爱好过的形式或公式。同时她并不像德国人那么喜欢优美悦耳的感伤情调（至少她的感伤情调是另外一种，而克利斯朵夫还没发觉这一种感伤的缺点）；在德国最受欢迎的靡靡之音，她不会对之出神；她完全不赏识克利斯朵夫作的一个最平庸的歌，——而那正是克利斯朵夫恨不得毁掉的，因为朋友们觉得好容易才有个机会捧他，老跟他提到这件作品。高丽纳天生能把握一切戏剧情绪，她喜欢的作品是要能清清楚楚表现出某一种热情，而且表现得很率直的，这也正是他认为最有价值的东西。可是有些和声的生辣，克利斯朵夫觉得挺自然，她对之并无好感：那给她一个非常突兀的感觉，使她唱不下去；她停下来问："难道真是这样的吗？"他回答说是的，她就想法勉强唱下去，但终于扮了个鬼脸，被克利斯朵夫看在眼里。往往她宁可跳过那一节，他却在琴上再弹一遍，问："你不喜欢这个吗？"

她皱皱眉头说："我觉得它不自然。"

"怎么不自然？"他笑着说，"你想想它的意思罢。在这儿听起来难道会不真吗？"他指了指心窝。

"也许对那儿是真的……可是这儿觉得不自然。"她拉了扯自己的耳朵。

从极轻忽然吊到极响的德国派朗诵，她也觉得刺耳：

"干吗他要这样大叫呢？又没有别人在场，难道怕邻居听不见吗？他真有点儿这种神气……（对不起！你不会生气吧？）……他好像远远地招呼一条船。"

他并不生气，倒是真心地笑了，认为这种见解不无是处。她的议论使他听了好玩;从来还没人和他讲过这一套呢。结果他们都同意:用歌唱表现的朗诵最容易把很自然的说话变得不成样子,像一条越来越大的虫。高丽纳要求克利斯朵夫替她写一阕戏剧音乐,用乐队来为她的说白做伴奏,偶然穿插几段歌唱。他听了这个主意很兴奋;虽然场面的安排极不容易,但他觉得为了高丽纳的嗓子值得一试;于是他们想着许多将来的计划。

等到他们想出门,已经快五点了。在那个季节里,天很早就黑的。散步是不可能了。晚上高丽纳还要参加排戏,那是谁也不准参观的。所以她约他明天下午来带她出去,完成今天的计划。

第二天差点儿又跟上一天一样。他发现高丽纳骑在一张高凳上,吊着腿,照着镜子,正在试一副假头发。旁边有服侍她上装的女仆和理发匠,她嘱咐理发匠要把一卷头发给弄得高一些。她一边照着镜子,一边望着站在背后微笑的克利斯朵夫,吐吐舌头。理发匠拿着假头发走了,她便挺高兴地转过身来说:"你好,朋友!"

她把腮帮迎上去让他亲吻。他不防她有这种亲热的表示,可也不肯错过机会。其实她并不把这举动看得怎么了不起,仅仅当做招呼的一种方式罢了。

"噢!我真快活!"她说,"今晚上可行了,行了。——(她说的是假头发。)——我真急死了!要是你早上来,就可以看到我可怜得什么似的。"

他追问什么缘故。原来巴黎的理发匠包装的时候搞错了,替她放了一副跟她的角色完全不配的假头发。

"完全是平的,笔直地望下挂着,难看死了。我一看就哭了,哭得昏天黑地。可不是吗,台齐莱太太?"

"我进来的时候,"那女仆接着说,"太太①把我吓坏了。太太脸色白得像死人一样。"

克利斯朵夫笑了。高丽纳在镜子里看到了,愤愤地说:"你好笑

① 法国戏院习惯,后台员役对女演员均称"太太"。

吗,没心肝的!”可是她也跟着笑了。

他问她昨晚排戏的情形怎么样。——据说一切都很好。但她很希望人家把别的演员的台词多删掉一些,可别删掉她的……两人谈得那么有劲,把一个下午又虚耗了一半。她慢条斯理地穿着衣服,征求克利斯朵夫对她装束的意见。克利斯朵夫称赞她漂亮,天真的用他不三不四的法语说从来没见过比她更“淫乱”的人。——她先是愕然瞪着他,然后扑哧一声笑了出来。

“我说了什么啊?”他问,“不该这么说的吗?”

“不错! 不错!”她简直笑弯了腰,“你说得正对。”

终于出门了。她的花花绿绿的服装和咭咭呱呱的说话,引起了大家的注目。她看一切都用着俏皮的法国女子的眼光,完全不想隐藏自己的感想。看到时装店陈列的衣衫,卖画片的铺子里乱七八糟的样品,有的是谈情说爱的镜头,有的是滑稽或肉麻的照片,有的是当地的妓女,有的是皇族,有穿红衣服的皇帝,穿绿衣服的皇帝,还有穿水手装的皇帝,把着“日耳曼号”的船舵向天睥睨的神气:她简直为之笑倒了。对着饰有瓦格纳那副生气模样的头像的餐具,或是理发店橱窗里的蜡人头,她又高声狂笑。便是在表现忠君爱国的纪念像前面,对着穿着旅行外套,头戴尖盔的老皇,前呼后拥的还有普鲁士,德意志各邦的代表,和全身裸露的战神:她也毫无礼貌地嘻嘻哈哈。路上碰到什么人,只要面貌,走路的架势,说话的腔调,有什么可笑的地方,都被她作为当场打趣的资料。被她挖苦的人看她狡猾的眼光就明白了。她猴子般的本能会使她不假思索地,用嘴唇鼻子学他们或是缩做一团或是大张嘴脸的怪样子。她鼓起腮帮,摹仿随便听来的一句话,因为她觉得那声音挺滑稽。他很高兴地跟着她笑,绝对不因为她放肆而发窘,他自己也不比她安分。幸而他的名誉已经没有什么可损失的了;否则光是这一次的散步就能使他声名扫地。

他们去参观大教堂。高丽纳虽然穿着高跟鞋和长袍子,还是要爬上塔顶,衣摆在踏级上拖着,在扶梯的一只角上给勾住了;她可不慌不忙,痛快把衣服一扯,撕破了,然后毫无顾忌地把衣裾提得老高,继续往上爬。她差点儿把大钟都要敲起来。到了塔顶,她大声念着雨果的诗句，——克利斯朵夫一个字都不懂，——又唱着一支通俗的法国歌。随后，他学着伊斯兰教祭司的模样高叫了几声。——天快黑了。他们回到教堂里，浓厚的黑影正沿着高大的墙壁上升，正面的花玻璃像神幻的瞳子一般闪闪发光。克利斯朵夫瞥见那天陪他看《哈姆莱特》的少女跪在侧面的一个小祭堂里。她一心一意地在那儿祷告，没看见他；但她痛苦而紧张的脸引起了他的注意。他很想和她说几句话，至少跟她打个招呼；但他被高丽纳拉着往前直奔。

他们不久就分手了。她得准备上台；根据德国的习惯，戏院是很早开场的。但他才回家，就有人打铃，送来一张高丽纳的便条：

> 好运气！奚撒贝病了！停演一天！万岁啊万岁！……朋友！你来罢！咱们一起吃晚饭！——别忘了多带些乐谱来！……
>
> 高丽纳

他一时看不懂。等到弄明白了，他和高丽纳一样快活，马上到旅馆去了。他担心吃饭的时候要碰到整个戏班子的人，不料一个都没看见。甚至高丽纳也失踪了。最后他听见屋子尽里头有她很响很高兴的声音；他跟着去找，终于在厨房里找到了。她忽发奇想地要做一盘别出心裁的菜，放着大注香料，使满街满巷都闻到的南方菜。她和旅馆里的胖子老板娘混得好极了，两人咭咭呱呱说着一大堆乱七八糟的话，又有德语，又有法语，又有野人话，简直不知道是什么话。她们互相尝着她们的出品，哈哈大笑。克利斯朵夫的出现使她们闹哄得更厉害了。她们不许他进去，他偏要进去，也尝到了那盘名菜，扯了个鬼脸：于是她说他是个德国蛮子，真犯不上为他费心。

他们一起回到小客厅，饭桌已经摆好：只有他和高丽纳两个人的刀叉。他不由得问戏班子里的同伴在哪儿。

“不知道。”高丽纳做了个满不在乎的手势。

“你们不一起吃饭吗？”

“没那回事！在戏院里碰见已经够受了！……还得一块儿吃饭吗？……”

这一点和德国习惯大不相同，他听了又奇怪又羡慕。

“我以为你们是个很会交际的民族呢!”

“那末,”她回答说,“难道我不会交际吗?”

“交际的意思是过集团生活。我们这儿是要大家混在一起的!男的,女的,小的,从出生到老死,都是团体的一分子。什么事都得跟大家伙儿一起做:跟大家一起吃饭,一起歌唱,一起思想。大家打嚏,你也跟着打嚏;要不是跟大家一块儿,我们连一杯啤酒都不喝的。”

“那可好玩喽,”她说,“干吗不在一只杯子里喝呢?”

“你不觉得这表示友爱吗?”

“滚它的蛋,友爱!我跟我喜欢的人才友爱,决不跟所有的人友爱……呸!这还像什么社会,简直是个蚂蚁窠!”

“像我这样跟你一样思想的人,在这儿过的有趣日子,你可知道了罢?”

“那末上我们那儿去呀!”

那正是他求之不得的。他问她关于巴黎和法国人的情形。她告诉了他许多事情,可并不完全准确。除了南方人喜欢吹牛的习气,她还本能地想教听的人入迷。据她说,在巴黎谁都是自由的;并且巴黎人个个聪明,所以大家都运用自由而不滥用自由;你爱怎么做就怎么做,爱怎么想就怎么想,爱信什么就信什么,爱什么就爱什么,不爱什么就不爱什么:决没有人多句话。那儿,决没人干预旁人的信仰,刺探旁人的心事,或是管人家的思想。那儿,搞政治的决不越出范围来干涉文学艺术,决不把勋章、职位、金钱,去应酬他们的朋友或顾客。那儿,绝没有什么社团来操纵人家的声名和成功,绝没有受人收买的新闻记者,文人也不相轻,也不互相标榜。那儿,批评界决不压制无名的天才,决不一味捧成名的作家。那儿,成功不能成为不择手段的理由,一帆风顺也不一定就能博得群众的拥戴。人情风俗都那么温厚,那么亲切,那么诚恳。人与人间没有一点儿不痛快。从来没有毁谤人家的事。大家只知道互相帮助。新来的客人,不管是谁,只要真有价值,可以十拿九稳地受到人家欢迎,摆在他面前的尽是康庄大道。这些不计利害的,豪侠大度的法国人心中,全是纯粹的爱美的情绪。他们唯一的可笑是他们的理想主义,为了这个,他们虽然头脑清楚,仍免不了上别的民族的当。

克利斯朵夫听着,连嘴都合不拢来了;那真教人听得出神呢。高丽纳自己也听得飘飘然;至于昨天向克利斯朵夫说她过去的生活如何艰苦等,她完全忘了,而他也一样的记不起。

可是高丽纳并非单单要教德国人喜欢她的国家;她同样关心的是要人家喜欢她本人。倘使一个晚上没有一些调情打趣的玩意儿,她会觉得沉闷而可笑的。她免不了逗弄克利斯朵夫,可是白费;他简直没觉得。克利斯朵夫压根儿不懂什么叫做调情。他只知道爱或不爱。他不爱的时候无论怎么也想不到爱情方面去。他对高丽纳的感情只是热烈的友谊,他从来没领教过这种南方女子的性格;她的魔力,风度,快活的心情,敏捷的理解力,开旷的胸襟,他都体会到;这些已经大大地超过了爱情所需要的条件;可是"爱情之来是不可捉摸的",这一回它偏不来;至于没有爱情而玩爱情的游戏,他连想也没想到过。

高丽纳看着他一本正经觉得好玩。他在钢琴上弹着他带来的音乐,她挨在他身旁,把裸露的手臂绕着克利斯朵夫的脖子,并且为了看乐谱,她身子往前探着,几乎把脸靠着他的脸。他觉得她的睫毛掠在他的脸上,看见她眼梢里带着俏皮的意味,也看到那张可爱的脸噘着嘴唇笑着,等着。——她的确等着。克利斯朵夫可不懂这暗示,只觉得高丽纳使他弹琴不方便,他不知不觉挣脱了身子,把座椅挪动了一下。过了一会儿,他回过头去想跟高丽纳说话,发觉她拼命想笑,她的酒窝已经在笑了,可还抿着嘴忍着。

"你怎么啦?"他很奇怪地问。

她望了他一下,禁不住哈哈大笑了。

他完全莫名其妙:"你笑什么?难道我说了什么古怪的话吗?"

他越盯着问,她越笑。快歇住了,一看他那副发呆的神气,她又大笑起来。她站起身子,跑去倒在屋子那一头的大沙发上,把脸埋在靠枕里,让自己笑个痛快,她全身都跟着抽动。他也被她引得笑起来,走过去拍着她的背。等到她称心如意地笑够了,才抬起头来,抹着眼泪,对他伸着手:

"哎啊!你多老实!"她说。

"不见得比别人更坏吧?"

她抓着他的手还在格格地笑："法国女人不正经是不是？"

（她学着他古怪的法语读音。）

"你这是嘲笑我啊。"他也兴致挺好地回答。

她温柔地望着他，用力摇着他的手，问："咱们是朋友吗？"

"当然！"他照样摇着她的手。

"高丽纳走了，你会想起她吗，你不恨她吗？这个不正经的法国女人？"

"德国蛮子这么傻，你也不恨他吗？"

"就为他傻才喜欢他呢……你会上巴黎去看我吗？"

"一定的……你会跟我通信吗？"

"我可以赌咒……你也得赌咒。"

"行，我就赌咒。"

"不是这样的。得伸出手来。"

她学着古代罗马人发誓的模样。她要他答应写一个剧本，一出通俗的歌剧，将来译成法语，让她在巴黎上演。下一天她就得跟着剧团走了。他约定后天上法兰克福去看她，剧团要在那边公演。他们又谈了些时候。她送给克利斯朵夫一张照片，上半身差不多是裸体的。两人高高兴兴地分手了，像兄妹似的拥抱了一番。自从高丽纳看出克利斯朵夫很喜欢她而不是爱她以后，她也真的喜欢他，不动爱情而把他当做好朋友。

他们都睡得很好，谁也不做乱梦。第二天他早上有预奏会，不能送她。可是第三天他把事情安排妥当，上法兰克福赴约去了。那只是两三个钟点火车的路程。高丽纳并不以为他真能说到做到；他可把约会看得很认真，戏院开场的时候已经到在那里了。他在休息时间上化妆室去找她，她一看见就又惊又喜地叫起来，扑上他的脖子。他来赴约使她非常感激。克利斯朵夫觉得不痛快的是，法兰克福很多聪明而有钱的犹太人，能够赏识她眼前的美貌，料到她将来的走红，都争着来恭维她。时时刻刻有人上化妆室来，全是些眼睛挺有神而面团团的家伙，用着生硬的口音说些无聊的奉承话。高丽纳当然搔首弄姿地跟他们卖俏；以后跟克利斯朵夫说话也不由得拿腔作调，带着逗弄的口吻，使他不大高兴。她毫无顾忌地在他面前化装，他可一点不感兴趣；眼看她把胳膊、胸脯、脸搽脂抹粉，他只觉得讨厌。他想等戏完了马上就走，不再来找她。他向她告别，抱歉地说不能参加终场以后人家请她的消夜餐，她就非常真诚地表示难过，使他的决心动摇了。她叫人把火车表拿来，证明他能够有，应当有时间多陪她一会儿。他当然很乐意接受她的劝告，便参加了消夜餐；他对于人们的胡闹跟高丽纳对随便什么混蛋都敷衍的手段，居然也不过分显出心中的厌恶。对她是没法记恨的。那么纯朴的姑娘，没有什么道德观念，懒洋洋的，肉欲很强，喜欢玩儿，像孩子一样撒娇，同时又那么正直，那么善良，连她所有的缺点也是自然的，健康的，只能教人发笑，甚至还会喜欢。她说话的时候，克利斯朵夫坐在她对面，望着她生动的脸，精神奕奕的美丽的眼睛，有点儿臃肿的下巴，像意大利人那样的笑容，和善，细腻，可是缺少清秀和灵气：他这一下才把她仔细看清楚了。有些地方使他想起阿达：举动，目光，带点粗俗的卖弄风情的手段；女人总脱不了女人的性格！但他喜欢的是那种南方人的心情，慷慨豪爽，尽量施展她天赋的优点，绝对不装出交际场中的漂亮和书本式的聪明，完全保存着她的和谐，她的身心好像生来就是为在阳光中舒展的。——他走的时候，她特意站起来和他到一边去道别。两人又拥抱了一下，把通信和再见的话重复了几遍。

他搭最后一班火车回去。在一个中间站上，对面开来的火车已经先等在那儿。克利斯朵夫在对方列车的三等车里，——正对着他的车厢，——看见那个陪他看《哈姆莱特》的法国少女。她也看到了克利斯朵夫，认得是他。两人都愣了一愣，不声不响行了个礼，一齐低下头去，连动都不敢动。可是他一眼之间已经看见她戴着一顶旅行便帽，身边放着一口旧提箱。他没想到她离开德国，以为是出门几天。他不知道应不应当和她说话，迟疑了一会儿，心里盘算着和她说些什么，正当他要去放下车窗招呼她的时候，忽然听到开车的信号，就放弃了说话的念头。列车开动之前又过了几秒钟。他们俩面对面望着。彼此的车厢里都没有别人，他们把脸贴在车窗上：透过周围沉沉的黑夜，四只眼睛碰在一起。双重的车窗隔着他们。要是伸出胳膊，还可以碰到呢。咫尺，天涯。车子开动了。她始终望着他，在这个分离的一刹那，她不觉得胆小了。两人望得出了神，连最后一次点点头都没想到。她慢慢地远去了,不见了;他眼看她的列车在黑夜里消灭。像两个流浪的星球似的,他们俩走近了一下,又在无垠的太空中分开了,也许是永久的分开了。

等到看不见她了,他才感到自己心里给那道陌生的目光挖了一个窟窿;他不明白为什么,可是明明有个窟窿。半阖着眼皮,蒙蒙眬眬地靠在车厢的一角,他觉得自己眼睛里深深地印着那一对眼睛的影子;别的思想都静了下来,让他仔细体会那个感觉。高丽纳的形象在心房外面转动,好比一只飞虫扑着窗子;但他不让她进来。

等他下了车,呼吸着夜晚凉爽的空气,在万籁无声的街上走动之下,精神一振,又看到了高丽纳的影子。他回想到那个可爱的女戏子,自个儿微微笑着,又高兴又气恼,因为一忽儿想到她亲热的举动,一忽儿想到她粗俗的调情。

他怕惊醒睡在隔壁屋子里的母亲,不声不响地脱着衣服,一边轻轻地笑着咕噜道:

"这些古怪的法国人!"

可是那天晚上在包厢里听到的一句话又回到他的记忆里:

"像我这样的也有的是。"

他第一次跟法国接触就看到了它双重的性格。但像所有的德国人一样,他根本不想去解答这个谜。回想到车厢里那个少女,他只随便对自己说了句:

"她不像一个法国人。"

仿佛怎么样才能算法国人倒要一个德国人来决定似的。

像法国人也罢,不像法国人也罢,总而言之他想着她;因为他半夜惊醒过来,心里一阵难过;原来他记起了放在少女身边的箱子,忽然明白那姑娘是一去不回的了。其实他早该想到而竟没想到。这一下他却隐隐约约有点儿伤感。但他在床上耸了耸肩想道:"那跟我有什么相干?想它干吗!"于是他又睡着了。

可是下一天他出门第一个就碰到曼海姆,叫他勃罗希①,问他可有

① 勃罗希(1742—1819)为德国将军,曾数次带领普鲁士军队攻进法国。

意思去征服整个法兰西。他从这个有脚告示嘴里,知道包厢的事闹大了,出乎曼海姆的意料之外。

“你真是个大人物,”曼海姆嚷着说,“我甘拜下风了!”

“我又没做什么。”克利斯朵夫回答。

“你真了不起!老实说,我忌妒你。一手抢掉了葛罗纳篷的包厢,还请了他们的法国女教师去代替他们,嘿嘿!那太妙了,我就没这个本领!”

“她是葛罗纳篷家的女教师吗?”

“对,你尽管装不知道,只做是无心的,我也劝你这么办!……爸爸简直不肯罢休。葛罗纳篷一家都气死了!……可是事情很快就有了解决,他们把那姑娘撵走了。”

“怎么!”克利斯朵夫叫起来,“他们把她歇了!……为了我把她歇了?”

“你不知道吗?她没跟你说吗?”

克利斯朵夫表示很难受。

“好家伙,别烦恼了,”曼海姆说,“那也没关系。而且你早该想到的,只要葛罗纳篷他们一发觉……”

“什么?发觉什么?”克利斯朵夫嚷着。

“发觉她是你的情妇啰!”

“可是我连认识都不认识她,连她是谁也不知道。”

曼海姆微微一笑,意思是说:“你把我当做傻子了。”

克利斯朵夫气恼之下,一定要曼海姆相信他的话。曼海姆便道:“那就更怪了。”

克利斯朵夫骚动起来,说要去找葛罗纳篷,把事实告诉他们,替少女洗刷明白,曼海姆劝他不必:“朋友,你越跟他们解释,他们越不信。何况也太晚了。现在那女孩子已经不知在哪儿了。”

克利斯朵夫难过到极点,竭力想寻访女孩子的踪迹,想写信向她道歉。可是谁也不知道她的事。他上葛罗纳篷家去问,碰了个钉子;他们不知道她上哪儿去的,并且也不关心这种事。克利斯朵夫一心想着自己害了人,悔恨不已。除了悔恨,还有那双眼睛的神秘的魔力,像一道光似的悄悄地照着他的心。岁月的洪流，新的念头，似乎把那魅力与悔恨一齐淹没了，盖掉了；可是它们暗中老在他心底里。克利斯朵夫始终忘不了他所谓他的牺牲者。他发誓要把她找到。明知道机会很少，他却有把握能够和她再见。

至于高丽纳，她从来没复他的信。过了三个月，他不再存什么希望了，忽然收到她一通四十字长的电报，用着怪高兴的语调给他许多亲密的称呼，问“大家是否还相爱”。后来，杳无音讯的差不多隔了一年，又接到一封短信，像小孩子似的把字写得挺大挺潦草，装着贵妇人的口吻，一共只有寥寥几句，都是亲热而古怪的话。以后，又没消息了。她并没忘了他；只是没工夫想到他。

目前，高丽纳的印象还很新鲜，两人交换的计划老在心中盘旋，克利斯朵夫便打算写一阕戏剧音乐给高丽纳去演，其中夹几段她可以唱的调子，——大概是一种诗歌体音乐话剧①的形式。这一门艺术从前在德国极受欢迎，莫扎特曾经热烈称赏；贝多芬，韦伯，门德尔松，舒曼，一切伟大的作家都有制作；但从瓦格纳派的艺术得势，以为替戏剧与音乐找到了一个确切不移的公式之后，诗歌体杂剧就衰落了。瓦格纳派的学究，不单排斥一切新的杂剧，还要把以前的杂剧彻底清除：他们费尽心血把歌剧中所有语体对白的痕迹删掉，替莫扎特、贝多芬、韦伯等补上他们自出心裁的吟咏体；他们很虔诚地把垃圾堆在杰作上面，自以为把大师们的思想给补足了。

高丽纳的批评使克利斯朵夫对于瓦格纳派的朗诵体格外觉得笨重，甚至难听；他考虑到在戏剧中把说白与歌唱放在一处，用吟咏体把它们合在一起，是不是无聊，是不是违反自然：因为那好比把一匹马和一只鸟拴在同一辆车上。说白与歌唱各有各的节奏。一个艺术家为了他所偏爱的一种艺术而牺牲另一种，那是可以理解的。但要在两者之

---

① 音乐话剧(Melodrame)有两种：一是通俗戏剧，以惊心动魄的紧张场面为主，羼杂悲剧与喜剧的成分，间亦用音乐作穿插。另一种为音乐部分极占重要的戏剧，但与歌剧不同，歌唱与说白兼而有之，而说白又有音乐伴奏。历史上著名的例子有贝多芬的《哀格蒙特》、门德尔松的《仲夏夜之梦》、比才的《阿莱城的姑娘》等。

间求妥协，就非两败俱伤不可：结果是说白不成其为说白，歌唱不成其为歌唱。歌唱的壮阔的波澜，势必受狭窄单调的河岸限制；而说白的美丽的裸露的四肢，也要包上一层浓艳厚重的布帛，把手势与脚步都给束缚了。为什么不让它们俩自由活动呢？就像一个美丽的女子，沿着一条小溪轻快地走着，幻想着，给喁喁的水声催眠着，步履的节奏不知不觉与溪水的歌声相应。这样，音乐与诗歌都自由了，可以并肩前进，把彼此的幻梦融合在一起。当然不是任何音乐任何诗歌都能这样结合的。一般粗制滥造的尝试和恶俗不堪的演员，往往使反对杂剧的人振振有词。克利斯朵夫也久已跟他们一样存着厌恶之心：演员们依着乐器的伴奏念那些语体的吟诵的时候，并不顾到伴奏，并不想把他们的声音与伴奏融合为一，只想教人听到他们的声音：这种荒谬的情形的确使一切有音乐感觉的耳朵受不了。可是从他听到了高丽纳和谐的声音，听到了她流水似的、纯净的声音，像一道阳光照在水里那样在音乐中动荡，和每句旋律的轮廓化成一片，成为一种更自由更流畅的歌声，他仿佛看到了一种新艺术的美。

他或许看得很对；但这一类的艺术倘使要真有价值，可以说是所有的体裁中最难的，像克利斯朵夫那样没有经验的人去贸然尝试，决计免不了危险。尤其因为这种艺术有一个主要条件：就是诗人、艺术家、演员，三方面的努力必须非常调和。克利斯朵夫完全不理会这些，就冒冒失失地去尝试只有他一个人感觉到它的法则的新艺术。

最初他想采取莎士比亚的一出神幻剧①或《浮士德》后部中的一幕来配制音乐。但戏院方面并无意做这种尝试，认为费用既不赀，而且是荒唐的试验。大家承认克利斯朵夫对音乐是内行，但看到他胆敢对戏剧也有所主张，就觉得好笑而不把他当真了。音乐与诗歌，好似两个漠不相关而暗中互相仇视的世界。要踏进诗歌的领域，克利斯朵夫必须和一个诗人合作；而这诗人是不容许他选择的，连他自己也不敢选择：因为他不敢信任自己的文学趣味。人家说他完全不懂诗歌，事实上他

---

① 神幻剧(fêerie)是音乐部分极占重要的一种戏剧，形式上与音乐话剧相似，但神幻剧内容多以希腊神话或著名诗歌为题材，不似音乐话剧之比较通俗。

对于周围的人所赞赏的诗歌,的确完全不懂。凭着他那种老实与固执的脾气,他费了不少苦心去领略这一首诗或那一首诗的妙处,始终没成功,他不胜惶愧,承认自己没有诗人的素质。其实他很爱好某几个过去的诗人;这一点使他还有点安慰。但他爱好那些诗人的方式大概是不对的。他发表过奇特的见解,说唯有把诗译成了散文,甚至译成了外国文的散文而仍不失其为伟大的诗人才算伟大,又说文辞的价值全靠它所表现的心灵。朋友们听了都嘲笑他。曼海姆把他当做俗物。他也不敢辩白。只要听文人谈论音乐,就可知道一个艺术家一旦批评他外行的艺术就要闹笑话。这种例子他天天有得看到,所以他决意承认(虽然心里还有点怀疑),自己对诗歌真是外行,而对那些他信为更在行的人的见解,闭着眼睛接受了。杂志里的朋友们给他介绍了一个颓废派诗人,史丹芬·洪·埃尔摩德,说他写了出别出心裁的《伊芙琴尼亚》。[①] 当时的德国诗人和他们的法国同行一样,正忙着把古希腊的悲剧改头换面。埃尔摩德的作品就是半希腊半德国式的那一种,把易卜生、荷马,甚至王尔德的气息混在一起,当然也没忘了查看一下考古学。他所写的阿伽门农是个神经衰弱病者,阿喀琉斯是个懦怯无用的人:他们互相怨叹自己的处境;而这种怨叹当然也无济于事。全剧的重心都在伊芙琴尼亚一个人身上:她又是一个神经质的、歇斯底里的、迂腐的伊芙琴尼亚,教训着那些英雄,狂叫怒吼,对着大众宣说尼采派的厌世主义,结果是醉心于死而在狂笑中自刎了。

这部狂妄的作品,完全代表一个穿着希腊装束的没落的野蛮民族,与克利斯朵夫的精神根本是不相容的。但周围的人都异口同声地说是杰作。他变得懦弱了,也信了他们的话。其实他脑子里装满了音乐。念念不忘的是音乐而非剧本。剧本只等于一个河床,给他用来宣泄热情的巨流的。真正为诗歌配制音乐的作家必须懂得退让,放弃自己的

---

① 据希腊神话,伊芙琴尼亚为迈锡尼王阿伽门农之女。希腊人欲在奥利斯港口航海,为逆风所阻。卜者加尔加斯谓当以伊芙琴尼亚祭献与阿耳特弥斯神,方能挽回风向。阿伽门农乃遣于里斯往迎其女,伪称欲以嫁与米米同斯王阿喀琉斯。及伊芙琴尼亚至,将行祭礼时,神示忽称可以牝鹿代供牺牲。此项情节自古希腊以来,剧作者多采作题材。

个性，克利斯朵夫可绝对办不到。他只想到自己，没想到什么诗歌；而他还不愿意承认这一点。他自以为了解诗人的作品：殊不知他所了解的根本不是原作的意思。像小时候一样，他脑子里编了一个脚本，跟摆在眼前的那个毫不相干。

等到排演的时候，他可发现了作品的真面目。有一天他听着其中的一幕觉得荒谬至极，以为是演员们把它改了样；他不但当着诗人向演员解释剧本，还对那个替演员们辩护的诗人解释。作者不服气了，怪不高兴地说他总该明白自己所要表白的东西罢。克利斯朵夫一口咬定埃尔摩德完全不了解剧本。众人听了哄堂大笑，克利斯朵夫才觉得自己闹了笑话。他住了嘴，承认那些诗句究竟不是自己写的。于是他看出了剧本的荒谬，大为丧气；他不懂怎么早先会误解的。他骂自己糊涂，扯着自己的头发。他想聊以自慰，暗暗地说："好罢，我根本没懂。别管剧本，只管我的音乐罢！"——可是剧中人的举动，姿势，说话的无聊，装腔作势的激昂，不必要的叫喊，使他受不了，甚至在指挥乐队的时候连棍子都举不起来，恨不得去躲在提示人的洞里。他太坦白，太不懂世故了，没法掩藏自己的感想，使朋友、演员、剧作者，每个人都感觉得清清楚楚。

"是不是你不喜欢这个作品？"埃尔摩德冷笑着问。

克利斯朵夫鼓着勇气回答："说老实话，我不喜欢。我不懂。"

"那末你写音乐以前，没把剧本念过一遍吗？"

"念过的，"克利斯朵夫天真地说，"可是我误会了，把作品了解错了。"

"可惜你没有把你所了解的自己写下来。"

"唉！我要能自己写才好呢！"克利斯朵夫说。

诗人气恼之下，为了报复，也批评他的音乐了。他埋怨它繁重，使人听不到诗句。

诗人固然不了解音乐家，音乐家也固然不了解诗人，演员们却是对他们俩都不了解，而且也不想了解。他们只在唱词中找些零星的句子来卖弄自己的特长。他们绝对不想把朗诵去适应作品的情调和节奏：他们和音乐分道扬镳，各自为政，仿佛他们永远没把音唱准似的。克利斯朵夫气得咬牙切齿,拼命把一个一个的音符念给他们听:可是他叫他的,他们唱他们的,根本不懂他的意思。

要不是为了已经排演到相当程度,怕取消了会引起诉讼,克利斯朵夫早就放弃这个戏了。曼海姆听到他灰心的话,满不在乎地说:

"怎么啦?事情很顺当啊。你们彼此不了解吗?哦!那有什么关系?除了作家本人,谁又懂得一件作品?作家自己能懂,已经算了不起了!"

克利斯朵夫为了诗的荒谬非常担心,说是会连累他的音乐的。曼海姆当然知道那些诗不近人情,埃尔摩德也是个无聊家伙;可是他觉得无所谓:埃尔摩德请客的时候饭菜挺好,又有一个美丽的太太:批评界对他还能要求什么呢?——克利斯朵夫耸耸肩,说他没有工夫听这种轻薄话。

"哪里是轻薄话!"曼海姆笑着说,"他们都是些老实人!完全不知道人生中什么是重要的。"

他劝克利斯朵夫别为埃尔摩德的事那么操心,得想到自己的事。他鼓励他做些宣传工作。克利斯朵夫不胜愤慨地拒绝了。一个新闻记者来问到他的身世,他憋着气回答:"跟你有什么相干!"

又有人代表一个杂志来向他讨照相,他直跳起来,说谢谢老天,他没有做德皇,用不着把照片摆在街上给路人瞧。要他跟当地最有势力的沙龙有所联络简直不可能。他不接受人家的邀请;便是不得不接受了,临时又忘了去,或是心绪恶劣地去,好像存心跟大家怄气。

而最糟的是,上演的前两天,他和杂志方面的人也闹翻了。

不可避免的事终于发生了。曼海姆继续篡改克利斯朵夫的文字,把批评的段落毫无顾忌地整行整行地删掉,写上恭维的话。

有一天,克利斯朵夫在某个沙龙里遇见一个演奏家,——一个被他痛骂过的小白脸式的钢琴家,嘻开着雪白的牙齿向他道谢。他厉声回答说用不着谢。那钢琴家依旧絮絮叨叨地表示感激。克利斯朵夫直截了当地打断了他的话,说要是他满意他的批评,那是他的事,可是写的人绝不是想使他满意的;说罢他转过身子不理了。演奏家以为他好人歹脾气，便笑着走开了。克利斯朵夫可记起不久以前收到另一个被他痛骂的人的谢启，突然起了疑心，便出去到报亭里买了份最近期的杂志，找出他那篇的文字读了一遍……当时他竟以为自己疯了。过了一会儿，他恍然大悟，便气得什么似的奔到社里去。

华特霍斯与曼海姆正在那儿跟一个相熟的女演员谈天。他们用不着问克利斯朵夫的来意。他把杂志往桌上一摔，连喘口气都等不及，就气势汹汹地对他们破口大骂，又是叫又是嚷，说他们是坏蛋，是无赖，是骗子，抓着一张椅子使劲望地板上乱捣。曼海姆还想嘻嘻哈哈：克利斯朵夫要飞起脚来踢他的屁股。曼海姆逃在桌子后面捧腹大笑。华特霍斯可是对他一脸瞧不起的样子，拿出尊严沉着的气派，竭力在喧闹声中表示不答应人家对他用这种口气，教克利斯朵夫等他的消息；一边把名片递给他。[1] 克利斯朵夫拿来扔在他脸上，叫道：

"摆什么臭架子！……用不着你的名片，我早知道你是什么东西了……你是个流氓，骗子！……你想我会跟你决斗吗？……哼，你只配给人家揍一顿！……"

他的声音直闹到街上，连走路人都停下来听。曼海姆赶紧关起窗子。那女客吓坏了，想溜，可是克利斯朵夫把房门堵住了。华特霍斯脸色发了青，连气都透不过来；曼海姆涎皮赖脸地笑着，两人嘟嘟囔囔地想跟他争。克利斯朵夫可绝对不让他们开口，把所能想象到的最不中听的话对他们说尽了，直到无可再骂，连气都塞住了才走掉。而华特霍斯和曼海姆等他走了才能说出话来。曼海姆马上又活泼了：他挨了骂不过像鸭子淋了阵雨。可是华特霍斯愤怒到极点，他尊严受了伤害；而且当着别人受辱，他尤其不能原谅。同事们也跟着附和他。社里所有的同人中唯有曼海姆不恨克利斯朵夫：他拿他耍弄够了，觉得听几句粗话不能算划不来。那是怪有趣的玩意儿，假使这种事临到他，他自己就会先笑的。所以他准备跟克利斯朵夫照常来往，好像根本没那回事。克利斯朵夫可记在心上，不管对方怎样来迁就他，始终拒绝。曼海姆也无所谓：克利斯朵夫是个玩具，已经给他称心如意地玩够了；他又在进

---

① 西俗：两人吵架时一造把名片递给对造是表示愿意决斗。

攻另一个傀儡了。从此他们断绝了关系。但曼海姆在人家提到克利斯朵夫的时候依旧说他们是好朋友。也许他的确这样想。

吵架以后两天,《伊芙琴尼亚》公演了。结果是完全失败。华特霍斯的杂志把剧本恭维了一阵,对音乐只字不提。别的刊物可快活极了。大家哄笑,喝倒彩。戏演了三场就停了,众人的笑骂可并不跟着停止:能有个机会说克利斯朵夫坏话真是太高兴了;连续好几个星期,《伊芙琴尼亚》成为挖苦的资料。大家知道克利斯朵夫再没自卫的武器,就尽量利用机会,唯一的顾忌是他在宫廷里的地位。虽然他跟那位屡次责备他而他置之不理的大公爵很冷淡,他仍不时在爵府里走动,所以群众认为他还得到官方的支持,——有名无实的支持。——而他还要把这最后一个靠山亲自毁掉。

他受了批评。它不但针对他的作品,还牵涉他那个新的艺术形式,那是人家不愿意了解的,可是要把它歪曲而使它显得可笑倒很容易。对于这种恶意的批评,最好是置之不理,继续创作:但克利斯朵夫还没有这点儿聪明。几个月以来,他养成了坏习惯,对一切不公平的攻击都要还手。他写了一篇把敌人们丑诋一顿的文章,送给两家正统派的报馆,都被退回了,虽然退稿的话说得很婉转,仍带着讥讽的意味,克利斯朵夫固执起来,非想法登出来不可。他忽然记起城里有一份社会党的报纸曾经想拉拢他。他认识其中的一位编辑,有时和他讨论过问题的。克利斯朵夫很高兴能找到一个人,敢毫无忌讳地谈到当局,军队,和一切压迫人的古老的偏见。可是谈话的题目也至此为止,因为那社会主义者说来说去脱不了马克思,而克利斯朵夫对他就没有兴趣。他觉得那个思想自由的人物,除了一套他不大喜欢的唯物主义以外,还有刻板的教条,思想方面的专制,暗中崇拜武力,简直是另一极端的军国主义;总之他的论调和克利斯朵夫在德国每天听到的并没多大分别。

虽然如此,他被所有的编辑封锁之后,他所想到的还是这位朋友和他的报纸。他很知道他的举动会骇人听闻:那份报纸素来很激烈,专门骂人,大家都认为要不得的;但克利斯朵夫从来不看它的内容,所以只想到那些大胆的思想(那是他不怕的),而没想到它所用的卑鄙的口吻

（那是他看了也要厌恶的）。并且别的报纸暗中联合起来打击他，使他恨无可泄，所以即使他知道报纸的内容，也不见得会顾虑。他要教人知道要摆脱他没这么容易。——于是他把那篇文章送到社会党报纸的编辑部，大受欢迎。第二天，文章就给登出来了，编者还加上一段按语，大吹大擂地说他们已经约定天才青年，素来对工人阶级的斗争极表同情的克拉夫脱同志长期执笔。

克利斯朵夫既没看到自己的文章，也没看到编者的按语；那天是星期日，天没亮他就出发往乡下散步去了。他兴致很好，看着太阳出来，又笑又叫，手舞足蹈。什么杂志，什么批评，一股脑儿丢开了！这是春天，大自然的音乐，一切音乐中最美的音乐，又奏起来了。黑洞洞的，闷人的，气味难闻的音乐厅，可厌的同伴，无聊的演奏家，都给忘得干干净净！只听见喁喁细语的森林唱出奇妙的歌声；令人陶醉的生气冲破了地壳，在田野中激荡。

他给太阳晒得迷迷糊糊地回家，母亲递给他一封信，是他不在的时候爵府里派人送来的；信上用的是公事式的口气，通知克拉夫脱先生当天上午就得到府里去一次。上午早已过了，时间快到一点，克利斯朵夫可并不着急。

“今儿太晚了，”他说，“明儿去吧。”

可是母亲觉得不妥：“不行，亲王找你去，你得马上去，或许有什么要紧事儿。”

克利斯朵夫耸耸肩：“要紧事儿？那些人会跟你谈什么要紧事儿吗？……还不是说他那一套关于音乐的见解，教人受罪！……只希望他别跟西格弗里德·曼伊哀①比本领，也写一曲什么《颂歌》！那我可不客气喽。我要对他说：你干你的政治吧！你在政治方面是主人，永远不会错的，可是艺术，替我免了吧！谈到艺术，你的头盔，你的羽饰，你的制服，你的头衔，你的祖宗，统没有啦；……我的天！试问你没有了这些，你还剩什么？”

把什么话都会当真的鲁意莎举着手臂喊起来：

---

① 西格弗里德·曼伊哀为当时德国写煽动文字的评论家替德皇起的诨名。——原注

“怎么能说这个话！……你疯了！你疯了！……”

他看母亲信以为真，更故意跟她玩儿，尽量吓唬她。鲁意莎直到他越来越荒唐了才明白他在逗她，便转过背去说：“你太胡闹了，孩子！”

他笑着拥抱她。他兴致好极了：散步的时候有个美丽的调子在胸中蹦呀跳的，好似水里的鱼儿。他肚子饿得很，必要饱餐一顿才肯上爵府去。饭后，母亲监督着他换衣服；因为他又跟她淘气，说穿着旧衣衫和沾满了灰土的鞋子，也没有什么不体面。但临了他仍旧换了一套衣服，把鞋子上了油，嘴里嘁嘁喳喳地打着唿哨，学做各式各种的乐器。穿扮完了，母亲给检查了一遍，郑重其事地替他把领带重新打过。他竟例外地很有耐性，因为他对自己很满意，——而这也不是常有的事。他走了，说要去拐走阿台拉伊特公主。那是大公爵的女儿，长得相当美，嫁给德国的一个小亲王，此刻正回到母家来住几个星期。克利斯朵夫小时候，她对他很好；而他也特别喜欢她。鲁意莎说他爱着她，他为了好玩也装做这个样子。

他并不急于赶到爵府，一路瞧瞧铺子，看到一条像他一样闲荡的狗横躺着在太阳底下打哈欠，就停下来把它摩一会儿。他跳过爵府广场外面的铁栏，——里头是一大块四方形的空地，四面围着屋子，空地上两座喷水池有气无力地在那儿喷水；两个对称的没有树荫的花坛，中间横着一条铺着沙子的小路，像脑门上的一条皱痕，路旁摆着种在木盆里的橘树；场子中央放着一座不知哪一个公爵的塑像，穿着路易·菲利浦式的服装，座子的四角供着象征德性的雕像。场中只有一个闲人坐在椅子上拿着报纸打盹。府邸的铁栏前面，等于虚设的岗位上空无一人。徒有其名的壕沟后面，两尊懒洋洋的大炮似乎对着懒洋洋的城市打哈欠。克利斯朵夫看着这些扯了个鬼脸。

他走进府第，态度并不严肃，至多是嘴里停止了哼唱，心却照旧快活得直跳。他把帽子往衣帽间的桌上一扔，毫不拘礼地招呼他从小认识的老门房。——当年克利斯朵夫跟着祖父晚上第一次到府里来看哈斯莱，他已经在这儿当差了：——老头儿对于他嘻嘻哈哈的说笑一向不以为忤，这一回却是神色傲慢。克利斯朵夫没注意。更往里走，他在穿堂里又碰到一个秘书处的职员，平素对他怪亲热，话挺多的，这回竟急急忙忙地走过了,避免和他搭讪,克利斯朵夫看了很奇怪。可是他并不拿这些小节放在心上,只管往前走去,要求通报。

他进去的时候,里头刚吃过中饭。亲王在一间客厅里,背靠着壁炉架,抽着烟和客人谈天;克利斯朵夫瞥见那位公主也在客人中间抽着烟卷,懒洋洋地仰在一张靠椅中,和四周的几个军官高声说着话。宾主都很兴奋;克利斯朵夫进门就听到大公爵一片粗豪的笑声。可是亲王一看见克利斯朵夫,笑声马上停止。他咕噜了一声,直扑过来嚷道:

"嘿!你来啦!你终于赏光到这儿来啦!你还想把我耍弄下去吗?你是个坏东西,先生!"

克利斯朵夫被这当头一棒打昏了,待了好一会儿说不上话来。他只想着他的迟到,那也不至于受这样的羞辱啊,他便结结巴巴地说:"亲王,请问是怎么回事?"

亲王不理他,只顾发脾气:"住嘴!我决不让一个坏蛋来侮辱我。"

克利斯朵夫脸色发了白,喉咙抽搐着发不出声音;他挣扎了一下,嚷道:

"亲王,您既没告诉我是什么事,也就没权利侮辱我。"

大公爵转身对着他的秘书,秘书马上从袋里掏出一份报纸。他生那么大的气,不光是因为性子暴躁,过度的酒也有相当作用。他直跳到克利斯朵夫面前,像斗牛士拿着红布一般,抖开那张打皱的报纸拼命挥舞,怒不可遏地叫着:

"瞧你的脏东西,先生!……你就配人家把你的鼻子揿在里面!"

克利斯朵夫认出那是社会党的报纸:"我不觉得这有什么不对的地方。"他说。

"怎么!怎么!你那样的无耻!……这份混账的报纸!那帮流氓天天侮辱我,说着最下流的话骂我!……"

"爵爷,我没看过这个报。"

"你扯谎!"

"我不愿意您说我扯谎,"克利斯朵夫说,"我没看过这个报,我只关心音乐。并且,我自有爱在哪儿发表文章就在哪儿发表的权利。"

"你什么权利也没有,唯一的权利是不开口。过去我待你太好了。

我给了你跟你的家属多少好处，照你们父子两个的行为，我早该跟你们断绝了。我不准你再在跟我捣乱的报上发表文字。并且将来不经我的许可，也不准你再写什么文字。你为音乐掀起的笔墨官司，我也看够了。凡是有见识有心肝的人，真正的德国人所看重的东西，我不准一个受我保护的人去加以攻击。你还是作些高明一点的曲子罢，要是作不出，那末练习练习你的音阶也好。我不要音乐界里来一个社会党，搞些诋毁民族的光荣，动摇人心的玩意儿。谢谢上帝！我们知道什么是好东西，用不着你来告诉我们。所以，还是弹你的琴去罢，先生，别跟我们捣乱！”

肥胖的公爵正对着克利斯朵夫，把恶狠狠的眼睛直瞪着他。克利斯朵夫脸色发了青，想说话，扯了扯嘴唇，嘟囔着说：

“我不是您的奴隶，我爱说什么就说什么，爱写什么就写什么……”

他气都塞住了，羞愤交迸，快要哭出来；两条腿在那里发抖。他动了动胳膊，把旁边家具上的一件东西撞倒了。他觉得自己非常可笑，也的确听见有人笑着；他模模糊糊地看到公主在客厅那一头和几个客人交头接耳，带着可怜他和讥讽他的意味。从这时起，他就失了知觉，不知道经过些什么情形。大公爵嚷着。克利斯朵夫嚷得更凶，可不知道自己说些什么。秘书和另一个职员走过来要他住嘴，被他推开了；他一边说话一边无意中抓着桌上的烟灰碟子乱舞。他听见秘书喊着：

“喂，放下来，放下来！……”

他又听见自己说着没头没脑的话，把烟灰碟子往桌边上乱捣。

“滚出去！”公爵愤怒至极，大叫起来，“滚！滚！替我滚！”

那些军官走过来想劝公爵。他好像脑充血似的突着眼睛，嚷着要人家把这个无赖赶出去。克利斯朵夫心头火起，差点儿伸出拳头去打公爵的脸；可是一大堆矛盾的心理把他压住了：羞愧，愤怒，没有完全消灭的胆怯，日耳曼民族效忠君王的性格，传统的敬畏，在亲王面前素来卑恭的习惯，都在他心头乱糟糟地混在一起。他想说话而不能说话，想动作而不能动作；他看不见了，听不见了，让人家把他推了出来。

他在仆役中间走过。他们声色不动地站在门外，把吵架的情形都听了去。走出穿堂的二三十步路，他仿佛走了一辈子。回廊越走越长，似乎走不完的了！……从玻璃门里望见的外边的阳光，对他像救星一样……他踉踉跄跄地走下楼梯，忘了自己光着脑袋，直到老门房叫他才回去拿了帽子。他拿出全身的精力才能走出府第，穿过院子，回到家里。路上他把牙齿咬得格格地响。一进家里的大门，他的神气跟哆嗦就把母亲吓坏了。他推开了她，也不回答她的问话，走进卧房，关了门倒在床上。他抖得那么厉害，竟没法脱衣服，气也透不过来，四肢也瘫痪了。……啊！但愿不再看见，不再感觉，不必再支撑这个可怜的躯壳，不必再跟可羞可鄙的人生挣扎，没有气没有思想地倒下去，不要再活，脱离世界！……——他费了好大的劲才脱下衣服，乱七八糟地摔在地下，人躺在床上，把眼睛蒙住了。屋子里什么声音都没有，只有他的小铁床在地砖上格格地响。

鲁意莎贴在门上听着，敲着门，轻轻地叫他：没有回音。她等着，听着房里寂静无声好不揪心，然后她走开了。白天她来了一两次，晚上睡觉之前又来了一次。一天过去了，一夜过去了：屋子里始终没有一点声音。克利斯朵夫忽冷忽热，浑身哆嗦，哭了好几回；半夜里他抬起身子对墙壁晃晃拳头。清早两点左右，发疯似的一阵冲动使他爬下了床，半裸着湿透的身子，想去杀死大公爵。恨与羞把他折磨着，身心受着火一般的煎熬。可是这场内心的暴风雨在外面一点都不表现出来：没有一句话，没有一个声音。他咬紧牙齿，把一切都压在肚里。

第二天他照常下楼：精神上受了重伤，一声不出，母亲也一句不敢动问。她已经从邻居那边知道了原委。整天他坐在椅子里烤火，跟哑巴一样，浑身发烧，驼着背像老头儿。母亲不在的时候，他就悄悄地哭。

傍晚，社会党报纸的编辑来找他。自然，他已经知道了那件事而来打听细节。克利斯朵夫很感激，天真地以为那是对他表示同情，是人家为了连累他而来向他道歉。他要挣面子，对过去的事一点不表后悔，不觉把心上的话全说了出来：跟一个像自己一样恨压迫的人痛痛快快谈一谈，他觉得松了口气。那编辑逗他说话，心里想即使克利斯朵夫不愿亲自动笔，至少可以供给材料，让他拿去写篇骇人听闻的文章。他预料这位宫廷音乐家受了羞辱，一定会把他高明的笔战功夫，和他所知道的宫廷秘史(那是更有价值的),贡献给社会党。他认为用不到过分的含蓄,便老老实实把这番意思对克利斯朵夫说了。克利斯朵夫跳起来,声明他一个字都不能写:由他去攻击大公爵,人家会看做他报私仇;过去他发表自己的思想是冒着危险的,现在他一无束缚之后,反而需要谨慎了。那编辑完全不了解这些顾虑,认为克利斯朵夫没出息,骨子里还是个吃公事饭的,他尤其以为克利斯朵夫是胆小。

“那末,”他说,“让我们来:由我动笔。你什么都不用管。”

克利斯朵夫求他不要写,但他没法强制他不写。而且对方告诉他这件事不单和他个人有关,连报纸也受到侮辱,他们有权利报复的。这一下克利斯朵夫无话可说了,他充其量只能要求别滥用他的某些心腹话,那是拿他当做朋友而非当做新闻记者说的。对方一口答应下来。克利斯朵夫仍旧不大放心:他这时候才明白自己的莽撞,可是已经太晚了。——客人一走,他回想起说过的话不禁害了怕,立刻写信给编辑,要求他无论如何不能和盘托出;——可怜他在信里把那些话又重复了一部分。

第二天,他迫不及待地打开报纸,在第一版上就看到了他全部的故事。他上一天所说的一切,经过新闻记者那种添枝加叶的手段,当然是夸大得不成样了。那篇文章用着卑鄙而激烈的语调把大公爵和宫廷骂得淋漓尽致。某些细节明明只有克利斯朵夫知道,很可以令人疑心通篇是他的手笔。

这一个新的打击可是中了克利斯朵夫的要害。他一边念一边直淌冷汗,念完之后简直吓昏了。他想跑到报馆去;但母亲怕他闯祸,——而这也不无理由,——把他拦住了。他自己也怕;觉得要是去了,说不定又会闹出什么傻事来;于是他待在家里,——做了另外一件傻事。他写了一封义正词严的信,痛责记者的行为,否认那篇文章里的事实,表示跟他们的一党决绝了。这篇更正并没登出来。克利斯朵夫再写信去,一定要他们披露他的信。人家把他发表谈话那晚的第一封信抄了一份副本寄给他,问他要不要把这封信一起发表。他这才觉得给他们拿住了。以后他不幸在街上又碰见那位冒失的记者,少不得把他当面骂一顿。于是第二天报上又登出一篇短文,说那些宫廷里的奴才,即使被主子撵走了还是脱不了奴性;再加上几句影射最近那件事的话,使大家都明白是指的克利斯朵夫。

赶到谁都知道克利斯朵夫连一个后台也没有了的时候,他立刻发觉自己的敌人多得出乎意料。凡是被他直接间接中伤过的人,不问是个人受到批评的,或是思想与识见受到指摘的,都马上对他反攻,加倍地报复。至于一般的群众,当初克利斯朵夫振臂疾呼,想把他们从麻痹状态中唤醒过来的人,现在看着这个想改造舆论、惊扰正人君子的好梦的狂妄的青年受到教训,也不禁暗暗称快,克利斯朵夫掉在水里了。每个人都拼命把他的头揿在水底下。

他们并不是一齐动手的。先由一个人来试探虚实,看见克利斯朵夫不还手就加紧攻势。然后别的人跟着上前,然后大队人马蜂拥而来。有些人把这种事看做有趣的玩意儿,好似小狗喜欢在漂亮地方放屁:那都是些外行的新闻记者,好比游击队,因为一无所知,只把胜利的人捧一阵,把失败的骂一顿,教人忘掉克利斯朵夫。另外一批却搬出他们的原则来作猛烈的攻击。只要一经他们的手,世界上就可以变得寸草不留:那是真正的批评界,致人死命的批评界。

幸而克利斯朵夫是不看报的。几个忠实的朋友特意把诬蔑最厉害的几份报寄给他。可是他让它们堆在桌上,不想拆阅。最后有一篇四周用红笔勾出的文字引起了他的注意;原来说他所作的歌像一头野兽的咆哮,他的交响曲是疯人院里的出品,他的艺术是歇斯底里的,他的抽风似的和声只是遮掩他心灵的枯索与思想的空虚。那位很知名的批评家在结论里说:

“克拉夫脱先生从前以记者的身份写过些东西,表现特殊的文笔与特殊的口味,在音乐界中成为笑谈。当时大家好意劝他还是作他的曲子为妙。他的近作证明那些劝告虽然用心甚好,可并不高明。克拉夫脱先生只配写写那种文章。”

看了这一篇,克利斯朵夫整个上午不能工作;他又去找别的骂他的报纸,预备把失意的滋味饱尝一下。可是鲁意莎为了收拾屋子,老喜欢把所有散在外面的东西丢掉,那些报纸早给她烧了。他先是生气,随后倒也安慰了,把那份留下来的报递给母亲,说这一份也早该一起扔在火里的。

可是还有使他更难受的侮辱呢。他寄给法兰克福一个有名的音乐会的一阕四重奏,被一致地否决了,①而且并不说明理由。科隆乐队有意接受的一阕序曲,在他空等了几个月之后也给退回来,说没法演奏。但最难堪的打击是出于当地的某音乐团体。指挥于弗拉脱是个很不差的音乐家,但和多数的指挥一样,一点没有好奇心;他有那种当指挥的特有的惰性:凡是已经知名的作品,他可以无穷尽地重复搬弄,而一切真正新颖的艺术品却被视为洪水猛兽,避之唯恐不及。他永不厌倦地组织着贝多芬,莫扎特,或是舒曼的纪念音乐会:在这些作品里头,他只要让那些熟悉的节奏把自己带着跑就是了。反之,现代的音乐就教他受不住。但他不敢明白承认,还自命为能够赏识有天才的青年;实际是这样的:假如人家给他一件仿古的作品,——仿一件五十年前算是新的作品,——他的确极表欢迎,甚至会竭力教大众接受。因为这种东西既不妨害他演奏的方式,也不会扰乱大众感受作品的方式。可是一切足以危害这美妙的方式而要他费力的作品,他都深恶痛绝。只要开辟新路的作家一天没有成名,他鄙薄的心就一天不会消失。假使这作家有成功的希望,他的鄙薄就一变而为憎恨,——直到作家完全成功的那一天为止。

克利斯朵夫当然谈不到有成功的希望,那才差得远呢。所以他间接知道于弗拉脱先生很愿意演奏他的作品,不禁大为诧异。这位指挥是勃拉姆斯的好朋友,也是被克利斯朵夫在杂志上痛诋过的别的几个音乐家的朋友,因此克利斯朵夫更觉得他的表示出乎意料。但他自己是好人,以为他的敌人也像他一样的宽宏大度。他猜想他们是看到他受到攻击,特意要表示他们决不做小心眼儿的报复:想到这点,他竟为之感动了。他送了一阕交响诗给于弗拉脱,附了一封情词恳切的信。对方教乐队秘书复了信,措辞冷淡,可是很有礼貌,声明他的曲子已经收到,但照会章规定,作品在公开演奏之前必须提交乐队先行试奏。章

① 凡作家投寄新作于音乐团体请其演奏时,当先由乐队董事会投票表决。

程总是章程:克利斯朵夫当然没有话说。而且这纯粹是种手续,免得一般讨厌的鉴赏家多所议论。

两三个星期以后,克利斯朵夫接到通知,说他的作品快要试奏了。照规矩,这种试奏是不公开的,连作家本人也不能旁听。事实上所有的乐队都容许作家到场,他只是不公然露面罢了。每个人都知道他在这儿,而每个人都装做不知道。到了那天,一个朋友来把克利斯朵夫带进会场,拣着一个包厢坐下。他很奇怪地发觉,这个不公开的预奏会居然差不多会客满,至少在楼下:大批的时髦朋友,有闲阶级,批评家,都在那里咭咭呱呱,非常兴奋。乐队照例是装做不知道有这些人的。

开场是勃拉姆斯采用歌德《冬游哈尔茨山》里的一段所作的狂想曲,有女低音独唱和男声合唱,由乐队伴奏的。克利斯朵夫早就讨厌这件作品的浮夸的感伤情调,以为这或许是勃拉姆斯党一种挺客气的报复,因为他从前很不恭敬地批评过这个曲子,特意强迫他听一遍。他想到这点不由得笑了,而听到以后又紧接着被他攻击过的两个别的作家的东西,他认为更有意思了:可见他猜得不错,他们的用意不是很显明了吗?他一边装着鬼脸,一边想这究竟是挺公平的斗争:他虽不欣赏那音乐,可很能欣赏这种玩笑。群众对着勃拉姆斯和同一派的作品热烈鼓掌的时候,克利斯朵夫也俏皮地附和几下。

终于轮到克利斯朵夫的交响曲了。乐队和听众之间都有人向他的包厢瞟几眼,证明大家知道他在场。他尽量地躲起来。他等着,心跳得很厉害。音乐像河水般悄悄地集中在一处,但等指挥的棍子一动就马上决破堤岸:在这种情形之下,每个作曲家都会觉得惴惴不安,他自己还从来没听到这个作品演奏的效果。他所幻想的生灵究竟是什么面目呢?声音又是怎么样的呢?他觉得它们在他心中轰轰地响;他靠在音响的深渊之上浑身哆嗦,急于要知道出来的是什么。

出来的却是一种无名的东西,一片不成形的混沌。明明是支撑高堂大厦的结实的梁柱,出来的可是没有一组站得住的和弦,它们相继瓦解,好似一座只有断垣残壁的建筑物,除了灰土瓦砾之外,一无所有。克利斯朵夫竟不敢相信奏的是他的作品。他找不到他思想的线条和节奏,根本认不出自己的思想了:只觉得它嘟嘟囔囔,摇摇晃晃,好比一个扶墙摸壁的醉鬼;他羞死了,仿佛自己就在当众表现这副醉鬼的模样。他明知他写的不是这种东西,可是没用:一个荒唐的代言人把你的话改头换面的变了样,你自己也会当场糊涂起来,弄不清你对这种荒谬的情形应不应当负责。至于群众,他们可不理会这些:他们相信表现的人,歌唱的人,相信他们听惯的乐队,正如相信他们读惯的报纸一样:他们是决不会错的;要是他们说了荒唐的话,一定是作者荒唐。这一回群众尤其不会起疑,因为他们原来就要相信作者可笑。克利斯朵夫还以为指挥也觉察到这种混乱的情形,会教乐队停下来重新开始的。各种乐器都失去了联络。圆号插进来的时候,落后了一拍子,又继续吹了好几分钟,才若无其事地停下来倒去口水。有几段双簧管的部分竟消灭得无影无踪。哪怕是最精细的耳朵也没法找到乐思的线索,甚至不能想象它有什么线索可言。变化很多的配器法,幽默的穿插,都给恶俗的演奏变得可笑了。作品显得荒谬绝伦,简直是一个白痴,是一个完全不懂音乐的人开的玩笑。克利斯朵夫扯着自己的头发,竟想跑出去阻断乐队的演奏;于是陪着他的朋友把他挡住了,说指挥先生自会辨别出演奏的错误而全部纠正的,——何况克利斯朵夫根本不该出头露面,他的指摘只有把事情弄得更糟。他把克利斯朵夫硬留在包厢里。克利斯朵夫听他摆布,只是把拳头敲着自己的脑门;而每次听到一段太不像话的表演,就又愤怒又痛苦地咕噜几声:“孽障!孽障!……”他一边呻吟,一边咬着手不让自己叫出来。

那时除了错误的音符,群众也开始骚扰,有了声音。先还不过是一种震颤的音浪;不久克利斯朵夫分明听到他们在笑了。乐师给他们暗示,有几个竟老实不客气表示忍俊不禁。群众明白了作品真的可笑时,便捧腹大笑起来,全场的人都乐死了。赶到一个节奏很强的主题又在低音提琴上出现,而给表现得特别滑稽的时候,大家更乐不可支。只有指挥一个人在喧闹声中不动声色地继续打着拍子。

曲子终于奏完了:——(世界上最得意的事也要结束的。)——那才轮到大众开口。他们高兴至极,闹哄了好几分钟。有的怪声嘘叫,有的大喝倒彩:更俏皮的人却喊着“再来一次!”花楼中有人用男低音摹仿那个可笑的主题。别的捣乱分子跟上来争奇斗胜。还有人嚷道:

“欢迎作家!”——这些风雅人士好久没有这样的乐了。

等到喧闹声稍微静了一些,乐队指挥若无其事地把大半个脸对着群众,可是仍装做看不见群众,——(因为乐队是始终认为没有外人在场的)——向乐队做了一个记号表示他要说话。有人嘘了一声,全场静默了。他又等了一忽儿才用着清楚、冷酷、斩钉截铁的声音说:

“诸位,我一定不会让这种东西奏完的,要不是为了把胆敢侮辱勃拉姆斯大师的那位先生给大家公断一下的话。”

说完了,他跳下指挥台,在大众的欢呼声中走了出去。掌声继续到一两分钟之久,但他竟不再出场。乐队里的人开始散了。群众也只能走了。音乐会已经告终。

大家总算过了一天快乐的日子。

克利斯朵夫已经出了包厢。他一看见指挥走下台,便立刻冲出去,三脚两步地奔下楼,要去打指挥的嘴巴。陪他来的朋友在后面追着,想拦住他。克利斯朵夫把他一推几乎跌下楼梯:——(他很有理由相信这位朋友也是做这个圈套的一分子。)——还算是于弗拉脱的运气,也是克利斯朵夫的运气,后台的门关着,尽管他用拳头乱敲也敲不开。而群众已经从会场里出来,克利斯朵夫不得不赶快溜了。

他当时的情形真是没法形容:他漫无目的地走着,舞动着手臂,骨碌碌地转着眼珠,大声地自言自语,活像一个疯子;愤慨与狂怒的叫声越来越响了。街上差不多没有什么人。音乐会场是上年在城外新盖的;克利斯朵夫不知不觉穿过荒地,向郊外走去;荒地上东一处西一处有几所板屋和正在建造的屋子,四周都有篱垣。他心中起了杀性,竟想把那个侮辱他的人杀死……可是即使杀了他,那些百般耻笑他的人,——他们笑声至今还在他耳朵里响着,——会把兽性改掉一点吗?他们人数太多了,简直无法可想;他们在多少事情上都意见分歧,但在侮辱他压迫他的时候却联合起来了。那不只是误解,而且还有一股怨毒在里头。他究竟在什么地方得罪了他们呢?他心中的确藏着些美妙的东西,教人愉快教人幸福的东西;他想说出来,让别人一同享受,以为他们也会像他一样的快乐。即使他们不能欣赏,至少也得感激他的好意,充其量可以用友好的态度指出他错误的地方;但他们因之而怀着恶意取笑他,把他的思想歪曲,诬蔑,踩在脚下,把他变成小丑来致他死命,真是从何说起!他气愤之下,把人家的怨毒格外夸大了,过分的当真了:其实那般庸碌的人压根儿没有什么当真的事。他嚎啕大哭地嚷着:"我什么地方得罪了他们呢?"他闭住了气,觉得自己完了,像童年第一次看到人类凶恶的时候一样。

这时他向周围和脚下看了看,原来他走到了磨坊邻近的小溪旁边,几年以前父亲淹死的地方。投水自杀的念头立刻在他脑中浮起,他想马上往下跳了。

正当他站在岸上,俯瞰着清澈恬静的水光感到幻惑的时候,一只很小的鸟停在近边的树枝上开始唱起来,唱得非常热烈。他不声不响地听着。水在那里喁语。开花的麦秆在微风中波动,簌簌作响;白杨萧萧,打着寒噤。路旁的篱垣后面,园中看不见的蜜蜂散布出那种芬芳的音乐。小溪那一边,眼睛像玛瑙般的一头母牛在出神。一个淡黄头发的小姑娘坐在墙沿上,肩上背着一只轻巧的稀格的藤篓,好似天使张着翅膀,她也在那儿幻想,把两条赤裸的腿荡来荡去,哼着一个全无意义的调子。远远的,一条狗在草原上飞奔,四条腿在空中打着很大的圆圈……

克利斯朵夫靠在一株树上,听着,望着春回大地的景象;这些生灵的和平与欢乐的气息把他感染了……他忘了一切……突然他拥抱着美丽的树,把腮帮贴着树干。他扑在地下,把头埋在草里,浑身抽搐地笑了,快乐至极地笑了。生命的美,生命的温情,把他包裹了,渗透了。他想道:

"为什么你这样的美,而他们——人类——那样的丑?"

可是不管这些!他爱生命,觉得自己永远会爱生命,无论如何不会跟它分离的了。他如醉若狂地拥抱着土地,拥抱着生命:

"我抓住你了!你是我的了。他们决不能把你抢走的。他们爱怎么办就怎么办罢!便是要我受苦也无妨!……受苦,究竟还是生活!"

克利斯朵夫鼓起勇气重新工作。什么名副其实的文人,有名无实的文人,多嘴而不能生产的人,新闻记者,批评家,艺术界的商人和投机分子,他都不愿意再跟他们打交道。至于音乐家,他也不愿再白费光阴去纠正他们的偏见与嫉妒。他们讨厌他是不是?好吧!他也讨厌他们。他有他的事业,非实现不可。宫廷方面恢复了他的自由:他很感激。他感激人们对他的敌意:因为这样他才能安心工作了。

鲁意莎完全赞成他的意见。她毫无野心,没有克拉夫脱的脾气,她既不像父亲,也不像祖父。她完全不指望儿子成就什么功名。当然,要是儿子有钱有名望,她心里也喜欢的;可是倘若名利要用多少不如意去换来,那她宁可不提此话。克利斯朵夫和宫廷决裂以后,她的悲伤并不是为了那件事情本身,而是因为儿子受到很大的痛苦。至于他和报纸杂志方面的人绝交,她倒很高兴。她对于字纸,像所有的乡下人一样抱着反感,以为那些东西不过使你浪费时间,惹是招非。有几回她听到杂志方面的几个年轻人和克利斯朵夫谈话:她对于他们的凶恶觉得可怕极了;他们诽谤一切,诬蔑一切,而且坏话越说得多,他们越快活。她不喜欢这批人。没有问题,他们很聪明,很博学,可绝不是好人。所以克利斯朵夫和他们断绝往来使她很安慰。她非常通情达理:他跟他们在一起有什么好处呢?至于克利斯朵夫自己,他是这样想的:

"他们喜欢把我怎么说、怎么写、怎么想,都由他们罢;他们总不能使我不成其为我。他们的艺术,思想,跟我有什么相干!我都否认!"

能否认社会固然很好,但社会决不轻易让青年人说说大话就把它否认了的。克利斯朵夫很真诚,可是还抱着幻想,没有把自己认识清楚。他不是一个修道士,没有遁世的气质,更没到遁世的年龄。最初一个时期他还不大痛苦,因为他一心一意浸在创作里头;只要有工作可做,他就不会觉得有什么欠缺。但旧作已完,新作还没在心中抽芽的期间,精神上往往有个低潮:他彷徨四顾,不禁对自己的孤独寒心。他问自己为什么要写作。正在写作的时候是不会有这种问题的:写作,就因为应当写作,那不是挺简单吗?等到一件作品诞生了,摆在面前之后,先前把作品从胸中挤压出来的那个强烈的本能就不出声了,而我们也不明白为什么要产生这件作品了,不大认得它了,几乎把它看做一件陌生的东西，只想把它忘掉。可是只要作品没印出来，没演奏过，没有在世界上独立生存过，我们就忘不了它。因为在这个情形之下，作品还是个与母体相连的新生儿，连在血肉上的活东西；要它在世界上存活，必得把它切下来。克利斯朵夫制作越多，越受这些从他生命中繁衍出来的东西压迫；因为它们无法生存，也无法死灭。谁替他来解放它们呢？一种模糊暧昧的压力在鼓动他那些思想上的婴儿；它们竭力想和他脱离，想流布到别的心中去，像活泼的种子乘着风势吹遍世界一样。难道他得永远被封锁起来，没法生长吗？那他可能为之发疯的。

既然所有的出路（戏院，音乐会）都已经断绝，而他也无论如何不肯再低首下心去向那些拒绝过他的指挥们钻谋，那末除掉把作品印出来以外别无办法；但要找一个肯捧他出场的出版家，也不比找一个肯演奏他作品的乐队更容易。他试了两三次，手段都笨拙到极点，结果他觉得够受了；与其再碰一次钉子，或是和出版商讨价还价，看他们那种长辈面孔，他宁可自己出钱印刷。那当然是胡闹。过去靠了宫廷的月俸和几次音乐会的收入，他积了一点儿钱；但收入的来源已经断绝，而要找到一个新的财源还得等好些时候，照理他应当小心谨慎地调度这笔积蓄，来渡过他刚踏进去的难关。现在他非但不这样做，反因为原有的积蓄不够对付印刷费而再去借债。鲁意莎一句话都不敢说；她觉得他没有理性，同时也不大明白，为什么一个人为了要把姓名印在书上愿意花这么一笔钱。但既然这是一种方法使他肯耐着性子，肯留在她身边，她也就挺高兴了。

克利斯朵夫拿出去问世的，并非他作品中比较通俗的，不费人家精神的那一类，而是一批最有个性而自己最重视的作品，都是些钢琴的曲子，其中也夹几支歌，有的很简短，调子很通俗，有的规模很庞大，差不多有戏剧情调的。这些作品合起来是一组或悲或喜的印象，衔接得很自然，有时用钢琴独奏来表现，有时用独唱或是钢琴伴奏的歌唱来表现。"因为，"克利斯朵夫说，"我幻想的时候，我并没什么固定的形式：我只是痛苦，快活，没有说话可以形容；但忽然我觉得需要说话了，就不假思索地唱起来：有时只是一些意义不大明确的字，断断续续的句子。有时是整篇的诗；然后我又沉入幻想。日子便这样地过去了；而我的确想描写一天的情绪。为什么一定要印一部纯粹是歌或纯粹是序曲的集子呢？那不是很勉强很不调和吗？让心灵自由活动不是更好吗？”所以他把集子题做：《一日》，集中各部分还有小题目，简括地指出内心的梦也有先后的程序。克利斯朵夫又加上神秘的献词，缩写的字母，日子，只有他自个儿懂得，而能够回想起诗意盎然的时间或是心爱的面貌的，例如满面笑容的高丽纳，不胜慵懒的萨皮纳，还有那不知名姓的法国少女。

除了这些作品，他又选了三十阕歌，都是自己最喜欢的，所以是群众最不喜欢的。他绝对不选入他“最悦耳”的曲子，而选了最有特点的。——（一般老实人最怕“特点”，凡是没有性格的东西，他们认为高明多了。）

这些歌的词句是十七世纪西里西亚诗人的作品；①克利斯朵夫偶尔在一部通俗丛书里读到这些诗篇，很喜欢它们真挚的气息。其中有两个作家尤其使他心折，那是像两兄弟般的，都在三十岁上夭折的短命天才。一个是富有风趣的保尔·弗莱明，高加索和伊斯法罕②一带的流浪者，在战争的残暴、人生的苦难、黑暗腐败的环境中，仍旧保持着一颗纯洁、慈悲、恬静的灵魂。另外一个是抑郁痛苦、沉湎酒色、佯狂玩世的天才约翰·克里斯蒂安·冈特。③ 克利斯朵夫所取材于冈特的是反抗压迫的挑战的呼声，是巨人被困时狂怒的诅咒，把雷电霹雳回击上天的号叫；取材于弗莱明的则是像鲜花一样柔和的情诗，像群星旋舞似的，清明欢悦的心的舞曲；他的一首悲壮而又静穆的十四行诗，题目叫做《自献》的，尤其为克利斯朵夫当做早祷一般讽咏不已。

虔诚的保尔·格哈特④的乐天气息，同样使克利斯朵夫心向神往，在悲哀之后得到一种安息。他喜欢他在上帝身上看出来的大自然的景

---

① 西里西亚为中欧一大平原，居民为斯拉夫族。一七四五年以前受奥帝国治下的小诸侯管辖，一七四五年以后大部分并入普鲁士邦版图。两诗人生前，西里西亚尚纯属奥帝国诸侯的统治。

② 伊斯法罕为波斯古都。

③ 弗莱明（1609—1640）与冈特（1695—1723）均为德国十七世纪抒情诗人。

④ 格哈特（1606—1676）为德国的圣诗作者。

象：新鲜的草原上，小溪在沙上流着，发出幽密的歌声，鹳鸟在百合花和白水仙中间庄严地散步，燕子和白鸽在明净的空气中掠过，雨后的阳光显得无限欢畅，明亮的天色在云层的空隙中微笑，黄昏时一切都有股清明肃穆的情调，森林，羊群，城市，原野，都安息了。克利斯朵夫把这些至今还在新教教堂里唱着的圣诗谱成音乐，可并不保存原有的赞美歌性质，那是他最厌恶的。他给圣诗一种自由活泼的表辞，例如流浪的基督徒之歌，某些段落被加上了高傲的气息，夏日之歌原来像平静的水波，此刻被异教徒式的狂欢一变而为汹涌的急流。这些改变都会使原作者格哈特为之骇然的。

乐谱终于付印了，当然一切都做得不合情理。为克利斯朵夫代印代售的出版家，除了是个邻居以外，根本没有别的资格。他不配做这一类重要的工作，因此拖了好几个月，又花了很多钱改正错误。全盘外行的克利斯朵夫让他多算了三分之一的账，费用大大地超过了预算。赶到大功告成之后，克利斯朵夫捧着一册硕大无朋的乐谱，不知道怎么办。那出版家是没有什么主顾的，也一点不设法推销作品。虽然他做事全无精神，和克利斯朵夫的态度倒配搭得正好。为了良心上有个交代，他要求克利斯朵夫拟一段广告，克利斯朵夫回答说："用不着；倘若作品是好的，那末它本身就是广告。"出版家完全尊重他的意思，把印好的乐谱藏在栈房的尽里头。要说保存，真是保存得太好了，因为六个月中间连一部也没卖掉。

在没有主顾的期间，克利斯朵夫先得想法填补亏空；而他也不能苛求了，因为除了还债，还得维持生活。他不但债务超出了预算，并且积蓄也没早先计算的那么多。是他无意之中丢了钱呢，还是把积蓄计算错了？——大概是算错的成分居多，因为他从来不能做一个准确的加法。不管钱是怎么短少的，总而言之是短少了。鲁意莎不得不流着血汗来帮助儿子。他看了难过极了，只想不惜牺牲赶快把债料清。尽管向人自荐和遭人拒绝是多么难堪，他还是到处去找教课的差事。可是大家已经对他完全冷淡，极不容易找到学生。所以听到某所学校里有个位置，他就很高兴地接受了。

那是个带点宗教气息的学校。校长为人精明,虽不是音乐家,很明白在目前的情形之下只要花很少代价就能把克利斯朵夫派作多少用场。他面上很客气,钱却是出得很少。克利斯朵夫怯生生地指出这一点,校长便和颜悦色地笑着告诉他,没有了官衔,他就不能希望更多的报酬。

而且还是件苦差事!人家并非要他教学生音乐,而是要让家长们以为他们的子弟会弄音乐,使学生也自以为会弄音乐。他最大的任务是教他们能够在招待外客的典礼中登台唱歌。至于用什么方法是无关紧要的。克利斯朵夫对这些情形厌恶透了;照理一个人尽了职务总觉得自己做了些有益的工作:可是他连这点儿安慰都没有,反而良心上受到责备,仿佛干了什么自欺欺人的事。他想给孩子们受点切实的教育,使他们认识并且爱好纯正的音乐;他们可满不在乎。克利斯朵夫没有方法教他们听话,他缺少威严;其实他也不配教小学生。他对他们结结巴巴的歌唱不感兴味,想立刻和他们解释乐理。上钢琴课的时候,他要学生和他一起在琴上弹一阕贝多芬的交响曲。那当然是办不到的;于是他大发雷霆,把学生从琴上拉下来,自个儿弹上半天。——对于学校外面的私人学生,他也是同样的作风:一点儿耐性都没有,譬如他对一个以贵族出身自豪的小姑娘说,她的琴弹得跟厨娘一个样;或是写信给学生的母亲表示不愿意再教了,说这样没出息的学生,要他再教下去,他会气死的。——这套办法当然只会把事情搞得更糟。绝无仅有的几个学生也跑掉了;他不能把一个学生留到两个月以上,母亲数说他,要他答应至少别跟学校闹翻;倘使丢了这个位置,他简直不知怎么糊口了。所以虽然心里厌恶,他只能勉强压着自己,从来没有迟到早退的事。可是一个蠢得像驴子似的学生在同一地方犯到第十次的错误,或是要他为下次的音乐会拿一段无聊的合唱一遍又一遍地教学生(因为人家不放心他的鉴别力,连编排节目的权也不给他),那他真不容易遮盖心中的思想。不用说他是不会热心的了。但他还是硬撑着,一声不出,皱着眉头,冷不防用拳头敲敲桌子,使学生们吓得直跳,算是发泄一下胸中的怒气。有时这种苦水实在太苦了,咽不下去;他就在半中间拦着学生,嚷道:

“得啦得啦！这东西别唱了！还是让我来替你们弹弹瓦格纳罢。”

他们正是求之不得。等他一转背，他们就玩起纸牌来。结果总有一个学生把这种情形报告校长；于是克利斯朵夫受到埋怨，说他在这儿的任务并非教学生爱好音乐而是教他们唱歌。他气哼哼地听着这些教训，终于忍受了：因为他不愿意决裂。——几年以前，当他的前程显得光明，可靠，但实际上还一无成就的时候，谁又敢说，等到他一朝有了点价值，就得受这样的委屈？

在学校里担任教职而受到的许多屈辱中间，对同僚们必不可少的拜访也是件不容易受的苦事。他随便拜访了两个，心里就堵得慌，再没勇气去访问别的。那两位受到拜访的同事对他也并不满意，其余的更认为是对他们个人的侮辱。大家拿克利斯朵夫看得在地位上智慧上都比他们低，对他摆着一副老气横秋的神气。他们那种自信和把克利斯朵夫看透了的态度，使克利斯朵夫也相信他们的见解是不错的，觉得和他们一比，自己的确非常愚蠢：他能有什么话和他们说呢？他们三句不离本行，根本不知道还有什么别的天地。他们不能算人。倘使是书本倒也罢了，但他们只是书本的注解，考据文字的诠释。

克利斯朵夫避免和他们在一起。但有时候非见面不可。校长按月招待一次宾客，时间定在下午；他要大家都到。第一次，克利斯朵夫规避了，连道歉的话也不说，只是无声无息地装死，还一厢情愿地希望他的缺席没有被注意；可是第二天他就给话中带刺地说了几句。下一回，因为受到母亲责备，他只能抱着送葬般的心情去了。

到的有本校和当地别的学校的教员，带着他们的妻子和女儿。大家挤在一间太小的客厅里，依着各人的级位分成几个小组，对他理都不理。邻近的一组正谈着教学法和食谱。这些教员太太都有各式各种的烹饪秘诀，发挥得淋漓尽致。男人们对这些问题的兴趣也一样浓厚，也差不多一样内行。丈夫钦佩妻子治家的才具，妻子钦佩丈夫的博学多闻：彼此钦佩的程度也恰好相等。克利斯朵夫站在一扇窗子旁边，靠着墙，不知道怎么好，有时勉强装着傻笑，有时沉着脸，眼睛发呆，脸上的线条扭作一团，真是厌烦死了。离开他不远，有个没人理睬的少妇坐在窗槛上，也和他一样的在那里纳闷。两人只望着客室里的人物，彼此都没看到。过了一会儿,他们支持不住而转过头去打哈欠的时候,才互相注意到了。就在那一刹那间,两对眼睛碰在一起了。他们彼此会心地瞅了一眼。他往前走了一步。她轻轻地对他说:

“你觉得这儿有劲吗?”

他背对着众人,望着窗子,吐了吐舌头。她大声笑了出来,忽然精神一振,做个手势教他坐在旁边。他们通了名姓。原来她是本校生物学教员莱哈脱的妻子,新近到差,当地还没有一个熟人。她绝对谈不上好看,臃肿的鼻子,难看的牙齿,一点也不娇嫩,可是眼睛很灵活清秀,老带着天真的笑容。她像喜鹊一样的多嘴;他也兴致很好地和她对答;她的爽直教人看了好玩,又会说些发噱的话;他们大声交换着心中的感想,全不顾虑周围的人。而那些邻人,在他们孤独的时候偏不肯发发善心理睬他们,这时可对他们侧目而视了:当着众人这样的嘻嘻哈哈,大家认为太不雅观。……但他们爱怎样想都可以,两个饶舌的人简直不放在心上:难道他们就不能痛快一下吗?

最后莱哈脱太太把她的丈夫给克利斯朵夫介绍了。他长得奇丑无比,一张苍白的、没有胡子的、阴惨惨的脸,可是神气和善到极点。他的声音是在喉咙里迸出来的,说起话来出口成章,又快又不清楚,常常在音节之间停下来。

他们结婚才只有几个月,这对丑夫妻倒是非常相爱:在大庭广众之间,彼此的眼风、说话、拉手,都有种特别亲热的方式,又可笑又动人。一个喜欢什么,另外一个也喜欢什么。他们马上约克利斯朵夫等这儿散了,上他们家去吃晚饭。克利斯朵夫先是用说笑话的方式辞谢,说今晚最好是各人回去睡觉:大家都累死了,好像走了几十里路。莱哈脱太太回答说,心里不快活就更不应该立刻睡觉:那是对身体有害的。克利斯朵夫终于让步了。他在孤独的环境中很高兴遇到这两个好人,他们虽然不大聪明,可是老实,殷勤。

莱哈脱夫妇的家也像他们一样好客:礼数太多了一点,到处是标语。桌椅,器具,碗盏,都会说话,老是翻来覆去地表示欢迎“亲爱的来客”,问候他的起居,说着好多殷勤的和劝人为善的话。挺硬的沙发上放着一个小小的靠枕，在那里怪亲热的，悄悄地说：

“您再坐坐吧。”

人家端给他一杯咖啡，杯子又劝他：

“再来一滴吧！”

盘子碟子盛着很精美的菜，同时也借机会替道德作宣传。有的说：

“得想到全体：否则你个人也得不到好处。”

有的说：“亲热和感激讨人喜欢，忘恩负义使大家憎厌。”

虽然克利斯朵夫不抽烟，壁炉架上的烟灰碟子也忍不住要勾引他：

“这儿可以让烧红了的雪茄歇一歇。”

他想洗手，洗脸桌上的肥皂就说：

“请我们亲爱的客人使用。”

还有那文绉绉的抹手布，好似一个礼貌周到的人，尽管没有什么可说，也以为应当多少说一点，便说了句极有道理而不大合时的话：“应当早起享受晨光。”

临了克利斯朵夫竟不敢再在椅子上动一下，唯恐还有别的声音从屋子的所有的角落跑出来招呼他。他真想和它们说：

“住嘴罢，你们这些小妖怪！人家连说话都听不见了。”

他不禁哈哈大笑起来，推说是想起了刚才学校里的集会。他无论如何不愿意使主人难堪。并且他也不大容易发觉人家的可笑。这般人和这些东西的好意的噜苏，他不久也习惯了。你有什么事不能原谅他们呢？他们人都那么好，也不讨厌，即使缺少点儿雅趣，可并不缺少了解人的聪明。

他们来到这儿还没多久，觉得很孤独。内地人往往有种可厌的脾气，不愿意外乡人不先征求他们的同意——（那是规矩）——就随随便便闯到地方上来。莱哈脱夫妇对于内地的礼法，对这种新来的人对先住的人应尽的义务，没有充分注意。充其量，莱哈脱可能当做例行公事一般的去敷衍一下。但他的太太最怕这些苦役，又不喜欢勉强自己，便一天天地拖着。她在拜客的名单上挑了几处比较最不讨厌的人家先去；其余的都给无限期地搁在那儿。不幸，那些当地的要人就在这一批里头，对于这种失敬的行为大生其气。安日丽加·莱哈脱——（她的丈夫叫她丽丽)——态度举动挺随便,怎么也学不会那种一本正经的口气。她会跟高级的人顶嘴,把他们气得满面通红;必要时也不怕揭穿他们的谎言。她说话最直爽,并把心里想到的一齐说出来不可,有时竟是大大的傻话,被人家在背后取笑;有时也是挺厉害的缺德话,把人当场开销,结了许多死冤家。快要说的时候,她咬着嘴唇,想忍着不说,可是已经说出口了。她的丈夫可以算得最温和最谦恭的男人,对于这一点也怯生生地跟她提过几回。她听了就拥抱他,埋怨自己糊涂,认为他说得一点不错。但过了一忽儿她又来了,而尤其在最不该说的场合和最不该说的时候脱口而出:要是不说,她觉得简直会胀破肚子。她生性是和克利斯朵夫相投的。

在正因为不该说而说的许多混话中间,她时时刻刻要把德国怎么样法国怎么样做些不伦不类的比较。她自己是德国人,——(而且是德国气息最重的)——可是生长在亚尔萨斯,和一般法国籍的亚尔萨斯人很有交情,受着拉丁文化的诱惑;那是归并地带①内的多少德国人都抗拒不了的,连表面上最不容易感受拉丁文化的人在内。也许因为安日丽加嫁了一个北方的德国人,一朝处于纯粹日耳曼式的环境中而故意要表示与众不同,所以这种诱惑力对她格外强烈。

初次遇到克利斯朵夫的那天晚上,她就扯到她的老题目上来了。她称赞法国人说话多自由,克利斯朵夫马上做了她的应声虫。对于他,法国便是高丽纳:一对光彩焕发的眼睛,一张笑嘻嘻的年轻的嘴巴,爽直随便的举动,清脆可听的声音:他一心希望多知道些法国的情形。

丽丽·莱哈脱发觉克利斯朵夫跟自己这样投机,不禁拍起手来。

"可惜我那年轻的法国女朋友不在这儿了,"她说,"但她也撑不下去;已经走了。"

高丽纳的形象马上隐掉。好似一支才熄灭的火箭使阴暗的天空突然显出温和而深沉的星光,另外一个形象,另外一对眼睛出现了。

"谁啊?"克利斯朵夫跳起来问,"是那个年轻的女教员吗?"

---

① 亚尔萨斯与洛林两州在近代史上常为德法两国争夺之地。本书原作于二十世纪初期,而书中时代背景又在普法战争以后,这两州方归入在德国版图的时期,故言归并地带。

“怎么？你也认识她的？”

他们把她的身材面貌说了一说，结果两幅肖像完全一样。

“原来你是认识她的？”克利斯朵夫再三说，“噢！把你所知道的关于她的事统统告诉我吧！”

莱哈脱太太先声明她们俩是无话不谈的知交。但涉及细节的时候，她知道的就变得极其有限了。她们第一次在别人家里碰到，以后是莱哈脱太太先去跟那姑娘亲近，以她照例的诚恳的态度，邀她到家里谈谈。她来过两三次，彼此谈过些话。好奇的丽丽费了不少劲才探听到一点儿法国少女的身世：她生性沉默，你只能零零碎碎把她的话逼出来。莱哈脱太太只知道她叫做安多纳德·耶南，没有产业，全部的家族只有留在巴黎的一个兄弟，那是她尽心尽力的帮助的。她时时刻刻提到他，唯有在这个题目上她的话才多一些。丽丽·莱哈脱能够得到她的信任，也是因为对于那位既无亲属，又无朋友，孤零零地待在巴黎，寄宿在中学里的年轻人表示同情的缘故。安多纳德为了补助他的学费，才接受这个国外的教席。但两个可怜的孩子不能单独过活，天天都得通信；而信迟到了一点，两人都会神经过敏地着慌。安多纳德老替兄弟担心：他没有勇气把孤独的痛苦藏起来；每次的诉苦都使安多纳德痛彻心扉；她一想起兄弟的受罪就难过，还常常以为他害着病而不敢告诉她。莱哈脱太太好几次埋怨她这种没有理由的恐怖；她当时听了居然也宽慰了些。——至于安多纳德的家庭，她的景况，她的心事，莱哈脱太太却一无所知。人家一提到这种问题，那姑娘马上惊慌失措，不作声了。她很有学问，似乎早经世故，可是天真而老成，虔敬而没有丝毫妄想。在这儿住在一个既没分寸又不厚道的人家，她很苦闷。——怎么会离开的，莱哈脱太太也弄不大清。人家说是因为她行为不检。安日丽加可绝对不信；她敢打赌那是血口喷人，唯有这个愚蠢而凶恶的地方才会这样狠毒。可是不管怎么样，总是出了点乱子，是不是？

“是的。”克利斯朵夫回答的时候把头低了下去。

“总而言之她是走了。”

“她临走跟你说些什么？”

“啊！”丽丽·莱哈脱说，“真是不运气。我刚巧上科隆去了两天：

回来的时候……太晚了！……”她打断了话头对老妈子这么说，因为她把柠檬拿来太晚了，来不及放在她的茶里。

于是，她拿出真正的德国女子动不动把家庭琐事扯上大题目的脾气，文绉绉地补充了两句：

“太晚了，人生遭遇，大多如此……”

（可不知道她说的是柠檬还是那打断的故事。）

随后她又接着说：“我回来发现她留给我一个字条，谢谢我帮忙她的地方。她说回巴黎去，可没留下地址。”

“从此她再没写信给你吗？”

“没有。”

克利斯朵夫又看到那张凄凉的脸在黑夜中不见了；那双眼睛刚才只出现了一刹那，就像最后一次隔着车窗望着他的情形。

法兰西这个谜重新在他心头浮起，更需要解决了。克利斯朵夫老是向莱哈脱太太问长问短，因为她自命为熟悉那个国家。她从来没到过法国，可是仍旧能告诉他许多事情。莱哈脱是很爱国的，虽然对法国并不比太太认识得更清楚，心里却充满着成见，看到丽丽对法国表示过分热心的时候，不免插几句保留的话；而她反更坚持她的主张，莫名其妙的克利斯朵夫又很有把握地替她打边鼓。

对于他，丽丽·莱哈脱的藏书比她的回忆更有价值。她搜集了一小部分法语书：有的是学校里的教科书，有的是小说，有的是随便买来的剧本。克利斯朵夫既极想知道而又完全不知道法国的情形，所以一听到莱哈脱说他尽可以拿去看，就喜欢得像得了宝物似的。

他先从几本文选，——几本旧的教科书入手，那是丽丽或莱哈脱从前上学用的。莱哈脱告诉他，要想在这个完全陌生的文学里头弄出一些头绪，就该先从这些书着手。克利斯朵夫素来尊重比他博学的人的意见，便恭恭敬敬地听了他的话，当晚就开始看了。他第一想把所有的宝物看一个大概。

他先认识了一大批法国作家，从第一流到不入流的都有，尤其是不入流的占到绝大多数。他翻了翻诗歌，从拉辛，雨果，到尼凡诺阿，夏伐纳，一共有二十几家。克利斯朵夫在这座森林中迷失了，便改道走进散文的领域。于是又来了一大批知名与不知名的作家，例如皮伊松、梅里美、玛德·勃仑、伏尔泰、卢梭、米尔博、玛萨特等。在这些法国文选中，克利斯朵夫读到德意志帝国的开国宣言；又读到一个叫做弗雷特烈-公斯当·特·罗日蒙的作家描写德国人的文字，说："德国人天生的宜于过精神生活，没有法国人那种轻佻而喧闹的快乐脾气。他们富有性灵，感情温婉而深刻，劳作不倦，遇事有恒。他们是世界上最有道德的民族，也是寿命最长的民族。作家人才辈出，美术天赋极高。别的民族常以身为法国人英国人西班牙人自豪，德国人却对于全人类都抱着一视同仁的热爱。而且以它位居中欧的地势来说，德国似乎就是人类的心和脑。"

克利斯朵夫看得累了，又很惊讶，阖上书本想道：

"法国人很有度量，可不是强者。"

他另外拿起一册。那是比较高一级的东西，为高等学校用的。缪塞在其中占了三页，维克多·杜吕哀占了三十页。拉马丁占了七页，蒂哀占了将近四十页。《熙德》差不多全本都选入了（只删去了唐·第爱格和洛特里葛的对白，因为太长），朗弗莱因为极力为普鲁士张目而攻击拿破仑一世，所以在选本中所占的地位特别多，他一个人的文字竟超过了十八世纪全部的名作。左拉的小说《崩溃》中所写的一八七〇年普法之役法国惨败的情形，被选了很多篇幅。至于蒙丹，拉·洛希夫谷、拉·勃吕伊哀、狄德罗、司汤达、巴尔扎克、福楼拜，简直一个字都没有。① 反之，在别本书里所没有的巴斯加，本书里倒以聊备一格的方式选入了；因此克利斯朵夫无意中知道这个十七世纪的扬山尼派信徒"曾经参加巴黎近郊的保·洛阿依阿女子学院……"②

克利斯朵夫正想把一切都丢开了，他头昏脑涨，只觉得莫名其妙。他对自己说："我永远弄不清的了。"他没法整理出一些见解，把书翻来

---

① 以上所述，完全证明德国人选的法国文学集轻重倒置，不伦不类。

② 克利斯朵夫所看到的法国文学选集，一本是《中等学校适用法国文学选读》，温杰拉德编，一九〇二年第七版，斯特拉斯堡印行；另一本是《法国文学》，埃里格与蒲葛合编，丹特林改订，汉堡一九〇四年版。——原注

翻去，花了几个钟点，不知道读什么好。他的法语程度原来就不高明，而等到他费尽气力把一段文字弄明白了，又往往是毫无意义的空话。

可是这片混沌中间也有些闪烁的光明，击触的刀剑，暗恶叱咤的字眼，激昂慷慨的笑声。他从这一次初步的浏览上面慢慢地得到一些印象了，这也许是编者带着偏见的缘故。那些德国的出版家，故意挑选法国人批评法国而推重德国的文章，由法国人自己来指出德国民族的优秀和法国民族的缺点。他们可没想到，在一个像克利斯朵夫那样思想独往独来的人心目中，这种衬托的办法倒反显出法国人自由洒脱的精神，敢于指摘自己，颂扬敌人。法国的史学家米希莱就很恭维普鲁士王弗里德里希二世，朗弗来也颂扬特拉法尔加一役中的英国人，十九世纪的法国陆军部部长夏拉赞美一八一三年代的普鲁士。拿破仑的敌人诋毁拿破仑的时候，还没有一个敢用这种严厉的口吻。便是神圣不可侵犯的东西，在这些刻薄的嘴里也不能幸免。在路易十四的时代，那些戴假头发的诗人也一样地放肆。莫里哀对什么都不留情。拉封丹对什么都要嘲笑。布瓦洛呵斥贵族。伏尔泰痛骂战争，羞辱宗教，谑弄祖国。伦理学家，作家，写讽刺文章的，骂人文章的，都在嬉笑怒骂上面用功夫。那简直是藐视一切。老实的德国出版家有时为之吓坏了，觉得需要求个良心平安；看到巴斯加把士兵跟厨子、小偷、流氓混为一谈的时候，他们便替巴斯加申辩，在附注里说他要是见到了现代的高尚的军队，决不会说这样的话。他们又赞扬莱辛的改作拉封丹的《寓言》，原来是乌鸦受了吹拍而把嘴里的乳饼给狐狸吃了，莱辛却把乳饼改成一块有毒的肉，使狐狸吃了死掉：

“但愿你们永远只吃到毒药，可恶的谄媚的小人！”

出版家在赤裸裸的真理前面，好似对着强烈的阳光一样睁不开眼睛；克利斯朵夫却觉得非常痛快：他是爱光明的。但他看到有些地方也不免吃惊；一个德国人无论怎么样独往独来，总是奉公守法惯的，在他眼里，法国人那种毫无顾忌的放肆，的确有点儿作乱犯上的意味。而且法国式的挖苦也把他弄糊涂了，他把有些事看得太认真，至于真正否定的话，他倒认为是好笑的怪论。可是诧异也好，吃惊也好，总之他是慢慢地被迷住了。他不想再整理他的印象，只是随便从这个感想跳到另一个感想,生活不就是这么回事吗?法国小说的轻松快乐的气息:——夏福、赛瞿、大仲马、梅里美诸人的作品,使他非常痛快;而不时还有大革命的浓烈粗犷的味道一阵阵从书本中传出。

快天亮的时候,睡在隔壁屋里的鲁意莎醒来,从克利斯朵夫的门缝里看见灯还没熄。她敲着墙壁,问他是不是病了。一张椅子倒在地板上;她的房门忽然给打开了:克利斯朵夫穿着衬衣,一手拿着蜡烛,一手拿着书本出现了,做着庄严而滑稽的姿势。鲁意莎吓得从床上坐起,以为他疯了。他哈哈大笑,舞动着蜡烛,念着莫里哀剧本中的一段台词。他一句没念完又扑哧笑了出来,坐在母亲床脚下喘气;烛光在他手里摇晃。这时鲁意莎才放了心,好意地嘀咕道:

"什么事呀?什么事呀?还不睡觉去!……可怜的孩子,难道你真的发疯了吗?"

他照旧疯疯癫癫地说:"你得听听这个!"

他说着坐在她床头,把那出戏从头再念起来。他仿佛看到了高丽纳,听到她那种夸张的声调。鲁意莎拦着他,嚷着:

"去罢!去罢!你要着凉了。讨厌!让我睡觉!"

他还是不动声色地念着,装着浮夸的声音,舞动着手臂,把自己笑倒了,他问母亲是不是妙极。鲁意莎翻过身去钻在被窝里,掩着耳朵说:

"别跟我起腻!……"

可是听到他笑,她也暗暗地笑了。终于她不作声了。克利斯朵夫念完了一幕,再三追问她意见而得不到回答的时候,俯下身子一看,原来她已经睡熟了。于是他微微笑着,吻了吻她的头发,悄悄地回到自己房里去了。

他又回到莱哈脱家去找书。所有那些乱七八糟的东西都给他吞了下去。他多么想爱那个高丽纳与无名女郎的国家,他心中那么丰富的热情找到了发泄的机会。便是第二流的作品,也有片言只语使他呼吸到自由的气息。他还加以夸张,尤其在满口赞成他的莱哈脱太太前面。她虽是毫无知识,也故意要把法国文化跟德国文化作对比,拿法国来压倒德国,一边是气气丈夫,一边因为在这个小城里闷死了,借此发发牢骚。

莱哈脱听了大为不平。他除掉本行的学科以外,其余的知识只限于在学校里得来的一些。在他看来,法国人在实际事务上很聪明,很灵巧,很和气,会说话,但不免轻佻,好生气,傲慢,一点都不严肃,没有强烈的感情,谈不到真诚,——那是一个没有音乐、没有哲学、没有诗歌(除掉布瓦洛、贝朗瑞、高贝以外)的民族,是一个虚浮、轻狂、夸大、淫猥的民族。他觉得贬斥拉丁民族不道德的字眼简直不够用;因为没有更适当的名词,他便老是提到轻佻两个字,这在他的嘴里,像在大多数德国人嘴里一样,有种特别不好的意思。临了他又搬出颂扬德国民族的老调,——说德国人是道德的民族(据赫尔德说,这就是跟别的民族大不相同的地方),——忠实的民族(其中包括真诚、忠实、义气、正直等的意思),——卓越的民族(像费希特说的),——还有德国人的力,那是一切正义一切真理的象征,——德国人的思想,——德国人的豪爽,——德国人的语言,世界上唯一有特色的语言,和种族一样保持得那么纯粹的,——德国的女子,德国的美酒,德国的歌曲……"德国,德国,在全世界德国都是高于一切!"

克利斯朵夫表示不服。莱哈脱太太跟着哄笑。他们三个一齐直着嗓子大叫大嚷,但还是很投机,因为他们知道彼此都是真正的德国人。

克利斯朵夫常常到这对新朋友家里去谈天,吃饭,和他们一起散步。丽丽·莱哈脱很宠他,替他做些很好的饭菜,很高兴能借此机会满足一下她自己的食欲。她在感情方面和烹调方面都体贴得不得了。庆祝克利斯朵夫生日的时候,她特意做了一块蛋糕,四周插着二十支蜡烛,中央用糖浇成一个希腊装束的肖像,手里抱着一束花,代表伊芙琴尼亚。克利斯朵夫虽然嘴里反对德国人,骨子里是十足地道的德国人,对她那股真情的不大高雅的表现大为感动。

至诚的莱哈脱夫妇还会想出更细腻的方法来证明他们的友情。只认识几个音符的莱哈脱,听了太太的主意,买了克利斯朵夫的二十本歌集,——(这是那出版家卖出的第一批货)——分送给他各地教育界方面的熟人;他又教人寄了一部分给莱比锡和柏林两地的书铺,那是他为了编教科书而有往来的。这种瞒着克利斯朵夫所做的又动人又笨拙的推销工作,暂时也并没一点儿效果。分散出去的歌集似乎不容易打出路来:没有一个人提到它。莱哈脱夫妇眼看社会这样冷淡非常伤心,觉得幸而没有把他们的举动告诉克利斯朵夫;否则非但不能使他安慰,反而要加增他的痛苦。可是实际上什么都不会白费的,人生就不少这样的例子;任何努力决不落空。可能多少年的杳无音讯;忽然有一天你会发觉你的思想已经有了影响。克利斯朵夫的歌集就是这样地迈着小步,踏进了少数人士的心坎,他们孤零零地待在内地,或是因为胆小,或是因为打不起精神而没有对他说出他们的感想。

只有一个人写信给他。在莱哈脱把集子寄出了三个月以后,克利斯朵夫收到一封挺客气的,热烈的,表示写的人非常感动的信,用的是老式的体裁,发信的地方是图林根邦的一个小城,署名是大学教授兼音乐导师彼得·苏兹博士。

那真使克利斯朵夫愉快极了,但他在莱哈脱家把搁在口袋里忘了好几天的信拆开来的时候,莱哈脱夫妇比他更愉快。他们一同看信。莱哈脱夫妇彼此丢着眼色,克利斯朵夫并没注意。他当时满面春风,可是莱哈脱发现他把信念到一半忽而沉下脸来,停住了。

"嗯,干吗你不念下去了?"他问克利斯朵夫。

克利斯朵夫把信往桌上一扔,愤愤地说:"嘿!岂有此理!"

"怎么啦?"

"你去看吧!"

他背对着桌子,站在一边生气了。

莱哈脱和太太一起念着,看来看去全是些佩服到五体投地的话。

"怎么回事?我看不出呀……"

"你看不出?你看不出?……"克利斯朵夫嚷着,拿起信来送到他眼前,"难道你不识字吗?你没看出他也是个勃拉姆斯党吗?"

莱哈脱这才注意到:那位音乐导师的信里有一句话把克利斯朵夫的歌比之于勃拉姆斯的歌。克利斯朵夫叹道:

"嘿!朋友!我总算找到了一个朋友……可是刚找到就失掉了!"

人家把他跟勃拉姆斯相比,他气死了。以他的脾气,他竟会马上写一封莽撞的复信去;最多在考虑之下,以为置之不理是最世故最客气的办法了。幸而莱哈脱一边笑他的生气,一边拦着他,不让他再胡闹。他们劝他写一封道谢的信。但这封信因为是不乐意写的,所以很冷淡很勉强。彼得·苏兹的热心可并不因之动摇,又写了两三封非常亲热的信来。克利斯朵夫对书翰一道素来不大高明;虽然感于对方的真诚而有点儿回心转意,他还是让他们的通信中断了。结果苏兹也没消息了。克利斯朵夫也忘了这件事。

现在他每天都看到莱哈脱夫妇,往往一天还看到好几次。晚上,他们差不多老在一起。孤独了一天之后,他生理上需要说些话,把心里想到的一齐倒出来,不管人家懂不懂,也需要嘻嘻哈哈笑一阵,不问笑得有理无理,他需要发泄,需要松动一下。

他弄点音乐给他们听:因为没有别的方法对他们表示感激,便几小时地坐在钢琴前面弹奏。莱哈脱太太完全不懂音乐,好不容易地压着自己,才不至于打哈欠;但因为她喜欢克利斯朵夫,也就装做很有兴趣。莱哈脱虽然并不更懂,可对于某些音乐有种生理上的反应;那时他会受到剧烈的感动,甚至于眼泪都冒上来;他自己认为这种表示简直是胡闹。别的时候,可就毫无影响:他只听见一片喧闹的声音。一般而论,他为之感动的往往是作品中最平凡的部分,最无意义的段落。夫妻俩自命为了解克利斯朵夫;克利斯朵夫也很愿意这么相信。当然他常常存着俏皮的心跟他们开玩笑,弹些毫无价值的杂曲,教他们以为是他作的。等到他们大捧特捧地称赞完了,他才说出他的恶作剧。于是他们提防了;从此以后,只要他用着莫测高深的神气奏一个曲子,他们就疑心他又来捣鬼,便尽量加以批评。克利斯朵夫听任他们说,附和他们,说这种音乐的确不值一文,随后忽然哈哈大笑:

"哎,混蛋!你们说得一点不错!……这是我作的呀!"

他因为耍弄了他们而乐死了。莱哈脱太太有点儿生气,过来把他轻轻地打一下;但他那种天真的傻笑使他们也跟着笑起来。他们决不以为自己是不会错的。既然左也不是,右也不是,他们就决定以后丽丽·莱哈脱永远管批评,她的丈夫永远管恭维:这样,他们可以有把握两人之中必有一个能合乎克利斯朵夫的意思了。

在他们眼里，克利斯朵夫的可爱倒并不在于他是音乐家，而是因为他忠厚老实，有点疯癫，可是诚恳，有朝气。人家说他的坏话反而增加他们对他的好感：他们像他一样给小城里的空气闷得发慌，也像他一样的直爽，凡事要凭自己的头脑判断，所以他们拿他看做一个不懂世故的大孩子，吃了坦白的亏。

克利斯朵夫对两位新朋友并不抱什么幻想；他想到他们不了解——永远不能了解自己最深刻的一方面，觉得不胜怅惘。但他缺乏友谊而极需要友谊，所以他们能多少喜欢他已经使他感激不尽了。最近一年的经验告诉他不能再苛求。要是在两年以前，他绝没有这种耐性。他想起对待可厌而善良的于莱一家多么严厉，不禁又后悔又好笑。哦！他居然学乖了！……他叹了口气，心里对自己说："可是能有多久呢？"想到这个，他笑了笑，同时也觉得安慰了。

他多希望能有个朋友，一个懂得他而和他心心相印的朋友；可是他虽然年轻，对于社会已经有相当的经验，知道这种心愿是最不容易实现的，而他亦不能希求比以前的真正的艺术家更幸福。这一类的人的历史，他已经知道了一点。莱哈脱的藏书中，有一部分使他认识了十七世纪德国音乐家的艰苦的经历。那时战乱频仍，疠疫流行，家破国亡，整个民族受着异族的蹂躏，心灰意懒，既没有奋斗的勇气，对任何东西也没有兴趣，只希望早死以求安息；①在这样的环境中，伟大的心灵——特别是英勇的许茨②，——始终不懈地趱奔着他的前程。克利斯朵夫想道："看了这种榜样，谁还有抱怨的权利？他们没有群众，没有前途，只为了自己和上帝而写作。今天写的明天也许就会毁掉，可是他们继续写着；他们并不丧气，什么都不能动摇他们乐天的心情。他们只要能歌唱就满足了，只要能活着，能挣口苦饭，能把他们的思想在艺术上表现出来，找到两三个既不是艺术家，也不能了解他们的老实人真心地爱他们：除此以外对人生也就不再要求什么。——而他克利斯朵夫，怎么

① 十七世纪正是三十年战争（1618—1648）的时代，日耳曼各邦的政治情形极为混乱。

② 许茨（1585—1672）在音乐史上被称为德国音乐的始祖。

敢比他们更苛求呢？人生有个最低限度的幸福可以希冀，但谁也没权利存什么奢望：你想多要一点幸福，就得由你自个儿去创造，可不能向人家要求。”

想到这些，他心平气和了，更喜欢那对老实的莱哈脱夫妇了。他万万没想到连这点儿最后的友情也得被人剥夺。

他没想到内地人的恶毒。他们的仇恨，因为是没有目标的，所以更消不掉。真有名目的仇恨，一朝达到了目的，恨意就会慢慢地解淡。但为了无聊而作恶的人是永远不肯罢休的；因为他们永远无聊。而克利斯朵夫便成了他们消闲的牺牲品。他固然被打倒了，但居然没有垂头丧气的表现。他固然不再麻烦人，但也不把人家放在心上。他一无所求，人家对他毫无办法。他和他的新朋友在一起很快活，全不理会旁人对他做何感想，有何议论。这种情形教人看了有气。而莱哈脱太太教人更气。她不顾全城的清议而公然结交克利斯朵夫，就是和她平日的态度一样有心触犯舆论。丽丽·莱哈脱对人对事都没有惹是招非的意思；她不过独行其是，不问旁人的意见罢了。但这一点就是最可恶的挑衅。

大家暗中留神他们的行动。他们却毫不提防。克利斯朵夫是放肆惯的，莱哈脱太太是糊里糊涂的，他们一同出去的时候，或是晚上靠在阳台上谈笑的时候，都不知道顾忌。他们在举动方面非常亲热，不知不觉给了人造谣生事的材料。

一天早上，克利斯朵夫接到一封匿名信，卑鄙龌龊地说他是莱哈脱太太的情夫。他看着愣住了。他连跟她调情打趣的念头都从来没有；他太方正了，对奸淫像清教徒一样的痛恨，甚至想到这种事就受不了。欺侮朋友的妻子在他眼中是罪大恶极的行为；而对丽丽·莱哈脱，他尤其不可能犯这个罪：她长得一点儿不美，凭什么会引起他的热情呢？

他又羞又难堪地去看他的朋友，发觉他们也一样的局促不安。他们也每人收到了一封匿名信，不敢说出来；三个人暗中互相留神，同时也留神自己，不敢随便有所动作，也不敢说话，慌慌张张的闹得很僵。要是丽丽·莱哈脱一时恢复了天真的本性，嘻嘻哈哈，胡说乱道的时候,她的丈夫或者克利斯朵夫会突然瞪她一眼,使她愣了一愣,马上想起匿名信的事而慌起来;克利斯朵夫和莱哈脱也跟着慌了。各人都在心里想:

“他们知道没有?”

他们彼此不露一点口风,竭力想过着从前一样的生活。

然而匿名信继续不断地来,而且措辞越来越下流,使他们骚乱不堪,屈辱得没法忍受。他们收到了就各自躲在一边,没有勇气原封不动地扔在火里,偏偏手指颤巍巍地拆开来,心惊肉跳地展开信纸,而一读到那些怕读到的字句,题目相同而内容略有变化的辱骂,——存心捣乱的人所造的荒唐无稽的谣言,都悄悄地哭了。他们想来想去也猜不出谁在那里跟他们缠绕不休。

有一天,莱哈脱太太痛苦得忍不住了,把她所受的迫害告诉了丈夫;而他也含着泪说他受着同样的痛苦。要不要告诉克利斯朵夫呢?他们不敢。可是总得通知他,要他谨慎一些才好。——莱哈脱太太红着脸才说了几个字,就大为奇怪地发觉,克利斯朵夫也一样地收到那些匿名信。人心险毒到这种死不放松的田地,使他们怕起来了。莱哈脱太太以为全城的人都在阴损他们。但他们非但不互相支持,反而都泄了气。他们不知道怎么办。克利斯朵夫说要去砍掉那个人的脑袋。——但那个人是谁呢?而且也只能替造谣的人多添些资料……把那些信交给警察署罢,那更要把谣言传布出去……假作痴呆又不可能了。他们的友谊已经受了影响。莱哈脱绝对相信太太和克利斯朵夫都是正人君子,可也不由自主地要猜疑了,他觉得这种猜疑是可耻的,荒唐的;他有心让太太和克利斯朵夫单独在一块儿。但他痛苦不堪;而丽丽也看得很明白。

在她那方面,情形可更糟。她和克利斯朵夫一样,从来没想到什么调情。然而那些谣言暗示她一种可笑的念头,以为克利斯朵夫也许真的爱着她;虽然他连一点儿表示都没有,她认为至少应当防卫一下,当然不是言语之间有什么明白的表示,而是用一些笨拙的方法;克利斯朵夫先还不懂,等到明白了,他可气坏了。那太胡闹了!说他会爱上这个又丑又平凡的小布尔乔亚!……而她竟相信这回事!……而他又没法

辩白,没法对她和她的丈夫说:

“得了罢! 你们放心! 绝没有这种危险的! ……”

不,他不能得罪这一对好人。并且他觉得:她怕给他爱上,骨子里就因为她有点儿爱他的缘故;而这种荒唐的传奇式的念头,的确是那些匿名信种下的根。

他们之间的关系变得那么僵,那么难堪,继续不下去了。丽丽·莱哈脱只有嘴巴强,而没有坚强的性格,对着当地人士的阴险没了主意。他们想出种种借口来避不见面,什么“莱哈脱太太不舒服……莱哈脱有事……他们上外埠去待几天……”,等等,都是些笨拙的谎话,常常无意之中露出破绽来。

克利斯朵夫可比较痛快,他说:

“咱们分手罢,可怜的朋友们! 咱们都不够强。”

莱哈脱夫妇一齐哭了。——但决绝之后,他们的确松了口气。

城里的人大可得意了。这一回克利斯朵夫的确是孤独了。大家剥夺了他最后呼吸到的一口气;——这口气便是温情,不论怎么淡薄,但少了它一个人的心就不能活的。

第三部 解 脱

他完全孤独了。所有的朋友都不见了。亲爱的高脱弗烈特,在艰难的时候帮助过他而他此刻极需要的,也一去数月,而且这一次是永远不回来的了。一个夏天的晚上,鲁意莎收到一封从很远的村子里寄来的信,字写得挺大,说她的哥哥死了,就葬在那边的公墓上。近年来他身体已经不行,可还是到处流浪,这一回就是在浪游的途中死在那个村上的。这个多有骨气而又多么恬静的人,原是克利斯朵夫最后一个朋友,他的温情——很可能给克利斯朵夫做个精神上的依傍的,——不幸被死亡吞掉了。他孤零零地守着只知道爱他而不了解他思想的老母。周围是德国的大平原,等于一片阴森森的海洋。他每次想跳出去,结果总是更往下沉。仇视他的小城眼睁睁地看着他淹在海里……

正在挣扎的时候,黑夜里忽然像闪电似的显出了哈斯莱的形象,那是他儿童时代多么爱慕,而现在已经名震全国的人物。他记起了当年哈斯莱答应过他的话,便立刻拼着最后的勇气想抓住那颗最后的救星。哈斯莱能够救他的,应当救他的!向他要求什么呢?不是援助,不是金钱,不是任何物质上的帮忙。只求他了解。哈斯莱像他一样地受过迫害。哈斯莱是个独往独来的人,一定能了解一个受着庸俗的德国人仇视与虐待的独往独来的人。他们都是一个阵营中的战士。

他一有这念头,便马上实行。他通知母亲要出门一星期,当夜就搭着火车往德国北部的大城出发,哈斯莱在那边当着乐队指挥。他不能再等了。这是为求生存的最后一次努力。

哈斯莱已经享了重名。他的敌人并没缴械;但他的朋友们大吹大擂地说他是古往今来最大的音乐家。其实拥护他的和否认他的都是一样荒谬的家伙。可是他没有坚强的性格,看到反对他的人他就气恼,看到捧他的人他就软化。他拿出全副精神专门做些伤害那班批评家和使他们痛心疾首的事,好比一个孩子专爱搞些捣乱的玩意儿。但那些玩意儿往往是最低级趣味的:他不但浪费天才在音乐上作些怪僻的东西,使德高望重的人发指;而且还故意采用荒唐的题材,暧昧的不雅的场面,总之只要是逆情背理的,伤害礼教的,他都特别喜欢。中产阶级疾首蹙额地一叫起来,他就乐了;而中产阶级永远识不破他的诡计。连那个像一般暴发户与诸侯那样喜欢冒充内行,干预艺术的德皇陛下,也把哈斯莱的享有盛名认为社会之羞,处处对他无耻的作品表示轻蔑与冷淡。哈斯莱看到帝王的轻蔑觉得又气又高兴,因为德国前进派的艺术界认为官方的反对就是证明自己的前进,所以哈斯莱捣乱得更有劲了。他闹一次骇人听闻的事,朋友们就喝一次彩,说他是天才。

哈斯莱的帮口,主要是一般文学家、画家、颓废的批评家组成的,他们代表革命派对反动派——(它们在德国北部一向势力很雄厚)——的斗争,对冒充的虔诚和国定礼教的斗争,在这方面他们当然是有功的;但斗争的时候,他们独立不羁的精神往往过于激昂,不知不觉地到了可笑的地步;因为他们之中即使有些人不乏相当粗豪的才具,总嫌不够聪明,而见识与趣味尤其不高明。他们制造了虚幻的境界把自己关在里头跳不出来;并且和所有的艺术党派一样,结果对实际的人生完全隔膜了。他们替自己,替上百个读他们的出版物,盲目地相信他们的傻瓜,定下规律。这帮口的吹捧对哈斯莱是致命伤,使他过分地自得自满。他脑子里想到什么乐思,就不加考虑地接受;他暗中认为便是他写的东西够不上自己的标准,比别的音乐家已经高明多了。固然他这种看法往往是不错的,但绝不是一种健全的看法,同时也不能使他产生伟大的作品。哈斯莱骨子里是不分敌友,对谁都瞧不起,结果对自己对人生也取了这种轻视与冷嘲热讽的态度。因为他从前相信过不少天真与豪侠的事,所以一旦失望,他更加往讥讽与怀疑的路上走。既没有勇气保护他的信念不受时间一点一滴地磨蚀,也不能自欺欺人,自以为还相信他早已不信的东西,他便尽量嘲笑自己过去的信念。他有种德国南方人的性格,贪懒,软弱,担当不起极端的好运或厄运,太热与太冷,他都受不了,他需要温和的气候维持精神上的平衡。他不知不觉的只想懒懒地享受人生:好吃好喝,无所事事,想些萎靡不振的念头。他的艺术也沾染了这种气息,虽然因为他才气纵横,便是在迎合时流的颓废作品中也藏不住光芒。他对自己的没落比谁都感觉得更清楚。老实说,能感觉到的只有他一个人;而那种时间是少有的,并且是他竭力避免的。那时他就变得悲观厌世,心绪恶劣,只想着自私的念头,担忧自己的健康,——而对于从前引起他热情或厌恶的东西漠不关心了。

克利斯朵夫想来向他求一点鼓励的便是这样一个人物。在一个下着冷雨的早晨,来到哈斯莱住的城里的时候,克利斯朵夫抱着不知多大的希望。他认为这个人物在艺术界是独立精神的象征,指望从他那儿听到些友善的勉励的话,使自己能继续那毫无收获而不可避免的斗争,那是一切真正的艺术家和社会的斗争,一息尚存决不休止的斗争。席勒说过:"你和群众的关系,唯有斗争是不会使你后悔的。"

克利斯朵夫性急到极点,在车站附近的一家旅店中丢下了行李,立刻奔到戏院去探问哈斯莱的住址。他住在离开城区相当远的地方,在郊外的一个小镇上。克利斯朵夫一边啃着一个小面包,一边搭上电车。快到目的地的时候,他的心不由得跳起来。

在哈斯莱所住的区域内,奇形怪状的新建筑触目皆是;现代的德国尽量在这方面运用渊博的学问,创造一种野蛮的艺术,以钩心斗角的人工来代替天才。在谈不到什么风光的小镇上,在笔直的平板的街道中,出人不意地矗立着埃及式的地窖,挪威式的木屋,寺院式的回廊,有雉堞的堡垒,万国博览会会场式的建筑;大肚子的屋子没头没脚的深深地埋在地下,死气沉沉的面目,睁着一只巨大的眼睛,地牢式的铁栅,那种潜水艇上的门,窗的栏杆上嵌着金字,大门顶上蹲着古怪的妖魔,东一处西一处的铺着蓝珐琅的地砖,都是在意想不到的地方,五光十色的碎石拼出亚当与夏娃的图像,屋顶上盖着各种颜色的瓦;还有堡垒式的房屋,屋脊上砌着奇形怪状的野兽,一边完全没有窗,一边是一排很大的洞,方形的,矩形的,像伤疤一般;一堵空无所有的大墙,忽然有些野蛮人的雕像支着一座很大的阳台,上边只开一扇窗,阳台的石栏杆内探出两个有胡子的老人头,鲍格林画上的人鱼。在这些监狱式的屋子中间,有一所门口雕着两个奇大无比的裸体像，低矮的楼上，外边刻着建筑师的两行题词：

前无古人，后无来者，

艺术家显示他的新天地！

克利斯朵夫一心一意想着哈斯莱，对这些只睁着惊骇的目光瞧了瞧，无心去了解。他找到了哈斯莱的住处，那是最朴实的一所屋子，加洛冷式的建筑。内部很华丽，俗气；楼梯道有一股温度太高的气味；克利斯朵夫放着一座狭窄的电梯不用，宁可两腿哆嗦着，心跳动着，迈着细步走上四楼，因为这样可以定定神去见这位名人。在这短短的途程中，从前和哈斯莱的相见，童年时代的热情，祖父的形象，都一一回到记忆中来，仿佛只是昨天的事。

他去按铃的时候已经快到十一点。应门的是一个精神抖擞的女仆，颇像管家妇模样，很不客气地把他瞧了一眼，先是说："先生不见客，他很累。"随后，大概是克利斯朵夫脸上那种天真的失望的神气使她觉得好玩：所以把他从头到脚打量了一番之后，忽然缓和下来，让克利斯朵夫走进哈斯莱的书房，说她去想办法教先生见客。她说完眨了眨眼睛，关上门走了。

壁上挂着几幅印象派的画，和法国十八世纪的描写风情的镂版画：哈斯莱自命为对各种艺术都是内行，听了他小圈子里的人的指点，从马奈到华多都有收藏。① 这种混杂的风格也可以从家具上看出来，一张极美的路易十五式的书桌周围，摆着几张"新派艺术"的沙发，一张东方式的半榻，花花绿绿的靠枕堆得像山一样高。门上都嵌着镜子；壁炉架中央摆着哈斯莱的胸像，两旁和古董架上放着日本小古董。独脚的圆桌上，一只盘里乱七八糟散着一大堆照片，有歌唱家的，有崇拜他的妇女们的，有朋友们的，都写着些警句和措辞热烈的题款。书桌上杂乱不堪；钢琴打开着；古董架上全是灰；到处扔着烧掉一半的雪茄烟尾……

---

① 马奈为法国十九世纪大画家，为近代画派之始祖。华多为十八世纪法国大画家，作品以风流蕴藉见称。

克利斯朵夫听见隔壁屋里有一阵不高兴的咕噜声;女仆扯着尖嗓子在那里跟他拌嘴。那分明是哈斯莱不愿意见客,也分明是女仆非要他见客不可;她毫不客气地用着狎习的语气跟他顶撞,尖锐的声音隔着一间屋还能听到。她埋怨主人的某些话使克利斯朵夫听了很窘,主人可并不生气。相反,这种放肆的态度仿佛使他觉得好玩,他一边叽咕,一边逗那个女孩子,故意惹她冒火。终于克利斯朵夫听到开门声,哈斯莱拖着有气无力的脚步走过来了。

他进来了。克利斯朵夫忽然一阵难过。他认得是他。怎么会不认得呢?明明是哈斯莱,可又不是哈斯莱。宽广的脑门上依旧没有一道褶裥,脸上依旧没有一丝皱痕,像孩子的脸,可是头已经秃了,身子发胖了,皮色发黄了,一副瞌睡的神气,下嘴唇有点儿往下掉,噘着嘴巴,好似挺不高兴。他驼着背,两手插在打皱的上衣袋里;脚下曳着一双旧拖鞋;衬衣在裤腰上面扭做一团,纽扣也没完全扣好。克利斯朵夫嘟囔着向他通报姓名,他却睁着没有光彩的倦眼瞧着他,机械地行了个礼,一声不出,对着一张椅子点点头教克利斯朵夫坐下;接着他叹了口气,往半榻上倒下身子,把靠枕堆在自己周围。克利斯朵夫又说了一遍:

"我曾经很荣幸的……你先生曾经对我一番好意……我是克利斯朵夫·克拉夫脱……"

哈斯莱埋在半榻里促膝而坐,右边的膝盖耸得跟下巴一样高,一双瘦削的手勾搭着放在膝盖上。他回答说:

"想不起。"

克利斯朵夫喉咙抽搐着,想教他记起他们从前会面的经过。要克利斯朵夫提到这些亲切的回忆原来就不容易,而在这种情形之下尤其使他受罪:他话既说不清,字又找不到,胡言乱语,自己听了都脸红了。哈斯莱让他支吾其词,只用着那双心不在焉的淡漠的眼睛瞪着他。克利斯朵夫讲完了,哈斯莱把膝盖继续摇摆了一会儿,仿佛预备克利斯朵夫再往下说似的。随后,他回答:

"对……可是这些话并不能使我们年轻啊……"

他欠伸了一会儿,打了个哈欠:"对不起……没睡好……昨天晚上,在戏院里吃了消夜……"他说着又打了个哈欠。

克利斯朵夫希望哈斯莱提到他刚才讲过的事;但哈斯莱对那些往事一点不感兴趣,连一个字也没提,也不问一句克利斯朵夫的生活情形。他打完了哈欠,问:

"你到柏林很久了吗?"

"今天早上才到。"

"啊!"哈斯莱除了这样叫一声,也没有别的惊讶的表示,"什么旅馆?"

说完他又不想听人家的回答,只懒懒地抬起身子,伸手去按电铃:

"对不起。"他说。

矮小的女仆进来了,始终是那副放肆的神气。

"凯蒂,"他说,"难道你今天要取消我一顿早饭吗?"

"您在会客,我怎么能端东西来呢?"她回答。

"干吗不?"他一边说一边俏皮地用眼睛瞟了瞟克利斯朵夫,"他喂养我的思想;我喂养我的身体。"

"让人家看着您吃东西,像动物园里的野兽一样,您不害羞吗?"

哈斯莱非但不生气,反而笑起来,改正她的句子:"应当说像日常生活中的动物……"他又接着说:"拿来罢,我只要吃早饭,什么难为情不难为情,我才不管呢。"

她耸耸肩退出去了。

克利斯朵夫看到哈斯莱老不问起他的工作,便设法把谈话继续下去。他说到内地生活的苦闷,一般人的庸俗,思想的狭窄,自己的孤独。他竭力想把自己精神上的痛苦来打动他。可是哈斯莱倒在半榻上,脑袋倚着靠枕往后仰着,半阖着眼睛,让他自个儿说着,仿佛并没有听;再不然他把眼皮撑起一忽儿,冷冷地说几句挖苦内地人的笑话,使克利斯朵夫没法再谈更亲密的话。——凯蒂捧了一盘早餐进来了,无非是咖啡、牛油、火腿等。她沉着脸把盘子放在书桌上乱七八糟的纸堆里。克利斯朵夫等她出去了,才继续他痛苦的陈诉,而那又是极不容易说出口的。

哈斯莱把盘子拉到身边,倒出咖啡,呷了几口;接着他用一种又亲热、又随便、又有点儿轻视的神气,打断了克利斯朵夫的话:"也来一杯吧?”

克利斯朵夫谢绝了。他一心想继续没有说完的句子,但越来越丧气,连自己也不知说些什么。看着哈斯莱吃东西,他的思路给扰乱了。对方托着碟子,像孩子一样拼命嚼着牛油面包,手里还拿着火腿。可是他终究说出他作着曲子,说人家演奏过他为赫贝尔的《尤迪特》所作的序曲。哈斯莱心不在焉地听着,忽然问:“什么?”

克利斯朵夫把题目重新说了一遍。

“啊! 好! 好!”哈斯莱一边说,一边把面包跟手指一齐浸在咖啡杯里。

他的话只此一句。

克利斯朵夫失望之下,预备站起身来走了;但一想到这个一无结果的长途旅行,他又鼓起余勇,嘟囔着向哈斯莱提议弹几阕作品给他听。哈斯莱不等他说完就拒绝了:

“不用,不用,我对这个完全外行,”他说话之间大有咕噜、挖苦,和侮辱人的意味,“并且我也没有时间。”

克利斯朵夫眼泪都冒上来了。可是他暗暗发誓,没有听到哈斯莱对他的作品表示意见,决不出去。他又惶愧又愤怒地说道:

“对不起;从前你答应听我的作品;我为此特意从内地跑来的,你一定得听。”

没见惯这种态度的哈斯莱,看到这愣头傻脑的青年满脸通红,快要哭出来了,觉得挺好玩,便无精打采地耸耸肩,指着钢琴,用一种无可奈何的神气说:

“那末……来吧!”

说完他又倒在半榻上,仿佛想睡一觉的样子,用拳头把靠枕捶了几下,把它们放在他伸长的胳膊下面,眼睛闭着一半,又睁开来,瞧瞧克利斯朵夫从袋里掏出来的乐谱有多少篇幅,然后他轻轻叹了口气,准备忍着烦闷听克利斯朵夫的曲子。

克利斯朵夫看到这种态度又胆小又委屈,开始弹奏了。哈斯莱不久便睁开眼睛,竖起耳朵,像一个艺术家听到一件美妙的东西的时候一样,不由自主地提起了精神。他先是一声不出,一动不动;但眼睛不像先前那么没有神了,噘起的嘴唇也动起来了。不久他竟完全清醒过来,叽叽咕咕地表示惊讶跟赞许,虽然只是些闷在喉咙里的惊叹词,但那种声音绝对藏不了他的思想,使克利斯朵夫感到一种说不出的喜悦。哈斯莱不再计算已经弹了多少,没有弹的还有多少。克利斯朵夫弹完了一段,他就嚷:

“还有呢? ……还有呢?”

他的话慢慢地有了人味儿了:

“好,这个! 好! ……妙! ……妙极了! ……该死!”他嘟囔着,非常惊讶,“这算什么呢?”

他坐起来,探着脑袋,把手托着耳朵,自言自语的,满意地笑着;听到某些奇怪的和声,他微微伸出舌头,好像要舔嘴唇似的。一段出其不意的变调使他突然叫了一声,站了起来,跑到钢琴前面挨着克利斯朵夫坐下。他仿佛不觉得有克利斯朵夫在场,只注意着音乐。曲子完了,他抓起乐谱,把刚才那页重新看了一遍,接着又看了以后的几页,始终自言自语地表示赞美和惊讶,好像屋子里只有他一个人:

“怪了! ……亏他想出来的,这家伙! ……”

他把克利斯朵夫挤开了,自己坐下来弹了几段。在钢琴上,他的手指非常可爱,又柔和,又轻灵。克利斯朵夫瞧着他保养得挺好的细长的手,带点儿病态的贵族气息,跟他身体上别的部分不大调和。哈斯莱弹到某些和弦停住了,反复弹了几遍,眯着眼睛,卷着舌头发出滴滴答答的声音,又轻轻学着乐器的音响,一边照旧插几个惊叹词,表示又高兴又遗憾:他不由得暗中气恼,有种下意识的嫉妒,而同时也感到非常快乐。

虽然他老是自个儿在说话,好像根本没有克利斯朵夫这个人;克利斯朵夫却高兴得脸红了,不免把哈斯莱的惊叹词认为对自己发的。他解释他的旨趣。先是哈斯莱没留神他的话,只顾高声地自言自语;后来克利斯朵夫有几句话引起了他注意,他就不作声了,眼睛老盯着乐谱,一边翻着一边听着,神气又像并不在听。克利斯朵夫越来越兴奋,终于把心里的话全说了出来:他天真的,激昂的,谈着他的计划和生活。

哈斯莱不声不响,又恢复了含讥带讽的心情。他让克利斯朵夫把乐谱从他手里拿了回去:肘子撑在琴盖上,手捧着脑门,望着克利斯朵夫,听他凭着少年人的热情与骚动解释作品。于是他想着自己早年的生活,想着当年的希望,想着克利斯朵夫的希望和在前途等着他的悲苦,不禁苦笑起来。

克利斯朵夫老在那里说着,低着眼睛,生怕找不到话接上去。哈斯莱的静默使他胆子大了些。他觉得对方在打量他,一句不漏地听着他;仿佛他们中间冰冷的空气给他融化了,他的心放出光来了。说完之后,他怯生生的,同时也很放心的,抬起头来望望哈斯莱。不料他看到的又是一双没有神的、讥讽的、冷酷的眼睛在那里瞪着他,心中才开始的那点儿喜悦,像生发太早的嫩芽一般突然给冻坏了。他马上把话打住了。

默然相对了一会儿,哈斯莱开始冷冷地说话了。这时他又拿出另外一种态度,对克利斯朵夫非常严厉,毫不留情地讥讽他的计划,讥讽他的希望成功,好似自嘲自讽一样,因为他在克利斯朵夫身上看到了自己过去的影子。他狠命地摧毁克利斯朵夫对人生的信念,对艺术的信念,对自身的信念。他不胜悲苦地拿自己做例子,痛骂自己的近作:

“都是些狗屁不通的东西! 为那般狗屁不通的人只配这种东西。你以为世界上爱音乐的人能有十个吗? 唉,有没有一个都是疑问!”

“有我啊!”克利斯朵夫兴奋地嚷着。

哈斯莱瞧着他,耸耸肩,有气无力地回答说:

“你将来也会跟别人一样,只想往上爬,只想寻欢作乐,跟别人一样……而这个办法是不错的……”

克利斯朵夫想和他辩;可是哈斯莱打断了他的话,拿起他的乐谱,把刚才赞扬的作品加以尖刻的批评。他不但用难听的话指摘青年作家没留意到的真正的疏忽,写作的缺点,趣味方面或表情方面的错误;并且还说出许多荒谬的言论,和使哈斯莱自己受尽痛苦的,那班最狭窄最落伍的批评家说的一模一样。他问这些可有什么意思。他简直不是批评,而是否定一切了:仿佛他恨恨地要把先前不由自主感受的印象统统抹掉。

克利斯朵夫失魂落魄,不想回答了。在一个你素来敬爱的人嘴里,听到那些令人害臊的荒唐的话,你又怎么回答呢? 何况哈斯莱什么话都不愿意听。他站在那儿,手里拿着阖上的乐谱,睁着惘然失神的眼睛,抿着嘴巴。末了,他好似又忘了克利斯朵夫:

“啊！最苦的是没有一个人，没有一个人能了解你！”

克利斯朵夫激动到极点，突然转过身来把手放在哈斯莱的手上，抱着一腔热爱，又说了一遍：“有我呢！”

可是哈斯莱的手一动也不动；即使这青年的呼声使他的心颤动了一刹那，但瞅着克利斯朵夫的那双黯淡的眼睛并没露出一点儿光彩。讥讽与自私的心绪又占了上风。他把上半身微微欠动一下，滑稽地行了个礼，回答说：“不胜荣幸！”

他心里却想道：“哼！那我才不在乎呢！难道为了你，我就白活一辈子吗？”

他站起身来，把乐谱往琴上一丢，拖着两条摇晃不定的腿，又回到半榻上去了。克利斯朵夫明白了他的思想，感到了其中的隐痛，高傲地回答说，一个人用不着大家了解，有些心灵抵得上整个的民族；它们在那里代替民族思想；它们所想的东西，将来自会由整个民族去体验。——可是哈斯莱已经不听他的话了。他回复了麻痹状态，那是内心生活逐渐熄灭所致的现象。身心健全的克利斯朵夫是不会懂得这种突然之间的变化的，他只模模糊糊地觉得这一下是完全失败了；但在差不多已经成功的局面之后，他一时还不肯承认失败。他做着最后的努力，想把哈斯莱重新鼓动起来：他拿着乐谱，解释哈斯莱所挑剔的某些不规则的地方。哈斯莱却埋在沙发里，始终沉着脸一声不出，他既不首肯，也不反对：只等他说完。

克利斯朵夫明明看到留下去没有意思了，一句话说了一半就停住。他卷起乐谱，站起身子。哈斯莱也跟着站起。胆怯而惶愧的克利斯朵夫嘟嘟囔囔的表示歉意。哈斯莱微微弯了弯腰，用着高傲而不耐烦的态度伸出手来，冷冷地，有礼地，送他到大门口，没有一句留他或约他再来的话。

克利斯朵夫回到街上，失魂落魄。他往前走着，糊里糊涂走过了两三条街，又到了来时下车的站头。他搭上电车，根本不知自己做些什么。他倒在凳上软瘫了，手臂，大腿，都好像折断了。不能思索，也不能集中念头：他简直一无所思。他怕看自己的内心。因为内心只有一片空虚。在他四周，在这个城里，到处都是空虚，他连气也喘不过来：雾气跟高大的屋子使他窒息。他只想逃，逃，越快越好，——仿佛一离开这儿就能丢下他在这儿遇到的悲苦的幻灭。

回到旅馆，还不到十二点半。他来到这个城里只有两小时，——那时他心里是何等光明！——现在一切都是黑暗了。

他不吃中饭，也不进房间，径自向店里要了账单，付了一夜的租金，说要动身了：店主人听了大为奇怪，告诉他不用这么急，他要搭的火车还有几个钟点才开呢，不如在旅馆里等。他可执意要立刻上车站去搭第一班开的车，不管是什么车，在这儿连一小时也不愿意多待了。他花了一笔钱老远跑来，原想大大地乐一下的，除了访问哈斯莱，还想去参观博物院，上音乐会，认识几个人，——而今他唯一的念头只有动身两个字了……

他回到车站。正如人家告诉他的，他要搭的火车要三点钟才开。而且那班既非快车（因为克利斯朵夫只能坐最低的等级），——路上还要随时停留；还不如搭迟开两小时而中途赶上前一班的车。但要在这儿多留两小时，克利斯朵夫就受不住。他甚至在等车的期间也不愿意走出车站。——多凄凉的等待！在那些空荡荡的大厅上，闹哄哄的，阴沉沉的，全是些不关痛痒的陌生面孔，匆匆忙忙，连奔带跑的进进出出，没有一张熟识的、友善的脸。黯淡的天色黑下来了。给浓雾包围着的电灯，在黑暗中好似一点点的污渍，使阴暗显得更阴暗。越来越闷塞的克利斯朵夫，等着开车的时间，五内如焚。他每小时要把火车表看上十多次，唯恐弄错了。有一次他为了消磨时间，从头至尾又看一遍，冷不防有一个地名引起了他的注意：他觉得这个地方是认得的，过了一会儿想起那是给他写过多亲热的信的苏兹的住处。他那时正心神无主，忽然想去拜访这位陌生朋友了。那地方并不在他回去的路上，而是要再搭一两小时的区间车，在路上过一夜，换两三次车，中间还不知要等多少时候。克利斯朵夫可完全不计算这些，马上决定了：他的本能非要找些同情的慰藉不可，便不假思索，拟了一通电报打给苏兹，告诉他明天早上到。但电报才发出，他已经后悔了。他很懊恼地笑自己老是有幻想。干吗再要去找新的烦恼呢？——可是事情已经定了，要改变主意也来不及了。

在最后一部分等车的时间，他就想着这些念头。车终于挂好了，他第一个上去；他的孩子气使他直等到车子开了，从车门里望见下着阵雨的灰色的天空下面，城市的影子慢慢在黑夜中消失了，方始能痛痛快快地呼吸。他觉得要是在这里住上一晚的话，简直会闷死的。

正在这个时候，——下午六点光景，——哈斯莱有封信送到克利斯朵夫的旅馆。克利斯朵夫的访问惹起了他许多感触，整个下午都不胜懊丧地想着，他对于这个怀着一腔热情来看他，而竟受他那么冷淡的可怜的青年，并非没有好感。他后悔自己的态度。其实他是常常这样心血来潮的闹脾气的。为了挽救一下，他送了一张歌剧院的门票去，又附了一张便条，约他在完场以后见面。——克利斯朵夫对这些事当然一点不知道。哈斯莱看见他没来就心里想：

"他生气了。那末就算了！"

他耸耸肩，也不再往下追究。第二天，一切都忘了。

第二天，克利斯朵夫和他已经离得很远，——远得连一辈子也不会再见了。而他们俩也永远地孤独下去了。

彼得·苏兹已经七十五岁。他身体非常衰弱，而且那么大一把年纪也是不饶人的。个子相当高大，驼着背，脑袋垂在胸前，支气管很弱，呼吸很困难。气喘，鼻黏膜炎，支气管炎，老是和他纠缠不清；那张不留胡子的瘦长脸刻画着痛苦的皱裥，很鲜明的显出他和病魔苦斗的痕迹，半夜里常常需要在床上坐起来，身体向前弯着，流着汗，拼命想给他快要窒息的肺吸收些空气进去。他鼻子很长，下端有点儿臃肿。深刻的皱痕在眼睛下面就一道一道地从横里把腮帮分成两半，而腮帮也因为牙床骨瘪缩而陷了下去。塑成这张衰败零落的面具的，还不只是年龄与疾病；人生的痛苦也有份儿。虽然如此，他并不忧郁。神态安详的大嘴巴表示他是个仁厚长者。但使老人的脸显得和蔼可亲的，特别是那双清明如水的淡灰眼睛，永远从正面看着你，那么安静，那么坦白，没有一点儿隐藏，你仿佛可以看到他的心。

他一生没有经过多少事，独身已有多年，太太早死了。她性情不大好,人也不大聪明,长得一点不美。但他想起她的时候,心里还是对她很好。她死了有二十五年:二十五年到现在,他每晚睡觉以前,总得和她默默地作一番凄凉而温柔的谈话,他每天都像是和她一起过活的。他没有孩子,那是他的终身恨事。他把感情移在学生身上,对他们的关切不下于父亲对儿子。人家可并没怎么报答他。老人的心很能接近年轻人的心,甚至自以为并不比他们的更老:他觉得所差的年岁根本算不了什么。然而年轻人并不这样想,认为老年人是属于另一个时代的;并且他眼前需要操心的事太多了,本能的不愿意去看自己忙了一世以后的可悲的下场。偶尔有些学生,看到苏兹老人对他们的祸福那么关心,也不由得很感激,不时来问候他;离开了大学,他们还写信来道谢,有几个在以后几年中还跟他通信。然后,老人听不到他们的消息了,只有在报纸上知道这个有了发展,那个有了成绩,觉得非常安慰,他们的成就仿佛就是他的成就。他也不怪怨他们不通音信:原谅他们的理由多的是;他决不怀疑人家的感情,甚至以为那些最自私的学生也有像他对他们一样的感情。

但他精神上最好的避难所还是书本:它们既不会忘了他,也不会欺骗他。他在书本中敬爱的心灵现在已经超脱了时间的磨蚀,它们所引起而它们自己也似乎感受到的爱,还有它们像阳光一般布施给人家的爱,都是亘古常存,不会动摇的了。苏兹是美学兼音乐史教授,他好比一个古老的森林,在心中千啼百啭的全是禽鸟的歌声。这些歌有的是极远极远的,从几世纪以前传过来的,但亦不减其温柔与神秘。有的对他比较更熟更亲切,那是些心爱的伴侣,每一句都使他想起悲欢离合的往事,所牵涉到的生活有的是有意识的,有的是无意识的:——(因为在太阳照耀的岁月下面,还有被无名的光照着的别的岁月。)——最后还有些从来没听到过的,说着大家期待已久而极感需要的话:那时听的人就会打开心来欢迎它们,像大地欢迎甘霖一样。苏兹老人就是这样在孤独生活中听着群鸟歌唱的森林,像传说中的隐士一般,被神奇的歌声催眠了,而岁月悠悠,慢慢地流到了生命的黄昏;可是他的心始终和二十岁的时候一样。

他精神上的财富不限于音乐。他也爱好诗人,——不分什么古人今人。他比较更喜欢本国的诗，尤其是歌德的，但也爱好别国的。他很博学，精通好几国文字。他思想上是和赫尔德①与十八世纪末期的“世界公民”同时代的。他经历过一八七〇年前后的艰苦的斗争，受过那时代波澜壮阔的思想的熏陶；但他虽然崇拜德国，可并不是一个“骄傲的人”。他像赫尔德一样地认为：“在所有骄傲的人里头，以自己的国家来炫耀的人尤其荒谬绝伦”，也像席勒一样地认为“只为了一个民族而写作是最可怜的理想”。他的思想有时候是懦弱的，但胸襟是宽大的，对于世界上一切美妙的东西随时都能热心接受。他也许对庸俗的东西过于宽容，但他的本能绝不会错过最优秀的作品；要是他没有勇气指斥舆论所捧的虚伪的艺术家，可永远有勇气替那些公众不了解的杰出而强毅的人辩护。他往往受好心的累，唯恐对人不公平；大家喜欢的作品，他要是不喜欢的话，他一定认为错在自己，终于也把那作品爱上了。他觉得爱是世界上最甜蜜的事。他精神上需要爱，需要钦佩，比他可怜的肺需要空气更迫切。所以，凡是给他有个爱的机会的人，他真是感激到极点。——克利斯朵夫万万想象不到他的歌集对他所发生的作用。他自己写作的时候所感到的情绪，还远不及这位老人所感到的那么生动，那么真切。因为在克利斯朵夫，这些歌仅仅是内心的炉灶里爆发出来的几点火星而已，它还有别的东西要放射；可是苏兹老人等于忽然发现了整个的新天地，等他去爱的新天地。而这个天地的光明把他的心给照亮了。

一年以来，他不得不辞退大学教席；一天坏似一天的身体不容许他再继续授课。正当他躺在床上闹病的时候，书商华尔夫照例派人送来一包新到的乐谱，其中就有克利斯朵夫的歌集。他单身住着，身边没有一个亲人，几个少数的家属久已死了，只有一个年老的女仆照料。而她欺他病弱，每样事都自作主张。两三个和他一样高龄的朋友不时来瞧瞧他；但他们身体也不大行，气候不好的时节也躲在家里，疏于访问了。

---

① 赫尔德（1744—1803）为最早鼓吹浪漫派文学的作家之一，对近代德国文学影响极大。

那时正是冬季,街上盖满着正在融化的雪:苏兹整天没看到一个人。房里很黑,窗上蒙着一层黄色的雾,像幕一样地挡住了视线;炉子烧得挺热,教人累得很。邻近的教堂里,一座十七世纪的古钟每刻钟奏鸣一次,用那种高低不匀、完全不准的声音唱着赞美诗中的断片零句,快乐的气息听来非常勉强,尤其在你心里不高兴的时候。老苏兹背后垫着一大堆靠枕咳个不停。他拿着一向喜欢的蒙丹的集子想念下去,但今天念起来不像平时那么有味,就让书本在手里掉了下去。他喘着气,呼吸很困难,出神似的在那里幻想。送来的乐谱放在床上,他没勇气打开来,只觉得心里很悲伤。终于他叹了口气,仔细解开绳子,戴上眼镜,开始读谱了。但他的心在别处,老想着排遣不开的往事。

他一眼瞥见一支古老的赞美歌,那是克利斯朵夫采用一个诚朴虔敬的诗人的词句,而另外加上一种新的表情的,原作是保尔·格哈特的《基督徒流浪曲》:

希望罢,可怜的灵魂,
希望之外还得强毅勇猛!
……
等待啊,等待:
你就会看到
欢乐的太阳!

这些赞美歌的词句是老苏兹熟悉的,但他从来没听见这种口吻……那已经不是单调到使你心灵入睡的,恬淡而虔敬的情绪,而是像苏兹的心一样的一颗心,比他的更年轻更坚强的心,在那里受着痛苦,存着希望,希望看到欢乐,而真的看到了。他的手索索地抖着,大颗的泪珠从腮帮上淌下。他又往下念:

起来罢,起来!跟你的痛苦,
跟你的烦恼,说一声再会!
让它们去罢,一切烦扰你的心灵,
使你悲苦的东西!

克利斯朵夫在这些思想中间渗入一股年轻的刚强的热情,而在最后几句天真而充满着信念的诗中，还有他的英雄式的笑声：

统治一切、领导一切的
不是你，而是上帝。
上帝才是君王，
才能统治一切，统治如律！

还有一节睥睨一切的诗句，是克利斯朵夫逞着少年的狂妄，从原诗中摘出来做他的歌的结论的：

即使所有的妖魔反对，
你也得镇静，不要怀疑！
上帝决不会退避！
他所决定的总得成功，
他要完成的总得完成，
他会坚持到底！

……然后是一片轻快的狂热，战争的醉意，好似古罗马皇帝的凯旋。

老人浑身打战，气吁吁地追随着那激昂慷慨的音乐，有如儿童给一个同伴拉着手往前飞奔。他心跳着，流着泪，嘟嘟囔囔地嚷着：

"啊！我的天！……啊！我的天！……"

他又哭，又笑。他幸福了，窒息了。接着来了一阵剧烈的咳呛。老妈子莎乐美跑来，以为老人要完了。他继续哭着，咳着，嘴里叫着："啊！我的天！……啊！我的天！……"而在短促的换口气的时间，在两阵咳呛的过渡期间，他又轻轻地尖声笑着。

莎乐美以为他疯了。等到她弄明白了这次咳呛的原因，就很不客气地埋怨他：

"怎么能为了这种鬼事而搞成这副模样！把这个给我！让我拿走。不准再看。"

但老人一边咳着一边不肯让步，大声叫莎乐美别跟他烦。因为她还是和他争，他就勃然大怒，发誓赌咒，闹得气都喘不过来。她从来没看见他生这么大的气，敢和她这样顶撞。她愣了一愣，不禁把手里抓着的东西放下了;可是她恶狠狠地把他数说了一顿,拿他当老疯子看待,说她一向认为他是个有教养的人,现在才知道看错了,他居然说出连赶车的也要为之脸红的咒骂,眼睛差点儿从头里爆出来,倘使那是两支手枪的话,还不早要了她的命! ……要不是苏兹气得从枕上抬起身子大叫一声“出去!”她尽可以这样地唠叨下去。可是主人那种斩钉截铁的口气,使她出去的时候把门大声碰了一下,说从此以后尽管他叫她,她也不愿意劳驾的了,他要死过去,她也不管了。

于是,一点点黑起来的屋子里又安静了。钟声在平静的黄昏中又响起来,依旧是那种平板的、可笑的声音。老苏兹对刚才的发怒有点惭愧,一动不动地仰天躺着,气吁吁的,等心里的骚动平下去;他把心爱的歌集紧紧搂在怀里,像孩子一般地笑着。

一连好几天,他好像出神了。他再也不想到他的疾苦,不想到冬天,不想到黯淡的日色,不想到自己的孤独。周围一切都是爱,都是光明。在行将就木的年龄,他觉得自己在一个陌生朋友的年轻的心中再生了。

他竭力想象克利斯朵夫的相貌,可始终不是他的真面目。他把克利斯朵夫想象得像他自己喜欢长的模样:淡黄的头发,瘦削的身材,蓝眼睛,声音很轻,好像蒙着一层什么似的,性格和平,温柔,胆小。并且不管他究竟长得怎么样,他总是预备把他理想化。凡是他周围的人:学生,邻居,朋友,女仆,他都把他们理想化。他的仁厚跟不会批评的脾气——一半也是故意的,因为这样才好减少烦恼,——在周围造成了许多清明纯洁的面目,跟他自己的一样。那是他的善心扯的谎,没有它,他就活不了。但他也并不完全受这些谎话的骗;夜里躺在床上的时候,他往往叹着气想到白天无数的小事情,都是跟他的理想抵触的。他明知莎乐美在背后跟邻舍街坊嘲笑他,在每周的账目上有规则地舞弊。他明知学生们用到他的时候对他恭而敬之,利用完了就把他置之脑后。他明知大学里的同事们从他退职以后把他完全忘了,他的后任剽窃他的文章而根本不提他的名字,或是提到他的名字而引他的一句毫无价值的话,挑他的眼儿:——这种手段在批评界中是惯用的。他知道他的老朋友耿士今天下午又对他扯了一个大谎，也知道另外一个朋友卜德班希米脱借去看几天的书是永远不会还他的了，——那对一个爱书本像爱真人一般的人是非常痛苦的。还有许多别的伤心事，新的旧的，都常常浮到他脑子里来；他不愿意去想；可是它们老在那里，他清清楚楚地感觉到。那些回忆有时竟使他痛苦得心如刀割，在静寂的夜里呻吟着：“啊！我的天！我的天！”——随后，他把不痛快的念头撂在一边，否认它们：他要保持自己的信心，要乐天知命，要相信别人，结果他便真的相信了。他的幻象已经被无情的现实毁灭了多少次！——但他永远会生出新的幻象……没有幻象他简直不能过活。

素不相识的克利斯朵夫，在他的生活中成为一个光明的中心。克利斯朵夫给他的第一封措辞冷淡的复信，应当会使他难过的——（也许他的确是难过的）——可是他不愿意承认，倒反喜欢得像小孩子一样。他那么谦虚，对别人根本没有多大要求，只要得到人家一点儿感情就足够做他爱人家感激人家的养料。他从来不敢希望有福气看到克利斯朵夫，他太老了，不能再上莱茵河畔去旅行一次；至于请克利斯朵夫到这儿来，更是做梦也没想到的。

克利斯朵夫的电报送到的时候，他正坐上桌子吃晚饭。他先是弄不明白：发报人的名字很陌生，他以为人家送错了电报，不是给他的；他翻来覆去看了好几遍，慌乱中眼镜也戴不稳，灯光又不够亮，字母都在眼前跳舞。等到明白以后，他简直骚动得把晚饭都忘了。莎乐美提醒他也没用：没法再吞一口东西。他把饭巾往桌上一丢，也不像平时那样把它折好，便摇摇晃晃地站起身子，去拿了帽子和手杖往外就跑。好心的苏兹遇到一件这样快乐的事，第一个念头便是要把他的快乐分点给别人，把克利斯朵夫要来的消息通知他的朋友们。

他有两个朋友，都是像他一样爱好音乐的，也被他引起了对克利斯朵夫的热情：一个是法官萨缪尔·耿士，一个是牙医生兼优秀的歌唱家奥斯加·卜德班希米脱。三个老朋友常在一起谈着克利斯朵夫，把所能找到的克利斯朵夫的作品统统演奏过了。卜德班希米脱唱着，苏兹弹着琴，耿士听着。然后，三个人几小时地低回赞叹。他们弄着音乐的时候，不知说过多少次：“啊！要是克拉夫脱在这儿的话！”

苏兹在街上想着自己的快乐和将要使朋友们感到的快乐,自个儿笑起来了。天快黑了;耿士住在离城半小时的一个小村上。可是天色还很亮:四月的黄昏多么柔和;夜莺在四下里歌唱。老苏兹快活得心都化开了,呼吸一点没有困难,两条腿像二十岁的时候一样。他轻快地走着,全不防在黑暗中常常绊脚的石子。遇到车辆,他就精神抖擞地闪在路旁,高高兴兴地和赶车的打招呼,对方在车灯底下看到是他,不由得很奇怪。

走到村口耿士家的小园子前面,天已经全黑了。他敲着门,直着嗓子叫耿士。耿士打开窗来,神色仓皇地出现了。他在暗中探望,问:"谁啊?叫我干吗?"

苏兹喘着大气,兴高采烈地嚷道:"克拉夫脱……克拉夫脱明天到……"

耿士莫名其妙,只认出了他的声音:"苏兹!怎么啦?这么晚赶来什么事啊?"

苏兹又说了一遍:"他明天到,明天早上!……"

"什么?"耿士一点儿摸不着头脑。

"克拉夫脱!"

耿士把这句话想了一会儿,忽然很响亮地叫了一声,表示他明白了:

"我就来!"他喊道。

窗子重新关上。他在石阶上出现了,手里拿着灯,往园子里走过来。他是个身材矮小的老头儿,挺着大肚子,脑袋也很大,灰色头发,红胡子,脸上和手上都有雀斑。他衔着一个瓷烟斗,迈着细步走来。这个和善而有点迷迷糊糊的人,一辈子从来不为什么事着急的。可是苏兹带来的新闻也不免使他一反常态,兴奋起来;他把短短的手臂跟手里的灯一齐舞动着,问:"真的?他到这儿来吗?"

"明天早上。"苏兹好不得意地扬了扬电报。

两位老朋友到凉棚底下坐在一条长凳上。苏兹端着灯。耿士小心翼翼地展开电报,慢慢地低声念着;苏兹又从他肩头上高声念着。耿士还看了电报四周的小字,拍发的时刻,到达的时刻,电文的字数。随后他把这张宝贵的纸还给了苏兹。苏兹得意地笑着,耿士侧了侧脑袋瞧着他说:“啊!好!……啊!好!”

耿士想了一会儿,吸了一大口烟又吐了出来,然后把手放在苏兹膝盖上,说道:

“得通知卜德班希米脱。”

“我去。”苏兹说。

“我跟你一块儿去。”耿士说。

他进去放下了灯,马上回出来。两个老人手挽着手走了。卜德班希米脱住在村子那一头。苏兹和耿士一路说着闲话,心里老想着那件事。忽然耿士停住脚步,用手杖往地上敲了一下:“啊!该死!……他不在这儿!……”

这时他才记起卜德班希米脱下午到邻近一个城里开刀去了,今晚要在那边过夜,而且还得待上一两天。苏兹听了这话慌了。耿士也一样地发急。卜德班希米脱是他们俩非常得意的人物;他们很想拿他来做面子的。因此两人站在街上没了主意。

“怎么办?怎么办?”耿士问。

“非教克拉夫脱听一听卜德班希米脱的唱不可。”苏兹说。

他想了想又道:“得打一个电报给他。”

他们就上电报局,共同拟了一个措辞激动的长电,简直教人弄不明白说的是什么。发了电报,他们走回来。

苏兹计算了一下:“要是他搭头班车,明天早上就可以到这儿。”

但耿士认为时间已经太晚,电报大概要明天早上才送到。苏兹摇摇头;两人一齐说着:“事情多不巧!”

他们俩在耿士门口分手了;耿士虽然和苏兹友谊那么深,可决不至于冒冒失失地把苏兹送出村口,回头再独自在黑夜里走一段路,哪怕是极短的路。他们约定明天在苏兹家里吃中饭。苏兹又望望天色,不大放心地说:“明儿要能天晴才好!”

自命为通晓气象的耿士,郑重其事地把天色打量了一会儿,——(因为他也像苏兹一样,极希望克利斯朵夫来的时候能看到他们的地方多美)——说道:

“明儿一定是好天。”

这样,苏兹的心事才轻了一半。

苏兹回头进城,好几次不是踏在车辙里差点儿跌跤,就是撞在路旁的石子堆上。回家之前他先到点心铺订了一种本地著名的饼,快到家了,又退回去到车站上问明车子到达的时刻。到了家中,他和莎乐美把明天的饭菜商量了老半天。这样以后,他才筋疲力尽地上床;可是他像圣诞前夜的小孩子一样兴奋,整夜在被窝里翻来覆去,一刻儿都没睡着。到半夜一点,他想起来吩咐莎乐美,明天中上最好做一盘蒸鲤鱼,那是她的拿手菜。结果他并没去说,而且也是不说的好。但他仍旧下了床,把那间预备给克利斯朵夫睡的卧室收拾一番:他十二分的小心,不让莎乐美听见声音,免得受埋怨。他提心吊胆,唯恐错失了火车的时刻,虽然克利斯朵夫在八点以前决不会到。他一大早就起身了,第一眼是望天:耿士说得不错,果然是大好的晴天。苏兹蹑手蹑脚地走下地窖,那是因为怕着凉,怕太陡的梯子而久已不去的;他挑出最好的酒,回上来的时候脑门在环洞高头重重地撞了一下,赶到提着满满的一篮爬完梯子,他以为简直要闭过气去了。随后他拿着剪刀往园子里去,毫不爱惜地把最美的蔷薇和初开的紫丁香一齐剪下。随后他回到卧室,性急慌忙地刮着胡子,割破了两三处,穿扮得齐齐整整,动身往车站去了。时间还只有七点。尽管莎乐美劝说,他连一滴牛奶都不肯喝,说克利斯朵夫到的时候一定也没用过早点,他们还是回来一起吃罢。

他到站上,离开火车到的时候还差三刻钟。他好不耐烦地等着克利斯朵夫,而结果竟把他错过了。照理应该耐着性子等在出口的地方,他却是站在月台上,被上车下车的旅客挤昏了。虽然电报上写得明明白白,他却以为,天知道为什么缘故,克利斯朵夫搭的是下一班车;并且他也绝对想不到克利斯朵夫会从四等车厢里跳下的。克利斯朵夫到了好久,直接往他家里奔去的时候,苏兹还在站上等了半小时。更糟的是,莎乐美也上街买菜去了:克利斯朵夫发现大门上了锁。邻人受着莎乐美的嘱托,只说她一忽儿就回来的;除此以外,再没别的解释。克利斯朵夫既不是来找莎乐美的,也不知道莎乐美是谁,认为那简直是跟他开玩笑;他问到大学音乐导师苏兹在不在,人家回答说在,可不知道上哪儿去了。克利斯朵夫一气之下,走了。

老苏兹挂着一尺长的脸回来,从也是刚回家的莎乐美嘴里知道了那些情形,不禁大为懊恼,差点儿哭出来。他认为老妈子太蠢了,怎么在他出门的时候没有托人家请克利斯朵夫等着。他非常愤怒。莎乐美跟他一样气哼哼地回答说,她想不到他会那样的蠢,甚至把特意去迎接的客人都错失了。老人并不浪费时间和她争,立刻回头走下楼梯,依着邻人渺渺茫茫的指点,出发找克利斯朵夫去了。

克利斯朵夫撞在门上,没见到一个人,连一张道歉的字条都没有,很是生气。在等下一班火车开行之前,他不知道怎么办:看到田野很美,便散步去了。这是一座安静宜人的小城,坐落在一带柔和的山岗底下;屋子四周全是园子,樱桃树开满了花;有的是碧绿的草地,浓密的树荫,年代并不悠久的废墟;青草丛里矗立着白石的柱子,上面放着古代公主们的胸像,脸上的表情那么温和,那么可爱。城的周围,只看见青葱的草原与小山。野花怒放的灌木丛中,山鸟叫得非常快乐,好比一组轻快响亮的木笛在那里合奏。要不了多少时候,克利斯朵夫恶劣的心绪消散了:他把苏兹完全给忘了。

老人满街跑着,向走路人打听,都一无结果。他直爬到山坡高头的古堡前面,正当他好不伤心地走回来的时候,他那双看得很远的尖锐的眼睛,忽然瞥见在几株树底下有个男人躺在草地上。他不认得克利斯朵夫,不能知道是不是他。那男子又是背对着他,把半个头都埋在草里。苏兹绕着草地,在路上转来转去,心跳得很厉害:

"一定是他了……噢,不是的……"

他不敢叫他,可是灵机一动,把克利斯朵夫的歌里头的第一句唱起来:

奥夫!奥夫!……(起来罢!起来!)

克利斯朵夫一跃而起,像条鱼从水里跳出来似的,直着嗓子接唱下去。他高兴至极地回过身来:满面通红,头上尽是乱草。他们俩互相叫着姓名,向对方奔过去。苏兹跨过土沟,克利斯朵夫跳过栅栏。两人热烈地握着手,大声说笑着一同往家里走。老人把早上的倒霉事儿说了一遍。克利斯朵夫几分钟以前还决定搭车回家,不再去找苏兹,现在立刻感觉到这颗心多么善良多么纯朴,开始喜欢他了。还没走到苏兹家里,他们已经彼此说了许多心腹话。

一进门,他们就看到耿士;他听说苏兹出去找克利斯朵夫了,便消消停停地在那儿等着。女仆端上咖啡跟牛奶。克利斯朵夫说已经在乡村客店用过早点。老人听了大为不安:客人到了本地,第一顿饭竟没有在他家里吃,他觉得难过极了;像他那种至诚的心是把这些琐碎事儿看做天样大的。克利斯朵夫懂得他的心理,暗中觉得好玩,同时也更喜欢他了。为了安慰主人,他说还有吃第二顿早点的胃口,而且他马上用事实来证明了。

克利斯朵夫所有的烦恼一霎时都化为乌有:他觉得遇到了真正的朋友,自己又活过来了。讲到这次的旅行和失意的时候,他把话说得那么滑稽,好比一个放假回来的小学生。苏兹眉飞色舞,不胜怜爱地瞅着他,心花怒放地笑了。

不久,话题就转到三个人友谊的关键上去,他们谈着克利斯朵夫的音乐。苏兹渴望克利斯朵夫弹几阕他的作品,只是不敢说。克利斯朵夫一边谈话一边在室内来回踱着。他走近打开着的钢琴的时候,苏兹就留神他的脚步,心里巴不得他停下来。耿士也是一样的期望着。果然,克利斯朵夫嘴里说着话,不知不觉地在琴前坐下,眼睛望着别处,把手指在键盘上随便抚弄;这时两老的心都跳起来。不出苏兹所料,克利斯朵夫试了两三组琶音以后真的动了兴:一边谈着一边又按了几个和弦,接着竟是完整的乐句;于是他不作声了,正式弹琴了。两个老人交换了一个得意的、会心的眼色。

“你们知道这个曲子吗?”克利斯朵夫奏着他的一阕歌问。

“怎么不知道!”苏兹挺高兴地回答。

克利斯朵夫只顾弹着,侧着脸,说:“喂,你的琴不大高明了!”

老人非常懊丧,赶紧道歉:“是的,它老了,跟我一样了。”

克利斯朵夫转过身子,望着这个好像求人原谅他老朽的苏兹,把他两只手一齐抓着,笑起来了。他打量着老人天真的眼睛,说:“噢! 你,你比我还年轻呢。”

苏兹听了哈哈大笑，顺便说到自己衰老多病的情形。

“得了罢！”克利斯朵夫抢着回答，“那有什么相干？我知道我的话是不错的。是不是，耿士？”

（他已经省去“先生”二字了。）

耿士一迭连声地表示同意。

苏兹看到人家恭维他的年轻，也想让他的钢琴沾点儿光。

“还有几个音很好听呢。”他胆怯地说。

他随手按了四五个相当明亮的音，在琴的中段，大概有半个音阶。克利斯朵夫懂得这架琴对他是个老朋友，便一边想着苏兹的眼睛一边很亲热地回答：

“不错，它还有很美的眼睛。”

苏兹脸上登时有了光彩，对旧钢琴说了些不清不楚的赞美的话，可是看到克利斯朵夫重新弹琴了，就马上住嘴。歌一支又一支地奏下去，克利斯朵夫用不高不低的声音唱着。苏兹眼睛水汪汪的，对他每一个动作都留着神。耿士交叉着手按在肚子上，闭着眼睛细细地吟味。克利斯朵夫不时得意扬扬地转过头来，对着两个听得出神的老头儿说：

“嘿！多美啊！……还有这个，你们觉得怎么样？……还有这个……那是顶美的一个……——现在我再给你们奏一个曲子，让你们快乐得像登天一样……”尽管他说话这么天真，两个老人决不会笑话他。

他才奏完一个如梦如幻的曲子，挂钟里的鹧鸪叫起来了。克利斯朵夫听了怒气冲冲地直跳直嚷。耿士被他惊醒了，睁大着眼睛骨碌碌地乱转。苏兹先是莫名其妙。直看到克利斯朵夫一边对着摇头摆尾的鹧鸪摩拳擦掌，一边嚷着要人把这混账的鬼东西拿开的时候，苏兹才破题儿第一遭觉得这声音的确难受，端过一张椅子，想上去把煞风景的东西亲自摘下来。他差点儿摔跤，被耿士拦住了不让再爬。于是他叫莎乐美。莎乐美照例慢腾腾地走来，而不耐烦的克利斯朵夫已经把挂钟卸下，放在她的怀里了。她抱着钟愣在那里：

“你们要我把它怎么办呢？”她问。

“随你怎么办。拿去就是了，只要从此不看见它!”苏兹说着，和克利斯朵夫一样的不耐烦。

他不懂自己对于这厌物怎么会忍耐了那么些年的。

莎乐美以为他们都疯了。

音乐重新开始。时间一小时一小时地过去。莎乐美来报告说中饭已经开出来了。苏兹可教她住嘴。过了十分钟，她又来了；再过十分钟，她又来了：这一回她可气冲冲的，勉强装着镇静的神气，站在屋子中间，不管苏兹怎么样绝望地对她做着暗号，径自大声地说：

“诸位先生喜欢吃冷菜也好，喜欢吃热菜也好，对我都没关系；只要吩咐就是了。”

苏兹对于这种没有规矩的事很惭愧，想把女仆训斥一顿：可是克利斯朵夫大声笑了出来。耿士也笑了，终于苏兹也跟着笑了。莎乐美看到自己的话有了作用很得意，转过身来走了，神气活像一个皇后赦免了她的臣下。

“她真痛快!”克利斯朵夫离开了钢琴，站起来说，“她也没错。音乐会中间闯进个把人有什么大不了呢?”

他们开始吃饭了。饭菜挺丰富挺有味道。苏兹激起了莎乐美的好胜心，而她也巴不得找个机会来显显本领，决不辜负这种机会。两位老朋友非常好吃。耿士上了饭桌子简直变了一个人，眉开眼笑，像太阳一般，那模样大可以给饭店做个招牌。苏兹对好酒好菜的欣赏也不下于耿士，可惜为了病病歪歪的身子不能尽量。但他不大肯顾虑到这一点，因之常常要付代价。那他可绝对不抱怨；要是他病了，至少肚里明白是怎么回事。和耿士一样，他也有家传的食谱。所以莎乐美是服侍惯一般内行的。可是这一次，她把所有的杰作都拿来排在一个节目上，仿佛是莱茵菜的展览大会，那是一种本色的，保存原味的烹调，用着各式各种草本的香料，浓酽酽的沙司①，作料丰富的汤，标准的清炖砂锅，其大无比的鲤鱼，酸咸菜烧腌肉，全鹅，家常饼，茴香面包。克利斯朵夫嘴巴

① 沙司为西菜中浇在鱼或肉类上面的酱汁，大概可分黑白两种，以牛肉汤或鸡汤为底，将牛油与面粉调和后，另加作料，做法各有巧妙不同。欧洲人对沙司之重视不下于正菜本身。

塞得满满的,狼吞虎咽的得意极了。他跟他的父亲祖父胃口一样大,一次可以吞下整只的鹅。平时他能整星期地光吃面包和乳饼,而有机会的时候可以吃得胀破肚子。苏兹又诚恳又殷勤,眼睛挺温柔地瞧着他,把他灌了许多莱茵名酒。满面通红的耿士认为这一下才遇到了对手。莎乐美嘻开着大脸盘乐死了。——克利斯朵夫刚到的时候,她有点儿失望。苏兹事先对她把客人说得天花乱坠,所以她理想中的克利斯朵夫是个大官儿一样的人物,浑身都是头衔。见到了客人的面,她不由得肚里想着:

"原来也没什么大不了!"

在饭桌上,克利斯朵夫可得到了她的好感;像他那样大为赏识她的本领的人,她还是第一次碰到。所以她竟不回到厨房去而站在饭厅门口,看着克利斯朵夫一边说着傻话,一边东西照旧吃个不停;她把拳头插在腰里,哈哈大笑。大家都兴高采烈。美中不足的就是没有卜德班希米脱在座。他们几次三番地说:

"嘿!要是他在这儿,他才会吃、会喝、会唱呢!"

这一类赞扬的话简直说不完。

"要克利斯朵夫能听到他的唱才好呢!……大概是听得到的。今晚卜德班希米脱可以回来了,至迟也不会过今天夜里……"

"噢!今天夜里我早已不在这儿了。"克利斯朵夫说。

苏兹喜滋滋的脸立刻沉了下来。

"怎么不在这儿?"他声音发抖了,"你今天不会走吧?"

"要走的,"克利斯朵夫嘻嘻哈哈地回答,"搭夜车走。"

这一下苏兹可伤心了。他是预算克利斯朵夫在他家里住几天的,便嘟嘟囔囔地说:"那怎么行呢?……"

耿士也接着说:"还有卜德班希米脱怎么办呢?……"

克利斯朵夫把他们俩都瞧了瞧,两人友好的脸上那种失望的表情使他感动了,就说:"唉!你们多好!……那末我明天早上走,行吗?"

苏兹马上握着他的手:"啊!好极了!谢谢你!谢谢你!"

他跟小孩子一样把明天看得那么远,远得用不着去想。他只知道克利斯朵夫今天不走,今天一天,今天晚上,他们都可以在一起,他要睡在他的家里:除此以外,苏兹不愿意想得更远了。

大家又恢复了兴致。苏兹忽然神色庄严地站起来,预备为远来的贵客干杯,他用着感动而浮夸的措辞,说客人肯光临小城,枉顾寒斋,对他是极大的光荣和愉快;他祝颂他归途平安,祝颂他前程远大,祝颂他成功,祝颂他荣名盖世,也祝颂他享尽人世的幸福。接着他又为“高贵的音乐”干杯,——为他的老朋友耿士干杯,——为春天干杯,——最后也没忘了为卜德班希米脱干杯。耿士也起来为苏兹和另外几个朋友干杯;克利斯朵夫为结束这些干杯起见,便起来为莎乐美干杯,把她羞得涨红了脸。然后,他不等两位演说家致答词,马上唱起一支著名的歌,两个老人也跟着唱起来。一曲完了又是一曲,末了是一支三部合唱的歌,大意是称颂友谊、音乐,和美酒的;笑声与碰杯声,和歌声闹成一片。

离开饭桌的时候已经三点半,他们头脑都有点重甸甸的。耿士倒在一张沙发里,很想睡个中觉。苏兹经过了早上那种紧张的情绪,再加那些干杯,也支持不住了。两人都希望克利斯朵夫坐下来给他们弹上几小时的琴。可是那怪脾气的年轻人精神百倍,兴致好得很:他按了两三个和弦,突然把琴关上了,望望窗外,提议出去遛个半天。他觉得田野美极了。耿士表示不大热心,但苏兹立刻认为这主意妙极了,他本应当带客人去瞧瞧本地的公园。耿士皱了皱眉头,可也不表异议:因为他和苏兹一样愿意让克利斯朵夫欣赏一下他们的本地风光。

于是他们出去了。克利斯朵夫搀着苏兹的手臂走得很快,超过了老人的体力。耿士跟在后面抹着汗。他们很兴奋地谈着话。人家站在屋门口看见他们走过,都觉得苏兹教授今天的神气活像个年轻人。一出城,他们就往草原上走。耿士抱怨天气太热。一点不体恤人的克利斯朵夫可认为气候好极了。还算是两老运气,因为他们常常停下来讨论问题,而继续不断的谈话也令人忘了路程的遥远。他们进了树林。苏兹背着歌德和莫里克的诗句。克利斯朵夫很喜欢诗歌,可一首都记不得,他一边听一边恍恍惚惚地幻想起来,终于音乐代替了字句,把诗完全给忘了。他佩服苏兹的记忆力。把他和哈斯莱比较之下,差别真是太大了!一个是又老又病,一年倒有一大半关在卧房里,差不多在这个内地小城中过了一辈子，可是他精神多么活跃！一个是又年轻又出名，住着艺术中心的大都市，举行音乐会的时候跑遍了欧洲，可是他对什么都不感兴趣，什么都不愿意知道！克利斯朵夫所知道的现代艺术的潮流，苏兹不但全部熟悉，而且还知道无数关于古代与外国音乐家的事，为克利斯朵夫闻所未闻的。他的记忆仿佛是一口深不可测的蓄水池，凡是天上降下的甘霖都给它保存在那里。克利斯朵夫聚精会神地汲取它的宝藏；苏兹看见克利斯朵夫兴致这样浓厚也觉得不胜快慰。他有时碰到过一些殷勤的听众或温良恭顺的学生，可始终缺少一颗年轻而热烈的心来分享他多么丰富的热情。

直到老人冒冒失失地说出他对勃拉姆斯的钦慕为止，他们俩是世界上最知己的朋友。但一提到这个名字，克利斯朵夫立刻变了脸色，冷冷地生气了：他把苏兹的手臂放了下来，声色俱厉地说，凡是喜欢勃拉姆斯的人不能跟他做朋友。那简直是在他们的快乐上面浇了一盆冷水。苏兹胆子太小了，不敢争辩；又是太真诚了，不能扯谎，便支吾其词地想解释一番。可是克利斯朵夫斩钉截铁的一句："甭提了！"根本不容许对方再说下去。然后是一片难堪的静默。他们继续走着，两个老人低着头，彼此连望都不敢望。耿士咳了几声，想把话接下去，提到树林和美妙的天气；但克利斯朵夫气恼之下，除了几个单字，根本不搭腔。耿士在这一方面得不到回音，便转过来向苏兹谈话；可是苏兹喉咙哽塞着，竟没法开口。克利斯朵夫在眼梢里觑着他，想笑出来：他已经原谅他了。其实他并没真正的怀恨，甚至觉得自己使可怜的老人伤心未免野蛮；但他滥用威力，不愿意立刻取消前言。所以直到走出树林，三个人始终保持着这种态度：两个垂头丧气的老人拖着沉重的脚步，克利斯朵夫轻轻地打着唿哨，只装没看见他们。突然之间，他忍不住了，大声笑了出来，转身向着苏兹，伸出结实的手抓着他的胳膊：

"好朋友！"他亲热地望着他说，"你瞧，这多美啊！多美啊！……"

他说的是田野和天气；但他笑眯眯的眼睛仿佛是说：

"你是好人。我是蛮子。原谅我罢！我真爱你。"

老人的心化开来了，好像日食之后又出了太阳。但他直要过了一会儿才能开口。克利斯朵夫重新搀着他的手臂，格外亲热地和他谈着话;他一上劲,不知不觉加紧了脚步,没留意把两个同伴累得筋疲力尽。苏兹可并不抱怨;他满心欢喜,简直不觉得累。他知道今天这样的不保重,事后一定要付代价的。可是他想:“喝,明天,管它干吗!反正他走了我尽可以休息。”

可是不像他那么兴奋的耿士已经落后了十几步,显得可怜巴巴的。终于克利斯朵夫也觉察了,不胜惶愧地道歉,提议在白杨底下的草坪上躺一会儿。苏兹当然赞成,没想到他的支气管会不会受影响。幸而耿士替他想起了;或者他至少觉得这么一说,自己不必浑身大汗地去躺在凉快的草地上。他建议到邻近的站上搭火车回去。大家立刻照办了。虽然很累,他们还得加紧脚步以免迟到;结果他们到站的时候,火车正好进站。

这时忽然有个胖子冲到车厢门口,大声叫着苏兹和耿士的名字,还加上一大串他们的头衔和赞扬他们德性的形容词,舞动着手臂像个疯子。苏兹和耿士也叫叫嚷嚷的,舞动着手臂回答他,一边扑向胖子的车厢,胖子也在人堆里推呀撞地奔过来。克利斯朵夫莫名其妙地跟着跑,问:“什么事啊?”

两人欣喜欲狂地喊道:“就是那卜德班希米脱呀!”

这名字对他并没多大意思。他早已忘了饭桌上的干杯。卜德班希米脱站在火车的平台上,苏兹和耿士站在踏级上,高声喧嚷,闹得人耳朵都聋了;他们觉得这一次的巧遇真是妙不可言。火车已经开动,他们赶紧爬上去。苏兹把大家介绍了。卜德班希米脱行过礼,马上呆着脸,像根柱子一样站得笔直,先说了一大堆客套,然后抓着克利斯朵夫的手拼命地摇了五六下,好似要把它拉掉似的,接着又大声地嚷了。克利斯朵夫在他的叫喊声中听出来,他感谢上帝和他的本命星君使他能有这番奇遇。可是过了一忽儿他又拍着大腿诅咒那个倒霉运,使他从来不离开本城的人,偏偏在指挥先生光临的时候出了门。他看到苏兹的电报,早车已经开出一小时;送达的时候他还睡着,人家以为不该惊动他。他为此跟旅馆里的人发了一个早上的脾气,便是现在,他的气还没消呢。为了急于回来,他把他的主顾,看诊的约会,一股脑儿丢开了,马上搭着第一班车。不料这该死的车和干线上衔接的车脱了班,让卜德班希米脱在交叉站上等了三小时;在那边他把他字汇中所有的惊叹词都用尽了,拿这件倒霉事儿向站上看门的和别的等车的旅客讲了几十遍。后来终于出发了。他一路提心吊胆,唯恐赶不上贵客……幸而,谢谢上帝!谢谢上帝!……

他重新抓着克利斯朵夫的手,把它放在指头毛茸茸的大手掌里拼命地捏。他长得意想不到的胖,个子的高大也跟他的胖成为比例:方脑袋,红红的头发剪得很短,脸上不留胡子,长着许多小疱,大眼睛,大鼻子,厚嘴唇,双叠下巴,短脖子,背脊阔得异乎寻常,肚子像个酒桶,胳膊和身体离得老远,大手大脚,整个儿是一座山一般的肥肉,因为吃得过分,喝多了啤酒而变得不成样了,活像在巴伐利亚各乡各镇的街上摇来摆去,跟填鸭一样喂起来的那些胖子。为了高兴也为了天热,他浑身像一堆牛油似的发亮;两只手忽而放在分开着的膝盖上,忽而放在邻人的膝盖上,他一刻不停地说着话,卷着舌头把所有的辅音在空中打转,像放连珠炮。有时,他笑得前仰后合,张着嘴巴,一迭连声地呵呵大笑,差点儿闭过气去。他笑得把苏兹和耿士都传染了,他们狂笑了一阵,擦着眼睛望着克利斯朵夫,神气之间仿佛是问他:“嗯,你觉得怎么样?”

克利斯朵夫一声不出,只是骇然地想着:“唱我的歌的难道就是这个怪物吗?”

他们回到苏兹家里。克利斯朵夫只希望能避免听卜德班希米脱的唱。虽然卜德班希米脱心痒难熬地想显本领而一再暗示,他可绝对不接下文。但苏兹和耿士一心一意要拿他们的朋友来献宝,克利斯朵夫这关是逃不过的了。他便没精打采地坐到钢琴前面,心里想:“好家伙,好家伙,你真不知轻重呢:小心点儿!我是对什么都不留情的。”

他想到等会儿要让苏兹伤心,不由得很难过;但他认为与其让这个福斯塔夫[①]糟蹋他的音乐,宁可使他老人家受些痛苦。可是这一点倒无须他操心:胖子的声音美极了。一听最初几节,克利斯朵夫就做了个惊讶的动作,使眼睛老盯着他的苏兹吓了一跳,以为他不满意,赶到克利斯朵夫一边弹着一边脸色开朗起来,他才放下了心。于是老人的脸

① 莎士比亚剧中的福斯塔夫是个荒淫无耻的小人典型,同时是个大胖子。

也给克利新朵夫的快乐照出反光来了。一曲完了,克利斯朵夫转过身来嚷着说,他从来没听见一个人把他的歌唱得这样美的,那时苏兹的快乐简直无可形容;他的欢喜是比克利斯朵夫的满意和卜德班希米脱的得意更甜蜜更深刻:因为他们俩所感到的不过是自己一个人的愉快,而苏兹是把两个朋友的愉快都感到了。音乐继续下去。克利斯朵夫高兴得叫了:他不懂这个又笨重又庸俗的家伙怎么会传达出他的歌的思想。当然这并不是说他把所有细腻的地方都能准确地表现出来;可是他有克利斯朵夫从来没法使职业歌唱家完全感觉到的那种激动和热情。他望着卜德班希米脱,心里想:"难道他真有这样的感情吗?"

但他在胖子的眼睛里,除了虚荣心获得满足的表示,根本没看到什么热情。只有一股无意识的力在这个大块文章的身体中蠢动。这股盲目的,被动的力,好比一队士兵在那里厮杀,既不知道跟谁厮杀,也不知道为什么厮杀。一旦给歌的精神吸住之后,它便欢欣鼓舞地听任摆布:因为它需要活动,而要是让它自寻出路的话,它就永远不会知道怎么活动的。

克利斯朵夫心里想,在创造人类的那天,造物主并没为搭配人的四肢百体花过多少心血,只是随随便便地凑起来,不管它们放在一处是否相称。所以每个人都是被他用信手拈来的零件配成的;应该是一个人的各个部分,竟分配在五六个不同的人身上:脑子在一个人身上,心在另一个人身上,而适合这个心灵的身子又在第三个人身上;乐器在一边,奏乐器的人在另外一边。有些人好比极名贵的小提琴,只因为没人会拉,就给永远关在匣子里头,而那班生来配拉这种提琴的人,倒反终身只能抱着一些可怜的乐器。他所以会发生这样的感慨,尤其因为他自恨从来不能好好地唱一个歌。他的嗓子是唱不准的,自己听了就讨厌。

可是,卜德班希米脱得意忘形,开始在克利斯朵夫的歌曲里"加点儿表情",就是说把他自己的表情代替了原作的表情。克利斯朵夫自然不会觉得自己的曲子因之而生色,便慢慢地沉下脸来。苏兹也发觉了。他是没有批评精神而只知道佩服朋友的,自个儿决不能发现卜德班希米脱的趣味恶劣。但他对克利斯朵夫的热情,使他感受到少年的思想中最微妙的地方:他的心已经不在自己身上而在克利斯朵夫身上了;所以他对卜德班希米脱浮夸的唱法也觉得受不了,想阻止他这种危险的倾向。可是要卜德班希米脱住嘴不是件容易的事。他唱完了克利斯朵夫的作品,接着想唱些教克利斯朵夫一听名字就要恶心的、庸俗的歌曲,苏兹费了不知多大的劲才把他拦住了。

幸而仆人来请吃晚饭,堵住了卜德班希米脱的嘴巴。一上饭桌,他有了另外一个显本领的机会。在这方面他是没有敌手的;克利斯朵夫经过了中午的一顿,此刻懒得再和他竞争了。

时间过得很快。三位老朋友围着饭桌望着克利斯朵夫,把他的话句句咽在肚里。克利斯朵夫很奇怪:在这个偏僻的小城里,和这些从未一面的老人怎么会相处得比自己的家人还亲热。他想:一个艺术家倘使能知道自己的思想在世界上会交结到这些不相识的朋友,他将要感到多么幸福,——他的心会多么温暖,加增多少勇气……可是事实往往并不如此:各人都孤零零地活着,孤零零地死掉,并且感觉得越深切,越需要互相倾诉的时候,越不敢把各人的感觉说出来。随便恭维人的俗物,说话是挺容易的。可是爱到极点的人非竭力强迫自己就不能开口,不能说出他们的爱。所以对于一般敢说出来的人,我们应当感谢:他们不知不觉地在那里帮助作者和他合作。克利斯朵夫非常感激苏兹。他决不把苏兹和其余的两位一般看待,感觉到他是这一小组朋友中的灵魂,是爱与慈悲的洪炉,其余两人不过是这口炉子射出的反光而已。耿士和卜德班希米脱对他的友谊是截然不同的。耿士是自私的家伙,音乐给他的满足,只像一只猫受到人家抚爱。卜德班希米脱是一方面为了满足虚荣心,一方面为了练习嗓子有种生理上的快感。他们完全不想了解克利斯朵夫,唯有苏兹是真正的忘了自己,真正地爱着。

夜深了,两位客人都已经动身。屋子里只剩下克利斯朵夫和苏兹,他对老人说:

“现在我要为你一个人弹琴了。”

他坐在钢琴前面,——像对着心爱的人那样的弹奏。他弹着最近的作品,把老人听得出神了。他坐在克利斯朵夫旁边,眼睛老盯着他,屏着气。他那颗慈祥恺恻的心,连一点儿极小的幸福都不忍独享,他不由自主地反复说着:“唉!可惜耿士不在这儿!”

克利斯朵夫听了可有点儿不耐烦。

一个钟点过去了:克利斯朵夫老在那里弹着;他们一句话都不说。克利斯朵夫弹完了,他们还是不作声。一切都很静:屋子,街道,都睡熟了。克利斯朵夫转过身子,看见老人哭着,便站起来拥抱他。两人在恬静的夜里低声谈着。隔壁屋里的时钟,滴滴答答的声音隐约可闻。苏兹轻轻地说着话,抱着手,身子往前探着一点;因为克利斯朵夫问到,他便讲着他的身世,他的悲伤;他老防着自己,唯恐流露出叹苦的口吻,他心里真想说:“我错了……我不该抱怨的……大家都对我很好……”

事实上他并没抱怨,只是在他平平淡淡叙述孤独生活的时候,有一种不由自主的惆怅的意味。他在最痛苦的叙述中掺入某种很渺茫很感伤的理想主义,使克利斯朵夫听了不快而不忍加以反驳。其实,那在苏兹心中也不见得是一种坚定的信仰,只是需要信仰的一种热望,——一种渺茫的希冀,是他当做水面上的浮标一般抓着不放的。他瞧着克利斯朵夫,想在他的眼睛中间找些加强他信仰的表示。克利斯朵夫看到朋友的眼神对他那么信赖地老盯着,向他求救,同时也听到希望他怎么回答的暗示。于是克利斯朵夫说出了一番有勇气有信心的话,正是老人所希望听到而觉得非常安慰的。一老一少忘了年岁的差别,像年龄相仿而相爱相助的弟兄一般接近;弱的一个向强的一个求援:老人在青年的心中找到了依傍。

半夜过后,他们分手了。克利斯朵夫明天应当起早,他要搭的车就是他坐着来的那一班。所以他赶紧脱着衣服上床。老人把客房收拾得仿佛预备他住上几个月似的。桌上花瓶里插着几朵蔷薇和一枝月桂。书桌上铺着一张全新的吸水纸,当天早上他教人搬了一架钢琴进去,又在自己最珍视最心爱的书籍里挑了几册摆在近床的搁板上。没有一个小地方他没想到,而且都是一片诚心地想到的。可是一切都白费了:克利斯朵夫什么也没看见。他倒在床上,立刻睡熟了。

苏兹可睡不着。他再三回味着白天的快乐,同时已经在体验离别的悲哀。他把彼此说过的话温了一遍,想到亲爱的克利斯朵夫睡在他身旁,跟自己的床只隔着一堵壁。他四肢酸软,浑身瘫倒了,气也塞住了;他觉得在散步的时候着了凉,旧病快复发了;可是他只想着:“只要能支持到他动身就好了。”

他唯恐忽然来一阵咳喘把克利斯朵夫惊醒。他因为感激上帝,便作了一首诗,题材是根据西面的“主啊,如今你可以照你的话,释放仆人安然去世……”①那一段。他浑身是汗地起床,坐上书桌把诗句写下,仔细誊了一遍,又题上一段情意恳切的献词,署了姓名,填了日子和时刻;等到重新上床的时候,他打了个寒噤,整夜都不觉得温暖。

黎明来了。苏兹不胜惆怅地想起昨天的黎明。但他埋怨自己不该让这种思想把他最后几分钟的快乐给糟蹋了;他知道明天还要追悔今天这个时间呢;因此他竭力不让自己辜负眼前这段光阴。他伸着耳朵听隔壁屋子里的动静。可是克利斯朵夫声息全无。他睡的姿势还是晚上睡下去的姿势。六点半了,他还睡着。要使他错过开车的时间真是太容易了,反正他也不过一笑置之。可是老人没有得到对方同意,绝不敢随便支配一个朋友。他心里想:

“那决不能说是我的错,而且跟我完全不相干。只要我不作声就行了。倘使他不准时起床,我还可以陪他一天。”

可是他又回答自己说:“不,我没有这权利。”

于是他以为应当把他叫醒了,去敲房门。克利斯朵夫并不就醒,还得再敲几下。老人心里很难过,想着:“啊!他睡得多甜!很可以睡到中午呢!……”

终于克利斯朵夫声音挺高兴地在里头答应了。他一知道钟点不由得叫了一声,接着就在屋子里忙起来,乱哄哄地梳洗,唱着断片的歌曲,还隔着墙和苏兹亲热地招呼,说些傻话把悲伤的老人也逗乐了。然后他开了门走出来,精神挺好,一团高兴,根本没想到自己使人家难过。其实他又没有什么事需要他赶回去,多待几天对他也毫无损失,而对苏

① 《圣经》载,耶路撒冷有圣者名西面,自言得有圣灵启示,知道自己未死之前,必看见主所立的基督。他受了圣灵感动,进入圣殿,正遇见耶稣的父母抱着孩子进来,西面就用手接过来,称颂神说:“主啊,如今可以照你的话,释放仆人(按即指他自己)去世……”见《路加福音》第二章第二六至二九节。今人引用此语,乃表示久待之事果然实现的欣喜。年老多病的苏兹以此作诗,尤有深意。

兹却是莫大的愉快。但克利斯朵夫想不到这些。而且他不管对老人抱着多少好感,也很想告别了:昨天一天絮絮不休地长谈,那些拼着最后一点热情抓着他的人物,已经使他厌倦。何况他还年轻,以为来日方长,大家尽有重新聚首的机会:他现在也不是上什么天涯地角,——不比那老人,明知不久就要到比天涯海角更远的地方去,所以他瞧着克利斯朵夫的目光大有从此永诀的意味。

他虽然筋疲力尽,还是把克利斯朵夫送到车站。外边悄悄地下着寒冷的细雨。到了站上,克利斯朵夫打开钱袋,发觉钱已经不够买直达家乡的车票。他知道苏兹会非常高兴地借给他的,可不愿意……为什么?为什么不让一个爱你的人有个机会帮你的忙而快活一下呢?大概是为了不愿意打搅人,或是为了自尊心。他把车票买到中间站,决意从那儿走回家。

开车的时间到了。他们在车厢的踏级上拥抱。苏兹把夜里写的诗塞在克利斯朵夫手里,站在正对着他车厢的月台上。在已经告别而还没分手的情形之下,两人无话可说了。但苏兹的眼睛继续在那里说话,直到车子开动以后才离开了克利斯朵夫的脸。

火车在铁道拐弯的地方隐没了。苏兹孤零零地踏着泥泞的路回家,拖着沉重的脚步,突然之间觉得又累又冷,雨天的景色格外凄凉。他好容易才挨到家里,爬上阶梯。一进卧房,一阵狂咳把他气都闭住了。莎乐美马上赶了来。他一边不由自主地哼着,一边反复不已地说:"还好!……居然能够撑到这个时候……"

他觉得非常不舒服,就睡下了。莎乐美请医生去了。一到床上,他的身子简直像一堆破絮。他没法动弹;唯有胸部在那里翕动,好比炉灶的风箱。脑袋重甸甸的,发着高热,他整天温着昨日的梦,连一分一秒都不放过:他觉得万分惆怅,继而又责备自己,不该有了这样的幸福以后再抱怨。他合着手,一片热诚地感谢上帝。

克利斯朵夫往着家乡进发。经过了那么一天,他心绪安定了,老人的温情恢复了他的自信。到了中间站,他高高兴兴地下来赶路。离家还有六十公里地,他可不慌不忙,像小学生闲逛一样地走着。这时正是四月,田野里一切还没怎么长成。树叶像皮肤打皱的小手似的在苍黑的枝头展开来;疏疏的几株苹果树开着花,嫩弱的野蔷薇趴在篱笆上微笑。光秃的树林抽着嫩绿的新芽;林后高岗上,像枪尖一般矗立着一座罗曼式的古堡。浅蓝的天空飘着几朵乌云,影子在初春的田野中缓缓移动:骤雨过了,又出了大太阳,鸟在那儿唱着。

克利斯朵夫发觉自己怀念着高脱弗烈特舅舅,而且已经想了一忽儿;他好久没想起这可怜的人,为什么这一下忽然念念不忘了呢?他沿着水光荡漾的河边,在两旁种着白杨的路上走着的时候,舅舅的面貌简直形影不离地紧盯着他,以致到了一堵墙的拐角上,仿佛就要劈面撞见他了。

天阴了,一阵猛烈的暴雨夹着冰雹下起来了,远处还有雷声。克利斯朵夫刚走近一个村子,看到一些粉红的门面和深红的屋顶,周围还有几株树。他脚下一紧,奔到村口第一家人家的屋檐下去躲雨。冰雹下得很厉害,打在瓦上琤琤琮琮,掉在地下像铅丸似的乱蹦乱跳,车辙里的水直往四下里流着。在繁花满树的果园顶上,一条虹在暗蓝的云端里展开着鲜明的彩带。

一个年轻的姑娘站在门口打毛线。她很客气地请克利斯朵夫到里面去,他便跟着走进一间屋子,同时是做饭、吃饭、睡觉的地方。尽里头生着一堆很旺的火,上面吊着一只锅子。有个女人在那里剥着蔬菜,跟克利斯朵夫招呼了一声,叫他走到火边去烘干衣服。那姑娘去找了一瓶酒来给他喝。她坐在桌子对面继续打着毛线,同时照顾着两个彼此拿草塞在脖子里玩儿的孩子。她和克利斯朵夫搭讪着。过了一会儿,他才发觉她是个瞎子。她长得一点儿不美,个子很高大,红红的脸蛋,雪白的牙齿,手臂很结实,可是面貌不大端整,她跟多数的瞎子一样脸上堆着点笑容而没有表情,也和他们一样,谈到什么人和什么东西的时候,仿佛是亲眼看见的。克利斯朵夫先听她说今天田野里风光很美,他气色很好,不由得愣了一愣,疑心她说笑话。他把瞎子姑娘和剥蔬菜的女人轮流地瞧了一会儿,觉得她们都没有什么惊讶的表示。两个妇女很亲热地问他从哪儿来,打哪儿过。瞎子那股说话的劲似乎有点儿夸张;她听着克利斯朵夫讲到路上和田里的情形,总得插几句嘴,议论一番。当然,这些议论往往跟事实完全相反。但她好像硬要相信自己和他看得一样清楚。

家里其余的人也回来了:一个三十岁光景的壮健的农夫和他年轻的女人。克利斯朵夫跟四个人东拉西扯地谈话,看了看慢慢开朗的天色,等候动身。瞎子一边打着毛线,一边哼着一个调子,使克利斯朵夫想起许多从前的事。

“怎么! 你也知道这个?”他说。

(高脱弗烈特从前教过他这个歌。)

他接着哼下去。那姑娘笑起来了。她唱着每句歌词的前半句,他唱着后半句。他站起身子想去瞧瞧天气,在屋子里绕了一转,无意之间把每个角儿都打量了一下,忽然看到食器柜旁边有件东西,他不由得直跳起来。那是一根长而弯曲的拐杖,抓手的部分很粗糙地雕着一个小人弯着腰在那儿行礼。克利斯朵夫对这个东西真是太熟了,很小的时候就常常拿它玩儿的。他过去抓着拐杖,嗄着嗓子问:

“这是哪儿来的? ……哪儿来的?”

男人瞧了瞧,回答:“是个朋友丢下来的;一个故世的老朋友。”

“是高脱弗烈特吗?”克利斯朵夫嚷起来。

“你怎么知道的?”大家转过身子问。

克利斯朵夫一说出高脱弗烈特是他的舅舅,全屋子的人都紧张起来。瞎子猛地站起,把毛线团掉在地下乱滚;她踩着她的活儿,过来抓着克利斯朵夫的手再三问:

“啊,你是他的外甥吗?”

大家七嘴八舌地同时说话,闹成一片。克利斯朵夫却又问:

“可是你们……你们怎么会认识他的?”

“他就是死在这儿的。”那男人回答。

他们重新坐下;等到紧张的情绪稍微平静了一点,那母亲一边做活一边说,高脱弗烈特跟她们是多年的朋友了,他来来往往经过这儿的时候,总在她们家住。他最后一次来是去年七月,神气很累;他卸下了包裹,老半天没气力说话;可是谁也没留意,他每次来总是这样的:大家知道他容易气喘。他可不抱怨。他从来不抱怨的:无论什么不舒服的事,他总会找出一点儿安慰自己的理由。倘使做着件辛苦的工作,他会想到晚上躺在床上该多么舒服,要是害了病,他又说病好以后该多么愉快……——说到这里,老婆子插了几句闲话:

“可是,先生,一个人就不该老是满足;你自己不抱怨的话,别人也不可怜你了。所以我呀,我是常常诉苦的……”

因此当时大家没注意他,甚至还跟他开玩笑,说他气色很好。摩达斯太——(那是瞎子姑娘的名字)——帮他把包裹卸下了,问他是不是要永远这样地奔东奔西不觉厌倦,像年轻人一样。他微微一笑算是回答,因为他没气力说话。他坐在门前的凳上。家里人都做活去了:男人到了田里去;母亲管着做饭。摩达斯太站在凳子旁边,靠在门上打毛线,和高脱弗烈特说着话。他不回答她,她也不要他回答,只把他上次来过以后家里的事讲给他听。他气吁吁的,呼吸很困难;她听见他拼命想说话。她并没为之操心,只和他说:

“别说话。你先好好地歇一歇,等会儿再说罢……干吗费这么大的劲?”

于是他不作声了。她还是说她的,以为他听着。他叹了口气,再没一点儿声响。过了一会儿,母亲出来,看到摩达斯太照旧在说话,高脱弗烈特在凳上一动不动,脑袋往后仰着,向着天,原来刚才那一阵,摩达斯太是在跟死人说话了。她这才懂得,可怜的人临死以前想说几句话而没有说成,于是他照例凄凉地笑了笑,表示听天由命,就这样地在夏季那个恬静的黄昏闭上了眼睛……

阵雨已经停止,媳妇照料牲口去了;儿子拿着锹在门前清除污泥淤塞的小沟。摩达斯太在母亲开始讲这一节的时候早已不见了。屋里只剩下克利斯朵夫和那个母亲;他感动得一句话也说不上来。多嘴的老婆子耐不住长时间的静默,把她认识高脱弗烈特的经过从头至尾讲了一遍。那是年代久远的事了。她年轻的时候,高脱弗烈特爱着她,可是不敢和她说。大家把这件事当做话柄;她取笑他,大家都取笑他,——(他是到处被人取笑的)——但高脱弗烈特还是每年一片诚心地来看她。他觉得人家嘲笑他是挺自然的,她不爱他也是自然的,她嫁了人,跟丈夫很幸福也是自然的。她那时太幸福了,太得意了;不料遭了横祸。丈夫暴病死了。接着她的女儿,长得挺美,挺壮健,人人称羡的女儿,正当要和当地最有钱的一个庄稼人结婚的时候,一不小心瞎了眼。有一天她趴在屋后大梨树上采果子,梯子一滑,把她摔了下来,一根断树枝戳进了她脑门上靠近眼睛的地方。先是大家以为不过留个疤痕就完了;哪想到她从此脑门上老是像针刺一般的痛,一只眼睛慢慢地失明了,接着另外一只也看不见了;千方百计地医治都没用。不必说,婚约是毁了;未婚夫没说什么理由就回避了。一个月以前为了争着要和她跳一次华尔兹舞而不惜打架的那些男子,没有一个有勇气——(那也是很可了解的)——再来请教一个残废的女子。于是,一向无愁无虑的,老挂着笑脸的摩达斯太,登时痛不欲生。她不饮不食,从朝到晚哭个不休;夜里还在床上呜咽。大家不知道怎么办,只能和她一起悲伤;而她哭得更厉害了。结果人家不耐烦了,狠狠地埋怨了她一顿,她就说要去投河。有时牧师①来看她,和她谈到仁慈的上帝,灵魂的不死,说她在这个世界上受的痛苦,可以在另外一个世界上得到幸福;可是这些话都安慰不了她。有一天高脱弗烈特来了。摩达斯太对他一向是不大好的。并非因为她心地坏,而是因为瞧他不起;再加她不用头脑,只想嘻嘻哈哈地玩儿:她没有一件缺德的事没对他做过。他一知道她的灾难就大吃一惊,可是对她一点儿不露出来。他坐在她身旁,绝口不提那桩飞来横祸,只是安安静静地谈着话,跟从前一样。他没有一句可怜她的话,仿佛根本没觉得她瞎了眼睛。他也不提她看不见的东西,而只谈她能听到的或是能感觉到的;这些他都做得非常自然,好像他自己也是个瞎子。她先是不听他的,照旧哭着。第二天,她比较肯听了,甚至也跟他说几句话了……

“真的,”那母亲接着说,“我也不懂他跟她有什么可说的。我们要去割草,没空照顾她。可是晚上回来,我们看到她心平气和地在那里说话了。从此以后,她精神渐渐地好起来,似乎把痛苦给忘了。有时候她还不免想起,她哭着,或者和高脱弗烈特谈些伤心的事;但他只做不听见,若无其事地净讲些使她镇静而她感兴趣的话。她自从残废以后,不

① 按此系德国北部,居民多奉新教;克利斯朵夫生于德国南部,居民多奉旧教。

愿意再出家门一步,临了居然被他劝得肯出去遛遛了。他先带着她在园子里走一转,以后又带她到田野里去,走得远一点。如今她上哪儿都认得路,什么都分得出,就跟亲眼看见一样。连我们没注意到的东西,她也会觉察;从前她除了自身以外对什么都不大关心的,现在对一切都有兴趣了。那一回,高脱弗烈特待在我们家的时期特别长。我们不敢多留他,可是他自动地住下来,直到她比较安静的时候。有一天,我听见她在院子里笑了。那一笑给我的感觉,我简直说不上来。高脱弗烈特似乎也很高兴。他坐在我的身旁。我们彼此望了一眼,我可以不怕羞地告诉你,先生,我把他拥抱了,而且诚心诚意地拥抱了。于是他跟我说:'现在,我想可以走了。这儿用不着我了。'我想留他。他回答说:'不,现在我该走啦。我不愿意多留了。'大家知道他像流浪的犹太人,不能长住一个地方的;①所以我们也没多劝他。他走了。可是从此以后,他经过这儿的次数比从前多了,而他每来一次,摩达斯太总是非常快活,她的精神也一次比一次好。她重新管起家务来了;哥哥结了婚,她帮着照顾孩子;现在她再也不抱怨了,神气老是那么快乐。有时我心里不由得想:她要是眼睛不瞎的话,是不是能像现在一样的快活。是的,先生,有些日子我觉得还是像她那样的好,可以不看见那些坏人那些坏事。世界变得不像话了,真是一天坏似一天……可是我很怕老天爷把我的话当真;因为我呀,虽然世界那么坏,还是想睁着眼睛看下去……"

摩达斯太又走了出来,话扯到旁的事情上去了。天已经转晴,克利斯朵夫想动身;可是他们不许,非要他在这儿吃了晚饭过一夜不可。摩达斯太坐在他身旁,整个晚上都守着他。他同情她的遭遇,很想和她亲切地谈一谈。可是她不给他这种机会。她只向他打听高脱弗烈特的事。听到克利斯朵夫说出她所不知道的情形,她显得又快活又忌妒。她自己提到高脱弗烈特的时候,哪怕是一点儿小事,心里也老大的不愿意:你明明觉得她有许多话藏着没说,或者说了出来马上后悔。凡是关

① 基督教传说,耶稣背负十字架,向一犹太人阿哈斯佛吕斯求宿,遭受斥逐,耶稣就说:你将来要永远流浪,直要到我再来的时候为止。于是此犹太人即莫名其妙地四处流浪,无法定居。迄今此项传说成为犹太民族被罚远离祖国的象征。

于他的回忆,她都当做自己的私产,不愿意跟别人分享。她这种感情跟那些把土地看做性命似的乡下女人一样的顽强:想到世界上还有另外一个人像她一样地爱着高脱弗烈特,她就受不了,而且也不信有这种事。克利斯朵夫窥破了这一点,就让她去自得其乐。他听着她的话,发觉她虽然当初看得见高脱弗烈特的时候眼光很苛刻,但从失明以后,她已经把他构成了一个与事实不同的形象,同时她心中那点儿爱情的渴望,也都集中在这个幻想人物的身上。而且什么也不会来阻挠她一厢情愿的玩意儿。瞎子都有种坚强的自信力会把自己不知道的事若无其事地编造出来,所以摩达斯太竟会对克利斯朵夫说:"你长得跟他一个样。"

他懂得,多少年来她在一间窗户紧闭、真相进不去的屋子里混惯了。如今她学会了在黑影里看东西,甚至把黑影都忘了;倘使她的世界中射进一道光明,说不定她倒会害怕。在断断续续的、喜滋滋的谈话中,她和克利斯朵夫提到一大堆无聊的小事,都是跟他不相干的,使他听了很不痛快。他不明白一个受过这么许多痛苦的人,竟没有在痛苦中磨炼出一点儿严肃,而只想着些琐琐碎碎的念头;他几次三番想扯到比较正经的问题,都得不到回音;摩达斯太不能——或是不愿意——把谈话转到这方面去。

大家去睡觉了。克利斯朵夫老半天的睡不着。他想着高脱弗烈特,竭力要从摩达斯太无聊的回忆中间去找出他的面貌,可是极不容易,不由得很气恼。想到舅舅死在这儿,遗体一定在这张床上放过:他觉得很悲伤。他拼命体会舅舅临死以前的苦闷:不能说话,不能使盲目的少女懂得他的意思,他就阖上眼睛死了。克利斯朵夫恨不得揭开舅舅的眼皮,瞧瞧那里头的思想,瞧瞧这一颗没有给人知道,或许连自己也没认识清楚而就此长逝的灵魂,究竟藏着什么神秘。舅舅自己就从来不想知道这个神秘;他所有的智慧是在于不求智慧,对什么都不用自己的意志去支配,只是听其自然的忍受一切,爱一切。这样他才感染到万物的神秘的本体;而瞎子姑娘,克利斯朵夫,以及永远不会发觉的多少其他的人,所以能从他那边得到那么些安慰,也是因为他并不像一般人那样说反抗自然的话,而只给你带来自然界的和平,恬静,跟乐天安命的精神。他安慰你的方式像田野与森林一样……克利斯朵夫想起和舅舅一起在野外消磨的晚上,童年的散步,黄昏时所讲的故事,所唱的歌。他又记起那个冬天的早上,他万念俱灰的时候和舅舅在山岗上最后一次散步的情景,不由得眼泪都冒上来了。他不愿意睡觉;他无意中来到这个小地方,到处都有高脱弗烈特的灵魂;他要把这辗转不寐的神圣的一夜细细地咂摸。可是他听着急一阵缓一阵的泉声,尖锐的蝙蝠的叫声,不知不觉被年轻人的困倦压倒了;他睡着了。

一觉醒来,太阳已经很高,农家的人都上工去了。楼下的屋子里只有那个老婆子和几个孩子。年轻的夫妇下了田,摩达斯太挤牛奶去了;没法找到她。克利斯朵夫不愿意等她回来,心里也不大想再见她,便推说急于上路,托老婆子对其余的人多多致意以后就动身了。

他走出村子,在大路的拐角儿上瞥见瞎子姑娘坐在山楂篱下的土堆上。她一听见他的脚声就站起身子,笑着过来抓着他的手,说:“你跟我来!”

他们穿过草原往上走,走到一片居高临下的空地,到处都是鲜花跟十字架。她把他带到一座坟墓前面,说:“就在这儿。”

他们一齐跪下。克利斯朵夫想起当年和舅舅一同下跪的另一座坟墓,心里想:

“不久就要轮到我了。”

他这么想着,可没有一点感伤的意味。一片和平从泥土中升起。克利斯朵夫向墓穴弯着身子,低声祷告说:“希望你进到我的心里来!……”

摩达斯太合着手祈祷,默默地扯动着嘴唇。随后,她膝行着在墓旁绕了一转,用手摸索着花跟草,像抚摩一般;她那些灵敏的手指代替了她的眼睛,把枯萎的枝藤和谢落的紫罗兰轻轻地拔去。她用手撑在石板上想站起来:克利斯朵夫看见她的手指偷偷地在高脱弗烈特几个字母上摸了一遍。她说:“今天的泥土很滋润。”

她向他伸出手来;他也伸手给她。她教他摸摸那潮湿而温暖的泥土。他握着她的手不放;彼此勾在一起的手指直掐到泥里。他拥抱了摩达斯太。她也吻了他的嘴唇。

他们站起身来。她把才摘下的一束新鲜的紫罗兰递给他,把一些枯萎的放在自己胸口,扑了扑膝盖上的泥土,两人默默无言地出了墓园。云雀在田里啾啾地叫。白蝴蝶在他们头上飞。他们坐在一块草地上。村子里的炊烟朝着雨水洗净的天空直线地上升。平静的河水在白杨丛中闪闪发光。一片明晃晃的蔚蓝的水汽在草原与森林上面铺了一层绒毛。

静默了一会儿,摩达斯太低声讲着美好的天气,仿佛亲眼看见似的。她半开的嘴唇,深深地呼吸着,留神万物的声响。克利斯朵夫也知道这种音乐的价值,把她想到而说不出的代她说了出来。他又把草底下或空气中细微莫辨的叫声和颤动,指出了几种,她说:

"啊! 你也懂得这些吗?"

他回答说是高脱弗烈特教他的。

"他也教你的吗?"她说话的神气有点儿懊丧。

他真想和她说:"你别忌妒了罢!"

但他看见光明的世界在他们周围充满着笑意。他瞧着她那双失明的眼睛,觉得非常同情。他问:"那末,你也是跟高脱弗烈特学的了?"

她回答说是的,又说她现在比以前更能体会这些。(她不说在"什么"以前,她避免提到失明二字。)

他们相对无语地过了一会儿。克利斯朵夫不胜怜悯地瞧着她。她也觉得了。他真想告诉她,表示他的惋惜,希望她对他说些心里的话。

"你以前有过痛苦吗?"他很恳切地问。

她一声不出地僵在那里,拉下几根草放在嘴里乱嚼。过了一会儿,——(云雀唱着歌往高空飞去)——克利斯朵夫讲到他自己也有过痛苦,高脱弗烈特安慰他。他说出他的悲伤、苦难,像在那里自言自语。瞎子姑娘留神听着,阴沉的脸色渐渐开朗了。克利斯朵夫仔细瞧着她,看见她预备说话了:她把身子挪动了一下想靠近他,向他伸出手来。他也往前挪动了一点,——可是一刹那之间她又恢复了先前那种麻木的神态,他说完以后,她只回答几句极无聊的话。看她没有一丝皱痕的丰满的脑门,你可以觉得她有种乡下女人的固执,像石子一样的硬。她说得回家去招呼哥哥的孩子了,说话之间神色很从容,还带着几分笑意。

他问:“你觉得快乐吗?”

听他这么说着,她似乎更快乐了。她回答说是的,又把她觉得快乐的理由说了几遍;她竭力要他信服,谈着孩子,谈着家庭……

“是的,”她说,“我非常幸福!”

她站起身子预备走了;他也站了起来。两人告别的时候,语气都很轻快。摩达斯太的手在克利斯朵夫手里稍微抖了一下。她说:“今儿你上路,天气一定好的。”

她又嘱咐他在某处的三岔口上别走错了路。

于是他们分手了。他走下山岗。到了下面,他回头一看,她还站在老地方扬着手帕对他示意,像看见他似的。

对自己的残废这样一厢情愿的否认,那末勇敢那末可笑,使克利斯朵夫又感动又不痛快。他觉得摩达斯太多么值得怜悯,甚至也值得佩服;可是要和她在一起住两天,他就受不了。——他一边赶着路(两旁都是开满野花的篱垣),一边又想到可爱的苏兹老人,想起那双清朗而温柔的眼睛,面对着多少伤心事和难堪的现实而不愿意看。

“他把我又看成怎么样呢?”他问自己,“我跟他理想中的我多么不同!他所看到的我,只是他心里想看到的。一切都像他自己的面目,像他一样的纯洁,高尚。要是看到了人生的真相,他是受不住的。”

他又想起那个姑娘,包围在黑暗里面而否认黑暗,定要相信有者为无,无者为有。

于是他对以前痛恨的德国人的理想精神,看出了它的伟大;以前他恨的是这种理想精神被一般庸俗的心灵拿去搞出虚伪的荒唐事儿。如今他看到,这种信念之美是在于能在这个世界上另造一个世界,跟这个世界截然不同的世界,好比海洋中间的一个小岛。可是他自己受不了这种信念,他不愿意逃到这个死人的岛上去……他要的是生命,是真理!他不愿意做一个说谎的英雄。也许没有了这种乐观的谎言一般弱者就活不成;倘使把支持那些可怜虫的幻象加以破灭,克利斯朵夫也要认为罪大恶极的暴行。然而他自己没法拿这个做借口:与其靠了自欺欺人的幻想而活着,他宁可死的……可是艺术不也是一种幻想吗?——不,艺术不应当成为幻想,应当是真理!真理!我们得睁大眼睛，从所有的毛孔中间去吸取生命的强烈的气息，看着事实的真相，正视人间的苦难，——并且放声大笑！

一眨眼又是几个月。克利斯朵夫没希望离开家乡了。唯一能够帮助他的人，哈斯莱，不愿意帮助他。至于苏兹老人的友谊，是他才得到而马上就失掉的。

回家以后，他写过一封信去，跟着接到两封很亲热的来信；可是因为懒，尤其因为不善于用书信来表白情感，他把复信一天天地搁了下来。而正当他决心提笔的时候，忽然接到耿士一封短简，报告他的老友死了。据说苏兹从旧病复发的支气管炎变成肺炎，病中老惦念着克利斯朵夫，可不许人家惊动他。虽然他闹着多年的病，身体已经衰弱到极点，临终仍免不了长期惨酷的痛苦。他托耿士把自己的死讯通知克利斯朵夫，说他到死都记念着他，感谢他赐予他的幸福，只要克利斯朵夫在世一天，他就在冥冥中祝福他一天。——耿士可没有说出来，他旧病复发，终致不起的祸根，大概就在陪着克利斯朵夫的那天种下的。

克利斯朵夫悄悄地哭了一场。他这才感到亡友的价值，这才觉得自己原来多么爱他；像往常一样，他后悔没有把这一点和他说得更明白些。如今可是太晚了。——他此刻还剩下些什么呢？仁慈的苏兹只出现了一刹那，而这一刹那反而使克利斯朵夫在朋友死后觉得更空虚。——至于耿士和卜德班希米脱，除了他们与苏兹那点儿相互的友谊以外，谈不到什么别的价值。克利斯朵夫和他们通了一次信，彼此的关系就告了一个段落。——他也试着写信给摩达斯太，她教人回了他一封很平淡的信，只讲些无关紧要的话。他不愿意再继续下去了。他不再给谁写信，而谁也不写信给他。

静默。静默。沉重的静默一天一天地压在他心上。仿佛一切都成了灰烬。仿佛生命已经到了黄昏；而克利斯朵夫才不过开始生活呢。他决不愿意就此听天由命！他还没到睡觉的时间，还得活下去……

可是他没法再在德国活下去。小城市的那种闭塞褊狭压着他的精神，使他气愤得对一切都不公平了。他的神经都暴露在外面，动不动就会受到伤害，会流血。他活像关在市立公园的笼子跟土洞里的可怜的野兽，受着苦闷煎熬。由于同情，克利斯朵夫有时候去看它们，打量着它们美妙的眼睛，看着那犷野而绝望的火焰一天天地黯淡下去。啊！那还不如痛痛快快把它们一枪打死，倒是解放了它们呢！无论什么手段，也比那些人的不理不睬，教它们活不成死不得的态度要好一些！

克利斯朵夫最感压迫的，还不是一般人的敌意，而是他们变化无定的性格，既没有格局也没有内容的性格。他宁可跟那些死心眼儿的、头脑狭窄的、对一切新思想都不愿意了解的老顽固打交道！硬来，可以硬去；哪怕是岩石罢，可以用铁锹去开凿，用火药去炸毁。可是对付一块没有定型的东西，轻轻一碰就会像肉冻似的陷下去而不留一点痕迹的，你能有什么办法？一切的思想，一切的精力，掉在这种泥淖里都变得无影无踪：即使有块石头掉下去，深渊的面上也不会泛起多少皱纹；嘴巴才张开了一下，马上又闭了起来：刚才的面目早已消灭了。

他们可不能说是敌人。真是差得远呢！他们这种人，在宗教上，艺术上，政治上，日常生活上，都没有勇气去爱，去憎，去相信，甚至也没勇气不相信；他们耗费所有的精力，想把不可调和的事情加以调和。特别从德国战胜①以后，他们更想来一套令人作呕的把戏，在新兴的力和旧有的原则之间觅取妥协。古老的理想主义并没被人唾弃，因为大家没有那个气魄敢坦坦白白地这样做，而只想把传统思想加以歪曲，来迎合德国的利益。头脑清明而两重人格的黑格尔，直等到莱比锡与滑铁卢两仗以后，才把他的哲学立场和普鲁士邦的沆瀣一气：②这是一个显著的榜样。——利害关系既然改变了，一切的原则也就跟着改变了。吃败仗的时候，大家说德国是爱护理想。现在把别人打败了，大家说德国就是人类的理想。看到别的国家强盛，他们就像莱辛一样地说："爱国心不过是想做英雄的倾向，没有它也不妨事"，并且自称为"世界公民"。如今自己抬头了，他们便对于所谓"法国式"的理想不胜轻蔑，对

---

① 所谓德国战胜系指一八七〇年的普法战争。

② 黑格尔（1770—1831）早年轻视普鲁士，称颂拿破仑；晚年则崇拜普鲁士，甚至于所著《历史哲学》的绪论中提到"绝对观念"时，隐含国家至上，尤其是普鲁士至上之意。莱比锡一役（1813 年）为拿破仑败于俄、奥、普联军之役。而莱比锡与滑铁卢战争已为黑格尔晚年之事。

什么世界和平,什么博爱,什么和衷共济的进步,什么人权,什么天然的平等,一律瞧不起;并且说最强的民族对别的民族可以有绝对的权力,而别的民族,就因为弱,所以对它绝对没有权利可言。它,它是活的上帝,是观念①的化身,它的进步是用战争、暴行、压力,来完成的。如今自己有了力量,力量便是神圣的。力代表了全部的理想主义,全部的智慧。

实际上,德国几百年来都因为徒有理想没有实力而吃了大亏,所以在历尽艰辛之后,不得不伤心地承认最要紧的是力:这一点是很可以原谅的。可是以埃尔特与歌德的后人而有这样的自白,其隐痛也可想而知。德国民族的胜利其实是德国理想的衰微与没落……可怜连最优秀的德国人也偏向于服从,所以要他们放弃理想是最容易不过的。一百年以前莫茨就说:"德国人的特征是服从。"特·斯塔尔夫人也说:"德国人是勇于服从的。他们会用一套自圆其说的哲学来解释世界上最不合理的事,例如对强权的尊重,以自己的恐惧为软心肠,从而使尊重强权一变而为佩服强权。"②

克利斯朵夫在德国最伟大的人物和最渺小的人物身上都发现这种心理。席勒笔下的威廉·退尔③,肌肉像挑夫一般的拿腔作调的布尔乔亚,就是一例,无怪那个直言不讳的鲍尔纳要批评他说:"为了使荣誉与恐惧不致抵触,他故意低着头走过奚斯莱的冠冕,表示他没看见冠冕而不行礼,可不是抗命。"小而言之,七十岁的老教授韦斯又是一个例子:他在克利斯朵夫城里是最有声望最受尊敬的学者,可是在街上一碰到什么少尉之流,会赶紧从人行道上闪到街心去让路。克利斯朵夫看到日常生活中这些琐碎的奴性表现,不由得心头火起。他为之痛苦

① 此处所谓"观念",当即指黑格尔的"绝对观念"。又观念一词在此应视为形而上学中之"原理"。

② 莫茨(1775—1830),德国政论家。特·斯塔尔夫人为法国浪漫运动的先驱人物,以反对拿破仑,流亡德国甚久,著有《论德国》一书有名于时,此处即引该书中语。

③ 威廉·退尔为传说中解放瑞士的民族英雄。相传(并非史实)十四世纪时奥皇所派统辖瑞士的总督奚斯莱在于莱城广场上置有冠冕,全市民经过均须鞠躬,独威廉·退尔抗命,卒领导民众推翻奥国统治云云。德国诗人席勒曾根据此项传说写成诗剧。

极了，仿佛卑躬屈节的便是他自己。他在街上眼看着军官们飞扬跋扈，暗中非常气愤：他故意不让路，一边还直瞪着眼回敬他们。好几回他差点儿闹事，仿佛有心寻衅似的。虽然他比谁都明白这一类惹是招非的举动的无聊跟危险，但他往往有些理智不大清楚的时间：因为他老是压着自己，再加那些日积月累、无处发泄的强壮的精力，使他烦躁不堪。在那种情形之下，他随时可以闯祸，他觉得要是在这儿再待一年，他就完了。他痛恨强暴的军国主义，好像压在自己的心上；他也恨那些拖在街面上铿锵作声的刀剑，在营门口摆着的仪仗，和对着城墙预备开放似的大炮。当时有一批喧腾众口的黑幕小说，揭穿各地军营里的腐败，把军官全描写成坏蛋，除了做个听人支配的傀儡以外，只晓得闲逛，喝酒，赌钱，借债，受人侍养，互相攻讦，从上到下地欺负下属。克利斯朵夫想到自己将来有一天要服从这种人，他连气都喘不过来了。不，那他是受不了的，永远受不了的；他怎么能委屈自己去向他们低头，被他们羞辱呢？……他可不知道军人中间有一部分极高尚的人也在那里痛苦，因为他们眼看自己的幻想破灭了，多少的精力，青春，荣誉，信仰，不惜牺牲的热情，都给糟蹋了，浪费了，剩下的只有职业的无聊。——而当军人的要不拿牺牲做目标，他的生活就变了最没意思的活动，只摆着臭架子，仿佛没有信仰而成天念着经一样……

乡土对于克利斯朵夫已经显得太窄了。他像飞鸟一般，到了某个固定的季候，觉得有股无名的力，像海洋上的潮汐似的，突然在胸中觉醒，——那便是天南地北到处流浪的本能！在苏兹老人遗赠他的埃尔特与斐希德的著作里，他也发现和自己同样的心灵，——并非俯首帖耳，死守家园的“大地之子”，而是永远扑向光明的“精灵”，是“太阳之子”。

往哪儿去呢？他不知道。但他的眼睛望着南方的拉丁国家。第一是法兰西。法兰西永远是德国人彷徨无主的时候的救星。已经有过多少回了，德国的思想界一边诋毁它，一边利用它；被德国大炮轰得烟雾弥漫的巴黎，便是在一八七〇年以后，对德国仍然有极大的魔力。各种形式的思想和艺术，从最革命的到最落伍的，在那儿都可以轮流的，或是同时的，找到实际的例子或精神上的感应。像多少的德国音乐家在困苦绝望的时候一样,克利斯朵夫远远地瞻望着巴黎……关于法国人,他知道些什么吗?——不过两个女性的脸,和偶尔念过的一些书罢了。可是这已经足够他想象出一个光明、快乐、豪侠的国家,甚至高卢民族自吹自捧的习气,也和他年轻而大胆的精神非常投机。他相信这些,因为他需要相信,因为他满心希望法国是这样的。

他决意走了。——可是为了母亲而不能走。

鲁意莎老了。她疼爱儿子,他是她唯一的安慰;而他在世界上最爱的也只有母亲。但他们互相折磨,使彼此痛苦。她不大了解克利斯朵夫,并且不想了解,只知道一味地爱他。她头脑狭窄,胆子很小,思路不清,心肠挺好,那种爱人和被爱的需要令人感动,也令人喘不过气来。她敬重儿子,因为觉得他很博学;但她的所作所为都是使他的性灵窒息的。她以为他一定会陪着她。终身住在这个小城里。两人一块儿过了多少年,她做梦也没想到这种生活方式将来会变化。既然她这样很幸福,他又怎么会不幸福呢?她的梦想不过是他将来娶一个当地小康人家的女儿,每星期日在教堂里弹着管风琴,永远陪着她,她把儿子老是当做只有十二岁,巴不得他永远不超过这个年龄。不幸儿子业已长大成人,在这个狭窄的天地中没法呼吸。而她竟无意中教可怜的人受罪。

做母亲的不了解什么叫做雄心,只知道有了天伦之乐,尽了平凡的责任,便是人生的全福;她这一套不假思索的哲学的确也有许多真理和伟大的精神在内。她那颗心是只知有爱不知在其他的。舍弃人生,舍弃理性,舍弃逻辑,舍弃世界,舍弃一切都可以,只不能舍弃爱!这种爱是无穷的,带着恳求意味的,同时是苛求的。她自己把什么都给了人,要求人家也什么都给她;她为了爱而牺牲人生,要被爱的人也作同样的牺牲。一颗单纯的灵魂的爱就有这种力量!像托尔斯泰那么彷徨歧途的天才,或是衰老的文明过于纤巧的艺术,摸索了一辈子,几世纪,经过了多少艰辛、多少奋斗而得到的结论,一颗单纯的灵魂,靠了爱的力量一下子便找到了!……可是在克利斯朵夫胸中激荡着的另外一个世界自有另外一批规则,需要另外一种智慧。

他久已想把自己的决心告诉母亲,但怕她难过,每次话到了嘴边又咽下去,想过一晌再说罢。有过两三次,他怯生生地露出要离家的意思;鲁意莎却不把这些话当真:——或许是她假装如此,为的要使他相信他自己也不过是说着玩儿的。于是他不敢再往下说了;但他沉着脸,担着心事,一望而知有桩秘密压在心里。可怜的母亲虽然凭着直觉早已猜到这桩秘密,可老怀着鬼胎不愿揭穿。晚上他们俩一灯相对,默然无语的时候,她突然觉得他要说出来了;惊骇之下,她开始东拉西扯,把话说得很快,连自己也不知道说什么,可是无论如何非阻止他开口不可。通常她总本能地找到些使他开不得口的最好的话:怨自己身体不行,抱怨虚肿的手脚和关节不遂的腿;她把疾苦格外夸张,说自己是个老瘫子,完全不中用了。这些天真的手段其实也瞒不过他;他悲哀地望着母亲,似乎暗中埋怨她;过了一会儿,他站起身来,推说疲倦,睡觉去了。

但所有这些策略也不能把事情长此拖下去。一天晚上她又用到那套法宝的时候,克利斯朵夫鼓足了勇气,把手放在母亲手上,说道:“妈妈,你听着。我有事跟你说。”

鲁意莎吃了一惊,勉强笑着回答,喉咙已经在抽搐了:“什么事啊,孩子?”

克利斯朵夫嘟嘟囔囔地说出要离家的意思。她竭力认为他是开玩笑,像往常一样设法把话扯开;但这一回他始终板着正经的脸说下去,神气的坚决和严肃使人没有怀疑的余地。于是她不作声了,血都停止了,浑身冰冷,眼睛吓得呆呆的,直瞪着克利斯朵夫。眼睛里那副痛苦的表情把他也噤住了开不得口;一时间他们俩都没有了声音。赶到她透过气来,便嘴唇哆嗦着说:“那怎么行呢!……怎么行呢!……”

两颗很大的眼泪沿着她腮帮淌下来。他丧气地转过头去,双手捧着脸。母子俩一齐哭了。过了一会儿,他进了卧室,直躲到明天。他们再也不提昨天的事;因为他不提,她勉强教自己相信他已经让步了。可是她始终担着心事。

他终于到了忍无可忍的地步。他太痛苦了,不管说出来是怎么伤心也非说不可了。因为痛苦,他变得自私,同时就忘了自己所能给人的痛苦。他把话一口气说完,躲着母亲的目光,唯恐搅乱了自己的心。他连动身的日子都定了，免得再费第二次口舌；他不知像今天这样可怜的勇气能不能再有第二次。鲁意莎嚷着："别说了，别说了……"

他咬紧牙齿拿定了主意，继续说着。说完之后，——(她嚎啕大哭了)——他握着她的手，想使她明白为了他的艺术，他的生活，到外地去待些时候是绝对必须的。她却不愿意听，只哭哭啼啼地说着："不成，不成……我不愿意……"

解释了半天一无结果，他走开了，以为过一夜或许她会想明白些。可是第二天他在饭桌上狠着心肠又提到那个计划的时候，她马上把嘴边的面包放下，用着悲痛的埋怨的口气说："难道你一定要折磨我吗?"

他心软了一软，可是回答说："妈妈，没有办法呀。"

"怎么没办法！……你这是要我痛苦……你简直疯了……"

他们俩都想说服对方，可都不听彼此的话。他懂得争辩是没用的，只能增加双方的痛苦；他就摒挡一切，公然做出发的准备。

鲁意莎看到无论怎么样哀求都拦不住他，就变得垂头丧气，抑郁到极点。她整天关在自己屋里，晚上也不点灯；她不说话，不吃东西，夜里还在床上哭。他听了像受着刑罚一样，终夜在床上翻来覆去，受良心责备，痛苦得差点儿叫起来。他多爱她！干吗要使她痛苦呢？……可怜将来为他痛苦的还不止母亲一个人呢；那他也看得很明白……干吗命运要给他完成某种使命的愿望和力量，使他所爱的人为之受苦呢?

"啊！"他心里想，"要是我能够自主，要是没有这股专横的力逼着我去完成使命，否则我就得羞愧以死的话，那末我一定会使你们——我所爱的人们——幸福！先让我生活，活动，奋斗，受苦；然后我将抱着更大的爱回到你们怀里！本来吗，我只希望能够爱，爱，除了爱以外什么都不管！……"

假使伤心的母亲能有勇气把抱怨的话忍着不说出来，他一定会软心的。可是不够坚强而又多嘴的鲁意莎，偏藏不住心里的痛苦而说给邻居听了，也说给其余的两个儿子听了。小兄弟俩看到有个好机会可以抓住克利斯朵夫的错处，怎么肯轻易放过呢？尤其是洛陶夫素来忌妒长兄，——虽然克利斯朵夫目前的情形没有什么可教人忌妒的，——

只要听见一两句赞美克利斯朵夫的话就受不住，暗中还怕他将来会成功；尽管自己不敢承认有这种卑鄙的念头，但他的确担着心事。因为他相当聪明，感觉到哥哥的天才，并且怕别人也一样地感觉到。所以洛陶夫此刻能凭着优越的地位来压倒克利斯朵夫，真是高兴极了。他明知母亲手头拮据而自己很有力量帮助母亲，可永远把全部的责任放在克利斯朵夫一人身上。然而一听到克利斯朵夫的计划，他马上变成孝子了。他对于哥哥遗弃母亲的行为愤慨非凡，斥为自私自利的兽行。他居然当面跟克利斯朵夫这样说，用长辈的口吻教训他，仿佛对付一个该打的小孩子；他傲慢地叫克利斯朵夫别忘了对母亲的责任，和母亲为他所做的种种牺牲。克利斯朵夫气坏了，把洛陶夫连捶带踢地赶出门外，拿他看做小坏蛋，假仁假义的畜生。洛陶夫为了出气便去煽动母亲。鲁意莎被他一激，以为克利斯朵夫真是个忤逆的儿子。她听见洛陶夫说克利斯朵夫没有离家的权利，觉得正中下怀。哭原来是她最有力量的武器，但光是哭哭啼啼她还不甘心，便说了些偏激的话埋怨克利斯朵夫，把他惹恼了。两人彼此说了些难堪的话；结果是至此为止还在犹豫的克利斯朵夫反而下了决心，加紧做出发的准备。他知道那般慈悲的邻居哀怜他的母亲，认为她是牺牲者而他是刽子手，便咬咬牙齿，再也不改变主意了。

日子一天一天地过去。克利斯朵夫和母亲简直不大说话了。他们非但不尽量享受这最后几天，反而生着无谓的气，把有限的光阴虚度了，把多少感情糟蹋了，——两个相爱的人往往有这种情形。他们只在吃饭的时候见面，相对坐着，彼此不瞧一眼，不作一声，勉强吞几口东西，不是为了吃而是为了免得发僵。克利斯朵夫费了好大的劲才从喉头迸出几个字：鲁意莎却置之不理；而等到她想开口的时候，又是他不作声了。母子俩都受不了这个局面；但这局面越延长，他们越没法摆脱。难道他们就这样的分手吗？那时鲁意莎可明白自己过去的偏枉和笨拙了；但她那么痛苦，不知道怎样去挽回她认为已经失掉的儿子的心，不知道怎样去阻止她绝对不允考虑的远行。克利斯朵夫偷觑着母亲苍白虚肿的脸，心里难过得像受着毒刑一样；但他已经下了必走的决心，而且知道那是自己生死攸关的大事，便只希望自己已经走了，免得多受良心责备。

行期定在后天。他们照旧冷冰冰的，不声不响吃完了晚饭，克利斯朵夫回进卧房，手捧着头对桌子坐着，什么工作都不能做，他只是千思百想地磨着自己。夜深了，已经快到一点。他突然听见隔壁屋里响了一声，一张椅子翻倒了。他的房门给打开了，母亲穿着衬衣，光着脚，嚎啕着扑过来勾住他的脖子。她浑身滚热地拥抱着儿子，一边呜咽一边打着嗝："别走呀！别走呀！我求你！我求你！孩子，你别走呀……！我会伤心死的……那我是受不住的，受不住的！……"

他惊骇之下，把她拥抱着，再三地说："好妈妈，静静罢，静静罢，我求您。"

可是她又接着说："我受不住的……我现在只有你了。你一走，我怎么办呢？……我一定会死的。我死也要死在你面前，不愿意孤零零地死。等我死了再走罢！"

她的话使他心都碎了。他不知道说些什么来安慰她。对这种爱和痛苦的发泄，讲理有什么用？他把她抱在膝上，把她亲吻，说着好话。她慢慢地静下来，轻轻地哭着。看她比较安定了些，他就说："去睡觉罢：别着了凉。"

她可老说着："你别走呀！"

"我不走就是了。"他声音很轻地回答。

她浑身哆嗦了一下，抓着他的手："真的吗？真的吗？"

他非常丧气地转过头去："明儿，明儿再告诉您……现在您去罢，我求您！……"

她很柔顺地站起来，回到自己房里去了。

明天早上，她觉得半夜里神经病似的发作了一场好不惭愧，同时想起儿子等会不知怎么答复又非常害怕。她坐在屋子的一角等着，拿着打毛线的活儿，可是她的手不愿意拿，让活计掉在地下。克利斯朵夫进来了。两人轻轻招呼了一声，彼此都不敢抬起头来看一眼。他沉着脸站在窗前，背对着母亲不作一声。他心里在交战，可早已知道结果是怎么回事，故意想多挨一些时间。鲁意莎不敢和他说话，生怕引起那个她急于想知道而又怕知道的答复。她勉强捡起活儿，视而不见地做着，把针子都弄错了。外边下着雨。沉默了半晌,克利斯朵夫走到她身边来了;她一动不动,心忐忑地跳着。克利斯朵夫呆呆地望着她,然后突然跪下,把脸藏在母亲的裙子里,一句话也不说,哭了。于是她懂得他是不走了,心里的悲痛不由得减轻了许多;——可是她又立刻后悔,因为她感觉到克利斯朵夫为她所做的牺牲;她这时的痛苦,正和克利斯朵夫牺牲了她而决意出走的时候所受的痛苦一样。她弯下身子吻着他的额角和头发。他们俩一齐哭着,痛苦着。终于他抬起头来;鲁意莎双手捧着他的脸,望着他,眼睛对着眼睛。她真想和他说:"你走罢!"可是她没有勇气。

他真想和她说:"我留在家里很快活。"而他也没有勇气。

这种难解难分的局势,母子俩都没法解决。她叹了口气,表示她爱到极点,也痛苦到极点:"唉,咱们要能同生同死才好呢!"这种天真的愿望把他深深地感动了,擦了擦眼泪,强笑着说:"咱们会死在一块儿的。"

她紧跟着问:"一定吗?你不走了吗?"

他站起身来回答:"一言为定。甭提了。用不着再谈了。"

的确,克利斯朵夫是一言为定了:他不再提离家的话;但要心里不想可不是他自己能做主的。他固然留在家里了,但抑郁不欢与恶劣的心绪使母亲对于他的牺牲付了很大的代价。笨拙的鲁意莎,——明知自己笨拙而老做着不该做的事,——明知道他为什么抑郁,却偏偏要逼他亲口说出来。她用着婆婆妈妈的、惹人气恼的、纠缠不清的感情去磨他,使他想起他跟母亲的性情多么不同,而这一点原是他竭力要忘掉的。他屡次想和她说些心腹话。但正要开口的时候,他们之间忽然有了一道万里长城,使他立刻把心事藏起来。她猜到他的意思,可是不敢,或是不会去逗他说出来。万一她做这种尝试,结果倒反使他把闷在心里受不了而极想吐露的秘密格外地深藏。

还有无数的小事情,没有恶意的怪脾气,也使克利斯朵夫心中着恼,觉得和母亲格格不入。老年人免不了嘴碎,常常把街坊上的闲话翻来覆去地唠叨,或是用那种保姆般的感情,搬出他幼年时代的无聊事儿,永远把他跟摇篮连在一起。我们费了多大力量才从那里跳出来,长大成人,此刻居然由朱丽叶的乳母抖出当年的尿布,[1]翻出那些幼稚的思想,教你想起受着冥顽的物质压迫的混沌时代!

在这方面,她感情表现得那末动人,——仿佛对付一个小孩子,——把他软化了;他只能听凭摆布,也把自己当做一个小孩子。

最糟的是两人从早到现在一起生活,跟旁人完全隔离。心中苦闷的时候,因为有了两个人而且彼此爱莫能助,所以苦闷格外加强;结果各人又怪怨对方,到后来真的相信自己的痛苦是应该由对方负责的。在这种情形之下,还是孤独比较好,痛苦也只有一个人痛苦。

这样,母子俩每天都在受罪。要不是出了件偶然的事,出了件表面上很不幸,而骨子里是大幸的事,把他们不上不下的局面给解决了的话,他们竟永远跳不出这个互相争持的苦海。

十月里的一个星期日,下午四点光景。天气很好。克利斯朵夫整天躲在房里默想,咂摸着他的悲苦。

他忍不住了,觉得非到野外去走一程,消耗一点精力,用疲倦来阻断自己思想不可。

他从上一天起就跟母亲很冷淡。他差不多要不辞而别地出去了。可是到了楼梯台上,他又想起这样的走掉,她独自在家一定要为之整个黄昏都不快活的,便重新回进屋子,推说忘了什么东西。母亲的房门半开着。他探进头去看到了母亲,一共是几秒钟的工夫……可是这几秒钟在他今后的生命中占着多重要的地位!

鲁意莎刚做罢晚祷回来,坐在平时最喜欢的那个靠窗的角上。对面一堵开裂而乌七八糟的白墙挡着视线;但从她的一角,在右边可以望见邻家的两个院落,和院落那一边的一方像手帕大小的草坪。窗槛外面,一盆五龙爪沿着绳子往上爬,布满着纤巧的蔓藤,在斜阳中摇曳。鲁意莎坐在一张小椅子上,伛着背,膝上摆着本厚厚的《圣经》,可并不念。她把两手——血管隆起,指甲坚硬,方方地往下弯着,明明是做工的手——平放在书上,温柔地望着蔓藤和在蔓藤中透露出来的天空。阳光照着绿

---

[1] 《罗密欧与朱丽叶》剧中朱丽叶的乳母对朱丽叶母女追述朱丽叶幼年的情景。

叶,间接地反映出她疲倦的脸,还洒上一些惨绿色的影子,白头发很细,可是不多,半开的嘴巴在那里微笑。她体味着这一忽儿的悠闲恬适。那是她一星期中最愉快的时间。她沉浸在所有痛苦的人觉得最甜蜜的、一无所思的境界里:迷离惝恍,只有一颗蒙眬半睡的心在喁喁细语。

"妈妈,"他说,"我想出去,上蒲伊那边遛遛,回来要晚一些。"

半睡半醒的母亲略微惊跳了一下,转过头来,用着慈祥和平的眼睛望着他:

"好,你去罢,孩子:你这主意很不错,别错过了好天气。"

她向他笑笑。他也向她笑笑。他们俩彼此瞧了一会儿,然后点点头,眯了眯眼睛,表示告别了。

他轻轻地把门带上。她慢慢地又回到她的幻想中去了,儿子的笑容给她的梦境照上一道明亮的反影,像阳光射在黯淡的五龙爪上一样。

于是,他离开了她,——永远地离开了她。

那天傍晚,温和的太阳颜色只是淡淡的。田野懒洋洋的仿佛快睡着了。各处村子上的小钟在静寂的原野里悠悠地响着。一缕缕的烟在阡陌纵横的田间缓缓上升。一片轻盈的暮霭在远处飘浮。白的雾铺在潮湿的地下,等着黑夜降临好往上升去……一条猎狗鼻子净嗅着泥土在萝卜田里乱窜。成群的乌鸦在灰色的天空打转。

克利斯朵夫一边胡思乱想,一边茫无目的而不知不觉地向着一个目标走去。几星期来,他到城外散步老是以一个村子为中心,知道在那儿一定能遇到一个吸引他的美丽的姑娘。那不过是种吸引,可是很强烈的,有点乱人心意的吸引。要克利斯朵夫不爱什么人是不大可能的,他的心难得会空虚,其中永远有一个为它膜拜的偶像。至于那偶像是否知道他的爱,他完全不以为意;但他需要爱,心中不能有一忽儿没有光明。

这一回他热情的对象是个乡下姑娘,好似哀里才遇见利百加一样,也是在水边遇到的;但她并不请他喝水,倒反把水撩在他脸上。[①] 她跪

---

① 《旧约·创世记》载:亚伯拉罕遣仆人哀里才为己子以撒娶妻。哀里才行至拿鹤城,在水井边祈祷,倘遇到第一个给他喝水的女人,就定聘为以撒之妻。后利百加先至,哀里才求水,利百加即与水,卒聘为以撒之妻。

在一条小溪的堤岸缺口的地方,在两株杨柳中间,树根在周围盘成岩洞一般:她精神抖擞地洗着衣服,嘴巴跟手臂一样地忙着,因为她和对岸洗衣服的同村女伴在那里大声说笑。克利斯朵夫躺在几步以外的草地上,两手支着下巴望着她们。她们毫不羞怯,照旧嘻嘻哈哈的,说话很放肆。他并不留神她们说些什么,只听着她们的嬉笑声,捣衣声,远处草地里的牛鸣声,目不转睛地盯着那漂亮的洗衣女郎出神了。——不久,那些女孩子发觉了他注视的对象,互相说些俏皮话;那姑娘也冷言冷语地刻薄他。因为他老待着不动,她便站起身子把绞干的衣服晾到小树上去,顺便过来对他看个仔细。走近他身边的时候,她有心把衣服上的水洒在他身上,涎皮赖脸地望着他笑。她个子很瘦,很结实,尖尖的下巴往上抄起,鼻子很短,眉毛很弯,深蓝的眼睛光彩四射,带点儿凶相,神气很大胆,嘴巴很好看,厚嘴唇微微往前噘着,像个希腊面具,浓密的金黄鬈发披在颈窝上,皮肤是紫铜色的。她头挺得笔直,无论说什么总带着讪笑的意味;走路像男人一样,把太阳晒得乌黑的两手甩来甩去。她一边晾衣服一边用挑拨的目光瞅着克利斯朵夫等他开口。克利斯朵夫也瞪着她,却没有意思跟她搭讪。末了,她朝着他哈哈大笑了一阵,回到同伴那儿去了。他始终躺着,直到薄暮时分,眼看她背着篓子,抱着胳膊,伛着背,咭咭呱呱的一路说笑一路回去。

过了两三天,他在城里的菜市上,在成堆的萝卜、番茄、黄瓜、青菜中间又碰见了她。他信步走去,望着那些女菜贩整整齐齐地站在菜篮后面,好似预备出卖的奴隶。警察局的职员一手拿着钱袋一手拿着一沓票子,向每个菜贩收一文小钱,给一张小票。卖咖啡的女人提着满篮的小咖啡壶绕来绕去。一个老虔婆,吃得肥肥胖胖的,挽着两只挺大的篮,嘴里老天爷长老天爷短地向人讨菜蔬,没有半点羞怯的神气。大家叫叫嚷嚷;古老的秤托着绿色的篮,的的笃笃地响个不停;拖着小车的大狗高高兴兴地叫着,自以为当着重要的角色而得意非凡。就在这片喧闹声中,克利斯朵夫瞥见了他的利百加,——真名叫做洛金。——她在金黄色的发髻上戴着一张白里泛绿的菜叶,好似一个齿形的头盔,面前堆着金黄的蒜头、粉红的萝卜、碧绿的刀豆、鲜红的苹果。她坐在一只篓子上咬着苹果,一个又一个地尽吃,根本不在乎卖不卖,不时拿围裙抹抹下巴和脖子，用手臂撩撩头发，把面颊挨着肩头，或者把鼻子挨着手背，摩擦几下。再不然，她无精打采地抓着一把豌豆在两只手里倒来倒去。她东张西望，态度很悠闲，可是把周围的情形都瞧在眼里：凡是针对她的目光，她都不动声色地一一记着。她当然看到克利斯朵夫，便一边和买菜的主顾说话，一边拧着眉毛从他们的肩头上望出去，注意他。她面上做得非常庄严，心里却在暗笑克利斯朵夫。他的模样也的确很可笑：像木头人似的站在几步以外，死命用眼睛盯着她，过后又一言不发地走了。

他好几次到她的村子四周徘徊。她在院子里来来往往，他站在路上远远地望着。他不承认是为她而来的，其实也差不多是无意中走来的。他一心一意作曲的时候，常常像害了梦游病一样：心灵中有意识的部分贯注着乐思，其余的部分便让另外一个无意识的心灵占据了，那是只要他稍一分心就会起来控制他的。他对着这姑娘，往往被胸中嗡嗡作响的音乐搞得迷迷糊糊：眼睛望着她，心里依旧在沉思幻想。他不能说爱她，甚至想也没想过，只是喜欢看到她。他根本没注意自己有个欲望老是要来找她。

他这样的时常露面，当然引起人家的议论。农庄上后来知道了克利斯朵夫的来历，把他作为笑柄。可是谁也不以为意，因为他并不侵犯人家。一句话说完，他不过像个呆子，而他自己也不在乎是否像呆子。

那天正是村里的一个节日。儿童们掷着豌豆喊着“君皇万岁！”关在棚里的小牛在叫，酒店里传出唱歌的声音。尾巴像彗星似的风筝在田野的上空飘荡。母鸡在肥料堆中乱扒；风吹着它们的羽毛好似吹进老妇人的裙子。一头粉红色的肥猪好不舒服地横躺在地下晒太阳。

克利斯朵夫向着三王客店走去。一面小旗在红色的屋顶上飘荡，门前吊着成串的蒜头，窗上缀着红的黄的金莲花。他走进烟味浓烈的大厅，壁上挂的是发黄的石印图画，正中是皇帝的彩色肖像，四周扎着橡树叶子。大家在跳舞。克利斯朵夫断定他漂亮的女朋友一定在内。果然，他第一个看到的就是她。他拣着一个位置坐下，在那边可以安安静静地看到跳舞的人。他虽然留着神不让别人看见，可是洛金自会把他发现出来。她一边跳着没有完的华尔兹舞，一边从舞伴的肩头上向他丢了几个眼风，并且为了挑拨他，故意和村里的少年调情打趣，嘻开着大嘴傻笑，高声说些无聊的话。在这一点上，她和一般交际场中的姑娘并无分别：被人家一瞧，她们就以为非当众嬉笑骚动一阵不可。——其实她们并不见得怎么傻，因为知道大家是瞧她们而不听她们的。——克利斯朵夫肘子撑在桌上，拳头托着下巴，看着她装腔作势不禁从眼睛里表示出他的热情与愤怒：他头脑还算清醒，不至于看不出她的诡计，但已不够清醒到不上她的当；所以他时而愤愤地咕噜，时而耸耸肩膀，笑自己的受人愚弄。

此外还有一个人在注意他：那是洛金的父亲。矮胖个子，大脑袋，短鼻子，光秃的头被太阳晒成了暗红色；四周剩下的一圈头发，从前一定是金黄的，如今变做一个个浓密的小卷儿，像丢勒画的圣·约翰；胡子剃得光光的，神色非常镇静，嘴角上挂着一根长烟斗：他慢腾腾地和别的乡下人说着闲话，眼梢里老注意着克利斯朵夫的表情，不由得在肚里暗笑。他咳了一声；灰色的眼中忽然闪出一道狡猾的光，他过来挨着克利斯朵夫坐下。克利斯朵夫挺不高兴地向他掉过头来，正好碰上那双阴险的眼睛；老人却衔着烟斗，很随便地和他搭讪起来。克利斯朵夫一向认识他：认为是个老混蛋；可是对于女儿的好感使他对父亲也变得宽容了，甚至和他在一处还有种异样的快感：奸刁的老头儿看透了这一点。他先说了一阵天气，把那些俊俏的姑娘做题目说了几句俏皮话，再提到克利斯朵夫的不去跳舞，认为他这个办法真聪明，坐在桌子前面把杯独酌不是舒服得多吗？说到这里，他老实不客气向克利斯朵夫讨了一杯。老头儿一边喝着，一边有一搭没一搭地谈到他的小买卖，说什么生活艰难，天时不正，百物昂贵，等等。克利斯朵夫听了全无兴趣，只在鼻子里随便哼几声，眼睛始终望着洛金。老人静了一会儿，等他回答；他置之不理，老人可又不慌不忙地说下去了。克利斯朵夫心里想这家伙来跟他鬼混，说那些话，究竟是什么意思。结果他明白了。老人怨叹完毕，把话题换过一章，把他庄上出产的菜蔬、家禽、鸡子、牛奶，夸了一阵，突然问克利斯朵夫能否把他的出品给介绍到爵府里去。克利斯朵夫听了可直跳起来："怎么他会知道的？……难道他认识他吗？……"

“当然啰,”老人说,“什么事都会知道的。”

他心里还有一句话没说出来:“……尤其是我亲自出马探听的时候。”

克利斯朵夫暗自好笑地告诉他,虽然“什么事都会知道”,但他们还没晓得他最近已经跟宫廷闹翻,即使他的话当初在爵府的总务处和厨房里有点儿作用(而这还大有问题),此刻也早已完了。老人听到这话,略微抿了抿嘴,但并不灰心,过了一会儿,又问克利斯朵夫能不能替他介绍某些家庭,接着就背出一切和克利斯朵夫有来往的人家的姓名,因为他在菜市上把什么都打听清楚了。要不是想到老人尽管那末狡猾也免不了上当,而不由得想笑出来的话,克利斯朵夫对这种间谍式的勾当早就气得直跳了;因为对方万万料不到克利斯朵夫的介绍非但不能替他招徕几个新主顾,反而使他连老主顾都会保不住的。因此克利斯朵夫听凭老头儿枉费心机地去耍那些无聊的小手段,既不回答他一个是,也不回答他一个否。但那乡下人死盯不放,最后竟来进攻克利斯朵夫和鲁意莎了,硬要推销他的牛奶、牛油,和乳脂;他早就盘算好,即使找不到别的主顾,这两个总是逃不了的。他又补充说,既然克利斯朵夫是音乐家,那末每天早晚吞一个新鲜的生鸡子是保护嗓子最好的办法:他自命为能供给刚生下来的、暖烘烘的、最新鲜的蛋。克利斯朵夫一听到老人把他误认为歌唱家,不禁哈哈大笑。老头儿借此机会又叫了一瓶酒。然后,觉得眼前在克利斯朵夫身上再也弄不到别的好处,便掉头不顾地去了。

天已经黑了。跳舞的场面越来越热闹。洛金完全不理会克利斯朵夫,只忙着勾引村里一个富农的儿子,所有的姑娘都争着要讨他的喜欢。克利斯朵夫很关切她们这种竞争;女孩子们彼此笑着,动手动脚,乐不可支。克利斯朵夫把自己忘了,一心希望洛金成功。但等到洛金真的成功了,他又有些悲哀。他立刻责备自己。他既不爱洛金,那么她喜欢爱谁就爱谁,不是挺自然的吗?——但感到自己这样孤独也不见得有趣。那些人都为了想利用他才关切他,而过后还得嘲笑他。洛金因为把她的情敌气坏了,格外快乐,人也显得更好看了:克利斯朵夫叹了一口气,望着她笑了笑,预备走了。时间已经九点:进城还得走好几里路。

他刚从桌边站起,大门里突然闯进十几个兵。他们一出现,全场的空气登时冷了下来。大家开始交头接耳。几对正在跳舞的伴侣停住了,不安地望着那些新来的客人。站在大门口的几个乡下人假装转过身子和自己人谈话,虽然表面上做得若无其事,暗中都小心翼翼地闪在一旁让他们走过。——整个地方上的人和城市四周炮台里的驻军已经暗斗了一些时候。大兵们烦闷得要死,常常拿乡下人出气,很下流地取笑他们,糟蹋他们,把乡间的妇女当做属地上的女人看待。上星期就有一批喝醉的兵去骚扰邻村的节会,把一个庄稼人打得半死。克利斯朵夫知道这些事,和乡下人一样的愤愤不平。此刻他便回到原位上,看有什么事发生。

那些兵根本不理会大众的恶感,乱哄哄地奔向坐满客人的桌子,硬挤下去。大半的人都咕噜着挪开身子。一个老头儿让得慢了些,被他们把凳子一掀,摔在地下,他们看了哈哈大笑。克利斯朵夫大为不平,站起来正想过去干涉,不料那老人费了好大的劲从地下爬起来,非但没有半句怨言,反而连声道歉。另外两个兵走向克利斯朵夫的桌子:他握着拳头看着他们过来。可是他用不着这么紧张。那不过是跟在惹是生非的坏蛋后面,想狐假虎威来一下的两个脓包罢了。他们被克利斯朵夫威严的神气镇住了;他冷冷地说了声:“这儿有人……”他们就赶紧道歉,缩在凳子的一头,唯恐惊动了他。他说话颇有主子的口吻,而他们天生是奴才脾气。他们看出克利斯朵夫不是个乡下人。

这种屈服的态度使克利斯朵夫的气平了一些,观察事情也冷静了些。他一眼就看出这些大兵的主脑是个班长——眼睛凶狠的小个子,斗牛狗似的脸,卑鄙无耻的恶棍,就是上星期日闹事的主角之一。他坐在克利斯朵夫旁边的一张桌上,已经醉了。他凑到人家面前,说着不三不四的侮辱的话,而那些受辱的人只做不听见。他特别盯着跳舞的人,评头论足,用的全是脏话,引得他的同伴哈哈大笑。姑娘们红着脸,差不多要哭了;年轻的汉子气得暗暗地咬牙切齿。恶棍的眼睛慢慢地把全场的人一个一个看过来:克利斯朵夫看见他的目光扫到自己身上来了,便抓着杯子,握着拳头,预备他说出一句侮辱的话,就把酒杯劈面摔过去。他心里想：

“我疯了。还是走掉的好。我要被他们把肚子都切开了；再不然，也得给他们关到牢里去，那可太犯不上了。趁他们没有来惹我之前先走罢。”

但他骄傲的性格不让他走：他不愿意被人看出他躲避这些流氓。——对方那双阴狠凶横的眼睛盯住了他。克利斯朵夫浑身紧张，愤怒非凡地瞪着他。那班长把他打量了一会儿，被克利斯朵夫的脸打动了说话的兴致，用肘子撞着同伴，一边冷笑一边教他看克利斯朵夫，正要张开嘴来骂。克利斯朵夫迸着全身之力，预备把杯子摔过去了。——正在千钧一发的关头，一件偶然的小事救了他。醉鬼刚想开口，不料被一对跳舞的冒失鬼一撞，把他的酒杯打落在地下。于是他怒不可遏地转过身去，把他们狗血喷头地大骂一顿。目标转移了，他完全忘了克利斯朵夫。克利斯朵夫又等了几分钟，看见敌人无意再向他寻衅，方始站起，慢慢地拿着帽子，慢慢地向大门走去。他眼睛老盯着军官的桌子，要他明白他决不怕他。可是那醉鬼已经把他忘得干干净净：再没有人注意他了。

他握着门钮：再过几秒钟，他就可以身在门外了。但命中注定他这一天不能太平无事地走出去。大兵们喝过了酒，决心要跳舞了。但既然所有的姑娘都有舞伴，他们便把男的赶走，而那些男的也毫无抵抗地让他们驱逐。洛金可不答应。克利斯朵夫看中的那双大胆的眼睛和强项的下巴，的确有些道理。她正发疯般跳着华尔兹，不料那班长看上了她，过来把她的舞伴拉开了。洛金跺着脚，叫着嚷着，推开军官，说她决不跟像他这样的坏蛋跳舞。他追着她，把那些被她当做屏风般掩护的人乱捶乱打。末了，她逃到一张桌子后面；在那个障碍物把对方暂时挡住的几秒钟内，她又喘过气来骂他；看到自己的抗拒完全没用，她气得直跳，想出最难堪的字眼，把他的头比做各式各种畜牲的头。他在桌子对面探着脑袋，挂着阴险的笑容，眼中闪出愤怒的火焰。突然他发作起来，跳过桌子，把她抓住了。她拳打足踢地挣扎，像一个放牛的蛮婆。他身子原来就不大稳，差点儿倒下。愤怒极了，他把她按在墙上打了一个嘴巴。他来不及打第二下：一个人在他背后跳过来，使劲回敬了他一巴掌,又飞起一脚把他踢到了人堆里。原来是克利斯朵夫排开了众人,在桌子中间挤过来把他扭住了。军官掉过身来,气疯了,拔出腰刀,但来不及应用,又被克利斯朵夫举起凳子打倒了。这一架打得那么突兀,在场的观众竟没想到出来干涉。但大家一看那军官像牛一样地倒在地下了,立刻乱哄哄地骚动起来。其余的兵都拔着刀奔向克利斯朵夫。所有的乡下人又一齐扑向他们。登时全场大乱。啤酒杯满屋地飞,桌子都前仰后合。乡下人忽然觉醒了:需要把深仇宿怨发泄一下。大家在地下打滚,发疯似的乱咬。早先和洛金跳舞的人是个庄子上结实的长工,此刻抓着刚才侮辱他的大兵的脑袋往壁上撞。洛金拿着一条粗大的棍子狠命地打。别的姑娘叫喊着逃了,两三个胆子大一些的却高兴到极点。其中有个淡黄头发的矮胖姑娘,看见一个高个子的兵——早先坐在克利斯朵夫旁边的,——把敌人按在地下用膝盖压着胸脯,她便赶紧往灶屋里溜了一转,回来把那蛮子的头往后拉着,用一把灼热的火灰摔在他眼里。他疼得直叫。她可得意极了,看他受了伤,听凭乡下人痛殴,不禁在旁百般诟辱。最后,势孤力弱的大兵顾不得躺在地下的两个同伴,竟自往外逃了。于是恶斗蔓延到街上。他们闯到人家屋里,嘴里一片喊杀声,恨不得捣毁一切。村民拿着铁叉追赶,放出恶狗去猛扑。第三个兵又倒下了,肚子上给锹子戳了个窟窿。其余的不得不抱头鼠窜,被乡人直追到村外。他们跳过田垄,远远地喊着说去找了同伴再来。

村民得胜之后,欣喜若狂地回到客店里;那是蓄意已久的报复,过去受的耻辱都洗雪了。他们还没想到闯了这个祸的后果呢。大家七嘴八舌地争着说话,各人夸说自己的英勇。他们和克利斯朵夫表示亲热,他也因为能够跟他们接近而很高兴。洛金过来抓着他的手,握了好一会儿,嘻嘻哈哈地把他当面取笑了几句。那时她不觉得他可笑了。

然后大家检点受伤的人口。村民中间不过有的打落牙齿,有的伤了肋骨,有的打得皮肉青肿,都没什么了不起。士兵方面可不然了。三个重伤:眼睛被灼坏的大家伙,肩膀也给斧头砍去了一半;戳破肚子的一个,喉咙里呼里呼噜的好似快死了;还有是被克利斯朵夫打倒的那个班长。他们躺在炉灶旁边。三个之中受伤最轻的班长睁开眼来,满怀怨毒的目光把周围的乡下人看了好久。等他清醒到能想起刚才的情形,他便破口大骂,发誓要报复,把他们统统牵连在内;他愤怒到气都喘不过来,恨不得把他们一齐杀死。他们笑他,可是笑得很勉强。一个年轻的乡下人对他喊道:

"住嘴! 要不然就杀死你!"

军官挣扎着想爬起来,杀气腾腾的眼睛瞪着那个说话的人:

"狗东西! 你敢? 人家要不砍掉你的脑袋才怪!"

他继续直着嗓子乱嚷。戳破肚子的那个像死猪般尖声怪叫。另外一个直僵僵地躺着不动,像死了一样。一片恐怖压在那些村民心上。洛金和几个妇女把伤兵抬到隔壁屋里。班长的叫嚷和垂死者的呻吟都不大听得见了。乡下人一声不响,站在老地方围成一圈,仿佛那些伤兵依旧躺在他们脚下;他们一动也不敢动,面面相觑地骇呆了。临了,洛金的父亲说了句:"哼! 你们做的好事!"

于是场中起了一片无可奈何的、唧唧哝哝的声音:大家咽着口水。然后他们同时说起话来。先只是窃窃私语,像怕人在门外偷听似的;不久声音高起来,变得尖锐了:他们互相埋怨,这个说那个打得太凶,那个说这个下手太狠。争论变成口角,差不多要动武了。洛金的父亲把他们劝和了,然后抱着手臂,向着克利斯朵夫,抬起下巴指着他说:"可是这家伙,他到这里来干什么的?"

群众所有的怒气立刻转移到克利斯朵夫身上,有人喊道:"对啦! 对啦! 是他先动手! 要不是他,决不会出乱子的!"

克利斯朵夫愣住了,勉强回答说:"我是为了你们,不是为我,你们很明白。"

但他们怒不可遏地反驳他:"难道我们不会保护自己吗? 要一个城里人来告诉我们怎么做吗? 谁请教过你的? 谁请你到这儿来的? 难道你不能待在自己家里吗?"

克利斯朵夫耸耸肩膀,向大门走去。可是洛金的父亲把他拦住去路,恶狠狠地嚷着:"好! 好! 他给我们闯下了大祸,倒想一走了事。哼,可不能让他走。"

乡下人一齐跟着吼起来:"不能让他走! 他是罪魁祸首,什么事都得归他担当!”

他们摩拳擦掌地把他团团围住。克利斯朵夫看见那些骇人的脸越逼越近:恐怖使他们变成疯狂了。他一声不响,不胜厌恶地扯了个鬼脸,把帽子往桌上一扔,径自坐到屋子的尽里头,转过背去不理他们了。

可是打抱不平的洛金直冲到人堆里,气得把俊美的脸扭做一团,涨得通红,粗暴地推开围着克利斯朵夫的人,喊道:“你们这些胆怯鬼!畜牲!你们羞也不羞?你们想教人相信什么都是他一个人干的!以为没有人看到你们是不是?你们之中可有一个不曾拼命乱捶乱打的?……要是有谁在别人打架的时候抱着手臂不动,我就唾他的脸,叫他胆怯鬼!胆怯鬼!”

那些乡下人被她出其不意的一顿臭骂,呆住了,静默了一会儿,又叫起来:“是他先动手的!要不是他,什么事都不会有的。”

洛金的父亲竭力对女儿示意,可是没用;她回答说:“不错,是他先动手的!那对你们也没什么体面。要没有他,你们会听任人家侮辱,听任人家侮辱我们,你们这些脓包!没有骨头的东西!”

她又骂她的男朋友:“还有你,你一声不出,只会挤眉弄眼,把屁股送过去给人家的皮靴踢;对啦,你还会道谢呢!你不害臊么?……你们都不害臊么?你们简直不是人!胆子像绵羊似的,连头都不敢抬一抬!直要等到这城里人来给你们做榜样!——如今你们把什么都推在他头上!……哼,那可不行,老实告诉你们!他是为了我们打架的。你们要不把他放走,就得跟他一起倒霉:我决不放过你们!”

洛金的父亲拉她的手臂,气得直嚷:“住嘴!住嘴!……贱骨头,你还不住嘴!”

洛金把他一手推开,倒反嚷得更凶了。全场的人都直着嗓子叫,她比他们叫得更响,尖锐的声音几乎震破耳鼓:“我先问你,你还有什么可说的?你刚才把躲在隔壁的那个半死的兵乱踩,难道我没看见吗?还有你,把手伸出来看看!……还有血迹呢。你以为我没看见你拿着刀吗?我要把亲眼看到的统统说出来,要是你们敢伤害他的话。判起刑来,我教你们一个都逃不了。”

那些乡下人愤怒至极,气哼哼地把脸凑近洛金,对着她怒吼。其中有一个似乎要把她掌嘴了,洛金的男朋友便抓着他的衣领,互相扭做一团,预备大打出手了。一个老头儿和洛金说:“我们抵了罪,你也逃不了。”

“对,我也逃不了;我可不像你们这样没有种。”

于是她又叫嚣起来。

他们不知怎么办了,回头去找她的父亲:“难道你不能要她住嘴吗?”

老人懂得,一个劲儿地逼洛金不是个聪明办法。他对大众递了个眼色教他们静下来。赶到只有洛金一个人说话,没人跟她顶嘴的时候,好像火没有了燃料,她也停住了。过了一忽儿,父亲咳了一声,说道:“哎,那末你要怎么样呢?总不见得要断送我们罢?”

“我要你们把他放走。”她说。

他们都转起念头来了。克利斯朵夫始终坐在那里,凭着傲气兀然不动,仿佛没听见大家在讲他的事;但他对于洛金的义愤非常感动。洛金也好像不知道他在场,背脊靠着他的桌子,带着挑战的神气瞪着那些抽着烟、眼睛望着地下的村民。最后,她的父亲把烟斗在嘴里咬弄了一会儿,说道:“把他招出来也罢,不招出来也罢,——他要留在这儿,结果是不用说的了。那班长是认识他的,哪里肯放松!他只有一条路,就是马上逃,逃过边境去。”

他思索的结果,认为无论如何,还是克利斯朵夫逃走对他们有利:因为这样一来,他等于把罪名坐实了;而他既不能在这儿替自己申辩,他们就很容易把案子的重心推在他身上。这个意见,众人都表示同意。他们彼此心里都很明白。——一朝大家打定了主意,便巴不得克利斯朵夫已经走了。他们并不因为先前对克利斯朵夫说过许多难堪的话而觉得不好意思,倒反走拢来好似对他的命运非常关切。

“先生,一刻都不能耽误了,”洛金的父亲说,“他们马上会来的。半个钟点赶到营里,再加半个钟点就能赶回……现在只有快快溜了。”

克利斯朵夫站起身子。他也考虑过了。他知道倘使留着,自己一定是完的。可是走吗,不见一面母亲就走吗?……不,那又不行。他就说先回去一次,等半夜里再走,还来得及越过边境。但他们都大声叫起来。刚才大家拦着他不许逃;此刻却因为他不逃而表示反对了。回到城里毫无问题是自投罗网:他还没有到家,那边先就知道了;他会在家里被捕的。——他可执意要回去。洛金懂得他的意思,便说:"你要看你的妈妈是不是?……我代你去好了。"

"什么时候去?"

"今天夜里。"

"你准去吗?"

"准去。"

她拿着头巾包起来:"你写个字条给我带去……跟我来,我给你墨水。"

她把他拉到里边一间屋里。到了门口,她又掉过身来招呼她的男朋友:"你先去收拾一下,等会由你带他上路。你得看他过了边境才能回来。"

"好罢,好罢。"他说。

他比谁都急于希望克利斯朵夫快点到法国,最好是更远一点,倘使可能的话。

洛金和克利斯朵夫进到隔壁房里。克利斯朵夫还迟疑不决。他想到从此不能再拥抱母亲,痛苦得心都碎了。什么时候再能见到她呢?她已经那么老,那么衰弱,那么孤独!这一下新的打击会把她断送了的。他不在这里了,她怎么办呢?……可是倘使他不走,判了罪,坐上几年的牢,她又怎么办呢?那她不是更无倚无靠,没法过日子了吗?现在这样一走,不管走得多远,他至少是自由的,还能帮助她,她也能上他那儿去。——他没有时间把思想整理出一个头绪来。洛金握着他的手,立在旁边瞧着他:他们的脸差不多碰到了;她把手臂绕着他的脖子,亲了亲他的嘴:

"快点儿!快点儿!"她指着桌子轻轻地说。

他便不再考虑,坐了下来。她在账簿上撕下一页画着红线的有格的纸。他写道:

"亲爱的妈妈:对不起!我要使您感到很大的痛苦。当时我是迫不得已。我并没干什么不正当的事,可是现在不得不逃了,不得不离乡别土了。送这张字条给你的人会把情形告诉您的。我本想跟您告别，可是大家不许，说我没有到家就会被捕。我痛苦已极，什么意志都没有了。我将越过边境，但没有接到您回信之前，我在靠近边境的地方等着；这次送信的人会把你的复信带给我的。请您告诉我该怎么办。不论您说什么，我一定依您。要不要我回来？那就叫我回来好了！我一想到把您孤零零地丢下，真是受不了。您怎么过日子呢？原谅我罢！原谅我罢！我爱您，亲吻您！……”

“先生，快点儿罢；要不然就来不及了。”洛金的朋友把门推开了一半，说。

克利斯朵夫匆匆签了名，把信交给了洛金：“你亲自送去吗？”

“是的，我亲自去。”她已经准备出发了。

“明天，”她又说，“我带回信给你；你在莱登地方等我，——（德国境外的第一站）——在车站的月台上相见。”（好奇的女孩子在他写的时候把信看过了。）

“你得把情形统统告诉我，她听了这个坏消息怎么样，说些什么，你都不瞒我罢？”克利斯朵夫用着恳求的口吻说。

“行，我都告诉你就是了。”

他们不能再自由说话了，洛金的朋友在门口望着他们。

“并且，克利斯朵夫先生，”洛金说，“我会常常去看她，把她的消息告诉你的；你放心好了。”

她像男人一样使劲握了握他的手。

“咱们走罢！”预备送他上路的乡下人说。

“走罢！”克利斯朵夫回答。

三个人一齐出门。他们在大路上分手了。洛金往一边去，克利斯朵夫和他的向导往另外一边。他们一句话都不说。一钩新月蒙着水汽，正在树林后面沉下去。苍白的微光在田垄上飘浮。浓雾从低陷的土洼里缓缓上升，像牛乳一样的白。瑟缩的树木浴着潮湿的空气……走出村子不到几分钟，带路的人突然往后退了一步，向克利斯朵夫示意教他停下。他们静听了一会儿，发觉前面路上有步伐整齐的声音慢慢地逼近。向导立刻跳过篱垣，往田野里走去。克利斯朵夫跟着他向耕种的田里直奔。他们听见一队兵在大路上走过。乡人在黑暗中对他们晃晃拳头。克利斯朵夫胸口闷塞,好似一头被人追逐的野兽。随后他们重新上路,躲开村子和孤独的农庄,免得狗叫起来泄露他们的行踪。翻过一个有树林的山头以后,他们远远地望见铁路上的红灯。依着这些灯光的指示,他们决意向最近的一个车站走去。那可不容易。一走下盆地,他们就完全被大雾包围了。越过了两三条小溪,又闯进一片无穷无尽的萝卜田和垦松的泥地:他们东闯西撞,以为永远走不出了。地下高高低低的,到处可以教你摔跤。两人被雾水浸得浑身湿透,摸索了半晌,突然看到几步之外,土堆高头就挂着铁路上的信号灯。他们俩便爬上去,不管会不会被人撞见,竟沿着铁道走了,直到将近车站一百米的地方才重新绕到大路上。到站的时候,离开下一班火车的到达还有二十分钟。那向导不顾洛金的吩咐,丢下克利斯朵夫先走了:他急于要回去看看村子里的情形和自己的产业。

克利斯朵夫买了一张到莱登的车票,在阒无一人的三等待车室里等着。车到时,早先躺在长凳上瞌睡的职员起来验过了票,开了门。车厢里一个人也没有。整个列车都睡熟了。田野也睡熟了。唯有克利斯朵夫,虽然累到极点,始终醒着。沉重的车轮慢慢地把他带近边界的时候,他忽然感到一股强烈的欲望,只想快快逃出魔掌。再过一小时,他可以自由了。但这期间,只消一句话他就会被捕……被捕！想到这个,他整个身心都反抗起来！受万恶的势力压迫吗？……他简直不能呼吸了。什么母亲,什么故乡,都被置之脑后了。自由一受到威胁,自私的心理使他只想挽救他的自由。是的,无论如何要挽救,不管付什么代价！甚至为此而杀人放火也在所不惜！……他埋怨自己不该搭火车,应该徒步越过边境才对。他原想争取几小时的时间,贪图便宜！哼,这才是送入虎口呢！没有问题,边境的车站上一定有人等着他;命令已经传到了……有一忽儿他真想在到站之前跳下火车,连车厢的门都打开了;可是太晚了,已经到了。列车在站上停了五分钟,好像有一世纪之久。克利斯朵夫倒在车厢的尽里头,掩在窗帘后面,惊魂不定地望着月台:一个宪兵一动不动地站在那儿。站长从办公室出来,手里拿着一个电报,向着宪兵立的地方匆匆忙忙走过去。克利斯朵夫想那准是关于他的事了。他想找一个武器;可是除了一把两面出锋的刀子以外再没旁的东西。他在衣袋里把它打开了。一个职员胸前挂着一盏灯,和站长迎面走过,沿着列车奔着。克利斯朵夫看他走近了,便把抽搐的手紧紧抓着刀柄,想道:“这一下可完了!”

他那时紧张的程度,竟会把那职员当胸扎上一刀,倘使那倒霉蛋过来打开他车厢的话。但职员开了隔壁的车厢,查看了一下一个才上车的旅客的票子。火车又开动了。克利斯朵夫这才把忐忑的心跳压下去。他一动不动地坐着,还不敢认为自己已经得救。只要车子没有过边境,他就不敢这么想……东方渐渐发白。树木的枝干从黑影里出现了。一辆车的奇奇怪怪的影子在大路上映过,睁着一只巨眼,丁丁当当地响着……克利斯朵夫把脸贴在车窗上,竭力辨认旗杆上帝国的徽号,那是统治他的势力终止的记号。等到火车长啸一声,报告到达比利时境内的第一站时,他还在曙色中窥探。

他站起身子,打开车门,呼吸着冰冷的空气。自由了!整个的生命摆在他面前了!啊!生存的欢乐啊!……——可是一片悲哀立刻压在他心上,想起离开的一切而悲哀,想起未来的一切而悲哀;而昨夜兴奋过后的疲倦又把他困住了。他倒在了凳上。那时离开到站只有一分钟的时间。一分钟以后,站上的职员打开车厢,看见克利斯朵夫睡着了。被人推醒之下,他惶惶然以为已经睡了一个钟点。他步履蹒跚地下车,向着关卡走去;等到正式踏入外国境内,用不着再警戒的时候,他倒在待车室里的一条长凳上,伸着四肢昏昏入睡了。

中午,他醒了。在两三点钟以前,洛金是不会到的。他一边等车,一边在月台上踱着,直踱到月台以外的草场上。天色阴沉沉的令人不欢,完全是冬天将临的光景。阳光睡着了。四下里静悄悄的好不凄凉,只有一辆交替的机车在那儿哀鸣。到了边界近旁,克利斯朵夫在荒凉的田里站住了。前面有个小小的池塘,一泓清水映出黯淡的天空。四周围着栅栏,种着两株树。右边是一株秃顶的白杨在瑟索摇曳。后面是一株大胡桃树,黑黝黝的光秃的枝干像鬼怪似的。成群的乌鸦停在树上沉重地摇摆。枯萎的黄叶一张一张落在静止的水塘里……

他觉得这些都好像看见过的:这两株大树,这个池塘……——而突然之间他迷迷惘惘的一阵眩晕。那是过去常有的境界。仿佛时间有了一个空隙。你不知道身在何处,不知道你自己是谁,不知道生在什么时代,也不知道这种境界已经有了几千百年。克利斯朵夫觉得那是早已有过的,现在的一切不是现在的,而是另一个时代的。他不复是他了。他从身外看着自己,从极远的地方看着自己;站在这儿的像是另外一个人。无数陌生的往事在他耳边嗡嗡作响;血管也在那里汹涌不已:

"是这样的……是这样的……是这样的……"

几百年的旧事在他胸中翻腾……

在他以前的多少克拉夫脱,都曾经受过像他今日这样的磨难,尝过这逗留祖国的最后几分钟的悲痛。永远流浪的种族,为了独立不羁,精神骚乱而到处受到放逐,永远受着一个内心的妖魔播弄,使它没法住定一个地方。但它的确是个留恋乡土的民族,尽管给人驱逐,它自己倒轻易舍不得那块土地……

如今是轮到克利斯朵夫来经历这些途程了;他已经踏上前人的旧路。泪眼晶莹,他望着不得不诀别的乡土隐没在云雾里……早先他不是渴望离乡的吗?——是的,但一朝真的走了出来,又觉得心碎肠断。人非禽兽,怎么能远离故土而无动于衷呢?苦也罢,乐也罢,你总是跟它一起生活过来的;乡土是你的伴侣,是你的母亲:你在她心中睡过,在她怀里躺过,深深地印着她的痕迹;而她也保存着我们的梦想,我们的过去,和我们爱过的人的骸骨。克利斯朵夫又看到了他以往的岁月,留在那边地上地下的亲爱的形象。便是他的痛苦也和他的欢乐一样宝贵。弥娜,萨皮纳,阿达,祖父,高脱弗烈特舅舅,苏兹老人,——一霎时都在他眼前显现了。他总丢不开这些亡人(因为他把阿达也算作死了)。想起他的母亲,他所爱的人中唯一活着的一个,如今也被遗弃在那些幽灵中间,他简直悲不自胜。他认为自己的逃亡太可耻了,几乎想越过边境回去。他已经下了决心:要是母亲的回信写得太痛苦的话,他便不顾一切地回去。倘若接不到回信,或是洛金见不到母亲,那末,他也预备回去。

他回到站上,无聊地等了一会儿,火车终于到了。克利斯朵夫准备看到洛金那张大胆的脸伸在车门外面;因为他断定她决不会失约;但她竟没有露面。他不大放心地跑到每间车厢里去找,正在潮水般的旅客中挤来撞去的时候,忽然瞥见一张并不陌生的脸。那是个十三四岁的女孩子,矮身量,脸蛋很胖,红得像苹果,往上翘起的鼻子又短又小,大嘴巴,头上盘着一根粗辫子。他仔细一看,发觉她手里拿着一只提箱好像是他的。她也在那里像麻雀似的打量他,看到他注意她,便向他走近了几步,但到了克利斯朵夫面前又停住了,睁着耗子似的小眼睛骨碌碌地望着他,一声不出。克利斯朵夫这一下可认出来了:她是洛金家里放牛的女孩子。他便指着箱子问:"这是我的,是不是?"

小姑娘站着不动,傻头傻脑地回答:"等一等。先要知道你是从哪儿来的?"

"蒲伊喽。"

"那末东西是谁给你送来的?"

"不是洛金是谁! 得啦,给我罢!"

女孩把箱子递给他:"拿去罢!"

她又补上一句:"噢! 我早认得是你。"

"那末你刚才等什么?"

"等你自己说出是你啊。"

"洛金呢? 干吗她没来?"

小姑娘不回答。克利斯朵夫懂得她不愿意在人堆里说话。他们先得到关卡上去验行李。验完了,克利斯朵夫把她带到月台的尽头。那时她的话可多了:

"警察来过了。你们一走差不多就到的。他们闯到人家屋里,每个人都受到盘问,沙弥那大汉子给抓去了,还有克里斯顿,还有加斯班老头。曼拉尼和琪脱罗特两个虽然不承认,也被逮走。她们都哭了。琪脱罗特还把警察打了一个嘴巴。大家尽管说是你一个人干的也没用。"

"怎么是我?"克利斯朵夫叫起来。

"自然啰,"女孩子若无其事地回答,"反正你走了,这么说也没关系,是不是? 所以他们就到处找你,还派了人追你呢。"

“那末洛金呢？”

“洛金那时不在家，她进城去了，过后才回来的。”

“她看到我的母亲吗？”

“看到的。有信在这儿。她要自个儿来的，可是也被抓去了。”

“那末你怎么能来的？”

“是这样的：她回到村里，没有被警察看到；她正想动身上这儿来的时候，琪脱罗特的妹妹伊弥娜把她告发了，警察就来抓她。她看见警察来，就往楼上跑，喊着说换一件衣服就下来。我正在屋子后面的葡萄藤底下；她从窗里轻轻地喊我：‘丽第亚！丽第亚！’我上去了；她把你的提箱和你母亲的信交给我，要我到这儿来找你，又吩咐我快快地跑，别给人抓去。我就拼命地跑。这样我就来了。”

“她没有别的话吗？”

“有的。她教我把这方头巾交给你，证明我是她派来的。”

克利斯朵夫认出那条绣花边的小红豆花的白围巾，就是昨夜洛金裹在头上的。她为了要送他这件表示爱情的纪念物而想出来的借口，未免可笑，可是克利斯朵夫并不笑。

“现在，”那女孩子说，“对面的火车到了。我得回去了。再会罢。”

“等一等，你来的路费怎么样的？”

“洛金给我的。”

“还是拿着罢。”克利斯朵夫把一些零钱塞在她手里。

女孩子快走了，他又抓着她的胳膊：“还有……”

他弯下身子亲了亲她的脸，她好似不大愿意。

“别挣扎呀，”克利斯朵夫说，“那不是为你的。”

“噢！我知道，是为洛金的。”

其实他亲吻这个放牛女孩子的大胖脸还不光是为洛金，并且是为他整个的德国。

小姑娘一溜烟奔上正在开动的火车，在车门口对他扬着手帕，直到望不见他为止。这个乡村使者给他带来了故乡和所爱的人的最后一缕气息，然后他又看着她去远了。

等到她的影子不见了，他是完全孤独了，这一回是真的孤独了，在异国的土地上举目无亲。他手里拿着母亲的信和爱人的围巾。他把围巾塞在怀里,想拆开信来。但他的手索索地抖个不住。里头写些什么呢?母亲有什么痛苦的表示呢?……不,他受不了那些仿佛已经听到的如泣如诉的责备:他势必要回去的了。

终于他拆开信来:

可怜的孩子,别为了我难过。我自己会保重的。老天爷把我惩罚了。我不该自私自利把你留在家里的。你上巴黎去罢。也许这对你更好。别管我。我会想办法的。最要紧是你能够幸福。我拥抱你。

能写信的时候随时写信来。

妈妈

克利斯朵夫坐在提箱上哭了。

站上的职员正在招呼上巴黎去的旅客。沉重的列车隆隆地进站了。克利斯朵夫抹了抹眼泪,站起身子,心里想:"非这样不可。"

他朝着巴黎的方向看了看天色。阴沉的天空在那方面似乎格外的黑,像一个阴暗的窟窿。克利斯朵夫好不悲伤;可是他反复念着:"非这样不可。"

他上了车,把头伸在窗外继续望着远处可怕的天色,想道:

"噢,巴黎!巴黎!救救我罢!救救我罢!救救我的思想!"

黯淡的雾越来越浓。在克利斯朵夫后面,在他离别的国土之上,沉重的乌云中间露出一角淡蓝的天,只有一双眼睛那么大,——像萨皮纳那样的眼睛,——凄凉地笑着,隐灭了。火车开了。下雨了。天黑了。

卷五·节　场

卷五初版序

作者与克利斯朵夫的对话

作者:你是不是跟人家赌了东道才这么胡搅,克利斯朵夫?你简直教我跟所有的人都闹翻了。

克利斯朵夫:你不必假惺惺。一开场你就知道我要把你带到哪儿去的。

作者:你批评的事太多了。你惹恼了你的敌人,打搅了你的朋友。一个体面人家出了点不大光鲜的事,不去提它不是更雅吗?

克利斯朵夫:有什么办法?我根本不懂什么雅不雅。

作者:我知道,你是个蛮子。你太傻了!他们要人相信你是大众的敌人。你在德国已经得了反德国的名气。你到法国来又要得个反法国的——或者更严重些——反犹太的名气。你小心点儿。别提到犹太人……你得到他们的好处太多了,不能再说他们坏话。

克利斯朵夫:我认为是他们的好处跟坏处,干吗不能全部说出来呢?

作者:你特别是说他们的坏处。

克利斯朵夫:好处在后面呢。对他们难道应当比对基督徒更敷衍吗?我给他们的分量重一些,因为他们有这个资格。在我们这个光明正在熄灭的西方,他们既然占了重要的地位,我就得给他们一个重要的地位。他们之中一部分人大有把我们的文明断送的可能。可是我并非不知道,也有一些人对于我们的行动与思想是股很大的力量。我知道他们的民族还有哪些伟大的地方。我知道他们之中有成千累万的人竭忠尽智,孤高淡泊,充满着爱,力求上进,凭着孜孜不倦的毅力,默默无声地在那里苦干。我知道他们心中有个上帝。因为这样,我才恨那些否认上帝的人,恨那些为了求名求福而自甘堕落,而玷辱他们民族的使命的人。打击这等人便是爱护他们的种族,正如我打击腐化的法国人是为了爱护法国。

作者:孩子,这是你多管闲事。别忘了那个挨揍的史迦那兰女人。别管旁人的家务……犹太人的事跟我们不相干。至于法国,它就像玛蒂纳,愿意挨打而不愿意人家说出它挨打。①

克利斯朵夫:可是非跟它说老实话不可,并且我越是喜欢它,越是非说不可。倘若我不说,谁会跟它说?——你当然不说的。你们大家都给社会关系,面子关系,多多少少的顾虑,束缚住了。我没有束缚,我不是你们圈子里的人。我从来没参加任何社团,任何论战。我用不着附和你们,也无须跟着你们心照不宣的不出一声。

作者:你是外国人。

克利斯朵夫:对啦,人家会说一个德国音乐家没有权利来批判你们,也不会了解你们的,是不是?——好罢,我可能是错的。可是至少我能告诉你们,某些外国的大人物——你跟我一样认识的,——在过去的和活着的朋友中最伟大的人,对你们是怎么想的。——如果他们看错了,他们的见解也值得知道,对你们也不无帮助。而这一点也总比你们相信大家都在佩服你们强得多,比你们一忽儿佩服自己、一忽儿毁谤自己强得多。照你们的风气,你们在某一个时期内大叫大嚷的自称为世界上最伟大的民族,——在另一个时期内又说拉丁民族的颓废是无可救药的了,——过了一晌你们又说所有伟大的思想都是从法国来的,——然后又说你们除了给欧洲提供一些娱乐以外再没别的价值:试问这样的叫嚷有什么用?主要是不能对腐蚀你们的疾病闭上眼睛,也不能灰心,应当振作精神,为了你们民族的生存跟荣誉而奋斗。凡是感觉到这个不甘灭亡的民族还能抗拒疾病的人,就能够,而且应该,把民族的恶习和可笑的地方大胆地暴露出来,把它们铲除,——尤其要铲除那些利用这些缺点而靠它们过活的败类。

作者:即使为了爱护法国,你也不要去碰法国。你会教安分守己的人着

① 莫里哀喜剧《非做不可的医生》中主角史迦那兰殴辱妻子玛蒂纳,邻人闻声过户问讯,不料玛蒂纳以被殴为人所知,恼羞成怒,与其夫同殴邻人。

慌的。

克利斯朵夫:对啦,安分守己的人,看到人家认为一切都不大行,看到人家挖出这么些惨事丑事来,是要痛苦的!他们受着剥削,可不愿意承认。他们发现人家吃的苦已经受不住了,所以宁愿无知无觉地做牺牲品。他们要别人至少每天对他们说一次,在世界上最完满的国家内,一切都尽善尽美,而"……法兰西,始终在世界上占着第一位……"然后,那些老实人心定神安,回头去睡觉了,让别人去为所欲为……这种老实人真是太好了!我使他们痛苦,将来我还要使他们更痛苦。我请他们原谅……可是即使他们不愿意有人帮助他们反抗压迫的人,至少也得知道别人跟他们一样受着压迫而不像他们那么逆来顺受,没有他们那种自欺欺人的本领,——还得知道另外有些人,就是被这种逆来顺受和自欺欺人的心理断送了,给压迫者随意摆布。而这批人是多么痛苦!你记住罢!我们受过多少罪!眼看气压一天天地加重,四周都是腐败的艺术,不道德的无耻的政治,萎靡不振而甘心乐意趋于虚无的思想:唉,跟我们一同受罪的人有多少!……我们目击心伤,彼此紧紧地挤在一起……啊!我们一块儿过了多么艰苦的岁月。我们的前辈,万万想不到我们的青春在他们的影子底下苦苦挣扎的惨痛!……我们是抵抗过了。我们是得救了……难道我们不能救别人吗?让他们受着同样的折磨,不伸出手去援助他们吗?不,他们的命运跟我们是分不开的。我们在法国有成千累万的人,心里所想的跟我明明白白说出来的完全一样。我意识到我是代他们说话。不久,我也要提到他们。我急于要给人看到真正的法兰西,被压迫的法兰西,深深地埋在底下的法兰西:——犹太人,基督徒,还有不论抱着什么信仰不论属于什么血统的自由灵魂。——可是要接触到这个法兰西,先得从封锁大门的守卫中间打出一条路来。但愿美丽的囚犯从麻痹中振作起来,推倒她牢狱的墙壁!她还没知道自己的力量和敌人的无用呢。

作者:你说得不错,我的灵魂。可是不管你做些什么,千万不能恨。

克利斯朵夫:我心中绝对没有恨。便是想起最凶恶的人的时候,我也知道他们是人，跟我们一样受着痛苦而有一天会死的。可是我非打倒他们不可。

作者：斗争，哪怕是为了行善的斗争，总是伤害人的。你自以为能使那些美丽的偶像——艺术，人类——得到的好处，是不是抵得上一个活人所受的痛苦呢？

克利斯朵夫：要是你这样想，那末你把艺术放弃罢，把我也放弃罢。

作者：不，你不能离开我！没有了你，我怎么办呢？——可是什么时候才会有和平呢？

克利斯朵夫：等到你争取到和平的时候。不久……不久……你瞧，春天的燕子不是已经在咱们头上飞了吗？

作者：美丽的飞燕，报告美丽的季节已经临到，我也已经看到。

克利斯朵夫：别幻想了，你抓着我的手，跟我来罢。

作者：我的影子，我的确非跟着你走不可。

克利斯朵夫：咱们两个究竟谁是谁的影子？

作者：啊，你长得多么大了！我认不得你了。

克利斯朵夫：那是太阳往下落了。

作者：我更喜欢你孩子的时候。

克利斯朵夫：来罢！白天快完了，咱们只剩几个钟点了。

罗曼·罗兰

一九〇八年三月

第一部

一切是有秩序中的无秩序。有的是衣衫不整,态度亲狎的铁路上的职员。也有的是抱怨路局的规则而始终守规则的旅客。——克利斯朵夫到了法国了。

他满足了关员的好奇心,搭上开往巴黎的火车。浸泡雨水的田野隐没在黑夜里。各个站上刺目的灯光,使埋在阴影中的无穷尽的原野更显得凄凉。路上遇到的火车越来越多,呼啸的声音在空中震荡,惊醒了昏昏入睡的旅客。巴黎快到了。

到达之前一小时,克利斯朵夫已经准备下车:他戴上帽子,把外衣的纽扣直扣到脖子,预防扒手,那据说在巴黎是极多的;他几十次地站起来,坐下去,几十次地把提箱在网格与坐凳之间搬上搬下,每次都笨手笨脚地撞着邻座的人,招他们厌。

列车正要进站的当口,忽然停下了,四周是漆黑一片。[1] 克利斯朵夫把脸贴在玻璃窗上,什么都瞧不见。他回头望着旅客,希望有个对象可以搭讪,问问到了什么地方。可是他们都在瞌睡,或是装做瞌睡的模样,又厌烦又不高兴,谁也不想动一下,追究火车停留的原因。克利斯朵夫看了这种麻木不仁的态度很奇怪:这些傲慢而无精打采的家伙,和他想象中的法国人差得多远!他终于心灰意懒地坐在提箱上,跟着车子的震动摇来摆去,也昏昏入睡了,直到大家打开车门方始惊醒……巴黎到了!……车厢里的人都纷纷下车了。

他在人丛中挤来撞去地走向出口,把抢着要替他提箱子的夫役推开了。像乡下人一样多心,他以为每个人都想偷他的东西。把那口宝

① 巴黎好几个车站都在城中心,到站前一大段路程均系在地道中行驶,故“四周是漆黑一片”。

贵的提箱扛在肩上，也不管别人对他大声嚷嚷的招呼，他径自在人堆里往外挤，终于到了泥泞的巴黎街上。

他一心想着自己的行李，想着要去找个歇脚的地方，同时又被车辆包围住了，再没精神向四处眺望一下。第一得找间屋子。车站四周有的是旅馆：煤气灯排成的字母照得雪亮。克利斯朵夫竭力想挑一家最不漂亮的：可是寒酸到可以和他的钱囊配合的似乎一家也没有。最后他在一条横街上看到一个肮脏的小客店，楼下兼设着小饭铺，店号叫做文明客店。一个大胖子，光穿着衬衣，坐在一张桌子前面抽着烟斗，看见克利斯朵夫进门便迎上前来。他完全不懂他说的杂七杂八的话，但一看就知道是个愣头磕脑的、未经世故的德国人，第一就不让别人拿他的行李，只顾用着不知哪一国的文字说了一大堆话。他带着客人走上气息难闻的楼梯，打开一间不通空气的屋子，靠着里边的天井。他少不得夸了几句，说这间屋如何安静，外边的声音一点儿都透不进来：结果又开了一个很高的价钱。克利斯朵夫话既不大听得懂，也不知道巴黎的生活程度。肩膀又给行李压坏了，急于想安静一会儿，便满口答应下来。但那男人刚一走出，屋子里肮脏的情形就把他骇住了；为了排遣愁闷，他用满是灰土的、滑腻腻的水洗过了脸，赶紧出门。他尽量地不见不闻，免得引起心中的厌恶。

他走到街上。十月的雾又浓又触鼻，有股说不出的巴黎味道，是近郊工厂里的气味和城中重浊的气味混合起来的。十步以外就看不清。煤气街灯摇晃不定，好似快要熄灭的蜡烛。半明半暗中，行人像两股相反的潮水般拥来拥去。车马辐辏，阻塞交通，赛如一条堤岸。马蹄在冰冷的泥浆里溜滑。马夫们的咒骂声，电车的喇叭声与铃声，闹得震耳欲聋。这些喧闹，这些骚乱，这股气味，把克利斯朵夫愣住了。他停了一停，马上被后面的人潮拥走了。他走到斯特拉斯堡大街，什么也没看见。只是跌跌撞撞地碰在走路人身上。他从清早起就没吃过东西。到处都是咖啡店，可是看到里面挤着那么多人，他觉得胆小而厌恶了。他向一个岗警去问讯，但每说一个字都得想个老半天，对方没有耐性听完一句话，便耸耸肩膀，掉过头去了。他继续像呆子似的走着。有些人站在一家铺子前面，他也无意识地站定了。那是卖照相与明信片的铺子：

摆着一些只穿衬衣或不穿衬衣的姑娘们的相片,和尽是些淫猥的笑话的画报。年轻的女人和孩子们都若无其事地瞧着。一个瘦小的红头发姑娘,看见克利斯朵夫在那里出神,便过来招呼他。他莫名其妙地对她望着,她拉着他的手臂,傻头傻脑地笑了笑。克利斯朵夫挣脱着走开了,气得满面通红。鳞次栉比的音乐咖啡店,门口挂着恶俗的小丑的广告。人总是越来越多;克利斯朵夫看到有这么些下流的嘴脸,形迹可疑的光棍,涂脂抹粉而气味难闻的娼妓,不禁吓坏了,心都凉了。疲乏,软弱,越来越厉害的厌恶,使他头晕眼花。他咬紧牙齿,加紧脚步。快近塞纳河的地带,雾气更浓。车马简直拥塞得水泄不通。一匹马滑跌了,横躺在地下;马夫狠命地鞭它,要它站起来;可怜的牲口被缰绳纠缠着,挣扎了一会儿,又无可奈何地倒下,一动不动,像死了一样。这个极平凡的景象引起了克利斯朵夫极大的感触:大家无动于衷地眼看着那可怜的牲口抽搐,他不禁悲从中来,感到自己在这茫茫人海中的空虚;——一小时以来,他对于这些芸芸众生,这种腐败的气氛,竭力抑捺着心中的反感,此刻这反感往上直冒,把他气都闭住了。他不由得呜呜咽咽地哭了出来。路上的行人看见这大孩子的脸痛苦得扭做一团,大为惊异。他往前走着,腮帮上挂着两行眼泪,也不想去抹一下。人们停住脚步,目送他一程。这些被他认为胸中存着恶意的群众,倘若他能看到他们心里去的话,也许会发现有些人除了爱讥讽的巴黎脾气之外,还有一点儿友好的同情;但他的眼睛被泪水淹没了,什么都瞧不见。

他走到一个广场上,靠近一口大喷水池。他在池中把手和脸都浸了浸。一个小报贩好奇地瞅着他,说了几句取笑的话,可并无恶意;他还把克利斯朵夫掉在地下的帽子给捡起来。冰冷的水使克利斯朵夫振作了些。他定一定神,回头走去,不敢再东张西望,也不想再吃东西:他不能跟人说一句话,怕为了一点儿小事就会流泪。他筋疲力尽,路也走错了,只管乱闯,正当他自以为完全迷失了的时候,不料已经到了旅馆门口:——原来他连那条街的名字都忘了。

他回到那间丑恶的屋子里,空着肚子,眼睛干涩,身心都麻木了,倒在屋角的一张椅子上坐了两个钟点,一动也不能动。终于他在恍恍惚惚的境界中挣扎起来,上床睡了。但他又堕入狂乱的昏懵状态,时时刻刻的惊醒，以为已经睡了几小时。卧室的空气非常闷塞。他从头到脚地发烧，口渴得要死；荒唐的噩梦老盯着他，便是睁开眼睛的时候也不能免；尖锐的痛苦像刀子一般直刺他的心窝。他半夜里醒来，悲痛绝望，差点儿要叫了；他把被单堵着嘴巴，怕人听见，自以为发疯了。他坐在床上，点着灯，浑身是汗，起来打开箱子找一方手帕，无意中摸到了母亲放在他衣服中间的一本破旧的《圣经》。克利斯朵夫从来没怎么看过这部书；但这时候，他真感到说不出的安慰。那是祖父的，祖父的父亲的遗物。书末有一页空白，前人都在上面签着名，记着一生的大事：结婚、死亡、生儿育女等的日子。祖父还拿铅笔用那种粗大的字体，记录他披览或重读某章某节的年月；书中到处夹着颜色发黄的纸片，写着老人天真的感想。当初这部书一向放在他床高头的搁板上；夜里大半的时候他都醒着，把《圣经》捧在手里，与其说是念，还不如说是和它谈天。它跟他做伴，直到他老死，正如从前陪着他的父亲一样。从这本书里，可以闻到家中一百年来悲欢离合的气息。有了它，克利斯朵夫就不太孤独了。

他打开《圣经》，正翻到最沉痛的几段：①

> 人在这个世界上的生活是一场连续不断的战争，他过的日子就像雇佣兵的日子一样……
>
> 我睡下去的时候就说：我什么时候能起来呢？起来之后，我又烦躁地等着天黑，我不胜苦恼地直到夜里……
>
> 我说：我的床可以给我安慰，休息可以苏解我的怨叹；可是你又拿梦来吓我，把幻境来惊扰我……
>
> 你要到什么时候才肯放松我呢？你竟不能让我喘口气吗？我犯了罪吗？我冒犯了你什么呢，噢，你这人类的守护者？
>
> 结果都是一样：上帝使善人和恶人一样地受苦……
>
> 啊，由他把我处死罢！我永远对他存着希望……

庸俗的心灵，决不能了解这种无边的哀伤对一个受难的人的安慰。

---

① 下列各节，见《旧约·约伯记》。约伯为古代长老，以隐忍与坚信著称。

只要是庄严伟大的，都是对人有益的，痛苦的极致便是解脱。压抑心灵，打击心灵，致心灵于万劫不复之地的，莫如平庸的痛苦，平庸的欢乐，自私的猥琐的烦恼，没有勇气割舍过去的欢娱，为了博取新的欢娱而自甘堕落。克利斯朵夫被《圣经》中那股肃杀之气鼓舞起来了：西乃山①上的，无垠的荒漠中的，汪洋大海中的狂风，把乌烟瘴气一扫而空。克利斯朵夫身上的热度退净了。他安安静静地睡下，直睡到第二天。等到他睁开眼睛，天色已经大亮。室内的丑恶看得更清楚了；他感到自己困苦，孤独；但他敢于正视了。消沉的心绪没有了，只剩下一股英气勃勃的凄凉情味。他又念着约伯的那句话：

"神要把我处死就处死罢，我永远对他存着希望……"

于是他就起床，非常沉着地开始奋斗。

当天早上他就预备作初步的奔走。他在巴黎只认识两个人，都是年轻的同乡：一个是他从前的朋友奥多·狄哀纳，跟他的叔父在玛伊区合开着布店；一个是玛扬斯地方的犹太人，叫做西尔伐·高恩，在一家大书铺里做事，但克利斯朵夫不知道他的地址。

他十四五岁的时候曾经跟狄哀纳非常亲密，②对他有过那种爱情前期的童年的友谊，其实已经是爱情了。当时狄哀纳也很喜欢他。这个羞答答的呆板的大孩子，受着克利斯朵夫犷野不羁的性格诱惑，很可笑地摹仿他，使克利斯朵夫又气恼又得意。那时他们有过惊天动地的计划。后来，狄哀纳为了学生意而出门了，从此两人没再见过；但克利斯朵夫常常从当地和狄哀纳通信的人那儿听到他的消息。

至于和西尔伐·高恩的关系，又是另外一种了。他们是从小在学校里认识的。小猢狲似的家伙老是耍弄克利斯朵夫，克利斯朵夫上了当就揍他一顿。高恩毫不抵抗，让他打倒在地下，把脸揿在土里；他假哭了一阵，过后又立刻再来，刁钻古怪的玩意儿简直没有完，——直到

① 《圣经》载，上帝于西乃山上授律于摩西。

② 参看卷二：《清晨》。——原注

有一天克利斯朵夫非常当真的说要杀死他方始害了怕。

克利斯朵夫那天清早就出门了,路上在一家咖啡店里用了早餐。他压着自尊心,决不放过讲法语的机会。既然他得住在巴黎,也许要住几年,自然应当赶快适应巴黎生活,消灭自己那种厌恶的心理。所以尽管侍者带着嘲笑的态度听着他不成腔的法国话,使他非常难受,他还是硬要自己不以为意,并且毫不灰心地花了很大的劲造出一些四不像的句子,翻来覆去地说,直说到别人听懂为止。

吃过早点,他就去找狄哀纳。照例,他有了一个念头,对周围的一切都会看不见的。根据这第一次散步所得的印象,他觉得巴黎是一个市容不整的旧城;克利斯朵夫看惯了新兴的德意志帝国的城市,它们很古老同时又很年轻,因为有股新生的力量而很骄傲;如今看到巴黎残破的市街,泥泞的路面,行人的拥挤,车马的混乱,——有古老的驾着马匹的街车,有用蒸汽的街车,用电气的街车,形形色色,不一而足,——人行道上搭着板屋,广场上堆满着穿礼服的塑像,放着给人骑着玩的旋转的木马,总而言之,克利斯朵夫看见这个受着民主洗礼而始终没有脱掉破烂衣衫的中世纪城市,不由得诧异不置。昨夜的雾到今天变了蒙蒙的细雨。虽然时间已经过十点,多数的铺子还点着煤气灯。

克利斯朵夫在胜利广场四周迷宫似的街道中摸索了一阵,终于找到了那个银行街上的铺子。一进门,他仿佛瞥见狄哀纳和几个职员在很深很黑的铺子的尽里头整理布匹。但他有些近视,不敢相信自己的眼睛,虽然它们的直觉难得错误。克利斯朵夫对招待他的店员报了姓名,里头的人忽然骚动了一下;他们交头接耳地商量过后,人堆里走出一个青年来,用德语说:“狄哀纳先生出去了。”

“出去了?要好久才回来吗?”

“大概是罢。他才出门。”

克利斯朵夫想了想,说:“好。我等着罢。”

店员不禁呆了一呆,赶紧补充:“也许他要过两三个钟点才回来呢。”

“噢!没关系,”克利斯朵夫不慌不忙地回答,“反正我在巴黎没事,哪怕等上一天也行。”

那青年望着他愣住了,以为他开玩笑。可是克利斯朵夫已经把他忘了,消消停停地拣着一个角落坐下,背对着街,似乎准备老待在那里了。

店员回到铺子的尽里头,和同事们轻轻地说着话;慌张的神气非常可笑,他们商量用什么方法把这个讨厌家伙打发走。

大家含糊了一会儿,办公室的门开了。狄哀纳先生出现了。宽大红润的脸盘,腮帮和下巴上有个紫色的伤疤,淡黄的胡子,紧贴在脑壳上的头发在旁边分开,戴着金丝眼镜,衬衫的胸部扣着金纽子,肥胖的手指上戴着几只戒指。他拿着帽子和雨伞,若无其事地向克利斯朵夫走过来。坐在椅上胡思乱想的克利斯朵夫冷不防吃了一惊,马上抓着狄哀纳的手粗声大气地表示亲热,使店员们暗笑,使狄哀纳脸红。这个庄严的人物自有不愿意与克利斯朵夫重续旧交的理由;他决心第一次相见就拿出威严来不让克利斯朵夫亲近。可是一接触克利斯朵夫的目光,他觉得自己仍旧是个小孩子,不由得羞愤交集,赶紧嘟嘟囔囔地说:“到我办公室去罢……说话方便些。”

克利斯朵夫又看出了他谨慎小心的老习惯。

进了办公室,把门关严了,狄哀纳并不忙着招呼他坐,只是站着,很笨拙地解释:

“高兴得很……我本来要出去……人家以为我已经走了……可是我非出去不可……咱们只能谈一分钟……我有个紧急的约会……”

克利斯朵夫这才明白刚才店员是扯谎,而那个谎是和狄哀纳商量好了把他拒之门外的。他不由得冒了火,可是还按捺着,冷冷地回答说:“忙什么!”

狄哀纳把身子往后一仰,对这种放肆的态度非常愤慨。

“怎么不忙!有桩买卖……”

克利斯朵夫直瞪着他又说了声:“不忙!”

大孩子把眼睛低了下去。他恨克利斯朵夫,因为自己在他面前这样没用。他支吾其词地说着。克利斯朵夫打断了他的话:“你知道……”

(一听到这个你字,狄哀纳就心中有气;他一开头使用了客套的您字,表示疏远,不料竟是白费。)

"……你知道我为什么到这儿来的?"

"是的,我知道。"

(本国的来信已经把克利斯朵夫出了乱子而被通缉的事告诉狄哀纳。)

"那末,"克利斯朵夫接着说,"你知道我不是来玩儿,而是亡命。我一无所有,得想法子生活。"

狄哀纳等他提出要求。他一边接见他,一边觉得又得意又难堪:——得意,因为可以在克利斯朵夫面前显出自己的优越;难堪,因为不敢称心像意地教克利斯朵夫感觉到他的优越。

"啊!"他神气俨然地说,"那可是糟啦,太糟啦。这儿生活艰难,百物昂贵。我们开支浩大,再加这么多的店员……"

克利斯朵夫觉得他可鄙,截住了他的话:"放心,我不问你要钱。"

狄哀纳着了慌。克利斯朵夫接着又说:"你生意好吗?主顾不少吗?"

"是的,还不坏,托上帝的福……"狄哀纳很小心地回答。(他提防着。)

克利斯朵夫愤愤地瞪了他一眼,又道:"这儿的德国人中间,你熟人很多罢?"

"是的。"

"那末,你给我说说。他们大概都喜欢音乐罢。他们有孩子。我可以找些教课的事。"

狄哀纳神气很为难。

"怎么呢?"克利斯朵夫问,"难道你不放心,认为我不够资格教人吗?"

他要人帮忙,倒像是他帮人家的忙。而狄哀纳倘使不能教克利斯朵夫觉得欠了自己的情,是永远不肯出一分力的;所以他打定主意不为克利斯朵夫高抬贵手。

"怎么不够!你真是大材小用了……可是……"

"可是什么?"

“可是事情很难,很难,你不明白吗,为了你的处境?”

“我的处境?”

“是啊……那件事,那个案子……要是大家知道的话……我可为难了,那对我是很不利的。”

他看见克利斯朵夫脸色变了,便赶紧声明:“并不是为了我……我并不怕……啊!要是只有我一个人就好办了!……可是为了我的叔叔……你知道铺子是他的,没有他,我就毫无办法……”

克利斯朵夫的脸色和快要发作的怒气使他越来越害怕,他急忙补上一句——(他心并不坏;吝啬和要面子的心理在他胸中交战:他很愿意帮助克利斯朵夫,可是要用惠而不费的办法):“我给你五十法郎怎么样?”

克利斯朵夫脸发了紫。他向着狄哀纳走过去的神气,使狄哀纳马上退到门口,开着门预备叫人了。但克利斯朵夫只是满面通红地凑近去,大叫一声:“畜牲!”

他一手推开了他,从许多店员中间出去了。走到门口,他不胜厌恶地吐了一口唾沫。

他大踏步在街上走着,气得发了昏,直到淋着雨才醒过来。上哪儿去呢?他不知道。他一个人也不认识。走过一家书店,他停着脚步预备想一想,茫然望着橱窗里陈列的书。忽然一本书的封面上有个出版家的名字引起了他的注意,他不懂为什么要注意。过了一会儿,他才记起那是西尔伐·高恩办事的一家书店,便把地址记了下来……记了有什么用呢?他又不会去的……为什么不去?狄哀纳那个混蛋当初还是他的好朋友,尚且这样;现在对这个从前受过他糟蹋而势必恨他的家伙,又有什么可希望?再去受不必要的羞辱吗?一想到这个,他心火就上来了。——但大概是从基督教教育来的悲观主义,反而使他想把一般人的卑鄙彻底领教一下。

“我不能再拿什么架子了。要饿死,也先得把所有的路都走完了。”

他心里又补上一句:“并且我也决不会饿死的。”

他把地址复看了一遍，找高恩去了。他决意只要高恩有一点儿傲慢的神气，就打烂他的脸。

那家出版公司在玛特兰纳区；克利斯朵夫走上二楼的客厅，说要找西尔伐·高恩。一个穿制服的仆人回答说"没有这个人"。克利斯朵夫诧异之下，以为自己读音不清，便又说了一遍；那仆人留神细听以后，说公司里的确没有这个姓名的人。克利斯朵夫狼狈不堪，道了歉，预备走了，不料走廊尽头的门打开了，出来的便是高恩，送着一位女客。克利斯朵夫才碰了狄哀纳的钉子，便以为大家都在耍弄他。他一转念当做高恩在他进门的时候已经看见了，特意吩咐仆人挡驾的。这种岂有此理的举动使他气都喘不过来。他愤愤地已经往外走了，忽然听见人家跟他招呼。原来高恩尖利的目光老远就把他认出了，堆着笑容奔过来，伸着手，亲热得不得了。

西尔伐·高恩是个矮胖子，胡子剃得精光，完全是美国式，皮色太红了一点，头发太黑了一点，一张又阔又大的脸，肥头胖耳，打皱的小眼睛老在那里东张西望，嘴巴稍微有点歪，挂着一副呆板而狡猾的笑容。他穿得非常讲究，尽量要掩饰身段的缺陷，把太高的肩膀和太粗的腰身给遮起来。他觉得美中不足的就只有这几点；要是身体能再高两三寸，腰围再细几分，他哪怕给人踢几脚也是愿意的。至于别的部分，他自己非常满意，以为别人一看见他就会着迷的。而妙就妙在果真如此。这矮小的德国犹太人，这个伧夫俗物，居然做着巴黎的时装记者与时装批评家。他写一些无聊的，把肉麻当有趣的通讯。他是鼓吹法国风格、法国风雅、法国风流、法国精神的人，——脑子里全是摄政王时代、红靴根、洛尚那一类的玩意儿。① 大家嘲笑他，但他照旧很出风头。凡是说"在巴黎，可笑是你的致命伤"的人，其实是不认识巴黎；"可笑"非但没有害死人，并且还有人靠它过活；在巴黎，"可笑"能使你获得一切：光荣，艳福，都不成问题。所以西尔伐·高恩对每天凭着装腔作势的肉麻话得来的钦慕已经不稀罕了。

---

① 摄政王时代指路易十五未成年时由菲利浦·特·奥莱昂摄辅的时代（1715—1723），以风气淫靡著称。红靴根为君主时代出入宫廷的贵族所穿的。洛尚为路易十四、十五两朝的幸臣。此处所用三典故，系泛指法国十八世纪的轻浮佻㒓的习气。

他口音重浊，逼尖着喉咙，完全用假嗓子说话。

“啊！真想不到！”他一边高高兴兴地喊着，一边用皮肤绷紧、指头短而臃肿的手抓着克利斯朵夫的手拼命地摇。仿佛遇到了最知己的朋友似的，他竟舍不得放下克利斯朵夫。克利斯朵夫愣住了，心里想高恩是不是跟他开玩笑。可是并不。或者即使他存心嘲弄，也不超过他平时的分量。高恩太聪明了，决不作睚眦必报的打算。克利斯朵夫当年的欺侮早已被置之脑后；便是想起，他也不大在乎，倒很高兴教从前的同伴看看他现在的地位和典雅的巴黎风度。他所表示的惊讶也是真的；他万万想不到克利斯朵夫这个突如其来的访问。而且他虽然那么机灵，立刻猜到克利斯朵夫此来必有目的，也极愿意招待他，因为克利斯朵夫的有求于他，就等于对他的权势表示敬意。

“你从家乡来吗？妈妈身体怎么样？”那种亲昵的口吻，克利斯朵夫平时听了也许会讨厌，但此刻在一个外国的城里听到，他的确非常快慰。

“可是，”克利斯朵夫心里还有点儿猜疑，“怎么刚才人家回答我说这里没有高恩先生呢？”

“这里的确没有高恩先生，”西尔伐·高恩笑着说，“我改姓哈密尔顿了。”

他忽然说了声“对不起”，把话打住了。

有位女太太在旁边过，高恩笑脸相迎地上去跟她握了握手。然后他回来，说那是一个以写肉感小说写得火辣辣出名的女作家。这位现代的萨福①胸口缀着紫色丝带②，身材肥胖，淡黄头发带点儿红色，涂脂抹粉的脸大有志得意满之概；她用那种男性的嗓子，带着法国东部的乡音说些夸口的话。

高恩又向克利斯朵夫问长问短，提到一切家乡的人，打听这个，打听那个，故意表示对谁都没忘记。克利斯朵夫忘了自己的反感，又感激又诚恳地告诉他许多细节，都是跟高恩渺不相关的。而高恩又说了声

---

① 萨福为公元前七世纪至六世纪时希腊女诗人，相传其私生活极为风流。

② 丝带为得最低级荣誉团勋章的标识，紫色的属于大学院（即教育界）范围的，男子系于左衣襟上角的纽孔内，女子则佩于胸前。

"对不起",打断了克莉斯朵夫的话,去招呼另外一个女客。

"啊!"克利斯朵夫问,"难道法国只有女人会写文章吗?"

高恩听着笑了,神气俨然地回答说,"告诉你,好朋友,法国是女性的。你要想成功,就得走女人的路子。"

克利斯朵夫根本不听对方的解释,只顾说自己的话。高恩为结束他的谈话起见,便问:"可是你怎么会到这儿来的呢?"

"嘿!"克利斯朵夫心里想,"他还没知道呢。怪不得这么亲热。事情揭穿了,他要不改变态度才怪!"

他可觉得为了自己的面子,非把跟大兵的打架、当局的通缉、自己的逃亡等一齐说出来不可。

高恩听着笑弯了腰,嚷着:"妙啊! 妙啊! 真够劲儿!"

他热烈地握着克利斯朵夫的手。只要是跟官方开玩笑,他听了就乐不可支;何况这一次的许多角色是他认识的,事情更显得滑稽而有趣了。

"听我说,时间已经过了十二点。你赏个脸罢……咱们一起吃饭去。"

克利斯朵夫感激不尽地接受了,暗暗地想:"倒是个好人。我把他看错了。"

他们一同出去。克利斯朵夫一路走一路说出了他的来意:

"现在你知道我的处境了。我到这儿来想找些工作,在大家还没知道我的时候先教教音乐。你能替我介绍吗?"

"怎么不能! 你要我介绍哪一个都可以。这儿我全是熟人。只要你吩咐就得了。"

他很高兴能表示自己多么有声望。

克利斯朵夫慌忙道谢,觉得心上一块石头落了地。

他在饭桌上狼吞虎咽,十足表现他两天没吃过东西。他把饭巾扣在脖子里,把刀伸到嘴边,那种贪嘴和土气十足的举动使高恩-哈密尔顿讨厌极了。克利斯朵夫却并没注意到高恩信口雌黄的可厌。高恩竭力想夸耀自己的交游和艳遇,可是白费:克利斯朵夫根本没听,还随便把他的话扯开去。此刻他也打开了话匣子,非常亲狎。感激之余,他很天真地把自己的计划噜噜苏苏地说给高恩听。高恩尤其头疼的是克利斯朵夫时时刻刻非常感动地从桌上伸过手去握他的手。他还要来一下德国式的碰杯,说着多情的话祝福故乡的人,祝福莱茵河;那简直是火上浇油,使朋友气恼到极点。高恩一看他要唱起歌来了,更为之骇然。邻桌的人正用着讥讽的目光瞅着他们。高恩急忙推说有件要紧事儿,站了起来。克利斯朵夫却死抓着他,要知道什么时候能介绍他去见什么人,什么时候能开始授课。

“我一定想办法,白天不去,晚上准去,”高恩回答,“你放心,等会我就去找人。”

克利斯朵夫紧盯着问:“什么时候可以有回音呢?”

“明天……明天……或是后天。”

“好罢。我明天再来。”

“不用,不用,”高恩抢着说,“我会通知你的,你不必劳驾。”

“噢! 跑一趟算得什么! ……反正我眼前没事。”

“见鬼!”高恩心里想着,——又高声说:“不,我宁可写信给你。这几天你找不到我的。把你的地址告诉我罢。”

克利斯朵夫告诉了他。

“好极了,我明儿写信给你。”

“明儿吗?”

“明儿,一定的。”

他挣脱了克利斯朵夫的手,急急忙忙溜了。

“嘿!”他对自己说,“讨厌死了!”

他回去吩咐办公室的仆役,下次那“德国人”再来,就得挡驾。——再过十分钟,他把克利斯朵夫完全忘了。

克利斯朵夫回到小旅馆里,非常感动。

“真是个好人!”他心里想,“我小时候给他受了多少委屈,他居然不恨我!”

他为此责备自己,想写信给高恩,说从前对他误会了,觉得很难过;凡是得罪他的地方,务请原谅。他想到这些,眼泪都冒上来了。但他写信远不及写整本的乐谱容易;所以他把旅馆里那些要不得的笔跟墨水咒骂了一顿，涂来涂去，撕掉了四五张信纸以后，终于不耐烦了，把一切都扔了。

这一天余下的时间过得真慢；但克利斯朵夫因为昨夜没睡好，当天又奔了一个早晨，疲倦不堪，在椅子上打盹了。他睡到傍晚才醒，醒后就上床睡觉，一口气睡了十二小时。

第二天从八点起，他已经开始等回音了。他相信高恩决不会失约，唯恐他去办公以前会来看他，便守在房里寸步不移，中午教楼下的小饭铺把中饭端上来。饭后他又等着，以为高恩会从饭店里出来看他的。他在屋子里踱来踱去，一忽儿坐下，一忽儿站起来踱步，楼梯上一有脚声立刻打开房门。他根本不想到巴黎城中去遛遛，免得心焦。他躺在床上，一刻不停地想着母亲；而她也在那里想他，——世界上也只有她一个人想他。他对母亲抱着无限的温情，又为了把她孤零零地丢下而非常不安。可是他并不写信，他要能够告诉她找到了工作的时候再写。母子俩虽然那么相爱，彼此都没想到写一封简单的信把这点感情说出来。他们认为一封信是应该报告确切的消息的。——他躺在床上，把手枕在脑后，胡思乱想。卧室跟街道尽管离得很远，巴黎的喧闹照旧传进来，屋子也常常震动。——天黑了，毫无消息。

又是一天，跟上一天没有什么分别。

克利斯朵夫把自己关在屋里关到第三天，憋闷得慌了，决意出去走走。但从初到的那晚起，不知为什么他就讨厌巴黎。他什么都不想看，对什么都没好奇心；他太关切自己的生活了，再没兴致去关切旁人的生活：什么古迹，什么有名的建筑，他都不以为意。才出门，他就觉得无聊得要命，所以虽然决意不等满八天不再去找高恩，也情不自禁地一口气跑去了。

受过嘱咐的仆人说哈密尔顿先生因公出门了。克利斯朵夫大吃一惊，嘟囔着问哈密尔顿先生什么时候回来。仆役随便回答了一句：“总得十天八天罢。”

克利斯朵夫失魂落魄地回去，在房里躲了好几天，什么工作都不能做。他骇然发觉那点儿有限的钱——母亲用手绢包着塞在他箱子底下的，——很快地减少下去，便竭力紧缩，只有晚上才到楼下小饭铺里吃一顿。饭店里的客人不久也认识他了，背后叫他“普鲁士人”或是“酸咸菜”①。——他花了好大的劲，写信给几位他隐隐约约知道姓名的法国音乐家。其中一个已经死了十年。他在信里要求他们听他弹弹他的作品：别字连篇，用了许多倒装句子，再加一大串德国式的客套话。信上的抬头写着“送呈法国通儒院宫邸”之类。——那些收信人中只有一个把信看了一遍，跟朋友们大笑一阵。

过了一星期，克利斯朵夫又回到书店里。这一回，运气帮了他的忙。他走到门口，高恩正好从里面出来。高恩眼见躲避不了，便扮了个鬼脸；克利斯朵夫快活至极，根本没觉察。他以那种惹人厌的习惯抓住了对方的手，挺高兴地问：

“啊，你前几天出门去了？旅行很愉快吗？”

高恩回答说是的，但仍旧愁眉不展。克利斯朵夫接着又说：“你知道我来过罢……人家跟你说过了是不是？……有什么消息没有？你跟人提起我了吗？人家怎么说？”

高恩越来越愁闷。克利斯朵夫看他发僵的态度很奇怪：那简直是换了一个人。

“我提过你了，”高恩说，“可还不知道结果；我老是没空。上次跟你分手以后，我就忙不过来：公事堆积如山，简直不知道怎么对付。真累死人。我非病倒不可了。”

“你是不是身体不行？”克利斯朵夫很焦心很关切地问。

高恩狡狯地瞥了他一眼：“简直不行。这几天，不知道是怎么回事，只是非常不舒服。”

“啊！天哪！”克利斯朵夫抓着他的手臂说，“你得保重身体！好好地休息。我真抱歉，还要给你添麻烦！得老实告诉我呀。究竟是怎么样的不舒服呢？”

他把对方的推托那么当真，高恩一边拼命忍着不笑出来，一边也被他的戆直感动了。犹太人是最喜欢挖苦人的——（在这一点上，巴黎

① 酸咸菜为德国的名菜，借作德国人的诨号。

多少的基督徒都是犹太人)——只要对方给他们一个取笑的机会,哪怕他是厌物,是敌人,他们都会特别宽容。并且高恩看到克利斯朵夫对他的健康这样关切,也不由得感动了,决意帮助他。

“我有个主意在这里,”高恩说,“既然暂时找不到学生,你能不能先做点儿音乐方面的编辑工作?”

克利斯朵夫马上答应了。

“那就行啦!”高恩接着说,“有个巴黎最大的音乐出版家,但尼·哀区脱,我跟他很熟。我介绍你去;有什么事可做,你临时看着办罢。你知道,我在这方面完全外行。但哀区脱是个真正的音乐家。你们一定谈得拢的。”

他们约定第二天就去。高恩能够一方面帮了克利斯朵夫的忙,一方面把他摆脱了,觉得挺高兴。

第二天,克利斯朵夫到书店去和高恩会齐了。他依着他的嘱咐,带了几部作品预备给哀区脱看。他们到歌剧院附近的音乐铺子里把他找到了。客人进门,哀区脱并不起身相迎;高恩跟他握手,他只冷冷地伸出两个手指;至于克利斯朵夫恭恭敬敬地行礼,他根本不理。直到高恩要求,他才把他们带到隔壁屋里,也不请他们坐下,自己背靠着没有生火的壁炉架,眼睛望着墙壁。

但尼·哀区脱年纪四十左右,个子高大,态度冷淡,穿着很整齐,腓尼基人的特点很显明,一望而知是聪明而脾气很坏的,脸上仿佛老是在生气,须发全黑,长胡子修成方形,像古代的亚述王。他差不多从来不正面看人,说话又冷又粗暴,便是寒暄也像跟人顶撞。他外表的傲慢无礼,固然是因为他瞧不起人,但也是一种手足无措的表现。这样的犹太人很多;大家讨厌他们,认为这个强直的态度是目中无人,实际是他们的精神与肉体都发僵到了无可救药的地步。

高恩有说有笑地用着夸张的口吻和吹捧,把克利斯朵夫介绍了。——他却是被主人那种招待窘住了,只顾拿着帽子和乐谱摇摆不定地站在那儿。哀区脱似乎至此为止根本不知道有克利斯朵夫在场,等到高恩说了一阵,才傲慢地转过头来,眼睛望着别处,说:“克拉夫脱……克利斯朵夫·克拉夫脱……从来没听见过这个姓名。”

克利斯朵夫仿佛当胸挨了一拳，气得满面通红地回答：“你将来会听见的。”

哀区脱不动声色，继续冷静地说着，当做没有克利斯朵夫一样：“克拉夫脱？……没听见过。”

像哀区脱那一等人，对一个姓名陌生的人就不会有好印象。

他又用德语接着说：“你是莱茵流域的人吗？……真怪，那边弄音乐的人这么多！没有一个不自称为音乐家的。”

他是想说句笑话而不是侮辱；但克利斯朵夫觉得是另外一个意思，他马上想顶回去了，可是高恩抢着说：“啊！请你原谅，你得承认我是外行。”

“你不懂音乐，我倒觉得是值得恭维的呢。”哀区脱回答。

“假如要不是音乐家你才喜欢，”克利斯朵夫冷冷地说，“那末很抱歉，我不能遵命。”

哀区脱始终把头掉在一边，神情淡漠地问：“你已经在作曲了吗？写过什么东西？总是些歌吧？”

“有歌，还有两个交响曲，交响诗，四重奏，钢琴杂曲，舞台音乐。”克利斯朵夫很兴奋地说着。

“你们在德国东西写得真多。”哀区脱的话虽客气，颇有点儿鄙薄的意味。

他对于这个新人物的不信任，尤其因为他写过这么多作品，而他，但尼·哀区脱，都不知道。

“那末，”他说，“或许我能给你一些工作，既然你是我的朋友哈密尔顿介绍来的。我们此刻正在编一部少年丛书，印一批浅易的钢琴谱。你能不能把舒曼的《狂欢曲》编得简单些，改成四手、六手，或八手联弹的钢琴谱？”①

克利斯朵夫跳起来：“你叫我，我，做这种工作吗？……”

---

① 四手，六手，八手联弹的琴谱，系供二人在一架钢琴上合奏，或三人四人在两架钢琴上合奏之谱。

这天真的“我”字使高恩大笑起来；可是哀区脱沉着脸生气了：“我不懂你为什么听了这话奇怪；那也不是怎么容易的工作，你要觉得胜任愉快，那末再好没有！咱们等着瞧罢。你说你是出色的音乐家。我当然相信。但我究竟不认识你呀。”

他暗中想道：“听这些家伙的口气，他们比勃拉姆斯都高明。”

克利斯朵夫一声不出，——（因为他决心不让自己发作）——把帽子一戴，往门口走了。高恩笑着把他挡住了说：“别那么急呀！”

他又转身向哀区脱：“他带着几部作品，预备给你瞧瞧。”

“啊！”哀区脱表示不大耐烦，“那末拿来瞧罢。”

克利斯朵夫一言不发，把稿本递给了他。哀区脱漫不经心地翻着。

“什么呢？啊，《钢琴组曲》……（他念着：）《一日》……老是标题音乐……”

虽然面上很冷淡，其实他看得很用心。他是个优秀的音乐家，关于本行的学识，他都完备，可是也至此为止；看了最初几个音符，他就明白作者是怎么样的人。他不声不响，一脸瞧不起地翻着作品，对作者的天分暗中觉得惊奇；但因为生性傲慢，克利斯朵夫的态度又伤了他的自尊心，所以他一点儿都不表示出来。他静静地看完了，一个音都没放过：“嗯，”他终于老气横秋地说，“写得还不坏。”

这句话比尖刻的批评使克利斯朵夫更受不了。

“用不着人家告诉我才知道。”他气极了。

“可是我想，”哀区脱说，“你给我看作品，无非要我表示一点儿意见。”

“绝对不是。”

“那末，”哀区脱也生了气，“我不明白你来向我要求什么。”

“我不要求别的，只要求工作。”

“除了刚才说的，眼前我没有别的事给你做。而且还不一定。我只说或者可以。”

“对一个像我这样的音乐家，你不能分派些别的工作吗？”

“一个像你这样的音乐家？”哀区脱用着挖苦的口气说，“至少跟你一样高明的音乐家，也没觉得这种工作有损他们的尊严。有几个，我可以说出名字来,如今在巴黎很出名的,还为此很感激我呢。”

“那因为他们都是些窝囊废,”克利斯朵夫大声回答,他已经套用些法语里的妙语了,“你把我当做他们一流的人,你可错了。你想用你那种态度,——不正面瞧人,说话半吞半吐的,——来吓唬我吗?我进来的时候对你行礼,你睬都不睬……你是什么人,敢这样对我?你能算一个音乐家吗?不知你有没有写过一件作品?而你居然敢教我,教一个以写作为生命的人怎么样写作!……看过了我的作品,你除了教我窜改大师的名作,编一些脏东西去教小姑娘们做苦工以外,竟没有旁的更好的工作给我!……找你那些巴黎人去罢,要是他们没出息到愿意听你的教训。至于我,我是宁可饿死的!”

他这样滔滔不竭地说着,简直停不下来。

哀区脱冷冷地回答:“随你罢。”

克利斯朵夫一路把门震得砰砰訇訇地出去了。西尔伐·高恩看着大笑,哀区脱耸耸肩对高恩说:“他会跟别人一样回来的。”

他心里其实很看重克利斯朵夫。他相当聪明,不但有看作品的眼光,也有看人的眼光。在克利斯朵夫那种出言不逊的、愤激的态度之下,他辨别出一种力量,一种他知道很难得的力量,——尤其在艺术界中。但他的自尊心受伤了,无论如何也不肯承认自己的错。他颇想给克利斯朵夫一点儿补偿,可是办不到,除非克利斯朵夫向他屈服。他等克利斯朵夫回头来迁就他:因为凭着他悲观的看法和阅世的经验,知道一个人被患难磨折的结果,顽强的意志终于会就范的。

克利斯朵夫回到旅馆,火气没有了,只有丧气的份儿。他觉得自己完了。他的脆弱的依傍倒掉了。他认为不但跟哀区脱结了死冤家,并且把介绍人高恩也变了敌人。在一座只有冤家仇敌的城里,那真是孤独到了极点。除了狄哀纳与高恩,他一个人都不认识。他的朋友高丽纳,从前在德国认识的美丽的女演员,此刻不在巴黎,到外国演戏去了,这一回是在美国,不是搭班子,而是自己做主体:因为她已经很出名,报纸上常常披露她的行踪。至于那个被他无意中打破饭碗的女教师,他常常难过而决心到了巴黎非寻访不可的女子,如今来到巴黎之后,他可忘了她的姓氏，无论如何想不起来。他只记得她名字叫做安多纳德。其余的还得慢慢地回想，而且在茫茫人海中去寻访一个可怜的女教员，又是谈何容易！

眼前先得设法维持生活，越早越好。克利斯朵夫身边只剩五法郎了，他不得不抑捺着厌恶的心理，去问问旅馆的胖子老板，街坊上可有人请他教钢琴。老板对这个一天只吃一顿而又讲德语的旅客，原来就不瞧在眼里，现在知道他只是个音乐家，更失去了所有的敬意。他是老派的法国人，认为音乐是贪吃懒做的人的行业，所以就挖苦他：

"钢琴？……你弄这个玩意儿吗？失敬失敬！……真怪，竟有人喜欢干这一行！我吗，我听到无论什么音乐就跟听到下雨一样……也许你可以教教我罢。喂，你们诸位觉得怎么样？"他转身对一帮正在喝酒的工人嚷着。

大家哄笑了一阵。

"这行手艺倒是怪体面的呢，"其中有一个说，"又干净，又能讨女人喜欢。"

克利斯朵夫不大懂得法语，尤其是取笑的话：他正在找话回答，也不知道该不该生气。老板的女人倒很同情他，对丈夫说："得了罢，斐列伯，别这么胡说八道。"——她又转身向克利斯朵夫："也许有人会请教你的。"

"谁呀？"丈夫问。

"就是葛拉赛那个小丫头。你知道，人家为她买了一架钢琴呢。"

"啊！你说的是他们，那些摆臭架子的！不错，那是真的。"

他们告诉克利斯朵夫，说那是肉店里的女儿：她的父母想把她装成一个大家闺秀，答应她学琴，哪怕借此招摇一下也是好的。结果是旅馆的主妇答应替克利斯朵夫说去。

第二天，他回报克利斯朵夫，肉店的女主人愿意先见见他。他便去了，看见她坐在柜台后面，四周全是牲畜的尸首。那个皮色娇嫩，装着媚笑的漂亮女人，一知道他的来意，立刻板起一副俨然的面孔。她开口就提到学费，声明她不愿意多花钱，因为弹琴固然是有趣的玩意，但并非必需的，她每小时只能给一法郎。之后，她又不大放心地盘问他是否真懂音乐。等到知道他不但会演奏,还会写作,她似乎安心了,态度也显得殷勤了些:她的自尊心满足了,决意向街坊们说她的女儿找到了一个作曲家做老师。

下一天,克利斯朵夫发现所谓钢琴是件旧货店里买来的破烂东西,声音像吉他;——而肉店里的小姐用着又粗又短的手指在键盘上扭来扭去,连这个音和那个音的区别都分不出,神气似乎不胜厌烦,不到几分钟就当着人打哈欠;——母亲还在旁监视,发表她那套对音乐与音乐教育的意见:——克利斯朵夫委屈至极,连发怒的气力也没有了。他垂头丧气地回去,有几晚连饭都吃不下。仅仅是几星期的工夫,他已经到了这田地,将来还有什么下贱的事不能做?当初也何必那么愤愤不平地拒绝哀区脱的工作?他现在做的事不是更丢人吗?

一天晚上,他在卧室中不由得流下泪来,无可奈何地跪在床前祈祷……祈祷什么呢?他能祈祷什么呢?他已经不信上帝,以为没有上帝了……但还是得祈祷,向自己祈祷。只有极平凡的人才从来不祈祷。他们不懂得坚强的心灵需要在自己的祭堂中潜修默炼。白天受了屈辱之后,克利斯朵夫在他静得嗡嗡作响的心头,感觉到他永恒的生命。悲惨生活的浪潮在生命的底下流动:但这悲惨生活跟他生命的本体又有什么关系呢?世界上一切的痛苦,竭力要摧毁一切的痛苦,碰到生命那个中流砥柱就粉碎了。克利斯朵夫听着自己的热血奔腾,仿佛是心中的一片海洋;还有一个声音在那里反复说着:

“我是永久,永久存在的……”

这声音,他是很熟悉的:不论回想到如何久远,他始终听到它。有时他会几个月地把它忘掉,想不起内心有它强烈单调的节奏;可是实际上他知道那声音永远存在,从来没停过,正如海洋在黑夜里也依旧狂啸怒吼。如今他又找到了那种镇静与毅力,像每次沉浸到这音乐中的时候一样。他心定神安地站了起来。不,他的艰苦的生活一点没有可羞的地方;他咬着面包用不着脸红;该脸红的是那些逼他用这种代价去换取面包的人。忍耐罢!终有一天……

可是到了明天又没耐性了;他虽是竭力抑制,终于有一次上课的时候,因为那混账而放肆的小丫头嘲笑他的口音,故意捣乱,不听他的指导，他气得大发雷霆。克利斯朵夫怒吼着，小姑娘怪叫着，因为一个由她出钱雇用的人胆敢对她失敬而大为骇怒。克利斯朵夫把她手臂猛烈地摇了几下，她就嚷着说他打了她。母亲像雌老虎般地跑来，拼命地吻着女儿，骂着克利斯朵夫。肉店老板也出现了，说他决不答应一个普鲁士流氓来碰他的女儿。克利斯朵夫气得脸色发白，羞愤交加，一时竟不知道自己会不会把那个男人、女人、小姑娘，一齐勒死，便在咒骂声中溜了。旅店的主人们看他狼狈不堪地回来，立刻逗他说出经过情形，使他们忌妒邻居的心借此痛快一下。但到了晚上，街坊上都传说德国人是个殴打儿童的蛮子。

克利斯朵夫又到别的音乐商那里奔走了几次，毫无结果。他觉得法国人不容易接近；他们那种漫无秩序的忙乱把他头都闹昏了。巴黎给他的印象是一个混乱的社会，受着专制傲慢的官僚政治统治。

一天晚上，他因为一无收获而垂头丧气在大街上溜达的时候，忽然看见西尔伐·高恩迎面而来。他一心以为他们已经闹翻了，便掉过头去，想不让他看见。高恩可是招呼他："哎！你怎么啦？"他一边说一边笑，"我很想来看你，可是我把你的地址丢了……天哪，亲爱的朋友，那天我竟认不得你了。你真是慷慨激昂。"

克利斯朵夫望着他，又是诧异又是惭愧："你不恨我吗？"

"恨你？干吗恨你？"

他非但不恨，还觉得克利斯朵夫把哀区脱训斥一顿挺好玩呢；他的确大大地乐了一阵。哀区脱和克利斯朵夫两个究竟谁是谁非，他根本不放在心上；他估量人是把他们给他的乐趣多少为标准的；他感到克利斯朵夫可能供应大量的笑料，想尽量利用一下。

"你该来看我啊，"他接着说，"我老等着你呢。今晚你有事没有？跟我一块儿吃饭去。这一下我可不让你走啦。吃饭的都是咱们自己人：每半个月聚会一次的几个艺术家。你应当认识这些人。来罢。我给你介绍。"

克利斯朵夫拿衣冠不整来推辞也推辞不掉。高恩把他拉着走了。

他们走进大街上的一家饭店，直上二楼。克利斯朵夫看见有三十来个年轻人,大概从二十岁到三十五岁,很兴奋地讨论着什么。高恩把他介绍了,说他是刚从德国牢里逃出来的。他们全不理会,只管继续他们热烈的辩论。初到的高恩也立刻卷了进去。

克利斯朵夫见了这些优秀分子很胆怯,不敢开口,只尽量伸着耳朵听。但他不容易听清滔滔不竭的法语,没法懂得讨论的究竟是什么重大的艺术问题。他只听见"托拉斯""垄断""跌价""收入的数目"等的名词,和"艺术的尊严"与"著作权"等混在一起。终于他发觉大家谈的是商业问题。一部分参加某个银团的作家,因为有人想组织一个同样的公司和他们竞争而愤愤地表示反对。一批股东为了私人利益而带着全副道具去投靠新组织,更加使他们怒不可遏。他们一片声地嚷着要砍掉那些人的脑袋,说什么"失势……欺骗……屈辱……出卖……"等等。

另外一批可不攻击活人而攻击死人,——因为他们没有版权的作品充塞市场。缪塞的著作最近才成为公众的产业,①据他们看来,买他著作的读者太多了。他们要求政府对从前的名作课以重税,免得它们低价发行。他们认为,已故作家的作品以廉价倾销的方式跟现存艺术家的作品竞争是不光明的行为。

他们又停下来,听人家报告昨天晚上这一出戏和那一出戏的收入。大家对某个在欧美两洲出名的老戏剧家的幸运羡慕得出神,——他们非常瞧不起他,但忌妒的心尤甚于瞧不起的心。——他们从作家的收入谈到批评家的收入,说某个知名的同文,只要大街上某戏院演一出新戏,——(一定是谣言罢?)——就能到手一笔不小的款子作为捧场的代价。据说他是个诚实君子:一朝价钱讲妥了,他总是履行条件的,但他最高明的手段——(据他们说)——是在于把捧场文章写得使那出戏在最短期间不再卖座而戏院不得不常排新戏。这种故事教大家发笑,但谁都不以为奇。

这些议论中夹着许多冠冕堂皇的字;他们谈着"诗歌",谈着"为艺

---

① 作家的继承人于作家死后仍可享有著作权若干年(年限由各国法律规定),满期后即无所谓版权,出版家均可自由翻印,等于公共产业。

术而艺术”。这种名词,和钱钞混在一起无疑是“为金钱而艺术”。而法国文坛上新兴的捐客风气,使克利斯朵夫尤其着恼。因为他对金钱问题完全不感兴趣,所以他们提到文学——其实是文学家——的时候,他已经不愿意往下听了。可是一听到维克多·雨果的名字,克利斯朵夫又留了神。

问题是要知道雨果是否戴过绿头巾。他们絮絮不休地讨论雨果夫人与圣·伯甫的恋爱。过后,他们又谈到乔治·桑的那些情人和他们的价值。那是当时的文学批评最关切的题目:它把大人物家里一切都搜检过了,翻过了抽斗,看过了壁橱,倒空了柜子,最后还得查看他们的卧床。批评家非要学洛尚当年伏在路易十四和蒙德斯朋夫人的床下,①或是类乎此的方法,才算无负于历史与真理。——他们那时都是崇拜真理的。和克利斯朵夫同席的一般人都自命为真理狂:为了探求真理,他们孜孜不倦。他们对于现代艺术也应用这个原则,以同样渴求准确的热情,去分析时下几个最负盛名的人的私生活。奇怪的是,凡是平常决没有人看到的生活细节,他们都知道得清清楚楚,仿佛那些当事人为了爱真理的缘故,自己把准确的材料提供出来的。

愈来愈发僵的克利斯朵夫,想跟邻座的人谈些别的事。但谁也不理睬他。他们固然向他提出了几个空泛的关于德国的问题,——但那些问题只使克利斯朵夫非常诧异地发觉,那些似乎很博学的漂亮人物,对他们本行以内的东西(文学与艺术),一越出巴黎的范围,就连最粗浅的知识都没有;充其量,他们只听见过几个大人物的名字,例如霍德曼、舒特曼、李勃曼、施特劳斯(是达维特·施特劳斯呢,约翰·施特劳斯呢,还是理查·施特劳斯?)②,他们搬弄这些人名的时候非常谨慎,唯恐闹笑话。并且,他们的询问克利斯朵夫也只是为了礼貌而非为了

---

① 蒙德斯朋夫人之有宠于路易十四,得力于洛尚侯爵;洛尚乃嘱蒙德斯朋代向路易要求炮兵总监之职。此处谓洛尚在朝中弄权窃柄,出入宫闱。

② 霍德曼与舒特曼均为近代德国小说家兼剧作家。李勃曼为近代德国画家,地位相当于法国之马奈。达维特·施特劳斯为十九世纪德国神学家,以倡导耶稣仅能称为哲学家之说有名于世。约翰·施特劳斯为十九世纪奥国作曲家,以轻快的圆舞曲著称。理查德·施特劳斯为十九世纪末至二十世纪初期的德国最大的作曲家。

好奇心,那是他们完全没有的;至于他的回答,他们压根儿就不大想听,急于要回到那些教全桌的人都开心的巴黎琐事上去。

克利斯朵夫怯生生的想谈谈音乐。可是这些文人中没有一个音乐家。他们心里认为音乐是一种低级的艺术。近年来音乐风行一时,未免使他们暗中着恼;但既然它走了运,他们也就装做很关心。有一出最近的歌剧,他们尤其谈得上劲,差不多认为有了这歌剧才有真正的音乐的,至少也得说是开了音乐的新时代。他们的愚昧无知与冒充风雅的脾气最适宜接受这种思想,因为那可以使他们无须再知道下文。歌剧的作者是个巴黎人,——克利斯朵夫还是初次听到他的名字,——有几个人说他把以前的东西全部推翻了,把音乐整个儿革新了,重新创造过了。克利斯朵夫听了直跳起来。他巴不得真有天才出现。可是这种一举手就把"过去"推倒了的天才,那还了得!好厉害的家伙!怎么能有这等神通呢?——他要人家解释给他听。那些人既说不出理由,又给克利斯朵夫问个不休,便把他交给他们一群中的音乐家,那位大音乐批评家丹沃斐·古耶。而他立刻和克利斯朵夫提到七度和弦九度和弦一类的名词。[1] 古耶所懂的音乐实际和史迦那兰所懂的拉丁文差不多……

> "……你不懂拉丁文吗?"
>
> "不懂。"
>
> "(兴高采烈的)*Cabricias, arci thuram, catalamus, singulariter... bonug, bona, bonum...*"[2]

一朝遇到了一个"真懂拉丁文"的人,他就小心谨慎地躲到美学中去了。在那个不可侵犯的盾牌后面,他把不在这桩公案以内的贝多芬、瓦格纳,和所有的古典音乐都攻击得体无完肤(在法国,要恭维一个音

---

① 近代音乐之和声,除常用四度五度和弦之外,亦多用七度九度;故此处讥人侈言七度九度为表示自己懂得近代音乐。

② 典出莫里哀喜剧《非做不可的医生》。史迦那兰冒充医生,至病家诊病,知主人不懂拉丁文,乃信口胡诌,首四字纯出杜撰;后数字则从初级拉丁课本上随意拾掇而来,根本不成句,无意义可言。见原剧第二幕第四场。此典在法国已为家喻户晓之成语。"你懂拉丁文吗?"一语,常为讹诈外行之意。

乐家，非把一切跟他不同的音乐家尽行打倒，做他的牺牲不可)。他宣称新艺术已经诞生，过去的成规都被踩在脚下了。他提到一种音乐语言，说是巴黎音乐界的哥伦布发现的；这新语言把全部古典派的语言取消了，因为一比之下，古典音乐已经成为死语言了。

克利斯朵夫一方面对这个革命派音乐家暂时取保留的态度，预备看过了作品再说；一方面也对大家把全部音乐作牺牲而奉为音乐之神的家伙大为怀疑。他听见别人用亵渎不敬的语气谈论昔日的大师，非常愤慨，可忘了自己从前在德国说过多少这一类的话。他在本乡自命为艺术叛徒，为了判断的大胆与直言不讳而激怒群众的，一到法国，一听最初几句话，就发觉自己头脑冬烘了。他很想讨论，但讨论的方式很不高雅，因为他不能像一般绅士那样只提出论证的大纲而不加说明，却要以专家的立场探讨确切的事实，拿这些来跟人麻烦。他不惮进一步地做技术方面的研究；而他愈说愈高的声音只能教上流社会听了头痛，提出的论据与支持论据的热情也显得可笑。那位批评家赶紧插一句所谓俏皮话，结束了冗长可厌的辩论，克利斯朵夫骇然发觉原来批评家对所谈的问题根本外行。可是大家对这个德国人已经有了定论，认为他头脑冬烘，思想落伍；不必领教，他的音乐已经被断定是可厌的了。但二三十个眼神含讥带讽的，最会抓住人家可笑的地方的青年，那时又都回头来注意这个怪人，看他挥着瘦小的胳膊和巨大的手掌做出许多笨拙而急剧的动作，睁着一双愤怒的眼睛，尖声尖气地嚷着。原来西尔伐·高恩特意要教朋友们看看滑稽戏。

谈话离开了文学，转移到女人身上去了。其实那是同一题材的两面：因为他们的文学总脱不了女人，而他们所说的女人也老是跟文学或文人纠缠不清。

大家正谈着一位在巴黎交际场中很出名的，贞洁的太太，最近把女儿配给自己的情夫，借此羁縻他的故事。克利斯朵夫在椅子上扭来扭去，疾首蹙额地表示不胜厌恶。高恩发觉了，用肘子撞撞邻座的人，说这个话题似乎把德国人激动了，大概他很想认识那位太太罢。克利斯朵夫红着脸，嘟囔了一阵，终于愤愤地说这等妇女简直该打。这句话立刻引起了哄堂大笑；高恩却装着甜美的声音，抗议说女人是绝对不能碰的,便是用一朵花去碰也不可以……(他在巴黎是个风流豪侠的护花使者。)——克利斯朵夫回答说,这种女子不多不少是条母狗,而对付那些下贱的狗只有一个办法,就是拿鞭子抽一顿。众人听了又大叫起来。克利斯朵夫说他们向女人献殷勤是假的,往往最会玩弄女子的人才口口声声尊敬女人;他对于他们所讲的丑史表示深恶痛绝。他们回答说那无所谓丑史,而是挺自然的事;大家还一致同意,故事中的女主角不但是个极有风韵的女子,并且是十足女性的女子。德国人可又嚷起来了。高恩便狡狯地问,照他的理想,"女人"应该是怎么样的。克利斯朵夫明知对方在逗他上当;但他生性暴躁,自信很强,照旧中了人家的计。他对那些轻薄的巴黎人宣说他对于爱情的观念。他有了意思没有字,好不为难地找着,终于在记忆中搜索出一些似是而非的名词,说了很多笑话教大家乐死了;他可是不慌不忙的,非常严肃,那种满不在乎,不怕别人取笑的态度,也着实了不得:因为说他没看见人家没皮没脸地耍弄他是不可能的。最后,他在一句话中愣住了,怎么也说不出下文,便把拳头往桌上一击,不作声了。

人家还想逗他辩论;他却拧着眉毛,把肘子撑在桌上,又羞又愤,不理睬了。直到晚餐终席,他一声不出,只顾着吃喝。他酒喝得很多,跟那些沾沾嘴唇的法国人完全不同。邻座的人不怀好意地劝酒,把他的杯子斟得满满的,他都毫不迟疑,一饮而尽。虽然他不惯于饱餐豪饮,尤其在几星期来常常挨饿的情形之下,他却还支持得住,不至于像别人所希望的那样当场出彩。他只坐着出神;人家不再注意他了,以为他醉了。其实他除了留神法语的对话太费劲以外,只听见谈着文学也觉得厌倦:——什么演员,作家,出版家,后台新闻,文坛秘史,仿佛世界上就只有这些事!看着那些陌生的脸,听着谈话的声音,他心里竟没留下一个人或一缕思想的印象。近视的眼睛,茫茫然老是像出神的模样,慢慢地往桌子上扫过去,瞅着那些人而又似乎没看见。其实他比谁都看得更清楚,只是自己不觉得罢了。他的目光,不像巴黎人或犹太人的那样一瞥之间就能抓住事物的片段,极小极小的片段,马上把它剖析入微。他是默默的,长时间的,好比海绵一样,吸收着各种人物的印象,把它们带走。他似乎什么都没瞧见,什么都想不起。过了很久,——几小时,往往是好几天以后，——他独自一人观照自己的当口，才发觉原来把一切都抓来了。

当时他的神气不过是个蠢笨的德国人，只管狼吞虎咽，唯恐少吃了一口。除了听见同桌的人互相呼唤名字以外，他什么也没听到，只像醉鬼一样固执地私忖着，怎么有这样多的法国人姓着外国姓：又是法兰德的，又是德国的，又是犹太的，又是近东各国的，又是英国的，又是西班牙化的美国姓……

他没发觉大家已经离席，独自坐在那里，想着莱茵河畔的山岗，大树林，耕种的田，水边的草原，和他的老母。有几个还站在饭桌那一头谈着话，大半的人已经走了。终于他也决心站起，对谁都不瞧一眼，径自去拿挂在门口的大衣跟帽子。穿戴完毕，他正想不别而行的时候，忽然从半开的门里瞧见隔壁屋里摆着一件诱惑他的东西：钢琴。他已经有好几星期没碰过一件乐器了，便走进去，像看到亲人似的把键子抚弄了一会儿，竟自坐下，戴着帽子，披着外套，弹起来了。他完全忘了自己在哪儿，也没注意到有两个人悄悄地溜进来听：一个是西尔伐·高恩，极爱好音乐的，——天知道为什么，因为他完全不懂，好的坏的，一律喜欢；另外一个是音乐批评家丹沃斐·古耶。他倒比较简单，对音乐既不懂也不爱，可是很得劲地谈着音乐。原来世界上只有一般不知道自己所说的东西的人，思想才最自由；因为这样说也好，那样说也好，他们都无所谓。

丹沃斐·古耶是个胖子，腰背厚实，肌肉发达，黑胡子，一簇很浓的头发卷儿挂在脑门上，脑门颇有些粗大的皱痕，却毫无表情，不大端正的方脸仿佛在木头上极粗糙地雕出来的，短臂，短腿，肥厚的胸部：看上去像个木商或是当挑夫的奥弗涅人。他举动粗俗，出言不逊。他的投身音乐界完全是为了政治关系；而在当时的法国，政治是唯一的进身之阶。他发现跟一个当部长的某同乡有点儿远亲，便投靠在他门下。但部长不会永久是部长的。看到他的那个部长快下台的时候，丹沃斐·古耶赶紧溜了，当然，凡是能捞到的都已经捞饱，特别是国家的勋章，因为他爱荣誉。最近他为了后台老板的劣迹，也为了他自己的劣迹，受到相当猛烈的攻击，使他对政治厌倦了，想找个位置躲躲暴风雨；他要的是能跟别人找麻烦而自己不受麻烦的行业。在这种条件之下,批评这一行是再好没有了。恰好巴黎一家大报纸的音乐批评的职位出了缺。前任是个颇有才具的青年作曲家,因为非要对作品和作家说他的老实话而被辞掉的。古耶从来没弄过音乐,全盘外行:报馆却毫不踌躇地选中了他。人们不愿意再跟行家打交道;对付古耶至少是不用费心的:他决不会那么可笑,把自己的见解看做了不起;他永远会听上面的指挥,要他骂就骂,要他捧就捧。至于他不是一个音乐家,倒是次要的问题。音乐,法国每个人都相当懂的。古耶很快就学会了必不可少的诀窍。方法挺简单:在音乐会里,只要坐在一个高明的音乐家旁边,最好是作曲家,想法逗他说出对于作品的意见。这样的学习几个月,技术就精通了:小鹅不是也会飞吗？当然,这种飞决不能像老鹰一样。古耶大模大样地在报纸上写的那些胡话,简直是天晓得!不管是听人家的话,是看人家的文章,都一味地缠夹,什么都在他蠢笨的头脑里搅成一团糟,同时还要傲慢地教训别人。他把文章写得自命不凡,夹着许多双关语和盛气凌人的学究气;他的性格完全像学校里的舍监。有时他因之受到猛烈的反驳,便哑口无言,装假死。他颇有些小聪明,同时也是鄙俗的伧夫,忽而目中无人,忽而卑鄙无耻,看情形而定。他卑躬屈节的谄媚那班"亲爱的大师",因为他们有地位,或是因为他们享有国家的荣誉(他认为估量一个音乐家的价值,这是最可靠的方法)。其余的人,他都用鄙夷不屑的态度对付;至于那些饿肚子的,他就尽量利用。——他为人的确不傻。

虽然有了权威有了声名,他心里明白自己对于音乐究竟是一无所知,也明白克利斯朵夫的确很高明。他自然不愿意说出来,可是少不得有点儿敬畏。——此刻他听着克利斯朵夫弹琴,努力想了解,专心一意,好像很深刻,没有一点杂念;但在这片云雾似的音符中完全摸不着头脑,只顾装着内家的模样颠头耸脑,看那个没法安静的高恩挤眉弄眼的意义,来决定自己称许的表情。

终于克利斯朵夫的意识慢慢从酒意和音乐中间浮起来,迷迷糊糊地觉得背后有人指手画脚,便转过身来,看见了两位鉴赏家。他们俩立刻扑过来,抓着他的手使劲地摇,——西尔伐尖声地说他弹得出神入化，古耶一本正经地装着学者面孔说他的左手像鲁宾斯坦，右手像帕德列夫斯基（或者是右手像鲁宾斯坦，左手像帕德列夫斯基）①——两人又一致同意地说，这样一个天才绝不该被埋没；他们自告奋勇要教人知道他的价值，可是心里都打算尽量利用他来替自己博取荣誉和利益。

第二天，高恩请克利斯朵夫到他家里去，挺殷勤地把自己一无所用的一架很好的钢琴给他使用。克利斯朵夫因为胸中郁积着许多音乐，烦闷至极，便老老实实接受了。

最初几天，一切都很好。克利斯朵夫能有弹琴的机会快活极了；高恩也相当知趣，让他安安静静的自得其乐。他自己也的确领略到一种乐趣。这是一种奇怪的，但是我们每个人都能观察到的现象：他既非音乐家，亦非艺术家，而且是个最枯索、最无诗意、没有什么深刻的感情的人，却对于这些自己莫名其妙的音乐感到浓厚的兴趣，觉得其中有股迷人的力量。不幸他没法静默。克利斯朵夫弹琴的时候，他非高声说话不可。他像音乐会里冒充风雅的听众一样，用种种浮夸的词句来加按语，或是胡说八道地批评一阵。于是克利斯朵夫愤愤地敲着钢琴，说这样他是弹不下去的。高恩勉强教自己不要作声，但那竟不由他做主：一忽儿他又嬉笑，呻吟，吹啸，拍手，哼着，唱着，摹仿各种乐器的音响。等到一曲终了，要不把他荒唐的见解告诉给克利斯朵夫听，他会胀破肚子的。

他那个人是个古怪的混合品：有日耳曼式的多情，有巴黎人的轻薄，也有他喜欢自吹自捧的天性。他一忽儿酸溜溜地下些断语，一忽儿不伦不类来一个比较，一忽儿说出粗野的、淫猥的、不健全的、荒谬绝伦的废话。在赞颂贝多芬的时候，他竟看到作品中有猥亵的成分，有淫荡的肉感。明明是忧郁的思想，他以为有浮华的辞藻。《升 C 小调四重奏》，对于他是英武而可爱的作品。《第九交响曲》中那章崇高伟大的柔板，使他想起羞人答答的小天使。听到《第五交响曲》最初的三个音

---

① 安东·鲁宾斯坦为十九世纪俄国钢琴家兼作曲家，帕德列夫斯基为近代波兰钢琴家兼作曲家，政治家。

符,他就喊:"不能进去! 里面有人!"[①]他非常叹赏《英雄的一生》[②]里的战争描写,因为他在其中认出有汽车的呼呼声。他会到处找出些幼稚而不雅的形象来形容乐曲,教人奇怪他怎么会爱好音乐。然而他的确爱好;对于某些段落,他用最荒唐最可笑的方式去领会,同时也真的会流眼泪。但他刚受了瓦格纳的某一幕歌剧的感动,会立刻在钢琴上弹一段奥芬巴赫摹仿奔马的音乐;或是在《欢乐颂》之后马上哼一节咖啡店音乐会中的滥调。[③] 那可使克利斯朵夫气得直嚷了。——但最糟的还不是在高恩这样胡闹的时候,而是当他要说些深刻的微妙的话向克利斯朵夫炫耀的时候,以哈密尔顿而非西尔伐·高恩的面目出现的时候。在那种情形之下,克利斯朵夫便对他怒目而视,用冷酷的挖苦的话伤害哈密尔顿:钢琴夜会往往闹得不欢而散。可是第二天,高恩已经忘了;克利斯朵夫也后悔自己不该那么粗暴而仍旧回来。

这些都还没有关系,只要高恩不约朋友来听克利斯朵夫弹琴。但他需要拿他的音乐家向人卖弄,所以邀了三个小犹太人和他自己的情妇,——一个浑身都是脂肪的女人,奇蠢无比,老说些无聊的双关语,谈着她所吃的东西,自以为是音乐家,因为她每天晚上在多艺剧院的歌舞中展览她的大腿。克利斯朵夫第一次发现了这些人物,脸色就变了。第二次,他直截了当告诉高恩,说不再到他家里弹琴了。高恩赌咒发愿地说,以后决不再邀请任何人。但他暗中照旧继续,把客人藏在隔壁屋里。自然,克利斯朵夫结果也发觉了,气愤愤地掉头便走,这一次可真的不回来了。

虽然如此,他还是得敷衍高恩,因为他带他上各国侨民的家里,为他介绍学生。

---

① 以上各曲均贝多芬作品。《升 C 小调四重奏》为一首痛苦的诗歌。《第九交响曲》的第三章柔板,富于恬淡隐忍、虔敬和平的情调。关于《第五交响曲》(俗称《命运交响曲》)开始第一句,贝多芬曾言:"命运就是这样来敲门的"。

② 《英雄的一生》是理查德·施特劳斯的交响诗。

③ 十九世纪的奥芬巴赫(原籍德国,后入法国籍)以所作喜歌剧红极一时,实则仅为第二三流作家。《欢乐颂》系指贝多芬《第九交响曲》中最后一章合唱,歌词为德国诗人席勒原作。

另一方面,丹沃斐·古耶过了几天也上克利斯朵夫的小客店去访问他。古耶看见他住得这么坏,一点不表惊异,倒很亲热地说:

“我想,请你听音乐你一定觉得高兴罢;我到处都有入场券,可以带你一起去。”

克利斯朵夫快活极了。他觉得对方非常体贴,便真心地道谢。那天古耶完全变了一个人,和他第一晚见到的大不相同。跟克利斯朵夫单独相对的时候,他一点没有傲慢的态度,脾气挺好,怯生生的,一心想学些东西。唯有当着别人,他才会立刻恢复那种居高临下的神气与粗暴的口吻。此外,他的求知欲也老是有个实际的目的。凡是与现下的时尚无关的东西,他一概不发生兴趣。眼前,他想把最近收到而无法判断的一本乐谱征求克利斯朵夫的意见:因为他简直不大能读谱。

他们一同到一个交响曲音乐会去。会场的大门是跟一家歌舞厅公用的。从一条蜿蜒曲折的甬道走到一间没有第二出口的大厅:空气恶浊,闷人欲死;太窄的座椅密密地挤在一起;一部分听众站着,把走道都拥塞了;——法国人是不讲究舒服的!一个似乎烦恼不堪的男人,在那里匆匆忙忙地指挥着贝多芬的一支交响曲,仿佛急于奏完的神气。隔壁歌舞厅里的音乐和《英雄交响曲》中的《葬礼进行曲》混在一块儿。听众老是陆陆续续地进来,坐下,擎着手眼镜东张西望,有的才安顿好,已经预备动身了。克利斯朵夫在这个赶节一样的地方聚精会神地留意乐曲的线索,费了好大的劲终于得到一点儿快感,——(因为乐队是很熟练的,而克利斯朵夫也久已没听到交响乐)——不料听了一半,古耶抓着他的手臂说:“咱们得走了,到另外一个音乐会去。”

克利斯朵夫皱了皱眉头,一声不出地跟着他的向导。他们穿过半个巴黎城,到一间气味像马房似的大厅;在别的时间,这儿是上演什么神幻剧或通俗戏剧的:——音乐在巴黎像两个穷苦的工人合租一间房:一个从床上起来,一个就钻进他的热被窝。[①] ——空气当然谈不到:从路易十四起,法国人就认为这种空气不卫生;但戏院里的卫生和从前凡尔赛宫里的一样,是教人绝对喘不过气来的那种卫生。一个庄严的老

---

① 至第一次大战为止,巴黎交响乐音乐会的场子均极简陋。

人,像马戏班里驯服野兽的骑师一般,正在指挥瓦格纳剧中的一幕:可怜的野兽——歌唱家——也仿佛马戏班里的狮子,对着脚灯愣住了,直要挨了鞭子才会记起自己原来是狮子。一般假作正经的胖妇人和痴骇的小姑娘,堆着微笑看着这种表演。等到狮子把戏做完,乐队指挥行过了礼,两人都被大众拍过了手,古耶又要把克利斯朵夫带到第三个音乐会去。但这一回克利斯朵夫双手抓住了座椅的靠手,声明再也不走了:从这个音乐会跑到那个音乐会,这儿听几句交响乐,那儿听一段协奏曲,他已经够受了。古耶白白地跟他解释,说音乐批评在巴黎是一种行业,并且是看比听更重要的行业。克利斯朵夫抗议说,音乐不是给你坐在马车上听的,而是需要凝神壹志地去领会的。这种炒什锦似的音乐会使他心里作呕,他每次只要听一个就够了。

他对于这种音乐方面的漫无节制觉得很奇怪。像多数的德国人一样,他以为音乐在法国占着很少的地位;所以他意想中以为能听到分量少而质地很精的东西。不料一开场,七天之内人家就给他十五个音乐会。一星期中每个晚上都有,往往同时有两三个,在不同的区域里举行。星期日一天共有四个,也是在同一时间内。克利斯朵夫对于这等奇大无比的音乐胃口不胜钦佩。节目的繁重也使他吃惊。他一向以为只有德国人听音乐才有这等海量,那是他从前在国内痛恨的;此刻却发现巴黎人的肚子还远过于德国人。席面真是太丰盛了:两支交响曲,一支协奏曲,一支或两支序曲,一幕抒情剧。而且来源不一:有德国的,有俄国的,有斯堪的纳维亚国家的,有法国的;仿佛不管是啤酒,是香槟,是糖麦水,是葡萄酒,——他们能一齐灌下,决不会醉。巴黎那些小鸟儿的胃口竟这么大,克利斯朵夫简直看呆了。他们却若无其事,好比无底的酒桶,尽管倒进许多东西,实际上可点滴不留。

不久,克利斯朵夫又发觉这些大量的音乐其实内容只有一点儿。在所有的音乐会中他都看到同样的作家,听到同样的曲子。丰富的节目老是在一个圈子里打转。贝多芬以前的差不多绝无仅有,瓦格纳以后的也差不多绝无仅有。便是在贝多芬与瓦格纳之间,又有多少的空白!似乎音乐就只限于几个著名的作家。德国五六名,法国三四名,自从法俄联盟以来又加上半打莫斯科的曲子。——古代的法国作家,毫无。意大利名家,毫无。十七十八世纪的德国巨头,毫无。现代的德国音乐,也毫无,只除掉理查德·施特劳斯一个,因为他比别人乖巧,每年必定到巴黎来亲自指挥一次,拿出他的新作品。至于比利时音乐,捷克音乐,更绝对没有了。但最可怪的是:连当代的法国音乐也绝无仅有。——然而大家都用着神秘的口吻谈着法国的现代音乐,仿佛是震动世界的东西。克利斯朵夫只希望有机会听一听;他毫无成见,抱着极大的好奇心,非常热烈地想认识新音乐,瞻仰一下天才的杰作。但他虽然费尽心思,始终没听到;因为单是那三四支小曲,写得相当细腻而过于冷静过于雕琢的东西,并没引起他的注意,他也不承认它们便是现代的法国音乐。

克利斯朵夫在自己不能表示意见之前,先向音乐批评界去讨教一下。

那可不是件容易的事。批评界里谁都有主张,谁都有理由。不但各个音乐刊物都以互相抵触为乐,便是一个刊物的文字也篇篇矛盾。要是把它们全部看过来的话,你准会头脑发昏。幸而每个编辑只读他自己的文章,而群众是一篇都不读的。但克利斯朵夫一心要对法国音乐界有个准确的概念,便一篇都不肯放过,结果他不禁大为佩服这个民族的镇静功夫,处在这样的矛盾中间还能像鱼在水里一样的悠然自得。

在这纷歧的舆论中,有一点使他非常惊奇:就是批评家们的那副学者面孔。谁说法国人是什么都不信的可爱的幻想家呢?克利斯朵夫所见到的,比莱茵彼岸所有的批评家的音乐知识都更丰富,——即使他们一无所知的时候也显得如此。

当时的法国音乐批评家都决意要学音乐了。有几个也是真懂的:那全是一些怪物;他们居然花了番心血对他们的艺术加以思考,并且用自己的心思去思考。不必说,这般人都不大知名,只能隐在几个小杂志里,除了一两个例外是踏不进报馆的。他们诚实,聪明,挺有意思,因为生活孤独而有时不免发些怪论,冥思默想的习惯使他们在批评的时候不大容忍,倾向于唠叨。——至于其他的人,都匆匆忙忙学了些初步的和声学,就对自己新近得来的知识惊奇不置,跟姚尔邓先生学着语法规则的时候一样高兴得出神：

“D，a，Da；F，a，Fa；R，a，Ra……啊，妙极了！……啊！知道一些东西多有意思……”①

他们嘴里只讲着主旋律与副主旋律，调和音与合成音，九度音程的联系与大三度音程的连续。他们说出了某页乐谱上一组和音的名称，就忙着得意扬扬地抹着额上的汗：自以为把整个作品说明了，几乎以为那曲子是自己作的了。其实他们只像中学生分析西赛罗②的文法一般，背一遍课本上的名词罢了。但是最优秀的批评家也不大能把音乐看做心灵的天然的语言；他们不是把它看做绘画的分支，就是把它变成科学的附庸，仅仅是一些拼凑和声的习题。像这样渊博的人物自然要追溯到古代的作品。于是他们挑出贝多芬的错误，教训瓦格纳，至于柏辽兹和格路克，更是他们公然讪笑的对象。依照当时的风气，他们认为除了赛巴斯蒂安·巴赫与德彪西之外，什么都不存在。而近年来被大家乱捧的巴赫，也开始显得迂腐，老朽，古怪。漂亮人物正用着神秘的口吻称扬拉摩和哥波冷了③。

这些学者之间还要掀起壮烈的争辩。他们都是音乐家，但所以为音乐家的方式个个不同；各人以为唯有自己的方式才对，别人的都是错的。他们互诋为假文人，假学者；互相把理想主义与唯物主义、象征主义与自然主义、主观主义与客观主义，加在对方头上。克利斯朵夫心里想，从德国跑到这儿来再听一次德国人的争辩，岂不冤枉。照理，他们应该为了美妙的音乐使大家可以有许多不同的方式去享受而表示感激，可是他们非但没有这种情绪，还不允许别人用一种和他们不同的方式去享受。当时的音乐界正为了一场新的争执而分成两大阵营，厮杀

---

① 莫里哀的喜剧《醉心贵族的小市民》写一个鄙俗的市侩姚尔邓想学做贵族，请了音乐教师、舞蹈教师、哲学教师来教育自己。此处所引系第二幕第四场姚尔邓与哲学教师的对白的节略。

② 西赛罗为公元前一世纪罗马帝国时代的大演说家，大文豪。其选集为今法国中学生读拉丁文时必修之书。

③ 拉摩（1683—1764）与哥波冷（1668—1732）均为法国作曲家，但其真正的价值直至十九世纪末二十世纪初方始被人赏识。近代法国音乐家如德彪西，如拉威尔，均尊奉前二人为法国音乐的创始者。

得非常猛烈:一派是对位派,一派是和声派。一派说音乐是应当横读的,另外一派说是应当直读的。直读派口口声声只谈着韵味深长的和弦,融成一片的连锁,温馨美妙的和声:他们谈论音乐,仿佛谈论一个糕饼铺。横读派却不答应人家重视耳朵:他们认为音乐是一篇演说,像议院的开会,所有发言的人都得同时说话,各人只说各人的,决不理会旁人,直到自己说完为止;别人听不见是他们活该!他们尽可在明天的公报上去细读:音乐是给人读的,不是听的。克利斯朵夫第一次听见横读派与直读派的争议,以为他们都是疯子。人家要他在连续派与交错派两者[1]之间决定态度,他就照例用箴言式的说话回答:

"诸位,此党彼党,我都仇视!"

但人家紧自问个不休:"和声跟对位,在音乐上究竟哪一样更重要?"

"音乐最重要。把你们的音乐拿出来给我看看!"

提到他们的音乐,他们的意见可一致了。这些勇猛的战士,在好斗那一点上互相争胜的家伙,只要眼前没有什么盛名享得太久的古人给他们攻击,都能为了一种共同的热情——爱国的热情——而携手。他们认为法国是个伟大的音乐民族。他们用种种的说辞宣告德国的没落。——对于这一点,克利斯朵夫并不生气。他自己早就把祖国批驳得不成样子,所以平心而论,他不能对这个断语有何异议。但法国音乐的优越未免使他有些奇怪:老实说,他在历史上看不出法国音乐有多少成绩。然而法国音乐家一口咬定,他们的艺术在古代是非常美妙的。[2]为了阐扬法国音乐的光荣,他们先把上一世纪的法国名人恣意取笑,只把一个极好极纯朴的大师除外,而他还是个比利时人。[3] 做过了这番扫荡工作,大家更容易赞赏古代的大师了:他们都是被人遗忘的,有的是始终不知名而到今日才被发掘出来的。在政治上反对教会的一派,

---

① 连续派与交错派即横读派与直读派,亦即对位派与和声派。

② 十四十五两世纪文艺复兴时代,法一比学派在音乐史上极为重要,十六世纪的法国音乐尤其盛极一时。但这种情形直至二十世纪初年方被学者逐渐发现,向世人披露。

③ 此系指赛查·法朗克,生于比利时而久居巴黎,终入法国籍,为十九世纪最大作曲家之一,对近代法国音乐之再生运动极有影响。

认为什么都应当拿大革命时代做出发点；音乐家却跟他们相反，以为大革命不过是历史上的一个山脉，应当爬上去观察山后的音乐上的黄金时代。长时期的消沉过后，黄金时代又要来了：坚固的城墙快崩陷了；一个音响的魔术师正变出一个百花怒放的春天；古老的音乐树上已经长出新枝嫩叶；在和声的花坛里，奇花异卉眯着笑眼望着新生的黎明；人们已经听到琤琮的泉声，溪水的歌唱……那境界简直是一首牧歌。

克利斯朵夫听了这些话，欢喜极了。但他注意一下巴黎各戏院的广告的时候，只看到梅亚贝尔、古诺，和马斯涅的名字，甚至还有他只嫌太熟的玛斯加尼和雷翁加伐罗。① 他便问他的那般朋友，所谓迷人的花园是否就是指这种无耻的音乐，这些使妇女们失魂落魄的东西，这些纸花，这些香粉铺。他们却大为生气地嚷起来，说那是颓废时代的余孽，谁也不加注意的了。——可是实际上《乡村骑士》正高踞着喜歌剧院的宝座，《巴耶斯》在歌剧院中雄视一切；玛斯奈和古诺的作品风靡一时：《迷娘》，《胡格诺教徒》，《浮士德》这三位一体的歌剧都声势浩大，超过了一千场的纪录。——但这都是无关紧要的例外，用不着去管它。一种理论要是遇到不客气的现实给它碰了钉子，最简单的就是否认现实。所以法国批评家们否认那些无耻的作品，否认那般捧这些作品的群众；并且用不着别人怎么鼓动，他们也快要把乐剧整个儿地抹煞了。在他们心目中，乐剧是一种文学作品，所以是不纯粹的。（他们自己都是文人，却偏不承认是文人。）一切有所表现，有所描写，有所暗示的音乐，总之，一切想说点儿什么的音乐都被加上一个不纯粹的罪名。——可见每个法国人都有罗伯斯庇尔的气质，不论对什么东西对什么人，非戕贼其生命，就不能使这个人或物净化。——法国的大批评

① 梅亚贝尔（1791—1864）为德国歌剧作家，生前在欧洲红极一时，今日音乐史上的定论则仅是一个庸俗肤浅的作家。下文提到的《胡格诺教徒》即他的作品。古诺（1818—1893）对法国近代歌剧的创立极有贡献，但并非第一流的作曲家，最著名的作品即下文提到的《浮士德》。马斯涅（1842—1912）为法国歌剧作家，其作品偏于甜俗，做作，缺乏真情实感。玛斯加尼（1863—1945）与雷翁加伐罗（1858—1919）均意大利歌剧作家，即前文所称自然主义之代表人物，以描写人生的强烈而迅速的印象为主，作品光华灿烂而流于浅薄。玛斯加尼最流行之作品为《乡村骑士》，雷翁加伐罗的为《巴耶斯》。

家只承认纯粹音乐,其余的都是下劣的东西。

克利斯朵夫发现自己的趣味不高明,很是惭愧。但看到那些瞧不起乐剧的音乐家没有一个不替戏院制作,没有一个不写歌剧,他又感到一点儿安慰。——当然,这种事实仍不过是无关紧要的例外。既然他们提倡纯粹音乐,所以要批评他们是应当把他们的纯粹音乐做根据的。克利斯朵夫便访求他们这一类的作品。

丹沃斐·古耶把他带到一个宣扬本国艺术的团体中去听了几次音乐会。一般新兴的名家都在这儿经过长时期的锻炼与孵育的。那是一个很大的艺术集团,也可以说是有好几个祭堂的小寺院。每个祭堂有它的祖师,每个祖师有他的信徒,而各个祭堂的信徒又互相菲薄。① 在克利斯朵夫看来,那些祖师根本就没有多大分别。因为一向弄惯了完全不同的艺术,所以他完全不了解这种新派音乐,而他的自以为了解使他反而更不了解。

他觉得所有的作品永远浸在半明半暗的黑影里,好像一幅灰灰的单色画,线条忽隐忽现,飘忽无定。在这些线条中间,有的是僵硬、板滞、枯索无味的素描,像用三角板画成的,结果都成为尖锐的角度,好比一个瘦妇人的肘子。也有些波浪式的素描,像雪茄的烟圈一般袅袅回旋。但一切都是灰色的。难道法国没有太阳了吗? 克利斯朵夫因为来到巴黎以后只看见雨跟雾,不禁要信以为真了;但要是没有太阳,艺术家的使命不就是创造太阳吗? 不错,他们的确点着他们的小灯,但只像萤火一般,既不会令人感到暖意,也照不见什么。作品的题目是常常变换的:什么春天,中午,爱情,生之欢乐,田野漫步,等等;可是音乐本身并没跟着题目而变,只是一味地温和,苍白,麻木,贫血,憔悴。那时音

---

① 此处系隐射法国的民族音乐协会(Société Nationale de Musique),于一八七一年由国立音乐院教授皮西纳与圣·桑发起,目的为专门演奏当代法国作家的音乐。以培养法国新兴音乐为主。参加的有法朗克、马斯涅、福莱、牡巴克、拉罗、杜蒲阿等。尔后无形中分成若干小组,各奉一知名作家为领袖,最重要的即法朗克一派与圣·桑一派的对立。故本文中称有好几个祭堂的寺院。但事实上,在一八七〇至一九〇〇的三十年中所有法国近代音乐的名作都是由这个团体首先演奏,公之于世的。故该会可称为现代法国乐坛的温床。

乐界中一般典雅的人，讲究低声说话。而那也是对的：因为声音一提高，就跟叫嚷没有分别：高声与低声之间没有中庸之道。要选择只有低吟浅唱与大声呐喊两种。

克利斯朵夫快要昏昏入睡了，便打起精神来看节目；他感到奇怪的是，这些在灰色的天空飘浮的云雾，居然自命为表现确切的题材。因为，跟他们的理论相反，他们所作的纯粹音乐差不多全是标题音乐，至少都是有个题目的。他们徒然诅咒文学，结果还得拿文学做拐杖。好古怪的拐杖！克利斯朵夫发觉他们勉强描写的尽是些幼稚可笑的题材，又是果园，又是菜园，又是鸡埘，真可说是音乐的万牲园与植物园。有的把卢浮宫的油画或歌剧院的壁画作成交响曲或钢琴曲，把荷兰十七世纪的风景画家、动物画家、法国歌剧院的装饰画家的作品，取为音乐的题目，加上许多注释，说明哪是神话中某个神明的苹果，哪是荷兰的乡村客店，哪是白马的臀部。在克利斯朵夫看来，这是一些老小孩的玩意儿：喜欢画而又不会画，便信手乱涂一阵，挺天真地在下面用大字写明，这是一所屋子，那是一株树。

除了这批有眼无珠，以耳代目的画匠以外，还有些哲学家在音乐上讨论玄学问题。他们的交响曲是抽象的原则的斗争，是说明某种象征或某种宗教的论文。他们也在歌剧中间研究当时的法律问题与社会问题，什么女权与公民权等。至于离婚问题，确认亲父问题，政教分离问题，他们都津津乐道。他们之间分成两派：就是反对教会的象征派和拥护教会的象征派。收旧布的哲学家，做女工的社会学家，预言家式的面包师，使徒式的渔夫，都在剧中直着嗓子唱歌。从前歌德已经说起他那时的艺术家想"在故事画中表现康德的思想"。克利斯朵夫这时代的作家却是用十六分音符来表现社会学了。左拉，尼采，梅特林克，巴莱斯，姚莱斯，芒台斯，①《福音书》，红磨坊②，等等，无一不是歌剧和交响乐的作者汲取思想的宝库。其中不少人士，看着瓦格纳的榜样兴奋起

---

① 巴莱斯(1862—1923)为法国小说家，提倡以自我分析的方式认识人与土地，自然，及国家社会的关系。姚莱斯(1859—1914)为法国社会党领袖，《人道报》的创办人。芒台斯(1841—1909)为法国诗人，小说家，剧作家。

② 红磨坊为巴黎有名的舞场，创立于一八八九年；一九一五年后改为杂耍歌舞场。

来,大声嚷着:“我吗,我也是诗人呀!”——于是他们很有自信地在自己的乐谱上写起或是有韵或是无韵的东西来,那风格不是跟小学生的一样,就像那些颓废派的日报副刊。

所有这些思想家和诗人都是纯粹音乐的拥护者。但他们对这种音乐更喜欢议论而不喜欢制作。——偶然他们也写一些,但完全是空洞的东西。不幸,他们居然常常成功:内容却一无所有,——至少克利斯朵夫认为如此。——的确他也不得其门而入。

要懂得一种异国的音乐,先得学习它的语言,并且不该自以为已经知道这个语言。克利斯朵夫可是像一切头脑单纯的德国人一样,自以为早就知道了。当然他是可以原谅的。便是法国人也有许多不比他更了解。正如路易十四时代的德国人,因为竭力说法语而忘掉了本国的语言,十九世纪的法国音乐家也久已忘了自己的语言,以致他们的音乐竟变成了一种外国方言。直到最近,才有一种在法国讲法国话的运动。他们并不都能够成功:习惯的力量太强了;除了少数的例外,他们说的法语是比利时化的或是日耳曼化的。[1] 那就难怪一个德国人要误会了,难怪他要凭着武断的脾气,以为这仅仅是不纯粹的德语,而且因为他全然不懂而认为毫无意义。

克利斯朵夫的看法便是这样。他觉得法国的交响曲是一种抽象的辩证法,用演算数学的方式把许多音乐主题对立起来,或是交错起来;其实,要表现这一套,很可以用数字或字母来代替。有的人把一件作品建筑在某个音响的公式之上,使它慢慢地发展,直到最后一部分的最后一页才显得完全,而作品十分之九的部分都像不成形的幼虫。有的人用一个主题作变奏曲,而这主题只在作品末了,由繁复渐渐归于简单的时候才显出来。这是极尽高深巧妙的玩意儿,唯有又老又幼稚的人才会感兴趣。作者为此所费的精力是惊人的,一支幻想曲要多少年才能写成。他们绞尽脑汁,求新的和弦的配合,——为的是表现……表现什么呢?管它!只要是新的辞藻就行了。人家说既然器官能产生需要,那末辞藻也会产生思想的:最要紧的是新。无论如何要新!他们最怕

① 指当时的法国音乐不是受法朗克的影响,便是受瓦格纳的影响。

"已经说过的"词句。所以最优秀的人也为之而变成瘫痪了。你可以感到他们老是在留神自己,准备把所写的统统毁掉,时时刻刻问着自己:"啊!天哪!这个我在哪儿见过的呢?"……有些音乐家,——特别在德国,——喜欢把别人的句子东捡西拾地拼凑起来。法国音乐家却是逐句检查,看看在别人已经用过的旋律表内有没有同样的句子,仿佛拼命搔着鼻子,想使它变形,直要变到不但不像任何黑人的鼻子,而且根本不像鼻子的时候方始罢休。

这样的惨淡经营仍瞒不了克利斯朵夫。他们徒然运用一种复杂的语言,装出奇奇怪怪的姿态兴奋若狂,把乐队部分的音乐弄得动乱失常,或是堆砌一些不连贯的和声,单调得可怕,或是萨拉·裴娜①式的说白,唱得走音的,几小时的啾啾不已,好似骡子迷迷糊糊地走在险陡的坡边上。——克利斯朵夫在这些面具之下,认出一些冰冷的毫无风韵的灵魂,搽脂抹粉,涂了一脸,学着古诺与马斯涅的腔派,还不及他们自然。于是他不禁引用当年格路克批评法国人的一句不公平的话:

"由他们去罢。他们弄来弄去逃不出那套老调。"

可是他们把那套老调弄得非常艰深。他们拿民歌作为道貌岸然的交响曲的主题,像做什么博士论文一样。这是当代最时髦的玩意儿。所有的民歌,不论是本国的是外国的,都依次加以运用。他们可以用来作成《第九交响曲》或是法朗克的《四重奏》,但还要艰深得多。要是其中有一小句意思非常显明的话,作者便赶紧插入一句毫无意义的,把上一句毫不留情的破坏掉。——然而大家还把这些可怜虫认为极镇静,精神极平衡的人呢!……

演奏这类作品的时候,一个年轻的乐队指挥,仪表端正而态度狰狞的家伙,费了九牛二虎之力,做着跟弥盖朗琪罗画上的人物一样的姿势,仿佛要鼓动贝多芬或瓦格纳的队伍似的。听众是一般厌烦得要死的时髦人物,以为尝尝这种烦闷的滋味是有面子的事;还有是年轻的学徒,因为能够把学校里的一套在此引证一番,在某些段落中去找点儿本行的诀窍而很高兴,情绪之热烈也不亚于指挥的姿势和音乐的喧闹……

---

① 萨拉·裴娜(1844—1923),法国近代最优秀的女演员。

“嗬！那不是痴人说梦吗！”克利斯朵夫说。

（因为他此刻已经会用巴黎人的俗语了。）

然而懂得巴黎的俗语究竟比懂巴黎的音乐容易。克利斯朵夫无处不用他的热情，又跟一般的德国人一样，天生的不了解法国艺术：他的判断就是以这种热情与不了解做根据的。但他至少是善意的，随时准备承认自己的错误，只要人家给他指出来。所以他并不肯定自己的见解，预备让新的印象来改变他的意见。

便是目前，他也承认这种音乐极有才气，有很好的材料，节奏与和声方面有奇特的发现，好似各式各种美妙的布帛，柔软，光亮，五光十色，竭尽巧思。克利斯朵夫觉得很好玩，便尽量采取它的长处。所有这些小名家都比德国音乐家头脑开通得多；他们很勇敢地离开大路，扑到森林中去摸索，想教自己迷失。但他们都是挺乖的小孩子，怎么样也不会迷路。有的走了一二十步，又绕到大路上来了。有的才走了一忽儿就累了，不管什么地方就停下来。有的差不多快摸到新路了，可并不继续前进，而坐在林边，在树下闲逛了。他们所最缺少的是意志，是力；一切的天赋他们都齐备，——只少一样：就是强烈的生命。尤其可惜的是他们那些努力仿佛是乱用的，在半路上消耗掉了。这些艺术家难得会清清楚楚地意识到自己的天性，难得会锲而不舍地把他们所有的精力配合起来去达到预定的目标。这是法国人胸无定见的最普通的后果：多少的天才和意志都因为游移不定与自相矛盾而浪费了。他们的大音乐家如柏辽兹，如圣·桑，——只以最近代的来说，——能够不至于因缺少毅力、缺少信心、缺少精神上的指南针而陷落而颠覆的，几乎一个都没有。

克利斯朵夫跟当时的德国人一样存着鄙薄的心，想道：

“法国人只知道浪费精力去求新发明，而不会利用他们的新发明。他们始终需要一个异族的主宰，要一个格路克或是一个拿破仑①才能使他们的大革命有点儿结果。”

---

① 格路克（1714—1784）为德国音乐家，居留法国甚久，在近代歌剧史上为极重要的复兴运动者，对十八世纪的法国歌剧影响极大。拿破仑出生地为地中海上的科西嘉岛，岛民原非法国种族。故作者称他们同为“异族的主宰”。

他想到要是再来一次拿破仑式的政变①该是怎么一个局面，不禁微微地笑了。

但在混乱状态中，有一个团体竭力想替艺术家把秩序与纪律恢复过来。一开始它取了个拉丁名字，纪念一千四百年以前，高卢人与汪达尔人南侵时代盛极一时的一种教会组织。② 克利斯朵夫奇怪为什么要追溯到这样久远。一个人能够高瞻远瞩，不囿于所生的时代，固然很好；但一座十四个世纪的高塔难免不成为一座不大方便的瞭望台，宜于仰观星象而不宜乎俯视当代的人群的。可是克利斯朵夫不久就放心了，因为他看见那般圣·格雷哥里的子孙③难得留在高塔上，只在鸣钟击鼓的时候才攀登。其余的时间，他们都在底下的教堂里。克利斯朵夫参与过几次他们的祭礼，先还以为他们属于新教的某个小宗派，后来才发觉他们是基督旧教中人。在场的都是些匍匐膜拜的群众，虔诚的、偏执的、喜欢攻击人的信徒。为首的是个极纯粹极冷静的人，性情固执而带几分稚气，在那里维护宗教、道德、艺术方面的主义，向少数选民用抽象的词句解释他那部音乐的福音书，谴责"骄傲"与"异端邪说"。他把艺术上所有的缺陷，和人类所有的罪恶都归咎于上面两点。文艺复兴，宗教改革，以及今日的犹太教，他都等量齐观，认为是骄傲与异端的表现。音乐界中的犹太人都被执行了火刑。巨人亨德尔也受到了鞭挞。唯有赛巴斯蒂安·巴赫一个人，靠了上帝的面子，被认为"误入歧途的新教徒"而获免。④

---

① 指一七九九年十一月九日的雾月政变，拿破仑解散督政府，自任第一执政，而以后称帝之基业亦于此奠定。

② 一八九六年，法朗克的大弟子鲍台斯与文桑·但第在巴黎创办一音乐学院，以拉丁文取名为 Schola Cantorum（意义为宗教音乐歌唱学校），以纪念六世纪时教会歌唱组织。但此歌唱学校不久即教授乐理，音乐史，一切器乐，与一般音乐学院无异。法国近代名家十之七八均出身于该校。

③ 初期的基督教圣诗歌唱，调式（mode）驳杂不一，经六世纪时教皇格雷哥里一世整理统一，至今于基督旧教某些宗派（例如本多派）的寺院中歌唱，称为素歌（plain chant）。文桑·但第辈认为制作宗教音乐必须以素歌的精神为基础。故此处称此派的人为"圣·格雷哥里的子孙"。

④ 谓巴赫是"误入歧途的新教徒"一语，是文桑·但第一派的哀特迦·蒂奈说的，言下认为巴赫的精神是旧教徒的精神。

这座圣·雅各街的庙堂[1]做着布道事业,有心拯救人类的灵魂与音乐。他们很有系统地传授天才的法则。许多勤奋的学生辛辛苦苦的,深信不疑的拿这些秘诀来付诸实行。他们似乎想用虔诚的艰苦来补赎祖先们轻佻的罪过:例如奥贝与阿唐之流,还有那人也疯魔,音乐也疯魔的柏辽兹。[2] 现在人们抱着了不起的热情和虔敬,为一班众所公认的大师努力宣扬。十几年中间,他们的成就确是可观;法国音乐的面目居然为之一变。不但是法国的批评家,并且连法国的音乐家也学起音乐来了。从作曲家到演奏家如今都知道巴赫的作品了!——他们尤其努力破除法国人闭关自守的积习。法国人平日老躲在家里,轻易不肯出门;所以他们的音乐也缺少新鲜空气,有股闭塞的、陈腐的、残废的气息。这和贝多芬不问晴雨地在田野里跑着,在山坡上爬着,手舞足蹈,骇坏了羊群的那种作曲方式完全相反。巴黎的音乐家决不会像波恩的大熊[3]一般,因为有了灵感而吵吵嚷嚷的惊动邻居。他们制作的时候是在自己的思想上加一个弱音器的;并且也挂着重重的帷幕,使外面的声音透不进来。

歌唱学校这一派竭力想更换空气;它对"过去"开了几扇窗子。但也仅仅对着"过去"。[4] 这是开向庭院而非临着大街的窗子,没有多大用处。何况窗子才打开,百叶窗又关上了,好似怕受凉的老太太。从百叶窗里透进来的有些中世纪的作品,有些巴赫,有些帕莱斯特里那,有些民歌。可是这又算得什么呢?屋子里霉腐的气味依旧不减。其实他们觉得这样倒是挺舒服的,对现代的大潮流反而怀有戒心。固然,他们知道的事情比旁人多,但一笔抹煞的也一样的多。在这种环境里,音乐自然会染上一股迂腐之气,而不是给精神的一种慰藉了;他们的音乐会

---

① 巴黎宗教歌唱学校(简称歌唱学校)校址在拉丁区圣·雅各街。

② 奥贝(1782—1871)为法国第二流歌剧作家,以浮华的典雅红极一时。阿唐(1803—1856)的歌剧,尤次于奥贝。柏辽兹(1803—1869)为法国近代最大的交响曲作家,生前生后均不甚得意。其对法国音乐的贡献,直至二十世纪初方渐渐被人发现,本书作者罗曼·罗兰对之尤为称赏,认为世界第一流的音乐天才。

③ 贝多芬的故乡为德国波恩,故称其为"波恩的大熊"。

④ 该校举行的音乐会最初只演奏古代大师帕莱斯特里那、巴赫、蒙特威尔第、拉摩、格路克等的作品。

不是等于历史课，就是含有鼓励作用的举例。凡是前进的思想都被变成学院化。气势雄伟的巴赫被他们供奉到庙堂里去的时候，也变得循规蹈矩了。他的音乐完全被一班学院派的头脑改了样子，正如温馨浓艳的《圣经》被英国人的头脑改装过了一样。① 他们所称扬的是一种贵族派的折中主义，想把六世纪至二十世纪中间的三四个伟大音乐时代的特点汇集起来。这个理想倘若实现的话，那末其成绩一定像一个印度总督旅行回来，把在地球上各处搜罗得来的宝贝凑成的一座聚宝盆。可是以法国人的通情达理，结果并没闹出学究式的笑柄；大家决不实行他们的理论，而对付理论的办法也好比莫里哀对付医生一样，拿了药方而并不佩服，最有性格地走他们自己的路去了。其余的只做些繁复的练习和艰深的对位学，名之为奏鸣曲，四重奏，或交响曲……——"奏鸣曲啊，你要怎么呢?"——它不要什么，只要成为一阕奏鸣曲而已。作品中的思想是抽象的、无名的、勉强嵌进去的、毫无生趣的东西。那很像一个高明的公证人起草文书的艺术。克利斯朵夫先是因为法国人不喜欢勃拉姆斯而很高兴，如今却看到法国有着无数的小勃拉姆斯。所有这些出色的工人，既勤谨，又用心，真是具备了各种的德性。克利斯朵夫从他们的音乐会里出来，非常得益，但是非常厌烦。

嘿，外边的天气多好啊！

然而巴黎的音乐家中究竟有几个无党无派的独立的人。唯有这般人才能引起克利斯朵夫的注意。也唯有这般人能使你衡量一种艺术的生机。学派与社团只表现一种浮面的潮流或硬生生制造出来的理论。深思默想的超然人士，却有更多的机会能发现他们当代的与民族的真精神。但就因为这一点，一个外国人对他们比对旁人更难了解。

克利斯朵夫初次听到那个鼎鼎大名的作品的时候，便是这种情形。为了那作品，法国人不知说了多少胡话，有一部分的人说是十个世纪以来最大的音乐革命。——（世纪对他们是不值钱的！他们又不知道什

① 英国十七世纪的清教徒，对《圣经》的了解极其偏执、狭窄、严峻，有如极端派的加尔文主义。

么天高地厚)……

丹沃斐·古耶和西尔伐·高恩把克利斯朵夫带到喜歌剧院去,听《佩莱阿斯与梅丽桑德》①,他们把这件作品介绍给他觉得光荣极了,仿佛是他们自己作的,并且告诉克利斯朵夫,说他这一回保证会发现奇迹。歌剧已经开幕了,他们还呶呶不休地在旁解释。克利斯朵夫止住了他们的话,伸着耳朵细听。第一幕演完,高恩眉飞色舞地问:

"喂,朋友,你觉得怎么样?"

他反问他们:"以后是不是老是这样的?"

"是的。"

"那末根本没有什么东西啰。"

高恩可叫起来了,认为他外行。

"没有东西,"克利斯朵夫继续说,"没有音乐,没有发展。前后不相衔接,简直站不住。和声很细腻。配器的效果颇有些很美的花腔,格调很高。但内容是空无所有,空无所有……"

他又听下去。慢慢地,作品露出一点儿光来了;他开始在半明半暗中发现一些东西了。不错,他看到作者存心要求素雅,一反瓦格纳那种用音乐的浪潮来淹没戏剧的理想;但他不禁带着点挖苦的心思追问:他们有这种牺牲的理想,骨子里是否把自己没有的东西牺牲。在这件作品里,他感到颇有些贪逸恶劳的意味,想以最低限度的疲劳来获得效果,因为懒惰而不愿意费力去建造瓦格纳派的巨制。至于唱词之单纯,简洁,朴素,声音的微弱,虽然他觉得单调,而且因为他是德国人而认为不真实,但也同样感到惊异。——(他认为歌词愈求真切,愈令人感到法国语言的不适宜于谱成音乐,因为它太合逻辑,太分明,轮廓太固定;语言本身固然完美,但没法跟旁的东西融和。)然而这种尝试毕竟是有意思的,在它一反瓦格纳派的铺张浮夸这一点上,克利斯朵夫是赞成的。那位法国音乐家②似乎很俏皮地讲究含蓄,要用低声喁语来表白热情。爱既没有欢呼,死也没有哀号。只有旋律的线条微微颤动一下,

① 此系梅特林克一八九二年所作的悲剧,德彪西谱成歌剧,于一九〇二年公演。

② 指德彪西。

乐队像嘴唇轻轻一抿似的打个寒噤，你才感觉到在剧中人心里波动的情绪。仿佛作家战战兢兢的怕流露真情。他的艺术的格调真是高极了，——除非法国民族固有的那种取悦感官，喜欢做作的倾向在他胸中突然觉醒的时候。那时你才会发现有些头发太黄的，嘴唇太红的，第三共和以后的小家碧玉所扮演的大情人。但这种情形是难得的，是作者过于克制自己的反响，是需要松动一下的表现；整个作品的风格是一种精练到极点的单纯，并不单纯的单纯，刻意追求得来的单纯，是古老的社会的一朵精美纤巧的花。年少犷野如克利斯朵夫，当然不能充分欣赏这种境界，他尤其讨厌那剧本，那些诗。他以为看到了一个半老的巴黎女人，装着小孩子，要人讲童话给她听。这当然不是瓦格纳派的懒洋洋的角色，不是又肉麻又蠢笨的莱茵姑娘；但一个法兰西与比利时的混血种①的懒洋洋的人物，装腔作势的“沙龙”气派，喊着“小爸爸啊”“白鸽啊”那一套给交际场中的太太们应用的神秘气息，也未必高明。巴黎女人却对着这出戏出神了，因为在这面镜子里照见了她们多愁多病、才子佳人的腔调而顾盼自怜。意志两字完全谈不到。没有一个人知道自己要些什么，做些什么。

“那可不是我的过失啊！那可不是我的过失啊！……”这些大孩子都这样地呻吟着。整整的五幕——森林，岩穴，地窖，死者的卧室，——都在黯淡的微光中演出，荒岛上的小鸟简直没有挣扎。可怜的小鸟！美丽，细巧……它们多么害怕太强的光明，太剧烈的动作，太剧烈的说话，多么怕热情，怕生命！……生命并不曾精炼过，你不能戴着手套去抓握的……

克利斯朵夫听见隐隐的炮声在响了，快要把这垂死的文明，这一息仅存的小小的希腊轰倒了。

虽然如此，克利斯朵夫对这件作品依旧抱着好感；是不是因为他有点儿又轻视又怜悯的缘故呢？总之，他对它的关切远过于他口头的表示。他走出戏院回答高恩的时候，尽管口口声声说着“很细腻，很细

---

① 因戏剧的原作者梅特林克是比利时人，音乐的作者德彪西是法国人。

腻，可是缺少奔放的热情，音乐还嫌不够”，心里却绝对不把《佩莱阿斯》和其余的法国音乐一般看待。他被大雾中间的这盏明灯吸住了。他还发现有些别的光亮，很强的，很特别的，在四下里闪耀。这些磷火使他大为错愕，很想近前去瞧瞧是怎么样的光，可是不容易抓握。克利斯朵夫因为不了解而更觉得好奇的那般超然派的音乐家，极难接近。克利斯朵夫所不可或缺的同情，他们完全不需要。除了一两个例外，他们都不看别人的作品，知道得很少，也不想知道。他们几乎全部过着离群索居的生活，由于故意，由于骄傲，由于落落寡合，由于憎厌人世，由于冷淡，而把自己关在小圈子里。这等人虽为数不多，却又分成对立的小组，各不相容。他们的小心眼儿既不能容忍敌人和对手，也不能容忍朋友，——倘使朋友敢赏识另外一个音乐家，或是赏识他们而用了一种或是太冷淡、或是太热烈、或是太庸俗、或是太偏激的方式。要使他们满足真是太难了。结果他们只相信一个得到他们特许的批评家，一心一意坐在偶像的脚下看守着。你决不能去碰这种偶像。——他们固然不求别人了解，他们对自己也不怎么了解。他们受着奉承，被盟友的意见和自己的评价改了样，终于对自己的艺术和才具也弄模糊了。一般凭着幻想制作的人自以为是改革家，纤巧病态的艺术家自命为与瓦格纳争雄。他们差不多全为了抬高身价而断送了自己；每天都得飞跃狂跳，超过上一天的纪录，同时也要超过敌人的纪录。不幸这些跳高的练习并不每次成功，而且也只对几个同行才有点儿吸引力。他们既不理会群众，群众也不理会他们。他们的艺术是没有群众的艺术，只从音乐本身找养料的音乐。但克利斯朵夫的印象，不论这印象是否准确，总觉得法国音乐最需要音乐以外的依傍。这株体态婀娜的蔓藤似的植物简直离不开支柱：第一就离不开文学。它本身没有充分的生命力，呼吸短促，缺少血液，缺少意志，有如弱不禁风的女子需要男性扶持。然而这位拜占庭式的王后，纤瘦，贫血，满头珠翠，被时髦朋友、美学家、批评家，这些宦官包围了。民族不是一个音乐的民族；二十余年来大吹大擂地捧瓦格纳、贝多芬、巴赫、德彪西的热情，也仅仅限于一个阶级。越来越多的音乐会，不惜任何代价鼓动起来的、声势浩大的音乐潮流，并不是因为群众的趣味真正发展到了这个程度。这是一种风起云涌的时髦,影响只及于一部分优秀人士,而且也把他们搅昏了。真正爱好音乐的人屈指可数,而最注意音乐的人如作曲家批评家,并不就是最爱好的人。在法国,真爱音乐的音乐家太少了!

克利斯朵夫这么想着,可忘了这种情形是到处一样的,真正的音乐家在德国也不见得更多,在艺术上值得重视的并非成千成万毫无了解的人,而是极少数真爱艺术而为之竭忠尽智的孤高虔敬之士。这类人物,他在法国见到没有呢?不论是作曲家或批评家,最优秀的都是远离尘嚣而在静默之中工作的,例如法朗克,例如现代一般最有天分的人;多少艺术家过着没世无闻的生活,让以后的新闻记者争着以最先发现他们,做他们的朋友为荣;还有少数勤奋的学者,毫无野心,不求名利,一点一滴地把法兰西过去的伟大发掘出来;另外一批则是献身于音乐教育,为法兰西未来的光荣奠定基础。其中有多少聪明才智之士,性灵的丰富,胸襟的阔大,兴趣的广博,一定能使克利斯朵夫心向神往,要是认识他们的话。但他无意之间只瞥见了两三个这种人物,而他所了解的,见到的,又是他们被人改头换面的思想。克利斯朵夫只看到作者的缺点,被那些摹仿的人和新闻界的掮客抄袭而夸大的缺点。

克利斯朵夫对那些音乐界的俗物尤其感到恶心的,是他们的形式主义。他们之间只讨论形式一项。情操,性格,生命,都绝口不提!没有一个人想到真正的音乐家是生活在音响的宇宙中的,他的岁月就等于音乐的浪潮。音乐是他呼吸的空气,是他生息的天地。他的心灵本身便是音乐;他所爱,所憎,所苦,所惧,所希望,又无一而非音乐。一颗音乐的心灵爱一个美丽的肉体时,就把那肉体看做音乐。使他着迷的心爱的眼睛,非蓝,非灰,非褐,而是音乐;心灵看到它们,仿佛一个美妙绝伦的和弦。而这种内心的音乐,比之表现出来的音乐不知丰富几千倍,键盘比起心弦来真是差得远了。天才是要用生命力的强度来测量的,艺术这个残缺不全的工具也不过想唤引生命罢了。但法国有多少人想到这一点呢?对这个化学家式的民族,音乐似乎只是配合声音的艺术。它把字母当做书本。克利斯朵夫听说要懂得艺术先得把人的问题丢开,不禁耸耸肩膀。他们却对于这个怪论非常得意:以为非如此不足以证明他们有音乐天分。像古耶这等糊涂蛋也是这样。他从来不懂一个人如何能背出一页乐谱，——（他曾经要克利斯朵夫解释这个神秘）——如今却向克利斯朵夫解释，说贝多芬伟大的精神和瓦格纳刺激感官的境界，对于音乐并不比一个画家的模特儿对于他所作的肖像画有更大的作用！

“这就证明，”克利斯朵夫不耐烦地回答说，“在你们眼里，一个美丽的肉体并没有艺术价值！一股伟大的热情也没有艺术价值！唉，可怜虫！……你们难道没想象到一张妩媚的脸为一幅肖像画所增加的美，一颗伟大的心灵为一阕音乐所增加的美吗？……可怜虫！……你们只关心技巧是不是？只要一件作品写得好，不必问作品表现些什么，是不是？……可怜虫！……你们仿佛不听演说家的词句，只听他的声音，只莫名其妙地看着他的手势，而认为他说得好极了……可怜的人啊！可怜的人啊！……你们这些糊涂蛋！”

克利斯朵夫所着恼的不单是某种某种的理论，而是一切的理论。这些清谈，这些废话，口口声声离不开音乐而只会谈音乐的音乐家的谈话，他听厌了。那真会教最优秀的音乐家深恶痛绝。克利斯朵夫跟穆索尔斯基①一样的想法，以为音乐家最好不时丢开他们的对位与和声，去读几本美妙的书，或者去得点儿人生经验。光是音乐对音乐家是不够的：这种方式决不能使他控制时代而避免虚无的吞噬……他需要体验人生！全部的人生！什么都得看，什么都得认识。爱真理，求真理，抓住真理，——真理是美丽的战神之女，阿玛仲纳②的女王，亲吻她的人都会给她一口咬住的！

音乐的座谈室已经太多了，制造和弦的铺子也太多了！所有这些像厨子做菜一般制造出来的和声，只能使他看到些妖魔鬼怪而绝对听不见一种有生命的新的和声。

于是，克利斯朵夫向这批想用蒸馏器孵化出小妖魔来的博士们告别，跳出了法国的音乐圈子，想去访问巴黎的文坛和社会了。

---

① 穆索尔斯基（1839—1881），创立近代俄国乐派的五大家之一。

② 阿玛仲纳相传为古希腊时代居于小亚细亚的女性部落，以好战著称。

像法国大多数的人一样,克利斯朵夫最初是在日报上面认识当时的法国文学的。他因为急于要熟悉巴黎人的思想,同时补习一下语言,便把人家说是最地道的巴黎型的东西用心细读。第一天,他在骇人的社会新闻里,——叙述和特写一共占了好几长行,——读到一篇报道一个父亲和十五岁的亲生女儿睡觉的新闻:字里行间仿佛认为这种事情是极自然的,甚至还相当动人。第二天,他在同一报纸上读到一件父子纠纷的新闻,十二岁的儿子和父亲同睡一个姑娘。第三天,他读到一桩兄妹相奸的新闻。第四天,他读到姊妹同性爱的新闻。第五天……第五天,他把报纸丢了,和高恩说:

"嘿！这算是哪一门？你们都发疯了吗?"

"这是艺术啊。"高恩笑着回答。

克利斯朵夫耸了耸肩膀:"你这是跟我开玩笑了。"

高恩笑倒了,说:"绝对不是。你自己去瞧罢。"

他给克利斯朵夫看一个最近发刊的"艺术与道德"的征文特辑,结论是"爱情使一切都变得圣洁","肉欲是艺术的酵母","艺术无所谓不道德","道德是耶稣会派①教育所倡导的一种成见","最重要的是强烈的欲望"等。——还有好些文章,在报纸上证明某部描写开妓院的人的风俗小说是纯洁的。执笔作证的人中颇有些鼎鼎大名的文学家和严正的批评家。一个信仰旧教,提倡伦常的诗人,把一部描绘希腊淫风的作品赞扬备至。那些极有抒情气息的文章所推重的小说,尽量铺陈各个时代的淫风:罗马的,亚历山大的,君士坦丁堡的,意大利和法兰西文艺复兴时代的,路易十四时代的……简直是部完备的讲义。另外有一组作品以地球上各处的性欲问题为对象:态度认真的作家们,像本多派教士一样耐心地研究着五大洲的艳窟。在这批研究性欲史地的专家中间,颇有些出众的诗人与优秀的作家。要不是他们学问渊博,旁人竟分辨不出他们与别的作者有什么两样。他们用着确切精当的措辞叙述古代的淫风。

---

① 耶稣会派是基督旧教的一个宗派,由西班牙人雷育拉于十六世纪时创立,以排斥异端,对抗宗教革命为主旨。十七世纪时在法国政治上一度极有势力。

可悲的是,一般笃厚的人和真正的艺术家,法国文坛上名副其实的权威,也在努力于这种非他们所长的工作。有些人还费尽心机写着猥亵的东西,给晨报拿去零零碎碎的登载。他们这样有规律的生产,像下蛋一样,每星期两次,成年累月地继续下去。他们生产,生产,到了山穷水尽,无可再写的时候,便搜索枯肠,制造些淫猥怪异的新花样:因为群众的肚子已经给塞饱了,佳肴美味都吃腻了,对最淫荡的想象也很快地觉得平淡无奇:作者非永远加强刺激不可,非和别人的刺激竞争,和自己以前制造的刺激竞争不可;——于是他们把心血都呕尽了,教人看了可怜而又可笑。

克利斯朵夫不知道这个悲惨职业的种种内幕;但即使他知道了,也不见得更宽容:因为他认为,无论什么理由也不能宽恕一个艺术家为了三十铜子而出卖艺术……

“便是为了维持他所亲所爱的人的生活也不能原谅吗?”

“不能。”

“你这是不近人情啊。”

“这不是人情不人情的问题,主要是得做一个人!……人情!……嗬!你们这套没有骨头的人道主义真是天晓得!……一个人不能同时爱几十样东西,不能同时侍候好几个上帝!……”

克利斯朵夫一向过着埋头工作的生活,眼界不出他那个德国小城,没想到像巴黎艺术界这种腐败的情形差不多在所有的大都市里都难避免。德国人常常自以为“贞洁”,把拉丁民族看做是“不道德的”:这种遗传的偏见慢慢地在克利斯朵夫心中觉醒了。高恩提出柏林的秽史,德意志帝国的上层阶级的腐化,蛮横暴烈的作风使丑行更要不得等,和克利斯朵夫抬杠。但高恩并没意思袒护法国人;他把德国的风气看得和巴黎的一样平淡。他只是玩世不恭地想道:“每个民族有每个民族的习惯”;所以他对自己那个社会里的习惯也恬不为奇。克利斯朵夫却只能认为是他们的民族性。于是他不免像所有的德国人一样,把侵蚀各国知识分子的溃疡,看做是法国艺术特有的恶习和拉丁民族的劣根性。

这个和巴黎文学的初次接触使克利斯朵夫非常痛苦,以后直要过了相当的时间才能忘掉。不是专门致力于那些被人肉麻当有趣的称为“基本娱乐”的著作,并非没有。但最美最好的作品,他完全看不到。因为它们不求高恩一流的人拥护;它们既不在乎这般读者,这般读者也不在乎这种读物:他们都是你不知道我,我不知道你的。高恩从来没对克利斯朵夫提过这等著作。他真心以为他和他的朋友们便是法国艺术的代表;除了他们所承认的大作家之外,法国就没有什么天才,没有什么艺术了。为文坛增光,为法国争荣的诗人们,克利斯朵夫连一个都不知道。在小说方面,他只看到矗立在无数俗流之上的巴莱斯和法朗士的几部作品。可是他语言的程度太浅,难于领略前者的思想分析和后者幽默而渊博的风趣。他好奇地瞧了瞧法朗士花房里所培养的橘树,以及在巴莱斯心头开发的娇弱的水仙。在意境高远而不免空洞的天才梅特林克之前,他也站了一会儿,觉得有股单调的、浮华的神秘气息。他抖擞了一下,不料又卷进浊流,被他早已熟识的左拉的溷浊的浪漫主义①搅得头昏脑涨;等到他踊身跃出的时候,一阵文学的洪流又把他完全淹没了。

而这片水淹的大平原还蒸发出一股浓烈的女性气息。那时的文坛正挤满了女性和女性化的男人。女人写作原来是很有意思的,只要她们能够真诚,把任何男性不能完全了解的方面——女子隐秘的心理——描写出来。可是很少女作家敢这么做;她们多半只为了勾引男子而写作:在书中如在客厅里一样地扯谎,搔首弄姿,和读者调情。自从她们没有忏悔师可以诉说她们的私情丑事以后,就把私情丑事公诸大众。这样便产生了像雨点那么多的小说,老是撒野的,装腔作势的,文字又如小儿学语一般的含糊不清,令人读了如入香粉铺,闻到一股俗不可耐的香味与甜味。所有这类作品都有这个气息。于是克利斯朵夫像歌德一样地想道:“女人们要怎样写诗,怎样写文章,都可以。但男子决不能学女人的样!那才是我最讨厌的。”不三不四地卖弄风情,存心为一般最无聊的人玩弄虚伪的情感,又是撒娇又是粗野的风格,恶俗

① 一般读者仅知左拉为自然主义文学的领袖,其实他所谓的自然主义只是似是而非的科学理论;而左拉的浪漫主义的幻想成分远过于他自称为“观察家与实验家”的性格。

不堪的心理分析，教克利斯朵夫看了不由得心里作呕。

然而克利斯朵夫明白自己还不能下判断。节场上喧闹的声音把他耳朵震聋了。美妙的笛音也被市嚣掩住，没法听见。正如清朗的天空之下展开着希腊岗峦的和谐的线条，这些肉感的作品中间的确也有不少才气，不少丰韵，表现一种生活的甜美，细腻的风格，像班吕琪和拉斐尔画中的不胜慵困的少年，半阖着眼睛，对着爱情的幻梦微笑。这一切，克利斯朵夫完全没看到。没有一点儿端倪使他能感觉到这股精神的暗流。便是一个法国人也极不容易摸出头绪。他眼前所能清清楚楚见到的，只有满坑满谷的出版物，泛滥洋溢，差不多成了公众的灾害。仿佛人人都在写作：男人，女人，孩子，军官，优伶，社交界的人物，剽窃抄袭的人，无一不是作家。那简直是一种传染病。

暂时克利斯朵夫不想决定什么意见。他觉得像高恩那样的向导只能使他越来越迷路。从前在德国和文学团体的来往使他有了戒心，对于书籍杂志都抱着怀疑的态度：谁知道这些出版物不是少数有闲者的意见，甚至除了作者以外再没别的读者？戏剧才能使你对社会有个比较准确的观念。它在巴黎人的日常生活中占着那么重要的地位：好比一家巨人的饭铺来不及满足二百万人的食量。即使各区的小剧场、音乐咖啡馆、杂耍班等一百多处夜夜客满的场所不计在内，巴黎光是大戏院也有三十多家。演员与职员的人数多至不可胜计。四个国家剧场就有上三千的员役，每年需要一千万法郎开支。整个巴黎都挤满着起码角儿。他们的照相，素描，漫画，触目皆是，令人想起他们装腔作势的鬼脸；留声机上传出他们咿咿唔唔的歌唱，日报上披露他们对于艺术和政治的妙论。他们有他们特殊的报纸，刊载他们可歌可泣的或是日常猥琐的回忆。在一般的巴黎人中，这些靠互相摹仿过日子的大娃娃俨然是主子，而剧作者做着他们的扈从侍卫。于是克利斯朵夫要求高恩带他到这个反映现实的国土里去见识一番。

但在这方面，高恩的向导也不见得比在出版界里高明。克利斯朵夫由他的介绍而对巴黎剧坛所得的第一个印象，使他厌恶的程度也不下于第一批读到的书籍。似乎到处都弥漫着精神卖淫的风气。

出卖娱乐的商人分做两派。一是旧式的国粹派，全是粗野的毫无顾忌的诙谑，把一切的丑恶和畸形的身体，作为说笑打诨的材料；那是臭肉一般的、淫猥的、大兵式的戏谑。他们却美其名曰“大丈夫的爽直”，自命为把放浪的行为与道德调和了，因为在一出戏里演过了四场淫秽的丑史以后，再把情节调动一下，使不贞的妻子仍旧回到丈夫的床上，——只要法律得以维持，道德也就得救了。把婚姻描写得百般淫乱而在原则上仍旧尊重婚姻的态度，大家认为就是高卢人派头。①

另外一派是新式的，更细巧也更可厌。充斥剧坛的巴黎化的犹太人（和犹太化的基督徒），在戏剧中拿情操来玩种种花样，那是颓废的世界大同主义的特征之一。那般为了父亲而脸红的儿子，竭力否认他们的种族意识；在这一点上，他们真是太成功了。他们把几千年的灵魂摆脱之后，剩下来的个性只能拿别的民族的知识与道德的长处杂凑起来，合成一种混合品，自鸣得意。在巴黎剧坛称霸的人，最拿手的本领是把猥亵与感情混在一起，使善带一些恶的气息，恶带一些善的气息，把年龄、性别、家庭、感情的关系弄得颠颠倒倒。这样，他们的艺术便有一股特别的气味，又香又臭，格外难闻：他们却称之为“否定道德的主义”。

他们最喜欢采用的剧中人物之一是多情的老人。他们的剧本中很多这个角色的肖像，使他们有机会把种种微妙的局面描写得淋漓尽致。有时，六十岁的老头儿把女儿当做心腹，跟她谈着自己的情妇；她也跟他谈着她的情夫；他们互相参加意见，像朋友一般；好爸爸帮助女儿犯奸；好女儿帮助父亲去哀求那个爱情不专的情妇，要她回来和父亲重续旧欢。有时，尊严的老人做了情妇的知己，和她谈着她的情夫，怂恿她讲述她放浪的故事，听得津津有味。我们还看到一大批情夫，都是十足地道的绅士，替他们从前的情妇当经理，监督她们的交际与匹配的事。时髦女人朝三暮四。男人做着龟奴，女人谈着同性爱。而干这些事的都是上流社会，就是说资产社会，——唯一值得重视的社会。而那个社会允许人家借了高等娱乐的名义，羼些坏货色供应主顾。经过了装潢，

① 高卢人为古罗马人称一部分克尔特族的名字。法国人常自称为高卢人。而日常语言中尤以“高卢人派头”形容快乐、兴奋、轻薄的性格。

坏货色也很容易销售，把年轻的妇女与年老的绅士逗得笑逐颜开。但是其中有股死尸的气息跟娼家的气息。

他们戏剧风格之混杂也不下于他们的感情。他们造出一种杂糅的土话，把各阶级各地方迂腐而粗俗的口语，把古典的、抒情的、下流的、做作的、幽默的、胡说八道的、不雅的、隽永的话，统统凑在一处，好像带着外国口音。他们天生的会挖苦人，滑稽突梯，可是很少天趣；但他们凭着乖巧的手法，能仿着巴黎风气制造出一些天趣。虽然宝石的光泽不大美，镶工未免笨重烦琐，放在灯光下面至少会发亮：而只要有这一点就足够了。他们很聪明，观察很精密，却有些近视；几百年来在柜台上磨坏了的眼睛是要用放大镜来检视感情的，他们把小事扩大了好几倍，而看不见大事；他们因为特别喜欢假珠宝的光彩，所以除了他们暴发户心目中的典雅的理想以外，什么都不会描写。那简直是极少数游手好闲的人和冒险家争夺一些偷来的金钱与无耻的女性。

有时，这些犹太作家真正的天性，由于莫名其妙的刺激，会从他们古老的心灵深处觉醒过来。那才是多少世纪多少种族的一种古怪的混合物；一阵沙漠里的风，从海洋那边把土耳其杂货铺的臭味吹到巴黎人的床头，带来闪烁发光的沙土，奇怪的幻象，醉人的肉感，剧烈的神经病，毁灭一切的欲念，——似乎希伯来的勇士撒姆逊，从几千年的长梦中突然像狮子一般地醒过来，挟着疯狂的怒气把庙堂的支柱推倒了，压在他自己和敌人身上。①

克利斯朵夫掩着鼻子，对高恩说：

"这里头力量是有的；可是发臭。够了！咱们去看看别的东西罢。"

"你要看什么？"

"法国啊。"

"这不就是法国吗？"高恩说。

"不是的，"克利斯朵夫回答，"法国不是这样的。"

---

① 非力士人拘囚撒姆逊，一日将其带往祭神大会，意欲当众加以羞辱。撒姆逊默祷上帝赐还神力（此神力被爱人达丽拉潜割头发后丧失），乃推倒庙堂，与非力士王及在场群众同归于尽。

“怎么不是？还不是跟德国一样吗？”

“我绝对不信。这样的民族活不了二十年的：此刻已经有股霉味儿了。一定还有别的东西。”

“再没有更好的了。”

“一定有的。”克利斯朵夫固执着说。

“噢！我们也有很高尚的心灵，”高恩回答，“也有配他们胃口的戏剧。你要看这个吗？有的是。”

于是他把克利斯朵夫带到法兰西剧院①去。

那天晚上，演的是一出现代的散文体喜剧，讨论某个法律问题的。

一听最初几句对白，克利斯朵夫就不知道这剧情发生在哪个世界上。演员的声音异乎寻常的洪大，沉着，迟缓，做作，每个音节都咬得非常清楚，好像教朗诵的功课，又像永远念着十二缀音格的诗，夹着些痛苦的打嗝。姿势那么庄严，差不多跟教士一般。女主角披着古希腊大褂式的寝衣，高举着手臂，低着脑袋，活像神话里的女神，调弄着美妙的低音歌喉，迸出最深沉的音，脸上永远挂着苦笑。高贵的父亲踏着剑术教师般的步子，道貌岸然，带着阴森森的浪漫色彩。年轻的男主角很冷静地尖着嗓子装哭声。剧本的风格是副刊式的悲剧：通篇都是抽象的字眼，公事式的修辞，学院派的迂说。没有一个动作，没有一声出人不意的呼号。从头至尾像时钟一样呆板，只有一个严肃的问题，一个剧本的雏形，一副空洞的骨架，外边却毫无血肉，只是一些书本式的句子。那些想要显得大胆的讨论，其实只表示鳃鳃过虑的思想，和那种矜持的小市民精神。

剧中叙述一个女子嫁了个卑鄙的丈夫，生了个孩子；她离了婚，又嫁给一个她心爱的老实人。作者想借此说明，便是在这等情形中，离婚不独为一般成见所不许，抑且为人类天性所不容。要证明这一点是再方便没有了：作者设法使前夫在某次意外的情形中和离婚的妻子团聚了一次。这样以后，那女的并不继之以悔恨或羞惭。要说天性，这才是

---

① 法兰西剧院（亦称法兰西喜剧院）为法国四大国家戏院之一。

正常的反应。可是不,她反而更爱那个诚实的后夫。据说这是一种英勇的意识,出乎人情之外的表现!法国作家对于道德的确太生疏了:一提到它就会变得过火,令人难以置信。大家看到的仿佛尽是高乃依式的英雄,悲剧中的帝王。——而这些百万富翁的男主角,在巴黎至少有一所住宅和两三处宫堡的女主角,岂非真是帝王吗?在这等作家眼里,财富竟是一种美,几乎也是一种德。

但克利斯朵夫觉得观众比戏剧本身更可怪。不管是怎么不合理的情节,他们看了都若无其事。遇到发噱的地方,应该教人哄笑的对白,由演员预先暗示大家准备的地方,他们便哄笑一阵。当那般悲壮的傀儡照着一定的规矩打呃,叫吼,或是晕过去的时候,大家便擤鼻涕,咳嗽,感动得下泪。

"哼!有人还说法国人轻佻!"克利斯朵夫离开场子的时候说。

"轻佻和庄严,各有各的时候,"西尔伐·高恩带着嗤笑的口气说,"你不是要道德吗?你现在可看到法国也有道德了。"

"这不是道德而是雄辩!"克利斯朵夫嚷道。

"我们这儿,"高恩说,"舞台上的道德总是很会说话的。"

"这是法庭上的道德,"克利斯朵夫说,"只要是多嘴的人就会得胜。我压根儿讨厌律师。难道法国没有诗人吗?"

于是西尔伐·高恩带他去见识诗剧。

法国并非没有诗人,也并非没有大诗人。然而戏院不是为他们而是为胡诌的音韵匠设的。戏院跟诗歌的关系,有如歌剧院跟音乐的关系,像柏辽兹说的变了一种"荡妇卖笑"的出路。

克利斯朵夫所看到的,有一般以卖淫为荣的圣洁的娼妇,据说她们和上加伐山受难的基督一样伟大;——有一般为爱护朋友而诱奸朋友之妻的人;——有相敬如宾的三角式的夫妇;——有成为欧洲特产的,英勇壮烈的戴绿头巾的丈夫。——克利斯朵夫也看到一般多情的姑娘徘徊于情欲与责任之间:依了情欲,应该跟一个新的情夫;依了责任,应该守着原来的情夫,一个供给她们金钱而被她们欺骗的老人。结果,她们很高尚地挑了责任那条路。——克利斯朵夫觉得这种责任和卑鄙的利害观念并没分别;可是群众非常满意。他们只需要听到责任二字,根本不在乎实际;俗语说得好:扯上一面旗,船上的货物就得到保护了。

这种艺术的极致,是在于用最奇特的方式把性的不道德与高乃依式的英雄主义调和起来。这样就能使巴黎群众的荒淫的倾向,和口头上的道德同时得到满足。——可是我们也得说句公道话:他们对于荒淫的兴致还不及嚼舌的兴致。雄辩是他们无上的快乐。只要听到一篇美妙的说辞,他们便是给人抽一顿也是乐意的。不论是恶是善,是惊天动地的英勇的精神,是放荡淫佚的下流习气,只要像镀金似的加上些铿锵的音韵,和谐的字句,他们便一概吞下。一切都是吟诗的材料。一切都是咬文嚼字的章句。一切都是游戏。当雨果暴雷似的怒吼时,他们立刻加上一个弱音器,免得小孩子受了惊吓!——在这种艺术里,你永远感觉不到自然的力量。他们把爱情、痛苦、死亡,都变成浮华浅薄。像在音乐方面一样,——而且更厉害,因为音乐在法国还是一种年轻的艺术,还比较天真,——他们最怕"已经用过的"字眼。最有才具的人很冷静地在标新立异上面做功夫。诀窍是挺简单的:只要挑一篇传说或神话,把它的内容颠倒过来就得了。结果就有了被妻子殴打的蓝胡子,或是为了好心而自己挖掉眼睛,为阿雪斯与迦拉德的幸福而牺牲自己的卜里番姆。① 而这一切,着重的还在形式。但克利斯朵夫(他还不是一个内行的批判者)觉得,这些重视形式的作者也不见得高明,只是一般抄袭摹仿的匠人,而非独创风格,从大处落墨的作家。

这类诗的谎言,到了悲壮的戏剧中简直是谬妄至极。它对于剧中的英雄有这样一种滑稽可笑的概念:

> 主要是有一颗美妙的灵魂,
> 有一双鹰眼,像门洞一样宽广高大的脑门,
> 有一副严肃坚强的神气,光彩焕发而动人,
> 再加一颗善于战栗的心,一双充满着幻梦的眼睛。

---

① 蓝胡子原是布勒塔尼传说中的人物,杀过六个妻子。卜里番姆为希腊神话中的人物,妒杀阿雪斯与迦拉德,终于被于里斯挖去双目。此处言法国诗剧作家专以传说与神话作翻案。

这样的诗句居然有人信以为真。在浮夸的大言,长长的翎毛,白铁的剑与纸糊的头盔之下,我们老是看到沙杜①那一派的无可救药的轻薄,把历史当做木偶戏的大胆的俳剧演员。像西拉诺②式的荒唐的英雄主义,在现实世界里代表些什么呢?这般作者从天上搅到地下,把帝王与扈从,护教团与文艺复兴期的冒险家,一切骚扰过世界的元恶大盗,从坟墓里翻出来:——为的是教大家看看一个无聊的家伙,杀人不眨眼的暴徒,拥着残忍凶暴的军队,后宫全是俘虏得来的美女,忽然为了一个十几年前见过一面的女子颠倒起来;——再不然是给你看到一个亨利第四为了失欢情妇而被刺!③

这般先生就是这样地玩弄着室内的君王与英雄。所谓诗人就这样地讴歌着虚伪的、不可能的、与真理不相容的英雄主义……克利斯朵夫很奇怪地发觉,自命为千伶百俐的法国人竟不知可笑为何物。

但最妙的是宗教交了时髦运!在四旬节里,喜剧演员在快乐剧场用管风琴伴奏,朗诵鲍舒哀的《悼词》。犹太作家替犹太女演员写些关于圣女丹兰士的悲剧。鲍第尼戏院演着《殉难之路》,滑稽剧场演着《圣婴耶稣》,圣·玛丁戏院演着《受难记》,奥狄安戏院演着《耶稣基督》,移植园里奏着关于基督受难的乐曲。某个有名的嚼舌专家,讴歌肉欲之爱的诗人,在夏德莱戏院举行一次关于"赎罪"的演讲。当然,在全部《福音书》中,这些时髦朋友所牢记在心的不过是比拉德与玛特兰纳。④ ——而他们的马路基督,又染了当时的习气,特别饶舌。

---

① 沙杜(1831—1908)为法国喜剧及历史剧作家,写的都是传奇的英雄,热情的象征而非真正的热情,既无历史的真实,亦无人性的真实。但十九世纪末期沙杜称霸剧坛垂三十年。

② 《西拉诺》为洛斯当(1868—1918)所作韵文喜剧。作品红极一时,但艺术价值不高。故事系以十七世纪的诗人西拉诺为主,述西拉诺恋一女子名洛克萨纳,后知洛克萨纳深爱克里斯蒂安·特·纽维兰德,西拉诺乃帮助此情敌,代写情书。后纽维兰德死于战役,而西拉诺将此秘密保存至临终时方始吐露。此处所谓荒唐的英雄主义即指此。

③ 按法王亨利第四确于一六一〇年被刺,但绝非为了失欢情妇。作者在此讽刺作家故意歪曲史实。

④ 比拉德为判耶稣受刑的罗马帝国的犹太总督。玛特兰纳为受耶稣感化之卖淫女,在十字架下哭耶稣而第一个发现耶稣墓穴空无尸身之人。

克利斯朵夫不禁喊道：

“这可比什么都糟了！扯谎竟扯成这个样！我透不过气来了。快快走罢！”

但在这批现代工商业化的出品中，伟大的古典艺术始终支撑着，好比今日的罗马，虽然满眼都是恶俗的建筑物，也还有些古代庙堂的废墟残迹。可是除了莫里哀以外，克利斯朵夫没有能力欣赏那些古典名著。他对于语言的微妙还不能捉摸，对于民族的特性也当然无从领会。他觉得最不可解的莫如十七世纪的悲剧；——在法国艺术中，这是外国人最难入门的一部，因为它是法国民族的心脏。他只觉得那种剧本冷冰冰的，沉闷，枯索，其迂阔和做作的程度足以令人作呕。动作不是贫乏就是过火，人物的抽象有如修辞学上的论证，空洞无物有如时髦女子的谈话。整个剧本只是一幅古代人物与古代英雄的漫画：长篇累牍的铺张的无非是理性，理由，妙语，心理分析，过时的考古学。议论，议论，议论，永远是法国人的那些唠叨。克利斯朵夫存着讥讽的心思不愿意断定它美还是不美，他只觉得毫无趣味。《西那》里面的演说家所持的理由如何，末了是哪个饶舌的家伙得胜，①克利斯朵夫全不理会。

可是他发现法国的群众并不和他一般见解，倒是非常热烈地喝彩。这也不能消除他的误会，因为他是从观众身上去看这种戏剧的；而他觉得现代的法国人就有些性格是古典的法国人遗传下来的，不过是变了形。正如犀利的目光会在一个妖冶的老妇脸上发现她女儿脸上的秀美的线条：那当然不会使你对老妇发生什么爱情！……法国人好像每天相见的家属一样，决不发觉彼此的相似。克利斯朵夫可一看见便怔住了，并且格外加以夸张，临了竟只看见这一点。当代的艺术无疑是那些伟大的祖先的漫画，而伟大的祖先在他心目中也显得像漫画中的人物。克利斯朵夫再也分辨不出，高乃依和一般摹仿者中间有何区别。拉辛也被末流的巴黎心理学家，成天在自己心中掏来摸去的子孙们弄得鱼

① 《西那》为高乃依的有名的悲剧。此处所称“演说家所持的理由”，指第二幕罗马大帝奥古斯德倦于政治，意欲退休，征询西那与玛克辛的意见，两人在御前争持各人的理由。

目混珠了。

所有这些幼稚的人从来跳不出他们的古典作家的圈子。批评家老是拉不断扯不断地讨论着《伪君子》与《费德尔》,①不觉得厌倦。年纪老了,他们还在津津有味地搞着幼年时代心爱的玩意儿。这情形可以拖到民族的末日。以崇拜远祖列宗的传统而论,世界上是没有一个国家能和法国相比的。宇宙中其余的东西都不值他们一顾。除了路易十四时代的法国名著以外什么都不读不愿意读的人不知有多多少少!他们的戏院不演歌德,不演席勒,不演克莱斯特,不演格里尔帕策尔,不演赫贝尔,不演史特林堡,不演洛泼,不演嘉台龙,②不演任何别的国家的任何巨人的名作,只有古希腊的是例外,因为他们(如欧洲所有的民族一样)自命为希腊文化的承继人。他们偶然觉得需要演一下莎士比亚,那才是他们的试金石了。表演莎士比亚的也有两派:一是用布尔乔亚的写实手法,把《李尔王》当做奥依哀③的喜剧那么演出的;一是把《哈姆莱特》编成歌剧,④加进许多雨果式的卖弄嗓子的唱词。他们完全没想到现实可以富有诗意,也没想到诗歌对于一般生机蓬勃的心灵就是自然的语言。所以他们听了莎士比亚觉得不入耳,赶紧回头表演洛斯当。

可是二十年来,也有人干着革新戏剧的工作;狭窄的巴黎文坛范围扩大了,它装着大胆的神气向各方面去尝试。甚至有两三次,外界的战斗,群众的生活,居然冲破了传统的幕。但他们赶紧把破洞缝起来。因为他们都是些娇弱的老头儿,生怕看到事实的真面目。随俗的思想,古典的传统,精神上与形式上的墨守成法,缺少深刻的严肃,使他们那个大胆的运动无法完成。最沉痛的问题一变而为巧妙的游戏;临了,一切都归结到女人——渺小的女人——问题上去。易卜生的英雄式的无政

① 《伪君子》为莫里哀的喜剧;《费德尔》为拉辛的悲剧。

② 克莱斯特为十八世纪德国戏剧家,格里尔帕策尔(奥),赫贝尔(德),史特林堡(瑞典),均十九世纪戏剧家。洛泼(西班牙),嘉台龙(西班牙),为十七世纪戏剧家。

③ 奥依哀(1820—1889)为十九世纪后期以中产阶级为主要观众的戏剧家,当时与小仲马分庭抗礼。

④ 《哈姆莱特》由多玛谱成歌剧,由加勒与巴皮哀二人编歌词。首次于一八六八年在巴黎公演。

府主义，托尔斯泰的《福音书》，尼采的超人哲学，到了他们江湖派的舞台上只剩下那些巨人的影子，可笑而可怜！

巴黎的作家花了不少心血要表示在思索一些新的事情。骨子里他们全是保守派。欧洲没有一派文学像法国文学那样普遍地跳不出过去的樊笼的：大杂志，大日报，国家剧场，学士院，到处都给“不朽的昨日”控制着。巴黎之于文学，仿佛伦敦之于政治，是防止欧洲思想趋于过激的制动机。法兰西学士院等于英国的上议院。君主时代的制度对新社会依旧提出它们从前的规章。革命分子不是被迅速地扑灭，就是被迅速地同化。而那些革命分子也正是求之不得。政府即使在政治上采取社会主义的姿态，在艺术上还是闭着眼睛让学院派摆布。针对学院派的斗争，大家只用文艺社团来做武器；而且那种斗争也可怜得很。因为社团中人一有机会就马上跨入学士院，而变得比学院派的人更学院派。至于当先锋的或是当后备员的，又老是做自己集团的奴隶，跳不出一党一派的思想。有的是囿于学院派的原则，有的是囿于革命的主张：归根结底，都是坐井观天。

为了要使克利斯朵夫提提精神，高恩预备带他到一种完全特殊的——就是说妙不可言的——戏院去。在那边可以看到凶杀，强奸，疯狂，酷刑，挖眼，破肚：凡是足以震动一下太文明的人的神经，满足一下他们隐蔽的兽性的景象，无不具备。① 那对于一般漂亮女子和交际花尤其特具魔力，——她们平时就有勇气去挤在巴黎法院的闷人的审判庭上消磨整个下午，说说笑笑，嚼着糖果，旁听那些骇人听闻的案子。但克利斯朵夫愤愤地拒绝了。他在这种艺术里进得愈深，觉得那股早就闻到的气息愈浓，先是还淡淡的，继而是持久不散的，猛烈的，完全是死的气息。

豪华的表面，烦嚣的喧闹，底下都有死的影子。克利斯朵夫这才明白为什么自己一开始就对某些作品感到厌恶。他受不了的倒并非在于

① 指巴黎的大木偶戏院，创立于一八九七年，所演的戏不是专门逗笑的，就是极端恐怖的。

作品的不道德。道德,不道德,无道德,——这些名词都没有什么意义。克利斯朵夫从来没肯定什么道德理论;他所爱的古代的大诗人大音乐家,也并非规行矩步的圣人;要是有机会遇到一个大艺术家,他决不问他要忏悔单①看,而是要问他:"你是不是健全的?"

关键就在于这"健全"二字。歌德说道:"要是诗人病了,他得想法医治。等病好了再写作。"

可是巴黎的作家都病了;或者即使有一个健全的,也要引以为羞,不让别人知道他健全,而假装害着某种重病。然而他们的疾病所反映于艺术的,并不在于喜欢享乐,也不在于极端放纵的思想,或是富于破坏性的批评。这些特点可能是健全的,可能是不健全的,看情形而定;但绝对没有死的根苗。如果有的话,也不是由于这些力量本身,而是由于使用力量的人,因为死的气息就在他们身上。——享乐,克利斯朵夫也一样喜欢。他也爱好自由。他为了直言不讳地说出他的思想,曾经在德国惹起小城里的人的反感;如今看到巴黎人宣传同样的思想,他反倒厌恶了。思想还不是一样的思想?可是听起来大不相同。以前克利斯朵夫很不耐烦地摆脱古代宗师的羁轭,攻击虚伪的美学、虚伪的道德的时候,并不像这些漂亮朋友一般以游戏态度出之;他是严肃的,严肃得可怕;他的反抗是为了追求生命,追求丰富的,藏有未来的种子的生命。但在这批人,一切都归结到贫瘠的享乐。贫瘠,贫瘠。这就是病根所在。滥用思想,滥用感官,而毫无果实。那是一种光华灿烂的、巧妙的、富有风趣的艺术;——当然是一种美的形式,美的传统,外边冲来的淤沙淹没不了的传统;——一种像戏剧的戏剧,一种像风格的风格,一批熟练的作家,很能写文章的文人;——是当年很有力量的艺术与很有力量的思想的骨骼,相当美丽的骨骼。可是也仅仅限于骨骼。铿锵的字眼,悦耳的句子,空空洞洞的互相摩擦的观念,思想的游戏,肉感的头脑,长于推理的感官;这一切除了自私自利的供自己享乐以外,毫无用处。那简直是往死路上走。而这个现象,和法国人口激减的情形相仿,

① 旧教惯例,凡教徒向教士忏悔后,教士予以书面证明,称为忏悔单。法国习惯,凡教徒结婚时,须向本堂神父缴验忏悔单。

是全欧洲不声不响地看在眼里而私心窃喜的。多少的聪明才智,多少的细腻的感觉,都浪费于无用之地,虚耗于下流可耻之事。他们自己可不觉得,只嘻嘻哈哈地笑着。但克利斯朵夫认为差堪安慰的也只有这一点:这些家伙还能够痛痛快快地笑,究竟不能算完全没希望。他们装做正经的时候,克利斯朵夫倒更不喜欢他们了;他觉得最难堪的,莫过于那些文人一边把艺术当做寻欢作乐的工具,一边自命为宣扬一种没有利害观念的宗教。

“我们是艺术家,”高恩得意扬扬地说,“我们是为艺术而艺术。艺术永远是纯洁的;它只有贞操,没有别的。我们在人生中探险,像游历家一般对什么都感兴趣。我们是探奇猎艳的使者,是永不厌倦的爱美的唐璜。”

克利斯朵夫忍不住回答说:

“你们都是虚伪的家伙,原谅我这样告诉你。我一向以为只有我的国家是如此。我们德国人老把理想主义挂在嘴上,实际永远是追求我们的利益;我们深信不疑地自命为理想主义者,其实是一肚子的自私自利。你们却更糟:你们不是用‘真理’‘科学’‘知识的责任’等来掩护你们的懦怯(就是说,你们只顾自命不凡的研究,而对于后果完全不负责任),便是用‘艺术’与‘美’来遮饰你们民族的荒淫。为艺术而艺术!……嗬!多么堂皇多么庄严的信仰!但信仰只是强者有的。艺术吗?艺术得抓住生命,像老鹰抓住它的俘虏一般,把它带上天空,自己和它一起飞上清明的世界!……那是需要利爪,需要像垂天之云的巨翼,还得一颗强有力的心。可怜你们只是些麻雀,找到什么枯骨便当场撕扯,还要喊喊喳喳的你争我夺。……为艺术而艺术!……可怜虫!艺术不是给下贱的人享用的下贱的刍秣。不用说,艺术是一种享受,一切享受中最迷人的享受。但你只能用艰苦的奋斗去换来,等到‘力’高歌胜利的时候才有资格得到艺术的桂冠。艺术是驯服了的生命,是生命的帝王。要做恺撒,先要有恺撒的气魄。你们不过是些粉墨登场的帝王:你们扮着这种角色,可并不相信这种角色。像那些以奇形怪状来博取荣名的戏子一样,你们用你们的奇形怪状来制造文学。你们沾沾自喜地培养你们民族的病,培养他们的好逸恶劳,喜欢享受,喜欢色欲,喜欢虚幻的人道主义,和一切足以麻醉意志,使它萎靡不振的因素。你们简直是把民族带去上鸦片烟馆。结局是死;你们明明知道而不说出来。——那末,我来说了罢:死神所在的地方就没有艺术。艺术是发扬生命的。但你们之中最诚实的作家也懦弱得可怜:即使遮眼布掉下了,他们也装做不看见,居然还有脸孔说:不错,这很危险;里头有毒素;可是多有才气!"

那正像法官在轻罪庭上提到一个无赖的时候说:"不错,他是个坏蛋;可是多么有才气!"

克利斯朵夫心里奇怪法国的批评界怎么不起作用的。批评家并不缺少,他们在艺术界中非常繁殖。人数之多,甚至把他们的作品也给遮得看不见了。

一般地说,克利斯朵夫对于批评这一门是不怀好感的。这么多的艺术家,在现代社会里形成第四等级第五等级似的人物,[①]克利斯朵夫已经不大愿意承认他们有什么用处,只觉得是表示一个时代的消沉,连观察人生都交给别人代理,把感觉也委托人家代庖了。尤其可耻的是,这个社会连用自己的眼睛去看人生的反影都不能,还得借助于别的媒介,借助于反影之反影,就是说:依赖批评。要是这些反影之反影是忠实的倒也罢了。但批评家所反映的只有周围的群众所表现的犹豫不定的心理。这种批评好比博物院里的镜子,给观众拿着看天顶上的油画,结果镜子所反射出来的除了天顶以外就是观众的面目。

从前有一个时期,批评家在法国有极大的权威。群众恭而敬之地接受他们的裁判,几乎把他们看做高出于艺术家,看做聪明的艺术家——(艺术家与聪明两个字平时仿佛是连不到一处的。)——以后,批评家高速度地繁殖起来:预言家太多了,他们那一行便不免受到影响。等到自称为"真理所在,只此一家"的人太多的时候,人们便不相信他们了;他们自己也不相信自己了。大家都变得灰心:照着法国人的习惯,他们一夜之间就从这一个极端转向另一个极端。从前自称为无

---

① 法国君主时代,社会分成贵族、教士、平民三级,平民称为第三等级。作者在此借用此历史名词,谓艺术家人数之多,几可自成一级,而为第四第五等级。

所不知的人,现在声明一无所知了。他们还认为一无所知就是他们的荣誉,他们的体面。勒南①曾经告诉这些萎靡不振的种族说:要风雅,必须把你刚才所肯定的立刻加以否定,至少也得表示怀疑。那是如圣·保罗所说的"唯唯诺诺"的人。法国所有的优秀人物都崇奉这个两栖原则。在这种原则之下,精神的懒惰和性格的懦弱都得其所哉了。大家再也不说一件作品是好是坏、是真是假、是智是愚,只说:

"可能如此如此……并非不可能如此如此……我不知道……我不敢担保……"

要是人家演一出猥亵的戏,他们也不说:"这是猥亵的。"而只说:"先生,你别这样说呀。我们的哲学只许你对一切都用犹豫不定的口气;所以你不该说:这是猥亵的;只能说:我觉得……我看来是猥亵的……但也不能一定这么说。也许它是一部杰作。谁知道它不是杰作呢?"

从前有人认为批评家霸占艺术,现在可绝对用不着这么说了。席勒曾经教训他们,把那些舆论界的小霸王老实不客气地叫做"奴仆",说"奴仆的责任"是:

"第一要把屋子收拾清楚,王后快到了。拿出些劲来罢!把各个房间打扫起来。诸位,这是你们的责任。

"可是只要王后一到,你们这批奴才就得赶快出去!老妈子切不可大模大样地坐在夫人的大靠椅上!"

对今日这些奴仆得说句公平话:他们不再僭占夫人的大靠椅了。大家要他们做奴才,他们就真做了奴才,——但是挺要不得的奴才:根本不动手打扫,屋子脏极了。他们抱着手臂,把整理与清除的工作都让主人去做,让当令的神道——群众——去做。

从某些时候以来,已经有了一种反抗这混乱现象的运动。少数比较精神坚强的人正为着公众的健康而奋斗,——虽然力量还很薄弱。但克利斯朵夫为环境所限,绝对看不见这批人。并且人家也不理会他们,反而加以嘲笑。偶尔有一个刚强的艺术家对时行的、病态的、空虚

---

① 勒南(1823—1892)为法国史学家兼哲学家。

的艺术起而反抗,作家们就高傲地回答说,既然群众表示满意,便证明他们作者是对的。这句话尽够堵塞指摘的人的嘴巴。群众已经表示意见了:这才是艺术上至高无上的法律!谁也没想到,我们可以拒绝一般堕落的民众替诱使他们堕落的人作有利的证人,谁也没想到应当出艺术家来指导民众而非由民众来指导艺术家。数字——台下看客的数字和卖座收入的数字——的宗教,在这商业化的民主国家中控制了全部的艺术思想。批评家跟在作家后面,柔顺的,毫无异议地宣称,艺术品主要的功能是讨人喜欢。社会的欢迎是它的金科玉律;只要卖座不衰,就没有指摘的余地。所以他们努力预测娱乐交易所的市价上落,看群众对作品如何表示。妙的是群众也留神着批评家的眼睛,看他认为作品怎么样。于是大家你瞪着我,我瞪着你,彼此只看见自己的犹豫不定的神气。

然而时至今日,最迫切的需要就莫过于大无畏的批评。在一个混乱的共和国家,最有威势的是潮流,它不像一个保守派国家里的潮流,难得会往后退的:它永远前进;那种虚伪的思想的自由永远在变本加厉,差不多没有人敢抵抗。群众没有披露意见的能力,心里很厌恶,可没有一个人敢把心中的感觉说出来。假使批评家是一般强者,假使他们敢做强者,那末他们一定可以有极大的威力!一个刚毅的批评家(克利斯朵夫凭着他年轻专断的心思这样想),可能在几年之内,在控制群众的趣味方面成为一个拿破仑,把艺术界的病人一股脑儿赶入疯人院。可是你们已经没有拿破仑了……你们的批评家先就生活在恶浊腐败的空气里,已经辨别不出空气的恶浊腐败。其次,他们不敢说话。他们彼此都是熟人,都变了一个集团,应当互相敷衍:他们绝对不是独立的人。要独立,必须放弃社交,甚至连友谊都得牺牲。但最优秀的人都在怀疑,为了坦白的批评而招来许多不愉快是否值得。在这样一个毫无血气的时代里,谁又有勇气来这样干呢?谁肯为了责任而把自己的生活搅得像地狱一样呢?谁敢抗拒舆论,和公众的愚蠢斗争?谁敢揭穿走红的人的庸俗,为孤立无助、受尽禽兽欺侮的无名艺人作辩护,把帝王般的意志勒令那些奴性的人服从?——克利斯朵夫在某出戏剧初次上演的时候,在戏院走廊里听见一般批评家彼此说着:

“嘿,那不糟透了吗? 简直一塌糊涂!”

第二天,他们在报上戏剧版内称之为杰作,再世的莎士比亚,说是天才的翅膀在他们头上飞过了。

“你们的艺术缺少的不是才气而是性格,”克利斯朵夫和高恩说,“你们更需要一个大批评家,一个莱辛,一个……”

“一个布瓦洛①,是不是?”高恩用着讥讽的口气问。

“是的,也许法国需要一个布瓦洛胜于需要十个天才作家。”

“即使我们有了一个布瓦洛,也没有人会听他的。”

“要是这样,那末他还不是一个真正的布瓦洛,”克利斯朵夫回答,“我敢向你担保:一朝我要把你们的真相赤裸裸地说给你们听的时候,不管我说得怎样不高明,你们总会听到的,并且你们非听不可。”

“哎哟! 我的好朋友!”高恩嘻嘻哈哈地说。

他的神气好似对于这种普遍的颓废现象非常满足,所以克利斯朵夫忽然之间觉得,高恩对法国比他这个初来的人更生疏。

“那是不可能的,”这句话是克利斯朵夫有一天从大街上一家戏院里不胜厌恶地走出来时已经说过的,“一定还有别的东西。”

“你还要什么呢?”高恩问。

克利斯朵夫固执地又说了一遍:“我要看看法兰西。”

“法兰西,不就是我们吗?”高恩哈哈大笑地说。

克利斯朵夫目不转睛地望了他一会儿,摇摇头,又搬出他的老话来:

“还有别的东西。”

“那末,朋友,你自己去找罢。”高恩说着,愈加笑开了。

是的,克利斯朵夫大可以花一番心血去找。他们把法兰西藏得严密极了。

---

① 布瓦洛(1636—1711)为诗人兼批评家,在法国文学史上以态度严正著称。

第二部

当克利斯朵夫把酝酿巴黎艺术的思想背景逐渐看清楚的时候,他有了一个更强烈的印象:就是女人在这国际化的社会上占着最高的、荒谬的、僭越的地位。单是做男子的伴侣已经不能使她餍足。便是和男子平等也不能使她餍足。她非要男子把她的享乐奉为金科玉律不行。而男子竟帖然就范。一个民族衰老了,自会把意志,信仰,一切生存的意义,甘心情愿地交给分配欢娱的主宰。男子制造作品;女人制造男子,——(倘使不是像当时的法国女子那样也来制造作品的话);——而与其说她们制造,还不如说她们破坏更准确。固然,不朽的女性对于优秀的男子素来是一种激励的力量;①但对于一般普通人和一个衰老的民族,另有一种同样不朽的女性,老是把他们往泥洼里拖。而这另一种女性便是思想的主人翁,共和国的帝王。

由于高恩的介绍,又靠着他演奏家的才具,克利斯朵夫得以出入于某些沙龙。他在那些地方,很好奇地观察着巴黎女子。像多数的外国人一样,他把他对两三种女性的严酷的批判,推而至于全部的法国女子。他所遇到的几种典型,都是些年轻的妇女,并不高大,没有多少青春的娇嫩,身腰很软,头发是染过色的,可爱的头上戴着一顶大帽子;照身体的比例,头是太大了一些,脸上的线条很分明,皮肤带点虚肿;鼻子长得相当端正,但往往很俗气,永远谈不到什么个性;眼睛活泼而缺少深刻的生命,只是竭力要装得有神采,睁得越大越好;秀美的嘴巴表示很能控制自己;下巴丰满,脸庞的下半部完全显出这些漂亮人物的唯物主义:一边钩心斗角地谈爱情,一边照旧顾到舆论,顾到夫妇生活。人

① “不朽的女性”一语,见歌德的《浮士德》第二部:“不朽的女性带着我们向上。”

长得挺美,可不是什么贵种。这些时髦女人,几乎都有一种腐化的布尔乔亚气息,或者凭着她们的谨慎、节俭、冷淡、实际,和自私等这些阶级的传统性格,极希望成为腐化的布尔乔亚。生活空虚,只求享乐。而享乐的欲望并非由于官能的需要,而是由于好奇。意志坚强,但意志的本质并不高明。她们穿得非常讲究,小动作都有一定的功架。用手心或手背轻轻巧巧地整着头发,按着木梳,坐的地位老是能够对镜自照而同时窥探别人,不管这镜子是在近处还是在远处,至于晚餐席上,茶会上,对着闪光的羹匙、刀叉、银的咖啡壶,把自己的倩影随便瞅上一眼,她们更觉得其乐无穷。她们吃东西非常严格,只喝清水,凡是可能影响她们认为理想的,像面粉般的白皮肤的菜,一概不吃。

和克利斯朵夫来往的人中,犹太人相当多;他虽然从认识于第斯·曼海姆以后对这个种族已经没有什么幻想,仍不免受他们吸引。在高恩介绍的几个犹太沙龙里,大家很赏识他,因为这个种族一向是很聪明而爱聪明的。在宴会上,克利斯朵夫遇到一般金融家、工程师、报馆巨头、国际掮客、黑奴贩子一流的家伙,——共和国的企业家。他们头脑清楚,很有毅力,旁若无人,挂着笑脸,貌似豪放,其实非常深藏。克利斯朵夫觉得这些坐在供满鲜花与人肉的餐桌四周的人物,冷酷的面目之下都隐伏着罪恶的影子,不管是过去的或将来的。几乎所有的男人全是丑的。女人大体上都很漂亮,只要你不从太近的地方看;脸上的线条与皮色缺少细腻。可是她们自有一种光彩,显得物质生活相当充实;美丽的肩膀在众目睽睽之下像鲜花般傲然开放,还有把她们的姿色,甚至她们的丑恶,变做捕捉男人的陷阱的天才。一个艺术家看到了,一定会发现其中有些古罗马人的典型,尼罗或哈特里安皇帝时代的女子。此外也有巴玛岛民式的脸蛋,淫荡的表情,肥胖的下巴埋在颈窝里,颇有肉感的美。还有些女人头发很浓,鬈得厉害,火辣辣而大胆的眼睛,一望而知是精明的,尖利的,无所不为的,比其余的女子更刚强,但也更女性。在这些女人中,寥寥落落地显出几个比较有性灵的。纯粹的线条,其来源似乎比罗马更古远,直要推溯到《圣经》时代的希伯来族:你看了感到一种静默的诗意,荒漠的情趣。但克利斯朵夫走近去听希伯来主妇与罗马皇后谈话时,发觉那些古族的后裔也像其余的女人一样,不过是巴黎化的犹太女子，而且比巴黎女子更巴黎化，更做作，更虚假，若无其事地说些恶毒的话，把一双像圣母般美丽的眼睛去揭露别人的身体与灵魂。

克利斯朵夫在东一堆西一堆的客人中间徘徊，到处格格不入。男人们提到狩猎的时候那么残忍，谈论爱情的口吻那么粗暴，唯有谈到金钱才精当无比，出之以冷静的、嬉笑的态度。大家在吸烟室里听取商情。克利斯朵夫听见一个衣襟上缀有勋饰的小白脸，在太太们中间绕来绕去，殷勤献媚，用着喉音说道："怎么！他竟逍遥法外吗？"

两位太太在客厅的一角谈着一个青年女伶和一个交际花的恋爱。有时沙龙里还举行音乐会。人们请克利斯朵夫弹琴。女诗人们气吁吁的，流着汗，朗诵苏利·普吕东和奥古斯丁·陶兴的诗。一个有名的演员，用风琴伴奏，庄严地朗诵一章"神秘之歌"。音乐与诗句之荒唐教克莉斯朵夫作呕。但那些女子竟听得出了神，露着美丽的牙齿笑开了。他们也串演易卜生的戏剧。一个大人物反抗那些社会柱石的苦斗，结果只给他们作为消遣。

然后，他们以为应当谈谈艺术了。那才令人作呕呢。尤其是妇女们，为了调情，为了礼貌，为了无聊，为了愚蠢，要谈易卜生、瓦格纳、托尔斯泰。一朝谈话在这方面开了头，再也没法教它停止。那像传染病一样。银行家，掮客，黑人贩子，都来发表他们对于艺术的高见。克利斯朵夫竭力避免回答，转变话题，也是徒然：人家硬要跟他谈论音乐与诗歌。有如柏辽兹说的："他们谈到这些问题的时候，那种不慌不忙的态度仿佛谈的是醇酒妇人，或是旁的肮脏事儿。"一个神经病科的医生，在易卜生剧中的女主角身上认出他某个女病人的影子，可是更愚蠢。一个工程师，一口咬定《玩偶之家》中最值得同情的人物是丈夫。一个名演员——知名的喜剧家——吞吞吐吐地发表他对于尼采与卡莱尔①的高见；他告诉克利斯朵夫，说他不能看到一张范拉士葛②——当时最走红的画家——的画而"不是大颗大颗的泪珠直淌下来"。但他

① 卡莱尔(1795—1881)为英国著名史学家及论文家。

② 范拉士葛为十七世纪西班牙画家。

又真诚地告诉克利斯朵夫，虽然他把艺术看得极高，但是把人生的艺术——行动，看得更高：要是他能够挑选一个角色来扮演的话，他一定挑俾斯麦。有时，这种场合也有一个所谓高人雅士。他的谈吐可也不见得如何高妙。克利斯朵夫常常把他们自以为说的内容，和实际所说的核对一下。他们往往一言不发，挂着一副莫测高深的笑容：他们是靠自己的声名过活的，决不拿声名来冒险。当然也有几个话特别多的，照例总是南方人。他们无所不谈，可是毫无价值观念，把一切都等量齐观。某人是莎士比亚，某人是莫里哀，某人是耶稣基督。他们把易卜生和小仲马相比，把托尔斯泰和乔治·桑并论；而这一切，自然是为表明法国已经无所不备。他们往往不通任何外国语文，但这一点对他们并无妨碍。听的人完全不问他们说的是否对的，主要是说些有趣的事，尽量迎合民族的自尊心。什么责任都可以撩在外国人头上，——除了当时的偶像：因为不论是格里格，是瓦格纳，是尼采，是高尔基，是邓南遮，总有一个当令的，但决不会长久，偶像早晚要被扔入垃圾桶的。

眼前的偶像是贝多芬。贝多芬变了时髦人物，谁想得到？至少在上流社会与文人中间是这样：因为法国的艺术趣味是像天平秤一样忽上忽下的，所以音乐家们早已把贝多芬丢开了。法国人要知道自己怎么想，先得知道邻人怎么想，以便采取跟他一样的或是相反的思想。看到贝多芬变得通俗了，音乐家中最高雅的一派便认为贝多芬已经不够高雅；他们永远自命为舆论的先驱而从来不追随舆论，与其和舆论表示同意，宁愿跟它背道而驰。所以他们把贝多芬当做粗声叫喊的老聋子；有些人还说他或许是个可敬的道德家，但是徒负虚名的音乐家。——这类恶俗的笑话绝对不合克利斯朵夫的脾胃。而上流社会的热心捧场也并不使克利斯朵夫更满意。倘若贝多芬在这个时候来到巴黎，一定是个红人，可惜他死了一百年。他的走运倒并不是靠他的音乐，而是靠他的多少带有传奇色彩的生活，那是被感伤派的传记宣扬得妇孺皆知的。粗犷的相貌，狮子般的嘴脸，已经成为小说中人的面目。那些太太对他非常怜爱，意思之间表示，如果她们认识了他，他决不至于那么痛苦；她们敢这样慷慨，因为明知贝多芬决不会拿她们的话当真……这老头儿已经什么都不需要了。——因此，一般演奏家，乐队指挥，戏院经理,都对他表示十二分虔敬;并且以贝多芬的代表资格领受大家对贝多芬的敬意。票价高昂,规模宏大的纪念音乐会,使上流社会能借此表现一下他们的善心,——偶然也能使他们发现几阕贝多芬的交响曲。喜剧演员,上流社会,半上流社会,共和政府特派主持艺术事业的政客,组织着委员会,公告社会说他们就要为贝多芬立一个纪念碑:除了几个被人当做通行证用的好好先生以外,发起人名单上有的是那些混蛋——倘使贝多芬活着的话一定会把贝多芬踩在脚下的。

克利斯朵夫看着,听着,咬着牙齿,免得说出难听的话。整个晚上,他全身紧张,四肢抽搐。他既不能说话,也不能不说话。并非为了兴趣或需要,而是为了礼貌,为了非说些什么不可而说话,使他非常难堪。把真正的思想说出来罢,那是不行的。信口胡诌罢,又办不到。他甚至在不开口的时候也不会保持礼貌。倘使他望着旁边的人,就是眼睛直勾勾地瞪着人家,不由自主地研究对方,教人生气。要是他说话,就嫌语气太肯定,又使大家——连他自己在内——听了刺耳。他觉得自己不得其所;而且他既有相当的聪明,能够感觉到自己把这个环境的和谐给破坏了,当然对自己的态度举动和主人们一样气恼。他恨自己,恨他们。

等到半夜里独自一人走到街上的时候,他烦闷到极点,竟没气力走回去了;他差不多想躺在街上,好像他儿时在爵府里弹了琴回家的情形。有时,即使那一个星期的全部存款只剩了五六个法郎,他也会花两法郎雇一辆车。他急急忙忙地扑进车厢,希望赶快溜走;他一路上在车子里呻吟不已。回到寓所,上床睡觉了,他还在呻吟……然后又猛地想起一句滑稽的话而放声大笑,不知不觉做着手势,把那句话重说一遍。第二天,甚至过了好几天,独自散步的时候,他又突然咆哮起来,像野兽一样……干吗他要去看这些人呢?干吗要再上那些地方去看他们呢?干吗勉强自己去学别人的模样、手势、鬼脸,装做关心那些并不关心的事?——他是不是真的不关心呢?——一年以前,他绝对不耐烦跟他们来往的。现在他觉得他们又好气又好笑了。是不是他也多少沾染了巴黎人满不在乎的脾气?于是他很不放心地怀疑自己的性格不及从前强了。但实际是相反:他倒是更强了。在一个陌生的环境里,他精神比较自由得多。他不由自主地要睁着眼睛看人类的大喜剧。

并且不管他喜欢不喜欢,只要他希望巴黎社会认识他的艺术,就得继续过这种生活。巴黎人对作品的兴趣,要看他们对作者认识的深浅而定。要是克利斯朵夫想在这些市侩中间找些教课的差事来糊口,他尤其需要教人家认识。

何况一个人还有一颗心,而心是无论如何必须有所依恋的;如果一无依傍,它就活不了。

克利斯朵夫的女学生中有一个叫做高兰德·史丹芬,她的父亲是个很有钱的汽车制造商,入了法国籍的比利时人;母亲是意大利人。她的祖父是英美的混血种,卜居在安特卫普,祖母是荷兰人。这是一个十足地道的巴黎家庭。在克利斯朵夫看来,——像别人看来一样,——高兰德是个典型的法国少女。

她才十八岁,丝绒般的黑眼睛对年轻的男人特别显得温柔,像西班牙姑娘的瞳子,水汪汪的光彩把眼眶填满了,说话的时候,那个古怪而细长的小鼻子老是在翕动,乱蓬蓬的头发,一张怪可爱的脸,皮肤很平常,搽着粉,粗糙的线条,有点儿虚肿,神气像头瞌睡的小猫。

她个子非常小,衣服很讲究,又迷人,又淘气,举止态度都带几分撒娇,做作,痴騃;她装着小女孩子的神气,几个钟点地坐在摇椅里晃来晃去;在饭桌上看到什么心爱的菜,便拍着手小声小气地叫着:"噢!多开心啊!……"在客厅里,她燃着纸烟,在男人面前故意做得跟女友们亲热得不得了,勾着她们的脖子,摩着她们的手,咬着她们的耳朵,说些傻话,或是娇滴滴地说些凶狠的话,说得很巧妙,偶然也会若无其事地说些挺放肆的话,——而更会逗人家说这种话,——一忽儿她又扮起天真的憨态,眼睛挺亮,眼皮厚厚的,又肉感,又狡猾,从眼梢里看人,留神听着人家的闲话,很快地把粗野的部分听在耳里,想法吊几个男人上钩。

这些做作,像小狗般在人前卖弄的玩意儿,假装天真的傻话,对克利斯朵夫全不是味儿。他没有闲工夫来注意一个放荡的小姑娘耍手段,也不屑用好玩的心情瞧那些手段。他得挣他的面包,把他的生命与思想从死亡中救出来。他的关心这些客厅里的鹦鹉,只在于她们能够帮助他达到目的。拿了她们的钱,他教她们弹琴,非常认真,紧蹙着眉头,全副精神贯注着工作,免得被这种工作的可厌分心,也免得被像高兰德·史丹芬一类轻佻的女学生的淘气分心。所以他对于高兰德,并不比对高兰德的十二岁的表妹更关切;那是个幽静而胆怯的孩子,住在史丹芬家和高兰德一起学琴的。

高兰德那么机灵,决不会不发觉她所有的风情对他都是白费,而且她那么圆滑,很容易随机应变地迎合克利斯朵夫的作风。那根本不用她费什么心,而是她天赋的本能。她是女人,好比一道没有定型的水波。她所遇到的各种心灵,对于她仿佛各式各种的水瓶,可以由她为了好奇,或是为了需要,而随意采用它们的形式。她要有什么格局,就得借用别人的。她的个性便是不保持她的个性。她需要时常更换她的水瓶。

她的受克利斯朵夫吸引有许多理由。第一是克利斯朵夫的不受她吸引。其次因为他和她所认识的一切青年都不同;形式这样粗糙的瓶,她还没有试用过。何况估量各种水瓶各种人物的价值,她天生的特别内行;所以她明白克利斯朵夫除了缺少风雅以外,人非常厚实,那是巴黎的公子哥儿所没有的。

跟一切有闲的小姐一样,她也弄音乐;她为此花的功夫可以说很多,也可以说很少。这是说:她老是在弄音乐,而实际是差不多一无所知。她可以整天地弹琴,为了无聊,为了装腔,为了求麻醉。有时,她的弹琴像骑自行车一样。有时她可以弹得很好,有格调,有性灵,——(只要她设身处地地去学一个有性灵的人,她就变得有性灵了。)——在认识克利斯朵夫以前,她可以喜欢玛斯奈、格里格、多玛。认识克利斯朵夫以后,她就可以不喜欢他们。如今她居然把巴赫和贝多芬弹得很像样了,——(这倒不是恭维她的话);——但最奇怪的是她居然喜欢他们。其实她并不是爱什么贝多芬、多玛、巴赫、格里格,而是爱那些音符,声响,在键盘上奔驰的手指,跟别的弦一样搔着她神经的琴弦的颤动,以及使她身心舒畅的快感。

在她贵族化住宅的客厅里,——铺着浅色的地毯,正中放着一个画架，供着壮健的史丹芬夫人的肖像，那是个时髦画家的作品，把她表现得多愁多病，好比一朵没有水分的花，奄奄一息的眼睛，身子像螺旋般扭做几段，似乎非如此就不能表现这富家妇珍贵的心灵；——大客厅一面全是玻璃门，可以望见盖满白雪的老树，克利斯朵夫发现高兰德坐在钢琴前面，反复不已地弹着些同样的乐句，听着几个柔靡的不协和弦出神。

“啊！”克利斯朵夫一进门叫道，“猫儿又在打鼾了！”

“你又来缺德了！”她笑着回答……

（说着她向他伸出潮腻腻的手。）

“……你听呀。难道这不美吗？”

“美极了。”他口气很冷淡。

“你根本没有听！……你听一听行不行？”

“我早听到了……老是这一套。”

“啊！你不是音乐家。”她有点儿恼了。

“仿佛你搞的这个真是音乐似的！”

“怎么！……这不是音乐是什么，请问你？”

“你自己很明白！我可不能告诉你，说出来是不雅的。”

“那更要你说了。”

“要我说吗？……——那是你活该了！……你知道你坐在钢琴前面做些什么？……你是在调情。”

“这像什么话！”

“一点不错。你对钢琴说着：亲爱的钢琴，亲爱的钢琴，跟我说些好话呀，抚摩我呀，给我一个亲吻呀！”

“别说了行不行？”高兰德半笑半恼地说，“你竟一点儿不顾体统。”

“我就是不顾体统。”

“你真是蛮不讲理……再说，倘使这真正是音乐的话，我这种方式不就是真正爱好音乐的方式吗？”

“噢！我求你，别把这种东西和音乐搅在一起。”

“可是这就是音乐啊！一个美妙的和弦等于一个亲吻。”

“我没教你这么说。”

“难道不是吗？……干吗你耸肩膀？干吗你扯鬼脸？”

“因为我讨厌这种话。”

“你越说越妙了！”

“我讨厌人家用淫荡的口吻谈论音乐……噢！这也不是你的错，是你的社会的错。你周围那些无聊的人把艺术看做一种特准的淫乐……得啦，别说废话了！把你的奏鸣曲弹给我听罢。”

“不忙，我们再谈一会儿罢。”

“我不是来谈天而是给你上钢琴课的……来罢，开步走！”

“瞧你多有礼貌！”高兰德有点儿气恼了，心里却觉得这样碰一下钉子也痛快。

她非常用心地弹她的曲子；因为灵巧，所以成绩很过得去，有时还相当的好。胸中雪亮的克利斯朵夫暗里笑着这个淘气的女孩子“居然这样伶俐，虽然对弹的曲子一无所感，弹得倒像真有所感”。然而他不免因此对她抱着好感。高兰德竭力找机会跟他说话，觉得谈天比上课有趣得多。克利斯朵夫白白地拒绝，表示他不能回答，因为一说出心里的话就会得罪她；她却总有方法使他说出来；而且他的话越唐突，她越不觉得唐突：那对她是种游戏。精灵乖巧的姑娘知道克利斯朵夫最喜欢真诚，所以她大着胆子跟他一味顶撞，很固执地和他争论。而两人争论完了，一点不伤和气。

可是克利斯朵夫对这种沙龙里的友谊决不会存什么幻想，他们中间也永远谈不到什么亲密，要不是有一天，高兰德一半突如其来、一半出于勾引男人的本能而向克利斯朵夫推心置腹的话。

头天晚上，她父母在家里招待宾客。她有说有笑，像疯子一般大大地卖弄了一番风情；但第二天早上克利斯朵夫去上课的时候，她累死了，形容憔悴，脸色苍白，头涨得厉害。她无精打采地连话都不愿意说，坐在钢琴前面有气无力地弹着，逢到快的段落都脱落了，改了几次也没弹好，便突然停下来说：

“我弹不下去了……对不起……等一忽儿好不好？”

他问她是否不舒服。她回答说不。他心里想：

“她不大上劲……她有时就是这样的……虽然可笑,但也不能怪她。”

于是他提议改天再来;但她一定要留着他:

“只要一忽儿……过一下就会好的……我真胡闹,是不是?”

他觉得她的态度不大正常,可不愿意问,故意把话扯开去:

“哦,这是因为你昨天晚上风头太足了啊!你太辛苦了。”

她含讥带讽地笑了笑:“嗯,对你倒是不能这样说。”

他老实不客气笑开了。她又道:“我想你昨天连一句话都没说。”

“对。”

“可是颇有几个有意思的人呢。”

“是的,那些多嘴的家伙,那些才子!在你们这般没骨头的法国人中间,我简直搞糊涂了;他们什么都懂,什么都会解释,什么都能原谅,可是什么也没感觉到。他们几个钟点地谈着艺术啊,爱情啊,不教人恶心吗?”

“你不喜欢讨论爱情,那末对艺术总该有兴趣呀。”

“这些事用不着讨论,要你去做。”

“要是不能做呢?”高兰德微微噘着嘴。

克利斯朵夫笑着回答:“那末让别人去做。艺术不是每个人都能搞的。”

“爱情也是这样吗?”

“也是这样。”

“我的天!那我们还有什么事可做呢?”

“管家啰。”

“谢谢罢!”高兰德恼了。

她把手放在琴上再来尝试,可照旧弹不起来;她便敲着键盘呻吟道:

“没有办法!……我简直一无所用。你说得不错。女人什么事都做不了。”

“能够这样说已经不坏了。”克利斯朵夫老老实实地回答。

她望着他,好似小姑娘挨了骂一样的垂头丧气,接着说:“别这么冷酷啊!”

“我并不毁谤贤淑的妇女,”克利斯朵夫高高兴兴地回答,“一个贤淑的女人是尘世的天堂……可是尘世的天堂……”

“对啦,谁也没见过尘世的天堂。”

“我并不悲观到这种程度。我只说:我,我从来没见过;可是一定有的。只要有,我就决心去寻访。但是很不容易。世界上一个贤淑的女子和一个有天才的男人同样难得。”

“除了他们以外,其余的男男女女都无足轻重了吗?”

“相反!社会上只看重这一批。”

“可是你呢?”

“对于我,这些人是有等于无。”

“噢,你多冷酷!”高兰德说。

“不错,我有点儿冷酷。但只要能对别人有些好处,也应当有几个冷酷的人!……倘若世界上不是东一处西一处有几颗石子的话,更要一团糟了。”

“你说得对,你很得意你是强者,”高兰德悲哀地说,“可是对那些不能成为强者的人,——尤其是女的,你别太严厉啊……你不知道我们的懦弱把我们磨得多苦。你看到我们嘻嘻哈哈,调情打趣,弄些可笑的玩意儿,便以为我们脑子里空空如也,瞧不起我们。哪知道一般十五岁到十八岁中间的小女人,尽管在社会上交际,出风头,——可是跳完了舞,说完了废话,怪论,发完了牢骚(人家看见她们笑也跟着笑),当她们对一班混蛋透露了一些心腹,在每个人眼里想找些光明而找不到之后,——夜里回家,关在静悄悄的卧室里,给孤独的苦闷煎熬得扑在地下,啊!要是你能看到她们这个模样!……”

“有这样的事吗?”克利斯朵夫惊愕地说,“怎么!你们竟这样的痛苦吗?”

高兰德一声不出,可是眼泪涌上来了。她强作笑容,把手伸给克利斯朵夫。他感动地握着:

“可怜的孩子!既然你们痛苦,为什么不想法摆脱这种生活呢?”

“你要我们怎么办?简直无法可想。你们男人,你们可以摆脱,爱做什么就做什么。可是我们,我们永远被世俗的义务跟浮华享乐束缚着跳不出去。”

“谁限制你们,不许你们跟我们一样的摆脱一切,干一件你们心爱而又能保障你们独立的事业,——像保障我们的一样?”

“像保障你们的一样?可怜的克拉夫脱先生!你们所谓独立的保障也不见得怎么可靠!……可是那至少是你们喜欢的事业。我们可又配做些什么呢?没有一件事情使我们感兴趣。——是的,我知道,我们现在什么都参加,假装关心着一大堆跟我们不相干的事;我们多么需要能关心一点儿什么!我跟旁人一样参加团体,担任慈善会的工作,到巴黎大学去上课,听柏格森和于尔·勒曼脱的讲演,听古代音乐会,古典作品朗诵会,还做着笔记,笔记……我自己也不知道记些什么!……我骗自己,以为这些是我所热爱的,或者至少是有用的。啊!我明明知道不是这么回事,我对什么都不在乎,对什么都腻烦!……我这样把每个人的思想老实告诉了你,你可不能瞧不起我。我并不比别的女人更蠢。可是哲学、历史、科学,究竟跟我有什么相干?至于艺术,——你瞧——我乱弹一阵,东涂西抹,涂些莫名其妙的水彩画;——难道这些就能使一个人的生活不空虚了吗?我们一生只有一个目的:就是嫁人。可是嫁给那些我跟你看得一样明白的家伙,你想是有趣的吗?唉,我把他们看透了。我没有你们德国多情女子的那种运气,会自己造些幻象……噢,太可怕了!看看周围的人,看看已经结婚的女子,看看她们所嫁的男人,想到自己也得跟她们一样,让身心变质,跟她们一样的庸俗!……我敢说,没有艰苦卓绝的精神决计受不了这种生活这种义务。而那种精神就不是每个女子都能有的……光阴如流矢,日月如穿梭,一眨眼青春就完了;可是我们心中究竟藏着些美的、好的东西,——只是永远不加利用,让它们一天天地死灭,结果还得拿去送给我们瞧不起,而将来也要瞧不起我们的蠢货!……并且没有一个人了解你!人家说我们是一个谜。那些男人觉得我们乏味,古怪,倒也罢了。女人应该是懂得我们的啊!她们是过来人,只要回想一下自己的情形就得了……事实可不是这样。她们决不给你一点帮助。便是做我们母亲的也不了解我们,也不真心想认识我们。她们只打算把我们嫁人。除此以外,死也罢,活也罢,都归你自己去安排!社会把我们完全丢在一边。"

"别灰心,"克利斯朵夫说,"每个人的生活经验都得由自己去体会的。如果你有勇气,一切都会顺利。想法到你的社会以外去找找罢。法国总该有些正派的男人。"

"有的。我也认识。可是他们多么可厌!……并且,我还得告诉你:我的社会虽然使我讨厌,可是我觉得,此刻我已经跳不出这个社会了。我已经习惯了。我需要相当的享受,相当高级的奢侈和交际,那不能单靠金钱得到,可也少不了金钱。这种生活当然谈不到什么光辉,我知道。可是我很有自知之明,我是弱者……请你别因为我告诉了你许多没勇气的话而跟我疏远。请你用慈悲的心肠听我说罢。跟你谈谈,我多么快慰!我觉得你是强者,是个健全的人:我完全信任你。给我一点儿友谊,你愿意吗?"

"当然愿意,"克利斯朵夫说,"可是我能帮你什么呢?"

"只要你听我说说,给我一些忠告,给我一些勇气。我常常烦闷得不得了!那时我真不知道怎么办。我对自己说:'奋斗有什么用?烦恼有什么用?这个或那个,有什么相干?不管是谁,不管是什么!'那真是一种可怕的境界。我不愿意掉进去。你帮助我罢!帮助我罢!……"

她垂头丧气,似乎一下子老了十岁;她用着善良的、顺从的、哀求的眼睛,望着克利斯朵夫。他答应了她的要求。于是她又兴奋起来,笑了,快活了。

晚上,她照常有说有笑地卖弄风情。

从这天起,他们之间亲密的谈话变成有规律的了。他们单独在一起,她把心里的愿望告诉他:他很费了点心血去了解她,提供意见;她听着他的劝告,必要时还得听他埋怨,那副严肃与小心的神气活像一个怪听话的女孩子:那对她是种消遣,甚至也是一种精神上的依傍;她用感激而风骚的眼神表示谢意。——但她的生活一点没有改变:只是多添了一桩娱乐罢了。

她一天的生活是一组连续不断的变化。早上起身极晚,总在十二点光景，因为她夜里失眠，要到天亮才睡熟。她成天的不做事，只渺渺茫茫的，反复不已地想着一句诗，一个念头，一个念头的片段，谈话的回忆，一句音乐，一个她喜欢的脸庞。从傍晚四五点钟起，她才算完全清醒。在此以前，她总是眼皮厚厚的，面孔虚肿，噘着嘴，不胜困倦的神气。要是来了一个像她一样饶舌，一样爱听巴黎谣言的知己的女朋友，她便马上活跃起来。她们絮絮不休地讨论着恋爱问题。对于她们，恋爱心理学是和装束，秘史，诽谤这几件事同样谈不完的题目。她们也有一群有闲的青年，需要每天在裙边消磨两三个钟点：这些男人差不多自己也可以穿上裙子：因为他们的谈吐思想简直跟少女的一模一样。克利斯朵夫的出现也有一定的时间：那是忏悔师的时间。高兰德当场会变得严肃，深思。真像英国的史学家包特莱所说的那种法国少女，在忏悔室里“把她镇静的预备好的题意尽量发挥，眉目清楚，有条有理，凡是要说的话都安排得层次分明”。——忏悔过后，她再拼命地寻欢作乐。白天快完了，她可越来越年轻了。晚上她到戏院去；在场子里看到几张永远不变的脸便是她永远不变的乐趣；——因为上戏院去的愉快，并不在于戏剧，而是在于认识的演员，在于已经指摘过多少次而再来指摘一次的他们的老毛病。大家跟那些到包厢里来访问的熟人讲别的包厢里的人坏话，或是议论女戏子，说扮傻姑娘的角色“声带像变了味的芥子酱”，或者说那个高大的女演员衣服穿得“像灯罩一样”。——再不然是大家去赴晚会；到那儿去的乐趣是炫耀自己，要是自己长得俏的话：——（但要看日子而定；在巴黎，一个人的漂亮是最捉摸不定的）；——还有是把对于人物、装束、体格的缺陷等的批评修正一番。真正的谈话是完全没有的。——回家总是很晚。大家都不容易睡觉（这是一天之中最清醒的时间），绕着桌子徘徊，拿一本书翻翻，想起一句话或一个姿势就自个儿笑笑。无聊透了。苦闷极了。又是睡不着觉。而半夜里，忽然之间来了个绝望的高潮。

克利斯朵夫只看到高兰德几个钟点，对于她的变化也只见到有限的几种，然而他已经莫名其妙了。他私忖她究竟什么时候是真诚的，——是永远真诚的呢还是从来不真诚的。这一点连高兰德自己也说不上来。她和大多数欲望无所寄托而无从发挥的少女一样，完全在黑暗里。她不知道自己是哪种人,因为不知道自己要些什么,因为她没尝试以前,根本无法知道自己要些什么。于是她依着她的方式去尝试,希望有最大限度的自由,冒最小限度的危险,同时摹仿周围的人物,假借他们的精神。而且她也不急于要选定一种。她对一切都敷衍,预备随时加以利用。

但像克利斯朵夫这样的一个朋友是不容易对付的。他允许人家不喜欢他,允许人家喜欢他所不敬重甚至瞧不起的人,却不答应人家把他跟那些人一般看待。各有各的口味,是的;但至少得有一种口味。

克利斯朵夫尤其不耐烦的,是高兰德仿佛挺高兴地搜罗了一批他最看不上眼的轻薄少年:都是些令人作呕的时髦人物,大半是有钱的,总之是有闲的,再不然是在什么部里挂个空名的人,——都是一丘之貉。他们全是作家——自以为是作家。在第三共和治下,写作变了一种神经病,尤其是一种满足虚荣的懒惰,——在所有的工作中,文人的工作最难检讨,所以最容易哄骗人。他们对于自己伟大的劳作只说几句很谨慎但是很庄严的话。似乎他们深知使命重大,颇有不胜艰巨之概。最初,克利斯朵夫因为不知道他们的作品和他们的姓名而觉得很窘。他怯生生地打听了一下,特别想知道大家尊为剧坛重镇的那一位写过些什么。结果,他很诧异地发现,那伟大的剧作家只写了一幕戏,——还是一部小说的节略,而那部小说又是用一组短篇创作连缀起来的,而且还不能说是短篇,仅仅是他近十年来在同派的杂志上发表的一些随笔。至于别的作家,成绩也不见得更可观:只有几幕戏,几个短篇,几首诗。有几位是靠了一篇杂志文章成名的。又有几位是为了"他们想要写的"一部书成名的。他们公然表示瞧不起长篇大著。他们所重视的仿佛只在于一句之中的字的配合。可是"思想"二字倒又是他们的口头禅:不过它的意义好似与普通的不一样:他们的所谓思想是用在风格的细节方面的。他们之中也有些大思想家大幽默家,在行文的时候把深刻微妙的字眼一律写成斜体字,使读者绝对不致误会。

他们都有自我崇拜:这是他们唯一的宗教。他们想教旁人跟着他们崇拜,不幸旁人已经都有了崇拜的目标。他们谈话,走路,吸烟,读报,举首,睐眼,行礼的方式,似乎永远有群众看着他们。装模作样地做戏原是青年人的天性,尤其在那些毫无价值而一无所事的人。他们花那么多的精神特别是为了女人:因为他们不但对女人垂涎欲滴,并且还要教女人对他们垂涎欲滴。可是遇到随便什么人,他们就得像孔雀开屏一样:哪怕对一个过路人,对他们的卖弄只莫名其妙地瞪上一眼的,他们还是要卖弄。克利斯朵夫时常遇到这种小孔雀,都是些画家、演奏家、青年演员,装着某个名人的模样:或是梵·狄克,或是伦勃朗,或是范拉士葛,或是贝多芬;或是扮一个角色:大画家,大音乐家,巧妙的工匠,深刻的思想家,快活的伙伴,多瑙河畔的乡下人,野蛮人……他们一边走,一边眼梢里东张西望,瞧瞧可有人注意。克利斯朵夫看着他们走来,等到走近了,便特意掉过头去望着别处。可是他们的失望决不会长久:走了几步,他们又对着后面的行人搔首弄姿了。——高兰德沙龙里的人物可高明得多。他们的做作是在思想方面:拿两三个人做模型,而模型本身也不是什么奇人。再不然,他们在举动态度之间表现某种概念:什么力啊,欢乐啊,怜悯啊,互助主义啊,社会主义啊,无政府主义啊,信仰啊,自由啊等;在他们心目中,这些抽象的名词仅仅是粉墨登场的时候用的面具。他们有本领把最高贵的思想变成舞文弄墨的玩意儿,把人类最壮烈的热情减缩到跟时行的领带的作用一样。

他们的天地是爱情,爱情是他们专有的。凡是享乐所牵涉的良心问题,他们无不熟悉;他们各显神通,想出种种新问题来解决。那永远是游手好闲的人的勾当:没有爱情,他们便"玩弄爱情",特别喜欢解释爱情。他们的正文非常贫弱,注解却非常丰富。最不雅驯的思想都加以社会学的美名,一切都扯上社会学的旗帜。一个人满足恶癖的时候,不管多么愉快,倘使不能同时相信自己是为未来的时代工作,总嫌美中不足。那是纯粹巴黎风的社会主义,色情的社会主义。

在此专谈恋爱问题的小团体中,讨论最热烈的问题之一,是男女在婚姻方面与爱情的权利方面的平等。从前有一般老实的青年,笃厚的,有些可笑的,崇奉新教的,——斯堪的纳维亚人或瑞士人,——主张男女道德平等:要求男子在结婚的时候和女子一样的童贞。巴黎的宗教道德学家可主张另外一种平等,淫乱的平等,说女子结婚的时候应该和男子一样的沾满污点,——这是情人权利的平等。巴黎人在幻想上和实际上把奸淫这件事做得太滥了,已经觉得平淡无味:于是文坛上有人发明一种处女卖淫的新玩意儿,——有规律的、普遍的、端方的、得体的、家族化的,尤其是社会化的卖淫。——最近出版的一部很有才气的书,便是对这个问题的权威。作者在四百页的洋洋巨著中,用一种轻佻的学究口吻,依照经验派的推理方法,研究"处理娱乐的最好的方式"。那真是自由恋爱的最完美的讲义:老是提到典雅、体统、高尚、美、真、廉耻、道德,——可以说是求为下贱的少女们的宝典。——当时这部著作简直是《福音书》,为高兰德和她周围的人添了不少乐趣,同时成为她引经据典的材料。那些怪论里头也有正确的,观察中肯的,甚至合乎人情的部分;但信徒们的脾气总喜欢把好处丢在一边而只记着最坏的。在这个诱人的花坛中,他们所采的老是最有毒性的花,——例如"肉欲的嗜好一定能刺激你工作的嗜好";——"一个处女肉欲没有得到满足就做了母亲是最残忍的事";——"占有一个童贞的男子,对女人是养成一个贤惠的母性最自然的准备";——"母亲对于女儿的责任,是应该用着和保护儿子的自由同样细腻熨帖的精神,培养她们的自由";——"必有一日,少女们和情夫幽会归来的态度,会像现在上了课或是参加了女朋友的茶会一样的自然。"

高兰德笑着说这些教训都是极合理的。

克利斯朵夫却痛恨这些论调。他把它们的重要性和害处都夸张了。其实法国人太聪明了,决不会把纸上空谈付诸实行的。他们虚张声势想学做狄德罗①,骨子里却是和他一样,在日常生活中跟布尔乔亚一样规矩,也和别人一样胆小。而且正因为他们在实际行动上那么胆小,才在思想上把行动推到极端。那是种毫无危险的游戏。

然而克利斯朵夫不是一个附庸风雅的法国人。

高兰德周围的年轻人中,有一个她似乎最喜欢,而在克利斯朵夫心目中不消说是最可厌的。

他是那种暴发户的儿子,搞些贵族派的文学,自命为第三共和治下的贵族。他叫做吕西安·雷维-葛,两只眼睛离得很远,眼神很尖锐,

---

① 百科全书派的领袖狄德罗,在十八世纪倡导新思想最力。

鼻子是往里勾的，金黄的须修成尖尖的，像画家梵·狄克的模样，头发已经未老先衰地秃落，但跟他的尊容很相配，说话很甜，举止潇洒，又细又软的手给人家握在手里仿佛会化掉的。他永远装得彬彬有礼，周到细腻，便是对心里厌恶而恨不得推下海去的人也是如此。

克利斯朵夫在第一次跟着高恩去参加的文人宴会上已经见过他，虽然没交谈，但一听他的声音已经讨厌，当时不懂为什么，到后来才明白。人与人间有霹雳那样突如其来的爱，也有霹雳那样突如其来的恨，——或者说（为了不要使那些害怕一切热情的柔和的心灵害怕起见，我们且不用这个他们听了刺耳的“恨”字），是健康的人的本能，因为感觉到遇见了敌人而自卫的本能。

在克利斯朵夫面前，他代表那种讥讽与分化溶解的思想，他文文雅雅的，不动声色的，分解正在死去的上一个社会里的一切尊严伟大的东西：分解家庭、婚姻、宗教、国家；在艺术方面是分解一切雄壮的、纯洁的、健全的、大众化的成分；此外还摇动大家对思想、情操、伟人的信念，对一般人类的信念。这种思想实际只是以分析为乐，以冷酷的解剖来满足一种兽性的需要，侵蚀思想的需要，那是蛀虫一般的本能。同时又有一种女孩子的，特别是女作家的瘾：因为到了他的手里，一切都是文学或变成文学。他的艳遇，他的和朋友们的恶癖，对他都是文学材料。他写了些小说和剧本，很巧妙地叙述他父母的私生活与秘史，还有朋友们的，他自己的；其中有一桩是他跟一个最知己的朋友的太太的秘史：人物的面目写得极高明，那朋友，那女的，和别的群众，都被描写得很准确。他决不能得到一个女人的青睐或听了她的心腹话而不在书中披露。——照理，这种孟浪的举动应当使他和“女同志们”不欢。事实可并不如此：她们抗议一下，遮遮面子；骨子里可并不发窘，还因为给人拿去赤裸裸地展览而挺高兴呢；只要脸上留着一个面具，她们就不觉得羞耻了。在他那方面，这种说短道长的话并不表示他存心报复，也许连播扬丑史的用意都没有。他不比一般人更坏：以儿子来说不见得是更坏的儿子，以情夫来说不见得是更坏的情夫。在有些篇幅里，他无耻地揭露他父亲、母亲，和他自己的情妇的隐私；同时又有好些段落，他用着富有诗意的温情谈到他们。实际上他是极有家族观念的，但像他那等人不需要尊重所爱的人;反之,他们倒更喜欢自己能够轻视的人;因为他们觉得这样的对象才跟自己更接近,更近人情。他们对于英勇的精神比谁都不了解,高洁二字尤其无从领会。他们几乎要把这些德性认作谎言,或者是婆婆妈妈的表现。然而他们又深信自己比谁都更了解艺术上的英雄,并且拿出倚老卖老的亲狎的态度批判他们。

他和一般有钱的、游手好闲的、布尔乔亚的堕落的少女最投机。他是她们的一个伴侣,等于一个腐化的女仆,比她们更放肆更机灵,有许多事能够教她们艳羡。她们对他毫无顾忌,尽可把这个为所欲为的、裸体的、不男不女的人仔细研究。

克利斯朵夫不明白一个像高兰德那样的少女,似乎性情高洁,不愿意受生活磨蚀的人,怎么会乐此不疲地跟这种人厮混……克利斯朵夫不懂心理学。吕西安·雷维-葛可深通此道。克利斯朵夫是高兰德的心腹;高兰德却是吕西安·雷维-葛的心腹。这一点就表示他比克利斯朵夫高明。一个女人最得意的是能相信自己在对付一个比她更弱的男子。那时不但她的弱点,便是她的优点——她的母性的本能,也得到了满足。吕西安·雷维-葛看准了这一点:因为使妇人动心的最可靠的方法之一,就是去拨弄这根神秘的弦。再加高兰德觉得自己相当懦弱,有些不甚体面但又不愿革除的本能,所以一听这位朋友的自白(那是他很有心计的安排好的),她就相信别人原来跟她一样的没出息,对于人类的根性不应当过事诛求,因之她觉得很快慰了。这种快慰有两方面:第一,她不必再把自己认为挺有趣的几种倾向加以抑制;第二,她发觉这样的处置很得当,一个人最聪明的办法是别跟自己别扭,应当对于没法克制的倾向采取宽容的态度。实行这种明哲的办法才不会使人感到一点儿痛苦。

在社会上,表面极端精练的文明和隐藏在骨子里的兽性之间,永远有个对比,使那些能够冷眼观察人生的人觉得有股强烈的味道。一切的交际场中,熙熙攘攘的决不能说是化石与幽灵,它像地层一般,有两层的谈话交错着:一层是大家听到的,是理智与理智的谈话;另外一层是极少人能够感到的,是本能与本能,兽性与兽性的谈话。大家在精神上交换着一些俗套滥调,肉体却在那里说:欲望,怨恨,或者是好奇,烦闷,厌恶。野兽尽管经过了数千年文明的驯化,尽管变得像关在笼里的狮子一般痴呆,心里可念念不忘的老想着它茹毛饮血的生活。

然而克利斯朵夫的头脑还没冷静到这个程度:那是要年龄大了,热情消失以后才能办到的。他把替高兰德当顾问的角色看得很认真。她求他援助;他却眼看她嘻嘻哈哈地去冒险。所以克利斯朵夫再也不遮掩他对吕西安·雷维-葛的反感了。吕西安·雷维-葛对他先还保持一种有礼的、含讥带讽的态度。他也感觉到克利斯朵夫是敌人,但认为是不足惧的:他只是不动声色地把他变成可笑。其实,只要克利斯朵夫能对他表示钦佩,他就可以表示友好;但他就得不到这种钦佩,他自己也知道,因为克利斯朵夫没有作假的本领。于是,吕西安·雷维-葛从完全抽象的思想的对立,不知不觉地转变为实际的,不露形迹的暗斗,而暗斗的目的物便是高兰德。

她对两位朋友完全一视同仁。她既赏识克利斯朵夫的道德和才具,也赏识吕西安·雷维-葛的极有风趣的不道德和聪明;而且心里还觉得吕西安使她更愉快。克利斯朵夫老实不客气地教训她;她用着可怜巴巴的神气听着他,使他软化。她天性还算好的,但因为懦弱,甚至也因为好心而不够坦白。她一半是在做戏,假装和克利斯朵夫一样思想。她很知道像他这种朋友的价值,但她不肯为了友谊作任何牺牲;不但为了友谊,而且为了无论什么人什么事,她都不愿意有所牺牲;她只挑最方便最愉快的路走。所以她把和吕西安始终来往不断的事瞒着克利斯朵夫。她像上流社会的女子一样凭了从小就学会的本领,若无其事地扯谎;凭了这扯谎的本领,她们才能保持所有的男朋友,使他们个个满意。她替自己辩护说是为了免得克利斯朵夫伤心而不得不如此;其实是因为她明知克利斯朵夫有理而不敢使他知道,也因为她照旧想做她喜欢的事而不要跟克利斯朵夫闹翻。有时克利斯朵夫疑心她捣鬼,便粗声大气地闹起来。她可继续装做痛悔的、诚恳的、伤心的神气,对他做着媚眼,——女人最后的法宝。——她想到可能丧失克利斯朵夫的友谊,的确非常难过,所以竭力装出娇媚的和正经的态度,居然把他软化了一些时候。但那是早晚要爆发的。在克利斯朵夫的气恼里头,不知不觉已经有些嫉妒的成分。高兰德甘言蜜语的笼络也已经有了一点儿,很少的一点儿,爱的成分。然而他们决裂的时候,来势倒反因之更猛烈。

有一天克利斯朵夫把高兰德的谎话当场揭穿了,老老实实提出条件来:要她在他跟吕西安之间挑选一个。她先是设法回避这问题,结果却声言她自有权利保留一切她心爱的朋友。不错,她说得对;克利斯朵夫也觉得自己可笑;但他知道他的苟求并非为了自私,而是为了真心爱护高兰德,非把她救出来不可,——即使因之而违拗她的意志也是应该的。所以他很笨拙地坚持着。看到她不回答了,他就说:

"高兰德,你是不是要我们从此绝交?"

"不是的,"她回答,"那我要非常痛苦的。"

"可是你为我们的友谊连一点儿极小的牺牲都不肯作。"

"牺牲!多荒唐的字眼!"她说,"干吗老是要为了一件东西而牺牲另一件东西?这是基督教的胡闹思想。你骨子里是个老教士,你自己不觉得就是了。"

"很可能,"他说,"在我,总得挑定一个。善跟恶之间,绝对没有中间地位。"

"是的,我知道;就为这一点我才喜欢你。我告诉你,我的确很喜欢你;可是……"

"可是你也很喜欢另外一个。"

她笑了,对他做着最媚人的眼色,用着最柔和的声音说:"仍旧跟我做朋友罢!"

他差不多又要让步的时候,吕西安进来了,高兰德用同样甜蜜的媚眼同样柔和的声音接待他。克利斯朵夫不声不响地看着高兰德做戏。然后他走了,打定主意和她决裂了。他心里有些难过。老是有所依恋,老是上人家的当,真是太蠢了!

回到寓所,他心不在焉地整理书籍,随便打开《圣经》,看到下面的一段:

……我主说:因为锡安的女子狂傲,行走挺项,卖弄眼目,俏步徐行,把脚上的银圈震动得丁当做响,所以主必使锡安的女子头长

秃疮,又使她们赤露下体……①

读到这里,他想起高兰德的装腔作势,笑了出来,便心情轻快地睡了。接着他又自以为跟巴黎腐败的风气已经同流合污到相当程度,才会读着《圣经》觉得好笑。但他在床上反复背着这伟大的恶作剧的审判者的判决,想象这种事要是临到高兰德头上的情景,不禁像孩子般哈哈大笑了一会儿,睡熟了。他已经不再想到他新的郁闷。多一桩也罢,少一桩也罢……他已经习惯了。

他照常到高兰德家上课,只避免跟她作亲密的谈话。她徒然表示难过,生气,玩种种花样:他始终固执着;两人都不高兴了;终于她自动想出理由来减少课程;他也找出借口来回避史丹芬家里的晚会。

他已经尝够巴黎社会的味道,再也受不了那种空虚、闲荡、萎靡、神经衰弱,以及无理由、无目标、徒然磨蚀自己的、苛酷的批评。他不懂,一个民族怎么能在这种为艺术而艺术、为享乐而享乐的,死气沉沉的空气中过活。可是这民族的确活在那里,从前有过伟大的日子,此刻在世界上还相当威风;从远处看,它还能引起人家的幻象。它从哪儿找到它生存的意义的呢?除了寻欢作乐,它又一无信仰……

克利斯朵夫正想着这些念头的时候,在路上突然撞见一群叫叫嚷嚷的青年男女,拉着一辆车,里面坐着一个老教士向两旁祝福。走了一程,他又看到一些兵拿着刀斧捶打一所教堂的大门,门内是一批挂有国家勋章的先生挥舞着桌椅迎接他们。这时他才觉得法国究竟还有所信仰,——虽然他不知道是什么信仰。人家告诉他说,政府与教会共同生活了一百年之后,现在要分离了,可是因为宗教不甘心脱离,政府便凭着它的权力与武力把宗教撵出门外。克利斯朵夫觉得这种办法未免有伤和气;但是巴黎艺术家的那种混乱的玩票作风使他腻烦透了,所以遇到几个人为了什么公案——即使是极无聊的——而打得头破血流也觉得痛快。

他不久又发现这种人在法国为数不少。政见不同的报纸互相厮杀

① 见《旧约·以赛亚书》第三章。

得像荷马史诗中的英雄一般,天天发表鼓吹内战的文字。固然这不过是叫喊一阵,难得有人真会动手。但也并非没有天真的人把别人所写的原则付诸实行。于是就有奇奇怪怪的景象可以看到:什么某几个州府自称为脱离法国啦,几个联队闹兵变啦,州长公署被焚啦,征收员收税要大队的宪兵保护啦,乡下人烧了开水保卫教堂啦,自由思想者以自由的名义去攻击教堂啦,普度众生的救主们爬在树上煽动葡萄酒省份去攻击酒精省份啦。东一处,西一处,几百万人摩拳擦掌,嚷得满面通红,结果真的动武了。共和政府先是巴结民众,然后又拔出刀来对付他们。民众却是把自己的孩子——军官与士兵——砍破脑袋。这样,各人都对别人证明自己理由充足,拳头结实。你在远处看,从报纸上看的时候,仿佛又回到了几个世纪以前去了。克利斯朵夫发现这法兰西——事事怀疑的法兰西——竟然是一个偏激若狂的民族。但他不知道究竟在哪方面偏激。为了拥护宗教呢还是反对宗教?为了拥护理性呢还是反对理性?为了拥护国家呢还是反对国家?——简直各方面都是。他们是为了喜欢偏激而显得偏激的。

一天晚上,他偶然和一个有时在史丹芬家碰到的社会党议员交谈。虽然不是初次谈话,他可绝对想不到这位先生的身份,因为他们一向只谈音乐。这一回他才不胜诧异地发觉这位交际家竟是一个激烈政党的领袖。

亚希·罗孙是个美男子,留着金黄的胡子,说话带着喉音,皮色很嫩,态度很诚恳,外表相当风雅,骨子里可是粗俗的,有时会不知不觉地流露出村野的举止:——譬如当众修指甲,跟人说话的时候像平民一样喜欢扯着别人的衣角,摇着别人的胳膊;——他能吃能喝,爱笑爱玩,胃口和兴致完全表示他是民间出身,只想掌握权势;人很灵活,能随着环境与对手随时改变态度,说话虽多,可是经过思索的;他懂得听人家的话,把听来的当场吸收;既有同情心,资质又聪明,对什么都感兴趣,——由于天性,由于社会的熏陶,也由于虚荣心;在某种限度以内他为人规矩诚实,就是说为他的利益用不着不诚实,或是不诚实有危险的时候,他是诚实的。

他有个相当好看的妻子，高大，匀称，非常壮健，身腰很美，艳丽的装束似乎太窄了些，把她肥胖的身体表露得过于明显；脸庞四周围着乌黑的鬈发；又黑又浓的大眼睛；下巴微微往上抄起；胖胖的脸蛋很动人，可惜被眏个不停的近视眼和阔大的嘴巴破坏了。她走路的姿态不大自然，颠颠耸耸，像某几种鸟；说话很做作，但非常殷勤，亲热。她出身是个有钱的经商人家；思想自由，是那种所谓贤淑的女子：凡是上流社会的数不清的责任，她都像奉教一般的信守，另外还履行她自己找来的，艺术的与社会的义务：家里有个沙龙，在平民大学①里宣扬艺术，参加慈善团体或研究儿童心理的机构，——可并不怎么热心，也没有浓厚的兴趣，——只是由于天生的慈悲心，由于充时髦，由于知识妇女的那种天真的学究气，仿佛永远背着一项功课，非记得烂熟就有失尊严似的。她需要干点儿事，却不需要对所干的事发生兴趣。这种紧张忙碌的活动，有如那些妇女手里老拿着毛线活儿，一刻不停地搬动着针，似乎救世大业就在这一件毫无用处的工作上。并且她也像编织毛线的女人一样，有那种良家妇女的小小的虚荣心，喜欢拿自己的榜样去教训别的女子。

那位当议员的丈夫心里瞧她不起，可是对她很亲热。他是为了自己的享乐与安宁而挑上她的；在这一点上说，他的确挑得很好。她长得很美，他为之挺得意：这就够了，他再没别的要求；她对他也没别的要求。他爱她，同时也欺骗她。她只要他爱着她就算了，也许对于他的私情还觉得相当快慰。因为她生性安静，淫荡，完全是后宫中的妇女性格。

他们有两个美丽的孩子，一个五岁，一个四岁，她以贤妻良母的身份照顾他们，那种专心致志所表示的亲切与冷静，恰好跟她注意丈夫的政治与活动，注意最新的时装与艺术表现一样。在这个环境里，她把前进的理论、颓废的艺术、社交界的忙乱，和布尔乔亚的感情，一股脑儿放在一起，成为最古怪的炒什锦。

---

① 平民大学于一八九八年创于巴黎，尔后遍及全国：由各界名流教授夜课。当时因德莱弗斯事件发生，一部分知识分子创此机构，意欲借思想的交流而与平民及工人阶级接近。此项运动至一九〇四年以后渐趋衰落，不久即告终止。

他们请克利斯朵夫上他们家去。罗孙太太是个优秀的音乐家,弹得一手好钢琴:手指轻巧而扎实,小小的头对准着键盘,两只手在上面跳来跳去,活像母鸡啄食的神气。她很有天分,比一般法国女子也更有音乐修养,但对于音乐的深刻的意义是像笨蛋一样完全不关心的。那只是她听着的,或是背得一点不错的一组音符,一些节奏,一些微妙的调子罢了;她决不探求其中的心灵,因为她本身就不需要这个。这位可爱的、聪明的、朴实的,很愿意帮助人的太太,对克利斯朵夫像对别人一样很殷勤。可是克利斯朵夫并不感激,对她也没多大好感,根本不把她放在眼里。也许他还不知不觉地责备她,不该明知丈夫胡闹而甘心情愿地和那些情妇平分秋色。在所有的缺点中,俯首帖耳的听任摆布是克利斯朵夫最不能原谅的。

他和亚希·罗孙比较亲密。罗孙之爱音乐,正如爱别的艺术一样,方式虽然鄙俗,但很真诚。他爱好一阕交响曲的时候,仿佛恨不得和它睡在一起。他只有一些很浅薄的修养,但运用得很高明;在这一点上,他的妻子对他不无帮助。他对克利斯朵夫发生兴趣,是因为看到克利斯朵夫和他一样是个刚强的平民。并且他很想仔细观察一下这种怪物,——(观察人这件事,他永远不会厌倦的)——打听一下他对于巴黎的印象。克利斯朵夫直率严厉的批评,使他觉得好玩。他看事情也取着相当的怀疑态度,所以能承认对方的批评是准确的。他不因为克利斯朵夫是德国人而有所顾虑,反而以超越成见自豪。总而言之,他是极富于人情的——(这是他主要的优点);——凡是合乎人情的,他都表示好感。然而这也不能使他不抱另外一种深切的信念,以为法国人——古老的民族,古老的文明——总是优于德国人,所以他不能不嘲笑这个德国人。

在亚希·罗孙家里,克利斯朵夫又看到些别的政客,过去的或未来的阁员。要是这些名人肯屈尊,他倒很高兴和他们个别地谈谈。和流行的见解相反,他觉得跟这批人来往比他熟悉的文艺界更有意思。他们头脑比较活泼,对于人类的热情和公众的利益更关切。他们能言善辩,大半是南方人,非常爱风雅;个别而论,他们差不多和文人一样风雅。当然,他们欠缺艺术方面的知识,尤其是关于外国艺术的;但他们自命为多少懂一些,而且往往是真的爱好。有些内阁颇像那些办小杂志的文会。阁员中有的写剧本,有的拉提琴,同时是瓦格纳迷,有的涂几笔画。他们都搜集印象派的画,看颓废派的书,有心惊世骇俗,对于跟他们的思想不两立的,同时是极端贵族派的艺术非常欣赏。这些社会党或急进社会党的阁员,代表饥寒阶级的使徒,居然对高级的享受自称为内行,使克利斯朵夫看了大不顺眼。当然这是他们的权利,但他觉得这种作风不大光明。

最奇怪的是,这些人物在私人谈话中是怀疑主义者,肉欲主义者,虚无主义者,无政府主义者,而一朝有所行动的时候立刻会变成偏激狂。最风雅的人,才上了台就一变而为东方式的小魔王;他们染上了指挥一切干涉一切的瘾:精神上是怀疑派,天生的气质却是极端的专制。拿到了强有力的中央集权的机构,——那是当年最伟大的专制君主①一手建立的,——他们就忍不住要加以滥用了。结果是产生了一种共和政体的帝国主义,近年来又接种似的加上一种无神论的旧教主义。

在某一个时期内,一般政客只想统治物质——财产,——他们差不多不干涉精神方面的事,因为那是不能变成货币的。而那些优秀的人也不理会政治;不是政治高攀不上他们,就是他们高攀不上政治;在法国,政治被认为工商业的一支,生利的,可是不大正当的;所以知识分子瞧不起政客,政客也瞧不起知识分子。——可是近来政客和一般腐败的知识阶级始而接近,终于勾结了。一个簇新的势力登了台,自称为对思想界有绝对的支配权:那便是些自由思想家。他们和另一批统治者勾结起来,而这另一批统治者也认为他们是专制政治的完美的工具。他们主要的目的不在于打倒教会,而在于代替教会,事实上他们已经组成一个自由思想的教会,和旧有的教会一样有经典,有仪式,有洗礼,有初领圣餐,有宗教婚礼,有地方主教会议,有全国主教会议,甚至也有罗马的总主教会议。这些成千累万的可怜虫非成群结队就不能"自由的思想",岂非可笑之尤!而他们所谓的思想自由,其实是假理智之名禁

---

① 指路易十四。

止别人的思想自由:因为他们的信仰理智,有如旧教徒的信仰圣处女,全没想到理智本身并不比圣处女更有意义,而理智真正的根源是在别处。旧教教会有无数的僧侣与会社,潜伏在民族的血管里散布毒素,把一切跟它竞争的生机都加以杀害。现在这反旧教的教会也有它的死党,有虔诚的告密者,每天从法国各地缮成秘密报告送到巴黎总会,由总会详细登记。共和政府暗中鼓励这些自由思想的信徒做间谍工作,使军队、大学、所有的政府机关都充满着恐怖;政府可不觉得他们表面上似乎为它出力,暗地里却在慢慢地篡夺它的地位,而政府也渐渐走上"无神论的神权政治"这条路,不比巴拉圭的那些耶稣会政权更值得羡慕。①

克利斯朵夫在罗孙家见过这一派的教会中人。他们都是一个比一个疯狂的拜物教徒。目前,他们因为把基督从神座上摔了下来而大为高兴。打烂了几个木偶,他们便以为已经摧毁了宗教。还有一般人,把圣女贞德和她童贞女的旗帜从旧教手里夺过来,把圣女贞德独占了。新教会中一个教士,和旧教会的信徒作战的将军,发表了一篇反教会的,颂扬古高卢民族领袖范尔生依多利克斯的演说,同时一般自由思想的人给这位平民英雄立了一座像,认为他是法兰西对抗罗马(罗马教会)的第一人。② 海军部长为了整肃舰队,气气旧教徒,把一条巡洋舰命名为"欧纳斯德·勒南"③。另外一批自由思想家则努力于净化艺术的工作。他们把十七世纪的古典文学加以消毒,不许有上帝这个名词亵渎拉封丹的《寓言》。便是在古代音乐里,他们也不许有神的名字存在。克利斯朵夫听见一个老年的急进党员——(歌德说过:老年人而做急进党员是疯癫之尤。)——因为人家胆敢在一个通俗音乐会里排入贝多芬颂扬宗教的歌而大为愤慨,一定要人家把词句更改过。

---

① 巴拉圭于一六〇七至一七六七年间曾受基督旧教中的耶稣会派统治。

② 范尔生依多利克斯(公元前82年—公元前46年)为高卢族反抗恺撒大帝的领袖。此处言"法兰西对抗罗马(罗马教会)",乃作者有意讽刺当时的反教会派牵强附会。文中所言立像,乃指一九〇三年立于法国南方格莱蒙-法朗城之范尔生依多利克斯塑像。

③ 勒南早年为诚信的旧教徒,后研究哲学而不信宗教,著有《耶稣传》,认为耶稣只是一个非常的人。

还有一般更激进的分子,要求把一切宗教音乐和教授宗教音乐的学校加以取缔。一个在当时那群不懂艺术的人中被认为鉴赏力极高的美术司长,竭力解释说,对于音乐家至少得教以音乐,因为“你派一个兵到军营里去的时候,你总得逐步逐步教他如何用枪,如何放射。年轻的作曲家的情形也是一样,脑子里装满了思想,可是没法安排”。然而这种解释是白费的:他对于自己的勇气也有点吃惊,所以每一句都得附带声明:“我是一个老自由思想家”“我是一个老共和党人”,才敢接下去宣称:“我不问班尔葛兰西的作品是歌剧是弥撒祭乐;只问是不是人类艺术的产物。”——但对方用着专断的逻辑回答这个“老自由思想家”,“老共和党人”说:“音乐有两种:一种是在教堂里唱的,一种是在教堂以外唱的。”前者是理智与国家的仇敌;为了国家的利益,非取缔不可。

要是这些混蛋后面没有一般真有价值而和他们一样——或许更甚——狂热的理智信徒做后盾,那么他们还不过是可笑而不致有多大危险。托尔斯泰曾经提到控制宗教、哲学、艺术和科学的“传染病一般的影响”,这种“荒谬的影响,人们只有在摆脱之后才会发现它的疯狂,在受它控制的时期内始终认为千真万确,简直毋庸讨论”。例如对于郁金香的疯魔,[①]相信巫祝,误入歧途的文学风气,等等。——理智的宗教也是这种疯狂之一。而且从愚蠢的到有知识的,从众议院的兽医到大学里最优秀的思想家,全染上了这种疯狂。而大学教授的入迷比愚夫愚妇的入迷更危险:因为这种疯魔在没有知识的人还容易和一种愚妄的乐天气息相混,从而减少疯魔的力量;知识分子的生命力可是被疯狂束缚住了,同时,偏激的悲观主义又使他们明白天性和理智是根本抵触的东西,所以更热烈地支持抽象的“自由”、抽象的“正义”、抽象的“真理”,跟恶劣的天性斗争。这种态度骨子里就是加尔文派,扬山尼派[②],雅各宾党的理想主义,就是那个古老的信念,以为人类的邪恶是不可救药的,只能够、也应当出受到理智感应的,——就是得到神灵启示的——选民,凭着他们的高傲来消灭那种邪恶。那真是地道的法国

① 郁金香自十六世纪末流入欧洲后,种植郁金香成为民间极普遍的一种癖好。

② 扬山尼派为十七世纪旧教中的一个小宗派,盛行于法国,根据荷兰扬山尼主教人性本恶之学说,倡为一种极严格的道德及神学宗派。

人中的一种,代表聪明而不近人情的法国人。他像块石子,像铁一般硬,什么都钻不进去;而他碰到什么就砸破什么。

克利斯朵夫在亚希·罗孙家和这一类疯狂的理论家一谈之下,完全给搅糊涂了。他对于法国的观念也动摇了。他依着流行的见解,以为法国人是个冷静的、容易相处的、宽容的、爱自由的民族。不料他发现了一批狂人,没头没脑地死抓着抽象的观念和逻辑,为了自己的任何一套三段论法,老是预备把别人作牺牲品。他们嘴里一刻不停地说着自由,可是没有人比他们更不懂自由,更受不了自由的。无论哪里,你找不到比他们更冷酷更残暴的专制脾气,而这种专制纯粹是为了理智方面的疯魔,或者是为了要表示自己永远是对的。

一个党派如此,所有的党派无不如此。只要越出了他们政治的或宗教的钦定程式,越出了他们的国家或省份,越出了他们的团体和他们狭隘的头脑,那就不管是在这方面的还是在那方面的,他们便一律不愿意看见。有一般反对犹太人的,痛恨一切有钱人的人,因为恨犹太人,就把自己所恨的人都叫做犹太人。有些国家主义者恨——(逢到他们心地慈悲的时候是瞧不起)——一切别的国家,便在本国之内把跟他们意见不合的人统称为外国人、叛徒、卖国贼。有些反对新教的人,相信所有的新教徒都是英国人或德国人,恨不得把他们一齐逐出法国。有些西方人,对于莱茵河以东的,无论什么都要排斥;有些北方人,对于卢瓦尔河以南的,无论什么都表示唾弃;有些南方人,认为卢瓦尔河以北的都是野蛮的;还有以属于日耳曼族为荣的;以属于高卢族为荣的,而一切的疯子中最疯的,还有那些"罗马人",以他们祖先的败北为荣;还有布勒塔尼人,洛林人……总而言之,各人只承认自己的一套,"自己"简直是个贵族的头衔,绝对不答应别人跟自己不一样。对于这种民族是无法可想的:你跟他们讲什么理,他们都不理会;他们天生是要烧死别人,或是被别人烧死的。

克利斯朵夫心里想,这样一个民族幸亏采用了共和政体,使那些小型的暴君可以你消灭我,我消灭你。可是其中要有一个做了王的话,恐怕谁也没有多少空气可以呼吸了。

他不知道凡是多议论的民族自有一种德性来救他们,——就是矛盾。

法国的政客就是这样。他们的专制主义被无政府主义冲淡了;他们永远在两个极端之间摇摆。要是他们在左边靠思想界的偏激狂作依傍,那末在右边一定靠思想界的无政府主义者作依傍。因此我们可以看到一大批玩票式的社会主义者,猎取权位的小政客,他们在仗没有打胜以前决不参加作战,可是追随在"自由思想"的队伍后面,每逢它打了一次胜仗,便一齐扑在打败的人的遗骸上面。拥护理智的人并非为了理智而努力……"理智啊,这不是为了你"……乃是为那些国际化的渔利主义者;而他们兴高采烈地践踏本国的传统,摧毁一种信仰,也并非为了要代以另一种信仰,而是要把他们自己填补上去。

在此,克利斯朵夫又碰到了吕西安·雷维-葛。他得悉吕西安是社会党员的时候并不怎么惊奇,只想到社会主义一定是有了成功的希望,吕西安才会加入社会党。他可不知道吕西安神通广大,在敌党中同样受到优待,并且跟反自由色彩、甚至反犹太色彩最浓的政客与艺术家结为朋友。

"你怎么能容留这等人物在团体里的?"克利斯朵夫问亚希·罗孙。

罗孙回答说:"噢!他多有才干!而且他为我们工作,他毁坏旧世界。"

"不错,他是在毁坏,"克利斯朵夫说,"他毁坏得那么厉害,我不知道你们将来用什么来建设。你有把握留下的梁木足够建造你们的新屋子吗?蛀虫已经钻进你们的建筑工场了。"

然而社会主义的蛀虫不止吕西安一个。社会党的报纸上充满着这些小文人,这些"为艺术而艺术"的家伙,装点门面的无政府主义者,把所有的进身之阶都霸占了。他们拦着别人的路,在号称民众喉舌的报纸上,长篇累牍地宣传他们那套颓废的风雅论调,以及"为生存的斗争"。他们有了位置还不够,还得有荣誉。急急忙忙赶造起来的雕像,颂赞石膏天才的演说,其数量之多超过任何一个时代。一般以捧场为业的人,按期举行公宴来祝贺自己党派中的伟人,不是祝贺他们的工作,乃是祝贺他们的受勋:因为这才是他们最感动的。美学家,超人,外侨,社会党的阁员,都一致同意,受到拿破仑创立的勋位是应该庆贺的。①

罗孙看到克利斯朵夫的诧异不由得笑开了。他并不以为这个德国人把他党里的人批评得过于苛刻。他自己和他们单独相处时也毫不客气。他们的胡闹与狡猾,他比谁都明白;但他照旧支持他们,因为要他们支持自己。他私下固然会用着轻蔑的词句谈论民众,一登讲坛却立刻变了一个人。他提高了嗓子,逼尖着声音,带点儿鼻音,每个字都咬得清楚有力,很庄严的,一忽儿用颤音,一忽儿咩咩的像羊叫,做着大开大合,有点抖动的手势,像翅膀一样:活脱是个第一流的戏子。

克利斯朵夫想弄个明白,罗孙对他的社会主义究竟相信到什么程度,显而易见,骨子里他是完全不信,他怀疑主义的气息太重了。但他有一部分的思想是相信的;虽然他明知不过是一部分——(并且还不是顶重要的一部分)——他可把自己的生活与行为都根据了这一点来安排,因为这样对他更方便,这信仰不但跟他的实际利益有关,并且牵涉到他生存的兴趣,生存与行动的意义。他的相信社会主义是把它当做一种国教的。——大多数的人都是过的这种生活。他们的生命不是放在宗教信仰上,就是放在道德信仰上,或是社会信仰上,或是纯粹实际的信仰上,——(信仰他们的行业,工作,在人生中扮演的角色)——其实他们都不相信。可是他们不愿意知道自己不相信:为了生活,他们需要有这种表面上的信仰,需要有这种每个人都是教士的公认的宗教。

罗孙还不是顶要不得的一个。党里头拿社会主义或激进主义作工具的人不知有多少!——简直说不上是为了野心,因为他们的野心也是目光太短,只限于立刻捞钱和重行当选。那些人仿佛真相信有个新社会似的。也许他们从前是相信的;但事实上他们只趴在垂死的社会身上,靠它来养活自己。短视的机会主义替享乐的虚无主义当差。未来的社会福利,为了眼前的自私而被牺牲了。因为要博取选民的欢心,

① 法国一般的勋位均称荣誉团勋位,创始于拿破仑。

人们把军队肢解了,还恨不得把国家都瓜分了。他们所缺少的绝不是聪明:大家很知道应该怎么做,可是因为太费力而不去做。人人都想以事半功倍的方式安排自己的生活。上上下下的道德信条都是一样:花最少限度的气力博取最大限度的快乐。这种不道德的道德,便是政治混乱的社会中唯一的纲领。政府的领袖们做出无政府的榜样,政策是乱七八糟的,同时追求着十几只兔子,结果是一只一只地放弃了:外交部在主战,陆军部在高唱和平,还为了肃军而破坏军队,海军部长挑拨兵工厂工人,军事教官宣传非战论,此外是一般业余性质的军官、业余性质的推事、业余性质的革命党员、业余性质的爱国分子。政治风纪是普遍的解体了。人人希望国家给他们职位,养老金,勋位;国家也的确不忘记敷衍它的顾客,把大家眼红的荣誉和差事赠送当权的人的儿子们、侄子们、侄孙们、奴仆们。议员投票表决增加自己的俸给。国库,职位,头衔,国家所有的资源都被挥霍滥用了。——上面既然有了这种榜样,下面就像凄厉的回声一般发生许多怠工的现象:小学教员教人反叛国家,邮局职员焚烧电信,工人把沙土和金刚砂放在机器的齿轮里,造船所工人捣毁造船所,焚烧船舶,工人大规模地破坏自己工作的成绩,——不是损害有钱的人,而根本是损害社会的财富。

最后,一般优秀的知识阶级认为一个民族这样的自杀于法于理均无不合,因为人类爱怎样追求幸福就可怎样追求,那是他神圣的权利。一种病态的人道主义把善与恶的区别给取消了,认为罪犯是"不负责任的,并且是神圣的",应该加以怜悯;它对罪恶完全表示妥协,把社会交给它摆布。

克利斯朵夫心里想:

"法国是被自由灌醉了。它发了一阵酒疯之后,不省人事地昏了过去。将来醒过来的时候,恐怕它已经给关在牢里了。"

对于这种笼络群众的政治,克利斯朵夫最气恼的是,那些最可恶的强暴的手段,竟是一般胸无定见的人很冷静地干出来的。他们那种游移不定的性格,和他们所做的或允许人家做的粗暴的行为,实在太不相称了。他们身上似乎有两种矛盾的元素:一方面是惶惑无主的性格,对什么都不信；一方面是喜欢推敲的理智，什么话都不愿意听而把人生搅得天翻地覆。克利斯朵夫不懂那些心平气和的布尔乔亚，那些旧教徒，那些军官，怎么受尽了政客的欺侮而不把他们摔出窗外。既然克利斯朵夫什么都不能藏在肚里，罗孙便很容易猜到他的思想。他笑着说：

“当然，要是碰到了你跟我，他们的确是要被摔出去的。可是跟他们，绝没有这个危险。那都是些可怜虫，没有勇气下什么决心，唯一的本领只有回骂几句。那些智力衰退的贵族，在俱乐部里混得糊里糊涂了，只会向美国人或犹太人卖俏，并且为了表示时髦，对于人家在小说和戏剧中给他们扮的那种可耻的角色，觉得挺有意思，还要把侮辱他们的人请去做上宾。至于容易生气的布尔乔亚，他们什么书都不读，什么都不懂，不愿意懂，只会平白地把一切批评得一文不值，话说得很尖刻，实际上一点儿效果都没有，——他们只有一宗热情：就是躺在钱袋上睡觉，痛恨扰乱他们好梦的人，甚至也痛恨那些做工的人；因为呼呼睡熟的时候有人动作，当然是打搅他们的！……如果你认得了这一般人，你就会觉得我们是值得同情的了……”

然而克利斯朵夫对这些人那些人同样地不胜厌恶；他不承认因为被虐待的人卑鄙，所以虐待人家的人的卑鄙就可以得到原谅。他在史丹芬家时常遇到那种有钱的，无精打采的，正如罗孙所形容的布尔乔亚：

……愁容惨淡的灵魂
没有毁谤，也没有赞扬……

罗孙和他的朋友们不但十拿九稳地知道自己能支配这些人，并且十拿九稳地觉得自己尽有权利对他们为所欲为：这理由克利斯朵夫是太明白了。罗孙他们并不缺少统治的工具。成千成万没有意志的公务员，闭着眼睛由着他们指挥。谄媚逢迎的风气；徒有其名的共和国；社会党的报纸看到别国的君主来聘问就大为得意；奴才的精神，一见头衔、金钱、勋章，就五体投地：要笼络他们，只消丢一根骨头给他们咬咬，或是给他们几个勋章挂挂就得了。要是有个王肯答应把法国人全部封为贵族，法国所有的公民都会变成保王党的。

政客们的机会很好。一七八九年以来的三个政体:第一个被消灭了;第二个被废黜了,或被认为可疑;第三个志得意满地睡熟了。[①] 至于此刻方在兴起的第四个政府[②],带着又嫉妒又威胁的神气,也不难加以利用。衰微的共和政府对付它,就跟衰微的罗马帝国对付它无力驱逐的野蛮部落一样,用着招抚改编的方法,而不久他们也变了现政府最好的看家狗。自称为社会主义者的布尔乔亚阁员,很狡猾地把工人阶级中最优秀的分子勾引过来,加以并吞,把无产阶级党派弄成群龙无首,没有领袖的局面,自己则吸取平民的新血液,再把布尔乔亚的意识灌输给平民算做回敬。

在布尔乔亚并吞平民的许多方式中,最妙的一种是那些平民大学。那是"无所不通"的知识杂货铺。据课程纲要所载,平民大学所教的"包括各部门的知识,物理方面的,生物方面的,社会学方面的:天文学,宇宙学,人类学,人种学,生理学,心理学,精神分析学,地理学,语言学,美学,论理学……"花样之多,便是毕克·特·拉·弥朗台尔[③]那样的头脑也装不下。

当然,平民大学初办的时候的确有一种真诚的理想,有个伟大的愿望,想把真、美、善普及大众;现在某些平民大学也还存着这个理想。工人们做了一天工之后,跑来挤在闷塞的讲堂里,表示他们求知的渴望胜过了疲劳:这是何等动人的景象。但人们又怎样地利用他们!除了少数聪明而有人性的真正的使徒,用意极好而不善于应付的善良的心以外,多多少少全是一般愚妄的、饶舌的、玩手段的家伙,没有读者的作家,没有听众的演说家、教授、牧师、钢琴家、批评家,拿自己的出品把民众淹没了。各人都在推销自己的货物。最能叫座的自然是那些卖膏药

① 一七八九年以后的三个政体,指第一共和(即大革命以后的,1792—1801 年),第二共和(即路易-菲利浦下台以后,1848—1852 年),及第三共和(普法战争以后,1870 年 9 月起直至二次大战被德国侵入为止)。

② 此所谓第四个政权,暗指工人及平民阶级的抬头。

③ 意大利的毕克·特·拉·弥朗台尔(1463—1494)为历史上有名的百科全书式的大博学家。

的，那些玄学大师，搬出许许多多老生常谈，末了再归结到一个社会的天堂。

极端贵族的唯美主义，例如颓废派的版画、诗歌、音乐，也在平民大学里找到了出路。大家希望平民对思想界发生一些返老还童的作用，促成民族的新生。可是人们一开头先把布尔乔亚所有雕琢纤巧的玩意儿，像疫苗似的种在平民的血里！而平民也不胜贪馋地吸收进去，并非为了喜欢，而是因为那些都是布尔乔亚的东西。克利斯朵夫有一次跟着罗孙太太到一所平民大学去，在迦勃里哀·福莱的美妙的歌和贝多芬晚期的一阕四重奏之间，听她对着平民弹奏德彪西。他自己对贝多芬晚年的作品还是经过了许多年，趣味与思想起了许多变化方始了解的；这时他不禁怀着怜悯的心问一个邻座的人："你懂得这个吗？"

那位邻人立刻把脖子一挺，像一只发怒的公鸡似的，回答说："当然！干吗我就不能像你一样的了解？"

为了证明他的了解，他更用着挑战的神气望着克利斯朵夫，哼着一段赋格曲。

克利斯朵夫吃了一惊，赶紧溜了，心里想这些畜牲竟把民族的生机都毒害了；哪里还有什么平民！

"你才是平民！"一个工人对一个想创办平民戏院的热心人说，"我吗，我可是跟你一样的布尔乔亚！"

一个幽美的黄昏，软绵绵的天空罩在黑洞洞的都城上面，像一张强烈的色彩已经黯淡的东方地毯。克利斯朵夫沿着河滨大道从圣母院往安伐里特宫走去。夜色苍茫中，大寺上面的两座钟楼仿佛摩西在战争中高举的手臂。小圣堂顶上的金箭，带着神圣的荆棘，高耸在万家屋舍之上。① 对岸，卢浮宫的窗子在夕照中闪出最后的微光，还显得有点儿生气。安伐里特广场的尽头，在威严的壕沟与围墙后面，在气概非凡的

① 哥特式建筑的教堂，正面钟楼上往往有下粗上细的极长的八角形柱作为结顶，末梢则为箭形。而八角形的长柱四周饰有树叶与枝条等作为装饰，此处称神圣的荆棘，乃言此种树叶枝条之装饰象征基督荆冠上之荆棘。小圣堂在今巴黎法院侧，建于十三世纪，与巴黎圣母院相距不远。

空地上,阴沉的金色穹隆高悬在那里,仿佛一阕交响曲,纪念那些年代久远的胜利。高岗上的凯旋门,像英雄进行曲似的,替帝国军团的行列开路。

克利斯朵夫忽然觉得这些很像一个已经死了的巨人,在平原上伸展着巨大的四肢。他心惊肉跳,停了下来,怅然望着这些奇大无比的化石,想起那个已经绝迹的、地球上曾经听见过它脚声的传奇式的种族,——安伐里特的穹隆好比它的冠冕,卢浮的宫殿好比它的腰带,大寺顶上无数的手臂似乎想抓握青天,拿破仑凯旋门的两只威武的脚踏着世界,而如今只有一些侏儒在它的脚跟底下熙熙攘攘。

克利斯朵夫虽然自己不求名,却也在高恩和古耶带他去的巴黎交际场中有了点小名气。他的奇特的相貌,——老是跟他两位朋友之中的一个在新戏初演的晚上和音乐会中出现,——极有个性的那种丑陋,人品与服装的可笑,举止的粗鲁,笨拙,无意中流露出来的怪论,琢磨得不够的,可是方面很广很结实的聪明,再加高恩把他和警察冲突而亡命法国的经过到处宣传,说得像小说一样,使他在这个国际旅馆的大客厅中,在这一堆巴黎名流中,成为那般无事忙的人注目的对象。只要他沉默寡言,冷眼旁观,听着人家,在没有弄清楚以前不表示意见,只要他的作品和他真正的思想不给人知道,他是可以得到人家相当的好感的。他没法待在德国是法国人挺高兴的事。特别是克利斯朵夫对于德国音乐的过激的批评,使法国音乐家大为感动,仿佛那是对他们法国音乐家表示敬意。——(其实他的批判是几年以前的,多半的意见现在已经改变了:那是他从前在一份德国杂志上发表的几篇文章,被高恩把其中的怪论加意渲染而逢人便说的。)——大家觉得克利斯朵夫很有意思,并不妨碍别人,又不抢谁的位置。只要他愿意,他马上可以成为文艺小圈子里的大人物。他只要不写作品,或是尽量少写,尤其不要让人听到他的作品,而只吸收一些古耶和古耶一流的人的思想。他们都信守着一句有名的箴言,当然是略微修正了一下:

我的杯子并不大;……可是我……在别人的杯子里喝。

一个坚强的性格,它的光芒特别能吸引青年,因为青年是只斤斤于感觉而不喜欢行动的。克利斯朵夫周围就不少这等人:普通都是些有闲的青年,没有意志,没有目的,没有生存的意义,怕工作,怕孤独,永远埋在安乐椅里,出了咖啡馆,就得上戏院,想尽方法不要回家,免得面对面看到自己。他们跑来,坐定了,几个钟点地瞎扯,尽说些无聊的话,结果把自己搅得胃胀,恶心,又像饱闷,又像饥饿,对那些谈话觉得讨厌极了,同时又需要继续下去。他们包围着克利斯朵夫,有如歌德身边的哈巴狗,也有如“等待机会的幼虫”,想抓住一颗灵魂,使自己不至于跟生命完全脱节。

换了一个爱虚荣的糊涂蛋,受到这些寄生虫式的小喽啰捧场也许会很喜欢。可是克利斯朵夫不愿意做人家的偶像。并且这些崇拜他的人自作聪明,把他的行为看做含有古怪的用意,什么勒南派、尼采派、神秘派、两性派等,使克利斯朵夫听了大为气愤。他把他们一齐撵走了。他的性格不是做被动的角色的。他一切都以行动为目标:为了了解而观察,为了行动而了解。他摆脱了成见,什么都想知道,在音乐方面研究别的国家别的时代的一切思想的形式和表情的方法。只要他认为是真实的,他都拿下来。他所研究的法国艺术家都是心思灵巧的发明新形式的人,殚精竭虑,继续不断地做着发明工作,却把自己的发明丢在半路上。克利斯朵夫的作风可大不相同:他的努力并不在于创造新的音乐语言,而在于把音乐语言说得更有力量。他不求新奇,只求自己坚强。这种富于热情的刚毅的精神,和法国人细腻而讲中庸之道的天才恰好相反。他瞧不起为风格而求风格。法国最优秀的艺术家,在他眼里不过是高等的巧匠。在巴黎最完美的诗人中间,有一个曾经立过一张“当代法国诗坛的工作表,详列各人的货物,出品或薪饷”;上面写的有“水晶烛台,东方绸帛,金质纪念章,古铜纪念章,有钱的寡妇用的花边,上色的塑像,印花的珐琅……”,同时指出哪一件是哪一个同业的出品。他替自己的写照是“蹲在广大的文艺工场的一隅,缀补着古代的地毯,或擦着久无用处的古枪”。——把艺术家看做只求技术完满的良工巧匠的观念,不能说不美,但不能使克利斯朵夫满足。他一方面承认他职业的尊严,但对于这种尊严所掩饰的贫弱的生活非常瞧不起。

他不能想象一个人能为写作而写作。他不能徒托空言而要言之有物。

我说的是事实,你说的是空话……

克利斯朵夫有个时期只管把新天地中的一切尽量吸收,然后精神突然活跃起来,觉得需要创作了。他和巴黎的格格不入,对他的个性有种刺激的作用,使他的力量加增了好几倍。在胸中泛滥的热情非表现出来不可,各式各种的热情都同样迫切地要求发泄。他得锻炼一些作品,把充塞心头的爱与恨一齐灌注在内;还有意志,还有舍弃,一切在他内心相击相撞而具有同等生存权利的妖魔,都得给它们一条出路。他写好一件作品把某一股热情消解,——(有时他竟没有耐性完成作品)——又立刻被另外一股相反的热情卷了去。但这矛盾不过是表面的:虽然他时时刻刻在变化,精神是始终如一。他所有的作品都是走向同一个目标的不同的路。他的灵魂好比一座山:他取着所有的山道爬上去;有的是浓荫掩蔽,迂回曲折的;有的是烈日当空,陡峭险峻的;结果都走向那高踞山巅的神明。爱,憎,意志,舍弃,人类一切的力兴奋到了极点之后,就和"永恒"接近了,交融了。所谓"永恒"是每个人心中都有的:不论是教徒,是无神论者,是无处不见生命的人,是处处否定生命的人,是怀疑一切,怀疑生亦怀疑死的人,——或者同时具有这些矛盾像克利斯朵夫一般的人。所有的矛盾都在永恒的"力"中间融合了。克利斯朵夫所认为重要的,是在自己心中和别人心中唤醒这个力,是抱薪投火,燃起"永恒"的烈焰。在这妖艳的巴黎的黑夜中,一朵巨大的火花已经在他心头吐放。他自以为超出了一切的信仰,不知他整个儿就是一个信仰的火把。

然而这是最容易受法国人嘲笑的资料。一个风雅的社会最难宽恕的莫过于信仰;因为它自己已经丧失信仰。大半的人对青年的梦想暗中抱着敌视或讪笑的心思,其实大部分是懊丧的表现,因为他们也有过这种雄心而没有能实现。凡是否认自己的灵魂,凡是心中孕育过一件作品而没有能完成的人,总是想:

"既然我不能实现我的理想,为什么他们就能够呢?不行,我不愿意他们成功。"

像埃达·迦勃勒[①]一流的，世界上不知有多少！他们暗中抱着何等的恶意，想消灭新兴的自由的力量；用的是何等巧妙的手段，或是不理不睬，或是冷嘲热讽，或是使人疲劳，或是使人灰心，——或是在适当的时间来一套勾引诱惑的玩意儿……

这种角色是不分国界的。克利斯朵夫因为在德国碰到过，所以早已认识了。对付这一类的人，他是准备有素的。防御的方法很简单，就是先下手为强；只要他们来亲近他，他就宣战，把这些危险的朋友逼成仇敌。这种坦白的手段，为保卫他的人格固然很见效，但对于他艺术家的前程决不能有什么帮助。克利斯朵夫又拿出他在德国时候的那套老办法。他简直不由自主地要这么做。只有一点跟从前不同：他的心情已经变得满不在乎，非常轻松。

只要有人肯听他说话，他就肆无忌惮地发表他对法国艺术界的激烈的批评，因之得罪了许多人。他根本不想留个退步，像一般有心人那样去笼络一批徒党做自己的依傍。他可以毫不费力地得到别的艺术家的钦佩，只消他也钦佩他们。有些竟可以先来钦佩他，唯一的条件是大家有来有往。他们把恭维这回事看做放债一样，到了必要的时候可以向他们的债务人，受过他们恭维的人，要求偿还。那是很安全的投资。——但放给克利斯朵夫的款子可变了倒账。他非但分文不还，还没皮没脸地把恭维过他作品的人的作品认为平庸谫陋。这样，他们嘴里不说，心里却怀着怨恨，决意一有机会便如法炮制，回敬他一下。

在克利斯朵夫做的许多冒失事中间，有一桩是跟吕西安·雷维-葛作战。他到处遇到他，而对于这个性情柔和的，有礼的，表面上完全与人无损，反显得比他更善良，至少比他更有分寸的家伙，克利斯朵夫没法藏起他过于夸张的反感。他逗吕西安讨论，不管题目如何平淡，克利斯朵夫老是会把谈锋突然之间变得尖锐起来，使旁听的人大吃一惊。似乎克利斯朵夫想出种种借口要跟吕西安拼个你死我活；但他始终伤不到他的敌人。吕西安机灵至极，即使在必败无疑的时候，也会扮一个占上风的角色；他对付得那么客气，格外显出克利斯朵夫的有失体统。

---

① 易卜生戏剧《埃达·迦勃勒》中的主角，怀有高远的理想而终流于庸俗浅薄。

克利斯朵夫的法语说得很坏,夹着俗话,甚至还有相当粗野的字眼,像所有的外国人一样早就学会而用得不恰当的,自然攻不破吕西安的战术了。他只是愤怒非凡地跟这个冷嘲热讽的软绵绵的性格对抗。大家都派他理屈:因为他们并看不出克利斯朵夫所隐隐约约感觉到的情形:就是说吕西安那种和善的面目是虚伪的,因为遇到了一股压不倒的力量而想无声无息地使它窒息。吕西安并不急,跟克利斯朵夫一样等着机会:不过他是等机会破坏,克利斯朵夫是等机会建设。他毫不费力地使高恩和古耶对克利斯朵夫疏远了,好似此前使克利斯朵夫慢慢地跟史丹芬家疏远一样。他使他完全孤立。

其实克利斯朵夫自己也在努力往孤立的路上走。他教谁都对他不满意,因为他不属于任何党派,并且还进一步反对所有的人。他不喜欢犹太人,但更不喜欢反犹太的人。这般懦怯的多数民族反对强有力的少数民族,并非因为这少数民族恶劣,而是因为它强有力;这种妒忌与仇恨的卑鄙的本能使克利斯朵夫深恶痛绝。结果是犹太人把他当做反犹太的;而反犹太的把他当做犹太人。艺术家则又认为他是个敌人。克利斯朵夫在艺术方面不知不觉把自己的德国脾气表现得特别过火。和某种只求感官的效果而绝不动心的巴黎乐派相反,他所加意铺张的是强烈的意志,是一种阳刚的、健全的悲观气息。表现欢乐的时候又不讲究格调的雅俗,只显出平民的狂乱与冲动,使提倡平民艺术的贵族老板大起反感。他所用的形式是粗糙的,同时也是繁重的。他甚至矫枉过正,有意在表面上忽视风格,不求外形的独创,而那是法国音乐家特别敏感的。所以他拿作品送给某些音乐家看的时候,他们也不细读,就认为它是德国最后一批的瓦格纳派而表示瞧不起,因为他们是一向讨厌瓦格纳派的。克利斯朵夫却毫不介意,只是暗中好笑,仿着法国文艺复兴期某个很有风趣的音乐家的诗句,反复念道:

……
得了罢,你不必慌,如果有人说:
这克利斯朵夫没有某宗某派的对位,
没有同样的和声。
须知我有些别人没有的东西。

可是等到他想把作品在音乐会中演奏的时候,就发现大门紧闭了。人们为了演奏——或不演奏——法国青年音乐家的作品已经够忙了,哪还有位置来安插一个无名的德国人?

克利斯朵夫绝对不去钻营。他关起门来继续工作。巴黎人听不听他的作品,他觉得无关紧要。他是为了自己的乐趣而写作,并非为求名而写作。真正的艺术家决不顾虑作品的前途。他像文艺复兴期的那些画家,高高兴兴地在屋子外面的墙上作画,虽然明知道十年之后就会荡然无存。所以克利斯朵夫是安安静静地工作着,等着时机好转;不料人家给了他一个意想不到的帮助。

那时克利斯朵夫正跃跃欲试地想写戏剧音乐。他不敢让内心的抒情成分自由奔放,而需要把它限制在一些确切的题材中间。一个年轻的天才,还不能控制自己、甚至不知道自己的真面目的人,能够定下界限,把那个随时会溜掉的灵魂关在里头当然是好的。这是控制思潮必不可少的水闸。——不幸克利斯朵夫没有一个诗人帮忙;他只能从历史或传说中间去找题材来亲自调度。

几个月以来在他脑中飘浮的都是些《圣经》里的形象。母亲给他作为逃亡伴侣的《圣经》,是他的幻梦之源。虽然他并不用宗教精神去读,但这部希伯来民族的史诗自有一股精神的力,更恰当的说是有股生命力,好比一道清泉,可以在薄暮时分把他被巴黎烟熏尘污的灵魂洗涤一番。他虽不关心书中神圣的意义,但因为他呼吸到犷野的大自然气息和原始人格的气息,这部书对他还是神圣的。诚惶诚恐的大地,中心颤动的山岳,喜气洋溢的天空,猛狮般的人类,齐声唱着颂歌,把克利斯朵夫听得出神了。

在《圣经》中他最向往的人物之一是少年时代的大卫。但他心目中的大卫并非露着幽默的微笑的佛罗伦萨少年,或神情紧张的悲壮的勇士,像范洛几沃与弥盖朗琪罗表现在他们的杰作上的:他并不认识这些雕塑。他把大卫想象做一个富有诗意的牧人,童贞的心中蕴藏着英雄的气息,可以说是种族更清秀,身心更调和的,南方的西格弗里德。——因为克利斯朵夫虽然竭力抵抗拉丁精神,其实已经被拉丁精神渗透了。这不但是艺术影响艺术,思想影响艺术,而是我们周围的一切——人与物,姿势与动作,线条与光——的影响。巴黎的精神气氛是很有力量的,最倔强的性格也会受它感化,而德国人更抵抗不了:他徒然拿民族的傲气来骄人,实际上是全欧洲最容易丧失本性的民族。克利斯朵夫已经不知不觉感染到拉丁艺术的中庸之道,明朗的心境,甚至也相当地懂得了造型美。他所作的《大卫》就有这些影响。

他想描写大卫和扫罗王的相遇,用交响诗的形式表现两个人物。①

在一片荒凉的高原上,周围是开花的灌木林,年轻的牧童躺在地下对着太阳出神。清明的光辉,大地的威力,万物的嗡嗡声,野草的颤动,羊群的铃声,使这个还没知道负有神圣使命的孩子引起许多幻想。他在和谐恬静的气氛中懒洋洋地唱着歌,吹着笛子。歌声所表现的欢乐是那么安静,那么清明,令人听了哀乐俱忘,只觉得是应该这样的,不可能不这样的……可是突然之间,荒原上给巨大的阴影笼罩了,空气沉默了;生命的气息似乎退隐到地下去了。唯有安闲的笛声依旧在那里吹着。精神错乱的扫罗王在旁边走过。他失魂落魄,受着虚无的侵蚀,像一朵被狂风怒卷的,自己煎熬自己的火焰。他觉得周围是一片空虚,自己心里也是一片空虚:他对着它哀求,咒骂,挑战。等到他喘不过气来倒在地下的时候,始终没有间断的牧童的歌声又那么笑盈盈地响起来了。扫罗抑捺着骚动不已的心绪,悄悄地走近躺在地下的孩子,悄悄地望着他,坐在他身边,把滚热的手放在牧童头上。大卫若无其事地掉过身子,望着扫罗王,把头枕在扫罗膝上,继续唱他的歌。黄昏来了,大卫唱着睡熟了;扫罗哭着。繁星满天的夜里又响起那个颂赞自然界复活的圣歌,和心灵痊愈以后的感谢曲。

克利斯朵夫写作这一幕音乐,只顾表现自己的欢乐,既没想到怎么演奏,更没想到可以搬上舞台。他原意是想等到乐队肯接受他的作品

---

① 大卫为以色列的第二个王,年代约在公元前一〇五五至一〇一四年,少年时为父牧羊,先知撒母耳为之行油膏礼,预定其继承扫罗王位。因以色列王扫罗为神厌弃,为恶魔所扰,致精神失常,乃从臣仆之言,访求耶西之子大卫侍侧弹琴。扫罗一闻琴声,即觉精神安定。见《旧约·撒母耳记》上卷第十六章。此处将故事略加改动,弹琴易为吹笛,访求改为偶遇。

的时候在音乐会中演奏。

一天晚上,他和亚希·罗孙提起,又依着罗孙的要求,在钢琴上弹了一遍,让他有个概念。克利斯朵夫很诧异地发觉,罗孙对这件作品竟非常热心,说应该拿到一家戏院去上演,并且自告奋勇要促成这件事。过了几天,罗孙居然很认真地干起来,使克利斯朵夫更觉得奇怪;而一知道高恩、古耶,甚至吕西安·雷维-葛都表示很热心,他不但是诧异,简直给搅糊涂了。他只能承认他们为了爱艺术而把私人的嫌隙丢开了:这当然是他意想不到的。在所有的人中,最不急急于表现这件作品的倒是他自己。那原来不是为舞台写的,拿去交给戏院未免荒唐。但罗孙那么恳切,高恩那么苦劝,古耶又说得那么肯定,克利斯朵夫居然动心了。他没有勇气拒绝。他太想听听自己作的曲子了!

为罗孙,什么事都轻而易举。经理和演员都争先恐后地巴结他。碰巧有家报馆为一个慈善团体募捐想办个游艺大会。他们决定在游艺会里表演《大卫》。一个很好的管弦乐队给组织起来了。至于唱歌的,罗孙说已经找到了一个理想的人物来表现大卫。

大家便开始练习。乐队虽然脱不了法国习气,纪律差一些,可是第一次试奏的成绩还算满意。唱扫罗王的角色嗓子有点疲弱,却还过得去,技术是有根底的。表演大卫的是个高大肥胖、体格壮健的美妇人;但她声音恶俗,肉麻,带着唱通俗歌剧的颤音,和咖啡馆音乐会的作风。克利斯朵夫皱着眉头。她才唱了几节,他已经断定她不能胜任了。乐队第一次休息的时候,他去找负责音乐会事务的经理,那是和高恩一同在场旁听的。他看见克利斯朵夫向他走过来,便得意扬扬地问:“那末你是满意的了?”

“是的,”克利斯朵夫说,“大概不至于有什么问题。只有一件事不行,就是那个女歌唱家。非换一个不可。请你客客气气地通知她;你们是搞惯这一套的……你总不难替我另外找一个罢?”

那位经理不由得愣住了,望着克利斯朵夫,似乎疑心他是开玩笑。

“噢!你这话是不可能的!”

“为什么不可能?”克利斯朵夫问。

经理跟高恩俩睞了睞眼睛,神气很狡猾:“她多有天分!”

“一点儿天分都没有。”克利斯朵夫说。

“怎么没有！……这样好的嗓子！”

“谈不到嗓子。”

“人又多漂亮！”

“那跟我不相干。”

“可是也不妨事啊。”高恩笑着说。

“我需要一个大卫，一个懂得唱的大卫；不需要美丽的海伦。”克利斯朵夫说。

经理好不为难地搔搔鼻子：“那很麻烦，很麻烦……可是她的确是个出色的艺术家：——我敢向你担保。也许她今天不大得劲。你再试一下看看。”

“好罢，”克利斯朵夫回答，“可是这不过是白费时间罢了。”

他重新开始练习。情形可是更糟。他几乎不能敷衍到曲子终了：他烦躁不堪，指点女歌手的口气先是还冷冷的不至于失礼，慢慢地竟直截了当，不留余地了；她花了很大的劲想使他满意，对他装着媚眼乞怜，只是没用。看到事情快要闹僵，经理就很小心地出来把练习会中止了。为了冲淡一下克利斯朵夫给人的坏印象，他赶紧去和女歌手周旋，大献殷勤；克利斯朵夫看了很不耐烦，神气专横地向他示意叫他过来，说道：

“没有什么可商量的了。我不要这个人。我知道人家心里会不舒服；可是当初不是我挑的。你们去想办法罢。”

经理神气很窘，弯了弯腰，满不在乎地回答：“我没有办法。请你跟罗孙先生去说罢。”

“那跟罗孙先生有什么相干？我不愿意为这些事去麻烦他。”

“他不会觉得麻烦的。”高恩带着俏皮的口气说。

接着他指了指刚在门外进来的罗孙。

克利斯朵夫迎上前去。罗孙一团高兴地嚷着：“怎么？已经完啦？我还想来听听呢。那末，亲爱的大师，怎么样？满意不满意？”

“一切都很好，”克利斯朵夫回答，“我不知道向你怎么道谢才好……”

“哪里！哪里！”

“只有一件事不行。”

“你说罢,说罢。咱们来想办法。我非要使你满意不可。”

“就是那个女歌唱家。咱们自己人,不妨说句老实话,她简直糟透了。”

满面笑容的罗孙一下子变得冷若冰霜。他沉着脸说:“朋友,你这个话真怪了。”

“她太不行了,太不行了,”克利斯朵夫接着说,“没有嗓子,唱歌没有品,没有技巧,一点儿才气都没有。幸亏你刚才没听到!……”

罗孙的态度越来越冷了,他截住了克利斯朵夫的话,声音很难听地说:“我对特·圣德-伊格兰小姐知道得很清楚。她是个极有天分的歌唱家,我非常佩服的。巴黎所有风雅的人都是跟我一样的见解。”

说罢,他转过背去,搀着女演员的手臂出去了。正当克利斯朵夫站在那儿发呆的时候,在旁看得挺高兴的高恩,过来拉着他的胳膊,一边下楼一边笑着和他说:“难道你不知道她是他的情妇吗?”

这一下,克利斯朵夫可明白了。他们想表演这个作品原来是为了她,不是为了克利斯朵夫,怪不得罗孙这样热心这样肯花钱,他的喽啰们又这样上劲。他听高恩讲着那个圣德-伊格兰的故事:歌舞团出身,在小戏院里红了一些时候,就像所有她那一流的人一样,忽然雄心勃勃,想爬到跟她的身份更相当的舞台上去唱戏。她指望罗孙介绍她进歌剧院或喜歌剧院;罗孙也巴不得她能成功,觉得《大卫》的表演倒是一个挺好的机会,可以教巴黎的群众领教一下这位新悲剧人才的抒情天才,反正这角色用不到什么戏剧的动作,不至于使她出丑,反而能尽量显出她身段的美。

克利斯朵夫听完了故事,挣脱了高恩的手臂,哈哈大笑,直笑了好一会儿。最后他说:

“你们真教我受不了。你们这些人都教我受不了。你们根本不把艺术放在心上。念念不忘的老是女人,女人。你们排一出歌剧是为了一个跳舞的,为了一个唱歌的,为了某先生或某太太的情人。你们只想着你们的丑事。我也不怪你们:你们原来是这样的东西,那末就这样混下去罢,挤在你们的马槽里去抢水喝罢,只要你们喜欢。可是咱们还是分手为妙:咱们天生是合不拢来的。再见了。”

他别了高恩,回到寓所,写了封信给罗孙,声明撤回他的作品,同时也不隐瞒他撤回的动机。

这是跟罗孙和他所有的徒党决裂了。后果是立刻感觉得到的。报纸对于这计划中的表演早已大事宣传,这一回作曲家和表演者的不欢而散又给他们添了许多嚼舌的资料。某个乐队的指挥,为了好奇心,在一个星期日下午的音乐会中把这个作品排了进去。这幸运对于克利斯朵夫简直是个大大的厄运。作品是演奏了,可是被人大喝倒彩。女歌唱家所有的朋友都约齐了要把这个傲慢的音乐家教训一顿;至于听着这阕交响诗觉得沉闷的群众,也乐于附和那些行家的批判。更糟的是,克利斯朵夫想显显演奏家的本领,冒冒失失地在同一音乐会里出场奏一阕钢琴与乐队合奏的幻想曲。群众的恶意,在演奏《大卫》的时候为了替演奏的人着想而留些余地的,此刻当面看到了作家就尽量发泄了,——何况他的演技也不尽合乎规矩。克利斯朵夫被场中的喧闹惹得心头火起,在曲子的半中间突然停住,用着挖苦的神气望着突然静下来的群众,弹了一段玛勃洛打仗去了,①——然后傲慢地说道:“这才配你们的胃口。”说完,他站起身来走了。

会场里登时乱哄哄地闹了起来。有人嚷着说这是对于听众的侮辱,作者应该向大家道歉。第二天,各报一致把高雅的巴黎趣味所贬斥的粗野的德国人骂了一顿。

然后是一片空虚,完全的、绝对的空虚。克利斯朵夫在多少次的孤独以后再来一次孤独,在这个外国的,对他仇视的大城里,比什么时候都更孤独了。可是他不再像从前一样的耿耿于怀。他慢慢地有点儿觉得这是他的命运如此,终身如此的了。

他可不知道一颗伟大的心灵是永远不会孤独的,即使命运把他的朋友统统给剥夺了,他也永远会创造朋友;他不知道自己满腔的热爱在四周放出光芒,而便是在这个时候,他自以为永远孤独的时候,他所得

① 《玛勃洛》为通俗的儿童歌曲,其中的复唱句是:“玛勃洛打仗去了,不知什么时候回来。”

到的爱比世界上最幸福的人还要丰富。

在史丹芬家和高兰德同时学钢琴的,还有一个年纪不满十四岁的女孩子。她是高兰德的表妹,叫做葛拉齐亚·蒲翁旦比,皮肤黄澄澄的,颧骨带点粉红,脸蛋很饱满,像乡下人一样的健康,小小的鼻子有点往上翘,阔大的嘴巴线条很分明,老是半开半阖的,下巴很圆,很白,神色安详的眼睛透着温柔的笑意,鼓得圆圆的脑门,四周是一大堆又长又软的头发,并不打鬈,只像平静的水波一般沿着腮帮挂下来。宽大的脸盘,沉静而美丽的目光,活像安特莱·台尔·萨多画上的圣处女。

她是意大利人。父母差不多成年住在乡下,在意大利北部的一所大庄子里:那边有的是平原、草场,跟小河。从屋顶的平台上眺望,底下是一片金黄的葡萄藤,中间疏疏落落地矗立着一些圆锥形的杉树。远处是无穷尽的田野。四下里静极了。只听到耕田的牛鸣,和把犁的乡下人尖锐的叫喊:"吁嘻!……走呀!"

蝉在树上唱,青蛙沿着水边叫。夜里,银波荡漾的月光底下,万籁俱寂。远远的,不时有些看守庄稼的农人蹲在茅屋里放几枪,警告窃贼表示他们醒在那里。对于蒙眬半睡的人们,这种声音跟在远处报时报刻的和平的钟声并没什么分别。过后,又是一片静寂包着你的心灵,好似一件衣褶宽博的软绵绵的大氅。

在小葛拉齐亚周围,生命似乎睡着了。人家不大理会她。她是在恬静的空气中自由自在地长大的。那么平静,那么从容。她性子懒懒的,喜欢东遛遛,西逛逛,没头没脑的尽睡。她会在园子里几小时地躺下去。她在静默中飘飘荡荡,好似一只苍蝇在夏日的溪水上轻轻拂弄。有时,她无缘无故地突然奔起来,奔着,奔着,像一头小动物,脑袋与胸脯微微向右边侧着,非常轻灵,自然。她简直是头小山羊,就为了喜欢蹦跳而在石子堆里溜滑打滚。她和小狗、青蛙、野草、树木、种田的人、院子里的鸡鸭,唠唠叨叨地说话。她疼爱周围的一切小生物,也很喜欢大人,可是不像对小东西那么毫无顾忌。她不大见到外界的人。庄子离城很远,完全是孤零零的。尘土飞扬的大路上,难得有个满面正经、拖着沉重的脚步的农夫,或是一个眼睛发亮,脸孔紫铜色的,美丽的乡下女人,昂着头,挺着胸,摇摇摆摆地走过去。葛拉齐亚在静悄悄的大花园里独自消磨日子:一个人也看不见,后来不厌烦,对什么也不怕。

有一次,一个流浪的汉子闯入冷落的田庄里想偷只鸡。他看见女孩子躺在草地上,一边哼着一支歌一边咬着一块长长的烤面包,不由得呆了一呆。她安闲地望着他,问他来做什么。他说:"给我一些东西,要不然我就吓你了。"

她把手里的面包递给了他,眼睛笑眯眯地说:"你别吓人啊。"

于是那浪人走了。

妈妈去世了。老爸爸心肠很好,很懦弱,是个世家出身的意大利人;他身子结实,性情快活,人很和善,就是有些孩子气,完全没能力管女孩子的教育。老蒲翁旦比的妹子,史丹芬太太,回来参加嫂子的葬礼,看见孩子那么孤单不由得很揪心,决意带她到巴黎去住些时候,让她忘记一下丧母的悲痛。葛拉齐亚哭了,老爸爸也哭了。可是史丹芬太太决定了什么事,大家只有服从的份儿,没有人能反抗的。她是一家之中最有决断的人;她在巴黎自己家里掌管一切:她的丈夫,她的女儿,她的情夫;——因为她对于责任和快乐能兼筹并顾,为人又实际又富于热情,——并且极喜欢交际,在外边非常活动。

移植到巴黎之后,幽静的葛拉齐亚对着美丽的高兰德表姊深深地钟情起来,使高兰德看了好玩。人们把这个野生的和顺的小姑娘带到交际场和戏院去。大家继续拿她当孩子看待,她也自认为孩子,其实早已不是了。她颇有些自己藏得很紧而觉得害怕的感情,对于一个人一件东西常常会热情冲动。她暗中恋着高兰德,偷她一条丝带或一块手帕什么的;当着表姊的面,她往往一句话都说不出;而在等待的时候,知道就要看到表姊的时候,她又焦急又快活,简直会浑身颤抖。在戏院里,要是她先到了而后看见美丽的表姊穿着袒露的晚礼服走进包厢,受到众人注目的话,葛拉齐亚就满心欢喜地笑了,笑得那么谦卑,亲切,抱着一腔热爱;而高兰德和她一说话,她连心都为之化开了。穿着白色的长袍,美丽的黑发蓬蓬松松地散披在皮肤暗黄的肩上,把长手套放在嘴里轻轻咬着,又闲着没事把手指往手套里伸进一点,——她一边看戏一边时时刻刻回头看着高兰德,希望她对自己友好地瞧一眼,也希望把自己感到的乐趣分点儿给她,用褐色的明净的眼睛表示:“我真爱你。”

在巴黎近郊的森林中散步时,她形影不离地跟着高兰德,坐就坐在她脚下,走就走在她前面,替她拨开伸在路中间的树枝,在没法插足的污泥中放几块石头。有天晚上,高兰德在花园里觉得冷了,问她借用围巾,她竟快活得叫起来,——(过后却又难为情,觉得不应该叫的)——因为那等于她的爱人和她拥抱了一下,而围巾还给她的时候又留下了爱人身上的香味。

也有些她偷偷看着的书,有些诗,——(因为人家还只给她看儿童读物)——使她感到一种慌乱的甜美的境界。还有某些音乐,虽然人家说她还不能领会而她也自以为不能领会,——她可感动得脸色发白,身上出汗。她那时的心情是谁都不知道的。

除此以外,她只是一个性情柔和的小姑娘:糊里糊涂的,懒洋洋的,相当贪嘴,动不动就脸红;有时几小时的不出声,有时咭咭呱呱的说个不休;容易哭,容易笑,会突然之间的嚎啕,也会像小孩子般纵声狂笑。一点儿毫无意思的小事就能使她乐,使她高兴。她从来不想装做大人,始终保存着儿童的面目。她尤其是心地好,绝对不忍心教人家难过,也绝对受不了别人对她有半句生气的话。她非常谦虚,老躲在一边;只要是她认为美与善的,她无有不爱,无有不钦佩;她往往一厢情愿地以为别人有如何如何的优点。

史丹芬家负责管她的教育,那是已经很落后的了。她跟克利斯朵夫学琴就是这样开始的。

她第一次看见他是在姑母家某次宾客众多的夜会上。跟无论哪种客人合不来的克利斯朵夫,净弹着一阕没有完的柔板,把大家听得打哈欠:似乎快完了,又接了下去,使听的人以为是无穷无尽的了。史丹芬太太非常不耐烦,只是不便发作。高兰德却乐死了,觉得这可笑的局面挺有意思,也不怪克利斯朵夫感觉迟钝到这个地步;她只觉得他是一股力,而那股力使她很有好感,同时也认为很滑稽,但决不愿意为他辩护。唯有小葛拉齐亚被这音乐感动得眼泪都上来了。她躲在客厅的一角。最后她溜走了,因为不愿意让人家发现她的骚动,也因为受不了大家背后拿克利斯朵夫取笑。

几天之后,史丹芬太太在饭桌上说要请克利斯朵夫教她学琴。葛拉齐亚听了心里一慌,羹匙掉在汤盆里,把汤水溅在她自己跟表姊身上。高兰德便说她还得先学一学吃饭的规矩。史丹芬太太马上补充说,那可不能请教克利斯朵夫了。葛拉齐亚因为和克利斯朵夫一同受到埋怨,非常高兴。

克利斯朵夫开始上课了。她身子又僵又冷,手臂胶在身上没法搬动;克利斯朵夫拿着她的小手校正手指的姿势,把它们一只一只放在键盘上时,她竟要软瘫了。她战战兢兢,唯恐在他面前弹不好。但尽管练琴练到几乎害病,使表姊烦躁得叫起来,她当了克利斯朵夫的面总弹得不成样子:她喘不过气来,手指不是僵似木块,就是软如棉花;她把音弹糊涂了,重音也颠倒了;克利斯朵夫把她埋怨了一顿,生着气走了。那时她竟恨不得死掉才好。

他完全没注意她,只关心高兰德。葛拉齐亚看了表姊和克利斯朵夫的亲密很羡慕;虽然有些痛苦,但她那颗善良的小心毕竟替高兰德和克利斯朵夫欢喜。她认为高兰德远胜自己,所以大家的敬意归她一个人独占也是挺自然的。——直到后来她必须在表姊与克利斯朵夫两者之间挑选一个的时候,她才觉得自己的心已经不向着表姊了。她凭着小妇人的直觉咂摸出来,克利斯朵夫看了高兰德的卖弄风情和雷维-葛的拼命追求非常难过。她本能地不喜欢雷维-葛;而自从她知道克利斯朵夫厌恶他之后,她也厌恶他了。她不懂高兰德怎么能把雷维-葛放在和克利斯朵夫竞争的地位而引以为乐。她暗中开始用严厉的目光批判高兰德,一发觉她某些小小的谎话,便对表姊突然改变了态度。高兰德虽然觉得,可不明白为什么,以为那是小姑娘的使性。可是葛拉齐亚对她已经失掉信心是毫无疑问的了:高兰德从一桩小事情上可以感觉到。有天晚上,两人在园中散步,忽然来了一阵骤雨,高兰德有心表示亲热,想把葛拉齐亚裹在自己的大衣里面,免得她淋雨;要是在几星期以前,葛拉齐亚一定因为能够偎贴在亲爱的表姊怀里而感到说不出的欢喜,这一回她却冷冷地闪开了。并且高兰德说葛拉齐亚所弹的某支乐曲难听的时候,她还是照旧地弹,照旧地爱好。

从此她只关心克利斯朵夫。她的柔情使她有种直觉,能体会到他苦闷的原因。而以她那种孩子气的、多操心的关切,她也把他的痛苦大大地夸张了。她以为克利斯朵夫爱着高兰德,其实他对高兰德的关系仅仅是种苛求的友谊。她以为他很痛苦,所以她也为他而痛苦了。可怜她好心竟没得到好报:表姊把克利斯朵夫惹得冒火了,她就得代表姊受过;他心绪恶劣,借小学生出气,在琴上改她错误的时候极不耐烦。有天早上,克利斯朵夫被高兰德惹得格外气恼,在钢琴旁边坐下来的态度那么暴躁,把葛拉齐亚仅有的一些小本领都吓得无影无踪:她手足无措;他怒气冲冲地责备她弹错音符,更把她骇昏了;他又生了气,拿着她的手乱摇,嚷着说她永远没希望把一个曲子弹得像个样,还是弄她的烹饪或女红去罢,她爱做什么都可以,可是天哪!切勿再弄什么音乐,弹些错误的音教人听了受罪!一说完,他掉转身子就走,课也没上完。可怜的葛拉齐亚把眼泪都哭尽了,那些难堪的话固然使她伤心,但更伤心的是她一心一意要使克利斯朵夫满意,结果非但没做到,反而搞出些糊涂事教自己心爱的人气恼。

后来克利斯朵夫不再上史丹芬家,葛拉齐亚就更痛苦了。她想回家乡去。这个连幻想都是那么纯洁的孩子,始终保存着朴实清明的心地,住在大都市里跟骚动狂乱的巴黎女子混在一起非常不惯。虽然不敢说出来,她已经把周围的人批判得相当准确。但她像父亲一样因为心好,因为谦虚,因为不敢信任自己而很胆小,懦弱。她让霸道的姑母和惯于支配一切的表姊摆布。虽然按期给父亲写着亲切的信,她可不敢告诉他说:"啊!爸爸,把我接回去罢!"

老爸爸虽然心里极愿意,却也不敢接她回去。因为他怯生生地露出一些口风,史丹芬太太立刻回答他说,葛拉齐亚在巴黎很好,比跟他一起好多了,并且为她的教育,也应当留在巴黎。

可是终于有一天,这颗南国的小灵魂再也受不了放逐的痛苦,必须向着光明飞回去了。——那是在克利斯朵夫的音乐会之后。那天她和史丹芬一家一同在场,眼看那些群众以侮辱一个艺术家为乐,她心都碎了。……在葛拉齐亚眼里,艺术家就是艺术的化身,是生命中一切神圣的东西的化身。她想哭,想逃。但她非听完那些喧闹、嘘斥与叫嚣不可;回到姑母家还得听那些刻薄的议论,听高兰德一边哄笑,一边和吕西安交换些可怜克利斯朵夫的话。她逃到房里,倒在床上痛哭了半夜:她自言自语地和克利斯朵夫说着话,安慰他,恨不得把自己的生命献给他,因为毫无办法使他幸福而难过死了。从此,她不能再待在巴黎,求父亲接她回去。她说:

"我在这儿活不下去了,活不下去了,要是你让我再多留一些时候,我要死了。"

父亲马上赶了来;虽然抗拒刚强的姑母在父女两人都是极不容易的事,这一回他们也拿出最后一点儿意志,鼓足勇气把她顶住了。

葛拉齐亚回到酣睡如故的大花园里,不胜欣慰地跟她喜爱的自然界和生灵重新相聚。在她受过创痛而才安静下来的心中,她带来了一些北国的哀愁,仿佛一层薄雾,此刻给阳光照着,慢慢地融化了。她偶然想起苦恼的克利斯朵夫。躺在草坪上听着熟悉的蛙声跟蝉声,或是坐在她比以前接触更多的钢琴前面,她悠然想着自己看中的朋友;她和他几小时的低声谈着话,觉得有朝一日他可能推开门走进来的。她写了一封不署名的信,迟疑了好久以后,终于在一个早晨,瞒着人,心儿乱跳,走到三里以外,在农田的那一边,丢入本村的信箱。——那是一封亲切动人的信,告诉他说他不是孤独的,劝他不要灰心,有人在想念他,爱他,在上帝面前为他祈祷,——可怜的信,糊里糊涂的中途遗失了,他始终没收到。

随后,这个远方的女友仍然过着她单纯而宁静的岁月。意大利那种和平、恬静、安乐、默想的精神,又回到那颗贞洁沉默的心中,——可是关于克利斯朵夫的印象继续在她的心灵深处燃烧,像一朵静止不动的火焰。

克利斯朵夫完全不知道有股天真的温情远远地在关切他,将来还要在他的生命中占据极重要的地位。他也不知道就在他受辱的音乐会中,有一个将来成为他的朋友,成为他亲爱的伴侣,和他并肩携手,向前迈进的人。

他是孤独的。他自以为孤独的。可是志气一点儿不消沉。他再没有从前在德国时那种悲苦郁闷的心境。他更强了,更成熟了;他知道是应该这样的。他对巴黎的幻想已经没有了:人到处都是一样的;应当忍受,不该一味固执,跟社会作无谓的斗争;只要心安理得,我行我素就行了。像贝多芬所说的:"要是我们把自己的生命力在人生中消耗了,还有什么可以奉献给最高尚最完善的东西?"他清清楚楚地体验到了自己的性格,也体验到了他从前批判得那么严厉的自己的种族。越受到巴黎气氛的压迫,他越觉得需要回到祖国,回到国魂所在的那些诗人与音乐家的怀抱中去。他一打开他们的书,仿佛满屋子都是阳光灿烂的莱茵的波涛,和那些被他遗弃的故人的亲切的微笑。

他曾经对他们多么无情无义!他们那种朴实的慈爱的宝藏,他怎么不早点儿发现的呢?他不胜羞愧地想起自己从前在德国对他们说过多少偏激与侮辱的话。那时他只看见他们的缺点,笨拙而多礼的举动,感伤的理想主义,小小的谎言,小小的懦怯。啊!这些缺点跟他们伟大的德性相比,真是太不足道了!可是他当初怎么对他们的弱点会那样苛刻的呢?此刻他反因之而觉得他们更动人,更近人情了。在这个情形之下,他现在最受吸引的人便是以前被他用最蛮横的态度贬斥的人。对于舒伯特和巴赫,他有什么不客气的话没说过呢!如今他倒觉得跟他们非常接近。那些伟大的心灵,受过他的挑剔与讪笑的,对他这个亡命异国、举目无亲的人笑容可掬地说着:

"朋友啊,我们在这里。你勇敢些罢!我们也受过非分的苦难!……可是临了我们还是达到了目的……"

于是他听见约翰·赛巴斯蒂安·巴赫的心灵像海洋一般地呼啸着:风狂雨骤,掩盖生命的乌云都给扫荡了,——有极乐的,痛苦的,如醉如狂的民众,有慈悲与和平的基督在他们上空翱翔,——多少城市被守夜的人叫醒了,居民欢欣鼓舞地迎着神明走去,他的脚声把世界都震撼了,①——无数的思想,热情,乐体,英雄生活,莎士比亚式的幻想,萨伏那洛②式的预言,牧歌式的,史诗式的,《启示录》式的幻象,蕴藏在这

① 巴赫作有《约翰福音所记的耶稣受难》与《马太福音所记的耶稣受难》两部圣乐,为音乐史上巨制。此段均系暗指两大圣乐中抒情的及戏剧化的境界。又巴赫曾任莱比锡圣·托马斯学校歌唱教师二十余年,故下文称其为"歌唱教师"。

② 萨伏那洛为意大利十五世纪时狂热的宗教家,曾于短时期内操纵佛罗伦萨的政局。

个歌唱教师身上！克利斯朵夫好像亲眼看到他这个人:双叠下巴,眼睛很小很亮,多褶的眼皮,往上吊的眉毛,性格阴沉而又快乐,有点可笑,脑子里充满着讽喻和象征,人是老派的,易怒,固执,心情高远,对人生抱着热情,同时又渴念着死……——在学校里,他是一个天才的学究,而那些学生是又脏又粗野,生着疮疥,像乞丐一般,唱歌的嗓子是嗄的,他常常跟他们吵架,有时和他们扭殴……——在家里他有二十一个孩子,十三个都比他死得早,①其中一个是白痴;其余都是优秀的音乐家,替他来些小小的家庭音乐会……疾病,丧葬,争吵,贫困,侘傺不遇;——同时,他有他的音乐,他的信仰,解脱与光明,还有预感到的,一意追求而终于抓握到的欢乐,——神明的气息锻炼着他的筋骨,耸动着他的毛发,在他嘴里放出霹雳般的声音……噢！力！力！像雷震一般的欢乐的力！……

克利斯朵夫把这股力尽量吞下。他觉得在德国人心灵中像泉水般流着的这种音乐的力对他很有好处。这力往往是平庸的,甚至是粗俗的,可是有什么关系？主要的是有这股力,而且能浩浩荡荡地奔流。在法国,音乐是用滤水器一点一滴地注在瓶口紧塞的水瓶里的。这些喝惯无味的淡水的人,一看到长江大河式的德国音乐,就要吹毛求疵,挑德国天才的错误了。

“这些可怜的孩子！”克利斯朵夫这么想着,可忘了自己从前也一样地可笑过来,“他们居然找出了瓦格纳和贝多芬的缺点！他们需要没有缺陷的天才。仿佛狂风暴雨在吹打的时候会特别小心,一点都不扰乱世界上完整的秩序！……”

他在巴黎街上走着,对自己心中的力非常高兴。无人了解倒是更好！他可以更自由。天才的使命是创造,而要依着内心的法则创造一个簇新的有机体的世界,自己必须整个儿生活在里头。一个艺术家决不嫌太孤独。可怕的是,自己的思想反映到镜子里的时候被镜子把原来的形状改变了,缩小了。一件作品没有完成之前,不能告诉别人;否

---

① 按所有巴赫的传记均称巴赫子女共二十人(前妻生七个,后妻生十三个),巴赫故世时(1750)尚生存者共有子女九人。作者言其子女共二十一人,有十三个比巴赫早故,不知何所据。

则你会没有勇气把作品写完;因为那时你在自己心中看到的已经不是你的,而是别人的可怜的思想。

如今他的梦想既不受任何外物的扰乱,就像泉水一样从他心灵的每一个角落、从他路上碰到的每一颗石子里飞涌出来。他所生活的境界像一个能见到异象的人的境界。他所见所闻的一切,在心中唤引起来的生灵与事物,跟实际的见闻完全不同。他只要听其自然,就能发觉他幻想中的人物都在周围活动。那些感觉会自动来找到他的。路人的目光,风中传来的语声,照在草坪上的阳光,停在卢森堡公园树上歌唱的小鸟,远处修道院里的钟声,卧室中瞥见的一角苍白的天空,一日之间时时变化的声音与风光:这些他都不用自己的而用着幻想人物的心灵去体会。——他觉得非常幸福。

可是他的情形比什么时候都更艰难。唯一的收入是靠几处的钢琴课,而那些差事都丢了。时方九月,巴黎人正在外省避暑,不容易找到新学生。他独一无二的学生是个又聪明又糊涂的工程师,在四十岁上忽发奇想,要做个提琴大家。克利斯朵夫的小提琴拉得不十分好,但总比他的学生高明;所以在某个时期内,他以每小时两法郎的代价每周给他上三小时的提琴课。过了一个半月,工程师厌倦了,突然发现他主要的天赋还是在绘画方面。——他把这个发现告诉克利斯朵夫的那一天,克利斯朵夫不禁哈哈大笑;笑完了,他把存款点了点数,原来只剩那个学生刚才付给他的十二法郎了。他可并不急,只想到此刻非另谋生路不可,又得上出版商那儿去奔走了。那当然不是有趣的事……管他!……何必事先烦恼呢?今天天气很好,还不如上墨屯①去玩儿。

他忽然想到要走路了。走路可以促成音乐的收获。他心中装满了音乐,好似蜂房中装满了蜜一样;他对着在心头嗡嗡作响的金黄的蜜蜂笑着。往往那是一种转调极多的音乐。节奏是蹦蹦跳跳的,反复不已的,能够使你白日做梦……嗬!关在屋里迷迷糊糊的时候,你以为能创造节奏吗?那只能像巴黎人一样杂凑一些微妙而静止的和声!

走得疲倦了,他便在林间躺下。树木微秃,天色像雁来红一样的

① 墨屯系巴黎近郊村镇,风景秀丽,为巴黎人常往游散之地。

蓝。克利斯朵夫恍恍惚惚在那里出神，他的梦也渐渐染上从初秋的白云里漏出来的柔和的光彩。他的血在奔腾。他听到自己的思潮在胸中湍泻。它们从四面八方涌来：彼此冲突的新世界与旧世界，以往的心灵的片段，像一个城里的居民一般在他心头逗留过的、昔日的旅客。高脱弗烈特在曼希沃墓前说的话又给想起来了：他等于一座活的坟墓，多少亡人和多少不相识的人在其中蠢动。他听着这无量数的生命，很高兴让这个几百年的森林像管风琴般的奏鸣，其中有的是妖魔鬼怪，宛如但丁笔下的森林。他不再像少年时代那样地怕它们了，因为他有了能够控制它们的意志。他最快乐的莫过于挥着鞭子使野兽们咆哮，让自己清清楚楚地感觉到内心的动物园比以前更丰富了。他不是孤独的，也永远不会再孤独。他一个人等于整个的军队，几百年来那些快乐而健全的克拉夫脱都在他身上。跟仇视他的巴黎，跟一个种族对垒的时候，他也拿得出整个的种族，双方是势均力敌了。

他住的那个寒碜的旅馆，如今也嫌租金太贵而放弃了。他在蒙罗越区租了一间阁楼，虽然一无可取，空气倒很流通，穿堂风是不断的。好罢，他本来就需要畅快的呼吸。从窗里他可以看到一望无际的巴黎烟囱。搬家的事一下子就办完了：一辆手推的小车已经足够；克利斯朵夫自己推着走。最贵重的家具，除了他的旧箱子以外，便是一个从那时起非常流行的贝多芬画像。他把它包得非常仔细，仿佛是件极有价值的艺术品。他和它是老在一起的。在巴黎的茫茫人海中，这是他栖身的岛屿，也是测验他精神的气压表。他心灵的温度，在那个面相上比在他自己的意识上标显得更清楚：一忽儿是乌云密布的天空，一忽儿是热情激荡的狂风，一忽儿又是庄严的宁静。

他不得不减少食粮，一天只在下午一点钟吃一顿。他买了一条粗大的香肠挂在窗上：每顿切着那么厚厚的一片，加上一大块面包，一杯自己发明的咖啡，就算是盛宴了。他还很想把那个量分做两顿吃。他恨自己胃口那么好，恶狠狠地骂自己像饿鬼似的，只想着肚子。其实他的肚子也不成其为肚子了，他比一条瘦狗还要瘦。至于身体上旁的部分倒很结实，骨骼像铁打的，头脑也始终很清楚。

他不大担忧什么明天的问题。只要有着当日的开支,他就不愿意操心。等到有一天不名一文了,他才决意再到出版商那里去转一转。可是到处都找不到工作。他两手空空地回来,路上走过高恩介绍过他的哀区脱的音乐铺子,他进去了,根本没记起以前在很不愉快的情形中来过这儿。他一进门便遇到哀区脱,来不及退出来,已经被哀区脱瞧见了。克利斯朵夫也不愿意露出退缩的神气,竟自向哀区脱走过去,不知道说些什么好,只预备必要的时候狠狠地顶他一下,因为他相信哀区脱对他一定还是傲慢的。事实可并不如此。哀区脱冷冷地伸出手来,说了几句普通的客套问他身体怎么样,并且不等克利斯朵夫要求,便指着办公室的门,自己闪在一旁让他进去。他对于这个意料之中而已经不再期待的访问,暗暗觉得欢喜。他表面上做得若无其事,实际上老在注意克利斯朵夫的行动;只要有机会听到他的音乐,他总去听。那次演奏《大卫》的音乐会,他也在场;对于群众的恶意,他一点儿不表惊奇,因为他素来瞧不起群众,而且他的确能感到作品的美。在巴黎,恐怕没有一个人比哀区脱更能赏识克利斯朵夫艺术的特色的了。可是他决不和克利斯朵夫说,不但为了克利斯朵夫得罪过他,并且也因为要他和蔼可亲根本不可能:那是他天生的缺陷。他真心预备帮克利斯朵夫的忙,却绝对不肯自动表示:他等着克利斯朵夫上门来请求。现在克利斯朵夫既然来了,照理他很可以宽宏大量地借此机会消除他们以前的误会,不必教克利斯朵夫再那么委屈地向他开口;但他更喜欢让克利斯朵夫把请求的话从头至尾说一遍,并且还决意要把克利斯朵夫拒绝过的工作交给他做,哪怕只做一次也是好的。他给他五十页乐谱,要他改编为曼陀林跟吉他的谱。这样以后,哀区脱看他已经屈服,也就满足了,便再给他一些比较愉快的工作,态度可始终那么傲慢,令人没法感激。而克利斯朵夫也真要被生活压迫得无路可走了,才会再来找他。话虽如此,他宁愿靠这些工作糊口,——不管是多么气人的工作,——而不愿受哀区脱周济。那是哀区脱试过一次的,而且也是出于诚意。克利斯朵夫早已感觉到哀区脱先要屈辱他然后帮助他的用意,所以即使不得不接受哀区脱的条件,至少可以拒绝他的施舍。他很愿意为他工作:有来有往,清清楚楚,可决不肯欠他一丝一毫的情。不像为了艺术而到处求人的瓦格纳,他绝对不把自己的艺术看得比灵魂更重;不是自己挣来的面包,他是咽不下去的。——有一回他把头天晚上做夜工赶起来的活儿送去的时候,哀区脱正在吃饭。哀区脱留意到他苍白的脸色和不由自主投向菜盘的目光,断定他还没吃东西,便邀他一起吃。用意是很好;但哀区脱那么明显的令人感到他是看出了人家的窘况,以致他的邀请也像是布施了:那是克利斯朵夫宁可饿死也不接受的。他不得不坐在饭桌前面,——(因为哀区脱有话跟他说)——但对于盘里的菜丝毫不动,推说才吃过饭。其实他正是饿火中烧呢。

克利斯朵夫很想不去找哀区脱;可是别的出版商比哀区脱更要不得。——另外有一般有钱的音乐玩赏家,想出一句半句的音乐而不会写下来。便把克利斯朵夫叫去,对他哼着自己呕尽心血的结晶,说道:“你听,这多美啊!”

他们把这一句半句交给克利斯朵夫,要他拿去“发展”,——(就是说把它写完篇)——结果他们用自己的名字在一家大书铺出版。随后他们认为这件作品的确是自己写的了。克利斯朵夫就认得一个这样的人,旧家出身,手脚忙个不停的高个子,称他“亲爱的朋友”,抓着他的手臂,做出非常热心的表情,凑着他的耳朵嘻嘻哈哈,嘟嘟囔囔地说些胡话,不时还大惊小怪地叫几声:什么贝多芬啊,范尔仑啊,奥芬巴赫啊,伊凡德·祁尔贝啊①……他要克利斯朵夫工作,可不想给酬报:只请他吃几顿饭,拉几下手就算了。最后他送给克利斯朵夫二十法郎,克利斯朵夫居然还那么傻,为了交情而不肯收。而那天他袋里的钱连一法郎都不到,同时还得买一张二十五生丁的邮票寄母亲的信。那是鲁意莎的命名节,克利斯朵夫无论如何要去封信的:可怜的妇人把儿子的信看得太重了,怎么也少不了。虽然写信对她是桩苦差事,最近几个星期她来信也比往常多了些。她受不了孤独的痛苦,又下不了决心到巴黎来住在儿子一起:她胆子太小,又舍不得她的小城,她的教堂,她的家;她怕出门。况且即使她愿意来,克利斯朵夫也没有路费给她;他自己过日子的钱也不是天天有呢。

① 伊凡德·祁尔贝为法国近代著名歌女,以善唱杂曲小调红极一时。

使他非常高兴的是有一次洛金寄东西给他：克利斯朵夫为了她而跟普鲁士兵打架的那个乡下姑娘，写信来说她已经结婚了，附带报告他妈妈的消息，寄给他一篮苹果和一方喜糕。这些礼物来得正好。那天晚上他正守着饿斋，又是四季斋，又是封斋：①挂在窗口钉子上的腊肠只剩一根绳子了。一收到这些礼物，克利斯朵夫自比为由乌鸦把食物送到岩上来的隐士。但那乌鸦大概忙着要给所有的隐士送粮，以后竟不再光顾了。

虽然情形这样苦，克利斯朵夫依旧不减其乐。他在面盆里洗衣服时，蹲在地下擦皮鞋时，嘴里老打着唿哨。他用柏辽兹的话安慰自己："我们应当超临人生的苦难，用轻快的声音唱那句欢乐的祷词：震怒的日子……"——他有时把这句唱到一半，停下来哈哈大笑，使邻人听了大为惊愕。

他过着非常严格的禁欲生活。正如柏辽兹说的："情人生涯是有闲和有钱的人的生涯。"克利斯朵夫的穷，谋生的艰苦，饮食极度的俭省，创造的热情，使他没有时间也没有心绪去想到寻欢作乐。他不但表示冷淡，而且为了厌恶巴黎的风气，竟变了极端的禁欲主义者。他拼命要求贞洁，痛恨一切淫秽的事。那并非说他没有情欲。在别的时候，他也放纵过来。但他那时的情欲还是贞洁的：因为他所追求的不是肉体的快乐，而是绝对的舍身忘我与丰满的生命。而当他一发现不是那么回事的时候，就不胜气愤地排斥情欲。他认为淫欲不是普通的罪恶，乃是毒害生命的大罪恶。凡是心中还有些古老的基督教道德而不曾被外来的土完全湮没的人，凡是今日还能感到自己是强健的种族（就是凭着英勇的纪律而缔造西方文明的）的后裔的人，都不难了解克利斯朵夫。他瞧不起那个国际化的社会把享乐当做独一无二的目标，独一无二的信条。——当然，我们应当求幸福，希望人类幸福，应当把野蛮的基督教义两千年来堆积在人类心头的悲观主义一扫而空。但我们必须存着造福人群的豪侠的信念。否则所谓求幸福是为的什么？不是极可

① 基督旧教教会规定，每季之初的星期三、五、六应当守斋，谓之四季斋。复活节前的星期三至复活节（星期日）之间的守斋，称为封斋。

怜的自私自利吗？少数的享乐主义者竭力想冒最少的危险去换最大的快乐，不管别人死活。——是的，他们这种沙龙里的社会主义，我们领教过了！……他们的享乐主义只宜于“肥头胖耳”的民众，只宜于安富尊荣的“特殊阶级”，对于穷人却是一味致命的毒药：这些道理在提倡享乐主义的人不是比谁都明白吗？……

“享乐的生活是有钱人的生活。”

克利斯朵夫不是个有钱的人，而且天生他是不会有钱的。他挣了一些钱就花在音乐上面，省下饭食去买音乐会门票。他买着最便宜的座位，在夏德莱戏院最高的一层楼上。他心中充满了音乐，音乐代替了他的消夜餐跟情妇。他那么渴望幸福，又那么容易满足，对于乐队的不够标准简直不以为意。他在两三个钟点以内快乐得迷迷糊糊，演奏的格调不高，音符的错误，只能使他泛起一点儿宽容的笑意：他踏进会场已经把批评精神丢开了；他这是为了爱而非为了批判来的。在他周围，群众也像他一样的一动不动，半阖着眼睛，在无边的梦境中载沉载浮。克利斯朵夫仿佛看见一群人掩在黑影里头，蜷做一堆，像一头巨大的猫，津津有味地体验着、培养着他们的幻觉。半明半暗的黄澄澄的光线中，很神秘地显出几张脸，那种无可形容的风度，悄然出神的姿态，引起了克利斯朵夫的注意与同情：他留恋它们，听着它们，终于和它们身心融成一片。有时那些心灵中也有一个会觉察到，双方在音乐会的时间内隐隐然起一种共鸣的作用，互相参透生命中最隐秘的部分，直到音乐会终了，沟通心灵的洪流才会中断。这种境界，是一般爱好音乐的人，尤其是年轻而尽情耽溺的人所熟知的：音乐的精华主要是由爱构成的，所以一定要在别人心中体验才能体验得完满；唯其如此，音乐会中常常有人不知不觉地四处窥探，希望能在人堆里找到一个朋友，来分享他自个儿担受不了的喜悦。

在克利斯朵夫为了要充分领略音乐的甜美而挑选的这批临时朋友中间，有一张在每次音乐会上都遇见的脸，特别吸引他。那是个风骚的女工，不懂音乐而极喜欢音乐的。她的侧影好像一头小野兽，一个笔直的小鼻子比她微微噘起的嘴和细巧的下巴只突出一点，往上吊的眉毛很细，眼睛很亮：完全是无愁无虑的女孩子，在她那个淡漠的恬静的外表之下，有的是爱笑爱快活的心情。这些轻佻的姑娘，年轻的女工，也许最能映出久已绝迹的清明之气，像古希腊雕像和拉斐尔画上所表现的。当然这境界在她们的生命中不过是一刹那，欢情觉醒的一刹那，很快就萎谢的。但她们至少有过一忽儿美妙的光阴。

克利斯朵夫望着她非常高兴；一张可爱的脸永远使他心里很舒服；他能够欣赏而不动欲念，只从中汲取欢乐，力，安慰，——甚至于德性。不必说，她很快就注意到他在看她；而他们之间也不知不觉有了那种磁性的交流。并且因为差不多在每次音乐会中都坐着老位置，两人不久便熟悉了彼此的口味。听到某些段落，他们互相会心地瞧一眼；她要是特别喜欢某一句，就微微吐着舌头，好似要舔嘴唇的样子；要是她觉得某一句不对劲，就不胜轻蔑地噘着嘴。这些小小的表情有点儿无心的做作，那是一个人知道自己被人注意的时候免不了的。有时听到严肃的作品，她颇想做出庄严的神气：侧着脑袋，集中精神，脸上挂着点笑意，眼梢里觑着他是否注意她。他们俩已经成为很好的朋友，虽然从来没说过一句话，甚至也不想——（至少在克利斯朵夫方面）——在音乐会散场的时候见见面。

碰巧他们在某次晚上的音乐会中坐在一起。笑容可掬地迟疑了一会儿，两人终于友好地攀谈起来。她声音很好听，关于音乐说了许多傻话，因为她完全不懂而要装懂；但她的确非常喜欢。最坏的跟最好的，马斯涅与瓦格纳，她都爱好，只有那些平庸的东西她才厌烦。音乐对她是一种刺激感官的享乐，她全身的毛孔都在吸收，好似达娜哀的吸收黄金雨。①《特里斯坦》的序曲使她浑身发抖；《英雄交响曲》使她如临战阵，非常痛快。她告诉克利斯朵夫说贝多芬聋而且哑，但虽然这样，虽然他生得奇丑，要是她认识他，她一定会爱他。克利斯朵夫分辩说贝多芬并不怎么丑；于是他们讨论到美丑问题；她承认这是看各人口味而定的，这一个人认为美的，另一个人可以认为不美：“人不是金洋钱，没法

① 希腊神话载：阿尔哥王阿克利西奥西斯因神示将被其生女达娜哀所杀，乃将达娜哀幽禁塔中。达娜哀为宙斯所恋，化身为黄金雨潜入塔中。

讨每个人欢喜。”——克利斯朵夫宁可她不开口,那时倒更能听到她的内心。音乐会中奏到《伊索尔德之死》的那一段,她把汗湿的手递给他;他把它握着,直到乐曲终了;他们在勾连在一起的手指上感觉到交响乐的波流。

他们一同出场;快到半夜了。两人一边谈一边向拉丁区走去;她搀着他的胳膊,由他送回家;到了门口,她正想替他带路,他却告辞了,全没注意到她鼓励他留下的眼色。她当场不禁为之愕然,继而又大为气恼;过了一忽儿,她想到他这么蠢又笑弯了腰,回到房里脱衣服的时候,她又生起气来,终于悄悄地哭了。她在下次音乐会中碰到他,很想装出气恼、冷淡、使性的神气。但他那么天真朴实,使她的心软了下来。他们又谈着话,只是她的态度比较矜持了些。他很诚恳地,同时极有礼貌地和她谈着正经,谈着美妙的事,谈着他们所听的音乐和他的感想。她留神听着,竭力要跟他一般思想。她往往捉摸不到他说话的意义,可照旧相信他。她对克利斯朵夫暗暗抱着一种感激的敬意,面上却差不多不露出来。由于一种不约而同的心理,他们只在音乐会场上谈天。有一回他看见她跟许多大学生在一起。他们俩很庄严地行了个礼。她对谁都不提起他。她心灵深处有一个神圣的区域,藏着些美妙的、纯洁的、令人安慰的东西。

这样,克利斯朵夫用不着有所行动,光是有他这样一个人,就能给人一种心神安定的影响。他走到哪儿都不知不觉地留下一点儿内心的光。他自己可绝对想不到。在他身旁,就在他一座屋子里面,有些他从未见过的人,也在无意中慢慢地感受到他的嘉惠于人的光辉。

几星期以来,克利斯朵夫便是守斋也没有钱上音乐会去了;寒冬已届,在他那间最高层的屋子里,他冻僵了,不能再一动不动地坐在桌子前面。于是他下楼到巴黎街上乱跑,想靠走路来取暖。他常常会忘了周围熙熙攘攘的人,遁入无穷无极的时间中去。只要看到喧闹的街道之上,凄冷的明月挂在天空,或是白茫茫的雾里透出一轮红日,他就会觉得烦嚣的市声登时消灭,整个的巴黎沉入了无垠的空虚,那些生活景像仿佛是久已过去的几百年以前的生活的影子……文明的外衣没有能完全遮盖了的，自然界中的犷野的生活；只要有点儿极细微的，平常人无从感知的征象，就能使克利斯朵夫窥到那生活的全豹。在街面的石板缝中长出来的青草，在荒瘠的大街上，在没有空气没有泥土的铁栏中抽芽的树木，跑过的一条狗，飞过的一头鸟，充塞于原始天地而被人类毁灭了的野兽的最后一批遗迹，一群飞舞的蚊蚋，侵蚀一个市区的无形的疫疠：光是这些现象，已经能够使大地的浩然之气冲出闭塞的人类暖室，吹在克利斯朵夫的脸上，鞭策他的生命力把它鼓动起来。

在这种长时间的散步中，——往往饿着肚子，几天地不跟任何人交谈，他可以无穷无尽地做着梦。饥饿与沉默更刺激了这种病态的倾向。夜里他睡眠不安，做着累人的梦，时时刻刻看到他的老家，看到儿时的卧室；音乐老是和他纠缠不清。白天，他又跟那些躲在他心中的人、亲爱的人、离别的与亡故的人谈着话。

十二月里一个潮湿的下午，坚硬的草地上盖着冰花，灰色的屋顶与穹隆在大雾中变得一片迷糊，枝干裸露的树，瘦长的，畸形的，浴着水汽，好似海洋底下的植物，——克利斯朵夫从上一天起就老打着寒噤，无论如何不能使自己温暖，便走进了他不大熟识的卢浮宫。

至此为止，绘画没有使他怎么感动过。他太耽溺于内心的天地了，来不及再去把握色与形的世界。它们对他的影响仅限于它们跟音乐共鸣的部分，而那只能给他一种变了样的影子。当然，他也本能地隐隐约约地感觉到，眼睛看的形式与耳朵听的形式，它们的和谐都受着同样的规则支配；他也感觉到心灵深处的水波便是色彩与声音两条巨川的发源地，只是在人生的分水岭上往两个相反的方向分了路，灌溉着两个不同的山坡。但他只认得两个山坡中的一个，到了要应用眼睛的王国内就迷路了。所以那眼神清朗，号称为光明世界的王后的法兰西，它最动人而也许最自然的魅力的秘密，克利斯朵夫始终没有发现。

即使克利斯朵夫对绘画感兴趣，以他十足地道的德国人气息，也不容易接受一种这样不同的视觉的境界。有些风雅的德国人唾弃德国人的感觉而醉心于印象派，或是十八世纪的法国画，——有时还自命为比法国人了解得更深刻：克利斯朵夫可不是这样。跟他们比较，他也许是个野蛮人；但他老老实实做着野蛮人。蒲舍画上的粉红色的臀部；华多的下巴肥胖、多愁多病的才子，肌肉丰满的美人，胸衣高耸而精神完全是浮华空虚的人物；葛莱士的一本正经的眼风；弗拉高那的撩得很高的衬衣：所有这些富有诗意的裸体的玩意儿①给他的印象不过跟一份专讲色情的时髦报纸相仿。他完全没感觉到画上富丽堂皇的和谐。欧洲最精练的古文明的，那种绮丽的而有时也带点凄凉的梦境，对他是更生疏了。对于十七世纪的法国画，他也不见得更能赏识繁文缛节的虔诚，讲究气派的肖像；几个最严肃的大师的冷淡与矜持的态度，尼古拉·波生严峻的作品，和斐列伯·特·香班涅色彩不鲜明的人像上所表现的灰色的灵魂，②正是教克利斯朵夫和法国古艺术无从接近的。此外，他根本不认识新派艺术；而即使认识了，恐怕也不免于认识错误。在德国的时候他受到相当诱惑的现代画家只有一个鲍格林③，但这位作家也不会使克利斯朵夫了解拉丁艺术。克利斯朵夫所领会的是这个粗暴的天才的原始与粗野的气息。他的眼睛看惯了生硬的颜色，看惯了那个如醉如狂的野蛮人的大刀阔斧的东西，当然不容易接受法国艺术的半明半暗的色调，与柔和纤巧的和谐。

但一个人生活在一个陌生的环境里决不能无所沾染。环境多少要留些痕迹在你身上。尽管深闭固拒，你早晚会发觉自己有些变化的。

那天傍晚在卢浮宫一间间的大厅上溜达的时候，他就有些变化了。他又累，又冷，又饿；厅上只有他一个人。在他周围，荒凉的画廊罩着阴影，那些睡着的形象开始活动了。克利斯朵夫浑身冰冻，悄悄地在埃及的斯芬克斯、亚述的怪物、班尔赛巴里的公牛、巴利西的巨蛇中间走过。④他觉得自己进了神话世界，心头有些神秘的激动。人类的幻梦，——心灵的各种奇异的花，——把他包裹着……

走进连尘埃都是黄澄澄的书廊，色彩灿烂的果园，没有空气的图画之林，像发烧一般而快要病倒的克利斯朵夫，精神上突然受到一个极大

---

① 蒲舍等四人均法国十八世纪画家。绘画采用妇女作题材，以法国十八世纪为最盛。

② 波生与特·香班涅均十七世纪法国画家。两人均为法国古典画派之宗师。

③ 鲍格林为十九世纪瑞士画家，以色彩强烈著称，兼有写实主义与浪漫主义的作风。作品侧重于表现思想，时或失之晦涩费解。

④ 按此系指卢浮宫底层的古代雕刻陈列室。

的震动。——他被饥饿,室内的温度,和五光十色的图画搅得昏昏沉沉,视而不见地走着:他头晕了。走到靠着塞纳河的画廊尽头的地方,他站在伦勃朗的《善心的撒玛利亚人》前面,怕自己倒下,双手抓着画前的铁栏杆,把眼睛闭了一会儿。等到重新睁开眼来,看着那幅跟他的脸非常贴近的画的时候,他给迷住了……

日光将尽。它已经远去,已经死了。看不见的太阳往黑暗中沉没了。这个奇妙的时间,心灵经过了一天的工作,困倦交加,入于麻痹状态,正好是精神的幻觉起来活动的时候。一切都寂静无声,只听见血在脉管里流动。无力动弹,气息仅属,心里头一片凄怆,没法自主了……只希望能投入一个朋友的怀里……只希望有奇迹出现,觉得它就要出现了……是的,它来了!昏暗的暮色中闪出一道金光射在壁上,射在背着垂死者的人的肩上,浸润着那些平凡的东西与卑微的人物,于是一切都显得和平甘美,有了神明的光辉。上帝亲自用他那双有力而仁爱的手臂紧紧搂着那些受难的、病弱的、丑陋的、贫穷的、肮脏的人,搂着那个袜子掉在脚跟上的仆人,那些蜂拥在窗下的畸形的脸,那些一言不发、心怀恐怖的麻木的生灵,——紧抓着伦勃朗画上所有的可怜的人,那群除了等待、哆嗦、哭泣、祈求以外一无办法的,受着束缚的,微不足道的灵魂。① ——可是上帝就在这儿。我们并不看到他的本相,只看到他的光轮,和他照在众人身上的光影。

克利斯朵夫摇摇晃晃地走出卢浮宫,头痛欲裂,什么都看不见了。在街上,他竟不大注意到石板之间的水洼和在鞋子里直淌的雨水。天快黑了,塞纳河的上空一片昏黄,一朵内心的火焰却像一盏灯似的在那里照着。克利斯朵夫的眼睛始终还在着魔的状态。他觉得什么都不存在:车辆并没震动街道;行人湿透的雨伞并没撞着他的身体;他并没在街上走,也许是坐在家里,做着梦;也许他已经不存在了……突然之

---

① 此节所述的景象,均以伦勃朗原作《善心的撒玛利亚人》画上的实景为主。据《新约·路加福音》第十章载,有一男子中途被盗,受伤垂死。一教士及一利末族祭司行经其旁,均不顾而去。素为犹太人痛恨之撒玛利亚人过而怜之,为之疗伤,以马载之而去。此乃耶稣为诠释"爱邻如爱己"一语所说之故事。后世文人画家多以此为题材,伦勃朗此作尤为知名。

间——(他身子虚极了!)——他一阵头晕,觉得自己要像石块似的向前倒下去了……但那不过是一刹那的事:他紧了紧拳头,挺了挺腿,马上把身体撑住了。

正在那个时候,正当他的意识从深渊里浮起来的一刹那,他的目光冷不防跟街道对面一道他很熟识而似乎在呼唤他的目光碰在了一处。他停下来,愣了一愣,心里想在哪儿见过的。过了一会儿他才认出这双凄凉而温柔的眼睛,原来就是那个被他在德国无意中砸了差事,他竭力想向她道歉而没有能找到的法国女教员。她也在喧闹的人群中站住了,望着他。他忽然看见她想排开众人,走下人行道,向他这边过来。他赶紧迎上前去;可是无数的车辆拥塞在一起,把他们隔离着;他还看见她在人墙那一边挣扎;他想不顾一切地冲过去,不料被一匹马撞了一下,在泥泞的柏油路上滑跌了,差点儿给压死;等到他浑身泥污地爬起来,好容易到了对面阶沿上,她已经不见了。

他想追着去找她。可是又来了一阵头晕,只得罢了。病已经发作,他明明觉得而不肯承认,还固执着不肯就回去,反而绕着远路走。但这不过是自讨苦吃:临了他非认输不可;他手瘫脚软,好容易才回到家里。在楼梯上,他又透不过气来,只能坐在踏级上歇一歇。进了冰冷的卧室,他还硬撑着不睡,坐在椅子上,浑身浸透了雨水,脑袋重甸甸的,呼吸急促,昏昏然听着那些跟他一样困惫的音乐。《未完成交响曲》的句子在他耳边掠过。可怜的舒伯特!他写这个曲子的时候也是孤独的,发着高热,神思恍惚,处于大梦以前的半麻痹状态:他坐在火边沉思遐想,懒洋洋的音乐在四面飘浮,好比不大流畅的水;他耽溺在那个境界里,仿佛一个半睡半醒的儿童对着自己编造的故事出神,翻来覆去地念着其中的一段;然后是睡眠来了……死神降临了……——而克利斯朵夫也听见另外一段音乐在耳边飘过,那境界像一个人双手滚热,眼睛紧闭,堆着一副憔悴的笑容,心里充满着叹息,正在想象那个解脱一切的死;那音乐便是巴赫的《大合唱》中第一段合唱:亲爱的上帝,我何时死?……多舒服!沉浸在这些波折柔缓的、刚健婀娜的乐句中,像朦胧一片的远钟……死,跟大地的和平恬静合二为一!……“然后连自己也化为尘土……”

克利斯朵夫振作了一下，排斥这些病态的思想，不让那个想把病弱的灵魂吞噬的女妖的笑影诱惑。他站起身子想在房里走走，可是支持不住。他发冷发热，打着哆嗦，不得不躺上床去。他觉得这一回情形真是严重了，但他精神决不屈服，决不像一般害了病就让病魔摆布的人。他竭力挣扎，不愿意害病，尤其是打定主意不愿意死。他还有在家乡等着他的可怜的妈妈，他还有他的事业要干：他决不让疾病来致他死命。他咬紧着打战的牙齿，迸足着正在消失的意志；好似一个善于泅水的人和惊涛险浪搏斗。他时时刻刻往下沉：一片呓语，一堆杂乱的形象，或是故乡的或是巴黎沙龙的回忆；还有节奏与乐句的纠缠，无穷无尽地在那里打转，像马戏班中的马；还有《善心的撒玛利亚人》突然放出来的那道金光；黑影里的可怖的面貌；然后是深渊，是黑暗。过了一会儿，他重新浮起，撕破那些妖形怪相的云雾，拳头与牙床都在抽搐。他拼命抓着他现在和过去的一切所爱的人，抓着刚才瞥见的女友的脸影，抓着他疼爱的妈妈，抓着他永远不灭的本体，觉得那是大海之中的岩石："死神吞噬不了的"……——可是岩石又被海水湮没了，一个巨浪把灵魂冲开了。克利斯朵夫重新在昏迷中挣扎，说着荒唐的呓语，他在指挥，在演奏，一个幻想的乐队：长号，圆号，钹，定音鼓，巴松管，低音提琴……他发狂般地乱拉，乱吹，乱打，做出演奏各种乐器的动作。可怜他郁积着的音乐在胸中翻腾。几星期以来既不能听，又不能演奏，他像一口受着高压力的气锅，差不多要爆裂了。某些纠缠不已的乐句像螺旋般钻进他的脑子，刺着耳膜，使他痛得直嚷。高潮过去以后，他倒在枕上，累得要死，浑身是汗，软瘫着，上气不接下气的快窒息了。他在床前放着水瓶，常常喝几口。隔壁屋子的声响，顶楼上关门的声音，都把他吓得直跳。他在昏懵中痛恨那些四周的人物。但他的意志始终在奋斗，它吹起英勇的军号和魔鬼宣战……"即使世界上都是妖魔，即使它们要吞噬我们，我们也不怕……"

而在他翻滚不已的、火辣辣的、黑暗的海面上，忽然展开一片平静的境界，透出一些光明，小提琴与七弦琴静静地在那里低吟，小号与圆号庄严肃穆地吹出胜利的曲调，同时病人心头又奏起一阕不屈不挠的歌，好似抵御狂涛的一堵巨墙，好似约翰·赛巴斯蒂安·巴赫的圣歌。

正当他发着高热和幽灵挣扎,胸部快要闷塞而竭力撑拒的时候,他迷迷糊糊地觉得房门打开了,有个女人拿着一支蜡烛走进来。他以为又是一个幻象。他想说话而不能,又晕过去了。每隔一些时候,他神志清醒一些,觉得有人把他的枕头垫高了,脚上添了一条被,背后又有些热腾腾的东西;或是睁开眼来,看见床跟前坐着一个脸并不完全陌生的女子。随后他又看到另外一张脸,原来是个医生在替他看病。克利斯朵夫听不清他们的话,但猜到是说要把他送医院。他想跟他们争,想大声地嚷着说不愿意去,宁可孤零零地死在这儿;可是他嘴里只发出一些莫名其妙的声音。那女的居然懂得他的意思,代他拒绝了,回过来安慰他。他竭力想知道她是谁。等到他好容易能迸出一句有头有尾的话的时候,他就提出这个问句。她回答说她是他顶楼上的邻居,因为听到他哼唧,就冒昧地进来了,以为他需要什么帮助。她恭恭敬敬地请他不要耗费精神说话。他听从了。并且刚才费了一点劲已经筋疲力尽,他只能躺着不动,一声不出,可是头脑继续在工作,拼命要把一些散乱的回忆归在一起。他在哪儿见过她的呢? ……终于想起来了:不错,他是在顶楼的走廊里见过的;他是个帮佣的,叫做西杜妮。

他半阖着眼睛望着她,她可没有发觉。她个子很小,表情严肃,脑门鼓着,往后梳的头发把苍白的腮帮的上部和太阳穴都露在外边,骨头很显著,短鼻子,淡蓝眼睛,眼神又温和又固执,厚嘴唇抿得很紧,皮肤带点儿贫血,神气很谦卑,深藏,有点发僵。她非常热心地照顾着克利斯朵夫,可是不声不响,不表示亲密,从来不忘了她女仆的身份和阶级的区别。

等到他病势减轻而能聊天的时候,她的忠厚诚恳使西杜妮说话比较随便了些,但她始终提防着,有些事(他看得出来)她是不说的。她一方面很谦虚,一方面很高傲。克利斯朵夫只知道她是布列塔尼人,本乡还有个父亲,她提到的时候说话很小心;可是克利斯朵夫不难猜到他是个游手好闲的酒鬼,只管寻欢作乐而剥削女儿;她的傲气使她一声不出地让他剥削,经常把一部分工资寄给他;她肚里可完全明白。另外她还有个妹子正在预备受小学教师的检定试验,那是她觉得挺得意的。

妹子的教育费差不多全部归她负担。她做活非常卖力。

“你现在的位置不坏吗?”克利斯朵夫问她。

“是的,可是我想离开。”

“为什么？是不是不满意主人?”

“噢！不是的;他们对我很好。”

“那末是工钱太少了?”

“也不是的……”

他不大明白,想要了解她,逗她说话。但她讲来讲去不过是她单调的生活,谋生的艰难,而她也不在乎这些:她不怕工作,那是她的一种需要,几乎是种乐趣。她不说自己最感压迫的是无聊。他只是猜到。慢慢地,由于深切的同情所引起的直觉,而这直觉是因为疾病的刺激而变得更敏锐,因为想起亲爱的老母在同样生活中所受的苦难而变得更深刻的,他居然能看透西杜妮的心事。他仿佛身历其境地看到这种闷人的、不健康的、反自然的生活,——在布尔乔亚社会中,这是当仆人的最普通的生活;——他看到那些并不凶恶可是漠不关心的主人,有时除了差遣之外几天不跟她们说一句话。她整天坐在没法喘气的厨房里,一扇天窗也是被柜子挡着,望出去只看见一堵肮脏的白墙。所有的快乐就是主人们漫不经意地说一声沙司做得不错或是烤肉烤得恰到好处。幽禁的生活,没有空气,没有前途,没有一点欲念与希望的光,对什么都不感兴趣。——最苦闷的时间是主人们到乡下过假期的时候。他们为了经济关系不带她一块儿去,付了她工钱,可不给她回家的路费,让她自己有钱自己去。她既没有这个欲望,也没这个能力。于是她孤零零地待在差不多空无一人的屋子里,不想出门,甚至也不跟别的仆役搭讪;她瞧不起她们,因为她们粗俗,不规矩。她不出去玩儿,生性很严肃,俭省,又怕路上碰到坏人。她在厨房或卧室里坐着:从卧室望出去,除了烟囱之外,可以看见一所医院的花园里一株树的树顶。她不看书,勉强做些活儿,迷迷糊糊的,百无聊赖,烦闷得哭了;她能无穷无尽地净哭,哭简直是她的一种乐趣。但是她烦恼到极点的时候,连哭都哭不出来,心像冻了冰一样。随后她竭力振作起来,或是自然而然的又有了生意。她想着妹子,听着远处的手摇风琴声,胡思乱想,老是计算要多少天做完某件工作,要多少天才能挣多少钱;她常常算错,便重新再算,终于睡着了。日子过去了。

除了这种特别消沉的情形,她也有像儿童般爱取笑的快活劲儿。她笑别人,笑自己。她对于主人们的行为并非见不到,心里也并非不加批判:例如他们因为无所事事而来的烦恼,太太的郁怒和发愁,所谓优秀阶级的所谓正经事儿,对一幅画、一曲音乐、一本诗集的兴趣。她只有健全而粗疏的判断力,既不像十足巴黎化的女仆那末充时髦,也不像内地老妈子那样只崇拜她们不了解的东西;她对于弹琴、谈天、一切文雅的玩意儿,不但没用而且可厌的,在自欺欺人的生活中占着偌大位置的事,都抱着敬而远之的轻蔑态度。她不免把自己过的现实生活,和这种奢侈生活的虚幻的苦乐,似乎一切都由烦闷制造出来的苦乐,暗中比较一番。但她并不因此而愤愤不平。世界就是这么回事。她忍受一切,恶人,傻子,一律忍受。她说:“本来吗,各种人合起来才成其为世界。”

克利斯朵夫以为她有宗教信仰作支持;但有一天,她提起那些更有钱更快乐的人的时候,说:“归根结底,所有的人将来都是一样的。”

“将来?什么时候?”克利斯朵夫问,“社会革命以后吗?”

“革命!嘿!还远得很呢!我才不信那些傻话。反正将来大家都是一样的。”

“什么时候呢?”

“当然是死了以后喽!那时不是谁都完了吗?”

他对着这种心平气和的唯物主义的看法非常诧异,心里想:“要是没有来世,那末一个人过着像你这种生活而眼看别人比你更幸福,不是太可怕了吗?”

虽然他不说,她似乎猜到了他的意思;她很冷静地用着一种听天由命而游戏人生的态度继续说:“一个人总得认命。怎么能每个人都中头奖呢?我们运气不好:话不是说完了吗?”

她甚至不想到外国(有人找她上美洲)去找一个多挣点儿钱的位置。她从来没有离开本国的念头。她说:“天下的石子都是一样硬的。”

她骨子里有一种怀疑的玩世不恭的宿命观。她完全是那种法国乡下人,很少信仰,或竟全无信仰;不需要什么生活的意义,生命力却非常的强;——人很勤谨,对什么都很冷淡,对一切都不满意,可是很服从;不怎么爱人生,却又抓得很紧,也用不着空空洞洞的鼓励来保持他们的勇气。

从来没见识过这等人的克利斯朵夫,看到这个诚朴的少女一无信仰,好不奇怪;他佩服她会留恋没有乐趣没有目标的人生,尤其佩服她不需要依傍而很坚强的道德意识。至此为止,他所认识的法国平民只是从自然主义派的小说和当代小名士的理论中看到的;这批人刚和十八世纪与大革命时代的风气相反,喜欢把没有教育的人描写成无恶不作的野兽,以便遮掩他们自身的罪恶……现在他才不胜惊异地发现了西杜妮这种不稍假借的诚实。那不是道德问题,而是本能与骨气的问题。她也有她贵族式的骄傲。我们倘若相信平民就是粗俗的同义字,那就大错特错了。平民之中有贵族,正如布尔乔亚中有下等阶级。所谓贵族,是指那些具有比别人更纯洁的本能,也许还有更纯洁的血统的人;他们也知道这一点,知道自己的身份而有不甘自暴自弃的傲骨的。这种人当然为数不多;但即使处于孤立的地位,大家仍然知道他们是第一流人物;只要有他们在场,别人就会有所顾忌,不得不拿他们做榜样,或者装做这样。每个省,每个村子,每个集团,它的面目多少是它的贵族的面目;这里的舆论严,那里的舆论宽,都看各该地方的贵族而定。虽然今日"多数人"的力量这样过分的膨胀,这批默默无声的少数分子的固有的权威还是没改变。比较危险的倒是他们离开本乡,散到遥远的大都市中去。但即使如此,即使他们孤零零地迷失在陌生的社会里,优秀种族的个性始终存在,没有被周围的环境同化。克利斯朵夫所看到的巴黎的一切,西杜妮几乎一点儿都不知道,也不想知道。报纸上肉麻而猥亵的文学,和国家大事同样对她不生关系。她甚至不知道有所谓平民大学;即使知道,她也不见得会比对宣道会更感兴趣。她做着自己的工作,想着自己的念头,没有意思借用别人的。克利斯朵夫为此赞了她几句。

"这有什么稀奇呢?"她说,"我就跟大家一样。难道您没见过法国人吗?”

“我在法国人中间混了一年了;除了玩儿以外,或者学着别人玩儿以外还能想到别的事的,我连一个都没见过。”

“不错,”西杜妮说,“您只看到有钱的人。有钱的人是到处一样的。其实您还什么都没看见。”

“好罢,”克利斯朵夫回答,“那末让我来从头看起。”

他这才第一次见到法兰西民族,见到那使人觉得不朽,跟他的土地合二为一,像土地一样眼看多少征服它的民族、多少一世之雄烟消云散而它始终无恙的法国民族。

他慢慢地恢复健康,开始起床了。

他第一件操心的事是要偿还西杜妮在他病中垫付的款子。既然还不能出门去找工作,他便写信给哀区脱,要求预支一笔钱。哀区脱逞着那种又冷淡又慷慨的古怪脾气,过了十五天才有回音,——在这十五天之内,克利斯朵夫拼命地折磨自己,对西杜妮端来的食物差不多动都不动,直要被逼不过,才吃一些牛奶跟面包,而过后又责备自己,因为那不是自己挣来的;然后他从哀区脱那儿接到了款子,并没附什么信;在克利斯朵夫害病的几个月里,哀区脱从来不想来打听一下他的病状。他有种天赋,能够帮了人家的忙而教人家不喜欢他。因为他自己在帮忙的时候心里就没有什么爱。

西杜妮每天下午跟晚上来一下。她替克利斯朵夫预备晚餐:毫无声响地,很体贴地招呼他的事;看到他衣服破烂,她便一声不出地拿去补了。他们之间不知不觉增加了多少亲切的情分。克利斯朵夫唠唠叨叨地讲到他年老的母亲,把西杜妮听得感动了;她设身处地自比为孤苦伶仃地留在本乡的鲁意莎,对克利斯朵夫抱着慈母般的温情。他跟她说话的时候也努力想解解他天伦的渴望,那是一个病弱的人感觉得格外迫切的。和西杜妮在一起,他觉得精神上特别能够接近自己的母亲。他有时向她吐露一部分艺术家的苦闷。她很温柔地为他抱怨,同时看他为了思想问题而悲哀不免认为多此一举。这一点也使他想起他的母亲,觉得很快慰。

他想逗她说些知心话;但她不像他那样肯随便发表。他说笑似的问她将来要不要嫁人。她照例用着听天由命和看破一切的口气回答说:“给人当差的根本谈不到结婚:那会把事情搅得太复杂的。并且要挑到恰当;而这又不是容易的事。男人都是坏蛋。看你有钱,他们就来追求;把你的钱吃光了,就掉过头去不理啦。这种榜样太多了,我还想去吃这个苦吗?”——她没说出她已经有过一次毁婚的事:未婚夫因为她把所挣的钱统统供给她的家属,就把她丢了。——看见她在院子里很亲热地和邻居的孩子们玩,在楼梯上碰见他们又很热烈地拥抱他们,克利斯朵夫不由得想起他认识的一位太太,觉得西杜妮既不傻,也不比别的女子丑,倘使处在那些太太们的地位,一定比她们高明得多。多少的生命力被埋没了,谁也不以为意。另一方面,地球上却挤满着那些行尸走肉,在太阳底下僭占了别人的位置和幸福!……

克利斯朵夫丝毫不提防。他对她很亲热,太亲热了;他像大孩子一样的惹人怜爱。

有些日子,西杜妮神气很颓丧;他以为是她太辛苦的缘故。有一回正谈着话,她推说有件事要做,突然站起身来走了。又有一回,克利斯朵夫对她表示得比往常更亲热了些,她便几天没有来;而再来的时候,她跟他的说话更拘束了。他寻思在什么地方得罪了她。他问她,她赶紧说没有;但她继续跟他疏远。又过了几天,她告诉他要走了:她辞掉工作,离开这儿了。她说些冷冷的,不大自然的话,感谢他对她的好意,祝他和他的母亲身体康健,然后和他告别了。她走得这样突兀,使他惊异到极点,竟不知道说什么好;他探听她离开的动机,她只是支吾其词;他问她上哪儿去做事,她也置之不答,并且为了直截了当打断他的问话,竟站起身子走了。在房门口,他向她伸出手去,她兴奋地握了一握,但脸上仍旧没有什么表情;自始至终,她都是这副发僵的神气。她走了。

他永远不明白她为什么走的。

冬季长得很。潮湿,多雾,泥泞的冬季。几星期看不见太阳。克利斯朵夫的病虽然大有起色,还没完全好。右边的肺老是有一处地方作痛,伤口在慢慢地结疤,剧烈的咳呛使他夜里不能安眠。医生禁止他出门,甚至还想教他往东南海滨或大西洋上的加拿里群岛去疗养。但他非上街不可。要是他不去找晚饭,晚饭决不会来找他的。——人家又开了许多他没钱购买的药品。因此他干脆不去请教医生了:那不是白费钱吗?并且在他们面前,他老是很窘;他们彼此没法了解:简直是两个极端的世界。医生们对于这个自命为一个人代表整个天地、而实际是像落叶一般被人生的巨流冲掉的穷艺术家,抱着一种带点讪笑与轻视的同情心。他被这些人瞅着,摸着,拍着,非常畏缩。他对自己病弱的身体好不惭愧。他想:"将来它死了,我才高兴呢!"

虽然受着孤独、贫病,和种种苦难的磨折,克利斯朵夫仍是很有耐性地忍受他的命运。他从来没有这样的耐性,连自己都为之诧异了。疾病往往是有益的。它折磨了肉体,可是把心灵解放了,净化了:日夜不能动弹的时候,平时害怕太剧烈的光明而被健康压在下面的思想抬头了。从来没害过病的人决不能完全认识自己。

疾病使克利斯朵夫心非常安静。它把他生命中最凡俗的部分剔净了。他用着比以前更灵敏的官能,感觉到那个富有神秘的力量的世界,那是每人心中都有而被生活的喧扰掩盖得听不见的。他那天发着高热在卢浮宫中见到的景象,连最微末的回忆都深深地刻在心头;从此他就置身于和伦勃朗的名作同样温暖、柔和、深沉的气氛中。那颗无形的太阳放射出来的光彩,他心中也一样地感受到。虽然绝对没有信仰,他仍觉得自己并不孤独:神明的手牵引着他,把他带到一个跟神相遇的地方。而他也像小孩子一样地信赖它。

多少年来第一次,他不得不休息。发病以前过度紧张的精神使他筋疲力尽,至今还没恢复,所以便是疗养时期的疲乏倦怠对他也是一种休息。克利斯朵夫几个月的提心吊胆,日夜警惕,如今才觉得自己老盯着一处的目光渐渐地松了下来。但他并不因之而减少他的坚强,只是变得更近人情。天性中那股强大而有点畸形的生命力往后退了一步;他使自己和别人一样,精神上的偏执和行为方面的残酷与无情都给去尽了。他再也不恨什么,再不想到可恼的事,即使想到,也不过耸耸肩膀;他对自己的痛苦想得比较少,而对别人的想得比较多了。自从西杜妮使他想起地球上到处都有谦卑的灵魂默默无声地熬着苦难，毫无怨叹地奋斗，他就为了他们而把自己忘了。素来并不感伤的他，这时也不禁有些神秘的温情：那是在一个病人心中开出来的花。晚上，靠着院子那边的窗，听着黑夜里神秘的声音……附近的屋子里有人唱着歌，远听更显得动人，一个女孩子天真地弹着莫扎特……他心里想：

“你们，我并不认识而都爱着的人，还没受过人生的烙印、做着些明知是不可能的美梦、跟敌对的世界挣扎着的人，——我愿意你们幸福！噢，朋友们，我知道你们在那儿，我张着臂抱等你们……是的，我们之中隔着一道墙。可是我会一块一块地把墙拆毁的；同时我自己也消磨完了。咱们能有一天碰在一起吗？在另外一道墙——死——没有筑起以前，我还来得及赶到你们前面吗？……管它！孤独就孤独罢，孤独一世罢，只要我为你们工作，为你们造福，只要你们以后能稍稍爱我，在我死了以后！……”

大病初愈的克利斯朵夫就这样喝着“爱与苦难”这两位保姆的乳汁。

在这个意志比较松懈的情形之下，他觉得需要和别人接近。虽然身体还十分软弱，出门还不大妥当，他往往清早或傍晚出去，那是群众像潮水般从人烟稠密的街上涌往工作场所，或是从那儿回来的时间。他要到人与人息息相通的气氛中去浸一下，提提神。他并不跟谁交谈，也没有这念头。他只要看人家走过，猜他们的心事，爱他们。他又亲切又同情地瞧着那些急急忙忙赶路的工人，不曾工作已经有了困倦的神气，——瞧着这些青年男女，脸色苍白，表情活泼，挂着一副古怪的笑容，——瞧着那些透明而活动的脸隐隐然可以看到欲望，忧患，游戏人生的心理，像潮水般流过，——瞧着这批大都会里多么聪明的，太聪明的，有些病态的市民。他们都走得很快，男人们一边走一边读报，女人们一边走一边啃着月牙饼。一个乱发蓬松的少女在克利斯朵夫身旁走过，脸睡得有点虚肿，像山羊一般迈着小步，显得烦躁，急促：克利斯朵夫恨不得牺牲自己一个月的寿命来使她多睡一两个钟点。噢，要是真有人跟她这么提议，她才不会拒绝呢！他真想把那些悠闲的有钱的妇女，养尊处优而烦闷的人，这时候还在重门深锁的寝室里高卧的，从床上拖起来，让这些灼热而困倦的身体，感觉新鲜、内心生活并不丰富、可是活泼而贪恋生命的人，去躺在他们床上，过一下那种安闲的生活。这般机灵而疲乏的小姑娘，又狡猾，又纯朴，那么无耻那么天真的贪快乐，而骨子里倒是诚实勤劳的女工：他现在看待她们非常宽容了。即使其中有几个当面讪笑他，或者对着他这个眼睛火辣辣的大孩子彼此示意，他也不生气了。

他也常在河滨大道上一边徘徊，一边沉思遐想。这是他最喜欢散步的地方。在这儿，他仿佛看到了心中渴念的，给他童年时代多少安慰的大河。当然，这不是莱茵河，既没有它浩浩荡荡的气势，也没有那辽阔的远景跟广大的平原，可以让他游目骋心。眼前这条河睁着灰色的眼睛，披着浅蓝的外衣，凭着它细腻而明确的线条，妩媚的姿态，柔软的动作，在浓艳的城市里懒懒地伸展着；桥梁是它的手钏，纪念建筑是它的项链；它像一个美女般对着自己的艳色微笑……这才显出了巴黎的光明！克利斯朵夫在这城里第一样喜欢的便是这条河；它一点一点地浸透了他的心，不知不觉把他的气质变换了。他认为这是最美的音乐，唯一的巴黎音乐。在暮色将临的时分，他几小时地在河滨流连，或是走进古法兰西的花园①，欣赏着和谐的光线照在紫色的雾霭缭绕的大树顶上，照在灰色的雕像和花盆上，照在纪念建筑的满生苔藓的石头上；而那些建筑物都是王朝的遗迹，吸收了几百年的日光的。——这种微妙的气氛，是柔和的太阳与乳汁般的水汽融化成的，——银色的尘雾中就有欢乐的民族精神在飘浮。

一天傍晚，他靠在圣·米希桥附近的石栏杆上，一边看着流水，一边随便翻着冷摊上的旧书。他无意之间打开米希莱著作中的一册单行本。他读过几页这史家的作品：那种法国式的浮夸，自鸣得意的辞藻，过于跌宕的句法，他不大喜欢。可是那一天他才看了几行就被吸住了。那是圣女贞德受审的最后一段情形。他曾经从席勒的作品中知道这个奥尔良的处女，一向认为她不过是个传奇式的女英雄，她的故事是大诗

① 古法兰西的花园系指卢浮宫前面的蒂勒黎花园。

人给幻想出来的。① 不料这一回他突然看到了现实，被它紧紧地抓住了。他往下念着，念着；慷慨激昂的描写，悲惨的情节，使他心都碎了。读到贞德知道当晚就得给处决而惊死过去的时候，他的手抖了，眼泪涌上来了，只得停下。因为病后衰弱，他简直感情冲动到可笑的程度，自己也看了气恼。——他想把书念完，但时间晚了，书贩已经在收拾书箱。他决意买那本书；可是掏了掏口袋，只有六个铜子。穷到这样是常有的事，他并不着急；他刚才买了晚上吃的东西，预算下一天可以向哀区脱领到一笔抄谱的报酬。但要等到明天是太难受了！为什么把仅有的一些钱去买了食物呢？啊！要是能把袋里的面包跟香肠抵付书价的话，岂不是好！

第二天清早，他上哀区脱铺子去支钱，但走过圣·米希桥的时候，没有勇气不停下来。他在书贩的箱子里又找到了那部宝贵的书，花了两小时把它全部念完了。他为之错失了哀区脱的约会，又费了整天的工夫才见到他。最后，他终于接洽好了新的工作，领到了钱，马上去把那本书买了来。他怕给人捷足先登地买去。其实即使这样也不准再找一本；但克利斯朵夫不知道这本书是不是孤本；并且他要的是这一部而不是另一部。凡是爱好书的人都有一些拜物狂。哪怕只是寥寥几页，脏的也罢，有污迹的也罢，只要是激动过他们的幻想的，便是神圣的。

克利斯朵夫回去在静寂的夜里把圣女贞德的历史重读了一遍。没有旁人在场，他不用再压制自己的感情。他对这个可怜的女子充满着温情、怜悯，与无穷的痛苦，似乎看到她穿着乡下女子的红颜色的粗布衣服，高高的个子，怯生生的，声音很柔和，听着钟声出神，——(她也跟他一样爱钟声)——脸上堆着可爱的笑容，显得那么聪明那么慈悲，随时会流泪，——为了爱，为了怜悯，为了软心而流泪：因为她兼有男性的刚强和女性的温柔，是个纯洁而勇敢的少女。她把盗匪式的军队的野性给驯服了，又能够镇静地用她的头脑，用她女人的机灵，用她坚强

① 圣女贞德(1412—1431)为百年战争中挽救法国的民族女英雄，十六岁即率领军队反抗英军，解放被围的奥尔良，故史家亦称其为奥尔良的处女。贞德最后落于英人之手，被处火刑。

的意志,在孤立无助而被大家出卖的情形之下,成年累月地应付那些像豺狼虎豹一般包围着她的,教会与司法界人士的奸计。

而克利斯朵夫最感动的尤其是她的慈悲心,——打了胜仗之后,她要为战死的敌人哭,为曾经侮辱她的人哭;他们伤了,她去安慰;他们临终,她去祈祷,便是对出卖她的人也不怀怨恨,到了火刑台上,火在下面烧起来的时候,她也不想到自己,只担心着慰勉她的修士,教他快走。"她在最剧烈的厮杀中还是温柔的,对最坏的人也是善良的,便是在战争中也是和平的。战争是表示魔鬼得胜,可是在战争中间,她有上帝的精神。"

克利斯朵夫看到这儿,想到了自己:"我厮杀的时候就没有这种上帝的精神。"

他把贞德的传记家笔下最美的句子反复念着:

"不论别人如何蛮横,命运如何残酷,你还得抱着善心……不论是如何激烈的争执,你也得保持温情与好意,不能让人生的磨难损害你这个内心的财宝……"

于是他对自己说着:"我真罪过。我不够慈悲。我缺少善意。我太严。——请大家原谅我罢。别以为我是你们的仇敌,你们这些被我攻击的人!我原意是为你们造福……可是我不能让你们做坏事……"

因为他不是个圣者,所以只要想到那些人,他的怨恨又觉醒了。他最不能原谅的是,一看到他们,从他们身上看到的法国,就教人想不到这块土地上曾经长出这样纯洁的花,这样悲壮的诗。然而那的确是事实。谁敢说不会再有第二次呢?今日的法国,不见得比淫风极盛而竟有圣处女出现的查理七世时代的法国更糟。如今庙堂是空着,遭了蹂躏,一半已经坍毁了。可是没有关系!上帝在里面说过话的。

克利斯朵夫为了爱法国的缘故,竭力想找一个法国人来表示他的爱。

那时正到了三月底。克利斯朵夫不跟任何人交谈,不接到任何人的信,已经有几个月之久,除了老母每隔许多时候来几个字。她不知道他害病,也没把自己害病的事告诉他。他和社会的接触只限于上音乐铺子去拿他的活儿或是把做好的活儿送回去。他故意候哀区脱不在店中的时候去,免得和他谈话。其实这种提防是多余的:因为他只碰到一次哀区脱,而哀区脱对于他的健康问题也只淡淡地提了一两句。

正当他这样的无声无息,幽居独处的时候,忽然有天早上收到罗孙太太的一封请柬,邀他去参加一个音乐夜会,说有个著名的四重奏乐队参加表演。信写得非常客气,罗孙还在信末附了几行恳切的话。他觉得那回和克利斯朵夫的争执对自己并不怎么体面。尤其因为从那时起,他和那位歌女闹翻了,他自己也把她很严厉地批判过了。他是个爽直的汉子,从来不怀恨他得罪过的人;倘若他们不像他那么宽宏大量,他会觉得可笑的。所以他只要高兴跟他们重新相见,就会毫不迟疑地向他们伸出手去。

克利斯朵夫先是耸耸肩,赌咒说不去。但音乐会的日子一天天地近了,他的决心一天天地跟着动摇了。听不见一句话,尤其是听不见一句音乐,使他喘不过气来。固然他自己再三说过永远不再上这些人家去,但到了那天,他还是去了,觉得自己没有骨气非常惭愧。

去的结果并不好。一旦重新走进这个政客与时髦朋友的环境,他马上感到自己比从前更厌恶他们了:因为孤独了几个月,他已经不习惯这些牛鬼蛇神的嘴脸。这儿简直没法听音乐:只是亵渎音乐。克利斯朵夫决意等第一曲完了就走。

他把所有那些可憎的面目与身体扫了一眼。在客厅的那一头,他遇到一对望着他而立刻闪开去的眼睛。跟全场那些迟钝的目光相比,这双眼睛有一种说不出的天真朴实的气息使他大为惊奇。那是畏怯的,可是清朗的、明确的、法国式的眼睛,望起人来那么率直:它们自己既毫无掩饰,你的一切也无从隐遁。克利斯朵夫是认识这双眼睛的,却不认识这双眼睛所照耀的脸。那是一个二十至二十五岁之间的青年,小小的个子,有点儿驼背,看上去弱不禁风,没有胡子的脸上带着痛苦的表情,头发是栗色的,五官并不端正而很细腻,那种不大对称的长相使他的神气不是骚动,而是惶惑,可也有它的一种魅力,似乎跟眼神的安静不大调和。他站在一个门洞里,没人注意他。克利斯朵夫重新望着他;那双眼睛总是怯生生的,又可爱又笨拙地转向别处;而每次克利斯朵夫都“认得”那双眼睛，好像在另外一张脸上见过似的。

因为素来藏不住心中的感觉，他便向着那青年走过去；他一边走一边想跟对方说什么好；他走一下停一下，左顾右盼，好似随便走去，没有什么目标。那青年也觉察了，知道克利斯朵夫向自己走过来；一想到要和克利斯朵夫谈话，他突然胆小到极点，竟想往隔壁的屋子溜；可是他那么笨拙，两只脚仿佛给钉住了。两人面对面地站住了，僵了一忽儿，不知道话从哪儿说起。越窘，各人越以为自己在对方眼里显得可笑。终于克利斯朵夫瞪着那个青年，没有一句寒暄的话，便直截了当地笑着问：

“你大概不是巴黎人罢？”

对于这个意想不到的问句，那青年虽然局促不堪，也不由得笑了笑，回答说他的确不是巴黎人。他那种很轻的，像蒙着一层什么的声音，好比一具脆弱的乐器。

“怪不得。”克利斯朵夫说。

他看见对方听着这句奇怪的话有些惶惑，便补充道：“我这话没有埋怨的意思。”

可是那青年更窘了。

他们又静默了一会儿。那年轻人竭力想开口：嘴唇颤动着，一望而知他有句话就在嘴边，只是没有决心说出来。克利斯朵夫好奇地打量着这张变化很多的脸，透明的皮肤底下显然有点颤抖的小动作。他似乎跟这个客厅里的人物是两个种族的：他们都是宽大的脸，笨重的身体，好像只是从脖子往下延长的一段肉；而他却是灵魂浮在表面上，每一小块的肉里都有灵气。

他始终没法开口。克利斯朵夫比较单纯，便接着说：“你在这儿，混在这些家伙中间干什么？”

他粗声大气地嚷着，那种不知顾忌的态度便是人家讨厌他的地方。那青年窘迫之下，不禁向四下里望了望，看有没有人听见。这举动使克利斯朵夫大为不快。随后那年轻人不回答他的问话，又笨拙又可爱地笑了笑，反问道：“那末你呢？”

克利斯朵夫大声地笑了，笑声照例有点儿粗野。

“对啊,我又来干吗?”他高高兴兴地回答。

那青年突然打定了主意,喉咙哽塞着说:“我多喜欢你的音乐!”

随后他又停住了,拼命想克服自己的羞怯,可是没用。他脸红了,自己也觉得,以至越来越红,直红到耳边。克利斯朵夫微笑着望着他,恨不得把他拥抱一下。青年抬起眼来说:“真的,在这儿我不能,不能谈这些问题……”

克利斯朵夫抿着阔大的嘴暗暗笑着,抓着他的手。他觉得这陌生人瘦削的手在自己的手掌中微微发抖,便不由自主地很热烈地握着。那青年也发觉自己的手被克利斯朵夫结实的手亲热地紧紧握着。他们听不见客厅里的声音了,只有他们两个人了,觉得心心相印,碰到了一个真正的朋友。

但这不过是一刹那,罗孙太太忽然过来用扇子轻轻触着克利斯朵夫的手臂,说:

“哦,你们已经认识了,用不着我再来介绍了。这个大孩子今晚是专诚为您来的。”

他们俩听了这话,都不好意思地退后一些。

“他是谁呢?”克利斯朵夫问罗孙太太。

“怎么!您不认识他吗?他是个笔下很好的青年诗人,非常地崇拜您。他也是个音乐家,琴弹得挺好。在他面前不能讨论您的作品:他爱上了您。有一天,他为了您差点儿跟吕西安·雷维-葛吵起来。”

“啊!好孩子!”克利斯朵夫说。

“是的,我知道,您对吕西安不大公平。可是他也很喜欢您呢。”

“啊!别跟我说这个话!他要是喜欢我,就表示我没出息了。”

“我敢向您保证……”

“不!不!我永远不要他喜欢我。”

“您那个情人跟您完全一样。你们俩都一样的疯癫。那天吕西安正在跟我们解释您的一件作品。那羞怯的孩子突然站起来,气得全身发抖,不许吕西安谈论您。您瞧他多霸道!……幸亏我在场,我马上哈哈大笑,吕西安也跟着笑了;结果他道了歉。”

“可怜的孩子!”克利斯朵夫听得大为感动。

接着罗孙太太和他谈着别的事，但他充耳不闻，只自言自语地说：

“他到哪儿去了？”

他开始找他。可是那陌生朋友已经不见了。克利斯朵夫又去找着罗孙太太，问：

“请您告诉我，他叫什么名字？”

“谁啊？”

“您刚才跟我提到的那个。”

“您说那个青年诗人吗？他叫做奥里维·耶南。”

这个姓氏的回声，在克利斯朵夫耳中像一阕熟悉的音乐一般。一个少女的倩影在他眼睛深处闪过。可是新的形象，新朋友的形象立刻把那个倩影抹掉了。

在归途中，克利斯朵夫在拥挤的巴黎街上走着，一无所见，一无所闻，对周围的一切都失去了知觉。他好似一口湖，四周的山把它跟其余的世界隔离了。没有一丝风，没有一点声音，没有一点骚动。只是一片和平宁静。他再三说着：

“我有了一个朋友了。”

傅雷先生生前为本书第三册设计的封面，沈尹默先生题写书名，人民文学出版社一九五七年出版。

卷六·安多纳德

耶南是法国那些几百年来驻守在内地的一角，保持着纯血统的旧家之一。虽然社会经过了那么多的变化，这等旧家在法国还比一般意料的为多。它们与乡土有多多少少连自己也不知道的，根深蒂固的联系，直要一桩极大的变故才能使它们脱离本土。这种依恋的情绪既没有理智的根据，也很少利害关系；至于为了史迹而引起思古之幽情，那也只是少数文人的事。羁縻人心的乃是从上智到下愚都有的一种潜在的、强有力的感觉，觉得自己几百年来成了这块土地的一分子，生活着这土地的生活，呼吸着这土地的气息，听到它的心跟自己的心在一起跳动，像两个睡在一张床上的人，感觉到它不可捉摸的颤抖，体会到它寒暑旦夕、阴晴昼晦的变化，以及万物的动静声息。而且用不着景色最秀美或生活最舒服的乡土，才能抓握人的心；便是最朴实、最寒素的地方，跟你的心说着体贴亲密的话的，也有同样的魔力。

这便是耶南一家所住的那个位于法国中部的省份。平坦而潮湿的土地，没有生气的古老的小城，在一条浑浊静止的运河中映出它黯淡的面目；四周是单调的田野、农田、草原、小溪、森林，随后又是单调的田野……没有一点胜景，没有一座纪念建筑，也没有一件古迹。什么都不能引人入胜，而一切都教你割舍不得。这种迷迷忽忽的气息有一股潜在的力：凡是初次领教的都会受不了而要反抗的，但世世代代受着这个影响的人再也摆脱不掉，他感染太深了；那种静止的景象，那种沉闷而和谐的空气，那种单调，对他自有一股魅力，一种深沉的甜美，在他是不以为意的，加以菲薄的，可是的确喜爱的，忘不了的。

耶南世代住在这个地方。远在十六世纪，就有姓耶南的人住在城里或四乡：因为照例有个叔祖伯祖之流的人，一生尽瘁于辑录家谱的工作,把那些无名的、勤勉的、微末不足道的人物的世系整理起来。开头只是些农夫、佃户、村子里的工匠,后来在乡下当了公证人的书记,慢慢地又当了公证人,终于住到县城里来。安东尼·耶南的父亲,奥古斯丁,做买卖的本领很高明,在城里办了个银行。他非常能干,像农夫一样的狡猾,顽强,做人挺规矩,可并不太拘泥,做事很勤,喜欢享受;因为嘻嘻哈哈的好挖苦人,什么话都直言不讳,也因为他富有资财,所以几十里周围的人都敬重他,怕他。他个子又矮又胖,精神抖擞,留着痘疤的大红脸上嵌着一对炯炯有神的小眼睛,从前出名是个好色的,至今也还有这个嗜好。他喜欢说些粗野的笑话,喜欢好吃好喝。最有意思的是看他吃饭:儿子以外,几个和他一流的老人陪着他:推事,公证人,本堂神父等等,——(耶南老头儿是瞧不起教士的,但若这教士能够大嚼的话,他也乐意跟他一块儿大嚼)——都是些南方典型的结实的汉子。那时满屋子都是粗野的戏谑,大家把拳头往桌上乱敲,一阵阵地狂笑狂叫。快活的空气引得厨房里的仆役和街坊上的邻居都乐开了。

后来,在夏季很热的一天,老奥古斯丁只穿着件衬衣下地窖去装酒,得了肺炎。不出二十四小时,他就动身往他世界去了;他不大相信什么他世界,但像内地反对教会的布尔乔亚一样,在最后一分钟内还是办妥了所有的教会仪式,一则使家里的妇女不再噜苏,二则他对这些手续也无所谓……三则死后之事究竟也不可知……

儿子安东尼接了他的买卖。他也是个矮胖子,一张绯红的喜洋洋的脸,不留胡子,只留鬓角,说话急促而含糊,声音很响,常常有些剧烈而短促的小动作。他没有父亲那种理财的本领,但办事能力还不坏。银行因为历史悠久,正在一天天地发达,他只要按部就班地继续下去就行了。他在当地颇有善于经商的名气,虽然他对事业的成功并没多大贡献。他只是很有规律很肯用心罢了。做人很体面,到处受到应有的尊重,他殷勤,爽直,对某些人也许太亲狎了些,真情也流露得太多了些,有点儿平民气息,可是不论城里乡下,他人缘都很好。他虽不浪费金钱,却很滥用感情,动不动会流泪,看到什么灾难会真诚地难过,使受难的人感动。

像多数内地人一样,政治在他思想上占着很大的地位。他是表面上很激烈而骨子里很温和的老革命党，褊狭的自由主义者，爱国主义者，并且学着父亲的样反对教会。他是市参议员，像同僚们一样以捉弄本区的神父或本城妇女所崇拜的宣道师为乐。法国小城里的反教会的举动，永远是夫妇争执中的一个节目，是丈夫与妻子暗斗的一种借口，差不多没有一个家庭能够避免的。

安东尼·耶南对文学也很有抱负。跟他那一代的内地人一样，他颇受拉丁文学的熏陶，有些篇章能够背诵如流；而拉·封丹、布瓦洛、伏尔泰等的格言，十八世纪小品诗人的名句，他也记得不少，还写些摹仿他们的诗。他熟人中有这个癖的不止他一个；而这个癖也增加了他的声誉。大家传诵他的滑稽诗、四句诗、步韵诗、折句、讥讽诗、歌谣，有时是很唐突的，可是不乏风趣。口腹之欲的神秘在诗中也没有被遗忘。

这个壮健、快乐、活泼的矮个子，娶的太太和他性格完全不同。她是当地一个法官的女儿，叫做吕西·特·维廉哀。这家特·维廉哀其实只是特维廉哀，他们的姓像一块石子从上面往下滚的时候一分为二，变了特·维廉哀。[①] 他们世代都当法官，是法国老司法界中的人物，对于法律，责任，社会的礼法，个人的尤其是职业的尊严，看得很重，做人不但诚实不欺，而且还有些迂腐。在上一世纪里，他们受过吹毛求疵的扬山尼派的影响，至今除了对耶稣会派的轻蔑以外，还留下一点悲观和郁闷的气息。他们不从好的方面去看人生，非但不想克服人生的艰难，反而想加些上去，好让自己更有权利怨天尤人。吕西·特·维廉哀就有一部分这种性格，恰恰和她丈夫粗鲁豪放的乐天主义相反。她又瘦又高，比他高出一个头，身段长得很好，很会穿扮，可是大方而不很自然，使她永远显得——仿佛是故意的——比实在的年龄大；她非常贤淑，但对别人很严，不容许有任何过失，几乎也不容许有任何缺陷：大家认为她冷酷，骄傲。她对宗教很虔诚，为了这个，夫妇间常常争辩。但他们很相爱；尽管争辩，彼此都觉得少不了。至于实际的事务，两人都一样的不高明：他是因为不懂人情世故，一看到笑脸，一听到好话，就会

① 法国姓氏之前冠有“特”字，为贵族之标识。故特·维廉哀（即姓氏前冠有“特”字）与特维廉哀（特字根本即姓之一部分）所表示的出身完全不同。

上当;她是因为对于商业全无经验,从来不与闻,也不感兴趣。

他们有两个孩子:一个是女儿,叫做安多纳德,一个是儿子,叫做奥里维,比安多纳德小五岁。

安多纳德是个美丽的褐发姑娘,一张法国式的妩媚而忠厚的小圆脸,眼睛很精神,天庭饱满,下巴很细气,小鼻子长得笔直,——好似一个法国老肖像画家所说的,是"那种清秀的,很有格局的鼻子,有种微妙的小动作,使她显得神情生动,表示她说话或听人说话的时候心中很有点儿细密的思潮"。她从父亲那儿秉受着快乐的无愁无虑的脾气。

奥里维是个淡黄头发的娇弱的孩子,身材跟父亲一样矮小,性格却完全不同。小时候不断的疾病大大地损害了他的健康;虽然家里的人因之格外疼他,但虚弱的身体使他很早就成为一个悒郁寡欢的孩子,爱幻想,怕死,没有一点儿应付人生的能力。天生的怕见人,喜欢孤独,他不愿意和别的孩子做伴,觉得和他们在一起非常不舒服;他讨厌他们的游戏,打架,尤其受不了他们的凶横。他让他们打,并非因为没有勇气,而是因为胆怯,不敢自卫,怕伤害别人;要不是靠着父亲的地位,他可能被小朋友们磨折死的。他心肠很软,灵敏的感觉近乎病态:随便一句话,一个同情的表示,或是一句埋怨,就能使他大哭一场。比他健全得多的姊姊常常嘲笑他,叫他泪人儿。

两个孩子非常相爱;可是性情相差太远,混不到一块儿。他们各过各的生活,各有各的幻想。安多纳德越长越美;人家告诉她,她自己也知道,心里很高兴,编着些未来的梦。娇弱而悒郁的奥里维,一接触外界就觉得格格不入,便躲在他荒唐的小脑子里去胡思乱想。他像女孩子一样需要爱别人,也需要别人爱他。既然过着孤独生活,不跟年龄相仿的同伴往来,他便自己造出两三个幻想的朋友:一个叫做约翰,一个叫做哀蒂安,一个叫做法朗梭阿;他老是和他们在一起,所以从来不跟周围的人在一起。他睡得很少,空想极多。早晨,人家把他从床上拉起来,他往往把赤裸的两腿挂在床外,出神了;再不然他会把两只袜子套在一只脚上。双手浸在脸盆里,他也会出神的。在书桌上写字或温课的当口,他又会几小时地胡思乱想;随后他忽然惊醒过来,发觉什么也没做。在饭桌上，人家和他说话，他会吃了一惊，过了两分钟才回答；而回答了半句又不知自己要说些什么。他迷迷懵懵地听着自己的念头在胸中窃窃私语，过着内地那种度日如年的单调的岁月，被一些亲切的感觉催眠了。——空荡荡的大屋子只住了一半；有的是可怕而挺大的地窖和阁楼，上了锁的神秘的空房，百叶窗都关了，家具，镜子，烛台，都遮着布；祖先画像上的笑容老是在他的脑子里；还有帝政时代的版画，题材都是轻佻的与有德的故事。外边，马蹄匠在对门打铁，锤子一下轻一下重，呼吸艰难的风箱在喘气，马蹄受着熏炙发出一股怪味道；洗衣妇蹲在河边捣衣；屠夫在隔壁屋子里砍肉；街上走过一匹马，蹄声嘚嘚；水龙头轧轧地响；河上的转桥转来转去，装着木料的沉重的船，被纤绳拉着在砌得很高的花坛前面缓缓驶过。铺着石板的小院子有块方形的泥地，长着两株紫丁香，四周是一大堆风吕草和喇叭花，临河的平台上，大木盆里种着月桂和开花的榴树。有时邻近的广场上有赶集的喧闹声，猪叫声，乡下人穿着耀眼的蓝色上衣。……星期日在教堂里，歌咏队连声音都唱不准，老教士做着弥撒快睡着了；全家在车站大路上散步，一路跟别人(他们也以为全家散步是必不可少的节目)脱帽招呼，——直走到大太阳的田里，看不见的云雀在上空盘旋，——或者沿着明净的，死水似的河走去，两旁的白杨瑟瑟缩缩地发抖；……然后是丰盛的晚餐，东西多得吃不完；大家头头是道，津津有味地谈着吃喝的问题；因为在座的都是行家，而讲究吃喝在内地是桩大事，是名副其实的艺术。大家也谈到商情，说些笑话，还夹着一些关于疾病的议论，牵涉到无穷的细节……而这孩子坐在一角，不声不响像头小耗子，尽管咬嚼，可并不怎么吃东西，拼命伸着耳朵听。他把大人的话句句听着，凡是听不大清的，便用想象去补充。像旧家的儿童一样给几百年的印象刻得太深了，他有种奇特的天赋，能够猜到他还从来不曾有过而不大了解的思想。——还有那厨房，充满着神秘的血腥和各种味道；老妈子讲着奇怪而可怕的故事……最后是晚上，蝙蝠悄悄地飞来飞去，妖形怪状的东西教人害怕，那是他明知在这座老屋子里到处蠢动的，例如大耗子和多毛的大蜘蛛等等。随后是跪在床前的祈祷，根本不听自己说些什么；隔壁救济院里响起声音不平匀的钟声，那是女修士们睡觉的钟；——然后是雪白的床,给他躺着做梦的岛……

一年最好的时节是春秋两季在离城几里的别庄中过的日子。那边,一个人都看不到,尽可以称心如意的幻想。像多数小布尔乔亚的子弟一样,两个孩子是不跟平民接触的,他们对仆役和长工还有点儿恐惧,有点儿厌恶。他们秉受了母亲的贵族脾气,——其实主要是布尔乔亚脾气,——瞧不起劳力的工人。奥里维成天骑在一株槐树的枝头读着奇妙的故事:美丽的神话,缪查或奥诺埃夫人的童话,《天方夜谭》,或是游记体的小说,因为法国内地的青年常常渴想遥远的世界,做着漫游海外的梦。一个小树林把屋子遮掉了,于是他自以为在很远的地方。但他知道离家很近,心里很高兴:因为他不大喜欢独自走远,他已经在大自然中迷失了。四周尽是树木,从树叶的空隙里可以看见远处黄黄的葡萄藤,杂色的母牛在草原上啮草,迟缓的鸣声冲破田野的静寂。尖锐的鸡啼在农庄间遥相呼应。仓屋里传出节奏不均的捣杵声。成千成万的生灵在这个恬静的天地中活跃。奥里维不大放心地瞧着一行老是匆匆忙忙的蚂蚁,满载而归的蜜蜂像管风琴的管子一般轰轰地响着,漂亮的蠢头蠢脑的黄蜂到处乱撞,——所有这些忙碌的小虫似乎都急于要到一个地方去……哪儿呢？它们不知道。无论哪里都好！只要是到一个地方……奥里维处在这个盲目而满是敌人的宇宙内打了一个寒噤。他像一头小兔子,听到松实落地或枯枝折断的声音就会发抖……花园的那一头,安多纳德发疯似的荡着秋千,把架上的铁钩摇得吱咯吱咯地响,奥里维听到这个才放了心。

她也在做梦,不过依着她的方式。她成天在园子里搜索,又贪嘴,又好奇,笑嘻嘻的像画眉般啄些葡萄,偷偷地采一只桃子,爬上枣树,或是在走过的时候轻轻摇几下,让小黄梅像雨点似的掉下来,入口即化,跟香蜜一样。再不然她就不顾禁令去采花:一眨眼她就把从早上起就在打主意的一朵蔷薇摘到手,往花园深处的夹道中一溜。于是她把小鼻子竭力往醉人的花心中嗅着,吻着,咬着,吮着;随后把赃物揣在怀里,放在她不胜奇怪的眼看在敞开着的衬衣底下膨大起来的一对小乳房中间……还有一件被禁止的,挺有意思的乐事,就是脱了鞋袜,赤着脚踏在小径的凉快的细沙上、潮湿的草地上,踩在阴处冰冷的,或是给太阳晒得滚热的石板上;再不然她走入林边的小溪,用脚,用腿,用膝盖,去接触水、泥土、日光。躺在柏树荫下,她瞧着在阳光中照得通明的手,心不在焉地尽吻着细腻丰满的手臂上像缎子一般的皮肤;她用蔓藤和橡树叶做成冠冕、项链,和裙子,再加上蓝蓟,红的伏牛花,和带着青的柏实的树枝作点缀。她把自己装成一个野蛮的小公主。然后她自个儿绕着小喷水池跳舞,伸着胳膊拼命地打转,直转到头晕眼花,才往草地上倒下,把脸钻在草里,莫名其妙地纵声狂笑,不能自已。

两个孩子就是这样地消磨他们的日子,只隔着几步路,却各管各的,——除非安多纳德走过的时候想耍弄一下兄弟,抓一把松针扔在他鼻子上,或是摇他的树,威吓他要把他摔下来,或是冷不防扑在他身上吓他,嘴里叫着:“呜!呜!……”

她有时拼命要跟他淘气,哄他说母亲在叫他,要他从树上爬下来。赶到他下来了,她却上去占了他的位置不肯走了。于是奥里维叽叽咕咕,说要去告她。可是安多纳德决不会永远待在树上:她连安静两分钟都办不到。骑在树上把奥里维戏弄够了,气够了,看他快要哭出来了,她就爬下来,扑在他身上,笑着摇他的身子,喊他“小傻瓜”,把他摔在地下,拿一把草擦他的鼻子。他勉强挣扎,可不是她的对手,于是他仰天躺着,一动不动,像条黄金虫,细瘦的胳膊被安多纳德结实的手按在草地里,装着一副可怜的屈服的脸。这时安多纳德忍不住了,看着他打败而认输的神气放声大笑,突然把他拥抱了,撒手了,——但临走仍不免用一把青草塞在他嘴里表示告别,那是他痛恨的,只得拼命地吐,抹着嘴巴,愤愤地叫嚷,她却笑着赶紧溜了。

她老是笑着,夜里睡着的时候还在笑。奥里维在隔壁屋子里醒着,正在编故事,听到她的傻笑和在静悄悄的夜里断断续续地说梦话,常常吓了一跳。外边,风把树吹得簌簌地响,一只猫头鹰在哭;远远的,在树林深处的农庄里,狗狺狺地叫着。在半明半暗的夜色中,奥里维看见重甸甸黑沉沉的柏树枝像幽灵一般在窗前摇曳,那时安多纳德的笑声倒是让他松了口气。

两个孩子笃信宗教,尤其是奥里维。父亲公然反对教会的言论使他们听了骇然；但他让他们自由；骨子里他像多数不信教的布尔乔亚一样，觉得有家族代他信仰也不坏：在敌方有些盟友总是好的；将来的事，我们也没把握。并且他虽不信教，还是相信有神的，预备到必要的时候把神父请来，像他父亲一样办法：那即使不会有什么好处，也不见得有害；一个人不一定因为相信家里要着火才去保火险的。

病态的奥里维很有点神秘的倾向。有时他觉得自己不存在了。又温柔，又轻信，他需要一个依傍。平日忏悔的时候他体验到一种痛苦的快感，觉得把自己交托给无形的朋友非常舒服；他老是对你张着臂抱，你可以尽情倾诉，他什么都懂得，什么都原谅；在这种谦卑与爱的空气中洗过了澡，灵魂净化了，得到了休息。奥里维觉得信仰这回事那么自然，不懂别人怎么会怀疑；他想，那要不是由于人家的恶意，便是上帝特意惩罚他们。他暗中祈祷，求上帝开恩，点醒父亲。有一天在乡下参观一所教堂，奥里维看见父亲划了个十字，不禁大为快慰。在他心中，《圣徒行述》是和儿童故事混在一起的。他小时候认为两者都一样的真实。童话中嘴唇破裂的史格白克，多嘴的理发匠，驼背嘉斯伽，他都是很熟的；在乡间散步的时候，他常常留神找那黑色的啄木鸟，嘴里衔着觅宝人的神奇的草根，而迦南与福地，经过儿童的想象也就成为蒲尔乔或贝里①区域的地方了。当地一个圆形的山冈，顶上矗立着一株小树好像枯萎的羽毛一般，在他眼里仿佛就是亚伯拉罕燃起火把的山头。麦田尽处，有一堆枯萎的丛树，他认为就是上帝显灵的燃烧的荆棘②，因为年代久远而熄灭了的。后来到了不再相信神话的年纪，他仍旧喜欢拿那些点缀他的信心的通俗传说来陶醉自己，觉得其乐无穷；他即使并不真的受这些传说之骗，心里却极愿意受骗。因此有个很久的时期，他在复活节以前的星期六留着神，想看那些在星期四飞出去的钟从罗马带着小幡飞回来。后来，他终于懂得那不是真的，但听到教堂的钟声仍不免仰着鼻子向天空呆望；有一回他似乎看到——虽然明知不可能——有一口钟系着蓝丝带在屋顶上飞过。

---

① 迦南为《圣经》上巴勒斯坦之古名，福地为其别名。蒲尔乔与贝里均法国地名。

② 据《旧约·出埃及记》第三章，上帝化身为燃烧的荆棘，向摩西启示他的使命。本书卷九《燃烧的荆棘》题名即用此义。

他极需要浸在这个传说与信仰的世界里。他逃避人生，逃避自己。因为长得又瘦又苍白，身体娇弱，他非常痛苦，听人提到他这个情形就受不了。他天生的悲观，那没有问题是从母亲方面来的，而悲观主义在这个病态的孩子身上特别容易生长。他自己可不觉得，以为所有的人都和他一样。这十岁的孩子在休息时间不到园子里去玩，反而关在自己房里，一边吃点心，一边写他的遗嘱。

他写得很多，每晚都要偷偷地写日记，——也不知道为什么要写，因为他除了废话以外，没有什么可说的。写作在他是一种遗传的癖好，是法国内地的布尔乔亚——这个毁灭不掉的古老的种族，——几百年相传下来的需要，每天写着日记，直到老死，用着一种愚蠢的，几乎是英雄式的耐性，把每天的所见所闻、所作所为、所饮所食，详详细细记录下来。而且只为自己，不为别人。他知道谁也不会读到这些东西，自己写过以后也永远不会再看的。

音乐对于他像信仰一样是避难所，可以躲掉白天太剧烈的光明。姊弟俩都有音乐家的心灵，——尤其是奥里维从母亲那里秉有这种天赋。趣味是并不高明的。没有一个人能在这方面指导他们：内地人听到的音乐不过是本地的铜管乐队所奏的进行曲或是——逢到什么节日——阿唐的乐曲，教堂里的管风琴所奏的浪漫曲，中产阶级的小姐们在音没校准的钢琴上所弹的圆舞曲或波尔卡，通俗歌剧的序曲，莫扎特的两三支奏鸣曲，——老是那几支，弹错的音符也老是那几个。家里招待宾客的时候，那就是晚会节目中的一部分。吃过夜饭，凡是能弹琴的都被请出来献技：他们先红着脸推辞，终于拗不过大家的请求，便背一个他们拿手的曲子。在场的人个个赞美艺术家的记忆力和完满的技巧。

差不多每次晚会都得来一下的这套玩意儿，把两个孩子对于晚餐的乐趣完全给破坏了。要是两人合奏什么巴尚的《中国旅行》或韦伯的小曲，他们因为彼此搭配得很好而还不怎么害怕。可是要他们独奏，那简直是受罪了。照例安多纳德总比较勇敢。她固然觉得厌烦得要死，但明知逃不了，也就毅然决然地在钢琴前面坐下，开始弹她的回旋曲，乱七八糟的，把这一段搞糊涂了，那一段又弹错了，然后停下来掉过头去向大家笑了笑:“啊！我记不得了……”

说完了她跳过几拍子重新开始,一口气弹完了。然后,她因为大功告成而很快活,在客人的赞叹声中回到座位上,又笑着说:“弹错的音很多呢！……”

可是奥里维的脾气没有这么好说话。他受不了在人前献技,成为大众注意的目标。当着别人说话,他已经够痛苦了。演奏,尤其为那些不爱音乐,——(他看得很明白)——甚至对音乐觉得厌烦,而只为了习惯才请他演奏的人演奏,更使他觉得是种专制,为他竭力反抗而没用的。他拼命地拒绝。有些晚上,他竟溜之大吉,躲到一间黑房里或走廊里,甚至顾不得对蜘蛛的恐怖而一直逃到阁楼上。可是他越撑拒,别人的请求越迫切,话也更俏皮;同时又引起父母的责难,而他反抗得太放肆的时候还得挨几下巴掌。结果他仍旧得弹奏,——当然是弹得很坏了。过后,他因为弹得不好在夜里很伤心,因为他是真正爱音乐的。

小城里的趣味并非老是这么平庸。有过一个时期,两三个布尔乔亚家里的室内音乐还弄得不坏。耶南太太常常提到她的祖父,很热心地拉着大提琴,唱着格路克、达莱拉克,和裴尔东的歌曲。家里至今藏着一厚册乐谱和一本意大利歌谣。因为那可爱的老人像柏辽兹所说的安特列安先生一样“很喜欢格路克”。但柏辽兹立刻心酸地补充一句:“他也很喜欢皮吉尼。”①或许他更喜欢的倒是皮吉尼。总之,在外曾祖的收藏中,意大利歌曲占着绝大多数。那些作品便是小奥里维的音乐食粮。当然是没有多少实质的养料,有点像人们拼命塞给孩子吃的内地糖食,可能吃倒胃口,永远接受不了正当的食物。但奥里维嘴馋得很,绝没有倒胃的危险。正常的营养,人们是不给他的。没有面包,他就拿糕饼充饥。这样,契玛罗萨,巴西哀罗,罗西尼,就成为这个忧郁神秘的儿童的保姆,在应该喂他乳汁的时候把他灌了醇酒。

他常常自得其乐地独自弹琴。他已经深深地受到音乐的感染。对于所弹的东西,他不求了解,只知道消极的吟味。谁也没想到教他学和

---

① 格路克与皮吉尼为十八世纪两大意大利歌剧作者,在法国竞争甚烈,当时爱好音乐的人分为格路克派与皮吉尼派。

声;他自己也不在乎这个。一切与科学或科学精神有关的,在他家里完全是陌生的,尤其在母系方面。那些司法界中的人都是人文主义的头脑,遇到一个算题就弄昏了。他们提起一个进经纬局办事的远房兄弟,认为是个奇人。可是据说他结果还是为这种工作发了疯。内地旧家出身的布尔乔亚,思想很健全很实际,可是因为肚子塞得太饱,日子过得太单调而有些迷迷糊糊,以为自己的人情世故是了不得的法宝,只要靠了它,世界上没有一件解决不了的困难。他们差不多把科学家看做艺术家一流,比别人更有用,但不及别人高卓,因为艺术家至少是一无所用的;而一无所用就有点近于高雅。科学家却近乎耍手艺的工人,——(这便是不大体面的地方)——更有学问而有些疯癫的工头;在纸上固然很能干,但一出他们数目字的工厂就完了!要没有通情达理的,富有人生经验与商业经验的人做科学家的领导,科学家决计干不出什么大事来的。

不幸的是,这种人生经验与商业经验并不像这般明理的人所想的那么可靠。他们所谓经验只是一些奉行故事的老例,所能应付的仅限于极少数极平易的事。倘若出了件意外,必须当机立断地处理的话,他们就没有办法了。

银行家耶南便是这一等人。因为什么事都跟意料的一模一样,都是依了内地生活的节奏准确地重演的,所以他从来没有在业务上遇到严重的困难。他接了父亲的事,可并没对这一行有什么特殊的才具;既然从他接手以后一切都很顺利,他就归功于自己的聪明。他常说一个人只要老实,认真,通情达理,就行了;他预备将来把自己的职位传给儿子,而并不问儿子的兴趣所在,正像他的父亲当初对付他一样。他也不替儿子作事业方面的准备,让孩子们自生自长,只要他们做个好人,尤其希望他们幸福,因为他非常地疼他们。因此他们对人生的战斗连一丝一毫的准备都没有,简直是暖室里的花。那有什么关系呢?他们不是永远可以这样过下去吗?在环境安定的内地,在他们有钱的、受人尊重的家庭里,有着一个慈爱的、快乐的、亲热的父亲,交游广阔,在地方上占着第一流的位置,生活真是太容易太光明了!

安多纳德十六岁。奥里维正要举行初领圣体的大典。神秘的梦想把他搅得昏昏沉沉。安多纳德听着醉人的希望唱着甜蜜的歌，好似四月里夜莺的歌声填满了青春的心窝。她感到身心像鲜花似的开放，知道自己长得俊美而又听到人家这么说，不由得非常快活。父亲的夸奖，不知顾忌的说话，尽够使她飘飘然。

他对着女儿出神；她的卖弄风情，照着镜子顾影自怜，无邪而狡狯的小手段，使他看了直乐。他抱她坐在膝上，拿爱情的题目跟她打趣，说她颠倒了多少男子，有多少人来向他请婚，把一个一个的姓名举出来：都是些老成的布尔乔亚，一个比一个老，一个比一个丑，把她急得大叫大嚷，继之以大笑，把手臂绕着父亲的脖子，脸贴着父亲的脸。他问她谁能有那个福气被她挑中：是那个为他家的老妈子称为丑八怪的检察官呢，还是那胖子公证人。她轻轻地打他几下，要他住嘴，或者拿手掩着他的嘴巴。他吻着她的小手，一边把她在膝上颠簸，一边唱着那支老山歌：

俏姑娘要什么？
是不是要一个丑老公？

她扑哧一声笑了，拈弄着父亲下巴底下的络腮胡子，接唱下去：

与其丑，还是美，
夫人，就请您做媒。

她打定主意要自己挑选。她知道她有钱，或者是将来有钱的，——父亲用各种口吻跟她说过了：她是"极有陪嫁的"。当地有儿子的大户人家已经在奉承她，在她周围安排了许多小手段，张着雪白的网预备捉那条美丽的小银鱼。但那条鱼对他们很可能成为四月里的糖鱼，①因为聪明的安多纳德把他们的伎俩都看在眼里，觉得好玩；她很愿意教人捉，可不愿意给人捉住。她小小的头脑里已经挑定了将来的丈夫。

当地的贵族——（通常每地只有一家，自称为外省诸侯的后裔，其实往往只是祖上买了国家的产业，②或是在十八世纪当过行政官，或是

① 西俗于四月一日以制成鱼形的可可糖馈赠儿童。

② 法国大革命后，教会产业大部分均公开标卖，入于中产阶级之手。

在拿破仑时代承包军需的)——叫做鲍尼凡,在离城几里以外有座宫堡,尖顶的塔盖着耀眼的石板,周围是大森林,中间还有好几口养鱼的池塘;他们正在向耶南家献殷勤。年轻的鲍尼凡对安多纳德很热心。他长得既漂亮,以年龄而论也相当强壮,相当胖。他整天只知道打猎,吃喝,睡觉;会骑马,会跳舞,举止也还文雅,并不比别人更蠢。他不时从古堡到城里来,穿着长靴,跨着马,或者坐着双轮马车;他借口生意上的事去拜访银行家,有时带一篓野味或一大束鲜花送给太太们。他借这种机会来追求耶南小姐。两人一同在花园里散步,他竭力巴结她,一边很愉快地和她谈天,一边拈着自己的须,把踢马刺蹬在阳台的石板上橐橐地响。安多纳德觉得他可爱极了。她的骄傲和她的心都是怪舒服的。童年初恋的岁月是多么温柔,她浸在里面陶醉了。奥里维却讨厌这个乡下绅士,因为他身强力壮,笨重,粗野,笑起来声音那么大,手像钳子一样,老是很轻蔑地把他叫做“小家伙……”,同时又拧他的面颊。他尤其恨——当然是不自觉的——那个陌生人爱他的姊姊……爱这个属于他一个人而不属于任何人的姊姊!……

然而大祸来了。那是几百年来胶着在同一方土地上,吸尽了它的浆汁的老布尔乔亚家庭,早晚都得碰到的。他们消消停停地在那儿打盹,自以为跟负载他们的土地同样不朽的了。但脚下的泥土早已死掉,他们的根须也没有了,禁不起人家一铲子就会倒下来的。那时,大家以为遭了厄运,遭了飞来横祸。殊不知要是树身坚固的话,厄运就不成其为厄运;或者祸患只像暴风一般的吹过,即使打断几根丫枝,也不至于动摇根本。

银行家耶南是个懦弱,轻信,而有些虚荣的人。他喜欢在眼睛里揉进点儿沙子,一厢情愿地把“实际”跟“表面”混为一谈。他乱花钱,花得很多,但由于世代相传的俭省的习惯和事后的懊悔,挥霍的程度——(他浪费了几方丈的木材而舍不得用一根火柴)——还不致使他的财产受到严重的损害。在商业方面,他也不知谨慎。朋友向他借钱,他从来不拒绝;而要做他的朋友也挺容易。他甚至没想到要人家写张收据;人欠的账目登记得不清不楚,人家不还,他决不讨。他对什么事都相信别人的善意,正如他认为别人也相信他的善意一样。虽然表面上很有决断,心直口快,其实他胆子很小,从来不敢回绝某些冒失鬼的请求,也不敢对他们有没有偿还的力量表示怀疑。这种作风是由于好心,也由于胆怯。他对谁都不愿意得罪,怕受到侮辱,所以永远让步。为了骗自己,他把这些事做得很热心,仿佛人家拿了他的钱是帮了他的忙。他差不多真的以为是这样了:他的自尊心与乐观的脾气很容易使他相信做的都是好买卖。

这种行事当然不会不博得债务人的好感:乡下人对他好极了,他们知道要他帮忙是永远没有问题的,也就不肯放过机会。但人们——连老实的在内——的感激是像果子一般应当及时采摘的。倘使让它在树上老了,就会霉烂。过了几个月,受过耶南先生好处的人,以为这好处是耶南先生应当给他们的;甚至他们还有一种倾向,认为耶南先生既然肯这样殷勤地帮忙,一定是有利可图。而一般有心人以为在赶集的日子拿一头野兔或一篮鸡子送了银行家,即使不能抵偿债务,至少情分是缴销了。

至此为止,为的不过是些小数目,并且跟耶南打交道的也是一批相当规矩的人:所以还没有什么大害,损失的钱——那是银行家对谁都不提一个字的,——也为数极微。但有一天耶南遇到一个办着大企业的阴谋家,探听到他的资源和随便放款的习惯,情形就不同了。那个架子十足的家伙,挂着荣誉团勋章,自称为朋友中间有两三个部长,一个总主教,一大批参议员,一群文艺界与金融界的知名人物,还认识一家极有势力的报馆;他有一种又威严又亲狎的口吻,对付他看中的人真是再适当没有。他为了证明身份所用的手段,其粗俗浅薄,只要是一个比耶南精明一些的人就会起疑的:他拿出一般阔朋友写给他的信,内容无非是普通的应酬,或是谢他的饭局,或是请他吃饭;因为法国人是从来不吝惜笔墨的,对一个认识了只有一小时的人既不会拒绝握手,也不会谢绝饭局,只要这个人有趣而不开口借钱,——其实便是借钱也行,倘使看见旁人也借给他的话。因此一个聪明人看到邻人有了钱觉得为难而想帮他解决的时候,一定会找到一头羊肯首先跳下水去,引其他的羊一齐下水。耶南先生大概就是第一头跳水的羊。他是那种柔顺的绵羊,天生给人家剪毛的。他被来客的交游广阔,花言巧语,奉承巴结,以及听了他的劝告而赚的第一批钱迷住了。他先用少数的款子去博,成功了;于是他下大注;终于把所有的钱,不但是自己的,并且连存户的都放了下去。他并不告诉他们;他以为胜券在握,想出其不意地教人看看他替大家挣了多少钱。

事业失败了。跟他有往来的一家巴黎商号在信里随便提起一句,说有一桩新的倒闭案,根本没想到耶南就是被害人之一:因为银行家从来没跟谁提过这事。他的轻举妄动简直不可想象,事先竟没有——似乎还故意避免——向消息灵通的人打听一下,把这桩事做得很秘密,一味相信自己的见识,以为永远不会错的,听了几句渺渺茫茫的情报就满足了。一个人一生常有这种糊涂事,仿佛到了某个时期非把自己弄得身败名裂不可;而且还怕有人来救,特意避免一切能够挽回大局的忠告,像发疯般迫不及待地往前直冲,好让自己称心如意地沉下去。

耶南奔到车站,不胜仓皇地搭上巴黎的火车。他要去找那个家伙,心里还希望消息不确,或者是夸张的。结果,人没有找到,祸事却证实了。他惊骇万状地回来,把一切都瞒着。外边还没有一个人知道。他想拖几个星期,便是拖几天也是好的;又凭着那种不可救药的乐观的脾气,竭力相信还有方法补救,即使不能挽回自己的损失,至少能补偿主顾们的。他做种种尝试,其忙乱与笨拙使他把可能成功的机会也糟掉了。借款到处遭了拒绝。在无可奈何的情形之下拿少数仅存的资源所做的投机事业,终于把他断送完了。而从此他的性情也完全改变。他嘴里一字不提,但变得易怒,暴躁,冷酷,忧郁得可怕。当着外人的面,他仍勉强装做快活,可是恶劣的心绪谁都看得很清楚:人家以为他身体不好。和自己人在一块的时候,他可不大留神了;他们马上觉得他瞒着什么严重的事。他简直变了一个人:忽而冲到一间屋里,在一件家具中乱翻,把纸片摔了一地,大发脾气,因为东西没找到,或是因为别人想帮助他。随后,他在乱东西中间发呆;人家问他找什么,也说不上来。他似乎不再关心妻子儿女了;或者在拥抱他们的时候眼中噙着泪。他吃不下,睡不着了。

耶南太太明明看到这是大祸将临的前夜;但她从来不过问丈夫的

买卖,一点儿都不懂。她问他,他态度粗暴地拒绝了。而她一气之下,也不再多问。但她只是莫名其妙的心惊胆战。

孩子们是想不到危险的。以安多纳德的聪明,不会不像母亲一般有所预感;但她一心要体味初恋的快乐,不愿意去想不安的事;她以为乌云自会消散的,——或者等到无可避免的时候再去看不迟。

对于苦闷的银行家的心绪最能了解的还是小奥里维。他感到父亲在那里痛苦,便暗地里和他一起痛苦。但他什么都不敢说:他一无所能,一无所知。再则,他也尽量避免去想那些悲哀的念头。像母亲和姊姊一样,他也有一种迷信的想法,认为我们不愿意看到的祸事也许是不会来的。那些可怜的人一受到威胁,便像鸵鸟似的把头藏在一块石头后面,以为这样祸患就找不到他们了。

摇动人心的流言开始传播了,说是银行的资本已经亏折殆尽。银行家在主顾面前装做泰然自若也没用,猜疑得最厉害的几个要求提取存款了。耶南觉得这一下可完了;他拼命声辩,表示因为人家不信任他而非常气愤,甚至和老主顾们大吵一场,使大家更加疑心。提款的要求纷至沓来。他一筹莫展,绝望之下,简直搅糊涂了。他做了一个短期旅行,带着最后一些钞票到邻近一个温泉浴场去赌博,一刻钟内就输得精光。

他的突然出门愈加使小城里的人着了慌,说他逃了;耶南太太费了多少口舌对付那些愤怒而不安的人,求他们耐着性子,赌咒说她丈夫一定回来的。他们不大相信这话,虽然心里极愿意相信。所以大家一知道他回来都觉得松了口气:许多人还以为自己多操心,以耶南他们的精明,即使出了乱子,也不至于没法弥缝。银行家的态度恰好证实这个印象。如今他看明白了只有一条路可走,便显得很疲乏,可是很镇静。下了火车,他在车站大道上跟遇到的几个朋友从从容容地谈天,谈着田里已经有几星期缺乏雨水,葡萄长得挺好,还提到晚报上所载的倒阁的消息。

到了家里,他对于妻子的慌张和急急告诉他出门后所发生的事,装做全不在意。她努力看他的脸色,想知道他这番出门有没有把那隐忧大患消除;但她逞着傲气不去动问,等他先说。他可绝口不提那桩双方都在痛苦的事,把妻子想跟他接近,逗他吐露衷曲的意念打消了。他只提到天气太热,身体困乏,说是头疼得要命;随后大家坐上桌子吃晚饭。

他说话很少,精神很疲倦,拧着眉头,担着心事,把手指弹着桌布,勉强吃些东西,也觉得受到人家的注意;他呆呆地望着两个孩子和他的妻子:孩子因为大家不说话而很胆怯;太太生了气,沉着脸,可仍旧偷觑着他所有的动作。晚餐快完了,他似乎清醒了些,逗着安多纳德与奥里维谈话,问他们在他出门的时期做了些什么;但他并没听他们的回答,只听到他们的声音,而且对他们视而不见。奥里维觉察到了:话说到一半就停住,不想再继续下去。安多纳德窘了一阵,又兴奋起来,唧唧呱呱地说个不休,把手放在父亲手上,或是拿肘子触他的手臂,要他留神听她的话。耶南一声不出,一忽儿瞧瞧安多纳德,一忽儿瞧瞧奥里维,额上的皱痕越来越深了。女儿的故事讲到一半,他支持不住了,站起来走向窗子,唯恐人家窥破他的心绪。孩子们折好饭巾,也站了起来。耶南太太打发他们到园子里玩去;不一会儿两人在花园的小径中尖声叫着,互相追逐了。耶南太太望了望背对着她的丈夫,沿着桌子走过去,仿佛找什么东西似的。她突然走近去,一方面感情冲动,一方面怕用人听到,所以嗄着嗓子问:"安东尼,怎么啦?你一定心中有事……是的!你有些事瞒着……可是什么倒霉事儿?还是身体不舒服?"

但耶南仍旧把她支开了,不耐烦地耸耸肩,冷冷地回答:"没事,没事,我告诉你!别跟我烦!"

她愤愤地走开了,气恼之下,暗中对自己说,不管丈夫遇到什么事,再也不操心了。

耶南走到花园里。安多纳德继续在那儿疯疯癫癫,耍弄她的弟弟,硬要他一块儿奔跑。可是奥里维突然说不愿意再玩了,他肘子靠在阳台的栏杆上,站在离着父亲不远的地方。安多纳德还过来跟他淘气;他却很不高兴地把她推开;她说了几句不中听的话,看到没有什么可玩,也就走进屋子弹琴去了。

外面只剩下了耶南和奥里维。

"怎么啦,孩子?"父亲温柔地问,"干吗你不愿意再玩了呢?"

“我累了,爸爸。”

“好罢。那末咱们在凳上坐一会儿罢。”

他们坐下了。时方九月,夜色清明。喇叭花甜蜜的香味,跟花坛的墙脚下淡而腐败的河水味混在一起。浅黄的蛾绕着花打转,嗡嗡的声音像小纺车。对岸的邻人坐在屋前谈话,悠闲的语声在静寂中清晰可闻。屋子里,安多纳德弹着歌剧里的调子。耶南握着奥里维的手,抽着烟。黑影把父亲的脸慢慢地遮掉了,孩子只看见烟斗里一星星的火光,忽而熄了,忽而燃着了,终于完全熄灭。他们俩都不作声。奥里维问到几颗星的名字。耶南像所有内地的布尔乔亚一样不大懂得自然界的现象,除了几个无人不晓的大星宿外,一个都说不出来;但他假装孩子问的就是那熟悉的几个,便一个一个地说出名字。奥里维并不声辩:他只要听到人家轻轻地说出它们神秘的名字,就觉得有种乐趣。并且他的发问不是真的为了求知,而是本能地要借此跟父亲接近。他们不说话了。奥里维把头枕在椅子的靠背上,张着嘴,望着天上的星,迷迷糊糊地出了神:父亲手上的暖气把他渗透了。突然那只手颤抖起来。奥里维好不奇怪,便用着轻快的困倦的声音说:“噢!爸爸!你的手抖得多厉害!”

耶南把手抽回去了。

过了一会儿,小脑筋老在胡思乱想的奥里维又说:“你是不是也累了,爸爸?”

“是的,孩子。”

孩子声音很亲切地又道:“别太辛苦啊,爸爸。”

耶南把奥里维的头拉到胸前,紧紧地搂着,低声回答了一句:“可怜的孩子!……”

但奥里维的念头已经转到别处去了。钟楼上的大钟敲了八下。他挣脱了父亲,说:“我要看书去了。”每逢星期四,他可以在晚饭以后看书,直看到睡觉的时候:那是他最大的乐趣,无论什么事都不能使他牺牲一分钟的。

耶南让孩子走了,自己还在黑魆魆的阳台上来回踱步,随后也进了屋子。

房里，孩子与母亲都围聚在灯下。安多纳德在胸褡上缝一条丝带，嘴里不是说话就是哼唱，使奥里维大不高兴；他面前摆着书，拧着眉头，肘子靠在桌上，双手掩着耳朵。耶南太太一边补袜子，一边和老妈子谈话，——她在旁边背着白天的账目，借机会唠唠叨叨地说些闲话；她老是有些好玩的故事讲，那种滑稽的土话教大家听了忍俊不禁，安多纳德还学着玩儿。耶南静静地望着他们。谁也没注意他。他游移不定地站了一会儿，坐下来拿一册书随手翻了翻，又阖上了，重新站起；他简直没法待在这儿，便点起蜡烛，跟大家说了声再会，走近孩子，感情很冲动地亲吻他们：他们心不在焉地答应了一声，连望也不望他，——安多纳德心在活计上，奥里维心在书本上。奥里维连掩着耳朵的手都没拿下来，一边看书一边不胜厌烦地说了声再会；——他在看书的时候，哪怕家里有人掉在火里也不理会的。——耶南出去了，在隔壁屋里又待了一会儿。老妈子走了，耶南太太过来把被单放进柜子，只做不看见他。他迟疑了一会儿，终于走近来，说：

"请你原谅。我刚才对你说话很不客气。"

她心里很想对他说："可怜的人，我不恨你；但你究竟有什么事呢？把你的痛苦告诉给我听罢。"

可是她眼见有报复的机会，不由得要利用一下：

"别跟我烦！你对我多凶！把我看得连个用人都不如。"

她又恶狠狠地、愤愤不平地，把他的罪状说了一大堆。

他有气无力地做了个手势，苦笑一下，走开了。

谁也没听见枪声。只有到了第二天事情发觉之后，邻居们才记起半夜里听到静寂的街上啪的一声，好像抽着鞭子。过后，黑夜的平静又立刻罩在城上，把活人和死人一齐包裹了。

过了一两个钟点，耶南太太醒来，发觉丈夫不在身边，心里一急，马上起来把每间房都找遍了，然后下楼走到跟住宅相连的银行办公室去：在耶南的公事房中，她发现他坐在椅子里，身子伏在书桌上，鲜血还在一滴一滴地往地板上流。她大叫了一声，把手里的蜡烛掉在地下，晕了过去。家里的仆人们听见了，立刻赶来，把她扶起，忙着救护，同时把男主人的尸体移在一张床上。孩子们的卧室紧闭着。安多纳德睡得像天使一样。奥里维听见一片人声和脚声,很想知道是怎么回事;但他怕惊醒姊姊,便又睡了。

第二天早上,孩子们还没知道,城里已经在开始传播消息了,那是老妈子哭哭啼啼地出去说的。他们的母亲根本不能用什么思想,连健康都还有问题。家里只剩两个孩子孤零零地陪着死者。在那个刚出事的时期,他们的恐怖比痛苦还厉害。并且人家也不让他们安安静静地哭。从早上起,法院就派人来办手续。安多纳德躲在自己的房内,凭着少年人的自私心理,拼命教自己只想着一个念头,唯有那个念头才能帮助她把可怕的、使她喘不过气来的现实丢在一边:她想着她的男朋友,每个钟点都等着他来。他对她从来没像最近一次那么殷勤的:她认为他一定会赶来安慰她。——可是一个人也不来,连一个字条都没有,丝毫同情的表示都没有。反之,自杀的消息一传出去,银行的存户立刻赶上门来,拿出恶狠狠的面孔对着孤儿寡妇大叫大骂。

几天之内,一切都倒下来了:死了一个亲爱的人,失去了全部的家产、地位、名誉,和朋友。简直是总崩溃。他们赖以生存的条件一个都不存在了。母子三人对于身家清白这一点都看得很重,所以眼看自己无辜而出了件不名誉的事格外痛苦。三人之中被痛苦打击得最厉害的是安多纳德,因为她平时最不知道痛苦。耶南太太和奥里维,不管怎么伤心,对痛苦的滋味并不陌生;既然天生是悲观的,所以他们这一回只是失魂落魄而并不觉得出乎意料。两人一向把死看做一个避难所,尤其是现在:他们只希望死。当然这种屈服是可悲可痛的,但比起一个乐观、幸福、爱生活的青年人,突然之间陷入绝望的深渊,或是被逼到跟毛骨悚然的死亡照面的时候所感到的悲愤,究竟好多了。

安多纳德一下子发现了社会的丑恶。她的眼睛睁开了,看到了人生;她把父亲、母亲、兄弟,统统批判了一番。奥里维陪着母亲一起痛哭的时候,她却独自躲在一边让痛苦煎熬。她的绝望的小脑筋想着过去、现在、将来;她看到自己一无所有了,一无希望,一无靠傍:不用再想倚仗谁。

葬礼非常凄惨,而且丢人。教堂不能接受一个自杀的人的遗体。

寡妇孤儿被他们昔日的朋友无情无义地遗弃了。只有两三个跑来临时露了一下脸;而他们那种窘相比根本不来的人更教人难堪,像是赏赐人家一种恩典,他们的沉默大有谴责、鄙薄,与怜悯的意味。家族方面是更要不得:没有一句安慰的话,反而来些狠毒的责备。银行家的自杀,不但不能平息大众的愤怒,而且被认为跟他的破产差不多一样的罪大恶极。布尔乔亚是不能原谅自杀的人的。倘若一个人不肯忍辱偷生而宁愿死,他们就认为形同禽兽;谁敢说"最不幸的莫如跟你们一起过活",他们便不惜用最严厉的法律对付。

最懦怯的人也急于指责自杀的人懦怯。一个人捐弃了自己的生命,同时损害到他们的利益,使他们没法报复,他们尤其气愤。——至于可怜的耶南经过怎样的痛苦才出此下策,那是他们从来不去想的。他们恨不得要他受千百倍于此的痛苦。如今他既然溜之大吉,他们便回过来谴责他的家属。他们嘴里不说,知道那是不公平的,但做还是照样的做;因为他们非要拿一个人开刀不可。

除了悲泣以外什么事都做不了的耶南太太,听到人家攻击她的丈夫,立刻恢复了勇气。此刻她才发觉自己原来多么爱他。这三个前途茫茫的人,一致同意把母亲的奁赠和他们个人的产业完全放弃,拿去尽可能地偿还父亲的债务。而既然没法再待在当地,他们就决意上巴黎去。

动身的情形像逃亡一样。

第一天晚上,——(九月里一个凄凉的黄昏:田野消失在白茫茫的浓雾里,大路两旁,你慢慢往前走的时候,矗立着湿透的丛树的躯干,仿佛水中的植物)——他们一同上墓地去告别。新近翻掘过的墓穴四周,围着狭窄的石栏,三个人一齐跪在上面,悄悄地淌着眼泪:奥里维不住地抽噎;耶南太太无可奈何地擤着鼻涕。她竭力自苦,老想着她跟丈夫最后一面时说的话。——奥里维想着坐在阳台的凳子上跟父亲的谈话。安多纳德想着他们将来的遭遇。各人心里对这个断送了他们,断送了自己的可怜虫,没有一点埋怨的意思。可是安多纳德想着:"啊!亲爱的爸爸,我们要吃多少苦啊!"

雾慢慢地黯淡下来，潮气把他们浸透了。耶南太太流连不忍去。安多纳德看见奥里维打了个寒噤，便和母亲说："妈妈，我冷。"

他们站起身来。将要离开的时候，耶南太太又最后一次回过头去，对坟墓说了声：

"可怜的朋友！"

他们在夜色中走出墓园。安多纳德牵着奥里维冰冷的手。

他们回到老屋。这是宿在老巢里的最后一夜了，——他们一向睡在这儿，生活在这儿，他们的祖先也生活在这儿：这些墙壁，这个家，这一小方土地，和家中所有的欢乐与痛苦都是息息相通，分不开的，它们仿佛成为家庭的一分子，成为大家生命中的一部分了，人们直要死了才会离开它们。

行李已经整好了。他们预备搭明天早上的第一班车，趁街坊上铺子还没开门的时候动身，免得引起人家的注意和恶意的议论。——他们需要彼此挨在一起，可是各人都不由自主地走进各人的卧房，一动不动地站着，也不想摘下帽子脱去外衣，摸着墙壁、家具，和一切即将分别的东西，把脑门贴在玻璃上，希望跟这些疼爱的东西多接触一会儿，把它们保留在心头。最后各人竭力排遣痛苦的念头，都集中到母亲屋里去——那是阖家团聚的房间，尽里头有深大的床位：从前吃过晚饭没有外客的时候，大家都是待在这里的。从前！……那他们觉得已经远得很了！——壁炉里生着小火，他们团团坐着，一言不发，随后跪在床前做了晚祷，很早就睡了，因为第二天黎明以前就得起身。可是他们都好久地睡不着。

清早四点光景，时时刻刻看着表的耶南太太，点着蜡烛起来了。安多纳德也没怎么睡，听到声音也起身了。只有奥里维睡得很熟。耶南太太心里很难过地望着他，不忍把他叫醒。她提着脚尖走开，吩咐安多纳德："轻一点：让可怜的孩子在这儿好好地多享受几分钟罢！"

她们穿好衣服，把零星的包袱也收拾妥当。屋子周围依旧静悄悄的；在秋凉的夜里，所有的人，所有的动物，都格外贪恋他们温暖的睡眠。安多纳德牙齿打战：身子跟心都冰冻了。

外边寒气袭人，大门呀的一声开了。随身带着钥匙的老女仆，最后一次来侍候主人。她又矮又胖,气急得很,身子臃肿得有点不大方便,但以年龄而论还非常硬朗。她脸上围着块布,鼻子通红,眼泪汪汪地出现了,看到太太不等她来就起床了,厨房的炉子也生好了,大为不安。——她一进门,奥里维就醒了。可是他重新闭上眼睛,翻了一个身又睡了。安多纳德过来轻轻地把手放在弟弟的肩上,低声叫道:"奥里维,我的小乖乖,时候到了。"

他叹了口气,睁开眼睛,看见姊姊的脸靠近着他的脸凄然微笑,摸着他的额角,嘴里说着:"起来罢!"

他就起来了。

他们悄悄地走出屋子,像贼一样。各人手里拿着一个包袱。老妈子走在前面,推着一辆装载衣箱的小车。他们差不多把所有的东西都留下,除了身上穿的,只带着几件随身衣服。一些可怜的纪念物另外交给慢车运:无非是几册书、几幅肖像、古式的座钟,它的摆动似乎就是他们生命的脉搏……晨风峭厉,城里谁也没起来;护窗关着,街上空荡荡的。他们一声不出,只有老妈子在那里唠叨。耶南太太竭力想把最后一次见到的,使她回想起过去生活的形象,深深地刻在心上。

到了车站,她心里虽然很想买三等票,可是为了面子攸关,依旧买了二等;她受不了在认识她的两三个站员前面露出窘相。她急急忙忙扑入一间空的车厢,和孩子们躲起来。他们掩在窗帘后面,唯恐看到什么熟人的脸。可是一个人也没出现:他们动身的时候,城里的人都还不曾醒,车厢是空的;只有三四个乡下人,和几条把头伸在车栅上面悲鸣的牛。等了好久,才听到机车长啸一声,车身在朝雾中开始蠕动了。三个流浪者揭开窗帘,把脸贴在窗上,对着小城最后地瞧一眼。哥特式的塔尖在雾气中隐约莫辨,山岗上都是干草堆,草地上盖着雪白的霜,冒着水汽:这已经是遥远的、梦中的风景,几乎不是现实的了。等到列车拐了弯,到岔道上走入另一条铁轨,所有的景色完全望不到了,再没被人瞧见的危险时,他们便忍不住了。耶南太太把手帕掩着嘴巴抽噎着。奥里维扑在母亲身上,把头枕着她的膝盖,淌着泪吻她的手。安多纳德坐在车厢那一头,向着窗子悄悄地哭着。每个人的哭有每个人的理由。耶南太太和奥里维只想着丢掉的一切。安多纳德却特别想到以后的遭遇:她埋怨自己不该这样,很愿意教自己浸在往事里……——但她瞻望前途是对的:她比母亲与兄弟把事情看得更准确,不像他们对巴黎存着种种的幻想。安多纳德自己也没料到将来的遭遇。他们从来没到过京城。耶南太太有个姊姊在巴黎,丈夫是个有钱的法官;她这番就预备去求她帮忙。同时她相信凭着孩子们所受的教育和天分——在这一点上她像所有的母亲一样估计错了,——不难在巴黎找个体面的职业维持生计。

一到巴黎,印象就很恶劣。在车站上,行李房的拥挤和出口处水泄不通的车马把他们弄得狼狈不堪。天下着雨。找不到一辆车。他们走了很多路,沉重的包裹压得他们手臂酸痛,不得不在街中心停下,大有被车马压死或溅满一身污泥的危险。他们尽管招呼,没有一个车夫答应;后来终于有辆肮脏透顶的破车停了下来。他们把包裹递上去的时候,一卷被褥掉在泥浆里。车夫和扛衣箱的脚夫欺他们人地生疏,敲了一笔双倍的价钱。耶南太太给了车夫一个又坏又贵的旅馆的名字,那是内地客人下榻的地方,因为他们的祖父在三十年前住过,所以他们不管怎么不舒服还是到这儿来寄宿。他们在这里又被敲了一笔竹杠;人家推说是客满了,教他们挤在一个小房间里,算了他们三个房间的钱。吃晚饭的时候,他们想省一些,不到食堂去,只叫了一些简单的菜,结果是没吃饱而价钱一样的贵。他们刚到巴黎就大失所望。住旅馆的第一夜,挤在没有空气的屋子里怎么也睡不着觉:忽而热,忽而冷,不能呼吸;走廊里的脚声,关门声,电铃声,使他们时时刻刻的惊跳,车马和重货车的声响把他们头都涨疼了。他们跑到这可怕的城里来,茫无所措,只是吓坏了。

第二天,耶南太太赶到姊姊家去,姊姊在沃斯门大街上住着一个华丽的公寓。她嘴里不说,心里却巴望人家在他们没解决困难以前请他们住到那边去。但第一次的招待就使她不敢再存什么希望。波依埃-特洛姆夫妇两个对于这家亲戚的破产大为愤慨。尤其是那个女的,唯恐受到牵连,妨害丈夫的前程;现在这个败落的家庭还要投上门来进一步地拖累他们,她更认为岂有此理了。做法官的丈夫也是一样想法,但他为人相当忠厚,要不是被妻子盯着,也许还乐于帮忙;可是他心里也愿意妻子那么办。波依埃-特洛姆太太用着冷冰冰的态度招待她的妹妹;耶南太太不由得大吃一惊,勉强捺着傲气,明白说出处境的艰难和对波依埃家的希望。他们只做不听见,甚至也不留他们吃晚饭,却是非常客套地约耶南一家在周末去吃饭。而这还不是出之于波依埃太太之口,倒是那法官觉得妻子的态度教人太难堪了,想借此缓和一下:他装做很随和,但显而易见不十分真诚,并且很自私。——可怜耶南母子们回到旅馆,对这初次的访问简直不敢交换一下意见。

以后的几天,他们在巴黎奔东奔西,想找个公寓,爬着一层又一层的楼梯累死了。住得那么挤的军营式的屋子,肮脏的楼梯,没有阳光的房间,对于住惯内地大屋子的人格外显得凄惨。他们越来越觉得受压迫。走在街上,进铺子,上饭店,他们老是慌忙失措,受人愚弄。他们似乎有种触手成金的本领,想买的东西都是贵得惊人。他们笨拙到不可思议的程度,没有一点自卫的力量。

耶南太太尽管对姊姊已经不存奢望,但对那顿被请而还没去吃的饭,仍旧一厢情愿地抱着许多幻想。他们一边穿扮一边心中乱跳。人家对付他们的态度是把他们当做外客而不是至亲。——并且除了客套以外,主人也并没为这顿饭破费什么。孩子们见到了跟他们年纪相仿的表兄弟姊妹,也不比他们的父母更和气。衣着漂亮而卖弄风情的女孩子,拿出傲慢而有礼的态度,装腔作势,跟他们胡扯一阵,使他们大为狼狈。男孩子因为陪着这些穷亲戚吃饭觉得受罪,尽量装出不高兴的模样。波依埃-特洛姆太太直僵僵地坐在椅子里,仿佛老是在教训姊妹。连让菜的神气也是这样。波依埃-特洛姆先生说些无聊的话,免得人家提及正事。谈的无非是吃的东西,唯恐牵涉到什么亲切的与危险的题目。耶南太太鼓足勇气,想把话扯上她心中念念不忘的问题:波依埃-特洛姆太太却直截了当地用一句毫无意义的话把她打断了。她也就没勇气再说了。

饭后,她教女儿弹一会儿琴,显显本领。小姑娘又窘又不高兴,弹得坏极了。波依埃他们厌烦得要死,只等她弹完。波依埃太太含讥带讽地抿了抿嘴唇,望着自己的女儿;随后,因为音乐老是不完,便跟耶南太太谈些不相干的事。安多纳德完全搅糊涂了,不胜惊骇地发觉自己弹到某一段忽然又回到了头上去;既然没法解决,她便决定不再往下弹,痛快敲了头两个不准确而第三个完全错误的和弦停了下来。波依埃先生喊了声:“好极了!”马上叫人端咖啡来。

波依埃太太说她的女儿跟着比诺①学琴。而那位“跟比诺学琴的”小姐接着说:“你弹得很好,我的小乖乖……”然后问安多纳德是在哪儿学的。

大家继续谈天。客厅里的小古董跟主妇们的装束都谈完了。耶南太太再三地想:“是时候了,我应当说呀……”

想到这个,她身子都抽搐了。正当她迸足勇气,下了决心的时候,波依埃太太随便用着一种并不想表示歉意的口吻说,他们很抱歉,应当在九点半左右出门:为了一个不能改期的约会……耶南他们气恼之下,立刻起身预备走了。主人装做挽留的神气。可是过了一刻钟,有人打铃,仆役通报说是住在下层的邻居来了。波依埃跟妻子递了个眼色,急急忙忙和仆人咬了一会儿耳朵。波依埃含糊其词地请耶南一家到隔壁屋里去坐。(他不愿意给朋友们知道有这门不名誉的亲戚在家。)他们被丢在没有生火的屋子里。孩子们对着这种羞辱大为愤慨。安多纳德眼中含着泪说要走了。母亲先还不答应,后来等得太久了,便也下了决心。他们走到穿堂,波依埃得到仆役通知,赶紧出来说几句俗套表示歉意,假装挽留他们,但显而易见巴不得他们快点走。他帮着他们穿大衣,笑容可掬的,忙着握手,低声说些好话,把他们连推带送地打发到门外。——回到旅馆,孩子们气得哭了。安多纳德跺着脚,发誓永远不再上这些人家里去的了。

耶南太太在植物园附近租了一个四层楼上的公寓。卧房临着一个黑洞洞的天井,四面是斑驳的高墙,餐室和客厅——(因为耶南太太一定要有个客厅)——临着一条嘈杂的街,整天有蒸汽街车和往伊佛莱公墓去的柩车走过。衣衫褴褛的意大利人,下流的孩子们,游手好闲的在路旁凳子上坐着,或是剧烈的争吵。为了这些喧闹的声音,没法开

① 比诺(1852—1914)为法国有名的钢琴家兼作曲家。

窗;傍晚从外边回来的时候,你必得在忙乱而发臭的人堆里挤,穿过一些泥泞而拥塞的街道,走过一家开在邻屋底层的下等酒店,门口站着些高大瞌睡的姑娘,黄黄的头发,脸涂得像石膏一般,用着下流的目光盯着行人。

耶南一家仅有的一点儿钱消耗得很快。每天晚上,他们不胜忧急地发觉荷包的漏洞越来越大了。他们想法子撙节,可是不会:节约是种学问,倘使你不是从小习惯的话,就得靠多少年的磨炼去学。天生不知俭省的人而勉强求俭省,只是白费时间:只要遇到一个花钱的机会,他们就让步了;心里老是想:"等下次再省罢";而要是偶然挣了或自以为挣了一些小钱的时候,又马上把这笔盈余花掉,结果是花费的比挣来的超过十倍。

过了几星期,耶南他们的财源都搞光了。耶南太太不得不把剩下的一点儿自尊心丢开,瞒着孩子去向波依埃借钱。她想法跟他在公事房里单独见面,求他在他们没有找到一个位置来解决生计之前,借一笔小款子。波依埃是个软心肠的,还相当讲人情,先用延宕的手段推诿了一番,终于让步了。在一时感情冲动而心不由主的情形之下,他居然借给她二百法郎,过后又立刻后悔,——尤其当他不得不告诉太太,而她对于丈夫的懦弱和妹妹的耍手段表示大为气恼的时候。

耶南母女天天在巴黎城中奔走,想谋个位置:耶南太太像内地有钱的布尔乔亚一样有种成见,认为除了所谓"自由职业"——大概是因为这种职业可以令人饿死,所以叫做自由——之外,任何旁的职业对她和她的儿女都有失身份。连家庭教师的位置,她都不愿意让女儿担任。在她心目中,只有公家的差事才不失体面。而要希望奥里维当个教员,先得设法完成他的教育。至于安多纳德,耶南太太很想替她在学校里谋个教职,或是进国立音乐院去得一个钢琴奖。但她所探问的学校有的是教员,资格都比她那个只有初级文凭的女儿强得多;至于音乐,那末得承认安多纳德的天分极其平常,多多少少比她优秀的人都还没法出头呢。他们发现巴黎逼着大大小小的人才为了生活做着可怕的斗争与无益的消耗。

两个孩子垂头丧气，甚至把自己看得一文不值，平庸到极点；他们硬要自己相信这一点，并且向母亲证明。奥里维在内地中学里不费多大气力已经是数一数二的角色，到这儿却是被种种磨难搅昏了，把所有的聪明都吓跑了。人家把他送进一所中学，居然弄到一份助学金。但他初期的成绩恶劣至极，助学金被取消了。他自以为愚蠢无比。同时他又讨厌巴黎，讨厌那些熙熙攘攘的人，讨厌下流的同学，卑鄙的谈话，以及某些同伴向他所作的可耻的建议。他甚至没勇气对他们说出他的轻蔑，仅仅想到他们的堕落，就觉得自己被玷污了。他跟母亲与姊姊每天晚上做着热烈的祈祷，算是唯一的安慰。他们奔波了一天所碰到的失望与委屈，对于这些无邪的心简直是种污辱，彼此连谈都不敢谈起。但是和巴黎潜伏着的无神主义接触之下，奥里维的信心不知不觉地开始崩溃了，仿佛新刷的石灰一淋着雨就在墙上掉下来。他虽然继续信仰，但在他周围，上帝已经死了。

母亲与姊姊仍旧奔来奔去，一无结果。耶南太太又去看波依埃夫妇。他们为了摆脱她，给她找了两个位置：为耶南太太的是替一位往南方过冬的老太太当伴读；为安多纳德的是到住在乡下的法国西部人家当家庭教师，报酬都还不差。耶南太太可是拒绝了。除了她自己去服侍人家的屈辱以外，她更受不了的是她的女儿也要逼上这条路，并且还得跟她分离。不管他们如何不幸，而且正因为不幸，他们要苦守在一处。——波依埃太太听了这话大不高兴。她说一个人没法生活的时候，不能再挑剔。耶南太太忍不住责备她没心肝。波依埃太太就对于破产和耶南太太欠她的钱说了一大篇难听的话。赶到分手的时候，姊妹俩竟变成死冤家。一切的关系都断绝了。耶南太太一心一意只想把借的款子还清，可是办不到。

劳而无功的奔走还是继续着。耶南太太去访问本省的众议员和参议员，都是以前耶南常常帮忙的，结果到处碰到一副忘恩负义和自私自利的面孔。众议员对她的信置之不复，她上门去，仆人又回说不在家。参议员却用着一种教人受不了的怜惜的口吻提到她的处境，说都是“那该死的耶南”一手造成的，同时对他的自杀又说了许多难堪的话。耶南太太替丈夫辩护了几句。参议员回答说，他知道银行家不是欺诈，而是荒唐,说他是个饭桶,是个糊涂虫,什么事都自作聪明,不跟任何人商量,不听任何人的劝告。要是他只害了自己倒也罢了:那是他活该!可是,——不说连累别人,——光是把他的妻子儿女害到这步田地,丢下他们让他们自寻生路……那可只有耶南太太能够原谅他了,如果她是一个圣者的话;但他,参议员,他不是个圣者——(s,a,i,n,t,)——只是个健全的人——(s,a,i,n,)①——一个健全的、明理的、会思考的人,他可没有丝毫宽恕他的理由。一个人在这种情形中自杀简直是混账到极点。唯一可以替耶南辩护的理由,就是这桩事不能完全教他负责。讲到这儿,他向耶南太太道歉,说他对她丈夫的批评未免激烈了一些:而这是因为他对她表示同情的缘故;接着他打开抽屉,拿出一张五十法郎的钞票,——算做布施,——被她拒绝了。

她到一个大机关里去谋个职位,手段可十分笨拙,而且是有头无尾的。她迸足了勇气才奔走了一次,回来却垂头丧气,几天之内再没气力动弹;赶到她再去问讯的时候,已经太晚了。她在教会方面也没能得到什么帮助,或是因为他们觉得无利可图,或是因为不愿意理睬一个家长从前是出名反对教会而现在身败名裂的家庭。耶南太太千辛万苦,好容易谋到一所修道院里教钢琴的职位,——极乏味而报酬极少的差事。为了多挣一些钱,她又在晚上替文件代办所做些抄写工作。可是人家对她很严。她的书法和疏忽,尽管用心还是要脱落字句,甚至整行的漏掉,——(她心里想着多少旁的事!)——使她受到很不客气的埋怨。她往往眼睛干涩作痛,四肢酸麻地做到半夜,而抄件还是要被退回来,那时她就失魂落魄地回家,整天地抽抽搭搭,不知道怎么办。她多年以前就有心脏病,经过这些磨难,病更加深了,使她有种种恐怖的预感。她有时很痛苦,透不过气来,仿佛要死过去了。她出门的时候身边老带着字条,写着自己的姓名住址,恐防会倒在路上。要是她死了,那怎么办呢?安多纳德尽量支持她,装出她本来没有的那种镇静的态度;她要母亲保养身体,让她去代替工作。可是耶南太太迸着最后一些傲气,无

① 原文特意将此二字字母分别写。按“圣者”与“健全”二词,法语读音完全相同,此处有意作双关语。

论如何不肯让女儿去受她所受的屈辱。

她尽管做得筋疲力尽,省吃俭用,仍是无济于事:挣的钱不够养活他们,非把留着的一些首饰变卖不可。而最糟的是这笔派了多少用途的钱,在耶南太太拿到手的当天就给偷去了。老是糊里糊涂的可怜的妇人,因为第二天是安多纳德的节日,想买件小小的礼物给她,顺路走进便宜百货公司。她把钱袋紧紧抓在手里,唯恐丢掉。为了要仔细看一件东西,她随手把钱袋往柜台上一放;过了一会儿想去拿回来,已经不见了。——这是最后一下的打击。

不多几天以后,八月将尽,正是一个闷热的晚上,——一股热腾腾的水汽重甸甸地罩在城上,——耶南太太把一篇紧急的抄件送往文件代办所回来。因为过了晚饭时间,又想节省三个铜子的车钱而怕孩子们揪心,她赶路太急了些,走得非常疲倦。爬上四层楼,她已经不能开口,不能呼吸了。像这种模样的回家是常有的事,孩子们已经不以为意了。她硬撑着和他们马上吃饭。大家都为了天气太热吃不下东西,勉强吃了些肉,喝了几口淡而无味的水。他们都不出声,一来没心思说话,二来特意让母亲歇一歇,——他们一齐望着窗子。

突然,耶南太太舞动着手,拼命抓着桌子,瞪着孩子,哼了几声,身子往下倒了。安多纳德和奥里维赶上去刚好把她扶住。他们俩发疯般叫着:"妈妈!我的小妈妈!"

可是她不回答。他们一下子没了主意。安多纳德抽搐着,紧紧搂着母亲,拥抱她,呼唤她。奥里维开着门大喊:"救命!"

看门女人爬上楼来,看到这个情形,便去找了个附近的医生。但医生到的时候,她已经完了。还算耶南太太的运气,死得这么快;可是她最后几秒钟看着自己死去,把孩子们孤零零地丢在苦海里的感触,谁又能知道呢?……

孩子们孤零零地受着惨祸的惊恐,孤零零地哭着,孤零零地料理可怕的后事。看门女人心地很好,帮了他们一点忙;耶南太太教课的修道院方面,只冷冷地说了几句惋惜的话。

母亲刚死的时期,两人简直是绝望到无可形容。但使他们得救的便是这过度的绝望,因为奥里维抽风抽得很厉害,使安多纳德只想着兄弟,把自身的痛苦忘了一部分;而她的深切的友爱也感动了奥里维,不至于因痛苦而有什么危险的冲动。两人拥抱着,坐在亡母的灵床旁边,在守夜灯的微弱的光线之下,奥里维喃喃地说应当死,两人一同死,立刻就死;他一边说一边指着窗口。安多纳德也有这种可怕的愿望;但她还是拼命地挣扎,要活下去……

"活着有什么用呢?"

"为了她呀,"安多纳德指着母亲,"她永远跟我们在一起。你想想罢……她为我们受了多少罪,我们不能使她再受一桩最苦的苦难:看到我们穷途潦倒地惨死……"她又接着很兴奋地说,"……啊! 而且一个人不应该这样畏缩! 我不愿意! 我要反抗! 我一定要你有一天能够幸福!"

"永远不会的了!"

"会的,你将来会幸福的。我们受的苦难太多了。物极必反,不会老是苦下去的。你能打出一条路来,你能有个家庭,你会幸福:我一定要你这样,我一定要!"

"怎么过活呢? 咱们永远不能……"

"一定能够的。怎么办吗? 先得撑到你能够谋生的时候。一切都归我负责。你瞧着罢,我一定做到。啊! 要是妈妈让我做的话,我早已……"

"你去做些什么呢? 我不愿意你干屈辱的事。并且你也不能……"

"怎么不能? ……靠自己的工作糊口,只要是清清白白的,有什么屈辱! 你别操心,我求你! 你瞧着罢,没有什么做不到的事,你将来会幸福的,咱们都会幸福的,奥里维,母亲也要为了我们而高兴呢……"

跟在母亲灵柩后边的只有两个孩子。他们一致同意不去通知波依埃:这一份人家在他们心中早已不存在了,他们对母亲多么狠心,连她的死也是他们促成的。看门女人问他们可有别的亲属的时候,他们回答说:"一个也没有。"

在空荡荡的墓穴前面,他们手牵着手祷告。他们在绝望中逞着傲气,宁愿孤独而不愿意看到那些无情而虚伪的亲戚。——两人走回家;

一路上跟他们挤来挤去的都是一般对于他们的丧事,他们的思想,他们的生命漠不关心而只有语言相同的群众。安多纳德让奥里维挽着手臂。

他们在同一所屋子里换了最高层的一个极小的公寓。——只有两间顶楼底下的卧室,一间给他们做餐室用的极小的穿堂,和一间像壁橱般大的厨房。换一个区域,他们或许能找到比较好一些的住所;但在这儿他们觉得仍旧跟亡母在一起。看门女人对他们很表同情;可是不久她也管着自己的事,谁也不理会他们了。屋子里没有一个房客认识他们;他们也不知道住在旁边的是谁。

修道院居然答应安多纳德接替她母亲教琴。她还想找些别的教课的事。她唯一的念头是教养弟弟,直到他进高等师范为止。这计划是她独自决定的,她研究高师的课程,到处打听,也征求奥里维的意见,——可是他毫无意见,她已经为他选择好了。一朝进了高师,他一生不用再愁生活,前途有望了。所以非要他达到这一步不可,无论如何都得活到那个时候。那不过是五六个辛苦的年头:一定能撑到的。这个意念给了安多纳德很大的勇气,使她整个身心都振作起来。她明白看到摆在她前面的是孤独艰苦的生活,唯有靠着“超拔兄弟”的热情才能挨受的。她打定主意倘若自己得不到幸福,至少要使兄弟幸福!……这个还没足十八岁的轻佻而温柔的姑娘,被她那英勇的决心改变了:她心中藏着一股献身的热诚和奋斗的傲气,不但谁都没想到,连她自己也没料到。女子在这个烦闷的年龄,有如万物骚动的初春,爱的力量充塞着整个身心,像一条潜藏的溪水在泥土下面流着,把它包裹,浸润,永远和它在一起纠缠;同时爱情也能化为种种形式,它只想献身给别人,给人家做养料:只要有一点儿借口就行了,它的无邪与深刻的肉感准备随时蜕化为牺牲。爱情使安多纳德做了友爱的俘虏。

她的弟弟因为没有这样的热情,精神上就没有这种倚傍。并且那是人家献身于他而非他献身于人,——这当然更方便更甜蜜,只要你是爱那个为你牺牲的人的。可是相反,他眼看姊姊为了他而筋疲力尽,心里非常难过。她回答说:“啊!好孩子!……难道你不看见我就靠这个生活吗?要没有你给我的辛苦,活着还有什么意思?”

他很明白这个。处在安多纳德的地位，他也会把这种甘心情愿的劳苦看得很重的；但人家为了自己而受罪，他的傲气与心灵就大为痛苦了。并且，一个像他这样懦弱的人，要负起别人强迫他担负的责任，非成功不可的责任，——既然姊姊把自己的一生在他身上孤注一掷，——真是多么沉重啊！想到这点，他就受不了，他非但不加倍地鼓起勇气，反而有时弄得垂头丧气。可是她逼着他无论如何要挣扎，要工作，要生存：那是他没有姊姊的督促决计办不到的。他大有甘心战败的倾向——也许还有自杀的倾向；——要不是姊姊硬要他奋发有为，追求幸福的话，或许他早已完了。他因为自己的天性受了抑制而很苦闷；但这抑制就是他的救星。他也在经历一个转变的年龄：在此可怕的时期，成千累万的青年都因为一时糊涂，被两三年的疯狂把一生断送了。倘若他有胡思乱想的时间，恐怕早走上了不是灰心，便是放荡的路：他每逢反躬自省的时候，病态的幻想，对生活，对巴黎，对那些挤在一块儿腐化的千千万万的生灵的厌恶，就来占据他的心灵。可是一看到姊姊，噩梦就醒了；既然她为了他而活着，他也就活下去了，他将来也就会幸福了，虽然自己并不求幸福……

这样，他们的生活就靠一股热烈的信仰，而这信仰又是靠苦行、宗教，和高尚的志愿促成的。两个孩子所有的生命力都倾向着独一无二的目标，就是奥里维的成功。任何工作任何屈辱，安多纳德都能忍受：她当着家庭教师，差不多被人看做仆役，像老妈子一样地带学生去散步，在街上闲荡几小时，名目是教他们学德语。这些精神的痛苦与肉体的疲劳，使她的傲气和对兄弟的友爱都得到一种安慰。

她筋疲力尽地回家，还得照管奥里维。他白天在中学里寄一顿中饭，到傍晚才回来。她在煤气灶上或酒精灯上预备晚饭。奥里维从来不觉得肚子饿，对什么都没胃口，尤其是肉类；只能强迫他吃一点，或是想法替他做些心爱的菜；而可怜的安多纳德又不是个高明的厨娘！她花尽了气力，结果只听到兄弟说她的烹调不堪入口。一般笨拙的青年主妇，因为不善烹饪常常使生活暗中受到影响，连睡觉都睡不好，——直要对着炉灶不声不响地失望了多少次，才能懂得一些做菜的诀窍。

吃过晚饭，她把少数的碗盏洗完了，——(他要帮她，她可不许)——便像慈母一样地监督兄弟的功课。她教他背书，查看他的卷子，甚至也帮他准备，可老是留着神，不让这多疑的家伙生气。他们坐在一张独一无二的桌子、吃饭与写字两用的桌子旁边：他做他的功课；她不是缝东西，便是抄写文件；等他睡了，再替他整理衣服或做自己的活儿。

虽然生计这样艰难，他们还是决定把所能积蓄起来的一些钱先去偿还母亲欠波依埃家的债。那并非因为波依埃他们是怎么凶恶的债主：他们已经无声无臭，再也不想到那笔他们认为丢定了的钱了；并且能够花这个代价摆脱了拖累人的亲戚，他们也很高兴。可是两个孩子的傲气与孝心，觉得母亲对他们瞧不起的人有所负欠是很难过的。他们尽量的节省：在娱乐上，衣着上，食物上，省下钱来，想积成二百法郎，——那对他们是一个了不得的大数目。安多纳德想由她一个人来熬苦。但兄弟一朝看出了她的用意，无论如何要跟她采取一致行动。他们为了这件事含辛茹苦，赶到每天能积下几个铜子，两人就很快活了。

节衣缩食，一个钱一个钱地省着，三年之中居然积满了那个数目。那真是他们极大的喜悦……一天晚上，安多纳德跑到波依埃家去。他们对她很不客气，以为她又要来干求了，便先下手为强，冷冷地责备她不通消息，连母亲的死讯也不报告，直要用到他们的时候才来。她打断了他们的话，说她并没意思打搅他们，只是来偿还以前的债务的；说罢她把两张钞票放在桌上，要求给她一张收据。他们的态度马上变了，假装不愿意收那笔钱，对她突然之间亲热起来，很像一个债主看见几年以前的债务人，把他早已置之脑后的欠款给送了来。他们探问姊弟两个住在哪儿，怎么过活的。她不回答这些问题，只催着要收据，说有事在身，不能多留；然后她冷冷地行了礼，走了。波依埃夫妇看到这个女孩子的忘恩负义不由得气坏了。

这桩心事放下了，安多纳德依旧过着同样清苦的生活，但如今是为奥里维了。唯恐他知道，她瞒得更紧。她舍不得穿着，有时甚至于饿着肚子省下钱来，花在兄弟的装饰上、娱乐上，使他的生活有些调剂，能不时到音乐会去或歌剧院去,——那是奥里维最大的快乐。他很不愿意自个儿去,但她自会想出种种不去的借口来减轻他的不安;她推说身子累了,不想出去,或竟说不喜欢去。他明明知道这都是为了爱他而扯的谎;可是小孩子的自私心理占了上风,便独自上戏院去了,一到那儿却又难过起来;他一边看戏,一边老在心里嘀咕:乐趣都给破坏了。有一个星期日,她打发他上夏德莱戏院去听音乐,过了半小时他回来了,告诉姊姊说走到圣·米希桥就没有再走的勇气:他对音乐会已经不感兴趣;不跟她一块儿享受,他太痛苦了。安多纳德听了非常安慰,虽然兄弟为她而牺牲了星期日的消遣使她很遗憾。但奥里维并不后悔:他回到家中看见姊姊脸上快乐的光彩,那是她掩饰不了的,就觉得比听到世界上最美的音乐还要愉快。那天下午,他们面对面坐在窗子旁边,他拿着书,她拿着活计,但一个并不看书,一个也并不做活,只谈着些对他们毫不相干的废话。这样甜蜜的星期日,他们还从来不曾有过;姊弟俩决定以后再不为了音乐会而分离了:要他们独自享乐是决计办不到的。

她暗中省下的钱居然能够替奥里维租一架钢琴,使他喜出望外;而且以租赁的方式,过了若干年月,那架琴可以完全归他们所有。这样她又凭空添了一个沉重的担子。到期应付的款子对她简直是个噩梦;为了张罗这笔钱,她把身子都磨坏了。但这桩傻事为他们添了不知多少幸福。在这个艰苦的生涯中,音乐好比他们的天堂。他们沉浸在里头,把世界上其余的一切都给忘了。但那也不是没有危险的。音乐是现代许多强烈的溶解剂的一种。那种像暖室般催眠的气氛,或是像秋天般刺激神经的情调,往往使感官过于兴奋而意志消沉。但对于像安多纳德那样操劳过度而没有一点乐趣的人,音乐的确能使她松动一下。毫无休息地忙了一个星期,音乐会可以说是唯一的安慰。两人就靠着怀念过去的音乐会与企望下次的音乐会过活,靠着那超乎时间,远离巴黎的两三个钟点过活。他们冒着雨雪风寒,在场外紧紧地偎依着,心中还怕买不到座位,等了许多时间才挤入戏院,坐上又窄又黑的位置,在喧哗嘈杂的人海中迷失了。他们窒息着,被人紧挤着,又热又不舒服,难受到极点;——可是他们多快乐,为自己的快乐而快乐,为别人的快乐而快乐,为了觉得贝多芬与瓦格纳伟大的心灵中所奔泻的光、力、爱,也在自己心中奔泻而快乐,为了看到兄弟或姊姊那张困倦与早经忧患而变得苍白的脸突然闪出点光辉而快乐。安多纳德四肢无力,软瘫了,好像被母亲紧紧搂在怀里一样,她蹲在甜美温暖的窝里悄悄地哭了。奥里维握着她的手。谁也没注意他们。但在阴暗的大厅里,躲在音乐的慈爱的翅膀底下的,受伤的心灵何止他们两个呢。

安多纳德还有宗教支持。她很诚心,每天做着长久而热烈的祷告,每星期日去望弥撒。她遭了横祸,却始终相信基督的爱,相信他跟你一起受苦,将来有一天会安慰你。可是她精神上和死者的关系比和神明的关系更加密切,她受到磨难的时候总想到他们。但她理性很强,独往独来,跟旁的旧教徒不相往还;他们对她也不大好,认为她有邪气,差不多是自由思想者,或正在往这条路上去;因为依着纯粹法国女孩子的性格,她决不肯放弃她自由的判断,她的信仰是为了爱,而非为了像下贱的牲畜一般服从。

奥里维可不再信仰了。从初到巴黎的几个月起,他的信心就慢慢地开始瓦解,终于完全崩溃。他因之大为痛苦,因为只有强者或俗物才能没有信仰,而他既不够强,也不够俗,所以经过好几次剧烈的苦闷。他的心依旧保持着神秘的气息;虽没有了信仰,跟他的思想最接近的究竟还是姊姊的思想。他们俩都生活在宗教气氛里。分离了整整一天之后,晚上回到家里,狭小的寓所对他们无异大海中的港埠,安全的托庇所,尽管又冷又寒酸,可是纯洁的。在这儿,他们觉得跟巴黎的腐败气息完全隔离了……

他们不大谈到自己所做的事:一个人筋疲力尽地回来,再没心思把好容易挨过的一天重新温一遍。他们本能地想忘掉白天的情形。尤其在刚回家的时候,他们一块儿吃着晚饭,尽量避免彼此问询,只用眼睛来打招呼,有时一顿饭吃完了也没交换一句话。奥里维对着饭菜发呆,像小时候一样。安多纳德便温柔地摩着他的手,微笑着说:“喂,拿出点勇气来!”

他就笑了笑,赶紧吃饭。整个晚餐的时间,谁都不想开口。他们极需要静默。直要休息够了,被对方体贴入微的爱渗透了,把白天所受的污辱淡忘了,他们话才多一些。

然后奥里维开始弹琴。安多纳德早已戒掉这个习惯,让他独自享受:因为那是他唯一的消遣,而他也尽量地借此陶醉。他在音乐方面很有天分:近于女性的气质,生来是为爱人家而不是为创造事业的性格,很能够和他弹的音乐在精神上打成一片,把细腻的层次都很忠实很热烈地表现出来,——至少在他软弱的手臂和短促的呼吸所容许的范围以内,因为像《特里斯坦》或贝多芬后期的奏鸣曲那样的作品,他没有气力对付。所以他更喜欢弹莫扎特和格路克的音乐,而那也是她最喜爱的。

有时她也唱歌,都是极简单的古老的调子。她的女中音嗓子,好像蒙着一层什么,调门低而微弱。她非常胆小,绝对不敢在别人面前唱,便是对奥里维也不免喉咙哽塞。她最喜欢贝多芬用苏格兰歌词谱成的一个曲子,叫做《忠实的琼尼》,极幽静而骨子里又极温柔的作品……就像她的为人。奥里维每次听了都禁不住要流泪。

她更喜欢听兄弟弹琴。她要把杂务赶紧做完,一方面开着厨房门,想听到奥里维的琴声;但不管她怎么小心,他老是抱怨她安放碗盏的声响。于是她把门关上,等到收拾完了,才来坐在一张矮凳上,并不靠近钢琴,——他弹琴的时候有人靠近就会受不了,——而是在壁炉前面,像一头小猫那样蹲着,背对着琴,眼睛瞅着壁炉内金黄的火舌在炭团上静静地吞吐,想着过去的种种,出神了。敲了九点,她得鼓着勇气提醒奥里维时间已到。要使他从幻想之中醒过来,要使她自己脱离缥缈的梦境,都不是容易的事。但奥里维晚上还有功课,并且又不宜于睡得太迟。他并不立刻听从,音乐完了以后,还要经过相当的时间才能工作。他的思想在别处飘浮,往往九点半过了还没有走出云雾。安多纳德坐在桌子对面做着活儿,明明知道他一事不做,可不敢多瞧他,免得露出监督的神气使他不耐烦。

他正在经历青春的转变时期,——幸福的时期,——喜欢过着懒洋洋的日子。额角长得很清秀;眼睛像女孩子的,放荡,天真,周围时常有个黑圈;一张阔大的嘴巴,嘴唇有点虚肿,挂着一副讥讽的、含糊的、心不在焉的、顽皮的笑容;过于浓密的头发直掉到眼前,在脑后的差不多像发髻一样,还有一簇挺倔强地在那里高耸着;——一条宽松的领带挂在脖子里，——（姊姊可是每天早上替他扣得好好的）；上衣的纽扣是留不住的，虽然姊姊忙着替他缝上去；衬衣不用袖套；一双大手，腕部的骨头突得很出。他露出一副狡猾的、瞌睡的、爱舒服的神气，愣头傻脑的老半天望着天空，眼睛骨碌碌地把安多纳德屋里的东西一样样地瞧过来，——书桌是放在她屋里的，——瞧着小铁床和挂在床高头的象牙十字架，——瞧着父亲母亲的肖像，——瞧着一张旧照片，上面是故乡的钟楼与小河。等到眼睛转到姊姊身上，看她不声不响做着活儿，脸色那么苍白，他突然觉得她非常可怜而对自己非常恼恨，认为不应该闲荡，便振作精神，赶紧做他的功课，想找补那个损失的时间。

逢到放假的日子，他就看书。姊弟两人各看各的。虽然他们这样相爱，还是不能高声地一同念一本书。那会使他们觉得亵渎的。他们以为一册美妙的书是一桩秘密，只应当在静寂的心头细细地体会。遇到特别美的地方，他们就递给对方，指着那一节说："你念罢！"

于是，一个念着的时候，另外一个已经念过的就睁着明亮的眼睛，瞧对方脸上的表情，跟他一同吟味。

他们往往对着书本不念：只顾把肘子撑在桌上谈天。越是夜深，他们越需要互相倾吐，而且心里的话也更容易说出来。奥里维抑郁不欢，老是需要把痛苦倾倒在另外一个人的心里，减轻一些自己的痛苦。他没有自信。安多纳德得给他勇气，帮助他对他自己斗争，而那是永无穷尽的，一天都免不了的斗争。奥里维说些悲苦的泄气话，说过以后觉得轻松了，可没想到这些话会不会压在姊姊心上。等到发觉的时候，已经太晚了：他消磨了她的勇气，把他的疑虑给了她。安多纳德面上绝对不露出来。天生是勇敢而快活的性格，她仍旧装做很高兴，其实她的快乐早已没有了。她有时困倦至极，受不了自我牺牲的生活。她排斥这种思想，也不愿意加以分析，但免不了受到影响。唯一的依傍是祈祷，除非在心灵枯竭的时候连祈祷都不可能，——这也是常有的事。那时她又烦躁又惶愧，只能不声不响地等待上帝的恩宠。这些苦闷，奥里维是从来没想到的。安多纳德往往借端躲开，或是关在自己屋里，等烦闷过去以后再出现；出现的时候她抱着隐痛，堆着笑容，比以前更温柔了，仿佛为了刚才的痛苦而不好意思。

他们的卧室是相连的。两张床靠在同一堵墙上:他们可以隔着墙低声谈话。睡不着的时候,两人便轻轻地敲着壁,问:“你睡熟没有?我睡不着啊。”

姊弟之间只隔着这么薄薄的一堵壁,仿佛是两个睡在一张床上的朋友。但由于一种本能的根深蒂固的贞洁观念,——两间屋子的门在夜里总是关严的,除非奥里维病了,而那也是常有的事。

他虚弱的身体并没好转,反而愈来愈坏,老是不舒服:不是喉头,便是胸部,不是头部,就是心脏;极轻微的感冒在他也能变成支气管炎;他害过猩红热,差点儿死掉;平时他也有种种重病的奇特的征象,幸而没发作:肺部与心部常有几处作痛。有一天医生说他很有心包炎或肺炎的可能;随后他们去请教一个著名的专科医生,又证实了那个疑惧。结果却太平无事。他的病其实是在神经方面,会变出许多出人意料的病象;慌张了几天,事情居然过去了,但把安多纳德折磨得太厉害了。为了忧急,她多少夜睡不着觉,常常起来到兄弟房门口去听他的呼吸,心惊胆战,以为他要死了,是的,她知道他必死无疑了:于是她浑身颤抖地跳起来,合着手,紧紧地握着,抽搐着,堵着嘴巴,不让自己叫出来:“噢,天啊!天啊!别把他带走啊!不,不,——你不能这样做!——我求你,求你!……噢!好妈妈!救救我啊!救救他,救他一命呀!……”

她全身都紧张了。

“啊!已经做了这么些,他快要成功、快要幸福的时候,难道要半路上倒下来吗?不,不,那是不行的,那太残忍了……”

奥里维紧跟着又使她担心别的事。

他像她一样老实,但意志薄弱,思想太自由,太复杂,对于明知道不正当的事,不免有些心摇意乱,抱着怀疑而宽容的态度,并且他抵抗不了肉欲的诱惑。安多纳德那么纯洁,一向不知道兄弟的心理变化。有一天她突然发觉了。

奥里维以为她不在家。往常她那时是在外边教课的;这一天正要出门的时候,接到了学生的请假信,她心里很快慰,虽然微薄的收入又少了几个法郎。她疲乏已极，躺在床上，觉得能于心无愧地休息一天很高兴。奥里维从学校回来，带着一个同学坐在隔壁屋里谈天。他们的话，句句都可以听到；他们以为没有旁人，便一点没有顾忌。安多纳德听着兄弟快乐的声音，自个儿微微笑着。过了一会儿，她忽然沉下脸来，身上的血都停止了。他们非常下流地说着脏话，似乎说得津津有味。她听见奥里维，她的小奥里维笑着；她也听见她认为无邪的嘴里说出许多淫猥的话，把她气得身子都凉了，心里的痛苦简直没法形容。他们娓娓不倦地谈了好久，而她也禁不住要听着。临了，他们出去了；屋子里只剩下安多纳德一个人。于是她哭了，觉得心中有些东西死了；理想中的兄弟的形象，——她的小乖乖的形象，——给污辱了：那对她真是致命的痛苦。但两人晚上相见的时候，她一字不提。他看出她哭过了，可不知道为什么，也不懂姊姊为什么对他改变态度。她直过了相当的时间才恢复常态。

但他给姊姊最痛苦的打击是他有一回终夜不归。她整夜地等着。那不但是她纯洁的道德受了伤害，而且她心灵最神秘最隐秘的地方也深感痛苦，——那儿颇有些可怕的情绪活动，但她特意蒙上一层幕，不让自己看到。

在奥里维方面，他主要是为争取自己的独立。他早上回来，打算只要姊姊有一言半语的埋怨，就老实不客气顶回去。他提着脚尖溜进屋子，怕把她惊醒。但她早已站在那儿等着，脸色苍白，眼睛红肿，显而易见是哭过了。她非但不责备他，反而不声不响地照料他的事，端整早点，预备他吃了上学。他看她一言不发，只是非常丧气，所有的举止态度就等于一场责备：那时他可支持不住了，扑在她膝下，把头藏在她的裙子里。姊弟俩一齐哭了。他万分羞愧，对着外边所过的一夜深表厌恶，觉得自己堕落了。他想开口，她却用手掩着他的嘴巴；他便吻着她的手。两人什么话都没说，彼此心里已经很了解。奥里维发誓要成为姊姊所希望的人物。可是安多纳德不能把心头的创伤忘得那么快；她像个大病初愈的人，还得相当时日才能复原。他们的关系有点儿不大自然。她的友爱始终很热烈，但是在兄弟心中看到了一些完全陌生而为她害怕的成分。

奥里维的变化所以使她格外惊骇，因为同时她还受着某些男人追逐。她傍晚回家，尤其是晚饭以后不得不去领取或送回抄件的时候，常常给人盯着，听到粗野的游词，使她痛苦得难以忍受。只要能带着兄弟同走，她就以强迫他散步为名把他带着；可是他不大愿意，而她也不敢坚持，不愿意妨害他的工作。她的童贞的、古板的脾气，和这些风俗格格不入。夜晚的巴黎对她好比一个森林，有许多妖形怪状的野兽侵袭她；一想到要走出自己的家，她心里就发颤。可是非出去不可。她不知道怎么对付，老是发急。而一转念间想到她的小奥里维也将要——或者已经——跟那些男人一样追着女人的时候，她回到家里简直没勇气伸出手来跟他招呼。她对于他有这种反感是他万万想不到的……

她长得并不怎么美，却很有点儿迷人的力量，能够吸引人家，虽然她绝对没有什么勾引人的动作。衣服极朴素，差不多老戴着孝，个子不甚高大，很窈窕，表情很细腻，不大出声，只悄悄地在人堆里穿过，唯恐引人注目，但那双困倦而温柔的眼睛，那张小小的、模样那么清秀的嘴巴，自有一种深邃的韵味，惹人注意。有时她发觉自己讨人喜欢，不禁有些惶愧，——可是心里也很高兴……一颗能感到别人好意的、平静的心中，不自觉的会有多少可爱而贞洁的风韵，谁能指点出来呢？那只在一些笨拙的动作、羞怯的躲躲闪闪的目光上有所表现；而这些又是多么好玩多么动人。惶乱的表情更增加了她的魅力。人家的欲念被她挑动了；既然她是一个清寒的没人保护的女孩子，别人也就毫无顾忌地对她明说了。

她有时到一般有钱的犹太人集会的拿端夫妇家去走动，那是她在教书的一个人家——拿端的朋友——认识的；她虽然那么孤僻，也不免去参加了两三次夜会。亚尔弗莱·拿端先生是巴黎的一个名教授，了不起的学者，同时又是个交际家，极有学问，也极其浮华，这种古怪的混合的人品在犹太社会中是常见的。而真实的好意与浮华的作风也在拿端太太心中占着相等的地位。夫妇俩都对安多纳德表示亲热的、真诚的，但有些间歇性的好感。——安多纳德在犹太人中倒比在旧教徒中得到更多的同情。固然他们缺点很多，但有一个很大的长处，而且是最重要的，就是富于生命力，富于人性；只要是有人性有生机的，他们无不关切。即使他们缺乏真正的热烈的同情，也永远有种好奇心，使他们肯探访一般比较有价值的心灵跟思想，不管那心灵和思想跟他们的如何不同。一般地说，他们并不怎么出力去帮助别人，因为同时感兴趣的事太多了，而且尽管自称为洒脱，其实他们对世俗的虚荣比谁都更留恋。但他们至少做了些事，而那在麻木不仁的现代社会里已经很了不起了。他们在社会上是行动的酵母，生命的原动力。——安多纳德在旧教徒中受尽了冷淡以后，看到拿端家对她的关切，不管怎么浮泛，也很感动。拿端太太约略看到了安多纳德笃于友爱的生活，对于她的仪表与操守的可爱都很赏识；她自命要做她的保护人。她没有儿女，但很喜欢年轻人，常常招待他们，再三约安多纳德上她家去，要她放弃那种孤独生活，找点儿消遣。她不难猜到安多纳德的孤僻一部分是由于境况不好，便有心拿些美丽的衣饰送给她，被高傲的安多纳德谢绝了；但这位恳切的保护人自有方法强迫她接受些小小的礼物，投合那无邪的女性的虚荣心。安多纳德又感激又惶愧，每隔许多时候，勉强去参加一次拿端太太家的夜会；因为年轻，她终于也觉得很愉快。

但在那个来往的人很杂而年轻人很多的场所，拿端太太所提拔的贫寒而美丽的女孩子，立刻成为两三个油滑少年的目标，以为轻而易举就可以得手。他们想利用她的羞怯来进攻，甚至彼此拿她赌东道。

终于她收到几封匿名信，——更准确地说是造了一个高贵的假名的信——先是热烈的情书，措辞迫切，把约会都定下了；接着又很快地来了几封更放肆的信威吓她，随后又来了信口谩骂与侮辱的信，赤裸裸地描写她身体上的某些部分，说出下流淫猥的话；写信的人想利用安多纳德的天真，恐吓她倘使不去赴约就要教她当众出丑。安多纳德因为招惹了这些是非，痛苦得哭了；而她身心清白的骄傲也大大地受了伤害。她不知道怎么摆脱，同时又不愿意告诉兄弟，免得他伤心而把事情搞得更严重。但她也没有朋友可以商量。向警察署告发吧，她又不愿意，怕事情张扬出去。然而无论如何得把它结束。她觉得光是不理不睬并不能保卫自己，那个坏蛋一定还要纠缠不清，不发现危险决不会罢休。

随后又来了一封最后通牒式的信,限她第二天到卢森堡美术馆去相会。她去了。——绞尽脑汁想过之后,她相信这个磨难她的男人一定是在拿端太太家遇见的。有一封信里隐隐约约提到的事就是在那边发生的。于是她要求拿端太太帮她一次忙,坐着车陪她到美术馆,请拿端太太在车上等着。到时,她进去了。在指定的图画前面,那坏蛋得意扬扬地走过来,装得非常殷勤地跟她谈话。她不声不响地直瞪着他。他把一套话说完了,又涎着脸问她为什么这样目不转睛地盯着他。她回答说:

"我在看一个没骨头的人怎样欺侮女人。"

对方听了这话毫不在意,反而装做亲狎的神气。她又说:

"你拿当众出丑的话威吓我。好吧,我现在就给你这个机会。你怎么样?"

她气得浑身颤抖,说话的声音很高,表示她预备教人注意。旁边的人已经在瞧他们了。他觉得什么都吓不倒她,便放低了声音。她最后一次又叫了声:

"哼,你这个没骨头的男人!"

说完了,她掉过身子就走。

他不愿意露出认输的神气,便跟着她走出美术馆。她径自走向等着的车子,突然打开车门。背后那个男子劈面撞见了拿端太太,拿端太太马上叫着他的姓氏招呼他,他一时手足无措,赶紧溜了。

安多纳德没有办法,只得把事情讲给这位女朋友听。但她只讲了个大概,因为她极不愿意把伤害她的贞洁的痛苦告诉一个外人。拿端太太埋怨她没有早通知她。安多纳德要求她对谁都别提。事情就至此为止;拿端太太也用不着对那个坏蛋下逐客令;因为从此他没有敢再露面。

差不多同时,安多纳德另外有一件性质完全不同的伤心事。

有个很规矩的男子,年纪四十上下,在远东当领事,回国来过几个月的假期,在拿端家遇到安多纳德,爱上了她。那次的会见是拿端太太瞒着安多纳德预先安排好的,因为她一厢情愿要替这位年轻朋友做媒。

他是犹太人,长得并不好看;头有点儿秃了,背有点儿驼了;可是眼睛非常柔和,态度很亲切,因为自己也受过痛苦而很能够同情别人。安多纳德已经没有当年才子佳人的梦,不再是娇生惯养的孩子,把人生想作在美妙的日子和情人散散步那么回事了;如今她认为生活是一场艰苦的斗争,每天都得来过一次,永远不能休息一下,要不然,你年复一年,一寸一尺地苦苦挣来的,就可能在一刹那间前功尽弃。她觉得倘使能够在一个朋友的怀抱里躺一会儿,跟他共尝甘苦,由他来守望而让自己闭一会儿眼睛,一定是非常甜美的。她知道这都是梦想,可还没有勇气完全丢开这个梦。她心里很明白,一个没有陪嫁的姑娘在她那个社会里是毫无希望的。法国老派的布尔乔亚在婚姻上看重金钱是世界闻名的。这种贪心,便是犹太人也有所不及。犹太人中有钱的青年娶一个贫寒的姑娘,或有钱的少女热烈地追求一个聪明的男子,都不算什么稀罕的事。但在内地信奉旧教的法国布尔乔亚中间,所谓婚姻无非是追求金钱。而那些可怜虫又干些什么呢?他们只有些平凡的需要:只知道吃喝,打呵欠,睡觉,——节省。安多纳德认识这般人,那是从小见惯的。她戴了富贵的眼镜见过他们,也戴了贫穷的眼镜见过他们,已经对他们不存什么幻想了。所以那位男的向她求婚使她有点喜出望外。她先是并不爱他,后来却是慢慢地对他有种感激的心和深刻的温情。倘不是要跟他到远地方去,把弟弟丢下的话,她早就应允的了。但在那种条件之下,她拒绝了。那朋友虽然懂得她的拒绝是由于极高尚的理由,心里仍旧不能原谅她:他知道爱人有那些德性是极可贵的,但爱情的自私要爱人把这些德性也为自己牺牲。他便不再见她,动身之后也不再和她通信,音讯杳然地过了五六个月,——忽然有一天寄给她一张喜柬,原来他跟另外一个女子结婚了。

那对安多纳德是桩极大的伤心事。在多少悲苦之外再受一次悲苦,她唯有把自己的悲苦献给上帝;她硬要相信,因为忘了自己唯一的使命是献身给兄弟,所以应当受此惩罚。从此她就更一心一意地照顾兄弟。

她完全退出了社会,不再上拿端家去。自从她谢绝了那桩婚事以后,他们就对她很冷淡:他们也不承认她的理由。拿端太太断定这桩婚姻一定成功，将来也一定很圆满，此刻因安多纳德的缘故而一切都成泡影，未免伤害了她的自尊心。她认为安多纳德的顾虑当然是极有义气，但感伤色彩太浓了；所以她马上不再关心这位小朋友。她只知道帮助人家，不问人家同意不同意；这种心理上的需要此刻又找到了另外一个对象，让她能暂时发泄那关切与照拂人的感情。

奥里维完全不知道姊姊心中那页痛苦的罗曼史。他是个多情的、轻浮的少年，成天在幻想中过活。虽然他精神很活泼可爱，心也和安多纳德的一样温柔，但你要在什么事情上依靠他是没有把握的。他可以为了矛盾，消沉，闲荡，或是单相思而浪费几个月的精力。他常常想着一些俊俏的脸蛋，在什么交际场中见过一面而完全没注意到他的风骚的姑娘。他也能为了一段文字、一首诗、一阕音乐而出神，几个月的浸在里头，把正课都荒废了。非要有人时时刻刻的监督他不可，而且还得留神，不能使他发觉而着恼。他发起脾气来一向很可怕，会极度的紧张，精神上失掉平衡，浑身发抖，好似可能害肺病的人所常有的现象。医生并不把这种危险瞒着安多纳德。这株本来就很软弱的植物，从内地移植到巴黎之后，极需要清新的空气与美好的阳光。那可是安多纳德不能供给的。他们没有足够的钱，不能在假期中离开巴黎。至于假期以外的时间，两人有工作在身，到了星期日都已经困倦不堪，除掉赴音乐会，再没心思出门了。

可是在夏天，有些星期日，安多纳德仍旧打起精神把奥里维拉到郊外的森林中去散步。但林中全是一对对粗声大气的男女，音乐咖啡馆的歌曲，油腻的纸张：这当然不是使精神休息而净化的清幽的境界。傍晚回家的时候，又得坐着闷人的、低矮的、狭窄的、黑洞洞的郊区火车，满是笑声，歌声，粗野的谈话，难闻的气息，和烟草的味道。安多纳德与奥里维都是没有平民气质的，回到家中只觉得厌恶，丧气。奥里维要求安多纳德以后别再作这种散步；而安多纳德在某个时期内也没有这勇气了。但过了一晌，她还是要去，以为对于兄弟的健康是必需的，虽然她自己比奥里维更讨厌这种散步。每次新的尝试都不比上一次的更愉快；奥里维便狠狠地向她抱怨。结果两人只能关在闷塞的城里，对着牢狱式的院子想望田野。

中学的最后一年到了。学期终了便是高等师范的入学考试。而这也正是时候了。安多纳德已经累到极点。她预测兄弟一定能考上。中学里大家认为他是最优秀的投考生之一;所有的教员都称赞他的功课和聪明,唯一的缺点是思想没有纪律,不能按照计划做事。可是压在奥里维肩上的责任使他心慌意乱,考期近了,应付考试的能力越来越低了。一方面是极度的疲乏,一方面是怕考不上,而且胆小得近乎病态:这种种早就使他像瘫痪了一样。想到要当着大众站在许多考试委员前面,他就不由得浑身发抖。他永远受着胆小的累,轮到在教室里开口就脸红耳赤,喉咙都塞住了,最初只能在人家唤到他名字的时候答应一声。倘使无意中问他什么话,他倒还容易回答;要是预先知道要受到考问,他简直会吓昏的:一刻不停在那里胡思乱想的脑子,把将要临到的情形连细节都想象到了;而且越等得久,他越是被恐怖纠缠不清。他差不多没有一次考试不是至少考过两次的:因为考试以前的几夜,在梦中已经考过几次,把他的精力消耗完了,再也没法应付真正的考试。

然而他还到不了那个使他在夜里流冷汗的可怕的口试。[①] 笔试的时候,一个关于哲学的题目,在平时他是很能发挥的,不料那天六个钟点之内竟写不上两页。最初几小时他脑子里空空如也,一点儿思想都没有,仿佛给一座漆黑的墙堵塞了。到最后一小时,那堵墙溶解了,墙缝里居然透出几道光来。他这才写了很美的几行,可是篇幅不够教人把他评定等第。安多纳德看他那样狼狈,料他没希望了,于是也跟他一样的垂头丧气,只是面上不露出来。并且她便是到了绝望的局面,也还能抱着无穷的希望。

奥里维落选了。

他懊丧到了极点。安多纳德勉强笑着,仿佛事情并不严重;但她的嘴唇在发抖。她安慰弟弟,说那是运气不好,容易补救的,下年一定能考取,名次还可以高一些。她可没有说,为了她,他这一年是应该考上的,她身心交困,恐怕不能再撑一年了。但她非撑不可。要是她在奥里

---

① 法国学校考试通例,凡笔试不及格者即落第,无资格再受口试。

维没考取以前就死了，他可能永远没勇气独自奋斗下去，结果不免给人生吞掉。

因此她把自己的疲乏藏起来，反而加倍地努力。她流着血汗让他在暑假中有些娱乐，希望开学以后他精神好一些，更能够发愤用功。可是到开学的时候，她小小的积蓄用完了，同时又丢了几处薪水最高的教职。

还要苦苦地撑一年！……两个孩子为了这最后的一关把自己搞得筋疲力尽。第一先得生活，找一些别的差事。拿端他们介绍安多纳德上德国去教书。这是她最不愿意接受的，可是眼前没有别的机会，又不能久待。六年以来姊弟俩从来没分离过一天；她简直没法想象，不看见他不听见他以后她怎么能生活。奥里维想到这点也不免心惊肉跳；但他什么话都不敢说：这桩苦难是他造成的；要是他考取了，安多纳德决不至于到这个田地；①所以他没有反对的权利，也没有资格提出他个人的悲戚作为问题；一切只能由她一个人决定。

分离以前的最后几天，两人不声不响地熬着痛苦，仿佛有一个快要死了；痛苦得实在受不了的时候，他们便躲起来。安多纳德想在奥里维的眼神中征求意见。要是他对她说："别走啊！"她就可以不走，虽然是应当走。直到最后一刻，坐在把他们送上车站去的马车里，她还准备打消原意，她觉得没有勇气执行她的计划。只要他一句话，一句话！……可是他不说出来。他跟她一样的全身发僵。——她要他答应每天写信给她，什么都不能隐瞒，只要有点儿不安的事，就立刻叫她回来。

她走了。一方面，奥里维走进中学宿舍连心都凉了，——如今他变了寄宿生；——一方面安多纳德在火车里痛苦万分。他们俩夜里睁着眼睛，觉得每过一分钟就离得远一点，不由得彼此低声呼唤。

安多纳德想到将要投身进去的社会非常害怕。六年以来，她大大地改变了。从前她是多么大胆，什么都吓不倒的，现在却养成了静默与孤独的习惯，反而以脱离孤独生活为苦事。幸福的岁月过去了，嘻嘻哈

---

① 法国国立高等师范学生不但完全免费，而且还补贴少数零用。

哈的、快活的、多嘴的安多纳德也跟着消灭了。忧患使她变得孤僻。大概因为跟奥里维住在一起,所以她也感染到他羞怯的性情。除了对兄弟,她很不容易开口。什么都使她害怕,便是去拜访人也要心慌。一想到要去住在陌生人家,跟他们谈话,老是站在人面前的时候,她更急坏了。可怜的小姑娘并不比她的兄弟更喜欢教书:她很尽职,但并不相信自己的工作对人有什么好处可以自慰。她生来是为爱人而不是教育人的。可是谁也不在乎她的爱。

德国那个新的差事,比无论什么地方都更用不着她的爱。她在葛罗纳篷家教孩子们读法语,主人绝对不关切她。他们又傲慢又亲狎,又冷淡又爱管闲事,因为出了相当高的薪水,便以为给了她恩惠,对她尽可以为所欲为,把她看做一个比较高级的仆人,不让她有半点自由。她甚至没有私人的卧室:只睡在一间跟孩子们的卧室相连的小屋子内,夜里房门都是不能关的。她从来没有清静的时间。虽然那是每个人应有的神圣的权利,他们可不承认。她的快乐只有在精神上跟兄弟在一起,和他谈话;只要有片刻的自由,她就尽量利用。但人家还要和她争这片刻的时间。她才提笔,就有人在她房内打转,问她写什么。她看信的时候,人家又问她信上写些什么。他们用一种亲狎与嘲笑的神气,打听"小兄弟"的情形。于是她只得躲起来。她有时需要用怎样的手段,躲在怎样的屋角里去偷偷地看奥里维的信,真是说出来也教人脸红。倘若有封信随便丢在房里,毫无疑问是会被人偷看了的;既然除了衣箱之外没有一件可以关锁的东西,她就不得不把所有不愿意给人看到的纸张都带在身上:人家老是在搜索她的东西和她的内心,竭力想发掘她思想的秘密。并非葛罗纳篷一家关切这些事,而是认为既然出钱雇了她,她这个人就是属于他们的了。其实他们并无恶意:刺探旁人的私事在他们是根深蒂固的习惯;他们之间决不会因这些事生气的。

安多纳德可最难容忍这种间谍式的、无耻的勾当,使她一天不能有一小时逃过他们不知趣的目光。她用一种带点高傲的矜持的态度对付葛罗纳篷家里的人,教他们大不高兴。当然,他们自有些冠冕堂皇的理由为他们的好奇心作辩护,批评安多纳德不应该躲避他们。对一个住在他们家里,成为家庭的一分子,负责教育他们儿女的姑娘,他们觉得应该认识她的私生活:这是他们的责任!——(多少主妇对于仆人就是这种说法,她们的所谓责任,并非在于使仆役少吃一些苦少受一些难堪,而是在于禁止他们作任何娱乐。)——所以他们认为,安多纳德的不肯接受监督一定是有不可告人之事:一个清白的女孩子是什么都不用隐藏的。

因此安多纳德时时刻刻受着磨折,时时刻刻得保护自己:这样她就比平时更冷淡更深藏了。

弟弟每天都给她写一封十二页的长信;她也居然能每天写一封,——哪怕只是短短的几行。奥里维竭力装得很勇敢,不过分流露心中的悲苦。但事实上他苦闷得要死。他的生活一向跟姊姊的难解难分,如今和她分离之后,他的生命似乎只剩了一半:他的手脚,他的思想,都调动不来了;他不能散步,不能弹琴,不能工作,也不能不工作,不能梦想,——除非是梦想她。他从朝到晚埋头在书本里,可是一点工作都做不出来:他的念头总想着别处,不是苦闷,便是想念姊姊,或者一边想着上一天的来信,一边眼睛盯着钟,等着当天的信。信到了,他手指哆嗦着拆阅,因为他又快活又害怕。便是情书也不会使一个情人感情冲动到这个田地。像安多纳德一样,他也躲在一边读她的信,把所有的都带在身上,夜里拿最后收到的一封放在枕头下面,在想着亲爱的姊姊而翻来覆去睡不着的时候,常常用手摸一下,看看它是否在老地方。他觉得跟她离得多远!要是邮局耽误,把安多纳德的信晚一天送到,他就特别难过。他们中间隔了两天两夜了!……因为从来没出过门,他把空间与时间格外夸大。他的想象力老是在那里活动:"噢,上帝!要是她病倒的话!她总该见到他一面才死吧……昨天为什么她只写寥寥几行呢?……是不是病了?……是的,她病了……"那时他简直喘不过气来。——除此以外,他更怕自己孤苦伶仃地死,远离着她,死在这些不相干的人中间,在这可厌的中学里,在这个凄凉的巴黎。想到后来,他真的病了……"倘若写信去要她回来又怎么样呢?……"但他想到自己这样没有勇气就害羞。而且他一提笔,因为能够和她谈谈而快活极了,居然暂时忘了痛苦。他仿佛见到她,听到她:他把什么都告诉给她听:跟她住在一起的时候,他倒从来没对她说过这样亲切和热烈的话;他把她叫做“我的忠实的,勇敢的,至爱的好小姊姊”。那是真正的情书。

这些信使安多纳德沉浸在温情里头,唯有在读信的时间她才觉得有点空气可以呼吸。信要不在早上预期的时间收到,她就苦恼得什么似的。有两三次,葛罗纳篷他们为了大意,或是——谁知道?——为了恶意的耍弄,直到晚上,有一次直到第二天早上才把信交给她,那时她竟急得发烧了。——元旦那天,两个孩子不约而同地想了同样的主意:花了很多钱彼此发了一通长电,在两方面同时送到。奥里维继续在功课方面与思想方面征求安多纳德的意见;安多纳德替他出主意,支持他,鼓励他。

其实她自己也不见得有多少勇气,住在这陌生地方闷死了,一个人也不认识,一个人也不关切她,除了一个才来不久而和她同样住不惯的教员的太太。那位好心的女人母性很强,看到两个各处一方而相爱的孩子那么痛苦,非常同情——因为她向安多纳德探听到了一部分历史;——但她那样的粗声大气,那样的平庸,缺少机智,不识时务,把安多纳德贵族式的小灵魂吓得格外深藏了。因为对谁都不能吐露,她便把所有的烦恼都闷在肚里:而那是很重的担负。有时她自以为要倒下来了;但她咬咬嘴唇,重新向前。她的健康受了影响,瘦了许多。弟弟的信越来越消沉。有一次特别颓丧的时候,他竟写道:“你回来罢,回来罢!……”

可是信刚发出,他就觉得惭愧,又写了一封,声明前信作废,要求安多纳德别把那句话放在心上。他甚至装做很快乐,不需要姊姊。倘若给人看出他没有她便不能过活,他容易生气的性情也是受不了的。

这一点可瞒不过安多纳德;她看透他的思想,但不知道怎么办。有一天,她几乎真的要动身了,连行车时刻都到站上去问过了。随后,她觉得简直是胡闹:她在这儿挣的钱就是付奥里维的膳宿费的;两个人能撑多久就得撑多久。她没勇气打什么主意了:早上她很勇敢,但越到夜晚,精神越低落,只想逃了。她想念家乡,——想着那个对她多么残酷,可是埋着她过去所有的遗迹的家乡,——也想着弟弟的语言,为她用来表示心中的爱的语言。

那时恰好有个法国剧团路过那个德国小城。难得上戏院的安多纳德,——既没有时间,也没有兴致,——忽然渴想听一听法语,到法国去躲一下。其余的事,我们以前叙述过了。戏院已经客满。她遇到了一个不认识的青年音乐家约翰-克利斯朵夫,看到她失望的神气,邀她到他的包厢中去:她糊里糊涂地接受了。她和克利斯朵夫的露面引起了小城里许多闲话,立刻传到葛罗纳篷家里,而他们的存心是只要对这个法国少女有一点儿不利的猜疑就预备接受的,再加我们以前说过的那种情形,①他们被克利斯朵夫惹得气恼至极,便毫不客气地把安多纳德辞退了。

这颗贞洁而容易害羞的心灵,整个儿给手足之爱占据了,没有给任何卑污的思想沾染过,一朝懂得了人家指控她的罪名,简直羞愤欲死。但她并不恨克利斯朵夫,知道他跟她一样的无辜,虽然使她受累,用意是很好的:所以她很感激。她对于他的身世一无所知,只晓得他是个受到剧烈攻击的音乐家。她尽管不懂人情世故,但有种内心的直觉,因饱经忧患而变得非常敏锐,看出那个陪她看戏的同伴举动粗鲁,有点疯癫,可是性情和她一样戆直,并且慷慨豪侠,她只要想到他就觉得安慰。别人说克利斯朵夫的坏话,绝对不影响她的信心。自己是个被欺侮的,她认为他也是个被欺侮的,和她一样受着人们恶意的攻击,而且时期更长久。既然她惯于想着别人而忘掉自己,所以一想到克利斯朵夫也在受罪,她自身的悲苦倒反减淡了些。可是她无论如何不愿意和他再见或通信。清高与狷介的性情不许她那么做。她以为他决不会知道连累她的事,而且以她的好心,还希望他永远不知道。

她走了。火车开出一小时以后,她碰巧又跟从外埠回来的克利斯朵夫在中途相遇。

在并列在一起停了几分钟的车厢里,他们俩在静悄悄的夜里见到了,一句话也没说。他们能说些什么呢,除非是一些极平淡的话?而这种话,反而要亵渎彼此的同情与神秘的共鸣;那是除了心心相印以外别无根据的,说不出的感情。在这最后一刹那,两个毫不相知的人互相望

① 参看卷四:《反抗》。——原注

着，看到了平时跟他们一起生活的人从来没窥到的内心的隐秘。说话，亲吻，偎抱，都可以淡忘；但两颗灵魂一朝在过眼烟云的世态中遇到了，认识了以后，那感觉是永久不会消失的。安多纳德把它永远保存在心灵深处，——使她凄凉的心里能有一道朦胧的光明，像地狱里的微光。

她又跟奥里维团聚了。而她回来也正是时候了。他刚病着。这个神经质的骚动的孩子，老是怕在姊姊不在眼前的时候害病，——此刻真的病倒了，反而不肯写信告诉姊姊，免得她担忧。他只是在心里叫她，好像求一桩奇迹似的求着她。

奇迹出现的时候，他睡在中学的病房里发烧，胡思乱想。一见之下，他并不叫喊。他有过多少次的幻象，看见她进来……他在床上坐起，张着嘴，哆嗦着，以为又是一个幻象。赶到她挨着他在床上坐下，把他搂着，他倒在她怀中，嘴唇上感觉到娇嫩的面颊，手里感觉到那双在夜车里冻得冰冷的手，终于知道的确是姊姊，是他的小姊姊回来了，他就哭了出来。他只会哭，跟小时候一样是个“小傻瓜”。他把她紧紧搂着，唯恐她跑掉了。他们俩改变得多厉害！脸色多难看！……可是没关系，他们俩已经团聚：病房，学校，阴沉的天色，都变得光明了。两人彼此抓住了，不肯再松手了。她什么话还没说，他先要她发誓不再出门。没有问题，她决不会再走；离别真是太痛苦了；母亲说得对，无论什么总比分离好。便是穷，便是死，都还能忍受，只要大家在一起。

他们赶紧租了一个公寓。他们很想再住从前的那个，不管它多么丑；可是已经租出了。新的公寓也靠着一个院子，从墙高头可以望见一株小皂角树：他们立刻爱上了，把它当做田野里的一个朋友，也像他们一样给关在城市里。奥里维很快地恢复了健康，——而他的所谓健康，在一般强壮的人还是近于病的。——安多纳德在德国过的那些苦闷的日子，至少挣了一笔钱；她翻译的一册德语书被出版家接受了，更加多了些收入。钱的烦恼暂时没有了；一切都可以挺顺利，只要奥里维在学期终了能够考上。——可是考不上又怎么办呢？

一朝住在一块儿，恢复了过去那种甜蜜的生活，他们一心一意想着考试的事了。两人尽量的不提也是没用：无论如何避免不了。那个执着的念头到处跟着他们，便是在消遣的时候也是的：在音乐会里，它会在一曲中间突然浮现；夜里醒来，它又会像窟窿一般地张开嘴来吞噬他们。奥里维一方面竭力想解除姊姊的重负，报答她为他而牺牲了青春的恩德，一方面又怕落第以后无法避免的兵役：——那时考取高等学校的青年还可以免除兵役。他对于军营里——不管他看得对不对——肉体与精神方面的男风，心理方面的堕落，感到说不出的厌恶。他性格中所有贵族的与贞洁的气质都受不了兵役的义务，差不多宁可死的。保卫国家的大道理，时下已经成为普遍的信仰，人们很可以用这个名义来取笑，甚至指责奥里维的心理；可是只有瞎子才会否认那种心理！兼爱为名、粗俗其实的共同生活，强迫一般性情孤独的人所受的痛苦，可以说是最大的痛苦。

试期到了。奥里维差点儿不能进场：他非常地不舒服，对于不论考取与否都得经历的那种心惊胆战的境界害怕到极点，几乎希望自己真的病倒了。笔试的成绩还不差。但等待笔试榜揭晓的期间真是不好受。经过了大革命的国家实际是世界上最守旧的：根据它年代悠久的习惯，试期定在七月里一年之中最热的几天，仿佛故意要跟可怜的青年们为难，要他们在溽暑熏蒸的天气预备考试；而节目的繁重，恐怕没有一个典试委员知道其中的十分之一。在喧哗扰攘的七月十四①（那是教并不快活而需要清静的人受罪的狂欢节）的下一天，人们才披阅作文卷子。奥里维的公寓附近，广场上摆着赶集的杂耍摊，一天到晚，一夜到天亮，只听见气枪噼噼啪啪打靶的声音，让人骑着打转的木马呜呜地叫着，蒸汽琴呼哧呼哧地响着。热闹了八天之后，总统为了讨好民众，又特准延长半星期；那对他当然是没关系的：他又听不见！但安多纳德与奥里维被吵得头昏脑涨，不得不紧闭窗户，关在房内，掩着耳朵，竭力想逃避整天从窗隙里钻进来的声音，结果它们仍旧像刀子一般直钻到头里，使他们痛苦得浑身抽搐。

笔试及格以后，差不多立刻就是口试。奥里维要求安多纳德不要去旁听。她等在门外，比他哆嗦得更厉害。他从来不跟她说考得满意，

① 七月十四，为法国大革命爆发的日子，后定为法国国庆日。

不是把他在口试中回答的话使她发急，就是把没有回答的话使她揪心。

最后揭晓的日子到了。录取新生的榜是贴在巴黎大学文学院的走廊里的。安多纳德不肯让奥里维一个人去。出门的时候，他们暗暗地想：等会儿回来，事情已经分晓了，那时他们或许还要回过头来惋惜这个时间，因为这时虽然提心吊胆，可至少还存着希望。远远地望见了巴黎大学，他们都觉得腿软了。连那么勇敢的安多纳德也不禁对兄弟说："哎，别走得这么快呀……"

奥里维瞧了瞧勉强堆着笑容的姊姊，回答道："咱们在这张凳上坐一会儿好不好？"

他简直不想走到目的地了。但过了一忽，她握了握他的手："没关系，弟弟，走罢。"

他们一时找不到那张榜，看了好几张都没有耶南的姓名。终于看到的时候，他们又弄不明白了，直看了好几遍，不敢相信。临了，知道那的确是真的，是他耶南被录取了，他们一句话都说不上来。两人立刻往家中奔去：她抓着他的胳膊，握着他的手腕，他靠在她身上：他们几乎连奔带跑的，周围的一切都看不见了，穿过大街险些儿被车马压死，彼此叫着：

"我的小弟弟！……我的小姊姊！……"

他们急急忙忙爬上楼梯。一进到屋里，两人马上投入彼此的怀抱。安多纳德牵着奥里维的手，把他带到父母的遗像前面，那是靠近卧床，在屋子的一角，对他们像圣殿一般的处所。她和他一齐跪下，悄悄地哭了。

安多纳德叫了一顿精美的晚饭。可是他们肚子不饿，一口都吃不下。晚上，奥里维一忽儿坐在姊姊膝下，一忽儿坐在姊姊膝上，像小孩子一样的要人怜爱。他们不大说话，累到极点，连快乐的气力都没有了。九点不到，他们就睡了，睡得像死人一样。

第二天，安多纳德头痛欲裂，但心上去掉了这么一个重担！奥里维也觉得破题儿第一遭能够呼吸了。他得救了，她把他救了，她完成了她的使命；而他也没辜负姊姊的期望！……——多少年来，多少年来，他们第一次可以让自己贪懒一下。到中午他们还躺在床上，谈着话，房门打开着，可以在一面镜子里瞧见彼此的快乐而累得有些虚肿的脸；他们笑着，送着飞吻，一忽儿又蒙眬入睡，瞧着对方睡着的模样；大家都懒洋洋地瘫倒了，除了吐几个温柔的单字以外简直没气力说话。

安多纳德从来没停止一个小钱一个小钱的积蓄，以备不时之需。她一向瞒着兄弟，不说出她预备给他一个意外的欣喜。录取的第二天，她宣布他们要到瑞士去住一个月，作为辛苦了几年的酬报。现在奥里维进了高师，有三年的公费，出了学校又有职业的保障，他们可以放肆一下，动用那笔积蓄了。奥里维一听这消息马上快活得叫起来。安多纳德可是更快活，——因兄弟的快活而快活，——因为可以看到她相思多年的田野而快活。

旅行的准备成为一桩大事，同时也成为无穷的乐事。他们动身的时候已是八月中了。他们不惯于旅行：头天晚上，奥里维就睡不着觉；火车上的那一夜，他也不能阖眼。他整天担心，怕错失火车。他们俩都急急忙忙，在站上给人家挤来挤去，踏进了一间二等车厢，连枕着手臂睡觉的地位都没有：——睡眠是号称民主的法国路局不给平民旅客享受的特权之一，为的让有钱的旅客能够独享这个权利而格外得意。——奥里维一刻都没闭上眼睛：他还不敢肯定有没有误搭火车，一路留神所有的站名。安多纳德半睡半醒，时时刻刻惊醒过来；车厢的震动使她的头摇晃不定。奥里维借着从车顶上照下来的黯淡的灯光瞅着她，看她脸色大变，不由得吃了一惊。眼眶陷了下去，嘴巴很疲倦地张着；皮色黄黄的，腮帮上东一处西一处地显着皱纹，深深地刻着居丧与失望的日子的痕迹：她神气又老又病。——她的确是太累了！她心里很想把行期延缓几天，可又不愿意使兄弟扫兴，竭力教自己相信没有什么病，只是疲劳过度，一到乡下就会复原的。啊！她多么怕在路上病倒！……她觉得他瞧着她，便勉强振作精神，睁开眼来，——睁开这双多年轻、多清澈、多明净的眼睛，但常常不由自主地要被苦闷的浊流障蔽一会儿，好似一堆云在湖上飘过。他又温柔又不安地低声问她身体怎么样；她握着他的手，回答说很好。她只要听到一个表示爱的字就振作了。

在多尔与蓬塔利哀之间,红光满天的曙色一照到苍白的田里,原野就仿佛醒过来了。高高兴兴的太阳——像他们一样从巴黎的街道、尘埃堆积的房屋、油腻的烟雾中间逃出来的太阳——照着大地,草原打着寒噤,被薄雾吐出来的一层乳白色的气雾包裹着。路上有的是小景致:村子里的小钟楼,眼梢里瞥见的一泓清水,在远处飘浮的蓝色的冈峦。火车停在静寂的乡间,阵阵的远风送来清脆动人的早祷的钟声;铁路高头,一群神气俨然的母牛站在土堆上出神。这种种都显得那么新鲜,引起安多纳德姊弟的注意。他们好似两株枯萎的树,饮着天上的甘露愉快极了。

然后是清晨,到了应当换车的瑞士关卡。平坦的田里只有一个小小的车站。大家因为一夜没睡,觉得有点儿恶心,清晨潮湿的空气又使人微微颤抖。四下里静悄悄的,天色清明,周围那些草原的气息冲进你的嘴巴,沾着你的舌头,沿着你的喉咙,像一条小溪似的流到你胸中。露天摆着一张桌子,大家站在那儿喝一杯提神的热咖啡,羼着带酪的牛乳,还有一股野花野草的香味。

他们搭上瑞士的火车,看了车上不同的设备高兴得像儿童一样。可是安多纳德累极了!她对于这种时时刻刻的不舒服觉得莫名其妙。为什么看到了这些多美多有趣的东西而并不怎么高兴呢?和兄弟作一次美妙的旅行,不用再为将来的生活操心,只顾欣赏她心爱的自然界:不是她多少年来梦想的吗?现在她是怎么回事呢?她埋怨自己,勉强教自己欣赏一切,看着兄弟天真的快乐强作欢容……

他们在土恩停下,预备第二天换车到山里去。可是在旅馆里,安多纳德晚上忽然发了高度的寒热,又是呕吐,又是头疼。奥里维慌了,心神不定地挨了一夜,天明就去请医生:——又是一笔意想不到的支出,对他们微薄的资源大有影响。——医生认为暂时并不怎么严重,不过是极度的劳顿,身体太亏了一点。继续上路是不可能了。医生要安多纳德整天躺在床上,并且说他们也许要在土恩多待一些日子。他们虽然难过,幸而事情没有意料中的严重,也就很安慰了。可是老远地跑来,关在简陋的旅馆里,卧房给太阳晒得像暖室一般,毕竟是够痛苦的。安多纳德劝兄弟出去散散步。他在旅馆外边走了一程,看见阿尔河的绿波，远远的天边又有白色的山峰在云端浮动，快活极了；但这快乐，他一个人没法消受，便匆匆回到姊姊房中，非常感动地把见到的风景告诉她；她奇怪他回来这么早，劝他再出去，他却像以前从夏德莱音乐会回来的时候一样的说：

“不，不，那太美了；我一个人看了心里会难受的……”

这种心绪是一向有的：他们知道，不跟对方在一起自己就不是个完全的人。但听到对方把这意思说出来总是怪舒服的。这句温柔的话给安多纳德的影响比什么药都灵验。她微微笑着，又喜悦，又困倦。——很舒畅地睡了一夜，她决意清早就走，不去通知医生，免得他劝阻。清新的空气和一同玩赏美景的快乐，居然使他们不致为了这个鲁莽的行动再付代价。两人平安无事地到了目的地；那是山中的一个小村，在什皮兹附近，临着土恩湖。

他们在一家小旅馆里待了三四星期。安多纳德没有再发烧；可是身体始终不硬朗。她只觉得脑袋重甸甸的支持不住，时时刻刻的不舒服，奥里维常常问到她的健康，只希望她的脸色不要那么苍白。可是他对着美丽的景色陶醉了，自然而然的把不愉快的思想撂在一边，所以听到她说身体很好，就很愿意信以为真，——虽然明知道事实并不如此。另一方面，她对于兄弟的快乐，清新的空气，尤其是对于休息，深深地感到快慰。经过了多少艰苦的年头而终于能休息一下，不是最愉快的事吗？

奥里维想把她拉着一同去散步，她心里也很高兴和他一块儿去；可是好几次，她勇敢地走了二十分钟，不得不停下，气透不过来了，心要停止跳动了。于是他只能自个儿向前，——虽然是并不辛苦的攀缘，她已经忐忑不安，直要他回来了才放心。或者两人出去随便遛遛：她抓着他的胳膊，迈着细步，谈着话；他尤其多嘴，一边笑，一边讲他将来的计划，说着傻话。走在半山腰，临着山谷，他们遥望白云倒映在静止不动的湖里，三三两两的小艇在那里漂浮，仿佛汆在池塘上的小虫；他们呼吸着温和的空气，听着远风送来一阵又一阵的牛羊颈上的铃声，带着干草与树脂的香味。两人一同梦想着过去，将来，和他们觉得所有的梦里头最渺茫而最迷人的现在。有时，安多纳德不由自主地感染了兄弟那种小孩子般的兴致:跟他追着玩儿,扑在草里打滚。有一天他居然看到她像从前一样地笑了,他们小时候那种女孩子的憨笑,无愁无虑的,像泉水般透明的,他多年没听见过的笑声。

但更多的时候,奥里维忍不住要去作长途的远足。过后他心里难受,埋怨自己不曾充分利用时间和姊姊作亲密的谈话。便是在旅馆里,他也往往把她一个人丢下。同寓有一群青年男女,奥里维先是不去交际,可是慢慢地受着他们吸引,终于加入了他们的团体。他素来缺少朋友,除掉姊姊之外,只认得一般中学里鄙俗的同学和他们的情妇,使他厌恶。一旦处在年纪相仿,又有教养,又可爱,又快活的青年男女中间,他觉得非常痛快。虽然性情孤僻,他也有天真的好奇心,有一颗多情的、贞洁而又肉感的心,看着女性眼里那朵小小的火焰着迷。而他本人尽管那么羞怯,也很能讨人喜欢。因为需要爱人家,被人家爱,他无意中就有了一种青春的妩媚,自然而然有些亲切的说话,举动,和体贴的表现,唯其笨拙才显得格外动人。他天生的富于同情心。虽是孤独生活养成了他讥讽的精神,容易看到人们的鄙俗与缺陷而觉得厌恶,——但跟那些人当面碰到了,他只看见他们的眼睛,从眼睛里看出一个有一天会死的生灵,像他一样只有一次生命,而也像他一样不久就要丧失生命的。于是他不由自主地对它感到一种温情,无论如何也不愿意去难为它。不管心里怎么样,他总觉得非跟对方和和气气不可。他是懦弱的,所以天生是讨一般人喜欢的;他们对于所有的缺陷,甚至所有的美德,都能原谅,——只除了一件:就是为一切德性之本的力。

安多纳德可不加入这个青年人的集团。她的体力,她的疲乏,表面上没有原因的精神的颓丧,使她瘫下去了。经过了那么多年的操心与劳苦,她被折磨得身心交瘁;姊弟的角色颠倒了:如今她觉得跟社会,跟一切,都离得很远了!……她不能再回到社会里去:所有那些谈话,那些喧闹,那些欢笑,大家所关切的那些小事,都使她厌烦,疲倦,甚至于气恼。她恨自己这种心情,很想学着别的姑娘们的样,对她们所关切的也关切,对她们所笑的也笑……可是办不到了!她的心给揪紧了,仿佛已经死了。晚上她守在屋里,往往连灯也不点,在暗中坐着;奥里维却在楼下客厅里,搞他那些已经习惯的谈情说爱的玩意儿。安多纳德直要听见他上楼，听见他和女友们笑着，絮聒着，在她们的房门口恋恋不舍地、一遍又一遍地说着再会的时候，她才会从迷惘的境界中醒来；那时，她在黑洞洞的屋子里微微笑着，起来捻开了电灯。兄弟的笑声使她精神振作了。

秋深了。太阳黯淡了。自然界萎谢了：在十月的云雾之下，颜色慢慢地褪了；高峰上已经盖了初雪，平原上已经罩了浓雾。游客动身了，先是一个一个的，随后是成群结队的。而看见朋友们走，——即使是不相干的，——又是多么凄凉；尤其是眼看恬静而甘美的夏天，那些在人生中好比水草般的时光消失的时候，令人格外伤悲。姊弟俩在一个阴沉的秋日，沿着山，往树林里作最后一次的散步。他们不出一声，黯然神往地幻想着，瑟缩地偎倚着，裹着衣领翻起的大氅，互相紧握着手指。潮湿的树林缄默无声，仿佛在悄悄地哭。林木深处，一头孤单的鸟温和地怯生生地叫着，它也觉得冬天快来了。轻绡似的雾里，远远传来羊群的铃声，呜呜咽咽的，好像从他们的心灵深处发出来的……

他们回到巴黎，都很伤感。安多纳德的身体始终没复原。

那时得置备奥里维带到学校去的被服了。安多纳德为此花掉了最后一笔积蓄，甚至还偷偷地卖去几件首饰。那有什么关系呢？将来他不是会还她的吗？——何况他现在进了学校，她自己用不着花什么钱了！……她不让自己想到他走了以后的情形：一边缝着被服，一边把她对兄弟的热情全部灌注在这个工作里头；同时她也预感到，这或许是她替他做的最后一件事了。

分别以前的几天，他们形影不离，唯恐虚度了一分一秒。最后一天晚上，他们睡得很迟，对着炉火，安多纳德坐在家中独一无二的安乐椅里，奥里维坐在她膝旁一张矮凳上，拿出他素来被宠惯的大孩子模样，惹人怜爱。对于将要开始的新生活，他觉得有些担心，也有些好奇。安多纳德想到他们的亲密从此完了，骇然自问将来怎么办。他似乎有心加强她的苦闷似的，这最后一晚的一举一动都比平时更温柔：他天真地撒娇，像一个快要出门的人把自己的优点与可爱的地方统统拿了出来。他坐在钢琴前面，久久不已地弹着她在莫扎特与格路克的作品中最喜爱的篇章,——那种缠绵悱恻,惆怅而高远的意境,正是他们过去的生涯的缩影。

分别的时间到了,安多纳德把奥里维送到校门口。她回到家中,又孤独了。但这一回和以前上德国去的情形不同,那次的离别与相会是可以由她做主的,只要她觉得支持不住就可以回来。这一回是她在家而他走了,那是长久的离别,终生的离别。可是她那么富于母性,初期只念念不忘地想着弟弟而没想到自己,想着他刚开始过着那么不同的新生活,受着老同学的欺侮,还有那些琐碎的烦恼,虽是无足重轻,但一个独居僻处而惯于为所爱的人担忧的人,特别会加以夸大。这种操心至少使她暂时忘了自身的寂寞。她已经想着明天上会客室去探望兄弟的那个半小时了。临时她早到了一刻钟。他对她很亲热,但一心一意地关切着他所见的新东西,觉得非常有趣。以后的几天,她始终抱着关切与温柔地心去看他;可是两人对这半小时会晤的反应,显而易见的不同起来。在她,那简直是她整个的生命。他当然很温柔地爱着安多纳德,却不能只想着她。有两三次,他到会客室来迟了一些。有一天她问他在学校里可厌烦,他竟回答说不。这些小事都像小刀一般扎着安多纳德的心。——她埋怨自己这种态度,认为自私;她明明知道,倘使他少不了她,或是她少不了他,她在人生中没有旁的目标的话,不但是荒唐,简直是不好的,违反自然的。是的,这一切她都知道。但知道又有什么相干?十年来她把整个的生命给了弟弟,到了今日还有什么办法?现在丧失了生活的唯一的目标,她便一无所有了。

她拿出勇气来想做些事,看看书,弄弄音乐,读些心爱的文章……天哪!没有了他,莎士比亚,贝多芬,显得多空虚!……——是的,那当然很美……可是他不在眼前了!倘使一个人不能用所爱者的眼睛去看,美丽的东西有什么意思?美,甚至于欢乐,有什么意思,倘使不能在别一颗心中去体味它们的话?

要是身体硬朗一些,她可能重新缔造她的生活,另外找一个目的。但她已经筋疲力尽。现在到了用不着咬紧牙关撑持到底的时候,意志涣散了……她倒下来了。在她身上酝酿了多年而一向被她的毅力压在那儿的疾病,从此抬头了。

孤零零地待在家里，她不胜悲苦地消磨着她的黄昏，没有气力把熄灭的炉火重新燃起，也没有气力上床睡觉，直坐到半夜，迷迷糊糊的，沉思遐想，打着寒战。她温着过去的生活，跟死了的人与破灭的幻象老是分不开；她那么沉痛地想着没有爱情的、虚度了的青春。那是一种暧昧的，自己不承认的痛苦……一个孩子在街上笑，一忽儿又在下一层楼上摇摇晃晃地学步，小脚一步步都踩在她心上！……有些疑虑，有些邪念，盘踞在她的心头；这个自私的、享乐的都市的气息，把她病弱的灵魂感染了。她压制着自己的遗憾，觉得自己的欲念可耻，不懂这些苦恼从何而来，以为是下劣的本能作祟。可怜的小奥菲利娅受着神秘的烦闷磨蚀，非常厌恶的觉得从她的心灵隐蔽的地方冒起一股犷野的、乱人心意的气息。她不能再工作，大部分的教职都辞掉了。她这个惯于早起的人有时竟睡到中午：起身与睡觉都没意义了；同时很少饮食，甚至于不饮不食。只有兄弟放假的日子，——星期四的下午和星期日一天——她才勉强装得跟从前一样。

他什么都没觉察，因为对新生活太感兴趣了，无心再观察姊姊。他正到了青年的某一个时期，对人不容易倾心相与，对于从前感动过而将来还要为之骚动的事非常冷淡。成年人对自然和人生，往往比二十岁的青年有更新鲜的印象，更天真的体验。所以有人说年轻人的心并不年轻，感觉也并不锐敏。那往往是错误的。他们的冷淡并非因为感觉迟钝，而是因为他们的心被热情、野心、欲念，和某些执着的念头淹没了。赶到肉体衰老之后，对人生无所期待的时候，无拘无束的感情才恢复它们的地位，而像小孩子一样的眼泪也会重新流出来。奥里维心中想着无数的小事情，尤其是一种荒唐的单相思缠着他，——（那是他永远有的）——使他对旁的事一概视若无睹，或者淡然置之。安多纳德不知道他的心理变化，只看见他跟自己日渐疏远。那也不完全是奥里维的错。有时他回家来，想到要看见她，跟她谈话而很高兴，可是一进门会立刻变得冷冰冰的。姊姊那种多操心的感情，一把死抓的狂热，过分的殷勤，过分的关切，使他苦闷得马上放弃了吐露衷曲的意思，甚至以为安多纳德失了常态。她往常用来对付他的知情识趣的态度完全没有了。但他并不加以深思，对她的问话，只直截了当地回答一个是或否。她愈想逗他说话,他愈沉默,或竟用一句粗暴的话得罪她。于是她也很难堪地缄默了。一天过去了,虚度了。——他才跨出家门踏上回校的路,就后悔自己的行动。夜里他想到使姊姊难过,不由得自怨自艾;有时一到学校就写一封热烈的信给她,——但第二天早上重新念了一遍,又把它撕掉了。安多纳德一点不知道这等情形,只以为他不爱她了。

她还有——即使不能说是最后一次的快乐——至少是青年的感情最后一次的激动,使她的心又苏醒过来,使爱的力量与对幸福的希望又无可奈何地奋发了一下。并且那也是荒唐的,和她安静的性格相反的。要不是在心烦意乱,大病前期的兴奋过度与迷蒙的状态中,她绝不会有这种情形。

她和兄弟在夏德莱戏院听音乐。他因为在一份小杂志上担任音乐批评,可以比当年坐着好一些的位置,但周围的群众倒反可厌。他们靠近台边,坐在两只弹簧凳上。① 那天有克利斯朵夫·克拉夫脱出场演奏。他们并不认识这位德国音乐家。但他一出台,她心里的血马上沸腾起来。虽然她困倦的眼睛不能清清楚楚地看见他,可是已经认出了她在德国受难时代的朋友。她从来没跟兄弟提过,便是她自己也不大想起:那时以后,她全部的思想都给生活问题占据了。并且她是个极有理性的法国女子,不愿意承认那种没有来由而又没有前途的感情。她心中有一个深不可测的区域,藏着许多自己羞于见到的情愫;她明知有这些东西存在,可是不敢正视,因为对于不受理智监督的那个生命感到说不出的恐怖。

等到心情稍定的时候,她借着弟弟的手眼镜瞧了瞧克利斯朵夫,看到他站在指挥台上的侧影,认出他那副暴烈与孤僻的神气。他穿着一套极不称身的旧衣服。——安多纳德一声不出,浑身冰冷,眼看克利斯朵夫在这个可叹的音乐会里受着群众的侮辱。大家原来就不欢迎德国艺术家,此刻又觉得他的音乐非常沉闷。② 在一阕似乎太长的交响曲

① 法国戏院在每排固定座位的两端,备有弹簧凳(不用时可以翻起),作为临时加座之用。

② 参看卷五:《节场》。——原注

之后,他又出场弹几个钢琴曲子;群众的冷嘲热讽的态度,显然表示不大愿意再见他。他开始演奏了,好不厌烦的群众无可奈何地听着;最高一层的楼厅上有两个听众高声说着些很不客气的话,使场子里的人听了直乐。不料克利斯朵夫突然停下来,拿出像野孩子一样傲慢不逊的态度,用一只手弹着《玛尔勃罗上战场去》的调子,站起来对群众说:"这才配你们的胃口!"

群众对于音乐家的用意先还不大明白,迟疑了一会儿,然后闹哄起来,有的嘘着,有的嚷着:"道歉呀! 非道歉不可!"人们气得满面通红,紧张得不得了,自以为真的愤慨了,那也许是事实;但更近于事实的是他们很高兴趁此机会放肆一下,大闹一阵,好似上了两小时课以后的中学生一样。

安多纳德没有气力动弹,似乎吓坏了,手指抽搐,把一只手套捻来捻去。从交响曲的最初几个音符起,她已经料到可能出事,觉得群众潜伏的恶意慢慢地在扩大,也看透克利斯朵夫的心情,断定他等不到完场就要发作的。她等着,越来越苦闷,恨不得去阻止他;但事情发生的经过简直和预料的一模一样,因此她受的打击跟受着宿命的打击没有分别,仿佛不是人力所能挽回的。她眼睛盯着克利斯朵夫,克利斯朵夫愤愤然瞪着呵斥他的群众,一刹那间他们的目光碰上了。克利斯朵夫的眼睛也许在一刹那间把她认出了,可是在当时狂乱的情绪中,他的头脑并没认出来,——他早已把她忘了,——接着他在大众的嘘斥声中不见了。

她想叫喊,想说话,可是像做着噩梦一般没法开口。等到看见勇敢的小兄弟,并没发觉她情绪激动而也在身旁分担着她的悲痛与愤慨,她才松了一口气。奥里维极有音乐天分,也有他自己的口味,决不受人拘束;只要爱好一件东西,他是敢冒天下之大不韪去爱的。听了克利斯朵夫的交响曲开头的几拍子,他就感觉到有些伟大的,生平从未遇到过的气息。他很热烈地、声音很低地自言自语:"啊,多美啊! 多美! ……"

姊姊听了,不知不觉地靠着他的身子,心里非常感激。交响曲奏完以后,他狂热地鼓掌,对群众的冷淡与讥讽表示抗议。等到全场骚乱的时候,他更气坏了:这胆怯的孩子居然站起身来,嚷着说克利斯朵夫是对的，他责问那些嘘斥的人，竟想跑过去跟他们打架。他的声音给场中的喧闹淹没了，人家用粗话骂他，说他混蛋。安多纳德眼见反抗是白费的，便抓着他的手臂，说："住嘴，住嘴！"

他无可奈何地坐下，继续咆哮道："丢人，丢人！这些该死的家伙！"

她一声不出，难受极了；他以为她对那音乐无动于衷，便对她说："安多纳德，难道你，你不觉得这个美吗？"

她点点头表示感觉到的。她始终愣在那里，打不起精神来。但乐队准备奏另外一个曲子的时候，她突然站起，恨恨地凑着兄弟的耳朵说："走吧，我不愿意再看这些人了！"

他们匆匆忙忙走了。在街上，手搀着手，奥里维兴奋地说着话，安多纳德一声不出。

以后的几天，她独自坐在卧室里被某一种感情搅得迷迷糊糊，虽然她避免正视那感情，但它老是跟她的思想纠缠不清，像血在太阳穴中剧烈地跳动一样，使她非常难受。

过了一晌，奥里维拿来一册克利斯朵夫的歌集，刚在一家书铺里发现的。她随便翻开，看到有个曲子上面题着一句德文："献给那个受我连累的女子"，下面还写着年月日。

她很记得那个日子。——心里一慌，她看不下去了，便放下集子，要奥里维弹给她听，自己却走进卧房，关上了门。奥里维对这种新的音乐只觉得满心欢喜，马上弹了，没注意到姊姊的激动。安多纳德坐在隔壁，竭力压着心跳。突然她到衣柜里找出她的小账簿，查她离开德国的日期和那神秘的日子。其实她早已知道了；一查之下，果然那是和克利斯朵夫一同看戏的晚上。于是她躺在床上，闭着眼，红着脸，合着手放在胸部，听着那心爱的音乐，感激到极点……啊！为什么她的头疼得这样厉害呢？

因为姊姊不出来，奥里维弹完了一曲便走进房里，发现她躺着。他问她是否不舒服。她回答说是累了，接着就起来陪他。他们谈着，但她对于他的问话并不立刻回答，好似从迷惘中突然惊醒过来。她笑了笑，红着脸，抱歉地说头疼得厉害，人有点儿糊涂了。奥里维走了。她要他把集子留下，然后自个儿坐到深夜，在钢琴前面看着乐谱，并不弹，只随便捺几个音，轻轻的，唯恐使邻居讨厌。多半的时候她也不看谱，只是胡思乱想，对于那个怜悯她而凭着神秘的直觉与慈悲窥到她心灵的人，抱着满腔的感激与温情。她没法固定自己的思想，只觉得又快乐又悲哀，——悲哀……啊！她的头疼得多厉害！

她整夜做着甜美而困人的梦！万分惆怅。白天，为了振作精神，她想出去遛遛。虽然她头痛还很剧烈，可是硬要自己有个目的，便到一家百货公司去买些东西。她根本没想着她所做的事，只想着克利斯朵夫，但自己不承认。赶到她筋疲力尽、凄怆欲绝地走出来，忽然瞧见克利斯朵夫在对面的人行道上走过。他也同时瞧见了她。她马上不假思索地向他伸出手去。这一回克利斯朵夫也停住脚步，认出了她。他已经走下人行道迎着安多纳德来了；安多纳德也迎着他走过去了。可是势如潮涌的群众把她推着挤着，像根草似的，街车的一匹马滑跌在泥泞的街上，在克利斯朵夫前面形成了一条堤岸，来往的车辆被阻塞了，成了个难解难分的局面。克利斯朵夫不顾一切地还想穿过来：不料夹在车马中间进退不得。他好容易走到看见安多纳德的地方，她已经不见了：她竭力想抵抗人潮而抵抗不住，也就灰了心，不再挣扎，觉得有股宿命的力量阻止她跟克利斯朵夫相会：而既然是命中注定的，又有什么办法？所以她从人堆里挤了出来，不想再回头走去。她忽然怕羞了：她敢对他说些什么呢，做何举动呢？他心目中又要把她看做怎么样呢？想到这些，她便溜回家了。

回到了家，她的心方始定下来。一进屋子，她在黑影里坐在桌子前面，连脱下帽子和手套的勇气都没有。她因为不能跟他说话而苦恼，同时心里又感到一道光明；黑影没有了，身上的病也没有了，只翻来覆去想着刚才的情形，又想到要是在另外一个情形之下又怎么样。她看见自己向克利斯朵夫伸手，看见克利斯朵夫认出了她而显得高兴的样子，于是她笑了，脸红了。她独自坐在黑暗的房里，对他又伸着手臂。那简直是不由自主的：她觉得自己要消灭了，本能地想抓住一个在身旁走过而非常慈悲地望着她的坚强的生命。她抱着一腔的温情与悲苦，在半夜里向他叫道:“救救我呀!救救我呀!”

她浑身滚热地起来点上灯火,拿着纸笔,给克利斯朵夫写了封信。要不是给疾病困住了,这个羞怯而高傲的少女永远不会想到写信给他的。她不知道写些什么,那时已经不能自主了。她叫他,跟他说她爱他……写到半中间,不觉骇然停下,想重新再写:可是热情已经退下去了,头里空荡荡的,像火一般地发烧,千辛万苦也不容易找到词句;她完全给疲倦压倒了,又觉得很难为情……这些能有什么用呢?这明明是骗自己,她不会把信寄出去的……而且即使愿意寄也不可能。她不知道克利斯朵夫的住址……可怜的克利斯朵夫!纵使他知道这些,对她存着一片好心,他又能帮什么忙?……太晚了!一切都是白费的了。一只窒息的鸟拼命拍着翅膀,做着最后的努力。她只有认命了……

她在桌子前面呆坐了好久,没法从麻痹状态中挣扎出来。等到她费尽气力,很勇敢地站起身子,已经过了半夜。她随手把信稿夹在架上一册书里,既没勇气把它藏起来,也没勇气把它撕掉。随后她睡了,打着寒战,身子滚热。谜底揭晓了:她觉得神的意志完成了。

于是她心里只有一片和平恬静的境界。

星期日早上,奥里维从学校回来,发现安多纳德躺在床上,神志有点昏迷。医生来了,断为急性肺病。

最后几天,安多纳德明白了自己的病情;早先使她害怕的精神骚动,如今被她把原因找出来了。可怜的姑娘老是为了近来的心绪暗中羞愧,一发觉那是疾病所致而不必由她负责,不禁大大地松了口气。她还有精神料理一些事,烧掉某些文件,写了一封信给拿端太太,恳求她在她……后的最初几星期,——(她不敢写下“死”这个字)——照顾她的弟弟。

医生毫无办法,病势太凶险,她的体力又被多年的劳苦磨坏了。

安多纳德非常镇静。自从她得悉自己不起之后,反而解脱了。她把过去所受的磨难一桩一桩地想起来;眼看自己大功告成,亲爱的奥里维得救了:她觉得说不出的快乐。她想道:“这是我的成绩。”

但她又责备自己的骄傲:“单靠我一个人是做不了的。那是上帝帮我的。”

于是她感谢上帝允许她活到今天,使她能够完成使命。她这时候离开世界固然非常悲伤,可是不敢抱怨;那等于忘了上帝的恩德了,因为他可能早几年召她去的。而要是她早死一年,情形又会变得怎么样呢?——想到这儿,她叹了口气,也就存着感激的心隐忍了。

她虽然呼吸艰难,可并不叫苦,——除非在昏昏沉沉睡着的当日,有时会像小孩子一般哼几声。这时她看人看事都用了乐天知命的心情。而一看到奥里维尤其欢喜不尽。她不开口,只动了动嘴唇叫他,要他把头靠在她枕上:然后四目相对,她默默地,长久地瞧着他。临了,她抬起身子,把他的头紧紧捧在手里,喊着:

“啊!奥里维!……奥里维!……”

她拿下脖子里的圣牌[①],挂在兄弟颈上。她把奥里维付托给她的忏悔师、医生,付托给所有的人。旁人都觉得她从此是托生在兄弟身上了,逃到他的生命里去了,仿佛他是大海中的一座岛屿。有时,热情与信仰的神秘的激动使她陶醉了,忘了肉体的苦楚。悲哀一变而为欢乐,——神明的欢乐,——在她的嘴上,在她的眼睛里发出光辉。她再三说着:“我很快乐……”

她神志渐渐昏迷。最后一次清醒的时间,她扯动着嘴唇,念念有词。奥里维走到床头俯在她身上。她还认得他,对他有气无力地笑道,嘴唇还在那儿哆嗦,眼眶里含着热泪。人家听不见她想说的话……可是奥里维像抓住一缕呼吸似的听到了几句歌词,那是他们俩十分喜欢的,她为他常唱的一支老歌:

我将再来,我的亲爱的人儿,我将再来……

接着她又昏迷了……她离开了世界。

平时她不知不觉地感动了许多不认识的人,对她非常同情。便是在同一座屋子里,她连姓名都不知道的房客也是这样。奥里维受到许

① 旧教徒往往以小圆银质胸章贴身悬挂。胸章上镌有耶稣或圣母像。

多完全陌生的人的慰问。安多纳德的葬礼没有像她母亲的那样寂寞。奥里维的朋友,同学,她教过书的家庭,以及她不声不响见过的,彼此都不知道身世的,可是知道她的义气而佩服她的人,甚至也有些可怜的人,在她家做散工的女人,街坊上的小商人,都来送她到墓地。她去世的当天,奥里维就被拿端太太强邀了去,他已经痛苦得没有主意了。

他一生中的确只有这个时期才能担当这样一件祸事,——只有这个时间他才不至于整个儿被失望压倒。他才开始过一种新生活,处在一个集团中间,不由自主地受着大家推动。学校方面的作业与操心,求知的热诚,大大小小的考试,为了生活的奋斗,使他不能在精神上孤独起来躲在一边。为了这一点他大为痛苦;但幸亏如此他才得救。早一年或迟几年,他就完了。

然而他竭尽可能地躲在一边追念姊姊。他很伤心不能把他们共同生活的故居保留起来:他没有这笔钱。他希望那些似乎关切他的人能懂得他不能保存她的东西的悲哀。可是没有一个人懂得。他借了一点钱,再凑上替人家补习的学费,租了一个顶楼,把所能留下的姊姊的家具堆起来:她的床,她的桌子,她的靠椅。他把那个房间作为一个纪念她的圣地,逢到精神颓丧的日子,便去躲在那儿。他的同学以为他有什么外遇。其实他在这里待上几小时,想着她,手捧着脑袋:他只有她一张小小的照片,还是他们俩小时候一同拍的。他对着照片说着,哭着……她到哪儿去了呢?啊,只要她在世界上,哪怕在天涯海角,哪怕在什么到不了的地方,——他都要用着何等的热诚、何等快乐的心去寻访她,不管是怎么辛苦,也不管要跋涉几百年,只消每走一步能近她一步!……是的,即使他只有千分之一的希望能够遇到她……可是毫无办法。他多孤独!现在没有了她的爱,没有了她的指导与安慰,他对付人生的手段是多么笨拙多么幼稚!……谁要在世界上遇到过一次友爱的心,体会过肝胆相照的境界,就是尝到了天上人间的欢乐,——终生都要为之苦恼的欢乐……

对于一般懦弱而温柔的灵魂,最不幸的莫如尝到了一次最大的幸福。

在人生的初期就丧失了一个心爱的人固然悲痛，但还不及以后生机衰退的时候那么惨酷。奥里维正在青年时期；虽然天性悲观，遭遇不幸，究竟是需要生活的。似乎安多纳德临死之际把一部分的灵魂移交给兄弟了。他相信是这样。他虽不像姊姊那样有信仰，却也隐隐然相信姊姊并没完全死，而是像她所说的托生在他的心上。布勒塔尼一带有种信仰，说夭折的青年并不死：他们继续在生前居住的地方飘浮，直到应享的天年终了的时候。——这样，安多纳德仿佛继续在奥里维身旁长大。

他把她的纸张重新看了一遍。不幸她差不多把什么都烧了。而且她不是一个喜欢记录内心生活的人。揭露自己的思想，在她是会脸红的。她只有一本小日记簿，记着一些别人没法懂得的事，——不加说明地写了些日子，纪念她一生或悲或喜的琐碎事儿，那是她用不着写下细节就能全部想起来的。所有这些日子几乎都跟奥里维的生活有关。她也保存着他写给她的信，一封不缺。——不幸他没有那么细心：她写给他的差不多全部给丢了。他要那些信干什么呢？他以为姊姊是永远在身边的，温情的泉源是涓涓不绝的，永远可以浸润他的嘴唇与心；他当初毫无远见地浪费了他所得到的爱，现在却恨不得把它一点一滴地储藏起来……他随便翻着安多纳德的一册诗集，忽然看到一张破纸上有几个铅笔字："奥里维，亲爱的奥里维！……"他看了差点儿晕倒。他嚎啕大哭，拼命吻着那张不可见的，在坟墓中和他说话的嘴巴。——从那天起，他把她所有的书都打开来，一页一页地找她有没有留下别的心腹话。他发现了她写给克利斯朵夫的信稿，才知道藏在她心里的略具雏形的罗曼史；他第一次窥见他从来不知道，也不想知道的她的感情生活，把她骚乱不宁的最后几天，被兄弟遗弃而向着不相识的朋友伸手乞援的心情，完全体验到了。她从来没和他说见过克利斯朵夫。他从信稿上才发觉他们以前在德国碰过面，克利斯朵夫曾经对姊姊很好，详细情形当然无法知道，只知道安多纳德至死没表白的感情是在那时发动的。

奥里维早已为了克利斯朵夫的音乐而喜欢克利斯朵夫，这一下对他更是说不出的爱好。她是爱过他的；奥里维觉得自己爱克利斯朵夫其实还是爱的她。他想尽方法去接近他，可不容易找到他的踪迹。克利斯朵夫经过了那次失败，在巴黎的茫茫人海中不见了；他退出了社会，谁也不注意他。过了几个月，奥里维偶然在街上遇见克利斯朵夫，正是大病初愈以后，毫无血色，形容憔悴。但他没勇气上前招呼，只远远地跟着，直到他住的地方。他想写信给他，又下不了决心。写什么好呢？奥里维不是单独一个人，精神上还有安多纳德和他在一起：她的爱情，她的贞洁的观念，都把他感染了；一想到姊姊爱过克利斯朵夫，他就脸红，仿佛自己就是安多纳德。另一方面，他的确想和他谈谈她的事。——可是不成。她的秘密把他的嘴巴给堵住了。

他设法要跟克利斯朵夫见面。凡是他认为克利斯朵夫可能去的地方，他都去。他热烈地希望跟他亲近。可是一见面，他又躲起来，唯恐被他发现了。

最后，他们共同参与一个朋友家的夜会，克利斯朵夫终于留神到他了。奥里维远远地站着，一句话也不说，只顾望着他。那天晚上，安多纳德一定是和奥里维在一起：因为克利斯朵夫在奥里维眼中看见了她；而且也的确是这个突然浮现的形象使克利斯朵夫穿过客厅，向陌生的年轻的使者走过去，去接受那幸福的死者的又凄凉又温柔的敬意。

卷七·户　内

卷七初版序

多年以来，我在精神上跟不在眼前的识与不识的朋友们交谈，已经成了习惯，所以我今天觉得需要对他们高声倾吐一下。我决不能忘恩负义，不感谢他们对我的厚意。从我开始写《约翰-克利斯朵夫》这个冗长的故事起，我就是为他们写的，和他们一同写的。他们鼓励我，耐着性子陪着我，向我表示同情，使我感到温暖。即使我能给他们多少好处，他们给我的可是更多。我的作品是我们的思想结合起来的果实。

我开始执笔的时候，根本不敢希望同情我们的人会超过一小群朋友：我的野心只限于苏格拉底之家。① 然而年复一年，我觉得好恶相同、痛苦相同的弟兄们不知有多多少少，在巴黎犹如在内地，在法国以内犹如在法国以外。这一点，在克利斯朵夫吐露了他的和我的衷曲，表示他瞧不起节场的那一卷出版以后，我就明白了。我的著作所引起的回响，从来没有像这一卷那样迅速的。因为那不但是我的心声，同时是我朋友们的心声。他们很知道，《克利斯朵夫》不单是属于我的，而且也是属于他们的。我们把共同的灵魂大部分都灌输给它了。

既然《克利斯朵夫》是属于读者的，我就应当向他们对这一卷有所解释。如在《节场》中一样，读者在此找不到小说式的情节，而本书主人翁的生涯似乎也中途停顿了。

因此我得说明这部作品是在什么情形之下着手的。

我那时是孤独的。像多少的法国人一样，我在一个精神上跟我敌对的世界里感到窒息；我要呼吸，我要反抗一种不健全的文明，反抗被一般僭称的优秀阶级毒害的思想，我想对那个优秀阶级说："你撒谎，

① 苏格拉底建造屋舍，人谓太小，苏格拉底回答："只要它能容纳真正的朋友就行了。"

你并不代表法兰西。”

要达到这个目的，我必须有一个眼目清明、心灵纯洁的主人翁，——他又必须有相当高尚的灵魂才能有说话的权利，有相当雄壮的声音才能教人听到他的话。我很耐性地造成了这样的一个主角。在我还没决定开始动笔以前，这件作品在我心头酝酿了十年；直到我把克利斯朵夫全部的行程认清楚了，克利斯朵夫才开始上路；《节场》中的某些篇章，《约翰-克利斯朵夫》全书最后的几卷，①都是在《黎明》以前或同时写的。在克利斯朵夫与奥里维身上反映出来的法国景象，自始就在本书中占着重要地位。所以，主人翁在人生的中途遇到一个高冈，一方面回顾一下才走过的山谷，一方面瞻望一番将要趱奔的前途的时候，希望读者不要认为作品越出了范围，而认为是一种预定的休止。

显而易见，这最后几卷（《节场》与《户内》）跟全书其他的部分同样不是小说，我从来没有意思写一部小说。那末这作品究竟是什么呢？是一首诗吗？——你们何必要有一个名字呢？你们看到一个人，会问他是一部小说或一首诗吗？我就是创造了一个人。一个人的生命决不能受一种文学形式的限制。它有它本身的规则。每个生命的方式是自然界一种力的方式。有些人的生命像沉静的湖，有些像白云飘荡的一望无极的天空，有些像丰腴富饶的平原，有些像断断续续的山峰。我觉得约翰-克利斯朵夫的生命像一条河；我在本书的最初几页就说过的。——而那条河在某些地段上似乎睡着了，只映出周围的田野跟天色。但它照旧在那里流动，变化；有时这种表面上的静止藏着一道湍激的急流，猛烈的气势要以后遇到阻碍的时候才会显出来。这便是《约翰-克利斯朵夫》全书中这一卷的形象。等到这条河积聚了长时期的力量，把两岸的思想吸收了以后，它将继续它的行程，——向汪洋大海进发，向我们大家归宿的地方进发。

罗曼·罗兰

一九〇九年一月

① 特别是第九卷《燃烧的荆棘》中关于阿娜的部分。——原注

第一部

我有了一个朋友了！……找到了一颗灵魂，使你在苦恼中有所倚傍，有个温柔而安全的托身之地，使你在惊魂未定之时能够喘息一会儿：那是多么甜美啊！不再孤独了，也不必再昼夜警惕，目不交睫，而终于筋疲力尽，为敌所乘了！得一知己，把你整个的生命交托给他，——他也把整个的生命交托给你。终于能够休息了：你睡着的时候，他替你守卫，他睡着的时候，你替他守卫。能保护你所疼爱的人，像小孩子一般信赖你的人，岂不快乐！而更快乐的是倾心相许，剖腹相示，整个儿交给朋友支配。等你老了，累了，多年的人生重负使你感到厌倦的时候，你能够在朋友身上再生，恢复你的青春与朝气，用他的眼睛去体验万象更新的世界，用他的感官去抓住瞬息即逝的美景，用他的心灵去领略人生的壮美……便是受苦也和他一块儿受苦！……啊！只要能生死相共，便是痛苦也成为欢乐了！

我有了一个朋友了！他跟我隔得那么远，又那么近，永久在我心头。我把他占有了，他把我占有了。我的朋友是爱我的。“爱”把我们两人的灵魂交融为一了。

参加了罗孙家的夜会以后，克利斯朵夫第二天醒来，第一个念头就想到奥里维·耶南。他立刻想要跟他再见。八点还没到，他已经出门了。早上的天气温暖而有些郁闷。那是夏令早行的四月天：一缕酝酿阵雨的水汽在巴黎城上飘浮。

奥里维住在圣·日内维高冈下面的一条小街上，靠近植物园。屋子坐落在街上最窄的地方。楼梯在一个黑洞洞的院子的尽里头，有种种难闻的气味。踏级的拐弯很陡，靠壁有些倾斜，壁上都给涂得乱七八糟。三层楼上，一个乱发蓬松的妇人敞开着衬衣。听见上楼的脚步声开出门来，看见是克利斯朵夫便立刻很粗暴地把门关上了。每一层楼都有好几个公寓，从开裂的门缝里，你可以听见孩子们的吵闹。那是一群肮脏而极平凡的人，挤在低矮的屋内，外面只有一方令人作呕的院子。克利斯朵夫厌恶之下，心里想这些人不知受了什么诱惑，把至少还有空气可以呼吸的乡下丢了，也不知他们跑到巴黎来住在这坟墓一般的地方，能有什么好处。

他爬到了奥里维住的那一层。门铃的拉手是条打结的绳子。克利斯朵夫把它使劲拉了一下，铃声响处，好几家人家都打开了门。奥里维也出来开了门。他的素雅整齐的穿扮使克利斯朵夫大为惊奇；换了别的场合，克利斯朵夫决不会注意到这一点，但在这儿他感到一种出乎意料的愉快；奥里维的整洁，在这个恶浊的环境中教人觉得愉快和健康，头天晚上看了奥里维清明的眼神所感到的印象，又立刻回复过来。他向他伸出手去。奥里维慌慌张张地嘟囔着：

"怎么，你，你到这儿来！……"

克利斯朵夫一心想抓住这颗一刹那间慌忙失措的可爱的心灵，便对奥里维的问话笑而不答。他把奥里维往前推着，走进了那间卧室兼书房的独一无二的屋子。近窗靠墙摆着一张小铁床；克利斯朵夫看到床上放着一大堆枕头。三张椅子，一张黑漆桌子，一架小钢琴，几架图书，就把一间屋挤满了。屋子又窄，又矮，又黑；但主人那种清朗的眼神似乎有种反光照在屋子里。一切都很清洁，整齐，好像是出于一个女人之手；水瓶里插着几朵蔷薇，给室内添了几分春意，四壁挂着一些佛罗伦萨派的古画的照片。

"噢，你这是来……来看我吗？"奥里维真情洋溢地说着。

"嗳，我非来不可啊。"克利斯朵夫回答，"你，你是不会来看我的。"

"你以为我不会吗？"

奥里维紧跟着又说："对，你说得不错。可并非是我不想去。"

"那末有什么阻碍把你拦住了？"

"我太想见你了。"

"这理由真是太妙了！"

"是啊，你可别见笑。我就怕你不怎么愿意见我。"

“我，我才不顾虑这个呢！我想看你，我就来了。要是你不乐意，我自然会看出来的。”

“那你一定要眼光很好才行。”

他们彼此瞧着，笑了笑。

奥里维又说：“昨天我真蠢。我生怕你讨厌。我的胆小简直是一种病，连一句话都说不上来。”

“别抱怨了罢。你们贵国喜欢说话的人太多了；能够碰到一个不大出声的，便是为了胆小而不出声的，也教人高兴。”

克利斯朵夫笑了，很得意自己的俏皮。

“那末你是为了我的静默而来看我的了？”

“是的，为了你的静默，为了你那种静默的优点。静默也有好多种……我可喜欢你这一种，话不是说完了吗？”

“你仅仅见了我一面，怎么会对我发生好感？”

“那是我的事。我挑选朋友用不着多费时间，只要看到一张喜欢的脸，我马上会决定，马上会去找他，而且非找到不可。”

“你这样的追求朋友从来不会看错吗？”

“那是常有的事。”

“也许你这一回又看错了。”

“咱们慢慢瞧吧。”

“噢！那我就糟了。你会教我心都凉了的，只要一想到你在观察我，我就慌得手足无措了。”

克利斯朵夫又好奇又亲热地，瞧着那张容易冲动的脸一忽儿红一忽儿白。感情映在他的脸上好比云彩映在水里。

“多神经质的孩子！简直像女人一样。”克利斯朵夫心里想着，轻轻地碰了碰他的膝盖。

“得了罢，你以为我全副武装的来对付你吗？我最恨人家拿朋友做心理学实验。我所要求的是：两个人都应当无拘无束，开诚布公，没有不必要的害羞而永远把话闷在胸中，也不必怕自己前后矛盾，——今天喜欢的，明天尽可以不喜欢。这不是更有丈夫气，更光明磊落吗？”

奥里维肃然望着他，回答说：“没有问题，这是更有丈夫气。你是强者,我可不是的。”

“我敢断定你也是强者,不过是另外一种方式罢了。并且我现在正是要来帮助你成为强者,如果你愿意的话。我刚才已经声明过了,此刻我可以更坦白地补上一句,——(但并不担保以后的事)——我喜欢你。”

奥里维从脸上红起直红到耳朵,窘得一动也不能动,一句话都没有能回答。

克利斯朵夫把屋子扫了一眼:“你住的地方太不行了。没有别的屋子了吗?”

“还有一间堆东西的小屋子。”

“嘿! 简直透不过气来。你怎么能在这里过活的?”

“慢慢也就惯了。”

“我可是永远不会惯的。”

克利斯朵夫解开背心,拼命地呼吸。

奥里维走去把窗子完全打开了。

“你住在城里一定是不舒服的,克拉夫脱先生。我可决不因为精力过剩而难受。我只需要一点点的空气,哪儿都能活下去。可是到了夏天,有些晚上连我也受不了。我看到那种日子快来了就害怕。我坐在床上,仿佛要死过去了。”

克利斯朵夫瞧着床上的一堆枕头,又瞧着奥里维疲倦的脸,似乎看到他在黑暗里挣扎的情形。

“那末离开这儿呀,”他说,“干吗要住在这个地方呢?”

奥里维耸耸肩膀,满不在乎地回答:“噢! 这儿那儿,反正都是一样! ……”

这时他们听到头顶上有沉重的脚步声,下一层楼上有尖锐的争吵声。墙壁每分钟都给街车震动得发抖。

“这种屋子!”克利斯朵夫继续说,“又脏又臭,又热又闷,只看见下贱悲惨的景象的屋子,你晚上怎么能踏进来? 难道你不泄气吗? 换了我,在这儿简直活不下去,宁可睡在桥底下的。”

“最初我也觉得痛苦,跟你一样厌恶这种环境。我记得小时候跟着大人去散步，只要走过肮脏的贫民区域，心里就作呕，有时还有些不敢说出来的可笑的恐怖。我想：要是此刻发生地震，我就得死在这儿，永远留在这儿；而这是我最怕的。那时我万万想不到有一天会甘心情愿住在这等地方，说不定还要死在这里。我当然不能太挑剔，可是心里是永远厌恶的，只能竭力不去想它。上楼的时候，我把眼睛、耳朵、鼻子，所有的感官都封闭起来，跟外界隔绝。并且，你瞧，从那个屋顶望出去，有一株皂角树。我坐在这边屋角里，让自己什么都瞧不见，只瞧见那株树；傍晚风吹树动的景致，使我觉得自己远在巴黎之外了；这些齿形的树叶簌簌摇曳，有时比森林中的风涛声还更优美动听呢。"

"是的，"克利斯朵夫说，"我知道你老是在出神；可是你不用你的幻想来创造一些别的生命，而仅仅用来对付生活的烦恼，不是浪费了吗？"

"大多数人的运命就是这样。你自己难道没有为了愤怒与斗争而浪费精力吗？"

"我的情形是不同的，我生来是为斗争的。瞧瞧我的胳膊跟手罢。跟人家搏斗是表示我健康。你哪，你可没有多大气力，我一眼就看出来了。"

奥里维凄然瞧着自己细弱的手腕："是的，我身子弱得很，一向是这样的。有什么办法？总得生活啰。"

"你靠什么过活的？"

"教书。"

"教什么？"

"什么都教。替人补习拉丁文、希腊文、历史。我给人家预备中学毕业考试。在市立学校我还担任一门道德课。"

"什么课？"

"道德课。"

"见鬼！你们学校里教道德吗？"

"当然。"奥里维笑着说。

"你有什么话可以在讲堂上说到十分钟以上呢？"

"每星期我有十二个钟点呢。"

“那末你是教他们做坏事了?”

“为什么?”

“因为要人家知道什么叫做善,是用不着多费口舌的。”

“那末是不说为妙了?”

“对啦,不说为妙。不知道善恶不一定就不能为善。善不是一种学问,而是一种行为。只有一般神经衰弱的人才把道德讨论个不休。可是道德的最重要的规则便是不能神经衰弱。那些迂腐的家伙!他们好比手脚残废的人想要教我怎么走路。”

“那不是对你说的。你已经知道了,可是不知道的人多着呢!”

“那末让他们像小娃娃一样手脚并用地去爬吧,让他们自己去学走吧。但手脚并用也罢,不并用也罢,第一要他们会走。”

他在屋子里大踏步踱着,不到四步把整个房间走完了。走到钢琴前面,他站住了,揭开琴盖,随便翻了翻乐谱,把键盘抚弄了一会儿,说道:“弹些曲子给我听听。”

奥里维吓了一跳:“要我弹?多古怪的念头!”

“罗孙太太说你是很好的音乐家。来,来,弹罢。”

“在你面前弹吗?噢!那会教我羞死的。”

这个从心坎里发出来的天真的呼声,把克利斯朵夫听得笑了,奥里维自己也不好意思地笑了。

“在一个法国人说来,难道这能算一个理由吗?”

奥里维始终推辞:“可是为什么?为什么要我弹呢?”

“等会告诉你。你先弹罢。”

“弹什么呢?”

“随你。”

奥里维叹了口气,在钢琴前面坐下了,很柔顺地服从了这个自动挑中他的专制的朋友。他迟疑了半日,方始弹一曲莫扎特的 B 小调柔板,他先是手指发抖,连捺键子的气力都没有;后来胆子大了一些,自以为不过是复述莫扎特的话,可不知不觉地把自己的心灵透露了。音乐最容易暴露一个人的心事,泄露最隐秘的思想。在莫扎特那个伟大的曲子下面,克利斯朵夫发现了这个新朋友的真面目:他体会到凄凉高远的情调，羞怯而温柔的笑容，显出他是个神经质的、纯洁的、多情的、动不动会脸红的人。到了快终曲的时候，正当表现痛苦的爱情的乐句到了顶点而突然迸裂的时候，有种抑捺不住的贞洁的情绪使奥里维没法再往下弹；他手指哆嗦，没有声音，放下了手，说道：“我弹不下去了……”

站在后面的克利斯朵夫弯下身子，把中断的乐句弹完了，说：“现在我可听到你的心声了。”他抓着他两只手，把他瞧了好一会儿：“真怪！……我好像见过你的……好像已经认识你那么久那么清楚了。”

奥里维嘴唇发抖，差点儿要说出来，可是终于一句话也没说。

克利斯朵夫又把他瞧了一会儿，然后悄悄地笑了笑，走了。

他心花怒放地走下楼梯，半中间遇见两个丑八怪的孩子，一个捧着面包，一个拿着一瓶油。他亲热地把他们的腮帮拧了一下。门房沉着脸，他可向他笑笑。他走在街上低声唱着，不久进了卢森堡公园，拣着阴处的一条凳子躺下，闭上眼睛。没有一丝风，游人很少。喷水池的声音响一阵轻一阵。铺着细沙的路上偶尔有窸窸窣窣的声响。克利斯朵夫懒洋洋的，像一条晒着太阳的蜥蜴；树底下的阴影移过去了；但他连挣扎一下的气力都没有。他的思想在打转，却也没有意思把它固定；那些念头全都照着幸福的光辉。卢森堡宫的大钟响了，他也不理；过了一忽，他才发觉刚才敲的是十二点，便马上纵起身子，原来已经闲荡了两小时，错失了哀区脱的约会，一个早上都糟掉了。他笑着，打着唿哨回家，拿一个小贩叫喊的调子作了一支回旋曲。便是凄凉的旋律在他心中也带着快乐的气息。走过他住的那条街上的洗衣店，他照例瞧了瞧：那个头发茶褐色，皮肤没有光彩，热得满脸通红的姑娘在熨衣服，细长的胳膊直露到肩头，敞开着胸襟，跟往常一样很放肆地瞅了他一眼：破题儿第一遭，克利斯朵夫竟没有生气。他还在笑。进了屋子，先前留下的工作一件都找不到。他把帽子、上衣、背心，前后左右乱丢一阵，接着便开始工作，那股狠劲仿佛要征服世界似的。他把东一张西一张的音乐稿子捡起来，可是心不在这儿，只有眼睛在那里看着。过了几分钟，他又觉得飘飘然了，像在卢森堡公园里一样。他惊醒了两三回，想打起精神，可是没用。他嘻嘻哈哈地骂自己，站起身子把头往冷水里浸了一会儿，才清醒了些，重新坐在桌旁，一声不出，堆着一副渺茫的笑容，想着："这跟爱情有什么分别呢？"

他只敢悄悄地思索，似乎有些怕羞。他耸了耸肩膀，又想："爱是没有两种方式的……噢，不，的确有两种：一种是把整个的身心去爱人家，一种是只把自己浮表的一部分去爱人家。但愿我永远不要害上这种心灵的吝啬病！"

他不敢往下再想了，只对着内心的梦境微笑，久久不已。他在心里唱着：

你是我的，我才成为整个的我……

他拿起一张纸，静静地把心里唱的写了下来。

他们俩决意合租一个寓所。克利斯朵夫的意思是要立刻搬，不管租期还剩着一半而要损失一笔租金。比较谨慎的奥里维，虽然也愿意马上搬家，可劝他等双方的租期满了再说。克利斯朵夫不了解这种计算；他像许多没钱的人一样，损失点儿钱是满不在乎的。他以为奥里维手头比他更窘。有一天看到朋友穷困的情形吃了一惊，他立刻跑出去，过了两小时又回来，把从哀区脱那儿预支到的几枚五法郎的钱得意扬扬地摆在桌上。奥里维红着脸不肯收。克利斯朵夫一气之下，要把钱丢给一个在楼下院子里拉着琴要饭的意大利人，被奥里维拦住了。克利斯朵夫装着生气的样子走了，其实他是恨自己的笨拙，没法使奥里维接受。结果，朋友来了一封信，把他安慰了一番。凡是奥里维口头不敢表示的，都在信上表示了出来：他说出认识克利斯朵夫的快乐，说克利斯朵夫的好意使他多么感动。克利斯朵夫回了一封狂热的信，像十五岁时写给他的朋友奥多的一样，满纸都是热情跟傻话，用法语，德语，甚至也用音乐来作种种双关语。

他们终于把住的地方安顿好了。在蒙巴那斯区，靠近唐番广场，在一幢旧屋子的六层楼上，他们找到一个三间正屋带一个厨房的公寓；房间很小，朝着一个四面都是高墙的挺小的园子。在他们那一层，从对面一堵比较低矮的墙上望过去,可以瞧见一所修道院的大花园,那在巴黎还有不少,都是藏在一边,没人知道的。园子里荒凉的走道上,一个人都没有。比卢森堡公园里更高更密的古树,在阳光底下微微摆动;成群的鸟在歌唱;天刚亮就能听到山乌的笛声,接着是麻雀吵吵闹闹而有节奏的合唱。夏日的傍晚,燕雀的狂噪穿过暮霭,在天空回绕。月夜还有蛤蟆像滚珠一样的叫声,好比浮到池塘面上的气泡。倘使这幢旧屋子不是时时刻刻被沉重的车子震动,仿佛大地在高热度中发抖的话,你决计想不到住在巴黎。

有一间屋比其余的两间更大更好,两个朋友便互相推让,结果大家同意用抽签来决定。首先作这个提议的克利斯朵夫存了心,用了一种他素来觉得不会做的巧妙的手法,居然使自己没抽到那个好房间。

于是他们开始了一个完全幸福的时期。那不是专靠某一件事,而是同时靠所有的事的:他们所有的行动和思想都浸在幸福中间,幸福简直跟他们一分钟都不离开了。

在这个友谊的蜜月中,那些深邃而无声的欢乐,唯有“得一知己”的人才能体会。他们难得说话,也不大敢说话;只要能觉得彼此在一起,能交换一个眼风,一句话,证明他们虽然静默了好久而思想仍旧在一条路上就行了。用不着互相问讯,甚至也用不着互相瞧一眼,他们随时都能看到对方的形象。动了爱情的人都不知不觉地把爱人的灵魂作为自己的模型,一心一意地想不要得罪爱人,想教自己跟对方完全合二为一,所以他凭着一种神秘的、突如其来的直觉,能够窥到爱人的心的微妙的活动。朋友看朋友是透明的;他们彼此交换生命。双方的声音笑貌在那里互相摹仿,心灵也在那里互相摹仿,——直要等到那股深邃的力,那个民族的本性,有一天突然抬起头来把他们友谊的联系扯断了的时候才会显出裂痕。

克利斯朵夫放低了声音说话,放轻了脚步走路,唯恐扰乱了隔壁屋子里幽静的奥里维;友谊把他改变了:他有种从来没有的快乐、信赖、年轻的表情。他疼着奥里维。奥里维大可以对朋友作威作福,要不是他觉得不配受这样的爱而为之脸红的话:因为他自以为还不及克利斯朵夫,不知克利斯朵夫也跟他一样的谦卑。双方的这种谦卑是从友爱来的，给他们多添了一种甜蜜。一个人觉得自己在朋友心中占着那么重要的地位，即使自以为不够资格，也是最快乐的。因此他们俩都非常的感动和感激。

奥里维把自己的藏书放在克利斯朵夫的一起，不分彼此。他提到某一册的时候，不说“我的书”而说“我们的书”。只有一小部分东西，他保留着不作为公共财产：那是姊姊的遗物，或是跟她的往事有关的东西。克利斯朵夫被爱情磨炼得机警了，不久便注意到这种情形，可不明白为什么。他从来不敢向奥里维问起他的家属；只知道奥里维所有的亲人都已经故世；除了带点儿高傲的感情使他不愿意探听朋友的私事以外，他还怕触动朋友过去的悲痛。他羞怯得连对奥里维桌上的照片都不敢仔细瞧一眼，虽然心里很有这个愿望。那张相片上有一位正襟危坐的先生，一位太太，还有一个十二三岁的小姑娘，脚下坐着一条长毛大狗。

在新居住了两三个月，奥里维忽然受了些风寒，躺在床上。克利斯朵夫动了慈母一般的感情，又温柔又焦急地看护他；医生听到奥里维肺尖上有点儿发炎，嘱咐克利斯朵夫用碘摩擦病人的背。克利斯朵夫一本正经地做着这工作的时候，瞧见奥里维脖子里挂着一块圣牌。他知道奥里维对一切宗教信仰比他都摆脱得干净，当下表示很奇怪。奥里维脸一红，说道：“那是件纪念物，是我可怜的安多纳德临死的时候戴着的。”

克利斯朵夫打了一个寒噤。安多纳德这个名字使他忽然心中一亮。

“安多纳德？”他问。

“是的，她是我的姊姊。”

克利斯朵夫反复念着：“安多纳德……安多纳德·耶南……她是你的姊姊？……”他一边说，一边望着桌上的照片，“她不是很小就故世的吗？”

奥里维凄然笑了笑：“这是一张小时候的照片。可怜我没有别的……她死的时候已经二十五岁了。”

“啊！”克利斯朵夫很激动地说，“她可是到过德国的？”

奥里维点点头。

克利斯朵夫抓着奥里维的手:"那末我是认识她的啊!"

"我知道。"奥里维回答。

他勾着克利斯朵夫的脖子。

"可怜的姑娘!可怜的姑娘!"克利斯朵夫再三说着。

他们俩一齐哭了。

克利斯朵夫忽然想到了奥里维的病,便尽量安慰他,要他把手臂放进被窝,替他把被褥盖住肩头,像母亲一般替他抹着眼泪,坐在床头对他望着。

"对啦,对啦,"克利斯朵夫说,"怪不得我早认得你了,第一天晚上就认出你了。"

(不知他是对眼前这个朋友说,还是对那个已经死了的朋友说。)

"可是你,"他停了一会儿又说,"既然早知道了,干吗不对我说呢?"

安多纳德冥冥中借着奥里维的眼睛回答:

"我不能说。应当由你说的。"

两人沉默了一会儿;随后,在静悄悄的夜里,奥里维一动不动地躺在床上,向握着他的手的克利斯朵夫轻轻讲着安多纳德的一生;——可是那不该说的一段,连她自己也闭口不言的秘密,并没有说,——但也许克利斯朵夫已经知道了。

从此,他们俩都被安多纳德的精神包裹了。他们在一块儿的时候,她就跟他们在一块儿。他们甚至用不着想到她:两人都是以她的思想为思想的。她的爱是他们的两颗心相会的地方。

奥里维时常唤起她的形象:都是些零星的回忆,短短的轶事,让她那种羞怯而可爱的举动,年轻而端庄的笑容,深思而妩媚的情致,像一道微光似的透露出来。克利斯朵夫默默无言地听着,整个儿给这个看不见的朋友的光彩罩住了。因为天生的比别人容易吸收生机,他有时能在奥里维的说话中间听到深邃的回声,为奥里维自己所听不见的;而且那年轻的死者的生命,他也比奥里维更能够吸收。

在奥里维身边，他不知不觉代替了她的职位；笨拙的德国人居然会像安多纳德一样的殷勤，细心，做许多体贴周到的安排，教人看了感动。有时他竟弄不清是为了爱奥里维而爱安多纳德呢，还是为了爱安多纳德而爱奥里维。柔情牵动之下，他不声不响地到安多纳德墓上去供些花草。奥里维一向不知道，直到有一天在墓上发现了鲜花才觉察，可还不容易肯定是克利斯朵夫去过的。他怯生生地提到这问题，克利斯朵夫却粗声大气地把话岔开了。他不愿意奥里维知道；但有一天两人在公墓上碰到了。

另一方面，奥里维私下写信给克利斯朵夫的母亲，把克利斯朵夫的近况告诉她，说他对克利斯朵夫怎样的敬爱与钦佩。鲁意莎很笨拙很谦卑地回了信，表示感激涕零；她老是提到自己的儿子，口气像提到一个小孩子一样。

像情人似的经过了一个不大出声的时期以后，——经过了一个“心旷神怡的恬静，莫名其妙的欢乐”的时期以后，——两人的舌头松动了。他们几小时地摸索着，要在朋友的心中有点儿新发现。

他们俩性情那么不同，但本质都那么纯粹。他们因为如是其不同又如是其相同，所以相爱。

奥里维是娇弱，单薄，不能跟人生的艰苦搏斗的。一遇到阻碍，他便退缩，并非为了害怕，而是一小部分为了胆怯，一大部分为了不肯用强暴与粗鄙的手段去克服困难。他是靠替人补习功课，写些文艺的书来维持生活的，报酬照例是少得可怜。他也偶尔写些杂志文章，可从来不能自由发表意见，必须讨论他不大感兴趣的问题：——他感兴趣的题材，人家不要他写；他是诗人，人家却教他写评论；他懂得音乐，人家却要他谈画。他知道，关于这些问题他只能说些老生常谈：而这正是大众欢迎的；他不得不对平凡的人说些他们能懂的话。后来他厌恶到极点，不愿意再写了，只替一些小杂志写作。那些刊物虽没有稿费，但言论自由，所以是被许多青年真心爱护的。唯有在这等地方，他才能发表他值得留存的东西。

他为人温和有礼，表面上很有耐性，实际上却是非常敏感。一句略微过火的话就会使他气得热血奔腾;看到什么不公平的事,他会惊骇失措;他除了自己痛苦以外,还替别人痛苦。几百年前的某些丑恶的史实使他痛心疾首,仿佛当时遭人蹂躏的便是他自己。一想到遭受那些不幸的人的苦难,他脸色发白,浑身打战,苦恼到极点,可是他同情的人物已经跟他隔着几世纪了。要是他亲眼看到这一类的暴行,更是气得直打哆嗦,有时甚至会害病,睡不着觉。他外表的强作镇静,是因为知道自己一生气就会过火,可能说出别人不能原谅的话。那时人家恨他比恨素来性情暴烈的克利斯朵夫更厉害,因为奥里维冲动之下,似乎比克利斯朵夫更容易透露他隐秘的思想。而这是不错的。他的批判人,既没有克利斯朵夫那样盲目的夸张,也没有他那样一厢情愿的幻想,而是把事情看得非常清楚。这便是一般人最不能原谅的地方。他因此默不出声,知道争辩没用,就避免争辩。这种压制使他很痛苦。但他更痛苦的是自己的胆怯:为了胆怯,他有时竟不得不违反自己的思想,或者不敢坚持到底,或者还得向人道歉,好似那次为了讨论克利斯朵夫而跟吕西安·雷维-葛争吵的情形。他对人对己都打不定主意,常常为此苦闷。在比较更使性的少年时代,他不是极端兴奋,便是极端消沉,而转换的方式也非常突兀。他最快乐的时候,已经觉得悲哀在旁边等着他了。果然,他根本没看到悲哀是怎么来的,冷不防就给它抓住了。那时他不但烦恼,还要埋怨自己的烦恼,怀疑自己的言语、行为、诚实,站在别人的立场上攻击自己。他的心在胸中乱跳,可怜巴巴地挣扎着,快要窒息了。——自从安多纳德死后,也许是受了她的死亡之赐,受了在某些亲爱的亡人身上发出来的那种令人苏慰的光明之赐,好像黎明的微光把病人的眼睛与心灵都照得清明了一样,奥里维虽不能完全摆脱这些骚乱,至少能够隐忍而加以控制了。很少人想象得到这类内心的斗争,他把这个使自己感到屈辱的秘密藏在心里:一方面是软弱而骚动的身体,一方面是无挂无碍而清明宁静的智慧,虽不能完全控制那个骚乱,却也不致受它的害,——"在扰攘不息的心头始终保持着一片和平"。

这种智慧使克利斯朵夫大为惊异。那是他在奥里维的眼睛里看出来的。奥里维有的是直觉,有的是胸襟阔大的敏锐的好奇心,无所不包,无所不容,对什么都不恨,抱着广大的同情观照世界:这种清新的目光是最可贵的天赋,使他能够用一颗永远天真的心去体验宇宙间生生不息的现象。在这个内心的天地中,他觉得自己无挂无碍,广大无边,能够主宰一切了;他这才忘了自己的缺陷和肉体的痛苦。这个弱不禁风,随时可以奄然物化的身体,倘使你远远地用一种幽默而怜悯的态度去看它,的确另有一番风味。在这等情形中,一个人决不执着自己的生命,可是更热烈地执着一般的生命。奥里维把不愿意在行动方面消耗的精力全部灌注到爱情和智慧中去。他没有充分的活力单独生存。他是根藤萝,需要有个倚傍。把整个身心施舍给人家的时候,才是他生命最丰满的时候。那是女性的灵魂,永远需要爱别人,需要被别人爱。他生来是跟克利斯朵夫配在一起的。历史上有一般高贵的可爱的朋友,为大艺术家作护卫,同时也靠着大艺术家坚强的心灵而繁荣滋长的:例如贝尔脱拉费沃之于达·芬奇,加伐里哀之于弥盖朗琪罗;翁白尔同乡之于年轻的拉斐尔;哀尔·梵·琪尔特之忠于那个老而潦倒的伦勃朗。他们并没那些宗师的伟大;可是宗师所有高贵与纯洁的成分在那些朋友身上似乎更臻化境。他们是天才的最理想的伴侣。

他们的友谊对两人都有好处。有了朋友,生命才显出它全部的价值;一个人活着是为了朋友;保持自己生命的完整,不受时间侵蚀,也是为了朋友。

他们互相充实。奥里维头脑清明,身体虚弱。克利斯朵夫元气充沛,精神骚乱。一个是瞎子,一个是瘫子。合在一块儿,他们可是非常完满了。受了克利斯朵夫的熏陶,奥里维对阳光重新感到了兴趣;因为克利斯朵夫生气勃勃,身心康健,便是在痛苦、受难、憎恨的时候依旧能保持乐天的倾向;而这些他都灌输了一部分给奥里维。可是克利斯朵夫得之于奥里维的还远过于此。一般天才的通例,尽管有所给予,但他在爱情中所取的总远过于所给的,因为他是天才,而所谓天才一半就因为他能把周围的伟大都吸收过来而使自己更伟大。俗语说财富跟着富人跑。同样,力也是跟着强者走的。克利斯朵夫吸收了奥里维的思想来滋养自己,感染到他超然物外、洒脱自如的精神,和那种远大的目光,——静静地体验一切而控制一切的目光。但朋友的这些德性一朝移植到他这块更肥沃的土地上时，它们的发荣滋长变得格外有力了。

他们在对方的心灵中发掘出这些境界，对之赞叹不已。每个人贡献出无穷的富源，那是至此为止各人从来没意识到的全民族的精神财宝；奥里维所贡献的是法国人广博的修养，和参透心理的本领；克利斯朵夫所贡献的是德国人那种内在的音乐与体会自然的直觉。

克利斯朵夫不能了解奥里维怎么会是法国人。这位朋友跟他所见到的法国人多么不同！没有遇见他之前，克利斯朵夫几乎把吕西安·雷维-葛看做现代法兰西精神的典型，不知他实际上只是一幅漫画。看到了奥里维，他才发觉巴黎还有比吕西安·雷维-葛思想更自由，而仍不失其纯洁狷介的人。克利斯朵夫拼命跟奥里维辩，说他和他的姊姊不完全是法国人。

"可怜的朋友，"奥里维回答，"关于法国，你知道些什么呢？"

克利斯朵夫拿他从前为了要认识法国而耗费的精力作为辩论的根据；他把在史丹芬与罗孙家中碰到的法国人一个一个地背出来，都是些犹太人、比利时人、卢森堡人、美国人、俄国人，甚至也有几个真正的法国人。

"我早料到了，"奥里维回答，"你连一个法国人都没见到。你只看到一个堕落的社会，一些享乐的禽兽，根本不是法国人，仅仅是批浪子，政客，废物，他们所有的骚动只在法国的表面上飘过，跟法国连接触都没接触到。你只看见成千成万的黄蜂，被美丽的秋天与丰盛的果园吸引来的。你没注意到忙碌的蜂房，工作的都城，研究的热情。"

"对不起，"克利斯朵夫说，"我也见过你们优秀的知识阶级。"

"什么？两三打文人吗？那才妙呢！在这个时代，科学与行动变得这样重要，文学只能代表一个民族的最浮表的思想。何况以文学而论，你也只看到些戏剧，所谓高级的娱乐，替国际饭店的有钱的主顾定制的国际烹调。巴黎那些戏院吗？一个真正工作的人根本不知道里面是怎么回事。巴斯德一生也没看过十次戏！像所有的外国人一样，你太重视我们的小说，太重视大街上的戏院，太重视我们那班政客的掀风作浪了……要是你愿意，我可以让你看到一般从来不看小说的女人，从来不上戏院的巴黎姑娘，从来不关心政治的男子，——而这些全是知识分子呢。你既没看到我们的学者，也没看到我们的诗人。你既没看到我们没世无闻的孤高的艺术家，也没看到我们革命志士的热烈的火焰。最伟大的信徒，你一个没见过；最伟大的自由思想者，你也一个没见过。至于平民阶级更不必谈了！除了那个看护过你的可怜的女人，你对法国的平民又知道些什么？你哪儿看得到呢？住在二三层楼以上的巴黎人，你认识几个？① 你要是不认识那班人，你就不认识法兰西。在可怜的公寓中，在巴黎的顶楼下，在静悄悄的内地，有的是善良，真诚的人，庸庸碌碌地过着一辈子，老抓着一些严肃的思想，每天都做着自我牺牲。——法国无论哪个时代都有这小小的一群人，数量是不足道的，精神是伟大的，差不多没人知道，没有一点儿表面的行动，然而的确是法兰西的力量，默默无声而持久的力量。至于自命为优秀的阶级却在那里不断地腐烂，不断地新陈代谢……你一朝看到一个法国人不是为了追求幸福，不是为了以任何代价追求幸福而活着，而是为了完成或是效忠于他的信仰而活着，你便觉得奇怪。可是有成千成万的人，像我这样，比我更有价值，更虔诚，更谦卑，鞠躬尽瘁，死而后已地为了一个没有回音的上帝服务，为了一个理想而服务。你不认识那些卑微的人，省吃俭用，按部就班，勤劳不倦，安安静静的，心中却藏着一朵没有燃烧起来的火焰，——这是为了保卫乡土，跟自私的贵族抗争而牺牲的民众，是蓝眼睛的老伏朋②一流的人。你既不认识平民，也不认识优秀阶级。像我们忠实的朋友一样、像支持我们的伴侣一样的书，你有没有看过一本？你根本不知道，我们以多少的忠诚与信心培植着一批年轻的刊物。你可想到有些正人君子是我们的太阳，它的光华使无赖小人畏惧吗？他们不敢正面相搏，只有对它低头，以便用手段去暗算它。无赖小人是奴隶，而所谓奴隶倒是主人。你只认识奴才，没认识主人……你看着我们的斗争，以为是胡闹，因为你不了解它的意义。你只看见太阳的反光和影子，可没看见内在的太阳，没看见我们几百年的灵魂。你有没有想

---

① 巴黎公寓的房租层次愈低愈贵，愈高愈便宜；故平民多住在二三层楼以上。二十世纪三十年代以前，巴黎房屋普遍都只有五六层。

② 伏朋(1633—1707)为法国平民出身的元帅与军事工程家，以防御战著称。晚年发表宣言，主张贵族应与平民平等纳税，以此失欢于路易十四。

法去认识它？有没有窥见我们英勇的行为，巴黎公社时代的十字军？有没有把握到法兰西精神的悲壮的气息？有没有对巴斯加心中的深渊探着身子看过一眼？对于一个一千年来始终在活动在创造的民族，把它哥特式的艺术、十七世纪的文化、大革命的巨潮、传遍全世界的民族，——一个经过几十次磨炼而从来没死灭，而复活了几十次的民族，怎么能横加诬蔑呢？你们都是一样的。你所有的同胞，到这儿来都只看见腐蚀我们的寄生虫，文坛、政界、金融界的冒险者和他们的供应商，他们的顾客，他们的娼妓：你们把这批吞噬法兰西的坏蛋作为批判法兰西的根据。你们之中一个都没想到被压制的真正的法国，藏在内地的那个生命的储藏库，那些埋头工作的民众，根本不理会眼前的主人怎么喧闹……你们对这些情形一无所知也是挺自然的，我不怪怨你们：你们怎么会知道呢？连法国人自己都不大认识法国。我们之中最优秀的都给封锁在我们自己的土地上。人家永远不会知道我们的痛苦：我们锲而不舍地抓着我们的民族精神，把从它那儿得到的光明当做神圣的宝物一般储存在心中，竭尽心力保护它不让狂风吹熄；——我们孤零零的，觉得周围尽是那些异族散布出来的乌烟瘴气，像一群苍蝇似的压在我们的思想上，留下可恶的蛆虫侵蚀我们的理智，污辱我们的心灵；——而应当负责保卫我们的人反而欺骗我们；我们的向导，我们的非愚即怯的批评家，只知道谄媚敌人，求敌人原谅他们生为我们的族类；——民众也遗弃我们，既不表示关切，甚至也不认识我们……我们有什么方法使民众认识呢？简直没法跟他们接近。啊！这才是最受不了的！我们明知道法国有成千累万的人思想都和我们的一样，明知道我们是代表他们说话，而竟没法教他们听见！敌人把什么都霸占了：报纸，杂志，戏院……报纸躲避思想，要不然就只接受那些为享乐作工具、为党派作武器的思想。党派社团把所有的路封锁了，只许自甘堕落的人通过。贫穷和过度的劳作把我们的精力消磨尽了。忙着搞钱的政客只关心那批能够收买的无产阶级。而冷酷自私的布尔乔亚又眼睁睁地看着我们死。我们的民众不知道我们：凡是和我们一样斗争的人，也像我们一样被静默包围着，不知道有我们，而我们也不知道有他们……可怕的巴黎！固然巴黎也做了些好事，把法兰西思想所有的力量都集中在一处。可是它做的坏事至少不亚于它做的好事；而且在我们这样的时代，便是善也会变成恶的。只要一个冒充的优秀阶级占据了巴黎，借了舆论大吹特吹，法国的声音就给压下去了。何况法国人自己还分辨不清；他们噤若寒蝉，怯生生地把自己的思想藏起来……从前我为此非常痛苦。现在，克利斯朵夫，我可是安心了。我明白了我的力量，明白了我民族的力量。我们只要等洪水退下去。法兰西的质地细致的花岗石决不会因之剥落的。在洪水带来的污泥之下，我可以教你摸到它。眼前，东一处西一处已经有些岩石的峰尖透到水面上来了。”

克利斯朵夫发现了理想主义那股气势伟大的力；当时法国的诗人，音乐家，学者，都受着这股力鼓动。当令的人尽管喧呼扰攘，宣传他们鄙俗的享乐主义，把法国思想界的呼声压倒；可是法国的思想界为了自己的身份，不屑跟市井无赖的叫嚣去对抗，只为着自己，为着它的上帝，继续唱它的热烈而含蓄的歌。它甚至为了躲避外界的喧扰，直退隐到它高塔上最深藏的地方。

诗人这个美丽的名词，久已被报纸与学会滥用，称呼那般追求名利的多嘴的家伙。但真正的诗人瞧不起鄙俗的辞藻与拘泥的写实主义，认为那只能浮光掠影地触及事物的表面而碰不到核心；他们守在灵魂的中心，耽溺着一种神秘的意境，那是形象与思想所向往的，它们像一道倾泻在湖内的急流，染上那内心生活的色彩。但这种为了另造一个世界而特别深藏的理想主义，大众是无法接受的。克利斯朵夫最初也不能领会。在叫嚣喧呼的节场以后，这情形未免太突兀了。好比在刺目的阳光底下经过了一番骚扰，忽然来了一片静悄悄的黑暗。他耳朵里乱响，什么都无从分辨。他先因为热爱生命，看了这对比非常不快。外边是热情的巨潮在震撼法国，震撼人类。而在艺术中间，初看竟没有一点骚乱的痕迹。克利斯朵夫问奥里维：

“你们为德莱弗斯事件①闹得天翻地覆；但经历过这漩涡的诗人在

① 德莱弗斯事件为一八九四至一九〇六年间轰动法国的大狱。德莱弗斯少校被诬通敌叛国，卒获平反。

哪儿？有宗教情绪的人，此刻心中正作着几百年来最壮烈的斗争，教会的威权与良心的自由正在冲突。哪儿有个诗人反映这种悲痛的？劳工阶级预备作战；有些民族灭亡了，有些民族再生了，亚美尼亚人遭受屠杀，亚洲在千年长梦中醒来，把欧洲的掌钥人，莫斯科巨人推倒了；土耳其像亚当般睁眼见了天日；空间被人类征服了；古老的土地在我们脚下裂开，把整个民族吞下了……所有二十年来的奇迹，尽够写二十部史诗的材料，你们诗人的作品中，可有这些大火的痕迹？现实的诗歌，难道就只有他们没看见吗？”

“你耐性一点，朋友，”奥里维回答，“别说话，你先听着……”

世界的车轴声慢慢地隐没了；行动的巨轮在街上震撼的声音去远了。静寂的神妙的歌声清晰可辨了：

蜜蜂的声音：菩提树的香味……
风用它黄金般的嘴唇吹着大地……
柔和的雨声挟着蔷薇的幽香。

我们听见诗人的刀斧在柱头上雕出“最朴素的事物的庄严的姿态”；“用他的黄金笛，用他的紫檀箫”表现严肃与欢乐的生活；又为“一切阴影都是光明”的心灵，唱出它们宗教的喜悦与信仰的甘美……还有那抚慰你，向你微笑的酣畅的痛苦，“在它严峻的脸上，射出一道他世界的光芒……”以及那“睁着温柔的大眼的，清明恬静的死亡”。

这交响曲是许多纯粹的声音合起来的。其中没有一个可以跟高乃依与雨果的音响洪大的小号相比；但它们的合奏更深刻，层次更复杂。那是现代欧罗巴最丰富的音乐。

克利斯朵夫不作声了，奥里维对他说：“现在你明白没有？”

这时也轮到克利斯朵夫向奥里维做手势，要他住嘴了。他虽然喜欢更阳性的音乐，但听着心灵像森林像泉水般的喁语，也欣然领受了。大众尽管为了争一日之短长而互相厮杀，诗人依旧在讴歌天地的长春，和“美的景物所给人的甜美的慈爱”。人类在那里“惊呼悲号，在一块贫瘠黑暗的田里打转”的时候，千千万万的生灵互相争取一些血淋淋的自由的时候，泉水和森林却齐声唱着：“自由！自由！圣哉！圣哉！”

诗人并没自私自利地做着恬静的好梦。他们胸中不少悲壮的呼声,也不少骄傲的呼声,爱的呼声,沉痛的呼声。

这是如醉若狂的飓风,“挟着它暴厉的威力或是深邃的甘美”;是骚乱的力,是兴奋若狂的史诗,唱出群众的狂热,唱着人与人间,喘息不已的劳动者间的战斗:

如金如墨的脸庞在黑影与浓雾中显现,
肌肉紧张或收缩的背,
站在巨大的火焰与巨大的铁砧前面……
(锻炼着未来的城市。)

强烈而惨淡的光,照着“冷静的理智”,同时也映出一些孤独的心灵的悲壮的苦闷,他们以痛快淋漓的心情磨着自己。

这些理想主义者的许多特征,在德国人看来倒更近于德国式。但他们都爱好“法国式的隽永的谈吐”,诗中充满着希腊神话的气息。法国的风景与日常生活,在他们眼中都变了阿提卡海的景物。古代的灵魂似乎至今在二十世纪的法国人身上活着,他们还想脱下现代的衣衫,显出他们美丽的裸体。

所有这一类的诗歌都有种成熟了几百年的文明的香味,那是在欧洲任何别的地方找不到的。你只要闻过一次,就永远不会忘掉。它把世界各国的艺术家都吸引到法国来,变成法国诗人,并且是十足地道的法国诗人;而崇拜法国古典艺术的信徒,也没比盎格鲁·撒克逊人、佛兰德人和希腊人更热烈的了。

克利斯朵夫受着奥里维的指引,让法国诗神的精炼的美把他渗透了,虽然以他的趣味而论,这个贵族式的,被他认为太偏于灵智的女神,不及一个朴素的,健全的,结实的,并不喜欢那么推敲,但懂得热爱的民间女子可爱。

全部的法国艺术都有同样美妙的香味,好似秋天被太阳晒暖的树林中发出杨梅熟透的味道。音乐仿佛就是隐在草里的小小的杨梅。最初，克利斯朵夫因为在本国看惯了茂密的杂树，所以在这些微小的植物旁边走过而没有看见。现在清幽的香味使他回过头来了；靠着奥里维的帮助，他发现在那些僭称为音乐的荆棘与枯叶中间，另有一小群音乐家制作着精炼而质朴的艺术。在种满菜蔬的田里，在工厂的煤烟中间，在圣·特尼平原的中心，一群无愁无虑的野兽在一个圣洁的小树林中舞蹈。克利斯朵夫不胜惊奇地听着他们的笛声，又恬静又俏皮，跟他一向所听到的渺不相似：

我只要一支小小的芦苇，
就能使蔓长的野草呻吟，
整片的草原悲鸣，
温柔的杨柳呜咽，
还有那小溪也会低吟：
我只要一支小小的芦苇，
就能使森林合唱齐鸣……

那些钢琴小曲，那些歌，那些法国的室内音乐，素来是为德国艺术家不屑一顾的，克利斯朵夫自己也没注意到其中富有诗意的技巧；但在慵懒的风度与享乐气息之下，他开始看到一种为了求脱胎换骨而来的骚动与苦闷，——那是莱茵彼岸的人无从领会的。法国音乐家用着这种心情在他们荒芜的艺术园地中寻找能够孕育未来的种子。德国音乐家守着乃祖乃父的营地，认为在他们往日的胜利之后，世界的进化已经登峰造极；可是世界依旧在前进；而法国人就是首先出发的先锋队。他们发掘艺术的远大的前程，访求那已经熄灭的和方在升起的太阳，追寻那已经消逝的希腊，和酣睡了几百年，重新睁着大眼，抱着无穷的梦想的远东。西方音乐素来受着章法结构与古典规则的限制，至此才由法国艺术家来开放古代的调式；他们在凡尔赛池塘中灌入世界上所有的水：通俗的旋律与节奏，异国的与古代的音阶，新的或翻新的音程。在此以前，法国的印象派画家已经替眼睛开辟了一个新天地，——他们是发现光明的哥伦布；——现在法国音乐家竭力要征服音响的世界了；他们在听觉的神秘幽深的区域中走得更远，在内心的海洋里发现了崭新的陆地。可是他们很可能有了收获而不做出什么结果来。他们一向是替人开路的。

克利斯朵夫很佩服这个刚刚复活而已经走在前锋的音乐。这个文雅细巧的家伙多勇敢！克利斯朵夫以前指摘他的荒谬，现在可变得宽容了。要永远不会犯错误，只有一事不做。为了追求活泼泼的真理而犯的过失，比那陈腐的真理有希望多了。

不问结果如何，那种努力毕竟是了不起的。奥里维使克利斯朵夫看到了三十五年来完成的事业：人们花了多少精力把法国音乐从一八七〇以前的麻痹状态中救出来；那时法国没有自成一派的交响乐，没有深刻的修养，没有传统，没有大师，没有群众；一切都由柏辽兹一个人担当，而他还是郁郁不得志而死。如今克利斯朵夫对一般尽瘁于复兴大业的匠人感到敬意了；他不想再讥讽他们狭窄的美学或缺乏天才了。他们所创造的不只是作品而是整个的音乐民族。在锻炼法国新音乐的一切伟大的宗匠里头，赛查·法朗克对他特别显得可爱。他没看到自己惨淡经营的事业成功就死了；像德国的老许茨一样，他在法兰西艺术最黯淡的时期始终保持着他的信心和他的民族天才。在繁华的巴黎，这个纯洁的大师，音乐界的圣者，艰苦勤劳地过了一辈子，从来没有丧失清明的心地与耐性；他的坚忍的笑容使他的作品蒙上一层慈爱的光彩。

克利斯朵夫因为没参透法兰西深刻的生命，所以看到一个没有信仰的民族中间居然有一个虔诚的大艺术家，就认为是桩奇迹了。

可是奥里维微微耸着肩，问他在欧洲哪个国家，能找到一位感受浓厚的圣经气息的画家，可以跟那清教徒式的法朗梭阿·米莱相比的；——哪儿有一个学者比清明的巴斯德更加渗透热烈与谦卑的信仰的，——一朝他的精神像他自己所说的，“在悲怆惨痛的境界中”被“无穷”这个观念抓住之后，他便匍匐在地下，“哀求理智把他释放，因为他差不多和巴斯德一样要为了信仰而发狂了”。旧教教义既不妨碍米莱那种英勇的写实主义，也不妨碍巴斯德那种热烈的理智踏着稳健的步子，“走遍了原始的自然界，在无穷小的漆黑的天地中，①在生命发源的

① 巴斯德为近代研究细菌学之始祖，故言“无穷小”的天地。

最隐蔽的地方摸索”。他们出身于内地，在内地的民众身上汲取他们的信仰，也就是一向潜伏在法国土地中的信仰；愚弄平民的政客尽管信口诬蔑也没用。奥里维对这个信仰认识很清楚，那是他生来就有的。

他又指点克利斯朵夫看到二十五年来旧教的革新运动。法国的基督教思想热烈的要跟理智、自由、生命融合起来；那些勇敢的教士，就像他们之中有一个说的，“受了一番人的洗礼”，主张旧教应该了解一切，跟所有正直的思想结合：因为“一切正直的思想，即使犯了错误，还是纯洁的，神圣的”。无数的青年教徒，一片诚心地祝望建立一个基督教共和国，自由，纯洁，博爱，容纳一切善意的人；虽然横遭诬蔑，被斥为异端邪说，受尽左派右派——（尤其是右派）——的暗箭，这个小小的维新队伍依旧非常镇静，坚毅不屈地踏上艰难的前途，知道非洒尽血泪决不能在世界上有什么持久的成就。

法国其他的宗教，也受着同样活泼的理想主义与热烈的自由主义的激荡。新教和犹太教那些庞大而麻木的躯体，也受着新生命的刺激而颤抖了。大家争先恐后的努力，想创造一个自由人的宗教，对热情与理智的威力都不加压制。

这种宗教的狂热并非为宗教所独有；它是革命运动的灵魂。在这儿，它更多了一点悲壮的意味。克利斯朵夫一向只看到卑鄙的社会主义，——被政客们用来笼络群众，拿些幼稚的、鄙俗的幸福之梦，去诱惑那些饥饿的顾客的；而所谓幸福，据政客们说，是他们一朝有了政权就能利用科学来赐给大众的普遍的享乐。此刻克利斯朵夫看到，跟这个令人作呕的乐观主义相对的，还有一般领导工会的优秀分子所提倡的神秘而激烈的运动。他们所宣传的是“战争，从战争中为垂死的世界重新求得一种意义，一个目标，一宗理想”。这些伟大的革命家，痛恨那“布尔乔亚式的，商人化的，温和的，英国式的”社会主义，而另外提出一个壮烈的宇宙观，“它的规律是对抗”，它生存的条件是不断的牺牲。要是你能想象到被那些领袖驱向旧世界挑战的队伍，抱着以康德和尼采的理论同时见诸剧烈行动的神秘主义的话，那末这些高傲的革命志士就显得可惊了，——他们的如醉如狂的悲观气息，轰轰烈烈的英雄生活，对战争与牺牲的信仰，以战斗精神与宗教热诚而论，和条顿会①或日本武士道的理想完全相符。

可是这纯粹是法国的产物，那些人物是几百年来从未改变特征的法兰西民族。这类特征，克利斯朵夫借着奥里维的眼睛在执政时期的执政官与独裁者身上看到，在某些思想家、行动者，和大革命以前的改革家身上看到。加尔文派，扬山尼派，雅各宾党，工团主义者，都用着那种悲观的理想主义和自然斗争，不存幻想，也不灰心，像铁腕一般支撑着民族，往往也鞭挞民族。

克利斯朵夫一朝呼吸到这些神秘的斗争的气息，就开始懂得偏执狂的伟大，懂得为什么法国人对它这样的忠诚不贰，为什么别的更善于调和的民族不能了解。像所有的外国人一样，他最初只觉得法兰西共和国标榜在一切建筑物上的口号，②和法国人的专制思想对照之下非常可笑，便尽量地加以讥讽。现在他可第一次看见了他们所热爱的、富于战斗性的“自由”的意义，——看到了理智的刀光剑影。那并不像他先前所想的，对法国人只是一句好听的话，一个空洞的观念。在一个需要理智高于一切的民族，为理智的斗争自然也高于一切的斗争。固然这种斗争被一般自命为实际的民族认为荒谬，但是有什么关系？用深刻的眼光来看，那些为了征服世界，为了帝国或为了金钱的斗争，何尝不是同样的虚空？不论是哪种斗争，百万年后还不是同样的化为乌有？但要是人生的价值就靠着斗争的剧烈性，靠着为了一个崇高的理想而迸发全部的生命力，便是牺牲自己也在所不惜，那末，除了法国那些为了拥护理智或反对理智的永久的战斗以外，还有什么别的战斗更能为生命争光的？而凡是尝过这种辛辣的滋味的人，对世所盛称的盎格鲁·撒克逊人的毫无生气的宽容，只觉得太平淡，太没有丈夫气。盎格鲁·撒克逊人是有补偿的，因为他们在别的地方可以发泄他们的精力。可是他们的民族的力量并不在于宽容，宽容只有在许多党派中间成为英勇的行为的时候，才成其为伟大。但在现代的欧洲，宽容往往只是麻木不仁，缺少信仰缺少生命的表现。英国人借着伏尔泰的一句名言，说

---

① 条顿会为十二世纪时半军人半慈善性质的日耳曼团体。

② 法国公共建筑物上大半镌有大革命时期的口号：自由，平等，博爱。

“英国靠了信仰纷歧而得到的宽容”,法国经过了大革命还没有能得到。——那是因为大革命时代的法国,比自称为有信仰的英国反而更有信仰。

像维吉尔带着但丁游地狱一样,奥里维带着克利斯朵夫看过了理想主义的钢铁志士,看过了为理智的战斗以后,直爬到山巅:那儿才有清明恬静的,真正超脱的,一小群法国的优秀人物。

他们可以说是世界上最超脱的人物。像停在宁静的天空的鸟一样的潇洒……在那个高度上,空气那么纯洁,那么稀薄,克利斯朵夫简直不容易呼吸。这儿你可以看到一般艺术家自命为神游于绝对自由的梦境中,——看到一般极端的主观主义者,像福楼拜一样瞧不起“相信万物是实有的伧夫”;——看到一般思想家,以他们动荡的复杂的思想,摹仿着动荡不已的万物的波涛,“昼夜不息地流转着”,哪儿都不愿意停留,哪儿都不会遇到稳固的陆地或岩石,像蒙丹所说的“不描写生命而只描绘过程,一天复一天,一秒复一秒的过程”;——还有一般学者明知四大皆空,明知人类是在这个虚无中造出他的思想、他的上帝、他的艺术、他的科学的,可是他们继续创造世界和它的规则,创造那个昙花一现的梦境。他们并不向学问求安息,求幸福,甚至也不求真理:——因为他们没有得到真理的把握;——他们只是为学问而爱学问,因为它是美的,唯有它才是美的,真的。在思想的峰巅上,我们看到这些学者,热烈的怀疑主义者,不理会什么痛苦,什么幻灭,甚至连现实也不以为意,只顾闭着眼睛,听着许多心灵无声无息的合奏,听着数字与形式的微妙而壮丽的和声。这些大数学家,思想自由的哲学家,——世界上最严格最切实的头脑,——已经到了神秘的、入定的境界的极端;他们使周围都变成一片空虚,探着身子瞧着深渊,对于自己的目眩神迷感到一点儿醉意;他们欢欣鼓舞的,把思想的光彩在无边的黑夜中放射出来。

克利斯朵夫挨在他们身边也想瞧一下,只觉得天旋地转。他素来自命为自由,因为他除了自由的良知以外已经摆脱了所有的规则;但在这些连思想的一切绝对的规则,一切无可违拗的强制,一切生存的理由都摆脱干净的法国人旁边,他骇然发觉自己的自由原来是微不足道的。那末他们为什么还要活着呢?

“为了求自由呀,能够自由是最大的快乐。”奥里维回答。

可是这种自由使克利斯朵夫手足无措,甚至于企慕德国的极权主义和严格的纪律了;他说:“你们的快乐是自欺欺人,是抽鸦片的人做的梦。你们醉心于自由,忘记了生命。个人的绝对自由是疯狂,一个国家的绝对自由是混乱……自由!自由!这个世界上谁是自由的?你们的共和国里谁是自由的?——还不是那班无耻之徒!你们最优秀的人可是被窒息的。你们只能做梦。不久恐怕连梦也做不成了。”

“那也没关系!”奥里维回答,“可怜的朋友,自由的乐趣,你是不能知道的。那的确值得用危险、痛苦,甚至生命去交换。自由,感到自己周围所有的心灵都是自由的,——连无耻之徒在内:那真是一种没法形容的乐趣;仿佛你的灵魂在无垠的太空游泳。这样以后,灵魂再不能在别处生活了。你尽管给我像帝国军营内那样的安全,秩序,完满的纪律,我都认为不相干。我会闷死的。我需要的是空气,是自由,越多越好!”

“世界是需要规律的,”克利斯朵夫说,“早晚必有个主子来到。”

可是奥里维带着讥讽的神气,用着比哀尔·特·雷多阿的话回答:

> 用尽尘世的方法去禁锢法国的言论自由,
> 其无效就等于想把太阳埋在地下或关在洞里。

克利斯朵夫对于极端自由的空气慢慢地觉得习惯了。在法国思想的高峰上,一般通体光明的心灵在幻想;克利斯朵夫从山顶上向脚下的山坡瞧去,只看见一群英勇的人为着一种活泼泼的信仰——不管是哪种信仰——在那里奋斗,永远想攀登高峰:他们向着愚昧、疾病、贫穷,发动神圣的战争,一片热诚地致力于发明,征服光明与天空;那是科学对自然的大规模的战斗;——在山坡上比较低一些的地方,一群静默的、意志坚强的男男女女,善良而谦卑的心灵,千辛万苦才爬到半山腰,因为不能再往上,只能抱残守缺,过着平凡的生活,暗中还是非常热烈地抱着牺牲精神;——山脚底下,在险峻的羊肠小径中,多少偏执狂的人,多少盲目的本能,为了一些抽象的思想拼命扯做一团,不知道在环绕他们的石壁之上还别有天地;——再往下去是一带卑湿的池沼和在污泥中打滚的牲畜了。可是沿着山坡,东一处西一处地开着些艺术的鲜花,音乐发出杨梅似的清香,诗人唱着如流水如鸣禽般的歌曲。

克利斯朵夫问奥里维:“你们的民众在哪儿呢?我只看见精华跟糟粕。”

奥里维回答说:“民众吗?他们种着自己的园地,完全不理会我们。每一群所谓优秀分子都想加以拉拢,他们可一概不理。从前他们至少还有点儿分心,听听政客们的花言巧语,现在却充耳不闻了。放弃选举权的人不知有几百万。那些政党尽管打得头破血流,民众可满不在乎,只要打架不打到他们的田里去:万一出了这种事,他们可恼了,不管什么党派,他们都迎头痛击。他们自己并不有所行动,只在工作与休息受到妨碍的时候起而反抗。对帝皇,对共和政府,对教士,对帮口,对社会主义者,民众所要求的只是不要让他们受到公共的危险,例如战争、混乱、疫疠等等,——同时让他们安安静静地种他们的园地。他们心里想:难道这些畜牲不让我们安静吗?然而这些畜牲竟是愚蠢不堪,把老实人缠个不休,非惹得他拿起镰刀来把他们逐出门外不止,——这便是我们的当局有一天会碰到的。从前,民众会给一些大事业煽动起来,将来也许还会有这种情形,虽然他们少年时代的疯狂久已过去;可是无论如何,他们的狂热决不持久;他们很快要回到几百年的老伙计——土地——那儿去的。使法国人留恋法国的是土地,而非法国的人民。多少不同的民族几百年来在这块土地上并肩工作,是土地把他们结合了的:土地才是他们热爱的对象。不管一生的祸福如何,他们老在那儿耕种;他们觉得土地上的一切连一小方泥土都是好的。”

克利斯朵夫极目所及,沿着大路,在池沼周围,在山崖的坡上,在战场与废墟中间,在法兰西的高山与平原上,一切都是耕种的土地:这是欧罗巴文明的大花园。它的可爱不但是由于土地的肥沃,并且也由于那个不知劳苦的民族,千百年来孜孜不倦地开垦,播种,使美好的土地更美好。

好古怪的民族!大家说他变化无常,他的性格可一点没有变。在中世纪哥特式的塑像上,奥里维敏锐的目光还能辨认出今日各行省的一切特征;正如在格鲁哀或杜蒙斯蒂哀的画笔下,他能认出现代交际社会或知识分子的疲倦而带点讥讽意味的面貌,在勒拿画上看出北部各州省的工人和农民的精神与明亮的目光。① 昔日的思想依旧在今日的心灵中流动。巴斯加的精神也依旧存在,不独于深思虔敬之士为然,即在庸碌的中产者或工团运动的革命党心中也有痕迹可循。高乃依与拉辛的作品对于民众始终是活的艺术;巴黎的一个小店员,会觉得路易十四时代的悲剧,比托尔斯泰的小说或易卜生的戏剧对他更接近。中世纪的歌,法国传说中的特里斯坦,对现代法国人的关系,比瓦格纳的《特里斯坦》更密切。十六世纪以来在法国花坛中不断开放的思想之花,不管怎么庞杂,究竟都是亲属,而且跟周围的别的花不同。

克利斯朵夫对法国的认识太肤浅了,捉摸不到它持久不变的面目。他在这个富丽的景色中最觉得奇怪的,是土地的四分五裂。正如奥里维所说的,各有各的园地;每一方园地都用墙壁、篱垣,以及种种的栅栏,和旁的园地分隔着。充其极也不过偶尔有些公共的草原和树林,或者河这一边的居民不得不比对岸的居民彼此挤得紧一些。各人都关在自己家里;而这种不可侵犯的个人主义,经过了几世纪的毗邻生活以后,非但没减退,反而更强了,克利斯朵夫心里想:

“噢! 他们这批人多孤独!”

以孤独而论,克利斯朵夫和奥里维住的屋子可以说是一个典型。那是一个社会的缩影,一个规矩老实、不怕辛苦的小法兰西,可是在它各个不同的分子中间毫无联系。一所摇摇欲坠的六层楼的老屋子,地板在脚底下格格地响,天花板已经被蛀坏了,雨水直打进克利斯朵大和奥里维住的顶楼,使他们不得不找些工人来把屋顶胡乱修葺一下:克利斯朵夫听他们在头顶上工作,谈话。其中有一个使他觉得又好玩又讨厌:他一刻不停地自言自语,自个儿笑着,唱着,说些野话,傻话,一边不

---

① 格鲁哀为十五至十六世纪法国宫廷画家;杜蒙斯蒂哀为十六至十七世纪时的宫廷画家。勒拿三兄弟为十六至十七世纪时名画家。

断地跟自己说话，一边不断地工作；他每做一件事总得在嘴里报告出来："还得敲一只钉呢。我的工具到哪儿去了？好吧，我敲了。敲了两只。还得再敲一下！嘿，朋友，那不是行了吗？……"

克利斯朵夫弹琴的时候，他先静了一会儿，听着，随后又大声地打着唿哨；碰到曲子轻快流畅的段落，他重重地敲着锤子，在屋顶上打拍子。克利斯朵夫大怒之下，爬上凳子，从顶楼的天窗里伸出头去想骂他。可是一看见他骑在屋脊上，嘴里满衔着钉，嘻开着那张年轻老实的脸，克利斯朵夫不由得笑了出来，那工人也跟着笑了。克利斯朵夫忘了怨恨，开始跟他搭讪。临了，他记起爬上窗来的动机，便说：

"啊！我问你：我弹琴不会妨害你吗？"

他回答说不，但要求他别挑太慢的曲子弹，因为他跟着音乐的节拍，慢的曲子会耽误他的工作。他们像好朋友一般的分别了。克利斯朵夫六个月内和整幢屋子里的邻居说的话，还不及他一刻钟内跟这工匠谈的多。

每层楼上有两个公寓，一个是三间屋的，一个是两间屋的，根本没有仆人住的下房：每个家庭都自己动手，只有住在底层和二楼的是例外，他们的屋子也是由两个公寓合起来的。

跟克利斯朵夫和奥里维同样住在六楼上的邻居是一个姓高尔乃伊的神父，年纪四十左右，非常博学，思想很开通，胸襟很宽广，原来在一所大修院里教《圣经》，最近为了思想太新而受到罗马的处分。他接受了处分，虽然心里并没真正的屈服；他不出一声，既不想反抗，也不愿意听人家的劝告，把主张公布；他躲在一边，宁可坐视自己的思想崩溃而不肯把事情张扬出去。对于这一类隐忍的反抗者，克利斯朵夫是不能了解的。他想跟他谈话，但那教士客客气气的，冷冰冰的，绝对不提到他最关切的问题，他的傲气使他把自己活埋了。

下面一层，正好在两个朋友的公寓底下，住着一户人家；男的是工程师，叫做哀里·哀斯白闲，夫妇俩有两个七岁至十岁之间的女儿。他们都是优秀的可爱的人，老关在自己家里，尤其因为处境艰难而羞于见人。年轻的太太不辞劳苦地工作,但常常为了清寒而心里屈辱;她宁愿加倍地劳苦,只要不让人知道他们的窘况。这又是克利斯朵夫不容易领会的一种心情。他们是新教徒,法国东部出生。几年以前夫妇俩卷入了德莱弗斯事件的大风潮;为了这件案子,他们激动得差点儿发狂,正像七年中间①无数如醉若狂的法国人一样。他们为之牺牲了安宁、地位、社会关系,把多少亲切的友谊都斩断了,自己的身体也差不多完全搞坏了。他们几个月不能睡觉,不能饮食,翻来覆去地讨论着同样的论点,像疯子一样的固执。他们互相刺激,情绪越来越激昂:虽然胆小,怕闹笑话,却照旧参加示威运动,在会场上发言;回到家中,两人都恍恍惚惚的心儿乱跳;夜里他们俩一齐哭了。为了战斗,他们把热情与兴致消耗完了,等到胜利来到的时候已经没有那个劲再去体会胜利的快乐,没有精力再去应付生活。当初的希望那么高,牺牲的热情那么纯洁,以致后来的胜利比起他们所梦想的果实竟是近乎讽刺了。他们那么方正,认为世界上只有一条真理;所以早先所崇拜的英雄们此刻在政治上讨价还价,使他们感到悲苦的幻灭。他们一向以为斗争中的伴侣都是激于义愤,主张正义的,——可是一朝把敌人打倒了,他们立刻扑过去抢赃物,夺政权,争荣誉,争位置,也轮到他们来把正义踩在脚下了!只有极少数的人依旧忠于他们的信仰,始终贫穷,孤独,被所有的党派遗弃,同时他们也丢开所有的党派,无声无臭地退隐在一边,让悲哀与忧郁把他们磨着,对什么都不存希望,对人类厌恶到极点,对生活厌倦到极点。工程师哀斯白闲和他的妻子便是这一类的战败者。

他们在屋子里没有一点儿声音,怕打搅邻人,尤其因为他们时常被邻人打搅,而为了傲气不愿意声张。克利斯朵夫看到两个女孩子嘻嘻哈哈、蹦蹦跳跳的快活劲儿老是受到压制,觉得可怜。他是喜欢孩子的,在楼梯上一碰见她们就表示种种的亲热。女孩子们最初有些胆小,不久也跟克利斯朵夫混熟了,他永远有些笑话讲给她们听,或者分些糖果给她们吃。她们在父母面前提起他;他们先也并不领情;可是这个常常把钢琴声和砰砰訇訇搬动家具的声音惹他们厌烦的邻居,——(因

① 德莱弗斯事件前后经过七年方始结束。

为克利斯朵夫在房里透不过气来,老像一头关在笼子里的大熊一般踱来踱去)——凭着那副坦白的神气慢慢地把他们征服了。他们之间的谈话却不容易投机。克利斯朵夫的带点村野的态度,有时使哀里·哀斯白闲为之骇然。工程师很不愿意放弃平素的矜持,但对于一个眼神那么恳切、心情那么快活的人也没法抗拒。克利斯朵夫不时从邻人嘴里逼出几句心腹话。哀斯白闲兴趣很广,做事很有勇气,可是意志消沉,性情忧郁,处处隐忍。他有毅力担受艰苦的生活,可没有毅力改变生活。这种情形仿佛是他特意要证实自己的悲观主义。有人请他上巴西去担任一个工厂的经理,报酬很好,他可拒绝了,因为怕那边的气候损害家人的健康。

"那末为什么不把他们留在这儿,你自个儿去替他们挣笔家业呢?"克利斯朵夫说。

"把他们留在这儿!"工程师嚷道,"可见你是没有孩子的人。"

"倘使我有孩子,我还是一样的想法。"

"我才不呢!……而且要远离乡土!噢!我宁可在这儿吃苦的。"

克利斯朵夫觉得大家挨在一块儿受罪才算爱乡土、爱家属,未免古怪。可是奥里维很了解,他说:"你想想罢!冒着举目无亲、远离骨肉、客死他乡的危险!世界上还有什么事比这个更可怕的?何况生命这样的短促,忙忙碌碌真是何苦呢!……"

"难道一个人非永远想到死不可吗?"克利斯朵夫耸耸肩回答,"而且便是死了,也是为自己所爱的人求幸福死的,那岂不胜于束手待毙吗?"

同一层楼上,在五楼那个小一些的公寓里,住着一个电气工人,叫做奥贝。——他的不跟邻居往来可不是他的过失。这个从平民阶级中跳出来的人物,决不愿意再回到平民阶级中去。小个子,带着病容,脑门的模样长得狠巴巴的,眼睛上面横着一条皱裥,目光很有精神,直勾勾地瞧起人来像螺旋一样尖锐;淡黄色的短髭,有点讥讽意味的嘴巴,语调很低,声音像蒙着什么似的;脖子里裹着围巾,因为喉咙老是不舒服,再加上整天抽烟的刺激;行动急躁,颇有害肺病的人的脾气。他自高自大,喜欢挖苦,嘲弄,满肚皮的牢骚,骨子里却兴致很好,浮夸,天真,时时刻刻受着人生的愚弄。他是一个布尔乔亚的私生子,从来没见过父亲,而抚养他的母亲又是个教人没法尊敬的女人:他从小就看到无数凄惨的、下流的事,学过各种手艺,跑过法国许多地方。他千辛万苦地自修:历史,哲学,颓废派的诗,可以说无书不读;戏剧,画展,音乐会,时下的潮流可以说无所不知。他对于文学和布尔乔亚思想崇拜得不得了,简直是入了迷。他脑子里都是大革命初期使中产阶级如醉若狂的那些模糊而热烈的观念:相信理智是永远不会错的,进步是无穷尽的,——古话说得好:活到老,学到老;——相信幸福不久就会来的,科学是万能的,相信人即是神,而法兰西又是人类的先锋。他反对教会,认为所有的宗教——尤其是基督旧教——都顽固守旧,所有的教士都天生是进步的敌人。社会主义,个人主义,排外主义,在他头脑里冲突不已。他精神上是人道主义者,气质上是专制主义者,事实上是无政府主义者。生性高傲,他知道自己缺少教育,所以说话非常谨慎,尽量吸收别人的话,但不愿意请教人家,以为有伤尊严。然而不论他多么聪明伶俐,聪明伶俐究竟不能完全补足他教育的缺陷。他一心想写作:像许多从来没下过功夫的法国人一样,文字倒颇有风格,自己也知道这一点;不幸思想很模糊。他把苦心孤诣写成的东西拿一部分给一个他崇拜的名记者看,被取笑了一场。经过这次羞辱以后,他对谁都不再提他的工作了,但仍继续写作:因为他需要发泄,并且那是他引为骄傲而快乐的事。他对自己一文不值的哲学思想和文章很满意,以为写得极有力量。至于挺有意思的现实生活的记载,他倒并不重视。他自命为哲学家,想写些社会剧和宣传思想的小说。凡是不能解决的问题,都被他毫不费力地解决了。他到处能发现新大陆,过后又发觉那些新大陆早已由前人发现了,便大失所望,心中很气,几乎要抱怨人家给他上当。他爱慕光荣,抱着一腔牺牲的热忱,因为不知道怎么应用而痛苦。他的梦想是要成为一个大文豪,厕身于作家之林,以为一个人有了作家的声望等于超凡入圣一样。可是他虽然需要对自己抱着种种幻想,他把事情看得很明白,知道自己毫无希望。他至少想生活在布尔乔亚思想的气氛中;远望之下,那气氛是非常光明的。这种无邪的愿望害了他,使他觉得为了地位关系不得不跟工人们来往真是难堪极了。既然他竭力想接近的中产社会对他闭门不纳，结果他便一个人都不来往。因为这个缘故，克利斯朵夫毫不费事就跟他接近了，并且还得赶快回避：要不然奥贝待在克利斯朵夫屋子里的时间，会比待在他自己屋里的时间还要多。他能找到一个艺术家谈谈音乐和戏剧，真是太高兴了。但我们可以想象得到，克利斯朵夫并不感到同样的兴趣：他更喜欢跟一个平民谈谈平民的事。那可是奥贝不愿意谈而且是完全隔膜了的。

一层一层地往下去，克利斯朵夫和邻居的关系自然越来越疏远。要他能踏进四楼的公寓，简直需要靠一种神奇的魔术才行。——四楼的一边住着两个女人，给年深月久的丧事磨得懵懵懂懂了。三十五岁的奚尔曼太太；死了丈夫和女儿之后，跟她年老而虔诚的婆婆杜门不出地住在一起。——四楼的另一边住着一个神秘的人物，看不出准确的年纪，大概有五六十岁，带着一个十来岁的小姑娘。他头发都秃了，胡子保养得很好，手长得很细气，说话很温和，举止大方。人家叫他做华德莱先生，说是无政府主义者，革命党，外国人，但说不清是俄罗斯人还是比利时人。其实他是法国北方人，早已不是什么革命党，但还保存着过去的声名。参加过一八七一年的暴动，判了死刑，不知怎么逃过了，他十多年来走遍了欧洲。在巴黎骚动的时期和以后，在亡命的时期和回来以后，在从前的同志而现在握了政权的人中，在所有的革命党派中，他看到不知多少的丑事，便退出党派，心平气和地守着他清白的，可是一无用处的信念。他书看得很多，也写些带点煽动性的书，领导着——（据人家说）——印度和远东那一带的无政府运动，从事于世界革命，也从事于同样含有世界性而意义比较温和的研究工作：他要创造一种为普及音乐教育用的新的世界语。他跟公寓里的人都不来往，遇到了仅仅是挺有礼貌的招呼一下。他对克利斯朵夫倒肯说几句他记载音乐的新方法。但这是克利斯朵夫最不感兴趣的：用什么符号来表示思想，他认为无足重轻；不管是哪一种语言，他都能运用。那位学者可毫不放松，又温和又固执地解释自己的学说；至于他其余的事，克利斯朵夫一点都没法知道。所以在楼梯上碰见他的时候，他只注意那老跟着他的女孩子：她长着淡黄头发，黄眼睛，苍白的脸，血色很不好，侧影很难看,身体很娇,病容满面,没有多大表情。他跟大家一样以为她是华德莱的女儿,其实是个孤儿,父母都是工人阶级;华德莱在她四五岁时父母染疫双亡之后把她抱养过来的。他对一般贫苦的儿童喜爱到极点,那简直是他的一种神秘的温情,像梵桑·特·保尔[①]的一样。因为不信任一切官办的慈善机关,也明白一般慈善团体的内容,所以他的救济事业是独自做的,瞒着别人,觉得另有一种愉快。他学了医,预备帮助人家。有一天他进到街坊上一个工人家里,看见有人病着,便给他们医治;他原来有些医药常识,此后更设法补充。看到儿童受苦在他是最受不了的。等到他替这些可怜的小生命解除了疾苦,瘦削的脸上重新浮起苍白的笑容,他才愉快极了,心都化开了。这是他尘世的天堂,而平时受他照顾的人给他的麻烦,他也忘了;因为他们难得感激他。门房的女人看到多少肮脏的脚踏上楼梯,常常气恼至极,说些尖刻的抱怨的话。房东对于这些穷苦工人——在他眼中就等于无政府党——的进进出出很不放心,对华德莱啧有烦言。他想搬家,又舍不得:他有些小地方很古怪,脾气又温和又固执,竟不把人家的话放在心上。

克利斯朵夫因为喜欢那女孩子,才得到华德莱一点信任。对孩子的爱是他们两人的共同点。克利斯朵夫每次遇到那小姑娘,心里总不舒服,觉得她的相貌跟萨皮纳的小女儿有些相像。萨皮纳不但是他初恋的对象,她那个昙花一现的影子,那种幽静的风度,至今还藏在他心里。所以他很关切这个从来不跑不跳、脸色惨白的女孩子:她不大有声音,也没有年龄相仿的小朋友,老是孤零零的,静悄悄的,玩些没有动作没有声响的游戏,拿着个玩具的娃娃或一块木头之类,嘴唇轻轻地动着,自己编些故事。她对人又亲热又冷淡,有点儿生分的和捉摸不定的神气;但她的义父并没觉察,只知道一味地爱她。其实这种生分的和捉摸不定的神气,便是在我们亲生的儿女身上也不免。克利斯朵夫想把工程师的两个女孩子介绍给她。但哀斯白闲与华德莱双方都客客气气地,坚决地,谢绝了。这些家伙似乎非活埋自己,各自关在笼里不可。充其量,他们只能勉强相助;但各人心中还怕人家疑心是他自己要人帮忙;并且双方的

---

① 梵桑·特·保尔为十七世纪时圣者,以救济孤儿著称于史。

自尊心和困难的境况都不相上下，所以谁也不愿意先有表示。

三楼上的大公寓差不多永远空着。房东把它留作自用，可是从来不住的。他以前是个商人，等到财产挣到了预定的数目，就把业务结束了。一年大部分的时间，他都不在巴黎；冬天在东南海滨的一个旅馆里避冬，夏天在诺曼底一个海水浴场上避暑，靠利息过日子，不花什么大钱，光看着别人的奢华也就满足了自己的欲望，同时也像那些奢华的人一样过着空虚无益的生活。

贴邻那个较小的公寓是租给没有孩子的亚诺夫妇的。丈夫年纪在四十至四十五岁之间，当着中学教员，整天忙着上课，温课，抄写，腾不出时间来写他的博士论文，①终于放弃了。比他年轻十岁的妻子，人很和气，极度的怕羞。两人都很聪明，博学，夫妻感情很好；可是他们一个熟人都没有，从来不出去走走：丈夫是为的太忙，妻子是为的太闲。但她是个贤德的女人，竭力压着愁闷，尽量找事做，不是看书，就是替丈夫预备笔记，誊清笔记，补衣服，做自己的衣服帽子。她很想不时去看看戏；可是亚诺没有兴趣：晚上他太累了。于是她也就算了。

他们俩最大的乐趣是音乐。那是他们极喜欢的。他不会弹琴，她会弹而不敢弹；她要是在人前演奏，哪怕在丈夫面前，也会像初学的小姑娘。但便是这么一点儿对他们已经足够了。格路克，莫扎特，贝多芬，都是他们的朋友；那些音乐家的生平，他们连细枝小节都知道，非常同情他们的痛苦。还有一块儿看些美妙的书也是一桩乐事。但现代的文学作品中，这一类的好东西太少了：作家对于一般不能替他们增加声名、金钱、快乐的读者是不放在心上的；而这批在社会上不露面的谦卑的群众，就从来不写什么文章，只知道不声不响的爱好。这道艺术的光，在那些老实与虔敬的心中差不多有种神圣的意味，足以使他们过着和平的，相当快乐的生活，虽然有些悲哀，——（那也并不冲突）——虽然非常孤独，而且也受过人生的伤害。他们俩的人品都远过于他们的

① 法国制度，大学毕业生欲得博士学位，尽可于就业后几年中提出。

地位。亚诺先生颇有思想,但既没空闲,也没勇气把它写下来。发表文章或出书都是太麻烦了,犯不上的,那完全是不必要的虚荣。他认为和他敬爱的思想家相形之下,自己太渺小了。他太爱好美妙的艺术品,不愿意再去“制造艺术”,觉得这种志愿狂妄可笑。他以为自己的职务是推广艺术品的流传,所以只管把他的思想灌输给学生:将来他们会写出书来的,——当然不会提到他啰。——没有一个人像他那样舍得买书。穷人总是最慷慨的:他们自己掏出钱来买,有钱的人却以为不能白到手书是有失面子的事。亚诺为了买书把所有的钱都花掉了:这是他的弱点,他的癖。他为之很不好意思,常常瞒着太太。可是她并不埋怨,她也会这样做的。——夫妇俩老是有些美妙的计划,预备积一笔款子去游历意大利,——那可永远是梦想了,他们也很明白,笑自己不会积蓄。亚诺很知足,觉得有这样一个心爱的妻子,再加自己勤劳的生活与内心的喜悦也就够了;难道对她会不够吗?——她说:是的,够了。她可不敢说出来,要是丈夫有点名气,使她沾些光,把她的生活给照耀一下,让她有些舒服的享受,岂不更好!内心的欢乐固然很美,但外面的光彩也能给你很大的喜悦……然而她一声不出,因为胆小;并且她知道即使他想求名,也没有把握:现在已经太晚了!……他们更遗憾的是没有孩子。这一点,两人也藏在肚里不说,倒反因之更相爱,似乎这一对可怜的人互相要求原谅。亚诺太太心极好,非常殷勤,很乐意和哀斯白闲太太来往,可是不敢:因为人家没有表示。至于结识克利斯朵夫,那是夫妇俩求之不得的:他遥远的乐声早已把他们听得入了迷。但他们无论如何不愿意首先发动,以为那是太唐突了。

住二楼公寓的是法列克斯·韦尔夫妇。这一对有钱的犹太人,无儿无女,一年倒有六个月住在巴黎乡下。虽然他们在这儿住了二十年——(这完全是住惯的缘故,因为他们很容易找一个跟他们的财富更相称的屋子),——却老是像过路的外方人,从来不跟邻居交谈一句话,人家关于他们的事也不比他们第一天搬来的时候知道得更多。这一点可不能成为不受批评的理由。正是相反:他们不讨人喜欢;当然他们也绝对不想讨人喜欢。其实他们的为人倒值得人家多知道一些:夫妇俩都是好人,而且绝顶聪明。六十岁左右的丈夫是一个亚述考古学家,为了中亚细亚的发掘享有盛名;像许多犹太人一样,他头脑开通,兴趣极广,决不以自己的专门学问为限;他平时注意着无数的事:美术,社会问题,一切现代思想界的运动。可是这些都控制不了他的精神,因为他觉得所有的学问都有意思,可没有为了任何一门入迷。他很聪明,太聪明了,太不受拘束了:这一只手建造起来的东西,老是预备用另一只手毁掉;因为他建设得很多,又有事业,又有理论,的确是精力过人。由于习惯,由于精神上需要活动,所以他虽不信自己的工作有什么用处,依旧不声不响地,极有耐性地,在学问方面下苦功。不幸他生在有钱的人家,没机会认识为生存而斗争的意义;并且自从他在近东做了几年发掘工作而感到厌倦之后,就没有接受任何公家的职位。但除了他自己的工作以外,他还是头脑很清楚地关切当前的问题,关切一些实际而立刻可以实行的社会改革,法国学校教育的改善,等等。他宣传思想,倡导潮流,推动那些大规模的文化机构,可是不久他就厌倦了。好几次,人家根据他的论点而发起了一个运动,他却极尽尖刻地批评这个运动,使那班受他鼓动的人大为惊骇。他并非故意如此,而是天性使然;他生来是神经质的,喜欢挖苦的,锐利无匹的目光一看到人物和事情的可笑就忍俊不禁。既然世界上连最好的事、最好的人,在某一角度上看或是在放大镜下看,也难免有可笑的地方,他的嘲弄的心情也就不容易抑制了。这种脾气当然不能帮助他结交朋友。他心里却极想给人家一点好处,事实上也这么做;人家并不感激他;便是受到恩惠的人,因为觉得自己在他面前显得可笑,也不能原谅他。他不能多见人,否则就没法爱他们了。他不是愤世嫉俗的人,也没有那种自信可以当愤世嫉俗的角色。他一方面取笑社会,一方面在社会面前觉得胆小,同时心里还不敢断定社会一定是错的,自己一定是对的。他避免显得和别人过分的不同,竭力想教自己的态度与表面上的见解跟别人一样,可是没用;他不由自主地要批判他们,对一切夸大的、不自然的现象感觉得太清楚了,而且又不会隐藏他厌恶的心理。第一,他对犹太人的可笑,感觉特别灵敏,因为对他们认识更清楚;其次,虽然他胸襟旷达,不承认种族的界限,但别个种族的人往往用这个界限来限制他。——同时,不管行事如何,他和这个基督教的思想界也格格不入。为了这许多原因,他孤傲自处,只管埋头工作,深深地爱着他的妻子。

最糟的是连这位妻子都免不了受他讽刺。她是一个贤德的女人,喜欢活动,愿意帮助人家,老在那里做着慈善事业;性格远没有丈夫的复杂,极有意志,极有责任观念,——这观念虽有些顽固,抽象,可是标准很高。没有孩子,没有什么称心如意的事,没有热烈的爱情:她相当凄凉的一生全部建筑在道德信仰上,这信仰其实只是需要信仰的意志促成的。丈夫善于讥讽的天性,自然把她信仰中间自骗自的成分觑破了,不由得要拿她开玩笑。他的个性是许多矛盾混合起来的。他对责任所抱的观念,标准也不亚于他妻子的,同时又铁面无情的需要分析,批评,不受蒙蔽,把她的道德信仰一片片地肢解。殊不知这种行为是毁掉了妻子的立足点,消磨了她的勇气。当他发觉的时候,他比她更痛苦;可是祸已经闯下了。虽然如此,他们俩依旧相爱,工作,行善。但妻子的冷淡尊严的态度,不比丈夫喜欢讽刺的脾气更得人心;既然两人都很高傲,不肯宣布自己做的善事,也不肯宣布行善的意愿,大家就把他们的老成持重认为淡漠无情,把他们的孤独认为自私自利。而他们愈觉得别人对他们抱着这种观念,便愈不愿意设法去破除这观念,犹太人多半是粗鄙冒失的;相反,这对夫妇却为了过于持重——骨子里是藏着许多高傲的成分——而吃了亏。

比小花园高出几个石级的底下一层,住着一个退职的炮兵军官夏勃朗少校,以前是属于殖民地部队的。这个还年轻而强壮的军人,在苏丹和马达加斯加有过光荣的战绩,不知怎么突然把一切都丢了,住到这儿来,再也不提军队二字,整天翻着花坛,吹着笛子,——可是技巧永远没有进步,——骂骂政治,把他疼爱的女儿埋怨几句。她是个三十岁的女子,不十分美,但很可爱,很孝顺,为了侍奉父亲而没有出嫁。克利斯朵夫凭窗眺望的时候,常常看见他们,当然是更注意那个女儿。她下半天大部分时间都在花园里,不是缝东西,便是胡思乱想,或是收拾园子,高高兴兴地和一天到晚叽咕的父亲做伴。她用着安静清脆的声音、和善的语气,回答他的抱怨。他却老是在小径上迈着细步走来走去;过了一会儿,他进去了;她便坐在园子里的凳上,几小时地缝着东西,既不动弹,也不说话,脸上堆着一副渺渺茫茫的笑容。而那一无所事的军官,在屋子里拼命吹着那支刺耳的长笛,或是为了变化一下,笨拙地按着那架上气不接下气的风琴,呜啊呜的,教克利斯朵夫时而好笑,时而气恼,——看日子而定。

所有这些人物,各管各的住在这座花园紧闭的屋子里,吹不到一丝外界的风。唯有克利斯朵夫,因为需要发泄感情,也因为生命力太丰满了,用他那种又明察又盲目的同情心包裹着他们,他们可不知道。他不了解他们,也没法了解。他不像奥里维能洞察人的心理。但他爱着他们,自然而然地能够设身处地,站在他们的地位上。由于神秘的电流作用,他渐渐在心头感觉到,那些咫尺天涯的心灵有些什么暧昧的意识,体会到那个居丧的妇人的痛苦的麻痹状态,知道那教士、犹太人、工程师、革命党人,为了高傲而把思想藏在心里;他眼见信仰与温情的黯淡而柔和的火焰,无声无息地在亚诺夫妇心中烧着,平民出身的工匠天真地想望着光明,军官抑捺着反抗的心,做些毫无结果的事;还有那坐在紫丁香下出神的少女,他也领会到她乐天安命的恬静。但能够参透这些心灵的无声的音乐的,只有克利斯朵夫一人;他们是听不见的,各人都给自己的悲哀与幻梦淹没了。

可是大家都在那里工作:怀疑派的老学者,悲观的工程师,教士,无政府主义者,不管是骄傲的或是灰心的人,全都工作着。屋顶上更有那泥水匠在唱歌。

屋子周围,克利斯朵夫在最优秀的人中也发现同样的精神上的孤独,——即使在结成团体的时候也是如此。

奥里维把他常常发表文字的一份小杂志介绍给克利斯朵夫。它的名字叫做《伊索》,借用蒙丹的一段话作为它的箴言:

> 人家把伊索和别的两个奴隶一起送到市场上去卖。买主先问第一个能做些什么:他为了卖弄,把自己的本领说得天花乱坠;问到第二个,也是一样的回答,甚至还胜过前者。轮到伊索的时候,

他回答:——我什么都不会,这两位已经把所有的事做完了;他们是无所不能的。

这纯粹是对蒙丹所谓“以知识骄人的自夸自大之徒”的“无耻”下一针砭。《伊索》同人中自称为怀疑派的,其实比别人抱着更深刻的信仰。但在群众眼里,这个讽刺的面具当然没有多大吸引力,反而把人弄糊涂了。你要群众跟着你走,非跟他讲些简单、明了、有力、肯定的教条不可。刚强有力的谎言,就比贫血的真理更能讨群众喜欢。至于怀疑主义,只有在骨子里藏着极粗浅的自然主义或是基督教的偶像崇拜的时候,才能使他们惬意。所以这份《伊索》杂志的傲慢的怀疑主义只能适应一小部分的人,因为只有这批少数人士才领会到他们坚毅的精神。但这股力量是完全不参加行动的。

他们可不顾虑这些。法国愈民主化,它的思想、艺术、科学,似乎愈贵族化。科学躲在术语后面,躲在它的殿堂里头,比十八世纪时更难接近了,除了对那些已经入门的人。艺术,——至少是尊重自己而尊重美的那种,——也是一样地对人深闭固拒,瞧不起群众。便是对于行动比对于美更关切的作家,重视道德思想甚于美学观念的文人,也有种没法形容的贵族气息。他们似乎要把内心的火焰保持纯洁,而不是把这火焰传递给别人;他们仿佛不求自己的思想得胜,而只求证实。

可是这等作家里头也有从事大众艺术的。在最真诚的人中,有些是宣传无政府主义的、含有破坏性的思想,——那种遥远的未来的真理,也许在一百年或两千年后是有益的,但目前只能折磨心灵,灼伤心灵;另外一批却写些沉痛的,或是挖苦的戏剧,没有幻象的,非常悲惨的。克利斯朵夫读过之后,觉得原来想把自己的痛苦忘掉几小时而来的观众,结果得到这样悒郁不欢的消遣,真是太可怜了。

“你们拿这个给大众吗?”他问,“那才是把他们活埋呢!”

“放心,”奥里维回答,“大众不会来的。”

“他们这才对啦!你们简直发疯,难道要把他们生活的勇气统统拿走吗?”

“为什么?让大众像我们一样知道事物的悲惨面,而仍旧打起精神来尽他们的责任,不是应当的吗?”

“打起精神？我不信。毫无乐趣却是一定的了。而一个人生活的乐趣给拿走以后，他也差不多完了。”

“有什么办法？我们总不能把真理歪曲。”

“可是也不能对所有的人把真理统统说出来。”

“这个话竟是你说的吗？你是永远求真理，自命为爱真理甚于一切的人！”

“是的，为我，还有为那些相当坚强而受得了的人，的确应当给他们真理。但对于另一些人，那简直是残忍，是胡闹。现在我看清楚了，我在本国的时候从来没想到。德国人不像你们这样的闹真理病：他们把生活看得太重，谨慎小心地只看着他们愿意看的事。你们不是这样，所以我喜欢你们：你们是勇敢的，直接爽快的，可是不近人情。你们自以为发掘出一项真理的时候，就得把它摔到社会上去，不问它会不会闯祸。你们倘若把自己的幸福为了爱真理而牺牲，我没有话说，我很敬重你们。但是为了爱真理而牺牲别人的幸福，那可不行！那太霸道了。应当爱真理甚于爱己，可是应当爱别人甚于爱真理。”

“难道因此就应当对别人扯谎吗？”

克利斯朵夫用歌德的几句话回答：

“凡是最高的真理，我们只能挑出能使社会得益的一部分来说。其余的，我们只能藏在心里；好像一颗隐蔽的太阳有种柔和的光晕似的，它们会在我们所有的行动上放出光彩。”

但这些顾虑不大能打动法国作家的心。他们不问手里的弓射出去的是“思想还是死亡”，或是两者都有。他们缺少爱。一个法国人有了思想，就硬要旁人接受。没有思想，他也同样要人接受。眼见做不到了，他便不愿意再有所行动。这是那般优秀人士不大管政治的主要原因。有信仰也罢，没信仰也罢，各人都深藏着。

有人做过种种尝试，想消灭这种个人主义，组织一些团体；但这种团体大半马上倾向于文学清谈，或者变成可笑的帮口。最优秀的都势不两立，以互相消灭为快。其中有些杰出之士，有精力，有信心，天生能联合与指导一般意志懦弱的人的。但各人有各人的队伍，决不肯跟别人的合并。他们组织什么会，什么社，发行杂志，所有的德性都齐备，只少一件，就是退让；没有一个团体肯对别的团体让步，它们互相争夺群众（其实也是为数极少而挺可怜的人），苟延残喘地存活了一些时候，终于一蹶不振地倒台了，而且并非由于敌人的打击，倒是——（教人看了最痛心的！）——由于自己的摧残。许多不同的职业，——文人，剧作家，诗人，散文家，教授，小学教员，新闻记者，——形成了无数的小阶级，而每个阶级又分化为许多小组，彼此深闭固拒。相互的了解是谈不到的。在法国，无论对什么事都不会全体一致；除非在“全体一致”成为传染病的时候，——这种时间极其难得，而那“一致”往往还是错误的：因为它是病态的。法国无论哪一种活动都受个人主义控制，科学方面是这样，商业方面也是这样，商人们的不能团结不能联合，全是个人主义从中作梗。这个人主义并没有蓬勃的生机，可是顽固，执着，处处退缩。孤独自立，不有求于人，不与人往来，怕相形之下会感到自己的无能，也不愿意孤高自傲的安静受到扰乱：凡是创办“超然的”杂志、“超然的”剧场、“超然的”团体的人，差不多心中全存着这种思想。而创办那些杂志、剧场、团体的唯一的意义，往往只因为不愿意跟别人在一起，不肯为了一桩共同的行动或思想而团结；还有彼此的猜忌或党派间的仇视，使实际上最应当互相谅解的人互相提防。

即使彼此契重的人物为了同一事业而结合的时候，像奥里维和办《伊索》杂志的那些同志，他们之间似乎也永远存着戒心，绝对没有流露真情的兴致，那在德国是极常见而极容易使人厌恶的。在这群青年中间，有一个①特别吸引克利斯朵夫，因为他有一股惊人的力量，是一个逻辑严密、意志强毅的作家，对道德观念抱着极大的热情，准备把整个世界连他自己一齐为这些观念牺牲；他为此创办了一份杂志，差不多是一个人编辑的。他发誓要向法国和欧洲提出一个纯洁、自由、英勇的法兰西的观念；他深信将来必有一日，大家会承认他所写的可以成为法国思想史上最大胆的篇幅中的一页；——这一点他是想得不错的。克利斯朵夫很愿意对他有更深的认识，和他来往。可是没有办法。虽然

---

① 即夏尔·班琪。——原注
（译者按，班琪即作者发表本书的杂志《半月刊》的主编。）

奥里维常常跟他接触,也只在有事的时候见面;他们绝对没有亲密的谈话,充其量不过交换一些抽象的思想,实际上也无所谓交换,而是两人在一块儿自言自语,因为各人都把思想藏在肚里。而这还是彼此契重的战斗同志呢。

这种矜持有许多原因,连他们自己都不容易分辨。先是过度的批评精神使他们把各人精神上的不同点看得太明白了,过度的理智又把这些不同点看得太重;其次,他们缺少强烈而天真的同情心,就是说缺少强烈的爱。也许还有别的原因,例如事业的重负,生活的艰难,思想的骚乱,使一个人到了晚上再没精力跟人作些友善的谈话。最后还有法国人不敢承认而老在胸中作梗的那个可怕的心理,以为大家不是同种同族,而是在不同的时代住到法国土地上来的不同的种族,尽管彼此有了关系,却很少共同的思想,——这一点,为了大家的利益原来就不应该常常想到。而最重要的阻碍是太醉心于自由,对它抱着如醉若狂的危险的热情:一个人尝到了自由的滋味,简直会牺牲一切。这种自由的孤独,因为是用多少年的艰苦换来的,所以特别宝贵。优秀人物孤独自处,免得受制于俗人。宗教的或政治的团体威逼你,种种压迫个人的重负加在你身上:家庭,舆论,国家,帮会,党派,学派;孤独便是对这些压迫的反动。倘若一个囚徒要越过二十道高墙才能逃出牢笼,那末,非身强力壮的人决不能毫无损伤的达到目的。对于一颗自由的意志,这的确是艰苦的考验。但是从这儿经历过来的,就会终生留下苦斗的痕迹和独立不羁的癖性,永远不能跟旁人融和的了。

除了高傲的孤独,还有一种是隐忍退让促成的孤独。法国多少老实人都把他们的慈悲、勇敢,和真挚的感情埋藏在心里。数不清的有理没理的理由使他们不愿意行动。在某些人是为了服从,为了胆怯,为了习惯性;在另一些人是为了怕舆论,怕闹笑话,怕抛头露面,怕人家把他们毫无作用的行为说是有作用的。这一个不参加政治的与社会的斗争,那一个不参加慈善事业,因为他们看到做事不认真或没有头脑的人太多了,也因为怕别人把他们看做跟走江湖的与糊涂虫没有分别。差不多所有的人都感觉厌恶,困倦;怕行动,怕痛苦,怕丑恶,怕闹笑话,怕出乱子,怕负责任;还有那"有什么用?"的心理,把今日多少法国人的意志都给消磨了。他们太聪明了,——没有气魄的聪明,——他们看到正反两方面的理由。他们缺少力量,缺少生气。一个人生气蓬勃的时候决不问为什么生活,只是为生活而生活,——为了生活是桩美妙的事而生活!

那般优秀的人,有的是可爱的普通的优点:人生观很温和,欲望很淡泊,爱家庭,爱乡土,遵守礼教,谨慎小心,不强制别人,不妨害别人,不轻易泄露感情,永远取着矜持的态度。所有这些可爱的动人的特点,在某种情形之下可以和恬静、勇敢、内心的欢乐,并行不悖,但跟法国民族的衰老与贫血也不无关系。

在克利斯朵夫和奥里维的屋子底下,那个四面围着高墙的幽美的园子便是小型法兰西的象征。那是一片跟外界隔绝的绿茵。有时,外边的狂风打着回旋降到园里,给坐在那儿出神的少女带来一些遥远的田野和大地的气息。

克利斯朵夫看到了法国潜藏的生机,觉得它不应该让卑鄙无耻的人压迫。沉默的优秀阶级躲在里头的那个半明半暗的境界,使他感到窒息。禁欲主义只有对一般没有牙齿的人才配。他却需要无限的空气,广大的群众,辉煌的太阳,千万生灵的爱,需要把他所爱的人紧紧地抱在怀里,把敌人碎为齑粉;他需要战斗,需要胜利。

“你能这样做,”奥里维说,“你是强者,你凭着你的缺点——(对不起!)——跟优点,生来是为战斗的。你的民族不是一个太贵族的民族,这是你的运气。行动不会使你厌恶。必要的时候你甚至会去干政治!……并且你用音乐写作又是了不得的幸运。人家不懂你的话,你什么都可以说。倘使人家知道你的音乐里有瞧不起他们的意思,有他们否认的信仰,也有对于他们竭力想扑灭的东西不断的颂赞,那末他们绝不会饶你,一定要阻挠,捣乱,使你为了和他们奋斗而把大部分的精力消耗完了,等到你胜利的时候,你已经没有完成事业的余力,你的生命也快告终了。成功的大人物是得力于别人的误解。人家佩服他们的地方正是跟他们的真面目相反的。”

“唉！”克利斯朵夫回答，“你们可没有认识你们那般大师的懦怯。我早先以为你是孤独的，所以我原谅你没有行动。但实际上你们思想相同的人不知有多少。你们比压迫你们的人强过百倍，你们的价值比他们的超过千倍，而竟甘心情愿对他们无耻的行为屈服！我真不了解你们。你们有着最美的国土，了不得的聪明，又最富于人情味，你们却丝毫不加利用，还让少数的坏蛋把你们控制，污辱，踩在脚下。喂，拿出你们的真面目来罢，怕什么！别等奇迹或是拿破仑来帮你们忙！起来罢，团结起来罢。你们大家都得动员，马上把屋子打扫干净。”

但奥里维耸耸肩膀，无精打采而又含讥带讽地说：“跟他们去火并吗？不，那不是我们的任务，我们有更好的事可以做。我最恨强暴。结果怎么样，我是太明白了。那些一事无成而满腹牢骚的老朽，保王党里的年轻的傻瓜，宣传暴行与仇恨的恶魔，会一齐霸占我的行动，加以玷污。你难道要我再喊蛮子滚出去或法国人的法国这一套仇恨的老口号吗？”

“干吗不？”克利斯朵夫说。

“不，这都不是法国话。人家尽管把它们涂着爱国色彩到处宣传也是白费的。那只适用于一般野蛮的国家！我们的国家不是培养仇恨的国家。要肯定我们的民族性，并不在于否定别人或毁灭别人，而是在于把他们同化。不管是骚乱的北方人还是多嘴的南方人，都让他们来罢……”

“还有那含有毒素的东方？”

“连那含有毒素的东方也没关系：反正我们会吸收它，像吸收旁的一样，过去我们吸收的还不多吗？东方表示得意扬扬，我们中间有一部分人战战兢兢，都教我看了发笑。它以为把我们征服了，在我们的大街上、报纸上、杂志上、戏院舞台上、政治舞台上，耀武扬威。傻子！它才被我们征服呢。它滋养了我们，它自己可消灭了。高卢人的胃是强健的；两千年来被它消化的文明何止一个。我们受得起毒药的试验……你们德国人要怕，你们去怕罢！你们非纯粹不可，否则就没法存在。可是我们，主要的不在于纯粹而在于兼收并蓄。你们有一个皇帝，大不列颠也自称为帝国，但事实上真有帝国意味的倒是我们的拉丁民族的性格。我们是世界城的公民。”

“好得很，”克利斯朵夫说，“只要一个民族是健康的，在它年轻力壮的阶段，这一套都很好。但它的精力终有枯竭的一天，那时它就有被外来的巨潮淹没的危险。我们中间不妨老实说，你不觉得这种日子已经来到了吗？”

“这个话人家已经说了几百年了！但我们的历史每次都证明那是多虑。圣女贞德的时代，巴黎一片荒凉，豺狼出没；从那个时候到现在，我们受的考验简直数不清！今日的道德沦丧，淫乐无度，志气消沉，社会混乱，我都不放在心上。耐着点性子罢！要生存就得受苦。我很知道将来会有一个反动的潮流，——可是也不见得如何高明，结果也许搞出些同样胡闹的事：而今日靠浑水里摸鱼过日子的人，将来还是会叫叫嚷嚷的做领导……可是那有什么关系？这些运动并不接触到法兰西真正的民众。烂果子不会使果子树跟着烂的。它掉在地下就完了。在整个民族中间，所有那些人是太不足道了！他们死也罢，活也罢，跟我们有什么相干？难道值得我忙忙碌碌，去筑起堤岸，掀起革命来对付他们吗？现在的祸害不是一个制度造成的。这是奢侈带来的麻风病，是财富与聪明的寄生虫。它们会消灭的。”

“把你们腐蚀了以后。”

“对于这样一个民族，你不能绝望。它有那么一种潜在的德性，那么一股光明与理想主义的力，便是那些蚕食它破坏它的人也受到影响。甚至一般贪得无厌的政客也会受它诱惑。最平庸的人一旦握了政权，也感觉到国运的伟大；这国运把他们从小我中超脱出来，拿火把交给他们，叫他们一个一个地传递过去；而他们也跟着前人从事于消灭黑暗的神圣的斗争。民族的精神拖着他们；愿意也罢，不愿意也罢，他们都完成了他们所否定的上帝的意志……亲爱的国家，亲爱的国家，我对你的信心是永远不会动摇的！你所受的致命的考验，倒反使我感到，我们在世界上所负的使命是值得骄傲的。我绝对不愿意我的法兰西瑟瑟缩缩地关在一间病房里，不敢吹到外界的风。我不愿意病病歪歪的苟延残喘。一个人长大到我们这样的时候，倘使要停止长大，还不如痛快死掉。全世界的思想尽管扑到我们的思想中来罢！我决不害怕。潮水把肥沃的淤泥带给我们的土地,然后它会退下去的。”

“可怜的朋友,”克利斯朵夫说,“在它没退下去的期间,可不是有趣的啊。而且等到你的法兰西从尼罗河中浮起来的时候,你自己在哪儿呢?奋斗不是更好吗?除掉你早已认为命中注定的失败以外,又没别的危险。”

“不,我所冒的危险远过于失败。我可能丧失精神上的平静:那对我是比胜利更重要的。我不愿意恨。哪怕对我的敌人,我也要给他一个公平的待遇。我要在大家热情汹涌的浪潮中保持我清明的目光,我要了解一切,爱一切。”

但克利斯朵夫觉得用这种超然物外的心情去爱人生,和自甘灭亡的退让没有什么差别;他像安班陶克尔老人①一样,觉得胸中有一支颂歌在那里颂赞恨,颂赞与恨相连的爱,——垦殖大地的,在大地上播种的,内容丰富的爱。他不能赞同奥里维那种安安静静的宿命观;并且他不大敢相信一个绝对不自卫的民族能够久存,所以恨不得唤起整个民族的健全的力,使全法国所有的老实人都奋臂而起。

你对一个人的了解,用一分钟的爱情能比几个月的观察更有成绩,同样,克利斯朵夫之于法国,八天内足不出户的跟奥里维亲密相聚的结果,比他用着一年的光阴,走遍巴黎,走遍文化的与政治的沙龙所知道的更多。在他觉得茫无所措的那个普遍的混乱中,朋友的心灵对他仿佛是大海中的一个岛,代表理智与精神恬静的境界。奥里维内心的和平所以格外动人,是因为它没有一点精神上的依傍,——因为他生活的境况是艰苦的,——(他穷,他孤独,他的国家又是这样的颓废)——因为他身体衰弱,近乎病态,非常的神经质。可见他清明的心境并非由于意志坚强——(他根本缺少意志)——而是从他的生命与种族的深处来的。在奥里维周围许多别的人身上,克利斯朵夫也窥见一道遥远的微光,体验到“万里无波的大海的沉静”;他自己素来是骚乱不宁的,拿

① 公元前五世纪时希腊的哲学家。

出全部意志的力量才能使强烈的天性勉强得到一个平衡，现在这种隐藏的和谐，当然使他不胜艳羡了。

看到了法国的内情，他把过去对法国民族性所抱的观念全部推翻了。摆在他眼前的不复是那个快乐的、随和的、无愁无虑的、光芒四射的民族，而是一批含蓄的、孤独的心灵，表面上像蒙着一层明晃晃的水雾，颇有乐观的色彩，其实却是浸透了深刻而沉静的悲观气息，脑子里全是执着的念头，灵智的热情；——他们都是不可动摇的灵魂，只能加以毁灭而不能加以改变的。当然这仅仅限于法国的优秀阶级；但克利斯朵夫不懂它这种信心与坚忍刻苦的精神从哪儿来的。奥里维回答说：

"从失败①中得来的。是你们，克利斯朵夫，把我们重新锻炼了。唉，那当然不是没有痛苦的。你们想象不到，我们从小到大所经历的环境是怎样的凄惨。我们丧师辱国，跟死神照了面，暴力的威胁老是压在我们身上。我们的生命，我们的精神，我们的法兰西文明，十个世纪的伟大，——都操在一个不了解它、恨它、随时可以把它碎为齑粉的、强暴的征服者手里。可是我们就得为这些命运活下去！你想想吧，那些法国的孩子，生在蒙丧的家庭里，罩着战败的黑影，受着沮丧的思想熏陶；人家教养他们的目标是希望他们雪耻报仇，而那个报仇也许是玉石俱焚的，也许是完全空的：因为他们虽然年纪很小，早已懂得这个世界上没有正义，只有强权！这一类的发现，使儿童的心灵不是从此堕落就是从此长成。许多人都自暴自弃了；他们想：既然如此，何必奋斗？何必振作？一切都是空的。想也没用。还是享乐罢。——但凡是挣扎过来的人都是真金不怕火的；任何幻灭都不能动摇他们的信仰：因为他们一开始就知道信仰之路和幸福之路全然不同，而他们是不能选择的，只有往这条路走，别的都是死路。这样的自信不是一朝一夕所能养成的。你决不能以此期待那些十五岁左右的孩子。在得到这个信念之前，先得受尽悲痛，流尽眼泪。可是这样是好的，应得要这样……

① 作者假定本书中的人物都是一八七〇年以后长成的一代，故此处所谓"失败"即指普法战争一役。

噢！信仰，你这纯钢百炼的处女，
用你的枪尖把各个民族被压制的心开发出来罢！……”

克利斯朵夫默然握着奥里维的手。

“亲爱的克利斯朵夫，”奥里维说，“你们德国给了我们多少痛苦。”

克利斯朵夫差不多要道歉了，仿佛那是他做的事。

“别难过，”奥里维笑着说，“德国不由自主地给我们的益处，远过于害处。是你们把我们的理想主义重新燃烧起来的，是你们把我们对于科学与信仰的热爱激动起来的，是你们促成了法国的普及教育，刺激了巴斯德的创造力，使他单凭一个人的发明，就把五十亿的战争赔款给挣来了，是你们使我们的诗歌、绘画、音乐再生的；我们民族意识的觉醒也全靠你们的力量。我们为了爱信仰甚于爱幸福所做的努力已经得到酬报：因为我们在麻痹的世界上已经感觉到那精神的力量，我们对于这种力，甚至对于胜利，都不再怀疑了。你瞧，克利斯朵夫，我们虽然显得这样渺小，这样软弱，——跟德国的威力相比只是大海中的一滴水，——我们却相信那是把整个海洋染色的一滴水。马其顿一个小小的军团就会把欧罗巴大队武装的人民冲倒！”

弱不禁风的奥里维眼中闪着信仰的光，克利斯朵夫望着他说：

“可怜的娇弱的小法国人！你们比我们更强。”

“噢！失败对我们是有好处的，”奥里维又说了一遍，“我们得祝福灾难！我们决不会背弃它。我们是灾难之子。”

第二部

失败可以锻炼一般优秀的人物；它挑出一批心灵，把纯洁的和强壮的放在一边，使它们变得更纯洁更强壮；但它把其余的心灵加速它们的堕落，或是斩断它们飞跃的力量。一蹶不振的大众在这儿跟继续前进的优秀分子分开了。优秀分子知道这层，觉得很痛苦；便是最勇敢的人对于自己的缺少力量与孤立暗中也很难过。而最糟的是，他们不但跟大众分离，并且也跟自己人分离。大家各自为政地奋斗着。强者只想救出自己。"噢，人哪，你得自助！"他们并没想到这句格言的真正的意思是："噢，人哪，你们得互助！"他们都缺少对人的信赖，缺少同情的流露，缺少共同行动的需要，——那是一个民族在胜利的时候才会有的，——缺少元气充沛的感觉，缺少攀登高峰的意念。

关于这种情形，克利斯朵夫和奥里维也知道一些。巴黎有的是能了解他们的心灵，屋子里有的是不相识而真可以做朋友的人，可是他们像在亚洲的沙漠中一样孤独。

两人的境况很苦，差不多没有什么固定的收入。克利斯朵夫只有替哀区脱抄谱和改编乐曲的工作。奥里维冒冒失失的辞退了教职。因为姊姊死后，他颓丧到极点，加上在拿端太太那个社会里有了一次痛苦的恋爱经验：——（他从来没跟克利斯朵夫提，因为不愿意泄露心中的苦恼；他的迷人的地方，一部分就是由于他跟最亲密的朋友也永远保持着那种幽密的神秘。）——在极需要沉默的精神颓唐的时期，教书的职务对他竟是一件没法忍受的苦工。他对于这个需要把自己的思想高声宣布出来，老是和群众混在一起的行业，毫无兴趣。要名副其实的做一个中学教员，必须有种使徒式的热情：而这是奥里维所没有的；至于大学的教席，必须经常接触群众，而这又是教一个像奥里维那样爱孤独的人感到痛苦的。他曾经作过两三次公开演讲，结果是怕羞得异乎寻常。他最厌恶抛头露面地站在讲坛上。他看到群众，感觉到群众，好像自己长着触角一样，他知道其中大多数是专为解闷而来的游手好闲的人；但娱乐大众的角色对他不是味儿。更糟的是，从讲台上说出来的话常常会把你的思想改头换面；而你一不留神，还会在举动、语调、态度上面，表示思想的方式上面，甚至在心理方面，变成做戏。演讲往往会碰到两个暗礁：不是流于可厌的喜剧，便是流于时髦的学究气。对着几百个不认识而不作声的人高声朗诵的独白，等于大众可穿而谁也不合式的现成衣服，在一个有些孤僻与高傲的艺术家心中，简直是虚伪得受不了。奥里维需要凝神默想，每说一句话都要使自己的思想表现得很完整，所以他把千辛万苦挣来的教职放弃了；同时因为没有姊姊再来阻拦他的沉思遐想，他便开始写作。他很天真地以为只要有艺术价值，这价值就很容易被人赏识的。

不久他可醒悟了。要发表一些东西简直不可能。因为热爱自由，所以他痛恨一切损害自由的东西，只能在互相敌对的政党把国土和舆论一齐割据的局势之下，过着孤独生活，好似一株没法喘息的植物。他对于一切文学社团也抱着同样孤立的态度，而他们也同样的排斥他。在这些地方，他没有，也不能有一个朋友。除了极少数真有志愿的人，或是醉心于研究学问的人，一般知识分子的心灵的冷酷、枯索、自私自利，使他不胜厌恶。一个人为了头脑——头脑又不大——而不惜使心灵萎缩，真是可悲的事。没有一点慈悲，只有那种聪明像藏在鞘里的利刃一般，这利刃说不定有天会直刺你的咽喉。你得时时刻刻地防着。交朋友也只能交一般爱好美的老实人，决不以此图利的，生活在艺术以外的人。艺术的气息是大多数人不能呼吸的。唯有极伟大的人才能生活在艺术中间而仍保持生命的源泉——爱。

奥里维只能靠自己。而这又是极脆弱的倚傍。任何钻谋他都受不了。他不肯为了自己的作品受一点委屈。看到一般青年作家卑躬屈节的趋奉某个著名的剧院经理，甘心忍受比对仆役更不客气的待遇，奥里维简直脸都红了。哪怕为了性命攸关的问题，他也不能这么做。他只把原稿从邮局里寄去，或是送往戏院或杂志的办公室，让它原封不动地放上几个月。有一天他偶然遇到一个中学时代的老同学,一个又懒又可爱的家伙,对他始终存着钦佩而感激的情意,因为奥里维从前很高兴而且很容易地替他做过枪手;他对于文学一窍不通,但文人倒认得不少,这就比深通文学有用得多;更因为他有钱,会交际,喜欢充风雅,他就听让那班文人利用。他在一个自己有股份的大杂志的秘书面前替奥里维说了句好话:人家立刻把压置了好久的原稿发掘出来,读了一遍;又经过了多少的踌躇,——(因为即使作品有价值,作者的名字可没有价值,社会上谁知道他这个人呢?)——终于决定接受了。奥里维一知道这个好消息,以为自己的苦难快完了,其实才不过是开头呢。

在巴黎要教人接受一件作品还不算太难,但要把它印出来是另外一件事。那就得等了,得成年累月的等,有时甚至要等一辈子,倘若你没有学会趋奉别人或麻烦别人的本领,不时趁那些小皇帝刚起床的时候去朝见,让他们想起有你这个人,明白你决意要随时随地跟他们纠缠的话。奥里维只知道坐在家里,在等待期间把精力消磨尽了。他至多写些信去,永远得不到回复。烦躁的结果,他不能工作了。那当然是胡闹,可是你不能用理智来解释。他等每一班的邮差,对着桌子呆坐,非常苦闷,只为了下楼去等信件才走出自己的屋子:满怀希望的目光,一瞧见门房那儿的信箱就立刻变成失望;他视而不见的在街上遛着,只想等会儿再来;等到最后一次邮班过了,除了上层的邻居沉重的脚声以外,屋子里都静下来的时候,他对于人家的那种冷淡感到窒息。他只求一句回音,只要一句就行了!难道他们连这样的施舍也靳而不与吗?那靳而不与的人可想不到自己会给他痛苦。各人都用自己的形象去看世界。心中没有生气的人所看到的宇宙是枯萎的宇宙;他们不会想到年轻的心中充满着期待、希望,和痛苦的呻吟;即使想到,他们也冷着心肠,带着倦于人世的意味,含讥带讽地把他们批判一阵。

终于作品出版了。奥里维等得那么久,看到作品问世已经没有乐趣可言:那对他已经是死东西了。可是他希望它在别人眼中还是活的。其中有些诗意和智慧的闪光,决不致无人注意。但社会上对这件作品完全保持静默。——他又写了两三篇论文。既然跟一切党派都没有关系,他始终遇到同样的静默,甚至于敌意。他只觉得莫名其妙。他挺天真地以为每个人对一件新的、即使是不十分好的作品，必定会表示好意。对一个发愿要使别人得到一些美、力或欢乐的人，大家不是应当感激的吗？可是他得到的只有冷淡或菲薄。他明明知道，他在作品中表现的思想不只是他一个人的，还有别人和他一般思想；殊不知那一类老实人并不读他的书，在文坛上也毫无说话的资格。便是有两三个读到他的文字，和他有同感，也永远不会对他说出来；他们用静默把自己封锁了。正如在选举的时候放弃投票一样，他们在艺术上也放弃权利；他们不看那些使他们受不了的书，不看他们厌恶的戏，却让敌人去投票选举他们的敌人，把一些只代表无耻的少数人的作品与思想捧上天去。

奥里维既不能依傍在精神上和他契合的人（因为他们不知道他），就只能落在敌人手中，听凭与他的思想为敌的文人和受这种文人指挥的批评家摆布。

这些初期的接触使他心灵受伤了。他对于批评的敏感不下于老布鲁克纳，——新闻界的恶意所给他的痛苦使他不敢再让人家演奏他的作品。奥里维连老同事的支持都得不到。那些教育界的人因为职务关系，还能感觉到法国文化的传统，照理是能了解他的。但他们是服从纪律的，把精神整个儿交给工作的老实人，往往被吃力不讨好的职业磨得牢骚满腹，不能原谅奥里维与众独异的行为。因为是驯良的公务员，所以他们只有看到优越的才能跟优越的地位合二为一的时候才承认其优越。

在这等情形之下，只有两三条路可走：不是用强力摧破外界的壁垒，就是作可耻的妥协，或者是退一步只为自己写作。奥里维对第一第二条都办不到，便采取了最后一条。他为了生计，不得不忍着痛苦替人家补习功课，另外自个儿写些作品，——但因为没有见到天日的可能，作品也慢慢地变得没有血色，变成虚幻的，不现实的了。

在这种半明半暗的生活中，克利斯朵夫像暴风雨般突然闯了进来。他对于社会的卑鄙与奥里维的忍耐非常愤慨。

"难道你没有热血吗？"他嚷道，"你怎么能忍受这样的生活？你知道自己比这般畜生高明而让他们压迫吗？"

"怎么办呢？"奥里维说，"我不能自卫，要跟我瞧不起的人斗争，我简直受不了。我知道他们会不择手段,用所有的武器攻击我;我可是不能。我不但厌恶用他们那种恶毒的手段,而且还怕伤害他们。我小时候老老实实地让同伴们打。人家以为我懦弱,怕挨打。其实我对于打人比挨打更怕。有一天一个蛮横的家伙正在折磨我,旁边有人跟我说:喂,跟他拼了罢,把他肚子上踢一脚不就结了!——我听了这话大吃一惊,我是宁可挨打的。”

“你太没有热血了,”克利斯朵夫又说了一遍,“并且也是你们该死的基督教思想种的根!还有你们只剩了一些《教理问答》的宗教教育;经过割裂的《福音书》,淡而无味的,萎靡的《新约》……婆婆妈妈的慈悲,老是预备流眼泪的……可是你们的大革命,卢梭,罗伯斯庇尔,一八四八的革命……难道都忘了吗?我劝你每天早上念一段血淋淋的《旧约》罢。”

奥里维表示异议。他对于《旧约》有种天生的反感。这种心理可以追溯到他童年偷偷地翻着一部插图本的《圣经》的时代,那是人家从来不看,也不许儿童看的东西。其实禁止也是多余的。奥里维看不多时,马上又恼又丧气地把它阖上了,直到读了《伊里亚特》《奥德赛》,和《天方夜谭》那一类的书,才把看《圣经》的时候那种不愉快的印象抹掉。

“《伊里亚特》中的神,”奥里维说,“是一般长得很美,极有神通而缺点很多的人:我懂得他们,我或是爱他们,或是不爱他们;即使我不爱,也喜欢这种人;我有点儿偏疼他们。我像帕特洛克勒斯一样,愿意亲吻阿喀琉斯的受伤的脚。① 但《圣经》里的上帝是一个自大狂的老犹太人,狂怒的疯子,时时刻刻都在咒骂,威吓,像发疯的狼一般怒嗥,在云端里发狂。我不懂得他,不喜欢他,他的无穷的诅咒使我头痛,他的残暴使我惊骇:

对摩押的默示……
对大马色的默示……
对巴比伦的默示……

---

① 帕特洛克勒斯与阿喀琉斯为希腊神话中的英雄,交情极密,皆参与特洛伊之役。

对埃及的默示……

对海旁旷野的默示……

对异象谷的默示……①

“那简直是个疯子，自以为一身兼审判官、检察官、刽子手，在自己监狱的庭院里把花和石子宣布死刑。这部杀气腾腾的书充满着顽强的恨意，令人气都喘不过来……——毁灭的叫喊……笼罩着摩勃地方的叫喊；到处可以听到他的怒吼……——他不时在尸横遍野、妇孺惨毙的屠杀中休息一会儿；于是他笑了，好像姚苏哀②军队中的老兵在围城之后坐在饭桌前面的狂笑：

万军之主耶和华给部下供张盛宴，让他们吃着肥肉，喝着陈酒。……主的剑上满着鲜血，涂着羊腰的油脂……③

“最要不得的是，这个上帝还用欺骗手段派先知去蒙蔽人类的眼睛，造成他使他们受苦的理由：

——去，把这个种族的心变硬，塞住他的耳目，不让他了解，不让他改变主张，不让他恢复健康。

——那末主啊，到哪时为止呢？

——到屋无居民，土地荒芜的时候……④

“真的，我从来没见过这样残暴的人！……

“当然，我不至于那么愚蠢，不了解这种语言的力量。但我不能把思想跟形式分离；倘使我对这个犹太上帝有时会低回赞叹，也只像我对老虎低回赞叹一样。莎士比亚专会制造妖魔鬼怪，也制造不出这样一个代表恨、代表神圣而有德的恨的角色。这部书真可怕。一切疯狂都是有传染性的；恨就是其中之一。而这种疯狂特别危险，因为它那残忍的骄傲还自命为能够澄清世界。英国使我发抖，因为它几百年来就浸

---

① 以上均为《旧约·以赛亚书》各章的摘要。

② 姚苏哀为希伯来首领之一。

③ 见《旧约·以赛亚书》第二十五章。

④ 见《旧约·以赛亚书》第六章。

淫着清教徒思想。幸而它和我隔着一个海峡。一个民族只要还在把《圣经》做养料,我就不相信他是完全开化的。”

“那末你应当怕我啰,”克利斯朵夫说,“我就是醉心于这种思想的。那等于猛狮的骨髓,强健的心的食粮。《福音书》要没有《旧约》做它的解毒剂,便是一盘淡而无味的、不卫生的菜;要生存的民族必须拿《圣经》做骨干,我们应当奋斗,应当恨。”

“我就恨这个恨。”奥里维说。

“恐怕你连这种恨意都没有吧!”

“不错,我连这点儿恨的气力都没有。我不能不看到敌人的理由。我常常念着画家夏邓的话:要柔和! 要柔和!”

“好一匹绵羊!”克利斯朵夫说,“可是你想做绵羊也没用。我要使你跳过壕沟,我要拼命拖着你向前。”

果然他把奥里维的事抓在手里,发动了论战。他开始并不十分高明。他不等人家把一句话说完就恼了;目的是为朋友辩护,结果反而对朋友不利;事后他发觉了,对于自己的笨拙觉得很难过。

奥里维也并不欠朋友的情。他也为了克利斯朵夫而跟人打架呢。虽然他怕斗争,虽然头脑清楚冷静,嘲笑一切极端的言语和行动,但一朝替克利斯朵夫辩护的时候,他可比克利斯朵夫和所有的人都更激烈。他头脑糊涂了。一个人在爱情中是应当会糊涂的。奥里维的确做到了这一点。——可是他比克利斯朵夫更巧妙。这个为了自己的事作风那么古板那么笨拙的青年,为了使朋友成功倒很有手段,甚至也能玩弄权术;他拿出惊人的毅力和机巧替克利斯朵夫争取朋友,有办法使音乐批评家与音乐爱好者对克利斯朵夫感兴趣。倘使要他为了自己去干求那些人,他一定会脸红的。

两人费了多少心力,结果也不容易改善他们的境况。相互的友爱使他们做了不少傻事。克利斯朵夫借了债私下替奥里维印一部诗集,不料一部也没卖掉。奥里维怂恿克利斯朵夫举行一次音乐会,临了是一个听众也没有。克利斯朵夫对着空无一人的场子,很勇敢地拿亨德尔的话安慰自己:“好极了! 这样,音响的效果倒更好……”可是这种豪语并不能使他们把花的本钱收回。他们只得好不心酸的回家。

在这个艰难的情形中,唯一来帮助他们的是一个四十岁左右的犹太人,叫做泰台·莫克。他开着一家艺术照相馆,对自己的行业很感兴趣,识见很高,也花了不少巧思。但他除此以外还关心许多事,甚至把买卖都疏忽了。便是他专心于照相的时候,也仅仅是研究技术的改进,和印照片的新方法,那方法虽然巧妙,也难得成功,倒反浪费了不少钱。他读书极多,对于哲学、艺术、科学、政治,各方面的新思想无不留意;他感觉极灵,凡是别具一格的,有点力量的个性,他都会发掘出来,仿佛那些个性所隐藏的磁力会吸引他。奥里维的朋友都是和奥里维一样孤独,一样躲在一旁工作的,莫克在他们中间来来往往,成为一个联络人物,在他们不知不觉之间促成他们思想的交流。

奥里维要把莫克介绍给克利斯朵夫的时候,克利斯朵夫先表示拒绝;过去的经验使他不愿意再跟以色列族的人交往。奥里维笑着说,他对犹太人的认识并不比他对法国人的更高明。于是克利斯朵夫答应再试一下;可是他第一次看到泰台·莫克,就皱了皱眉头。莫克表面上犹太色彩特别浓,就像一般不喜欢他们的人所想象的那个模样:矮小,秃顶,身体长得很难看,鼻子臃肿,一双斜眼戴着一副大眼镜,脸上留着一簇乱七八糟的粗硬的黑胡子,多毛的手,很长的胳膊,短而弯曲的腿:活像一个腓尼基教里的上帝。但他眉宇之间有种那么慈爱的表情,把克利斯朵夫感动了。尤其莫克是很朴实的,不说一句废话:没有过分的恭维,只有非常识趣的一言半语。可是他最高兴帮别人的忙:人家还没开口,他已经把事情给办妥了。他常常来,甚至来得太密了些;而几乎每次都带着些好消息:不是为奥里维介绍写文章或教课的差事,就是为克利斯朵夫介绍学生。他从来不多耽留时间,竭力装得很随便。或许他已经觉察克利斯朵夫的不高兴;因为克利斯朵夫一看见那张一把大胡子的脸在门口出现,就要做出不耐烦的动作,但事后又对莫克的好心非常感激。

好心在犹太人身上并不少有:这是他们在所有的德行中最乐意承认的一种,即使他们并不实行。其实大多数人的好心都出之以消极的或无所谓的形式：宽容，淡漠，不愿意做坏事，含讥带讽的容忍，在他们都是好心的表现。莫克的好心却是很积极的。他永远预备为了什么人或事而鞠躬尽瘁：为他清寒的犹太教友，为亡命的俄国人，为各国的被压迫者，为不幸的艺术家，为一切的灾难，为一切慷慨的善举。他的荷包永远打开着，不论怎样不充裕，他总有方法掏出一些来；一文不名的时候，他会教别人掏出来；他从来不辞劳苦，不怕奔走，只要是为帮助别人。这些他都出之以很自然的态度。他的缺点便是表明自己老实与真诚的话说得太多了一些；但妙的是他的确老实，的确真诚。

克利斯朵夫对于莫克是同情与厌恶参半，有一回竟说了一句顽皮孩子的刻薄话；因为被莫克的好意感动了，他便亲热地抓着他的手说：

“啊！多可惜！……你身为犹太人真是太不幸了！”

奥里维吃了一惊，脸都红了，仿佛说的是他自己。他很难堪，竭力想把克利斯朵夫的话圆过来。

莫克笑了笑，带着凄凉而嘲弄的神气，静静地回答：

“更不幸的是生而为人。”

克利斯朵夫只觉得这句话是普通的牢骚；可是其中的悲观意味，比他所能想象的深刻得多；奥里维凭着细致的感觉立刻体会到了。除了大家认识的这个莫克以外，还有一个完全不同的，甚至在许多地方相反的莫克。他表面上的性格，是他把自己的天性长期压制的结果。这个好像很纯朴的人，骨子里很喜欢绕圈子，只要一不留神，就把简单的事搞得很复杂，使他最真实的感情也带点做作的嘲弄的性质。他面上很谦虚，有时甚至过分的自卑，实际上却非常骄傲，那是他知道得很清楚而痛自贬责的。他那种乐观，活动，时时刻刻的忙着帮助别人，都是一种掩饰，遮盖着根子很深的虚无主义，和不敢向自己瞧一眼的心情。莫克表示自己相信许多事：相信人类的进步，相信净化以后的犹太精神的前途，相信法兰西的使命是做一个新思想的战士，——他真心地把这三件事看做三位一体。——奥里维却看得很明白，对克利斯朵夫说：“其实他什么都不信。”

尽管莫克游戏人生，非常洒脱，他仍旧是个神经衰弱的人，不愿意看到内心的空虚。有时他精神上觉得一片虚无，半夜里突然呻吟着惊醒过来。好像在水里要抓住救命圈似的,他到处找一些借口让自己能够有所行动。

一个人生在一个太老的民族中间是需要付很大的代价的。他负担极重:有悠久的历史,有种种的考验,有令人厌倦的经验,有智慧方面与感情方面的失意,总之要有几百年的生活,——沉淀在这生活底下的是一些烦闷的渣滓。闪米特族的无穷的烦闷,和我们亚利安族的完全不同;我们的烦闷虽然也很痛苦,但至少有些确切的原因,原因消灭,烦闷也可以跟着消灭;而这原因大多是欲望不能满足。但在某些犹太人,往往连生机都被一种致命的毒素侵蚀了。他们没有欲望,没有兴趣,没有野心,没有爱,没有快乐。这些跟祖国的传统脱节的东方人,千百年来把精力消耗净尽,竭力想达到不动心的境界而达不到;他们始终没有失掉的——并非保持原状而是过分夸张了的,——只有思想,只有无穷的分析,使他们对什么都不觉得愉快,对一切行动都没有勇气。最有气魄的人也只是造出些角色来给自己扮演,而并不为自己打算。他们之中有些很聪明很严肃的人,往往对现实生活不关痛痒,一切都逢场作戏;——他们虽不承认有这个意思,但游戏人生的确是他们唯一的生活方式。

莫克也是个演员,可是自成一派。他成天忙着,为的要使自己麻木。但他的忙不像多半的人为了自私,而是为了别人。他对克利斯朵夫的忠诚是动人的,也是令人生厌的。克利斯朵夫有时对他很粗暴,过后又立刻后悔。莫克从来不恨克利斯朵夫。他无论碰到什么事都不会灰心。并非他对克利斯朵夫有怎么热烈的感情。他喜欢的是帮人家忙,而不一定是所帮的对象。对象仅仅是种借口,使他能做些好事,混过日子。

他花了那么大的劲,居然使哀区脱决心刊印克利斯朵夫的《大卫》和别的几件作品。哀区脱心里很契重克利斯朵夫的才具,但并不急于把他公诸大众。等到莫克预备把这部乐谱自己出钱托另一个出版家刊印了,哀区脱才为了争面子,自动接受下来。

有一回奥里维病倒了,钱用完了,境况非常困难,莫克竟会想到向法列克斯·韦尔,那个和两位朋友住在一幢屋子里的,有钱的考古学家去求援。莫克和韦尔是相识的,但彼此很少好感。他们俩性格太不同了;莫克这种骚动的、神秘的、激烈的性情,粗鲁的举止,或许会引起平静的、爱嘲弄的、举动文雅而思想保守的韦尔的讥讽。另一方面,他们骨子里也有共同点:对行动都没有什么深刻的兴趣,只靠顽强的机械的生命力支持着。但两人都不愿意感觉到这一点。他们只关心自己所扮的角色,而这些角色彼此并无接触。所以那天韦尔对莫克相当冷淡;莫克想把奥里维和克利斯朵夫的艺术计划打动韦尔的兴趣,韦尔却含讥带讽地表示怀疑。莫克老是醉心于这个或那个理想,早已使犹太社会看了好笑,同时认为他是个到处向人借钱的危险分子。但他凭着一贯的不灰心的作风,这一回也绝对不灰心;他一面坚持,一面提到克利斯朵夫和奥里维的友谊,居然使韦尔动心了。他觉察到这一点,便继续在这个题目上用功夫。

他的确挑动了对方的心。这个摆脱一切,没有朋友的老人,原来是把友谊看做神圣的。他一生最大的感情是对一个夭折的朋友的友谊。那是他内心的至宝,每次想起总觉得很安慰。他创立了一些事业,纪念这位朋友,把自己的著作题献给他。莫克说的克利斯朵夫与奥里维相互的友情使他大为感动。他的历史跟他们的颇有相像的地方。他所丧失的朋友当初对他是个长兄,是个青年时代的伴侣,他崇拜的指导者。一般年轻的犹太人,有的是智慧与慷慨的热情,在冷酷的环境中极感痛苦,想复兴他们的民族,再由他们的民族来复兴世界,他们鞠躬尽瘁地消耗着自己的精力,像火把一般在世界上照耀了几小时:韦尔的亡友便是这样的一个青年。他的火焰曾经使年轻的韦尔精神奋发。他在世的时候,韦尔始终跟着他在信仰的光轮中往前走着,——相信科学,相信精神的力量,相信未来的幸福。从朋友去世以后,懦弱而爱发牢骚的韦尔就让自己从理想主义的高峰直掉到《传道书》①那样的沙土里,那种气息是每个聪明的犹太人都有的,而且是随时预备把他们的聪明吞掉的。但他从来没忘了和朋友在一起的时候所过的光明的日子,把差不多已经隐灭的光彩始终保存在心里。他对谁都没提过这位朋友,连对

① 《旧约》中有一卷名《传道书》,大旨谓世事皆空,人生愚妄。

他所爱的妻子在内:那是一件神圣的事。而这个被大家认为冷酷而毫无风趣的老人,到了暮年还在心里反复念着一个印度古代婆罗门高僧的又温婉又辛酸的句子:

“世界上受过毒害的树,还能产生比生命的甘泉更甜美的两个果子:一个是诗歌,一个是友谊。”

韦尔从此对克利斯朵夫和奥里维感到了兴趣。因为知道他们性情高傲,他就很识趣地向莫克要了一部奥里维最近出版的诗集。两位朋友并没采取什么行动,甚至想都没想到:他居然为这部作品弄到一笔学士院的奖金;而在他们艰苦的境况中,那也来得正是时候了。

克利斯朵夫知道了这个出乎意料的帮助是出之于一个他准备加以诋毁的人,就对于自己可能说的话或可能想的念头十分惭愧。虽然不喜欢拜访人家,他也勉强捺着性子去向韦尔道谢。但这番好意没有得到好结果。看到克利斯朵夫那种年轻人的热情,老韦尔笑傲人生的脾气不由自主地觉醒了;他们俩并不投机。

那天克利斯朵夫访问了韦尔,又感激又气恼地回到顶楼上,发现莫克又来给奥里维一些新的帮助,同时又读到吕西安·雷维-葛写的一篇对他的音乐很不好的评论,——不是坦白的批评,而是冷言冷语的把克利斯朵夫跟他痛恨的三四流音乐家相提并论。

克利斯朵夫等莫克走了以后和奥里维说:“你有没有注意到,我们老是跟犹太人打交道;而且只跟犹太人打交道!难道我们自己也得变成犹太人吗?仿佛我们是在勾引他们。敌人也罢,盟友也罢,我们到处只碰到他们。”

“那是因为他们比旁人更聪明,”奥里维说,“在我们法国,一个思想自由的人差不多只能跟犹太人谈谈什么新的和活生生的事。其余的人都抓着过去,不会动了。不幸,这个过去对犹太人是不存在的,至少他们的过去和我们的不同。所以我们跟他们只能谈论现在的事,跟我们同种的人只能谈昨天的事。你瞧,犹太人在各方面都有活动:商业,工业,教育,科学,慈善事业,艺术……”

“别提艺术。”克利斯朵夫说。

“我不说我对他们所做的事都有好感:我还常常讨厌呢。但至少他们是活的,懂得活着的人的。我们少不了他们。”

“别夸张,”克利斯朵夫带着取笑的口气说,“我就少得了他们。”

“对,你也许照旧能活下去。但要是你的生活与作品没法教大家认识的话(倘若没有他们,那是很可能的),你的生活又有什么意义?难道和我们同教的人会来帮助我们吗?旧教教会让它最优秀的子孙灭亡,绝对不救一下。凡是心灵深处真有宗教热忱的人,为上帝献身的人,如果胆敢不守旧教的规条,不承认罗马的威权,那末一般自称为的旧教徒不但立刻把他们视同陌路,抑且视同仇敌,不出一声地让他们落在共同的敌人手里。一颗自由的心灵,不管怎么伟大,倘使单有基督徒的精神而不肯服从,那末纵使他代表信仰中最纯洁最神圣的部分,一般的旧教徒也认为他是不相干的。他不盲不聋,要用自己的念头去思索;所以大家摒弃他,幸灾乐祸地看着他独自受苦,被敌人蹂躏,向他的弟兄们求救(他便是为了这般弟兄们的信仰而死的)。今日的基督旧教,它那种麻木不仁的力量真可以致人死命。它能宽恕敌人,可不能宽恕想唤醒它帮助它的人……可怜的克利斯朵夫,要是没有一小群思想自由的新教徒和犹太人,我们会变成怎么样?我们这批生为旧教徒而思想独往独来的人,我们的行动有什么用?在今日的欧洲,犹太人是一切善与恶中间最活跃的媒介,把思想的花粉随意散布出去。你的最凶狠的敌人和最早的朋友不是都在他们中间吗?”

“不错,”克利斯朵夫说,“他们曾经鼓励我,支持我,在战斗中说过使我振作精神的话,证明我还有人了解。当然这些朋友中很少始终如一的:他们的友谊只是一堆干草的火焰。可是也没关系!这道转瞬即逝的微光在漫漫长夜中已经了不起了。你说得对:咱们不能忘了他们的好处!”

“咱们尤其不能糊涂,”奥里维说,“不能再摧残我们那个陷于病态的文明,不能去攀折它几根最有生气的枝条。倘使不幸而犹太人被逐出欧洲的话,欧洲在智慧与行动方面就会变成贫弱,甚至有完全破产的危险。特别在我们法国,在这样一息仅存的情形之下,他们的放逐使我们的民族所受的打击,要比十七世纪时放逐新教徒的结果更可怕。没有问题,他们此刻占据的地位大大地超过了他们真正的价值。他们利用今日政治上跟道德上的混乱,还推波助澜,因为他们喜欢这种局面,因为他们觉得在其中得其所哉。至于像莫克一般最优秀的人,他们的错误,是在于真心把法国的命运和他们犹太人的梦想合二为一,那往往对我们害多利少。可是我们也不能责备他们由着他们的心意来改造法国,那表示他们爱法国。倘使他们的爱情是可怕的,我们只有起而自卫,教他们归到原位上去,他们的位置在我国是应当居于次要的。并非我认为他们的种族比我们的低劣,——(种族优越的问题是可笑而可厌的)——可是我们不能承认一个还没跟我们同化的异族,自命为对于我们的前途比我们自己认识更清楚。它觉得住在法国很舒服,那我也很高兴;但它决不能把法国变成一个犹太国!要是一个聪明而强有力的政府能把犹太人安放在他们的位置上,他们一定能成为最有效率的一分子,促成法兰西的伟大;而这是对他们和我们同样有利的。这些神经过敏的、骚动的、游移不定的人,需要一条能够控制他们的法律,需要一个刚强正直,能够压服他们的主宰。犹太人好比女人:肯听人驾驭的时候是极好的;但由她来统治就要不得了,不管对男人对女人都是如此,而接受这种统治更要教人笑话。"

尽管相爱,尽管因为相爱而能够心心相印,克利斯朵夫和奥里维究竟有些地方彼此不大了解,甚至觉得很不愉快。结交的初期,各人都留着神,只把自己跟朋友相像的地方拿出来,所以双方没觉察。可是久而久之,两个种族的形象浮到面上来了。他们有些小小的摩擦,凭着他们那样的友情也不能永远避免的摩擦。

在误会的时候,他们都搞糊涂了。奥里维的精神是信仰、自由、热情、讥讽、怀疑等等的混合物,克利斯朵夫永远摸不着它的公式。奥里维方面,对于克利斯朵夫的不懂得人的心理也觉得不痛快;他有那种读书人的贵族气息,不由得要笑这个强毅的、可是笨重的头脑,笑他的稚拙,笑他的浑然一片,不懂分析自己,受人欺骗,也受自己欺骗。克利斯朵夫的婆婆妈妈的感情,容易激动,容易粗声大气的流露衷曲,有时在奥里维看来是可厌的,甚至有点儿可笑的。除此以外,克利斯朵夫对于力的崇拜,德国人对于拳头的信仰,更是奥里维和他的同胞不甘信服的。

而克利斯朵夫也不能忍受奥里维的讥讽,常常会因之大怒;他受不了那种翻来覆去的推敲,无穷尽的分析,仿佛世界上没有绝对的是非,——在一个像奥里维这样看重节操的人,那是很奇怪的现象,但它的根源就在于他兼收并蓄的智慧:因为他的智慧不愿意对事情一笔抹煞,喜欢看到相反的思想。奥里维看事情,用的是一种历史的、俯瞰全景的观点;因为极需要彻底了解,所以同时看到正反两面:他一忽儿拥护正面,一忽儿拥护反面,看人家替哪方面辩护而定;结果连他自己也陷于矛盾,无怪克利斯朵夫看了莫名其妙了。可是在奥里维,这倒并不是喜欢跟别人抵触或标新立异,而是一种非满足不可的需要,需要公道,需要通情达理:他最恨成见,觉得非反抗不可。克利斯朵夫对于不道德的人物与行为,往往夸大事实,不假思索就加以批判,使奥里维听了很不舒服。他虽然和克利斯朵夫同样纯洁,天性究竟没有那么顽强,会受到外界的诱惑,濡染,接触。他反对克利斯朵夫的夸张,但他自己在相反的方面也一样夸张。这个思想上的缺点使他每天在朋友前面支持他的敌人。克利斯朵夫生气了,埋怨奥里维的诡辩和宽容。奥里维只是笑笑:他很知道因为没有自欺欺人的幻想才有这种宽容,也知道克利斯朵夫相信的事要比他多得多,而且接受得更彻底。克利斯朵夫是从来不向左右瞧一眼,只顾像野猪一般往前直冲的。他对于巴黎式的"慈悲"尤其厌恶。他说:

"他们宽恕坏蛋的时候,最大的理由是作恶的人本身已经够不幸了,或者说他们是不能负责的……可是第一,说作恶的人不幸是不确的。那简直是把可笑的、无聊的戏剧上的道德观念,荒谬的乐观主义,像史克里勃和加波①所宣传的那一套,拿来实行了。而史克里勃与加波,你们这两个伟大的巴黎人,最配你们那些享乐的,伪善的,幼稚的,懦怯的,不敢正视自己丑态的布尔乔亚社会……一个坏蛋很可能是个快乐的人,甚至比别人更多快乐的机会。至于说他不能负责,那又是胡说了。既然人的天性对于善恶都不加可否,因此也可以说是偏于恶的,

① 史克里勃为十九世纪法国通俗戏剧作家,加波为法国近代新闻记者兼剧作家。

那末一个人当然能够犯罪而同时是健全的。德不是天生的,是人造的。所以要由人去保卫它!人类社会是一小群比较坚强而伟大的分子建筑起来的。他们的责任是不让狼心狗肺的坏蛋毁坏他们惨淡经营的事业。”

这些思想实际上并不和奥里维的有多大分别;但因为奥里维本能的要求平衡,所以一听到战斗的话,就特别表示出游戏人生的态度。

“别这样的忙乱,朋友,”他对克利斯朵夫说,“让世界灭亡罢。像《十日谈》里头的那些伙伴一样,正当佛罗伦萨城在蔷薇遍地、杉树成荫的山坡底下为黑死病毁灭的时候,我们且安安静静地欣赏一下思想的园林罢。”

他像拆卸机器一样整天地分析艺术、科学、思想,希望从中找出些隐藏的机轴;结果他变得极端的怀疑,一切现实的东西都变为精神的幻想,变为空中楼阁,比几何图形都更空虚,因为几何图形还能说是满足思想上的需要。克利斯朵夫愤慨之下,说道:

“机器走得很好;干吗把它拆开来呢?你可能把它搞坏的。而且你的成绩在哪儿?你要证明些什么?证明一切皆空,是不是?我也知道一切皆空。就因为我们到处受到虚无包围,我才奋斗。你说什么都不存在吗?我,我可是存在的。没有活动的意义吗?我就在活动。喜欢死亡的人,让他们死罢!我活着,我要活。我的生命在一只秤托里,思想又在另一只秤托里……思想,滚它的蛋!……”

他逞着暴烈的性子,讨论问题的时候不免出口伤人。他说过就后悔,恨不得把话收回来;但听的人已经受到伤害。奥里维是很敏感的,脸很嫩,话重了一些,尤其是出之于他所爱的人,他简直心都碎了。但他为了傲气,把这一点憋在肚里,只退一步做着反省的工夫。他也发觉他的朋友像所有的大艺术家一样,会突然之间流露出无意识的自私。他觉得自己的生命有时候在克利斯朵夫心目中还不及一阕美丽的音乐可贵:——(克利斯朵夫对他也不隐瞒这种思想。)——他了解克利斯朵夫,认为克利斯朵夫是对的;但他心里很难过。

并且,克利斯朵夫的天性中有各式各种骚乱不宁的成分,为奥里维摸不着头脑而很操心的。第一是那种突如其来的古怪而可怕的脾气。

有些日子，克利斯朵夫不愿意说话，或者像魔鬼上了身似的只想伤害人。再不然他失踪了，你可以一整天大半夜的看不见他。有一次，他接连两天没回来。天知道他做些什么！他自己也不大清楚……其实是他的强烈的天性被狭窄的生活跟寓所拘囚着，好像关在鸡笼里，有时差点儿要爆裂了。朋友的镇静使他气恼，竟想加以伤害。他只得往外逃，用疲劳来折磨自己，在巴黎跟近郊四处乱跑，心中渺渺茫茫的希望有些奇遇，有时也真会碰到；他甚至希望闹些乱子，例如跟人打架什么的，把过于旺盛的精力发泄一下……奥里维因为身体娇弱，觉得那是不可能的。克利斯朵夫自己也不比他更了解。他从这种神思恍惚的境界中醒来，好比做了一个累人的梦，——对于做过的事和将来还会再做的事，有点儿惭愧，有点儿不安。可是那阵突如其来的疯狂过去以后，他好比雷雨以后的天空，没有一丝污点，晴明万里，威临一切。他对奥里维更温柔了，因为给了他痛苦而恼自己。他对两人之间那些小小的口角弄不明白了。错处并不都在他这方面，但他认为自己同样要负责；他埋怨自己的好胜心，觉得与其把朋友驳倒而证明自己有理，还不如跟他一起犯错误。

最糟的是他们在晚上发生误会，闹着别扭过夜，那是两个人都不舒服的。克利斯朵夫往往起床写一张字条塞在奥里维的房门底下，第二天一醒过来就向他道歉。或者他还等不到天亮，当夜就去敲门。奥里维跟他一样的睡不着。他明知克利斯朵夫是爱他的，并非故意要伤害他；但他需要听克利斯朵夫把这些意思亲口说出来。而克利斯朵夫果然说了：一切都过去了。那才多么快慰呢！这样他们才能睡着。

“啊！”奥里维叹道，“互相了解是多么困难！”

“难道非永远互相了解不可吗？”克利斯朵夫说，“我认为不必。只要相爱就行了。”

他们事后竭力以温柔而不安的心情加以补救的这些小争执，使他们格外相爱。吵了架，奥里维眼中立刻映出安多纳德的形象。于是两位朋友互相体贴到极点。克利斯朵夫每逢奥里维的节日，总得作一个曲子题赠给他，送点儿鲜花，糕饼，礼物，天知道是怎么买来的，因为他平常钱老是不够用。在奥里维方面，却是在夜里睁着倦眼偷偷地为克利斯朵夫抄写总谱。

两个朋友之间的误会从来不会怎么严重,只要没有第三者插进来。但那是免不了的:在这个世界上,爱管闲事而挑拨人家不和的人太多了。

奥里维也认识克利斯朵夫从前来往的史丹芬一家,受着高兰德吸引。克利斯朵夫当初没有在她那边遇到他,因为那时奥里维遭了姊姊的丧事,躲在家里。高兰德绝对不邀他去:她很喜欢奥里维,可不喜欢遭逢不幸的人;她说自己太容易感动,看到人家伤心会受不住,所以要等奥里维的悲伤淡下去。赶到她知道他已经痊愈而不至于再传染别人的时候,就设法招引他。奥里维用不着人家三邀四请。他是个狷介与浮华兼而有之的人,很容易入迷的,何况那时又爱着高兰德。他和克利斯朵夫说想再到她家里去,克利斯朵夫因为尊重朋友的自由,没有责备他,只是耸耸肩,带着取笑的神气回答说:"去罢,孩子,要是你觉得好玩的话。"

克利斯朵夫自己可决不跟着他去。他已经决意不和那些卖弄风情的姑娘来往。并非他厌恶女性:那才差得远呢。对于一般劳动的青年妇女,每天清早睁着倦眼,急匆匆的,老是迟到的往工场或办公室奔去的女工、职员、公务员,他都抱有好感。他觉得女人只有在活动的时候,挣取自己的面包和过着独立生活的时候,才有意思。他甚至觉得,唯有这样,女性的风韵,动作的轻盈,感官的灵敏,她的生命与意志的完整,才能完全显露出来。他瞧不起有闲的享乐的女子,认为那等于吃饱了东西的野兽,一方面在那里消化食物,一方面感到无聊,做着些不健全的梦。奥里维却是相反,他最喜欢女人"无所事事"的悠闲,喜欢她们花一般的娇艳,以为只要长得美,能够在周围散布香味,就算她们不白活了。他的观点是艺术家的观点,克利斯朵夫的观点却更富于人间性。克利斯朵夫和高兰德相反:越是深尝人世的痛苦的人,他越喜欢。他觉得自己跟他们有一股友爱的同情做联系。

高兰德自从知道了奥里维和克利斯朵夫的友谊以后,更想见一见奥里维:因为她要详细打听一下。克利斯朵夫那么傲慢地把她淡忘了使她有点儿气愤,虽然不想报复,——那是不值得的,——却很乐意跟他开个玩笑。这是东抓抓,西咬咬,想惹人注意的猫的玩意儿。凭她那种迷人的本领,她毫不费力就套出了奥里维的话。只要不跟人家在一起,谁也比不上奥里维的明察和不受欺骗;面对着一双可爱的媚眼,谁也比不上他的天真和轻信。高兰德对于他跟克利斯朵夫的友谊表示那么真诚的关切,所以他把他们的历史原原本本讲了出来,甚至把他从远处看了好玩而都归咎于自己的误会,也说了一部分。他也对高兰德说出克利斯朵夫的艺术计划,说出他对法国与法国人的某些——当然不是恭维的——批评。这些事情本身都没有什么关系,但高兰德立刻拿来张扬出去,还别出心裁地安排一下,为的使故事更动听,也为的把克利斯朵夫耍弄一下。第一个听到她的心腹话的,当然是那个跟她形影不离的吕西安·雷维-葛,而他并没有保守秘密的理由,所以那些话就越来越添枝接叶地传布开去,把奥里维形容做一个牺牲者,说话之间对他有种轻侮的同情。两个角色既没有多少人认识,照理故事是不会引起谁的兴趣的;但巴黎人最喜欢管闲事。辗转相传,结果克利斯朵夫自己也有一天从罗孙太太嘴里听到了这些秘密。她在一个音乐会中遇到他,问他是不是真的和可怜的奥里维·耶南闹翻了,又问起他的工作,言语之间所提到的某些事,克利斯朵夫以为只有他跟奥里维两个人知道的。他向她追问消息的原委;她说是吕西安·雷维-葛告诉她的,而吕西安又是听奥里维自己说的。

这一下对克利斯朵夫简直是当头闷棍。生性暴躁,又不懂得怀疑,他压根儿不想向人家指出这件新闻的不近事实;他只看见一桩事:便是他向奥里维吐露的秘密被泄漏给吕西安·雷维-葛了。他不能在音乐会里再待下去,马上走了。周围只有一片空虚。他心里想着:“我的朋友把我出卖了!……”

奥里维正在高兰德那里。克利斯朵夫把自己的卧室下了锁,使奥里维不能像平常一样在回来的时候跟他说一会儿闲话。果然他听见他回来了,把他的门推了推,在锁孔中轻轻地和他招呼了一声,他可是一动不动,在黑暗中坐在床上,双手捧着脑袋,反复不已地对自己说着:“我的朋友把我出卖了!……”这样的直挨了大半夜。这时他才觉得自己怎样地爱着奥里维;因为他并不恨朋友的欺骗,只是自己痛苦。你所爱的人对你可以为所欲为,甚至可以不爱你。你没法恨他;既然他丢掉你，足见你不值得人家的爱，你只能恨自己。这便是致命的痛苦。

第二天早上看到奥里维的时候，他一句不提；他觉得那些责备的话，自己听了就受不住，——责备朋友滥用他的信任，把他的秘密给敌人利用等等，他一句也不能说。但他的脸色代他说了：神气是冷冰冰的，含有敌意的。奥里维看了大吃一惊，可是莫名其妙。他怯生生地试探克利斯朵夫对他有什么不满意。克利斯朵夫却粗暴地掉过头去，置之不理。奥里维也恼了，不出声了，只想着胸中的悲苦。那天他们整日没有再见面。

即使奥里维使克利斯朵夫受到百倍于此的痛苦，克利斯朵夫也不会报复，甚至也不大会想到自卫。对于他，奥里维是神圣的。但他胸中的愤懑必须对什么人发泄一下，而发泄的对象既然不可能是奥里维，就得轮到吕西安·雷维-葛了。依着他平素那种偏枉而激烈的性情，他把先前归咎于奥里维的过失立刻派在吕西安头上；他想到这样一个家伙居然能抢走他朋友的感情，像从前抢掉高兰德对他的友谊一样，就不由得妒火中烧。而那一天他又看到吕西安的一篇关于《菲德里奥》[①]的批评，愈加气坏了。吕西安冷嘲热讽地提到贝多芬，说剧中的女主角大可以得蒙底翁道德奖。这出歌剧的可笑的地方，甚至音乐方面的某些错误，克利斯朵夫比谁都看得清楚；他对于世所公认的大师们从来不盲目地崇拜。但他也并不自命为永远没有矛盾，像法国人那样始终合于逻辑。世界上有一般人很愿意挑自己所喜欢的人的错，可不答应别人那么做：克利斯朵夫便是这么一个人。并且克利斯朵夫的批评一个大艺术家，尽管尖刻，究竟是因为对艺术抱着热烈的信仰，爱护大师的光荣，不能忍受他有一丝一毫的瑕疵；吕西安的那一套却是想迎合群众的卑鄙心理，挖苦一个大人物来逗大家发笑：这两种批评当然是大不同的。何况克利斯朵夫虽然思想那么洒脱，还暗中认为有一种音乐是绝对不能触犯的：那不只是音乐而是更胜于音乐的音乐，是一颗伟大的仁慈的心灵的音乐，给你安慰，给你勇气，给你希望的音乐。贝多芬的作品便属于这一类；它现在受到一个卑鄙的家伙的侮辱，怪不得克利斯朵

---

① 《菲德里奥》（亦称《莱奥诺拉》）为贝多芬作的歌剧。

夫要义愤填膺了。那不光是一个艺术问题;一切使人生有点儿价值的东西:爱情,牺牲,道德,全部都牵涉到了。我们不能允许人家侵犯这些,正如不能允许人家侮辱一个为我们敬爱的女子;在这种情形之下,一个人当然要恨,要拼命了……而这个侮辱的人又不是别人,竟是克利斯朵夫最瞧不起的家伙,那更有什么话说!

碰巧当天晚上克利斯朵夫和那个人劈面遇到了。

为避免跟奥里维单独在一起,克利斯朵夫一反平时的习惯,上罗孙家参加晚会去了。人家要求他弹奏,他勉强答应下来。但过了一忽儿,他正聚精会神想着所奏的作品,忽然抬起眼睛,看到几步以外的人堆里,吕西安含讥带讽地在那儿打量他。他一个乐节没弹完就马上停住,站起身子,背对着钢琴。大家登时静了下来,都有点儿发窘。罗孙太太诧异之下,向克利斯朵夫走过去,勉强堆着笑容,很谨慎地问(因为她不敢断定作品是否真的完了):"您不弹下去了吗,克拉夫脱先生?"

"我弹完了。"他冷冷地回答。

他说过了就觉得措辞不大得体,但非但不因此检点,倒反更烦躁了。他并没注意到人家用着讥讽的态度看着他,径自走去坐在客厅的一角,可以望见吕西安的动作的地方。旁边坐着一个脸色红红、眼睛浅蓝、神气想睡觉的老将军,以为应当向克利斯朵夫恭维一番作品的特色。克利斯朵夫不胜厌烦地弯了弯身子,胡乱回答了几句。老人继续说着,非常有礼,堆着一副痴骇的柔和的笑脸;他想请克利斯朵夫解释怎么能背出这许多页音乐。克利斯朵夫恨不得一拳把老头儿打倒在椅子底下。他只想听吕西安的话,找机会斗他一斗。几分钟以来,他觉得自己要胡闹了,怎么也抑捺不住。——吕西安正在对几位太太尖着嗓子解释一般大艺术家的用意和秘密的思想。客厅里忽然静了一会儿,克利斯朵夫听见吕西安用着轻佻下流的隐喻,谈着瓦格纳和路易王①的交情。

"住嘴!"克利斯朵夫拍着旁边的桌子嚷道。

大家愕然回过头来。吕西安跟克利斯朵夫照了面,脸色有点儿

① 指德国巴伐利亚王路易二世。

发白：

“你这话是对我说的吗？”

“是对你这个狗种说的！”克利斯朵夫回答，接着又跳起来，说：

“难道你一定要把世界上所有伟大的东西糟蹋完吗？滚出去，坏蛋！要不然我就把你从窗里摔出去！”

他迎着他走过去。妇女们都尖声叫着闪开了。屋子里乱了一阵。克利斯朵夫立刻给人包围了。吕西安抬了抬身子，接着又坐了下去，恢复他那个随便的姿势。一个当差在旁边走过，吕西安轻轻地招呼他，给了他一张名片，然后又若无其事地继续谈话，可是眼皮很紧张地颤动着，眼睛眏个不住，向四下里瞧了瞧大家的神色。罗孙过来站在克利斯朵夫前面，抓着他的衣襟，把他推着向门口走去。克利斯朵夫又羞又愤，低着头，只看到面前那片雪白的硬衬衫，不禁莫名其妙地数着它发亮的纽扣；胖子罗孙的呼吸直吹到他的脸上。

“嗯，朋友，怎么啦？”罗孙说，“这算是哪一门？你检点检点吧！你知道这儿是什么地方？你不是疯了吗？”

“嘿！我再也不上你这儿来了！”克利斯朵夫说着，挣脱了对方的手，往门外走去。

大家很小心地闪过一边。在衣帽间里，一个当差的托着一个盘送过来，盘里放着吕西安·雷维-葛的名片。他糊里糊涂地拿着，高声念着；随后他突然气愤愤地在衣袋里找，掏出了半打左右的零碎东西，才捡出三四张褶皱的肮脏的名片：

“拿去！拿去！拿去！”他一边说一边把那些名片往盘里乱丢，猛烈的手势把其中的一张扔在了地下。

于是他走了。

奥里维对这件事一无所知。克利斯朵夫随便挑了两个证人：一个是音乐批评家丹沃斐·古耶，一个是瑞士某大学的私人教授①巴德博

① 德国大学有“私人教授”一职，资格必须有博士学位；其薪给不由公家支付而由学生直接负担。瑞士是否亦有此制度，不详。

士，那是他有一晚在一家酒店里认识的，虽然不喜欢这个人，但可以和他谈谈本国的事。经过双方证人的协议，武器决定用手枪。克利斯朵夫是无论什么武器都不会用的。古耶劝他到射击房中去练一练，克利斯朵夫可拒绝了；因为决斗要第二天才举行，他当时又埋头工作起来。

当然他的工作是心不在焉的，好像做着噩梦，听见一个模糊而固执的念头在耳朵里嗡嗡地响着……“讨厌，真讨厌！……什么事讨厌呢？——明天那场决斗啰……嘿，那不过是闹着玩儿的！……谁也打不着谁的……可也说不定……那末以后呢？……对啦，以后呢？那个畜生手指一捺就能结果我的性命……太笑话了！……明天，两天之内，我可能躺在这发臭的泥土底下……也罢！这儿也好，那儿也好……难道怕他不成？——可是，我明明觉得胸中有我自己的天地，在那里慢慢地长大，如今为了一桩无聊事儿把这天地断送，不是太胡闹吗？……这些现代的斗争，说是让敌我双方机会平等，真是见鬼！好一个平等，一个混蛋的性命，跟我的性命有同样的价值！干吗不用拳头或棍子来打一架呢？那倒还好玩。可是这冷冰冰的枪真不是味儿！……他对这一套当然是老手，我可从来没拿过什么手枪……他们说得不错：我应当去学一学……他想打死我吗？哼，我才要打死他呢。”

他奔下楼去。附近就有一家射击房：克利斯朵夫要了一支枪，叫人家指点他怎么拿。第一下，他险些儿把店里的管事打死；他重新来过，两次，三次，还是没有成绩；他不耐烦了，而结果是更坏。旁边有几个青年看着，笑着。他并不在意，只一味地固执，对于旁人的讪笑既那样的不在乎，意志又那样的坚决，使闲人看了也对他这种笨拙的耐性表示关切了。看的人中间有一个过来指点他几句。他平常性子那么暴烈，此刻却像孩子一般地听话，硬要制服自己的手，不让它发抖；他挺着身子，拧着眉，脸上流着汗，一声不出，有时候气愤愤地跳一下，然后又聚精会神地打靶子。他逗留了两小时，两小时以后，他竟然打中了靶子。不听指挥的肉体被意志降服了：那也教人看了佩服。最初笑他的人有些已经走了，有些慢慢地不出声了，却舍不得走开。等到克利斯朵夫走出铺子的时候，他们居然很亲热地跟他招呼。

回到家里，克利斯朵夫看到莫克很焦急地等着。莫克已经得悉吵架的事,想打听原因。虽然克利斯朵夫支吾其词的不愿意指责奥里维,莫克也终于猜到了。他很镇静,又深知两个朋友的为人,便断定奥里维在这件事里头是无辜的。他马上出去调查,毫不费事的就明白了所有的过错原来都是由于高兰德和吕西安·雷维-葛的多嘴。他急急忙忙地回来,把证据给克利斯朵夫看,以为这样可以阻止他去决斗了。可是相反:克利斯朵夫一知道是吕西安使他怀疑他的朋友的,便更加恨吕西安。莫克絮絮不休地劝阻他;他为了摆脱起见,便满口答应。可是他已经拿定主意,并且心里很高兴:他这是为了奥里维决斗,而不是为自己了!

车子穿进森林里的小路的时候,证人之中有一个说了一句感想,突然引起了克利斯朵夫的注意。他想研究一下那些人心里想些什么,结果觉得他们都对他不关痛痒。巴德教授在那里预算这件事几点钟可以完,能不能赶回去把他在国家图书馆手稿室开始的工作当天结束。因为他也是德国人,所以在克利斯朵夫的三个同伴中最关心决斗的结果。古耶既不理会克利斯朵夫,也不理会巴德,只跟于里安医生谈些淫猥的生理学问题。年轻的于里安是图卢兹人,从前和克利斯朵夫住在同一层楼上,常常向他借酒精灯、雨伞、咖啡杯等等,东西还来的时候没有一次不是打烂了的。为交换起见,他替克利斯朵夫义务诊病,把他做试验品,看着他的天真觉得好玩。表面上他像西班牙贵族一样的镇静,骨子里老是喜欢挖苦人。他对眼前这件事高兴得不得了,认为滑稽透顶。他料到克利斯朵夫的笨拙,先就乐死了。他最得意的是克利斯朵夫出了钱让他坐着车到森林里来玩一下。——这是三个人的头脑里最显明的思想;他们把事情看做一件不费分文的娱乐。谁也不拿什么决斗放在心上。并且他们对于一切可能发生的后果都很冷静地准备好了。

他们比对方先到。树林深处有家小客店。那是一个相当下流的娱乐场所,巴黎人常常到这儿来出卖他们的荣誉的。篱垣上开着野蔷薇;叶子古铜色的橡树荫下摆着几张小桌子。一张桌上坐着三个人,都是骑了自行车来的。一个是搽脂抹粉的女人,穿着短裤,脚上套着黑袜子;两个是穿法兰绒衣衫的男人,热得头昏脑涨,不时发出一些呜呜的声音,仿佛连话都不会说了。

车子一到,小客店里稍微忙乱了一阵。古耶跟这个店里的人已经认识多年,便自告奋勇去代办一切。巴德把克利斯朵夫拉到一个花棚底下,叫了啤酒。空气挺暖和,非常舒服,到处是蜜蜂的声音。克利斯朵夫忘了为什么到这儿来的。巴德倒空了瓶子,静了一会儿,说道:

"我想清楚了该怎么办。"

他一边喝着啤酒,一边又说:"时间还来得及:过后我可以上凡尔赛去。"

他们听见古耶为了场地的租金跟店里的主妇争得很凶。于里安也没有浪费时间:在那几位骑自行车的游客身旁走过的时候,大惊小怪的对女人裸露的大腿叫好,招来一大阵粗野的咒骂,于里安也老实不客气回敬他们。巴德轻轻地说:"法国人都是无耻东西。兄弟,我祝贺你胜利。"

他拿酒杯和克利斯朵夫的碰了一下。克利斯朵夫却在那里胡思乱想:断片的乐句在脑海中飞过,好似一片和谐的虫声。他简直想睡觉了。

另外一辆车把小路上的细石子轧出沙沙的声音,克利斯朵夫一看见吕西安苍白的脸上照例堆着笑容,不由得又动了火。他站起来,后面跟着巴德。

吕西安戴着高领,把脖子都埋得看不见了,他穿扮非常讲究,恰好跟对方的衣衫不整成为对比。跟着下车的是勃洛克伯爵,那是以情妇众多,收藏古代圣体匣,和极端保王党的意见出名的体育家;——随后是雷翁·摩埃,又是一个时髦人物,靠了文学而当选的议员,靠了政治野心而成功的文学家,年轻,秃顶,胡子剃得精光,苍白而带黄的脸,长鼻子,圆眼睛,尖脑袋;——最后是爱麦虞限医生,很细腻的标准闪米特族,对人很客气,可是心里很冷淡;他是医学学士院会员,某医院院长,以渊博的著作和一种医药上的怀疑主义闻名的,老是用含讥带讽的同情心听病家诉苦,而并不想法给他们医治。

这些新到的人物殷勤地行着礼。克利斯朵夫对他们似理非理,可是他很不高兴地看到自己的证人对吕西安的证人非常巴结。于里安认识爱麦虞限,古耶认识摩埃;他们都笑容满面,礼貌周全的走拢来。摩埃冷冷地有礼地接待他们,爱麦虞限照例嘻嘻哈哈地挺随便。站在吕西安身旁的勃洛克伯爵,眼睛一扫就把对方几个人所有的常礼服跟衬衣估计了一下,和他的主人交换了几句印象,嘴巴差不多动都没动,——因为他们俩都是镇静而极有规矩的。

吕西安若无其事地等主持决斗的勃洛克伯爵发令。他把这件事认为只是一种简单的仪式。他打枪打得极好,知道敌人的笨拙,可不想利用自己的本领,趁证人们不注意的时候——(那也不大可能,当证人的总设法不让决斗发生严重的后果)——一枪击中敌人:因为他知道,最傻的莫如教一个敌人伤在自己手里,让大家以为他是个牺牲者;倒不如用另一种方式无声无息地把他毁掉,那才是聪明的办法。可是克利斯朵夫脱去了外衣,敞开着衬衫,露出粗大的脖子和结实的拳头,低着额角,一双眼睛恶狠狠地盯着吕西安,集中全身精力等着,满脸都是杀气;勃洛克伯爵在旁边把他打量了一番,心里想文明人要能消灭决斗的危险才好呢。

等到双方都发了两颗当然毫无结果的子弹,证人就赶来祝贺两位敌人。大家都已经有了面子,——但克利斯朵夫没有满足。他站在那儿,拿着手枪,不相信这算是完了。他很乐意像隔天在射击房中一样,一枪一枪尽打下去,到打中为止。他听到古耶要他向敌人伸手,又看到敌人堆着那永久的笑容向自己走过来,觉得这种喜剧可恨极了,立刻丢下武器,推开古耶,往着吕西安直扑过去。众人费尽气力才把他拦住,不让他用拳头来继续决斗。

吕西安走开了,证人们都围着克利斯朵夫。他却冲出圈子,不理他们的哗笑跟埋怨,径自大踏步往森林中跑去,一边高声地自言自语,一边做着愤恨的手势,也没想起自己的外衣和帽子都留在场地上,只顾往树林的深处走。他听见证人们笑着叫他;后来他们不耐烦了,不理他了。不久,车子远去的声音表示他们已经动身。他自个儿站在静悄悄的林中,怒气平了,扑下身子,在草地上躺下了。

过了一会儿,莫克赶到了小客店。他从清早起就在找克利斯朵夫。客店里的人说他的朋友跑到树林里去了。他就开始搜寻,披荆斩棘,到处呼唤;赶到听见克利斯朵夫的歌声,他又咕哝着走回头来,跟着声音的方向走，终于在一片空地上把克利斯朵夫找到了：原来他四肢朝天，像一头小牛似的在那儿打滚。克利斯朵夫很快活地跟他招呼，叫他“老朋友”。他告诉他说，敌人被他浑身打满了窟窿，像筛子一样；他又强迫莫克跳着玩儿，重重地拍着莫克的身子。天真的莫克虽然手脚不大灵活，也差不多和他玩得一样高兴。——他们手拉着手走到小客店，然后到邻近的站上搭火车回巴黎。

奥里维一点都不知道，只奇怪为什么克利斯朵夫对他那么温柔；这些忽冷忽热的变化使他心中纳闷。到第二天，他才从报上知道克利斯朵夫决斗的事。他一想起克利斯朵夫所冒的危险差点儿吓坏了。他追究决斗的原因，克利斯朵夫又不肯说，等到被逼不过了，才笑着回答：

“为了你呀。”

除此以外，奥里维再也套不出一句话。最后还是莫克把故事原原本本讲了出来。奥里维惊骇之下，跟高兰德绝交了，又求克利斯朵夫原谅他的莽撞。克利斯朵夫为了耍弄莫克，很俏皮地把一支法国的老歌谣改了几个字代替回答。莫克也为了两个朋友的快乐而高兴极了。克利斯朵夫的歌谣是：

“我的乖乖，这教你提防……

那有闲而多嘴的姑娘，
那吹牛拍马的犹太人，
那无聊的朋友，
那亲狎的敌人，
还有那泄气的酒，

“你切勿上这些家伙的当！”

友谊恢复了。友谊破裂的威胁反而使友谊变得更可贵。过去一些小小的误会都消释了；便是两个朋友的不同的性格也对他们成为一种吸引力。克利斯朵夫把两个民族的灵魂在自己心中很和谐地结合了起来。他觉得自己的内心非常丰富，充实；而这种丰满的境界在他是照例用音乐来表达的。

奥里维听了惊叹不已。以他那种过分的批评精神，他几乎以为他所热爱的音乐已经发展到顶点。他常常有种病态的思想，认为一种文化进步到某个程度以后，必然要流于颓废，所以老是怕这个使他爱好生命的美妙的艺术会突然停顿，泉源枯竭。克利斯朵夫觉得这顾虑很可笑，拿出好辩的脾气，说在他以前世界上还一无成就，一切都得从头做起。奥里维提出法国音乐做反证，认为它已经到了尽善尽美、盛极而衰的地步，更无进步可言。克利斯朵夫耸耸肩，说道：

"法国音乐吗？……它还没诞生呢……你们在世界上有多少美妙的话可以说！你们真不是音乐家，要不然就不会见不到这些。啊！如果我是法国人的话！"

于是他举出一个法国人所能描写的一切：

"你们翻来覆去地搬弄一些跟你们不适合的体裁，适合你们民族性的事反而一件不做。你们是个典雅的民族，有的是浮华世界的诗意，有的是举止的美、态度的美、服饰的美，你们很能创造一种人家没法摹仿的艺术——富于诗意的舞蹈，而你们倒反不再制作芭蕾舞乐……——你们是一个诙谐机智的民族，而你们却不再写喜歌剧，或是只让不入流的音乐家去做。啊！如果我是法国人的话，我要把拉伯雷的作品谱成音乐，我要制作滑稽史诗……——你们是一个小说家的民族，你们却并不在音乐上施展小说家的天才，——居斯达夫·夏邦蒂哀的作品还谈不上这点。你们并不运用你们的分析心灵、参透个性的天赋。啊！如果我是法国人，我可以用音乐来制作肖像……（比方说，我能够替那静坐在下面花园中紫丁香旁边的姑娘写照）……我要用弦乐四重奏来表现你们司汤达的手腕……——你们是欧洲的第一个民主国，却没有平民戏剧、平民音乐。啊！如果我是法国人，我一定把你们的大革命谱为音乐：把七月十四，八月十日①，瓦尔米②，联欢大会③，以及所有的民众在

---

① 一七九二年八月十日巴黎人民起义攻入王宫，废黜国王，摧毁了数百年来的封建君主制度。

② 瓦尔米为法国玛纳州中的一个市镇，一七九二年法人在此击败普鲁士人。

③ 一七九〇年七月十四日法国各州代表齐集巴黎，纪念攻下巴士底狱之第一周年，谓之联欢大会。

音乐里表现出来！并非用那种浮夸的瓦格纳式的朗诵，而是用交响乐、合唱、舞蹈。……别说废话！我早听厌了。应当大刀阔斧地，在兼带合唱的大交响曲中写出大块文章的风景，荷马式的，《圣经》式的史诗，描写水，火，土地，光明的天，鼓舞人心的狂热，本能的活跃，民族的运命，节奏的胜利，仿佛一个世界之皇，驾驭着千万生灵，教千军万马出生入死……到处都是音乐，什么都是音乐！如果你们是音乐家，那末为你们所有的公共节目，所有的典礼，所有的工会，学生会，家庭庆祝，都可有个别的音乐……可是第一，倘若你们是音乐家，你们先得制作纯粹音乐，无所为而为的音乐，唯一的目的是使人温暖，使人呼吸，使人生活。你们得创造太阳！……你们的雨下得够了。你们的音乐使我伤风感冒。一切都是昏昏沉沉的：把你们的灯点起来罢……你们抱怨意大利的脏东西把你们的戏院给包围了，把你们的民众给征服了，把你们赶出了自己的家。这是你们自己的过失！民众被你们昏暗的艺术、神经衰弱的和声、繁琐沉闷的对位，搅得厌倦透了。他自然要扑向生命所在的地方，不管那生命粗野不粗野，——他们只要求生命！你们为什么要灭绝生命呢？你们的德彪西是一个大艺术家，但对你们是不卫生的。他促成你们的麻痹。你们需要人家用力把你们撼醒。”

“难道你要教我们走上施特劳斯的路吗？”

“那也不行。他会把你们毁掉的。要有我同胞们的胃口，才喝得下这种强烈的饮料。便是我的同胞也未必受得了……施特劳斯的《莎乐美》固然是杰作……我自己却并不想写这样的东西……我想到我可怜的老祖父和高脱弗烈特舅舅，他们讲起音乐的时候，用的是何等尊敬而温柔的口吻！唉！一个人有了神明般的力量而用在这等地方！……那是一颗烈焰飞腾的流星！一个伊索尔德，犹太的卖淫妇①。痛苦的兽性的淫欲。残杀，强奸，乱伦这一类狂热的欲望，在德国颓废的心灵深处咆哮……而你们却是在温柔乡中自杀……前者是野兽，后者是俘虏。人在哪里呢？……你们的德彪西是趣味高尚的天才；施特劳斯是趣味恶劣的天才。前者无味。后者可厌。一个有如一片银色的池塘消

---

① 指理查德·施特劳斯歌剧中莎乐美。

失在芦苇里，发出一种狂热的香味。一个有如溷浊的激流……而在这些水沫底下，又是低级的意大利风格，新派的梅亚贝尔，下流的感情，在那里蒸发臭气……《莎乐美》是一件可怕的杰作！它是《伊索尔德》的女儿……可是《莎乐美》又会产生些什么呢？”

“是的，”奥里维说，“我很想走前半个世纪。这个奔向深渊的趋势，无论用什么方式都得教它停止：要就是悬崖勒马，要就是下坠深谷。那时我们才能够呼吸。谢谢老天，不管有没有音乐，大地照样会开花。这种违反人性的艺术，我们要它做什么？……西方的火已经快烧完了……不久……不久，别的光明将要从东方升起。”

“别再提你的东方了！”克利斯朵夫说，“西方还没有到山穷水尽的田地呢。你以为我会退让吗，我？我的前程还有好几百年呢。生命万岁！……欢乐万岁！……和我们的命运斗争罢，斗争万岁！扩大我们心胸的爱情万岁！温暖我们的信心，比爱情更甜蜜的友谊万岁！白天万岁！黑夜万岁！祝贺太阳！祝贺梦想与行动的神，祝贺创造音乐的神！胜利啊！……”

然后他在桌前坐下，把脑子里所想到的统统写下，再也不想到自己刚才的话了。

那时克利斯朵夫所有的力量完全平衡了。他不想讨论这一种音乐体裁或那一种音乐体裁的美学价值，也不殚精竭虑地去追求新奇；凡是可以用音乐来表现的题材，他用不着多费心力就找到了。对于他，什么都行。音乐像潮水一般地奔泻，克利斯朵夫竟来不及认出它表现哪一种感情。他只是快乐，因为能够尽量发泄而快乐，因为觉得天地万物的生命在他心中跳动而快乐。

这种快乐与丰富的生命力感染了他周围的人。

局处花园中的屋子对于他是太小了。隔壁原来有个修道院的大花园；清静的宽大的走道，上百年的古树，可以让他的心灵驰骋一下；但这种太美的景致是不能长久保持的。正对着克利斯朵夫的窗，人家正在盖一所六层楼的屋子，把远景挡住了，把他跟周围的环境隔绝了。他每日从早到晚只听见转动滑车、刮磨砖石、敲钉木板的声音。他在工人中又遇到那个盖屋的朋友,从前在屋顶上认识的。他们远远地点头。克利斯朵夫在街上碰到他,还带他上酒店去一块儿喝酒,使奥里维看了大为诧异。他可觉得这工人滑稽的唠叨和老是那么快活的兴致很好玩。但他照旧诅咒他跟他那群工人在前面筑起一堵高墙,夺去他的光明。奥里维并不怎么抱怨;他能适应这个坐井观天的环境,仿佛把它当做笛卡儿的火炉,被压迫的思想会从里面往天上飞去的。可是克利斯朵夫需要空气。既然被关在这个局促的地方,他就跟周围的心灵融成一片。他尽量把它们吸收,把它们谱成音乐。奥里维说他好像一个动了爱情的人。

“要是这样的话,”克利斯朵夫回答,“那末除了我的爱情以外,我便一无所见,一无所爱,对什么都不感兴趣的了。”

“那末你为什么这样高兴呢?”

“因为我健康,因为我胃口好。”

“幸福的克利斯朵夫!”奥里维叹着说,“你真应该把你的胃口分点儿给我们。”

健康是像疾病一样会传染的。第一个受到好处的是奥里维。他最缺少的是力。他躲避社会,因为社会的鄙俗使他厌恶。凭他广博的智慧和少有的艺术天分,他还是太细巧了,不能成为一个大艺术家。大艺术家不是一个吹毛求疵的人。健康的人最重视的是生活;特别是有天才的人,因为他比别人更需要生活。奥里维却逃避生活;他让自己在没有身体、没有皮肉、没有实质的诗情梦境中浮沉。像某些优秀人士一样,他需要在过去的时代中或是从来没存在过的时代中寻求美。生命的甘泉,仿佛今日的就不及过去的那么醉人!疲倦的灵魂不能直接接触生命,只能接受被过去的帘幕掩蔽的,或是出诸前人之口的生命。——克利斯朵夫的友谊慢慢地把奥里维从这些渺渺茫茫的艺术境界中拖了出来。阳光终于透进了他的灵魂深处。

工程师哀斯白闲也感染到克利斯朵夫的乐天主义。可是他的习惯并没改变,那是像痼疾一般牢不可拔的;并且我们也不能希望他一变而为精神抖擞,马上愿意到国外去挣家业。那对他是要求太高了。但他已经不是那么无精打采,对于久已放弃的研究工作,书本和科学,也重新感兴趣。要是有人告诉他,说他对于本行的兴致是克利斯朵夫给他提起来的,他一定会大吃一惊,而克利斯朵夫听了这话当然更要奇怪。

整幢屋子里和克利斯朵夫相交最快的是三层楼上的那对夫妇。在他们门外走过的时候,他好几次留神到里面的钢琴声,只要不当着人,亚诺太太的琴弹得很不错。以后他送了几张自己的音乐会门票给他们,他们非常感激。从此他就不时在晚上到他们家去坐一会儿。可是他再也听不到少妇的弹奏了:她太胆小,不敢当着人弹琴,便是独自在家,因为知道人家可以从楼梯上听到,也老是踏着节音板。但如今倒是克利斯朵夫弹给他们听,和他们长时间的讨论音乐。亚诺夫妇在这些谈话里表示出一股朝气,使克利斯朵夫大为高兴。他不信法国人对音乐竟会爱好到这个地步。

“因为,”奥里维说,“你一向只看见音乐家。”

“我知道,”克利斯朵夫回答,“音乐家是最不爱音乐的人;可是你不能教我相信像你们这一类的人在法国真有多少。”

“成千累万。”

“那末是一种传染病,是最近时兴的新潮流,对不对?”

“不,这不是一种时髦,”亚诺说,“要是一个人,听了乐器的美妙的和弦,或是听了温柔的歌声,而不知道欣赏,不知道感动,不会从头到脚的震颤,不会心旷神怡,不会超脱自我,那末这个人的心是不正的,丑恶的,堕落的;对于这种人,我们应当像对一个出身下贱的人一样的提防……”

“这话我听见过,”克利斯朵夫说,“那是我的朋友莎士比亚说的。”

“不,”亚诺很温和地回答,“那是在莎士比亚以前的我们的龙沙说的。你现在可看到爱好音乐的风气在法国并不是昨天才时兴的了。”

法国人的爱好音乐固然使克利斯朵夫奇怪,但法国人差不多和德国人爱好同样的音乐使克利斯朵夫更奇怪。在他先前所遇到的巴黎艺术界和时髦朋友中间,最得体的办法是把德国的大师当做外国的名流看待,一方面向他们表示钦佩,一方面把他们放在相当距离之外;大家最高兴的就是嘲笑格路克的粗笨、瓦格纳的野蛮,并且拿法国人的细腻跟他们作比较。事实上,克利斯朵夫甚至怀疑一个法国人能否了解那些照法国的演奏方式所演出的德国音乐。有一次他听了一个格路克音乐会回来大为气恼:那些乖巧的巴黎人简直把这个性情暴躁的老人搽脂抹粉了。他们替他化装,扎些丝带,用棉花来点缀他的节奏,把他的音乐染上印象派色彩和颓废淫猥的气息……可怜的格路克!他那么善于表白的心灵,纯洁的道德,赤裸裸的痛苦,都到哪儿去了?难道法国人感觉不到吗?——可是,此刻克利斯朵夫看到他的新朋友们对于德国的古典作家、旧歌谣和日耳曼民族性中间最有特性的部分,表示那么深刻那么温柔的爱,就不由得要问:他们不是素来认为这些德国人是外国人,而一个法国人只能爱法国艺术家的吗?

"不是的!"他们回答,"这是我们的批评家借了我们的名义说的。因为他们老跟着潮流走,就说我们也跟着潮流走。可是我们的不理会批评家,正如批评家的不理会我们一样。这般可笑的家伙居然想来教我们,教我们这批属于古老的法兰西族的法国人,说这个是法国的,那个不是法国的!……他们教我们说,我们的法兰西是只以拉穆——或拉辛——为代表的!仿佛贝多芬、莫扎特、格路克,都没到我们家里来过,没跟我们一起坐在我们所爱的人的床头,分担我们的忧苦,鼓动我们的希望……仿佛他们不是我们一家人!如果我们敢老实说出我们的思想,那末巴黎批评家所颂扬的某个法国艺术家,对我们倒真是外国人呢。"

"其实,"奥里维说,"倘使艺术真有什么疆界的话,倒不在于种族而在于阶级。我不知道是否真的有一种艺术叫做法国艺术,另外一种叫做德国艺术;但的确有一种有钱人的艺术跟一种没有钱的人的艺术。格路克是个了不起的布尔乔亚,他是属于我们这个阶级的。某个法国艺术家,这儿我不愿意指出他的姓名,却并不是:虽然他是布尔乔亚出身,但他以我们为羞,否认我们;而我们也否认他。"

奥里维说得很对。克利斯朵夫愈认识法国人,愈觉得法国的老实人和德国的老实人没有多大分别。亚诺夫妇使他想起他亲爱的老许茨:爱好艺术的心那么纯洁,没有我见,没有利害观念。为了纪念许茨,他也就喜欢他们了。

他觉得世界上的老实人不应当因种族不同而在精神上分疆划界,

同时又觉得在同一种族之内，老实人也不应当为了思想不同而分什么畛域。他抱着这样的心情，无意之间使两个似乎最不能彼此了解的人，高尔乃伊神父与华德莱先生，相识了。

克利斯朵夫时常向两个人借书看，而且用着那种奥里维不以为然的随便的态度，把他们的书交换的转借给他们。高尔乃伊神父并不因此生气，他对别人的心灵有种直觉；他看出潜藏在年轻的邻居心中的宗教气息。一部从华德莱先生那边借来，而为三个人以各个不同的理由爱读的克鲁泡特金的著作，使他们精神上先就接近了。有一天他们俩偶尔在克利斯朵夫家里碰上了。克利斯朵夫先是怕两位客人彼此会说出不大客气的话。可是相反，他们一见之下竟非常殷勤，谈些没有危险的题目，交换旅行的感想和人生经验。他们发觉彼此都是仁厚长者，抱着《福音书》精神和想入非非的希望，虽然各人都是牢骚满腹，非常灰心。他们互相表示同情，但多少带点儿嘲弄的意味。这是一种心领神会的契合。他们从来不提到他们信仰的内容，平时很少相见，也不求相见；但遇到的时候都觉得很愉快。

以思想的洒脱而论，高尔乃伊神父并不亚于华德莱。这是克利斯朵夫意想不到的。他对于这种自由的虔诚的思想，慢慢地看出了它的伟大；他觉得这个教士所有的思想、行为、宇宙观，都渗透了坚强而恬静的神秘气息，没有一点儿骚乱的成分，只使他生活在基督身上，就跟——照他的信仰来说——基督生活在上帝身上一样。

他对什么都不否认，对无论哪一种表现生命的力都不否认。在他看来，一切的著作，古代的跟现代的，宗教的跟非宗教的，从摩西到裴德罗①，都是确实的，通神的，上帝的语言。《圣经》不过是其中最丰富的一部，有如教会是一群结合在神的身上的最优秀的弟兄；但《圣经》与教会并不把人的精神束缚在一条呆板固定的真理之内。基督教义是活的基督。世界的历史只是神的观念不断扩张的历史。犹太庙堂的颠覆，异教社会的崩溃，十字军的失败，鲍尼法斯八世②的受辱，伽利略的

① 裴德罗为法国近代大化学家、政治家。

② 鲍尼法斯八世为十三世纪时教皇，以反对法国国王向教会征税而受辱。

把陆地放在无垠的太空中间,王权的消灭,教会协定的废止:这一切在某一个时期都曾经把人心弄得彷徨无主。有的人拼命抓着倒下去的东西不肯放手;有的人随便抓了一块木板漂流出去。高尔乃伊神父只问自己:"人在哪里呢?使他们生存的东西在哪里呢?"因为他相信:"生命所在的地方就是神所在的地方。"——他为了这个缘故对克利斯朵夫很有好感。

在克利斯朵夫方面,他也觉得一颗伟大的虔诚的心有如美妙的音乐,在他心中唤起遥远而深沉的回声。凡是天性刚毅的人必有自强不息的能力,也就是生存的本能,挣扎图存的本能,好比把一条倾侧的船划了一桨,恢复它的平衡,使它冲刺出去;——因为有这种自强不息的力量,克利斯朵夫两年来被巴黎的肉欲主义所引起的厌恶与怀疑,反而使上帝在他心中复活了。并非他相信上帝。他始终否认上帝,但心中充满着上帝的精神。高尔乃伊神父微笑着和他说,他好似他的寄名神①一样,生活在上帝身上而自己不知道。

"那末怎么我看不见上帝的呢?"克利斯朵夫问。

"你好似成千累万的人一样:天天看见他而没想到是他;上帝用各种各样的形式显示给所有的人:——对于有些人就在日常生活中显示,好像对圣·比哀尔在加里莱那样;——对于另一些人,例如对你的朋友华德莱先生,就像对圣·多玛那样用人类的创伤与忧患来显示;——对于你,上帝是在你的理想的尊严中显示……你早晚会把他认出来的。"

"我永远不会让步,我精神上是自由的。"克利斯朵夫说。

"和上帝同在的时候,你更自由。"教士安安静静地回答。

可是克利斯朵夫不答应人家把他硬派为基督徒。他天真地热烈地抗辩,仿佛人家把他的思想题上这个或那个名字真有什么关系似的。高尔乃伊神父静静地听着他,带着一种教士所惯有的、人家不容易觉察的讥讽的意味,也抱着极大的慈悲心。他极有耐性,那是从他信仰的习惯来的。教会给他受的考验把他的耐性锻炼过了;虽然非常悲伤,经过很大的苦闷,他的耐性还没受到伤害。被上司压迫,一举一动都受到主

① 所谓寄名神即圣者克利斯朵夫。

教的监视，也被那些自由思想者在旁窥伺，——他们想利用他来做跟他的信心相反的事，——同教的教友与教外的敌人同样地不了解他，排斥他：这种种情形对他当然非常惨酷。他不能抗拒，因为应当服从。他也不能真心地服从，因为上司明明是错的。不说固然苦恼，说了而被人曲解也是苦恼。此外，还有你应当负责的别的心灵，你看着他们痛苦，等着你指导他们，援助他们……高尔乃伊神父为了他们，为了自己而痛苦，可是他忍下去了。他知道在那么长久的教会历史中，这些磨难的日子根本不算一回事。——但是沉默隐忍的结果使他把自己慢慢地消磨完了：他变得胆小，怕说话，连一点儿极小的活动都担任不了，最后竟入于麻痹状态。他觉得这情形很难过，可并不想振作。这次遇到克利斯朵夫，对他是个很大的帮助。这个邻居的朝气，热诚，对他天真恳挚的关心，有时不免唐突的问话，使他精神上得到很多好处。这是克利斯朵夫强迫他重新加入活人的队伍。

电机工人奥贝在克利斯朵夫那儿遇到高尔乃伊。他一看见教士，不由得浑身一震，不大能把厌恶的心理藏起去。便是在初见面的刺激过去以后，他跟这个没法下一定义的人在一起还是觉得很不自在。但他能和有教养的人谈话是挺高兴的，所以把反对教会的心情硬压下去了。他对于华德莱先生和高尔乃伊神父之间那种亲热的口吻非常诧异；同样使他惊奇的，是看到世界上竟会有一个民主派的教士和一个贵族派的革命党：那可把他所有的思想都搅糊涂了。他想来想去也没法把他们归类，因为他是需要把人归了类才能了解的。而要找到一个部门，能把这个读着阿那托·法朗士和勒南的著作，安安静静的，又公平又中肯的谈论这两位作家的教士放进去，的确不容易。关于科学的问题，高尔乃伊神父的原则是让那些懂得科学而非支配科学的人指导。他尊重权威；但他认为权威和科学不属于一个系统。肉，灵，爱，这是三个不同的系统，是神明的梯子的三个阶级。——当然奥贝体会不到这种精神境界。高尔乃伊神父声气柔和地告诉克利斯朵夫，说奥贝使他想起从前看见过的那种法国乡下人：——有个年轻的英国女子向他们问路。她说的是英语，他们不懂。他们跟她说法语，她也不懂。于是他们不胜同情地望着她，摇摇头，一边说一边重新做他们的工作：“真可惜！这姑娘人倒长得挺好看！……”

最初一个时期，奥贝对着教士和华德莱先生的学问和高雅的举止感到胆小，不敢出声，尽量把他们的谈话吞在肚里。慢慢地他也插嘴了；因为他很天真地需要听到自己说话。他发表些渺渺茫茫的空想。那两位很有礼貌地听着，暗中不免有点好笑。奥贝高兴之下，控制不了自己；他利用着，不久更滥用高尔乃伊神父的无穷尽的耐性。他对他朗诵自己呕尽心血的作品。教士无可奈何地听着，倒也不怎么厌烦：因为他所听的并不是对方说的话而是对方这个人。事后克利斯朵夫说他这样的受罪真是可怜，他却回答：“嗷！我不是也听别人的一套吗？”

奥贝对华德莱先生和高尔乃伊神父很感激；三个人不管彼此了解与否，居然很相爱，不知道为什么。他们觉得能这样地接近非常奇怪。那是出乎他们意料的。——原来是克利斯朵夫把他们结合了。

克利斯朵夫也拉拢了三个孩子做他的同党，那是哀斯白闲家的两个女孩子和华德莱先生的义女。他已经跟她们做了朋友，看她们那末孤独非常同情。他对她们中间每个人讲着她不认识的小朋友，久而久之引起了她们相见的愿望。她们互相在窗子里做手势，在楼梯上偷偷地交换一言半语。她们渴想交朋友的表示，再加上克利斯朵夫的帮助，居然使双方的家长答应她们在卢森堡公园相会。克利斯朵夫因为计划成功很高兴，在她们第一次约会的时候去看她们：发觉她们又窘又笨拙，不知道怎么对付这桩快乐事儿。他却是一下子就把她们的窘态给赶跑了，想出玩意儿来，提议大家奔跑，追逐；他自己也混在里头，仿佛只有十岁。公园里散步的人看着这大孩子一边嚷一边跑，被三个小姑娘追着，在树木中间绕来绕去。她们的父母却始终抱着猜疑的心思，不大乐意让卢森堡公园的集会多来几次，——因为在那种情形之下不容易监督孩子。——克利斯朵夫便设法教住在底层的夏勃朗少校请她们就在屋子下面的花园里玩。

一个碰巧的机会已经使克利斯朵夫和军官有了往来。——（碰巧的机会自会找到能够利用它的人。）——克利斯朵夫的书桌摆在近窗的地位。有一天，几页乐谱被风吹到下面的花园里去了。克利斯朵夫下楼去捡，照例秃着头，敞开着衣服。他以为只要跟仆人交涉一下就行了，不料开门的是军官的女儿。他略微愣了一愣，说明来意。她笑了笑，把他带进门去，一同到园子里。他捡齐了纸张，由她送出来的时候，恰好军官从外边回来，好不惊奇地望着这古怪的客人。女儿笑着把他们介绍了。

“啊！原来就是楼上的音乐家？好极了！咱们是同行。”

他说着，握着他的手。两人用一种友善的说笑的口气，谈着他们互相供应的音乐会，就是说克利斯朵夫的琴声和少校的笛声。克利斯朵夫想走了；可是军官留着他，越扯越远地谈着音乐问题。突然之间他停下来，说：“来看我的加农。”

克利斯朵夫跟着他，心里想，要他克利斯朵夫来对法国炮队发表意见有什么用。但军官得意扬扬拿给他看的是音乐上的加农①，是他费尽心血写成的乐曲，可以从末尾看起，等于一种回文体；或者两人同时看：一个在正面看，一个在反面看。这位少校是多艺学校出身，一向有音乐嗜好；但他所爱于音乐的特别是那些难题；他觉得音乐——（有一部分的确如此）——是一种奇妙的思想的游戏；他竭力想出并且解决音乐结构上的谜，都是愈来愈古怪、愈来愈无用的玩意儿。他服务军中的时代，当然无暇培养这个癖；但自从退休之后，他全部的热情都放在这方面了；他为此所花的精力，不下于当年在非洲大沙漠中为追逐黑人或躲避他们的陷阱所花的精力。克利斯朵夫觉得这种谜很好玩，便提出了一个更复杂的。军官欢喜极了；他们互相比赛巧妙：你来一个我来一个地搞出了一大堆音乐谜。两人直玩得尽兴之后，克利斯朵夫才上楼。可是第二天清早，邻居已经送来一个新的难题，那是他费了半夜的工夫想出来的；克利斯朵夫拿来解答了。两人这样的继续比赛，直到有一天克利斯朵夫厌倦至极而认输了方始罢休：这一下，军官可乐死了。他认为这个胜利等于把德国打败了。他请克利斯朵夫去吃饭。克利斯朵夫老实不客气说他的音乐作品恶劣之至，而一听他在风琴上呜呜地奏着海顿的行板，又高声嚷着说受不了。克利斯朵夫这种率直的态度

---

① 加农（Canon）为近代的大炮，同时亦是一音乐术语，是一种轮唱曲（通译作“卡农”）。此处用谐音作双关语。

居然博得了夏勃朗的欢心。从此他们常常在一块儿谈天,但不再提到音乐了。克利斯朵夫对于这方面的废话完全不感兴趣,宁可把话题转到军队方面。那正是军官求之不得的。音乐对这个可怜的人不过是一种无可奈何的消遣;他心里其实非常苦闷。

于是他娓娓不倦地叙述出征非洲的经过。伟大的事迹,可以和比查尔跟高丹士的故事媲美。① 克利斯朵夫不胜惊愕地听着这篇奇妙而野蛮的史诗,不但在他是闻所未闻,便是在法国也差不多没人知道:二十年中间,少数的法国征略者在黑色的大陆上,被黑人的军队包围着,连最简单的行动工具都没有,他们消耗了多少英勇的精神,巧妙而大胆的行动,超人的毅力,跟胆怯的舆论和政府奋斗,违反了法国的志愿替法国征服了一片比它本身更广大的疆土。这件行动里头有一阵强烈的欢乐气息和血腥味道,让克利斯朵夫看到了一批现代冒险家的面貌。他们生在今日的法国不但是出人意料,并且也是今日的法国羞于承认的:政府为了自己的面子关系,特意把一重帷幕盖在他们身上。少校提高着嗓子讲到这些往事,兴高采烈的叙述大规模地围剿,以人为目标的行猎:在那个没有侥幸可图的国土里,他时而追逐土人,时而被土人追逐。他还在悲壮的故事中穿插一些有关地质的描写。克利斯朵夫听着他,望着他,眼看这样的壮士放弃了活动,成日搞着些可笑的玩意儿,觉得非常同情,心里想他怎么能过这种日子。他提出这一点问他。少校先是不大愿意向一个外国人解释心里的怨恨。但法国人大半是多嘴的,尤其在责备别人的时候:

"像他们现在这样的军队,教我去干什么?当水兵的搞着文学。当步兵的搞着社会学。他们无所不干,只除了打仗。他们连准备也不准备,只准备不打仗;他们把战争变成哲学问题……战争的哲学,嘿!……谈天说地,废话连篇,那可不是我的事。还不如回家写我的加农!"

他还有最大的苦闷不好意思说出来:特务使军官们互相猜忌,愚昧而凶恶的政客发些专横的命令,军队不得不干些卑鄙的警察工作,清理

---

① 比查尔与高丹士均是十六世纪时西班牙冒险家:前者征服秘鲁,后者征服墨西哥。

教堂,弹压罢工,被当权的政党——那些急进派的反对教会的小布尔乔亚——用来争权夺利,向全国的人民泄愤。这老非洲人也讨厌现在那个殖民地部队,大部分都是招的一批最要不得的分子,因为要满足别人的自私,——他们不愿意分担保卫"大法兰西",保护海外的法兰西的荣誉和危险①……

克利斯朵夫当然用不着参与这些法国人的争执:那跟他毫不相干;但他对这个老军官很表同情。不论自己对战争是怎么看法,他总认为一个军队应当造成兵士,就像苹果树应当结苹果一样,也认为把政客、美学家、社会学家移植到军中去的确是荒唐的。可是他始终不明白这个刚强的人怎么会这样的退让。一个人不去制服他的敌人,便是自己最大的敌人。而一切比较有价值的法国人都是往后退的。——克利斯朵夫在军官的女儿身上也发现这种退让的精神,而且更令人感动。

她名字叫赛丽纳。细腻的头发梳得很讲究,把她的高爽的圆额角和尖尖的耳朵露在外面;脸很清瘦,下巴长得妩媚大方;美丽的黑眼睛神气很聪明,没有一点猜忌心,非常柔和,是那种近视的眼睛;鼻子稍微大了一些;上嘴唇角有颗小痣;沉静的笑容使她有点虚肿的下嘴唇怪可爱的往前突着。她天性仁厚,人也活泼,风雅,但一点好奇心都没有。她很少看书,新出的作品是完全不知道的,从来不上戏院,不出去旅行,——(那是当年旅行太多的父亲讨厌的)——不参加上流社会的慈善事业,——(那是父亲批评得一文不值的)——绝对不想研究什么,——(父亲嘲笑那些博学的女子)——难得离开那个围在高墙里头的像口大井般的园子。她并不怎么烦闷,尽量地找些事消磨日子,快快活活地忍受她的命运。在她身上和她周围的气氛中间(女人到处都会无意识地创造自己的气氛),颇有夏邓画上的气息。那是一种和暖的静寂的境界,是面貌与态度之间的安详,迷迷糊糊地关切着例行工作;——也是家常生活中的诗意,对于每天按时按刻的思想与举动,始终那么深切的爱好;——还有布尔乔亚的那种平凡的恬静,奉公守法,

① 法国陆军中的殖民地部队,主要是招募壮丁编成的,因普通人都不愿意到国外去当兵。

诚实不欺,安静的工作,安静的娱乐,可是照旧富有诗意。大方,健全,清白,纯洁,像面包,像香草;一派的正直与善良。人物的和平,旧屋的和平,笑盈盈的心灵的和平……

克利斯朵夫对人的亲切与信赖也博得了她的信赖,做了她的好朋友;他们的谈话毫无拘束;她常常奇怪自己怎么会答复他某些问题;她对他说了许多对谁也没说过的事。

"那是因为你并不怕我的缘故,"克利斯朵夫跟她解释,"咱们没有谈恋爱的危险:咱们朋友太好了,不会走上这条路的。"

"你多好!"她笑着回答。

那种带着恋爱意味的友谊,最配一般暧昧的、喜欢玩弄感情的人的胃口,但对于性格健全的她,好像对于克利斯朵夫一样是可厌的。他们只是亲切的伴侣。

有一天他问她,有些下午她坐在园子里的凳上,膝上放着活计,几小时的待着不动的时候做些什么。她红着脸分辩,说并没有几小时,不过偶尔有几分钟,"继续讲她的故事"罢了。

"什么故事?"

"自己编的故事。"

"你自己编的? 噢! 讲些给我听罢!"

她说他太好奇了。她只告诉他,她并不把自己做故事的主角。

那他可奇怪了:"既然编故事,那末替自己编些美丽的故事,想象一种更幸福的生活,不是挺自然的吗?"

"要是我这样做了,我会绝望的。"

她因为泄露了一些秘密的心事,脸红了;接着她又说:"我在园子里吹到一阵风就很快活。园子仿佛有了生气。而且倘使那阵风强劲峭厉,从远地方吹来的话,它给你带来多少消息!"

克利斯朵夫在她矜持的态度之下,咂摸到一种凄凉哀怨的心绪,为她平时用快活的性情以及她明知是无聊的活动遮盖着的。为什么她不把自己解放出来呢? 像她这样的人不是极配过一种活动的、有益的生活吗? ——她推说父亲疼她,舍不得她离开。克利斯朵夫说她父亲精神饱满,不需要她支持,这种性格的男人很可以自个儿过活,没有权利把她牺牲。她可替父亲辩护，为了孝心而扯谎，说并非他强留她在家里，而是她不忍心离开他。——这句话有一部分也是实在的。对于她，对于她的父亲，对于一切她周围的人，仿佛现状得永远继续下去，决不能有所变更。她有一个哥哥，已经结了婚，认为她代替他侍奉父亲是极自然的。他自己也只关心孩子。他疼爱他们的程度是绝对不让他们自主。为他，尤其是为他的妻子，这种爱变成一种自愿的枷锁，束缚自己的生命，限制自己的活动：似乎有了孩子以后，个人的生活就完了，应当永远放弃自己的发展。那个活泼、聪明、年轻的男子，已经在计算退休之前还得做多少年工作。——这一般好人甘心情愿让家人父子的感情把自己的志气消磨净尽；而重视家庭的空气在法国是那么浓厚，简直教人喘不过气来，尤其因为家庭已经减缩到最小限度：除了父母以外，只有一两个孩子。所谓感情只是一种畏缩的，一把死抓的爱，好似一个吝啬鬼紧紧抓着手里的黄金一样。

一件使克利斯朵夫对赛丽纳更感兴趣的偶然的事，让他看到了法国人这种感情的狭窄，对于生活的畏缩，连自己分内的东西都不敢拿下来。

哀斯白闲有一个年纪小十岁的兄弟，也是工程师。像不少中产阶级的人一样，他一方面很希望研究艺术，一方面又怕影响他布尔乔亚的前途。其实这也算不了难题，现在多数的艺术家都把这问题解决了，并没冒什么危险。可是一个人总得有志愿，而这一点毅力就不是每个人都能有；第一，他们先不敢肯定自己的志愿；而小康的生活慢慢地稳定之后，他们也就毫无反抗毫无声息地听其自然了。当然我们不责备他们，倘使本来可以成为安分守己的布尔乔亚，那自然不必做一个不入流的艺术家。不幸他们的幻灭往往在胸中留下一点愤懑的情绪：一个多么伟大的艺术家在我身上死了！① 平时一个人用所谓“达观”勉强把这种情绪遮盖着，但生活的确是给破坏了，直要到时间的磨蚀和新的烦恼把旧恨抹掉为止。这便是安特莱·哀斯白闲的情形。他很想从事于文学；但他的哥哥思想很固执，要他像自己一样投身于科学界。安特莱人

① 此系古罗马尼罗皇帝自杀前语。

很聪明,对于科学——或者文学——都还有中等的天分;他没有把握能成为一个艺术家,可是的确有把握能成为一个布尔乔亚;于是他让步了,先是暂时的(大家该明白所谓暂时是什么意思)顺从了哥哥的意志,进了中央工程学校;考进去的名次不高,出来的时候也是一样,从此他就干着工程师这一行,很认真,但毫无兴趣。当然,经过了这一番,他的一些艺术天分都丧失完了;所以他提到这事老带着自嘲自讽的口吻。

“而且,”他说,——(克利斯朵夫一听就听出奥里维的悲观气息)——“人生也不值得你为了错失一个前程而烦恼。多一个或少一个不高明的诗人有什么相干!”

弟兄俩很相爱;他们性格相同,可是很不投机。过去两人都是德莱弗斯党。但安特莱受了工团运动的吸引,是个反军国主义者;而哀里却是爱国主义者。

有时安特莱来看克利斯朵夫而不去探望他的哥哥,使克利斯朵夫觉得很奇怪,因为他跟安特莱谈不到有什么好感。安特莱一开口只会怨天尤人,——那是够讨厌的了;同时他也不听克利斯朵夫说的话。因此克利斯朵夫老实表示他的访问是多余的;对方却并不介意,似乎根本没有发觉。终于有一天,克利斯朵夫注意到客人靠在窗子上,一心一意地留神着楼下的花园而不大理会他的说话,才明白了这个谜。他当场揭穿了;安特莱也老实承认他是认识夏勃朗小姐的,他来看克利斯朵夫也的确是为了她。话一多,他又说出他们两人已经有长久的友谊,也许还不只是友谊。哀斯白闲一家跟少校他们是多年的旧交,一度非常亲密,后来为了政见而疏远了,从此不再往来。克利斯朵夫认为这是荒谬的。难道他们不能各有各的思想而继续相敬相爱吗?安特莱分辩说,他当然是胸襟宽大的,可是对于两三个问题他不能容忍别人的意见跟他的相反,例如德莱弗斯事件。说到这儿,他就不讲理了。那是当时的风气。克利斯朵夫知道这种风气,也就不跟他争;但他追问这件事是不是没有完了的一天,或者他的恨意是不是要天长地久地保持下去,牵连到我们的曾孙玄孙。安特莱听着笑了;他不回答克利斯朵夫的问话,却转过话题来赞美赛丽纳·夏勃朗,指责那父亲的自私,说他不该把女儿为自己牺牲。

“要是你爱她而她也爱你的话,你为什么不娶她呢?”克利斯朵夫问。

于是安特莱抱怨赛丽纳是个教会派。克利斯朵夫问这句话是什么意思。他说那是奉行宗教仪式,奴事上帝和上帝的僧侣。

“那对你有什么相干?”

“我不愿意我的妻子属于我以外的人。”

“怎么!你甚至对妻子的思想都忌妒吗?那末你比那个少校更自私了。”

“你这是唱高调。你自己会娶一个不喜欢音乐的太太吗,你?”

“我已经有过这经验了!”

“两人思想不同,怎么能一起过日子?”

“丢开你的思想罢!我可怜的朋友,一个人恋爱的时候,什么思想都不在乎的。要我所爱的女人像我一样的爱音乐,对我有什么作用?为我,她本身就是音乐!一个人像你一样有机会爱上一个姑娘而她也爱你的时候,那末让她相信她的,你相信你的。不是挺好吗?归根结底,你们俩的思想都同样地有价值。世界上只有一条真理:就是相爱。”

“你这是说的诗人的话。你没看到人生。为了思想不同而痛苦的夫妇,我看得太多了。”

“那表示他们相爱不深。一个人先得知道自己究竟要些什么。”

“意志并不是万能的。我便是要跟夏勃朗小姐结婚也不能。”

“让我听听你的理由行不行?”

安特莱便说出他的顾虑:自己地位还没有稳固,没有财产,身体不好。他怀疑自己究竟有没有权利结婚。那是多么重大的责任!……会不会造成你所爱的人的不幸?会不会使你自己痛苦?——何况将来还有儿女问题……最好还是等一等再说,——或者是根本放弃。

克利斯朵夫耸耸肩膀:“你的爱原来是这种方式的!如果她真有爱情,她一定很高兴为爱人鞠躬尽瘁。至于儿女,你们法国人真是可笑。你们要有把握使他们过着养尊处优的生活,不吃一点苦的时候,才肯把他们放到世界上来……见鬼!那跟你们有什么相干?你们只要给他们生命,使他们爱生命,有保卫生命的勇气就得了。其余的……他们活也罢,死也罢……那是各人的命运。难道放弃人生倒比碰碰人生的运气更好吗?”

克利斯朵夫这种健全的信心把安特莱感动了,可是不能使他下决心。他说:

“是的,也许……”

但他至此为止。像其余的人一样,他仿佛害上了不能有志愿不能有行动的软瘫病。

克利斯朵夫竭力想扫荡这种麻痹状态,那是他在大多数的法国朋友身上见到的;而奇怪的是他们尽管无精打采,却照旧不辞劳苦地,甚至于很兴奋地,忙着自己的工作。他在各个不同的中产社会里遇到的几乎全是牢骚满腹的人,厌恶秉政的当局跟他们腐败的思想,对于他们民族精神的受到污辱都觉得愤懑。而这并非个人的怨望,并非某些人或某个阶级被剥夺了政权与活动而发的牢骚,例如精力无处发泄的免职的公务员,或是躲在田庄上,像受伤的狮子般坐以待毙的贵族阶级的苦闷。这是一种精神上的反抗,潜在的,深刻的,普遍的:在军队里、司法界里、大学里、办公室里,在政府的一切重要机构中间,到处都有这种情绪。可是他们毫无动作。他们先就灰心了,老说着:“无法可想,无法可想。”

于是他们战战兢兢地把自己的思想,谈话,回避着一切不愉快的事,努力在日常生活中找避难所。

要是他们仅仅脱离政治活动倒也罢了。但就在日常行动的范围里,那些老实人也都不愿意有所行动。他们含羞忍辱,跟他们瞧不起的坏蛋来往,避免和这批人斗争,认为是没用的。譬如说,克利斯朵夫所认识的那些艺术家,音乐家,为什么一声不出地让舆论界的小丑教训他们呢?其中有的是愚蠢无比的家伙,闹过多少大众皆知的,不学无术的笑话,而仍被认为大众皆知的权威。他们的文章跟书连写都不是自己写的;他们雇着书记;而那些可怜的饿鬼,为了衣食妻孥连出卖灵魂都愿意,倘使他们有灵魂的话。这种情形在巴黎是公开的秘密。可是坏蛋继续高高在上地统治着，傲慢不逊地对待艺术家。克利斯朵夫读到他们某些评论，简直气得直嚷：

“噢！这班脓包！”

“你骂谁呀？”奥里维问，“老是骂节场上的那些鬼东西吗？”

“不，我是骂老实人。坏蛋们扯谎，抢劫，盗窃，凶杀：那是他们的本行。可是其余的人，一方面鄙薄坏蛋，一方面让坏蛋作恶的人，我更瞧不起。如果舆论界的同事，如果正直而有学问的批评家，如果被那些小丑戏弄的人，不是因为胆怯，因为怕连累自己，或是因为存着可耻的心和敌人默契，免得受到攻击，——如果不是为了这些理由而不声不响地纵容那些丑类，如果不让他们假借自己的名义与友谊做护身符，那末这种无耻的势力自然站不住的。无论什么事都是同样的毛病。我碰到过几十个正派的人，提到某个人的时候都说：‘他是个混账东西。’可是没有一个不称呼他‘亲爱的同行’，不跟他握手。他们都说：‘这种人太多了！’——是的，奴颜婢膝的人太多了。懦弱的好人太多了。”

“唉！你要我们怎么办呢？”

“你们自己去当警察呀！等什么？等老天来替你们处理吗？你瞧，这一回雪已经下了三天，把你们的街道拥塞了，把你们的巴黎弄成了一个泥洼。你们又干些什么？你们骂市政当局把你们丢在泥湫里。可是你们有没有试过想爬出来呢？真叫做天晓得！你们抱着胳膊发愣，连自扫门前雪的勇气都没有。没有一个人是尽责的，政府不尽政府的责任，私人不尽私人的责任：只互相推诿一阵了事。几百年君主制度的教育，养成了你们什么都不亲自动手的习惯，你们在等待奇迹出现之前，只会扯着脖子望着天。可是只有你们肯下决心行动，才是唯一可能的奇迹。你瞧，奥里维，你们的聪明跟品德尽够拿来转让给别人；可是你们缺少热血。第一应当由你来发动。你们的病既不在头脑，也不在心，而是在于你们的生机。它溜走了。”

“那有什么办法？得等它回来啊。”

“先要有志愿希望它回来！听见没有：要有志愿！为这一点，第一得吸收新鲜的空气。一个人既然不愿意走出家门，至少应当把他的屋子收拾干净。你们却是让节场上的乌烟瘴气把瘟疫带到家里来。你们的艺术跟思想三分之二被玷污了:你们却垂头丧气,连愤怒的情绪都鼓动不起来,差不多已经不以为奇了。这些荒唐的老实人中间,有几个吓坏了,甚至相信是自己错了,那班走江湖的倒是对的。你们《伊索》杂志的同人自命为不受任何事物的蒙蔽;我可在那儿碰到些可怜的青年,对于心里明明不喜欢的艺术,嘴上承认是喜欢的。他们因为像绵羊一般的懦弱,所以即使没有乐趣,也让自己麻醉了:结果他们在自骗自的情形之下烦闷得要死!”

克利斯朵夫像一阵风摇着酣睡的森林似的,又闯进那班游移不决的人堆里去。他并不想把自己的思想灌输给他们,只给他们一些毅力,要他们敢于有自己的思想。他说:

“你们太谦卑了。一个人最大的敌人是神经衰弱性的怀疑。宽容是可以的,而且是应当的。但决不能怀疑你所信为善与真的东西。凡是你相信的,你都应当保护。不问我们的力量怎么样,切不可退让。在这个世界上,最渺小的人和最强大的人同样有一种责任。而且——(那是他不知道的)——他也有他的威势。别以为单枪匹马的反抗是白费的!敢肯定自己的信念就是一种力量。你们近年来已经看到好几个例子,政府和舆论都不得不顾虑到一个正人君子的意见来处理一件事情,而这正人君子的唯一的武器只有他那种精神的力量,百折不回的,公开向世人昭示的……

“如果你们问我,辛辛苦苦费这许多力量有什么用,奋斗有什么用……那末我告诉你们:——因为法兰西已经奄奄一息了——因为欧罗巴也奄奄一息了——因为我们的文明,人类以几千年的痛苦缔造起来的文明要崩溃了,要是我们不奋斗的话。国家遭了危险,欧罗巴这个大国遭了危险,——尤其是你们的,你们的法兰西小国,被你们的麻木不仁给扼杀了。它就死在你们每一股死去的精力中,死在你们每一缕隐忍的思想中,死在你们每一个人贫弱的意志中,死在你们每一滴枯涸的血中……起来罢!应当生活!是的,要是你们非死不可,也得站起来死。”

最困难的还不在于要他们行动,而在于要他们共同行动。在这一点上,他们是绝对劝不醒的。他们互相抱怨。最优秀的人是最固执的。克利斯朵夫在自己那幢屋子里就看到这种例子。法列克斯·韦尔,工程师哀斯白闲,少校夏勃朗,三个人彼此都不声不响地抱着敌意。可是在不同的政党或不同的民族旗帜之下,他们所愿望的其实是同样的东西。

韦尔先生和少校有许多地方可以意见相投。那个埋头书本,终年在思想中过生活的韦尔先生,原来对军事问题兴趣非常浓厚:这种古怪的情形在一般思想家是常有的。书生本色的老人崇拜着拿破仑,把凡是能令人回想到帝政时代那首史诗的纪念物和书籍,都搜罗在家里。韦尔像同时代的多少人一样,被那颗煊赫的太阳的遥远的光芒照得眼花了。他一一追溯当年的战役,把它们重新排演一番,研究行军的步骤;他是学士院与大学里的那一派室内战略家,不是解释奥斯特利茨一仗,便是纠正滑铁卢一役的错误。对于这种拿破仑迷,他第一个会诙谑百出的取笑;可是他仍不免为这些美妙的故事入迷,好比玩着游戏的小孩子。有些轶事甚至会使他流眼泪:他一发觉自己这样地动感情,便笑弯了腰,把自己叫做蠢老儿。其实,他的迷拿破仑并非为了爱国,乃是为了爱好奇妙的故事,爱好空中楼阁的活动。他的确是个爱国分子,比许多纯血种的法国人更爱法国。法国的反犹太主义者常常猜疑定居法国的犹太人,打击他们对法国的感情:这种行为简直愚蠢透了。一个家庭过了两三代以后,必然爱它居住的乡土;而犹太人除此以外还有特殊的理由,爱好这个在西方代表思想最前进最自由的民族。因为他们近百年来就在帮助这个民族往那个方向走,而所谓自由。一部分也是他们的成绩。所以看到什么封建势力威胁自由的时候,他们就会起来保卫它。破坏归化法国的民族与法国之间的感情,——有一群该死的疯子就希望这样,——等于帮助自己的敌人。

夏勃朗少校便是这一类头脑不清的爱国主义者,受着报纸的恐吓,以为所有定居在法国的外国民族都是潜伏的敌人;而他们虽然天生的好客,也硬教自己猜疑,憎恨,否认自己的民族有兼收并蓄、同化外来民族的泱泱大国的气度。所以夏勃朗认为对于二层楼上的房客是不应当理睬的，尽管心里很愿意认识他。另一方面，韦尔先生也很高兴和军官谈谈；但他知道对方的那一套国家主义，也就有点儿瞧不起他。

克利斯朵夫比少校更少理由对韦尔先生感兴趣。但他看着不公平的态度受不了。所以夏勃朗一攻击韦尔，他就跟他争辩。

有一天，少校照例叽叽咕咕地诅咒现状，克利斯朵夫和他说："这得怪你们自己。你们全是往后退的。只要法国有什么事情不行，你们便逞着自己的脾气，吵吵嚷嚷地辞职了。仿佛你们把自己认输当做是有面子的。这样高兴打败仗的人，从来没见过。你是军人，请你告诉我，难道这能算一种作战的方式吗？"

"不是作战的问题，"少校回答，"我们不能拿法国做牺牲品而互相厮杀。但在这一类的斗争里头，就得说话，辩论，投票，跟多少无赖的人混在一起：那我是办不到的。"

"你真是灰心透了！在非洲你不是见得多了吗？"

"非洲的玩意儿哪有这些事情丑恶！在那边我们可以砍掉他们的脑袋！并且要战斗，先得有兵。在非洲我有我的狙击手。这儿我是孤掌难鸣。"

"可是好人并不少啊。"

"在哪儿？"

"到处都是。"

"那末他们在干什么？"

"跟你一样，他们一事不做，说是无法可想。"

"至少举出一个人来。"

"岂止一个，我随便就可以举出三个，而且都跟你住着一幢屋子。"

克利斯朵夫说出韦尔先生，——少校听了直嚷，——哀斯白闲夫妇，——他简直跳起来了：

"那个犹太人吗？那些德莱弗斯党吗？"

"德莱弗斯党？那有什么关系？"

"就是他们把法国断送了的。"

"他们跟你一样的爱法国。"

"要是真的，那末他们都是疯子，害人的疯子。"

“一个人不能对敌人公平一点吗?”

“跟那般明枪交战的、光明磊落的敌人,我当然能够。你瞧,现在我就在跟你这个德国人谈话。我看得起德国人,虽然心里很希望有朝一日能把我们吃的亏加利奉还他们。可是你说的那些内奸,情形就不同了:他们用的是暗箭,是不健全的观念,含有毒素的人道主义……”

“对啦,你的思想好比中世纪的武士第一次遇到炮弹一样。那有什么办法呢? 战争在进化啊。”

“好吧。那末别扯谎,咱们就说这个是战争。”

“要是有个共同的敌人来威胁欧洲,难道你不跟德国人联盟吗?”

“那我们在中国已经实行过了。”①

“你向四下里瞧瞧罢! 你的国家,所有我们的国家,在民族的英勇的理想主义上,不是都受到威胁吗? 它们不是都给抓在政治冒险家跟思想冒险家的手里吗? 对付这个共同的敌人,你们不是应该和你们的有魄力的敌人携手吗? 像你这样的人怎么会看不见事情的真相? 你所谓的敌人,无非是些拥护一种跟你的理想不同的理想的人! 一种理想就是一种力! 这是你不能否认的;在最近一次的斗争中,是你们对手方面的理想把你们打败了。与其为了反对那个理想而浪费你们的精力,干吗不把那个理想跟你们的放在一起,去对付一切理想的公敌,对付损害国家利益的人,对付侵蚀欧洲文明的蠹虫?”

“先得知道为了谁? 为了促成我们敌人的胜利吗?”

“你们在非洲的时候,有没有考虑到你们打仗是为了一个王还是为了共和国。我看你们之中好多人都没想到什么共和国吧?”

“他们不管这些。”

“好吧! 可是法兰西已经沾了光。你们的征战是为了它,也是为了你们。现在你们也得这样干! 扩大战斗的阵营。别为了政治上或宗教上的细故而互相倾轧。那是些无聊的事。你们的民族是教会的代表也罢,是理性的代表也罢,都无关紧要。第一得教你们的民族活着! 凡是能激发生机的都是好的。敌人只有一个,便是贪图享乐的自私自利,

---

① 指一九〇〇年八国联军入侵中国。

是它把生命的泉源吸干了，搅浑了。你们得把力量、光明、丰满的爱、牺牲的欢乐，尽量激发起来。永远不能教别人代庖。你们得自己来干，干，你们得联合起来！……”

他说着在钢琴上奏起《合唱交响乐》①中那段《降B调进行曲》的开头的几节。

“你知道，”他停下来说，“如果我是你们的音乐家，或是夏邦蒂哀或者勃吕诺，②我要替你们把《公民执戈前驱》《国际歌》《亨利四世万岁》《神佑法兰西》等等，一齐放在一阕合唱交响曲里，——（你听，就像这种派头），——我要替你们做一盘大杂烩塞在你们嘴里！那当然是怪味道——（也不见得比他们做得更怪）；——可是我敢担保，你们吃下去肚子里会热腾腾地冒出火气来；你们非有所行动不可！”

他说着哈哈大笑。

少校也跟着他笑了：“你是个好汉，克拉夫脱先生。可惜你不是我们这一边的人！”

“怎么不是？到处是同一的战斗。咱们靠拢一些罢！”

少校表示同意；但也至此而已。于是克利斯朵夫拿出固执的脾气，把话题又转到韦尔先生与哀斯白闲夫妇身上。军官跟他一样的死心眼儿，翻来覆去都是反对犹太人和德莱弗斯党的那套老调。

克利斯朵夫因此很难过。奥里维和他说：“你别伤心，一个人不能一下子改变整个社会的思想的。那太理想了！可是你已经不知不觉地做了不少事了。”

“做了些什么？”克利斯朵夫问。

“你是克利斯朵夫。”

“这对别人有什么好处？”

“噢！很大的好处。亲爱的克利斯朵夫，你只要保持你的面目。别替我们操心。”

可是克利斯朵夫决不肯罢休。他继续跟夏勃朗少校争辩，有时很

① 即贝多芬作的《第九交响曲》。

② 夏邦蒂哀与勃吕诺均为法国近代音乐家。

激烈。赛丽纳看了觉得好玩。她听他们谈话，静静地做着活儿，并不加入辩论，但她似乎快活了些，眼睛更有光彩，四周的天地也扩大了。她开始看书，比较地肯往外走动了，感兴趣的事也多了些。有一天克利斯朵夫为了哀斯白闲跟她的父亲大开论战的时候，少校看见她微微笑着，便问她作何感想；她安详地回答："我觉得克利斯朵夫先生是对的。"

少校不由得愣了一愣："怎么！你也这样说？……好吧，不管谁是谁非，反正我们现在这样过得很好，不用看见这些人。可不是，孩子？"

"不，爸爸，有些人来往来往，我觉得是愉快的。"

少校不出声了，只装没听见女儿的话。他表面上不愿意露出来，其实对于克利斯朵夫给他的影响并不是毫无感受。他的狭窄的头脑和暴躁的性情还没压倒他的正直和豪侠的心肠。他喜欢克利斯朵夫，喜欢他的坦白与精神的健康，常常惋惜他是德国人。他虽然跟克利斯朵夫争得面红耳赤，却老是要找这种辩论的机会；克利斯朵夫的理由慢慢地在他心中发生作用了。他当然不肯承认。有一天，克利斯朵夫发觉他躲躲闪闪地看着一本书。后来赛丽纳送克利斯朵夫出门的时候，说："你知道他看的什么书吗？是韦尔先生的著作。"

克利斯朵夫听了很高兴。

"那末他怎么说呢？"

"他说：'这畜生……'可是他舍不得把书丢下。"

克利斯朵夫下次看到少校的时候绝口不提那件事。倒是他先问："怎么你不再拿你的犹太人来跟我麻烦了？"

"用不着了。"克利斯朵夫说。

"为什么？"少校气势汹汹地追问。

克利斯朵夫不回答他，一边笑一边走了。

奥里维说得不错。一个人对于别人的影响，决非靠言语完成，而是靠精神来完成的。有一般人能够用目光，举动，和清明的心境，在周围散布出一种恬静的、令人苏慰的气氛。克利斯朵夫所散布的是活泼泼的生命。它慢慢地，慢慢地，仿佛春天的一股暖气似的，透过死气沉沉的屋子，透过古老的墙壁和紧闭的窗子，使那些被多少年的痛苦、病弱、孤独,磨得枯萎憔悴,差不多已经死了的心再生。这是心灵对心灵的力量,感受的和施与的双方都不知道的。可是宇宙万物的生命就靠这种潮涨潮落的运动,而支配这运动的便是那神秘的吸引人的力量。

住在克利斯朵夫和奥里维的公寓的四层楼上的,便是上文提过的那个三十五岁的少妇,奚尔曼太太。她两年以前死了丈夫,一年以前又死了一个七八岁的女孩子。她和婆婆住在一起,她们都不跟人往来。在整幢屋子的房客中间,和克利斯朵夫最生疏的便是她了。他们难得碰到,并且从来不搭讪。

她是个高大、清瘦、身腰相当好看的女人:深色的眼睛没有光彩,没有表情,有时射出一道黯淡的阴沉沉的火焰,照着她蜡黄的扁平脸和瘪陷的嘴巴。老奚尔曼太太是个虔婆,成天待在教堂里。媳妇却一心一意想着自己的悲伤,对什么都不感兴趣。她周围放的全是亡女的遗物和照相等等;因为全神贯注着这些东西,她脑海里再也看不见孩子的形象;眼前那些死的形象把心中那个活的形象给毁掉了。她因为看不见孩子,便更固执地要看见孩子;她要想念她,要专心一意地想念她;结果是毫无办法。于是她冷冰冰地待在那里,惘然若失,一滴眼泪都没有,生命枯涸了。宗教也无能为力。她奉行仪式,可并不爱宗教,因此也没有活泼泼的信仰;她在教堂里献捐,但不积极参加慈善事业;她所有的宗教都建筑在一个念头上,就是跟女儿再见。其余的都对她不相干。上帝?她跟上帝有什么关系?要能再见女儿才行呢!……但这一点就毫无把握。她只是心里要这么相信,固执地,拼命地要相信;但老是怀疑着……她最受不了看到别人的孩子,心里想:“为什么这些孩子倒没有死?”

街坊上有个小姑娘,身段举动都像她死了的女儿。一朝瞧见她拖着小辫子的背影,她就浑身发抖,跟在后面;看到孩子回过头来而明明不是她的女儿的时候,她真想把她勒死。她抱怨哀斯白闲家的孩子在上一层楼吵闹;她们已经被父母管教得很安静了,但只要在屋子里迈着小步走几下,她立刻打发仆人上去要求静默。克利斯朵夫有一回带着那些小姑娘从外边回来碰到她,被她瞧孩子的那副凶狠的目光吓坏了。

一个夏天的晚上,这个活死人正靠近窗子,坐在暗中发愣,脑子里一片虚无,忽然听见克利斯朵夫的琴声。他惯于在这个时间一边弹琴一边幻想。她听到这音乐就恼,因为迷迷糊糊的境界被扰乱了。她愤愤地关上窗子;可是音乐直钻到房间里头,使她恨极了。她心里想禁止克利斯朵夫弹琴,但是没有这权利。从此,每天在同一个时间,她又愤怒又焦急地等琴声开始;倘若开场得迟了,她的怒气只有增加。她不由自主地要把音乐从头听到尾;等到音乐完了,她那个麻痹的境界再也找不到了。——有天晚上,她待在黑魆魆的卧室的一角;从紧闭的窗子中透过来的遥远的音乐使她打了个寒噤,久已枯涸的眼泪居然淌了出来。她过去打开窗子,一边听一边哭。音乐好比雨水,一点一滴地渗透了她枯萎的心,它又活过来了。她重新见到了天空、明星、夏夜,觉得像一线暗淡的光似的,心中有了些对于生命的兴趣,对于人类的同情。夜里,几个月来第一次,她的孩子在梦中出现了。因为使我们接近亡人的最可靠的办法,是积极地参加生活,他们是跟着我们的生存而生存,跟着我们的死亡而死亡的。

她并不想认识克利斯朵夫,但一听到他跟孩子们在楼梯上走过,不禁躲在门背后听几句儿童的唠叨,同时她的心忐忑地乱跳。

有一天她正要出门,听见小小的脚步在楼梯上走下去,声音比平时高了一些,有个孩子和她的妹妹说:"轻一点,吕赛德,你知道,克利斯朵夫说过的,别打搅那位伤心的太太。"

另外一个便放轻了脚步,低着声音说话。这一下奚尔曼太太可忍不住了:她开出门去,拼命抓着她们拥抱。她们害了怕,有一个甚至哭了。她只得把她们放下。

从此以后,遇到她们,她就对她们笑,可是笑起来脸有点儿抽搐。(她已经没有笑的习惯了。)她也和她们说些突兀的亲热的话,孩子们惊骇之下,只嗄着嗓子轻轻地回答几句。她们始终怕这位太太,比以前更怕了;走过她家的门口,唯恐她来抓她们而竟飞跑了。她却躲在门内偷瞧,心中非常惭愧,自以为对不起死了的女儿,甚至跪在地下祷告,请她原谅。但那时她生活的本能与爱的本能都已经苏醒,再也压不下去了。

一天晚上,克利斯朵夫从外面回来,发现屋子里乱哄哄的,好像出了事。人家告诉他华德莱先生突然发作心绞痛死了。克利斯朵夫想起那个义女,不禁为之凄然。没有人知道华德莱先生有什么亲属,所以那女孩子差不多是毫无倚靠了。克利斯朵夫连奔带爬地赶到四楼,华德莱公寓的门打开着,他冲进去,发现高尔乃伊神父守在灵前,女孩子淌着眼泪叫着爸爸;看门女人很笨拙地在那儿安慰她。克利斯朵夫过去抱起孩子,跟她说些温柔的话。她伤心得无可奈何地勾着他的脖子;他想把她从家里带出来,她不肯。他只得留在那里陪她。白日将尽,他靠窗望着,把她在臂抱中轻轻地摇摆。孩子慢慢地静下来,呜呜咽咽地睡着了。克利斯朵夫把她放在床上,笨手笨脚地替她解鞋带。天快黑了。公寓的门还开着。有一个影子闪进来,连带还有裙子窸窸窣窣的声音。克利斯朵夫在昏暗中认出奚尔曼太太的那双火辣辣的眼睛。她站在门口,喉咙哽塞着说:"我是来……你可愿意……把她交给我吗?"

克利斯朵夫握着奚尔曼太太的手。她哭了。接着她坐在床头,过了一忽儿又说:"让我来照顾她吧……"

克利斯朵夫和高尔乃伊神父一同回到顶楼上。教士有点不好意思,表示自己很唐突。他谦卑地说希望死者原谅:他不是以教士的身份而是以朋友的身份来的。

第二天早上,克利斯朵夫再到华德莱公寓的时候,发现女孩子抱着奚尔曼太太的脖子,那种天真跟信赖的神气,足见儿童对于能够讨他们喜欢的人是立刻会倾心的。她答应跟着新朋友走……原来她已经把义父给忘了,对新妈妈表示非常亲热。这种情形照理是教人不大放心的。奚尔曼太太自私的爱有没有看到这一层呢?……也许看到罢。可是有什么相干?她非爱不可。爱才是幸福……

华德莱先生下葬了几星期以后,奚尔曼太太带着孩子离开巴黎,到乡下去了。走的时候,克利斯朵夫和奥里维都在场。她那个衷心欢悦的表情,他们俩从来没见过。她完全没注意到他们,临走才发觉了克利斯朵夫,过来握着他的手说:"你救了我。"

克利斯朵夫听了很奇怪,他和奥里维回楼上去,说:"她是什么意思呢,这疯疯癫癫的女人?"

过了几天,他接到一张照片,是个陌生的女孩子,坐在一张圆凳上,很乖地把两只小手交叉着放在膝盖上，眼神清明而忧郁。照片下面写着一行字："我的亡女感谢你。"

一缕新生的气息就是这样在那些人中间吹过。一座热情的炉灶在六层楼上燃烧，它的光芒慢慢地透入整幢屋子。

克利斯朵夫可不觉得，他只嫌功效太慢。

"啊！"他叹道，"要那些不愿意相识的、信仰不同的、阶级不同的好人携手，难道竟不可能吗？"

"急什么！"奥里维说，"那需要互相的容忍和同情，而这些又得从内心的欢乐产生的。——所谓内心的欢乐，是一个人过着健全的、正常的、和谐的生活所感到的喜悦，——觉得自己做着有益的活动，参与着伟大的事业所感到的喜悦。要达到这种境界，必须国家处在一个伟大的时代，或者更好是正在走向'伟大'的时代。同时也需要——（这两点是同时来的）——有一个超党派的、聪明的、强有力的政权，能运用大家所有的精力的政权。这超党派的政权的力量一定是靠自己本身而非靠什么群众的，一定是不依赖那些混乱的'多数'，而是以它所完成的事业使大众心悦诚服的，例如战胜的将军，匡救国难的独裁政府，'智慧高于一切'的政权……究竟是什么我也说不上来。那是我们做不了主的。要有机会，还要有懂得抓住机会的人；要幸运与天才两者俱备。等着罢，希望罢！力量已经有在这里了：信仰的力量，科学的力量，古法兰西、新法兰西、大法兰西的工作的力量……如果有什么神咒能把这些联合的力量发动起来，那将是多么伟大的气势！可是这神咒，既不是你，也不是我念得出来的。谁能够呢？胜利吗？光荣吗？……耐着性子吧！主要的是，整个民族所有坚强的分子都得养精蓄锐地等着，不能消耗自己的力量，不能在时间没来到以前灰心。唯有能够用几世纪的耐性、劳苦、信仰，去换取幸运与天才的民族，才有获得幸运与天才的希望。"

"谁知道？"克利斯朵夫说，"幸运与天才往往来得出人意料地早，——就在大家并不期待的时候。你们计算的时候太看重'世纪'了。准备起来罢！把行装收拾起来罢！得永远穿着鞋子，拿着手杖……谁敢说主不就在今晚走过你的门口呢?”

今晚他已经来得很近。他的翅膀的影子已经映在门上了。

德法两国之间出了些表面上无关紧要的事,接着邦交突然紧张起来。三天之内,大家从平时好乡邻的关系一变而为战争前奏的挑衅口吻。对于这种情形,谁也不会惊奇,除非是那班以为理性业已统治世界的梦想家。而这等人在法国是很多的;他们看到莱茵彼岸的舆论界忽然一夜之间变了态度,声势汹汹地高唱排法论调的时候,不由得大吃一惊。两国之内都有些报纸素来自命为享有爱国的专利权,以民族的代表自居(有时是暗中受着政府的指使),要求政府采取某种政策。德国的舆论便是这样对法国用了蛮横无理的、最后通牒式的口吻。原德国跟英国有纠纷,而德国不答应法国置身事外。它那些傲慢的报纸强迫法国作拥护德国的声明,否则就要法国支付战争的第一批代价;它们想用恫吓手段来获取同盟国,不经战争而先把对方当做战败的、心悦诚服的属国看待,——总而言之,把法国看做跟奥国一样。这儿我们可以看出德意志帝国主义被胜利冲昏了头脑;也可以看出德国一班政治家完全不了解别的民族,把他们行之于国内的金科玉律,强权就是公理的那一套,应用到别人身上。对于一个古老的民族,在欧洲享有德国从来未有的几百年的光荣和威望的国家,这种强暴的压迫自然要引起跟德国的期望完全相反的后果。法兰西那股沉沉酣睡的傲气惊醒了,举国上下都沸腾起来,连最麻木的人也气得直嚷。

德国的民众跟这些挑衅行为完全不相干:每个国家的老百姓只要求和和平平地过日子;德国的百姓尤其来得和平,亲热,愿意跟大家安居乐业,并不想打倒别人而很乐于赞美他们,摹仿他们。可是当局并不征求老实人的意见;他们也没有胆量发表意见。凡是没有勇气参与公共行动的人,势必成为公共行动的玩具,成为响亮而荒唐的回声,反射出舆论界的呐喊和领袖们的挑战;《马赛曲》或《保卫莱茵》便是这样产生的。

这件事对克利斯朵夫与奥里维真是一个可怕的打击。他们平素相亲相爱的程度,使他们没法想象为什么他们的国家不采取跟他们同样的办法。这股突然觉醒的深仇宿恨，两个人都看不出其中的理由，尤其是克利斯朵夫；他以德国人的身份，觉得对一个被自己的民族打败的民族没有憎恨的理由。他一部分同胞的骄傲狂悖使他非常痛心；在某个限度之内，他对于这种迫令投降的举动和法国人同样愤慨；可是他不大明白为什么法国不肯做德国的盟友。他认为德法两国有多少深刻的理由应当携手，有多少共同的思想，同时又有多么重大的使命应当协力完成，所以它们俩一味仇视的情形使他看了大为气恼。和所有的德国人一样，他觉得法国在这件误会中是主要的罪人；因为即使他承认战败的回忆对法国很痛苦，也认为只是自尊心的问题，而为了更重大的利益——为了文明，为了法兰西，——就不应当再想到自尊心。他从来没费心把阿尔萨斯-洛林问题思索一下。他在小学里已经学会了把并吞阿尔萨斯-洛林的行为看做天公地道的行为，那不过是在几百年的异族统制之后，把德国的土地归还给德国罢了。所以一发觉他的朋友认为那是件罪行的时候，他简直搅糊涂了。他从来没跟他谈起这些事，满以为他们的意见是一致的；不料他素来相信为诚实的、胸襟宽大的奥里维，竟没有冲动，没有愤怒，而只是不胜悲苦地和他说，一个民族可能放弃对于这样一件罪行的报复，但要他同意这件罪行究竟对他是奇耻大辱。

他们俩极不容易彼此了解。奥里维举出许多历史上的理由，证明阿尔萨斯为拉丁土地而应当由法国收回，但对克利斯朵夫一点没作用；可以支持相反的主张的同样充分的论据多得很：不论哪一种政见，都可以在历史上找到它所需要的理由。——克利斯朵夫的重视这个问题，并不仅仅是为了牵涉到法国，而主要是为了人情问题。关键不在于阿尔萨斯人是否德国人。事实是他们不愿意做德国人；成为问题的只有这一点。谁有权利说："这个民族是属于我的，因为他是我的兄弟。"倘使对方不认他是兄弟的话？即使这种否认是不应该的，那末错也错在不能讨兄弟喜欢的那一方面，因为他没有权利硬要对方跟着他走。四十年来，德国人用着武力和种种的威胁利诱，甚至也由贤明正直的德国当局行了许多德政以后，阿尔萨斯人始终不愿意做德国人。即使他们因意志消沉而不得不让步的时候，那般被迫离乡别井、逃亡异地的人的痛苦，——或者更惨的，那些没法离开而忍受着深恶痛绝的枷锁，眼看乡土被侵占，同胞被屈服的人的痛苦，是永远消灭不了的。

克利斯朵夫天真地承认自己从来没看到问题的这一方面，接着心里就不好过了。一个老实的德国人讨论问题往往非常坦白，那是看重自尊心的拉丁人——不管他多么真诚——不大办得到的。固然，历史上所有的民族都犯过这一类的罪恶：克利斯朵夫可并不援引那些例子做德国的口实。他太高傲了，不能去找那种可耻的借口；他知道人类越进步，人的罪恶越显得可怕，因为四周有着更多的光明。但他也知道，倘若法国打了胜仗，也不见得比德国更有节制，一定也会在罪恶的连锁中加上一环。这样，悲惨的冲突可以永远继续下去，使欧罗巴文明的精华受到危险。

克利斯朵夫固然为了这个问题很难受，但奥里维更痛苦。可悲的还不只在于两个最配携手的民族自相残杀。便是在法国内部，也有一部分人准备跟另一部分的人厮杀。和平运动与反军国主义运动，多少年来同时由国内最高尚的跟最下贱的分子在那里宣传。政府让他们干去；只要是不妨碍政客们眼前的利益的，政府对一切都采着旁观的态度；它没想到最危险的并不在于公开支持一种最危险的主义，而是在于听让这种主义潜伏在民族的血管中，等政府预备作战的时候来破坏战争。这主义一方面迎合自由思想的人，因为他们梦想建立一个友好的欧罗巴，由它把所有的努力结合起来，缔造一个更公平更有人性的世界；同时它也迎合无耻小人的自私自利，因为这般人是不论为什么人什么事都不肯把自己的皮肉去冒险的。——这些反战思想把奥里维和他的许多朋友都感染了。有一两次，克利斯朵夫在自己家里听到一些谈话，不禁为之骇然。那位好心的莫克，脑子里装满了人道主义的幻想，精神奕奕地睁着眼睛，语气非常柔和地说，应当阻止战争，而最好的方法是煽动士兵反抗，教他们向长官开枪。他保证那一定会成功。工程师哀里·哀斯白闲冷冷地回答说，倘若发生战事，他和朋友们先要跟国内的敌人算清了账，再上前线。安特莱·哀斯白闲却站在莫克一边。克利斯朵夫有一天看见弟兄俩争执得很凶，甚至互相以枪毙来威吓。虽然这些杀气腾腾的话还带着说笑的口吻，可是听的人很能感到他们说的话有朝一日的确句句会实行的。克利斯朵夫好不诧异地估量着这个荒唐的民族,永远预备为了思想而自杀……真是疯子。专讲逻辑的疯子。各人只看见自己的思想,不走到终点,决不肯有一点儿让步。而且他们当然是以互相消灭为快的。人道主义者对爱国主义者开火。爱国主义者对人道主义者开火。而这时候敌人来了,把国家和人类一齐压得粉碎。

“可是告诉我,”克利斯朵夫问安特莱·哀斯白闲,“你们和别的民族的无产阶级有没有联系好呢?”

“反正要有个人首先发难。那就由我们来了。我们素来是打先锋的。让我们来发信号罢!”

“要是别人不响应怎么办呢?”

“不会的。”

“你们有没有协定,有没有预先订下一个计划?”

“用不着协定!我们的力量比什么外交手段都强。”

“这不是一个观念的问题,而是战术的问题。倘使你们要消灭战争,就得用战争的方法。在两国之间先把你们的作战计划订下来,把你们在德法两国的行动和日期商量妥当。倘若你们只存着碰运气的心,那末结果怎么样?一方面是毫无计划的碰运气,另一方面是有组织的强大的力量,——你们不被他们压倒才怪!”

安特莱·哀斯白闲不听这些。他耸耸肩,只空空洞洞地说些威吓的话:他说拿一把沙子放在要害,放在齿轮里,就能把机器破坏。

可是从容不迫地谈理论是一件事,把思想付诸实行——尤其在需要当机立断的时候,——又是一件事。狂风巨浪在心坎里卷过的时间的确是难过的。一个人自以为是自由的,是自己思想的主宰;不料你忽然觉得不由自主地被什么东西拖着。你心中有个暧昧的意志要违反你的意志。你这才发现有个陌生的主宰,有一种无形的力统治着人类。

一般头脑最坚定、信仰最稳固的人,发觉自己的信仰溶解了;他们彷徨无措,不知道怎么决定,而结果往往会走上跟他们预定的完全不同的路,教自己大吃一惊。反对战争最激烈的人中,有些会觉得国家的骄傲与热情突然在胸中觉醒起来。克利斯朵夫看到一般社会主义者,甚至工团主义者,对着这些相反的热情与责任依违两可,无所适从。在两国冲突的初期,克利斯朵夫还没把事情看得严重,他用着德国人那种冒失的态度和安特莱·哀斯白闲说,这是实行他理论的时候了,要是他不愿意德国把法国吞灭的话。安特莱听着大怒,跳起来回答说:

"试着瞧罢!……你们这批混蛋,也算有个该死的社会党,拥有四十万党员,三百万选举人,你们还不敢堵住你们皇帝的嘴巴,摆脱你们的枷锁!……哼,我们会来代劳的,我们!吞灭我们罢!我们才会吞灭你们呢!……"

等待的时期越拖长,大家心里越烦躁。安特莱痛苦不堪。明知自己的信仰是对的而没法加以保卫!同时还觉得受到那种精神疫疠的传染,——它就在民间传播集体思想的强烈的疯狂,战争的气息!这股气息对克利斯朵夫周围的人都起了作用,便是克利斯朵夫也免不了受到影响。他们彼此不说话了,大家都离得远远的。

但迟疑不决的心绪是不能长久拖下去的。行动的怒潮,不管那些踌躇的人愿意不愿意,把他们都推送到这个或那个党派里去了。有一天,人们以为到了最后通牒的前夜,——两国所有的活力都紧张到箭在弦上不得不发的时候,克利斯朵夫发现大家都已经挑选定了。一切敌对的党派都不知不觉站到它们先前嫉恨或瞧不起的政府方面去。颓废艺术的大师们和美学家们,在短篇的色情小说中加进一些爱国的宣传。犹太人说要保卫他们祖先的神圣的土地。哈密尔顿一听到国旗二字就会下泪。而大家都是真诚的,都是害了传染病。安特莱·哀斯白闲和他提倡工团主义的朋友们,跟别人一样,——并且更甚,为了形势所迫,为了不得不采取一个他们痛恨的主张,便抱着一肚皮阴沉的、悲观的怒意打定了主意,那种心绪就逼着他们替残杀做了疯狂的工具。电机工人奥贝,因为后天的人道主义与先天的排外主义在胸中交战得难解难分,差点儿发神经病。他失眠了好几夜,终于找到了一个解决一切的方式:认为法国便是全人类的化身。从此他不再跟克利斯朵夫谈话。差不多屋子里所有的人对他都闭门不纳了。连那么和气的亚诺夫妇也不再邀请他。他们继续弄着音乐,沉浸在艺术里,想忘掉那件大众关切的事。但他们时时刻刻要想到。他们之中每个人单独遇见克利斯朵夫的时候，仍旧很亲热地跟他握手，可是急匆匆的，躲躲闪闪的。倘使在同一天上克利斯朵夫又碰到他们而逢着他们夫妇俩在一块儿，他们就很窘地行个礼，连停也不停下来。反之，多少年来不交谈的人倒反突然接近了。有天晚上，奥里维做手势教克利斯朵夫走近窗口，要他看哀斯白闲一家和夏勃朗少校在下面园子里谈天。

克利斯朵夫对于大家思想上这种突然之间的变化并不惊奇。他自己的问题也尽够操心了。他心中骚乱惶惑，简直无法控制。比他更有理由骚动的奥里维却比他镇静。他似乎是唯一不受传染的人。尽管一边等着将临未临的战争，一边怕意料中的国内的分裂，他却知道迟早必须一战的两个敌对的信仰都是伟大的，也知道法国的使命是要做人类进步的实验场，而新思想的长成就得靠法国用热血来灌溉。但他自己不愿意卷入漩涡。对于人类的残杀，他很想引一句安提戈涅①的名言："我是为了爱而生的，不是为了恨而生的。"——对啦，为了爱，也为了了解，那是爱的另外一种形式。他对克利斯朵夫的温情足以使他明白自己的责任。在这个千千万万的生灵准备互相仇恨的时间，他觉得，为了他和克利斯朵夫这样两颗灵魂的责任与幸福，应当在大风暴中保持他们的友爱和理性。他记起歌德拒绝参加德国一八一三年代的仇法运动。

这种种，克利斯朵夫全感觉到，可是没法安静。在某种方式之下抛弃了德国而不能回去的他，虽然像老朋友苏兹一样，浸淫着十八世纪那些伟大的德国人的欧罗巴思想，厌恶新德意志的军国精神和经商主义，他心中却掀起了一股巨大的热情，不知道会把他拖到哪儿去。他并不把这个情形告诉奥里维，只整天惶惶然等着消息，偷偷地整着东西，收拾行李。他不再用理性思索了。他抑制不住了。奥里维很不放心地注意着，猜到他内心的斗争而不敢动问。他们觉得需要比平时更接近，事实上也比什么时候都更相爱；但他们怕谈话，唯恐发现思想上有什么不同而使他们分离。四目相对的时候，他们往往有一种不安的温柔的情

① 安提戈涅为希腊神话中俄狄浦斯的女儿，一家均遭厄运。引语见希腊悲剧家索福克勒斯的悲剧。

绪,好似到了永别的前夜。两人都不胜苦闷地守着缄默。

可是,在天井对面那座正在建造的房屋顶上,在这些悲惨的日子里,工人们冒着狂风骤雨,正敲着最后几下的锤子;而克利斯朵夫的朋友,那个多嘴的盖屋工人,远远地笑着对他嚷道:“瞧,我的屋子完工了!”

幸而阵雨过了,来得快也去得快。宫廷中半官式的文告像晴雨表似的报告天气转好。舆论界叫嚣的狗重新回到窠里。几小时之内,人心都松了下来。那是一个夏天的晚上。克利斯朵夫气吁吁地跑来把好消息告诉奥里维。他们好不痛快地呼了几口气。奥里维望着他,微微笑着,有点儿怅惘,还不敢把老挂在心上的问题提出来。他只说:

“哦,那些老是闹意见的人,你不是看到他们团结了吗?”

“我看见了,”克利斯朵夫笑嘻嘻地回答,“你们真会开玩笑!你们吵吵嚷嚷的好像彼此势不两立,其实都是一样的见解。”

“你应该满意了吧?”

“干吗不满意?因为他们的团结要拿我做牺牲品吗?……得了罢!我是相当强的人,并且经历一下这个掀动我们的浪潮,看到这些魔鬼在心中觉醒,也很有意思。”

“我可是怕极了,”奥里维说,“我宁愿我的民族永远孤独下去,不希望它以这种代价来团结。”

他们不出声了;两人都不敢提到使他们心慌的问题。终于奥里维鼓足勇气,嗄着嗓子问:“老实告诉我,克利斯朵夫,你已经预备走了,是不是?”

“是的。”克利斯朵夫回答。

奥里维早已料到这句话,但听了心里仍不免为之一震:

“克利斯朵夫,你竟会……”

克利斯朵夫把手按了按脑门:“别谈这个了,我不愿意再想了。”

奥里维很痛苦地又提了一句:“你预备跟我们作战吗?”

“我不知道,我没想过这问题。”

“可是你心里已经决定了,是不是?”

“是的。”克利斯朵夫回答。

“对我作战吗?”

“对你? 永远不会的! 你是我的。我不论到哪儿,你总跟我在一起。”

“那末是对我的国家了?”

“为了我的国家。”

“这真是可怕,”奥里维说,“我也爱我的国家,像你一样。我爱我亲爱的法兰西;可是我能为了它而杀害我的灵魂,欺骗我的良心吗? 那等于欺骗法兰西。我怎么能没有仇恨而恨,怎么能扮演那种仇恨的喜剧而不犯说谎的罪? 自由思想的人第一个原则是要了解,要爱;现代的国家把它的铁律去约束自由思想的人简直是罪大恶极,它会因之自取灭亡的。要做皇帝就做皇帝,可不能自以为上帝! 他要取我们的金钱性命,好吧,拿去就是。他可没有权利支配我们的灵魂,他不能拿血来溅污它们。我们到世界上来是为传播光明而非熄灭光明的。各有各的责任! 倘若皇帝要战争,那末让他用自己的军队去战争,用从前那种以打仗为职业的军队去战争! 我不会那么蠢,对着暴力呻吟。可是我不属于暴力的队伍而属于思想的队伍;我跟我千千万万的同胞代表着法兰西。皇帝要征服全世界,由他去征服吧! 我们是要征服真理。”

“要征服,”克利斯朵夫说,“就得战胜,就得生活。真理不是由脑子分泌出来的硬性的教条,像岩洞的壁上分泌出来的钟乳石那样。真理是生活。你不应当在你的脑子里去找,而要在别人的心里去找。跟他们团结起来罢。你们爱怎么想都可以,但每天得洗一个人间的浴。应当体验别人的生活而忍受自己的命运,爱自己的命运。”

“我们的命运是保持我们的本来面目。思想或是不思想,都不由我们做主,即使因之而冒什么危险也没办法。我们到了文明的现阶段,再也不能往后退了。”

“不错,你们到了高峰的边缘上,到了一个民族只想往下跳的地方。宗教与本能在你们身上都没有力量了。你们只剩着智慧。危险啊! 死神来了。”

“所有的民族都要到这个地步的:不过是几个世纪的上下而已。”

“丢开你的世纪罢！整个的生命是日子的问题。真要那般该死的梦想家才会把自己放在虚无缥缈间，而不去抓住眼前飞逝的光阴。”

“你要怎么办呢？火焰就在烧着火把。可怜的克利斯朵夫，一个人不能在现在与过去同时常住的。”

“应当在现在常住。”

“过去有些伟大的成就是不容易的。”

“要现在还有活着的并且是伟大的人能够赏识的时候，过去的伟大才成其为伟大。”

“与其成为今日这些醉生梦死的民族，你岂不愿意成为已经死了的希腊人？”

“我更愿意成为活的克利斯朵夫。”

奥里维不讨论下去了。并非他没有许多话可以回答，但他不感兴趣。刚才辩论的时候，他从头至尾只想着克利斯朵夫。他叹了口气，说：“你的爱我不及我的爱你。”

克利斯朵夫温柔地握着他的手：

“亲爱的奥里维，我爱你甚于爱我的生命。可是原谅我，我不能爱你甚于爱生命，甚于爱人类的太阳。我最恨黑夜，而你们虚伪的进步就在勾引我往黑暗中去。在你们一切隐忍舍弃的说话底下，都藏着同样的深渊。唯有行动是活的，即使那行动是杀戮的时候也是活的。我们在世界上只有两件东西可以挑：不是吞噬一切的火焰，便是黑夜。虽然黄昏以前的幻梦特别有种凄凉的韵味，我可不要这种替死亡做前奏的和平。至于无穷无极的空间，它的静寂是使我害怕的。让咱们在火上添些新柴罢！愈多愈好！连我也丢进去罢，要是必需的话……我不愿意火焰熄灭。倘使它熄灭了，我们就完了，世界上一切都完了。”

“你这种口吻我是熟悉的，”奥里维说，“那是从过去的野蛮时代来的。”

他在书架上抽出一部古印度诗人的集子。念道：

“你起来罢，坚决地去战斗。不问苦乐，不问得失，不计成败，尽你的力量战斗……”

克利斯朵夫从他手里抢过书来，接着念下去：

“……世界上没有一件东西强迫我行动,也没有一件东西不是我的;可是我决不抛弃行动。要是我不孜孜矻矻地干着,让人家照着我的榜样做,所有的人都要灭亡。倘若我的行动停止一分钟,我就要使世界陷入混沌,我要变成生命的刽子手。”

“生命,”奥里维再三说着,“生命,什么叫做生命?”

“一场悲剧,”克利斯朵夫回答,“往前冲罢!”

风浪过去了。大家怀着鬼胎,急于要把它忘掉。似乎没有一个人记起经过的情形。可是每个人都还在心里想着,只要看他们兴高采烈的恢复日常生活便可知道;受过了威胁,日常生活才更显得可贵。好似在每次大难以后,大家都拼命地把东西往嘴里塞。

克利斯朵夫用着十倍的兴致重新埋头创作。奥里维也受了他的影响。为了需要把忧郁的思想廓清一下,他们根据拉伯雷的作品合作一部史诗。健康的唯物色彩非常浓厚,那是精神受了压迫以后必然的现象。除了卡冈都亚、巴奴越、修士约翰这几个知名的角色以外,奥里维受着克利斯朵夫的感应,又添了一个新人物,——一个叫做忍耐的乡下人。他天真,狡猾,被人殴打,被人窃盗也无所谓;——妻子被人亲吻,田地被人劫掠也无所谓;——不辞劳苦地种着他的田,——被逼去打仗,受尽千辛万苦也无所谓;他一边看着主子们剥削,一边等着他们的鞭子,心里想:“事情不会老是这样的。”他料到他们会倒霉,在眼梢里瞅着,已经不声不响地扯着他的大嘴在那里笑了。果然有一天,卡冈都亚和修士约翰当了十字军,遭了难。忍耐真心地可惜他们,又很快活地安慰自己,把淹得半死的巴奴越救起来,说道:“我知道你还要耍弄我;可是我少不了你;你能替我解闷,教我发笑。”

根据这篇诗歌,克利斯朵夫写成几支分幕的、附带合唱的交响曲;其中有悲壮而可笑的战争,有狂欢的节会,有滑稽的歌唱,有耶纳甘派的牧歌,有儿童一般粗豪的欢乐,有海上的狂风暴雨,有音响的岛屿和钟声;最后是一阕田园交响曲,充满着草原的气息:长笛,双簧管,民歌,唱出一派轻快喜悦的调子。——两位朋友非常愉快地工作着。清瘦苍白的奥里维洗了一个健身浴。欢乐的巨潮在他们的顶楼中卷过……用自己的心灵创作,同时也用朋友的心灵的创作!便是情侣的拥抱也不会比这两颗友爱的灵魂的结合更甜蜜更热烈。两心相契的程度使他们常常同时有同样的思想:或者是克利斯朵夫写着一幕音乐,奥里维立刻想出了歌词。他带着奥里维向前迈进。他的精神笼罩了朋友,使朋友也产生了果实。

除了创造的快乐,又加上战胜的快乐。哀区脱决心把《大卫》付印了,一出版立刻在外国引起很大的回响。哀区脱有个瓦格纳党的朋友住在英国,是有名的乐队指挥,对克利斯朵夫这件作品非常热心,拿它在好几个音乐会里演出,极受欢迎;凭着这一点,同时靠着名指挥的力量,《大卫》在德国也被演奏了。那指挥又跟克利斯朵夫通信,问他要别的作品,说愿意帮忙;他也竭力替克利斯朵夫做宣传。以前被喝倒彩的《伊芙琴尼亚》,在德国被人重新发现了。大家都认为他是天才。克利斯朵夫传奇式的生涯使人家对他格外好奇。《法兰克福日报》首先发表了一篇轰动一时的文章。别的报纸也跟着来了。于是法国也有人发觉他们中间有着一个大音乐家。《拉伯雷史诗》还没完工,巴黎某音乐会的会长就向克利斯朵夫要求这件作品;而古耶,因为预感到克利斯朵夫快要享盛名了,便用着神秘的口吻提到他所发现的天才朋友。他写了篇文章把美妙的《大卫》恭维一阵,完全忘了他上年提到这作品的时候用的是两句侮辱的话。他周围的人也没有一个想起这一点。巴黎多多少少的人过去都揶揄瓦格纳和法朗克,现在又捧着他们去打击新兴的艺术家,然后等新兴艺术家成为过去的人物之后再捧他们。

这次的成功出乎克利斯朵夫意料之外。他知道自己早晚会胜利的,可没想到胜利来得这么快。他对于太迅速的成功怀着戒心,耸耸肩膀,说希望人家别跟他烦。要是人们在上一年他写作《大卫》的时候恭维他,他可能接受;但现在心情已经不同,他又多爬了几级。他很想和那些对他提起旧作的人说:

“别拿这个脏东西来跟我烦!我讨厌它,也讨厌你们。”

接着,他用一种因为被人打扰而有点儿生气的心绪,重新埋头做他的新工作。但他暗里毕竟感到一种快意。荣名的最初几道光辉是很柔和的。打胜仗是愉快的,增进健康的。那好比窗子打开了,初春的气息渗透了屋子。——克利斯朵夫虽然瞧不起自己的旧作,尤其是《伊芙琴尼亚》,但看到这件可怜的作品从前给他招来多少羞辱,而如今受着德国批评家的恭维与戏院的欢迎,究竟也出了一口气。他收到一封德累斯顿那边的信,说人家很愿意排演他的乐剧,在下一季中上演……

这个消息使他在多少年的忧患以后终于窥见了比较恬静的远景和胜利。但他当天又收到另外一封信。

那天下午,他一边洗脸一边隔着房间和奥里维高高兴兴地说话,门房从门底下塞进一封信来。他一看是母亲的笔迹:他正预备写信给她,因为能告诉她一些好消息而很快慰……他拆开信来,只有几句话……啊,她的字怎么抖得这样厉害呀?……

亲爱的孩子,我身体不大好。要是可能,我还想见你一面。我拥抱你。

妈妈

克利斯朵夫哭了。奥里维吃了一惊,立刻跑来。克利斯朵夫说不上话,只指着桌上的信。他继续哭着,也不听奥里维看完了信以后对他的安慰。然后他奔到床前,拿起外衣急匆匆穿了,领带也不戴,——(手指在发抖)——往外便走。奥里维追到楼梯上把他拦着,问他想怎么办。搭下班车吗?在黄昏以前就没有车。与其在站上等还不如在家等。必不可少的路费有了没有呢?——他们俩搜遍了各人的衣袋,统共也不过三十法郎左右。时方九月,哀区脱,亚诺夫妇,所有的朋友都不在巴黎。没有地方可以借。克利斯朵夫焦急地说他可以徒步走一程。奥里维要他等一小时,让他去张罗旅费。克利斯朵夫一筹莫展,只得由他摆布。奥里维破天荒第一遭进了当铺;他是素来宁愿挨饿而不肯把纪念物当掉一件的,但这次是为了克利斯朵夫,而且事情那么紧急。他便当了他的表,可是当来的钱和预算的还相差太远,便回家拿了几部书卖给旧书摊。当然他为之很难过,但此刻无暇想到,心中只记挂着克利斯朵夫的悲伤。回到家里,他发现克利斯朵夫神色惨沮地坐在原来的地方。奥里维张罗来的钱,再加上三十法郎,已经绰绰有余了。克利斯朵夫心乱如麻,根本没追究钱的来源,更没想到自己走了以后朋友还有没有钱过日子。奥里维也和他一样;他把所有的款子交给了克利斯朵夫,还得像照顾孩子似的照顾朋友,把他送上车站,直到车子开动了才和他分手。

夜里,克利斯朵夫睁大着眼睛,望着前面,想道:“我还赶得上吗?”

他知道,要母亲写信叫他回去,她一定是迫不及待的了。他焦急的心情恨不得要风驰电掣般的特别快车再加快一些速度。他埋怨自己不应该离开母亲,同时又觉得这种责备是空的:事势推移,他也做不了主。

车轮与车厢单调的震动,使他慢慢地平静下来,精神被控制了,有如从音乐中掀起的浪潮被强烈的节奏阻遏住了。他把自己的过去,从遥远的童年幻梦起,全部浏览了一遍:爱情,希望,幻灭,丧事,还有那令人狂喜的力,受苦,享受,创造的醉意,竭力要抓握人生的光明与黑暗的豪兴,——这是他灵魂的灵魂,潜在的上帝。如今隔了相当的距离,一切都显得明白了。他的欲望的骚动,思想的混乱,他的过失,他的错误,他的顽强的战斗,都像逆流和漩涡,被大潮带着冲向它永远不变的目标。他懂得了多年磨炼的深刻的意义:每次考验的时候必有一道栅栏被逐渐高涨的河流冲倒;它从一个狭窄的山谷流到另一个更宽广的山谷,把它注满了;视线变得更辽阔,空气变得更流畅。在法国的高地与德国的平原中间,河流找到了出路,冲到草原上,剥蚀着高冈下面的低地,把两国的水源都吸收了,汇集了。它在两国中间流着,不是为了把它们分野,而是为了把它们结合:两个民族在它身上融和了。克利斯朵夫这才第一次感觉到,他的命运是像动脉一般把两岸所有的生命力灌注到两岸敌对的民族中去。——在最阴惨的时间,他面前反出现一个恬静的境界和突如其来的和平……然后那些幻象消失了,眼前只有老母那张痛苦而温柔的脸。

他到本乡的时候,东方才发白。他得留神不给人家认出来,因为通缉令还没撤销。可是站上没有一个人注意他;大家还睡着,屋子都没开门,街上荒荒凉凉的:那是灰暗的时间,夜色已尽,日光未至,睡眠最甜,而梦境都染上曙色的时间。一个年轻的女仆正在打开铺子的百叶窗,嘴里唱着一支老歌。克利斯朵夫差点儿透不过气来。噢,故乡!亲爱的故乡!……他真想扑下去亲吻泥土;听着那个使他心都融化的平凡的歌,他觉得远离乡土的时候多么苦恼,而自己又多么爱它……他凝神屏气地走着,一看到家,不得不用手掩着嘴巴,不让自己叫起来。留在这儿的被他遗弃的人,究竟怎么样了呢?他喘了口气,连奔带跑地直到门前。门半开着。他推进去。一个人都没有……旧扶梯在脚下格格作响。他走上二楼。屋子好像没人住的,母亲的房门关着。

克利斯朵夫心忐忑地跳着,抓着门钮,没有气力推开……

鲁意莎孤零零地躺着,觉得自己快完了。其余两个儿子都不在这儿:经商的洛陶夫在汉堡成了家;恩斯德上美洲去了,杳无音讯。谁也不关切她,只有一个邻居的女人每天来看她两次,问她可需要什么,待上一会儿,就回家去干自己的事;——她来的时间没有准儿,往往来得很晚。鲁意莎觉得人家忘记她是挺自然的,跟自己闹病一样的自然,而且她苦惯了,涵养功夫好到极点。她心脏不好,常常会闭过气去,自以为要死了:她睁着眼睛,双手抽搐,满头大汗。她并不抱怨,以为是应当如此的。她已经准备好了,临终圣体也受过了。只有一件事情使她挂心:就是怕上帝不许她进天堂。其余的一切,她都能够耐着性子忍受。

在小房间的黑洞洞的一角,她在床高头的壁上和枕头四周,把所有心爱的人的照片都集中在一起:三个孩子的,丈夫的(她对他始终保持着初期的爱情),老祖父的,还有哥哥高脱弗烈特的。凡是待她好的人,——不管那好心是怎样的不足道,——她都念念不忘。她把克利斯朵夫寄来的最后一张照相用针扣在褥单上,靠近着她的脸,又拿他最近几封信放在枕头底下。她最爱秩序和清洁,现在看到屋子里没有整理得顶好,就觉得不大好过。外边各种细小的声音,对她等于是报告时刻。那她听了多少年了!整整的一生都是在这个小天地中消磨的……她想着心爱的克利斯朵夫,多么希望他此时此刻能到这儿来,挨在她身边!可是他要不来的话也算了。没有问题,她一定能在天上见到他。现在她只要闭上眼睛就能看见他了。她迷迷糊糊的老是在回忆中过日子……

她在莱茵河边上的老屋内……家里在过节……正是夏季一个大好的晴天。窗子开着:太阳照在明晃晃的路上。鸟儿唱着歌。曼希沃跟祖父坐在门前抽烟,一边谈天一边挺高兴地笑着。鲁意莎看不见他们,但是很快活,因为这一天丈夫在家,祖父脾气很好。她在楼下做饭:一顿丰盛的午饭。她非常留神地照顾着;有一样大家意想不到的好东西:一块栗子蛋糕;一想到孩子会快活地叫起来,她心里就很舒服……啊,孩子,他在哪儿呢?在楼上:她听见他在弹琴。她不懂他弹的东西,但听到那琤琤琮琮的声音,知道他乖乖地坐在那里,她就很快活了。天气多好!大路上有辆车子传来轻快的铃声……啊!天哪!我的烤肉呢!但愿不要在她眼望窗外的时节给烤焦了!她唯恐她多么喜欢而又多么害怕的祖父不乐意,埋怨她……还好,托上帝的福,没有出事。瞧,什么都预备好了,饭桌也摆好了。她招呼曼希沃跟祖父。他们很愉快地答应了。可是孩子呢?……他不弹琴了。琴声已经停了一忽儿,她没留意……——"克利斯朵夫!"……他在干什么呢?一点声息都没有。他老是想不到下来吃饭的,又得给父亲骂了。她急急忙忙地上楼:——"克利斯朵夫!"……没有回音。她打开他屋子的门。没有人。屋子里空空的;钢琴也盖上了……鲁意莎不由得一阵心痛。他怎么的?窗子开着。天哪!他不会掉下去吧!……鲁意莎吓坏了,赶紧从窗口往下瞧……——"克利斯朵夫!"……哪儿都找不到他。各个房间都走遍了。祖父在楼下对她嚷着:"你来罢,别急,他自个儿会来的。"她可不愿意下楼;她知道他在这儿,一定是躲着玩儿,跟她捣乱。啊!可恶的孩子!……是的,毫无疑问的,楼板在那里格格地响;他躲在门后呢。可是钥匙不在门上。去拿钥匙吧!她在一张放着各式钥匙的抽屉内急急忙忙地找。这一个,这一个……哦,不是的!——对啦,是这个!……可是插不进锁孔。鲁意莎的手拼命地发抖。她急得很,要赶紧呀。为什么?不知道;只知道要赶紧。要不然她就等不及了。她听见克利斯朵夫在门后呼吸……啊!这钥匙!……终于开了。她高兴得叫起来。是他呀,他扑上她的脖子……啊!可恶的孩子,好孩子,亲孩子!……

她睁开眼来。他果然在这里,在她面前。

他已经对她望了一些时候,望着这张大大改变了的,又瘦又有些虚肿的脸,那种无言地痛苦,给她听天由命的笑容衬托得格外凄惨;周围又是那么冷静,那么孤独……他看了心都痛了……

她见了他,并不惊奇,只微微笑着。那笑容是没法形容的。他扑上她的脖子,把她拥抱了;她也拥抱他,大颗的眼泪从腮帮上直淌下来,轻轻地说了声:"等一等……"

他看见她气喘得厉害。

两人一动不动。她不住地流着泪,摩着他的头。他一边哭一边亲她的手,把被单遮着脸。

等到安静了一点,她想说话,可是说不上来:用的字都是错的,他很不容易懂得。那也没关系。反正他们已经见了面,始终那么相爱:那就行了。——他很气地查问为什么人家把她一个人丢在这儿。她替那个照顾她的女人解释道:"她不能老待在这里:她有她自己的工作。"

然后她用着一种微弱的、断续的、连字母都念不周全的声音,很急促地嘱咐一些关于她坟墓的事。她要克利斯朵夫向其余两个把她忘了的儿子转达她为母的遗爱。她也提到奥里维,——他对克利斯朵夫那种深厚的友情,她是知道的。她要克利斯朵夫告诉他,说她祝福他,——但她马上改正了,用了两个更谦卑的字眼,说她对他表示敬爱……

说到这儿她又气急了。他扶着她在床上坐起来,满脸淌着汗。她勉强笑着,心里想现在握到了儿子的手,自己在这个世界上也没什么要求了。

克利斯朵夫突然觉得母亲的手在他手里抽搐起来。鲁意莎张着嘴,不胜怜爱地望着儿子,溘然长逝了。

当天晚上,奥里维赶到了。他不能让克利斯朵夫在这个悲痛的时间孤独无助,那种滋味他是经历过的。同时他也担心朋友回到德国所冒的危险。他要跟他在一起,保护他,可是没有旅费。送了克利斯朵夫回去,他决意卖掉几件老家传下来的首饰。那时当铺已经关门,而他又想搭明天第一班车走，便预备去找街坊上一个卖旧货的想办法，不料一出门就在楼梯上遇见了莫克。莫克知道了这些事，立刻表示奥里维没有去找他使他非常难过，他硬要奥里维接受他的钱。但他还是介介于怀，因为奥里维为了筹措克利斯朵夫的川资，当掉了表，卖掉了书，而没有向他开口。他那么热心地要帮助他们，甚至向奥里维提议陪他一同上克利斯朵夫那边去。奥里维好容易才把他拦住了。

奥里维的来到使克利斯朵夫精神上得到很大的支持。他陪着长眠的母亲，失魂落魄地过了一天。帮忙的女工来做了几件零碎事儿又走了，没有再来。整天死气沉沉的，仿佛时间停顿了。克利斯朵夫跟床上的遗骸一样的一动不动，眼睛老盯着她。他不哭，不想，也变了个死人了。——奥里维的来到，等于完成了一件友谊的奇迹，使他的眼泪和生命一齐回复了。

> 勇敢啊！只要有一双忠实的眼睛和我们一同哭泣的时候，
> 就值得我们为了生命而受苦。

他们拥抱了很久。然后两人坐在鲁意莎旁边低声谈话……夜里……克利斯朵夫靠着床脚，随便提到些童年往事，说来说去老是牵涉到妈妈的形象。他静默了几分钟，又往下说。最后他疲倦至极，手捧着脸，完全不出声了。奥里维近前一看，原来他睡熟了。于是他独自守夜。不久他脑门靠着床架子，也给睡眠带走了。鲁意莎温柔地笑着，好像守护着两个孩子觉得很快乐。

天刚亮，他们就被敲门的声音惊醒。克利斯朵夫去开门。一个邻居的木匠来通知克利斯朵夫，说他已经被人告发，如果他不愿意被捕，应当马上就走。克利斯朵夫不愿意逃，定要把母亲送入了坟墓才离开。可是奥里维央求他立刻去搭车，答应一切后事都由他代办，他硬逼着克利斯朵夫走出屋子，并且为防他反悔起见，还送他上车站。克利斯朵夫执意要在动身之前去看看莱茵河。他是在河边长大的，他的灵魂像海洋中的贝壳一样始终保存着河水响亮的回声。虽是在城中露面很危险，但他打定了主意，不顾一切。两人沿着下临莱茵的巉岩走去，看它浩浩荡荡，在低矮的河岸中间向北流去。雾霭迷蒙，一座大铁桥的两个穹隆浸在灰色的水里,好比硕大无朋的车轮。远远的,隔着草原,薄雾中隐隐约约有几条船沿着曲折的河道上驶。克利斯朵夫看着这些景致出神了。奥里维抓着他的手臂把他带到车站。克利斯朵夫像害了梦游病似的完全听人摆布。奥里维把他安顿在生火待发的车厢里,约定下一天在法国境内第一个车站上相会,免得克利斯朵夫一个人回巴黎。

火车开了,奥里维回到屋里,门口已经有两个宪兵等着。他们把奥里维当做克利斯朵夫。奥里维也不急于分辩,好让克利斯朵夫逃得远一些。而且警察当局发觉了错误的时候并不着慌,也不急于去追逃掉的人;奥里维疑心他们其实是很愿意克利斯朵夫走掉的。

奥里维为了鲁意莎的丧事,直耽到第二天早上。克利斯朵夫的兄弟,做买卖的洛陶夫,当天才来参加丧礼。这个俨然的人物规规矩矩地送过殡,马上搭车走了,对奥里维没有一句问起哥哥近况或是感谢他为母亲办后事的话。奥里维在当地又耽留了一些时候。这儿他一个人都不认识,可是觉得有多少眼熟的影子:小克利斯朵夫,小克利斯朵夫所爱的人,使他受苦的人,——还有那亲爱的安多纳德。所有这些在此生存过的人,现在完全消灭了的克拉夫脱一家,还留下些什么?……只有一个外国人对于他们的爱。

那天下午,奥里维在约定的边界车站上和克利斯朵夫相会了。那是林木幽密、山峦起伏的一个小村。他们并不搭下一班开往巴黎的火车,决意走到前面的一个城市。他们需要孤独,便往静悄悄的森林中走去,只听见远处传来几下沉重的伐木声。他们走到山冈上一片空旷的地方。脚下那个狭窄的山谷还是德国的土地,有所看守树林的人的屋子,顶上盖着红瓦,一小方草地好比森林中一口碧绿的湖。四下里全是深蓝色的一望无际的林木,给水汽包裹着。雾氛在柏树枝间缭绕。一层透明的幕把线条遮盖了,把颜色减淡了。一切都静止不动。没有脚声,没有人声。秋天的榉树都变了金黄色,几点雨水淅淅沥沥地打在树上。一条小溪在乱石中流着。克利斯朵夫和奥里维停下脚步,呆住了。各人都想着自己的丧事。奥里维默默地对自己说着:

“啊,安多纳德,你在哪儿?”

克利斯朵夫却想着:“现在她不在世界上了,成功对我还有什么意思?”

但各人听见各人的死者安慰他们:

“亲爱的,别哭我们了。别想我们了。你想着他罢……”

他们彼此瞧了一眼,马上忘了自己的痛苦,而只感觉得朋友的痛苦。他们握着手,心中只有一片凄凉恬静的境界。没有一点风,雾气慢慢地散了,显出了青天。雨后的泥土那么柔和……它把我们抱在怀里,堆着一副亲热的笑容,和我们说:

“休息罢。一切都很好……”

克利斯朵夫的心松下来了。两天以来,他整个儿在回忆中,在亲爱的妈妈的灵魂中过活;他体验着那卑微的生活,单调而孤独的岁月,在孩子们都走了的静寂的家里,想念那些把她丢下的儿子……可怜的老妇,残废,勇敢,抱着乐天安命的信心,生就温和的脾气,恬然自得地忍受着一切,没有一点儿自私……克利斯朵夫也想起他认识的,一切谦卑的心灵。这时他觉得自己跟他们多么接近!在骚动的巴黎,眼看多少的思想人物发疯似的搅在一起,最近又看到那阵血腥的风,煽动神志错乱的民族互相仇视;克利斯朵夫经过了几年累人的争斗和激昂的日子,对于这个骚动而贫瘠的社会,对于自私的争战,对于自命为代表理智而实际只是兴风作浪的野心家,深深地感到厌倦。他所爱的却是成千累万的淳朴的心灵——他们在各个民族中间静静地燃烧着,本身便是些纯洁的火焰,代表慈悲、信仰、牺牲。

“是的,我认得你们,我终于跟你们团聚了,你们是和我同一血统的。我早先像浪子一般离开了你们,跟着大路上的那些影子走了。现在我回到你们中间来了,请你们把我留下罢。我们不问生死,都是一体;我到哪儿,你们也到哪儿。噢!母亲,我曾经生活在你的身上,如今是你生活在我身上了。还有你们,高脱弗烈特,苏兹,萨皮纳,安多纳德,你们全生活在我身上。你们是我的财富。咱们一同上路罢。我的话就是你们的声音。凭着我们联合的力量,我们一定能达到目的……”

树上缓缓地滴着雨水,一道阳光从树枝间溜进来。树林下面一小方草地上传来一群儿童的声音：三个女孩子在那里绕着屋子跳舞，唱着一支天真的德国山歌。而远远的，一阵西风像吹送蔷薇的异香似的，吹来法国方面的钟声……

“噢！和平，你是神圣的音乐，你是解脱的心灵的音乐；苦，乐，生，死，敌对的民族与友爱的民族，一齐交融在你身上……噢！我爱你，我要抓住你，我一定能抓住你……”

黑夜降临了。克利斯朵夫从幻梦中醒来，又看到了朋友那张忠实的脸。他对他笑笑，把他拥抱了。随后，他们俩穿过树林，悄悄地重新上道；克利斯朵夫在前面替奥里维开路。

孤零零的，不声不响，
一个在前，一个在后，
大路上来了两个年轻的弟兄……

卷八·女朋友们

虽然克利斯朵夫在法国以外有了点声望,两位朋友的境况并没好转。每隔一个时候,总有些艰苦的日子使他们不得不束紧裤带。有了钱,他们便拼命吃一个饱,补偿过去的饥饿。但日子久了,这种饮食的习惯究竟是伤身体的。

此刻他们又逢着穷困的时期。克利斯朵夫熬着夜替哀区脱做完了一件乏味的改谱工作,到天亮才上床;他纳头便睡,以便找补那损失的时间。奥里维清早就出门,到巴黎城的那一头去教课。八点左右,送信上楼的门房来打铃了,平时他按铃不应就把信塞在门下。这天早上他却继续敲门。克利斯朵夫倦眼惺忪,叽叽咕咕地去开门,完全没注意门房微笑着,唠唠叨叨跟他讲起报上的一篇文章,他拿了信,连瞧也不瞧一眼,把门一推,没关严就上了床,一下子又睡着了。

过了一小时,他又被屋子里的脚声惊醒了:他看见床前有个陌生人对他很郑重地行礼,不禁大为诧异。原来是个新闻记者,因为大门开着,便老实不客气走了进来,克利斯朵夫愤愤地从床上跳起,嚷道:“你来干什么?”

他抓起枕头往客人扔过去,客人赶紧退了一步,说明来意,自称为《民族报》的记者,为了《大日报》上的一篇文章特意来访问克拉夫脱先生。

“什么文章?”

“你先生没看到吗?”记者说着,便自告奋勇把那篇文字的内容告诉他。

克利斯朵夫重新躺下,要不是瞌睡得迷迷糊糊的话,他早就把来人赶出去了;但他觉得让来人说话究竟没有把他驱逐来得费力。他便钻入被窝,闭上眼睛,装做睡觉。他很可能弄假成真地睡去。可是来客非常固执,提高着嗓子,开始念文章了。听了最初几行,克利斯朵夫就竖起耳朵,人家把克拉夫脱先生说做当代第一个音乐天才。克利斯朵夫把假装睡觉的事忘了,大惊小怪地咒了一声,在床上坐起,说道:“他们疯了。难道他们着了魔吗?”

记者趁此机会停止了朗诵,向克利斯朵夫提出一大串问话,克利斯朵夫都不假思索地回答了。他捡起那篇文章,好不惊奇地打量着印在第一版上的自己的照相。他还没有时间看文字的内容,第二个记者又跑进房里来了。这一回克利斯朵夫可真恼了。他命令他们出去;可是他们没有把室内的布置、墙上的照片、艺术家的面貌迅速地记载下来以前,决不肯照办,克利斯朵夫又好气又好笑地,衣服也没穿好,推着他们的肩膀,把他们直送出门外,赶紧上了锁。

然而这一天他是命中注定不得安静的。梳洗还没完毕,又有人敲门了,而且用着只有几个最亲密的朋友知道的方式敲着。克利斯朵夫开出门来,发现又是个陌生人,他决意直截了当地把他打发走,不料来人立刻分辩说,他就是今天报上那篇文字的作者。对一个捧你为天才的人,有什么办法拒绝呢?克利斯朵夫懊恼之下,只能领受他的崇拜者的热诚。他奇怪这种声名怎么会忽然从云端里掉在他头上,是不是他上一天给人家演奏了什么连自己也没觉察的杰作?他可没有时间追究这些。这位记者是不管他愿不愿意,特意来拉他出去的,想一边谈一边带他上报馆:大名鼎鼎的阿赛纳·伽玛希等在那里要见他,汽车已经在楼下了。克利斯朵夫推却了一番;但对于人家好意的邀请,他是天真的,却不过情面的,终于不由自主地听人摆布了。

十分钟后,他就被介绍给谁都见了害怕的无冕之王。那是个身强力壮的男子,年纪在五十上下,矮小,肥胖,又圆又大的脑袋,灰色头发,留着平头,红红的脸,说话带着命令式,声音笨重,浮夸,常常会口若悬河地来一套议论。他在巴黎拿种族平等做幌子。既会做买卖,又会利用人,自私自利,又天真又狡猾,热情,自负,他把自己的事业跟法国的,甚至和全人类的合二为一。他的利益,他的报纸的发达,是和公众的福利息息相关的。他一口咬定谁损害他就是损害法兰西;并且为了打倒一个敌人,他连推翻政府都在所不惜。除此以外,他也不乏宽宏的度量。像有些人在酒醉饭饱之后一样,他是个理想主义者,喜欢摹仿上帝的作风,不时从沟壑中提拔几个可怜的穷人出来,表现他权势的伟大可以平空白地造出一个名人,或是什么部长之流;只要他愿意,他也能制成君王,废黜君王。他的神通是无限的。倘使他高兴,他也能制造天才。

这一天,他来“制造”克利斯朵夫了。

发动这件事的其实是无心的奥里维。

不为自己作任何钻营,痛恨宣传而避新闻记者如避疫疠一般的奥里维,为了他的朋友却是另一种看法了。他仿佛那些温柔的妈妈,明明是老实的小布尔乔亚,贞节的妻子,为了替无赖的儿子求情,竟不惜出卖自己的身体。

奥里维在杂志上写文章的时候,和许多批评家与爱好音乐的人接触的时候,一有机会就提到克利斯朵夫;而从某些时候以来,他很奇怪地发觉居然有人听他的话,周围有个好奇的运动,有些神秘的传说,在文学集团与上流社会中传布。这个运动是怎么来的呢？是最近英德两国演奏了克利斯朵夫的作品在报上引起的回声吗？其中似乎也没有一个确切的原因。但巴黎有般善观气色的人,比着圣·雅各街的气象台更有把握能在前一天预测酝酿中的风向,知道明天那阵风会吹点儿什么东西来。在这个神经质的大都市中,有的是使人震颤的电流,有的是看不见的光荣的波浪。一个将升的明星跑在另外一个明星前面,沙龙里流行着一些渺茫的传说,到了某个时间,就会在一篇广告式的文字中宣布出来,粗声大气的喇叭把新偶像的名字吹进最麻木的耳朵。这阵喧闹往往把它所颂扬的人的第一批最好的朋友吓跑了。其实这种情形还是应当由第一批最好的朋友负责的。

因此奥里维和《大日报》那篇文字也脱不了干系。他利用人家对克利斯朵夫的关切,很巧妙地透露些消息,刺激大众的情绪。他不让克利斯朵夫和新闻记者直接发生关系,免得闹笑话。但他依着大日报馆的请求,暗中使克利斯朵夫和一个记者在某咖啡店不露声色地见了一面。所有这些预防的措置更引起人家的好奇心,使克利斯朵夫显得更有意思。奥里维从来没跟新闻界打过交道,想不到开动了一架可怕的机器,——你一朝拨动之后,再要加以控制或要它减缓一些是办不到的了。

他在上课去的路上读到《大日报》的文字,不禁吓坏了。他没料到有这一下。他以为报纸一定要等到把所有的材料收齐了,对于他们所要谈的人认识更清楚之后,方始动手写文章。这想法真是太天真了。倘使一份报纸肯费心发现一个新人物,当然是为了报纸本身,为了和同行争取发现新人物的荣誉。所以它得赶紧,完全不管对这新人物是否了解。而被捧的人也决不会抱怨别人误解;一朝有人捧了,那他当然是被人相当了解的了。

《大日报》先对克利斯朵夫清苦的生活零零碎碎叙述了一些荒唐的故事,把他写成德国专制政府的一个牺牲者,一个自由的使徒,被迫逃出德意志帝国,躲到自由灵魂的托庇所——法兰西——来,——(作者借此发挥了一套排外的议论);——然后又对他的天才肉麻地颂扬一番:而关于这天才,作者一无所知,只知道他早期在德国作的几支平板的歌,那是克利斯朵夫引以为羞而要毁去的东西。那位记者虽不知道克利斯朵夫的作品,可自命为知道克利斯朵夫的用意,——他所假借给克利斯朵夫的用意。从克利斯朵夫或奥里维嘴里,甚至从自以为知道得很详尽的古耶一流的人嘴里,东零西碎听来的几句话,为记者已经足够造成一个"共和政治的天才,——民主主义的大音乐家约翰-克利斯朵夫"的形象。他又乘机毁谤当代的法国音乐家,尤其是最有特色、最自由、最不关心民主的那一批。他只把一两个作曲家除外,因为他们在选区里很有人望。可惜他们的音乐远不及他们的政治活动得人心。但这是小节。而且他们的捧场,便是对克利斯朵夫的捧场,也远不及对别人的批评来得重要。在巴黎,你读到一篇恭维某人的文字,最聪明的办法是先要推敲它的反面文章,心里想一想:"这是说谁的坏话呢?"

奥里维一边看着报,一边羞得脸红了,对自己说:"我做的好事!"

他心不在焉地上完了课,立刻赶回家。一听到说克利斯朵夫已经和新闻记者出去了,他简直吓呆了。他等他回来吃午饭。克利斯朵夫可不回来。奥里维一小时一小时地越来越焦急,心里想:“他们要逗他说出多少傻话啊!”

三点左右,克利斯朵夫高高兴兴地回来了。他和阿赛纳·伽玛希一同吃了饭,被香槟酒灌得糊里糊涂的,完全不懂奥里维的忧虑,不懂他为什么很不放心地追问他说了什么话,做了什么事。

“你问我做了什么事?吃了一顿好饭。我长久没这样大嚼了。”

他把菜单背给奥里维听:“还有酒……各种颜色的我都灌下去了。”

奥里维打断了他的话,问他同席的是些什么人。

“同席的?……我不知道。有伽玛希。那矮胖子真痛快。还有那篇文章的作者格劳杜米,挺可爱的青年;还有三四个我不认识的记者,人很快活,待我很好很殷勤,都是一班最好的好人。”

奥里维似乎不大相信。克利斯朵夫觉得他的冷淡有些古怪,便问:

“难道你没看到那篇文字吗?”

“看到了,就为这个啊。你,你仔细看过没有?”

“看的……就是说瞅了一眼。我没有时间。”

“那末你去念一遍罢。”

克利斯朵夫念了开头几行就乐死了:“啊!混账东西!”

他笑弯了腰,接着又说:“嗬!批评家都是这路货:一窍不通!”

可是念到后来,他生了气:那太胡闹了,人家简直把他搞得不成体统,说他是“一个共和政治的音乐家”,这算什么意思!……除了这种笑话,人家还拿他“共和的”艺术作为抨击前辈大师的“教堂艺术”的武器,——(实际上他是以这些伟人的心灵作为精神养料的)——那还成话吗?……

“狗东西!他们竟要教人把我当做白痴了!……”

而且在提到他的时候,有什么理由骂到一些有天分的法国音乐家呢?这些音乐家还是他多少爱着的,——(虽然爱的程度很少)——他们都是行家,为本行增光的。而最可恶的是硬说他对他的祖国有那种卑鄙的仇恨心!……那可受不了……

“我要写信给他们。”克利斯朵夫说。

奥里维劝他:“不,现在别写!你太兴奋了。明天,等你头脑冷静的时候再写……”

克利斯朵夫固执得很。他一朝有话要说就不能等,只答应把信先给奥里维看过。这一点当然很重要。信稿经过严密的修正,要点是更正他对于祖国的意见。然后,克利斯朵夫马上连奔带跑地拿信送往邮局。

“这样,”克利斯朵夫回来说,“事情总算挽回了一半,我的信明天就可登出来。”

奥里维用着怀疑的神气摇摇头。随后,他还是很不放心地瞅着克利斯朵夫,问:“你吃中饭的时候,没说什么冒失的话吗?”

“没有啊。”克利斯朵夫笑着回答。

“可是真的?”

“当然真的,胆怯鬼。”

奥里维稍微宽心了些。克利斯朵夫可并不。他想起自己曾经胡说八道的说过好些话。当时他无拘无束的,对人家一见如故,丝毫没有戒心:他觉得他们多诚恳,对他多好!这倒是真的。人们对于受自己恩惠的人总是挺好的。克利斯朵夫又是那么兴高采烈,把别人的兴致也提高了。他的亲热的随便的态度,嘻嘻哈哈的俏皮话,老饕式的胃口,灌了多少酒而面不改色的洪量,使伽玛希觉得很对劲;因为他也是个饭桌上的好汉,结实,粗野,血色挺好,最瞧不起身体娇弱,既不敢吃也不敢喝的巴黎人。他是在饭桌上判断人的,所以很赏识克利斯朵夫。他当场向克利斯朵夫提议,把他的《卡冈都亚》编成歌剧在歌剧院上演。——对于这些法国布尔乔亚,艺术的顶点就是把《浮士德入地狱》或九阕交响曲搬上舞台。① ——克利斯朵夫听了这古怪的主意哈哈大笑,好容易才把报馆经理拦住了,不让他立刻打电话给歌剧院或美术部去下命令。(据伽玛希说,那些人都是由他支配的。)这个提议使克利斯朵夫想起从前改编交响诗《大卫》的事,就手把众议员罗孙为要捧情

① 《浮士德入地狱》为柏辽兹名作。九阕交响曲系指贝多芬的全部交响曲。

妇出场而主办的那次表演叙述了一遍。① 原来与罗孙不和的伽玛希，听了很高兴。克利斯朵夫喝多了酒，又看到听众那么热心，不知不觉又讲了许多别的轶事，给人家一一记在心里。离开饭桌就把话忘得干干净净的，只有克利斯朵夫一个。此刻经奥里维一问，他不由得想起那些故事，直打寒噤。因为他已经有相当的经验，知道可能发生的后果。现在没有了酒意，他对于将来的情形看得格外清楚，好像已经发生了：冒失的故事经过一番点缀之后，被人登在攻讦阴私的报纸上，他关于艺术方面的胡说八道也一变而为攻击他人的冷箭。至于他更正的信会有什么结果，他和奥里维知道得一样清楚：去答复一个新闻记者是浪费笔墨；说最后一句话的永远轮不到你。

事实果然和克利斯朵夫预料的一模一样。他所泄露的私事被发表了，更正的信可没有登出来。伽玛希只教人传话，说他知道克利斯朵夫心胸宽大，这种有良心的作风是令人钦佩的；但伽玛希把他有良心的作风守着秘密；而硬派作克利斯朵夫的意见却继续传播开去，先在巴黎的报上，继而在德国的报上，引起尖刻的批评，因为一个德国艺术家对于祖国发表这样有失身份的言论，简直动了公愤。

克利斯朵夫自作聪明，利用别家报馆的记者访问的时候，声明他对于德国政府是爱护的，说在那边至少跟在法兰西共和国一样的自由。——不料那记者所代表的是一份保守党的报纸，便立刻替他编了一套反对共和的言论。

“越来越妙了！”克利斯朵夫说，“唉，我的音乐跟政治扯得上什么关系呢？”

“这是我们这儿的习惯，”奥里维回答，“你瞧那些关于贝多芬的论战罢。有的说他是雅各宾党，有的说他是教会派，有的说他是平民派，有的说他是保王党。”

“嘿，贝多芬真会把他们一齐踢出去呢！”

“那末你也如法炮制就是了。”

克利斯朵夫心里很想这样做。可是他却不过那些对他亲热的人的

---

① 参看卷五：《节场》。——原注

情面。奥里维总不放心让他一个人在家。因为不断有人来访问；而克利斯朵夫尽管答应小心行事，结果还是有一句说一句，把脑子里想到的统统说出来。有些女记者自称为他的朋友，逗他说出他的恋爱经验。也有些来利用他毁谤这一个或那一个。奥里维回家的时候，常常发觉克利斯朵夫狼狈不堪。

“你又胡闹了是不是？”他问。

“是啊。”克利斯朵夫垂头丧气地回答。

“你这个脾气竟没法改吗？”

“我真该教人关起来才好……可是，我向你赌咒，这一次一定是最后一次了。”

“哼！下次还是这么一套……”

“不，不，我决不再犯了。”

第二天，克利斯朵夫得意扬扬地告诉奥里维：“又来了一个。被我撵走了。”

“别过火，对付他们得非常小心。这畜生凶得很……你一抵抗，他就攻击你……他们要报复真是太容易了！哪怕是一句极平常的话，他们也会找到把柄的。”

“啊，天哪！”克利斯朵夫把手捧着脑门。

“怎么呢？”

“我关门的时候对他说……”

“说什么？”

“说了一句德皇的话。”

“德皇的？”

“是的，要不是德皇的，就是皇族的……”

“该死！明天一定登在报纸的第一版上。”

克利斯朵夫急得直打哆嗦。但他明天看到的，是关于他的屋子的描写，——其实那记者连脚也没踏进去，——另外是完全杜撰的一段对话。

消息一路传开去一路改头换面。外国报纸又加上许多误会。法国报上叙述克利斯朵夫穷得没办法的时候替人把有名的曲子改成吉他琴谱，一家英国的日报却说他弹着吉他沿街卖唱。

他看到的并非全是恭维的话。那才差得远呢！因为克利斯朵夫是《大日报》所捧的，别的报纸就对他攻击了。他们的尊严，决不容许同行发现一个他们所不知道的天才，所以他们都拿他开玩笑。古耶因为抓在手里的活宝给人抢了去而很气，便写了一篇“以正视听”的文章。他亲昵地提起他的老朋友克利斯朵夫，——初到巴黎的时期，一切行动都是由他领导的。他说，没有问题，克利斯朵夫是个很有天分的音乐家，但是——（他可以这样说，因为他们是朋友）——修养不够，缺少特色，骄傲得不像话；现在人家用如此可笑的方式去奉承，去助长这种骄傲的脾气，实在是害了他，因为他需要的是一个有头脑、有眼力、有学问、好意而严正的导师，——（这是古耶的自画像。）一般音乐家勉强笑着，表示极瞧不起一个有报纸撑腰的艺术家；他们装做讨厌逢迎吹拍，因为吃不到葡萄而说葡萄是酸的。有些是中伤克利斯朵夫；有些是对他假装怜悯。又有些是回过头来恨奥里维——（那都是奥里维的同文）。——他们素来恨他的强硬，恨他不和他们亲近。其实他这种态度是爱好孤独的成分多，厌恶他们的成分少。某几个人还隐隐约约地说他在《大日报》那些文章中间有利可图。又有几个替克利斯朵夫抱不平，责备奥里维不该把一个娇弱的，老是做梦一般的，精力不足以应付人生的艺术家，——克利斯朵夫！——推到嘈杂的节场上去，使他迷路。他们说这种办法简直把克利斯朵夫的前途给断送了：他虽没有天才，但若用功的话还能有点儿成就，现在被人家的巧言令色冲昏了头脑，岂不可怜！难道人们不能让他无声无息地耐心工作吗？

奥里维很想告诉他们：“吃饱了肚子才能工作。谁给他面包呢？”

可是这种话是难不倒他们的。他们很可以非常清高地回答说：“这个吗，不过是小节。人是应当受苦的。”

当然，高唱这种禁欲主义的都是上流社会的人。例如有人求某个百万富翁帮助一个穷艺术家的时候，那富翁回答说：“先生，穷有什么关系！莫扎特就是穷死的！”

要是奥里维告诉他们，说莫扎特只求生存，克利斯朵夫也决不肯饿死，那他们一定会觉得奥里维趣味恶劣。

克利斯朵夫被这些长舌妇的胡说八道搅得厌倦透了。他心里想这种情形是不是要永远继续下去。可是过了半个月,事情就完了。报纸上不再提到他了。但他已经出了名。人家提到他的名字,并不说:“《大卫》的作者”或“《卡冈都亚》的作者”,而是说:“啊,是的,那个《大日报》上的人物!……”所谓声名,就是这么回事。

奥里维也发觉这一点,因为他看见克利斯朵夫收到大批的信,而他自己也间接收到不少;写脚本的作家,音乐会的掮客,都来招揽生意;初期的敌人摇身一变而为新朋友,特意来信表示亲善;还有妇女们忙着寄请帖来。为了报纸的特辑,人家提出许多问题来征求他的答案,例如法国人口激减问题,理想派的艺术问题,女人胸衣问题,舞台上的裸体问题,——还问他德国是不是已经到了颓废的阶段,音乐是不是已经完了等等。他们俩看了都笑起来。但尽管心里满不在乎,克利斯朵夫这个粗人也居然接受那些宴会的邀请。奥里维简直不敢相信自己的眼睛。

“你,你也上那些地方去吗?”

“是的,”克利斯朵夫咕噜着回答,“你以为只有你会去看太太们吗?现在也轮到我了,告诉你!我也要去玩玩了!”

“你去玩玩?可怜的朋友!”

实际是克利斯朵夫在家关得太久了,忽然觉得非出去走走不可。并且他也很乐于呼吸一下新的光荣的气息。在那些晚会里,他照旧厌烦,觉得所有的人都是混蛋。但他回家故意卖弄狡狯,对奥里维说着相反的话。他到处都去,可是同一个人家决不去两回;他会找出古古怪怪的借口,用着骇人的满不在乎的态度,回避他们第二次的邀请,教奥里维看了也认为岂有此理。克利斯朵夫却是哈哈大笑。他到沙龙去不是为了培养自己的声名,而是为了添加他生命的养料,搜集一些新人的目光、举止、语声,以及种种的形式、声音、色彩;因为一个艺术家每隔多少时候就得把他的调色板充实一次。一个音乐家的营养决不能以音乐为限。一句说话的抑扬顿挫,一个动作的节奏,一个和谐的笑容,都可以比一个同业的交响乐给你更多的音乐感应。不幸沙龙里那些面貌那些心灵的音乐,和音乐家的音乐同样枯索,同样单调。各人有各人固定的姿态。一个年轻美貌的女人的微笑,那种刻意研求的妩媚,和一支巴黎曲调同样是印板式的。而男人比女人更无聊。萎靡的风气使一般刚强的人物化为泡沫,特出的个性很快地软化了,消灭了。克利斯朵夫看到艺术家中已死的与将死的人太多了:某个青年音乐家朝气蓬勃,天分极高,结果竟被荣名压倒,只想呼吸那种毒害他的谄媚逢迎的空气,只想享乐,只想睡觉。他二十年后的模样,只要看那个坐在沙龙一角的年老的大师便可知道:有钱,有名,一身兼了所有的学士院的会员,登峰造极,似乎用不着再怕什么敷衍什么,而他却对所有的人低头,怕舆论,怕政府,怕报纸,不敢说出自己的思想,并且也不再思想,不再存在,只像载着自己遗骸的驴子一般在人前展览。

而在从前曾经伟大或是可能伟大的那些艺术家和有识之士后面,一定有个女人在腐蚀他们。她们都是危险的,不管是蠢的或是不蠢的,爱他们的或只爱自己的;最好的女子其实是最可怕的:因为她们目光浅陋的感情更容易毁掉艺术家,她们一心要驯服天才,把他压低,把他删除,剪削,搽脂抹粉,直要这天才能够配合她们的感觉,虚荣,平凡,并且配合她们来往的人的平凡才甘心。

克利斯朵夫虽是在这个社会里不过走马看花,但看到的已经足以使他感到危险。想利用他,拿他点缀沙龙的女人,不止一个;克利斯朵夫对于低颦浅笑的勾引也不能说完全无动于衷。要不是他有见识,要不是看到周围那些可怕的榜样,他可能逃不过的。但他并不想替那般看守呆子的美女扩充她们的羊群。倘若她们不是紧紧地盯着他,他所冒的危险倒反更大。大家一朝相信他们中间有着一个天才的时候,照例要来摧残他的。这班人看见一朵花就想把它摘下插在瓶里,——看到一只鸟就想把它关在笼里,——看见一个自由人就想把他变成奴隶。

克利斯朵夫迷惑了一会儿,马上振作起来,把他们一股脑儿丢开了。

运命老是耍弄人的。它会让一般粗心大意的人漏网,但决不放过那些提防的、谨慎的、有先见之明的人。投入巴黎罗网的倒并非克利斯朵夫而是奥里维。

他的朋友的成功使他沾到好处:克利斯朵夫声名的光彩也射到他身上。他此刻比较出名了,不是为了他六年来所写的文章,而是为了他发现克利斯朵夫。所以克利斯朵夫被邀请的时候也有他的份;他陪着克利斯朵夫去,存着暗中监督的意思。但大概他太专心于这件任务了,来不及再顾到自己。爱神在旁边经过,把他带走了。

那是一个头发淡黄的少女:清瘦,妩媚;细致的鬈发,像波浪般围着她的狭窄而神情开朗的额角,淡淡的眉毛,沉重的眼皮,碧蓝的眼睛,玲珑的鼻子,微微翕动的鼻孔,有点凹陷的太阳穴,表示任性的下巴,清秀而肉感的嘴,嘴角向上,很有风韵的笑容仿佛是纯洁的田野之神的笑容。她的脖子长得又长又细,身材细小而苗条,年轻的脸显得很快活,也有点若有所思的神气,笼罩着初春的恼人的谜。——她叫做雅葛丽纳·朗依哀。

她年纪还不到二十岁。家庭是信旧教的,有钱,高尚,头脑很开通。父亲是个聪明的工程师,心思灵巧,做事能干,胸襟宽广,能够接受新思想。他靠了工作,靠了政治关系,靠了他的婚姻,挣了一笔财产。太太是金融界里一个十足巴黎化的漂亮女人,他们的婚姻可以说是爱情的结合,也可以说是金钱的结合,——在这般人心目中,这才是真正爱情的结合。金钱是保留了,爱情可是完了。但还留下一些残余的光辉,因为双方当年都是很热烈的;可是他们并不过分的自命为忠实。各干各的事,各寻各的快乐,彼此照旧很投机,像两个自私自利的好伙计一样,一方面觉得问心无愧,一方面也很谨慎。

女儿是他们中间的桥梁,同时是暗中争夺的对象:因为他们都非常疼她。各人在她身上看到自己的面目,自己的缺陷,——那是各人特别喜欢而被儿童的妩媚加以理想化了的;双方都费尽心机想把女儿抓在自己手里。这个情形自然瞒不过孩子;并且儿童都有一种天真的想法,把自己当做是宇宙的中心,所以她尽量利用机会,刺激父母,使他们比赛谁更爱她。任何使性的行为,倘使一个表示反对,她有把握得到另外一个的赞许;而早先那个反对的因为自己被疏远而气恼,会进一步答应更多的条件。这样她就受着过分的溺爱;幸亏她天性中没有什么坏的成分。——当然她像所有的儿童一样很自私,但因她太受宠太有钱了,从来没遇到阻碍,所以她的自私更带点病态的意味。

朗依哀夫妇虽然疼女儿疼到极点,可决不为她牺牲一些他们个人的方便。白天大部分时间,他们让孩子一个人玩儿。因此她并不缺少幻想的时间。由于早熟,由于人们当着她的面说的不加检点的话——(他们并不为她而有所顾忌)——她六岁的时候就对拿在手里玩的小娃娃讲着恋爱故事,其中的人物是丈夫、妻子、情人。不用说,她这是没有邪念的。等到有天她咂摸到说话后面有着感情的影子,她的故事就不拿小娃娃做对象而给自己保留起来了。她天真无邪,可是欲魔已经在远远地叫吼,仿佛在地平线那一边的、看不见的远钟,有时风中传来几阵声音,不知从哪儿来的,只觉得自己被它包裹了,脸红了,又害怕又快活得喘不过气来。但你对这种情形完全莫名其妙。随后音乐没有了,像来时一样的突兀。什么都听不见了。仅仅有些嗡嗡声,隐隐约约的回音,在碧蓝的天空融化。你只知道应当上那边去,在山的那一面,越快越好:幸福就是在那个地方。啊!要到了那儿才好呢!……

没到达以前,她对于那边的情形想入非非地做着种种猜测。以这个女孩子的头脑而论,要猜到那未来的境界简直是桩大事。她有位年龄相仿的女朋友,西蒙纳·亚当,常常跟她讨论这些重大的问题。各人拿出十二岁上的聪明与经验,听到的谈话和偷看的书作参考。两个小姑娘提着足尖,抓着石头,想从旧墙上瞻望自己的前途。但她们白费气力,以为从墙缝中窥到了什么,其实是一无所见。她们天真烂漫,便是淘气也不无诗意,同时也有巴黎人喜欢嘲弄的脾气。她们说了野话而完全没觉得,并且拿小事看做天一样大。可以在家到处搜索而无人敢阻止的雅葛丽纳,把父亲的书都翻遍了。幸而她的无邪与纯洁的本能,使她没有受什么坏影响:只要一幕稍稍露骨的景象,一句稍为放肆的话,她就不胜厌恶,立刻把书扔掉了;她在下流的队伍中穿过,有如一头小猫在脏水洼里跳出来,居然没沾到泥浆。

小说并不怎么吸引她:那太明确太枯索了。使她心儿颤动而怀着希望的,却是诗人的——当然是谈爱情的诗人的——作品。这等诗人的气质和女孩子的很接近。他们看不见事实,只从欲望或悔恨的三棱镜中想象事实;他们的神气就像她一样伏在旧墙的隙缝中瞧望。但他们知道的事多得很，凡是应该知道的都知道，而且他们用着非常甜蜜与神秘的字眼把它们包裹着，你得小心翼翼地揭开来才能找到……找到……啊！结果什么都没找到，可是永远在就要找到的关头……

两个好奇的孩子一点都不厌倦。她们彼此轻轻地念着阿尔弗莱·特·缪塞和苏利·普吕东的诗句，打着寒噤，以为那就是邪恶的深渊；她们把诗抄下来，互相推敲某些段落的隐藏的意义，而有时根本没有什么隐藏的意义。这些十三岁的小妇人，无邪的，荒唐的，完全不知道什么叫做爱情，可半嬉笑半正经地讨论着爱情与肉欲；她们在课室内当着和善可欺的教员的面，——一个挺柔和挺有礼貌的老头儿，——在吸墨纸上涂些有天被他抄到而为之错愕的诗句：

让我，噢！让我紧紧地搂抱你，
在你的亲吻里喝着狂乱的爱情，
　　一点一滴的，长久的！……

她们进的学校是富家子女上的学校，教员都是教育界里的名流。在这儿，她们的感情可有了发泄的机会。差不多所有的女孩子都钟情于她们的教授。只要他们年轻，长得不太难看，就可使她们神魂颠倒。她们把功课做得挺好，为的要讨她们的偶像喜欢。作文卷子的分数差了一些，她们就得哭一场；被老师赞美几句，她们脸上便红一阵白一阵，还要对他丢几个感激而卖俏的眼风。要是给叫到一边去指点什么或夸奖一番，那简直快乐得像登天一样了。并且要她们喜爱，也无须怎么了不得的人才。教师在体操课上把雅葛丽纳抱到秋千架上的时候，她会浑身发热。此外又有多么剧烈的竞争！多少嫉妒的心理！一个又一个的眼风向老师丢过去，多么谦卑，多么迷人，想把他从一个骄横的情敌手里抢过来！他在教室里一开口，钢笔与铅笔就像飞一般地忙起来。她们并不求理解，主要是不能听漏一个字。她们一边写，一边用好奇的目光偷偷注意偶像的脸色和举动，雅葛丽纳和西蒙纳彼此轻轻地商量："你想他用一条蓝点子的领带好看不好看？"

后来她们又拿些彩色画、荒诞不经的诗句、风花雪月的插图，作为理想人物的根据，——恋着优伶、演奏家、过去的或现存的作家，一忽儿是摩南-舒里,一忽儿是萨曼,①一忽儿是德彪西。想到在音乐会中,沙龙里,街道上,和一些陌生的青年交换的眼风,她们脑筋里马上会组织起一些爱情故事。总之,心里永远需要爱,需要有个爱的借口。雅葛丽纳和西蒙纳彼此无话不谈:这就证明她们并不真有多少感情;并且这也是使自己永远没有深刻的感情的好办法。可是这等心情变成了一种慢性病,她们自己虽然觉得好笑,暗中却在加意培植。两人互相刺激。西蒙纳颇有许多想入非非的念头,但实际是谨慎的。真诚而热烈的雅葛丽纳倒更容易把荒唐的计划实地去做。她不知有多少次差点儿闹出大笑话来……这是少年人常有的情形:有时候,这般可怜的受惊的小动物——(我们都经历过这阶段)——不是差一点自杀,就是差一点投入随便碰到的一个人的怀里。可是侥天之幸,几乎所有的青年都至此为止。雅葛丽纳起了十多封情书的稿子,想寄给那些仅仅见过一面的人;结果都没寄出,除了一封非常热烈的不署名的信,给一个奇丑无比的、俗不可耐的、自私的、无情的、头脑狭窄的批评家。她因为在他的文章里看到有二三行富于感情的表现,就对他倾心了。她也迷着一个住在近边的名演员;每次走过他的屋子心里总想:“要不要进去呢?”

有一回她竟大着胆子走到他住的那层楼上,一到那儿,她却立刻逃了。她能和他说些什么呢?根本没有什么可说的。她并不爱他。她也明明知道。这种疯癫一半是有心哄骗自己,另外一半是需要爱,那是永远少不了的,又甜美又愚蠢的需要。既然雅葛丽纳很聪明,这些她都明白。可是她并不因此而不疯癫。一个心中明白的疯子抵得两个。

她常常出去交际。许多青年都为她着迷,到处有人巴结她,而爱她的也不止一个。她一个都不爱,却和所有的男人调情。她并不把自己可能给人家的痛苦放在心上。一个美貌的少女是把爱情当做一种残忍的游戏的。她认为人家爱她是挺自然的,可是她只对自己所爱的人负责;她真心地相信:谁爱上她就够幸福了。这也难怪,因为她虽然整天想着爱情,其实对爱情一无所知。大家以为在暖室里长大的上流社会的少女,总比乡下女子早熟;实际正是相反。看到的书,听到的话,使她

① 摩南-舒里为十九世纪法国著名悲剧演员;萨曼为十九世纪法国诗人。

念念不忘于爱情,而在她游手好闲的生活中,这念念不忘的心情竟变成了一种嗜好;她有时把一个剧本念熟了,所有的字句都能背了,结果对内容反而毫无感觉。在爱情方面像艺术方面一样,我们不应该去念别人说的话,而应该说出自己的感觉;要是在无话可说的时候急于说话,可能永远说不出东西来。

因此,雅葛丽纳像多数的女孩子一样,靠着别人的感情的残灰余烬过生活,那些灰烬虽然替她维持着骚动的心情,使她双手发热,喉咙干涩,眼睛作痛,可是也使她看不见事物的真相。她自以为认识它们。她并不缺少意志。她尽量地看书,听人家的谈话,东鳞西爪的得了不少知识,甚至也努力省察自己的心。她比周围的人高明,因为她更真。

有一个女子给了她很好的影响,可惜时间太短。那是她父亲的一个不出嫁的姊妹:叫做玛德·朗依哀,年纪在四十至五十之间,长得五官端正,可是表情忧郁,谈不到什么美;她永远穿着黑衣服,举动大方而有点局促,很少说话而声音极低。要没有那双灰色眼睛的清明的目光,和哀怨的嘴角上那个慈祥的笑容,人家简直不会注意到她。

她只在某些没有外客的日子才在朗依哀家露面。朗依哀对她很敬重,心里却有点厌烦。朗依哀太太对丈夫老实表示对她的访问不感兴趣。可是他们为了礼数关系,每星期留她在家吃一顿饭,表面上也不露出敷衍的意味。朗依哀谈着自己的事,那是他永远感兴趣的。朗依哀太太想着别的事,照例笑盈盈的,回答的话常常莫名其妙。彼此相处得很好,礼貌非常周到。并且当知趣的姑母出人意料地提早告退的时候,也颇有些亲热的表示;有些日子,朗依哀太太想到一些特别愉快的往事,她的魅人的微笑便越发显得光彩奕奕。玛德姑母把一切都看在眼里,兄弟家中很有些教她受不了或心里难过的事。但她绝对不露声色:表示出来有什么用呢?她爱她的兄弟,对他的聪明与成就很得意;跟老家里其余的人一样,她认为当初的牺牲和长子现在的成就比较之下,并不算付了过高的代价。但她至少对他保持着批评精神。和他一样聪明,精神上比他更坚实更刚强,——(法国很多女人都比男人高明,)——她把他看得很明白;他征求她意见的时候,她会老老实实说出来。可是朗依哀久已不来请教她了！他认为最好是不要知道那些意见,或者是——(因为他和她一样明白)——闭上眼睛。她为了高傲,远远地躲在一边。谁也不关切她的内心生活。大家觉得还是不知道更方便。她过着独身生活,难得出门,只有很少的几个并不十分亲密的朋友。她不难利用兄弟的交际和自己的才能:但她并不利用。她在巴黎有名的杂志上写过两三篇关于历史和文学的文章,那种朴素、确切、特殊的风格曾经受到注意。她可是至此为止。和一般关切她而她也乐于认识的优秀人士,她很可能交些有意思的朋友。但他们尽管表示亲近,她只是不理。有时她在戏院订了座,预备去看她心爱的作品上演,结果竟没有去;而在能够做一次她所喜欢的旅行的时候,临了还是留在家里。她的性格是禁欲主义和神经衰弱的奇怪的混合物。但神经衰弱绝对没有损害到她思想的淳朴。她的生命是受伤了,精神却并没有。唯有她一个人知道的一个旧创,在她心上留下了痕迹。而更深刻更暧昧的,——连她自己也不知道的,——是命运的烙印,是已经在那里摧残她的潜伏的疾病。——然而朗依哀一家只看见她那双有时使他们难堪的雪亮的眼睛。

雅葛丽纳在无愁无虑的快乐的时候,——这是她幼年的正常状态——根本不大注意到姑母。但她到了一个年纪,身心都骚动起来,使她在莫名其妙的神魂颠倒的时间,虽然并不长久、但觉得自己要死去一般的时间,尝到了悲苦、厌恶、恐怖、郁闷的滋味,——像个孩子淹在水里而不敢喊救命的时候,那她在身旁就只看见玛德姑母对她伸着手了。啊！其余的人和她离得多远！父母都像外人似的,面上亲切而实际自私,又是那样自满,哪有心思来理会一个十四岁的小娃娃的悲伤！但姑母是懂得的,并且和她表示同情。她一句话都不说,只是非常纯朴地笑笑,隔着饭桌对雅葛丽纳挺和善地瞧一眼。雅葛丽纳觉得姑母了解她,便躲在她身旁。玛德不声不响,只拿手摩着雅葛丽纳的头。

于是她信赖姑母了,心中一不好过就去访问这位好朋友。不论什么时候去,她有把握可以遇到同样宽容的眼睛,把它们的恬静灌注一部分到她心里。她并不和姑母提起她幻想的罗曼史,那她要觉得害羞的;她也感到那绝对不是真的。但她说出她渺渺茫茫的、深刻的、更实在的苦闷。

“姑妈,”她有时叹了口气说,“我多么愿意幸福啊!”

“可怜的孩子!”姑妈微微笑了笑。

雅葛丽纳把头枕在她膝上,吻着那抚摩她的手:“我将来能幸福吗？姑妈,告诉我,我将来能幸福吗?”

“我不知道,亲爱的。一半要靠你……一个人愿意幸福的时候一定会幸福的。”

雅葛丽纳表示不信。

“那末你幸福吗？你?”

玛德凄凉地笑笑:“幸福的。”

“可是真的？你可真是幸福的?”

“难道你不信吗?”

“信是信的。可是……”雅葛丽纳停住了。

“怎么呢?”

“我要幸福,可不是像你那种方式的。”

“可怜的孩子！我也希望如此。”玛德说。

“真的,”雅葛丽纳坚决地摇摇头,继续说,“像你那样,我先就受不了。”

“我也想不到自己会受得了。可是有许多办不到的事,人生会教你办得到。”

雅葛丽纳听了不大放心,回答说:“噢！我可不愿意学这一套,我要的幸福一定得合我自己心意的那种。”

“可是人家问你究竟要怎么样的幸福,你就答不出了。”

“我很知道我要什么。”

她要的事多得很。可是要她举出来,她只找到一件,翻来覆去像复唱的歌词一样:

“第一,我要人家爱我。”

玛德不出一声,做着针线。过了一会儿,她说:“倘使你不爱人家,单是人家爱你有什么用?”

雅葛丽纳愣了一愣,回答:“可是,姑妈,我说的当然是限于我所爱的人！其余的都不算的。”

“要是你一无所爱又怎么呢?”

“你这话好怪！一个人总是有所爱的。”

玛德摇摇头,表示怀疑。“一个人并不能真爱,只是心里要爱。爱是上帝给你的一种恩德,最大的恩德。你得求他赐给你。”

“倘使人家不爱我呢?”

“人家不爱你,你也得这样。你会因之更幸福。”

雅葛丽纳拉长着脸,装出气恼的模样:“我可不愿意,我对这个一点不感兴趣。”

玛德很亲热地笑了,望着雅葛丽纳叹了口气,随后又做她的活儿。

“可怜的孩子!”她又说了一遍。

“你为什么老说可怜的孩子?”雅葛丽纳不大放心地问,“我不愿意做个可怜的孩子。我多么希望幸福呢!”

“就因为此我才说:可怜的孩子!”

雅葛丽纳有些恼了。但不久也就过去了。姑母笑得那么尽兴,使她沉不下脸来。她一边假装生气一边拥抱她。其实,一个人在这个年龄上听到自己将来——在很远的将来——会有点儿悲哀的事,反而是得意的。从远处看,人生的不幸还很有诗意呢;一个人最怕庸庸碌碌的生活。

雅葛丽纳完全没觉察姑母的脸色越来越惨白,只注意到她出门的次数越来越少,以为那是她喜欢待在家里的怪脾气,雅葛丽纳还常常因之取笑她。有一两次她去探望的时候,碰到医生出门。她就问姑母:“你病了吗?”

姑母回答:“只是一点儿小病。”

可是她连每星期上朗依哀家吃一顿饭都不去了。雅葛丽纳气愤地去质问她。

“好孩子,”玛德很温和地说,“我累了。”

雅葛丽纳不相信,以为是推托。

“哼,每星期上我们家来两小时就累了吗？你不喜欢我。你只喜欢待在你那个火炉旁边。”

她回家得意扬扬地把这些刻薄话讲出来，不料立刻被父亲训了几句：

“别跟姑妈去烦！你难道不知道她病得很凶吗？”

雅葛丽纳听着脸都白了；她声音颤抖地追问姑母害了什么病。人家不肯告诉她。最后她才知道是肠癌，据说姑母只有几个月的寿命了。

雅葛丽纳心里害怕了好几天，等到见了姑母才宽慰一些。玛德还算运气，并不太痛苦。她依旧保持着安详的笑容，在透明的脸上映出内心的光彩。雅葛丽纳私下想：

“大概不是吧。他们弄错了，要不然她怎么能这样安静呢？……”

她又絮絮叨叨地讲那些心腹话，玛德听了比从前更关切了。可是谈话中间，姑母有时会走出屋子，一点不露出痛苦的神色；她等剧烈的疼痛过去了，脸色正常了，才回进来。她绝口不提自己的病，竭力掩饰；也许她不能多想它；她明明知道受着病魔侵蚀，觉得毛骨悚然，不愿意把思想转到这方面去；她所有的努力是在于保持这最后几个月的和平恬静。可是病势出人意料地急转直下。不久她除了雅葛丽纳以外不再接见任何人。后来雅葛丽纳探望的时间也不得不缩短。后来终于到了分别的日子。姑母躺在几星期来没离开过的床上，跟小朋友告别，说了许多温柔与安慰的话。然后她关起门来等死。

雅葛丽纳有几个月工夫非常痛苦。姑母死的时候，她正经历着精神上最苦闷的时期；在这种情形之下能支持她的原来只有姑母一个人。此刻她可孤独到极点。她很需要一种信仰做依傍。从表面上看，这种倚傍似乎不会缺少的：她从小就奉行宗教仪式；她的母亲也是的。但问题就在这儿：母亲是奉行仪式的，玛德姑母却并不：怎么能不把她们做比较呢？大人们视若无睹的谎言逃不过儿童的眼睛，他们很清楚地看到许多弱点与矛盾。雅葛丽纳发觉母亲跟一般自称信仰宗教的人照旧怕死，仿佛没有信仰一样。真的，靠宗教是不够的……此外，还有些个人的经验，反抗，厌恶，一个笨拙的忏悔师伤害她的说话……都使她怀疑宗教。她继续上教堂去，可是并无信仰，只像拜客一样，表示自己有教养。她觉得宗教像世界一样空虚。唯一的救星是对于死者的回忆，她把她完全裹在身上了。她悔恨当初不该逞着青年人自私的脾气而忽视姑母,如今是叫也叫不应了。她把她的面目理想化;而玛德留下的深刻的韬晦的生活榜样,使她讨厌社会上那种不严肃不真实的生活。她眼中只看见它的虚伪;而那些可爱的诱惑,在别的时间会使她觉得好玩的,此刻却使她深恶痛绝。她患着神经过敏症。无论什么都会教她痛苦;她的意识一点儿不受蒙蔽。凡是一向因为漠不关心而没注意到的事,她现在统统看到了。其中有一件竟把她伤害入骨。

有天下午,她在母亲的客室里。朗依哀太太正在见客,——一个时髦画家,装腔作势的小白脸,是她们家的熟客,但并非十分知己的朋友。雅葛丽纳觉得自己在场使母亲跟客人都不方便,因此她愈加留着不去了。朗依哀太太有点儿不耐烦,轻微的偏头痛使她昏昏沉沉,再不然是被今日的太太们像糖果一般咬着的头痛丸搞糊涂了,不大留神自己的话。她无意之间把客人叫做"我的心肝……"

她立刻发觉了。他也和她一样的不动声色。两人继续用客气的口吻谈下去。正在一旁沏茶的雅葛丽纳心中一震,差点儿把一只杯子滑在地下。她感觉到他们在背后交换着会心的微笑。她转过身来,果然看到他们心照不宣的目光,一下子就给遮掩过去了。——这个发现把她吓坏了。雅葛丽纳从小过着放任的生活,不但常常听到这一类的玩意儿,她自己也会嘻嘻哈哈地提起的,可是这一回竟感到难以忍受的痛苦,因为看见她的母亲……她的母亲,那事情可不同了!以她惯于夸大的性情,她从这一个极端转到另一个极端。至此为止,她对什么都不猜疑的。从今以后,她对一切都猜疑了。她想着母亲过去的行为,推详某些小节。没有问题,轻佻的朗依哀太太犯嫌疑的地方太多了,但雅葛丽纳还要加些上去。她很想接近父亲;他跟她一向比较密切,而他的聪明也对她很有吸引力。她愿意多爱一些父亲,对他表示同情。可是朗依哀似乎不需要人家为他抱怨;于是这神经过敏的少女又起了疑心,比对母亲的猜疑更可怕,就是说父亲是什么都明白的,但认为假作痴聋更方便;只要自己能够为所欲为,别的事他都不放在心上。

于是雅葛丽纳觉得没希望了。她不敢鄙薄他们。她爱他们。可是她在这儿过不下去了。西蒙纳的友谊对她并没帮助,她很严厉地批判她从前的伴侣的弱点,对自己也不随便放过,看到自身的丑恶与平庸大为痛苦,只无可奈何地回想着纯洁的姑妈。但这些回忆也慢慢地消失了;时间的洪流把它们淹没了,把它们的痕迹洗掉了。由此可见,一切都是要完的;她将来要跟别人一样地掉在污泥里……噢！无论如何都得跳出这个世界！救救我啊！救救我啊！……

就在这个又狂乱又孤独、又厌世又热烈的时期,抱着神秘的等待的心情、向着一个无名的救主伸手乞援的时候,雅葛丽纳遇到了奥里维。

朗依哀太太和大家一样邀请了那个冬天走红的音乐家克利斯朵夫。克利斯朵夫来了,照例不想讨人喜欢。朗依哀太太可仍旧觉得他可爱:——只要在当令的时候,他拿出无论什么态度都可以;人家总觉得他可爱的;这往往是几个月的事。雅葛丽纳并不觉得他怎么了不起,克利斯朵夫受到某些人的恭维先就使她不信任。何况他粗鲁的举动,高声的说话,快活的心情,都教她看不上眼。以她那时的心境,生活的兴致显得是鄙俗的;她所追求的是凄凉的,半明半暗的境界,自以为喜欢这个境界。克利斯朵夫身上的光太强了。但他谈话之间提起了奥里维:他需要把他的朋友跟他一切愉快的遭遇连在一起。他把奥里维说得那么有意思,使雅葛丽纳以为看到了一个合乎理想的人物。她要母亲把奥里维也邀请了。奥里维并不马上接受:而在他姗姗来迟的那个时期之内,克利斯朵夫和雅葛丽纳更能从从容容地描成一个幻想的奥里维的肖像,而等到他决意应邀而来的时候,真正的面目跟那幻想的图画也不会不像了。

他来了,可很少说话,也不需要说话。他的聪明的眼睛,他的笑容,他的文雅的举止,浑身上下那种光辉四射的恬静,自然把雅葛丽纳迷住了。再加有克利斯朵夫在旁边做对照,更烘托出奥里维的妙处。但她脸上全无表示,因为怕正在心中萌动的感情;她继续跟克利斯朵夫谈话,谈的却是奥里维的事。克利斯朵夫能够谈到他的朋友,得意极了,根本没注意雅葛丽纳听得津津有味。他也提到自己,而她虽然毫无兴趣,也殷勤地听着,随后又不着痕迹地把话题扯上跟奥里维有关的故事。

雅葛丽纳的风情对于一个不自警戒的人是很危险的。克利斯朵夫不知不觉已经给她迷住了:他喜欢常常到她家里去,开始注意自己的装束;他熟识的那种感情又笑眯眯地混入他所有的幻想中来了。奥里维从最初几天起也入了迷,以为对方冷淡他,暗中很难过。克利斯朵夫高高兴兴地把自己和雅葛丽纳的谈话告诉他听,更增加他的痛苦。奥里维根本没想到自己会讨雅葛丽纳喜欢。虽然因为跟克利斯朵夫一起生活,他看事比较乐观了些,但仍旧没有自信;他把自己看得太清楚了,不相信会得到人家的爱。——其实,倘若一个人的被爱要靠他本身的价值而不是靠那个奇妙与宽容的爱情,那末够得上被爱的人也没有几个了。

一天晚上,他受着朗依哀家的邀请,但觉得再去看那个冷淡的雅葛丽纳太难堪了,便推说疲倦,教克利斯朵夫一个人去。蒙在鼓里的克利斯朵夫挺快活地去了。以他天真的自私心理,他只想着和雅葛丽纳单独相对的快乐。可是他得意的时间并不久。一听到奥里维不来的消息,雅葛丽纳马上扮起一副懊丧的、气恼的、烦闷的、失望的脸;她再也不想讨人喜欢了,也不听克利斯朵夫说的话,只随便回答几句。他甚至非常难堪地看见她掩着嘴,不耐烦地打了个呵欠。她真想哭出来。突然之间她走出客厅,不再露面了。

克利斯朵夫不胜狼狈地回去,一路上推敲这种突如其来的改变态度究竟是怎么回事,慢慢地居然看到了一点儿真相。回到家里,奥里维等着他,装着若无其事的神气问他晚会的情形。克利斯朵夫把那桩不如意事讲给他听。他一边讲着一边看到奥里维脸色渐渐开朗起来。

“你不是累了吗?”他问,“干吗不睡呢?”

“噢,我觉得好多了,”奥里维回答,“我不累了。”

“对啦,”克利斯朵夫很俏皮地说,“你今晚不去,的确使你精神恢复不少。”

他亲切地、狡狯地望了望奥里维,回到自己房里去了。到了那儿,他笑了,轻轻的,可是笑得连眼泪都淌了出来:

“坏东西!”他心里想,“她居然拿我开玩笑!而他也在耍我。想不到他们俩有这一手!”

从此他把自己对雅葛丽纳的念头一齐丢开,而像孵着小鸡的母鸡一样去孵育两个小情人的罗曼史，表面上只做不知道他们的秘密，也不代他们之中任何一个向对方揭破，只在暗中帮助他们。

他一本正经地以为自己的责任应当把雅葛丽纳的性格研究一番，以便决定奥里维跟她在一起是否能幸福。因为笨拙，他就向雅葛丽纳提出许多古怪的问话使她气恼，有的是关于趣味方面的，有的是道德方面的……

“岂有此理！他这样问长问短是什么意思？”雅葛丽纳愤愤地转过背去想。

奥里维看见雅葛丽纳不再关切克利斯朵夫，高兴极了。而克利斯朵夫看见奥里维高兴也高兴极了。他甚至把自己的快乐表现得比奥里维更露骨。雅葛丽纳看了莫名其妙，她万万想不到克利斯朵夫在他们的爱情中看得比她还清楚，所以只觉得他讨厌至极，不懂奥里维怎么能为一个这样粗俗的朋友入迷。克利斯朵夫猜到这点，有心捉弄她，惹她生气。随后他推说事忙，谢绝了朗依哀家的邀请，让雅葛丽纳和奥里维单独相处。

可是他对于前途还是很担忧，自以为对这桩酝酿中的婚事有很大的责任，心里很烦恼，因为他把雅葛丽纳看得相当准确，担心着许多事：第一是她的有钱，其次是她的教育，她的环境，尤其是她的弱点。他想起从前的女朋友高兰德。没有问题，雅葛丽纳为人更真，更坦白，更热情，对于勇敢的生活很有点向往之情，也有英勇壮烈的志愿。

“但单是有志愿还不够，”克利斯朵夫想道，“还得有魄力。”

他想把危险通知奥里维。但一看见奥里维从雅葛丽纳那边回来，眼中闪着快乐的光彩，他就没勇气开口了，心里想：“两个孩子很快活。别扰乱他们的幸福罢。”

对奥里维的友爱慢慢地使他感染到奥里维的信心。他终于相信雅葛丽纳的确是像奥里维所看到的，也是像她自己所愿意看到的那种人物。她意志多么坚强！她爱奥里维，就是爱他不同于她和她的社会的地方。她爱他，因为他清贫，因为他在道德观念上不肯让步，因为他在社会上不善于应付。她爱奥里维爱得那么纯洁那么彻底，恨不得自己和他一样穷……有时还恨不得要自己变得丑，因为这样她可以更加肯定奥里维爱她是为了她本身,为了她的一腔热爱,那是他渴望的……啊!有些日子,他在眼前的时节,她觉得自己脸色发白,双手发抖。她勉强嘲笑自己的激动,故意装做关心别的事,不去瞧他,用讥讽的口吻说话。可是她突然停下来,躲到卧室里去,关上门,下了窗帘,坐在那儿,两个膝盖紧挤着,交叉着手臂抱着胸部,压制自己的心跳。她凝神屏气地待在那里,一动也不敢动,唯恐惊散了那幸福的境界。她一声不出地把爱情紧紧抱着。

现在克利斯朵夫一心一意只关切奥里维的成功,像母亲一样地照顾他,留心他的修饰,对他的衣着发表意见,替他打领带。奥里维很耐心地由他摆布,宁可到了楼梯上拆开领带重新打过。他心里好笑,但对这种亲切的表示非常感动。爱情使他胆怯,不敢信任自己了,所以他很愿意请教克利斯朵夫,把会面的经过告诉给他听。克利斯朵夫和他一样的激动,有时会在夜里几小时地搜索枯肠,替朋友的恋爱设计划策。

在巴黎近郊,亚当岛森林近旁的一个小地方,在朗依哀家别庄的大花园里,奥里维和雅葛丽纳有了一次确定终身的谈话。

克利斯朵夫陪着朋友一同在那里;但他在屋子里发现了一架风琴,便弹着琴,让两个人双双地散步去了。——其实他们不希望他这样。他们怕单独相对。雅葛丽纳不声不响,有点儿敌意。上次见面的时候,奥里维已经发觉她态度突然变得冷淡,目光显得残酷,甚至有敌对的意味。他看了心都凉了。他不敢盘问,怕从爱人嘴里听到什么残忍的话。那天看到克利斯朵夫一离开,他心就发抖,觉得唯有克利斯朵夫在场才能使他不至于受到意料中的打击。

雅葛丽纳爱奥里维的心并没有消减。她只有更爱他。就因为此,她对他有点儿敌意。她从前当做游戏而那么渴望的爱情,此刻来了,在她面前了;但她看到它在脚下变了个窟窿,便吓得往后倒退。她弄不明白了,心里想:"可是为什么?为什么?这是什么意思呢?"

于是她望着奥里维,用着那种使他痛苦的目光,又想:"这男人是谁呀?"

她不知道。

“我为什么爱他呢?”

她不知道。

“我爱不爱他呢?”

她不知道……不知道;但她知道她是被抓住了;被爱情抓住了,她自己将要完全消灭在爱情中间,她的意志,她的独立,她的自私,她对于未来的梦想,一切都要在这个怪物身上消灭。于是她气愤愤地跳起来,有些时候简直恨奥里维了。

他们直走到花园尽处,到了有一行大树和草坪隔离着的菜园里,迈着细步在小径上走:两旁种满了红醋栗树,挂着许多红的深色的果实,还有一畦畦清香扑鼻的杨梅。时方六月,阵雨之后气候很凉爽。天空灰灰的,只有半明半暗的光;低低的云大块大块地随着风沉重地移动。但这阵来自远方的风一丝都吹不到地上来:连一张树叶都不动。无限凄凉的气息笼罩着一切,笼罩着他们的心。而在花园那一头,从那望不见的别庄的半开的窗子里,传来一阵风琴声,奏着约翰·赛巴斯蒂安·巴赫的《降 E 小调赋格曲》。他们俩紧挨着坐在井栏上,脸色惨白,一声不出。奥里维看见雅葛丽纳脸上淌着眼泪。

“你怎么哭啦?”他嘴唇抖动着,轻轻地问了一声。

而他的眼泪也淌了出来。

他拿着她的手。她把头靠在奥里维肩上。她不想再抗拒了,她给打败了;这才松了口气!……两人轻轻地哭着,听着音乐,沉重的云无声无息地在头上移动,仿佛就在树颠上掠过。他们想着自己过去的痛苦,——也许还想着将来的痛苦。在一个人的命运周围酝酿的哀愁,有时会由音乐突然透露出来……

过了一会儿,雅葛丽纳擦擦眼睛,望着奥里维。突然之间他们拥抱了。噢!无可形容的幸福!神圣的幸福!这样的甘美,这样的深邃,甚至令人感到痛苦了!……

雅葛丽纳问:“你的姊姊像你吗?”

奥里维吃了一惊:“你为什么提起她？难道你认识她吗?”

“克利斯朵夫讲给我听的……你曾经非常痛苦,可不是?”

奥里维点点头,感动得答不上话来。

“我从前也很痛苦的。”她说。

于是她讲起她的亡友,亲爱的玛德姑母,很心酸地说她曾经哭得死去活来。

“你会帮助我的,是不是?”她用着哀求的口吻说,“帮助我生活,做个好人,把可怜的姑妈做榜样！你喜欢我的姑妈吗,你?”

“她们俩我们都爱。正如她们俩也会彼此相爱。”

“可惜她们不在这儿了。”

“她们在这儿呀!”

两人紧紧抱着,连彼此的心跳都感觉到。忽然来了阵细雨,使雅葛丽纳直打寒噤。

“我们进去罢。”她说。

树荫底下差不多已经黑了,奥里维吻着雅葛丽纳潮润的头发;她向他仰起头来,他的嘴唇第一次感觉到那动了爱情的嘴唇,那种少女的灼热而有点龟裂的嘴唇。他们差点儿晕过去了。

快到屋子的时候,他们又停下来。

“以前我们多孤独啊!”他说。

他已经把克利斯朵夫给忘了。

可是他们立刻想起他。琴声已经没有了。他们走进屋子。克利斯朵夫把肘子靠在风琴上,双手捧着脑袋,也想着许多过去的事。他听见开门才从幻梦中惊醒过来,对他们和颜悦色,堆着一副庄严而温柔的笑容。他看到他们的眼睛就知道了经过的情形,便握着他们的手,说道:“坐下吧。让我弹些东西给你们听。”

他们坐下了,他在琴上把胸中所有的感情,对他们俩所有的爱,一齐倾诉了出来。弹完之后,三个人都一声不响。随后他站起身子瞧着他们。他的神气多么和善,比他们老成多了,坚强多了！她这才破题儿第一遭体会到克利斯朵夫的心。他把他们俩都搂在怀里,对雅葛丽纳说:“你很爱他是不是？你们都非常相爱吧?”

两人都觉得对他感激不尽。可是克利斯朵夫马上转变话题,高声笑着,走向窗子,跳到花园里去了。

以后的几天,他劝奥里维向雅葛丽纳的父母求婚。奥里维不敢,怕遭到意料中的拒绝。克利斯朵夫同时也逼他去找个差事。假定两老答应了,奥里维在不能谋生的情形之下,就不能接受雅葛丽纳的财产。奥里维跟他一般想法,可不同意他对于跟有钱的女子结婚所抱的过分警戒而近乎可笑的态度。克利斯朵夫始终认为财富是毒害心灵的。他最喜欢引用一个哲人对一个为灵魂得救问题操心的富家妇说的话:

"怎么,太太,您有了百万家私,还想有一颗不朽的灵魂?"

"你得提防女人,"他半正经半取笑地和奥里维说,"提防女人,特别是有钱的女人!女人爱艺术,也许是真的;但她把艺术家压得透不过气来。有钱的女人可是把艺术跟艺术家都伤害了。财富是一种病。女人比男人更受不住。所有的富人都是不正常的……你笑吗?你笑我吗?哼!难道一个富翁会懂得什么叫做人生?难道他跟艰苦的现实有什么接触?他尝过饥寒交迫的滋味吗?闻到过用自己的劳力换来的面包的味道吗?感觉到自己胼手胝足去垦殖的土地的气息吗?他懂得什么众生万物?连看都看不见呢!……我小时候有几次给人家带着坐了大公爵的马车出去玩。车子走过我每根草都熟悉的草原,穿过我独自奔驰而心爱的树林。可是那时我什么都看不见了。所有那些可爱的景致,都变得像带我游览的那些糊涂虫一样的僵死,一样的不自然。那批昏庸老朽的人好比幕一般把草原跟我的心隔断了;不但如此,只要脚下踏着木板,头上盖着车顶,就可以使我和天地绝缘。要能感到大地是我的母亲,必须把我的脚踩入它的肚子里,好似一个初见光明的新生儿一样。财富斩断大地跟人类的联系,斩断所有大地之子相互间的联系。这样,你怎么还能成为一个艺术家?艺术家是大地的声音。一个有钱的人不能成为一个大艺术家。如果能够,那末在这样水土不宜的环境中,他必须有胜过别人千倍的天才。而且即使成功了,他也免不了是一颗暖室里培养出来的果子。连伟大的歌德也没用:跟他的心灵配搭的是萎缩的四肢,他缺少那些被财富斩断的主要器官。你既没有歌德的气魄,势必被财富吞掉,尤其被一个有钱的妻子吞掉,这一点在歌德至少是避免了的。单身的男人还可以抗拒灾难。他有一股天生的强悍之气,有些坚韧的本能把他跟土地连在一块儿。但女人是容易中毒的,还要把毒素传给别人。她喜欢闻财富的那股加着香料的臭气。她有了资财而还能保持心灵的健康简直是奇迹,好似一个百万富翁有天才一样……而且我不喜欢妖魔。凡是财产超过生活需要的人就是一个妖魔,——一个侵蚀他人的癌。"

奥里维笑道:"可是,我总不成因为雅葛丽纳不穷而不爱她,也不能硬要她为了爱我而变得穷。"

"你要是救不了她,至少得救你自己!而这还是救她的最好的方法。你得保持纯洁。你得工作。"

奥里维无须克利斯朵夫告诉他这些顾虑。他比他更敏感。并非他把克利斯朵夫对财富的诅咒当真,他自己也是有钱人家出身,绝对不鄙薄财产,而且认为财产和雅葛丽纳俊俏的脸蛋非常适配。但他受不了人家猜疑他的爱情是为了图利,所以要求重进教育界。目前所能希望的只有一所内地中学里一个很普通的职位。这便是他所能献给雅葛丽纳的可怜的新婚礼物。他很不好意思地和她谈起此事。雅葛丽纳先是不能接受他的理由:以为这种过分的要强是克利斯朵夫影响他的,她认为可笑的;一个人真有爱情的时候,和所爱的人同甘共苦不是挺自然的吗?拒绝爱人乐于贡献给他的优惠,不是矫情吗?……可是临了,她仍赞同了奥里维的计划;因为这计划中间颇有些苦涩与不愉快的成分,她才下了决心,觉得这倒是一个机会可以满足她牺牲的热情。姑母的死惹动了她对环境的反抗,爱情更把她刺激得兴奋起来。凡是自己天性中跟神秘的热情不相容的成分,她一概加以否定;她仿佛引满了一张弓要把自己的生命向一种理想射去,而所谓理想便是极纯洁、极艰苦,同时又有幸福的光辉的生活……将来的阻碍,清苦的境况,对她都变成了欢乐。那才是多美妙的境界!……

朗依哀太太一心只管着自己,没工夫留意周围的事。最近她只想着健康问题,整天忙着她那些莫须有的病,一会儿试试这个医生,一会儿试试那个医生:每个新医生都是救星;过了十五天可又得换一个。她几个月的不待在家里，住着费用浩大的疗养院，不胜虔诚地做种种可笑的治疗，把女儿和丈夫统统给忘了。

比较关心家庭的朗依哀先生开始猜到女儿的计划了。那是他为父的嫉妒心理提醒他的。他对雅葛丽纳素来有着谜一般的温情，为许多父亲对女儿都感觉到而不肯承认的；那是一种神秘的，肉感的，几乎是神圣的好奇心，使一个人想在自己的化身，是自己的骨肉而是个女人的人身上再生。在这等幽密的心情中间，有些影子与暗淡的闪光，还是不知道的好。至此为止，他觉得女儿使青年们疯魔很好玩：他喜欢她这样：卖弄风情，想入非非，可是头脑清楚——像他自己。但他看到事情弄假成真就不放心了。他开始在雅葛丽纳前面取笑奥里维，后来又用一种相当尖刻的口吻批评他。雅葛丽纳先是笑笑，说："别说他这么多坏话，爸爸，你以后要发窘的，倘使我嫁了他。"

朗依哀先生高声嚷起来，把她当做疯子。这才是使她完全成为疯子的好方法！他说她永远不能嫁给奥里维。她说非嫁他不可。幕揭开了。他发现她已经不把他放在心上。做父亲的自私心不禁大为气愤。他赌咒说再不让奥里维和克利斯朵夫上门。雅葛丽纳听了气坏了。有天早上，奥里维开出门来，看见她像一阵狂风似的卷进屋子，脸色发白，非常坚决地对他说："你把我带走罢！爸爸妈妈不答应。我却非要不可。我不回去了。"

奥里维又是惊骇又是感动，并不想和她从长计议。幸而克利斯朵夫在家。平常他是最没理性的，那天倒反劝他们讲理性了。他说他们这样会闹出丑事来，以后更痛苦了。雅葛丽纳怒不可遏地咬着嘴唇，回答说："以后我们自杀就完了。"

这句话非但没有把奥里维吓倒，反而使他打定了主意。克利斯朵夫好容易教两个疯子姑且耐着性子；他说在用到这最后一着之前，总得试过其他的方法：雅葛丽纳先回家，由他去看朗依哀先生做说客。

古怪的说客！他才说了几句，朗依哀先生差点儿撵他出门；然后他又觉得事情可笑。来客的严肃、诚实、深信不疑的态度，慢慢地使听的人动容了；然而朗依哀始终表示不动心，继续说些讥讽的话。克利斯朵夫只做不听见；可是逢到对方来一下特别尖锐的冷箭，他也停下来，不

声不响地迟疑一会儿;随后又往下说。到了一个时候,他把拳头往桌上敲了一下,说道:

“请你相信我一句话:我这次的拜访对我并不是一件有趣的事:我真得竭力压制自己才能不来挑剔你某些措辞;可是我认为我有权利对你说话,所以我就说了。请你像我一样的客观一些,把我的话考虑考虑。”

朗依哀先生听着;一听见自杀的计划,他耸耸肩膀,装做一笑置之;但心里的确震动了。以他的聪明,决不致把这种威吓当做玩笑看;他知道应该顾到痴情女子的疯狂。从前他有个情妇,平素嘻嘻哈哈的,脾气挺好,他认为决不会实行她的大话的,居然当着他的面把自己打了一枪,当场并不就死;那一幕他现在又觉得如在目前了……对付那些疯疯癫癫的女孩子简直毫无把握。想到这儿,他不由得一阵心酸……“她自己要吗?那末好吧,傻孩子活该倒霉!……”当然,他可能用点手段,假作应允,把日子拖一拖,再慢慢地使雅葛丽纳疏远奥里维。可是这样非得花一番他不愿意或不能花的心血。何况他也是个软心人;因为他曾经恶狠狠地对雅葛丽纳说过一声“不!”现在就不为不忍而愿意说一声“好!”了。归根结底,世界上的事谁说得准呢?或许孩子的看法是对的。主要是两人相爱。朗依哀先生也并非不知道奥里维是个正人君子,也许还有才气……因此他同意了。

结婚前一天,两个朋友厮守了半夜没睡觉。他们对于一个可爱的过去的最后几个钟点,都想好好地领略一番。可是眼前这个时间已经是过去了。好似那些凄凉的离别,在车子开行以前大家执意要留在月台上,彼此瞧着,说着话,但心早已不在这儿;朋友已经远去了……克利斯朵夫一句话说到半中间,发觉奥里维心猿意马的眼神,便停下来,笑了笑,说:“你已经不在这儿了!”

奥里维不胜惶恐地道歉,因为自己在最后一段亲密的时间这样分心,觉得很难过。但克利斯朵夫握着他的手,说:“算了罢,别勉强。我很快活。你做你的梦罢,孩子。”

他们偎依着站在窗口,望着黑暗中的花园。过了一会儿,克利斯朵夫对奥里维说:

“你想逃开我吗？你以为可以躲掉我了？你想着你的雅葛丽纳。可是我会追上来的。我也想着她。”

“好朋友，”奥里维回答，“我何尝不想你！即使……”说到这儿他停住了。

克利斯朵夫笑着把他的话接下去：“……即使要想着我是多么不容易！……”

参加婚礼的时候，克利斯朵夫穿扮得很体面，可以说很漂亮了。他们不用宗教仪式；奥里维是因为对宗教冷淡，雅葛丽纳是因为存着反抗的心，两人都不愿意要。克利斯朵夫写了一个交响乐体裁的曲子预备在区公所演奏；但到最后一刻，他明白了公证结婚是怎么回事，便把音乐放弃了，认为那是可笑的，表示一个人既没有信仰，也没有自由思想。一个真正的旧教徒好容易变成了自由思想者，并非要把一个公务人员变成教士。在上帝与自由良心之间，绝无理由把国家拉来代替宗教。国家只管登记，不管结合。

奥里维和雅葛丽纳结婚的情形，使克利斯朵夫觉得幸而没有把音乐放到典礼中去。区长俗不可耐地恭维着新夫妇，恭维着新娘的有钱的家庭和那些挂着勋章的证婚人。奥里维心不在焉地，含讥带讽地听着。雅葛丽纳可完全不听，偷偷地向冷眼觑着她的西蒙纳吐舌头；她曾经跟她赌东道，说结婚“决不会使她紧张”，她现在快要赢这个东道了：她简直不大想到结婚的就是自己，即使想到也只觉得好玩。其余的人都是为了来宾而装腔作势，来宾也都拿着手眼镜瞧他们。朗依哀先生只管在人前卖弄；虽然对女儿的感情那么真，他当时最注意的还是宾客，心里想有没有漏发什么请帖。唯有克利斯朵夫很激动；他仿佛一身兼了父母、结婚当事人和区长这许多角色。他目不转睛地盯着奥里维，奥里维可并不瞧他。

晚上，新人动身上意大利。克利斯朵夫和朗依哀先生送他们到车站，看见新夫妇很快乐，毫无遗憾，也不隐瞒他们巴不得快点走掉的心绪。奥里维像一个少年人，雅葛丽纳像一个小姑娘……这一类离别使人非常惆怅。父亲眼看着女儿被一个陌生人带走……从此跟他越离越远。但他们只感到一股解放的醉意。什么束缚都没有了,什么阻碍都没有了,他们自以为到了人生的顶点,万事齐备,用不着再怕什么,可以死而无憾了……过后,他们才知道这不过是一个阶段。拐过了山峰,又是遥遥前途摆在那里;而且很少人能到达第二个阶段……

火车在黑夜里把他们带走了。克利斯朵夫和朗依哀一同回去,俏皮地说了句:

"咱们现在都是鳏夫了!"

朗依哀先生笑了。他们道了再会,各自走上回家的路。两人都很难过。但那是一种又悲伤又甜美的感觉。克利斯朵夫自个儿在卧室里想道:"现在我生命中最高尚的一部分得到了幸福了。"

奥里维的屋子里一切都保持原状。两位朋友约定:在奥里维没回来搬家之前,他的家具和纪念物照旧存在克利斯朵夫那边。所以他还是在眼前。克利斯朵夫瞧着安多纳德的照相,拿来放在自己桌上,对它说道:

"朋友,你快活吗?"

他常常——稍为太密了些——写信给奥里维。回信很少,内容也是心不在焉的,朋友在精神上渐渐跟他疏远了。他很失望,但硬要自己相信这是应当如此的;他并不为他们友谊的前途操心。

孤独并不使他难受。以他的口味而论,他觉得还不够孤独呢。《大日报》的撑腰已经使他感到厌恶。阿赛纳·伽玛希有个脾气,以为由他费了心血吹捧出来的名流应当归他所有,而他们的光荣理当和他的光荣打成一片,好似路易十四在宝座周围摆着莫里哀、勒·勃仑和吕里一样。克利斯朵夫觉得在艺术上便是德皇也不见得比他《大日报》的老板更可厌。因为这个新闻记者对艺术既不比皇帝更懂,成见倒不比他少;只要是他不喜欢的,他绝对不容许存在,说是恶劣的,危险的;他为了公众的福利要把它们消灭。最丑恶而最可怕的,莫过于这般畸形发展的,不学无术的市侩,自以为用了金钱和报纸,不但能控制政治,还能控制思想:凡是听他们指挥的人,就赏赐一个窠、一条链子、一些肉饼;拒绝他们的,他们就放出成千成百的走狗去咬!——克利斯朵夫可不是受人呵斥的家伙。他认为一头蠢驴胆敢告诉他在音乐方面什么是应该做的,什么是不应该做的,未免太不成话;他言语之间表示艺术需要比政治更多的准备。他直截了当地拒绝把一部无聊的脚本谱成音乐,不管那作者是报馆高级职员之一而为老板特别介绍的。这一件事就使他和伽玛希的交情开始冷淡了。

但克利斯朵夫反而因之高兴。他才从默默无闻的生活中露出头来,已经急于要回到默默无声的生活中去了。他觉得"这种声势赫赫的名气,会使自己在人群中迷失"。关切他的人太多了。他玩味着歌德的话:

> 一个作家凭着一部有价值的作品引起了大众的注意,大众就没法不让他产生第二部有价值的作品……一个深自韬晦的有才气的人,也会不由自主地卷入纷纭扰攘的社会,因为每个人都认为可以从作家身上沾点儿光。

于是他关上大门,守在家里,只接近几个老朋友。他又去探望近来比较疏远了的亚诺夫妇。亚诺太太白天一部分的时间总是孤独的,很有余暇想到别人的悲伤。她想到克利斯朵夫在奥里维走后所感到的空虚,便压着胆怯的心情请他吃晚饭。她很愿意不时来照顾一下他的家务,可是她没有胆子;这也许更好:因为克利斯朵夫绝对不喜欢人家顾问他的事。但他上亚诺家吃饭,黄昏时也常到他们家去坐一会儿。

他发现这对夫妇老是那样亲密,维持着同样温柔而悒郁的气氛,比从前更灰色了。亚诺精神上经过一个颓丧的时期,教书生涯把他磨得很苦,——累人的劳作,一天又一天的永远没有变化,仿佛一个轮子老在一个地方打转,从来不停,也从来不向前。虽然很有耐性,这好人也不免垂头丧气。他为了某些不公平的事很难过,觉得自己的忠诚毫无用处。亚诺太太说些温婉的话鼓励他;她似乎永远那么和平恬静,可是人慢慢地憔悴了。克利斯朵夫当着她的面祝贺亚诺有这样一位贤德的夫人。

"是的,"亚诺说,"她真好:无论遇到什么事总是很安定。这是她的运气,也是我的运气,要是她对我们的生活觉得痛苦的话,我会一蹶不振的。”

亚诺太太红着脸不出声。接着她用着平稳的语调扯上别的事去了。——克利斯朵夫的来往照例对他们很有好处;而在他那方面,也乐于到这些好人旁边来让自己的心温暖一下。

那时来了另外一个女朋友,更准确地说,是克利斯朵夫去找来的;因为她虽然愿意认识他,可决不会自动来看他。那是一个二十五岁左右的女子,音乐家,得国立音乐院的钢琴头奖的,名叫赛西尔·弗洛梨。矮个子,相当地胖;眉毛很浓,美丽的大眼睛水汪汪的;又小又粗的鼻子下端往上翘着,带些红色,像鸭嘴;厚嘴唇,表示人很笃实,温柔;下巴肥肥的,很结实,很有个性;脑门长得并不高,可是很宽;浓密的头发绾成个大髻挂在脖子上;粗大的胳膊,钢琴家的手,又长又大,指尖是方的,大拇指跟别的手指离得很远。她浑身上下都元气充足,像乡下人一样的健康。她和母亲住在一起,对她很孝顺。母亲也是个好心的女人,对音乐毫无兴趣,但因为常常听人谈到,便也谈着音乐,知道一切音乐界的潮流。赛西尔过着平凡的生活,整天教课,有时也举行些没人注意的音乐会。平日她回家很迟,或是步行,或是坐街车,筋疲力尽,可是兴致不坏;回来还打起精神练琴,缝帽子,话很多,爱笑,爱莫名其妙地哼哼唱唱。

人生并没宠她。她懂得辛辛苦苦换来的一点儿享受是多么宝贵,也很能体会一些小小的快乐,体会她的境况或艺术方面的些少进步。只要她本月比上月多挣五法郎,或者把弹了几星期的一段肖邦终于弹好,她就欢喜不尽。她自修的功课并不过度,恰好配合她的能力,像适当的健身运动一般使她身心痛快。弹琴,唱歌,教课,这些正常而有规则的活动使她一方面觉得日子没有虚度,一方面能过着小康的生活,有点平平稳稳的成就。她胃口很好,吃得下,睡得着,从来不闹病。

她为人正直,合理,谦虚,精神很平衡,一无烦恼:因为她只管现在,不问已往也不问将来。既然身体好,生活安定,不会有什么风浪,她就差不多永远是快乐的。她高兴练琴,也高兴管家务,也高兴一事不做。她的生活不是一天天过的,——(她很经济,做事有预算)——而是一分钟一分钟过的。她心中毫无高远的理想;即使有,也是见诸她所有的行为与思想的布尔乔亚理想，就是说心安理得的爱好她所做的事。星期日她上教堂去；但宗教情绪在她的生活中毫无地位。她佩服那些狂热的人，像克利斯朵夫一般有一种信仰或天才的；但她并不羡慕：有了他们的烦闷和他们的天才，又怎么办呢？

那末她怎么能体会到大作家的音乐的？她自己也说不清。她只知道的确体会到。她高出别的演奏家的地方，是在于她身心的健康与平衡。这颗自己并无热情而生命力很强的灵魂，为陌生人的热情倒是一块特别富饶的园地。她并不因之受到骚乱。侵蚀过艺术家的可怕的热情，她能尽量传达出它的气势而自己不受它的毒害；她只感到那些作品的力量和弹完以后的痛快的疲劳。那时她满头大汗，筋疲力尽，安详地笑着，觉得心满意足了。

克利斯朵夫有一晚听到她的表演，大为称赏。他在会后向她握手道贺。她非常感激：那晚听众很少，而且她素来不大有人捧的。她既没巧妙的手段去加入什么音乐集团，也没那种本领招致一般捧角的人跟在她后面，既不用过分的技巧来标新立异，也不用想入非非的方式去表演名作引人注意，同时她也不自命为巴赫或贝多芬的专家，更不对她所奏的东西标榜什么理论，只是老老实实地把自己感觉到的弹出来，——因此谁也不注意她，批评家们也不知道她：因为没人告诉他们说她弹得好；而他们自己又不知道好坏。

克利斯朵夫以后常常看到赛西尔。这个身子结实而精神安定的女子对他有种说不出的吸引力。她人很刚强，淡于名利。他因为人家不知道她而很气愤，提议要教《大日报》的朋友们提到她。她虽很乐意有人称赞，却求他切勿为她钻谋。她不愿意奋斗，花许多气力，惹人家妒忌；她只求安安静静地过日子。人家不提起她倒是更好。她决不忌才，对于别的演奏家的技巧，她第一个会惊叹佩服。既无野心，亦无欲望，她太懒了，没有这个劲。要是当前没有什么确定的目标需要她关心，她便一事不做：连胡思乱想都没有；夜里躺在床上，不是马上睡着，就是一无所思。多少在这个年纪上没嫁人的女子，念念不忘地想着婚姻，唯恐做老处女，她却没有这种烦恼。人家问她喜欢不喜欢有一个好丈夫，她回答说：

“咄,抱这种野心干吗？为什么不梦想五万法郎的进款呢？做人应当知足,应当安分守己。人家要是给你,那末更好！要不然就算了。一个人不能因为没有蛋糕吃就觉得上白面包不够味。尤其在你吃过了长久的硬面包之后!”

“并且,”母亲接着说,“还有许多人不是每天都有的吃呢!”

赛西尔自有她不相信男人的理由。几年前故世的父亲是个懦弱而懒惰的人,使妻儿子女吃了不少苦。她也有一个不成器的兄弟,不知在混些什么,每过一些时候出现一下,向家里要钱;大家怕他,觉得他丢人,唯恐有朝一日会听到他出什么乱子;可是大家疼他。克利斯朵夫看见过他一次。他正在赛西尔家,忽然有人打铃,母亲跑去开门了。然后他听到隔壁屋子里有人谈话,不时高声地嚷几下。赛西尔似乎慌了,也出去了,让克利斯朵夫一个人待在那里。隔壁继续在争吵,陌生人慢慢地有了威吓的口气;克利斯朵夫以为应当出去干涉,便开门出去,但他只看到一个身子有点畸形的年轻人的背影,就给赛西尔赶来拦住了,求他回进屋子。她也跟着一同进来;大家不声不响地坐着。来人在隔壁又嚷了几分钟,走了,把大门使劲碰了一下。于是赛西尔叹了口气,对克利斯朵夫说:“是的……是我的兄弟。”

克利斯朵夫明白了。“啊!”他说,“我知道……我,我也有一个……”

赛西尔握着他的手,又亲切又同情地说:“你也有吗?”

“是的……那都是教家里的人发笑的宝贝。”

赛西尔笑了;他们的谈话换了题目。真的,这种使家人发笑的宝贝,对她不是味儿,而结婚的念头也不会打动她的心:男人都没意思,还是过独立生活好。母亲看到女儿这样,只有叹气;她可不愿意丧失自由,平时唯一的梦想是将来能有一天,——天知道什么时候！——住到乡下去。但她不愿意费心去想象那种生活的细节,觉得想一桩这样渺茫的事太没意思,还不如睡觉,——或是做她的工作……

在未能实现她的梦想之前,她夏天在巴黎近郊租一所小屋子,跟母亲两人住着。那是坐二十分钟火车就可以到的。屋子和孤零零的车站离得相当远,在一大片荒地中间,赛西尔往往夜里很晚才回去,可是并不害怕,不相信有什么危险。她虽然有支手枪,但常常忘在家里,而且也不大会用。

克利斯朵夫去探望她的时候,常常要她弹琴。她对于音乐作品的深切的领悟使他看了很高兴,尤其是当他用一言半语把表情指点她的时候。他发觉她嗓子很好,那是她自己没想到的。他劝她训练,教她唱德国的老歌谣或是他自己的作品;她唱得很感兴趣,技巧也有进步,使他们俩都很惊奇。她天分极高。音乐的光芒像奇迹似的照在这个毫无艺术情操的巴黎小布尔乔亚女子身上。夜莺——(他这样称呼她)——偶尔也提到音乐,但老是用实际的观点,从来不及于感情方面;她似乎只关心歌唱与钢琴的技巧。她和克利斯朵夫在一起而不弄音乐的话,就谈论俗事:不是家务,便是烹饪或者日常生活。平时一分钟都不耐烦和一个布尔乔亚女人谈这些题目的克利斯朵夫,和夜莺倒谈得津津有味。

他们这样地在一块儿消磨夜晚,彼此真诚地相爱,用一种恬静的,几乎是冷淡的感情。有天晚上他来吃晚饭,比平时耽久了些,突然下了一场阵雨。等到他想上车站去赶最后一班火车的时候,外面正是大风大雨;她和他说:“算了罢!明儿早上走罢。”

他在小客厅里睡着一张临时搭起来的床。客厅和赛西尔的卧室之间只有一重薄薄的板壁,门也关不严的。他在床上听到另一张床格格地响,也听到赛西尔平静的呼吸。过了五分钟,她已经睡熟了;他也跟着入梦,没有一点骚乱的念头惊扰他们。

同时,他又得到一批陌生朋友,被他的作品招引来的。他们住的地方大半离开巴黎很远,或是幽居独处,从来不会遇到克利斯朵夫的。一个人的名气即使是鄙俗的,也有一桩好处,就是使上千上万的好人能够认识艺术家,而这一点,要没有报上那些荒谬的宣传就办不到。克利斯朵夫和其中的几个发生了关系。有的是孤独的青年,生活非常艰苦,一心一意地追求着一个自己并无把握的理想:他们尽量吸收着克利斯朵夫友爱的精神。也有的是一些内地的无名小卒,读了他的歌以后写信给他,像老许茨一样,觉得和他声气相通。也有的是清苦的艺术家,——其中有一个作曲家,——不但没法成功,并且也没法表白自己:他们看到自己的思想被克利斯朵夫表现了出来,快活极了。而最可爱的也许是信上不署名的人,因为这样他们说话可以更自由,很天真地把信心寄托在这个支持他们的长兄身上。克利斯朵夫多么愿意爱这些可爱的灵魂,但他永远不能认识他们,因之大为惆怅。他吻着那些陌生人的信,好似写信的人吻着克利斯朵夫的歌一样;各人都在心里想:"亲爱的纸张,你们给了我多少恩惠!"

这样,根据物以类聚的原则,他周围有了一群志同道合的人,仿佛是一个天才的家属,在他身上汲取营养,同时也给他营养。这集团慢慢地扩大,终于形成一颗以他为中心的集体灵魂,——好像一个光明的世界,一个无形的星球在太空中运行,把它友爱的歌声跟一切星球之间的和声交融为一。

正当克利斯朵夫和他那些精神上的朋友有了神秘的联系的时候,他的艺术思想发生了重大的变化,变得更宽广,更富于人间性。他不再希望音乐只是一种独白,只是自己的语言,更不希望它是只有内行了解的艰深复杂的结构。他要音乐成为和人类沟通的桥梁。唯有跟别人息息相通的艺术才是有生命的艺术。约翰·赛巴斯蒂安·巴赫在最孤独的时间,也靠着他在艺术中表白的宗教信仰和其余的人结合为一。亨德尔和莫扎特的写作,由于事势所迫,也是为了一批群众而不是只为他们自己。连贝多芬也得顾到大众。而这是大有裨益的。人类应当用这种话提醒天才:

"你的艺术中间哪些是为我的?要是没有,那末我不需要你!"

这种强制使艺术家第一个得到好处。当然,只表白自己的大艺术家也有。但最伟大的总是那些心儿为全人类跳动的艺术家。谁要面对面地见到活的上帝,就得爱人类;在自己荒漠的思想中是找不到上帝的。

然而当代的艺人谈不到这种爱。他们只为了一批虚荣的、混乱的、脱离社会生活的少数人士写作,——这等少数人士绝对不愿意分享别人的热情,或竟加以玩弄。为了不要跟别人一样,他们宁可和人生割绝。这种人还是死了的好。我们可是要走向活人堆里去的,我们要喝着大地的甘乳,吸收人类最圣洁的部分,汲取他们爱家庭爱土地的感情。在最自由的世纪,意大利文艺复兴的代表拉斐尔,在那些圣母像中讴歌母性的光荣。今日谁能为我们在音乐上作一幅《圣母坐像》①呢?谁能为我们作出人生各个阶段的音乐呢?你们一无所有,你们法国一无所有。你们想拿些歌曲给民众的时候,不得不剽窃德国往日的名作。在你们的艺术中,从底层到峰顶,一切都得从头做起,或者重新做起……

克利斯朵夫和此刻卜居在外省的奥里维通信,想靠书信来继续他们从前产量丰富的合作。他要他搜集优美的诗歌,和日常的思想行动有密切关系、像德国的老歌谣那样的,例如圣书或印度诗歌中的片段,宗教的或伦理的颂歌,自然界的小景,关于爱情的或天伦的感情,清晨,黄昏与黑夜的诗歌,适合一般淳朴而健全的心灵的东西。每支歌只消四句或六句就行,表情要极朴素,用不着发挥得如何高深,用不着精练的和声,你们那些冒充风雅的人的卖弄本领对我是没用的。希望你爱我的生命,帮助我爱自己的生命!替我写些《法兰西的祈祷》罢。咱们应当找些明白晓畅的曲调。所谓艺术的语言,我们应当避之唯恐不及,那是像今日多少音乐家的作品一样,变了一个阶级专用的术语。应当有勇气以人的立场而非以艺术家的立场说话。瞧瞧前人的作品罢。十八世纪末期的古典艺术,就是从大众的音乐语言中来的。如格路克,如一般创造交响曲的作者,初期歌谣的作家,他们的乐句和巴赫与拉穆的精练高深的句子比较起来,有时会显得平淡庸俗。但就是这种本地风光的背景造成了伟大的古典作者的韵味与通俗性。它们是从最简单的音乐形式,从歌谣里来的;这些日常生活里的小小的花朵,深深地印在莫扎特或韦伯的童年的心上。——你们不妨效法他们,写作一些为大众的歌曲。以后你们再创作交响乐。越级有什么用?金字塔不是从顶上造起的。你们现在的交响乐只是一些没有躯干的头颅。噢,美丽的思想,你们得有一个身体啊!必须有几代耐性的音乐家和群众亲近。

① 拉斐尔所作圣母像多至不胜枚举,《圣母坐像》为其中之一,现藏意大利佛罗伦萨毕蒂博物馆。

一个民族的音乐绝不是一朝一夕所能建立起来的。

克利斯朵夫不但把他的原则应用于音乐,并且还鼓励奥里维在文学方面实行:

"现在的作家,"他说,"努力描写一些绝无仅有的人物,或是在健全的大众以外,只有在不正常的人群中才有的典型。既然他们自愿站在人生的门外,那末你用不着管他们,你自己向着有人类的地方去罢。对普通的人就得表现普通的生活:它比海洋还要深,还要广。我们之中最渺小的人也包藏着无穷的世界。无穷是每个人都有的,只要他甘于老老实实地做一个人,不论是情人,是朋友,是以生儿育女的痛苦换取光荣的妇女,是默默无闻的牺牲自己的人。无穷是生命的洪流,从这个人流到那个人,从那个人流到这个人……你写这些简单的人的简单的生活罢,写这些单调的岁月的平静的史诗罢,一切都那么相同又那么相异,从开天辟地起,一切都是同一母亲的子女。你写得越朴素越好。切勿学现代艺术家的榜样,枉费心力去寻求微妙的境界。你是向大众说话,得运用大众的语言。字眼无所谓雅俗,只有把你的意思说得准确不准确。不论你做什么,得把自己整个儿放在里头:保持你的思想,保持你的感觉。文字应当跟从你心灵的节奏。所谓风格是一个人的灵魂。"

奥里维赞成克利斯朵夫的意见;但他用着怀疑的口气说:

"一部这样的作品可能是美的;但它永远到不了那些能够读这等作品的人眼里。批评界在半路上就把它压下去了。"

"你老是这套法国小布尔乔亚的说法!"克利斯朵夫回答,"你担心批评界对你的作品作何感想!……告诉你,那些批评家只知道记录成功或失败。你只要成功就行了!……我完全不把他们放在心上!你也得不把他们放在心上……"

但奥里维不放在心上的东西正多着呢!他可以不需要艺术,不需要克利斯朵夫。那时他只想着雅葛丽纳。

他们只知有爱情,不知有其他;这种自私的心理在他们周围造成一片空虚,毫无远见地把将来的退路都给断绝了。

在初婚的醉意中,两颗交融的生命专心一意地只想彼此吸收……肉体与心灵的每个部分都在互相接触,玩味,想彼此参透。仅仅是他们两人就构成了一个没有规则的宇宙,一片混沌的爱,一切交融的成分简直不知道彼此有什么区别,只管很贪馋地你吞我,我吞你。对方身上的一切都使他们销魂荡魄,而所谓对方其实还是自己。世界对他们有什么相干?有如古代的两性人①在和谐美妙的梦里酣睡一般,他们对世界闭着眼睛,整个的世界都在他们身上。

噢,白天,噢,黑夜,你们织成了同一片梦境,你们这些像美丽的白云般飞逝的时间,在眩晕的眼中只现出一道光明的轨迹,——还有令人感到春倦的温暖的气息、肉体的暖意、爱情的沉醉、贞洁的淫乱、疯狂的搂抱、叹息与欢笑、喜极而泣的眼泪,——噢,微尘般的幸福,你还留下些什么呢?……我们的心简直想不起你了:因为你在的时候,时间是不存在的。

岁月如流,老是同样的日子……甜蜜的黎明……两个紧紧搂抱的肉体从睡眠的深渊中同时浮起来;笑盈盈的,呼吸交融,一同睁开眼来,又相见了,又亲吻了……平旦清明之气使身体上的热度退了下去……无穷的岁月只有酣畅迷惘的感觉,其中还有黑夜的甜美在嗡嗡作响……夏日的午昼,在田野里,在草茵上,在萧萧的白杨底下出神……幽美的黄昏,双双挽着手在明朗的天空下回向爱情的床席。风吹着丛树的叶子,明净如水的天上,像鹅毛般浮着一轮银色的月。一颗星掉下来,陨灭了,——使你心中一震……——一个世界无声无息地吹掉了。路上,在他们旁边,难得闪过一些默默无声的影子。城里的钟声报告明天的佳节。他们停了一会儿,她紧紧靠着他,默然无语……啊!但愿生命就像这时候一样,一动不动地……她叹了口气说:

"我为什么这样爱你呢?……"

在意大利旅行了几星期之后,他们在法国西部的一个城里安顿下来,奥里维在那儿有个中学教员的位置。他们差不多谢绝宾客,对什么都不关心。等到不得不出去拜客的时候,他们毫无顾忌地对人很冷淡,

① 古希腊神话中假想之民族,谓其兼具男女两性。

使有些人不快，使有些人微笑。所有的闲言闲语只在他们身上滑过，毫无作用。他们跟一般新婚夫妇一样地傲慢，神气仿佛说：

“哼，你们，你们才不知道呢……”

在雅葛丽纳那张俊俏而有点气恼的脸上，在奥里维的快乐的、心不在焉的眼中，显然透露出这样的意思：

“你们多讨厌！……什么时候我们才能清静呢？”

哪怕在众人面前，他们也是我行我素。人们常常会发现他们一边说话一边眉目传情。他们用不着彼此瞧望就能看到对方；两人微微笑着，知道彼此同时想着同样的念头。等到从应酬场中出来，他们简直快活得直叫直嚷，做出种种痴儿女的狂态，仿佛只有八岁。他们说着傻话，互相用古怪的名字称呼。她把奥里维叫做奥里佛、奥里丸、奥里芳、法南、玛米……竭力装做小女孩子的模样。她要同时成为他的一切，又是母亲，又是姊妹，又是妻子，又是情人，又是情妇。

她不但以分享他的快乐为满足，还要实行自己从前许的愿，分担他的工作：这也是一种游戏。初期，她又好玩又热心地干着，因为工作在她这样的女人是件新鲜的玩意儿，所以对最枯索的事也感兴趣：图书馆里的抄写，翻译无味的书，都变了她生活计划中的一部分。她理想的生活不就是纯洁，严肃，全部贡献给共同的、高尚的思想与劳作的吗？只要有爱情的光辉照着，一切都很好；因为她只想着他，而不是想着她所做的事。最奇怪的是，凡是她这样做出来的一切都做得很好。她的头脑，对于那些在一生中别的时间决不能胜任的抽象的读物，都能毫不费力地应付；爱情使她整个的人脱离了俗世；她自己可不觉得，好比一个梦游病者在屋顶上走着，非常的安闲，什么都看不见，只管做着她的严肃而快乐的梦……

过了一晌，她开始看到屋顶了，可并不惊慌，只盘问自己在屋顶上干什么，便回进了屋子。工作使她厌烦了。她以为它影响了爱情。那当然是因为她的爱情已经不及从前热烈。但表面上还看不出什么。他们俩一刻都不能分离，竟自闭门谢客，所有的应酬都不去了。他们讨厌别人对他们的感情，讨厌自己的工作，讨厌一切打扰他们爱情的事。和克利斯朵夫的通信也减少了。雅葛丽纳不喜欢他：他仿佛是个情敌，代表奥里维过去的一部分，而这一部分是完全没有她的份的。克利斯朵夫在奥里维的生活中越占地位，她本能上越想抢掉那个地位。她并不存心，只暗中使奥里维跟他的朋友疏远；她取笑克利斯朵夫的态度、面貌、写信的体裁、艺术方面的计划；她这么做并没有恶意，也不弄手段：那是忠厚的天性使她避免了的。奥里维听了她的批评觉得好玩，也不觉得有何居心；他自以为爱克利斯朵夫的心始终不减，但此刻所爱的只限于克利斯朵夫那个人了：而这是在友谊中没有多大作用的；他没发觉自己渐渐地不了解他，不再关切他的思想，不再关切使他们从前心心相印的英勇的理想主义。对于一颗年轻的心，爱情这股味道真是太浓了：和它比较之下，什么信仰都会显得没有意思。爱人的肉体，以及在这个神圣的肉体上面体会到的灵魂，代替了所有的学问，所有的信仰。在这种情形之下，一个人看着别人热爱的理想，看着自己从前热爱过的理想，只觉得可怜可笑。关于轰轰烈烈的生活和艰苦的努力，他只看到一刹那的鲜花，以为是千古不朽的东西……爱情把奥里维吞掉了。最初他的幸福还有力量用妩媚的诗歌来表现自己。后来连这个也显得空虚而侵占了爱情的时间了！而雅葛丽纳也像他一样，除了爱情以外，把一切生活的意义都竭力摧毁，殊不知大树一倒，藤萝般的爱情也就失去了依傍。这样，他们俩就在爱情中互相毁灭。

可怜一个人对于幸福太容易上瘾了！等到自私的幸福变了人生唯一的目标之后，不久人生就变得没有目标。幸福成为一种习惯，一种麻醉品，少不掉了。然而老是抓住幸福究竟是不可能的……宇宙之间的节奏不知有多少种，幸福只是其中的一个节拍而已；人生的钟摆永远在两极中摇晃，幸福只是其中的一极：要使钟摆停止在一极上，只能把钟摆折断……

他们尝到了安乐的烦闷，需要刺激的感觉越来越不知餍足。甜蜜的光阴减低了速度，变得软弱无力，像没有水分的花一般黯然失色了。天空老是那么蓝，可已经没有清晨那种轻快的空气。一切静止；大地缄默。他们孤独了，正如他们所愿望的那样。——可是他们不胜悲伤。

一种说不出的空虚的情绪，一种并非没有魅力的渺茫的烦恼出现了。他们不知道是怎么回事,只模模糊糊地感到不安。他们多愁善感,近乎病态;神经在静寂中紧张起来,一遇到最轻微的意外的击触,就会像树叶般发抖。雅葛丽纳无端端地流着眼泪;虽然她以为是爱极而泣,其实并不是的。结婚以前的几年,她那么紧张,热烈,苦恼;一朝达到了而且超过了目的,她的生命力就突然停止活动,而一切新的行动——或许连一切过去的行动在内——也忽然显得毫无意义:这种情形使她莫名其妙地感到困惑与消沉。她自己不肯承认,以为是神经疲倦所致,便勉强笑着;但她的笑和她的哭同样带着不安的意味。她鼓足勇气想再去干以前的工作。不料她马上不胜厌恶地扔下了,甚至还弄不明白以前怎么会对这样无聊的事感兴趣的。她又勉强出去交际,也同样没结果:习惯已深,她再也受不了平庸的人物与无聊的谈话;这些原是人生不可避免的,她却只觉得鄙俗不堪,便守着丈夫孤独下去,同时还拿这些不幸的尝试硬教自己相信:人生除了幸福以外竟是一无足取。有一晌她果然比什么时候都更耽溺于爱情了。但那纯粹是意志的力量。

不像她那么狂热但更温柔的奥里维,比较不容易受这些烦闷侵扰;他本人只觉得偶然有点儿说不出的颤抖。并且他的爱情在某种程度内也受着日常事务——他不喜欢的职业——的限制而不至于完全消耗。但他既然非常敏感,爱人心中所有的动静都会在他心中引起反应,那末雅葛丽纳暗地里的困惑当然要传染给他了。

一个天气美好的下午,他们在野外溜达。出门以前,两人都觉得这次的散步一定是很愉快的。周围的一切都有笑意。不料才走了几步,一种阴沉的、令人困倦的忧郁忽然涌上心头。他们没法谈话,可勉强谈着:每个字都使他们感到空虚。散步完了,他们像木偶似的一无所见,一无所感,非常悲伤地回家。时间已经到了傍晚,屋子里只显得空虚,黑暗,寒冷。为了避免看到对方,他们并不马上点灯。雅葛丽纳走进卧室,帽子跟大衣都不脱,径自默默地靠窗坐下。奥里维在隔壁靠着书桌站着。两间屋子中间的门打开在那里,彼此离得很近,连呼吸都能听到。两人在半明半暗中悄悄地哭了,哭得很伤心。他们掩着嘴,不让自己出声。最后奥里维沉痛地叫了声:“雅葛丽纳……”

雅葛丽纳咽着眼泪回答:“怎么呢?”

“你不来吗？”

“我来了。”

她脱了大衣，洗了脸。他点起灯来。过了几分钟，她进来了。两人不敢相视，知道彼此都哭过了。他们不能互相安慰：因为各人都明白是为的什么。

终于到了一个时候，他们俩不能把胸中的苦闷再隐藏下去。因为大家不愿意承认其中的原因，便想法另外找一个原因，那当然是不难的。他们认为一切都是枯索的内地生活造成的。这一下他们宽慰了。朗依哀先生知道女儿对于刻苦的生活厌倦了，并不怎么惊奇。他托了政界的朋友把女婿调到巴黎来。

一听到好消息，雅葛丽纳快活得跳起来，觉得过去的幸福又回来了。一朝要离开的时候，这个可厌的地方倒反显得亲切可爱：这儿留着他们多少爱情的纪念！最后几天，他们尽量去搜寻那些遗迹，心里又惆怅又感动。恬静的原野是看见他们幸福过来的。他们听见心中有个声音喁喁地说着：

“你留下的东西你是知道的。你可知道将来的遭遇吗？”

动身前夜，雅葛丽纳哭了。奥里维问她为什么。她不愿意回答。他们拿起一张纸写道：——（平时他们怕自己说话的音调引起误会，常常用这个办法。）——

“亲爱的小奥里维……”

“亲爱的小雅葛丽纳……”

“我为了要离开而很难过。”

“离开哪儿呢？”

“离开我们相爱的地方。”

“上哪儿去呢？”

“到我们要更老的地方去。”

“到我们偕老的地方去。”

“可是不会再这样的相爱了。”

“只有更爱。”

“谁知道？”

“我知道。”

“我非要更相爱不可。”

于是他们在纸尾画着两个圆圈,表示两人拥抱。随后她抹着眼泪,笑了,把他穿扮得像亨利三世的爱人一般,头上戴着她的便帽,身上披着高领的白坎肩,使奥里维的头活像一颗杨梅。

在巴黎,他们又遇到了亲朋故旧,觉得这些人都跟离开的时候不同了。一听到奥里维来到的消息,克利斯朵夫马上高兴非凡地赶来。奥里维也同样地高兴。可是一见之下,他们都意想不到地发窘。两人都想提起精神来,只是没用。奥里维很亲热,但多少有点改变了;克利斯朵夫很清楚地感觉到。一个结婚以后的朋友,无论如何不是从前的朋友了。男人的灵魂现在羼入了一些女人的灵魂。克利斯朵夫在奥里维身上到处发现这种痕迹:眼睛有些不可捉摸的光彩,嘴唇有些从前没有的褶痕,声音与思想也有些新的抑扬顿挫。奥里维自己没觉得,倒反奇怪克利斯朵夫和从前大不同了。当然他不至于以为是克利斯朵夫改变,承认是自己改变;在他看来,这是跟着年龄来的正常的演变。他还诧异克利斯朵夫没有先前的进步,责备他始终保持着那些思想,那是他以前非常重视而现在认为幼稚与老朽的。因为奥里维的心给一个陌生人占据了,而克利斯朵夫的思想和这个外来的灵魂格格不入。这种感觉在雅葛丽纳也参加谈话的时候特别明显:那时奥里维和克利斯朵夫之间隔着一重冷言冷语的幕。可是大家都竭力掩藏心中的印象。克利斯朵夫继续到他家里去。雅葛丽纳无邪地向他放几下冷箭,他不以为意。但他回去以后很难过。

到巴黎以后的最初几个月,对雅葛丽纳是相当快乐的时期,所以对奥里维也是的。她先是忙于布置新居。他们在巴西区一条老街上找了一所可爱的小公寓,窗外有一方小花园。家具与糊壁纸的选择足足花了她几个星期。雅葛丽纳拿出全副精神,甚至把热情都放了上去,仿佛她永久的幸福就靠几口旧橱的颜色与形状似的。然后她对于父亲、母亲、朋友,做了一番新的认识。因为她在沉醉于爱情的那一年把他们完全忘了,这一下倒是真正的新发现;尤其因为,像她的灵魂渗入了奥里维的灵魂一样，奥里维的灵魂也渗入了她的灵魂，所以她对旧时的熟人不免用新的眼光来看。她觉得这些人比从前有意思得多。最初，相形之下，奥里维还不如何逊色。把他和亲朋故旧放在一起，双方都相得益彰。他的沉潜韬晦，半明半暗的诗意，使雅葛丽纳在那些只求享乐、炫耀、讨人喜欢的浮华人物身上发现更多的魅力；另一方面，他们可爱而危险的缺点，——因为她是这个社会出身，所以认识得格外清楚，——使她更赏识丈夫的忠诚可靠的心。她喜欢作这些比较，而且喜欢老是比较下去，以便证明她的选择着实不错。——但比较到后来，她有时竟不明白为什么做了这个选择了。幸而这种时间并不长久。甚至她因之感到内疚，而事后对奥里维也比任何时期都更温柔。然后她重新再来。等到她这一套成了习惯，便不觉得有趣了；比较的结果，慢慢地使两种相反的人物不像从前那样相得益彰，而开始冲突起来。她私下想，奥里维倘使有一些她此刻在那些巴黎朋友身上所赏识的优点，甚至于缺点，岂不是更好？她嘴上绝对不跟奥里维提；但奥里维感觉到她用苛刻的目光打量他，心里觉得又不安又屈辱。

虽然如此，他对雅葛丽纳还没失去爱情给他的优势；青年夫妇的温柔与勤勉的生活还可继续得相当长久，要是没有特殊的事故把他们的境况改变，把那勉强维持在那里的平衡破坏的话。

我们这才觉得财神是最大的敌人……

朗依哀太太的一个姊妹故世了。她是一个有钱的实业家的寡妇，无儿无女，全部的财产都转移到朗依哀家里。雅葛丽纳的财富增加了一倍以上。遗产来的时候，奥里维记起了克利斯朵夫那番关于财富的话，便说："没有这笔财产，我们也过得很好；也许钱多了反而有害处。"

雅葛丽纳取笑他："傻子！这也会有害吗？何况我们可以不改变生活。"

表面上生活固然照旧。因为照旧，以致过了一些时候，雅葛丽纳抱怨钱不够了；那显然是有些事情已经改变了。事实上，收入多了三倍，还是全部花光，也不知花在哪里的。他们简直不懂以前是怎么过活的了。钱像水一般地流出去，被无数新添出来而马上成为日常必不可少的用度吞掉。雅葛丽纳结识了一批有名的裁缝,把从小熟识的上门做活的女裁缝辞退了。从前戴的是不费多少材料就能做得很美的四个铜子的小帽子,穿的是并不十全十美,但反映着自己的妩媚,有些自己气息的衣衫:这些日子现在都完了。周围所有的东西原来都有种温暖亲切的情调,现在一天天地减退。她身上的诗意消失了,变得庸俗了。

他们换了一个公寓。从前费了多少心血,多么高兴布置起来的屋子,显得狭窄难看了。那些反映一个人的心灵的、朴素的小房间,窗外摇曳着清瘦的树影的景致,现在不需要了;他们另外租了个宽大的、舒服的、屋子分配得很好的,可是他们不喜欢而且设法喜欢的,烦闷得要死的公寓。熟悉的旧东西代之以陌生的家具与糊壁的花绸。往事在这儿是毫无地位的。最初几年共同生活的印象从脑海里给扫出去了……对于夫妇,最不幸的是他们和过去的爱情的联系一朝被斩断。因为接着初期的温情必有一个精神沮丧的时期,那时一个人只有靠过去的回忆才能撑持。用钱的方便使雅葛丽纳在巴黎、在旅途上——(现在他们时常旅行了)——接近了一般有钱而无用的人物,和他们交往的结果,使她瞧不起其余的人,瞧不起劳作的人。以她奇妙的接受能力,她立刻和那些贫弱而腐败的心灵同化。要她抵抗是办不到的。一想到人家能够——而且应该——在尽了日常生活的责任之后,在平凡的环境中得到幸福,她立刻表示气恼,认为那是"布尔乔亚的下贱"。她甚至对自己过去在爱情中慷慨献身的行为也不了解了。

奥里维没有力量奋斗。他也改变了。他辞掉了教职,再没有非做不可的作业。他只是写作;生活的平衡因之也有了变动。至此为止,他因为不能完全献身于艺术而痛苦。如今他可以完全献身于艺术的时候,却缥缥缈缈地像在云雾中一样。倘使艺术没有一桩职业维持它的平衡,没有一种紧张的实际生活做它的依傍,没有日常任务给它刺激,不需要挣取它的面包,那末艺术就会丧失它最精锐的力量和现实性。它将成为奢侈的花,而不再是——(像一批最伟大的艺术家表现的)——人间苦难的神圣的果子……奥里维尝到了有闲的滋味,老想着"一切皆空"的念头,什么也不来压迫他了:他丢下了笔,游手好闲,迷了方向。他和自己出身的阶级,和那些耐着性子,不怕艰苦,披荆斩棘的人,失去了接触。他走进了一个完全不同的世界,虽然觉得不大自在,可也并不讨厌。他以懦弱、可爱、好奇的性格,欣然玩味着这个并非没有风趣,可是动摇不定的社会;他不觉得自己已经受着它的熏陶:他的信念不像从前那么坚定了。

可是他的转变不及雅葛丽纳的迅速。女人有种可怕的特长,能够一下子完全改变。一个人的这些新陈代谢的现象,往往使爱他的人吃惊。但为一个不受意志控制而生命力倒很强的人,朝三暮四的变化是挺自然的。那种人好比一道流水。爱他的人要不被它带走,就得自己是长江大河而把它带走。两者之中不论你挑哪一种,总之得改变。这的确是危险的考验:你只有向爱情屈服过以后才真正认识爱情。在共同生活的最初几年中,生活的和谐非常脆弱,往往只要两个爱人之中有一个有些极轻微的转变,就会把一切都毁掉。而遇到财产或环境突然有大变化的时候,情形更危险。必须是极坚强的人或是极洒脱的人才抗拒得了。

雅葛丽纳和奥里维既不坚强,亦不洒脱。他们看见彼此都换了一副模样,熟悉的面貌变得陌生了。在发现这种可悲的情形的时候,他们为了怕动摇爱情而互相躲藏:因为两人始终是相爱的。奥里维可以借正常的工作来逃避,工作对他有镇静的作用。雅葛丽纳却是无所隐遁。她一事不做,老是赖在床上,或是长时间地梳妆,几小时地坐着,衣衫穿了一半,一动不动地在那里出神;同时有种说不出的悲哀一点一滴地积聚起来,像一层冰冷的雾。她固执地想着爱情,没法把念头转向别处……爱情!它做着自我牺牲的时候才是人生最了不得的宝物。倘使它仅仅是对于幸福的追求,那末它是最无聊的、最欺人的东西……而雅葛丽纳除了追求幸福以外,不能想象人生还有其他的目的。在意志坚强的时间,她勉强去关切旁人,关切旁人的苦难:可是办不到。旁人的痛苦使她感到一种无可抑制的厌恶;她的神经使她不能看到痛苦的景象,甚至连想都不能想。为了向自己的良心有个交代,她曾经有两三次做了几件好事,结果并不高明。

"你瞧,"她对克利斯朵夫说,"一个人心里想行善,结果反做了恶。还是不做为妙。我的确没有这种缘分。"

克利斯朵夫望着她,想到他偶尔碰到的某个女朋友,明明是自私的,轻佻的,不道德的,不能有真正的温情的,但她一看见人家受苦,不论是不相干的或不相识的,马上会有一种母性的同情。哪怕是最脏的看护工作也吓不倒她:甚至最需要她做克制功夫的照顾,她反而感到特别的乐趣。她自己不以为意:似乎她心里有股模糊的理想的力,在这儿发泄了出来;她的灵魂在生活中别的场合明明是麻痹的,到了这种难得的时间却振作起来了;减少一些旁人的痛苦使她心里非常舒服,那时的快乐差不多是过分的。——这个本性自私的女子所表现的仁慈不能说是德,本性善良的雅葛丽纳所表现的自私不能说是恶;那对两人都是一种精神上的调剂。可是另外那个人更健康。

雅葛丽纳绝对不能想到"痛苦"二字。她宁愿死而不愿受肉体上的痛楚,宁愿死而不愿丧失快乐的来源:美貌或青春。要是她自以为应该有的幸福不能全部都有,——(因为她对幸福抱着绝对的、荒谬的、宗教般的信仰)——要是别人有了比她更多的幸福,她就认为是天下最不公平的事。幸福不但是信仰,并且也是德性。在她心目中,苦难简直是种残疾,她整个生活慢慢地都照着这个原则安排。她处女时代为了羞怯,把自己真正的性格用理想主义包裹着;现在这性格显出来了。并且为了反抗过去的理想主义,她对一切都换了一副清楚而大胆的目光。无论什么人或事,必须配合社会的舆论与生活的方便才会受到她重视。她的心情跟母亲到了同样的境界:她也按期上教堂去,不关痛痒地奉行宗教仪式。她不再操心真诚不真诚的问题:有的是其他更实际的烦恼;想到自己小时候那种带有神秘色彩的反抗,她只觉得可怜可笑。——可是她今日注重实际的思想不比她昨日的理想主义更实在,两者都是自己强求的。她不是神明,不是野兽,只是一个烦恼的可怜的女人。

她烦恼,烦恼……因为烦恼的原因既非奥里维不爱她,也非她不爱奥里维,所以她更烦恼。她觉得自己的生活被封锁了,闭塞了,没有前途了;她渴望一种时时刻刻变换的新的幸福,——其实像她这样的不懂得消受幸福,便根本不配有这种儿童式的梦想。她跟多少别的女人,多少有闲的夫妇一样,具备了一切幸福的条件而始终在那里烦恼。他们都有钱，有着美丽的孩子，很好的身体；人也聪明，能够欣赏美妙的东西；倘使要活动，要行善，要充实自己的与别人的生活，条件都齐备，而他们整天的抱怨，不是说他们不相爱，就是说他们爱着另一个人或不爱另一个人，——永远只关切自己，关切他们的感情关系或性欲关系，关切他们自以为应该有的幸福，关切他们矛盾的自私自利，老是争辩，争辩，争辩，扮着爱情的喜剧，痛苦的喜剧，结果竟信以为真……对于这等人，真该告诉他们：

“你们太无聊了。一个人有了多少幸福的条件还要怨天尤人，简直是荒唐！”

同时也应该有人把他们的财产、健康，和一切他们不配有的神奇的天赋，统统剥夺！把这些自己不能解脱的，对自己的自由害怕的奴隶，重新戴上艰难的枷锁和真正的痛苦的枷锁！倘若他们非辛辛苦苦挣取自己的面包不可，他们一定会很快活地吃下去的。而一朝看到了痛苦的真面目，他们也不敢再拿痛苦来玩可厌的把戏了……

可是归根结底，他们的确痛苦着。他们俩是病人，怎么不教人可怜呢？——雅葛丽纳的疏远奥里维，和奥里维的没有羁縻雅葛丽纳，同样是无辜的。她完全保持着天性。她不知道结婚是对天性的挑战，早该料到天性会起来反抗，而自己应当预备勇敢地应战的。她只发觉自己把事情看错了，不胜恼恨。失意之下，她迁怒于她从前所爱的一切，仇视她从前所信仰的奥里维的信仰。一个聪明的女子，比男人更能够在一刹那间凭着直觉体会到那些有关永恒的问题，但要她锲而不舍地抓住就不容易了。抱着这种思想的男人是用自己的生命去灌溉它的。女子却拿这种思想来做自己的养料，她吸收它，绝对不创造它。她的精神与感情不能自给自足，永远需要新的养料。没有信仰没有爱的时候，她就从事于破坏，——除非她侥天之幸，能够有那最高的德性：恬静。

从前，雅葛丽纳热烈地相信以共同的信仰为基础的结合，相信共同奋斗、共同受苦、共同建造便是幸福。但这个信心，只有在受到爱情的阳光照射的时间，她才相信；太阳慢慢地落下去，她的信心就像一座阴沉的荒山矗立在空虚的天上；雅葛丽纳觉得没有气力继续她的行程了：爬到了山巅又有什么用呢？山的那一边又有些什么呢？简直是个大骗局！雅葛丽纳再也弄不明白，奥里维怎么会继续受这些侵蚀生命的幻想欺骗；她以为他既不十分聪明，也没多大生气。她在他的空气中感到窒息，不能呼吸；求生的本能使她为了自卫而开始攻击了。她还爱着奥里维，但她要把他的信仰破坏得干干净净，因为那些信仰是她的敌人；讥讽与肉欲都被她用作武器；她把自己的欲望和琐碎的心事像藤萝一般地缠绕他，希望把他做成自己的影子……而所谓“她自己”，不但不知道要些什么，连自己是怎么样的人都弄不清！她觉得奥里维没有成名对她是种屈辱，可不问他的不成名是对的还是不对的：因为她终于相信，归根结底，一个人有没有出息，有没有才具，是靠名气决定的。奥里维感觉到妻子对他这样的怀疑，不禁大为丧气。可是他竭力挣扎。像他那样挣扎的人，过去有的是，将来也有的是，挣扎大半是毫无效果的。在这个势力不均的斗争中间，被女子自私的本能利用来对抗男人灵智的自私的，是男人的软弱、失意，和世故人情，——世故人情便是一个遮掩人生磨蚀和男人的懦弱的名词。雅葛丽纳与奥里维至少比一般的战士高明多了。因为奥里维永远不会欺骗自己的理想，不像普通的男人听任懒惰、虚荣、混乱的爱情驱使，甘心否定自己的灵魂。而且倘若他做到了这一步，雅葛丽纳也要瞧不起他。然而她在那种盲目的情形之下，竭力要毁灭奥里维的力量，不知这力量便是她的力量，是他们两人的保障；她还凭着本能把支持这般力量的友谊也加以破坏。

自从他们得了遗产以后，克利斯朵夫觉得跟他们在一起有点格格不入。雅葛丽纳故意在谈话之间表现得冒充风雅和平凡的实际观念，终于达到了目的。有时他愤慨之下，说些尖刻的话，使对方听了生气。但两位朋友交情太深了，从来不因之有何芥蒂。奥里维无论如何不愿意牺牲克利斯朵夫，同时又不能强制雅葛丽纳跟自己一样；他为了爱情，绝对不忍心使她痛苦。克利斯朵夫看到奥里维的苦衷，便自动引退了。他懂得自己在他们之间周旋不能对奥里维有何帮助，反而会妨害他，便想出种种借口和他疏远；懦弱的奥里维居然接受了，可是他体会到克利斯朵夫所做的牺牲，心里非常难过。

克利斯朵夫并不恨他。他想，人家说女人是半个男人，这话是不错的。因为结了婚的男人只剩半个男人了。

他竭力把生活重新组织起来，希望能丢开奥里维，硬教自己相信分离是暂时的，可是没用：他虽然乐观，有时也很抑郁。他过不惯一个人的生活了。当然，他在奥里维居住外省的期间已经是孤独的了，但那时他有方法可以自慰，想到朋友是在远处，会回来的。如今朋友回来了，却比什么时候都离得更远。一朝失掉了几年来和他的生活打成一片的温情，他仿佛失掉了行动的意义。自从他爱了奥里维，所有的思想都脱离不了朋友。工作已不够填补空虚：因为克利斯朵夫在工作中间惯于羼入朋友的影子。现在朋友对他冷淡了，克利斯朵夫就像一个失去平衡的人：为了恢复这个平衡，他需要另外找一股温情。

亚诺太太和夜莺始终对他很好。但这些精神安定的朋友那时对他是不够的。

她们两人似乎也猜到克利斯朵夫的哀伤，暗中对他很表同情。有天晚上，克利斯朵夫很奇怪地看见亚诺太太到他家里来。这是她破题儿第一遭来看他，神色有点骚动。克利斯朵夫不加注意，以为她是胆怯。她一声不出地坐下。克利斯朵夫为了免得她发窘，便带她参观屋子；既然到处有奥里维的纪念物，两人就不知不觉地提到奥里维。克利斯朵夫很高兴地谈着，绝对不透露他们之间的情形。但亚诺太太不禁用着怜悯的神气望着他，问："你们差不多不见面了，是不是？"

他以为她是来安慰他的，不由得恼了：他最讨厌人家干预他的事，便回答说："我们高兴不见面就不见面。"

她红着脸，说："噢！我那句话并没刺探你们的意思。"

他后悔自己的粗暴，便握着她的手："对不起。我老是怕人家攻击他。可怜的孩子！他跟我一样的痛苦……是的，我们不见面了。"

"他也没写信给你吗？"

"没有。"克利斯朵夫觉得不大好意思。

"人生多可悲啊！"亚诺太太过了一忽儿又说。

克利斯朵夫抬起头来："不，人生并不可悲。它不过有些可悲的时间。"

亚诺太太隐隐约约用着一种哀伤的口吻又道："大家相爱了，又不相爱了。可见爱也是空的。”

“已经相爱过就行了。”

她又说:“你为他做了牺牲。要是你的牺牲能够对所爱的人有些好处,倒也罢了。可是他并不因之更幸福!”

“我并没牺牲,”克利斯朵夫愤愤地回答,“即使我牺牲,也是因为我乐于牺牲。这是没有问题的。一个人就是做他应当做的事。要是不那么做,他会痛苦的。牺牲这个字简直荒谬极了!不知是哪些心路不宽的牧师,把一种忧郁的、阴沉的观念,跟牺牲搅在一起。仿佛一定要牺牲之后感到苦闷,你那牺牲才算有价值……见鬼!如果牺牲对你是悲哀的而不是快乐的,那末还是不要牺牲,你根本不配。一个人的牺牲,并非替人做苦工,而是为你自己。如果你在献身的时候不觉得快活,还是去你的罢!你不配生活。”

亚诺太太听着克利斯朵夫,对他望都不敢望。突然她站起来说:“再见了。”

这时他才想起她此来一定有什么心里的话告诉他,便说:“噢!对不起,我自私透了,老讲着自己的事。再坐一会儿罢,好不好?”

“不坐了……谢谢你……”说完她走了。

他和亚诺太太隔了相当的时间没见面。她既没给他消息,他也不上她家去,也不上夜莺家去。他很喜欢她们,可是怕谈到使他悲哀的事。而且她们那种安静平凡的生活,稀薄的空气,暂时也对他不相宜。他需要看一些新人物,需要关心一件事,或是有什么新的爱情使自己振作起来。

为了排遣心中的愁闷,他又上疏阔已久的戏院去。他觉得,对于一个想观察热情和记录热情的音乐家,戏院是一所极有意思的学校。

这并非说他对法国戏剧比他初到巴黎的时期更有好感。他除了不喜欢那些永久不变的、平板的、火爆的题材,老是分析爱情的那套心理学以外,还认为法国人的戏剧语言也是虚伪的,尤其在诗剧方面。他们的散文与韵文,跟民众的活语言和民众的特性都毫不相干。散文是一种做作的语言,上焉者像社交版记者的笔调,下焉者像粗俗的副刊文章。至于诗歌，恰如歌德所说的："越是那些无话可说的人越喜欢写诗。"

它是一种冗长的、装腔作势的散文；心中一无所感而勉强制造出来的形象，使一切真诚的人都觉得是谎言。克利斯朵夫并不把这些诗剧看得比靡靡之音的意大利歌剧更高。倒是演员比剧本使他感到更大的兴趣。妙的是作家们都在竭力模仿演员。"要不是把戏子们的恶习做你剧中人物的粉本，那末你的戏上演的时候决没成功的希望。"从狄德罗写了这段文字以来①，情形并没如何改变。喜剧演员成为艺术的模型。只要一个戏子成了名，他立刻可以有他的戏院，有他的剧作家，——他们会像殷勤的裁缝一般照他的身材定制剧本。

在这些走红的明星中间，有个叫做法朗梭阿士·乌东的，引起了克利斯朵夫的注意。近一两年来大家都为她入迷了。她也有她的剧本供应者，但她并不只演为她特写的剧本。从易卜生到萨杜、邓南遮到小仲马、萧·伯纳到亨利·巴太依，在她相当混杂的戏码内都可以找到。有时，她也在古典诗剧和莎士比亚的作品中露脸。可是在这等场合，她比较不自在。不论演什么，她总表现她自己，永远只表现她自己。这是她的短处，也是她的长处。她本人没受到群众注意的时候，她的演技并不受欢迎。但一朝引起了大众的好奇心，她无论演什么就都显得出神入化。事实是一看到她，你的确会忘掉那些贫弱的作品；经过她的生命点缀之下，那些作品都显得美了。克利斯朵夫觉得比她所演的作品更动人的，倒是这个由一颗陌生的灵魂塑成的、女性的肉体之谜。

她的侧影美丽，清楚，像悲剧中人物，可不像罗马女子那么轮廓鲜明。她的细腻的、巴黎人的线条，和约翰·古雄的雕像一般，好比一个少年男子。鼻子虽短，很有姿态。美丽的嘴巴，嘴唇很薄，有一道悲苦的皱痕。聪明的脸蛋，清瘦，年轻，有些动人的表情，反映出内心的痛苦。下巴的模样显出她性格强硬。皮肤惨白、惯于不动声色的脸，照旧像镜子一样反射出她的心灵。头发，眉毛，都很细腻。变化莫测的眼睛，又是灰灰的，又是琥珀色的，闪着或青或黄的光彩，像猫眼。她表面

① 即十八世纪以来。

的神态也跟猫一样的迷迷惘惘,半睡半醒,可是睁着眼睛,窥伺着,永远提防着,常常会突然之间发性子,流露出她隐藏的残忍。身材并没看起来那么高,身体也没看起来那么瘦,她肩头和胳膊都很好看,一双手又长又软。衣着和头发的式样都很大方,素雅,不像某些女演员的不修边幅或是过分的修饰,——虽然出身低微,本能上却是一个贵族,——这一点又是像猫。她骨子里还有非常强悍的性格。

她年纪大概不到三十岁。克利斯朵夫在伽玛希那边听见人家谈到她,用粗野的口吻表示对她佩服,仿佛谈论一个很放浪的、聪明的、大胆的女子,极有魄力,极有野心,可是泼辣,古怪,暴烈;据说她没成名以前曾经沦落风尘,得志以后便尽量地报复。

有一天,克利斯朵夫搭火车到默东去探望夜莺,一打开车厢的门,发现那女演员已经先在那儿。她似乎非常骚动,痛苦;克利斯朵夫的出现使她大为不快,马上转过背去,老望着窗外。克利斯朵夫注意到她神色有异,便目不转睛地盯着她,那种天真的同情的神气简直令人发窘。她不耐烦了,把他狠狠地瞪了一眼;他只觉得莫名其妙。在下一站上,她走下去换了一个车厢。① 那时他才想到是自己把她吓跑的,因此很不痛快。

过了几天,他在同一路线上预备搭车回巴黎,占着月台上那张独一无二的凳子。她又出现了,过来坐在他旁边。他想站起来走开,她却说了声:"你坐下罢。"

那时没有旁人在场。他对于那天使她更换车厢的事表示歉意,他说要是早想到自己使她发窘,他一定会下车的。她冷冷地笑着回答:"不错,那天你一刻不停地老瞪着我,讨厌透了。"

"对不起,"他说,"我自己也压制不住……你那天好似很痛苦。"

"那又怎么呢?"

"我那是不由自主的。倘若看见一个人淹在河里,你不是会伸手救他吗?"

---

① 欧洲各国行驶于内地或郊外的区间火车,往往都是八人一室的车厢,直接有门上下,与其他车厢完全隔绝,并无长廊通连,故更换车厢必须下车。

“我吗，我才不呢。我要把他的脑袋按在水里，让他早点儿完蛋。”

她说这些话的时候，既有点儿嬉笑怒骂，又有点儿牢骚的口吻，因为他愣然望着，她便笑了。

火车到了。除了最后一辆，列车都已经客满。她上去了。车守催着他们。克利斯朵夫不愿意重演上次的故事，想另找一间车厢。她可是说：“上来罢。”

他上去以后，她又补了一句：“今天我无所谓了。”

他们谈着话。克利斯朵夫一本正经地跟她解释，说一个人不该对旁人抱着漠不相关的态度；互相帮助，互相安慰，大家都可以得益……

“安慰对我不生作用……”她说。

克利斯朵夫坚持着，她就傲慢地笑了笑，回答说：“不错，安慰人家的角色当然对扮演的人是有利的。”

他想了一会儿，才明白对方是怀疑他别有用心，不禁愤愤地站起来，打开车门，不管火车开动，就想往下跳。她好容易把他挡住了。他怒气冲冲地关上了门，重新坐下，那时火车刚进地道。

“你瞧，”她说，“跳下去不是要送命吗？”

“我不管。”

他不愿意再和她说话。

“人真是太蠢了，”他说，“大家互相折磨，又把自己折磨；人家想来帮助他的时候，他倒反猜疑。可恶透了！这种人是没有人性的。”

她一边笑一边抚慰他，把戴着手套的手按在他的手上，亲热地和他谈着，喊出他的名字。

“怎么，你认得我吗？”他说。

“怎么不认识？你，你也是一个红人哪。我刚才不该对你说那种话。你是个好人，我看得出的。算了罢，别生气了。好！咱们讲和罢！”

他们握了握手，友好地谈着话，她说：“可是那也不是我的错。我跟一般人接触的经验太多了，不得不提防。”

“他们也常常欺骗我，”克利斯朵夫说，“我却老是相信他们。”

“我看出你是这样的，你大概是个天生的傻瓜。”

他笑了："是的，甜酸苦辣我一生尝过不少了；可是对我没有什么害处。我的胃很强，饱也没关系，饿也没关系，必要的时候也能吞下那些来攻击我的可怜虫。我反而身体更好。"

"那是你运气，你哪，你是个男人。"

"而你，你是个女人。"

"那又算不了什么。"

"那是很有意思的，做个女人！"

她听着笑了。"哼！"她说，"可是人家怎么对付女人的？"

"得自卫啊。"

"那末所谓善心也维持不久的了。"

"那是因为一个人还不够慈悲。"

"或许是吧。可是吃苦也不能吃得太多，太多了一个人的心会干枯的。"

他正想对她表示同情，忽然记起了她刚才的态度……

"你又要说安慰人家的人是别有用心了……"

"不，"她说，"我不说这个话了。我觉得你心地好，非常真诚。我很感激。可是请你什么话都别跟我说。你不知道……谢谢你的好意。"

他们到了巴黎，分手了，双方既没留下地址，也没说什么请去谈谈的话。

过了一两个月，她跑来敲克利斯朵夫的门。

"我来找你，想跟你谈谈。从那次见面以后，我不时在想起你。"她说着坐下了，"只要一忽儿工夫，不会打搅你很久的。"

他开始和她谈话。她说："请等一会儿，好不好？"

他们不出声了。过了一下她笑着说："刚才我支持不住了。现在可好些了。"

他想问她。

"不，"她说，"别问我这个！"

她向四下里瞧了一眼，把各种东西看过了，估量了一下，忽然瞧见鲁意莎的照片。

“这是你的妈妈吗？”

“是的。”

她把照片拿在手里，非常同情地瞧着。“多好的老太太！”她说，“你运气不错！”

“可惜她已经故世了。”

“那没关系。反正你是有过这样一个母亲的。”

“那末你呢？”

她拧了拧眉头，把话扯开了。她不愿意人家问起她的事。

“跟我谈谈你的事罢。告诉我……告诉我一些关于你生活方面的事……”

“这跟你有什么相干？”

“不用管，你讲罢……”

他不愿意讲，可是不由自主地回答了她的问话：因为她问得非常巧妙。而他所叙述的正是使他悲伤的事，他的友谊的故事，跟他分离了的奥里维。她听着，带着又同情又嘲弄的笑意……突然她问：“什么时候了？啊！天！我来了两个钟点了！对不起……啊！此刻我心情安定多了……”

接着她又说：“我希望能再来……不是常常……而是有时候……这对我有些好处。可是我不愿意使你厌烦，浪费你的时间……只要偶尔谈几分钟就行了……”

“我可以到你那边去。”克利斯朵夫说。

“我不要你上我家去。我更喜欢在你这儿谈……”

可是她许多时候没有来。

有天晚上，他无意中知道她病得很重，已经停演了几星期，便不管她从前拦阻的话，径自跑去看她。人家回答说她不见客；但里头知道了他的名字，又把他从楼梯上叫回去。她躺在床上，病好些了；她害了肺炎，模样有了相当的改变，但始终保持着那副嘲弄的神气和锐利的目光。她见到克利斯朵夫，心里真的很高兴，要他坐在床边，用着满不在乎的游戏态度谈到自己，说她差点儿死去。他听着脸色变了。她却取笑他。他埋怨她不早通知他。

“通知你要你来吗？那才不呢！”

“我相信你连想也没想到我。”

“那就是你的运气了，”她又俏皮又悲哀地笑着说，“我病中从来没想到你。只是今天刚想到。得了罢，你别难过。我闹病的时候谁都不想的。我只要求人家一件事，就是让我清净。我把鼻子朝着墙等着，愿意孤零零地死掉。”

“自个儿痛苦究竟是不好受的。”

“我惯了。我受过多少年的磨折，没有一个人来帮助我，现在已经成了习惯。而且这样倒更好。你倒了霉，谁都是无能为力的，不过在屋子里闹些声音，给你一些不识趣的关切，虚情假意地叹息一阵……我宁可一个人清清静静地死。”

“你倒很能够隐忍！”

“隐忍？我简直不知道这个字是什么意思。我只是咬紧牙关，恨那个使我痛苦的病。”

他问是不是没有人来看她，关切她。她说戏院里的同事都是些好人，——是些糊涂蛋，——对她很殷勤，很好，虽然是浮表的。

“倒是我，告诉你，倒是我不愿意见他们。我是一个不容易相交的人。”

“我可不怕。”他说。

她带着可怜他的神气望着他：“你！你也会说这种话吗？”

“对不起，对不起……天哪！我竟变成了巴黎人！……惭愧惭愧……我敢打赌，我说的话简直想都没想过……”

他把脸蒙在被单里。她不由得大声笑了出来，在他头上轻轻地拍了一下：“啊！这话可不是巴黎人说的了！还好！我又认出你的本来面目了。好，把头抬起来。别哭湿了我的被单。”

“那末你原谅我了？”

“当然。甭提啦。”

她又和他谈了一会儿，问他做些什么，随后她累了，厌烦了，就把他打发走。

她约他下星期再来。到期正要出门,他忽然接到她的电报,教他别去:她正逢着心情恶劣的日子。——后来,过了一天,她又通知他去了。她差不多已经痊愈,靠窗躺着。那是初春时节,天上照着晴朗的太阳,树木抽着嫩芽。他从来没看见她这样亲切这样温和。她说前天连一个人都不能见:便是克利斯朵夫也要跟别人一样受她厌恶。

“那末今天呢?”

“今天,我觉得自己年轻,新鲜,对周围一切年轻和新鲜的人——比如你,——都有好感。”

“可是我已经不年轻不新鲜了。”

“你到死都是的。”

他们谈着他在别后所做的事,谈着她不久又要去登台的戏院;说到这儿,她告诉他对于戏剧的意见,她厌恶它,又舍不得它。

她不愿意他再上她家里来,答应以后继续去探望他,可是怕打搅他。他把比较不会妨害他工作的时间告诉她,约定一种暗号,教她用某种方式敲门,他随着自己的心绪而决定开或不开……

她绝对不滥用这种约会。可是有一次她去赴一个晚会担任诗歌朗诵,忽而临时不得劲了,半路上打电话去辞掉,转车到克利斯朵夫寓所来。她原意只想跟他招呼一下就走的。可是那晚上她居然把一生的历史统统说了出来。

悲惨的童年:她从来不知道谁是她的父亲。母亲在法国北部某城的近郊,开着一所声名狼藉的小客店;许多赶车的跑来喝酒,跟女店主睡觉,同时还虐待她。其中有一个跟她结了婚,因为她有几个钱;他常常酗酒,打老婆。法朗梭阿士有一个姊姊在小客店里当侍女,做牛做马的辛苦到极点,还被继父当她母亲的面奸占了,结果是害肺病死的。法朗梭阿士从小挨着拳头,看尽了下流无耻的事。她皮肤苍白,性子暴躁,沉默寡言,童年的心中火气十足,野性很厉害。她眼看母亲和姊姊饮泣吞声,受尽了痛苦,耻辱,终于死掉。她可是意志倔强,不肯屈服;她是个反抗的女人:受到某些羞辱的时候,神经发作起来,会把打她的人乱抓乱咬。有一回她想自杀,结果没成功:刚开始上吊已经不愿意死了，生怕真会吊死；等到她气透不过来的时候，便赶紧用抽搐的手指解开绳子，一心一意只想活了。既然不能借死亡来逃避，——（克利斯朵夫听到这里不禁悲哀地笑笑，想到自己的同样的经验）——她就发誓要出人头地，要自由，要有钱，把一切压迫她的人都打倒在脚下。有一晚她在小房间里听见那男的在隔壁咒骂，被他殴打的母亲叫着嚷着，被他凌辱的姊姊哭着，她便暗暗发下这个愿。她觉得自己多可怜，发了这个愿，心里才松动些。她咬紧牙齿想道："我要把你们一齐打死。"

在这个黯淡的童年只有一线光明：

有一天，一个和她常在小沟边上玩儿的孩子，因为父亲是戏院里的门房，便带她冒着禁令去看了一次排戏。他们在黑暗里躲在戏池的尽里头。舞台上神秘的景致，在黑暗中愈加显得光华灿烂，那些人说的美妙而不可解的话，女演员那副王后一般的神气，——她的确在一出浪漫派的音乐话剧中串演王后，——把她看呆了。她紧张得浑身冰冷，心跳得很厉害……"对啦，对啦，要做个这样的人才好呢！……噢！要是办得到的话……"——等到排演完了，她无论如何要看一看晚上的公演。她假装跟着同伴一起出去，却又偷偷地溜回来躲在戏院里，伏在凳子底下，在灰尘中挨了三小时。戏院快要开场，观众已经来了，她正想从躲的地方钻出来，不料被人当场捉住，大受羞辱，结果是被押送回家，又挨了一顿打。那一晚要不是已经知道她将来能够对这些恶徒报复的话，她一定会自杀的了。

她打定了主意，投到一般演员们寄宿的剧场旅馆去当侍女。她字也没识多少，写也不大会写，一本书也没看过，也没有一本书可看。但她愿意学习，发愤用功，在客人房中偷了书，拿来在月夜或是黎明的时候读，免得耗费灯烛。因为演员们生活毫无规律，她这种偷窃的行为很久没有被发觉：至多是失主发一阵脾气了事。并且她把书看过了也还给他们；——可不是完璧：因为她把喜欢的几页撕了下来。书拿回去总是塞在床底下或是家具底下，让失主发现的时候以为从来没出过房间。她常常把耳朵贴在门上，偷听演员们念台词。随后她自个儿在走廊里轻轻地学着他们的声调，做着手势。人家撞见了，便拿她取笑一阵，羞辱一阵。她只得气愤愤的不作声。——这种方式的教育可以长久继续下去,要不是她有一次偷了一个演员的脚本的话。失主大发雷霆,因为除了她,谁也没进过他的卧室,就咬定是她偷的。她拼命抵赖;演员说要教人搜查,她便吓坏了,立刻扑在地下招认了,同时也招认了别的窃案和撕掉的书页。他大骂了一顿,但他的心地不像外表那样凶。他追究她为什么要干这些事,一听到她说要做一个女戏子,不由得哈哈大笑,随后又仔细问她:她把记得烂熟的脚本背了好几页,他非常奇怪,问道:“喂,你说,要不要我教你?”

她快活极了,吻着他的手。

“啊!”她打断了话和克利斯朵夫说,“那时我心里多喜欢他啊!”

不料那家伙立刻补上一句:“可是,孩子,你知道,什么都要付代价的……”

那时她还是个处女,人家对她的袭击,她一向是拿出蛮劲来躲过的。这种野人似的贞操,对不洁的行为,对没有爱情的性欲的厌恶,是从小就有的,是家里那些悲惨的景象感应她的;她至今还保持这性格;——可是,唉!她受到多么惨酷的惩罚!……命运弄人,竟然到这个地步!……

“那末你答应他了?”克利斯朵夫问。

“啊!那时倘若能跳出他的魔掌,我连跳在火里都愿意!可是他威吓说要把我当贼一样送去法办。我无路可走。——这样我就投进了艺术……投进了人生。”

“那该死的混蛋!”克利斯朵夫嚷着。

“是的,我当然恨他。但从此以后,我见得多了,他还不算是顶坏的呢。至少他对我没失信,把他所知道的——(也并不多!)——一套本领教给我。他介绍我进了剧团。我先得侍候大家,替每个人当差,串戏也只串跑龙套。后来,有一晚,扮侍从的女角儿病了,人家临时把我补上去。从此我就当上了这个角儿。大家认为我要不得,滑稽可笑。那时我长得很丑。我始终是丑的,直到有一天人家忽然认为我是独特的、理想的‘女人’……嘿!那些混蛋!——我的演技被认为一点不照规矩,荒唐胡闹。看客不赏识我。同伴们取笑我。但人家始终把我留着,因为我究竟还有点用处,而且薪水很低。不但薪水很低,还得给人代价。每学一点东西,每次的升级,都要用肉体去报酬。同伴,经理,戏子掮客,戏子掮客的朋友……”

她不出声了,脸色发白,咬着牙齿,睁着恶狠狠的眼睛;但你可以咂摸到她心中流着血泪。一刹那间,她又看到了当年那些耻辱,和支持她的那股非战胜不可的强烈的意志;每经历一次新的污辱,她的意志就锻炼得更加坚强。她很希望死;但就在这些屈辱中间倒下去是太可怕了。要是在以前自杀倒还罢了。要不然等胜利以后也行。可是在已经堕入泥犁而还毫无取偿的时候死掉,未免……

她半天不作声。克利斯朵夫气愤至极,在屋子里来回走着。他恨不得把磨难这女子、污辱这女子的那些男人一齐打死。然后他不胜怜悯地望着她,站在她前面,捧着她的头,扶着她的前额,亲热地抱着,叫了声:“可怜的孩子!”

她挣扎了一下。他说:“别怕。我很喜欢你。”

于是眼泪在法朗梭阿士惨白的脸上淌下来了。他跪在旁边,吻着她美丽的细长的手,把两颗泪珠掉在上面。

随后他重新坐下。她也定了定神,很安静地继续讲她的身世。

终于有个作家把她捧了出来。他在这个古怪的女人身上发现有魔性,有天才,认为她是一个“戏剧的典型,代表时代的新女性”。自然,在那么许多人之后,他也把她占有了。而她在那么许多人之后也让他占有了,不但毫无爱情,甚至还有跟爱相反的情绪。可是他造成了她的名气,她也造成了他的名气。

“现在,”克利斯朵夫说,“人家对你可没办法了;轮到你来随心所欲地支配他们了。”

“你以为是这样吗?”她辛酸地回答。

于是她又讲起另外一件被命运播弄的事。——她对一个自己瞧不起的坏蛋发生了热情:他是个文人,拿她最痛苦的秘密做了写文章的材料,然后把她丢了。

“我瞧不起他,把他看做跟我脚底下的泥巴一样。可是我爱他,只要他叫一声,我就会跑去向这个该死的家伙低头;想到这点,我气坏了。可是有什么办法?我的心永远不爱我的理智所喜欢的对象。感情和理性，两者必有一个受委屈。我有一颗心。我也有一个肉体。它们叫着，嚷着，都要求满足。我又没有制服它们的武器，我没有信仰，我是自由的……哼，自由！老做着我的心和肉体的奴隶，它们要这个要那个，往往都是我不愿意要的。它们使我屈服，我只觉得惭愧。可是怎么办呢？……”

她停了一会儿，呆呆地用钳子拨着火灰，然后又说：“我看到书上说做戏的人是麻木不仁的。事实上，我所见到的那一批，的确是虚荣的大孩子，除了些争面子的小问题，什么思想都没有。我不知道他们和我，究竟谁才是真正的戏子。我相信绝不是我。总之我替他们付了代价。”

她打住了话头，时间已经到了夜里三点。她站起身子想走。克利斯朵夫劝她等天亮再回去，姑且在床上躺一躺。她却宁可坐在熄灭的壁炉旁边，继续在寂静无声的屋子里谈话。

“你明天会累的。”

“我惯了。可是你呢……明儿有事吗？”

“我是闲人。要十一点才替一个学生上课呢……并且我身子很棒。”

“那就更需要睡觉了。”

“是的，我睡得像死人一样。无论什么痛苦都抵抗不了瞌睡。有时我恨透了。糟掉了多少光阴！……偶尔熬上一夜，对睡眠报复报复，我倒是挺高兴的。”

他们继续轻轻地谈着，中间隔着长时间的静默。克利斯朵夫睡着了。法朗梭阿士看着笑笑，扶着他的头不让它倒下来……她胡思乱想，靠窗坐着，望着漆黑的园子，园子不久也亮起来了。七点左右，她轻轻唤醒了克利斯朵夫，和他道别。

在同一个月里，她又来了一回，恰好克利斯朵夫不在家，门关着。以后克利斯朵夫把公寓的钥匙交给她，让她能随时进去。果然，好几次克利斯朵夫都出去了，她在桌上留下一小束紫罗兰，或是在纸上写几个字，涂几笔速写，漫画，——表示她来过了。

一天晚上，她从戏院出来，到克利斯朵夫家谈天。她发现他在工作，两人谈了几句，就发觉彼此都没有上回那样的兴致。她想走；可是太晚了。并非克利斯朵夫阻止她，而是她自己的意志不允许她再走。于是他们留着，都动了欲念。

他们便互相占有了。

这一夜以后，有好几个星期不见她的踪迹。他久已麻木的欲火被她在那一夜挑了起来，竟少不了她了。她不准他到她家里；他便上戏院去，躲在最后几行的位置上，心里又是爱，又是冲动，浑身打战。她演戏的时候所发泄的悲壮热烈的情绪，使他跟她一样的筋疲力尽。他终于写信给她：

"朋友，你恨我吗？要是我使你不快，还得请你原谅。"

一看到这种谦卑的话，她立刻跑来扑在他怀里，说：

"大家简简单单地做个好朋友倒是更好。但既然不可能，也用不着勉强挣扎了。咱们听其自然罢！"

他们过着共同生活，可是并不住在一起，各人保持各人的自由。法朗梭阿士不可能和克利斯朵夫过有规律的同居生活，她的地位也不容许。只能由她到克利斯朵夫家里来，或是白天，或是黑夜，和他消磨几个钟点，但每天都回家去过夜。

在戏院停演的暑假中，他们在巴黎郊外，靠叶弗那边租了一所屋子。虽然不免有些凄凉忧郁的时间，他们的确过了些快乐的日子，心心相印和刻苦用功的日子。他们有一间精美的光线很好的卧室，居高临下，一望无际，眼底尽是碧绿的田垄。夜里，他们在床上可以从窗内望见奇奇怪怪的云影，在阴沉黯淡的天空驰骋。他们互相抱着，在半睡半醒的状态中听着蟋蟀的欢唱，听着雷雨的声音；泥土的呼吸，——金银树，仙人草，蔓藤，割下的干草的气味，——透到屋子里来，透入他们的身体。黑夜那么寂静。两人睡得那么甜。万籁俱寂。远处几声狗吠，几声鸡鸣。晨光透露了。在灰暗寒冷的晓色中，远钟传来早祷的声音，使身体躺在温暖的床上打着寒噤，彼此靠得更紧了。群鸟在爬墙的蔓藤上醒来，喊喊喳喳地聒噪。克利斯朵夫睁开眼睛，屏着气，抱着一腔柔情看着身旁这个朋友的可爱的脸,看着她在爱情激动过后的惨白的颜色……

他们的爱不是自私的情欲,而是肉体也要求参与一分的深刻的友谊。他们不相妨碍,各做各的工作。克利斯朵夫的天才、慈悲、人格,都是法朗梭阿士非常重视的。在某些事情上她觉得自己比他年长,因此感到一种母性的快乐。她很抱憾一点不懂他所弹的东西:她不能领会音乐,除非在极难得的时间,才觉得有一股犷野的情绪把她控制了,但那种情绪还不是直接从音乐来的,而是由于她当时感染的热情,由于她和她周围的一切、风景、人物、颜色、声音,都感染到的那股热情。但她在这个莫名其妙的神秘的语言中,同样能感觉到克利斯朵夫的才气。仿佛看着一个伟大的演员讲着外国语做戏,她自己的性灵也被鼓动起来了。至于克利斯朵夫,他创造一件作品的时候,往往把思想与热情都寄托在这个女子身上,看到这些思想与热情比在自己心中更美。跟一个这样女性、这样软弱、这样善心、这样残忍,而有时还有天才的光芒闪耀的灵魂,心心相印的结果,简直有种估计不尽的富藏。她教了他许多关于人生和人的知识,——关于他不大认识而为她清明的目光判断得很尖刻的女人的事。他尤其靠了她而对于戏剧有了进一步的认识;她使他深深体味到这个一切艺术中最完美、最朴实、最丰满的艺术的精神。他这才知道戏剧是创造梦境的最奇妙的工具;她告诉他不应该为自己一人写作,像他现在这种倾向,——(那是多少艺术家都免不了的,他们学着贝多芬的榜样,不肯"在有灵感的时候为一张该死的提琴写作"。)——可是为了某一个舞台而写作,把自己的思想去适应某几个演员:一个伟大的诗剧作家也不以为羞,不觉得这种办法会把自己变得渺小;因为他知道,倘若幻想是美的,那末实现这幻想当然是伟大的。戏剧像壁画一样是最严格的艺术,——是活的艺术。

法朗梭阿士所表现的这些思想,正和克利斯朵夫的思想符合。他那时在艺术生涯中所到达的阶段,正倾向于一种和人类沟通的集体艺术。法朗梭阿士的经验,使他体会到群众与演员之间的神秘的合作。法朗梭阿士虽然那么现实,毫无自欺欺人的幻象,也感觉到那种互相感应的力,把演员和群众联系起来的共鸣的电波,她咂摸到一个演员的声音便是无声无息的千万人的心声。当然,这种感觉是间歇的,极难得的,从来不会在同一出戏同一个段落上再现。其余的时间,只有演员个人的没有灵魂的演技,巧妙而无热情的呆板功夫。但值得重视的就是例外的情形:那时仿佛电光一闪,一刹那间照出了深渊,照出了由一个人来表白而实际是千百万人的共同的灵魂。

大艺术家的责任就在于把这共同灵魂具体表现出来。他的理想应当像希腊古时代的诗人一样,先摆脱了自我,然后把那股吹遍人间的集体的热情放入心中。法朗梭阿士尤其渴望这一点,因为她没法达到这个无我之境,老是要表现自己。——一百五十年以来,个人抒情主义过分地发展,已经到了病态的阶段。一个人想求精神上的伟大,必须多感觉,多控制,说话要简洁,思想要含蓄,绝对不铺张,只用一瞥一视,一言半语来表现,不像儿童那样夸大,也不像女人那样流露感情;应当为听了半个字就能领悟的人说话,为男人说话。现代音乐唠叨不已地讲着自己,遇到无论什么人都倾箱倒箧地说心腹话:这是没有廉耻,不登大雅的。那颇像某些病人,津津有味地对旁人讲着自己的病状,把可厌可笑的细节描摹得淋漓尽致。法朗梭阿士虽非音乐家,也感觉到音乐像寄生虫般侵害诗歌的情形是种颓废的征象。克利斯朵夫先是否认,但细细想了想,觉得这说法也许有一部分是对的。根据歌德的诗谱成的第一批德国歌谣是朴素的,准确的;不久,舒伯特就渗入他罗曼蒂克的感伤性;舒曼又加上他小姑娘式的多愁善感;到了胡戈·沃尔夫竟变做一种特别加强的朗诵,毫无含蓄的分析,非把灵魂赤裸裸地暴露不可了。凡是遮盖神秘的心灵的幕都被撕掉了。

克利斯朵夫对这种艺术有点惭愧,觉得自己也感染了。他当然不愿意复古,——(那是荒唐的,违反自然的)——可是他挑出几个把思想表现得特别含蓄,具有集体艺术意识的大师,让自己熏陶一下:他重新浏览亨德尔的作品,——亨德尔因为厌恶德国民族的禁欲主义的宗教,特意把圣乐写成史诗一般,替平民写作平民歌谣。现在的困难是要找出能唤醒现代民众的情绪,像亨德尔时代的《圣经》那样的题材。今日的欧罗巴没有一部共同的经典了:没有一首诗,没有一节祷词,没有一种信仰,可以说是属于大众的。这是今日所有的文人、艺术家、思想家的耻辱!为了大众而写作,为了大众而思想的人一个都没有。只有贝多芬留下几页安慰心灵的福音书;但这几页只有音乐家能够读,大多数人是永远听不到的。瓦格纳曾经想在拜罗伊特的山冈上建立一种联合全人类的宗教艺术。但他伟大的心灵已经染上当时的颓废音乐与颓废思想的污点:来到这神圣的高冈上的已非迦里里的渔夫,而是一批法利赛人了。①

克利斯朵夫对于自己应当做的工作看得很清楚;但他缺少一个诗人,只能靠自己,以音乐为限。而音乐,虽然大家认为是普遍的语言,究竟不是普遍的:应当要拿文字来做一张弓,才能把声音射到大众的心里去。

克利斯朵夫计划写一组以日常生活为根据的交响曲。他假想一阕《家庭交响曲》,可不是理查德·施特劳斯式的,②并不把家庭生活用一幅电影式的图画来表现,并不用一些传统的字母,以音乐的辞藻依着作者的意志来表现各种人物。那是对位学者的迂腐而幼稚的玩意儿!……他不预备描写人物或动作,而是要说出每个人都熟悉的,都能在自己心中觅得回声的情感。第一章,表现一对青年夫妇严肃而天真的幸福,温柔的感情,和对于前途的信心。第二章是哭一个亡儿的挽歌。克利斯朵夫表现痛苦的时候竭力避免写实;没有什么个人的面貌,只有一片无边的苦难,——你的,我的,一切人的苦难,也许就是谁都逃不了的命运。因死亡而沮丧的心灵,痛苦地挣扎着,慢慢地振作起来,把它的苦难作为奉献给神明的牺牲。紧接第二章的乐曲,表现心灵继续前进,——是一支意志坚强的《赋格曲》,遒劲的线条与固执的节奏终于把整个的人感染了,把他在斗争与血泪中拖着向前,唱着威武的进行曲,抱着百折不回的信仰。最后一章是描写人生的暮景:第一章开始时的那些主题重新出现,——依然有着动人的信心和温柔的情绪,——可是更成熟了;它们受过了磨炼,在痛苦的阴影中浮现出来,戴着光明的冠冕,向天空唱着颂歌,对无穷的生命表示虔敬与热爱。

---

① 按耶稣少年时代曾在迦里里传道,劝说渔夫:“来跟从我,我要叫你们得人如得鱼一样。”法利赛人原为古犹太民族中的一种,后移用为伪君子的同义词。

② 德国现代音乐家理查德·施特劳斯作有《家庭交响曲》。

克利斯朵夫也在古书中寻找简单的、有人情味的题目,能够诉之于大众的心灵的。他选择了两个:约瑟与尼奥贝。但克利斯朵夫在这儿遇到了把诗与音乐结合起来的难题。和法朗梭阿士的谈话使他又想起从前和高丽纳商量过的计划,①一种介乎吟咏歌剧与话剧之间的乐剧,——以自由的语言与自由的音乐结合起来的艺术,——那是今日没有一个艺术家想到的,也是被浸淫于瓦格纳传统的,墨守旧法的批评家非笑的艺术。但这的确是崭新的事业,因为要点并不在追随贝多芬、韦伯、舒曼、比才之后,虽然他们在音乐话剧方面都很有造就;也并不在把某种朗诵配合某种音乐,竭力用颤音为粗俗的群众制造粗俗的效果;而是在于创造一种新的体裁,使歌唱的声音和近于这些声音的乐器结合起来,把音乐的幻想与嗟叹的回声掺和在优美和谐的诗句中间。这样的形式只能适用于某些有限的题材,适用于心灵的某些特殊的时间,适用于亲切的默省的境界:唯有这样才能给人一种诗的韵味。没有一种艺术比这个更含蓄更贵族化了。所以在艺术家们自命不凡而实际全是鄙俗的暴发户时代,这种艺术很少发展的机会。

或许克利斯朵夫也不比别人更适合于这种艺术;他的长处,他的平民式的力,就是极大的障碍。他只能想象到这种艺术,同时靠了法朗梭阿士的助力,做出一些略具雏形的样品。

他用这种方法把《圣经》上的文字谱成音乐,差不多是逐字迻译,——例如约瑟和他的兄弟们重新相聚的那个不朽的故事,约瑟试过了多少方法以后,才那么感动地,那么轻轻地,说出几句使老年的托尔斯泰为之下泪的话:

"我忍不住了……告诉你们,我是约瑟;父亲还活着吗?我是你们的兄弟,你们失掉了的兄弟……我是约瑟……"②

这个美妙而自由的结合没法持久。他们在一起固然有些生活极丰满的时间,但性格相差太远了。双方性子都很暴躁,时常会发生冲突,

---

① 参阅卷四:《反抗》。——原注

② 《旧约》载:约瑟为雅各之子,希伯来的族长;幼年为兄弟卖往埃及,卒为埃及行政长官,终回希伯来与父亲兄弟团聚。

可不是为了琐碎无聊的事:因为克利斯朵夫素来敬重法朗梭阿士。而可能很残酷的法朗梭阿士,对于一片好心待她的人也报以一片好心,无论如何不愿意伤害他。并且他们生性都很快活。她常常嘲笑自己,但照旧很痛苦:因为从前的热情始终占据着她的心灵,她还想着她所爱的那个坏蛋;这种割舍不掉的情形使她感到羞辱,更受不了被克利斯朵夫猜疑到这桩心事。

克利斯朵夫看见她默不作声,浑身紧张,成天在郁闷中发呆,便奇怪她为什么不快乐。现在她不是已经达到目的,成为众人景仰的大艺术家了吗?……

“是的,”她说,“可怜我不像那般女戏子,没有那种老板娘式的心思,把做戏看成做买卖。这等人一朝爬到相当的地位,嫁了个有钱的布尔乔亚,并且登峰造极,拿到一颗勋章的时候,当然心满意足了。我,我所要的可不止这些。只要一个人不是傻瓜,成名比不成名显得更空虚。这一点你是应该知道的!”

“我知道,”克利斯朵夫说,“啊!天!我小时候理想的光荣绝对不是这样的。那时我对它多么热望!它在我眼里显得多光明!我远远地膜拜它,把它当做神圣的东西;哪知道实际上完全不是这么回事……可是没关系!你出了名也有一种奇妙的后果,就是能给人好处。”

“什么好处?胜利固然胜利了。可是有什么用?一切还是照旧。戏院,音乐会,还不是跟从前一样?不过是一个新的潮流代替了旧的潮流。他们不了解你,或者是走马看花地瞅你一下;而他们已经心不在焉,想旁的事了……便是你自己,你是不是了解别个艺术家?至少你没有被别个艺术家了解。你最爱的人也和你离得多远!你忘了你和托尔斯泰那回事吗?……”

克利斯朵夫曾经写信给托尔斯泰;他对他的著作十分佩服,想把他一个通俗的短篇谱成音乐,请求他的许可,同时把自己的歌集寄给他。托尔斯泰没有答复,正如舒伯特与柏辽兹把杰作寄给歌德的结果一样。他教人把克利斯朵夫的音乐奏了一遍,完全不懂,非常气恼。他认为贝多芬是颓废的,莎士比亚是江湖派。反之,他倒醉心于虚伪矫饰的小作家,认为《一个侍女的忏悔录》极有基督教精神。

“大人物是用不到我们的，”克利斯朵夫说，“我们应该想到别人。”

“别人？谁？布尔乔亚的群众，那些行尸走肉似的影子吗？为这些人写作，表演吗？为他们而虚度一生，那才惨呢！”

“对！我对他们的看法也和你一样，可并不丧气。他们不见得坏到哪里去！”

“你真是个乐天的德国人！”

“他们也是像我一样的人，为什么不能了解我呢？……而他们不了解我的时候，难道我就为之发愁吗？在这些成千累万的人中间，总有一两个赞成我的……这就得啦，只要一扇天窗就能呼吸到外边的空气……你得想到那些天真的看客，那些少年，那些淳朴的老人，为你悲壮的美把他们从平庸的日子里超度出来的人。你得回想一下你自己小时候的情形！把人家从前给你的好处和快乐转给别人，——哪怕只给一个人也是好的。”

“你以为真的有人会领情吗？我简直不敢相信……那些爱我们的人，其中最优秀的分子是怎样爱我们的？怎样看我们的？连会不会看都成问题。他们用着使我们屈辱的方式赞美我们；他们看到无论哪个江湖派的戏子，还不是感到同样的兴趣！他们把我们归在我们瞧不起的傻子队里。凡是走红的人，在他们眼里都是平等的。”

“可是，的确是最伟大的才能传到后世，成为最伟大的人。”

“那只是距离的作用。你离得越远，山显得越高。山的高度固然是看清楚了，可是你和它离得更远了……而且谁能说这些的确是最伟大的呢？凡是默默无闻的古人，你认得吗？”

“管他！”克利斯朵夫说，“即使连一个人也感觉不到我是怎么样的人，我可还是我。我有我的音乐，我爱它，我相信它；它比一切都更真。”

“在你的艺术里你是自由的，你可以为所欲为。可是我，又怎么办呢？我不得不扮演人家要我扮演的东西，一演再演，演到你心头作呕。美国有些演员把《里普》或《罗伯特·玛凯尔》①上演到一万次，一辈子

---

① 《里普》为一喜歌剧，故事见华盛顿·欧文短篇名著《里普大梦》。《罗伯特·玛凯尔》为十九世纪风行一时的喜剧，剧中人罗伯特·玛凯尔为荒淫无耻的小人典型。

倒有二十五年搬弄着一个无聊的角色。我们在法国虽还没到这个做牛马的地步,可是也走上这条路了。可怜的戏剧!群众所能容忍的天才只是极小量的,修正剪裁过的,洒着时兴的香水的……一个'时髦的天才'!不教你作呕吗?……浪费的精力不知有多少!你瞧人家怎么对付摩南的?他一辈子有什么东西可演?只有两三个人物是值得久存的:一个奥狄浅,一个卜里安克德。其余尽是无聊的东西!可是你想想罢,他可能创造出多伟大多了不起的角色!……在法国以外,情形也不见得更好。人家把杜斯①怎样安排的?她的生命是为了什么消耗的?为了多少无聊的角儿!"

"你真正的任务,是强迫社会接受强有力的艺术品。"

"白费心血,而且不值得。只要这些强有力的作品一上舞台,就会失去诗意,变成谎言。群众的气息把它摧残了。窒息臭秽的城里的群众,已经不知道什么叫做野外,什么叫做大自然,什么叫做健全的诗意;它需要一种像我们的脸一样褪色的诗。——啊!而且……而且……即使会成功的话,也不能充实生命,不能充实我的生命……"

"你还想着他。"

"想谁?"

"那个坏蛋喽。"

"是的。"

"如果你跟那家伙在一起,如果他爱你,你也得承认你决不会快乐,你还是会自寻烦恼的。"

"不错……唉!我自己也弄不明白……过去的生活需要我奋斗的地方太多了,我受的磨折太厉害了,再也恢复不了平静的心境,我心里老是烦恼,骚动……"

"那是你没受过磨折以前早有的。"

"也许是吧……不错,我小时候就有烦恼。"

"那末你究竟要些什么呢?"

"我怎么说得清?我要的不是我的力量所能做到的。"

① 杜斯(1859—1924)为意大利有名的女演员。

“我知道这种境界，”克利斯朵夫说，“我少年时代也是这样的。”

“可是你已经成人了。我却永远是少年，根本是个不完全的人。”

“没有一个人是完全的。所谓幸福，是在于认清一个人的限度而安于这个限度。”

“那对我是不可能了。我已经越出界限。生活逼着我，糟蹋我，把我变成残废了。可是我觉得自己很可能成为一个正常的，又健康又美丽的女子，不至于像那些糊里糊涂的人一样。”

“你还是能够啊。我看你现在多好！”

“告诉我，你把我看做怎么样的人？”

他假定她是在自然与和谐的情形之下发展起来的，非常快乐，爱着人家，也受到人家的爱。她听着心里很舒服，可是过后又说：“现在不可能了。”

“那末你应当像老亨德尔双目失明的时候那样对自己说，

”

他又在琴上弹给她听。她把他拥抱了，拥抱她亲爱的疯癫的乐天主义者。他给她安慰；她可给他苦恼，至少是怕要使他苦恼。她常常像发病一样的受到绝望的侵袭，又没法瞒着他；爱情使她变得软弱了。夜里，两人躺在床上，她悄悄地熬着痛苦的时候，他猜到了，要求这个似近而实远的朋友把压着她的重担分一些给他；于是她忍不住了，扑在他怀里，一边哭着一边说出心里的话；克利斯朵夫整夜地安慰她，很有耐性，一点都不生气。可是日子一久，这种无穷尽的烦恼势必要打击他。法朗梭阿士唯恐他传染到自己的骚乱。她太爱他了，决不能让他为了自己受苦。有人请她到美国去登台；她答应了，借此强迫自己动身。她和他分手，使他心里非常屈辱。而她自己也有同样的感觉。可叹两个人竟不能使彼此幸福！

“可怜的朋友，”她又悲哀又温柔地笑着说，“咱们真不高明！将来我们永远没有这样美妙的机会,永远找不到这样的友谊的了。可是没有办法,没有办法。咱们太蠢了!……”

他们互相望着,垂头丧气,难过到极点,为了免得哭而笑着,拥抱着,分别了,眼中含着泪。他们从来没像分别的时候那么相爱。

她动身以后,他又回到他的老伙伴——艺术中去……噢!群星密布,天上是一片和平!……

隔不多时,克利斯朵夫接到雅葛丽纳的一封信。她写信给他,这还不过是第三次;信中的语气和她以往的大不相同。她表示因为不再见到他而非常遗憾,很亲热地要他去,倘若他不愿意使两位爱他的朋友伤心的话。克利斯朵夫快活极了,但并不奇怪。他早就料到,雅葛丽纳对待他的不公平的态度不会永远继续下去的。他喜欢念着老祖父的一句取笑的话:“女人早晚必有些心地善良的时间,只要你耐心等待。”

因此他就回到奥里维那边去,他们见到他表示非常快慰。雅葛丽纳特别殷勤,把她素来刻薄的口吻也藏起去了,绝口不说足以伤害克利斯朵夫的话,她关切他的工作,很有见识地谈到一些严肃的问题。克利斯朵夫以为她改变了。其实她的改变仅仅是为讨他喜欢。雅葛丽纳听人提起克利斯朵夫和时髦女戏子的恋爱,——那是已经传遍巴黎的新闻,——不禁对克利斯朵夫有了好奇心,另眼相看了。她这一回久别重逢之下,觉得他果然比从前可爱得多,连他的缺点也不无魅力。她发现克利斯朵夫有天才,应当教他爱上自己才好。

青年夫妇的生活情况并没好转,甚至更坏。雅葛丽纳烦闷得要死……女人是多么孤独啊!除了孩子以外,什么都牵不住她;而孩子也不足以永远牵住她:因为倘若她不但是个女人,而且是个十足地道的女性,有着丰富的灵魂而对生活苛求的话,她就天生的需要做许多事情,而那是没有人家帮忙,不能单独完成的!……男人可没有这样孤独,哪怕在最孤独的时候也不到女人那个地步。他心里的自言自语就足够点缀他的沙漠;而倘若他和另外一个人一起孤独的话,他就更加能适应,因为他更不注意孤独,而老是自言自语了。他想不到自己若无其事的在沙漠中自个儿说话,使身边的女人觉得她的静默更惨酷,她的沙漠更可怕,因为对于她,一切的语言都已经死了,爱情也不能使它再生了。

他没注意到这一点;他不像女人一样把整个生活孤注一掷地放在爱情上面,他还关切着旁的事……但谁去关切女人们的生活和无穷的欲望呢?这些亿兆的生灵,怀着一股热烈的力量,自从有人类起,四千年来老是毫无结果地燃烧着,把自己奉献给两个偶像:爱情与母性,——而母性这个崇高的骗局,对千千万万的女人还靳而不与,对另一部分的女子不过是充实了她们几年的生命……

雅葛丽纳在失望中煎熬。她有时感到的恐怖,好比有把刀直刺她的心窝。她想:

"我为什么活着呢?我为什么要生在世界上呢?"

这样她就悲痛到极点。

"天哪!我要死了!天哪!我要死了!"

这个念头常常在夜里跟她缠绕不休。她梦见自己说着:"今年是一八八九年。"

"不,"有人回答她,"是一九〇九年。"

她想到实际的年龄比自己想象的大了二十岁,非常难过。

"生命快完了,我还没有生活过!我这二十年是怎么过的?我把自己的生命怎么搞的?"

她梦见自己变了四个小姑娘,住在同一间房里,分床睡着。四个都是同样的身材,同样的脸,一个八岁,一个十五岁,一个二十岁,一个三十岁。三个都染了时疫死了。第四个在镜子里照着,突然害怕起来;她看到自己的鼻子瘦下去了,脸拉长了……她也要死了,——一切都完了……

"……我把自己的生命怎么搞的?……"

她流着泪醒来;噩梦并不因白天的来到而消失,白天就是噩梦。她把她的生命怎么搞的?谁把它糟蹋了的?……她开始恨奥里维了,拿他当做无邪的共谋犯——(无邪也不相干,反正是害了人!)——当做压迫她的盲目的规律的共谋犯。事后她后悔,因为她心是好的;但她太痛苦了;而那个压迫她生命的人物虽则也在痛苦,她仍禁不住要使他更痛苦,作为报复。过后她更难过,厌恶自己;她觉得如果没法救出自己,那她还要增加人家的痛苦。而这救出自己的方法,她就在周围摸索寻找，好比一个淹在水里的人，不管什么都要抓住；她试着去关切一些事情、一件作品、一个人物，好让她拿来变作自己的事、自己的作品、自己的人物。她勉强再去做些文化工作，学外国语，写一篇论文，一个短篇，从事于绘画，作曲……可是没用：她第一天就灰心了。觉得太难了。而且“书啊，艺术品啊，算什么呢？我还不知道是否爱它们，不知道它们究竟存在不存在……”——有些日子，她非常兴奋地和奥里维有说有笑，似乎对他所说的很热心，她想法教自己麻醉……只是徒然：突然之间兴致没有了，心凉了，她只得躲起来，没有眼泪，没有喘息，只是垂头丧气。——她侵蚀奥里维的工作已经有几分成功。他变得怀疑，倾向于浮华了。但她并不满意，觉得他和自己一样软弱。两人几乎每天晚上都出门；她在巴黎各处交际场中厮混。谁也没想到，她那含讥带讽而精神老是紧张的笑容下面，藏着悲恸欲绝的苦闷。她找一个能够爱她、支持她、不让她掉入深渊的人……可是找不到。她无可奈何地呼吁，毫无回响。只有一片静默。

她绝对不爱克利斯朵夫；她受不了他粗鲁的举止，令人难堪的爽直，尤其是他的淡漠无情。她绝对不爱他；但她感到他至少是强者，——是死亡上面的一块岩石。她想依附这块岩石，依附这个身在水中而头在水外的人，要不然就把他拖下水去……

而且，单使丈夫跟他的朋友分离还嫌不够，她得把那些朋友从他手里抢过来。最老实的女子有时也有一种本能逼她们尽量地，甚至于过分地施展她们的威力。这样滥用威力的结果，她们的弱点才显出力量。倘若是一个自私的、傲慢的女人，那末她会觉得窃取丈夫的朋友的友谊有种不可告人的乐趣。事情挺容易：只要丢几个眼风就够了。不管那男的老实不老实，他难得不上钩的；朋友尽管知己，尽管能够避免行动，但思想上总是已经欺骗了他的朋友。那朋友要是发觉的话，双方的交谊就完了：彼此都用另一副眼光相看了。——玩这种危险手段的女子，往往至此为止，不再有进一步的行动：她把两个友谊破裂的男人一齐抓在手里，任意摆布。

克利斯朵夫注意到雅葛丽纳的亲热，毫不惊奇。他一朝对一个人抱着好感的时候，自有一种天真的倾向，认为人家一定也会毫无作用的爱他。所以看着雅葛丽纳那么殷勤,他也表示一样的殷勤,觉得她非常可爱,跟她玩得很痛快。结果他对她观感太好了,差不多要认为奥里维的不能幸福是由于奥里维自己的笨拙。

他陪着他们坐汽车去作几天短期旅行。朗依哀家在蒲高涅乡下有一所老屋子,仅仅为了它是老家的纪念物而保存着,平时不大去住的:克利斯朵夫就在那儿做客。屋子孤零零地位于葡萄园与森林中间;内部已经破旧,窗子也关不严;到处有股霉烂的、阴凉的、被太阳晒热的树脂味。和雅葛丽纳一起过了几天之后,克利斯朵夫渐渐地感到一种甜蜜的情绪,可是精神并不骚动;他看着她,听着她,拂触到那美丽的身体,呼吸到她的气息,颇有一种无邪的,可是也带点儿肉感的快乐。奥里维稍微担着心,一声不出。他毫无猜疑的意思,但心里模模糊糊地觉得不安,而又不敢承认。他认为自己不应该这样揪心,便故意让他们常常单独在一块。雅葛丽纳看到他的心思,觉得很感动,想和他说:"喂,朋友,别难过罢。我爱的还是你啊。"

可是她并不说:他们三个人听让自己去冒险:克利斯朵夫是一无猜疑,雅葛丽纳是不知道自己有什么欲望,也就存着弄到哪儿算哪儿的心;唯独奥里维一个人有着先见之明,有着预感,但为了自尊心和爱情,不愿意去想。然而意志缄默的时候,本能就要说话了;心不在这儿的时候,肉体就要自由行动了。

一天晚上,吃过晚饭,大家觉得夜景美极了,——没有月亮,满天星斗,——都想到园中去遛遛。奥里维和克利斯朵夫已经走出屋子。雅葛丽纳上楼去拿一条围巾,好久不下来。最讨厌女人行动迟缓的克利斯朵夫,进屋去找她。——(近来他不知不觉当了丈夫的角色。)——他听见她在那边来了。但他进去的那间屋子,百叶窗统统关了,什么都瞧不见。

"喂!来罢,老是收拾不完的太太,"克利斯朵夫嘻嘻哈哈地嚷着,"你把镜子照个不停,不怕把镜子照坏吗?"

她不回答,停住了脚步。克利斯朵夫觉得她已经在屋子里,可是站着不动。

"你在哪儿啊?"他问。

她还是不作声。克利斯朵夫也不说话了，只在暗中摸索；突然他感到一阵骚动，心儿乱跳，也停了下来，听见雅葛丽纳的呼吸就在身边。他又走了一步，又停住了。他知道她就在近旁，但他不愿意再向前。静默了几秒钟。突然之间，两只手抓住了他的手，把他拉着，一张嘴贴在了他的嘴上。他把她紧紧搂着。大家没有一句话，一动也不动。——然后嘴巴离开了，彼此挣脱了。雅葛丽纳走出屋子。克利斯朵夫气吁吁地跟着她，两腿索索地发抖。他靠着墙站了一会儿，让全身奔腾的血平静下去。终于他追上了他们。雅葛丽纳若无其事地和奥里维说着话。他们走在前面，和他相隔几步。克利斯朵夫垂头丧气地跟着。奥里维停下来等他。克利斯朵夫也跟着停下。奥里维亲热地叫他。克利斯朵夫只是不答。奥里维知道朋友的脾气和那种死不开口的癖性，也就不坚持而继续和雅葛丽纳往前走了。克利斯朵夫木头人似的随在后面，隔着十来步，像条狗一样。他们停下，他也停下。他们走，他也走。大家在园中绕了一圈，进去了。克利斯朵夫上楼去关在自己房里：不点灯，不睡觉，不思想。到了半夜，他倦极了，把手和脑袋靠在桌上；睡着了。过了一小时，他醒过来，点起蜡烛，性急慌忙地把纸张杂物都收起来，整好了衣箱，倒在床上直睡到天亮。然后他带着行李下楼，动身了。大家整天等着他，找他。雅葛丽纳面上装做很冷淡，心里又气又恼，用一种侮辱的讥讽的神气，故意检点她的银器。直到第二天晚上，奥里维方始接到克利斯朵夫一封信：

好朋友，别怪我像疯子一般地走了。我是疯子，你也知道的。有什么办法呢？我就是我。谢谢你亲切的招待。那真是太好了。可是你瞧，我从来不能和别人一起生活。也许我根本不配生活。我只能躲在一边，远远地爱着别人，这样比较妥当。要从近处看人，我会厌恶他们。而这是我不愿意的。我愿意爱别人，爱你们。噢！我多愿意使你们幸福。要是我能够使你们，——使你幸福，我肯牺牲我自己所能有的幸福！……但这是不允许的。一个人只能为别人引路，不能代替他们走路。各人应当救出自己。救你罢！救你们罢！我多爱你！——耶南太太前乞代致意。

克利斯朵夫

“耶南太太”抿着嘴唇，念完了信，带着轻蔑的笑容冷冷地说：“那末听他的劝告。救救你自己罢。”

奥里维伸出手去想收回信来，雅葛丽纳却把信纸搓成一团，摔在地下；两颗眼泪在眼眶中涌了上来。奥里维抓着她的手，慌慌张张地问：“你怎么啦？”

“别管我！”她愤愤地叫着。

她出去了，在门口又嚷了一声：“你们这批自私的家伙！”

克利斯朵夫终于把《大日报》方面的保护人变成了仇敌。那是早在意料之中的。克利斯朵夫天生有那种为歌德所称扬的“不知感激”的德性：

“不愿意表示感激的脾气是难得的，只有一般出众的人物才会有。他们出身于最贫寒的阶级，到处不得不接受人家的帮忙；而那些恩德差不多老是被施恩的人的鄙俗毒害了……”

克利斯朵夫认为不能为了人家的援助而降低自己的人格，也不能放弃自由，那跟降低人格并无分别。他要给人好处，决不自居为希望收利息的债主，而是把好处整个地送人的。他的恩主们的见解可不是这样。他们认为受恩必报是天经地义，所以克利斯朵夫不肯在报馆主办的一个含有广告性质的游艺会中，替一支荒谬的颂歌写音乐，在他们眼中简直是岂有此理。他们暗示克利斯朵夫说他行为不对。克利斯朵夫置之不理。不久他还很不客气地否认报纸所宣传的他的主张，使那些恩主们愈加老羞成怒。

于是报纸开始用各种武器攻击他了。人们又搬出一些血口喷人的古老的武器，那是一切低能的人用来攻击一切创造者而从来杀不死一个人的，可是对于所有的糊涂蛋，的确百发百中，极有效果。他们指控克利斯朵夫的罪名是剽窃。他们割裂他的作品，取出其中的一段，再从一些无名作家的曲子里取出一段来化装一番，证明他偷了别人的灵感，说他想扼杀年轻的艺术家。这一套要是出之于一般以狂吠为职业的人，出之于趴在大人物肩上喊着“我比你更伟大”的下贱的批评家，倒还罢了；可是有才气的人也要互相倾轧，竭力教对方受不了。他们完全不知道:世界之大尽够他们安安静静地各做各的工作,而各人为了发展自己的才具已经需要拼命地奋斗了。

德国有些嫉妒的艺术家常常把武器供给克利斯朵夫的敌人,必要的时候还能发明些武器。这种人在法国也有的是。音乐刊物上的国家主义者——其中不少是外国人,——指出克利斯朵夫出身的种族,也算是对他的一种侮辱。克利斯朵夫的名气已经不小;就因为他走红,连那些毫无成见的人看了也恼了,——其余的更不必说。在音乐会听众里面,此刻有一批上流人物和前进杂志的作家热烈拥护克利斯朵夫,不问他写什么,总一致叫好,说在他以前简直没有音乐。有几个人解释他的作品,发现其中有哲学意义,使克利斯朵夫听了吃惊。又有几个从中看到一种音乐革命,说是对于传统的攻击,不知克利斯朵夫正敬重传统。他尽管分辩也没用。大家会说他根本不知道自己写的是什么。他们这样的佩服他就等于佩服他们自己。所以报纸上对克利斯朵夫的攻击,使他音乐界的同业非常痛快,因为他们相信那虚构的"谎言"是事实而表示愤慨。其实他们不爱他的音乐也用不着这些理由;自己并无思想可以表现,但照着呆板的方式把思想表现得非常流利的大多数人,一朝看到克利斯朵夫思想丰富,而凭着创造的想象力(表面上不免有点儿杂乱)表现得有些笨拙的时候,当然要恼怒了。一般当书记的家伙,只知道所谓风格便是文社学会里的公式,只消把思想放进去,像烹饪时把食物放入模子一样:所以他们一再指责克利斯朵夫不会写作。至于他最好的一批朋友,不想了解他的,或是因为老老实实地爱他(因为他使他们幸福)而真能了解他的,都是在社会上没有发言权的无名的听众。唯一能够替克利斯朵夫作强有力的答复的奥里维,和他分离了,似乎把他忘了。于是克利斯朵夫同时落在他的敌人和他的崇拜者手里;这两种人做着竞争,看谁把他损害得更厉害。他厌恶之余,绝对不加声辩。有一回他在一份大报上读到一个为大众的愚昧与宽纵所造成的艺术界权威,——一个僭越的批评家对他的宣判,他耸耸肩说:

"好罢,你批判我罢。我也批判你。一百年以后看你们投降不投降!"

可是眼前到处是对他的毁谤;而群众照例是有一句信一句,对于最荒谬最卑鄙的控诉都信以为真。

克利斯朵夫仿佛觉得自己的处境还不够困难,居然挑了这个时期跟他的出版家反目。其实他没有什么可以抱怨哀区脱的,他依次印行他的新作,跟他的交易也很诚实。固然,这种诚实并不能使他不订立对克利斯朵夫不利的契约;但这些契约他是遵守的,只嫌遵守得太严格。有一天,克利斯朵夫出乎意外地发现他的七重奏被改为四重奏,一支普通的钢琴曲被改为——而且改得很笨拙——四手的钢琴曲,事先都没通知他。他便跑去见哀区脱,把这些违法的乐谱丢在他面前,问:“你知道这个吗?”

“当然知道。”

“你竟然敢……竟然敢私自窜改我的作品,不经我的许可!……”

“什么许可?”哀区脱静静地说,“你的作品是属于我的。”

“也是属于我的!”

“不是的。”哀区脱语气很温和地说。

克利斯朵夫跳起来:“怎么,我的作品会不属于我的?”

“你把它们卖掉了。”

“你这是跟我开玩笑了!我卖给你的是纸。你要拿它去赚钱,尽管去赚罢。但写在纸上的是我的血,是属于我的。”

“你什么都卖给我了。以初版每份三十生丁计算,我已经预付你三百法郎,作为你卖绝的代价。在这种条件之下,你把作品的全部权利都让给我了,没有任何限制,也没有任何保留。”

“连毁掉它的权利也在内吗?”

哀区脱耸耸肩,按了铃,对一个职员说:“把克拉夫脱先生的案卷给拿来。”

他静静地把契约条文念给克利斯朵夫听,那是当时克利斯朵夫并没看过一遍就签了字的,——也是依照音乐出版家普通契约的规则订的:——“哀区脱君取得作家全部的权利,由哀区脱独家出版、发行、镌版、印刷、翻译、出租、出售,在音乐会、咖啡店音乐会、舞场、戏院等处演奏,加以修正,改削,以便适合任何乐器,或增加歌词,或更换题目,或……均由哀区脱君自由处理,与任何人无涉……”

“你瞧，”他说，“我还是极客气的呢。”

“不错，”克利斯朵夫说，“我得谢谢你。你还可以把我的七重奏改成咖啡店音乐会里的小调呢。”

他不作声了，狼狈不堪地把手捧着头，再三说：“我把灵魂出卖了。”

“放心罢，”哀区脱带着讥讽的口气，“我决不滥用我的权利。”

“你们的共和国竟允许有这种交易吗？你们说人是自由的。实际上你们却是在拍卖思想。”

“你已经取得了代价。”哀区脱回答。

“是的，三十生丁，”克利斯朵夫说，“拿回去罢。”

他在袋里掏着，想拿出三百法郎来还给哀区脱，可是拿不出。哀区脱微微笑着，带着轻蔑的神气。这笑容使克利斯朵夫愈加有气。

“我要我的作品，”他说，“我向你赎回来。”

“你没有赎回的权利，”哀区脱回答，“可是我素来不愿意勉强人，只要能赔偿我的损失，我答应你赎回。”

“好罢，就是为此而要把我自己卖掉也行。”

哀区脱在半个月以后提出的条件，他毫不争论地接受了。他发了傻劲，决意收回全部作品的出版权，代价是比他从前的收入多出五十倍，虽然这赔偿的数目不能说夸张：因为那是哀区脱根据实际的利润精密计算出来的。克利斯朵夫一时没法偿付，而这也早在哀区脱意料之中。他并不想打击克利斯朵夫，认为以艺术家而论，以一个普通人的人格而论，他比任何青年音乐家都值得重视；但他要给克利斯朵夫一个教训：他绝对不容许人家干涉他权利以内的行动。并且那些契约的规则不是他定的，而是当时通行的；所以他觉得很公平。此外他还真心相信，那些条文对作家的好处并不亚于对出版家，出版家更懂得推广作品的方法，不像作家那样拘泥着一些感情问题，——这种顾虑不用说是很高尚的，但究竟和他真正的利益背道而驰。他决意要教克利斯朵夫成功，可是要照他的方式，要克利斯朵夫完全听他摆布才行。他要使克利斯朵夫感觉到，不要他帮忙也没这么容易。于是他们成立了一个协定：如果六个月以内克利斯朵夫不能赔偿损失，克利斯朵夫的作品就完全归哀区脱所有。显而易见,在那个期限之内,克利斯朵夫连这笔款子的四分之一都不见得能凑起来。

可是他一味固执,把多么可纪念的屋子退租了,另外租了一所便宜的,卖掉了好多东西,——他很奇怪地发觉竟没有一件值钱的,——借着债,求助于好心的莫克,不幸他那时贫病交加,闹着关节炎,没法出门。他又去找别的出版家,条件到处都和哀区脱的一样不公平,有的甚至还不愿意接受。

那时正碰上音乐刊物对他攻击最猛烈的时期。巴黎某一份大报对他特别凶狠,一个不署名的编辑拿他当做该打的孩子:没有一星期不在《回声》栏内写些诬蔑的文字把他形容得非常可笑。另外一个音乐批评家再来跟那位不露面的同事唱双簧:任何细微的借口都可以使他发泄一下残暴的兽性。这还不过是第一战役:他预告过几天再来一个彻底的歼灭战。他们不慌不忙,知道任何确凿的指控对群众的效果还不及反复不已的讽示,便像猫儿耍弄耗子一样地耍弄克利斯朵夫,把每篇文字寄给他。他虽抱着鄙夷不屑的态度,也不免因之痛苦。然而他始终缄默,不去答复那些侮辱,——(即使他要答复,也不一定能够)——只固执着为了无益的、过分夸大的自尊心,跟他的出版家奋斗。他为此损失了时间、精力、金钱,同时又损失了他唯一的武器,因为他意气用事,不愿意让哀区脱再为他的音乐作宣传。

突然,一切改变了。报上预告的文字始终没发表。对群众的讽示也静默下来。攻击忽然停止了。不但如此:两三星期以后,那份日报的批评家还借着偶然的机会写了几行赞美的文字,似乎证实他们已经讲和了。莱比锡一个有名的出版商有信要求承印他的作品,契约的条件对作者很有利。一封盖有奥国大使馆印章的恭维信,向克利斯朵夫表示很愿意在使馆的庆祝会中演奏他的曲子。克利斯朵夫所赏识的夜莺也被请去演奏。这样以后,夜莺立刻被德意两国侨居巴黎的贵族邀请。有一回克利斯朵夫也不能不出席这一类的音乐会,居然受到大使热烈的招待。可是只谈了几句话,他就知道这位主人并不懂得音乐,对他的作品茫无所知。那末这种突如其来的好感是从何而来的呢？似乎有一个人在暗中照拂他,替他排除障碍,替他开路。克利斯朵夫探问之下,大使提到克利斯朵夫的两位朋友，说裴莱尼伯爵和伯爵夫人对他非常钦佩。克利斯朵夫连这两个姓氏都没听到过；而在他到使馆去的那晚，也没机会见到他们。他并不一定要认识他们。这个时期他对所有的人都觉得厌恶，对朋友也像对敌人一样的不信任。他认为友和敌都同样靠不住，只要吹过一阵风，他们就会改变的；我们不应当依赖他们，而应当像那位十七世纪的名人所说的：

“上帝给了我朋友；又把他们收回去了。他们把我遗弃。我也把他们丢了，从此只字不提。”

自从他那天离开了奥里维的屋子，奥里维再没消息给他；他们之间似乎一切都完了。克利斯朵夫不想再交新朋友，以为裴莱尼伯爵夫妇也是那些自称为他的朋友的时髦人物，所以完全不想跟他们见面，倒反有心躲避他们。

不但如此，他还想躲避整个的巴黎。他需要在亲切而孤独的环境中隐遁几个星期。啊！要是他能够到故乡去静修几天的话，——只要几天就行了！这种思想慢慢地变成了一种病态的欲望。他要再见他的莱茵，他的天空，埋着他的亡人的土地。他非要重见一次不可。但那是有被捕的危险的：从他亡命以来，通缉令始终没撤销。可是他觉得，为了要回去，哪怕只是回去一天，他什么傻事都会做出来的。

幸而他和一个新的保护人提到这个心愿。德国使馆有个青年随员，在某次演奏他作品的晚会中遇到他，说他的祖国对于一个像他那样的音乐家一定是很得意的，克利斯朵夫很心酸地回答：“不错，祖国为了我得意极了，甚至于让我死在国门外面而不许我进去。”

年轻的外交官要他把原因解释了。过了几天，他去找克利斯朵夫，对他说：

“上面有人关切你。一个地位极高的人物，有权使那个通缉令暂时不生效力的人，知道了你的情形，很表同情。我不知道你的音乐怎么会使他喜欢的：因为——（我们之间不妨老实说）——他趣味并不高明，但是个聪明人，心很好。他此刻虽不能马上撤销你的通缉，但倘若你想回去两天，看看你的家属的话，地方当局可以装聋作哑。这儿是一张护照。你到的时候跟离开的时候教人家验一验。诸事小心，别引起人家的注意。”

克利斯朵夫又见到了一次故乡。依照人家答应的期限，他耽了两天，只跟乡土和埋在乡土里的人叙了一番旧话。他看到了母亲的坟。草长得很长，但鲜花是新近供上的；父亲跟祖父肩并肩地长眠着。他坐在他们脚下。墓背后便是围墙，高头是一株长在墙外凹陷的路上的栗树的树荫。从矮墙上望过去，可以看到金黄色的庄稼，温暖的风在上面吹起一阵柔波，太阳照着懒洋洋的土地；鹌鹑在麦田里叫，柏树在墓园上面簌簌地响。克利斯朵夫自个儿在那里出神，心非常安静：双手抱着膝盖坐着，背靠着墙垣，望着天。他把眼睛闭了一会儿。啊，一切多单纯！他仿佛就在自己家里，和亲人在一块儿。他和他们挨得很近，手握着手。这样地过了几小时。傍晚，沙子铺的走道上忽然有脚步的声音。守墓的人走过，对坐在地下的克利斯朵夫望了望。克利斯朵夫问那些花是谁供的。那人回答说是蒲伊农庄上的主妇，每年总得上这儿来一两次。

“是洛金吗？”克利斯朵夫问。

他们就此攀谈起来。

“你是儿子吗？”园丁问他。

“她有三个儿子呢。”克利斯朵夫回答。

“我说的是汉堡的那一个。其余两个都没出息。”

克利斯朵夫的头微微往后仰着，一动不动，不作声了。太阳下山了。

“我要关门了。”园丁说。

克利斯朵夫站起来，和他在墓园中绕了一转。园丁带他去看他住的地方。克利斯朵夫在那里停了一会儿，看看死者的留名。啊，多少熟人的名字都在这儿了！老于莱，——于莱的女婿，——还有他童年的伴侣，和他玩耍的小姑娘，——最后有一个名字使他心中一动：阿达！……大家都得到安息了……

晚霞如带，铺在平静的天边。克利斯朵夫走出墓园，在田野里溜达了好久。星都亮起来了……

第二天他又去，在老地方消磨了一个下午。但上一天那种恬静的心境变得活跃了。心中唱着一支无愁无虑的快乐的颂歌，他坐在墓栏上把那支歌用铅笔记上小册子。一天又这样地过去了。他觉得自己在当年的小房间里工作，妈妈就在隔壁。写完了歌，要动身的时候，——已经走了几步，——他忽然改变主意，回来把小册子藏在草里。天上滴滴答答地下了几点雨。克利斯朵夫想道：

“不久那就得化为泥土。好罢！……我这是给你一个人的，不是给别人的。”

他又看到了河，看到了熟悉的市街：情形跟从前大不同了。城门口，在废弃的壕沟的走道上，有个小小的皂角树林，他以前看着种起来的，现在占了很大的地方，把老树都挤塞了。沿着特·克里赫家花园的围墙走去，他还认得那根界碑，小时候爬到上面眺望园子的；他不胜奇怪地发现：那条街，那道墙，那个花园，都变得狭小了。在铁门前面，他停了一会儿，等到继续往前走的时候，恰好有辆车经过；他无意中抬起头来，看见一个鲜艳的、肥胖的、得意扬扬的少妇，好奇地在车中打量他。接着她惊讶地叫了一声，做了个手势教车子停下，喊道：“是克拉夫脱先生吗？”

他停住了脚步。

她笑着说：“我是弥娜呀……”

他迎上前去，心里差不多像初次遇到她①的时候一样地慌乱。和她一起有位高大秃顶、胡须往上翘起的、志得意满的男子，她介绍说是“法官洪·勃龙罢哈先生”，——她的丈夫。她要克利斯朵夫到她家里去。他想法推辞。但弥娜一味嚷着：“不，不，一定要来，还得在我们家吃晚饭。”

她说话又响又急，不等克利斯朵夫问，就把自己这几年的情形统统讲了出来。克利斯朵夫被她的大声叫嚷闹昏了，只听到一半，只管望着她。啊，啊，这便是他的小弥娜！她长得结实，丰满，皮肤挺好，颜色像蔷薇似的，但线条都松了，尤其是那个丰腴的鼻子。姿势，态度，风韵，

---

① 参阅卷二：《清晨》。——原注

都和从前一样;唯有身材变了。

她老是说个不停,和克利斯朵夫讲着她过去的历史,她的私事,讲着她爱丈夫和丈夫爱她的方式。克利斯朵夫听了很窘。她却非常乐观,没有一点儿批评精神,觉得——(至少在当着别人的时候)——她的城市、她的屋子、她的家庭,都胜过别的城市、别的屋子、别的家庭。她在丈夫面前说丈夫是"她从来没有见过的最伟大的男子",在他身上有"一股超人的力量"。而那"最伟大的男人"一边笑着一边拍拍弥娜的腮帮,和克利斯朵夫说她是"一个了不得的贤惠的太太"。这位法官似乎知道克利斯朵夫的事,不能决定对他应该表示敬意还是轻蔑,既然一方面他还有旧案未了,另一方面又有大老庇护;结果他决定参用这两种态度。弥娜可老是滔滔不绝地说着,对克利斯朵夫说了一大堆关于自己的事,又转过话题来提到他了;她问他这个那个,内容的亲密恰好像她的自白一样,因为她刚才的叙述就是对他并未提出而由她自己假想出来的问题的答复。她能重新见到克利斯朵夫,真是高兴极了;她对他的音乐一无所知,可是知道他已经成名,觉得自己被他爱过——(而被她拒绝)——是很可以得意的,便在说笑之间提到那件事,也不管措辞的雅俗。她要他在纪念册上签名,紧盯着盘问他巴黎的情形。她对这个城市所表示的好奇心,正好跟她的轻蔑相等。她自称为认识巴黎,去过歌舞剧场、歌剧院、蒙玛德尔、圣·格鲁。据她说来,巴黎女子都是些淫娃荡妇,毫无母性,只希望孩子越少越好,有了也置之不问,把他们丢在家里而自己到戏院与娱乐场所去。她绝对不允许人家表示异议。晚上,她要克利斯朵夫在琴上奏一阕。她觉得妙极了,但心里认为丈夫的琴和克利斯朵夫弹得一样高明。

克利斯朵夫很高兴见到弥娜的母亲,特·克里赫太太。他暗中老是感激她,因为她以前待他很好。她此刻心地还是那样慈悲,并且比弥娜更自然,但对克利斯朵夫永远带点取笑的态度,那是他从前为之气恼的。她和他当年离开她的时候完全一样,喜欢着同样的东西,觉得一切都很好,也不可能有另一种面目。她把以前的克利斯朵夫和今日的克利斯朵夫相比之下,还是更喜欢小时候的克利斯朵夫。

除了克利斯朵夫,克里赫太太周围的人一个也没改变思想。死气沉沉的小城,眼界的狭窄,使他受不了。那晚上有一部分的时间,主人们都在说他不认识的人的坏话。他们老注意着乡邻的可笑,把凡是跟他们不同的地方都叫做可笑。这种恶意的好奇心,永远关切着一些无聊的事,终于使克利斯朵夫非常难受。他提到自己在外国的生活,但立刻感到他们是没法领会这种法国文明的。过去他讨厌这种文明,现在回到本国来,倒是他代表这文明而觉得它可贵了;——自由的拉丁精神的第一条规律是了解:不惜把"道德"牺牲了去换取"尽量的了解"。在那些主人们身上,尤其在弥娜身上,他重新发现以前伤害过他而他已经忘了的那种骄傲,——从弱点上来的,也是从德性上来的骄傲,——只知道守本分而没有一点慈悲心,以自己的德性来傲视别人:凡是自身没有的缺陷,他们都瞧不起;最重要的是体统,"不合常规"的优越都是要不得的。弥娜心平气和的,俨然的,相信自己永远不会错;批判别人的时候用的老是同样的尺寸,她不愿意费心去了解他们,只知道关切自己。她的自私染上了一层模糊的玄学色彩,无论什么都离不开她的自我和自我扩张。或许她心地很好,能够爱别人。但她太爱自己,尤其是太尊重自己。她似乎永远要在她的自我前面加一个"长老"或"敬礼"的字眼。我们可以觉得,要是她最心爱的男人胆敢有一刻儿——(以后他一定会后悔无穷),——对她尊严的自我失敬的话,她就会不爱他,永远地不爱他……嘿!为什么不丢开你这个"自我",想想"你"呢?……

然而克利斯朵夫并不用严厉的眼光看待她。他平时那么容易气恼,此刻竟非常耐心地听着,不让自己批判她,只把童时的回忆像一道光轮般罩着她,一心一意要在她身上找出小弥娜的影子。她某些姿态的确保存着当年的模样,嗓子有些音色也还能引起动人的回忆。他耽溺着这些,不声不响,也不听她的话,只装做听着的样子,始终对她表示一种温柔的敬意。可是他不大能集中精神:现在这个弥娜的咭咭呱呱的声音使他听不见从前的弥娜。最后他有点腻了,站起身来,心里想着:

"可怜的小弥娜!他们想教我相信你在这里,在这个大声叫嚷,使我厌烦的,美丽肥胖的女人身上。但我明明知道不是。算了罢,弥娜。

咱们跟这些人是不相干的。”

他走了，推说明天再来。倘若他说出当晚动身的话，不到开车的时间他们一定不让出门的。在黑夜里才走了几步，他又恢复了没有遇到弥娜以前的那种愉快的印象。不痛快的夜晚一下子就给忘了；莱茵的声音把什么都淹没了。他走到河滨，靠近自己出生的屋子。他一看就认得了。护窗关得严严的，里头的人已经睡了。克利斯朵夫在路中停下，觉得要是去敲门的话，那些熟识的幽灵一定会来开的。他走上屋子四周的草原，到河边从前跟舅舅谈话的地方坐下。以往的日子仿佛都回来了。而那个跟他一起做过美妙的初恋的梦的、心爱的小姑娘，也复活了。少年的温情，甜蜜的眼泪，无穷的希望，都重新温了一遍。他自嘲自讽地笑着对自己说：

“我简直没得到人生的教训。明知故犯……明知故犯……永远做着同样的梦。”

能够始终如一地爱，始终如一地信仰是多么好！凡是被爱过的都是不死的。

“弥娜，和我在一起的——不是和另外一个男人在一起的……弥娜，永远不会老的弥娜！……”

朦胧的月从云端里出来，在河上照出粼粼的银光。克利斯朵夫觉得河面跟他所坐的陆地比以前近多了。他走过去细看了一下。是的，从前在这里，在这株梨树的外边，有一带沙地和一方小小的草坪，他老在上面玩儿的。河流把它们侵蚀了；水已经浸到梨树的根。克利斯朵夫不由得悲从中来。然后他向车站走去。那儿也变了一个新兴的市区：——有穷人的住家，有正在建筑的工场，有工厂的烟囱。克利斯朵夫记起下午看到的皂角树林，想道：“那边，河流也在侵蚀……”

在阴影中沉睡的古旧的城市，和城里的一切生人与死者，对他更显得可贵了，因为他觉得它们受着威胁……

敌人已经占有了城垣……

赶快把我们的人救出来罢！死亡窥伺着我们所爱的一切。赶快把正在消失的脸庞塑成永久的铜像罢。我们得从火焰中救出国家的财宝,趁着大火还没把宫殿烧毁的时候……

克利斯朵夫好似一个逃避洪水的人,上了火车走了。可是也和那般从城里救出护城神的人一样,克利斯朵夫把那些从乡土里爆起来的爱的火花,过去的神圣的灵魂,一齐揣在怀里带走了。

在某个时期内,雅葛丽纳和奥里维彼此接近了些。雅葛丽纳的父亲故世了。在真正的苦难前面,她才感到别的苦难都是无聊的;而奥里维的温情也把她对他的感情重新燃烧起来。她觉得倒退了几年,过着像玛德姑母死后那些凄凉而紧接着爱情的日子。她认为自己对人生太不知足,应当要感谢人生没有把它所给的些少东西收回。现在知道了这些少东西的价值,她就拼命地抓着。医生劝她离开一下巴黎,免得永远想着丧事;她便和奥里维做了一次旅行,到他们初婚那年住的地方走了一转,结果愈加感动了。生命的途程拐了弯,他们不胜惆怅地又看到了先前认为已经消失的爱情,看着它来,也知道它仍旧要消灭,——消灭多少时候呢?也许是永远!——于是两人无可奈何地把爱情死抓着……

"留下来啊,和我们守在一块儿啊!"

但他们明明知道要失掉的……

雅葛丽纳回到巴黎,觉得身上有了一个被爱情燃烧起来的小生命。但爱情已经过去了。这个渐渐加重起来的担负,并不使她和奥里维靠得更紧。她并不感到意料之中的快乐,只是很不放心地追问自己。从前她苦闷的时候,往往以为生个孩子一定可以救她。现在孩子来了,救星可没有来。这是一株植物,根须深深种在她的肉里:她不胜惊骇地觉得它在生长,喝着她的血。她整天地出神,惘然听着,整个生命都被这个占据着她的陌生的生命吸引。那是一种模糊的、柔和的、催眠的、悲痛的、嗡嗡的声音。她忽然惊醒过来,——汗流浃背,打着寒噤,想要反抗了。她掉入了"自然"的网罗,竭力想挣扎。她要生活,要自由,觉得被"自然"欺骗了。随后她又觉得这些思想可耻,觉得自己残忍,不知道自己的心地是不是比别的女子坏,是不是跟她们完全不同。然后她又慢慢平静下去,迷迷糊糊地想着在怀中成熟的"活果"。它将来是怎么样的呢？……

一听见它出世以后的第一声叫喊，一看到那可怜而动人的小身体，她整个的心都融化了，一刹那间尝到了母性的光荣的欢乐，世界上最强烈的欢乐：从痛苦中创造出一个用自己的血肉制成的生物，一个人。策动宇宙的爱的巨浪，把她从头到脚地裹住了，连卷带滚，挟着上天了……噢，上帝！能够创造的女人是跟你平等的；而你还领略不到她那样的欢乐：因为你没有受苦……

随后，浪头落下去了，心又沉到了海底。

奥里维激动得浑身哆嗦，瞧着孩子。他对雅葛丽纳微微笑着，想了解在他们俩和这个可怜的、略具人形的生物之间，有什么神秘的生命的关系。他又温柔又有点儿厌恶地，把嘴唇亲了亲那个黄黄的打皱的小脑袋。雅葛丽纳望着他，很忌妒地把他推开了，接过孩子，紧紧地搂在怀里，拼命亲吻。孩子嚷了，她马上放下，掉过头去哭了。奥里维走来拥抱她，替她抹眼泪。她也把他拥抱了，勉强笑着。然后她要求让她休息，把孩子留在身边……唉！可怜！一朝爱情死了，还有什么办法？男人是把自己一大半交给智慧的，只要有过强烈的感情，决不会在脑海中不留一点痕迹，不留一个概念。他可能不再爱，却不能忘了他曾经爱过。一个毫无理由的、整个儿爱人家的女人，一朝毫无理由的整个儿不爱的时候，却是没有办法的。发愿心吗？自骗自吗？但要是她太懦弱而不能发愿心，太真诚而不能骗自己的时候又怎么办呢？……

雅葛丽纳把肘子撑在床上，又温柔又哀怜地望着孩子。他是什么呢？不管他是什么，总不完全是自己。他也是“另外一个”。而这“另外一个”，她已经不爱了。可怜的孩子！亲爱的孩子！她对于这个要把她和一个已经死灭的“过去”连在一起的生物感到恼怒；她伛着头瞧他，拥抱他，拥抱他……

现代女子的大不幸，是她们太自由而又不够自由。倘使她们更自由一点，就可以想法找点事做依傍，从而得到快感和安全。倘使没有现在这样的自由，她们也会忍受明知不能破坏的夫妇关系而少痛苦些。但最糟的是，有着联系而束缚不了她们，有着责任而强制不了她们。

如果雅葛丽纳相信她是一辈子注定守在这个小家庭里的,那末她可能不觉得家庭这么窄,这么不方便,她会把它安排得更舒服,终于会像开始的时候一样的爱家庭。可是她知道能够走出家庭,便觉得在屋子里窒息了。她可以反抗:结果她竟相信是应该反抗的了。

现代的道德家真是些古怪的动物。他们把整个的生命都做了"观察器官"的牺牲品。他们只想看人生;既不十分了解它,更谈不到有什么愿望。他们把人性认清了,记录下来之后,就以为尽了责任:他们说:"瞧,人生就是这么回事。"

他们并不想改造人性,在他们心目中,仿佛"存在"便是一种德性。因此所有的缺陷都有一种神圣的权利。社会是民主化了。从前不负责任的只有君主,现在是所有的人,尤其是那些无赖,都是不负责任的了。这种导师真是了不起!他们殚精竭虑,竭力要教弱者懂得他们软弱到什么程度,懂得那是他们的天性,应当永远这样的。在这个情形之下,弱者除了抱着手臂发呆以外还有什么事可做?凡是不欣赏自己的弱点的人算是上乘的了。但女人老听见人家说她是个有病的孩子,就以疾病与幼稚自傲。人们培植她们的懦弱,帮助她们变得更懦弱。要是有人敢公然宣称,少年时代有个年龄,因为心灵还没得到平衡,所以大有犯罪、自杀、灵肉堕落的危险,而这些都是可以原谅的:——那末立刻会有罪案发生。便是成人,只要你反复不已地和他说他是不能自主的,他就可以不能自主而听任兽性支配。反之,只消告诉女子,说她能够支配她的肉体和意志,她就可以做到这一步。可是你们这班懦怯的家伙偏不肯说:因为你们要利用她们不知道这个道理而从中取利!……

雅葛丽纳所处的可悲的环境终于使她完全迷路。自从她和奥里维疏远以后,她又回到她少年时代瞧不起的社会中去。在她和她的已嫁的女朋友周围,有一小群有钱的青年男女,都是漂亮的、有闲的、聪明的、意志薄弱的。他们的思想言论都绝对自由,但他们极有风趣,不至于自由到过火的地步,倒反使自由有点儿调剂的作用。他们很乐意引用拉伯雷的箴言:

> 你爱做什么就做什么。

其实这是他们夸口,因为他们并没有多大愿望,只是些在丹兰末修院①里烦闷的人物。他们乐于宣扬“本能自由”的教义,但这些本能在他们身上差不多已经消灭;他们的放纵只是在头脑里空想一番。他们最高兴让自己在这个文明的浴池中溶化,呼吸那种淡薄的淫乐的空气;——人类的精力,强烈的生命,原始的兽性,信仰,意志,热情,责任,都在那微温的泥洼里化为液体。雅葛丽纳美丽的身体,就浸在这黏液似的思想中间。奥里维没法阻止她。他也传染到当时的流行病,以为自己没权利限制他所爱的人的自由;除非靠着爱情的力量,他什么都不愿意争取。雅葛丽纳可并不对他感到满意,因为她认为自由原来是她的权利。

糟糕的是,她把她的心整个地交托给这个两重生活的社会,而她的心是绝对不容许有模棱两可的情形的:一朝有了信仰,就得倾心相与;那个热烈慷慨的灵魂,便是在自私的行为中也是火辣辣地燃烧着她所有的血管,而且在她和奥里维共同生活的期间,她也保持着遇事不稍假借的精神,即使是不道德的事也预备彻彻底底地去干。

她的一班新朋友是太谨慎了,决不会给别人看到自己的真相。如果他们在理论上扬言绝对不受道德与社会的偏见支配,实际上却安排得决不和任何对他们有利的偏见断绝关系;他们利用道德与社会,同时欺骗它们,好比不忠实的仆役盗窃主人。由于游手好闲,也由于习惯,他们之间还互相窃盗。很有些丈夫知道妻子养着情夫。这些妻子也知道丈夫有着外遇。他们各得其便。只要不吵吵嚷嚷地闹起来,就无所谓丑事。这些好夫妻都是像合伙股东——也可以说是共谋犯——一样有默契的。可是雅葛丽纳比较坦白,对什么都一本正经。第一,要真诚。第二,要真诚。第三,还是要真诚,永远要真诚。真诚也是当时所宣扬的德性之一。但我们在这儿可以看到,对于健全的人,一切都是健全的;对于腐败的心灵,一切都是腐败的。真诚有时是多么丑恶!一般庸劣的人要洞烛他们的内心简直是一种罪孽。因为他们只看到自己的庸劣而还沾沾自喜。

---

① 十五世纪时拉伯雷创此集团,集合一般高贵而优秀的人物,以提倡风雅生活为目的。

雅葛丽纳老是在镜中研究自己，看到了最好是永远不要看到的东西：因为一朝看到了，她就没勇气把眼睛移往别处；她非但不加扑灭，反而看着它们长大，变得硕大无朋，终于把她的眼睛和思想一齐占据了。

孩子并不充实她的生活。她不能自己喂奶，孩子一天天地委顿了。只得雇用乳母。她先是非常悲伤……不久可觉得松了口气。孩子健旺了，长得很强壮，脾气很乖，没有声响，常常睡着，夜里也难得哭喊。乳母是一个并非初次哺育的结实的女子，对婴儿有种本能的、嫉妒的、过分的感情，——她反倒像是真正的母亲。雅葛丽纳要是发表什么意见，乳母也只管依着自己的心思做去；倘若雅葛丽纳争论几句，马上会发现自己原来一无所知。自从生产以后，她的健康始终没恢复：初期的静脉炎使她精神上大受打击；几星期地躺着不动，她更苦恼了，狂乱的思想翻来覆去地盯着同一个问题，永远是那几句怨叹："我根本没生活，而现在我的生命已经完了……"因为她神经过敏，自以为永远残废了，又认为孩子是致病的原因，暗中非常恨他。这种心理并不像一般人所想的那么少，不过是被遮上一重幕罢了；有这种心理的女子还不敢对自己承认，觉得是可耻的。雅葛丽纳责备自己：自私与母爱在她胸中交战。看到婴儿睡得那么甜蜜，她就软心了；但一忽儿她又好不心酸地想道："他要了我的命。"

同时她对于孩子无知无觉的酣睡有种反感：他的幸福是用她的痛苦换来的。便是她病好了，孩子大了一些之后，她暗地里仍旧怀着这种敌意。但因为她觉得可耻，便把敌意转移到奥里维身上。她继续拿自己看做病人，老是担忧健康问题，医生们又推波助澜，鼓励她一事不做，——其实一事不做就是她的病根，——使她和婴儿隔离，绝对不能行动，绝对的孤独，几星期地躺着，百无聊赖，吃得饱饱地睡在床上，像一只填鸭，——结果她的注意力都集中在自己身上。现代的医学治疗真是古怪，它拿另外一种病——自我扩张病，去代替神经衰弱！你们为什么不替他们的自私病施行放血治疗呢？倘若他们的血不太多，那末为什么不把他们头里的血移一部分到心里去？

病后，雅葛丽纳身体更强壮，更发福，更年轻了，——精神上却是比什么时候都病得厉害。几个月的孤独把她和奥里维思想上最后的联系给斩断了。只要留在他旁边,她还能受到这个理想主义者的影响,因为他虽然懦弱,还维持他的信念。她一向想摆脱一个精神上比她更强的人的控制,想反抗那洞烛她的内心而有时使她不得不责备自己的目光,只是徒然。但她一朝偶然跟这个男人分离了,没有他那种明察秋毫的爱压在她心上,她完全获得自由以后,他们之间友善的信心立刻会消灭,代之而起的是一种怨恨的心理,恨自己曾经倾心相与,恨长时期受着感情的束缚,这感情自己是早已没有的……在一个你所爱的而你也以为爱你的人心中酝酿的怨恨,简直没法形容。一夜之间,什么都变了。上一天她还爱着,似乎爱着,自以为爱着。忽而她不爱了,把先前所爱的人在心上丢开了。他突然发现了这一点,觉得莫名其妙,完全没看到她心中长时期的酝酿,从来没猜疑到她暗中日积月累的恨意,也不愿意去体会这种报复与仇恨的原因。那些原因往往是长久以前就潜伏着的,多方面的,捉摸不到的,——有些是埋在床帷之下的,——有些是自尊心受了伤害,心中的秘密被对方窥见了,批判了,——又有些……连她自己都不知道。有种暗中的伤害,虽然是无心的,可是受到的人永远不能原谅。这等伤害,人们永远不能知道,她自己也不大清楚;但伤痕已经深深地刻在她的肉体上,而她的肉体就永远忘不了。

要挽回这种可怕的越来越冷淡的感情,必须一个性格和奥里维不同的男人才有办法;——这种人一定是更接近自然,更单纯,同时也更有伸缩性,没有婆婆妈妈的顾虑,本能很强,必要时能采取为他的理性不赞成的行动。奥里维却是没有上阵就打败了,灰心了;太明察的目光使他早已在雅葛丽纳身上辨认出比意志更强的遗传性,——她母亲的心灵;他眼看她像一块石子般掉在她那个种族的深渊里;而他又懦弱又笨拙,所有的努力反而使她往下掉得更快。他强自镇静。她却无意之间有种打算,不让他保持镇静,逼他说出粗暴鄙俗的话,使自己更有理由轻视他。要是他忍不住而发作了,她就瞧不起他。如果他事后羞愧,她就更瞧不起他。如果他耐着性子,不上她的当,——那末她恨他。最糟的是他们一连好几天的不说话。令人窒息、骇怖的沉默,连最温和的人也受不住而要为之发狂的;有时你还感到一种想作恶、叫喊、使别人叫喊的欲望。静默,漆黑一片的静默,爱情会在静默中分解,人会像星球般各走各的,湮没在黑暗中去……他们甚至会到一个阶段,使一切的行为,即使目的是求互相接近,结果都促成他们的分离。双方的生活变得没法忍受了。而一桩偶然的事故更加速了事情的演变。

一年以来,赛西尔·弗洛梨时常在耶南家走动。奥里维最初在克利斯朵夫那里碰到她;以后,雅葛丽纳请她到家里去,赛西尔便常常去探望他们,便是在克利斯朵夫和他们分手之后也是这样。雅葛丽纳对她很好,虽则自己不大懂音乐,认为赛西尔很平凡,但喜欢她的唱,觉得一看到她,精神上很舒服。奥里维很高兴和她一起弹琴唱歌。久而久之,赛西尔做了他们的朋友。她使人感到心神安定:一踏进耶南家的客厅,那双坦白的眼睛,健康的气色,微嫌粗野但令人听了怪舒服的笑声,好比浓雾中透入一道阳光。奥里维和雅葛丽纳的心都为之苏慰了。她每次离开的时候,他们很想对她说:“你再坐坐罢,坐坐罢!我多冷啊!”

雅葛丽纳出门养病的时期,奥里维见到赛西尔的次数更多了;他不能对她瞒着心中的悲伤,便不假思索地尽量诉说,正如一个懦弱而温柔的心灵在苦闷的时候需要发泄一样。赛西尔听了很感动,用些慈爱的话安慰他。她替他们俩惋惜,鼓励奥里维不要灰心。可是或许因为她觉得听了这些心腹话比他更窘,或许因为别的什么理由,她托词把访问的次数减少了。没有问题,她以为自己的行动对雅葛丽纳不大光明,她没权利知道这些秘密。奥里维认为她的疏远是为了这个理由,而且那理由也很充分:他埋怨自己不应该向她诉苦。可是疏远的结果,他发觉了赛西尔在他心中的地位。他已经惯于把自己的思想交给她分担;唯有她才能使他从压迫他的痛苦中解放出来。他素来把自己的感情看得雪亮,所以他这一回对赛西尔的感情究竟是哪一种,胸中早已了然。他绝对不和赛西尔说,但禁不住要把自己所感到的写下来。近来他又恢复那危险的习惯,借笔墨来自言自语。在他和雅葛丽纳爱情浓厚的几年中,这种嗜好已经戒掉了;但一朝恢复了只身独处的生活,遗传的癖性又发作了:这是痛苦的发泄,也是一个喜欢自我分析的艺术家的需要。他描写自己,描写他的痛苦,好似对赛西尔当面说着一样,——而且可以更自由,因为赛西尔永远不会看到这些文字。

但不巧这些文字竟落在雅葛丽纳眼里。那天她正觉得自己精神上和奥里维非常接近,那接近的程度是多年来没有的。她整着柜子,翻到他以前给她的情书,感动得哭了。坐在柜子的黑影里,没法再收拾东西,她把过去的历史温了一遍,眼看自己把它毁了,懊悔到极点,同时又想到奥里维的悲伤。关于这一点,她从来不能无动于衷;她可能忘掉奥里维,但想到他为她而痛苦就受不住。她心碎肠断,真想扑在他的怀里和他说:“啊! 奥里维,奥里维,咱们怎么搞的? 咱们是疯子,疯子! 别再自寻烦恼了罢!”

要是他这时候走进屋子的话可多么好! ……

不料正在这时候,她发现了奥里维给夜莺的那些信……于是什么都完了。——她是不是以为奥里维真正欺骗了她呢? 也许是的。但这一点是不相干的。她认为精神上的欺骗比行为方面的欺骗更要不得。她可以原谅她所爱的人有一个情妇,可不能宽恕他私下把心给了另外一个女子。当然,她这个想法是不错的。

“这有什么了不起!”有的人会这样说。因为一般可怜的人直要到爱情的欺骗成为事实的时候才感到痛苦。……殊不知只要心不变,肉体的堕落是不足道的。要是心变了,那就一切都完了。

雅葛丽纳不想把奥里维再争取回来。那已经太晚了! 她对他的爱不像以前那么深切了。或者是太爱他了……但这不是嫉妒,而是全部信心的崩溃,而是她对他所有的信仰与希望的破灭。她没想到原来是她瞧不起这信仰与希望的,是她使他灰心的,逼他倾向于这次的爱情的,也没想到这爱情是无邪的,一个人的爱或不爱究竟是不能自主的。她从来没想到拿自己和克利斯朵夫的调情跟这次的事作比较:她不爱克利斯朵夫,所以那根本不算一回事。在过分冲动的情形之下,她以为奥里维对她扯谎,完全不把她放在心上了。正当她伸出手去抓握最后一个倚傍的时候,竟扑了一个空……一切都完了。

奥里维永远不知道她那一天所感到的痛苦。但他一见她的面,也觉得一切都完了。

从此以后,他们不再交谈,除非当着别人的面。他们互相观察,好比两头被追逐的野兽，提心吊胆，非常害怕。耶雷米阿斯·高特海尔夫①曾经淋漓尽致地描写一对不再相爱而互相监视的夫妇，各人窥探对方的健康，疾病的征象，不是希望对方速死，但似乎希望一件意外的祸事，希望自己比对方身体强壮。有时雅葛丽纳和奥里维就是互相以为有这种思想，其实两人都没有；但仅仅有这种怀疑就够痛苦了：例如雅葛丽纳在夜里胡思乱想而失眠的时候，便想到丈夫比她健旺，正在慢慢地磨她，不久会把她压倒……一个人的幻想与心灵受惊以后，竟会有这样疯狂的念头！——然而他们俩心中最优秀的部分暗地里还是相爱的！……

奥里维被压倒了，不想再奋斗；他站在一边，把控制雅葛丽纳心灵的舵丢下了。没有了把舵的人，她对着她的自由头晕眼花；她需要有个主宰好让她反抗：倘使没有的话，就得自己造一个出来。于是她老是执着一念。至此为止，她虽然痛苦，还从来没有离开奥里维的意思。从那天起，她以为所有的约束都摆脱了。她要趁早爱一个人；因为她年纪轻轻，却已经自以为老了。——她曾经有过那些幻想的，强烈的热情，对于第一个遇到的对象，一张仅仅见过一次的脸，一个名人，或者只是一个姓氏，一朝依恋之后，再也割舍不掉；而且那些热情硬要她相信，她的心再也少不了它所选择的对象：它整个地被他占据了，过去的一切都给一扫而空：她对别人的感情，她的道德观念，她的回忆，她的自我的骄傲，对别人的尊重，统统被这新的对象排挤掉。等到固执的意念没有了养料，烧过了一阵也归于消灭的时候，一个新的性格便从废墟里浮现出来，是个没有慈悲、没有怜悯、没有青春、没有幻象的性格，只想磨蚀生命，好似野草侵犯倾圮的古迹一样。

这一次，固执的念头照例属意于一个玩弄感情的人物。可怜的雅葛丽纳竟爱上了一个风月场中的老手。他是个巴黎作家，既不好看，又不年轻，臃肿笨重，皮色赭红，憔悴不堪，牙齿都坏了，人又狠毒，唯一的价值是当时很走红，唯一的本领是糟蹋了一大批女性。她并非不知道他自私自利：因为他在作品中拿来公然炫耀。他这么做是有作用的：用

---

① 十九世纪瑞士小说家。

艺术镶嵌起来的自私好比捕雀的罗网,吸引飞蛾的火焰。在雅葛丽纳周围,上钩的已不止一个;最近她朋友中一个新婚少妇,被他很容易地骗上了,接着又丢掉了。这些女子可并没因之死去活来,只是为了怨恨而闹些笑柄,让别人看了开心。受害最烈的女子,因为太顾虑自己的利益和社会关系,只得勉强忍受。她们并不闹得满城风雨。尽管欺骗丈夫和朋友,或是被丈夫和朋友欺骗,事情决不张扬。她们是为了怕舆论而不惜牺牲自己的女英雄。

但雅葛丽纳是个疯子,她不但说得出,做得到,而且做得到,说得出。她对于自己的疯狂完全不加计算,不顾利害。她有这个可怕的长处,老是要对自己保持坦白,不怕行动的后果。她比她那个社会里的人比较有价值,所以做出来的事更糟。她要是爱了一个人,起了奸淫的念头,就会毫无顾忌地跳下火坑。

亚诺太太一个人在家,像珀涅罗珀做着那件有名的活计①一般,又镇静又兴奋地打着毛线。也像珀涅罗珀一般,她等着她的丈夫。亚诺先生整天在外面。早上和傍晚,他都有功课。通常他总回来吃午饭,不管两腿怎么酸软,不管中学是在巴黎城的那一头;这并非由于他对妻子的感情,也非由于节省金钱,而是由于习惯。但有些日子,替学生温课的事把他留住了;或者他利用机会,在那一区的图书馆里工作。吕西·亚诺独自留在空荡荡的家里。除了上午八时至十时来帮助她做些粗活的女仆,和杂货商每天来送货以外,没有一个人上门。整幢屋子里,她一个熟人都没有了。克利斯朵夫搬了家。楼下花园里来了新房客。赛丽纳·夏勃朗嫁给了安特莱·哀斯白闲。哀里·哀斯白闲全家远行,有人委托他上西班牙开矿去了。老韦尔的太太死了,韦尔本人差不多从来不住这个巴黎的公寓的。唯有克利斯朵夫跟他的女朋友赛西尔,仍旧和吕西·亚诺保持着友谊;但他们住得很远,又忙又累,常常几星期不来看她。她只能一个人对付着过日子。

① 珀涅罗珀为《奥德赛》史诗中主角俄底修斯之妻。俄底修斯出征期间,追求珀涅罗珀者甚众,珀涅罗珀以完成织物后再决定为推托,实则日间编织,晚上拆掉,故永远不会完工。

她可并不厌烦。只要一点儿小事就足够培养她的兴趣,例如日常琐碎的工作:一株极小的植物,她每天早上都用慈母般的心情把那些稀少的叶子拂拭一番;还有那安静的灰色猫,好似受人疼爱的家畜一样,久而久之也感染了一些主人的脾气:它跟她一样成日蹲在火炉旁边,或是待在桌上靠着灯,看她手指一来一往地做着活儿,有时抬起古怪的眼睛瞅她一会儿,随后又满不在乎地闭上。便是家具也仿佛在那儿陪着她。每件东西都有一副亲切的面貌。她把它们掸灰抹尘,连凹处都揩拭干净,然后小心翼翼地把它们放还原位:那时她简直像儿童一样的高兴。她在心里跟它们谈着话,对着家中独一无二的古董家具——一张路易十六式的圆脚书桌——微笑。她每天看到它都感到同样的快乐。她也忙着检点衣服,几小时地站在椅子上,头和手臂都埋在那口乡村式的大衣柜内,瞧着,整理着,那猫儿在一旁看着,觉得好不奇怪。

她做完了事,独自吃了中饭,天知道她吃些什么——(她没有多大胃口)——需要上街料理的事办妥了,一天的工作结束了,四点左右回到家里,她靠着窗或靠近壁炉安顿下来,陪着她的就是她的活计和猫:那时她可得意了。有些时候,她会想出理由来根本不出门。倘若能守在家里,尤其在冬季下雪的天气,她是最高兴的。她怕冷、怕风,怕雨,怕泥浆,因为她自己也是一头很干净、很细巧、很柔和的小猫。伙食商偶尔把她忘了的时候,她宁可不吃东西,而不愿意出去买菜,只啃着一块巧克力糖,或者在伙食柜里找一个水果吃了就完事。她不让亚诺知道,这是她偷懒。那往往是阴天,有时也是大好的晴天,——(外面,蔚蓝的天光照着大地,街上闹哄哄的声音笼罩着幽静与阴暗的公寓:仿佛一座海市蜃楼包围着一颗灵魂)——她坐在那最喜欢的一角,脚下放着一张小凳,一动不动地做着活儿,身边摆着一册心爱的书,总是那些朴素的红封面的本子,英国小说的译本。她看得很少,一天难得看完一章;书摆在膝上,始终翻着那一页,或者竟完全阖上了;书上的事她已经记熟,自个儿想着。狄更斯与萨克雷的长篇小说,她会几星期地看下去,而她的幻想更要维持到几年之久,老是让书中的温情催眠着。今日一般读书又快又潦草的人,对于那些要慢慢咀嚼方能感到的妙处,是不能领略的了。亚诺太太毫不置疑地相信,小说中人物的生涯和她自己的生涯一样真实。其中颇有一些她极喜爱的人:例如那温柔而嫉妒的凯塞胡特夫人,默默无声地爱着,始终保存着慈母与处女的心,对于她好比一个姊姊;那个小东贝又好比是她的小儿子;她自己是那个垂死的老小孩陶拉。对这些睁着善良而纯洁的眼睛在世界上走过的儿童般的心灵,她伸出手去;她周围尽是些可爱的流浪者,与人无害的怪物:他们追求着可笑而动人的梦想,——为首便是狄更斯,存着博爱的心,对自己的梦境笑着,哭着。在这种时候,她要是向窗外眺望的话,路人中间就有那个幻想世界里某个可爱的或可怕的人物的影子。而在那些屋子的墙壁后面,她猜到也有一批同样的人物。她的不爱出门,就因为怕这个充满着神秘的世界。她发现周围藏着许多悲剧,搬演着许多喜剧。这倒不一定永远是一种幻象。幽居独处的结果,她有了神秘的直觉,使她在偶尔碰到的目光中间看出他们生活上不少过去未来的秘密,往往是他们自己不知道的。她又拿小说的回忆羼入真实的景象中去,把它们变了样。她觉得自己在这个巨大的宇宙中迷失了,需要回到家里才能定下心神。

可是她也无须去看或观察别人,只要观察一下自己就行了。这个在外面看来多么苍白黯淡的生命,里面是何等的光明灿烂!何等的丰满充实!多少的回忆,多少的宝藏,都是谁也想不到的!……这些回忆与宝藏是不是真实的呢?当然是真实的,既然她觉得真实……渺小的生命被神奇的幻梦改变了面目!

亚诺太太回想她的过去,直追溯到童年;于是那些烟消云散的希望,又像小小的花朵般悄悄地开放了……儿时第一次爱慕的对象,是个使她一见生情的少女:她爱着她,那种爱情只有一个人在非常纯洁的年龄才会有,她曾经想亲她的脚,做她的女儿,跟她结婚;偶像出嫁了,不大幸福,生了一个孩子,不久就死了,接着她也死了……十二岁上,她又爱了一个年龄相仿的女孩子,性情专横,非常淘气,嘻嘻哈哈,喜欢惹她哭,然后拼命地亲她;两人对于将来订下许多想入非非的计划:不料那姑娘突然进了嘉曼丽德教会修行,不知道为什么,据说是很快活……后来,她又对一个年纪比她大得很多的男人有了热情。但谁也不知道这股热情,连那个被爱的人也是茫然。她却借此把牺牲的热诚和感情大大发泄了一番……后来,又是另外一股热情;这一回人家可爱她了。可是因为胆怯,因为对自己没有把握,她不敢相信人家爱她,也不敢表示她爱人家。幸福过去了,来不及抓握……后来……后来……多少琐琐碎碎的事,对她都有一种深刻的意义:或是朋友的亲切的表示,或是奥里维无意中说的一句可爱的话,或是克利斯朵夫的访问,和他的音乐唤引起来的神奇的世界,或是一个陌生人的目光,——是的,便是在这个忠实、纯洁、贤德的女人心中,也会有些不贞的念头,使她惶惑,使她脸红。而她虽然竭力想丢开这种无邪的思念,心里究竟感到一点儿暖意……她很爱丈夫,虽说他并不完全符合她的理想。但他的心多好,有一天和她说:"我的好太太,你才不知道你在我心中占着什么地位。你是我整个的生命……"她听了心都融化了;那一天她觉得自己整个地、永久地,跟他合二为一了。每过一年,他们的结合总更紧密一些。工作的梦,旅行的梦,孩子的梦,结果是一无所有……而亚诺太太还在梦想这些。她有个理想中的孩子,因为不断地想着,而且想得那么深切,所以差不多真有这个孩子了,就像在眼前一样。她为他花了多少年的心血,时时刻刻把她认为最美的、最心爱的成分使理想中的孩子变得更美……

她的天地不过是这么一些。但大千世界都包括在里面了。多少无人知道的,连最亲密的人也不知道的悲剧,藏在表面上最恬静最平庸的生命中间！最悲壮的是:——这些满怀希望而一无所遇的生命,尽管声嘶力竭地要求他们应得的权利,要求自然所答应而又拒绝他们的东西,尽管熬着热情的悲痛,但表面上什么都不显露出来!

亚诺太太的运气是她并不只关切自己。她的生命在她的幻梦中只占据一部分。她也在体验她所认识的或曾经认识的人的生活,为他们设身处地;她想着克利斯朵夫,想着她的女朋友赛西尔。她今天又在想着。两个妇女彼此感情很好。奇怪的是,两人之中倒是壮健的赛西尔需要来依傍娇弱的亚诺太太。那高大、结实、快乐的姑娘,骨子里并没有外表那样地强。她正感到剧烈的苦闷。最安静的心也不能避免命运的奇袭。她慢慢地有了一种感情,先是不愿意理会,但它越来越强,逼得她非承认不可了:——原来她爱着奥里维。这个青年的柔和恳切的态度,近乎女性的魅力,懦弱而容易受人支配的性格,立刻把她吸引了;——(一个富于母性的人特别喜欢需要她照顾的人。)——以后知道了这对夫妇的苦闷,她对奥里维更有了一种危险的同情心。当然,光是这些理由还不足以解释感情问题。谁能说为什么一个人爱上某一个人呢?往往两人对于这种爱都是不相干的;那是时间的拨弄:它会突然之间使一颗不加提防的心遇到随便什么感情就被征服。——等到赛西尔把自己的心境看清楚了,就很勇敢地拔掉那支爱情的箭,认为这是不应该有的,荒唐的。可是她因之痛苦不已,伤口始终不能平复。没有一个人猜到她的心事:她鼓足勇气装出很快乐的样子。唯有亚诺太太知道她骨子里忍着多少痛苦。赛西尔常常把头倒在清瘦的亚诺太太怀里,悄悄地流几滴眼泪,拥抱她,然后快快活活地走了。她喜欢这个娇弱的朋友,觉得她的毅力与信仰都比自己高强。她并不吐露心中的秘密。但亚诺太太能够在片言只语上猜到。她觉得人生是个无法消解的可悲的误会。一个人只能爱,怜悯,梦想。

要是梦想在她胸中像蜂房一般过于喧闹,使她有点头晕了,她便走到钢琴前面让自己的手在键盘上轻轻抚弄,把音响的那种安慰心灵的光明罩着人生的幻景……

然而这位好太太决不忘记日常功课的时间:亚诺回家的时候,看到灯总是点上了,晚饭也端整好了,妻子那张苍白的脸笑容可掬地等着他。他万万想不到她在精神上所做的那些旅行。

困难的是要把日常生活和海阔天空的精神生活并行不悖地放在一起。幸而亚诺在书本和艺术品中也过着一部分幻想生活,靠那些作品的永恒的火,维持着他心中摇摇不定的火焰。可是近年来他也渐渐有了许多操心的事;教书这一行的苦闷,待遇的不公平,夤缘得势的现象,同事之间与学生之间的麻烦事儿,使他变得愤懑,开始谈论政治,骂政府,骂犹太人,认为自己在教育界里遇到的失意的事都应该由德莱弗斯负责。他这种满腹牢骚的性情也传染了一些给亚诺太太。她快近四十,正是生命力动摇而求平衡的年纪,在思想上颇有些空白。某一时期,他们俩都失去了生存的意义,不知道把他们生命的网结在什么上面好。不问现实的支持是怎么软弱,好歹总得有一个,才能寄托自己的梦想。他们可是什么支持都没有,不能再互相依傍。他非但不帮助她,反而要依靠她了。她觉得支持不了丈夫,于是她自己也支持不住了。唯有一桩奇迹才能把她救出来。她就呼吁这奇迹……

这奇迹是从灵魂深处来的。亚诺太太感到她孤独的心里有一个荒唐而神圣的需要,需要不顾一切地创造,为了创造而创造,需要在空间织起她的网来,让神的呼吸,让风把她吹到应当去的地方。结果是神的气息把她和人生重新联系起来,替她找到了无形的依傍。于是,夫妇俩又用着他们最纯粹的血,很耐心地织造那些美妙而虚无的梦境。

亚诺太太一个人在家里……天快黑了。

她被一阵铃声惊醒,打断了梦想。她把活计仔细收拾好了,走去开门。进来的是克利斯朵夫,神色非常紧张。她很亲热地抓着他的手,问:

“什么事啊,朋友?”

“唉,奥里维回来了。”

“回来了?”

“今天早上他来了,和我说:克利斯朵夫,救救我!——我把他拥抱了。他哭着说:我只有你了。她走了……”

亚诺太太大吃一惊,合着手说:“可怜!”

“她走了,”克秘斯朵夫又补上一句,“跟她的情夫走了。”

“那末她的孩子呢?”

“丈夫,孩子,她都丢下了。”

“可怜的女人!”亚诺太太又道。

“他始终爱着她,只爱着她,”克利斯朵夫说,“这一下的打击使他爬不起来了。他老跟我说着:克利斯朵夫,她欺骗了我……我的最好的朋友欺骗了我。——我白白地和他说:既然她欺骗了你,她就不是你的朋友而是你的敌人了。把她忘了罢,或者干脆把她杀了罢!”

“噢!克利斯朵夫,你说什么?这话太残忍了!”

“是的,我知道,你们大家都觉得杀人是原始时代的野蛮行为:我一定要听到你们漂亮的巴黎社会攻击这种兽性,认为一个男人不应该杀死欺骗他的女人,同时你们还要说出宽恕那个女人的理由！嗬！大慈大悲的使徒！这批乱交的狗居然义愤填膺地反对兽性,真是太妙了！他们把人生摧残了,剥夺了它所有的价值,再来诚惶诚恐地崇拜人生……怎么！这个没有心肝没有廉耻的生命,这个肉包着血的臭皮囊,原来在他们眼中是值得尊重的东西！他们对于这块屠场上的肉恭敬得无微不至,谁敢去触犯它便是罪大恶极。杀死灵魂倒没关系,但肉体是神圣的……”

亚诺太太回答:“杀死灵魂的凶手当然是最可恶的凶手,但决不能因此而认为杀害肉体就不成其为罪恶,这一点你是很明白的。”

“我知道,朋友。你说得对。我这是脱口而出,根本没想过……谁知道！也许我真会那么做。”

“不会的,你这是毁谤自己。你的心多好。”

“被热情控制的时候,我会像别人一样残忍。你瞧我刚才紧张成什么样子！……一个人看到所爱的朋友痛哭,怎么能不恨使他痛哭的人？而且对付一个抛弃了儿子,跟情夫跑掉的该死的女人,还会嫌太严厉吗？”

“别这么说,克利斯朵夫。你有所不知。”

“怎么,你为她辩护吗？”

“我是可怜她。”

“我可怜那些痛苦的人,却不可怜使人痛苦的人。”

“唉！你以为她不痛苦吗？以为她是有心抛弃她的孩子,毁坏她的生活吗？你得知道她把她自己的生活也毁了。我不大认识她,克利斯朵夫。我只见过她两次,都是偶然碰到的,她没跟我说一句好听的话,对我并无好感。可是我比你更认识她。我断定她不是一个坏人。可怜！我能猜到她心中经过的情形……”

“你,朋友,生活这么严肃,这么有理性的人！……”

“是的,克利斯朵夫。你有所不知,你虽然心好,但你是个男人,和所有的男人一样的冷酷的,尽管慈悲也没用;——你对自身以外的事都不闻不问。你们从来不替身边的女人着想,只管用你们的方式去爱她们,决不操心去了解她们。你们对自己太容易满足了,自以为认识我们……可怜！如果你知道我们有时多么痛苦，因为看到你们——并非不爱我们，——而是看到你们爱我们的方式，看到最爱我们的人把我们当做是怎么样的人！有些时候，克利斯朵夫，我们不得不把指甲深深地掐在肉里，免得叫起来：噢！别爱我们罢，别爱我们罢！怎么都可以，只不要这样的爱我们！……你知道有个诗人说过下面那样的话吗？——便是在自己家里，在自己的儿女中间，表面上尽管安富尊荣，女人也受到一种比最不幸的苦难还要难忍千百倍的轻蔑。——你把这些去想一想罢，克利斯朵夫……”

“你这些话把我弄糊涂了。我不大明白。可是照我所看到的……你自己……”

“我也经过这些苦闷。”

“真的吗？……可是无论如何，你总不能使我相信，你会做出像这个女人一样的行为。”

“我没有孩子，克利斯朵夫，我不知道我处在她的地位会怎么办。”

“不，那是不可能的，我太相信你，太敬重你了，我敢赌咒那是不可能的。”

“别打赌！我差点儿跟她一样……我很难过要毁掉你对我的好印象。可是你应当学一学怎样认识我们，要是你不愿意对人不公平的话。——是的，我没做出这样疯狂的事也是千钧一发了。而且还多少是靠了你的力量。两年以前，我有个时期极苦闷，觉得自己一无所用，谁也不重视我，谁也不需要我，丈夫没有我也没关系，我简直是白活的……有一天我正想跑出去，天知道做些什么！我上楼去看你……你记得吗？……当时你没懂得我的意思。其实我是来向你告别的……以后，不知经过些什么，也不知你对我说了些什么，我记不大清了……但我知道你有几句话……（你完全是无心的……）……对我好比一道光明……那时只要一点儿极小的事就可以使我得救或是陷落……等到我从你屋子里出来，回到家里，我关上大门，哭了一天，以后就好了，那一阵苦闷过去了。”

“今天，”克利斯朵夫问，“你对那件事后悔吗？”

“今天？啊！要是做了那件疯狂的事，我早已沉在塞纳河里了。

我决受不了那种耻辱,受不了我给丈夫的痛苦。"

"那末你现在是快乐的了?"

"是的,一个人在这个世界上可能怎么快乐,我就怎么快乐。两个人能互相了解,互相尊重,知道彼此都可靠,不是由于一种单纯的爱情的信仰,——那往往是虚幻的,——而是由于多少年共同生活的经验,多少灰色的、平凡的岁月,再加上渡过了多少难关的回忆。随着年龄的老去,情形变得好起来……这些都是不容易的。"

她突然停下,脸红了:"天哪!我怎么能说出来?……我怎么的呢?……克利斯朵夫,我求你,这番话对谁都不能说的……"

"放心,"克利斯朵夫握着她的手回答,"我把这件事看做神圣的。"

亚诺太太因为透露了这些秘密很难为情,把身子转过一边,后来又说:

"照理我不该告诉你这些……可是你瞧,这是为了要你知道,便是在结合得最好的夫妇之间,便是在你……你敬重的女人心中……也有些时间……不光是像你所说的一时糊涂,而是真实的,不能忍受的痛苦,能够把你带上疯狂的路,毁灭整个的生命,甚至两个人的生命。所以我们不应当太严。大家就是在最相爱的时候也会使彼此痛苦的。"

"那末应不应当过着各管各的、孤独的生活?"

"那对我们更糟。一个女人要过孤独的生活,像男人一样的奋斗(往往还要防着男人),在一个没有这种观念而大家对之抱着反感的社会里,是最可怕的……"

她不作声了,微微探着身子,眼睛瞅着壁炉里的火焰。随后,她又用着那种蒙着一层的声音,很温和地,断断续续地往下说:

"然而这不是我们的过失:一个女人的孤独并非由于任性,而是由于迫不得已;她必须自己谋生,不依靠男人,因为她没有钱就没有男人要她。她不得不孤独,而一点得不到孤独的好处:因为,在我们这儿,她要是像男子一样地独往独来,就得引起批评。一切对她都是禁止的。——我有个年轻的女朋友,在外省中学当教员。她哪怕被关在一间没有空气的牢房里,也不至于比她现在这种自由的环境更孤单更窒息。中产阶级对这些努力以工作自给的女子是闭门不纳的;它用着猜疑而轻视的态度看待她们,恶意地侦察她们的一举一动。男子中学里的同事们对她们疏远,或是因为怕外界的流言蜚语,或是因为暗中怀着敌意,或是因为他们粗野,有坐咖啡店、说野话的习惯,或是整天工作以后觉得疲倦,对于知识妇女觉得厌恶,等等。而她们女人之间也不能相容,尤其是大家住在学校宿舍里的时候。女校长往往最不了解青年人的热情,不了解她们一开场就被这种枯索的职业与非人的孤独生活磨得心灰意懒;她让她们暗中煎熬,不想加以帮助,只认为她们骄傲。没有一个人关切她们。她们没有财产,没有社会关系,不能结婚。工作时间之多使她们无暇创造一种灵智的生活给自己做依傍跟安慰。这样的一种生活,倘若没有宗教或道德方面的异乎寻常的情操支持,——我说异乎寻常,其实应该说是变态的,病态的:因为把一个人整个地牺牲掉是违反自然的,——那简直是死生活……——精神方面的工作既不能做,那末慈善事业能不能给她们一条出路呢?一颗真诚的灵魂在这方面得到的又无非是悲苦的经验。那些官办的或者名流办的救济机关,实际只是慈善家的茶话室,把轻佻、善举、官僚习气,混在一块儿,令人作呕;他们在调情说笑之间拿人家的苦难当做玩具。要是有个女人受不了这种情形,胆敢自个儿直接闯到那个她只有耳闻的苦难场所,那她看到的景象简直无法忍受,简直是个活地狱。试问她要帮助又从何帮助起?她在这个苦海中淹没了。然而她依旧挣扎,为苦难的人奋斗,跟他们一同落水。她要能救出一两个来已经是天大的幸事了!可是她自己,有谁来救她呢?谁想到来救她呢?因为她,她为了别人的和自己的痛苦也在那里煎熬;她把她的信仰给了别人,自己的信仰就逐渐减少;所有那些受难的人都抓着她,她支持不住了。没有一个人加以援手……有时人家还对她扔石子……克利斯朵夫,你不是认识那个了不起的女人吗?她献身给最卑微最可敬的慈善事业:在家里收留着才分娩的、为公共救济会所拒绝的,或者是怕救济会的妓女,竭力帮助她们恢复身心康健,连她们的孩子一起收留着,唤醒她们的母爱,帮她们重建家庭,找工作,过着安分守己的生活。她所有的力量还不够对付这种凄惨的,令人失意的事业,——(救出来的人太少了!愿意被救的人太少了!还有那些死亡的婴儿,生下来就被判了死刑的无辜!……)——而这个把别人的痛苦当做自己的痛苦的女子,这个发愿要补赎人类自私的罪行的无邪的人,你知道人家怎样批评她?公众的恶意诬蔑她在事业中赚钱,甚至说她剥削那些受她保护的人。她不得不离开本区,心灰意懒地搬往别处……你永远想象不到一般独立的女子,对于今日这个守旧的、没有心肝的社会,做着何等残酷的苦斗,——这个毫无生气、濒于死境的社会,还要拿出它仅有的一些力量阻止别人生活!”

“可怜的朋友,这种命运不是女子所独有的,我们都尝到这些斗争的滋味。可是我也认识避难的地方。”

“哪里是避难的地方?”

“艺术呀。”

“这是为你们的,不是为我们的。便是在男人中间,能够得到它好处的又有几个?”

“例如咱们的朋友赛西尔。她是幸福的。”

“你知道些什么?啊!你对一个人的结论下得太容易了!因为她勇敢,因为她不老抓着她的伤心事,因为她瞒着别人,你便说她是幸福的!不错,她因为强壮,因为能够奋斗而幸福。但她的斗争是你不知道的。你以为她天生是配过这种艺术的骗人的生活的吗?嗬,艺术!有些可怜的女子希望靠写作、演戏、唱歌来成名,以为那是幸福的顶点!那末,是否因此就可以把她们别的一切都剥夺了,使她们不知道把自己的感情交给什么才好?……艺术!如果我们同时没有其余的一切,光是艺术对我们有什么用?世界上只有一件东西能令人把其余的一切都忘掉:就是一个可爱的小娃娃。”

“可是有了娃娃,你又觉得不够了。”

“是的,有了孩子也不一定够……女人总是不大幸福的。做个女人真难,比做个男人难多了。你们不大想到这些。你们,你们能为了思想为了活动而忘掉一切。你们使自己变成残废,反而觉得快乐。可是一个健全的女子临到这种情形是要痛苦的。把自己压掉一部分是违反人性的。我们哪,我们在某种方式下幸福的时候,又因为不能得到另一种方式的幸福而悔恨。我们有好几个灵魂。你们只有一个,而且更强,往往是粗暴的,甚至是残酷的。我佩服你们。但你们不能过于自私!

你们没想到你们自私的程度。你们无意之中给人很大的痛苦。”

“有什么办法呢？那不是我们的过失。”

“不错，克利斯朵夫，那不是你们的过失，也不是我们的。归根结底，你瞧，人生不是一件简单的事。人们说只要自自然然地生活就行了。但什么才是自然的呢？”

“对，我们的生活中没有一件事谈得上自然。独身不是自然的。结婚也不是自然的。自由结合只能使弱者受强者欺侮。我们的社会本身就不是自然的，是我们造出来的。大家说人类是合群的动物。真是胡说！那是为了生存而不得不如此。人的合群是为他的便利，为了要保卫自己，为了求享乐，为了求伟大。这些需要逼他签订了某些契约。但自然会起来反抗人为的约束。自然对我们并不适宜。我们设法征服它。那是一种斗争：结果我们常常打败，而这也不足为奇。怎么样才能跳出这个樊笼呢？——唯有坚强。”

“唯有慈悲。”

“噢，上帝！我们要慈悲，要摆脱自私，要呼吸生命，要爱生命，爱光明，爱自己卑微的任务，爱那一小方种着自己的根的土地！要是不能往横的方面发展，就得向深的、高的方面去努力，仿佛一株局促一隅的树向着太阳上升！”

“是的。咱们先要彼此相爱。但愿男子自认为是女人的弟兄而不是她的俘虏或主宰！但愿男人和女人都能排斥骄傲，少想一些自己，多想一些别人！咱们都是弱者，得互相帮助。切勿对倒在地下的人说：我不认识你了。应当说：拿出勇气来，朋友。咱们会突破难关的。”

他们不说话了，对着壁炉坐着，小猫蹲在他们中间，大家都待着不动，望着火出神。快要熄灭的火焰闪闪烁烁地映在亚诺太太清秀的脸上；平时所没有的内心的激动，使她脸色有点儿红。她奇怪自己居然会这样地吐露心声。她从来没说过这么多话，以后也不会说这么多的了。

她把手放在克利斯朵夫的手上，问：“那末，你们把那孩子怎么办呢？”

她一开始就在想这个念头。那天她简直变了一个人，滔滔不绝地说着话，像喝醉了似的，但心里只想着这个问题。一听克利斯朵夫最初几句话，她就惦念着那个被母亲遗弃的孩子，想到抚育他的快乐，在这颗小小的灵魂周围织起她的幻梦与爱，但她紧跟着又想道："不，这是不对的，我不应该拿别人的苦难造成自己的幸福。"

可是她无论如何压不下这念头。她一边说话一边在静默的心头抱着希望。

克利斯朵夫回答说："是的，当然我们想到这问题。可怜的孩子！奥里维跟我都不能抚育。应当有个女人来照顾。我想到也许有个女朋友可能帮助我们……"

亚诺太太屏着气等着。

克利斯朵夫继续往下说："我想来跟你商量这件事。碰巧赛西尔上我们那儿去，就是一忽儿以前。她一知道这件事，一看到孩子，就感动得不得了，表示那么高兴，和我说：克利斯朵夫……"

亚诺太太血都停止了；她听不见下文；眼前一切都模糊了。她真想对他嚷道："喂，喂，把他给我罢！……"

克利斯朵夫还说着话，她听不见他说些什么，但是勉强振作了一下，想到赛西尔从前对她吐露的心事，便对自己说："赛西尔比我更需要。我还有我亲爱的亚诺……还有我家里这些东西……而且，我比她年纪大……"

于是她笑了笑，说："那很好。"

炉火熄了，她脸上的红光也褪下去了。可爱的疲倦的脸上只有平时那种隐忍的慈爱的表情。

"我的朋友把我欺骗了。"

这种思想把奥里维压倒了。克利斯朵夫为了好意而尽量地反激他也是没用。

"那有什么办法呢？"他说，"朋友的欺骗是一种日常的磨难，像一个人害病和闹穷一样，也像跟愚蠢的人斗争一样。应当把自己武装起来。如果支持不住，那一定是个可怜的男子。"

"啊！我就是个可怜的男子。我在这等地方顾不得骄傲了……一个可怜的男子，是的，需要温情的，没有了温情便会死的男子。”

“你的生命没有完，还有别的人可以爱。”

“我对谁都不信任了，根本没有朋友了。”

“奥里维！”

“对不起。我并不怀疑你，虽然我有时候怀疑一切……怀疑我自己……但你，你是强者，你不需要任何人，你可以不需要我。”

“她比我更不需要你呢。”

“你多么忍心，克利斯朵夫！”

“好朋友，我对你很粗暴；但这是为激励你，使你反抗。把爱你的人和你的生命一齐为了一个取笑你的人牺牲，不是见鬼吗！不是可耻吗！”

“那些爱我的人对我有什么相干！我爱的是她啊。”

“干你的工作罢！那是你以前感兴趣的……”

“现在可不行了。我厌倦到极点，好似已经离开了人生。一切都显得很远，很远……我眼睛虽然看见，可是心里弄不明白了……想到有些人乐此不疲，每天做着同样的钟摆式的动作，从事于无聊的作业，报纸的争辩，可怜的寻欢作乐；想到那些为了攻击一个内阁、一部书、一个女戏子而鼓起的热情……啊！我觉得自己多老！我对谁都没有恨，没有怨：只觉得一切使我厌烦，一切都是空的。写作吗？为什么写作？谁懂得你呢？我只为了一个人而写作；我整个的人生都是为了一个人……如今什么都完了。我疲倦不堪，克利斯朵夫，我疲倦不堪，只想睡觉。”

“那末，朋友，你睡罢。让我来看护你。”

但睡眠就是奥里维最难做到的。啊！倘若一个痛苦的人能睡上几个月，直到伤痕在他更新的生命中完全消失，直到他换了一个人的时候，那可多好！但谁也不能给他这种恩典；而他也绝对不愿意。他最难忍受的痛苦，莫过于不能咂摸自己的痛苦。奥里维像一个发着寒热的人，把寒热当做养料。那是一场真正的寒热，每天在同一时间发作，尤其在薄暮时分，太阳下去的时候。其余的时间，他就受爱情磨折，被往事侵蚀，想着同样的念头，像一个白痴似的把一口食物老在嘴里咀嚼，咽不下去。精神上所有的力量都专注着唯一的固定的念头。

他不像克利斯朵夫那样能诅咒他的痛苦,恨造成痛苦的原因。因为对事情看得更明白更公平,他知道自己也要负责,知道受苦的不只他一个人:雅葛丽纳也是个牺牲者;——是他的牺牲者。她把整个身心交给了他:他怎么应付的呢?倘若他没有能力使她幸福,为什么要把她跟他连在一起呢?她斩断那个伤害她的束缚原是她权利以内的事。他想:“这不是她的错,是我的错。我爱她不得其当。我的确很爱她,但不懂得怎么爱她,既然不能使她爱我。”

这样,他就归咎于自己。这也许是对的;但抱怨过去并无济于事,甚至也不能阻止他下次一有机会再犯同样的错误,而在目前倒反使他活不下去。强者发现事情无可挽救的时候,能忘记人家给他的伤害,也能忘记自己给人家的伤害。但一个人的强并非靠理智,而是靠热情。爱情与热情是两个远房的家族,难得碰在一起的。奥里维有的是爱情;他只在攻击自己的时候才有力量。在他这个心神沮丧的时期,一切的病都乘虚而入。流行性感冒,支气管炎,肺炎,都来找到他了。大半个夏天,他病着。克利斯朵夫,靠着亚诺太太的帮忙,尽心服侍他,终于把病魔赶走了。但对付精神上的疾病,他们无能为力;无穷无尽的悲伤慢慢地使他们觉得太磨人了,需要逃避了。

灾祸往往会令人特别孤独。人类对于祸害有种本能的厌恶,似乎怕它有传染性;至少它是可厌的,使人避之唯恐不及。看你在那里痛苦而还能原谅你的人太少了!永远是约伯的朋友那个老故事:提幔人以利法责备约伯不耐烦。书亚人比勒达认为约伯的遭难是上帝惩罚他的罪恶;拿玛人琐法指斥约伯自大。“而末了,布西人兰姆族巴拉迦的儿子以利户大发雷霆,因为约伯自以为义,不以神为义。”①——世界上真正悲哀的人是很少的。应征的一大批,被选中的寥寥无几。奥里维却是被选中的。像一个厌世的人说的:“他似乎乐意受人虐待。可是扮这种受难的角色并没好处,只有教人家瞧不起。”

---

① 据《旧约·约伯记》,耶和华欲试验正人约伯之心,降祸于彼,使其身长毒疮,体无完肤。约伯三友提幔人以利法、书亚人比勒达、拿玛人琐法,各从本处赶来安慰约伯。因约伯自怨其生,诉苦不已,三友乃责以大义。

奥里维对谁都不能说出他的痛苦,便是对最亲密的人也不能。他发觉那会使他们丧气。连他心爱的克利斯朵夫对这种固执的苦恼也感到不耐烦。他自知笨拙,没法挽救。实在说来,这个慷慨豪爽,经过多少苦难的人,并不能感觉到奥里维的痛苦。这是人类天性的一种缺陷。尽管你慈悲,矜怜,聪明,受过无数的痛苦:你决不能感到一个闹着牙痛的朋友的苦楚。要是病拖长下去,你可能认为病人的诉苦不免夸大。而当疾病是无形的,藏在灵魂深处的时候,岂不令人更觉得夸张?局外的人看到另外一个人为了一种对他不相干的感情愁闷不已,自然要觉得可恼。末了,这个局外人为了良心上有个交代,便对自己说:“那有什么办法呢?我把理由说尽了都没用。”

是的,把理由说尽了都没用。你要使一个在痛苦中煎熬的人得到一点好处,只能爱他,没头没脑地爱他,不去劝他,不去治疗他,只是可怜他,爱的创伤唯有用爱去治疗。但爱并不是汲取不尽的,便是那些爱得最深的人也是如此;他们所积聚的爱是有限的。朋友们把所能找到的亲热的话说完了,写完了,自以为尽了责任以后,就小心谨慎地引退了,把病人丢在一边,仿佛他是个罪犯。但因他们暗中惭愧对他帮助得那么少,便继续帮助,可是帮得越来越少了;他们想法使病人忘记他们,也想法忘记自己。如果不识时务的苦难一味固执,有点儿回声传到他们隐避的地方,他们就要严厉地批判那个没有勇气的、受不起磨折的人:而他一朝倒下去的时候,他们除了真心可怜他以外,暗中一定还想着:“可怜的家伙!我当初没想到他这样不中用。”

在这种普遍的自私的情形之下,一句简单的温柔话,一种体贴入微的关切,一道可怜你而爱你的目光,可能给你多少安慰!那时一个人才感到慈悲的价值,而比较之下,一切其余的东西都显得贫弱了!……使奥里维对亚诺太太比对克利斯朵夫更接近的便是这种慈悲。可是克利斯朵夫还是非常有耐心,为了爱而把心中的感想瞒着奥里维呢。但奥里维的目光被痛苦磨炼得更尖锐了,自然能看到朋友胸中的斗争,看到自己的悲伤沉重地压在克利斯朵夫心上。这一点就足够使他对克利斯朵夫也不愿意亲近了,恨不得对他说:“算了罢,朋友,你去罢!”

这样,苦难往往会把两颗相爱的心分离。有如一架簸谷机把糠跟谷子分作两处，它把愿意活的放在一边，愿意死的放在另一边。这是可怕的求生的规律，比爱情更强！母亲看到儿子死去，朋友看到朋友淹溺，——如果不能救出他们，自己还是要逃的，不跟他们一块儿死的。可是他们的爱儿子爱朋友明明是千百倍于爱自己……

克利斯朵夫虽然怀着深切的爱，也不得不逃避奥里维。他是强者，身体太好了，在没有空气的苦难中感到窒息。他很惭愧，恨自己一点不能帮助朋友；同时他又需要对什么人报复一下，便恨透了雅葛丽纳。虽然听过亚诺太太那番深刻的话，他仍旧很严厉地批判她。在一个年轻的、性子暴烈的人，这是应有的现象；因为对人生还没充分的经验，他不能哀怜人的弱点。

他去探望赛西尔和托付给她的孩子。赛西尔被这个借来的母性完全改变了；她显得那么年轻，快乐，细腻，温柔。雅葛丽纳的出奔并没使她对不敢自承的幸福存什么希望。她知道，奥里维和她的关系，在奥里维想念雅葛丽纳的时间比着雅葛丽纳在家的时间倒反更疏远了。而且，从前使她中心惶乱的情潮早已过去：雅葛丽纳的误入歧途把她的苦闷给廓清了；她精神上回复了向来的平静，已经不大明白从前不平静的原因。爱情的需要，如今在抚爱儿童的感情中得到了满足。凭着女子奇妙的幻想和直觉，她能在这个小生命中发现她所爱的人：他现在是幼弱的，委身相与的，整个地属于她的；她能够爱他，热烈地爱他，用着跟这个孩子的无邪的心与清明的眼睛同样纯洁的爱情爱他……但她的温情中并非全无惆怅的抱憾的成分。啊！这究竟不能跟一个从自己血肉里来的孩子相比……但无论如何还是甜蜜的。

克利斯朵夫如今用另一副眼睛来看赛西尔了。他想起法朗梭阿士·乌东说过的一句取笑的话：“你和夜莺是天生的一对，怎么会不相爱的？”

但法朗梭阿士比克利斯朵夫更懂得其中的原因：像克利斯朵夫这样的人，难得会爱一个给他好处的人，而宁愿爱一个使他受苦的人。两个极端才会互相吸引；人的本性老在寻找能毁灭自己的东西，它倾向于尽量消耗自己的，热烈的生活，不喜欢简约的谨慎的生活。对于克利斯朵夫这样的人，这办法是对的，因为他所求的并非在于尽可能地活得长久,而是在于活得轰轰烈烈。

可是不像法朗梭阿士看得那么透的克利斯朵夫,以为爱情是一股违反人性的力量。它把一些不能相容的人放在一起,而排斥性格相似的人。和它所毁灭的比较,它给人的好处真是太微末了。圆满的爱情消磨你的意志,不圆满的爱情伤害你的心。它有什么好处给人呢?

正当他这样毁谤爱情的时候,他看到爱神温柔地讥讽地笑着,对他说:

“你这个忘恩负义的家伙!”

克利斯朵夫不能不再上奥国大使馆去出席一个晚会。夜莺在那边唱舒伯特、胡戈·沃尔夫和克利斯朵夫的歌。她看到自己的成功和她朋友的成功很愉快:他现在得到优秀阶级的赏识了。便是在广大的群众前面,克利斯朵夫的名字也有了号召力;雷维-葛一流的人再没法装做不知道他。他的作品在各个音乐会里演奏;还有一部剧本被喜歌剧院接受了。似乎冥冥中有人在那里关切他。神秘的朋友,已经屡次帮助过他的朋友,继续促成他的志愿。克利斯朵夫好几次感到有人在暗中帮他活动而竭力躲着。他想要找这个人,但这朋友似乎恼着克利斯朵夫没早点儿设法认识他,所以老是不让他找到。并且他忙着别的事,想着奥里维,想着法朗梭阿士;那天早上他就在报上读到她在旧金山病重的消息:他想象她在外国一个人住着客店,不愿意接见任何人,不愿意写信给任何朋友,咬紧牙齿,孤零零地在那里等死。

被这些思想纠缠着,他避开众人,躲在一间地位冷僻的小客厅里。背靠着墙壁,站在被树木花草遮得阴暗的一角,他听着夜莺的美妙的、凄凉的、热烈的声音唱着舒伯特的《菩提树》;纯洁的音乐唤起了回念往事的惆怅。对面壁上,一面大镜子反映出隔壁客厅里的灯光和人物。他并不看到镜子,只望着自己的内心;眼睛蒙着一片泪水凝成的雾……忽而,像舒伯特的《菩提树》一般,他莫名其妙地哆嗦起来,脸色苍白,一动不动地过了几秒钟。随后,眼泪没有了,他瞧见前面镜子里有一个“女朋友”对他望着……女朋友?她是谁呢?他除了知道她是朋友,是他认识的以外,什么都不知道;眼睛对着她的眼睛,他靠在墙上继续哆嗦。她微微笑着。他既没看到她的脸庞与身体的线条,也没看到她眼睛是什么颜色,身材是高是矮,穿的是什么衣着。他只看见一样,就是在她同情的微笑中反映出来的慈悲。

而这笑容突然在克利斯朵夫心头唤起一件童年的往事……在六岁至七岁的期间,他在学校里非常可怜,才被一般比他年长有力的同学羞辱了一场,打了一顿,大家嘲笑他,老师又不公平地责罚他:别的孩子在玩儿,他却垂头丧气蹲在一边,悄悄地哭着。一个神态幽怨的,不跟别的同学玩的女孩子,——(从那时起他从来没想到她,但此刻分明看到她的模样:短短的身材,头很大,淡黄的头发与眉毛简直像白的一般,蓝眼睛显得惨白,宽大而黯淡的腮帮,微微虚肿的嘴唇与脸庞,一双红红的小手)——走到他身旁,站住了,把大拇指含在嘴里,看着他哭;接着她把小手放在克利斯朵夫头上,怯生生地,匆匆忙忙地,满怀好意地堆着笑容说:"别哭啦!……"

于是克利斯朵夫忍不住了,大声号了出来,把鼻子靠在小姑娘的围裙上。她却用着颤抖而温婉的声音又说了声:"别哭啦!……"

过了几星期,她死了。那件事发生的时候,她大概已经落在死神的掌握中了……为什么他这时忽然想到她呢?在这个出身微贱的,在遥远的德国小城里被人遗忘的死了的女孩子,和此刻望着他的贵族少妇之间,有什么关系呢?但所有的人都只有一颗灵魂,虽然亿兆的生灵个个不同,好像在太空中旋转的无数的星球一般,但照耀那些为时间分隔着的心灵的,都是同一道爱的光明。当年在那个安慰他的女孩子苍白的嘴唇上映现过的微光,现在克利斯朵夫又看到了……

这不过是一刹那的事。一群人像潮水似的把门挡住了,克利斯朵夫再也瞧不见另外一个客厅里的情形。他缩回到黑影里,躲在镜子照不到的地方,生怕自己惶乱的情绪被人注意。等到定了定神,他想再见她,唯恐她已经走了。但他一走进客厅,立刻在人堆里把她找到了,虽然不再像镜子里那个模样。这一下他看到的是她的侧影,坐在一群漂亮的妇女中间,肘子搁在安乐椅的靠手上,支着头,微微探着身子在那里听人家谈话,脸上堆着一副机灵的、心不在焉的笑容。她的面貌活像拉斐尔的名画《圣体争辩》中的圣・约翰,眼睛半开半阖,想着自己的念头微笑……

然后她抬起眼睛,看到了他,一点没有诧异的神气。他这才发觉她的微笑是对他而发的。他向她行着礼,非常感动地走近去:

“您认不得我了吗?”她问。

就在这时候,他认出了她,叫了声:“葛拉齐亚……”①

同时,大使夫人在旁边过,说他们彼此仰慕了这么久,这一回终于相遇,真是幸事;她把克利斯朵夫介绍给“裴莱尼伯爵夫人”。可是克利斯朵夫心里激动得那么厉害,根本没听见;他完全没注意到这个陌生的姓氏。在他心目中,她始终是他的小葛拉齐亚。

葛拉齐亚二十二岁,一年以前嫁了奥国大使馆的一个青年随员。他是贵族出身,和奥国的首相有亲戚关系;人非常时髦,喜欢玩儿,高雅大方,已经有点未老先衰。她当初是真心地爱上了他,现在虽把他看透了,还是爱他的。她的老爸爸死了。丈夫被任为驻巴黎使馆的随员。由于裴莱尼伯爵的社会关系,也由于她本身的魅力和聪明,从前为了些小事就会吃惊的胆怯的少女,在她既不卖弄也不发窘的巴黎社会中,竟变成了最受注目的太太之一。年轻,美貌,讨人喜欢,也知道自己讨人喜欢:这些都成为一种力量。同样有作用的是她生就一颗平静的、非常健全非常清明的心;欲望与命运又是非常调和,使她很快乐。这是人生最美丽的阶段;但由意大利的光明与和平培养起来的她的拉丁精神,依旧保持着那种恬静的音乐气息。很自然地,她在巴黎社交场中有了势力:她并不为之惊奇,而且懂得把这种势力运用到有求于她的艺术事业与慈善事业中去,可是不居名义:因为她在乡下别庄内所消磨的无拘无束的童年,始终给她留下独立不羁的性格,觉得社会又有趣又可厌;但她能适应自己的地位,用一副表示善意与殷勤的笑容来遮盖她的厌烦。

她没忘记她的好朋友克利斯朵夫。当年不声不响地抱着天真的爱的女孩子,固然已经不存在了,现在的葛拉齐亚是个极有理性而全无荒唐的幻想的女人,对于自己幼年时代的夸大的感情觉得又甜蜜又可笑。

---

① 参阅卷五:《节场》。——原注

但是想到这些往事,她照旧很激动。关于克利斯朵夫的回忆的确是她一生最纯洁的岁月的回忆。她听到他的姓名就感到愉快;他每次的成功都使她非常高兴,好似其中也有她的一分:因为他的成就是她早已预感到的。她来到巴黎以后就想法寻访他,邀请他,在请柬上加注她少女时代的名字。克利斯朵夫没有留意,把请柬往纸簏里扔掉了。她并不生气,继续暗暗地留神他的工作,甚至也探听他的生活状况。最近使报纸上抨击克利斯朵夫的笔战突然停止的,便是由于她的力量。淳朴的葛拉齐亚和报界没有多大交际;但为了帮助一个朋友,她能够运用狡猾的手段,笼络那些她最不喜欢的人。她把狺狺狂吠的报纸经理请来,略施小技就使他大为颠倒;她满足了他的自尊心,把他收拾得服服帖帖:仅仅在无意之间提了一句,表示人家对克利斯朵夫的攻击很可诧异也很可鄙,那攻击就立刻中止了。经理把预定在第二天刊出的一篇谩骂的文字临时抽掉;执笔的记者请问他理由,反而挨了一顿骂。他还更进一步,吩咐他的走狗之一在十五天内制造一篇热烈恭维克利斯朵夫的文字;结果当然是照办,文字的确写得很热烈,可也是荒谬绝伦。她又发起在大使馆内举行几个演奏克利斯朵夫作品的音乐会,更因为知道他有心提拔赛西尔,也就帮助那年轻的女歌唱家显露头角。末了她利用和德国外交界的交谊,慢慢地用着巧妙的手腕,使当局注意到被德国判罪的克利斯朵夫。她无形中促成了一种舆论,准备向德皇要求特赦,让一个为国增光的艺术家能够回去。又因为这个特赦不能希望立刻实现,她设法使人家答应克利斯朵夫回故乡去逗留两天而假作痴聋。

而克利斯朵夫,一向感到有一个看不见的朋友在保护他而始终不知道是谁的,此刻才在镜中对他微笑的圣·约翰脸上辨认出来。

他们谈着过去。究竟谈些什么,克利斯朵夫也不大知道。他既看不见所爱的人,也听不见所爱的人。一个人真爱的时候,甚至会想不到自己爱着对方。克利斯朵夫就是这样。她在面前:这就够了。其余的都不存在了……

葛拉齐亚停止了说话。一个很高大的青年,长得相当美,很有风度,不留胡子,头发已经秃了,带着一副厌烦而轻蔑的神气,从单眼镜里打量着克利斯朵夫,一边又高傲又有礼貌地弯着身子。

“这位便是我的丈夫。”她说。

客厅里的声音又听到了。心里的光明熄灭了,克利斯朵夫登时心中冰冷,不声不响地答着礼,马上告退。

这些艺术家的心灵,和统治他们感情生活的那种幼稚的原则,真是太可笑,太苛求了! 这位朋友从前爱他的时候是被他忽视的,他多少年来一向没想起的;如今才跟她重遇,他就觉得她是他的,是他的宝物了;倘若别人把她占有了,那是从他那里抢去的;她自己也没有权利委身于另外一个人。克利斯朵夫并没觉察自己有这些情绪。但他那个创造的精灵代他觉察了,使他在这几天内产生了几支把苦恼的爱情描写得最美的歌。

他隔了许多时候没去看她。奥里维的痛苦和健康问题老是把他纠缠着。终于有一天,找到了她留下的地址,他决心去了。

走在楼梯上,他听见工人们敲锤子的声音。穿堂里很杂乱地堆着箱笼。仆役回答说伯爵夫人不能见客。克利斯朵夫大为失意地留了名片,想下楼了,不料仆人又追上来,一边道歉一边请他进去。克利斯朵夫被带到一间客室里,地毯已经拿掉了卷在一旁。葛拉齐亚浮着光辉四射的笑容迎上前来,又快乐又兴奋地伸着手。他同样快乐而激动地握着她的手,吻了一吻。

“啊!”她说,“你能够来,我快活极了! 我真怕不能再见你一面就走了!”

“走了? 你要走了?”

阴影又罩了下来。

“你瞧,”她指着室内凌乱的情形:“本星期末,我们就要离开巴黎了。”

“离开多少时候呢?”

她做了个手势:“谁知道?”

他迸足了气力说话,喉管已经在抽搐了:

“上哪儿去呢?”

“美国。我的丈夫调到驻美大使馆去当一等秘书。”

“那末,那末,那末……”他嘴唇发抖了,“……就此完了吗?”

“朋友!”她被他的声音感动了,“不,并不完了。”

“我才把你找到就把你失掉了!”

他眼中含着泪。

“朋友!”她又叫了一声。

他把手蒙着眼睛转过身去,想遮掩他的情感。

“别难过啊。”她把手放在他的手上。

这时他又想到那个德国小姑娘。他们俩都不作声了。

“为什么你来得这么晚?”她终于问道,“我想法要见你。你可从来没回音。”

“我一点都不知道,一点都不知道……告诉我,是你帮助了我多少次而我没有猜到吗?……是靠了你的力量我能够回到德国去的吗?是你做了我的好天使在暗中护卫我吗?”

她回答:“我很高兴能为你尽些力。我应当报答你的多着呢!”

“什么?我又没帮过你忙。”

“你不知道你给了我多少好处。”

于是她讲起童年在姑丈史丹芬家遇到他的时代,由于他的音乐,她发现了世界上一切美妙的东西。慢慢地,带着点兴奋的情绪,她又显明又含蓄地,说起当年参与克利斯朵夫被人大喝倒彩的音乐会,她对这音乐会的感触与悲哀,说出她怎样的哭,怎样的写信给他而没有回音,因为他没收到。克利斯朵夫听着,把现在对着这个妩媚的脸庞所感到的温情与激动,统统移注到过去的事情里去了。

他们天真地谈着话,觉得非常亲切,非常快乐。克利斯朵夫一边说一边握着葛拉齐亚的手。突然之间他们俩都不作声了:葛拉齐亚发觉克利斯朵夫爱着她,而克利斯朵夫自己也发觉了……

从前葛拉齐亚爱着克利斯朵夫,克利斯朵夫完全没注意。如今克利斯朵夫爱着葛拉齐亚,而葛拉齐亚对他只有一种恬静的友谊了:她爱着另外一个。好比两架生命的钟:这一座比那一座走得快了一点,就可以使双方全部的生涯改观……

葛拉齐亚把手缩回去,克利斯朵夫也不勉强抓着。他们不声不响地呆坐了一会儿。

然后葛拉齐亚说了声:“再见。”

克利斯朵夫又叹道:“这样就完了吗?”

“也许这样倒更好。”

“在你动身以前,我们不能再见了吗?”

“不能了。”她说。

“我们什么时候再能相会呢?”

她做了一个惆怅的困惑的手势。

“那末我们这次相见有什么意思呢?”克利斯朵夫说。

但一看到她埋怨的目光,他立刻补充:“啊,对不起,我这话是不应该的。”

“我永远会想念你的。”她说。

“可怜!我连想念你都不能。我一点儿都不知道你的生涯。”

她平心静气地用几句话把平时的生活告诉了他,描写她过日子的方式。她提到她和她的丈夫,始终堆着那副亲切的美丽的笑容。

“啊!”他心中有点忌妒地说,“你爱他吗?”

“爱的。”她回答。

他站起身来。

“再会了。”

她也站起来。这时他才发觉她怀着身孕,心中立刻感到一种说不出的厌恶,温柔,妒忌,和热烈的怜悯。她把他送到小客厅门口。他转过身来,向朋友的手伛着身子,亲了长久。她一动不动,半阖着眼睛。终于他抬起身子,望也不望一下,很快地走了出去。

……那时谁要问我什么,
我唯有装着谦卑的脸,
只回答他一个字:
　　爱。

那天是诸圣节。外边是阴沉的天和寒冷的风。克利斯朵夫在赛西尔家。赛西尔站在孩子的摇篮旁边,顺路来探望的亚诺太太探着身子瞧着。克利斯朵夫独自在那里出神。他觉得自己错过了幸福,可并不想抱怨:他知道幸福是存在的……噢,太阳！我用不着看到你才能爱你！便是在阴暗中发抖的冗长的冬季,我的心仍旧充满着你的光明;我的爱情使我感到温暖:我知道你在这里……

赛西尔也在幻想。她打量着孩子,居然相信这是她自己的孩子了。噢,幻想的力量,能创造生命的幻想,真应该祝福你啊！生命……什么是生命？它并不是像冷酷的理智和我们的肉眼所见到的那个模样,而是我们幻想中的那个模样。生命的节奏是爱。

克利斯朵夫望着赛西尔,眼睛很大而带点村野的脸上闪耀着母性的本能,——比真正的母亲更纯粹的母亲。他又望着亚诺太太温柔而疲倦的脸。他在这张脸上看到,像一本打开的书一样清楚,看到这个做妻子的生活中隐藏着多少的甜酸苦辣,虽然人家一点没猜疑到,有时却和朱丽叶或伊索尔德的爱情同样富于喜乐与痛苦的滋味。但她的这种喜乐与痛苦更近于宗教的伟大……

人事的与神事的结合——配偶[1]

他想,一个人的幸与不幸并不在于信仰的有无;同样,结婚与不结婚的女子的苦乐,也并不在于儿女的有无。幸福是灵魂的一种香味,是一颗歌唱的心的和声。而灵魂的最美的音乐是慈悲。

这时奥里维走进来了。他动作很安详,蓝眼睛里头有一道新的、清明的光彩。他对孩子微微笑着,跟赛西尔和亚诺太太握了握手,开始安安静静地谈话。他们都用着亲热而诧异的态度打量他。他一切都不同了,在他抱着满腔悲苦把自己幽闭着的孤独中间,好似一条躲在窠里的青虫,艰辛地工作了一番以后,终于把他的苦难像一个空壳似的脱下了。他怎样的自以为找到了一个美妙的目标来贡献他的生命,且待下文再述。从此他对于生命只关切一点,便是把生命作牺牲;而从他心中舍弃了生命的那一天起,生命就重新有了光彩:这是必然之理。朋友们都望着他,不知道他有了些什么事,又不敢动问;但他们觉得他是解脱

---

① 此系罗马法中解释配偶之条文,与爱情之徒为人事的而非神事的有别。

了,他心中对任何人任何事都不再有遗憾或悲苦了。

克利斯朵夫站起来,走向钢琴,和奥里维说:“要不要我唱一支老勃拉姆斯的歌给你听?”

“勃拉姆斯?”奥里维说,“你现在弹你死冤家的作品了?”

“今天是诸圣节,对谁都应当宽恕。”克利斯朵夫说。

为了免得惊醒孩子,他放低着声音唱着施瓦本地方的一支老歌谣中的几句:

> 我感谢你曾经爱过我,
> 希望你在别处更幸福……

“克利斯朵夫!”奥里维叫了起来。

克利斯朵夫把他紧紧地搂在怀里:“好了,我的孩子,咱们运气不坏。”

他们四个都坐在睡熟的孩子周围,不作一声。要是有人问他们想些什么,——那末,他们脸上表示着谦卑的神气,只回答你一个字:

——爱。

第　四　册

傅雷先生生前为本书第四册设计的封面，沈尹默先生题写书名，人民文学出版社一九五七年出版。

卷九·燃烧的荆棘

第一部

精神安定。一丝风都没有。空气静止……

克利斯朵夫神闲意适,心中一片和平。他因为挣到了和平很得意,暗中又有些懊丧,觉得这种静默很奇怪。情欲睡着了;他一心以为它们不会再醒的了。

他那股偏于暴烈的巨大的力,没有了目的,无所事事,入于蒙眬半睡的状态。实际是内心有点儿空虚的感觉,“看破一切”的怅惘,也许是不懂得抓握幸福的遗憾。他对自己,对别人,都不再需要多大的斗争,甚至在工作方面也不再有多大困难。他到了一个阶段的终点,以前的努力都有了收获;要汲取先前开发的水源真是太容易了;他的旧作才被那般天然落后的群众发现而赞赏的时候,他早已把它们置之脑后,可也不知道自己是否还会更向前进。他每次创作都感到同样的愉快。在他一生的这一时期,艺术只是一种他演奏得极巧妙的乐器。他不胜羞愧地觉得自己变了一个以艺术为游戏的人。

易卜生说过:“在艺术中应当坚守勿失的,不只是天生的才气,还有充实人生而使人生富有意义的热情与痛苦。否则你就不能创造,只能写些书罢了。”

克利斯朵夫就是在写书。那他可是不习惯的。书固然写得很美;他却宁愿它们减少一些美而多一些生气。好比一个休息时期的运动家,不知怎么对付他的筋骨,只像一头无聊的野兽一般打着呵欠,以为将来的岁月都是平静无事的岁月,可以让他消消停停地工作。加上他那种日耳曼人的乐观脾气,他确信一切都安排得挺好,结局大概就是这么回事;他私自庆幸逃过了大风暴,做了自己的主宰。而这点成绩也不能说少了……啊!一个人终于把自己的一切控制住了,保住了本来面目……他自以为到了彼岸。

两位朋友并不住在一起。雅葛丽纳出走以后，克利斯朵夫以为奥里维会搬回到他家里来的。可是奥里维不能这样做。虽然他需要接近克利斯朵夫，却不能跟克利斯朵夫再过从前的生活。和雅葛丽纳同居了几年，他觉得再把另外一个人引进他的私生活是受不了的，简直是亵渎的，——即使这另一个人比雅葛丽纳更爱他，而他爱这另一个人也甚于爱雅葛丽纳。——那是没有理由可说的。

克利斯朵夫很不了解，老是提到这问题，又惊异，又伤心，又气恼……随后，比他的智慧更高明的本能把他点醒了，他便突然不作声了，认为奥里维的办法是对的。

可是他们每天见面，比任何时期都更密切。也许他们谈话之间并不交换最亲切的思想，同时也没有这个需要。精神的沟通用不着语言，只要是两颗充满着爱的心就行了。

两人很少说话，一个耽溺在他的艺术里，一个耽溺在他的回忆里。奥里维的苦恼渐渐减轻了；但他并没为此有所努力，倒还差不多以苦恼为乐事：有个长久的时期，苦恼竟是他生命的唯一的意义。他爱他的孩子；但一个只会哭喊的小娃娃不能在他生活中占据多大的地位。世界上有些男人，对爱人的感情远过于对儿子的感情。我们不必对这种情形大惊小怪。天性并不是一律的；要把同样的感情的规律加在每个人身上是荒谬的。固然，谁也没权利把自己的责任为了感情而牺牲。但至少得承认一个人可以尽了责任而不觉得幸福。奥里维在孩子身上最爱的一点，还是这孩子的血肉所从来的母亲。

至此为止，他不大关心旁人的疾苦。他是一个与世隔绝的知识分子。但与世隔绝不是自私，而是爱梦想的病态的习惯。雅葛丽纳把他周围的空虚更扩大了；她的爱情在奥里维与别人之间划出了一道鸿沟；爱情消灭了，鸿沟依旧存在。而且他气质上是个贵族。从幼年起，他虽然心很温柔，但身体和精神极其敏感，素来是远离大众的。他们的思想和气息都使他厌恶。——但自从他亲眼看见了一桩平凡的琐事以后，情形就不同了。

他在蒙罗区的高岗上租着一个很朴素的公寓,离克利斯朵夫与赛西尔的住处很近。那是个平民区,住在一幢屋子里的不是靠少数存款过活的人,便是雇员和工人的家庭。在别的时期,他对于这个气味不相投的环境一定会感到痛苦;但这时候他完全不以为意;这儿也好,那儿也好:他到处是外人。他不知道,也不愿意知道邻居是些什么人。工作回来——(他在一家出版公司里有一个差事)——他便关在屋里怀念往事,只为了探望孩子和克利斯朵夫才出去。他的住处不能算一个家,只是一间充满着过去的形象的黑房;而房间越黑越空,形象就越显得清楚。他不大注意在楼梯上遇到的人。但不知不觉已经有些面貌印入他的心里。有些人对于事物要过后才看得清楚。那时什么都逃不掉了,最微小的枝节也像是用刀子刻下来的。奥里维就是这样:他心中装满了活人的影子,感情一激动,那些影子便浮起来;跟它们素昧平生的奥里维居然认出了它们;有时他伸出手去抓……可是它们已经消灭了。……

有一天出去的时候,他看到屋子前面有一堆人,围着咭咭呱呱的女门房。他素来不管闲事,差不多要不加问讯地走过去了,但那个想多拉一个听众的看门女人把他拦住了,问他有没有知道可怜的罗赛一家出了事。奥里维根本不知道谁是那些"可怜的罗赛",只漫不经意地,有礼地听着。等到知道屋子里有个工人的家庭,夫妇俩和五个孩子一齐自杀了的时候,他像旁人一样一边听着女门房反复不厌的唠叨,一边抬起头来望望墙壁。在她说话的时间,他渐渐地想起那些人是见过的;他问了几句……不错,是他们:男的——(他常常听见他在楼梯上呼哩呼噜地喘气)——是面包师傅,皮色苍白,炉灶的热气把他的血都吸干了,腮帮陷了下去,胡子老是没刮好;他初冬时害了肺炎,没完全好就去上工,变成复病;三星期以来,他又是失业又没有一点儿气力。女的永远大着肚子,被关节炎把身子搞坏了,还得拼命忙着家里的事,整天在外边跑,向救济机关求一些姗姗来迟的微薄的资助。而这期间,一个又一个的孩子生下来了:十一岁,七岁,三岁,中间还死过两个;最后又是一对双生儿在上个月下了地,真是挑了一个最好的时期!一个邻居的女人说:

“他们出生那天，五个孩子中最大的一个，十一岁的小姑娘于斯丁纳，——可怜的丫头！——哭着说，要她同时抱一对双生兄弟，怎么吃得消呢……”

奥里维听了，脑海中立刻现出那个小姑娘的模样，——挺大的额角，毫无光泽的头发往后梳着，一双惊惶不定的灰色眼睛，部位长得很高。人家不是看到她捧着食物，就是看到她抱着小妹子，再不然手里牵着一个七岁的兄弟；——那是个娇弱的孩子，相貌很细气，一双眼睛已经瞎了。奥里维在楼上碰到她，总是心不在焉地，有礼地说一声：“对不起，小姐。”

她一声不出，只直僵僵地走过，也不闪避一下，但对于奥里维的虚礼暗中很高兴。上一天傍晚六点钟，他下楼还最后看到她一次：提着一桶炭上去，东西似乎很重。但在一般穷苦的孩子，那是极平常的事。奥里维照例招呼了一声，并没瞧她一眼。他往下走了几级，无意中抬起头来，看见她靠在栏杆上，伸着那张小小的抽搐的脸瞧他下楼。接着她转身上去了。她知道不知道自己上哪儿去呢？奥里维认为她是有预感的。他想着这可怜的孩子手里提着炭等于提着死亡，而死亡便是解放。对于可怜的孩子们，不再生存就是不再受罪！想到这儿，他没法再去散步了，便回到房里。但明知道死者就在近旁，只隔着几堵壁，自己就生活在这些惨事旁边：怎么还能安安静静地待在家里呢？

于是他去找克利斯朵夫，心里非常难受，觉得世界上多少人受着千百倍于自己的、可以挽救的苦难，他却为了失恋而成天地自嗟自叹，不是太没有心肝了吗？当时他非常激动，把别人也感染了。克利斯朵夫因之大为动心。他听着奥里维的叙述，把才写的一页乐谱撕了，认为自己搞这些儿童的玩意儿简直是自私自利……但过后他又把撕破的纸张捡起来。他完全被音乐抓住了，而且心里感觉到，世界上减少一件艺术品并不能多添一个快乐的人。饥寒交迫的悲剧对他也不是新鲜的事；他从小就在这一类的深渊边上走惯而不让自己掉下去的。甚至他对自杀还抱着严厉的态度，因为他这时期精力充沛，想不到一个人为了某一种痛苦竟会放弃斗争的。痛苦与战斗，不是挺平常的吗？这是宇宙的支柱。

奥里维也经历过相仿的磨难,但从来不肯逆来顺受,为自己为别人都是这样。他一向痛恨贫穷,因为那是把他心爱的安多纳德磨折死的。自从娶了雅葛丽纳,让财富和爱情把他志气消磨完了以后,他就急于丢开那些悲惨年代的回忆,把跟姊姊两人每天都得毫无把握地挣取下一天的面包的事赶快忘掉。现在爱情完了,这些形象便重新浮现了。他非但不躲避痛苦,反而去找它。那是不必走多少路就能找到的。以他当时的心境,他觉得痛苦在社会上触目皆是。社会简直是一所医院……遍体鳞伤,活活腐烂的磨折!忧伤侵蚀,摧残心灵的酷刑!没有温情抚慰的孩子,没有前途可望的女儿,遭受欺凌的妇女,在友谊、爱情与信仰中失望的男子,满眼都是被人生斫伤的可怜虫!而最惨的还不是贫穷与疾病,而是人与人间的残忍。奥里维才揭开人间地狱的盖子,所有被压迫的人的呼号已经震动他的耳鼓了:受人剥削的无产阶级,被人虐害的民族,被屠杀的亚美尼亚,被窒息的芬兰,四分五裂的波兰,殉道的俄罗斯,被欧洲的群狼争食的非洲,以及所有的受难者。奥里维为之气都喘不过来了;他到处听见他们的哀号,不懂一个人怎么还能想到旁的事。他不住地和克利斯朵夫说着。克利斯朵夫心绪被扰乱了,回答说:“别烦了!让我工作。”但他不容易平静下来,便气恼了,咒着说:“该死!我这一天完全给糟掉了!你算是有进步了,嗯?”于是奥里维赶紧道歉。

“孩子,”克利斯朵夫说,“别老望着窟窿。你要活不下去的。”

“可是我们应当把那些掉在窟窿里的人救出来呀。”

“当然。可是怎么救呢?是不是我们也跟着跳下去?你就是这个办法。你有一种倾向,只看见人生可悲的事。不用说,这种悲观主义是慈悲的;可是教人泄气的。想使人家快活,你自己先得快活!”

“快活!看到这么多的苦难之后,还会有这种心肠吗?只有努力去减少人家的苦难,你才会快活。”

“对。可是乱打乱杀一阵就能帮助不幸的人吗?多一个不中用的兵是无济于事的。我能够用我的艺术去安慰他们,给他们力量,给他们快乐。你知道不知道,一支美丽的歌能够使多少的可怜虫在苦难中得到支持?应当各人干各人的事!你们法国人,真是好心糊涂虫,只知道抢着替一切的不平叫屈,不管是为了西班牙还是为了俄罗斯,也没弄清是怎么回事。我喜欢你们这个脾气。可是你们以为这样就能把事情搞好吗?你们乱哄哄地投入漩涡,结果是成事不足,败事有余……你瞧,你们的艺术家自命为参与着世界上所有的运动,可是你们的艺术从来没有像今天这样的黯淡。奇怪的是,多少玩票的小名家跟坏蛋,居然自称为救世的圣徒!嘿,他们不能少灌一些坏酒给群众喝吗?——我的责任,第一在于做好我的事,替你们制作一种健全的音乐,恢复你们新鲜的血液,让太阳照到你们心里去。"

要散布阳光到别人心里,先得自己心里有阳光。而奥里维就感缺少。像今日一般最优秀的人一样,他不能独自发挥他的力量,只有跟别人联合起来才能够。可是跟谁联合呢?思想是自由的,心可是虔诚的,他被一切的政治党派与宗教党派摒诸门外。他们因为胸襟狭小,不能容忍而互相排挤。一朝有了权力,他们又加以滥用。所以只有被压迫的人才吸引奥里维。在这方面,他至少是和克利斯朵夫同意的,认为在反抗远地方的不平之前,先得反抗近处的不平,反抗那些在我们周围而且是我们多少负有责任的。攻击别人的罪恶而忘掉自己所犯的罪恶的人,真是太多了。

于是他先从帮助穷人入手。亚诺太太因为参加着一个慈善组织,便介绍奥里维入了会。一开始他就遇到好几桩失意的事:他负责照顾的穷人并不都值得关切;或者是他的同情没有得到好的反应,他们提防他,对他深闭固拒。并且一个知识分子根本难于在单纯的慈善事业上面获得满足:在灾祸的国土中,这种办法所灌溉到的园地太小了!它的行动几乎老是支离破碎的,零星的;它似乎毫无计划,发现什么伤口就随时裹扎一下。以一般而论,它的志愿太小,行动太匆忙,不能一针见血地对付病源。而探讨苦难的根源正是奥里维不肯放过的工作。

他开始研究社会的灾难。在这一方面,向导决不愁缺少。当时社会问题已经成为上流社会的一个问题。在交际场中,在小说或剧本中间,大家都谈着。每个人都自命为很熟悉。一部分的青年为此消耗了他们最优秀的力量。

每一代的人都得有一种美妙的理想让他们疯魔。即使青年中最自私的一批也有一股洋溢的生命力,充沛的元气,不愿意毫无生产;他们想法要把它消耗在一件行动上面,或是——(更谨慎的)——消耗在一宗理论上面。或是搞航空,或是搞革命;或是做肌肉的活动,或是做思想的活动。一个人年轻的时候需要有个幻象,觉得自己参与着人间伟大的活动,在那里革新世界。他的感官会跟着宇宙间所有的气息而震动,觉得那么自由,那么轻松!他还没有家室之累,一无所有,一无所惧。因为一无所有,所以能非常慷慨地舍弃一切。妙的是能爱,能憎,以为空想一番,呐喊几声,就改造了世界;青年人好比那些窥伺待发的狗,常常捕风捉影地狂吠。只要天涯海角出了一桩违反正义的事,他们就疯起来了……

黑夜里到处是狗叫。在大森林中间,从这一个农庄到那一个农庄,此呼彼应。夜里一切都骚动得很。在这个时代,睡觉是不容易的!空中的风带来多少违反正义的回声!而违反正义的事是没有穷尽的;为了补救一桩不义,你很可能做出另外一些不义。而且什么叫做不义,什么叫做暴行呢?——有的说是可耻的和平,残破的国家。有的说是战争。这个说是旧制度的被毁,君王的被黜。那个说是教会的被掠。另外一个又说是未来的被窒息,自由的受到威胁。对于平民,不平等是不义;对于上层阶级,平等是不义。不义的种类那么多,每个时代都得特别挑一个,——既要挑一个来加以攻击,又要挑一个来加以庇护。

那时大家正在竭力攻击社会的不公道,——同时也在不知不觉地准备新的不公道。

当然,自从工人阶级的数量与力量增高,成为国家的主要机轴以来,社会的不公道特别显得不堪忍受,特别令人注目。但不管工人阶级的政客与讴歌者怎样宣传,工人阶级的现状并没变得更坏,反而比从前改善。今昔的变化并非在于现代的工人们更苦,而是在于更有力量。这种力量是资本家的力量造成的,是经济与工业发展的必然的趋势造成的;因为这种发展把劳动者集合在一起,使他们成为可以作战的军队;工业的机械化使武器落到了劳动者手里,使每个工头都变成支配光、支配电、支配力的主宰。近来一般领袖正想加以组织的、这些原动力中间,有一股烈焰飞腾的热度和无数的电浪,流遍了整个社会。

有头脑的中产阶级所以被平民问题震动,绝不是——虽然他们自以为是——为了这个问题的合于正义,也不是为了观念的新奇与力量,而是为了它的生命力。

以平民问题所牵涉的正义而论,社会上千千万万别的正义被蹂躏了,谁也不动心。以观念而论,它只是些零零碎碎的真理,东一处西一处的捡得来,牺牲了旁的阶级而依了一个阶级的身量剪裁过的。那不过是一些跟所有的“原则”同样荒谬的“原则”,——例如君权神圣,教皇无误,无产阶级统治,普及选举,人类平等;——倘使你不从鼓动这些原则的力量方面着眼而单看它们的理由,还不是同样的荒谬?但它们的平庸是没有关系的。无论什么思想,都不是靠它本身去征服人心,而是靠它的力量;不是靠思想的内容,乃是靠那道在历史上某些时期放射出来的生命的光辉。仿佛一股浓烈的肉香,连最迟钝的嗅觉也受到它的刺激。以思想本身来说,最崇高的思想也没有什么作用;直到有一天,思想靠了吸收它的人的价值,(不是靠了它自己的价值)靠了他们灌输给它的血液而有了传染性的时候,那枯萎的植物,奚里谷的玫瑰[①],才突然之间开花,长大,放出浓郁的香味布满空间。——张着鲜明的旗帜,领导工人阶级去突击布尔乔亚堡垒的那些思想,原来是布尔乔亚梦想家想出来的。只要不出他们的书本,那思想就等于死的,不过是博物馆里的东西,放在玻璃柜中的木乃伊,没有人瞧上一眼的。但一朝被群众抓住了,那思想就变了群众的一部分,感染到他们的狂热而变了模样,有了生气;抽象的理由中间也吹进了如醉如狂的希望,像穆罕默德开国时代的那阵热风。这种狂热慢慢扩张开去。大家都感染到了,可不知道那热风是谁带来的,怎么带来的。而且人的问题根本不相干。精神的传染病继续蔓延,从头脑狭窄的人物传达给优秀人物。每个人都无意之间做了传布的使者。

这些精神传染病的现象在每个国家每个时代都有的;即使在特权

---

① 奚里谷玫瑰产于叙利亚与巴勒斯坦,未开花即萎谢,但移植湿地,即能再生。

阶级坚壁高垒，竭力撑持的贵族国家也不能免。但在上层阶级与平民之间没有藩篱可守的民主国家，这种现象来势特别猛烈。优秀分子立刻被传染了。他们尽管骄傲，聪明，却抵抗不了疫势；因为他们远没有自己想象的那末强。智慧是一座岛屿，被人间的波涛侵蚀了，淹没了，直要等大潮退落的时候，才能重新浮现。大家佩服法国贵族在八月四日夜里放弃特权的事①。其实他们是不得不这样做。我们不难想象，他们之中一定有不少人回到府里去会对自己说："哎，我干的什么事啊？简直是醉了……"好一个醉字！那酒真是太好了，酿酒的葡萄也太好了！可是酿成美酒来灌醉老法兰西的特权阶级的葡萄藤，并非是特权阶级栽种的。佳酿已成，只待人家去喝。而你一喝便醉。就是那些绝不沾唇而只在旁边闻到酒香的人也不免头晕目眩。这是大革命酿出来的酒！……一七八九年份的酒，如今在家庭酒库中只剩几瓶泄气的了；可是我们的曾孙玄孙还会记得他们的祖先曾经喝得酩酊大醉的。

使奥里维那一代的布尔乔亚青年头昏脑涨的，是一种同样猛烈而更苦涩的酒。他们把自己的阶级作牺牲，去献给新的上帝，无名的上帝，——平民。

当然，他们并非每个人都一样的真诚。许多人看不起自己的阶级，为的是要借此显露头角。还有许多是把这种运动作为精神上的消遣，高谈阔论的训练，并不完全当真的。一个人自以为信仰一种主义，为它而奋斗，或者将要奋斗，至少是可能奋斗，的确是愉快的事；甚至觉得冒些危险也不坏，反而有种戏剧意味的刺激。

这种心情的确是无邪的，倘使动机天真而没有利害计算的话。——但一批更乖巧的人是胸有成竹地上台的，把平民运动当做猎取权位的手段。好似北欧的海盗一般，他们利用涨潮的时间把船只驶入内地，预备深入上流的大三角洲，等退潮的时候把征略得来的城市久占下去。港口是窄的，潮水是捉摸不定的：非有巧妙的本领不行。但是

① 一七八九年七月十四日法国大革命爆发后，八月四日夜，若干贵族在国民议会中宣布放弃特权。

两三代的愚民政治已经养成了一批精于此道的海盗。他们非常大胆地冲进去,对于一路上覆没的船连瞧都不瞧一眼。

每个党派都有这种恶棍,却不能教任何一个党派负责。然而一部分真诚的与坚信的人,看了那些冒险家以后所感到的厌恶,已经对自己的阶级绝望了。奥里维认识一般有钱而博学的布尔乔亚青年,都觉得布尔乔亚的没落与无用。他对他们极表同情。最初,他们相信优秀分子可能使平民有新生的希望,便创立许多平民大学,花了不少时间与金钱,结果那些努力完全失败了。当初的希望是过分的,现在的灰心也是过分的。民众并没响应他们的号召,或竟避之唯恐不及。便是应召而来的时候,他们又把一切都误会了,只学了布尔乔亚的坏习气。另外还有些危险人物溜进布尔乔亚的使徒队伍,把他们的信用给破坏了,把平民与中产阶级一箭双雕,同时利用。于是一般老实人以为布尔乔亚是完了,它只能腐蚀民众,民众应当不顾一切地摆脱它而自个儿走路。因此,中产阶级只是发起了一个运动,结果非但这运动没有他们的份,并且还反对他们。有的人觉得能够这样舍身,能够用牺牲来对人类表示深切而毫无私心的同情是种快乐。只要能爱,能舍身就行。青年人元气那么充足,用不着在感情上得到酬报,不怕自己会变得贫弱。——有的人认为自己的理智和逻辑能够满足便是一种愉快;他们的牺牲不是为了人,而是为了思想。这是最刚强的一批。他们很得意,因为凭着一步一步的推理断定自己的阶级非没落不可。预言不中,要比跟他们的阶级同归于尽使他们更难受。他们为了理想陶醉了,对着外边的人喊道:"打呀,打呀,越重越好!要把我们收拾得干干净净才好!"他们居然做了暴力的理论家。

而且所提倡的是别人的暴力。因为宣传暴力的使徒差不多永远是一班文弱而高雅的人。有些是声言要推翻政府的公务员,勤勉、认真、驯良的公务员。他们在理论上宣扬暴力,其实是对自己的文弱、遗憾、生活的压迫的报复,尤其是在他们周围怒吼的雷雨的征兆。理论家好比气象学家,他们用科学名词所报告的天气并非是将来的,而是现在的。他们是定风针,指出风从哪儿吹来。他们被风吹动的时候,几乎自以为在操纵风向。

然而风向的确转变了。

思想在一个民主国家里是消耗得很快的，特别因为它流行得快。法国多少的共和党人，不到五十年就厌恶共和，厌恶普选，厌恶当年如醉若狂争取得来的自由。以前大家相信“多数”是神圣的，能促进人类的进步，现在可是暴力思想风靡一时了。“多数”的不能自治，贪赃枉法，萎靡不振，妒能害贤，引起了反抗；强有力的“少数”——所有的“少数”——便诉之于武力了。法兰西行动派的保王党和劳工总会的工团主义者居然接近了，这是可笑的，但是必然的。巴尔扎克说他那个时代的人“心里想做贵族，但为了怨望而做了共和党人，唯一的目的是能够在同辈中找到许多不如他的人”……这样的乐趣也可怜透了！而且要强迫那些低下的人自认低下才行；要做到这一点，只有一个办法，就是建立一种威权，使优秀分子（不论是工人阶级的或中产阶级的）拿他们的优越把压迫他们的“多数”屈服。年轻的知识阶级，骄傲的小布尔乔亚，是为了自尊心受了伤害，为了痛恨民主政治的平等，才去投入保王党或革命党的。至于无所为而为的理论家，宣扬暴力的哲学家，却高高地站在上面，像准确的定风针似的，发出暴风雨的讯号。

最后还有一批探求灵感的文人，——能写作而不知道写什么的，好比困在奥利斯港口的希腊水手，①因为风平浪静而没法前进，不胜焦灼地等待好风吹满他们的帆。——其中也有些名流，被德莱弗斯事件出其不意地从他们字斟句酌的工作中拉了出来，投入公共集会。在先驱者看来，仿效这种榜样的人太多了。现在多数的文人都参加政治，以左右国家大事自命。只要有一点儿借口，他们马上组织联盟，发表宣言，救护宗庙。有前锋的知识分子，有后方的知识分子，都是难兄难弟。但两派都把对方看做唱高调的清客而自命为聪明人。凡是侥幸有些平民血统的人自认为光荣至极，笔下老是提到这一点。——他们全是牢骚满腹的布尔乔亚，竭力想把布尔乔亚因为自私自利而断送完了的权势恢复过来。但很少使徒能够把热心支持长久的。最初那运动使他们成了名，——恐怕还不是得力于他们的口才，——大为得意。以后他们继

① 典出希腊神话，参阅本书第389页注。

续干着,可没有先前的成功了,暗中又怕自己显得可笑。久而久之,这种顾虑渐渐占了上风,何况他们原是趣味高雅、遇事怀疑的人,自然要觉得他们的角色不容易扮演而感到厌倦了。他们等待风色和跟班们的颜色,以便抽身引退;因为他们受着这双重的束缚。新时代的伏尔泰与约瑟·特·曼德尔,①虽然文字写得大胆,实际是畏首畏尾,非常胆小,唯恐得罪了青年人,竭力要博取他们的欢心,把自己装得很年轻。不管在文学上是革命者或反革命者,他们总是战战兢兢地跟着他们早先倡导的文学潮流亦步亦趋。

在这个布尔乔亚的先锋队中间,奥里维所遇到的最奇怪的典型是一个因为胆怯而变成革命分子的人。

那标本名叫比哀尔·加奈。出身是有钱的布尔乔亚,保守派的家庭,跟新思想完全无缘的;家里的人尽是些法官和公务员,以怨恨当局,跟政府闹别扭而丢官出名的;这批中间派的布尔乔亚,想讨好教会,很少思想,可是很会用思想。加奈莫名其妙地娶了一个有贵族姓氏的女人,思想不比他差,也不比他多。顽固,狭窄,落伍,老是苦闷而发牢骚的社会,终于使加奈气恼至极,——尤其因为太太又丑又可厌。他资质中等,头脑相当开通,倾向于自由思想,却不大明白它的内容:那在他的环境里是无法懂得的。他只知道周围没有自由,以为只要跑出去就可以找到了。但他不能独自走路:在外边才走了几步,就很高兴地和中学时代的朋友混在一起,其中颇有些醉心于工团主义的人。在这个社会里,他觉得比在自己的社会里更不得劲,但不愿意承认:他总得有个地方混混,可惜找不到像他那种色彩(就是说没有色彩)的人。这一类的家伙在法兰西有的是。他们自惭形秽:不是躲起来,就是染上一种流行的政治色彩,或者同时染上好几种。

依着一般的习惯,加奈尤其和那些跟他差别最厉害的朋友接近。这个法国人,十足的布尔乔亚,十足的内地人气质,居然形影不离地跟

---

① 特·曼德尔为法国十八世纪宗教哲学家,提倡教皇至上主义,适与伏尔泰之排斥神权相反。此处举此两人代表左右两极端。

一个青年犹太医生做伴。他叫做玛奴斯·埃曼,是个亡命的俄国人。像他许多同胞一样,他有双重的天才:一方面能够在别的国家像在本国一样地安居,一方面又觉得无论什么革命都配他的胃口:人家竟弄不清他对革命感兴趣的,究竟是革命的手段呢还是革命的宗旨。他自己经历的和旁人经历的考验,为他都是一种消遣。他是真诚的革命党人,同时他的科学头脑使他把革命党人(连自己在内)看做一种精神病者。他一边观察,一边培养这精神病。由于兴高采烈的玩票作风和朝三暮四的思想,他专门找那些与自己对立的人来往。他和当权的要人,甚至和警察厅都有关系;东钻钻,西混混,那种令人起疑的好奇心使许多俄国革命家都像是骑墙派,有时他们弄假成真,的确变了骑墙派。那并不是欺骗而是轻浮,往往是没有利害计算的。不少干实际行动的人都把行动当做演戏,尽量施展他们的戏剧天才,像认真的演员一样,但随时预备改换角色。玛奴斯尽可能地忠于革命党人的角色;因为他天生是个无政府主义者,又喜欢破坏他所侨居的国家的法律,所以这个角色对他最合适。可是归根结底,那不过是一个角色而已。人家从来分不清他的说话中间哪些是实在的,哪些是虚构的;结果连他自己也不大明白了。

他人很聪明,喜欢讥讽,有的是犹太人与俄国人的细腻的心理,能一针见血地看出自己的跟别人的弱点而加以利用,所以他毫不费力就把加奈控制了。他觉得拿这个桑丘·潘沙①拉入堂吉诃德式的队伍挺好玩。他老实不客气支配他,支配他的意志、时间、金钱,——并不是放在自己口袋里(那他不需要,谁也不知道他靠什么过活的),——而是用来对他的主义做最不利的宣传。加奈听人摆布,硬要相信自己和玛奴斯一般思想。他明知道实际并不如此:那些思想是不合情理,使自己害怕的。他不喜欢平民。并且他不是勇敢的人。这个又高又大,身体魁梧,肥肥胖胖的汉子,小娃娃式的脸,胡子剃得精光,呼吸急促,说话甜蜜,浮夸,孩子气十足,长着一身大力士式的肌肉,还是很高明的拳击家,骨子里却是个最胆小的人。他在家属中间因为被认为捣乱分子而

---

① 塞万提斯名著《堂吉诃德》中的骑士迷堂吉诃德的侍从。

很得意,但看着朋友们的大胆暗中直打哆嗦。没有问题,这种寒战的感觉并不讨厌,只要是闹着玩儿的。可是玩意儿变得危险了。那些混蛋居然张牙舞爪地凶起来,野心越来越大,使加奈的自私心理,根深蒂固的地主观念,和布尔乔亚的怕事的脾气,都发急了。他不敢问:“你们要把我拉到哪儿去呢?”但他暗暗诅咒那般不管死活的人,一味要跟人家打得头破血流,也不问同时会不会砸破别人的脑袋。——可是谁强迫他跟他们走呢?他不是可以引退的吗?但他没有勇气,他怕孤独,好比一个落在大人后面哭哭啼啼的孩子。他跟大多数人一样:没有一点儿意见,除非是不赞成一切过激的意见。一个人要独立,就非孤独不可;但有几个人熬得住孤独?便是在那些最有眼光的人里头,能有胆量排斥偏见,丢开同辈的人没法摆脱的某些假定的,又有几个?要那么办,等于在自己与别人之间筑起一道城墙。墙的这一边是孤零零的住在沙漠里的自由,墙的那一边是大批的群众。看到这情形,谁会迟疑呢?大家当然更喜欢挤在人堆里,像一群羊似的。气味虽然恶劣,可是很暖和。所以他们尽管心里有某种思想,也装做有某种思想(那对他们并不很难),其实根本不大知道自己想些什么!……希腊人有句古谚:“一个人先要了解自己”,但这般几乎没有什么“自己”的人怎么办呢?在所有的集体信仰中,不问是宗教方面的或社会方面的,真正相信的人太少了,因为可称为“人”的人就不多。信仰是一种力,唯大智大勇的人才有。假定信仰是火种,人类是燃料;那末这火种所能燃烧的火把,一向不过是寥寥几根,而往往还是摇晃不定的。使徒,先知,耶稣,都怀疑过来的。其余的更只是些反光了,——除非精神上遇到某些亢旱的时节,从大火把上掉下来的火星才会把整个平原烧起来;随后大火熄灭了,残灰余烬底下只剩一些炭火的光。真正信仰基督的基督徒不过寥寥数百人。其余的都自以为信仰或者是愿意信仰。

那些革命家中间,许多便是这样的人。老实无用的加奈愿意相信自己是个革命家,所以就相信了。但他对着自己的大胆吃惊。

所有这些布尔乔亚都标榜种种不同的原则:有的是从感情出发的,有的是从理智出发的,有的是从利益出发的;这一批把自己的思想依附《福音书》,那一批依附柏格森,另外一批又依附马克思、蒲鲁东、约瑟·特·曼德尔、尼采,或是乔治·索兰尔。有的革命家是为了趋附时髦,有的是为了生性孤僻;有的是为了需要行动,抱着牺牲的热情;有的是为了奴性特别强,像绵羊一般驯良。可是全部都莫名其妙地被狂风卷着。你可以远远地看到明晃晃的大路上灰尘滚滚,表示大风暴快来了。

奥里维和克利斯朵夫望着这阵风卷过来。两人眼力都很好,但看法不同。奥里维明察秋毫的目光,看透了一般人的用意,对他们的平庸觉得受不了;但他也窥见暗中鼓动他们的力量。他所注意的特别是悲壮的面目。克利斯朵夫却更注意可笑的地方。使他发生兴趣的是人,不是主义或思想。他对这些故意装做不关心,讥笑改造社会的梦想。他素来喜欢跟人别扭,再加对于风靡一时的病态的人道主义有种本能的反抗,所以表面上做得特别自私。他因为是靠自修成功的,不免以自己的体力和意志骄人,把一切没有他那种力量的人看做贪吃懒做。他既是从穷苦与孤独中间挣扎出来的,别人为什么不照样地做?……嗬!社会问题!什么叫做社会问题?是指吃不饱穿不暖吗?

"那个味道我是尝过的,"他说,"我的父亲,母亲,我自己,都是过来人。只要你跳出来就是了。"

"这不是每个人办得到的,"奥里维说,"有病人,有倒霉的人……"

"那末大家去帮助他们呀,不是挺简单吗?可是像现在这样去捧他们绝不是帮助。从前人们拥护强者的权利固然要不得,我可不知道拥护弱者的权利是不是更要不得:它扰乱现代的思想,虐待强者,剥削强者。今日之下,一个人病弱、穷苦、愚蠢、潦倒,差不多是美德了,——而坚强、健康、克服环境等等反变了缺点。最可笑的,倒是那些强者最先相信这种观点……这不是一个挺好的喜剧题材吗?奥里维,你说!"

"我宁可让人家取笑,可不愿意教别人哭。"

"好孩子!"克利斯朵夫回答,"哎!谁不跟你一样想呢?看到一个驼子,我的脊梁就觉得不舒服。我们不能不演喜剧,可不应当由我们去写喜剧。"

有人相信将来会有个公平合理的社会,克利斯朵夫可决不为这种梦想着迷。他的平民式的头脑，认为将来仍旧逃不出过去的一套。奥里维指摘他说：

“倘若人家关于艺术问题跟你说这种话，你不要跳起来吗？”

“也许。总之我只懂得艺术。你也是的。我素来不信那般谈外行事情的人。”

奥里维也同样不信任这等人。两位朋友甚至过于怀疑，老是跟政治离得远远的。奥里维不免有点儿惭愧地承认他从来没使用过选举权，十年以来没有向市政府领过选民登记表。他说：

“干吗要去参加一出我明知毫无意义的喜剧呢？选举吗？选谁？那些候选人对我全是陌生的，我也说不上看中哪一个。而且我敢断定，他们一朝被选出了，都立刻会背弃他们的主张。监督他们吗？逼他们尽责吗？那不过是白白糟蹋我的生活。我既没时间，也没精力；既没有辩才，也没有不择手段的勇气和不讨厌行动的心情。所以还不如放弃权利。我可以受罪，至少我没有参加罪行！”

但他尽管把事情看得这样清楚，尽管厌恶政治上一切应有的手法，仍旧对革命抱着虚幻的希望。他明知道虚幻，可并不放弃希望。这个神秘的现象是从种族来的。奥里维的民族是西方最爱破坏的民族，为了建设而破坏、也为了破坏而建设的民族，——它跟思想赌博，跟人生赌博，老是推翻一切，预备从头做起，拿自己的血做赌注。

克利斯朵夫并没这种遗传的救世精神。他的浓厚的日耳曼气息不相信革命的作用。他认为世界是没法改造的，大家只是搬弄一些理论，说一大套空话罢了。他说：

“我用不着掀起革命——或是长篇大论地讨论革命——来证明我的力量。我更用不着像那些青年一样，推翻政府来拥立一个君主，或是立什么救国委员会来保卫我。这算证明一个人的力量吗？那才怪了！我会保卫自己的。我不是无政府主义者；我喜欢必不可少的秩序，也尊重统治宇宙的规律。可是我跟这个规律之间用不到中间人，我的意志会发号施令，同时也知道服从。你们满嘴都是先哲的至理名言，那末该记得你们的高乃依说过：‘只要我一个人就够了！’你们希望有一个主宰，就表示你们软弱无用。力是和光明一样的，只有瞎子才会否认！你们得做个强者，心平气和的，不用理论，不用暴行；那时候，所有的弱者都会像植物向着太阳一般地向着你们……”

他尽管说不能为了讨论政治而浪费时间，实际上并不真的那样不关心。在艺术家立场上，他也受到社会骚动的影响。因为一时没有热情鼓动他，他便彷徨四顾，问自己究竟是为谁工作。看到现代艺术的那般可怜的顾客，身心交惫的优秀分子，存着玩票心理的布尔乔亚，他不由得想道："为这些人工作有什么意思呢？"

当然，思想高雅，博学多闻，懂得个中甘苦，能够赏识新奇，赏识古拙的情趣——（那跟新奇是一而二、二而一的）——的人，并非没有。但他们厌倦一切，灵智的成分太多而生命力太少，以为艺术是虚空的；他们只对音响的或思想的游戏感兴趣；而多数还得为世俗的事分心，为无数不必要的事耗费精神。要他们接触到艺术的核心几乎是不可能的；他们认为艺术不是血肉构成的，只是舞文弄墨的玩意儿。他们的批评家造成了一种理论，证明他们的没有能力摆脱玩票作风是对的。即使有几个人还有相当的弹性，对于强烈的和弦能够发生共鸣，可没有力量消受；他们在人生舞台上已经残废了：不是神经病就是瘫痪。艺术在这个病院中间又能做些什么呢？——可是在现代社会里，艺术根本没法摆脱这些变态的人：他们有的是金钱和报纸；唯有他们才能使一个艺术家活下去。所以艺术家非受羞辱不可，不得不在交际晚会中拿出他披露肝胆的艺术，充满了内心生活的秘密的音乐，给一般趋时的群众和厌倦不堪的知识分子做娱乐，——更确切地说，是给他们解闷，或者是让他们有些新的烦闷。

克利斯朵夫寻访真正的群众，相信人生的情绪和艺术的情绪都是真实的、能够以新鲜的心情来接受的群众。他暗中受着大家所预告的新社会——平民——吸引。因为想起了童年的事，想起了高脱弗烈特和一般微贱的人，启示他深邃的生命的，或是和他一同享受神圣的音乐的人，他便相信真正的朋友是在这方面。像多少天真的青年一样，他想着一些大众艺术的计划，什么平民音乐会，平民戏院，内容他也不大说得清。他希望革命可能让艺术有个更新的机会，以为社会运动使他感到兴趣的就只有这一点。其实他是骗骗自己：像他那么元气充足的人，决不能不受当时最有活力的行动吸引。

他最瞧不上眼的是布尔乔亚的理论家。这一类的树所生的果实往往是干瘪的;所有生命的精华都冻结了,变了空洞的观念。克利斯朵夫对这些观念是不加区别的。他无所偏好,便是他自己的主张一朝凝结为一种学说之后,他也不再爱好。他存着瞧不起的心理,既不理会那些拥护强权的理论家,也不理会奉承弱者的理论家。在无论什么喜剧里,爱发议论的角色是最不讨好的。观众不但更喜欢值得同情的人,甚至觉得串反派的角儿也不像他那末可厌。在这一点上,克利斯朵夫跟群众的心理完全相同,认为呶呶不休地谈论社会问题只能教人起腻。但他很好玩地打量着别人,打量着那些相信的人和愿意相信的人,受骗的和但求受骗的人,以劫掠为业的海贼,和生来给人剪毛的绵羊。对于像胖子加奈一般有些可笑的老实人,他很宽容。他们的庸俗不至于使他感到像奥里维那样的难堪。他对无论什么角色都用一种亲热而含讥带讽的心情看着,自以为跟他们所演的戏毫不相干,并没觉得他慢慢地已经参加进去。他自以为只是一个旁观者,看着狂风吹过。殊不知狂风已经吹到他的身上,把他带着走了。

这出社会剧可以说戏中有戏。知识分子演的那一部分是穿插在喜剧中的喜剧,民众不爱看的。正戏乃是民众演的。旁人既不容易看清情节,连民众自己也不大明白。出乎意外的变化在那个戏里只有更多。

说白当然多于行动。不论是布尔乔亚还是平民,所有的法国人都是尽多尽少的话吞得下的,正如尽多尽少的面包都吃得下。但大家吃的不是同样的面包。有为细巧的味觉用的高级的语言,也有为塞饱饿鬼的肚子用的更富滋养的语言。即使字面相同,捏造的方式却不一样;味道,香气,意义,都各个不同。

奥里维第一次参加一个民众集会的时候,尝到这一类的面包,觉得毫无胃口;食物哽在喉头咽不下去。思想的平凡,措辞的单调和野蛮,空洞的滥调,幼稚的逻辑,抽象的理论和乱七八糟的事实,好比做坏了的芥末酱,只能使奥里维作呕。一方面是用字不恰当,另一方面还没有平民谈吐中那点儿生动的趣味。那完全是一批报纸上的字汇,褪色的服装,从布尔乔亚的修辞学旧货店中捡得来的。说话的繁琐尤其使奥里维骇怪。他可忘了文字的简洁不是天然的,而是修炼出来的,由上层阶级琢磨出来的。大都市里的平民决不能单纯,老是喜欢寻找纤巧而复杂的辞藻。奥里维不懂这些浮夸的话对听众所能发生的影响。在这方面,他完全不得其门而入。我们把别个种族的语言叫做外国语。殊不知在同一个种族里,语言的种类几乎跟社会的阶层一样地多。唯有为人数有限的上层阶级,语言才是几世纪的经验的结晶;为其余的人,它只代表他们自身的和他们的集团的经验。那些被优秀分子用旧了、摒弃了的字,仿佛是一所空屋子,从优秀分子迁出以后,又搬进了新人物。你要愿意认识主人,就得走进屋子。

克利斯朵夫便是这么办了。

他和工人们发生关系是由一个在国家铁路上办事的邻居介绍的。那邻居四十五岁,个子矮小,未老先衰,头发都秃了,眼睛陷得很深,腮帮瘪缩,弯弯的鼻子挺大,嘴巴的长相显得人很聪明,畸形的耳朵,边上的肉裂成了几片:他浑身上下都是衰败的模样。他叫做阿西特·高蒂哀,不是平民出身,而是中等的、清白的布尔乔亚,家里为了教育这个独子,把一份薄产花光了还没有能完成他的学业。很年轻的时候,他谋到了一个国家机关的差事,那在贫穷的中产阶级眼里是救星,其实是死亡,——是活埋。一朝进去之后,再也出不来了。他又犯了一桩错误——(那是现代社会的许多错误之一)——爱上一个美丽的女工,结了婚,不久她就露出鄙俗不堪的本性。她替他生了三个孩子。当然他得养活这一家几口。这个聪明而一心想进修的男人被贫穷困住了,觉得心中有些潜伏的力量被生活的艰难窒息了,却又不甘屈服。他从来不得清静:当着会计处的职员,整天消磨在机械的工作里;一起办公的都是又俗气又饶舌的同事,讲些废话,骂骂上司,算做对无聊的生活出气,同时也嘲笑他,因为他不懂得把求知欲在他们面前藏起去。回到家里,他只看到一个气味难闻的、丑恶的寓所,和一个吵吵嚷嚷、庸碌至极的女人。她不了解他,把他当做懒虫或疯子。孩子们一点不像他而像母亲。为什么他得过这种生活呢?这算是公道的吗?牢骚,痛苦,穷困,无聊的职业,使他从早到晚找不到一小时的光阴来修心养气,找不到一小时的静默,他给折磨得力倦神疲,烦躁不堪。为了想忘掉这些,他最近又去接近杯中物,结果更把他断送完了。——克利斯朵夫看到这个悲剧大为震动:残缺不全的个性,没有充分的修养,没有艺术趣味,但生来是为做些大事业的,现在可是被不幸的遭遇压倒了。高蒂哀立刻抓住了克利斯朵夫,好似快淹死的弱者碰到了一个游泳健将的手臂。他又喜欢又羡慕克利斯朵夫,带他去参加群众集会,见到革命党里的某些领袖,那是他为怨恨社会而结交的。因为想做贵族而没做成,所以他跟平民混在一起极感痛苦。

克利斯朵夫却比他平民化得多,——尤其因为他并不需要做平民,——对这些集会很感兴味。会场上的演说使他觉得好玩。他不像奥里维那样感到厌恶,对语言的可笑也并不敏感,认为所有多嘴的家伙都是半斤八两。他素来瞧不起高谈阔论。但他虽没费心去了解那套辞令,却在演说家与听讲者的心里咂摸到说话的音乐。演说家的力量一朝引起了听讲的人的共鸣,立刻增加了百倍。克利斯朵夫先是只注意到前者;他为了好奇,居然结识了几个演说家。

对群众最有影响的一个是加齐米·育西哀,——深色头发,脸很苍白,年纪在三十与三十五之间,相貌像蒙古人,个子清瘦,病病歪歪的,眼睛的神气又热烈又冷静,头发很少,胡子尖尖的。他的力量不在于他那种空泛、急促、跟语气不调和的姿势,也不在于他的失音的,常带嘶嘶声的浮夸的说话,而是在于他这个人本身,在于他深信不疑的态度。他似乎不允许人家跟他有不同的思想;而既然他的思想就是群众愿意想的,所以群众和他很投机。他把大家期待的话三遍、四遍、十遍地告诉他们,像发疯般拼命在同一只钉子上尽敲;他的群众也学着他的样尽敲,尽敲,直把那只钉嵌入肉里。——除了这种本领以外,他过去犯的许多政治案子也增加他的声望。他表面上有股百折不回的毅力;但明眼人可以看出他骨子里给多年的辛苦和努力磨得疲倦死了,厌烦死了,愤愤不平地恨着命运。他每天消耗的精力都入不敷出:从小就被工作和贫穷把身子磨坏了,做过玻璃匠、白铁匠、印刷工人;又害着肺病,使他对他的主义,对自己,常常心灰意懒,有时又兴奋若狂。他的暴烈一方面是有意的，一方面是病态的；就是说一半是为了政治作用，一半是为了冲动。他的学问是乱七八糟自修来的：有些事懂得很透彻，例如科学、社会学，以及他干过的各种手艺；对许多别的事他只是一知半解；但真懂的也好，不懂的也好，他都很有把握。他有理想世界，有准确的观念，有愚昧无知的地方，有非常实际的头脑，有偏见，有经验，有对布尔乔亚的猜忌和仇恨。可是他照旧对克利斯朵夫很好，因为看到一个知名的艺术家来交结他，心里很得意。他那等人是生来当领袖的，无论做什么事，对工人们都很不客气。他虽然真心要平等，但事实上对高级的人比对低级的人更容易平等。

克利斯朵夫还遇到工人运动的别的几个领袖。他们之间没有多少好感。共同的斗争好容易促成了一致的行动，可是没有把大家的心联合起来。可见所谓阶级的分野完全是浮表的，暂时的。许多年深月久的敌对状态不过是被延缓了一下，掩饰了一下，实际是始终存在。在工人领袖中间，我们照旧看到南方人与北方人的对立，彼此存着根深蒂固的轻蔑的心理。干这一行的忌妒另外一行的工资，而每行又自以为比别行高卓。但人与人间最大的区别还不在于这些而在于气质。狐狸，狼，绵羊，天生吃人的野兽，和天生被人吃的野兽，因为阶级相同、利害相同而集合在一起，但大家伸着鼻子嗅着，彼此都认了出来，毛都竖起来了。

克利斯朵夫有时在一家兼卖牛奶的小饭店里吃饭，那是高蒂哀的老同事，为罢工而被撤职的铁路职员西蒙开的；常客都是一般工团主义者。他们总共是五六个人，聚在尽里头一间屋子里，靠着又小又黑的天井，两只挂在亮处的金丝雀老是叫得很有劲。和育西哀同来的是他的情妇，美丽的贝德，个子结实而风骚的姑娘，没血色的皮肤，戴着大红便帽，眼睛迷迷糊糊地带着笑意。一个年轻的小白脸像跟班一样盯着她，那是聪明而装腔作势的机器匠雷沃博·格拉伊沃，这一帮中间的“雅人”。他自命为无政府主义者，反对布尔乔亚最激烈的一个，但气质上是个最要不得的布尔乔亚。多少年来，他每天早上都要买些一个铜子一份的文学报，把上面的黄色小说吞下去。这些读物把他变成一个头重脚轻的怪物：脑子里想着精益求精的寻欢作乐的玩意儿，身体却肮脏到极点，日常生活也鄙俗到极点。他最喜欢病态的富翁们做兴奋剂用的“奢侈”。因为肉体享受不到这奢侈，他就在精神上享受。那当然是浑身难过的。但这样一来，他跟有钱的人并肩了，而且他还恨他们。

克利斯朵夫受不了这种人，更喜欢电气匠赛巴斯蒂安·高加。那是和育西哀俩最受听众欢迎的演说家，可没有满嘴的理论。他有时不大清楚自己要往哪儿去，只知道勇往直前，可以说是十足地道的法国人。个子很结实，年纪四十上下，血色很好的大胖脸，圆圆的脑袋，红红的头发，留着一大簇胡子，脖子跟嗓子都像牛一样。他和育西哀同样是能干的工人，可是嘻嘻哈哈，喜欢吃喝。虚弱的育西哀看着这么健旺的身体非常妒羡；他们俩虽是朋友，暗中却抱着敌意。

饭店的主妇奥兰丽，四十五岁，当年大概长得很美，现在经过了时间的侵蚀还颇有风韵，她拿着件活儿坐在旁边听他们谈话，脸上挂着一副亲切的笑容，嘴唇跟着他们的话扯动：随时也穿插一两句，一边工作一边颠头耸脑地替自己的话打拍子。她有一个已经出嫁的女儿，和两个从七岁到十岁的孩子，一男一女，——他们伏在一张满着污点的桌上做功课，吐着舌头，不时把一两句他们不应该听的话听在耳里。

奥里维陪克利斯朵夫去了两三次，觉得混在这般人中间很不自在。那些工人只要不受工场中严格的时间限制，不是被那个顽强的汽笛叫唤得去，就不知道会浪费多少光阴：或是在工作以后，或是在上下班之间，或是在偷懒的时候，或是在失业的时期。克利斯朵夫那时无事可做；在旧作已完、新作还没有端倪的阶段，他也不比他们更忙，很高兴把肘子撑在桌上，抽烟，喝酒，谈天。可是奥里维以他布尔乔亚的本能，以他思想须有纪律、工作须有规则、时间必须经济等等的习惯，大大地看不上眼；他不喜欢这样地糟蹋光阴。并且他既不会说话，又不会喝酒。最后还有那种生理上的不舒服，潜伏在出身不同的人士之间的反感：心灵要求沟通而肉体抱着敌意，仿佛是肉对于灵的反抗。他单独和克利斯朵夫在一起的时候，常常很激动地说应当亲近群众；一朝面对了群众，他可没法亲近了。而嘲笑他那种思想的克利斯朵夫，倒毫不费力地可以和街上随便遇到的工人称兄道弟。奥里维看到自己跟这些人隔离，非常伤心。他勉强学他们，和他们一样思想，一样说话；可是不行。

他的嗓子不够响亮,不够清楚,音调跟他们的不一样。他学他们的某些谈吐,但字眼不是哽在喉头,就是声音走腔的。他竭力留神,觉得很窘,同时也教别人发窘。在他们眼里,他是一个形迹可疑的外人,谁也对他没有好感,他一走,大家都会松一口气。这些他都知道。他常常遇到一些冷酷的目光,充满着敌意,跟一般因饥寒交迫而愤懑不平的工人看中产阶级的目光一样。或许这态度同时也是对克利斯朵夫的,但克利斯朵夫完全看不见。

那批人中间愿意接近奥里维的只有奥兰丽的两个孩子。他们对布尔乔亚当然没有怨恨。那男孩子还受着布尔乔亚思想的诱惑呢。他的聪明足够他去爱这种思想,却不够去了解。长得挺好看的女孩子,有一回被奥里维带到亚诺太太家里,看着华丽的陈设出神了:坐在漂亮的安乐椅里,用手指摸一下鲜艳的衣衫,她心里快活到极点;她有那种小家碧玉的本能,只希望溜出平民阶级而跳进布尔乔亚的安乐窝。奥里维完全没心思培养她这种倾向;而她对于他的阶级所表示的天真的敬意,也不能补偿别人暗中对他的反感,——那是他深感痛苦的。他抱着一腔热忱想了解他们,事实上也许太了解他们了,把他们观察太仔细了,使他们生了气。但他的观察并非由于冒昧的好奇心,而是由于喜欢分析人家心理的习惯。

他不久便发现了隐藏在育西哀生活中的悲剧:第一是那个侵蚀他的病,其次是他的情妇的残忍的游戏。她的确很爱他,觉得有他这样一个情人是值得自傲的,但她生机太旺了;他知道她将来会逃掉,同时也为了嫉妒而心里苦恼。她却以此为乐:挑拨男人,用眼风逗他们,喜欢疯疯癫癫地东拈西惹。也许她在背后和格拉伊沃斯骗育西哀,也许是故意要他这么相信。总而言之,这种事不是今天,便是明天,早晚会发生的。育西哀不敢禁止她爱她喜欢的人。他不是宣传女人和男人同样有权利可以自由吗?有一天他咒骂她。她就又狡猾又放肆地提醒他这一点。他的关于自由的理论和他暴烈的本能,在胸中猛烈交战。他的心还是一个旧时代的人的心:专制,嫉妒;他的理智却是一个新时代的人的理智,理想世界的人的理智。至于她,她就是个女人,昨天的,明天的,千古不变的女人。——奥里维眼看着这场暗斗,凭着自己的经验知道这个斗争的残酷，所以对育西哀极表同情。育西哀猜到奥里维窥破他的心事，但绝对不感激他。

另外有个人也用着宽容的目光在那里留神这一场爱与恨的游戏。那是饭店的主妇奥兰丽，不动声色地把一切看在眼里。她是懂得人生甘苦的。这健全、安静、规矩的女人，年轻的时代也胡闹过来：最初在花店里做工，有过一个布尔乔亚的情人，而且还有别的。以后她嫁了个工人，变了贤妻良母。但她懂得一个人在感情方面的荒唐，懂得育西哀的嫉妒，也懂得那个喜欢玩儿的姑娘，常常用几句亲切的话替他们排解：

“唉，咱们总得彼此迁就才行。犯不上为这么一点儿小事生气……”

她也并不奇怪她说的话毫无用处……

“那永远是没用的。人总是自寻烦恼……”

她有一种平民式的达观，可以使苦难不至于在心中多留痕迹。苦难，她也有过的。三个月以前，她那么疼爱的十五岁的儿子死了……非常悲伤……可是现在她有说有笑，照常办事了。“净想下去是活不了的。”她说。

所以她就不再想了。那并非自私，而是迫不得已：她生命力太强，老注意着“现在”，不能留恋“过去”。她适应既成事实，也适应可能临到的事实。如果革命来了，把一切都颠倒了，她还是会站定脚跟，做她可做的事，不管被放在哪儿，总是得其所哉。骨子里她对革命的信仰不过尔尔。她对什么事都不怎么相信。不消说，她彷徨的时候也会去起课卜卦，看到出丧的行列也从来不忘记画十字。她头脑开通，胸襟宽大，像巴黎的平民阶级一样，怀疑而不悲观。虽是革命党员的妻子，她对丈夫的、丈夫的党派的、别的党派的思想，照旧像母亲看孩子那样，抱着嘲弄的态度，正如她觉得青年人的愚蠢和成年人的愚蠢同样可笑。很少事情能够使她激动；但她对一切都感兴趣。运气好也罢，坏也罢，她都能够担当。总而言之，她是个乐天派。

“愁什么！……只要身体好，一切就有办法……”

这样一个女子当然和克利斯朵夫是意气相投的。他们用不着多说话就觉得彼此精神上是一家人：常常相视而笑，听着别人唠唠叨叨，叫叫嚷嚷。但往往她自个儿笑着，眼看克利斯朵夫也卷入了辩论，比别人更兴奋。

克利斯朵夫没注意到奥里维的孤独与难堪。他并不去猜那些人的心事,只知道跟他们吃喝,嬉笑,生气。他们也不猜忌他,虽然彼此争论得很激烈。他老实不客气对他们说出心里的话,其实也说不出究竟是赞成他们还是反对他们。他根本没想过这一点。要是有人强迫他选择,他一定会站在工团主义方面①,而反对社会主义以及主张建立一个政府的任何主义,——因为政府这个怪物只能制造公务员跟机器人。他的理智赞成同业工会的努力,那柄两面出锋的利斧可以把社会主义政体那种抽象的观念,和贫乏的个人主义同时铲除。个人主义只能分散精力,把群众的力量化为个别的弱点;而这个近代社会的大弊病是应当由法国大革命负一部分责任的。

然而天性比理智更强。克利斯朵夫一接触工团组合——那些弱者的可怕的联盟,——他的强有力的个人主义便起而反抗了。他瞧不起这般需要把彼此缚在一起才能战斗的人。即使他承认他们可以服从这个规则,他却声明这规则决不适用于他。而且,被压迫的弱者固然值得加以同情,但他们一朝压迫别人的时候就不值得同情了。克利斯朵夫从前对一般孤独的老实人喊着"你们得联合起来!"现在初次看到老实人的集团中间有的是并不老实的人,把他们的权利和力量看得高于一切而随时想加以滥用,他就大不痛快了。一般最优秀的人,和克利斯朵夫以前住在一幢屋子里的朋友们,一点得不到这些战斗集团的好处。他们心地太好,胆子太小,看到这种团体不免惊慌失措;他们注定是第一批被压倒的。面对着工人运动,他们和奥里维处于同样的境地。奥里维固然同情正在组织起来的劳动阶级,但他自己是在崇拜自由的气氛中长大的;而自由两字却是革命分子最不介意的。今日除了一个对

① 工团主义是工会运动中损害无产阶级利益的一个小资产阶级机会主义的流派,它把无政府主义思想带进了工会。这个流派于十九世纪末及二十世纪初在法、意等国尤为盛行。工团主义对工人阶级的政治斗争起了有害的影响:它否认无产阶级专政的必要,认为工会不要工人阶级政党即能保证对资产阶级斗争的胜利,达到把劳动工具与生产手段转归工会所有的最终目的。

社会毫无影响的优秀阶级之外，还有谁关切自由？自由正逢着黯淡的日子。罗马的教皇们掩蔽理智的光。巴黎的教皇们熄灭天上的光。[①]共和党人熄灭街上的光。到处是帝国主义的胜利：罗马教皇的神权的帝国主义；唯利是图的与神秘的君主国的军事帝国主义；资本家共和国的官僚帝国主义；革命委员会的独裁帝国主义。可怜的自由，世界上没有你的存身之处了！……革命党人所提倡而实行的“滥用权力”，使克利斯朵夫和奥里维大起反感。他们对于那些不肯为共同利害受苦的黄色工人[②]当然很轻视，但觉得用武力去强制这些人更可恨。——但你非打定主意不可。事实上今日不是要你在帝国主义与自由之间挑选，而是要在一种帝国主义和另一种帝国主义之间挑选。奥里维说：

“两种都要不得。我只知道跟被压迫的人站在一起。”

克利斯朵夫同样痛恨压迫者的专制。但他跟在反抗的劳动队伍后面，也学着他们使用武力的榜样。

他自己可不觉得，还向同桌吃饭的人声明他不是跟他们一伙的。他说：

“只要你们只关心物质的利益，你们就不会使我感兴趣。等到有一天你们为了一种信仰而奋斗的时候，我一定跟你们联合起来。要不然，大家为了肚子而拼命，我来干什么？我是艺术家，有保卫艺术的责任，不能拿艺术去替一个党派服务。我知道近来有些野心的作家，为了要争取那种不干净的名气，做出不少坏榜样。我认为他们这样的保卫一个主义不一定使主义得到什么好处；而叛弃艺术倒是真的。我们的职司是要救出智慧的光明。那决不能卷进你们盲目的斗争。倘若我们不拿着火把，谁拿？你们打过仗以后看到光明依然无恙，一定是很高兴的。大家挤在甲板上扭打的时候，总得有些工人管着锅炉不让它熄灭。我们要了解一切，对什么都不恨。艺术家好比一支罗盘针，外边尽管是狂风暴雨，它始终指着北斗星……”

他们认为他唱高调，说他自己的罗盘针已经丢了。他们很高兴能

① 此语引用法国某议员的荒谬的演词。——原注

② 初期工团联盟中，反对革命与罢工的一派被称为黄色工人；激烈的一派被称为红色工人。

不伤和气地奚落他一阵。在他们心目中,艺术家是个取巧的家伙,只想做些最少而最舒服的工作。

他回答说他跟他们工作一样多,更多,还不像他们那么怕工作。他最恨怠工,最恨粗枝大叶,以偷懒为原则。

“所有这些可怜虫,”他说,“都怕碰坏了他们宝贵的皮肤!……天哪!我从十岁起就没停过工作。你们却不爱工作,你们骨子里是布尔乔亚,还自以为能够毁灭旧世界!哼,你们非但办不到,而且也不愿意。真的,你们不愿意!你们吵吵闹闹的吓人,好像要把一切都破坏干净:其实都是空的。你们心中只有一个念头:就是把什么都抢过来,躺到布尔乔亚热烘烘的床上去。只有几百个可怜的扛泥巴的小工始终预备给人家剥皮或是剥人家的皮,莫名其妙的,——也许是为了好玩,也许是为要找点儿补偿,为几百年的辛苦出口气;——除此以外,旁人只想溜之大吉,一有机会便混进布尔乔亚的队伍。他们当什么社会主义者、新闻记者、演说家、文人、议员、部长……哎,别骂他们。你们也不见得高明。你们说那些是卖党求荣的混蛋。可是以后轮到谁呢?你们都要走上这条路,没有一个不上钩的!怎么能不上钩呢?你们中间没有一个相信灵魂不朽的。你们只有肚子,只想多多益善地把空肚子填满。”

说到这里,大家都生气了,七嘴八舌地同时开口。克利斯朵夫争论的时候往往热情冲动,比别人更激烈。那是不由他做主的:一朝看到了一桩侵犯正义的事,他的知识方面的骄傲,为了求精神上的陶醉而虚构出来的唯美的世界观,都登时消灭了。世界上十分之八的人不是赤贫便是生活艰难,你还谈美学吗?得了罢!只有无耻的特权阶级才敢唱这种高调。像克利斯朵夫那样的艺术家,良心上不能不拥护劳工的政党。不公平的社会情形,贫富的悬殊,使脑力劳动者感到的痛苦比谁都深刻。艺术家或是挨饿,或是成为百万富翁,完全凭那个捉摸不定的风气,或是在操纵风气的人手里。坐视优秀分子消灭,或者给他极不公平的待遇:那种社会不是个社会而是个妖魔,应当铲除。不管工作不工作,每个人都应当有每天的口粮。每种工作,不论是好的是普通的,它的酬报应当以工作的人的正当与正常的需要为标准,而不能以工作的真价值为标准,——(要估计工作的真价值,而且要永远的公平,谁有这个资格?)——对于替社会增光的艺术家、学者、发明家,社会应当给予充分的津贴,让他们能有时间与方法替社会争取更大的光荣。这就够了。达·芬奇的名作《蒙娜丽莎》并不值一百万。一笔钱跟一件艺术品根本是不相干的;艺术品既不在金钱之上,亦不在金钱之下,而是在金钱之外。问题并不在于付它的代价,而在于使艺术家能够生活。你得让他有饭吃,能安安静静地工作。财富是多余的,是盗窃旁人。我们应当老实不客气地说:谁要是财产超过了他和他家族的生活费,超过了为他的智慧正常发展所必需的费用,便是一个贼。他多出来的就是别人缺少的。人家提到法兰西无尽的财富,巨大的产业,我们听了只能苦笑;因为我们这批代表民族活力的人是劳动大众,是工人,是知识分子,不论男女,从小就得筋疲力尽地挣取一些免于饿死的生活费,还常常眼看最优秀的人被劳苦磨死。你们却吞饱了人间的财富,靠着我们的灾难与痛苦而致富。你们心里不会觉得不安,有的是自欺欺人的诡辩,说什么产权是神圣的,为生存而斗争是健康的,求进步是最高的目的。嘀!进步,牺牲了别人的"所有"去求那个大成问题的进步!然而无论如何:你们总是太多了。你们所有的远过于你们生活的需要。我们却是不够。而我们比你们更有价值。如果你们喜欢不平等,那末小心些,也许明天你们自己就会吃不平等的苦!

克利斯朵夫便是这样地受着周围的热情激动。接着他对于自己的滔滔雄辩觉得奇怪,但并不在意,认为那是喝多了酒的缘故。他只惋惜没有好酒,顺手把莱茵佳酿夸上一阵。他还自以为和革命思想毫不相干。可是慢慢地有了一种奇怪的现象:克利斯朵夫辩论的时候情绪越来越热烈,而那些同伴相形之下倒似乎越来越冷淡。

他们没有他那么多的幻象。连一般激烈的煽动家,布尔乔亚最害怕的家伙,心里也摇摇不定,并且布尔乔亚的意识特别强。笑声如马啸似的高加,直着嗓子,做着可怕的手势,但对自己大叫大嚷的话也将信将疑:他是拿暴力来吹牛的人。看透了布尔乔亚的心虚胆怯,他故意恫吓他们,勉强装作强者。关于这一点,他会嘻嘻哈哈地在克利斯朵夫面前承认的。格拉伊沃却批评一切,批评人家想做的一切,教什么都流产。育西哀则是永远肯定,从来不认错。他明明看到自己的论点有哪些缺陷,但反而更固执;为了保全自己的主张,他连事业的成功都不惜牺牲。可是他也会从极固执的信仰一变而为讥讽嘲弄,非常悲观,毫不留情地指出所有的理论都是谎话,所有的努力都是白费。

大多数的工人都是这样。他们一忽儿如醉若狂,说得天花乱坠,一忽儿垂头丧气,心灰意懒。他们抱着极大的、毫无根据的幻象,不是自己苦心孤诣创造出来的,只凭着把他们带到下等酒店去的懒惰的习气,从别处现现成成接受来的。无可救药的思想的懒惰,原因太多了:好比一头困惫不堪的野兽,只想躺在地下,消消停停地咀嚼它的食料,做它的梦。梦消灭以后,只有更累,更觉得口干舌燥。他们老是没头没脑地捧一个领袖,过了一晌又对他猜疑,把他丢掉。最可叹的是他们并没有错:一个又一个的领袖都是被功名、财富,和虚荣勾引得来的。育西哀因为害着肺病,眼看死期不远,才没有走上这条路;但除了育西哀之外,那些卖党求荣或中途厌倦的人又有多少!像当时各党各派的政客一样,他们被腐化的风气断送了;堕落的原因不外乎是女人或金钱,——(这两样其实是分不开的)——不论在政府中间或在野党中间,有的是第一流的才具,有大政治家素质的人,——(在别的时代他们或许可以成功)——但他们没有信仰,没有品格;寻欢作乐的需要,寻欢作乐的习惯,寻欢作乐的不够刺激,使他们烦躁不堪,往往在大计划中间做出些莫名其妙的事,或者半路上突然把事情丢下了,不管国家,不管自己的主义,径自停下来休息或享福了。他们有足够的勇气去死在战场上,可是很少领袖能不说一句大话,一动不动地把着舵,死在自己的岗位上。

因为大家对自己这种天生的弱点怀着鬼胎,所以把革命运动搞成了一个半身不遂的局面。那些工人你指摘我,我指摘你。罢工老是失败:因为领袖与领袖之间,工会与工会之间,改进派与革命派之间,永远闹意见;——因为表面上虚声恫吓而骨子里是胆小到极点;——因为绵羊般的遗传性,使反抗的人一接到司法当局的命令就乖乖地把枷锁重新套上自己的脖子;——因为投机分子自私自利,卑鄙无耻,利用别人的反抗去博主子的欢心,同时把主子大大地敲诈一下。而群众必然有的混乱现象与无政府思想，还没计算在内。他们很想来一下革命性的同业罢工，却不愿意被人看做革命党。动刀动枪的事对他们不是味儿。他们想不敲破鸡子而炒鸡子，或者是只敲破邻居的鸡子。

奥里维瞧着，观察着，并不惊奇。他断定这些人没资格做他们自以为能做的事业，但也认出那股鼓动他们的无可避免的力，并且发现克利斯朵夫已经不知不觉跟着潮水走了。奥里维自己巴不得让潮水带走，而潮水偏不要他。他只能站在岸上望着它流过。

这是一道强有力的水流。它掀起一大堆热情、信仰、利害关系，使它们互相冲击，交融，激起无数相反的水沫与漩涡。为首的是那些领袖。他们是队伍中最不自由的人，因为被人推动着，而且也许是队伍中最少信仰的：他们的信仰已经是过去的事了，正如那般受他们奚落的教士，因为发了愿，因为从前相信过而不得不硬着头皮相信下去。跟在他们后面的大队人马是暴烈的，没有定见的，短视的。大多数人的信仰完全是受偶然支配。他们有信仰，因为现在潮水正向着这些乌托邦流去；今晚上他们可以不信仰，因为潮水有转变的倾向。另外许多人是因为需要活动，需要冒险而相信的。还有一般是单凭不通情理的，专断的逻辑相信的。另有一批是为了心地慈悲而相信。而最乖巧的只把思想用作战争的武器，为了争某个数目的工资，减掉多少钟点的工作而斗争。胃口健旺的人，暗中希望自己贫苦的生活将来能大大地找一点补偿。

但那股潮水比他们这些人都聪明；它知道它往哪儿去。暂时被旧世界的堤岸冲散一下有什么关系呢？奥里维料到社会革命在今日是要被压倒的，但也知道打败仗可以和打胜仗一样促成革命的目的：因为压迫者直要等到被压迫者教他们害怕的时候，才肯答应被压迫者的要求。革命党的主义是公平的，所用的暴力是不公平的，但对于他们的目标同样有利，两者都是整个计划中的一部分，而所谓计划便是带着人往前的那个盲目而切实的力的计划。

“你们这班被主子召唤的人，你们自己估量一下罢。你们之中没有多少哲人，没有多少强者，没有多少高尚的人。但主子选择了这个世界上的疯子来骇惑哲人，选择了弱者来骇惑强者，选择了下贱的、被人轻蔑的、空虚的事，来摧毁实在的事……”

然而不问操纵的主子是谁，是理性还是非理性，虽然工团主义所准备的社会组织可能使将来的局面有些进步，奥里维还是觉得他和克利斯朵夫犯不上把所有幻想与牺牲的劲放到这场战斗中去，放到这场庸俗而不能开辟新天地的战斗中去。他对革命所抱的神秘的希望幻灭了。平民不见得比别的阶级更好，更真诚，尤其是没有多大分别。

在骚乱的热情与追求名利的浪潮中，奥里维的眼睛跟心特别受着几座独立的小岛吸引，那是一些真正的信徒，东一处西一处地矗立着，好像漂在水上的花朵。优秀分子尽管想跟群众混在一起也没用，他总倾向于优秀分子，各个阶级各个党派的优秀分子，倾向于那些胸中怀有灵光的人。而他的神圣的责任就在守护这道灵光，不让它熄灭。

奥里维已经选定了他的任务。

跟他的家隔着几间门面，比街面稍微低一些，有一家小小的靴店，——那是用木板、玻璃、纸板拼凑起来的小棚子。进门先要走下三步踏级，站在里头还得弓着背。所有的地位恰好摆一个陈列靴子的槅板和两只工作凳。老板像传说中的靴匠一样整天哼唱。他打唿哨，敲靴底，嗄着嗓子哼小调或革命歌曲，或是从他的斗室中招呼过路的邻居。一只翅膀破碎的喜鹊在阶沿上一纵一跳，从门房那边过来，停在小店门外的第一级上望着鞋匠。他便停下工作，不是装着甜蜜的声音向它说些野话，便是哼《国际歌》。它仰着嘴巴，俨然地听着，又好像向他行礼一般，不时做一个往前扑的姿势，笨拙地拍拍翅膀，让自己站稳一些；然后忽然掉过头去，不等对方把一句话说完，便飞到路旁一张凳子的靠背上，瞪着街坊上的狗。于是靴匠重新敲他的靴子，同时把那句没说完的话说完。

他五十六岁，兴致挺好，可是喜欢生气，浓眉底下藏着一对笑眯眯的小眼睛，光秃的脑袋好比一个矗在头发窠上的鸡子，多毛的耳朵，牙齿不全的黑洞洞的嘴，哈哈大笑的时候像口井，又乱又脏的须，他常常用那些被鞋油染黑的手指捋来捋去。街坊上都管他叫斐伊哀老头，或是斐伊哀德，或是拉·斐伊哀德，——也故意叫他拉斐德惹他冒火，因为老头儿在政治上是标榜赤色思想的,①年轻时就因为参加巴黎公社而被判死刑,后来改成流配。他对这些往事非常骄傲,恨死了拿破仑三世与迦利弗②。凡是革命的集会,他无不踊跃参与,很热烈地拥护高加,因为他会用诙谐百出的辞令,打雷似的声音,预言将来大家可以痛痛快快地报复一下。他从来没错过一次高加的演讲,把每句话都咽在肚里,听到发噱的地方便扯着嘴大笑,听到咒骂的话又大为激动,对着那些战斗和未来的天堂心花怒放。第二天在小店里,他还得在报上重新读一遍演讲的摘要,对自己和徒弟高声朗诵;并且为了要细细地咂摸,他又教徒弟念,倘若漏掉了一行就拧他的耳朵。因此他的活儿往往不能准期交货,但手工挺讲究:鞋子把你脚都穿痛了还是没有坏。

徒弟是老人的孙子,十三岁,驼背,身体很弱,而且是软骨。母亲在十七岁上跟一个没出息的工人跑了,后来工人变了无赖,给抓去判了罪,从此不知下落。她被家里赶了出去,独自抚养着小爱麦虞限。她性情暴烈,嫉妒得有点病态,把对情夫的爱与恨一齐移在孩子身上:拼命地爱他,同时又粗暴地虐待他,然后,儿子一有病,又急得发疯似的。逢着心绪恶劣的日子,她不给他吃晚饭就教他睡觉。要是他在街上累得走不动了或是倒在地下了,她就踢他一脚逼他站起来。她说话颠颠倒倒,前言不对后语,一忽儿痛哭流涕,一忽儿快活得像疯子。赶到她死了,祖父便把孩子接回,那时他才六岁。老人很喜欢他,但他有他的一套喜欢的方式:对孩子很凶,百般辱骂,从早到晚地扯耳朵,打嘴巴,为的是教他手艺,同时也把他的社会主义理论与反宗教理论灌输给他。

爱麦虞限知道祖父的心并不坏;但他老是准备举起肘子来防巴掌。老人使他害怕,尤其在酩酊大醉的夜晚,因为斐伊哀德③老头名不虚传,每个月总要醉上两三次,胡说八道,嘻嘻哈哈,做出许多怪模样,结果孩子总得挨几下。其实那也是雷声大,雨点小。但孩子很胆怯,因为身体不好而更敏感,头脑早熟,遗传了母亲那种犷野而骚乱的心情。祖父粗暴的举动和革命的议论又把他骇坏了。外界的印象都会在他心中

① 拉斐德为十九世纪法国大金融资本家,行动反复无常,素为工人阶级所不齿。

② 迦利弗为法国将军,镇压巴黎公社的刽子手。

③ “斐伊哀德”一字,原义为一种酒桶的名称。

发生回响，好似小靴店被沉重的街车震动一样。日常的刺激，儿童的痛苦，早熟的悲惨的经验，巴黎公社的故事，从夜校中听来的零碎知识，报纸的副刊，工人集会中的演讲，和遗传得来的、骚动不已的、性的本能，都在他糊里糊涂的幻想中混成一片，像钟声的颤动。这种种合起来变成一个梦中的世界，奇形怪状，仿佛黑夜里的池沼，闪出一些耀眼的希望的光。

鞋匠把徒弟带着上奥兰丽的酒店。奥里维就在那边注意到这个尖声尖气的小驼子。既然不大跟工人们交谈，他尽有时间研究孩子的病态的脸，鼓起的脑门，又强悍又畏怯的神气。只要有人跟孩子说一句粗野的笑话，孩子就不声不响把脸扭做一团。听到某些革命的议论，他柔和的栗色眼睛又对着未来的幸福悠然神往，——其实即使这幸福一朝实现了，他那可怜的命运也不见得会怎么改变。但当时他眼睛里的光辉照着他可憎的脸，竟令人忘了它的可憎。这一点，连美丽的贝德也注意到了；有一天她对他说出了这个感想，冷不防亲了亲他的嘴。孩子惊跳一下，脸色马上变了，不胜厌恶地往后退避。贝德没有留意，她已经在那里和育西哀吵架了。发觉爱麦虞限这样骚动的只有奥里维，他眼睛盯着孩子，看他缩到黑影里，双手哆嗦，垂着头，低着眼睛，从旁用着又热烈又恼怒的目光偷觑贝德。他走过去跟他很温柔很客气地说话，一下子就把他的性子给压下去了……柔和的态度对于一颗被人轻蔑的心的确是很大的安慰，好比久旱的泥土急不及待地吸收的一滴水。只要几句话，只要一个笑容，就能使爱麦虞限暗中向奥里维倾心，把他认为知己。以后在街上遇见奥里维而发觉他们是近邻的时候，他更觉得那是一种缘分了。他特意等奥里维在铺子门前走过，好跟他招呼；倘若奥里维心不在焉地没留意，爱麦虞限就会不高兴。

有一天，奥里维走进斐伊哀德老头的店去订一双靴子，爱麦虞限真是快活极了。靴子完工了，他便趁奥里维在家的时候送过去，想借此见见他。奥里维正想着旁的事，没有理会，付了钱，一句话也没说；孩子好似等着什么，东张西望，不胜遗憾地预备走了。奥里维猜到了他的意思，虽然觉得和平民谈话是桩苦事，也笑着跟他搭讪起来。而这一回他竟找到了简单而直接的话。对于痛苦的直觉，使他把孩子看做——

(当然是看得太简单了些)——像自己一样被人生伤害的小鸟，把头钻在翅膀里面，在鸟架上缩做一团，幻想着在光明中自由翱翔，聊以自慰。由于一种本能的信赖，孩子自然而然地跟他很接近了，觉得这颗静默的心灵，不叫不嚷，不说一句粗暴的话，自有一股吸引人的力量；待在他旁边，你跟街上的暴行完全隔离了。还有那屋子，装满了书，装满了几百年来神妙的语言，使孩子看了不由得肃然起敬。他很乐意回答奥里维的问话，但不时还露出一些骄傲的野性，说话也找不到字。奥里维小心翼翼地发掘这颗暧昧的、吞吞吐吐的灵魂，发觉它对于世界的革新抱着又可笑又动人的信仰。他明知道那信仰是个不可能的梦，决计改变不了世界的，可没有讪笑他的意思。基督徒也做过不可能的梦，也没把人类改好。从伯里克理斯到法利爱先生，①人类在道德方面有什么进步呢？……但所有的信仰都是美的；气运告尽的信仰黯淡的时候，应当欢迎那些新兴的：信仰永远不会嫌太多。奥里维又好奇又感动地瞧着摇摇不定的微光在孩子的脑海中燃烧。嗬，多古怪的头脑！奥里维没法追踪它思想的线索，它不能作有头有尾的推理，只是急剧地乱奔乱窜；人家跟他说话，他的思想可落在后面：才说过的一句话里不知怎么会浮起一些景象，使他出神；然后他的思想又追上来，一跳跳过了你，从一句极平淡的话、极平淡的思想中掀起整个奇妙的世界，找出一个英雄式的、疯狂的信条。这颗恍恍惚惚而常常会突然惊醒的灵魂，特别倾向于乐天的观念，那是一种幼稚而强烈的需要；无论人家对他说什么，艺术或是科学，他总要加上一个一厢情愿的戏剧式的结局，配合他想入非非的愿望。

奥里维由于好奇心，逢到星期日念几段书给孩子听。他以为写实的亲切的故事可以引起他兴致，便念托尔斯泰的《童年回忆》。孩子却觉得平淡无奇，说道：

"嗯，是的，这是我们知道的。"

他不懂干吗人家要花那么多精神写些真实的事。

---

① 伯里克理斯系公元前五世纪时希腊大政治家，雅典的独裁者，以贤明著称于史。法利爱系法国一九〇六至一九一三年间总统。

“他讲的不过是个孩子,孩子。”他又轻蔑地补上一句。

他对历史也没有更大的兴味;科学使他厌烦,觉得像神话前面的一篇枯索无味的序:种种看不见的力替人类服务,有如那些可怕而被制服的精灵。长篇大论地解释一阵干什么呢?一个人找到了什么,只要把东西说出来,用不着说出怎样找到的。分析思想是布尔乔亚的奢侈。平民所需要的是综合,是现成的观念,不管是好的是坏的,尤其是坏的,只要能发动人实际去干;他还需要富有生机的、充满电力的现实。在爱麦虞限所认识的文学作品中,他最受感动的是雨果那种史诗式的悲愤,和那些革命演说家的乱七八糟的辞藻,那不但他不大明白,连演说家本人也不是常常弄得清的。对于他,像对于他们一样,世界并非一个由许多事实连贯起来的总体,而是一片无穷尽的空间,有的是影子,也有的是闪闪的光明,黑洞里有照着阳光的巨翼飞过。奥里维白白地教他布尔乔亚的逻辑,可是没法抓住这颗存心反抗的、烦闷的灵魂;它很高兴在自己那些骚动而互相冲突的幻觉中载沉载浮,好似一个动了爱情的女人闭着眼睛听人摆布。

奥里维对这个孩子觉得又亲切又惶惑,因为一方面他和他多么接近:孤独,骄傲,对理想的热情,——一方面孩子又和他多么不同:精神的不平衡,盲目而放纵的欲望,完全不知道何谓善何谓恶的、肉欲方面的野性。关于这野性,奥里维还只看到一部分。他永远想不到有一个情欲骚动的世界在这个小朋友心中蠢动。我们布尔乔亚的隔世遗传把我们训练得太明哲了,简直不敢细看自己的内心。倘使把一个老实人的梦想,或者把一个贞洁的女人所经历的古怪的热情说出百分之一,大家就会骇而欲走。好罢,我们不能让妖魔开口,得关上铁门。但应当知道他们是存在的,在年轻的心灵中随时准备破壁而出。——凡是公认为淫乱的欲念,爱麦虞限心里都有;它们会出其不意地,像狂风一般地把他卷住;又因为他长得丑,没人理睬,所以那些欲望格外强烈。奥里维可一点不知道。在他面前,爱麦虞限觉得很难为情。奥里维的和平的气息把他感染了,这样一种生活的榜样对他有镇静的作用。孩子非常热烈地爱着奥里维。他那些被压制的情欲都变成骚乱的梦想:社会的幸福,人类的博爱,科学的奇迹,神怪的航空,幼稚而野蛮的诗意，——总之是充满着功业、滑稽、淫乐与牺牲的世界。而他如醉如狂的意志就在那个世界中摸索。

在祖父的小棚子里，没有时间可以让他这样地出神，老头儿从早到晚地吹哨，絮聒，敲打。但梦想的机会总是有的。一个人可以站着，睁着眼睛，在一刹那间做上多少天的梦。——体力的劳动，跟断断续续的思想是不冲突的。凡是内容严密而比较冗长的思想，他不经过意志的努力就不大能抓住线索；即使能够，也要错过许多关节；但有节奏的动作一有空隙，思想倒能随时插进来，形象能浮起来；肉体的有规律的举动像锅炉旁边的风箱一般，能帮助它们出现。这就是平民的思想，是熄而复燃、燃而复熄的一堆火，一股烟。但偶然有朵火花被风卷去的时候，就会把布尔乔亚充实的仓库烧起来。

奥里维把爱麦虞限荐到一家印刷所去当学徒。这是孩子的愿望；祖父也不反对：他很乐意看到孙子比他更有学问，对印刷所里的油墨也颇有敬意。这一行手艺比老手艺更辛苦；但孩子觉得在工人堆里比跟老祖父在一起更可以胡思乱想。

最舒服的是吃中饭的时间。成群结队的工人占据着阶沿上的饭桌，挤满了本区里的酒店；爱麦虞限却拐着腿躲到邻近的广场上去，靠近一座手执葡萄、做着跳舞姿势的牧神像，啃着面包和裹在油纸里的猪肉，在一群麻雀中间慢慢地体味。小小的喷泉在草地上放射雹霰似的细雨。几头宝蓝色的鸽子停在阳光底下的一株树上，睁着圆眼咽咽地叫。四周是巴黎的永远不歇的市声，车辆的隆隆声，潮水似的脚步声，街上一切熟悉的叫喊声，修补搪瓷用具的工人远远送来的轻快的芦笛声，修路工人敲击路面的锤子声，一座喷泉的庄严的歌唱声，——裹着巴黎的梦境。骑在凳上的小驼子含着满嘴的食物，并不马上咽下去，懒洋洋地出神了；他再也不觉得脊梁里的痛楚和自己的渺小，只是恍恍惚惚地非常快乐……

“……明天将要照临我们的温暖的光明，正义的太阳，不是已经辉煌四射了吗？一切都这样的善，这样的美！大家富足，健康，相爱……是的，我爱着，我爱大家，大家也爱我……啊！多舒服！将来大家多舒服！……”

工厂的汽笛响了;孩子惊醒过来,咽下了嘴里的东西,在近旁的喷泉上喝了一大口水,然后弓着背,蹒蹒跚跚地回到印刷所去站在他的位置上,面对着奇妙的字母,——早晚会写出“一切都将称过,算过,分配过”①那样的句子的字母。

斐伊哀老头有个老朋友叫做德罗郁,在对面开着一家兼卖杂货的文具店,橱窗里摆着玻璃缸,装着红红绿绿的糖果,没有臂没有腿的纸娃娃。两个朋友,一个在门前阶沿上,一个在棚子里,隔着街挤眉弄眼,摇头摆脑,做着各式各种的记号。有时鞋匠累了,以至于像他所说的臀部抽筋的时候,两人就远远地招呼一下,——拉·斐伊哀德尖着嗓子,德罗郁用着牛鸣似的声音,——一同到邻近的酒店里去喝一杯,一到那儿可就不急于回来了。那简直是一对话匣子。他们俩认识了快有五十年。文具店的主人在一八七一年那出戏②里也露过脸。谁想得到呢?他表面上仅仅是个极普通的人,长得胖胖的,戴着小黑帽,穿着白色工衣,留着一簇老兵式的灰白须,迷迷惘惘的眼睛上有一丝丝的红筋,眼皮臃肿得厉害,软绵绵亮晶晶的腮帮老淌着汗,拖着一双痛风的腿,呼吸急促,说话也不大利落。但他始终保持着当年的幻象。在瑞士亡命了几年,他遇到各国的同志,特别是俄国人,使他窥到了博爱的无政府主义之美。在这一点上,他和拉·斐伊哀德意见可不同了,因为拉·斐伊哀德是老派的法国人,他心目中的自由是要用武力与专制手段去执行的。除此以外,两人都绝对相信将来必有社会革命,必有一个劳工理想国。各人崇拜一个领袖,把自己的理想寄托在他身上。德罗郁拥戴育西哀,拉·斐伊哀德拥戴高加。他们滔滔不绝地辩论彼此意见的分歧点,以为共同的思想早已讲清楚了;——(干了两杯之后,他们几乎相信这共同思想已经实现了。)——两人之中,鞋匠更好辩。他是凭理智而相信的,至少自命为如此:因为他的理智是怎样特殊的理智,只有天晓得!只适用于他一个人的。可是虽则在理智方面不及在靴子方面

① 见《旧约·但以理书》第五章。

② 指巴黎公社。

内行，他仍胆敢说他的理智对别人也一样适用。比较懒惰的文具店老板却不愿费心来证明他的信念。一个人只证明他所疑惑的事。德罗郁可并不疑惑。他那种永远乐观的脾气是依着自己的愿望来看事情的，凡是跟他的愿望不合的，他就看不见或者是忘了。不愉快的经验在他皮肤上滑过，一点不留痕迹。——两人都是想入非非的老孩子，没有现实感觉，一听革命这个名词就飘飘然，仿佛那是一个可以随便编造的美丽的故事，简直弄不清它是不是有一天会实现，或者是不是目前已经实现了。他们俩对人类像对上帝一样地信仰，算是把千百年来膜拜基督的习惯转变一下。因为不用说，他们都是反对教会的。

妙的是文具店老板和一个热心宗教的侄女住在一起，完全受她的支配。那个深色头发，眼睛挺精神，说话又急又快，还带着很重的马赛口音的矮胖女人，是个寡妇，丈夫以前在商务部当文书。她没有财产，只有一个女孩子；母女俩被叔父收留着，但她自命不凡，差不多认为在铺子里管买卖是给了老板面子，神气活像一个失宠的王后。还算是叔父的生意和主顾们的运气，她精神饱满，兴高采烈，把傲慢的态度冲淡了不少。以她那种高贵的身份，她当然是保王党兼教会派。亚历山特里太太把这两种心情表现得非常露骨，最喜欢捉弄那不信神道的老人。她自居于主妇的地位，认为对全家的信仰负有责任；如果她不能使叔父改变信仰——（她发誓终有一天会成功的）——至少要把这老怪物浸在圣水里。她在墙上钉着卢尔特的圣母像和巴杜的圣女安多纳像，壁炉架上的玻璃罩内供着彩色的神像，八月里又在女儿床头摆一座小型的圣母寺，插着蓝色的小蜡烛。这种含有挑衅意味的虔诚，人家也说不出她是什么动机，是为了爱护她的叔父，希望他皈依正教呢，还是单单为了要惹他生气。

无精打采，半睡半醒的老头儿处处让着她，绝不敢惹动侄女好斗的脾气：他这样不伶俐的口齿绝不是她的对手，所以但求息事宁人。只有一次，他冒火了，因为一个小小的圣·约瑟像竟然溜进了他房里，高踞在床后的墙上。那一下他可占了上风，因为他气得差点儿发疯，把侄女吓坏了，从此不敢再来。余下的事，他都装聋作哑。那种老虔婆气息的确使他难堪，但他不愿意去想。骨子里他是佩服侄女的，觉得被她呼来喝去也不无快感。而且他们在宠爱小丫头兰纳德那一点上是意见一致的。

兰纳德十三岁,老是闹病。几个月以来她害了骨节痨,成天躺在床上,半个身体都用夹板夹着,好似包在树皮中的达夫妮。[①] 她的眼睛像受伤的小鹿眼睛,黯淡的皮色好比缺乏阳光的植物;头原来长得太大,加上很细很紧密的淡黄头发就越显得大了;但脸很清秀,富于表情,配着一个小小的生动的鼻子,一副天真烂漫的笑容。母亲的宗教热在这个有病而一无所事的孩子身上更变本加厉。她几小时地念着经,拿着教皇祝福过的珊瑚念珠,常常热烈地亲吻。她差不多整天闲着,又不喜欢做针线:母亲从来没培养她这方面的兴趣。她偶然看几本枯索无味的传道小册,和叙述奇迹的故事,那种平板而浮夸的风格对她就跟诗一样。糊涂的母亲也把周报上附有插图的犯罪新闻交给她念。逢到她偶尔打毛线的时候,心也不在活计上,只念念有词地和什么圣女或仁慈的上帝谈话。本来吗,不一定要圣女贞德才能得到上帝的访问;我们都受过这种恩宠的。那些天国的使者往往并不开口,只让我们坐在家里独白。但兰纳德决不着恼:他们不开口就是默认。并且她有那么多的话对他们说,没时间让客人回答:她都替他们代答了。她是一个不出声的多嘴姑娘,遗传了母亲的唠叨的脾气,但滔滔汩汩的话都变成了内心的言语,像一条小溪似的流到地底下去了。——不必说,为了使叔祖皈依正教,她也参与母亲的计谋。只要能把灵光带一点儿到黑暗的家里来,她就非常快慰;她拿圣牌缝在老人衣服的夹层内,或者把一颗念珠塞在他口袋里,叔祖为了让她高兴,假装不注意。——两个虔婆对这反教会的老头儿所玩的手段,使鞋匠看了又好气又好笑。他惯于用粗野的话调侃泼辣的女人,便常常取笑他那个慑于雌威的朋友,使他听了无可奈何。因为他是过来人,被一个脾气挺坏而滴酒不入的老婆管了二十年,被她当做醉鬼,骂得哑口无言,至今不敢提起这些事。所以文具店老板只是不大好意思地辩护几句,结结巴巴地说一套克鲁泡特金式的宽宏大量的话。

---

① 神话载:水神达夫妮被阿波罗热恋,乃求其母地神将其变为月桂。

兰纳德和爱麦虞限是朋友,从小就天天见面;但爱麦虞限不大敢溜进她家里。亚历山特里太太讨厌他,认为他是无神论者的孙子,下流的小坏蛋。兰纳德整天躺在楼下靠窗的一张长椅里,爱麦虞限经过的时候轻轻地敲着玻璃,鼻子贴在窗上,扯个鬼脸跟她打招呼。夏天,窗子开着,他便停下来,把胳膊高高地靠在窗子的横闩上,自以为这个姿势对他比较有利,肩头高耸之后可以遮掩他的残废。其实没有朋友来往的兰纳德早已想不到爱麦虞限是驼子。而一向害怕并且讨厌女孩子的爱麦虞限,也把兰纳德看做例外。这个半瘫的姑娘对他是可望而不可即的。只有在贝德把他亲吻过后的那天晚上和下一天,他回避兰纳德,对她有种本能的厌恶,急急忙忙地低着头走过,然后不大放心地,远远地偷觑一下,好似一条野狗。过了两天,他又找她了。的确兰纳德不能算女人!——平日放工的时候,钉书的女工穿着像睡衣一样长的工衣,都是个子高大的嘻嘻哈哈的姑娘,饿虎似的眼睛会一眼把你瞧尽的;他走在她们中间拼命把自己缩小,赶紧往兰纳德的窗子逃过去。他很高兴他的女朋友残废:在她面前,他可以摆出优越的,甚至保护人那样的神气。他把街坊上的事讲给她听,故意把自己说得很重要。逢着他想讨人喜欢的时候,还带一些东西给她,冬天是烤栗子,夏天是樱桃等等。她那方面,也从摆在橱窗里的两口玻璃缸内掏些花花绿绿的糖给他,拿着风景片一同看着玩儿。这是最快活的时间:两人都忘了幽禁他们童心的可怜的肉体。

但他们也会像大人一样为了政治与宗教而争论,那时也就和大人一样的愚蠢。和谐的空气破坏了。她讲着奇迹,九日祈祷,赦罪日,镶着纸花边的圣像;他学着祖父的口头禅,说这些都是胡闹,可笑。他讲起老人带他去参加的集会,她也鄙夷不屑地打断他的话,说那些人都是酒鬼。双方的语气变得难听了,提到彼此的家长:一个把祖父侮辱对方母亲的话说出来,一个把母亲侮辱对方祖父的话说出来。然后他们又互相攻击本人,尽量找些不客气的字眼。这当然很容易;他说出最粗野的话,可是她能找到最恶毒的。于是他走了。下次再见的时候,他说他曾经和别的女孩子在一起,她们都长得漂亮,大家玩得很痛快,还约好下星期日再见。她一声不出,假装不把他的话放在心上;可是突然之间她发作了,把编织的钩针摔在他头上,嚷着叫他走开,说她恨他,随后把双手捧着脸。他走了,心里并没为了胜利而得意。他很想拿开她瘦削的小手,跟她说刚才的话是假的。但他为了傲气,硬着头皮撑下去。

终于有一天,人家代兰纳德报复了一下。——他和工场里的伙伴在一块儿。他们不喜欢他,因为他不理人,也因为他不说话或太会说话:幼稚,夸大,像书本上或报纸上的文章——(他脑子里装满了这一套)。——那天大家谈着革命跟将来的世界。他兴奋得不得了,说话很可笑。一个同伴恶狠狠地挖苦他说:

"得了吧,你太丑了。将来的社会上不会再有驼子。像你这种家伙一生下来就得给淹死的。"

那一下他可从雄辩的高峰上直跌下来,狼狈不堪地住嘴了。旁人都笑弯了腰。整个下午他咬紧牙关,一声不出。傍晚他回家去,急于想躲在他的一角自个儿痛苦。奥里维路上遇到他,看他面如土色不禁吃了一惊。

"啊,你心里不好过。为什么呢?"

爱麦虞限不愿意回答,奥里维很亲热地追问,孩子老不开口,牙床骨直打哆嗦,像要哭了。奥里维搀着他的胳膊,带他到家里。奥里维对于疾病和丑恶有种本能的厌恶,那是生来不能做慈善会修士的人都免不了的;但他一点不流露出这种情绪。

"是不是人家和你过不去?"

"是的。"

"怎么回事呢?"

这时孩子可忍不住了。他说他长得丑,同伴们说他们的革命没有他的份。

"也没有他们的份,同时也没有我们的份,"奥里维回答,"那不是一朝一夕的事。我们是为着后来的人干的。"

孩子听到革命要这么晚才成功,不免很失望。

"为了替像你这样成千成万的少年,成千成万的人谋幸福而工作,难道你不乐意吗?"

爱麦虞限叹了口气:"可是自己能有一些幸福究竟是舒服的。"

“孩子,别不知好歹。你住的是世界上最美的都市,生在最奇妙的时代;你并不傻,眼力也很好。你想,周围有多少事值得你去看,去爱。”

他给他指出了几桩。

孩子听着,摇摇头:“不错,可是我背着这个躯壳,永远摆脱不掉!”

“你会摆脱的。”

“到那个时候,一切都完了。”

“你怎么知道一切都完了?”

孩子听了这话愣住了。唯物主义是祖父信条中的一部分;他以为只有教士才相信灵魂不死,因为知道奥里维不是这等人,便私忖他说这句话是否当真。可是奥里维握着他的手,说了许多理想主义者的信仰,说无穷的生命只是一个整体,无始无终的亿兆生灵与亿兆的瞬间只是独一无二的太阳的光芒。但他并不用这抽象的话。他一边说着,一边不知不觉跟孩子的思想同化了:古老的传说,古老的宇宙观中实际而深刻的幻想,都给回想起来。他半笑半正经地讲着万物的轮回与递嬗,灵魂在无量数的形式中流过,滤过,像从这一口池流到那一口池的一道泉水。说话之间他又羼入一些基督教的回忆和眼前这个夏日傍晚的景象。他靠近打开的窗子坐着:孩子站在他旁边,让他拿着手。那天是星期六。傍晚的钟声响着。最近才回来的第一批燕子掠过房屋的墙。远天对着包裹在黑影中的都市微笑。孩子凝神屏气,听着年长的朋友讲的神话。奥里维看到孩子这样专心也感动了,不禁对着自己的叙述悠然神往。

人生往往有些决定终身的时间,好似电灯在大都市的夜里突然亮起来一样,永恒的火焰在昏黑的灵魂中燃着了。只要一颗灵魂中跳出一点火星,就能把灵火带给那个期待着的灵魂。这个春天的黄昏,奥里维安安静静地说话,在残废的小身体所禁锢的精神中间,好像在一盏歪歪斜斜的灯笼里,燃起了永远不熄的光明。

他完全不懂奥里维的议论,甚至也不大听在耳里。但这些传说,这些形象,在奥里维看来只是美丽的寓言和譬喻,在爱麦虞限心中却是有血有肉的现实。神话变了生动的东西,在他周围飞舞。从房间的窗洞里看到的形象,街上来往的穷穷富富的人,掠过墙头的燕子,驮着重物的疲乏的马,被黄昏的影子湮没的房屋的砖石,光明隐灭的黯淡的天色,——这整个外表的世界突然印在他心头,像一个亲吻。那仅仅是电光般的一闪,马上熄灭了。他心里想到兰纳德,便说:“可是那些去望弥撒,相信上帝的人,明明是头脑不清的家伙!”

奥里维笑了笑回答:“他们跟我们一样的有所信仰。我们都信着同样的事。只是他们的信仰没有我们的坚强罢了。他们要关上护窗,点上灯,才能看到光明。他们把上帝寄托在一个人身上。我们眼光更好。但我们爱的总是同样的光明。”

孩子回家去了,黑洞洞的街上,煤气灯还没有点起来。奥里维的话在他头里嗡嗡地响。他忽然想到,嘲笑眼光不好的人跟嘲笑驼子同样是残忍的。他又想起眼睛挺美的兰纳德,想起他曾经使那双眼睛流泪,不由得难过极了,便回头向文具店走去。窗子还半开在那里,他轻轻地伸进头去,低声叫着:“兰纳德……”

她不回答。

“兰纳德!我请你原谅。”

兰纳德在黑影里回答说:“坏东西,我恨你。”

“对不起。”他又说了一遍。

随后忽然兴奋起来,他更放低了声音,又惶惑又羞愧地说:

“告诉你,兰纳德,我也相信上帝了,跟你一样。”

“真的吗?”

“真的。”

他这么说是特别为了表示自己宽宏大量。但说过以后,他的确有些相信了。

两人相对无言,彼此也瞧不见。外边是美妙的夜晚。残废的孩子喁喁地说:“一个人死了才舒服呢!……”

他听到兰纳德轻微的呼吸,便说了声:“再见!”

兰纳德也用着温柔的声音回答:“再见!”

他心情轻快地走了。兰纳德原谅了他,他很快活。其实这苦命的孩子暗中也乐意兰纳德为他而痛苦一下。

奥里维又躲在家里了。不久克利斯朵夫也回来了。真的,他们俩不是干社会革命的人。奥里维不能和这些战士联盟。克利斯朵夫不愿意和他们联盟。奥里维因为是被压迫的弱者而躲避,克利斯朵夫因为是独立不羁的强者而躲避。可是尽管一个蹲在船首,一个蹲在船尾,他们总还是在那条载着劳工队伍与整个社会的船上。自以为精神洒脱,意志坚强的克利斯朵夫,用一种带着鼓励意味的关切的态度,看着无产阶级团结起来;他喜欢到骚动的平民堆里混一下,让精神松动一点,事后觉得自己更有劲更新鲜。他继续跟高加来往,偶尔也仍旧上奥兰丽铺子去吃饭,在那儿兴之所至,毫无顾忌,什么怪僻的论调都不会使他吃惊;他还故意放刁,煽动人家把话越说越荒唐,越说越激烈。在场的人竟弄不清克利斯朵夫是否正经,因为他一边说一边激动起来,终于忘了他本意是闹着玩儿的。大家的醉意把艺术家也熏醉了。有一回他得了灵感,在奥兰丽铺子的后间作了一支革命歌曲,立刻给人背熟了,第二天就传遍工人团体。因此他犯了嫌疑,受到警察当局的注意。消息灵通的玛奴斯有一个年轻朋友,叫做爱克撒维·裴那,在警察局办事,同时也喜欢文学而自命为崇拜克利斯朵夫的,——(因为第三共和的看家狗中间也渗进了无政府思想与享乐主义)。——他告诉玛奴斯:“你们的克拉夫脱简直胡闹。他想充英雄好汉。我们是知道底细的;可是上级很高兴在这些革命阴谋中抓个外国人——尤其是德国人,——这是诬蔑革命党私通外国的老办法。倘若这傻瓜不小心,我们就得抓他了。那不是麻烦吗?你去通知他一声。”

玛奴斯告诉了克利斯朵夫,奥里维要他谨慎些。克利斯朵夫却不以为意。

“得了罢!”他说,“谁都知道我不是个危险人物。难道我不能玩一下吗?我喜欢这些人,他们像我一样地做着工,像我一样地有个信仰。老实说,信仰是不同的,我们不是一条战线上的人……好罢,打架就打架,我不怕……有什么办法?我不能像你这样缩在壳里。跟布尔乔亚在一块,我透不过气来。”

奥里维的肺不需要这么多空气。他待在狭小的屋子里，和两个精神安定的女朋友做伴觉得很舒服。那时亚诺太太忙着慈善事业，赛西尔专心抚养孩子，口口声声只谈着孩子，也只跟孩子谈着，叽叽喳喳，学着小鸟的声音，把孩子那种不成腔的歌曲慢慢地变做人话。

奥里维跟工人们混了一下，结果有了两个熟人，像他一样是无党无派的。一个是地毯匠葛冷。他的工作完全是逞他高兴的，非常任性，可是手段很巧。他爱自己的手艺，天生对艺术品有鉴赏力，还加上观察、工作、参观博物馆等等的修养。奥里维托他修过一件古式家具：活儿很不容易做，他居然对付得很好，花了不少的精力和时间，只向奥里维要了一笔很公道的修理费，因为他能够做成这件活儿已经挺高兴了。奥里维对他发生了兴趣，探问他的身世和他对于劳工运动的意见。葛冷毫无意见；他完全不把这问题放在心上。他不属于这个阶级，也不属于任何阶级。他就是他。很少看书，所有知识方面的成就都是靠感官、眼睛、手，和真正的巴黎平民天生的鉴别力来的。他非常快活。在工人阶级的小布尔乔亚中间，这等人很多，那是法兰西最聪明的种族之一：因为肉体的劳作和精神活动在他们身上是平衡的。

奥里维的另外一个熟人却更古怪了。他名叫乌德罗，职业是邮差。长得很体面，个子高大，眼睛很亮，留着淡黄的胡子跟须，神色开朗，一望而知是个快活人。有一天他为了送一封挂号信，走进奥里维的屋子。趁奥里维签字的时候，他在书房里绕了一转，把书题扫了一眼。

"嘿！嘿！你的古书真不少……"接着又道："我也收着关于蒲高尼①的文献。"

"你是蒲高尼人吗？"

邮差笑着，哼了一支蒲高尼的民谣，回答说："是的，我是阿凡龙地方人。我的家庭文献有早到一二〇〇年的，另外还……"

奥里维听了大为惊异，很想多知道些。乌德罗也巴不得有说话的机会。他确是蒲高尼最古老的旧家之一。有一个祖先曾经参加腓列

① 蒲高尼为法国地理名，包括东部各州，以产酒著名。

伯·奥古斯德的十字军；又有一个当过亨利二世的国务大臣。从十七世纪起，家道衰落了，大革命时期更被平民的巨潮卷了下去。现在靠着邮差乌德罗的体力与魄力，奉公守法地做着事，对家族的忠诚，这一家才又浮到水面上来。他最好的消遣是搜集一些谱系的史料，不是有关他一家的，便是有关他的乡土的。放假的日子，他到档案保存所去抄录旧文件，遇到不懂的地方，就去请教因送信而认识的考古学院学生或巴黎大学文科的学生。煊赫的家世并没使他得意忘形；他一边笑一边叙述，没有什么怨恨命运的口气。他那种健康的、无愁无虑的、快活的心情，教人看了舒服。奥里维望着他，不禁想到一代又一代的种族循环往复，在地面上浩浩荡荡地流上几百年，在地底下销声匿迹几百年，随后又从泥土里吸收了新的力量重新涌现。他觉得平民是口广大无边的蓄水池，过去的河流可以在其中隐没不见，未来的河流又从中发源，——其实除了名字不同以外还不是同样的河流？

他很喜欢葛冷与乌德罗；但他们不能跟他做伴，彼此没有什么可谈的。倒是爱麦虞限那孩子多费他一些精神；他几乎每天晚上都来。从那次神秘的谈话以后，孩子精神上有了很大的变动。他抱着狂热的求知欲钻到书本里去，等到抬起头来，简直发呆了，似乎没有以前聪明了，话也更少了；奥里维想尽方法只能逼出他几个唯唯否否的字；问他什么，他又胡说八道地乱答一阵。奥里维很灰心，竭力忍着不表示出来，以为自己看错了，这孩子原来是个笨蛋。他可没看见狂热的孵化工作正在这颗灵魂中进行。他是个不高明的教育家，只能拿一把良好的种子随意往田间散播，却不会耕地，犁地。——逢到克利斯朵夫在场，他更惶惑，觉得给他看到这样一个信徒很难堪；而爱麦虞限当着克利斯朵夫的面也显得更蠢，使奥里维更羞愧。那时，孩子咬紧牙关，恶狠狠地一句话也不说。他恨克利斯朵夫，因为奥里维爱克利斯朵夫；他不答应除了自己以外还有别人在他老师心中占有地位。克利斯朵夫和奥里维都想不到孩子心里有这种偏激的爱与嫉妒。克利斯朵夫当年也是这样的。但在一个性格不同的人身上，他认不得自己的面目了。爱麦虞限是受到多少病态的遗传的，所以他的爱，憎，潜伏的天才，发出来的声音与众不同。

五一节近了。

巴黎有些可怕的谣言。劳工总会的一般牛大王尽量地推波助澜。他们的报纸宣告大审的日子到了,号召工人纠察队,喊出“饿死他们!”的口号,那是布尔乔亚最害怕的。他们拿总罢工做威吓。胆小的巴黎人有的下乡了,有的怕受封锁,忙着囤积粮食。克利斯朵夫遇到加奈驾着汽车,带着两只火腿和一袋番薯。他吓坏了,竟弄不大清自己属于哪一党;一忽儿是老共和党,一忽儿是保王党,一忽儿是革命党。他的暴力崇拜好似一支疯狂的罗盘针,一下子从北跳到南,一下子从南跳到北。当着大众,他照旧附和朋友们的虚张声势,心里可是预备拥戴随便哪个独裁者来打倒赤色的幽灵。

克利斯朵夫嘲笑这种普遍的胆怯病,相信什么事都不会发生的。奥里维却没有这个把握。他是布尔乔亚出身;而回想起当年的大革命和等待将来的革命,布尔乔亚老是有些心惊胆战的。

“得了罢!”克利斯朵夫说,“尽管安心睡觉罢。你这革命绝不是明天会来的!你们怕革命,怕挨打……到处是这个心理:布尔乔亚,平民,整个的民族,西方所有的民族。大家的血都不够,生怕再流掉。四十年来不过是说大话。瞧瞧你们的德莱弗斯案子罢!‘杀呀!杀呀!’你们还喊得不够吗?好一班吹大炮的家伙!费了多少的唾沫跟墨汁!可是流过几滴血呢?”

“别这样肯定,”奥里维回答,“你知道为什么大家怕流血?因为我们本能地感觉到,只要流了第一滴血,兽性就会一发不可收拾。文明人的面具马上会掉下来,野兽的利爪会伸出来;那时谁能把它制服只有天晓得了!每个人都对着战争踌躇不决;但一朝爆发之后可惨了……”

克利斯朵夫耸耸肩,说吹牛大王西拉诺和冒充英雄的尚德莱①会在这个时代走红不为无因。

奥里维摇摇头。他知道,自吹自擂在法国是行动的前奏曲。但说到五一节,他也不比克利斯朵夫更相信会有什么革命:事情过于张扬

---

① 西拉诺与尚德莱均洛斯当所作的戏剧中人物。

了，政府已经有了准备。指挥暴动的领袖们一定会把战争延缓到一个更适当的时间。

四月的下半个月，奥里维患着感冒，那是差不多每年到这个时候要发作的，同时还得触发支气管炎的老毛病。克利斯朵夫在他家里住了两三天。这次病势很轻，很快地过去了。但热度退后，奥里维照例还要拖几天，非常疲倦。他躺在床上，几小时地不想动弹，呆呆地望着克利斯朵夫背对着他，伏在书桌上写东西。

克利斯朵夫在那里专心工作：写得厌倦了，便突然站起来，过去弹一会儿琴，倒不是弹他才写下的曲子，而是信手弹奏。于是出现了一个很古怪的现象：他写出来的东西和他以前的风格明明是一贯的，此刻弹的倒像是另一个人的作品：粗暴，狂乱，支离破碎，完全没有他别的作品里那种谨严的逻辑。这些不假思索的即兴，逃过了意识的监视，不是从思想而是从肉体来的，像野兽的嚎叫，显出精神非常不平衡，正在酝酿未来的暴风雨。克利斯朵夫自己不觉得，但奥里维听着，望着克利斯朵夫，隐隐约约地感到不安。在病体虚弱的情形之下，他特别能洞察幽微，预知未来，窥见谁也没注意到的事。

克利斯朵夫按了最后一个和弦，满头大汗，面目狰狞地停住了；他把惊惶不定的眼睛向四下里扫了一转，碰到了奥里维的眼睛，笑了一阵，回到他的书桌上。

“你弹的什么呀，克利斯朵夫？”奥里维问。

“没有什么。我是把水搅动一阵，想捉些鱼。”

“你预备写下来吗？”

“写什么？”

“你才弹的。”

“我弹些什么已经记不得了。”

“那末你刚才想些什么？”

“不知道。”克利斯朵夫说着，把手按着脑门。

他继续写他的东西。屋子里又静了下来。奥里维始终瞧着克利斯朵夫。克利斯朵夫觉察了，便转过身来，看到奥里维眼中含着无限的温情。

“你这个懒虫!”他嘻嘻哈哈地说。

奥里维叹了口气。

“怎么啦?”克利斯朵夫问。

“唉,克利斯朵夫,你胸中还有多少东西！眼看你在这儿,紧靠着我,可是你将来给别人的多少宝物,都没有我的份了……”

“你疯了吗？你怎么的?”

“你将来的生活是怎么样的呢？还得经历怎么样的危险、怎么样的难关呢？……我愿意跟你在一起……可是我什么都看不见的了。我得糊里糊涂地搁浅在半路上。”

“要说糊涂,你现在就是糊涂。即使你自己要赖在半路上,我也不让你那么做。”

“你会把我忘了的。”奥里维回答。

克利斯朵夫站起来,过去坐在床上,靠近奥里维,握着他出着虚汗的手腕。衬衣的领口敞开着,露出瘦骨嶙峋的胸部,娇弱而紧张的皮肤好似一张被风吹饱而快要破裂的帆。克利斯朵夫结实的手指不大利落地把他的衣领给扣上了。奥里维只是听他摆布。

“亲爱的克利斯朵夫,”他温柔地说,“我这一辈子也有过美满的幸福了!”

“哎,你这话是什么意思？你不是和我一样,身体很好吗?”

“是的。”

“那末干吗说这些傻话?”

“对,我这是不应该的,”奥里维羞愧地笑着,“大概这次的感冒使我精神萎靡了。”

“得振作起来呀。哎,喂！起来罢。”

“让我歇一下再说。”

他仍旧躺在床上胡思乱想。第二天他起来了,坐在壁炉旁边继续出神。

那年的四月天气很暖,常常下雾。小小的绿叶在银色的雾绡中舒展,看不见的鸟一迭连声地唱着,欢迎隐在云后的太阳。奥里维抽引着千丝万缕的往事:看到自己小时候坐着火车,在大雾中跟哭哭啼啼的母亲离开家乡,安多纳德自个儿坐在车厢的一角……美丽的侧影,清秀的风景,一一映在他的眼帘上。美妙的诗句自然而然地涌出来,音韵,节奏,都已经齐备了。他原来坐在书桌旁边,只要伸出手臂就可以抓到笔,把这些诗意盎然的境界记下来。可是他不想这么办。他疲倦不堪,也明明知道梦境一朝给固定之后,香气就会散掉。那是一向如此的:他没法表现自己最优秀的部分。他的心仿佛一个百花盛开的山谷,可是谁也进不去;而且只要动手去采,那些花就会谢落的。结果只勉强剩下几朵,几个短篇,几首诗,发出一股隽永的凄凉的气息。这种艺术上的无能久已成为奥里维最大的苦闷。感觉到内心藏着多少生机而竟无法抢救!……——现在他隐忍了。用不到人家看到,花也一样会开放,——在无人采摘的田里倒反更美。开遍了原野,在阳光底下出神的鲜花不是悠然自得,挺快活吗?——阳光是难得有的;但没有阳光,奥里维的幻景只有更丰富。他那几天编了多少凄怨的、温柔的、神怪的故事!不知它们从哪儿来的,好似片片白云在夏日的天空飘浮,在空气中融化,然后又来了新的;这种故事他心里有的是。有时天上晴空万里,奥里维便晒着太阳迷迷糊糊,直等到无声的幻梦张着翅膀再来的时候。

晚上,小驼子来了。奥里维胸中装满了故事,不由得对他讲了一桩,微微笑着,出神了。他常常这样说着话,眼睛望着前面;孩子一声不出。后来他也忘了有孩子在场……故事说到一半,克利斯朵夫闯进来听到了,觉得美妙至极,要奥里维从头再来一遍。奥里维却不愿意:"我跟你一样,已经忘了。"

"没有这回事,"克利斯朵夫说,"你是个古怪的法国人,自己说的,做的,老是心里有数。你从来不会忘掉什么事。"

"这便是我的不幸。"

"因为你忘不了,我才要你把刚才的故事再说一遍。"

"多厌烦。而且有什么用?"

克利斯朵夫恼了。

"这是不对的,"他说,"那末你的思想对你有什么用?你把自己所有的统统丢掉。那是永远的损失。"

“什么都不会损失的。”奥里维回答。

奥里维讲着他的梦境的时候，小驼子始终坐在那里一动不动，此刻才醒过来，向着窗子睁着迷迷糊糊的眼睛，沉着脸，神气恶狠狠的，不知道在想些什么。他站起来说了句：“明儿一定是好天气。”

克利斯朵夫听了对奥里维说：“我相信你说的话他一个字也没听进去。”

“明儿是五月一日。”爱麦虞限补上一句，沉闷的脸上有了光辉。

“这是他的故事，”奥里维说，——“喂，你明儿来讲给我听。”

“胡说八道！”克利斯朵夫说。

第二天，克利斯朵夫来接奥里维到城里去散步。奥里维病已经完全好了，但老是异乎寻常的困倦。他不想出去，心里有点隐隐约约的恐惧，又不喜欢跟群众混在一起。他的心和精神是勇敢的，肉体却是娇弱的：怕喧闹，骚乱，和一切暴烈的行动。他明知自己生来要做强暴的牺牲品，不能够也不愿意自卫：因为他受不了教人家受罪，正如受不了自己受罪一样。凡是虚弱的人总比旁人更怕肉体的痛苦，因为更熟悉这种痛苦；而他们的幻想还要把它特别加强。奥里维想到自己的精神不怕吃苦而肉体偏偏这样的怯弱，觉得很惭愧，竭力想加以压制。但那天早上，他不愿意跟任何人接触，只想整天躲在家里。克利斯朵夫埋怨他，取笑他，不顾一切地要他出去振作一下：他已经有十天工夫没上街换换空气了。奥里维只做不听见，克利斯朵夫便说：“好吧，我一个人去。我要去看看他们的五一节。要是我今晚不回来，你可以说我是给抓进去了。”

他走了。在楼梯上，奥里维追了上来。他不愿意克利斯朵夫独自出门。

街上人很少。三三两两的女工衣襟上缀着一串铃兰。像星期日一样穿得整整齐齐的工人们，很悠闲地遛着。街头巷尾，靠近地道车站的地方，掩掩藏藏地站着成群的警察。卢森堡公园的大铁门给关上了。天气老是很温暖，罩着雾。已经好久没有太阳了……两个朋友搀着手臂，不大说话，心里非常相爱，偶然交换一言半语，唤起一些亲切的往事。在区公所前面,他们停下来瞧瞧气压表:颇有上升的趋势。

“明儿我可以看到太阳了。”奥里维说。

那时他们正走在赛西尔家附近,想进去瞧瞧孩子。

“噢,等回来的时候再去罢。”

过了塞纳河,人渐渐多起来。安安静静散步的人,服装和脸色都是过假期的模样;无聊的闲人带着孩子;工人们也随便溜达着。有几个在纽孔上缀着红蔷薇,神气却很和善:都是些冒充的革命分子。你可以感觉到他们非常乐观,一点儿极小的幸福就能使他们满足:这天放假的日子只要是天晴或者天气不太坏,他们就很感激了……感激谁呢?可不大清楚……他们从容不迫地,嘻开着脸,看着树上的嫩芽,瞧着女孩子们的穿扮,很得意地说:“只有在巴黎才能看到穿得这样整齐的孩子……”

克利斯朵夫取笑那个大吹大擂预告的示威运动……好家伙!……他心里又喜欢他们又瞧不起他们。

他们俩越往前进,人越来越挤了。形迹可疑的苍白的脸,混在人堆里等机会。水已经给搅动了。每走一步,水就更溷浊一些。好似从河底下浮起来的气泡一样,有些声音互相呼应;唿哨声,无赖的叫喊声,在喧闹的人堆中透露出来,令人感到积聚的水势。街的那一头,靠近奥兰丽饭店的地方,声音尤其洪大,像水闸似的。警察和士兵拦着去路。大家在那儿不由得挤做一堆,又是叫嚷,又是吹哨,又是唱,又是笑……那是群众的笑声,因为他们不能用说话来表白种种暧昧的情绪,只能用笑来发泄一下……

这些群众并没恶意。他们不知道自己要些什么。在没知道以前,他们只闹着玩儿:烦躁,粗暴,可还没有恶意;觉得彼此拥挤,骂骂警察,或者互相吆喝一阵,都挺有意思。但他们渐渐急躁起来。站在后面的人因为看不见前面的情形而不耐烦,又因为躲在肉屏风后面危险性比较少而格外表示激烈。站在前面的人进退不得,闷死了,越来越受不了的局面使他们气愤至极;而压迫他们的人潮的力量,又把他们自身的力量增加了百倍。大家越挤越紧,像一群牲口,觉得全群的热气流到了自己身上,所有的人凑成了一个整体,而每个人都等于是全体,跟巨人勃里阿莱①一样。热血的怒潮不时在千首怪物的胸中直冒,眼睛含着仇恨,声音含着杀气。躲在第三四行的人开始扔石子了。好些人在临街的窗口张望,仿佛是看戏;他们一边刺激群众,一边焦灼不耐地等军队开火。

克利斯朵夫手脚并用地闯进这个密集的人堆,像楔子一般硬挨进去。奥里维跟着他。人墙略微露出了一点儿隙缝,让他们过去,随后又阖上了。克利斯朵夫兴高采烈,完全忘了五分钟以前自己还说民众不会暴动。不论他跟法国的群众和他们的要求是怎样的不相干,他一卷进这股潮水,便立刻被融化了;不管群众要的是什么,他只知道跟着要;不管自己往哪儿去,他只知道往前,呼吸着这股狂乱的气息……

奥里维跟在后面,被克利斯朵夫牵引着,毫无兴致,头脑很清楚,对于他同胞的热情,对于那股把他推着拥着的热情,比克利斯朵夫不知冷淡多少倍。因为病后身体虚弱,他和人生离得更远了……又因为神志清楚,精神洒脱,所以连最小的枝节都深深地印入他的脑海。他很愉快地瞧着前面一个姑娘的后影,黄澄澄的脖子,皮肤苍白而细腻。同时,从这些紧挤在一起的人身上蒸发出来的气息使他作呕。

"克利斯朵夫。"他用着哀求的口吻叫了一声。

克利斯朵夫不理他。

"克利斯朵夫!"

"怎么呢?"

"咱们回去罢。"

"你可是害怕了?"克利斯朵夫问。

他继续向前。奥里维苦笑着跟在后面。

在几排以前的危险地带内(没法向前的群众挤在那儿好比一道栅栏),奥里维瞧见他的小驼子爬在一所卖报亭的顶上。他用两手撑着,非常不方便地蹲在那里,一边笑一边向人墙那一边眺望,不时回过头来,得意扬扬地望着群众。他看到了奥里维,眉飞色舞地瞅了他一眼,

① 勃里阿莱为神话中的巨人,有五十个头与一百条手臂。

然后又眺望广场那方面，睁大着眼睛等着……等什么呢？——等将要来到的事……而且不只他一个，周围多少的人都等着奇迹！奥里维瞧了瞧克利斯朵夫，发觉他也在等待……

奥里维招呼孩子，嚷着要他下来。爱麦虞限只装不听见，不再对他望了。他也看到了克利斯朵夫。他很高兴在骚乱中露面，一方面是向奥里维表示勇敢，一方面是让他着急，算是他和克利斯朵夫在一起的惩罚。

奥里维在人堆里也遇到几个别的朋友。黄胡子高加只等冲突发生，用专家的眼光估量着爆发的时间。更远一些，美丽的贝德和旁边的人互相说些难听的话。她居然挤到了第一排，嗄着嗓子骂警察。高加走近克利斯朵夫。克利斯朵夫一看见他，讥讽的脾气又发作了："我不是早说过吗？什么事都闹不起来的。"

"等着瞧罢！"高加说，"别老待在这儿。随时会出乱子的。"

"别胡扯！"克利斯朵夫回答。

那时骑兵被人家扔石子扔得不耐烦了，上前来想廓清通到广场的入口；中间的队伍领先，放开奔马的步子。于是秩序乱了。像《福音书》上说的，头变做了尾。最前的一排变成了最后一排。可是他们也不愿意老是受窘，一边逃一边向追兵辱骂，一枪还没有放就把他们叫做"凶手！"贝德尖声怪叫地往人堆里直溜，像一条鳗鱼似的。她找到了朋友们，躲在高加阔大的肩膀后面喘过气来，紧挨着克利斯朵夫，把他的胳膊拧了一把，为了害怕或是别的理由，向奥里维丢了一个眼风，又咆哮着对敌人们晃晃拳头。高加抓着克利斯朵夫的手臂，说："咱们走罢，上奥兰丽铺子去。"

他们走几步路就到了。贝德和格拉伊沃两人已经先在那儿。克利斯朵夫正要进去，后面跟着奥里维。这条街是中间高，两头低的；站在小饭铺前面五六级高的阶沿上可以眺望街心。奥里维从人堆里钻出来，呼了一口气。他一想这气味恶劣的酒店和那些疯子的狂叫就觉得恶心，便和克利斯朵夫说："我回去了。"

"好罢，我过一个钟点来找你。"

"别再出去了，克利斯朵夫！"

“胆怯鬼!”克利斯朵夫笑着回答。

说罢他便走进酒店。

奥里维刚要在铺子的转角上拐弯,再走几步就可以拐进一条小巷,和骚乱的场面隔离了。但他那个小朋友的形象忽然在脑中浮现,便回过头去东张西望地找,正看到爱麦虞限从他的瞭望台上摔下来,奔逃的群众踩在他身上,警察又在后面追来。奥里维不假思索,立刻跳下阶沿奔过去救护。一个马路小工看到情形非常危急:大兵们拔出了腰刀,奥里维伸出手去想把孩子拉起来,被势如潮涌的警察把两人一齐冲倒了。小工惊叫了一声,也冲了进去。同伴们跟在他后面奔过来。站在酒店门口的人,还有已经进了酒店的人,都先后听见了呼救声奔出来。两队人马像狗一般扭在一起。站在阶沿高头的女人们吓得直嚷。——奥里维这个贵族的小布尔乔亚,比谁都厌恶斗争的人,竟这样地拨动了斗争的机钮……

克利斯朵夫被工人们牵引着,加入了混战,可不知道谁发动的。他万万想不到有奥里维在内。他以为他已经走了,在绝对安全的地方了。当时简直没法看出战斗的情形。每个人都弄不清攻击自己的是谁。奥里维在漩涡中不见了:船沉到水底下去了……不知哪儿飞来一拳,打在他左胸上,他立刻倒下去,被一窝蜂的群众踏在脚下。克利斯朵夫被一阵逆流挤到战场的另一头。他心里没有一点儿仇恨,只是兴高采烈地跟大家推来撞去,好似在乡村里赶集似的。他并没想到事情的严重,所以被一个肩膀阔大的警察抓着手腕,拦腰抱住的时候,他还开玩笑地说:“可要跳个华尔兹,小姐?”

可是第二个警察又扑上他的背,他便像野猪似的抖擞一下,抡着拳头往两人身上乱捶乱打,他怎么肯被人制服呢?扑在他背上的敌人滚在地下了。另外一个狂怒之下,拔出刀来。克利斯朵夫看见刀尖离开自己的胸脯只差两寸,马上闪过身子,抓着敌人的手腕,拼命想夺下武器。他一下子弄不明白了;至此为止,他把事情看做游戏一样……但那时他跟敌人扭做了一团,互相打着嘴巴。他没有时间思索。对方眼里有了杀性,而他心中也起了杀性。他眼看自己要像一头绵羊似的被人宰割了,便冷不防把敌人的手腕跟刀一齐扭转来,对着敌人的胸脯扎进去，他觉得自己要杀人了，真的杀了。于是他眼睛里看出来的东西都不同了，如醉若狂地大叫起来。

一叫之下，效果简直不可想象。群众嗅到了血腥。一刹那间，他们变成了一群凶恶的猎犬。到处都放起枪来。许多窗口挂出了红旗。巴黎革命的隔世遗传，使他们立刻布置了障碍物。街面的砖石给掘掉了，街灯的柱子给扭曲了，树木给砍下了，一辆街车在街上仰天翻着。大家利用几个月来为敷设地下铁道而掘开的壕沟。围着树木的铁栏扭成了几段，被人当做弹丸用。口袋里和屋子里都出现了武器。不到一小时，局面完全变了暴动的形势，全区都成了战场。克利斯朵夫的模样教人认不得了，趴在障碍物上高声唱着他作的革命歌，几十个声音在四周附和。

奥里维被人抬到奥兰丽酒店里，已经失去知觉。人家把他放在铺面后间的一张床上。床脚下蹲着那个驼子，垂头丧气。贝德先是吓了一跳，远望以为受伤的是格拉伊沃，等到认出是奥里维，不由得失声叫起来："还好还好！我以为是雷沃博呢……"

然后她动了恻隐之心，把奥里维拥抱了一下，在枕上扶着他的头。奥兰丽照例很镇静，解开他的衣服，先做了一个初步的包扎。犹太医生玛奴斯·埃曼碰巧带着他形影不离的加奈在场。他们像克利斯朵夫一样为了好奇心来看看示威运动，目睹这场混战，看着奥里维倒下去的。加奈哭得很伤心，同时又想："我到这儿来干吗呢？"

玛奴斯把奥里维诊察了一遍，立刻断定没希望了。虽然对奥里维很有好感，但他不是一个看着无可挽救的事发呆的人，便不再关心奥里维而想到克利斯朵夫了。他一向佩服克利斯朵夫，拿他当做一个病理的标本看的。他知道他关于革命的思想，很不愿意克利斯朵夫以局外人的身份去冒无谓的危险。轻举妄动而打破脑袋还是小事；倘若克利斯朵夫被抓去了，官方一定会拿他出气的。人家早已通知他，警察当局在暗中监视克利斯朵夫；将来他不但要对自己闹的乱子负责，还得替别人闯的祸负责。玛奴斯刚才遇到爱克撒维·裴那在人堆里徘徊，为了好玩也为了公事；他向玛奴斯招招手，说道："你们的克拉夫脱真胡闹，居然趴在障碍物上臭得意！这一回我们可不放过他了。该死！你叫他快快溜罢。”

说是容易，做起来可难了。倘若克利斯朵夫知道奥里维死了，他会变成疯子，还要乱杀人，直到把自己的命送掉为止。玛奴斯对裴那说：“要是他不马上溜，一定完了。让我去把他带走。”

“你怎么办呢？”

“加奈有汽车，就停在拐角上。”

“哎，对不起，对不起……”加奈气吁吁地说。

“你把他送到拉洛什，”玛奴斯打断了他的话，“还赶得及蓬塔利埃的快车。你送他上瑞士的车子。”

“他不愿意的。”

“我有办法。我可以告诉他，耶南会到瑞士去跟他相会，甚至说他已经走了。”

玛奴斯不再听加奈的意见，径自到障碍物堆上去找克利斯朵夫。他胆子不大，听到枪声就挺挺腰板，表示不怕，他一边走一边数着地下的石板，——看是双数还是单数，预卜自己会不会送命。但他并不退缩，一个劲儿往目的地走去。他走到的时候，克利斯朵夫正爬在仰天翻倒的街车高头，骑在一个轮子上，拿手枪向天空放着玩儿。障碍物四周，一大堆全是巴黎的流氓，像大雨后阴沟倒灌时流出来的脏水。在他们中间，你分不清谁是第一批的战士了。玛奴斯大声喊着克利斯朵夫。克利斯朵夫背对着他，没听见。玛奴斯爬上去扯他的衣袖，被他一推几乎倒下来。玛奴斯挺了挺身子，又嚷：

“耶南……”

下半句被喧闹声淹没了。克利斯朵夫突然住了嘴，手枪掉在了地下，从车轮上爬下来，跑到玛奴斯前面。玛奴斯把他拉着就走。

“你得赶快溜了。”

“奥里维在哪儿？”

“得赶快溜了。”玛奴斯又说了一遍。

“为什么？”

“要不了一个钟点，这儿就要被军队攻下。今晚上你就得被捕。”

“我又没做什么!”

“瞧瞧你的手罢……别糊涂了!……你赖不掉的,他们怎么肯饶你呢?大家已经把你认出来了。快点儿,一分钟都不能耽误。”

“奥里维在哪儿?”

“在他家里。”

“我去找他。”

“不行。警察在门口等着你。他要我来通知你。你快走罢。”

“你要我上哪儿去呢?”

“上瑞士去。加奈用汽车送你。”

“那末奥里维呢?”

“我们没时间多说了……”

“我没见到他是不走的。”

“你可以在那边见到他呀。明儿他搭头班车到瑞士找你。快点儿!别的事等会儿再告诉你。”

他一手抓着克利斯朵夫。克利斯朵夫被喧闹声和刚才那种发疯似的冲动搞得迷迷糊糊,既不了解自己做的事,也不了解人家要他做的事,只莫名其妙地让人家拉着跑。玛奴斯一手抓着克利斯朵夫,一手抓着加奈,把他们送上汽车。加奈对于人家派给他的差事很不愿意接受,也不愿意克利斯朵夫被捕,但他宁可由别人来救克利斯朵夫。玛奴斯素来知道加奈的脾气;因为不放心他的胆小,所以正要跟他们分手而汽车已经发动的时候,玛奴斯突然改变主意,也上了汽车。

奥里维依旧神志昏迷,旁边只有奥兰丽和爱麦虞限两个人。房间里没有空气,没有光线,非常凄凉。天差不多已经黑了……奥里维在深渊之中浮起了一刹那,手上感觉到爱麦虞限的嘴唇和眼泪,有气无力地笑了笑,挣扎着把手放在孩子头上。啊,他的手多么重啊!……他又失去了知觉……

在弥留者的枕上,奥兰丽放着一小束铃兰。院子里一个没有关紧的龙头让水滴滴答答地流在桶里。思想深处,种种的形象颤动了一刹那,好似一道快要熄灭的光明……一所内地的屋子,墙上爬着蔓藤;一个花园,有个孩子在玩儿:他躺在草坪上;一道喷泉涓涓地流入石钵。一个女孩子笑着……

第二部

他们出了巴黎，穿过那些罩着浓雾的广大的平原。十年以前，克利斯朵夫到巴黎的时候也是这样的一个黄昏。那时他已经开始逃亡了。但那时他的朋友，他所爱的朋友是活着，而克利斯朵夫是不知不觉地逃到朋友那里去的……

最初克利斯朵夫还受着混战的刺激，非常兴奋，提高着嗓子说了很多话，乱七八糟地讲他所看到的和所做的事，对自己的英勇非常得意。玛奴斯和加奈也说着话，使他分心。然后狂热的情绪慢慢退下去，克利斯朵夫不出声了，只有两个同伴继续谈着。他被下午的事搅糊涂了，可并不丧气。他想到从德国逃出来的时代。逃，逃，老是得逃……他笑了。逃就是他的命运。离开巴黎并不使他难过：世界大得很，人又是到处一样的。上哪儿都没关系，只要和朋友在一起。他预备第二天早上就能和奥里维相会……

他们到了拉洛什。玛奴斯与加奈等火车开了才和他分手。克利斯朵夫问了他们好几遍，应当在哪个地方下车，投宿什么旅馆，向哪个邮局领取信件。他们和他作别的时候，脸上表示很难过。克利斯朵夫却高高兴兴地握着他们的手，说道："得了罢，别这么哭丧着脸。后会有期！这又不算一回事。我们明天就写信给你们。"

火车开了，他们望着他去远了。

"可怜的家伙！"玛奴斯叹了一声。

他们回上汽车，一句话也不说。过了一会儿，加奈说："我觉得我们这一下是犯了罪。"

玛奴斯先是不作声，随后回答道："嘿！死的总是死了。应当救活的。"

天慢慢地黑了,克利斯朵夫紧张的心情也跟着静下来。掩在车厢的一角,他呆呆地想着,头脑已经清醒,可是浑身冰冷。他瞧了瞧手,看到了血,不是自己的血,便不胜厌恶地打了个寒噤。杀人的一幕又浮现了,使他想起杀了人,可不明白为什么杀的。他把战斗的经过在脑子里温了一遍,但这一回眼光不同了,不懂自己怎么会参加的。他又从头至尾想了想当天的事:怎样地和奥里维一块儿出门,走过几条街,直到他被漩涡卷进去为止。想到这儿,他糊涂了,思想的线索断了。他怎么能跟那些与他信仰不同的人一起叫喊,打架呢?他们的要求又不是他的要求。那时他变了另外一个人了!……他的意识,意志,都消灭了。这一点使他又惊愕又惭愧:难道他竟不能自主吗?那末谁是他的主宰?……现在快车带着他在黑夜里跑,但那个在精神上带着他跑的黑夜也一样的阴沉,那股无名的力也一样地令人头晕目眩……他努力想定一定神,结果只换了一个操心的题目。越近目的地,他越想念奥里维,莫名其妙地觉得不安了。

到站的时候,他向车门外张望,看看月台上有没有那张熟识的亲爱的脸……下了车,又向四面探望。有一两次,他有点儿眼花,仿佛……噢,不,不是“他”。他到约定的旅馆去,奥里维也没有在。这当然不足为奇:奥里维怎么能比他先到呢?但从此克利斯朵夫好不心焦地开始等待了。

时间正是早上。克利斯朵夫上楼到房间里转了一转,下去吃了饭,上街闲逛,装做毫无心事的样子;他欣赏了一下湖,瞧瞧铺子里的陈设,跟饭店里的姑娘说了几句笑话,翻着画报……一点没有劲。时间过得真慢。到晚上七点,克利斯朵夫不知如何是好,便提早吃了晚饭,也吃不下什么,重新上楼,吩咐仆人等朋友一到,立刻带到他屋子里来。他背对着房门,坐在桌子前面,一无所事:没有一件行李,没有一本书,只有才买来的一份报。他勉强拿来看着,心可是不在,耳朵老听着走廊里的脚声。整天等待的疲倦和整晚的没有睡觉,使他神经过敏到极点。

他突然之间听见房门开了。一种异样的感觉使他不马上掉过头去。他觉得有一只手放在他的肩上,便转过身子,看见奥里维微微笑着。他并不惊奇,只是说:

“啊！你终于来了！”

只有一刹那工夫，幻景就消灭了……

克利斯朵夫猛地站起，推开桌子，把椅子翻倒在地下。他呆了一会儿，毛骨悚然，脸像死人一样，牙齿打得很响……

从那个时候起，——虽然他一无所知，虽然对自己再三说着“我又不知道什么”，——他已经什么都知道了，将要发生的事都预感到了。

他没法再待在屋子里，到街上走了一个钟点。回到旅馆，看门的在穿堂里递给他一封信。啊，他早知道会有信的。他双手哆嗦着接过来，奔到楼上，拆了信，一读到奥里维的死耗，马上晕过去了。

信是玛奴斯写的，说昨天瞒着他催他动身，完全是奥里维的意思，奥里维要他的朋友逃走；——信上又说克利斯朵夫留在那里一无用处，只能送命；但克利斯朵夫为了纪念他的亡友，为了其余的朋友，为了他自己的光荣，应当活下去……奥兰丽用着又大又颤抖的字迹也附了两三行，说那位可怜的先生的后事，她会照顾的……

克利斯朵夫一醒过来，大发神经，只想杀死玛奴斯，立刻奔往车站。旅馆的穿堂里阒无一人，街上冷清清的；黑夜里几个寥寥落落晚归的行人，也没注意到这个眼睛发疯的，气喘吁吁的家伙。他只有一个念头，像一条想咬人的恶狗：“杀玛奴斯！杀！”他要回巴黎去。夜快车已经开出一小时，非等到第二天早上不可。那怎么行！他随便搭了下一班往巴黎那方面开去的火车。那是一班逢站必停的慢车。克利斯朵夫独自在车厢里嚷着：“那是不可能的！不可能的！”

到了法国境内的第二站，火车完全停止，不再往前了。克利斯朵夫暴跳如雷，下了车，打听另外一班车，倦眼惺忪的职员们根本不理他。但不论他怎么办，总是太晚了。为奥里维是太晚了。他甚至也来不及找到玛奴斯，先得被捕。那末怎么办呢？怎么办呢？继续向前吗？回头走吗？有什么用呢？有什么用呢？……他想向一个在旁边走过的宪兵自首。但暧昧的求生的本能把他拦住了，劝他回瑞士。两三点钟以内，往任何方面去的火车都没有。克利斯朵夫坐在待车室里，又坐不下去，便走出车站，在黑夜里胡乱拣着一条路往前直闯。一忽儿他到了荒凉的田野，踏进了草原：东一处西一处的有些小柏树，表示靠近一个森林了。他进了林子,才走了几步就扑在地下嚷着:“啊,奥里维!”

他横躺在路上,号啕大哭。

过了好久,听见火车远远的一声长啸,他爬了起来,想回车站,可是走错了路,走了整整一夜。好罢,走到哪儿都是一样,只要尽走下去,不让自己思想,走到不会再思想,走到死!啊,要是能死才好呢!……

黎明的时候,他走进一个法国村子,和边境已经离得很远了。一夜之间他都是往法国这一边走着。他进入一家乡村客店,大吃了一顿,重新上路。日中,他在一片草原上倒下,直睡到傍晚。等到醒过来,天又黑了。他那股疯狂的劲也没有了,只觉得痛苦难忍,没法呼吸,好容易挨到一个农家,讨了一块面包,要求借宿。农夫把他打量了一番,切了一块面包给他,带他到牛棚里,把门反锁了。克利斯朵夫躺在草垫上,靠近气味难闻的母牛,嚼着面包。他淌着眼泪,又是饿又是痛苦。幸而睡眠把他解放了几小时。第二天早上,开门的声音把他惊醒了,他可依旧一动不动地躺着,心里只想不要再活下去。农夫站在他面前把他打量了好久,不时又瞧一下手里的纸。临了,他走前一步,把一张报纸交给克利斯朵夫看,上面赫然印着他的照片。

“不错,就是我,”克利斯朵夫说,“你去把我告发罢。”

“你起来。”

克利斯朵夫站起身子,农夫做个手势教他跟着走。他们从牛棚后面,在果子树中间走上一条曲曲弯弯的小路。到了一座十字架底下,农夫指着一条路对克利斯朵夫说:

“边境在那一边。”

克利斯朵夫莫名其妙地上了路。他不懂自己为什么走着;身子和精神都累到极点,随时想停下来。但他觉得要是一倒下去,就没法再爬起来。于是又走了一天。身边连一个小钱都没有了,不能再买面包。而且他回避村子。由于一种非理智所能控制的奇怪的心理,这个但求一死的人竟怕给人抓去;他的身体好似一头被人追急的野兽,拼命地奔逃。肉体的痛苦,疲倦,饥饿,奄奄一息的生命隐隐约约感到的恐惧,暂时把他精神上的悲痛压倒了。他但求找到一个栖息的地方,好细细咂摸自己的悲苦。

他过了边境，远远地望见一个钟楼高耸、烟突林立的城市：绵延不断的烟像黑色的河流一般，在雨中，在灰色的天空，往着同一个方向吹去。他忽然想起这儿有个当医生的同乡，叫做哀列克·勃罗姆，去年还有过信来，祝贺他的成功。不管勃罗姆为人怎么平凡，不管他们之间的关系怎么疏阔，克利斯朵夫像受伤的野兽一般，拼着最后一些力量去投奔他，觉得要倒下来也得倒在一个并不完全陌生的人家里。

又是烟，又是雨，一片迷蒙；街道跟屋子只有红与灰两种颜色。他在城里乱闯，什么都看不见，问了路又走错了，回头再走。他筋疲力尽，靠着意志的最后一些力量，走进一条陡峭的小巷子，爬上通到一座小山岗的石梯，岗上有所阴森森的教堂，四周都是民房。六十步红色的石级，每三级或六级就有一个狭窄的平台，刚好让人家的屋子开个大门。克利斯朵夫每到一个平台总得摇摇晃晃地歇一会儿。成群的乌鸦在教堂的塔顶上盘旋。

他终于在一所屋子的门上看到了他寻访的姓名，便敲起门来。——巷子里很黑。他困顿不堪，闭上眼睛。心里也是漆黑一片……几个世纪过去了……

狭窄的门开了一半，出现一个女人。她的背光的脸教人没法看到；但身腰显得很清楚，因为外边黑，里头亮。她背后是一条长廊，长廊尽处有个照着斜阳的小花园。她个子高大，笔直地站着，一句话也不说，只等他开口。他看不见她的眼睛，只感觉到她的目光。他说要见哀列克·勃罗姆医生，同时报了自己的姓名，每个字都不容易从喉咙里吐出来。他饥渴交加，累到极点。那女人听了一声不出，回进去了；克利斯朵夫跟着她走进一间护窗紧闭的屋子，在黑洞里跟她撞了一下：肚子和大腿碰到了那个没有声音的身体。她出去带上了门，让他自个儿待在黑房里。他把身子靠着墙，脑门贴在光滑的护壁上，一动不动，生怕撞翻什么东西；耳朵里轰轰地乱响，只觉得天旋地转。

楼上有挪动椅子的声音，有人惊讶地叫了几声，又有砰砰訇訇的关门声。沉重的步子在楼梯上走下来了。

“他在哪儿?”一个熟人的声音问。

房间的门打开了。

“怎么！教客人待在黑房里！该死！阿娜,怎么不来个灯呀?”

克利斯朵夫虚弱到极点,狼狈到极点,听见这个喧闹的但是诚恳的声音,觉得大大的安慰。主人伸出手来,他抓住了。这时灯火也来了。两个人互相望着。勃罗姆身材矮小,红红的脸上留着又硬又乱的黑须,一双和善的眼睛在眼镜后面笑着,鼓起的宽广的脑门上满是皱痕,起伏不平,没有什么表情,头发整整齐齐地紧贴在脑壳上,中间分出一道头路,直到脑后。他长得奇丑无比,但克利斯朵夫瞧着他,握着他的手,心里非常舒服。勃罗姆大惊小怪地叫起来:“天啊！你变得多厉害！怎么搞成这个样的?”

“我从巴黎来,”克利斯朵夫说,“我是逃出来的。”

“我知道,我知道,报上说你被捕了。啊,还算运气！阿娜跟我都想到你呢。”

他打断了话,指着那个招待克利斯朵夫进门的不声不响的女人,说:“这是内人。”

她手里拿着一盏灯,站在房门口。下巴长得很结实,脸相表示她是沉默寡言的人。灯光照着她深色的头发,映出赭红的反光,腮帮的皮肤没有什么光彩。她直僵僵地向克利斯朵夫伸出手去,肘子夹着身体;他望也不望跟她握了握手,已经支持不住了。

“我是来……”他结结巴巴地想说明来意,“我想你或许……要是我不太打搅你们的话……或许愿意……招留我一两天……”

勃罗姆马上把话接了过去:“什么一两天！……二十天,五十天,你喜欢待多久就多久。只要你在这个地方,你就住在我们家里;我还希望你多住一阵呢。这是给我们面子,使我们高兴的。”

克利斯朵夫听了这些亲热的话大为感动,竟扑在勃罗姆的臂抱里。

“好朋友,好朋友,”勃罗姆说着,“啊,他哭了……怎么啦?……阿娜！阿娜！……赶快！他晕过去了……”

克利斯朵夫在主人的怀里失去了知觉。几小时以来他觉得要昏迷的现象终于来了。

等到重新睁开眼睛的时候,他已经躺在一张大床上。打开的窗子里传来一股潮湿的泥土味。勃罗姆在床边伛着身子。

“啊,对不起。”克利斯朵夫结结巴巴地说着,想坐起来。

“他这是饿坏的!”勃罗姆叫了一声。

他太太出去,捧了一杯东西回来给他喝。勃罗姆扶着他的头。克利斯朵夫喝完了才有了点生气;可是疲倦比饥饿更厉害,头一倒在床上,他就睡熟了。勃罗姆夫妇守在旁边,看他除了睡觉以外没有别的需要,便出去了。

这种睡眠仿佛一睡就可以睡上几年,是困倦至极而又令人困倦的睡眠,好比沉在湖底下的铅块。日积月累的疲乏,永远在意志门外窥伺的牛鬼蛇神的幻象,把他压倒了。他想醒过来,可是浑身滚热,仿佛筋骨都断了,在混混沌沌的黑夜中没法挣扎,只听见大钟永远打着半点。他不能呼吸,不能思想,不能动弹,被捆缚着,噤住了嘴,好像被人淹在水里,想挣扎起来而又沉到了底下。——终于黎明来了,姗姗来迟的,灰暗的黎明,——下着雨。热度退了,但身体似乎被压在一座山底下。他醒了。情形却更可怕……

“为什么还要睁开眼来?为什么要醒呢?要像朋友一样长眠地下才好啊……”

他仰天躺着,虽然觉得这个姿势很累,还是一动不动;手和腿像石头一般地重。他似乎进了坟墓。光线黯淡。几滴雨水打在窗上。一只鸟在花园中轻轻地哀鸣。噢!可怜的生命!空虚的生命……

光阴一小时一小时地过去。勃罗姆走进屋子,克利斯朵夫也不掉过头来。勃罗姆看他睁着眼睛,便高高兴兴地跟他招呼。因为克利斯朵夫眼睛始终盯着天花板,他想替他排遣一下,便坐在床上,粗声大气地说话了。那声音使克利斯朵夫简直受不住,迸足了气力好容易说出一句:“请你让我安静一下。”

好心的主人立刻换了口气,说:“你不喜欢有人陪你是不是?好极了。你静静地躺着罢。好好地歇着,别说话。我们替你把饭端上来。你什么都不用操心。”

但要他说话简洁是不可能的。唠唠叨叨地解释了一番,他提着脚尖走出去了,笨重的靴子又使地板咯吱咯吱地响了一阵。克利斯朵夫一个人在屋子里,累得要死。他的思想被痛苦像雾一般包围着。他竭力想弄明白……“为什么要认识他?为什么要爱他?安多纳德的牺牲有什么用?所有那些生命,那些一代又一代的人,——多少的考验,多少的希望,——结果造成了这样一个人,而所有的生命都跟他同归于尽,白活了一辈子!”生也无聊,死也无聊。一个人消灭了,整个的家族也跟着消灭了,不留一点儿痕迹。这种情形不是又可恨又可笑吗?克利斯朵夫因为失望,愤怒,不由得狞笑了一下。痛苦的无能,无能的痛苦,致了他的命。他的心被压碎了……

屋子里除了医生出诊时的脚步以外,寂静无声。等到阿娜出现,克利斯朵夫已经完全丧失了时间观念。她用盘子端进中饭来。他一动不动地望着她。也不开口道谢。但在他好像一无所见的发呆的眼里,少妇的影子像照相一样地印了进去。隔了好久以后,对她认识更清楚的时候,他所看到的她仍旧是当时的模样;多少新的形象都抹不掉第一个回忆:头发很浓,绾着个很大的髻;脑门鼓得高高的,脸盘很大;又短又直的鼻子,眼睛老是低垂着,要是和别人的眼睛碰上了,就冷冷地不很坦白地躲开去;微嫌太厚的嘴唇抿得很紧;神气固执,近乎凶狠。她个子高大,身体长得很好,很结实,可是穿的衣衫太窄,动作非常僵。她一声不出,把盘子放在近床的桌上,然后胳膊贴着身体,低着头退出去。克利斯朵夫看到这个古怪而可笑的人并不觉得惊异,也不吃端来的东西,只管暗暗地磨自己。

白天过了。晚上阿娜又端来一些新的菜。看到中午拿来的食物原封不动,也就不声不响地端着走了。她不像一般女子那样,看到病人会自然而然地说些好话。她似乎不觉得有克利斯朵夫这个人,或者根本不觉得有她自己。克利斯朵夫好不耐烦地看着她笨拙与强直的动作,感到一种敌意。可是他感激她的不开口。——过了一会儿,医生来了,因为发觉克利斯朵夫没有吃东西;他的大声嚷嚷使克利斯朵夫愈觉得阿娜的静默可感。医生看到他的太太没有劝克利斯朵夫吃饭大不高兴,亲自来强迫克利斯朵夫。克利斯朵夫为了求个清静,只得喝几口牛奶,喝完又转过身去不理不睬了。

第二夜情形比较安定。他困倦至极，再也没有痛苦的感觉，再也没有丑恶的生命的痕迹……——可是一醒过来，更窒息了。他把那天琐琐碎碎的情形都记起来，想到奥里维不愿意出门，再三说要回去，于是他不胜悲痛地对自己说：

"是我送了他的命。"

他不能再一动不动地待在房里，让那目光凶恶的斯芬克斯把它的问题和死尸的气息折磨，①便非常骚动地爬起来，走出卧室，下了楼梯，本能的，怯生生的，需要挨在别人身边。可是他一听见人声又马上想躲开了。

勃罗姆那时在饭厅里，很亲热地接待克利斯朵夫，立刻问到巴黎的事。克利斯朵夫抓着他的胳膊，说："别问我。过一晌再谈罢……请你原谅。我简直受不了。我累得要死，累得……"

"我知道，我知道，"勃罗姆态度很殷勤，"你神经受了震动，前几天的刺激太厉害了。别说话。别拘束。你爱怎么办就怎么办，好像在你自己家里一样。我们决不打搅你。"

他的确说到做到。为了避免惊动客人，他又趋于另外一个极端：在克利斯朵夫面前，他夫妇之间也不敢交谈了；说话都放低着声音，走路提着脚尖，屋子里变得没有一点声响。克利斯朵夫看到这窃窃私语的情形和强制的静默，非常难堪，只得要求勃罗姆照常办事，跟从前一样的过活。

这样以后，主人就一切都让克利斯朵夫自便。他几小时地坐在屋子的一角，或者像游魂似的踱来踱去，说不出想些什么，几乎连痛苦的气力都没有了。他像呆子一般，看到自己心如槁木，不由得厌恶至极。唯一的念头是跟"他"一起埋葬，万事全休。——有一次，他看到花园的门开着，不知不觉走了出去。但一到阳光底下，他就非常难受，赶紧退回来，仍旧去关在护窗紧闭的屋子里。天气晴好的日子使他受罪。他恨太阳。他受不了自然界的恬静。在饭桌上，他不声不响地只顾吃着勃罗姆搛给他的菜，眼睛盯着桌子。有一天，勃罗姆指给他看客厅里

---

① 希腊神话载：人面狮身的斯芬克斯向路人提出神秘的谜语，凡不能解答者皆被吞食。

有一架钢琴;克利斯朵夫竟骇然掉过头去。他对无论什么声音都厌恶,只求静默,只求黑暗!……心中只有空虚,也只需要空虚。生命的欢乐,像大鹏般振翼高歌,直冲云霄的欢乐是完了!一天又一天地待在房里,唯一的生命感觉,是隔壁屋子里时钟滴答的声音,仿佛在他脑子里摆动。可是欢乐的野鸟还在他胸中,常常突然之间飞起来,撞在栅栏上,使心灵深处有一阵可怕的骚动,——"一个人独自在渺无人烟的荒野中悲号……"

人生的苦难是不能得一知己。有些同伴,有些萍水相逢的熟人,那或许还可能。大家把朋友这个名称随便滥用了,其实一个人一生只能有一个朋友。而这还是很少的人所能有的福气。这种幸福太美满了,一朝得而复失的时候你简直活不下去。它无形中充实了你的生活。它消灭了,生活就变得空虚:不但丧失了所爱的人,并且丧失了一切爱的意义。为什么世界上有过这样的一个人(朋友)呢?为什么要有我呢?……

这一下死的打击对于克利斯朵夫格外可怕,因为那时克利斯朵夫生命的本体暗中已经动摇了。人生有些年龄,机构的内部会酝酿一种蜕变,肉体与心灵特别容易受外界的打击;精神疲惫,有种说不出的惆怅,对一切都觉得厌倦,对过去的成就毫不留恋,对前途也看不出一点儿端倪。在发作这些心病的年纪上,大多数人有家庭的责任把他们束缚着;这种责任固然使他们缺少批判自己、寻觅新路、重新缔造坚强的新生活所必需的自由精神,但同时也做了他们的保镖;固然,在那种情形之下你牢骚满腹,藏着不少的隐痛……还得永远地往前走……没法躲避的作业,对于家庭的照顾,逼着一个人像一匹站着打盹的马似的,在两根车辕中间拖着疲乏的身子继续向前。——可是一个无牵无挂的人,临到一片空虚的时间就毫无依傍,没有一点强迫他前进的东西,只是为了习惯而走着,不知道往哪儿去。力量被扰乱了,意识不清楚了。在他这样迷迷糊糊的时候,要是来了一声霹雳,把他的梦游病惊醒过来,他就吃苦了。他倒下去了……

几封从巴黎转过来的信,把克利斯朵夫的麻痹状态驱散了一些时候。那是赛西尔和亚诺太太写来的,无非是安慰的话。可怜的安慰!没用的安慰!嘴里谈着痛苦的人并不是身受的人……那些书信只使他听到那个已经消灭的声音的回声。他没有勇气答复,人家也不再写来了。在这个意志消沉的情形之下,他要抹掉自己的痕迹,教自己消灭。痛苦能够使一个人变得不公平:他过去喜欢的那些人对他都不存在了。只有死掉的那一个才永久存在。连着好几个星期,他努力要教亡友再生,他和他谈话,写信给他:

“我的灵魂,今天我没收到你的信。你在哪儿呀?回来罢,回来罢,跟我说话啊,写信给我啊!……”

虽然他夜里费尽心力,还是不能在梦中和他相见。这一点是很难办到的,只要你还在为了朋友的死亡而心痛的时候。直要以后你慢慢地把故人忘了,故人才会重新出现。

然而外界的生活已经逐渐渗入心灵的坟墓。克利斯朵夫开始听到屋内各种不同的声音,不知不觉地关心起来了。他知道几点钟开门,几点钟关门,白天一共开关几次,有几种方式,依着来客的性质而定。他能认出勃罗姆的脚声,在想象中看到医生出诊回来,在穿堂里挂他的帽子和外套,老是用那种细心而古怪的方式。要是听惯的声音到时没听见,他就不由自主地要探究原因。在饭桌上,他也无意识地听人家谈话了,发觉勃罗姆差不多老是一个人说话,太太只简短地回答几句。虽然缺少谈话的对手,勃罗姆可并不在乎,照旧高高兴兴地,讲着他才看过的病人和听来的闲话。有时,勃罗姆说着话,克利斯朵夫居然对他瞧着,勃罗姆发觉之下非常快活,更尽量打动他的兴致。

克利斯朵夫勉强想和自己的生活重新结合起来……可是没劲!他觉得自己多老,跟天地一样的老!……早上起来照着镜子,看到自己的身体,姿势,愚蠢的外形,觉得厌倦不堪。为什么要起床,要穿衣服?……他拼命逼自己工作:可是工作使他受不了。既然一切都得归于虚无,创造有什么用?他不能再搞音乐了。一个人唯有经过了患难才能对艺术——(好似对其他的事情一样)——有真切的认识。患难是试金石。唯有那个时候,你才能认出谁是经历百世而不朽的,比死更强的人。经得起这个考验的真是太少了。某些被我们看中的灵魂——

(所爱的艺术家,一生的朋友),——往往出乎我们意外的庸俗。谁能够不被洪涛淹没呢?一朝被患难接触到了,人世的美就显得非常空洞了。

可是患难也会疲倦的,它的手也麻痹了。克利斯朵夫神经松了下来,睡着了,他无穷无尽地尽睡,仿佛怎么也睡不足。

终于有一夜,他睡得那么熟,到第二天下午才醒。屋子里一个人都没有。勃罗姆夫妇出去了。窗子开着,明媚的天空笑着。克利斯朵夫觉得卸掉了一副重担。他起来走到花园里。一方狭窄的三角形的地,四周围着高墙,像修道院模样。在几块草地与极平常的花卉中间,有几条铺着细砂的小径;一根葡萄藤和一些蔷薇爬在一个花棚上。一个碎石砌成的洞内有一道细小的喷泉;一株靠墙的皂角树,香味浓烈的枝条挂在隔邻的花园高头。远处矗立着红岩砌成的教堂的钟楼。时间是傍晚四点。园中已经罩着阴影。树颠和红色的钟楼还浴着阳光。克利斯朵夫坐在花棚下面,背对着墙,仰着头,从葡萄藤和蔷薇的空隙中望着清朗的天。他似乎才从噩梦中醒来。周围是一片静寂。一根蔷薇藤懒洋洋地挂在头顶上。忽然最好看的一朵花谢了,落英缤纷,在空中散开来,好比一个无邪的美丽的生命就这样平平淡淡地消逝了……这一下克利斯朵夫可哀痛至极,透不过气来,把手捧着脸哭了……

钟声响了。从这一个教堂到另一个教堂,钟声相应……克利斯朵夫不知道过了多少时间。等到抬起头来,钟声已止,夕阳已下。克利斯朵夫被眼泪苏解了,精神被冲洗过了,听见心头像泉水似的涌出一阕音乐,眼望着一钩新月溜上天空。他被一阵脚声惊醒之下,立刻回到房里,关了门,闩上了,让他音乐的泉源尽量奔泻出来。勃罗姆上来招呼他吃饭,敲敲门,推了几下:克利斯朵夫只是不理。勃罗姆从锁孔里张望,看见克利斯朵夫大半个身子扑在桌上,四周堆满了纸,才放心了。

过了几小时,克利斯朵夫筋疲力尽,走到楼下,发觉医生在客厅里一边看书一边等着。他过去把他拥抱了,请他原谅他来到这儿以后的行动,并且不等勃罗姆开口,自动把最近几星期中惊心动魄的事告诉了他。他跟医生提到这些,只有这么一次,而勃罗姆是否完全听清还是问题:因为一则克利斯朵夫的话没有系统,二则夜色已深,勃罗姆虽然非常好奇,也瞌睡死了。最后——(时钟已经敲了两点)——克利斯朵夫发觉了,便跟主人道了晚安分手。

从此克利斯朵夫的生活慢慢恢复了常规。那种一时的兴奋当然不能维持,他常常觉得很悲哀,但那是普通的哀伤,不致妨碍他的生活了。得活下去,是的,非活下去不可!他失去了在世界上最爱的人,受着忧苦侵蚀,心中存着死念,可是有一股那么丰满那么专横的生命力,便是在哀伤的言语中也会爆发,在他的眼睛、嘴巴、动作中间放射光芒。不过生命力的核心已经有条蛀虫盘踞了。克利斯朵夫常常会哀痛欲绝。他明明心里很安静,或是在看书,或是在散步:突然之间出现了奥里维的笑容,那张温柔而疲倦的脸……那好比一刀扎入了心窝……他身子摇摇晃晃,一边哼唧一边把手抱着胸部。有一次,他在琴上弹着贝多芬的曲子,跟从前一样弹得慷慨激昂……忽然他停住了,扑在地下,把头埋在一张椅子的靠枕里,喊道:“啊!我的孩子!……”

最苦的是觉得一切都“早已经历过了”。他老是遇到一些同样的姿势、同样的言语、同样的经验。什么都是熟识的,预料到的。某一张脸使他想起从前看到的另外一张脸,会说出——(他敢预先断定),——而且真的说出,另外一个人说过的话;同样的人经历着同样的阶段,遇到同样的障碍,同样地消耗完了。有人说:“人生再没比爱情的重复更令人厌倦的了。”这句话要是不错,那末整个人生的重复不是更可厌吗?那简直会教人发疯。——克利斯朵夫竭力不去想它,既然要活下去就不能想,而他是要活下去的。这种自欺欺人的心理教人非常痛苦:为了内疚,为了潜在的、压制不了的、求生的本能,而不愿意认清自己的面目!明知世界上没有安慰可言,他就自己创造安慰。明知生活没有什么意义,他偏创造生活的意义。他教自己相信应当活下去,虽然活不活跟谁都不相干。必要的时候,他还会对自己说是死了的朋友鼓励他活的。同时他知道这是把自己的话硬放在死者嘴里。人就是这么可怜!……

克利斯朵夫重新上路,步子似乎跟以前一样的稳健了;他把心房关起来,不让痛苦闯进去。他不对别人提到他的痛苦,自己也避免和痛苦劈面相见:他好像很平静了。

巴尔扎克说过:“真正的苦恼在心灵深处刻了一道很深的沟槽,它似乎毫无动静,睡熟了,实际上却继续在腐蚀灵魂。”

凡是认识克利斯朵夫而能仔细观察他的人,看着他来来往往,弹奏音乐,有说有笑,——(他居然会笑了!)——一定会感到这个人虽然那么壮健,虽然眼里燃着生命之火,但精神上已经有些东西给摧毁了。

他和人生重新结合之后,就得找个生计。当然不是离开那个城市,瑞士是最安全的避难所;而且这样豪爽的主人,到哪儿去找呢?但他的傲气使他不愿意加重朋友的负担。虽然勃罗姆竭力推辞,一个钱都不肯收,他却直要找到了几处教琴的事,能付一笔固定的膳宿费给了屋主,才觉得安心。那可不容易。他轻举妄动参加革命的事到处都有人知道,一般布尔乔亚家庭当然不愿意跟这个危险的,至少是古怪的,所以是“不相宜的”人打交道。然而他靠着自己在音乐界上的名气和勃罗姆的斡旋,居然踏进了四五个胆子大一些的,或是更好奇的人家。他们也许想以惊世骇俗的方式表示风雅,但另一方面照旧很小心地监视着他,使学生对老师抱着敬而远之的态度。

勃罗姆家里的生活是非常有规律的。早上,各人干各人的事:医生出去看诊,克利斯朵夫出去教课,勃罗姆太太上菜市和教堂。克利斯朵夫到一点左右回来,大概总比勃罗姆早。勃罗姆不许人家等他吃中饭,所以克利斯朵夫跟年轻的主妇先吃。那在他绝对不是愉快的事,因为他对她毫无好感,也没有什么话可以和她谈。她当然觉察人家对她的印象,可是听其自然,既不想注意一下修饰,也不愿意多用思想。她从来不先向克利斯朵夫开口。动作跟服装毫无风韵,人又笨拙,又冷淡,使一切像克利斯朵夫那样对女性的妩媚很敏感的男人望而却步。他一边想到巴黎女子的高雅大方,一边望着阿娜,不由得想道:“啊,她多丑!”

可是这并不准确;不久他发现她的头发、手、嘴,还有那双一看到他就闪开去的眼睛,都长得很美。但他心里对她的批评并不因之改变。为了礼貌,他勉强跟她搭讪,很费力地找些谈话的题目,她那方面又一点儿不合作。有两三次,他问她一些事,关于她的城市的,她的丈夫的,她本身的:可什么都问不出来。她只回答几句极无聊的话,努力装着笑容,而那种努力又使人不愉快:她笑得很不自然,声音很闷,说话断断续续,每句后面总带着难堪的静默。临了克利斯朵夫只得尽量避免跟她谈话;那也是她求之不得的。医生一回家,两人都觉得松了一口气。勃罗姆老是很高兴,大声嚷嚷,忙这个忙那个,非常俗气,心却是挺好。他能吃能喝,说个不停,也笑个不停。跟他在一起,阿娜还略微说几句;但他们俩谈的无非是所吃的菜和每样东西的价钱。有时勃罗姆取笑她对宗教的热心和牧师的讲道,她沉着脸,一声不出,就在饭桌上生气了。医生多半讲着他看病的情形,津津有味地描写某些可怕的病象;那种刻画入微、淋漓尽致的叙述,使克利斯朵夫大为气恼,拿饭巾丢在桌上,不胜厌恶地站起来,把医生看得乐死了;他立刻打断了话,一边笑一边道歉。可是下一餐上他又来了。这些医院里的笑话,似乎能够使麻木不仁的阿娜听了快活的。她会突然之间笑起来,而且是种狞笑,有些兽性的意味。实际上她对她所笑的事也许和克利斯朵夫同样的厌恶。

下午,克利斯朵夫很少学生。医生跑在外面的时候,克利斯朵夫往往和阿娜留在家里,可并不见面。各人干着自己的工作。最初勃罗姆要克利斯朵夫教阿娜弹琴,说她还有相当的音乐天分。克利斯朵夫要阿娜弹些东西给他听。她虽然不大高兴,却也不推三阻四,照例态度冷冰冰的,弹得非常机械,毫无表情:一切音符都是相等的,没有一点儿抑扬顿挫,为了翻谱,她会若无其事地把弹了一半的乐句停下来,然后再从容不迫地接下去。克利斯朵夫气坏了,不等曲子弹完就走掉,免得说出粗野的话得罪她。她可并不慌,声色不动地直弹到最后一个音,对于他的失礼毫无伤心或生气的表示,甚至也没十分留意。但从此他们之间再也不提音乐了。有几天下午,克利斯朵夫照例是出去的,倘若突然之间回家,就会发现阿娜在那儿练琴,冷冷的,毫无兴致,可是态度很固执,把同一乐节弹上四五十遍也不厌倦,也不兴奋。知道克利斯朵夫在家的时候,她从来不弄音乐。她的时间除了虔修之外,都花在家务上:缝这个,缝那个,监督女佣,特别注意整齐清洁。丈夫认为她是一个贤德的女人,有点儿古怪,据他说是“像所有的女人一样”;但也“像所有的女人一样”很忠诚。关于最后这一点,克利斯朵夫心里不表同意,觉得勃罗姆的心理学太简单了;但反正是勃罗姆的事,想它干吗!

吃过晚饭,大家待在一起。勃罗姆和克利斯朵夫谈着话,阿娜做着活儿。由于勃罗姆的请求,克利斯朵夫又常常弹琴了,在临着园子的黑洞洞的大客厅内直弹到深夜,使勃罗姆在一旁听得出神……世界上不少人就是醉心于他们不懂的或完全误解的东西的,——他们也正因为误解而爱那些东西。克利斯朵夫不再生气;他一生已经遇到多少混蛋!但听到某些可笑的惊叹词,也立刻停下,回到房里去了。勃罗姆终于猜到了原因,便竭力把声音压低。并且他音乐的胃口很快就会餍足,留神细听的时间不能连续到一刻钟以上:不是看报,便是打盹,不再打搅克利斯朵夫了。阿娜坐在屋子的尽里头,一声不出,膝上放着活计,似乎在那里工作;但她直瞪着眼,手指不动。有时她在曲子的半中间无声无息地出去了,不再露面。

日子这样一天天地过去。克利斯朵夫又有了精力。勃罗姆的过分的,但是真诚的好意,屋子里的清静,日常生活的有规律,特别丰富的日耳曼式的饮食,把他结实的身体给恢复了。肉体已经和以前一样的健康,但精神上还是病着。新长出来的气力只有加强骚乱的心绪,因为它始终不曾恢复平衡,有如一条装载不平均的船,受到一点极小的震动就会跳起来。

他完全孤独,跟勃罗姆谈不到精神上的相契,与阿娜的交际仅仅限于早晚的招呼,和学生又毫无好感可言:因为他公然表示,以他们的才具,最好还是放弃音乐。城里他一个人都不认得。而这也不完全是他的过失。固然他自从奥里维死后老是很孤独地待在一边,但周围的人也根本不让他接近。

他住的那个古城颇有些聪明强毅之士,但都是骄傲的特权阶级,自得自满,与外界不相往来的。他们是一般布尔乔亚的贵族,爱好工作,教育程度很高,可是胸襟狭窄,奉教非常热心,认为自己是最优秀的种族,自己的城市是最优秀的城市,沾沾自喜地厮守着他们分支繁衍的古老的家族。每一家规定好一个招待亲属的日子,余下的时间便门禁森严。这些实力雄厚的世家从来不想炫耀财富,彼此都是知道底细的:这就够了;别人的意见根本无足重轻。有些百万富翁穿得像小布尔乔亚一样,声音嘶嗄,讲着别有风趣的土话,天天一本正经地上公事房,即使到了连一般勤谨的人也要退休的年纪还是照常办事。太太们自命为精通治家之道。女儿是没有陪嫁的。有钱的父母要子女像自己一样辛辛苦苦地去挣他们的家业。日常生活过得非常节俭:那些巨大的财产有极高尚的用途,例如收藏艺术品,办美术馆,襄助社会事业。慈善机构和博物院常常收到数目很大的、隐名的捐款。这种又伟大又可笑的现象都是属于另一时代的。大家只知道有自己,似乎不知道外边还有别的世界。其实为了商业关系,为了交游广阔,为了教儿子们到远方去游学,他们对外边的世界很熟悉。可是无论什么出名的东西,无论哪个国外的名流,在他们心目中一定要经过他们认可之后才算成立。他们对自己的社会也管束极严,互相支持,互相监督。这样就产生了一种集体意识,凭着一致的宗教观念与道德观念,把个人的许多不同点——在那些性格刚强的人身上特别显著的不同点——给遮掉了。每个人都奉行仪式,都有信仰。没有一个人敢有一点儿怀疑,即使怀疑也不愿意承认。你休想掏摸他们的心事:因为知道受着严密的监视,谁都有权利窥探别人的心,所以他们格外深藏。据说连那些离开乡土而自以为独立不羁的人,一朝回到本乡,照旧会屈服于传统、习惯,和本城的风气:最不信仰的人也不得不奉行仪式,不得不信仰。在他们眼里,没有信仰是违反天性的,没有信仰的人是低级的,行为不端的人。只要是他们之中的一分子,就决不能回避宗教义务。不参加教礼等于永远脱离自己的阶级。①

这种纪律的压力似乎还嫌不够。那些人在本身的阶级里头还觉得彼此的联系不够密切,所以在大组织中间又造成无数的小组织,把自己完全束缚起来。小组织大概有好几百个,而且每年都在增加。一切社会活动都有团体:有为慈善事业的,为虔修的,为商业的,为虔修而兼商业的,为艺术的,为科学的,为歌唱的,为音乐的;有灵修会,有健身会,

---

① 此处所称宗教均指基督新教。瑞士最普遍的宗教是新教。

有单为集会而组织的，有为了共同娱乐的，有街坊联合会，有同业联合会，有同等身份的人的会，有同等财富的人的会，有同等体重的人的会，有同名的人的会。据说有人还想组织一个不隶属任何团体的人的团体，结果这种人不满一打。

在这城市、阶级、团体三重束缚之下，一个人的心灵是给捆住了。无形的压力把各种性格都约束了。其中多半是从小习惯的，——从几百年来就习惯的；他们认为这种压迫很卫生；倘若有人想摆脱，就是不合体统或不健全。看到他们心满意足的笑容，谁也想不到他们心里有什么不舒服。但人的天性也要报复一下的。每隔相当时候，必有几个反抗的人，或是倔强的艺术家，或是激烈的思想家，不顾一切地斩断锁链，使当地的卫道之士头痛。但卫道之士非常聪明，倘若叛徒没有在半路上被压倒，倘若比他们更强，那末他们不一定要把他打倒，——（打架总难免闹得满城风雨）——而设法把他收买。对方要是一个画家，他们就把他送入美术馆；要是思想家就送入图书馆。叛徒大声疾呼地说些不入耳的话，他们只做不听见。他尽管自命为独往独来，结果仍旧被同化了。毒性被中和了。这便叫做以毒攻毒的治疗。——但这些情形很少有，叛徒总是在半路上被扼杀的居多。那些安静的屋子里藏着不知多少无人知道的悲剧。里头的主人往往会从从容容地、一声不响地跑去跳在河里；再不然在家中幽居半年，或者把妻子送进疗养院。大家把这些事满不在乎地谈着，态度的冷静可以说是本地人最了不起的特点之一，即使面对着痛苦与死亡也不会受影响。

这些严肃的布尔乔亚，因为看重自己人，所以对自己人很严；因为瞧不起别人，所以对别人比较宽。对于像克利斯朵夫一般的外侨，例如德国的教授、亡命的政客，他们都相当宽大，觉得跟自己无关痛痒。并且他们爱好智慧，决不为了前进的思想而惊慌，知道自己的儿孙是不受影响的。他们用着冷淡的、客气的态度对待外侨，不让他们亲近。

克利斯朵夫无须人家多所表示。那时他正特别敏感，到处看到自私自利与淡漠无情，只想深自韬晦。

勃罗姆的病家在社会上是个范围很小的小圈子，属于新教中教规极严的一派，勃罗姆太太也是其中一分子。克利斯朵夫名义上是旧教徒出身,事实上又已经不信仰了,所以更受到歧视。而他那方面也觉得有许多事看不上眼。他虽则不信仰,可是脱不了先天的旧教精神:理智的成分少,诗的意味多,对于人性取着宽容的态度,不求说明或了解,只知道爱或是不爱;同时他在思想方面和道德方面保持着绝对的自由,那是他无形中在巴黎养成的习惯。因此他和极端派的新教团体冲突是必然的事。加尔文主义的缺陷在这个宗派里格外显著,那是宗教上的唯理主义,把信仰的翅膀斩断了,让它挂在深渊上面:因为这唯理主义的大前提和所有的神秘主义同样有问题,它既不是诗,也不是散文,而是把诗变了散文。它是一种精神上的骄傲,对于理智——他们的理智——抱着一种绝对的、危险的信仰。他们可以不信上帝,不信灵魂不灭,但不能不信理智,好似旧教徒不能不信仰教皇,拜物教徒不能不崇拜偶像。他们从来没想到讨论这个"理智"。要是人生和理性有了矛盾,他们宁可否定人生。他们不懂得心理,不懂得天性,不懂得潜伏的力,不懂生命的根源,不懂"尘世的精神"。他们造出许多幼稚的、简化的、雏形的人生与人物。他们中间颇有些博学而实际的人,读书甚多,阅历不少,但看不见事物的真相,只归纳出一些抽象的东西。他们贫血得厉害;德行极高,但没有人情味:而这是最要不得的罪恶。他们心地的纯洁往往是真实的,并且高尚,天真,有时不免滑稽,不幸那种纯洁在某些情形之下竟有悲剧意味,使他们对别人冷酷无情,——不是由于愤怒,而是一种深信不疑的态度。他们怎么会迟疑呢?真理,权利,道德,不是都在他们手里吗?神圣的理智不是给了他们直接的启示吗?理智是一颗冷酷的太阳,它放射光明,可是教人眼花,看不见东西。在这种没有水分与阴影的光明底下,心灵会褪色,血会干枯的。

而克利斯朵夫当时觉得最无意义的便是理智。这颗太阳只能替他照出深渊的内壁而不能指示一条出路,甚至也不能使他看出深渊的深度。

至于艺术界,克利斯朵夫很少有机会,也没有心思去和它发生关系。当地的音乐家多半是保守派的好好先生,属于新舒曼派或勃拉姆斯派的,克利斯朵夫跟这些乐派是斗争过的。只有两人是例外:——一个是管风琴师克拉勃,开着一家出名的糖果店;他是个诚实君子,出色的音乐家，照某个瑞士作家的说法，要不是“骑在一匹被他喂得太饱的飞马上”，他还能成为更好的音乐家；——另外一个是年轻的犹太作曲家，很有特色，很有气魄，情绪很骚动；他也开着铺子，卖瑞士土产：木刻的玩意儿，伯尔尼的木屋和熊等等。这两个人因为不把音乐做职业，胸襟都比较宽大，很乐意亲近克利斯朵夫；而在别的时期，克利斯朵夫也会有那种好奇心去认识他们的，但那时他对艺术，对人，都毫无兴趣，只感到自己和旁人不同的地方而忘了相同的地方。

他唯一的朋友，听到他吐露思想的知己，只有在城里穿过的那条河，就是在北方灌溉他故乡的莱茵。在它旁边，克利斯朵夫又想起了童年的梦境。但在心如死灰的情形之下，那些梦境也像莱茵一样染着阴惨惨的色调。黄昏日落的时候，他在河边凭栏眺望，看着汹涌的河流，混沌一片，那么沉重，黯淡，急匆匆地老是向前流着，一眼望去只有动荡不已的大幅的轻绡，成千成万的条条流水，忽隐忽现的漩涡：正如狂乱的头脑里涌起许多杂乱的形象，永远在那里出现而又永远化为一片。在这种黄昏梦境中，像灵柩一样漂流着一些幽灵似的渡船，没有一个人影。暮色渐浓，河水变成大块的青铜，照着岸上的灯火乌黑如墨，闪出阴沉的光，反射着煤气灯黄黄的光，电灯月白色的光，人家窗里血红的烛光。黑影里只听见河水的喁语。永远是微弱而单调的水声，比大海更凄凉……

克利斯朵夫几小时地听着这个死亡与烦恼的歌曲，好容易才振作起来，爬上那些中间剥落的红色的石级，穿着小巷回家，他身心交瘁，握着砌在墙头里的、被高头教堂前面空漠的广场上的街灯照着发光的栏杆……

他再也弄不明白了：人为什么要活着？回想起亲眼看见的斗争，他不由得丧然若失，佩服那批对信念锲而不舍的人。各种相反的思想，各种不同的潮流，循环不已：——贵族政治之后是民主政治；个人主义之后是社会主义；古典主义之后是浪漫主义；尊重传统之后又追求进步：——交相起伏，至于无穷。每一代的新人，不到十年就会消磨掉的新人，都深信不疑地以为只有自己爬到了最高峰，用石子把前人摔下来；他们忙忙碌碌，叫叫嚷嚷，抓权，抓光荣，然后再被新来的人用石子赶走,归于消灭……

克利斯朵夫不能再靠作曲来逃避;那已经变成间歇的、杂乱无章的、没有目标的工作。写作?为谁写作?为人类吗?他那时正厌恶人类。为他自己吗?他觉得艺术一无用处,填补不了死亡所造成的空虚。只有他盲目的力偶尔鼓动他振翼高飞,随后又力尽筋疲地掉下来。黑暗中只有一阵隐隐的雷声。奥里维消灭了,不留一点儿痕迹。凡是充实过他生命的,凡是他自以为和其余的人类共有的感情跟思想,他都恼恨。他觉得过去的种种完全是骗自己:人与人的生活整个儿是误会,而误会的来源是语言……你以为你的思想能够跟别人的沟通吗?其实所谓关系只有语言之间的关系。你自己说话,同时听人家说话;但没有一个字在两张不同的嘴里会有同样的意义。更可悲的是没有一个字的意义在人生中是完全的。语言超出了我们所经历的现实。你嘴里说爱与憎……其实压根儿就没有爱,没有憎,没有朋友,没有敌人,没有信仰,没有热情,没有善,没有恶。所有的只是这些光明的冰冷的反光,因为这些光明是从熄灭了几百年的太阳中来的。朋友吗?许多人都自居这个名义,事实上却是可怜透了!他们的友谊是什么东西?在一般人的心目中,友谊是什么东西?一个自命为人家的朋友的人,一生中有过几分钟淡淡地想念他的朋友的?他为朋友牺牲了什么?且不说他的必需品,单是他多余的东西,多余的时间,自己的苦闷,为朋友牺牲了没有?我为奥里维又牺牲过什么?——(因为克利斯朵夫并不把自己除外;在他把全人类都包括进去的虚无中,他只撇开奥里维一个人。)——艺术并不比爱情更真实。它在人生中究竟占着什么地位?那些自命为醉心于艺术的人是怎么样爱艺术的?……人的感情是意想不到的贫弱。除了种族的本能,除了这个成为世界轴心的、宇宙万物所共有的力量以外,只有一大堆感情的灰烬。大多数人没有蓬蓬勃勃的生气使他们整个地卷进热情。他们要经济,谨慎到近乎吝啬的程度。他们什么都是的,可是什么都具体而微,从来不能成为一个完整的东西。凡是在受苦的时候、爱的时候、恨的时候、做无论什么事的时候,肯不顾一切地把自己完全放进去的,便是奇人了,是你在世界上所能遇到的最伟大的人了。热情跟天才同样是个奇迹,差不多可以说不存在的!……

克利斯朵夫这样想着，人生却在准备给他一个可怕的否定的答复。奇迹是到处有的，好比石头中的火，只要碰一下就会跳出来。我们万万想不到自己胸中有妖魔睡着。

“……别惊醒我，啊！讲得轻些罢！……”①

一天晚上，克利斯朵夫在钢琴上即兴，阿娜站起身来出去了，这是她在克利斯朵夫弹琴的时候常有的事。仿佛她讨厌音乐。克利斯朵夫早已不注意这些，也不在乎她心里怎么想。他继续往下弹；后来忽然想起要把所弹的东西记下来，便跑到房里去拿纸。他打开隔室的门，低着头往暗里直冲，不料在门口突然跟一个僵直不动的身体撞了一下。原来是阿娜……这么出其不意的一撞吓得她叫起来。克利斯朵夫生怕她撞痛了，便亲切地抓着她的两只手。手是冰冷的，人好像在发抖，——大概是受了惊吓吧？

“我在饭厅里找……”她结结巴巴地解释。

他没听见她说找什么，也许她根本没说出来。他只觉得她在黑暗里找东西很奇怪。但他对于阿娜古怪的行动已经习惯了，也不以为意。

过了一小时，他又回到小客厅和勃罗姆夫妇坐在一起，在灯下伏在桌上写音乐。阿娜靠着右边，在桌子的另外一头缝东西。在他们后面，勃罗姆坐在壁炉旁边一张矮椅子上看杂志。三个人都不说话。淅沥的雨点断断续续打在园中的砂上。克利斯朵夫原来把大半个身子歪在一边，那时为了要完全孤独，更掉过身去，背对着阿娜。他前面壁上挂着一面镜子，反映着桌子、灯，和埋头工作的两张脸。克利斯朵夫似乎觉得阿娜在望他，先是并不在意，后来脑子里老转着这个念头，便抬起眼睛瞧了瞧镜子……果然阿娜望着他，而且那副目光使他呆住了，不由得屏着气把她仔细打量。她不知道他在镜子里看她。灯光映着她苍白的脸，那种惯有的严肃与静默显得她心里郁积着一股暴戾之气。她的眼睛——他从来没机会看清楚的陌生的眼睛——盯在他身上：暗蓝的巨大的瞳子，严峻而火辣辣的目光，悄悄地抱着一股顽强的热情在那里搜

① 此系弥盖朗琪罗为其雕像《夜》所作的诗句。

索他的内心。难道这是她的眼睛吗？他看到了，可不相信。他是不是真的看到呢？他突然转过身来……她眼睛低下去了。他跟她搭讪，想强迫她正面望他。可是她声色不动地回了话，始终低着头做活，没有抬起眼睛，你只能看到围着黑圈的眼皮，和又短又紧密的睫毛。要不是克利斯朵夫头脑清楚，很有把握的话，他又要以为那是个幻象了。但他的确知道他是看到的……

然后他又集中精神工作，既然对阿娜不感兴趣，也就不去多推敲这个奇怪的印象。

过了一星期，他在琴上试一支新作的歌。勃罗姆一半由于摆丈夫的架子，一半由于打趣，素来喜欢要太太弹琴或唱歌，这一晚的要求特别来得恳切。往常阿娜只说一句斩钉截铁的话；以后不论人家如何要求，恳请，揶揄，再也不屑回答，咬着嘴唇，只做不听见。但那天晚上，出乎勃罗姆和克利斯朵夫意料之外，她居然收起活儿，站起身来向钢琴走过去了。这是一支她连看都没看过的歌，她竟自唱了，而唱的结果简直是奇迹。声音沉着，完全不像她说话时那种嘶嗄的，蒙着一层什么的口音。一开始她就把音唱准了，既不慌张，也不费力，音乐给表现得极有气魄，而且很纯粹，很动人；她自己也达到热情奔放的境界，使克利斯朵夫大为激动，觉得她唱出了他的心声。她唱着，他望着她呆住了；这一下他才第一次把她看清楚。阴沉的眼睛里有股野性，表示热情的大嘴巴，边缘很好看的嘴唇，肉感的笑容并不秀媚，有点儿杀气，露出一副雪白的很好的牙齿；一只美丽结实的手放在琴谱架上；壮健的体格被狭窄的衣服紧束着，被过于简单的生活磨瘦了，但一望而知是年轻的，精力充沛，线条非常和谐。

她唱完了，回去坐着，一双手放在膝盖上。勃罗姆恭维了她几句，但觉得她唱得不够柔媚。克利斯朵夫一声不出，只顾打量她。她惘然微笑，知道他瞧着她。当晚他们之间没说什么话。她明白自己刚才达到了从来未有的境界，或者是第一次成为她“自己”，可不懂是怎么回事。

从那一天起，克利斯朵夫对阿娜留神观察了。她又恢复了不声不响、冷淡麻木的态度，只管没头没脑地做活，教丈夫都看了气恼；其实她是借工作来压制骚乱的天性，不让那些暧昧的思想抬头。克利斯朵夫看来看去，只看到她和早先一样是个动作发僵的布尔乔亚。有时她一事不做地瞪着眼睛出神。你刚才发觉她这样，过了一刻钟还是这样，一动也没动过。丈夫问她想些什么，她便惊醒过来，微微一笑，回答说不想什么。而这也是事实。

她无论碰到什么事都镇静自若。有一天她梳妆的时候，酒精灯爆裂了。一刹那间，阿娜四周布满了火焰。女仆一边呼救一边逃。勃罗姆着了慌，手忙脚乱，叫叫嚷嚷，吓坏了。阿娜撕掉了梳妆衣上的搭扣，把着火的内衣从腰部扯去，踩在脚下。等到克利斯朵夫慌乱中抢着一个水瓶奔来，阿娜只剩着件内衣，露着胳膊，立在一张椅子上，不慌不忙地在那里扑灭窗帘上的火焰。她身上灼伤了，却一句不提，只觉得被人看到这副服装很气恼。她红着脸，笨拙地用手遮着肩头，因为有失尊严而气哼哼地走到隔壁屋里去了。克利斯朵夫很佩服她的镇静，可说不出这种镇静是表示她勇敢呢还是表示她麻木。他以为大概是后者的成分居多。实际上，她对什么都不关心，对别人，对自己，都是一样。克利斯朵夫甚至怀疑她没有心肝。

等到他又看见了一桩事，更毫无疑问地把她断定了。阿娜有一条小黑狗，眼睛挺聪明挺温和，全家都很疼它。克利斯朵夫关起房门工作的时候，常常把它抱在屋子里，丢下工作，逗它玩儿。他要出门，它就在门口等着，紧盯着他：它需要有个散步的同伴。它在前面拼命飞奔，不时停下来，对自己的矫捷表示得意，眼睛望着他，挺着胸部，神气俨然。它会对着一块木头狂叫，但远远地看到了别的狗就溜回来，躲在克利斯朵夫两腿之间直打哆嗦。克利斯朵夫笑它，疼它。他与世不相往来之后，和动物更接近了，觉得它们很可怜。这些畜牲只要得到你一些好意，就对你那么信赖！它们的性命完全操在人手里，所以要是你虐待这些向你输诚的弱者，简直是滥用威权，犯了一桩可怕的罪恶。

那条可爱的小黑狗虽然对大家都很亲近，还是最喜欢阿娜。她并不特别宠它，只是很乐意把它抚摩一下，让它蹲在膝上，也照顾它的食料，似乎尽她可能地喜欢它。有一天，小黑狗差不多当着主人们的面，被街上的汽车撞倒了。它还活着，叫得非常悲惨。勃罗姆光着头跑出去，搂着那个血肉模糊的东西回来，想至少减轻它一些痛苦。阿娜过来瞅了一眼，也不弯下身子细看，便不胜厌恶地走开了。勃罗姆含着泪，眼看这小东西受着临终的痛苦。克利斯朵夫在园子里捏着拳头，大踏步走着，听见阿娜若无其事地吩咐仆人工作，便问她："难道你心里不觉得难过吗？"

"那有什么办法？"她回答，"最好还是不去想它。"

他听了先是恨阿娜，后来想起那句滑稽的回答，不禁笑起来，私忖阿娜倒大可以把怎么能不想到悲哀的事的秘诀教给他。对于那些幸而没有心肝的人，生活不是很容易对付吗？他想要是勃罗姆死了，阿娜也不见得会怎么难过，于是他觉得自己幸而没结婚。与其终生跟一个恨你的，或者（更要不得的）把你看做有等于无的人在一起，还是孤独比较少痛苦些。的确，这女人对谁都不爱。那个规矩极严的教派使她的心干枯了。

十月将尽的时候，她有件事使克利斯朵夫大为奇怪。——大家在吃饭，克利斯朵夫和勃罗姆谈着一件轰动全城的情杀案。乡下有两个意大利姊妹爱着一个男人。两人因为都不愿意牺牲，便用抽签的方法决定哪一个退让，而所谓退让是自动地投入莱茵河。等到抽过了签，倒霉的一个却不大愿意接受这决定。另外一个对于这种不顾信义的行为大为愤慨。两人先是咒骂，继而动武，终而至于拔刀相向；随后，突然之间变了风向，姊妹俩哭着拥抱起来，发誓说她们是相依为命的；可是她们又不能退一步分享一个情人，便决定把情人杀死。事情就这样发生了。一天夜里，两个姑娘把那个自以为艳福不浅的男人叫到她们房中；一个把他热烈地抱着，另外一个拿刀刺入他的背脊。人家听到叫喊，赶来把他从两个情人怀中抢下来，已经受了重伤；同时她们也被捕了。她们抗辩说，这件事谁也管不了，唯有她们俩是当事人，只要她们同意把属于她们的人处死，没有一个人有权利干涉。那受伤的男人差不多也同意这种说法；可是法律不了解，勃罗姆也不了解。

"她们是疯子，"他说，"应当送进疯人院去锁起来！……我懂得一个人为了爱情而自杀，也懂得一个人受了情人欺骗而杀死情人……我并不原谅他,但我承认有这种事;那是间歇遗传的兽性,是野蛮的,可是讲得通的:一个人因为受了另外一个人的痛苦,所以杀那个人。但杀死一个你所爱的人,没有怨,没有恨,单单为了别人也爱他的缘故,那不是疯狂是什么? ……你能了解这个吗,克利斯朵夫?”

“哼!”克利斯朵夫说,“我怎么会了解! 爱就是丧失理性。”

阿娜默不作声,好似并没有听,那时却抬起头来,声音很安静地说:“绝对不是丧失理性,倒是挺自然的。一个人爱的时候就想毁灭他所爱的人,使谁也没法侵占。”

勃罗姆瞅着他的太太,敲敲桌子,抱着手臂叫起来:“你这话从哪儿听来的? ……怎么! 要你来表示意见吗? 你懂什么?”

阿娜略微红了红脸,不作声了。勃罗姆接着又说:“一个人有所爱的时候就要毁灭? ……这种胡说八道不是骇人听闻吗? 毁灭你所爱的人,便是毁灭你自己……相反,一个人爱的时候,照理是以德报德,你疼他,保护他,对他慈爱,对一切都慈爱! 爱是现世的天堂。”

阿娜眼睛望着暗处,听他说着,摇摇头,冷冷地回答:“一个人爱的时候并不慈悲。”

克利斯朵夫不想再听阿娜唱歌了。他怕……他说不上来是怕失望还是怕别的什么。阿娜也一样地害怕。他一开始弹琴,她就避免待在客厅里。

可是十一月里有一天晚上,他正在火炉旁边看书,发现阿娜坐着,膝上放着活计,又出神了。她惘然瞧着空间,克利斯朵夫觉得她眼睛里又像那一晚一样有股特殊的热情。他把书阖上了。她也觉得克利斯朵夫在注意她,便重新缝着东西,但尽管低着眼皮,还是把什么都看得清清楚楚。他站起来说了声:“你来罢。”

她眼神还没完全安定,瞪了他一下,懂得了,起来跟着他走了。

“你们上哪儿去?”勃罗姆问。

“去弹琴。”克利斯朵夫回答。

他弹着。她唱着。立刻他发现了她第一次那样的感情。她一下子就达到了雄壮的境界,仿佛那是她固有的天地。他继续试验,弹了第二个曲子,接着又弹了更激昂的第三个曲子,把她胸中无穷的热情都解放出来,使她越来越兴奋;他自己也跟着兴奋,到了最高潮的时候,他突然停下,盯着她的眼睛,问:“你究竟是谁啊?”

“我不知道。”阿娜回答。

他很不客气地又说:“你心里有些什么,能够使你唱得这样的?”

“我只有你给我唱的东西。”

“真的吗? 那末我的东西并没放错地方。我竟有点疑心这是我创造的还是你创造的。难道你,你对事情真是这样想的吗?”

“我不知道。我以为我唱的时候已经不是我自己了。”

“可是我以为这倒是真正的你。”

他们不说话了。她脸上微微冒着汗,胸部起伏不已,眼睛盯着火光,心不在焉地用手指剥着烛台上的溶蜡。他一边瞅着她,一边随便捺着键子。他们彼此用生硬的口气说了几句局促的话,随后又交换了一些俗套,然后大家缄默,不敢再往深处试探……

第二天,他们很少说话,心里都有些害怕,不敢正面相看。但晚上一块儿弹琴唱歌已经成了习惯。不久连下午也弄音乐了,而且每天都把时间加长。一听到最初几个和弦,她就被那股不可思议的热情抓住了,把她从头到脚地烧着。只要音乐没有完,这个教规严厉的新教徒就是一个泼辣的维纳斯女神①,表现出心中所有狂乱的成分。

勃罗姆看到阿娜为唱歌入迷有些奇怪,但对女人的使性也不想推究原因。他参与这些小小的音乐会,摇头摆脑地打着拍子,不时发表些意见,觉得非常快活,心里却更喜欢比较温柔的音乐,认为消耗这么多精力未免过分。克利斯朵夫感觉到有点儿危险,但他头脑迷迷糊糊,经过最近一场痛苦之后,精神衰弱,没法抗拒了。他不知道自己心里有些什么,也不愿意知道阿娜心里有些什么。有天下午,一支歌唱到一半,正在热情骚动的段落上,她忽然停下来,一声不出地离开了客厅。克利斯朵夫等着她,她始终不回来。过了半小时,他在甬道中走过阿娜的卧房,从半开的门里看见她在屋子的尽里头,脸上冷冰冰地做着祈祷。

① 古代拉丁民族以维纳斯女神为爱神。

然而他们之间也有了一点儿,很少的一点儿信任。他要她讲从前的历史,她只泛泛地回答几句;费了好大的力量,他才零零碎碎地套出一部分细节。因为勃罗姆很老实,说话挺随便,克利斯朵夫居然知道了她一生的秘密。

她是本地人,姓桑弗,名叫阿娜-玛丽亚,父亲叫做玛丁·桑弗。那是一个世代经商的旧家,几百年的百万富翁,阶级的骄傲与奉教的严格在他家里是根深蒂固的。玛丁抱着冒险精神,像许多同乡一样在远方住过好几年,到过近东、南美洲、亚洲中部,为了自己铺子里的买卖,也为了趣味和爱好科学。周游世界之后,他非但没捞到一个钱,反而把自己的躯壳和所有古老的成见都丢掉了。回到本乡,他凭着火暴的性子和固执的脾气,不顾家族沉痛的反对,竟娶了一个庄稼人的女儿,——声名不大好,先做了他的情妇然后嫁给他的。他除了结婚,无法保持这个他割舍不掉的美丽的姑娘。家族方面既然反对而不生效力,便一致把他摒诸门外。城里所有的体面人物,遇到有关礼教的事照例是一致行动的,当然对这两个不知轻重的男女表示了态度。冒险家吃了这个大亏,才懂得要反抗社会的偏见,在基督徒的国家不比在喇嘛的国家更少危险。他性格不够强,不能对社会的舆论无动于衷。在经济方面,他不但把自己的一份家产荡尽,同时还找不到一个差事,到处对他闭门不纳。铁面无情的社会给他的羞辱,使他抱着一腔怒气,把精力消磨完了。他的健康受着纵欲无度与性情暴躁的影响,没法再支持下去。结婚以后五个月,他中风死了。他的太太心很好,可是软弱,没有头脑,嫁了过来没有一天不哭,丈夫故世以后四个月,生下了小阿娜,就在产褥中咽了气。

玛丁的母亲还活着。她什么都不肯原谅,便是当事人死了以后也不原谅,既不原谅儿子,也不原谅那个她不愿意承认的媳妇。可是媳妇故世以后,——天怒人怨的罪恶总算消除了一部分,——她把孩子带回去抚养。玛丁的老太太是个热心宗教而非常狭窄的女人,有钱而吝啬,在古城里一条黑洞洞的街上开着一家绸缎字号。她把儿子的女儿不当做孙女,只当做为了发善心而收留的孤儿,所以孩子是应当像奴仆一样报答她的。话虽如此,她给她受的教育倒很不差,但始终取着严厉与猜疑的态度,似乎认为孩子是她父母的罪恶的产物,所以拼命想在孩子身上继续追究那个罪恶。她不让她有一点儿消遣;凡是儿童在举动、言语,甚至思想方面所流露的天性,都被当做罪恶一般地铲除,年轻人的快乐给剥夺完了。阿娜从小就在礼拜堂里闷得发慌而不敢表示出来;地狱里的种种恐怖老是把她包围着。老礼拜堂的门口,摆着些丑恶的雕像,两腿被火烧着,还有蛤蟆与蛇在上面爬:儿童的躲躲闪闪的眼睛每星期日看到这些形象害怕死了。她经常压制着本能,对自己扯谎。到了能帮助祖母的年龄,她便从早到晚在黑洞洞的绸铺里做事。看着周围的榜样,她也学会了那套作风:做事有秩序,处处讲究节省和不必要的刻苦,淡漠无情,还有抑郁不欢而瞧不起一切的人生观,——那是宗教信仰在一般强作虔诚的教徒身上自然而然发生的后果。她对宗教的热心,连那位老祖母也觉得过分了;她一味地禁食,苦修,有一个时期竟把一条有针刺的腰带束在身上,只要有所动作,针就扎着她的皮肉。大家莫名其妙地看着她脸色惨白。后来她晕过去了,人家请了医生来。她可不让医生听诊,——(她宁死也不愿意在一个男人面前脱掉衣服)——只是说了实话。医生把她大大地埋怨了一顿,她才答应不再来了。而祖母为了保险,也从此检查她的衣着。阿娜并没在这些苦行中得到什么神秘的快感;她没有想象力,凡是圣·法朗梭阿或圣女丹兰士所有的诗意,对她都谈不到。她的苦修是悲观的,唯物的,折磨自己并非为了求他世界的幸福,而是由于苦闷的煎熬,求一种自虐狂的快感。出人意料的是,这颗像祖母一样冷酷的心居然能领会音乐,至于领会到什么程度,连她自己也不知道。她对别的艺术都木然无动于衷,也许从来没对一幅画瞧过一眼,简直没有造型美的感觉,因为她骄傲,冷淡,所以一点不感兴趣。一个美丽的肉体,在她心中只能引起裸体的观念,就是说像托尔斯泰所讲的乡下人那样,只能有种厌恶的情绪;而这种厌恶在阿娜心中尤其强烈,因为她跟一般她喜欢的人在一起的时候,暗中只有欲念的冲动,而很少心平气和的审美的批判。她从来不想到自己长得好看,正如从来不想到被压制的本能有多少力量;其实是她不愿意知道,而且因为对自己扯谎成了习惯,结果也认识不清了。

勃罗姆和她是在人家的婚筵上遇到的。那次她去吃喜酒是例外；大家一向认为她出身下贱而不敢请她。她那时二十二岁。勃罗姆对她留了心；可并非因为她有什么惹人注意的举动。她在席上坐在他旁边，姿态强直，衣服穿得很难看，简直不开口。但勃罗姆一刻不停地和她谈着，——就是说他自个儿说着话，——回去不禁大为动情。他凭着肤浅的观察，觉得那邻座的姑娘幽娴贞静，通情达理；同时他也赏识那个健康的身体和一望而知善操家政的长处。他去拜访了祖母，第二次又去，就提了婚，祖母同意了。陪嫁是一个钱都没有的：桑弗老太太把家产捐给公家发展商业去了。

这年轻的女人对丈夫从来不曾有过爱情，认为那是良家妇女应当看做罪恶一样回避的。但她知道勃罗姆的好心是了不起的，也感激他不顾她的出身暧昧而跟她结婚。她对于妇道看得很重，结婚七年，夫妇之间不曾有过风波。他们守在一块儿，既不了解，也不因此而有什么不安。在大众眼里，他们正是一对模范夫妻。两人难得出门。勃罗姆的病家相当多，但没法使妻子踏进那个社会。她不讨人喜欢，出身的污点还不能完全抹掉。阿娜自己也不想法去亲近人家。对于从小受到的轻蔑，使她的童年悒郁不欢的原因，她至今心里很气愤。并且她在人前觉得很局促，也愿意人家把她忘掉。为了丈夫的事业，她不得不拜访和接待一些无可避免的客人。那般女客都是些好奇的、喜欢说坏话的小布尔乔亚。她们飞短流长的议论，阿娜完全不感兴趣，也不隐藏这种心理。而这一点就是不可原谅的。因此宾客的访问渐渐地稀少了，阿娜孤独了。而她正是求之不得，只希望什么都不来打扰她心里翻来覆去的梦境，和她身上那种暧昧的骚动。

几星期来，阿娜似乎闹着病，脸瘦下去了。她躲着不跟克利斯朵夫与勃罗姆见面，成天关在卧房里胡思乱想；人家和她说话，她也不回答。勃罗姆照例不会因女人这种任性的行为着慌的，他还对克利斯朵夫解释呢。好似一切生来看不透女人的男子一样，他自命为了解她们。他的确相当了解，可是毫无用处。他知道她们往往很固执地做着梦，心里存着敌意，一味地不开口；那时最好听其自然，别去追究，尤其别追究她们在那个危险的潜意识领域里做些什么。虽然如此,他也开始为阿娜的健康操心了,以为她的形容憔悴是由于她的生活方式,由于老关在家里,从来不出城,也难得出大门的缘故。他要她去散散步。他自己不大能陪她:星期日她忙着敬神礼拜的功课;平日他忙着看诊。至于克利斯朵夫,又特意避免跟她一同出去。有过一两次,他们一块到城门口作短距离的散步:那简直烦闷得要死。话是没有的。对于阿娜,自然界仿佛是不存在的,她一无所见;田野在她眼里不过是草木和石头,那种冥顽不灵的态度使人心都凉了。克利斯朵夫曾经教她欣赏一角美丽的风景。她望了望,冷冷地笑了一下,勉强敷衍他说:

"噢! 是的,那很神秘……"

她也会用着同样的态度说:"嗯,太阳好得很。"

克利斯朵夫气得把手指掐着自己的手掌,从此再也不问她什么;她出去的时候,他总借端留在家里。

其实阿娜对于自然界并不是无动于衷,只是不喜欢人家所谓美丽的风景,不觉得那和其余的景色有什么分别。但她喜欢田野,——不管是哪一种,——喜欢土地跟空气。不过她对于这种爱好,像对于别的强烈的感情一样,自己并不感觉到;而和她共同生活的人自然更不容易觉察。

勃罗姆一再劝说的结果,阿娜终于答应到近郊去玩一天。这是她为了免得人家纠缠不清而让步的。散步定在一个星期日。到最后一刹那,为这件事喜欢得像小孩子一样的医生,竟为了一个急症不能分身,只能由克利斯朵夫陪着阿娜出发。

虽是冬天,气候却非常好,也没有下雪:空气清冽寒冷,天色开朗,太阳明晃晃的,吹着一阵砭骨的北风。他们搭着区间小火车,往远山如带的地方驶去。车厢里挤满了人;他们俩分开坐着,一句话也不说。阿娜脸色很不高兴;上一天她出乎勃罗姆意料之外地说这个星期日不去做礼拜了。这是她生平第一次缺席。是不是反抗的表示呢? ……她内心的斗争,谁说得出呢? ——当时她脸色惨白,直瞪着面前的凳子……

他们下了火车,开始散步的时候,彼此都很冷淡。两人并肩走着;

她步子很坚决，对什么都不注意，两条胳膊甩来甩去，鞋跟在冰冻的地上橐橐地响着。——慢慢地，她脸色活泼起来，走路的速度使苍白的腮帮有了血色。她把嘴巴张开了一点呼吸空气。在一条弯弯曲曲向上的小路的拐角儿上，她从斜刺里沿着一个石坑，爬上山岗，像一头羊，遇到要颠扑的时候便用手抓着身旁的灌木。克利斯朵夫跟着她。她越爬越快，滑跌了，又抓着草爬起来。克利斯朵夫嚷着要她停下。她不回答，尽管弯着身子，手脚并用地往上跑。浓雾像银色的绞绡般飘浮在山谷上空，遇有树木的地方才露出一道裂缝。两人穿过雾，到了高处的阳光里。到了顶上，她回过身来，神色开朗，张着嘴喘气，带着嘲弄的表情瞧着克利斯朵夫在后面爬上来，脱下大衣扔在他脸上，然后不等他喘过气来又向前奔了。克利斯朵夫在后面追着。他们都动了游戏的兴致；清新的空气使他们迷迷糊糊地好像醉了。她拣一个陡峭的山坡奔下去，石子在脚下乱滚，可并不跌跤，溜来滑去，连蹿带跳，像一支箭一般飞去。她不时回顾一下，估量她跑在克利斯朵夫前面有多远。他越追越近，她便溜入树林。枯叶在脚下簌簌地响着；撩开去的树枝又回过来拂着她的脸。最后她蹶在一个树根上，被克利斯朵夫抓住了。她挣扎着，拳打足踢地抗拒，狠狠地打了他几下，想要把他摔下地，又是叫又是笑。她紧贴在他身上，胸部起伏不已；两人的腮帮差不多碰着了，他沾到了阿娜额上的汗珠，呼吸到她头发上潮湿的气味。突然她使劲一推，挣脱了身子，用着挑战的眼睛瞅着他，没有一点骚动的表情。他发觉她有一股日常生活中从来不使出来的力量，不由得大为惊奇。

他们向邻近的村庄出发，很轻快地在富有弹性的干草堆里穿过去。前面有群觅食的乌鸦在田野中飞。太阳很旺，寒风砭骨。克利斯朵夫搀着阿娜的胳膊。她穿的衣服不十分厚，他能感觉到她身体上蒸发出来的暖气与汗湿。他要她把大衣穿上，她不肯，并且为了表示勇敢，把领扣也松了。他们到一家乡村客店去吃饭：招牌上画着个"野人"的商标，门前种着一株小柏树，饭厅壁上装饰着德文的四节诗和两幅五彩印版画：一幅带着感伤意味的，叫做《春》；一幅带着爱国意味的，叫做《圣·雅各之战》；另外还有一个十字架，下端刻着一个骷髅。阿娜狼吞虎咽的胃口，克利斯朵夫从来没见过。他们兴致很好，喝了一点儿白酒。饭后,他们像两个好伙计似的,又到田里玩儿去了,心里很安静,只想着走路的乐趣,想着在他们胸中激动的热血和刺激他们的空气。阿娜舌头松动了,不再存心提防,想到什么就说什么。

她讲着童年的事:祖母带她到一个靠近大教堂的老太太家里;两个老人谈天的时候,打发她到大花园里去玩。教堂的阴影罩着园子,她坐在一角,一动不动,听着树叶的哀吟,探着虫蚁的动静:又快活又害怕。——她可没说出在她想象中盘旋不去的念头,——对魔鬼的恐惧。人家说那些魔鬼老在教堂门前徘徊,不敢进去;她以为蜘蛛、蜥蜴、蚂蚁,所有在树叶下、地面上,或是在墙壁的隙缝里蠢动的丑恶的小东西,全是妖魔的化身。——随后她谈到当年的屋子,没有阳光的卧室,津津有味地回想着;她在那儿整夜地不睡觉,编着故事……

“什么故事呢?”

“想入非非的故事。”

“讲给我听罢。”

她摇摇头,表示不愿意。

“为什么?”

她红着脸,笑着补充:“还有白天,在我工作的时候。”

她想了一下,又笑起来,下了个结论:“都是些疯疯癫癫的事,不好的事。”

他取笑她说:“难道你不害怕吗?”

“怕什么?”

“罚入地狱喽。”

她的脸登时冷了下来,说道:“噢! 你不应该提到这个。”

他把话扯开去了,表示佩服她刚才挣扎的时候的气力。于是她又恢复了信赖的表情,说到她小姑娘时代的大胆。——(她嘴里还不说“小姑娘”而说“男孩子”,因为她幼时很想参加男孩子们的游戏和打架。)有一回她和一个比她高出一个头的小朋友在一起,突然把他捶了一拳,希望他还手。不料他一边嚷着一边逃了。另外一次,旁边走过一条黑母牛,她跳上它的背,母牛吃了一惊,把她摔下来,撞在树上,险些儿送了命。她也曾经从二层楼的窗口往下跳,唯一的理由是因为她不信自己敢这样做;结果除了跌得青肿之外竟没有什么。她独自在家的时候,还发明种种古怪而危险的运动,要她的身体受各种各样奇特的考验。

“谁想得到你是这样的呢,”他说,“平常你那么严肃……”

“噢,你还没看见我有些日子自个儿在房里的模样呢!”

“怎么,你现在还玩这一套吗?”

她笑了,随后又忽然扯到另外一个题目,问他打猎不打。他回答说不。她说她有一回对一只黑乌放了一枪,居然打中了。他听了很愤慨。

“嗬!”她说,“那有什么关系?”

“你难道没心肝吗?”

“我不知道。”

“你不以为禽兽跟我们一样是生物吗?”

“我是这样想的。对啦,我要问你:你可相信禽兽也有一颗灵魂吗?”

“我相信是有的。”

“牧师说没有的。我,我认为它们有的。”她又非常严肃地补上一句:“并且我相信我前生就是禽兽。”

他听着笑了。

“有什么可笑的?”她这么说着也跟着笑了,“我小时候就给自己编造这样的故事。我想象我是一头猫、一条狗、一只鸟、一匹小马、一条公牛。我感到有它们的欲望,很想跟它们一样长着毛或是翅膀,试试是什么味儿;仿佛我真的试过了。哎,你不懂吗?”

“不错,你是个动物,是个古怪的动物。可是你既然觉得和禽兽同类,又怎么能虐待它们呢?”

“一个人总要伤害别人的。有些人伤害我,我又去伤害别的人。这是必然的事。我从来不抱怨。对人不能太柔和!我教自己很受了些痛苦,纯粹是为了玩儿!”

“怎么,你伤害自己吗?”

“是的。你瞧,有一天我用锤子把一只钉敲在这只手里。”

“为什么?”

“一点儿不为什么。”(她还没说出她曾经想把自己钉上十字架。)

“把你的手给我。”她说。

“干吗?”

“给我就是了。”

他把手伸给她。她抓着拼命地掐,他不由得叫起来。他们像两个乡下人那样比赛,看谁能够教谁更痛,玩得很高兴,心里没有什么别的念头。世界上其余的一切,他们生命的锁链,过去的悲哀,未来的忧惧,在他们身上酝酿的暴风雨,一切都消灭了。

他们走了十几里,不觉得疲倦。突然她停下来,倒在地下干草上,一声不出,仰天躺着,把胳膊枕在脑后,眼睛望着天。多么安静!多么恬适!……几步路以外,一道看不见的泉水断断续续地流着,好似脉管的跳动:忽而微弱,忽而剧烈。远远的天边黑沉沉的。紫色的地上长着光秃与黑色的树木,一层水汽在上面浮动。冬季末期的太阳,淡黄的年轻的太阳,蒙眬入睡了。飞鸟像明晃晃的箭一般破空而过。乡间可爱的钟声遥遥呼应,一村复一村……克利斯朵夫坐在阿娜身旁瞅着她。她并没想到他,美丽的嘴巴悄悄地笑着。

他心里想道:“这真是你吗?我认不得你了。”

“我自己也认不得了。我相信我是另外一个女人了。我不再害怕了;我不怕他了。啊!他使我窒息,他使我痛苦!我仿佛被钉在灵柩里……现在我能呼吸了;这个肉体,这颗心,是我的了。我的身体。我的自由的身体,自由的心。我的力,我的美,我的快乐!可是我不认识它们,我不认识自己:你怎么能使我变得这样的呢?……”

他以为听见她轻轻地叹着气。但她什么都没有想,唯一的念头是很快活,觉得一切都很好。

黄昏来了。在灰灰的淡紫的雾霭之下,倦怠的太阳从四点钟起就不见了。克利斯朵夫站起来走近阿娜,向她伛着身子。她转过眼睛瞅着他,因为久望天空而还有些眼花,过了几秒钟才把他认出来,堆着一副谜样的笑容瞪着他。克利斯朵夫感染到她眼中的惶乱,赶紧闭了一会儿眼睛,等到重新睁开,她还望着他;他觉得彼此已经这样地望了好几天了。他们看到了彼此的心,可不愿意知道看到些什么。

他向她伸出手来,她一声不出地握着,重新向村子走去,远远地就望见山坳间那些屋顶作蒜形的钟楼;其中有一座在满生苔藓的瓦上,像戴着一顶小圆帽似的有一个空的鸟窠。在两条路的交叉口上,快要进村子的地方,有一个喷水池,上面供着一座木雕的圣女玛特兰纳,模样儿很妩媚,带点儿撒娇的神气,伸着手臂站着。阿娜无意中摹仿神像伸着手的姿势,爬上石栏,把一些冬青树枝,和还没被鸟啄完、也没被冻坏的山梨实放在女神手里。

他们在路上遇到一群又一群的乡下男女,穿着过节的新衣服。皮肤褐色,血色极旺的女人,绾着很大的蛋壳形的髻,穿着浅色衣衫,帽子上插着鲜花,戴着红袖口的白手套。她们尖着嗓子,用着平静的、不大准的声音唱些简单的歌。一条母牛在牛棚里曼声叫着。一个患百日咳的儿童在一所屋子里咳嗽。稍为远一些,有人呜呜地吹着单簧管和短号。村子的广场上,在酒店与公墓之间,有人在跳舞。四个乐师骑在一张桌上奏着音乐。阿娜和克利斯朵夫坐在客店门前瞧着那些舞伴。他们你撞我,我撞你,彼此大声吆喝。女孩子们为了好玩而叫叫嚷嚷。酒客用拳头在桌上打拍子。要是在别的时候,这种粗俗的玩乐一定会使阿娜憎厌,那天下午她却是很欣赏,脱下帽子,眉飞色舞地瞧着。克利斯朵夫听着可笑而庄严的音乐,看着乐师们一本正经的滑稽样儿,不禁哈哈大笑。他从袋里掏出一支铅笔在账单的反面写起舞曲来了,不久一张纸就写满了,问人家又要了一张,也像第一页那样涂满了又潦草又笨拙的字迹。阿娜把脸挨近着他的脸,从他肩头上看着,低声哼着,猜句子的结尾,猜到了或是句子出其不意地完全变了样,她就拍手欢笑。写完以后,克利斯朵夫拿去递给乐师。他们都是技巧纯熟的施瓦本①人,马上奏起来。调子有一种感伤与滑稽的意味,配着急激的节奏,仿佛穿插着一阵阵的哄笑。那种可笑的气息教人忍俊不禁,大家的腿都不由自主地动起来。阿娜扑进人堆,随便抓着两只手,发疯似的打转,头上一只贝壳别针掉下了,头发也散开了挂在腮帮上。克利斯朵夫始终望着她,很赏识这头美丽壮健的动物,那是至此为止被无情的纪律压

---

① 施瓦本为靠近瑞士的一个德国山区。

得没有声音的，不会活动的。她当时那副模样，谁都没见过：仿佛戴了一个别人的面具，活脱是个精力充沛的酒神。她叫他。他便跑上去抓着她的手腕跳舞，转来转去，直撞到墙上，才头昏目眩地停下来。天完全黑了。他们休息了一会儿，才跟大家告别。平时因为局促或是因为轻蔑而对平民很矜持的阿娜，这一回却是很和气地跟乐师、店主，以及刚才一块儿跳舞的村子里的少年握手。

在明亮而寒冷的天色下面，他们俩孤零零地重新穿过田野，走着早上所走的路。阿娜先还非常兴奋。慢慢地，她话少了，后来为了疲倦或者为了黑夜的神秘抓住了她的心，完全不作声了。她很亲热地靠在克利斯朵夫身上，走下她早上连奔带爬翻过来的山坡，叹了口气。他们到了站上。快要到村口第一所屋子的时候，他停下来对她瞧着。她也瞧着他，不胜怅惘地笑了笑。

车中的乘客跟来时一样的多，他们没法谈天。他和她对面坐着，目不转睛地盯着她。她低着眼睛，抬了一下，又转向别处，他无论如何没法使她掉过头来。她望着车外的黑夜，嘴唇上挂着茫然的笑容，嘴边有些疲倦的神气。然后笑容不见了，变得无精打采。他以为火车的节奏把她催眠了，竭力想跟她谈话。她只冷冷地回答一言半语，头始终向着别处。他硬要相信这种变化是由于疲倦的关系，但心里知道真正的原因是别有所在。越近城市，阿娜的脸越凝敛。生气没有了，活泼美丽的肉体又变了石像。下车的时候，她不接受他伸给她的手。两人不声不响地回到了家里。

过了几天，傍晚四点左右，勃罗姆出去了，只有他们俩在家。从隔天起，城上就罩着一层淡绿的雾。看不见的莱茵河传来一片奔腾的水声。街车的电线在雾气中爆出火星。天色黯淡，日光窒息，简直说不出是什么时间：那是非现实的时间，在时间以外的时间。前几日吹过了峭厉的北风，这一下气候突然转暖，郁勃熏蒸，非常潮湿。天上雪意很浓，大有不胜重负之概。

他们俩坐在客厅内，周围的陈设和女主人一样带着冷冷的呆板的气息。两个人都不说话：他看着书，她做着针线。他起身走到窗口，把阔大的脸贴在玻璃上出神；一片苍白的光，从阴沉的天空反射到土铅色的地上，使他感到一阵迷惘；他有些不安的思想，可是抓握不住。一阵悲怆的苦闷慢慢地上了他的身，他觉得自己在往下沉；灼热的风在他生命的空隙里，在累积的废墟底下回旋飞卷。他背对着阿娜。她正专心工作，没看见他；可是她打了一个寒噤，好几次把针扎了自己的手指，不觉得疼。两人都感到危险将临，有点儿神魂无主。

他竭力驱散自己的迷惘，在屋子里走了几步。钢琴在那里勾引他，使他害怕，连望都不敢望。可是在旁边走过，他的手抵抗不了诱惑，不由得捺了一个音。琴声像人声一样地颤动起来。阿娜吓了一跳，活计掉在了地下。克利斯朵夫已经坐在那里弹琴，暗中觉得阿娜走过来站在他身边了。他糊里糊涂弹起一个庄严而热烈的曲子，便是她上回听了第一次显露本相的歌；他拿其中的主题临时作了许多激昂的变奏曲。她不等他开口就唱起来。两人忘了周围的一切。音乐的神圣的狂潮把他们卷走了……

噢！音乐，打开灵魂的深渊的音乐！你把精神的平衡给破坏了，在日常生活中，普通人的心灵是重门深锁的密室。无处使用的精力，与世枘凿的德性与恶癖，都被关在里面发锈；实际而明哲的理性，畏首畏尾的世故，掌握着这个密室的锁钥。它们只给你看到整理得清清楚楚的几格。可是音乐有根魔术棒能把所有的门都打开。于是心中的妖魔出现了。灵魂变得赤裸裸的一无遮蔽……——只要美丽的女神在歌唱，降妖的法师就能监视那些野兽。大音乐家坚强的理性能够催眠他解放出来的情欲。但音乐一停下来，降妖的法师不在的时候，被他惊醒的情欲就要在囚笼中怒吼，找它们的食物了……

曲子完了。一片静默……她唱歌的时候把一只手放在克利斯朵夫肩上。两人一动都不敢动，浑身哆嗦……突然之间，像闪电那么快，她弯下身子，他仰起头来；两人的嘴巴碰到了，呼吸交融了……

她把他推开，马上溜走。他在黑影里待着不动。勃罗姆回家了，大家坐上桌子吃饭。克利斯朵夫不能再用思想。阿娜好似心不在焉，眼睛望着别处。吃了晚饭,她立刻回到卧室。克利斯朵夫不能跟勃罗姆单独相对,也告退了。

半夜左右,已经睡觉的医生被请去出诊。克利斯朵夫听着他下楼,听着他出门。外边已经下了六小时的雪,屋子跟街道都被盖掉了。天空好似装满了棉絮。街上既没人声,也没车声,整个的城市仿佛死了。克利斯朵夫睡不着,觉得有种恐怖的情绪,越来越厉害。他不能动弹:仰躺在床上,睁着眼睛。雪地上和屋顶上反映出来的银光在壁上浮动……忽然有种细微莫辨的,只有他在那么紧张的情形之下才听得出来的声音,把他吓得直打寒战。克利斯朵夫听见甬道的地板上有阵轻微的拂触,便抬起身子坐在床上。声音逐渐逼近,停下了;一块地板响了一下。显而易见有人在门外等着……然后静默了几秒钟,或许是几分钟……克利斯朵夫气也透不过来了,浑身是汗。外边大块的雪花扑在窗上,好似鸟儿的翅膀。有只手在门上摸索,把门推开了,一个影子慢慢地走过来,到离床几步的地方又停下。克利斯朵夫什么都看不清,只听见她的呼吸和自己的心跳……她走近几步,又停了一下。他们的脸靠得那么近,甚至呼吸都交融在一起了。彼此的目光在黑影里探索,可是看不见……她倒在他身上。两人悄悄地发疯似的互相抱着,一句话也没有……

过了一小时,两小时,也许是过了一世纪,楼下的大门开了。阿娜挣脱身子,溜下了床,离开了克利斯朵夫,像来的时候一样没有一句话。他听她光着脚走远,很快地拂着地板。她回到房里;勃罗姆看到她躺着,好像睡得很熟。她可是挨在丈夫身边,屏着气,一动不动,睁着眼睛过了一夜。她这样地不知已经熬过多少夜了!

克利斯朵夫也睡不着觉,心里难过到极点。他对于爱情,尤其是婚姻,素来抱着严肃的态度,最恨那些诲淫的作家。通奸是他深恶痛绝的,那是他平民式的暴烈的性格和崇高的道德观念混合起来的心理。对别人的妻子,他一方面极尊敬,一方面在生理上感到厌恶。欧洲某些上层阶级的杂交使他恶心。为丈夫默认的通奸是下流,瞒着丈夫的私情是无耻,好比一个仆人偷偷地欺骗主子,污辱主子。曾经有过多少次，他毫不留情地痛斥这种罪人！有过多少次他跟这一类自暴自弃的朋友绝交！……现在他竟做出同样下贱的事！而他的情形尤其是罪无可恕。他以忧患病弱之身投奔到这儿来，朋友把他收留了，救济了，安慰了，始终那么慷慨，殷勤。无论克利斯朵夫怎么样，主人从来没有厌倦的表示。他如今还能活在世界上完全是靠这个朋友。而他竟污辱朋友的名誉，剥夺朋友的幸福，——那么可怜的家庭幸福！——作为报答。他卑鄙无耻地欺骗了朋友，而且是跟谁？跟一个他不认识的、不了解的、不爱的女人……他不爱她吗？他的心马上抗议了。他想到她的时候胸中那道如火如荼的激流，爱情这个字还不足以形容。那不是爱情，而是千百倍于爱情的感情……他心绪像暴风雨般翻腾不已地过了一夜。他把脸浸在冰冷的水里，气塞住了，打着寒噤。精神上的狂乱结果使他发了一场寒热。

等到困顿不堪地起来的时候，他以为她一定比他更羞愧。他走到窗前。太阳照在耀眼的雪上。阿娜在园子里晾衣服，一心一意地做着活儿，似乎没有一点儿骚乱。她的体态举动有一种她素来没有的庄严气概，连动作也像一座雕像的动作。

吃中饭的时候，两人遇到了。勃罗姆整天不在家。克利斯朵夫一想到要跟勃罗姆见面就受不住。他要和阿娜说话，可是不得清静：老妈子来来往往，他们俩非留神不可。克利斯朵夫竭力想瞧瞧阿娜的目光，她却老是不对他望。她非但没有骚乱的现象，并且一举一动都有平时没有的那种高傲与庄严的气派。吃过饭，他以为能谈话了，不料女仆慢腾腾地收拾着饭桌；他们到了隔壁屋子，她又设法盯着他们，老是有些东西要拿来或拿去，在走廊里摸东摸西，靠近半开的门，阿娜也不急于把门关上。老妈子似乎有心刺探他们。阿娜拿着永不离身的活儿坐在窗下。克利斯朵夫背光埋在一张大靠椅里，把一本书打开着而并不看。可以从侧面看到他的阿娜，一眼就发现他对着墙壁，脸上很痛苦，便冷冷地笑了笑。屋顶上和园中树上的融雪，滴滴答答地掉在砂上，发出清越的声音。远远的，街上的孩子们玩着雪球，纵声笑着。阿娜似乎蒙眬入睡了。周围的静默使克利斯朵夫苦闷至极，差点儿要叫起来。

终于老妈子下了楼，出门了。克利斯朵夫站起来，对着阿娜，正想要说："阿娜！阿娜！咱们干的什么事啊？"

不料阿娜望着他，把原来一味低着的眼睛抬了起来，射出一道热辣辣的火焰。克利斯朵夫被她这么一瞧，支持不住了，要说的话马上咽了下去。他们互相走近，又紧紧地抱着了……

黄昏的黑影慢慢地展开去。他们的血还在奔腾。她躺在床上，脱了衣服，伸着胳膊，也不抬一抬手遮盖她的身体。他把脸埋在枕上，呻吟着。她抬起身来，捧着他的脑袋，用手摩着他的眼睛跟嘴巴，凑近他的脸，直瞪着克利斯朵夫。她的眼睛像湖一般深沉，微微笑着，似乎对于痛苦毫不介意。意识消灭了。他不作声了。一阵阵的寒噤像波浪般流过他们的全身……

这一夜，克利斯朵夫独自回到房里，想着自杀的念头。

第二天，他一起床就找阿娜。此刻倒是他怕看到对方的眼睛了。只要一接触她的目光，他要说的话立刻会想不起。但他迸足了勇气开口，说他们的行为是怎么卑鄙。她才听了几个字，就把手堵住他的嘴巴；接着又走开去，拧着眉头，咬着嘴唇，脸色非常凶恶。他继续说着。她便把手中的活儿扔在地下，打开门预备出去了。他上前抓着她的手，关了门，不胜悲苦地说她能忘掉自己的过失真是幸福。她把他推开了，勃然大怒地说：

"住嘴！你这个没种的东西！难道你不看见我痛苦吗？……我不要听你的话。"

她的脸陷了下去，眼睛的神气又是恨又是害怕，像一头受了伤害的野兽；她恨不得一瞪之下就要了他的命。——他一松手，她就跑去待在屋子的另外一角。他不去追她，心中苦闷到极点，也恐惧到极点。勃罗姆回来了。他们俩呆呆地望着他，像呆子一样。那时除了自己的痛苦，仿佛世界上什么都不存在了。

克利斯朵夫出去了。勃罗姆和阿娜开始吃饭。饭吃到一半，勃罗姆突然起来打开窗子，阿娜昏过去了。

克利斯朵夫托词旅行，出门了半个月。阿娜除了吃饭的时间，整星期都关在房里。她又恢复了平时的意识，习惯，和一切她自以为已经摆脱、而实际是永远摆脱不掉的过去的生活。她故意装做看不见一切，可是没用。心中的烦恼一天天地增加，一天天地深入，终于盘踞不去了。下星期日，她仍旧不去做礼拜。但再下一个星期日，她又去了，从此不再间断。她不是心悦诚服，而是战败了。上帝是个敌人，——是她竭力想摆脱的一个敌人。她对他怀着一腔怨恨，像个敢怒而不敢言的奴隶。做礼拜的时间，她脸上冷冷的全是敌意；心灵深处，她的宗教生活是一场对抗主子的恶斗，主子的责备对她是最酷烈的刑罚。她只做不听见，可是非听见不可；她和上帝争得很凶，咬紧着牙关，脑门上横着皱痕表示固执，露出一副狰狞的目光。她恨恨地想起克利斯朵夫，不能原谅他把她从心灵的牢狱里放出了一刹那，而又让她重新关进去，受刽子手们的磨难。她再也睡不着觉了，不论白天黑夜都想着那些磨折人的念头；她可不哼一声，硬着头皮继续在家指挥一切，对付日常生活也始终那么倔强固执，做事像机器一样的有规律。人渐渐地瘦下来，似乎害着心病。勃罗姆好不担忧，很亲切地问她，想替她检查身体。她却是愤愤地拒绝了。她越觉得对不起他，越对他残酷。

克利斯朵夫决意不回来了，拼命用疲劳来磨自己：走着长路，做着极辛苦的运动，划船，爬山。可是什么都压不下心头的欲火。

他整个儿被热情制服了。天才是生来需要热情的。便是那些最贞洁的，如贝多芬，如布鲁克纳，也永远要有个爱的对象；凡是人的力量都在他们身上发挥到最高点；而因为那些力受着幻想吸引，所以他们的头脑被无穷的情欲抓去做了俘虏。往往那些情欲是短时间的火焰：来了一个新的，旧的一个就被压倒；而所有的火焰都被创造精神的弥天大火吞掉。但等到洪炉的热度不再充塞心灵的时候，无力自卫的心灵就落在它不能或缺的热情手里；它要求热情，创造热情，非要热情把它吞下去不可……——并且除了刺激肉体的强烈的欲望以外，还有温情的需要，使一个在人生中受了伤害而失意的男人投向一个能安慰他的女子。同时，一个伟大的人比别人更近于儿童，更需要拿自己付托给一个女子，把额角安放在她温柔的手掌中，枕在她膝上……

但克利斯朵夫不懂这些……他不信热情是不可避免的，以为那是浪漫派的胡说八道。他相信一个人应当奋斗，相信奋斗是有力量的，相信自己的意志是有力量的……他的意志在哪儿呢？连影踪都没有了。他没法排遣。往事跟他日夜不休地纠缠着。阿娜身体上的气味，使他的嘴巴鼻子都觉得火辣辣的。他好比一条沉重的破舟，没有了舵，随风漂荡。他拼命想逃避也没用：回来回去总漂到老地方；他对着风喊道：

"好罢，把我吹破了罢！你要把我怎么办呢？"

为什么，为什么要有这个女人？为什么爱她？为了她心好吗？为了她有头脑吗？比她聪明而心更好的多的是。为了她的肉体吗？他也有过别的情妇更能满足他的感官。那末使他割舍不得的是什么呢？——"一个人就是为了爱而爱，没有什么理由。"——是的，可也有一个理由，哪怕不是普通的理由。是疯狂吗？那等于不说。为什么要疯狂？

因为每个人心里有一颗隐秘的灵魂，有些盲目的力，有些妖魔鬼怪，平时都被封锁起来的。自有人类以来，所有的努力都是用理性与宗教筑成一条堤岸，防御这个内心的海洋。但暴风雨来的时候（内心越充实的人，越容易受暴风雨控制），堤岸崩溃了，妖魔猖獗了，跟那些被同类的妖魔掀动起来的别的灵魂相击相撞……它们投入彼此的怀抱，紧紧地搂着。我们也说不出那是恨是爱，还是互相毁灭的疯狂……——总而言之，所谓情欲是灵魂做了俘虏。

克利斯朵夫一无结果地挣扎了十五天以后，又回到阿娜家里。他离不开她了。他精神上闷死了。

但他继续奋斗。回来那晚，他们俩都推托着避不见面，也不在一块儿吃饭。夜里，两人战战兢兢地各自锁在房里。——可是没用。到了半夜，她赤着脚跑来敲他的门，他开了，她爬到他床上，浑身冰冷地靠着他，悄悄地哭了，把泪水沾着克利斯朵夫的腮帮。她竭力教自己静下来，可是心中太痛苦了，压制不住，把嘴唇贴在克利斯朵夫的颈上，号啕大哭。他看她这样难过，倒吓得把自己的痛苦忘了，只能说些温柔的话安慰她。她呻吟着说："我受不了，我愿意死……"

他听了心如刀割，想拥抱她，被她推开了。

“我恨你！为什么你要跑到这儿来？”

她挣脱了他的臂抱，翻过身去。床很窄；他们虽然竭力避免，还是要互相碰到身体。阿娜背对着克利斯朵夫，又愤怒又痛苦，索索地抖个不住。她把他恨得要死。克利斯朵夫垂头丧气，一句话都不说。阿娜听到他呼吸困难，便突然转过身来，勾着他的脖子，说道：“可怜的克利斯朵夫！我给你受罪了……”

他破题儿第一遭听见她有这种怜悯的口吻。

“原谅我罢。”她说。

“咱们俩彼此都是一样的。”他回答。

她抬起身子，似乎不能呼吸了。伛着背，坐在床上，她好不丧气地说：“我完了……这是上帝要我完的。他把我交给了敌人……我怎么能反抗他呢？”

她这样地坐了好久，才重新睡下，不再动弹。天快亮了，屋里有了一道曚昽的光。半明半暗中，他看见她痛苦的脸偎着他的脸。他轻轻地说了声：“天亮了。”

她一动不动。

于是他说：“好吧，管它！”

她睁开眼来，下了床：神气疲倦得要死。她坐在床沿上望着地板，用着毫无生气的音调说：“我预备今晚上把他杀了。”

他吓了一跳，叫了声：“阿娜！”

她沉着脸，瞪着窗子。

“阿娜，”他又说，“天地良心！……不应该杀他呀！……这样一个好人！……”

她跟着说：“对，不应该杀他。”

他们彼此望着。

那是他们久已知道的，知道那才是唯一的出路。两人都不能过欺骗丈夫欺骗朋友的生活，同时也从来没想到一块儿逃亡的念头，心里都明白这不是个解决的办法：因为最难受的痛苦，并非在于分隔他们的外界的阻碍，而是在于他们内心的阻碍，在于他们不同的心灵。他们既不能分离，也不能共同生活。简直毫无办法。

从那时起，他们不接触了：死神的影子已经罩在他们头上；他们俩把彼此都看做神圣的了。

可是他们不愿意决定日子，心里想："等明天罢，明天罢……"实际上他们永远不敢正视这明天。克利斯朵夫刚强的灵魂常常起来反抗；他不承认失败；他瞧不起自杀，不能下这种可怜的结论，把伟大的生命白白送掉。至于阿娜，既然以她的信仰而论，这样的死就是永远不得超生，①那她又何尝是甘心情愿的？可是事势所迫，仿佛非死不可了。

第二天早上，他见到了勃罗姆，这是欺骗了朋友之后第一次和他单独相见。至此为止他居然能避着他。这一下他可受不住了，竭力要想法不跟勃罗姆握手，不在桌子上跟他一块儿吃饭：那是每口东西都会哽在喉头咽不下去的。握他的手，吃他的面包，那不等于犹大的亲吻吗？② ……最可怕的还不是自己瞧不起自己，而是想到勃罗姆一朝得悉之下的悲痛……一转到这个念头，他真像受刑罚一样。他知道勃罗姆是永远不会报复的，是不是有力量恨他都成问题，可是要绝望到什么程度简直不能想象……他要用怎样的目光看待他呢？克利斯朵夫觉得受不了他的批判。——而勃罗姆又是早晚会发觉的。现在他不是已经有点儿疑心了吗？相别才半个月，克利斯朵夫看到他大大地改变了：勃罗姆完全不是从前的模样：兴致没有了，或者是勉强装做快活。饭桌上，他常常偷看阿娜，眼看她不说话，不吃东西，像灯尽油干似的在那里煎熬。他怯生生的，非常动人地想照顾她，她却恶狠狠地拒绝了；他只得低下头去，不出一声。饭吃到半中间，阿娜透不过气来，把饭巾扔在桌上，出去了。两个男人不声不响地继续吃着，或是假装吃着，连头都不敢抬起来。等到吃完了，克利斯朵夫正想离开的时候，勃罗姆突然两手抓着他的胳膊，叫了声："克利斯朵夫！……"

克利斯朵夫心慌意乱地望着他。

"克利斯朵夫，"勃罗姆声音发抖了，"你可知道是怎么回事吗？"

---

① 基督教的说法，凡自杀的人不得入天堂。

② 犹大出卖耶稣之前，尚亲吻耶稣。

克利斯朵夫仿佛给人当胸扎了一刀,一时答不上话来。勃罗姆怯生生地望着他,马上补充:“你是常看到她的,她很相信你……”

克利斯朵夫几乎要亲着勃罗姆的手求他原谅了。勃罗姆瞧见克利斯朵夫神色慌张,吓得不愿意再看,只用着哀求的目光,结结巴巴地说:“你一点都不知道,是不是?”

“是的,我一点都不知道。”克利斯朵夫不胜狼狈地回答。

为了不敢使这个受欺侮的男子伤心而不能招供,不能说出真相,真是多痛苦啊!对方问着你,但眼神明明表示他不愿意知道真相,所以你就不能说出来……

“好罢,好罢,谢谢你……”勃罗姆说。

他站在那里,双手抓着克利斯朵夫的衣袖,仿佛还想问什么而不敢出口,躲着克利斯朵夫的目光。随后他松了手,叹了口气,走了。

克利斯朵夫因为又说了一次谎,难过得不得了,跑去找阿娜,慌慌张张地把刚才的情形告诉她。阿娜无精打采地听着,回答说:“那末,让他知道就是了!有什么关系?”

“你怎么能说这个话呢?”克利斯朵夫叫起来,“无论如何,我不愿意使他痛苦!”

阿娜可发脾气了:“他痛苦的时候,难道我,我不痛苦吗?他也得痛苦才行!”

他们彼此说了些难堪的话。他埋怨她只顾着自己。她责备他只关心她的丈夫而不关心她。可是过了一会儿,他说不能再这样混下去,要向勃罗姆和盘托出的时候,她倒又埋怨他自私,嚷着说她并不在乎克利斯朵夫的良心平安不平安,可决不能让勃罗姆知道。

她虽则话说得很凶,心里却是跟克利斯朵夫一样想着勃罗姆。固然她对丈夫没有真正的情爱,但还是很关切他。她非常重视他们俩的社会关系和责任。或许她没想到妻子应该温柔,应该爱她的丈夫,但认为必须把家务照顾周到,对丈夫忠实;在这些地方失职,她是觉得可耻的。

她也比克利斯朵夫更明白:勃罗姆不久都会知道的。她不跟克利斯朵夫提到这一点也有相当理由,或者是因为不愿意使克利斯朵夫心绪更乱,或者是因为她不肯示弱。

不论勃罗姆的家怎样的与世隔绝,不论布尔乔亚的悲剧怎样的深藏,总有一些风声透到外边去。

在这个城里,谁也不能隐藏他的生活。那真是奇怪的事。街上没有一个人对你望,大门跟护窗都关得很严。但窗口都挂着镜子;你走过的时候,可以听见百叶窗开着一点而立刻关上的声音。谁也不理会你,似乎人家根本不知道有你这个人;可是你每一句话,每一个举动,都逃不过人家的耳目;人家知道你所做的、所说的、所见的、所吃的,甚至还知道、自以为知道你所想的。你受着秘密的,普遍的监视。仆役,送货员,亲戚,朋友,闲人,不相识的路人,大家一致合作,参与这种出诸本能的刺探;那些东零西碎的事不知怎样都会集中起来。人家不但观察你的行为,还要看你的内心。在这个城里,谁也没权利保持良心的秘密;但每人都有权利搜索你隐秘的思想,而倘若你的思想跟舆论抵触的话,大家还有权利和你算账。集体灵魂的无形的专制,压在个人身上;所谓个人是一辈子受人监护的小孩子;什么都不是属于他自己的,而是属于全城的。

阿娜接连两个星期日不在教堂露面,大家就开始猜疑了。平时仿佛没有一个人注意她参加礼拜;她那方面是过着离群索居的生活,而大家也似乎忘了有她这样一个人。——但第一个星期日的晚上,她的缺席就被人注意到了,记在心里。第二个星期日,那些虔诚的信徒把眼睛盯着《福音书》或牧师的嘴,没有一个不是聚精会神地管着灵修的事业;同时也没有一个不在进门的时候就留意到,出门的时候又复按一次阿娜的位置空着。下一天,阿娜家中来了一批几个月没见面的客人:她们借着各式各种的借口,有的是怕她病了,有的是对她的事,对她的丈夫,对她的家,又感兴趣了;有几个对她家里的事消息特别灵通;可没有一个提及——(那是故意藏头露尾地避免的)——她两星期不去做礼拜的事。阿娜推说不舒服,谈着家务。客人们留神听着,附和几句;阿娜知道她们其实是一个字都不信。她们的眼睛在四下里乱转,在屋子里搜寻,注意,一样一样地记在心里;始终保持着冷静的态度,面上嘻嘻哈哈，但眼神显而易见是好奇到极点。有两三次，她们装做无心的神气，问到克拉夫脱先生的近况。

过了几天，——（在克利斯朵夫出门旅行的时期）——牧师也亲自来了。那是一个长得极漂亮的老实人，年富力强，非常殷勤，而且心定神安，表示世界上所有的真理都在他手里了。他很亲热地问到阿娜的健康，很有礼貌地，心不在焉地，听着他并不要求的她的解释，喝了一杯茶，谈笑风生，提到饮料问题，说葡萄酒在《圣经》上已经有记载，不是含有酒精的饮料，又背了几段经典，讲了一个故事。动身之前，他隐隐约约说到交坏朋友的危险，说到某些散步、某些亵渎神道的思想、某些邪恶的欲念，以及跳舞的不道德等等。他仿佛并不针对阿娜而是对当时一般的情形说的。他静默了一会儿，咳了几声，站起来，非常客气地请阿娜向勃罗姆先生致意，说了一句拉丁文的笑话，行了礼，走了。——阿娜听了他的讽示，气得心都凉了。那是不是讽示呢？他怎么知道克利斯朵夫跟她的散步呢？他们在那边又没遇到一个熟人。但在这个城里，不是一切都会有人知道的吗？相貌很特别的音乐家跟穿黑衣服的少妇在乡村客店跳舞的事被人注意到了；既然什么都会不胫而走，这消息自然也传到了城里，而老是喜欢管闲事的人立刻认出是阿娜。当然这还不过是种猜测，但人家听了特别高兴；另外再加上阿娜的老妈子所供给的情报。公众的好奇心如今在旁边等他们自投罗网了，成千成百的眼睛都在暗中窥探。狡猾的城里人不声不响地埋伏在那里，好似一只等着耗子的猫。

倘使阿娜不是这个跟她过不去的社会出身，没有那种虚伪的性格，那末虽有危险，她或许还不会让步：一般人的卑鄙的恶意倒可能激怒她，使她反抗。但是教育把她的天性给制服了。她尽管批判舆论的横暴与无聊，心里还是尊重舆论；舆论要是制裁她，她也会接受；如果舆论的制裁和她的良心冲突，她会派她的良心不是。她瞧不起城里人，又受不了被城里人瞧不起。

终于到了一个大家可以公然毁谤的时间。狂欢节近了。

直到这个故事发生的时代为止，——（以后是改变了）——当地的狂欢节始终保存着肆无忌惮与不顾一切的古风。这个节日最初的作用,原是让大家松散一下的;因为一个人不管愿意不愿意,精神上老是受着理性约束,所以在理性的力量越强的时代,风俗与法律越严格的地方,狂欢节的表现越大胆。阿娜的城市就是这样的一个地方。平日为了礼教森严,一举一动,一言一语都受到牵掣,到了那个节日,大家就格外放纵起来。所有积在灵魂下层的东西:嫉妒,暗中的仇恨,下流无耻的好奇心,人类作恶的本能,一下子都突围而出,要吐口气了。每个人都可以戴了面具,到街上去羞辱他心中记恨的人,把自己耐着性子在一年中听来的消息,一点一滴搜集起来的丑闻秘史,在广场上当众宣布。有的人用一辆车来表演。有的擎着高脚灯,字画兼用地揭露城中的秘密故事。有的竟化装为自己的敌人,形容毕肖,教街上的野孩子一看就能指出本人的姓名。那三天之内还有专事诽谤的小报出版。上流人士也狡狯地参与这种匿名攻击的玩意儿。地方当局绝对不加干涉,除了带有政治意味的隐喻以外,——因为这种漫无限止的自由曾经好几次引起本地政府与外邦代表的纠纷。——但市民是毫无保障的。大家老是提心吊胆,怕受到这样的公然侮辱。这一点对于本城的风化的确大有裨益;而那种表面上的清白便是城里人引以为自豪的。

当时阿娜心里就存着这种恐怖,——其实并无根据。她没有多大理由需要害怕。在当地的舆论界中,她的地位是太不足道了,人家不会想到去攻击她的。但在与世隔绝的情形之下,加上几星期的失眠所引起的极度疲乏与神经过敏,她能想象出最无理由的恐怖。她把那些不喜欢她的人的凶恶过分夸张了:以为四面八方都有人猜疑她,只要一件极小的事就能把她断送掉,而谁敢说这种事不是已经做下了呢?那末她势必受到可怕的侮辱,人家会不留余地地暴露她的隐私,搜索她的内心:阿娜一想到要这样的当众丢丑,恨不得钻下地去。据说几年以前,一个受到这种羞辱的姑娘不得不全家逃出本乡。——你又绝对没法自卫,没法阻止,甚至也没法知道会出点儿什么事。何况单单疑心要出事,比着切实知道要出什么事更不好过。阿娜像无路可走的野兽一般,睁着眼睛向四下里瞧望。她知道,就在自己家里,她已经被包围了。

阿娜的老妈子年纪四十开外，名叫巴比：高大，结实，太阳穴和脑门部分的肉已经瘪缩，脸盘很窄，下半部却很宽很长，牙床骨底下的肉往两边摊开去，像一只干瘪的梨。她永远挂着笑容，眼睛跟钻子一样的尖，陷得很深，拼命地往里边缩，眼皮红红的，看不见睫毛。她老是装做很快活，爱戴主人，从来没有相反的意见，很亲热地关心他们的健康；有事吩咐她罢，她对你笑着；责备她罢，她也对你笑着。勃罗姆认为她忠诚老实，什么考验都经得起。喜滋滋的神色和阿娜的冷淡正好成为对照。但好些地方她很像女主人：像她一样说话极少，穿扮严肃而整齐；也像她一样热心宗教，陪她去做礼拜，凡是灵修方面的功课都做得很到家；至于仆役的本分，例如清洁、准时、操守、烹饪，更是没有话说。总而言之，她是个模范仆人，同时也是一个埋伏在家里的标准敌人。阿娜凭着女性的本能，那是不大会误解女人的心思的，把巴比看得很清楚。她们你瞧不起我，我瞧不起你，而且心里都知道这一点而不表示出来。

克利斯朵夫回来那夜，阿娜痛苦到极点，虽然打定主意不再看见他，仍旧偷偷地赤着脚，在黑洞里摸着墙壁走过去。正要进克利斯朵夫卧房的时候，她忽然觉得脚底下不是光滑冰冷的地板，而是一层暖暖的、软绵绵的灰。她蹲下去用手一摸，心里明白了：原来甬道里有两三米的地方，都给铺了一层薄薄的细灰。巴比的狡计，无意中居然跟当年的矮子弗洛商用来侦查特里利斯坦和伊索尔德幽会的老办法一模一样。少数的好榜样跟坏榜样，几百年来都有人摹仿：可见人类真会保存经验。——当时阿娜毫不迟疑，一方面瞧不起这种诡计，一方面要表示什么都不怕，便继续向前，走进克利斯朵夫的卧房，也没对他提到这件令人不安的事，只在回去的时候，拿一把壁炉的扫帚，仔细把灰上的脚印扫平了。——第二天早上阿娜和巴比相见之下，一个冷冷地沉着脸，一个照例堆着笑容。

巴比有个比她年纪大一些的亲戚常常来看她。那是在教堂里看门的，做礼拜的日子就在门口站岗，缠着白地黑条、吊着银坠子的臂章，手里拿着一根上端弯曲的杖。他本行是做棺材的，名叫萨米·维兹希，人长得又高又瘦，脑袋往前伛着一点，不留胡子，像乡下老头儿一样的严肃。他对宗教很诚心，凡是有关本区教徒的谣言，他比谁都熟悉。巴比和萨米想结婚,他们互相佩服,佩服彼此的严肃,坚定的信仰,和凶狠的性格。但两人并不急于决定,都很谨慎地在暗中观察。——最近萨米来的次数比较多了,而且是神不知鬼不觉地进来的。阿娜走过厨房,往往从玻璃门中瞧见萨米靠近炉灶坐着,巴比在一边缝着东西。他们俩尽管说话,你可听不见一点儿声音,只看到巴比眉飞色舞地扯动嘴唇,萨米抿着那只一本正经的大嘴笑着,完全是副怪相:喉咙里却没有声响,屋子里静悄悄的。阿娜一进厨房,萨米就恭恭敬敬站起来,一声不出,直要等她走了才敢坐下。巴比听见开门声,马上打断了话,还故意装做刚才谈的是无关紧要的题目,极恭顺地向阿娜堆着笑脸,等待吩咐。阿娜疑心他们在议论自己;但她太瞧不起他们了,决不肯降低身份去偷听他们的谈话。

铺灰的诡计被阿娜破掉以后的第二天,阿娜跨进厨房,一眼就瞧见萨米拿着她夜里扫平脚印的小帚。原来她是在克利斯朵夫房里拿的,这时才想起忘了归还原处,竟丢在自己屋里,被巴比尖锐的眼睛发现了。此刻巴比和萨米正在推敲这件故事。阿娜声色不动,巴比顺着女主人的目光瞧着扫帚,假意笑了笑,解释道:“扫帚坏了,我要萨米给修理一下。”

阿娜不屑揭穿这个无聊的谎话,只做没听见;她瞧了瞧巴比的活儿,批评了几句,若无其事地走了出来。可是一关上门,她的傲气完全没有了,不由得躲在走廊的拐角儿上偷听,——(她的确是屈辱到了极点才会出此下策)——只听见很短促地笑了一声,接着又是一阵唧唧哝哝,轻得简直听不见。但她当时吓昏了,自以为听到了她怕听的话,似乎他们谈的是下次狂欢节中的化装会和喧扰。没有问题,他们想把铺灰的故事穿插进去……可能是她听错了;但她神经过敏到病态的程度,半个月来又老想着被公众羞辱的念头,所以她非但把不确定的事当做可能,而且是必然的了。

从此她就打定了主意。

当天晚上,——(就是狂欢节以前的星期三)——勃罗姆被请到离城二十里左右的地方去出诊,要第二天早上才能回来。阿娜关在屋里,

不下来吃饭。她预备就在这晚上实行她的计划。但她决意自个儿实行,不告诉克利斯朵夫。她瞧不起他,心里想:

“他虽然答应也不相干。男人总是自私的,只会扯谎。他有他的艺术,很快会把我忘了的。”

并且这个好像毫无恻隐之心而生性暴戾的女人,或许对她的同伴还有点儿怜悯。但她太强悍了,自己还不愿意承认有这点同情。

巴比告诉克利斯朵夫,说太太要她代为道歉,因为不大舒服,想早些休息。克利斯朵夫只能在巴比监视之下独自吃晚饭;她絮絮叨叨地在旁嚼舌,逗他开口,并且一而再、再而三地替阿娜说客气话,终于连那么轻信的克利斯朵夫也起了疑心。他正想利用这一晚跟阿娜彻底谈一谈。他也拖不下去了。当天黎明时分约定的话,他并没忘掉。如果阿娜要求,他是准备履行诺言的。同时他也明白两个人这样的自杀未免太荒唐,什么事都解决不了,只有把痛苦和丑事压在勃罗姆身上,最好还是彼此分手,自己一走了事,——只消他有勇气离开她;但这一点便大有问题,他最近不是走了又回来的吗?可是他又想,等到离开她以后觉得受不了的时候,再一个人自杀也不为迟。

他希望吃过晚饭能溜进阿娜的卧房。但巴比老跟在他背后。往常她的工作很早就完的;这一晚她偏在厨房里洗刷不完;赶到克利斯朵夫以为终于得到释放的时候,她又想出主意在通到阿娜卧房的甬道中整理一口壁橱。克利斯朵夫看到她一本正经地坐在一只高凳上,才知道她整个晚上不会走开了。他气愤至极,恨不得把她跟那些一堆又一堆的盘子碟子一齐摔下楼去;但他捺着性子,教她去问问女主人怎么样,他能不能去看她一下。巴比去了,回来用一种狡狯的、高兴的神气瞧着他,说太太好了一些,想睡一会儿,希望别打搅她。克利斯朵夫又恼又烦躁,想看书又看不下去,便回到自己屋里去了。巴比直等他熄了灯才上楼,还预备在暗中监视,特意把房门半开着,以便听到屋子里的声音。不幸她没法熬夜,一上床就睡熟了,而且一觉睡到天亮,哪怕天上打雷,哪怕存着极大的好奇心,也不会醒的。这一点对谁都瞒不了,她的打鼾声隔了一层楼也听得见。

克利斯朵夫一听到这熟悉的声音,便到阿娜房里去了。他心里非常不安，需要和她谈话，他走到门口，旋着门钮，不料门闩上了，便轻轻敲了一会儿：没有回音。他拿嘴巴贴在锁孔上，先是低声地，继而是迫切地哀求……毫无动静，毫无声息。他以为阿娜睡着了，但觉得自己心里说不出的难受。因为竭力要听屋子里的声音，他把脸紧贴在门上：一股好似从门内透出来的气味使他吃了一惊，便低下身子，仔细辨了辨，原来是煤气。他登时浑身冰冷，拼命地推房门，也顾不得会不会惊醒巴比了；可是房门动都不动……他想出来了：跟阿娜的卧室相连的盥洗室内有一个小煤气灶，一定是被她把龙头旋开了。非砸开房门不可。克利斯朵夫虽然慌乱，头脑还清楚，知道无论如何不能让巴比听见。他把全身的重量压在门上，悄悄地使劲一顶。那扇坚固而关得很严的门只格格地响了一下，还是不动。阿娜的卧室和勃罗姆的书房中间另外有扇门相通。他便绕进书房，不料那扇门也关上了。这儿的锁是在外边的，他想把它拉下来，可是不容易。他先得撬去木头里的四只大螺丝钉，但身边只有一把小刀，黑洞里什么都看不见，又不敢点火，怕把煤气引着了，连屋子都炸掉。他摸索了半日，终于把刀尖旋进一只螺丝，接着又旋进了另外一只，刀尖断了，手也弄破了；那些螺丝钉又是异样的长，怎么也旋不出来。浑身淌着冷汗，又焦急又狂乱，他脑子里忽然浮起一幅童年往事：似乎看到自己十岁的时候被关在黑房里，撬去了锁逃出屋子的情形……终于最后一只螺丝退下了，锁也拿下来了，掉下许多木屑。克利斯朵夫冲进房间，打开窗子，立刻吹进一阵冷风。克利斯朵夫撞着家具，在黑暗中找到了床，摸索着，碰到了阿娜的身子，颤巍巍的手隔着被单摸到一动不动的腿，直摸到她的腰：原来阿娜坐在床上发抖。煤气还没有发生作用：屋子的天顶很高，窗户都不大紧密，到处有空气流通。克利斯朵夫把她搂在怀里。她却气愤愤地挣扎着，嚷道："去你的罢！……你来干什么？"

她把他乱打一阵，可是感情太激动了，终于倒在枕上，大哭着说："哎哟！哎哟！得重新再来的了！"

克利斯朵夫抓着她的手，拥抱她，埋怨她，和她说些温柔而又严厉的话："你死！你自个儿死！不跟我一块儿死！"

"哼！你！"她这话是表示一肚子的怨恨，意思之间是说："你，你是要活的。”

他责备她，想用威吓的方法改变她的主意：“疯子！你不要把屋子炸掉吗？”

“我就是要这样。”她气哼哼地嚷着。

他挑动她宗教方面的恐惧，这一下果然中了她的要害。他才提了两句，她就嚷着要他住嘴。他却不顾一切地说下去，认为唯有这样，才能唤醒她求生的意志。她不出声了，只抽抽搭搭地打嗝。他说完了，她恨恨地回答：“现在你快活了罢？你做的好事！把我收拾完了，教我怎么办？”

“活下去啊。”他说。

“活下去！你不知道不可能吗？你一点儿都不知道，一点儿都不知道！”

“什么事呢？”他问。

她耸了耸肩膀：“你听着。”

于是她用简短的断续的句子，把她一向瞒着的事统统说了出来：巴比的刺探，铺灰的经过，萨米的事，狂欢节，无可避免的羞辱，等等。她说的时候也分不出哪些恐惧是有根据的，哪些是没有根据的。他听着，狼狈不堪，比她更分不出真正的危险与假想的危险。他万万想不到人家暗地里盯着他们。他想了解这个情形，一句话都说不上来：对付这一类的敌人是没办法的，他只是没头没脑地气疯了，唯一的念头是想打人。

“干吗你不把巴比打发走呢？”他问。

她不屑回答。把巴比赶出去当然比让巴比待在这儿更危险；克利斯朵夫也懂得自己问得无聊。许多思想在他脑子里冲突；他想打定一个主意，立刻有所行动。他握着抽搐的拳头说：“我要去杀他们。”

“杀谁？”她觉得这些废话不值一笑。

他勇气没有了。周围埋伏着奸细，可是一个也抓不到，每个人都是奸党。

“卑鄙的东西！”他垂头丧气地说了一句。

他倒在地下，跪在床前，把脸紧贴着阿娜的身子。——两人一声不出。她对于这个既不能保卫她又不能保卫自己的男人，觉得又可鄙又可怜。他的脸感觉到阿娜的大腿在那里冷得发抖。窗子开着,外面气温很低;明净如镜的天空,星都打着哆嗦。

她看见他跟自己一样的失魂落魄,心里痛快了些;然后声音很凶但又很困倦地吩咐:“去点一支蜡烛来!”

他点了火。阿娜牙齿格格地响着,蜷着身子,抱着手臂放在胸口,下巴放在膝盖上。他关了窗,坐在床上,抓着阿娜冰冷的脚,用手跟嘴巴焐着。她看了不由得感动了。

“克利斯朵夫!”她叫了一声,眼神凄惨到极点。

“阿娜!”

“咱们怎么办呢?”

他瞅着她回答:“死罢。”

她快活得叫起来:“噢!真的吗?你也愿意死吗?……那末我不孤独了!”说完,她把他拥抱了。

“你以为我会丢掉你吗?”

“是的。”她低声回答。

他听了这句话,才体会到她痛苦到什么地步。

过了一忽儿,他用眼睛向她打着问号,她明白了,回答说:“在书桌的抽屉里。靠右手,最下面的一个。”

他便去找了。抽屉的尽里头果然有把手枪,那是勃罗姆在大学念书的时代买的,从来没用过。克利斯朵夫又在一只破匣子内找到几颗子弹,一股脑儿拿到床前。阿娜望了一眼,立刻掉过头去。克利斯朵夫等了一会儿,问道:“你不愿意了吗?”

阿娜猛地回过身来:“怎么不愿意!……快点儿!”

她心里想:“现在我得永远掉在窟窿里了。早一些也罢,晚一些也罢,反正是这么回事!”

克利斯朵夫笨手笨脚地装好了子弹。

“阿娜,”他声音发抖了,“咱们之中必有一个要看到另外一个先死。”

她一手把枪夺了过去,自私地说:“让我先来。”

他们俩还在互相瞧着……可怜!便是快要一块儿死的时候,他们觉得彼此还是离得很远！……各人都骇然想着：“我这是干的什么呢？什么呢？”

而各人都在对方眼中看出这个念头。这件行为的荒唐，在克利斯朵夫尤其感觉得清楚。他整个的一生都白费了；过去的奋斗，白费了；所有的痛苦，白费了；所有的希望，白费了；一切都随风而去，糟掉了；一举手之间，什么都给抹得干干净净……要是在正常状态中，他一定会从阿娜手中夺下手枪，往窗外一扔，喊道：“不！我不愿意。”

可是八个月的痛苦，怀疑，令人心碎的丧事，再加这场狂乱的情欲，把他的力量消耗了，把他的意志斫丧了，他觉得一无办法，身不由主……唉！归根结底，有什么关系？

阿娜相信这样的死就是灵魂永远不会得救的死，便拼命地想抓住这最后一刹那：看着摇曳不定的灯光照着克利斯朵夫痛苦的脸，看着墙上的影子，听着街上的脚声，感到手里有一样钢铁的东西……她抓住这些感觉，仿佛一个快淹死的人抱着跟他一起沉下去的破船。以后的一切都是恐怖。为什么不多等一下呢？可是她反复说着：“非如此不可……”

她和克利斯朵夫告别了，没有什么温情的表示，匆匆忙忙的，像一个怕错失火车的旅客；她解开衬衣，摸着心，拿枪口抵在上面。跪在床前的克利斯朵夫把头钻在被单里。正要开放的时候，她左手放在克利斯朵夫的手上，好比一个怕在黑夜中走路的孩子……

那几秒钟工夫真是可怕极了……阿娜没有开枪。克利斯朵夫想抬起头来抓住阿娜的手臂，但又怕这个动作反而使阿娜决意开放。他什么也听不见了，失去了知觉……直听到一声哼唧，他方始仰起头来，看见阿娜脸色变了，把手枪扔在床上，在他面前，她哀号着说：“克利斯朵夫！子弹放不出呀！……”

他拿起手枪看了看，原来生了锈，机关还是好的；也许是子弹不中用了。——阿娜又伸出手来拿枪。

“算了罢！”他哀求她。

“把子弹给我！”她带着命令的口吻。

他递给了她。她仔细瞧了瞧，挑了一颗，浑身哆嗦地上了膛，重新把火器抵住胸部，扳着机钮。——还是放不出。

阿娜一撒手把手枪扔了,嚷着:“啊！我受不了！受不了！他竟不许我死!”

她在被单中打滚,像疯子一般。他想走近去,她又叫又嚷地把他推开了,终于大发神经。克利斯朵夫直陪她到天亮。最后她安静下来,差不多没有气了,闭着眼睛,惨白的皮肤底下只看见脑门的骨头和颧骨:她像死了一样。

克利斯朵夫把乱七八糟的床重新铺好,捡起手枪,拆下的锁也装还原处,把屋子都整理妥当,走了;时间已经七点,巴比快来了。

勃罗姆早上回家的时候,阿娜还是在虚脱状态。他明明看到发生了一些非常的事,但既不能从巴比那儿,也不能从克利斯朵夫那儿知道。阿娜整天地不动,眼睛闭着,脉搏微弱到极点,有时竟完全停止;勃罗姆好不悲痛地以为她的心已经不会跳了。慌乱之下,他对自己的医道起了怀疑,便找了一个同道来。两人会诊的结果,决定不了这是发高热的开始呢,还是一种忧郁性的神经病:还得仔细观察病状的变化。勃罗姆老是守在阿娜床头,连饭也不愿意吃了。到了晚上,脉搏并不像寒热,而是极度的疲乏。勃罗姆喂了她几羹匙牛乳,马上吐掉了。她的身体在丈夫的臂抱中像折臂断腿的木偶。勃罗姆在她身边坐了一夜,时时刻刻起来为她听诊。巴比并不为了阿娜的病着慌,但非常尽职,也不愿意睡觉,和勃罗姆一块儿守夜。

星期五,阿娜眼睛睁开了。勃罗姆和她说话,她却不觉得有他这个人,只是一动不动,眼睛瞪着墙上的一角。中午,勃罗姆看见她大颗大颗的眼泪从瘦削的腮帮上直淌下来;便很温柔地替她抹着,但她始终流着泪。勃罗姆喂了她一些东西,她完全听人摆布;晚上又说了些没头没脑的话,提到莱茵河,想跳下去,可是河水太浅。她迷迷糊糊地始终想着自杀的念头,想出种种古怪的死法,而老是死不了。有时她不知跟什么人在那里争论,神气又愤怒又恐惧;她也跟上帝谈话,固执地向他证明是他错了;再不然是眼中燃着情欲的火焰,说出一些她似乎不会知道的淫荡的话。一忽儿她注意到巴比,清清楚楚地吩咐她第二天应该洗的衣服。夜里,她昏昏地睡着了;忽而又抬起身子,勃罗姆赶紧跑上去。她神气好古怪地瞅着他,结结巴巴地,很不耐烦地,胡说一阵。

“亲爱的阿娜，你要什么呀？”他问。

她恶狠狠地回答说：“去把他找来！”

“找谁啊？”

她依旧瞅着他，还是那样的表情，突然之间哈哈大笑；然后用手摸了摸脑门，哼唧着说：“哎！上帝！你忘了罢！……”

她说着又睡熟了，很安静地睡到天亮。快拂晓的时候，她身子欠动了一会儿；勃罗姆扶着她的头，给她喝水；她很和顺地喝了几口，亲了一下勃罗姆的手，又昏迷了。

星期六早上九点左右，她醒过来，一言不发，伸出腿来想下床。勃罗姆要她睡下。她却非下床不可。他问她干什么。她回答说：“做礼拜去。”

他跟她解释，说今天不是星期日，教堂关着。她不声不响，尽管坐在床边的椅子上，手指颤巍巍地穿衣服。勃罗姆的朋友，那位医生，恰好走进房里，便跟勃罗姆一同劝阻；后来看她一味坚持，就察看了一下病状，也答应她出去了。他把勃罗姆拉在一边，说他太太的病似乎完全在精神方面，最好顺着她一点，出去也没什么危险，只要有勃罗姆陪着。勃罗姆就对阿娜说跟她一块儿去。她先是拒绝，要自个儿出门。但她在房里才走了几步就摇摇晃晃，便一声不响，抓着勃罗姆的手臂出去了。她身子虚得厉害，路上时时刻刻地停下。好几次他问她愿不愿意回家，她可是继续往前走。到了教堂，就像预先告诉她的一样，大门关着。阿娜坐在门口一条凳上，打着寒战，直坐到中午，然后搀着勃罗姆的胳膊，悄悄地走回来。晚上她又要上教堂。勃罗姆苦劝也没用，只得重新出门。

克利斯朵夫那两天完全是孤独的。勃罗姆心事重重，当然想不到他了。只有一次，星期六上午，因为阿娜闹着要出门，他想转移目标，问她愿不愿意见见克利斯朵夫。不料她立刻显得又害怕又厌恶，把他吓得从此不敢再提克利斯朵夫的名字。

克利斯朵夫关在自己屋里。忧急，爱情，悔恨，一片混沌的痛苦在他胸中交战。他把所有的罪过都加在自己身上，痛恨自己。好几次他站起身来想把事情向勃罗姆和盘托出，——可是又立刻想到，那只能多添一个痛苦的人。他始终受着情欲控制：老是在甬道里，在阿娜的门外走来走去，一听见脚声又马上逃到自己屋里。

下午，阿娜由勃罗姆陪着出去的时候，克利斯朵夫躲在窗帘后面看到了。原来是身子笔直、姿势挺拔的人，现在竟驼着背，缩着头，皮色蜡黄，人也显得老了；勃罗姆替她裹着大衣与围巾，她身子缩做一团，难看死了。但克利斯朵夫并没看见她的丑，只看见她的不幸，心中充满着怜悯与爱，恨不得奔过去跪在地下，亲她的脚，亲她这个被情欲扫荡的身体，求她原谅。他一边望着她一边想："这是我的成绩！……"

他在镜子里也看到了自己的形象：脸色一样的难看，身上同样有着死亡的记录。于是他又想："是我的成绩吗？不是的。那是教人失掉理性的、致人死命的、残酷的主宰的成绩。"

屋子里一个人都没有。巴比到街坊上报告一天的经过去了。时间一分钟一分钟地过去，敲了五点。克利斯朵夫想到快要回来的阿娜和快要临到的黑夜，突然害怕起来。他觉得这一夜再没勇气跟她住在一幢屋子里了，理智完全被情欲压下去了。他不知道会干些什么事，也不知道自己要些什么，除了要阿娜以外。他无论如何要阿娜。想到刚才在窗里看见的那张可怜的脸，他对自己说："啊！把她从我手里救出去罢！……"

他忽然下了决心，把散满一桌的纸张急急忙忙收起，用绳扣好，拿了帽子跟外套，出去了。走在甬道里靠近阿娜房门的地方，他突然害了怕，加紧脚步。到了楼下，他对荒凉的园子最后瞧了一眼，像贼一样地溜出大门。冰冷的雾刺着皮肤。克利斯朵夫沿着墙根走，唯恐遇到一张熟识的脸。他直奔车站，踏上一节开往卢塞恩的火车，在第一站上写了封信给勃罗姆，说有件紧急的事要他离开几天，很抱歉在这种情形之下跟他分别，希望他和他通信，给了他一个地址。到了卢塞恩，他又换乘开往戈塔的火车，半夜里在阿多夫和哥施埃能中间的一个小站上跳下来，根本不知道这地方的名字，以后也从来没有知道。他在车站旁边看到一家小客店就歇了脚。路上是一片汪洋。倾盆大雨下了一夜，又下了明天一天。雨水从一个破烂的水斗中泻下来，声音像瀑布一般。天上地下都被洪水淹没了，溶化了，像他的思想一样。他躺在潮湿而有股煤烟味的被单里，没法睡觉，心中老想着阿娜所冒的危险，竟忘了自己的痛苦。无论如何不能让她受到公众的侮辱,非给她一条出路不可。在极端兴奋的情形之下,他忽然想出了一个古怪的主意:写信给城中和他有点来往的少数音乐家中的一个,糖果商兼管风琴师克拉勃。他告诉他说,为了一件爱情的纠葛,他上意大利去了;那件事他没到勃罗姆家以前就开始的,他本想在那里把热情压下去,可是办不到。信写得相当明白,可以使克拉勃懂得,也相当的含混,可以让克拉勃用他自己的猜想去补充。克利斯朵夫要求克拉勃保守秘密,因为知道那家伙最喜欢说短道长,预备他一接到信就把事情张扬出去。——事实上也果真是这样。为了进一步的淆惑听闻,克利斯朵夫在信尾又加上几句,对勃罗姆与阿娜的病表示很冷淡。

当夜和第二天,他一心一意想着阿娜,把自己和她一起消磨的最后几个月,一天一天地回想起来。他从热情的幻景中去看她,永远拿她当做自己理想中的人物,给她一种精神上的伟大,悲壮的意识,因为这样他才更爱她。阿娜既不在眼前,这些热情的谎言当然更像事实了。他认为她天生是个健全而自由的人,受着压迫,想挣脱她的枷锁,渴慕一种坦白的、阔大的生活;然后她又害了怕,把本能压下去,因为它们不能跟她的命运调和,反而使她更痛苦。她对他喊着:“救救我!”他便紧紧地抱着她美丽的身体。所有的回忆把他折磨着;他觉得加深自己的伤痕有种痛苦的快感。白日将尽,苦闷越来越厉害,简直不能呼吸了。

他莫名其妙地站起来,走出卧房,付了旅馆的账,搭上第一班往阿娜的城市开去的火车,半夜里到了那儿,直奔勃罗姆家。小巷子里有一个和勃罗姆的花园接连的园子。克利斯朵夫翻过墙头,跳进邻家的花园,再跳进勃罗姆的花园,站在屋子前面:漆黑一片,只有一盏守夜灯的微光照着一扇窗,——阿娜的窗。阿娜就在那里受苦。他再跨一步就可以走进屋子了,手已经向门钮伸出去了。但他瞧了瞧自己的手,瞧了瞧门,园子,突然明白了自己的行动。七八小时以内,他完全糊涂了,到这时才醒过来,吓得浑身哆嗦。他竭力振作了一下,把那双好像钉在地下的脚拔起来,奔到墙边,爬过去,逃了。

当夜他就离城,第二天跑到山里去隐在一个盖着白雪的小村子内……去埋葬他的心事,催眠他的思想,努力忘掉一切!……

所以你得起来，用你精神的力量
克服你的疲倦，
只要你神完气足，不为形役……

于是我就起来，拿出我本来没有的，
那种大无畏的精神，回答：
善哉善哉！我多么坚强，多么勇敢！

——《神曲·地狱》第二十四

我的上帝,我干犯了你什么呀?为什么要打击我呢?从我童年起,你就给了我贫穷,要我奋斗。我毫无怨言地奋斗了。我也爱我的贫穷。你给我的这颗灵魂,我曾经努力保持它的纯洁;你放在我心中的这朵火焰,我曾经努力抢救……主啊,你却是拼命要毁灭你所创造的东西,你把这火焰熄灭了,把这灵魂污辱了,凡是我赖以生存的都被你剥夺了。我在世界上只有两件财宝:我的朋友和我的灵魂。现在我一无所有了。你把什么都拿走了。在荒漠的世界上,只有一个人是属于我的,而你从我手里抢去了。我们两个人的心等于一颗,而你把它们撕破了;你给我们尝到相依为命的甜蜜,为的是要我们更感到生死永诀的惨痛。你在我的周围,在我的心中,造成了一片空虚。我身心交瘁,我病了,没有意志,没有武器,好比一个在黑夜里啼哭的孩子。你可是特意在这个时间打击我。你轻轻地,像个奸细似的,从背后走来把我刺伤了;你对我放出情欲,放出你的那条恶狗。你知道我那时没有气力,不能奋斗;情欲把我制服了,把我什么都拿走了,一切都给玷污了,一切都毁灭了……我对自己厌恶到极点。倘若我能把心中的痛苦与羞耻叫喊出来,或是在创造的巨浪中把它忘掉,倒也罢了!可是我没有精力,创作的机能也萎缩了。我像一株死了的树……死,我不是等于死了吗?噢,上帝!把我解放了罢,把这个肉体跟灵魂一齐毁灭了罢,别让我留在世界上了,别让我活下去了,别让我无穷无尽地在沟壑中挣扎了!慈悲的上帝,把我杀了罢!

克利斯朵夫的理智早已不信上帝,可是他在痛苦中依旧向他这样地呼吁。

他躲在瑞士的汝拉山脉中一个孤独的农家。屋子背靠着树林,藏在山坳里:后面是一块隆起的高地,挡住了北风;前面是林木茂密的斜坡,沿着草地迤逦而下。岩石到了某个地方突然完了,形成一座削壁;拳曲的松树挂在边缘上,枝条修长的榉树往后仰着。天色黯淡。渺无人迹。一片茫无边际的空间。整个的世界都在雪底下睡着。只有半夜里,狐狸在林间悲啼。那是严冬将尽的时节。迟迟不去的冬天。永无穷尽的冬天。似乎快完了,不料它又重新开始。

可是一星期以来，昏睡的土地觉得它的心复活了。似是而非的初春悄悄地溜入空中，溜入冰冻的地下。像翅膀一般伸展着的榉树枝上，雪滴滴答答地掉下来。一望皆白的草原上面，已经有些嫩绿的新芽像针尖似的探出头来；它们周围，在雪的空隙中间，潮湿的黑土仿佛张着小嘴在那里呼吸。每天有几个钟点，在坚冰底下昏睡的流水重新吐出喁喁的声音。光秃的林中，几只鸟唱出尖锐响亮的歌。

克利斯朵夫对这些都没留意。在他，一切都跟从前一样。他不是成天在房里打转，就是在外边乱跑，绝对没法休息。灵魂被内心的妖魔分割完了。它们在那里互相搏斗。被压制的情欲照旧发疯般地乱冲乱撞。而憎恶情欲的心理也是同样的激烈。它们互相咬着咽喉，要拼个你死我活，克利斯朵夫的心被它们撕裂了。同时还有关于奥里维的回忆，关于他死亡的哀痛，创造欲不得满足的苦闷，看到了虚无而竭力反抗的傲气。总而言之，所有的妖魔都在他心里，不让他有一分钟安静。即使有高潮退落，表面上比较平静的时候，他也孤独到极点，在心中找不到一点儿自己的东西：思想，爱情，意志，都被毁尽了。

创造！创造才是唯一的救星。把生命的残渣剩滓丢在波涛里罢！乘风破浪，逃到艺术的梦里去罢！……创造！他要创造，可是办不到。

克利斯朵夫的工作一向是没有规律的。在身心康健的时候，他非但不用担忧精力会衰竭，倒反觉得过于旺盛的元气是种累赘。他完全逞着性子，高兴工作就工作，不高兴工作就不工作，没有任何固定的规则。实际上他随时随地都在工作，头脑从来不空闲的。生命力没有他那么丰富而更深思熟虑的奥里维，曾经屡次告诫他：

“小心点儿。你太信任你的力了。那好像山上的激流：今天滔滔滚滚，明天可能点滴无存。一个艺术家应当把他的才气抓在手里，不能随便挥霍。你应当疏导你的精力，把它纳入正规。你得用习惯来约束自己，按时按日地工作。这种习惯对于一个艺术家的重要，不下于操练步法之对于一个士兵的重要。逢到精神骚动的时候，——（那是永远免不了的）——工作的习惯等于你的一副铁甲，可以使你的心灵不至于崩溃。我很知道这一点。我能够活到现在，就是靠了它。”

克利斯朵夫听了只是嘻嘻哈哈：“那对你是好的，朋友！厌倦人生吗？哼！我才不会呢！我胃口太好了。”

奥里维耸了耸肩膀：“物极必反。最强壮的人闹起病来是最危险的。”

奥里维的话此刻证实了。朋友死了以后，克利斯朵夫的内心生活并不马上枯竭，可是变得断断续续的，会突然之间奔泻一阵，然后又埋在泥土底下不见了。克利斯朵夫没留意这情形；那时他对什么都无所谓。悲痛与方在萌动的情欲占据了整个的思想。——但是飓风过后，他又想找那个泉源来解渴的时节，便什么都找不到了。只有一片沙漠，一滴水都没有。心灵枯涸了。他尽管在沙土中挖掘，想教地下的潜流飞涌出来，尽管不惜任何代价地要创造，精神可不听指挥了。他不能向习惯求救。而习惯才是忠实的盟友；我们有时会把一切的生活意义都失掉，只有它始终如一，永远跟着我们，一声不出，一动不动，直瞪着眼睛，抿着嘴唇，用它那双稳定的，从来不哆嗦的手，带着我们穿过危险的行列，直到我们重见光明，对人生又有了兴趣的时候为止。克利斯朵夫却是孤零零的，他的手在黑夜里碰不到一只援助他的手。他没有力量再爬上山顶去迎接阳光。

这是最凶险的关口。他觉得快要发疯了。有时他跟自己的头脑做着荒唐而狂乱的斗争，因为他像狂人一样有些执着的念头，数目和他纠缠不清：他往往数着地板，数着森林中的树木。有时根音①的数目字与和弦的度数在他脑中打架。有时他像死人一样的虚脱。

没有一个人关切他。他住的是一所偏屋，跟正屋分开的。卧房归他自己收拾，——并且也不天天收拾。每顿饭都由人家送来，放在楼下；他简直看不见一个人。房东是沉默而自私的乡下老头，根本不理会他。克利斯朵夫吃东西也好，不吃东西也好，那是他自己的事。连克利斯朵夫晚上回不回家也不大有人注意。有一次他在林中迷了路，半个身子陷在雪里，差点儿回不来。他竭力用疲劳来磨自己，免得思想，可是不成。他很少有机会能不胜困惫地睡上几小时。

关切克利斯朵夫的唯有一头圣·裴那种的老狗：他坐在屋子前面

---

① 根音为和声学上的专门名词。

的凳上,它过来把眼睛血红的大脑袋靠在他的膝上。他们俩你望着我,我望着你,可以瞧上大半天。克利斯朵夫让它待在身边,像病中的歌德一样,并不为这双眼睛有什么不安,也不想对它们说:“去你的罢!……你这是白费气力,鬼东西,你抓不住我的!”

他听让这一对表示哀求的、半睡半醒的眼睛吸引,同时他也很想帮助它们,觉得这是一颗被拘囚的灵魂向他求告。

因为受着痛苦的磨炼,活活地脱离了人生,遭着人类自私自利的蹂躏,他才看到了被人类迫害的牺牲者,看到了人类得意扬扬地屠杀别的生物的战场,心中不由得又怜悯又厌恶。便是在幸福的时候,他也一向喜欢动物,不忍看到它们受虐待,对于打猎有种强烈的反感,只因为怕人笑话而不敢表示出来,或许对自己也不敢承认;但他不愿意亲近某些人,骨子里的确是为了这个原因;他从来不能跟一个以杀害动物为乐的人做朋友。这倒不是为了温情主义:他比谁都明白生活是建筑在痛苦与残忍上面的,一个人要活着就不能不使旁的生物受苦。那不是闭上眼睛,说说空话所能解决的。也不能因此而放弃生活,像小孩子一般地抽抽搭搭。倘若今日还没有旁的方法可以生活,就得为了生活而杀戮。但为杀戮而杀戮的人是个凶手。虽然是无意识的,可究竟是凶手。人类应当努力减少痛苦与残忍:这是我们最重要的责任。

平时这些思想在克利斯朵夫心中是深深地埋着的。他不愿意去想它。想有什么用呢?有什么办法呢?他应当成为克利斯朵夫,完成他的事业,不惜任何代价地求生存,哪怕要牺牲一些弱者也得生存……世界不是他造的……别想罢,别想罢!

可是等到他也遭了祸害,打了败仗,就非想到不可了!从前他责备奥里维,不该对于人家所受的和给旁人受的苦难抱着无谓的同情,自己为之而悔恨交集更加是多此一举。如今他却比奥里维更进一步:因为他元气充足,所以冲动之下,对宇宙间的悲剧看得格外透彻。他体会到世界上所有的痛苦,仿佛自己的皮肉都被剥光了。一想到那些动物,他不由得浑身战栗;悲愤到极点。他完全了解禽兽眼中的表情,看到它们有一颗和他的灵魂一样的灵魂,一颗无法申诉的灵魂。它们的眼睛在那里嚷着:“我又没侵犯你们,干吗要教我受罪呢?”

日常看惯了的最平淡的景象,此刻他都受不了:——或是一头关在栅栏里哀鸣的小牛,大眼睛突在外面,眼白带着蓝色,粉红的眼皮,白的眼睫毛,堆在脑门上的鬈毛,紫色的面部,向内蜷曲的膝骨;——或是一头羔羊被一个乡下人缚着四脚倒提着,把脑袋拼命往上仰,像小孩子般地哼哼唧唧,伸着灰色的舌头,咩咩地叫着;——或是挤在笼里的母鸡;——或是一头被人屠杀的猪在远处哀号;——或是在厨房桌上被人破了肚子的鱼……人类加在这些无辜的动物身上的酷刑,都紧紧地掐着他的心。假定它们也有一点儿理性的话,世界对于它们该是一场多么可怕的噩梦!那些麻木不仁、又盲又聋的人,割着它们的喉管,剖着它们的肚子,把它们腰斩,活活地烧着,看着它们痛苦地抽搐。便是在非洲吃人的种族里头,也没有比这个更残暴的事。对于一个没有成见的人,看到动物的痛苦比人类的痛苦更难忍受。因为人的受苦至少被认为不应该的,而使人受苦的也被认为罪人。但每天都有成千累万的动物受到不必要的屠杀,大家心上没有一点儿疙瘩。谁要提到这一点,就会给人笑话。——然而这的确是不可赦免的罪恶。只要犯了这一桩罪,人类无论受什么痛苦都是活该的了。这是他欠下的血债。如果真有一个上帝而竟容忍这种罪恶,那就是上帝欠的血债。倘若上帝是慈悲的,那末最卑微的生灵就应该得救。倘若上帝只对强者发慈悲,而对于弱者,对于给人类做牺牲的下等的生物没有正义,那末压根儿就没有什么慈悲,什么正义……

可怜人类的屠杀在宇宙的大屠杀中还不算一回事呢。禽兽也在互相吞噬。和平的植物,无声无息的树木,在它们之间也等于凶暴的野兽。所谓森林的恬静,只是文人学士的好听的辞藻而已,因为他们只认识书本中的宇宙……克利斯朵夫屋子旁边的森林中就有着可怕的斗争。杀人犯似的榉树扑在美丽的松树身上,掐着像古希腊柱头那样苗条的腰肢,使它们窒息。同时它们也扑在橡树身上,把它们拗得折臂断腿。巨人式的百臂的榉树,一株抵得上十株的树,把周围的一切都毁灭了。没有敌人的时候,它们便同类相残,彼此扭做一团,好像洪荒时代的巨兽。斜坡下面的树林里还有皂角树在林边望里头钻进来,攻击小松树,压着敌人的根株,用树胶把它们毒死。那是拼个你死我活的斗争,得胜的把敌人的地盘和残骸一齐并吞了。大妖魔没收拾完的,还有小妖魔来收拾。长在根上的菌竭力吮吸病弱的树,慢慢地消耗它的元气。黑蚁侵蚀那些已经在腐烂的林木。几千百万看不见的虫豸把一切蛀蚀,穿洞,把生命化为尘土……而这些战斗都是在静默中搬演的!……自然界的和平不过是一个悲壮的面具,面具底下还不是生命的痛苦与惨酷的本相吗?

克利斯朵夫笔直地往下沉了。但他不是一个束手待毙,让自己淹死的人。他心里想死,事实上却是竭尽所能地求生存。莫扎特说过,"有一等人是始终要奋斗的,除非到了实在没办法的时候。"克利斯朵夫便是这样的人。他觉得自己快消灭了,所以一边往下掉一边舞动手臂,东抓抓,西找找,想找一个依傍,让自己吊着。他以为找到了。他才想起奥里维的孩子,立刻把所有的求生的意志寄托在他身上,拼命把他抓住了。对啦,他应当找这个孩子,要人家给他,让他教养,让他爱,代替父亲的地位,——他要使奥里维在儿子身上再生。既然他因为痛苦而变得自私了,怎么不早想到这一点呢?于是他写信给抚养孩子的赛西尔,很焦心地等着回音。他全副精神想着这个念头,教自己镇静:——啊,还有个希望呢。而且他很有把握,因为知道赛西尔的心是极好的。

回信来了。赛西尔告诉他,奥里维死后三个月,一位戴孝的太太跑到她家里来对她说:"还我孩子!"

这便是当初丢下奥里维和孩子的女人,——雅葛丽纳,可是已经面目全非。她那次疯狂的爱情没有多久就完了。情人还没有对她厌倦的时候,她先对情人厌倦了,回到母家,丧气至极,对一切都厌恶,人也老了许多。为了那桩闹得沸沸扬扬的桃色事件,许多朋友跟她断绝了。平时行为最不检点的人并不是最宽容的。连她的母亲都对她表示那样的轻蔑,使她住不下去。她看破了社会上的虚伪。奥里维的死更是个重大的打击。她那副失魂落魄的神气,教赛西尔不忍拒绝她的要求。把一个视同己出的小娃娃退还给人家当然是极难受的,但对一个比你更有权利而且更不幸的人,骨肉分离岂不更痛苦吗?她原来想写信给克利斯朵夫，征求他的意见。但克利斯朵夫从来没答复她的信，她已经不知道他的通信处，甚至也不知道他是不是还活着……人生的快乐得而复失，有什么办法？唯有隐忍而已。主要是孩子能够幸福，能够有人爱……

回信是傍晚到的。迟迟不去的冬天又下了雪，下了整整的一夜。已经长出新叶的树林中，枝条又被积雪压断了，噼噼啪啪地响着，像战场上的声音。克利斯朵夫独自待在屋里，不点灯火，在白光闪烁的黑影里每次听到林中悲壮的声响都吓得直跳；他也像那些树木一样，给沉重的担子压得格格地响着。他想：

"如今是什么都完了。"

一夜过后，又是白天；树木并没有断。整整那一天，整整那一夜，还有以后的几天几夜，树木继续受着压迫，噼噼啪啪地响着，可始终没断下来。克利斯朵夫一点儿生存的意义都没有了，可是照旧活着。他再没有理由奋斗了，可是他照旧奋斗，一拳来一脚去，跟那腐蚀他脊骨的无形的敌人肉搏，好比雅各对天神的苦斗。他对斗争并不存什么希望，只等有个结束：他永远在那里苦斗，嘴里喊着：

"你尽管把我打倒罢！干吗不打倒我呢？"

几天过去了。克利斯朵夫的苦斗告了个段落，所有的生命力都消耗完了。可是他仍旧撑着身子，走出门去。唉，那些在生命的空白中有个坚强的种族支持的人，还是幸福的。祖父的跟父亲的腿，把快要倒下来的儿子的身体撑住了；强壮的祖先们一举手之间把那颗筋疲力尽的灵魂给托住了，好像战士虽死，他的坐骑还是把他驮着。

他走在两个土洼中间一条高起的路上，又走下一条地上都是尖石头的小径，石头中盘根错节地长着些发育不全的橡树根；他不知道自己往哪儿去，但脚步比神志清楚的人更稳实。他没有睡觉，几天以来差不多没吃过东西，眼睛前面蒙着一层雾，向着下边的山谷走去。——那时正是复活节的前几日。天是阴的。冬季最后一个寒潮退下去了，和煦的春天正在酝酿中。下面许多小村子里传来一阵阵的钟声。先是从山脚下土坳里的一个钟楼上来的;钟楼顶上盖着杂色的干草,有黑的,有黄的,长着一层苔藓,像丝绒一样。接着是另一山腹中看不见的那个钟楼。随后又是对河平原上的那些。还有在很远的地方,雾霭苍茫中的一个村子隐隐约约发出一片模糊的声音……克利斯朵夫停住脚步,几乎要昏过去了。那些声音似乎对他说:

"到我们这儿来罢!这儿只有和平,没有痛苦。不但痛苦消灭了,思想也消灭了。我们可以催眠你的灵魂,让它在我们的臂抱中睡着。来罢,休息罢,你从此不会醒了……"

他觉得多么疲倦!真想睡觉。可是他摇摇头,回答:

"我所找的不是和平,而是生命。"

他又往前走,不知不觉走了好几里地。因为身体虚弱,头昏目眩,最单纯的感觉也有意想不到的反响。他的思想在天上地下反射出许多奇奇怪怪的微弱的光。在他前面,照着阳光的荒凉的路上闪过一个不知从何而来的影子,把他吓了一跳。

到一个树林出口的地方,他发觉近边有个村子,因为怕见人,马上回头走,可是不能不走近村子高头的一座孤零零的屋子:它靠着山腰,像一所疗养院,四周是个向阳的大花园,寥寥落落的有几个步子不大稳健的人在沙道上走着。克利斯朵夫没有留意;但在小径的拐角儿上,他劈面遇到一个眼睛惨白的人,软绵绵地坐在两株白杨底下的凳上,脸又胖又黄,眼睛直勾勾地瞪着前面。身后另外坐着一个人。两人都不出一声。克利斯朵夫已经在他们面前走过了,又忽然停下来,觉得那双眼睛是他认识的,回过头去瞧了瞧。那人始终不动,瞪着前面,仿佛有一个固定的目标。旁边那个看见克利斯朵夫招手,便走过来。

"他是谁啊?"克利斯朵夫问。

"疗养院里的一个病人。"那人指着屋子回答。

"我好像认识他的。"

"可能的。他是一个德国很出名的作家。"

克利斯朵夫说出一个姓名。——果然是的。克利斯朵夫从前在曼海姆杂志上写文章的时代跟他见过。那时他们处于敌对的地位。克利斯朵夫才露头角,对方已经成名了。他性格很强,很有自信,不是他的作品他都瞧不起。他那些写实的、刺激感官的小说,不像一般流行的作品那么庸俗。克利斯朵夫虽然讨厌他,对于他那种世俗的、真诚的、范围狭小的,但很完美的艺术,也不由得暗暗钦佩。

"他这个病已经有一年了,"那个看守的人说,"医过一阵,大家以为他好了,送他回去了。不料又发了。一天晚上,他竟然从窗里跳下去。初到这儿的时候,他又是骚动,又是叫嚷;现在可非常安静,整天就这样地坐着。"

"他在那里瞧什么呢?"克利斯朵夫问。

他走近凳子,不胜怜悯地瞅着这个被病魔打败的人,脸上没有一点血色,眼皮很厚,一只眼睛差不多闭着。那疯子似乎不知道克利斯朵夫在他旁边。克利斯朵夫叫着他的姓名,握着他的手,——觉得又软又潮,丝毫无力,像一样死的东西;他不敢再把它拿在自己手里。疯子把往上翻起的眼睛向克利斯朵夫瞧了瞧,又瞪着前面,呆头呆脑地笑着。

"你瞧什么啊?"

"我等着。"那人一动不动地低声回答。

"等什么?"

"等复活。"

克利斯朵夫打了个寒噤,赶紧跑了。这句话像火箭一般地射到他的心里。

他没头没脑地往森林里钻,朝着回家的方向爬上山坡,因为心绪很乱,迷了路,走进一个大松林。一片阴影,万籁无声。不知从哪儿来的几点火黄的阳光透入浓厚的阴影。克利斯朵夫被这几道光催眠了,觉得周围漆黑一团。他踏着厚厚的针毡,像脉管般隆起的树根常常绊他的脚。树下没有一株植物,没有一片藓苔。枝头上也没有鸟声。树身下部的枝条已经枯了,所有的生机全躲在上面有阳光的地方。再往前去,连这点儿生意也熄灭了。那是树林中间被某种神秘的病侵蚀的部分。各种细长的地衣像蜘蛛网似的包裹着红红的松枝,把它们从头到脚捆缚着,从这一株树蔓延到那一株树,把森林窒息了。它们像水底下的海藻,到处伸着触角。四下里也如同海洋深处一样的静寂。高头的阳光暗淡了。死气沉沉的林中不知怎么溜进了一片雾,包围着克利斯朵夫。一切消灭了;什么都没有了。他乱窜了半小时;白茫茫的雾越来越浓,变得黑沉沉的,刺他的喉咙;他自以为往前直走,其实在那里绕圈子,松树上挂着奇大无比的蜘蛛网,雾气经过的时候在网上留下摇摇欲坠的水珠。临了,天罗地网似的迷阵露出一个空隙,让克利斯朵夫走出了海底森林,又看到些生气蓬勃的树木,松树跟榉树的无声的斗争。但周围还是没有一点儿动静。酝酿了几小时的静默,骚动起来了。克利斯朵夫停下来听着。

突然之间远远地来了一阵波涛。树林深处先卷起一阵风,像奔马似的到了树顶上,树尖都像水浪一般地波动。那阵风好比弥盖朗琪罗画上的上帝在百丈巨涛中汹涌而来,在克利斯朵夫头顶上滚过。森林为之战栗,克利斯朵夫的心也为之战栗了。那是大地回春的先兆……

然后一切又静下来。克利斯朵夫懔懔然赶回家,两腿索索地抖个不住,走到屋门口,像被人追逐似的望后回顾了一下。天地仿佛死了。山坡上的树林都死气沉沉地睡着了。静止不动的空气显得异样的透明。万籁无声。唯有一道剥蚀岩石的泉水,呜呜咽咽地替大地唱着哀歌。克利斯朵夫浑身滚热地睡下。和他一样烦躁不安的牲口在隔壁的牛棚里骚动……

夜里,他迷迷糊糊地似睡非睡。远远地又起了一阵波涛:风又来了,这一回却是飙风,——是春天的季候风,它吐出灼热的呼吸,使酣睡未醒,打着寒噤的土地感到一点儿温暖;它把冰溶解了,把一路上的甘霖都给带来了。土洼那边的树林中,风像打雷一般咆哮怒吼,越来越近,越来越膨大,以千军万马之势冲上山坡;整个山林都是一片呼啸声。屋子里有匹马嘶鸣不已,几头母牛也跟着叫。克利斯朵夫坐在床上听着,连头发也竖了起来。狂风吹到了,呼呀呼呀地直叫,定风针格格地响着,屋瓦乱飞,屋子也摇摇欲动。一个花盆给吹在地下,打破了。克利斯朵夫没有关严的窗哗啦啦地打开了,一阵热风直冲进来,劈面吹着克利斯朵夫,也吹到了他裸露的胸部。他跳下床,张着嘴,连气都透不过来。似乎有个活的上帝冲进了他空虚的灵魂。这就是复活!……空气进入他的喉管,新生命的波浪灌饱了他的脏腑。他觉得自己要爆裂了，想要叫喊，叫出他又痛苦又快乐的情绪，但他只能吐出几个没意义的声音。纸张被狂风吹得满屋乱飞；他摇摇晃晃地用手臂敲着墙，在房间里手舞足蹈地嚷着：

“噢！你，你，你终于回来了！”

“你回来了，你回来了！噢，你，我不是找不到你了吗？……干吗把我丢了呢？”

“为了要完成我的使命，完成你所放弃的使命。”

“什么使命？”

“战斗啊。”

“你为什么还要战斗？你不是万物的主宰吗？”

“不是的。”

“你不就是万物吗？”

“我不是万物。我是征服虚无的生命。我不是虚无。我是在黑夜中烧毁虚无的火。我不是黑夜。我是永久的战斗。我是永远在奋斗的自由意志。跟我一同战斗，一同燃烧罢。”

“我打败了。不中用了。”

“你打败了？你觉得完了？那末别人会打胜的。别想着你自己，得想着你的队伍。”

“我是孤独的，只有我一个人；我没有队伍。”

“你不是孤独的，你不是属于你的。你是我的许多声音中间的一个，是我的许多手臂之中的一条。得替我说话，替我作战。倘若手臂断了，声音嗄了，我还是站着；我可以用别的声音，别的手臂来斗争。你即使打败了，还是属于一个永不打败的队伍。别忘了我的话，你便是死了还是会胜利的。”

“主啊，我多痛苦！”

“你以为我不痛苦吗？千百年来，死亡追着我，虚无等着我。只靠了一次又一次的胜仗，我才打出路来。生命的大河被我的血染红了。”

“战斗，永远要战斗吗？”

“是的。上帝也在那里战斗。上帝是一个征服者，是一头吞噬一切的狮子。虚无包围上帝,上帝把虚无降服。战斗的节奏才是最高妙的和声。这和声可不是为你那些人间的耳朵听的。只要知道它存在就行了。安安静静地尽你的本分,让神明去安排一切。"

"我没有气力了。"

"替那些强者歌唱罢。"

"我的嗓子破裂了。"

"那末祈祷罢。"

"我的心已经不干净了。"

"把它扔掉,拿我的去。"

"主啊,要忘掉自己,把自己死了的灵魂丢掉,倒还罢了。可是怎么能丢弃我的死者,怎么能忘掉我所爱的人呢?"

"把他们跟你自己死了的灵魂一齐丢掉罢。只要找到了我的活生生的灵魂,你就会发觉你的死者并没死了。"

"噢,你曾经把我遗弃,将来还会遗弃我吗?"

"会的。一定的。可是你决不能把我丢下。"

"要是我的生命熄灭了呢?"

"那末把别的生命点起来。"

"倘若我连心都死了呢?"

"那末生命是在别的地方了。打开你的窗户迎接它罢。你这糊涂虫,屋子坍了,你还把自己关在里头!快快出来罢。还有别的地方可以住呢。"

"噢!生命,噢!生命!我明白了……过去我在自己心中,在我的空虚而闭塞的灵魂中找你。我的灵魂破碎了;不料我的伤口等于一扇窗子,从那里透进了空气;我又能够呼吸了;噢,生命!我又把你找到了!……"

"是我把你找回来的……别说话,你听着。"

克利斯朵夫便听见生命的歌声像泉水喁语一般在胸中响亮。凭窗远眺,昨天还是奄奄一息的树林,今天却在春风春日之下汹涌澎湃。阵阵的风涛,欢乐的颤抖,在树干中间飘过;屈曲的枝条向着明朗的天空欣欣然伸着手臂。急流奔泻,有如欢笑的钟声。同样的景色昨天还埋在坟墓里,今天可复活了;生命回来了,而克利斯朵夫心中的爱也醒过来了。得到上帝恩宠的灵魂简直是一桩奇迹!灵魂从噩梦中觉醒,一切都在它周围再生。心又跳动了。枯涸的泉水又开始流了。

克利斯朵夫重新加入神圣的战斗……他自己的战斗,人类的战斗,一到这个阳光像雪片般乱舞的大混战中就显得太渺小了!……他把自己的灵魂剥光了。好比一个人在梦里常常会吊在空中似的,他从高处看自己,从大千世界中看自己;那时他的痛苦的意义立刻显出来了。他的斗争是众生万物的大斗争中的一部分。他的失败只是一个小小的插曲,而且马上得到补救的。他为大家斗争,大家也为他斗争。他们分担他的忧苦,他也分享他们的光荣。

"同伴们,敌人们,向前罢,踏在我的身上罢,炮车尽管在我身上辗过罢!我根本不想到那个伤我皮肉的铁轮,不想那些踩着我脑袋的脚,我只想着替我报复的人,想着主宰,想着成千累万的队伍的领袖。我的血是给他未来的胜利铺路的……"

如今他觉得上帝不是一个麻木不仁的创造者,不是一个尼罗在铁塔上眺望他自己放下的大火。① 上帝也在受苦。上帝也在战斗,跟战斗的人一块儿战斗,援助受苦的人。因为它是生命,是黑夜里的一点光明,它慢慢地展布开去,要吞没黑夜。可是黑夜无边,神的战斗永远没有休止;而谁也不知道结果。那是英雄的交响乐,连那些互相冲突、互相混杂的不协和音也会化作清明恬静的音乐。像榉树林无声无息地做着猛烈的战斗一样,生命就在永恒的和平中做着战斗。

这些战斗,这种和平,在克利斯朵夫心中都有回响。他是一个贝壳,其中可以听到海洋的波涛。小号的呼号,各种声响的飓风,英勇的呐喊,在威镇一切的节奏上面飞过。因为在这颗有声的灵魂中,一切都

---

① 尼罗为罗马帝国的大帝,以荒淫无道著称于史。相传公元六十四年时罗马城中的大火为其所纵。

变了声音。它为光明歌唱,为黑夜歌唱,为生命歌唱,为死亡歌唱,为战胜的人歌唱,也为他自己,——战败的人歌唱。它唱着。一切都唱着。它只是歌唱。

滔滔汩汩的音乐,像春雨一般渗进那片在冬天龟裂的泥土。羞耻,哀伤,悲苦,如今都显出了它们神秘的使命:它们使泥土分解,给它肥料;痛苦这把犁刀一方面割破了你的心,一方面掘出了生命的新的水源。田野又开满了花,可不是上一个春天的花。一颗新的灵魂诞生了。

它时时刻刻都在诞生。因为它的骨骼还没固定,不像那些发育到顶点而快要老死的灵魂。它不是一座雕像,而是在溶液状态中的金属。它身上每秒钟都显出一个新的宇宙。克利斯朵夫不想固定它的界限。他好像把自己的过去统统丢开了,出发作一次长途旅行:凭着年轻人的热血,无挂无碍的心胸,呼吸着海洋的空气,以为这旅行是没有完的,他觉得快乐极了。在世界上到处奔流的那股创造力又把他抓住了,世界的财富使他看得出神了。他爱着,他能够化身,化身为他的同胞。而一切都是他的同胞,从他踩在脚下的草到他握着的人家的手。或是一株树,或是映在山上的云影,或是草坪的气息,或是嗡嗡作响的夜晚的天空,其中有的是蜂群一般数不清的太阳……那简直是热血的漩涡。他不想说话,不想思索,只是笑着,哭着,在这生气洋溢的幻境中化掉了……写作,为什么写作?难道你能写出不可言说的境界吗?……然而不管可能与否,他非写不可。那是他避不掉的。到处都有种种的思想一闪一闪地照射他。怎么能等待呢?所以他就写了,不管用什么写,也不管写在什么上面;往往他还说不出胸中飞涌的那些句子是什么意思;而一个乐思还没写完,另外一个又来了。他写着,写着,写在衬衣的袖口上,写在帽子的飘带上;不管他写得多快,思想总是来得更快,简直需要一种速记术才好……

可是这不过是些不成形的断片。等到他要把这些思想放进一般的音乐形式,困难就来了;他发觉从前的模子没有一个再适用;如果要把自己的意境忠实地保留下来,就得先把至此为止所听到的、所写过的,统统忘掉,把所有学得来的公式和传统的技术一齐推翻,——那只能给萎靡不振的精神做拐杖,给那些懒于用自己的脑子去思想,袭取他人的见解的人做一张现成的床铺。从前,在他自以为生命与艺术已经成熟的时期,——(其实只到了他许多生命中一个生命的终点)——他用来表白的是一般的语言,不是跟自己的思想同时产生的新语言;他的感情是随着现成的逻辑发展的,那逻辑提供他一部分公式化的句子,带他走着前人的老路,到一个早先定妥而且是群众所等待的结局。此刻可没有现成的路了,应当由情操去开辟出来,思想只有跟从的份儿。他的任务已经不是描写热情,而是要和热情合为一体,使他跟内心的规律交融。

同时,克利斯朵夫挣扎了好久而不愿意承认的矛盾居然消灭了。因为他虽是一个纯粹的艺术家,也常常为一些与艺术无关的问题操心,认为艺术有一种社会的使命。他没觉得自己原来有两种人的性格:一个是创造的艺术家,完全不问道德后果的;一个是行动者,喜欢推理的,希望他的艺术有道德的与社会的作用,他们俩有时使彼此非常为难。现在他一心一意地想着创造,等于受着自然律支配的时候,就把实用的念头丢开了。当然他照旧瞧不起时下那种卑鄙的不道德的风气,始终认为淫猥的艺术是最低级的艺术,是艺术的一种病,长在腐烂的树干上的毒菌。但即使以享乐为目标的艺术等于把艺术送入娼寮,克利斯朵夫也不至于矫枉过正,提倡庸俗的实用主义,提倡以道德为目标的艺术,把天马阉割了教它去犁田。最高的艺术,名副其实的艺术,决不受一朝一夕的规则限制;它是一颗向无垠的太空飞射出去的彗星。不管在实用方面这股力是有用的,无用的,或者是危险的,它总是力,总是火,是天上闪出来的电光;因为这一点,它是圣洁的,是善的。它的善,可能在实用世界中也成为善;但它真正的、神圣的善,跟信仰一样是超乎自然的。它和它的来源——太阳——相同。① 太阳既非道德的,亦非不道德的。它是生命。它战胜黑夜。艺术亦然如此。

所以完全浸在艺术中间的克利斯朵夫不胜惊愕地发觉,心中涌起许多陌生的,意想不到的力量;既不是他的情欲,也不是他的悲哀,也不

① 希腊神话以阿波罗为驾驭太阳的光明之神,同时亦为艺术之神,象征艺术与太阳同源。

是他有意识的灵魂……——而是一颗陌生的，对他的所爱所苦，对他的整个生涯全不关心的灵魂，一颗欢乐的、神妙的、犷野的、不可解的灵魂！它把克利斯朵夫当做马一样地驱策，老是用踢马刺踢着他。偶尔能歇下来喘口气的时候，他一边看着所写的东西，一边问自己：

"怎么，怎么这个会从我身上出来的？"

他那时被精神的狂乱降服了，那是所有的天才都领教过的、不受意志拘束的、独立的意志，是"世界与生命的谜"，为歌德称为"妖魔一般的"；他自己虽有武装保护，也被它制服了。

克利斯朵夫写着，写着，成天成月地写着。有些时期，丰满的精神不需要任何养料，继续在那里无穷无尽地生产。只要轻轻地撩拨一下，微风送来一些花粉，就能使千千万万的内心的萌芽长发起来……克利斯朵夫没有时间思索，也没有时间生活。忙于创造的灵魂威镇着生命的废墟。

随后，一切都停止了。克利斯朵夫筋疲力尽，老了十岁，——可是得救了。他离开了克利斯朵夫，托生到了上帝身上。

头上突然出现了星星白发，好似秋天的花在九月里一夜之间开遍了草原。腮帮上有了新的皱纹。可是恬静的眼神恢复了，嘴巴的神气表示隐忍了。他心平气和。如今他明白了。他明白：一朝面对着震撼世界的力量，他的骄傲，人类的骄傲，都是没用的。没有一个人能完全自主。非警惕不可。要是你睡着了，那股力就会溜进我们胸中把我们带走……带到哪样的深渊里去呢？带到泉源枯竭的地方，把我们丢在干涸的河床里面。单是愿意战斗还不够。应当向不可知的神明低头；他兴之所至，会随时随地给你爱情，死亡，或是生命。没有上帝的意志，单是人的意志是一无所用的。上帝在一刹那间就能毁灭我们多少年的劳作与努力。而他高兴的时候，也能使朽腐化为神奇。一个能创造的艺术家，特别感觉到自己逃不过神的掌握；因为真正伟大的艺术家是只说神灵启示他的话的。

克利斯朵夫这才懂得海顿老人的明哲，——他每天早上执笔之前先要跪着……战战兢兢地提防，诚惶诚恐地祈祷。所以你得祈祷上帝，求他和你同在。你得抱着虔诚与热爱的心和生命之神沟通。

夏天将尽，一个巴黎朋友经过瑞士，发现了克利斯朵夫的隐居，特意登门拜访。他是音乐批评家，一向最赏识他的作品。和他同来的还有一个知名的画家，也是崇拜克利斯朵夫的。他们告诉他，欧洲各地都在演奏他的作品，极表欢迎。克利斯朵夫对这个消息并不感兴趣，认为过去的他已经死了，早已不把那些作品放在心上。因为客人要求，他拿出最近作的曲子。但对方完全不懂，以为克利斯朵夫疯了。

“没有旋律，没有节奏，没有主题的经营；只是一种流汁，没有冷却的液体，它可能适应任何形式而自己并没有一个固定的形式；它什么都不像；只是一片混沌中的几点微光。”

克利斯朵夫笑了笑回答：“差不多是这么回事。混沌的眼睛在世界的幕后发光……”

但来客不懂得诺瓦利斯①的这句名言，只暗暗地想：“他才气尽了。”

克利斯朵夫并不希望他了解。

客人告别的时候，他陪着他们走一程，有心带他们看看山上的风光。但他也没有走多少路。看到一片草原，音乐批评家便提起巴黎戏院的装饰；那位画家又认为色调配合得很不高明，完全是瑞士风味，像又酸又无味的大黄饼，霍特娄②一派的东西；并且他对自然界也表示很冷淡。

“自然界？什么叫做自然界？我就不认识！有了光和色，不就行了吗？我才不理会什么自然呢……”

克利斯朵夫跟他们握了手，让他们走了。他对这些情形都不动心了。他们都是在土洼那一边的。这样倒更好。他不想对人家说：“要到我这里来，应当走同样的路。”

几个月来把他烧着的火低下去了。但克利斯朵夫心中依旧保持着那股暖气，知道火一定还会烧起来，要不是在他身上，就在另外一个人

① 诺瓦利斯为十八世纪德国诗人。

② 霍特娄为十九世纪瑞士历史画家。

身上。不管它在哪儿,他总是一样地爱它:火总是同样的火。在这个九月的傍晚,他觉得那道火蔓延着整个的自然界。

他往回家的路上走。一阵暴雨过了,又是阳光遍地。草原上冒着烟。苹果树上成熟的果子掉在潮湿的草里。张在松树上的蜘蛛网还有雨点闪闪发光,好比古式的车辆。湿漉漉的林边,啄木鸟格格地笑着。成千成万的小黄蜂在阳光中飞舞,连续而深沉的嗡嗡声充塞着古木成荫的穹隆。

克利斯朵夫站在林中一片空地上:那是土坳中间一片椭圆形的盆地,满照着夕阳;泥土赭红,中间有一小方田,长着晚熟的麦与深黄的灯芯草。周围是一带秋色灿烂的树林:红铜色的榉树,淡黄的栗树,清凉茶树上的果实像珊瑚一般,樱桃树伸着火红的小舌头,叶子橘黄的苔桃,佛手柑,褐色的火绒……整个儿像一堆燃烧的荆棘。在这个如火如荼的树林中,飞出一只吃饱了果实,被阳光熏醉的云雀。

而克利斯朵夫的心就像云雀一样。它知道等会要掉下来的,而且还要掉下无数次。但它也知道永远能够往火焰中飞升,唱出呖呖流转的歌声,向那些留在地下的同伴描写天国的光明。

卷十·复　旦

卷十初版序

我写下了快要消灭的一代的悲剧。我毫无隐蔽地暴露了它的缺陷与德性,它的沉重的悲哀,它的混混沌沌的骄傲,它的英勇的努力,和为了重新缔造一个世界、一种道德、一种美学、一种信仰、一个新的人类而感到的沮丧。——这便是我们过去的历史。

你们这些生在今日的人,你们这些青年,现在要轮到你们了!踏在我们的身体上面向前罢。但愿你们比我们更伟大,更幸福。

我自己也和我过去的灵魂告别了;我把它当做空壳似的扔掉了。生命是连续不断的死亡与复活。克利斯朵夫,咱们一齐死了预备再生罢!

罗曼·罗兰

一九一二年十月

（你，可爱的艺术，在多少黯淡的光阴里。）

生命飞逝。肉体与灵魂像流水似的过去。岁月镌刻在老去的树身上。整个有形的世界都在消耗，更新。不朽的音乐，唯有你常在。你是内在的海洋。你是深邃的灵魂。在你明澈的眼瞳中，人生决不会照出阴沉的面目。成堆的云雾，灼热的、冰冷的、狂乱的日子，纷纷扰扰、无法安定的日子，见了你都逃避了。唯有你常在。你是在世界之外的。你自个儿就是一个完整的天地。你有你的太阳，领导你的行星，你的吸力，你的数，你的律。你跟群星一样的和平恬静，它们在黑夜的天空画出光明的轨迹，仿佛由一头无形的金牛拖曳着的银锄。

音乐，你是一个心地清明的朋友，你的月白色的光，对于被尘世的强烈的阳光照得眩晕的眼睛是多么柔和。大家在公共的水槽里喝水，把水都搅浑了；那不愿与世争饮的灵魂却急急扑向你的乳房，寻他的梦境。音乐，你是一个童贞的母亲，你纯洁的身体中积蓄着所有的热情，你的眼睛像冰山上流下来的青白色的水，含有一切的善，一切的恶，——不，你是超乎恶，超乎善的。凡是栖息在你身上的人都脱离了时间的洪流；所有的岁月对他不过是一日；吞噬一切的死亡也没有用武之地了。

音乐，你抚慰了我痛苦的灵魂；音乐，你恢复了我的安静，坚定，欢乐,——恢复了我的爱,恢复了我的财富;——音乐,我吻着你纯洁的嘴,我把我的脸埋在你蜜也似的头发里,我把我滚热的眼皮放在你柔和的手掌中。咱们都不作声,闭着眼睛,可是我从你眼里看到了不可思议的光明,从你缄默的嘴里看到了笑容;我蹲在你的心头听着永恒的生命跳动。

第一部

克利斯朵夫不再计算那些飞逝的年月。生命一点一滴地过去了。但他的生命是在别处。它没有历史,只有它创造的作品。音乐的灵泉滔滔不尽地歌唱着,充塞了灵魂,使它再也感觉不到外界的喧扰。

克利斯朵夫得胜了。声名稳固了;头发也白了,年龄也到了。他却是毫不介意;他的心是永远年轻的;他的力,他的信仰,都保持原状。他又得到了安静,可不是燃烧的荆棘以前的安静。暴风雨的打击和骚动的海洋使他在深渊中看到的景象,始终留在他心灵深处。他知道控制人生的战斗的是上帝;没有得到他的允许,谁也不能自主。那时克利斯朵夫心中有两颗灵魂:一颗是受着风雪吹打的一片高原,另外一颗是威镇着前者的、高耸在阳光中的积雪的峰尖。这种地方当然不能久居;但下界的云雾使你冷得难受的时候,你可认得了上达太阳的路。克利斯朵夫便是在迷雾中也不感到孤独了。壮健的圣女赛西尔①,睁着巨大的眼睛在他身旁向着天空凝听。他自己也像拉斐尔画上的圣·保罗一样,不声不响地沉思着,靠在剑上,既不恼怒,也不再想战斗,只顾创造他的梦境。

他那个时间的写作偏重于钢琴曲与室内音乐。这些曲体可以使创作更自由更大胆;内容与形式之间比较更直接,而思想也不致有中途衰竭的危险。弗雷斯科巴第,哥波冷、舒伯特、肖邦等等的表现方法与风格的大胆,②比配器方面的革命早五十年。如今由克利斯朵夫那双有

---

① 赛西尔为四世纪时殉道之圣女,后被奉为保护音乐家之神。

② 弗雷斯科巴第为十七世纪意大利作曲家,历史上有名的管风琴师。此处所称弗雷斯科巴第及哥波冷、舒伯特、肖邦诸人的表现方法与风格的大胆,均指各人在管风琴、扬琴、钢琴及其他室内音乐(如二重奏、三重奏、四重奏等)方面的作品。

力的手像抟土似的抟出来的音响,簇新的和声,令人头昏目眩的和弦,跟当时的人所能接受的声音距离太远了;它们对于精神的影响等于一些神奇的咒语。——凡是大艺术家在深入海底的旅行中带回来的果实,群众必须过了相当的时间才能领会。所以很少人能了解克利斯朵夫大胆的晚年作品。他的荣名完全是靠他早期的成绩。但有了声名而不被了解比没有声名更难堪,因为那是无法可想的。在他唯一的朋友死了以后,这种难堪的情绪使克利斯朵夫更偏向于逃避社会了。

德国的旧案已经撤销。法国那桩流血的事也早已被忘了。现在他爱上哪儿都可以。但他怕到巴黎去勾起伤心的往事。至于德国,虽则他回去过几个月,虽则还不时去指挥自己的作品,可并不久住。使他看不上眼的事太多了。固然那些情形不是德国独有而是到处一样的。但我们对本国总比对别国更苛求,对本国的弱点也觉得更痛苦。何况欧洲的罪恶大部分是应当由德国负责的。一个人胜利之后就得负胜利的责任,好似对战败的人欠了一笔债;你无形中有走在他们前面带路的义务。路易十四在他称霸的时代,把法兰西理性的光彩照遍了欧洲。但色当战役①的胜利者——德国——给世界带了些什么光明来呢?难道就是刀剑的闪光吗?没有翅膀的思想,没有豪侠心肠的行动,粗暴的,甚至也不能说是健康的理想主义;只有武力与利益,竟然是个掮客式的战神。四十年来,欧罗巴惴惴不安地在黑暗中摸索。胜利者的钢盔把太阳遮掉了。无力抵抗的降卒固然只能使人轻视,使人可怜;但你看到头戴钢盔的人又作何感想!

最近太阳又出来了;云端里开始透出一些光明。为了要成为第一批看到日出的人,克利斯朵夫从钢盔的影子底下走出来,自愿回到他从前亡命的瑞士。那些互相敌对的国家,使当时多少渴慕自由的心灵感到窒息,无法生存;克利斯朵夫和他们一样要找一个中立的,可以让人呼吸的地方。在歌德的时代,开明的教皇治下的罗马,曾经被各个民族的思想家像躲避风雨的鸟一样作为栖息的岛屿。但现代的避难所又在

---

① 一八七〇年普法之役,法军大败于色当,为法国战败的关键。

哪儿呢？岛屿被海水淹没了。罗马不是当年的罗马了。群鸟已经离开了七星岗①，——只有阿尔卑斯依然如旧。在你争我夺的欧罗巴的中心，仅有（不知还能维持多久？）这个二十四郡的小岛巍然独存。② 这儿当然没有千年古都的诗情梦境，也呼吸不到史诗中的神明与英雄的气息；可是这块光秃的土地有它气势宏伟的音乐，山脉的线条有它雄壮的节奏，而且比任何地方都更能够使你感觉到原始力量。克利斯朵夫不是来求满足怀古的幽情的。只要有一片田野，几株树木，一条小溪，一望无极的天空，他就够了。不消说，他本乡那种安静宜人的景色，比着阿尔卑斯山中巨神式的战斗对他更亲切；可是他不能忘了他是在这儿找到新生的力量的，是在这儿看到上帝在燃烧的荆棘中出现的。他每次回到瑞士，心中必有点儿感激与信仰的情绪，并且像他这样的人决不只他一个。被人生伤害的战士，在这块土地上重新找到了毅力来继续斗争，保持他们对于斗争的信仰的，不知有多多少少！

因为住在这个国家，他慢慢地对它认识清楚了。多少过路的旅客只看见它的疮疤：大麻风似的旅馆把国内最美的景色给糟蹋了；外国人麇集的城市，让世界上肥头胖耳的人来赎回他们的健康；那些承包客饭的马槽；那种酒池肉林的浪费；那些游戏场中的音乐，加上意大利戏子的可厌的叫嚣，使一般烦闷而有钱的混蛋眉开眼笑；还有铺子里无聊的陈列品：什么木熊、木屋、胡闹的小玩意儿，老是那一套，毫无新鲜的发明；老实的书商卖着专讲黑幕秘史的小册子；——到处充满着下流无耻的气息。而每年到这儿来的成千成万的有闲阶级，除了市井小人的娱乐之外不知道还有什么高尚的娱乐，甚至也不知道还有什么同样富于刺激性的娱乐。

至于当地民族的生活，外来的游客连一点儿观念都没有。他们万万想不到，这里还有积聚了几百年的、道德的力量与公民的自由，想不到加尔文与辛格里③的薪炭还在灰烬下面燃烧，想不到还有拿破仑式的共和国永远不能梦见的、那种强毅的民主精神，想不到他们政治制度

---

① 罗马城建立在七个山岗之上，后人常以七星岗为罗马的代名词。

② 瑞士东南部及中部偏东均有阿尔卑斯山脉。又瑞士全国分为二十四郡。

③ 辛格里为十五至十六世纪时瑞士宗教改革家。

的简单与社会事业的广大，想不到这三个西方主要民族联合起来的国家①所给予世界的榜样等于未来的欧罗巴的缩影。他们更其想不到粗糙的外表之下还藏着文化的精华；例如鲍格林的犷野的、电光四射的梦境，霍特娄的声音嘶嗄的英雄精神，高特弗里德·凯勒的清明淳朴与率直的性格，史比德雷的巨型的史诗与天国的光明，通俗节会的传统，在粗糙而古老的树上酝酿的春天的活力。所有这些年轻的艺术有时会刺激你的舌头，像那些野梨树上的生硬的果实，有时也像又青又黑的苔桃一般淡而无味。但它们至少有股泥土味，是一般独学自修的人的作品；而他们的老派的修养并没使他们跟民众分离，他们所读的仍旧和大家一样是人生那部大书。

克利斯朵夫爱好那般不求炫耀而但求生存的人。虽则他们最近也受到德美两国的工业化的影响，但质朴温厚的古欧洲的一部分特点，使人精神安定的特点，依旧由他们保存着。他交了两三个这样的朋友，都是严肃的，忠实的，过着孤独的生活，想念着以往的时代，抱着无可奈何的心情和加尔文式的悲观主义，眼看古老的瑞士一天天地消灭。克利斯朵夫难得和他们相见。表面上他的旧创已经结疤，可是伤口太深了，不能完全平复：他怕跟人家重新发生关系，怕再受情爱与苦恼的纠缠。他觉得住在瑞士挺舒服，一部分就为这个缘故：因为在这里比较容易过离群索居的生活，在陌生人中做一个陌生人。并且他也不在同一个地方住久。仿佛一头流浪的老鸟，他需要空间，他的王国是在天上……

夏季有一天傍晚的时候，他在村子高头的山上漫步：手里拿着帽子，走着一条曲曲折折向上的路。有一处拐弯的地方，小路转入两个斜坡中间，两旁都是矮矮的胡桃树和松树，俨然是个与世隔绝的小天地。到拐角儿上，仿佛路尽了，只看见一片空间。前面是淡蓝的远景，明晃晃的天空。黄昏静穆的气氛一点一滴地蔓延开去，像藓苔下面的一条琤琮的流水……

在第二个拐角上，她出现了：穿着黑衣，背后给明亮的天空衬托得

---

① 瑞士包括德、法、意三种民族。

格外显著;后面跟着两个六岁到八岁的孩子,一男一女,采着花玩儿。他们一走近便彼此认出来了,眼神都表示很激动,可是没有惊讶的声音,只微微做了一个诧异的手势。他非常骚动,她嘴唇也有点儿颤抖。双方停住了脚步,同时轻轻地说:

"葛拉齐亚!"

"你原来在这里!"

他们握着手,一言不发。结果还是葛拉齐亚打起精神先开口。她说出自己住的地方,又问他的地址。那些机械的问答,当场差不多谁也没有留神,直到分别以后才听见。他们彼此打量着。孩子们从后面跟上来;她教他们见过了克利斯朵夫。克利斯朵夫一声不出,对他们瞧了一眼,不但毫无好感,而且还带些恶意。他心中只有她一个人,全神贯注地研究她那张痛苦、衰老,而风韵犹存的脸。她被他瞧得不好意思了,便道:"你晚上来看我行吗?"

她把旅馆的名字告诉了他。

他问她丈夫在哪儿,她把身上戴的孝指给他看。他心里太激动了,没法再谈下去,便和她匆匆告别。走了两步,他又回到正在采摘杨梅的孩子旁边,突然搂着他们亲了一下,赶紧溜了。

晚上他到旅馆去。她在玻璃阳台下等着。两人离得远远地坐下。周围并没多少人,只有两三个上了年纪的。克利斯朵夫因为有外人在场觉得很气恼。葛拉齐亚望着他。他也望着葛拉齐亚,嘴里轻轻念着她的名字。

"我改变了很多,是不是?"她问。

他不禁大为感动地回答:"噢,你受过很多痛苦了。"

"你也是的。"她瞧着他被痛苦与热情鞭挞过的脸,非常同情。

然后,双方没有话说了。

过了一会儿,他问:"我们不能找个没人的地方谈谈吗?"

"不,朋友,还是待在这儿罢,咱们不是很好吗?又没有谁注意我们。"

"我可不能痛痛快快地说话。"

"这样倒是更好。"

他当时不懂为什么。过后他回想起这一段谈话,以为她不信任他。其实她是怕感情冲动,特意要找个安全的地方,使彼此不至于有什么心血来潮的表现,所以她宁愿在旅馆的客厅里受点拘束,好遮盖自己的慌乱。

他们把各人过去的事说了一个大概,声音很轻,话也是断断续续的。裴莱尼伯爵几个月以前在决斗中送了命。克利斯朵夫才明白她的夫妇生活不十分幸福。最大的一个孩子也死了。但她言语之间没有怨叹的口气,自动地把话搁过一边,探问克利斯朵夫的情形,听到他痛苦的经历非常同情。

教堂里的钟声响了。那天是星期日。大家的生命都告了一个小段落……

她约他过两天再去。这种并不急于跟他再见的表示使他心里很难过。他又是快乐又是悲伤。

第二天她推说有事,写了个字条要他去。他一看那几句泛泛的话高兴极了。这次她在自己的客室里接见他,和两个孩子在一起。他望着他们,心里还有点儿惶惑,同时也对他们非常怜爱。他觉得大的一个——那女孩子——相貌像母亲,可不考虑那男孩子像谁。他们嘴里谈着当地的风土,天气,在桌上打开着的书本,——眼睛却说着另外一套话。他想和她谈得更亲切一些。谁知来了一个她在旅馆里认识的女朋友。葛拉齐亚很殷勤地招待着,似乎对两位客人不分亲疏。他心中怏怏,可并不怪怨她。她提议一块儿去散步,他答应了。但有了那个生客,——虽则她也年轻可爱,——他觉得非常扫兴,认为这一天完全给糟掉了。

以后过了两天,他才跟葛拉齐亚再见。那两天之内,他念念不忘地只想着约会。但见了面,他仍不能和她说什么知心的话。她很温柔,可绝不放弃矜持的态度。看到克利斯朵夫那一派德国人的感伤脾气,她愈加局促不安而不由自主地要反抗了。

他给她写了封信,使她大为感动。他说人寿几何,他们俩都已经到了相当的年龄,聚首的日子也有限得很了。倘若再不利用机会痛痛快快地谈一谈,不但是痛苦的,而且是罪过的。

她很亲切地复了他的信，说她自从精神上受伤以后，老是有这种不由自主的戒心；她很抱歉，但摆脱不了这矜持的习惯。凡是太强烈的表现，即使所表现的感情是真实的，她也会难堪，也会害怕。但这一回久别重逢的友谊，她也觉得很难得，跟他一样地快慰。末了她约他晚上去吃饭。

他读了信不由得感激涕零，在旅馆里伏枕大哭了一场。十年孤独的郁积都发泄了出来。从奥里维死了以后，他始终是孤单的。对于他那颗渴望温情的心，葛拉齐亚的信等于复活的呼声。温情！……他自以为早已放弃了，其实那是迫不得已。如今他才觉得多么需要温情，心中又积着多少的爱。

那是甜蜜的、圣洁的一晚……虽则彼此都不想隐藏，他却只能跟她谈些不相干的题目。他弹着琴，她的眼神鼓励他尽情倾吐，他便借着音乐说了许多抚慰的话。她想不到这个性情暴烈的骄傲的人会变得这么谦卑。分别的时候，两人不声不响地握着手，表示彼此的心又碰在了一起，再也不会相左的了。——外边下着雨，一点儿风都没有。克利斯朵夫的心在那里欢唱……

她在当地只有几天的勾留了，绝对不考虑延缓行期。他既不敢要求，也不敢抱怨。最后一天，他们带着两个孩子去散步。半路上他心里充满着爱和幸福，竟然想和她说出来了；可是她很温柔地做一个手势，笑容可掬地把他拦住了：

“得了罢！你要说的，我都体会到了。”

他们坐在前几天相遇的那个小路的拐角儿上。她始终微微笑着，望着脚底下的山谷；但她所看到的并不是山谷。他瞅着她秀美的脸刻画着痛苦的标记，乌黑的头发中间到处有了白发。看着这个被心灵的痛苦浸透的肉体，他感到一股怜悯的、热烈的敬意。时间给了她多少创伤，但伤口中处处显出她的灵魂。——于是他轻轻地，声音有点儿颤抖地，要求她给他一根白发做纪念。

她走了。他不懂为什么她不要他送。固然他相信她的友谊，但对她的矜持感到失意。他不能再在当地住下去，便往另一个方向出发。

他竭力把旅行与工作占据他的思想。他写信给葛拉齐亚;但每次都要过了两三个星期,她才复一封短短的信,表示一种恬静的友谊,没有什么烦躁与不安的情绪。克利斯朵夫看了这些信又痛苦又安慰,认为自己没有权利责备她;他们的感情,时间还很短,到最近才恢复的:他唯恐把它丢了。幸而她每一封来信都那么安静,可以使他放心。但两人的性格太不同了……

他们约定秋末在罗马相会。要不是为了去看她,克利斯朵夫根本不想作这个旅行。长时期的孤独养成了他闭门不出的习惯,没兴致像今日一般烦躁的有闲阶级那样做无谓的奔波。他怕改变习惯会影响到思想的有规律的活动。而且意大利完全不能吸引他。他对它的认识只限于"现实主义作家"的腐败的音乐和那些男高音歌曲,使一般文人学士在旅行的时候着迷的。他和前进的艺术家一样,对意大利存着戒心与敌意,因为最无聊的学院派作家老是把罗马这个字挂在嘴上。再说,北方人是本能地厌恶南方人的,至少认为意大利是代表南方人自吹自捧的典型,所以对它抱着强烈的反感。只要一想到意大利,克利斯朵夫就鄙夷不屑地噘起嘴来……他的确无意对那个没有音乐的民族作进一步的认识。——他凭着过火的脾气说:"意大利人弹弹曼陀铃,大叫大喊地唱唱音乐话剧,在今日的欧洲乐坛上能有什么地位?"——但葛拉齐亚是属于这个民族的。为了去看她,克利斯朵夫有什么路不愿意走呢?在没有和她相会以前,只要对一切都闭上眼睛就行了。

闭上眼睛,是的,那他早已学会了。多少年来,他对付自己的内心生活就是用这个办法。在此秋天将尽的时节,尤其非闭上眼睛不可。淫雨连绵,下了三星期还没停。随后又是弥天的乌云,像一顶灰色帽子一般罩着瑞士的山谷,使它湿漉漉地打着寒噤。人的眼睛已经想不起阳光是怎么回事了。要在自己心中重新找到阳光的热力,你先得使周围变成漆黑,闭着眼睛,往下走到矿穴里,走到梦中的地道里。在那儿,你才能看到往日的太阳。但一个人趴在地底下垦掘过后,回出来的时候就觉得浑身滚热,脊骨与膝盖都僵了,四肢也变形了,眼睛也花了,像夜晚出现的鸟似的。好几次,克利斯朵夫都从矿穴中取出辛辛苦苦提炼成的阳光，来温暖他冰冻的心。可是北方的梦境有火炉那样的热度。你在里头生活的时候当然不觉得，你爱那个沉闷的暖气，爱那个半明半暗的光，和装满你重甸甸的头脑的梦。一个人只能有什么爱什么，应当知足！……

克利斯朵夫迷迷糊糊坐在车厢的一角，出了阿尔卑斯的关塞，忽然看到明净的天空和流泻在山坡上的光明，觉得像做梦一般。黯淡的天色，半明半暗的日光，都被丢在关塞那一边了。突如其来的变化使他在欣喜之前觉得惊奇。直要相当的时间，他麻木的心灵才能慢慢地活动，突破那个把它幽闭的牢笼，从过去的阴影中探出头来。随着太阳的移动，柔和的光似乎伸出手臂把他搂抱了；于是他忘了过去的一切，目迷五色地陶醉了。

那是米兰周围的平原。蔚蓝的运河反映出明晃晃的白日，脉管似的支流在茸毛似的稻田中穿过。秋天的树木，瘦削而苗条，轮廓分明、体态婀娜的躯干披戴着一簇簇赭红的茸毛。宛然是达·芬奇画上的山水。积雪的阿尔卑斯，光彩变得很柔和，气势雄伟的线条围绕着地平线，挂着橙黄、青黄、淡蓝的坠子。黄昏降在亚平宁山脉上。羊肠小径沿着嵯峨险峻的山峰蜿蜒而下，时而重复、时而交错的节奏，好似法国南方普罗旺斯的舞俑。——而突然之间，山坡底下吹来海水杂着橙树的气味。海，拉丁的海，闪烁颤动的光，几条小船落着帆，仿佛在海面上睡着了……

火车停在海边的一个渔村上。车守报告说，热那亚与比萨之间有一条隧道被大雨冲毁了；各班列车都迟到了好几小时。克利斯朵夫原来买着直达罗马的车票，却不像别的旅客那样抱怨这桩意外的事，反倒很高兴。他跳下月台，直向海边奔去。海把他迷住了，过了两三小时，火车长啸一声重新开出的时候，他竟坐在一条小船里远远地对火车喊着再会了。在明晃晃的海上，明晃晃的夜里，他听任微波荡漾，把他催眠着，沿着小杉树环绕的海角漂去。他住在村子里，欣喜若狂地直待了五天。好似一个人在长期禁食之后狼吞虎咽一般，他所有的感官都忙着享受光明的盛宴……光明，你是世界的血，生命的河，你从我们的眼里、鼻孔里、嘴唇里、皮肤的所有的毛孔里渗入我们的肉体……啊，光明,对于生命比面包更重要的光明,——凡是看到你卸下了北方的面网而显得这样纯粹这样热烈的人,不禁要自问以前没有你的时候怎么能活的,同时也知道以后是永远少不了你了。

五天之中,克利斯朵夫被太阳灌醉了。五天之中,他生平第一次忘了自己是音乐家。心中的音乐都变了光明。空气,海洋,陆地:这是太阳的交响乐。而意大利是凭它了不起的聪明运用这个乐队的。别的民族只能描绘自然;意大利人却是跟自然合作,跟太阳一同描绘。色彩的音乐:一切都是音乐,一切都会歌唱。路上的一堵红墙露出金色的隙缝,上面是两株浓荫匝地的杉树,四周是蓝得异样的天。一座大理石的梯子,雪白,陡峭,在粉红的墙中间直达一个蓝色的门面。五色杂陈的房屋;杏子,柠檬,佛手,都在橄榄树中发光……意大利的风景对感官是种强烈的刺激;眼睛的享受色彩,好似舌头尝到了一颗水汪汪的香甜的果子。克利斯朵夫素来在灰暗的天地中过着禁欲生活,如今可不胜贪馋地吃着这餐筵席,给自己补偿一下了。他的丰富的生机一向受着环境压制,这一下才忽然觉得自己原来是需要享受的,便尽量抓着眼前的一切:色,香,味,人声、钟声、海声所合成的音乐,空气与光明的抚爱……克利斯朵夫什么思想都没有了,到了极乐的境界:即使偶尔惊醒过来,他也忙着把心中的快乐告诉他所遇到的人:告诉他的舟子,那眼睛锐利,戴着一顶威尼斯参议员式的红帽子的老渔翁;——告诉一个跟他同桌吃饭的米兰人,麻木不仁的家伙,吃着通心粉,骨碌碌地转动着奥赛罗式的眼睛,恶狠狠地射着怒火;——告诉饭店里的侍者,托盘的时候低着头,弯着胳膊,伛着胸部,好似贝尼尼画上的天使;——告诉一个年轻的圣·约翰,对人瞟着极有风情的眼色在路上行乞,拿一个带着绿梗的橙子作为献礼。克利斯朵夫也跟那些低着脑袋,断断续续哼着一支永远没有完的,鼻音极重的歌的车夫打招呼:他骇然发觉自己竟唱起《乡村骑士》①来了!他把旅行的目的完全忘了,忘了他急于要到目的地跟葛拉齐亚相会的事……

---

① 《乡村骑士》为玛斯加尼所作的喜歌剧,素为克利斯朵夫所厌。参看第543页正文及注。

是的,他把一切都忘了,直到那心爱的倩影重新浮现的那一天。怎么浮现的呢?是路上遇到的一道目光引起来的,还是一种沉着而带着歌唱调子的声音引起的?他根本想不起。可是到了一个时间,他四周所有的景物,在密布橄榄树林的小山上,强烈的阳光与浓厚的阴影交错着的亚平宁山脉的高脊上,在橙树林中,在海风中,都有女朋友那副光彩四射的笑容。空气中无数的眼睛似乎都是葛拉齐亚的眼睛。她在这块土地上含苞欲放,好似蔷薇树上的一朵蔷薇。

于是他搭着火车往罗马进发,一路不再停留。意大利的古迹,以往的艺术名城,都没引起他的兴趣。他在罗马什么也没有看到,什么也不想看。而且他最先瞧见的只是些没有风格的新兴的市区和方形的建筑,使他也不想多领教了。

一到罗马,他马上去见葛拉齐亚。

她问:"你从哪条路来的?在米兰,佛罗伦萨,都待了些时候吗?"

"没有。干吗要在那些地方待下来?"

她笑了:"你这话真是妙极了!那末你对罗马又作何感想?"

"毫无感想,我什么都没看见。"

"真的?"

"真的。我没工夫。一出旅馆,我就上这儿来了。"

"罗马是随处可以看到的……瞧对面这堵墙……只消看看上面的光就行了。"

"我只看见你啊。"他说。

"你真是个蛮子,只想着自己的念头。那末你什么时候从瑞士动身的?"

"八天以前。"

"八天之内你做了些什么呢?"

"我不知道。我在海边一个村子里住了几天,也说不出地方的名字。我睡了八天。就是说睁着眼睛睡了八天。我不知道看到些什么,梦见些什么。大概是梦见了你罢。我只知道那些梦很美。但最妙的是我把一切都忘了……"

她说了声:"好得很!"他可没听见,继续往下说:"是的,我忘了当时的一切，过去的一切。我好似一个重新开始生活的新人。”

“不错，”她眼睛笑盈盈地望着他，“从我们上次见面以后，你的确改变了。”

他也望着她，觉得她也大不相同了。并非她在两个月中间有什么变化，而是他看她的眼光不同了。在瑞士的时候，过去的形象，年轻的葛拉齐亚的淡淡的影子，还留在他的记忆中，使他对于当前的朋友看不真切。如今北国的幻梦被意大利的阳光融化了：他看到了爱人的真面目。她和当年像野鹿一般幽禁在巴黎的情形差得多远，也和初婚时期的少妇，跟他相聚了几天而又立刻分别的少妇，差得多远！拉斐尔笔下的小圣母现在变了一个俊美的罗马女子了。

她外表丰满，和谐，浑身上下有股悠然自得的慵懒的气息。整个的人给恬静的气氛包围着。她最喜欢阳光遍地的静寂的境界，幽思冥想，体味着生活的恬静，——那是北方的灵魂从来不能真正领会的。在过去的性格中，她特别保留着她的慈悲心。可是她光彩照人的笑容中间已经有了些新的成分：有点感伤意味的宽容，有点倦于人世的心情，也有点含讥带讽的心理和恬淡的胸襟。年龄替她挂上了一层冷淡的幕，使她不会再受感情欺骗。她难得说什么心腹话，脸上堆着一副把什么都看透了的笑容，提防着克利斯朵夫不容易遏制的冲动。除此以外，她有她的弱点，有使性的日子，也有她自己觉得可笑而不愿意压制的卖弄风情。她对一切，对自己，都不加反抗；在一个心地极好而看破人生的人，这是一种很温和的宿命观。

她家里客人很多，她也不怎么挑选，——至少在表面上；——但一般熟客大半都属于同一个社会，呼吸着同样的空气，受着同样的习惯熏陶，所以他们聚在一起相当调和，跟克利斯朵夫在德法两国所遇到的大不相同。多数是意大利旧家，偶尔也和外族通婚，增加一点新生的力量。表面上，他们天下一家的色彩很浓，四种主要的语言都是通行的，西方四大国的文化出品也交流得很好。每个民族都加入一部分资本：例如犹太人的惶惑，盎格鲁·撒克逊人的冷静；但一切都在意大利这口坩埚中溶化了。盗魁匪首称王了几百年的影响，一个民族决不能轻易摆脱:质地尽管改变,痕迹始终留着。移植在拉丁古土上的北方种族,就有十足意大利型的面貌,吕尼画上的笑容,铁相画上的恬静而肉感的目光。不管你涂在罗马画板上的是何种颜色,调出来的总是罗马色彩。

那些心灵往往很庸俗,有几个还不只是庸俗而已,但照旧发出一种千年不散的香味与古文明的气息,使克利斯朵夫虽不能分析自己的印象,也不由得大为叹服。极平凡的小地方都有那股微妙的香味:彬彬有礼的风度,文雅的举动,殷勤亲切而仍保持着机诈与身份,一瞥一笑与随机应变的聪明所显出来的高雅与细腻,而那种聪明还带着些慵懒的怀疑的色彩,方面很广,表现得非常自然。不呆板,不狂妄。也没有书本式的迂腐。你在这儿决不会遇到巴黎社交场中的那般心理学家,或是相信军国主义的德国博士。你所见到的是简简单单的人,富于人情味的人,像当年丹朗斯和西比翁·爱弥里安①的朋友们一样……

我是人,只要与人类有关的,我都感兴趣……

实际上这些都是徒有其表。他们所表现的生命只是浮表的,不是真实的。骨子里是无可救药的轻佻,跟无论哪一国的上流社会一样。但与别国人的轻佻不同而成为意大利的民族性的,是那种萎靡不振的性格。法国人的轻佻附带着神经质的狂热,头脑老是在骚动,哪怕是空转一阵。意大利人的头脑却很会休息,太会休息了。躺在温暖的阴影里,把萎靡的享乐主义和长于讥讽的聪明枕着自己的头,的确是很舒服的;——他们的聪明富有弹性,相当好奇,其实是异乎寻常的麻木。

所有这些人都没有定见。不管是政治是艺术,他们都用同样的玩票作风对付。有的是性格极可爱的人,脸是意大利贵族的俊美的脸,五官清秀,眼睛又聪明又温和,举止安详,爱自然,爱古画,爱花,爱女人,爱图书,爱精美的烹调,爱乡土,爱音乐……他们什么都爱,却没有一样东西特别爱。在旁人看来,仿佛他们竟一无所爱。然而爱情还在他们的生活中占着极大的位置,只是以不扰乱他们为条件。他们的爱情也是萎靡的,懒惰的,像他们一样;即使是狂热的爱也近于家庭之间的感

---

① 丹朗斯为公元前二世纪时拉丁诗人,所作喜剧有名于史。西比翁·爱弥里安为公元前二世纪时罗马贵族党的领袖。

情。他们稳实而和谐的聪明其实是非常麻木的：不同的思想尽可以在脑子里碰在一起，非但不会冲突，反而能若无其事地结合起来，彼此的锋芒都给锉钝了，不足为害了。他们怕彻底的信仰，怕激烈的手段；只有似了非了的解决方式和若有若无的思想，他们才觉得舒服。他们的精神是开明的保守党的精神，需要一种不高不低的政治与艺术，需要一种气候温和的疗养地，使人不至于气喘，不至于心跳。在哥尔多尼那些懒惰的剧中人身上，或是在曼佐尼那种平均而散漫的光线中，他们可以看到自己的面目，但他们的懒散的习气并不因之而感到不安。他们不像他们伟大的祖先般说"第一要生活……"，而是说"第一要安安静静地生活！"

大家的心愿就是要安安静静地生活，连那些最刚毅的，指挥政治活动的人也是这样。例如某个小型的马基阿维里①，很有能力控制自己，控制别人，心肠像头脑一样的冷酷，精明强干，只问目的，不择手段，不惜为了自己的野心而牺牲所有的朋友，同时也不惜把野心为了另外一个目的牺牲，那目的便是神圣不可侵犯的"安安静静地生活"。他们需要长时期的麻木。过后他们才仿佛睡足了觉，精神饱满；庄重的男人，幽静的妇女，会突然之间兴奋起来，有说有笑，快快活活地去应酬交际：他们需要说许多话，做许多手势，发许多怪论，逞着莫名其妙的兴致，消耗他们的精力；总而言之，他们在那里扮演滑稽歌剧。在这些意大利人的肖像上，我们难得会找到经过思想磨蚀的痕迹，寒光闪闪的瞳子，被永无休止的精神活动磨瘦的脸庞，像我们在北方见到的那样。可是跟别处一样，这儿也有苦闷的心灵，在淡漠无情的外表之下藏着它们的创伤，欲望，忧虑，而且还用迷迷糊糊的境界来麻醉自己。某些心灵还会不由自主地流露出一些古怪的现象，畸形的，乖张的，暗示它们的精神不平衡，——那是一般古老的民族都免不了的，——有如在罗马郊外剥落分裂的断层岩。

这些心灵，这些平静的、爱取笑的、隐藏着悲剧的眼睛，自有一种谜

---

① 马基阿维里(1469—1527)为意大利政治家兼史学家，著有《霸术》一书，有名于世。后以马基阿维里为好弄权术、不择手段、专制残暴的政治家之代名词。

一般的魅力。但克利斯朵夫没有兴致去体会它。他看见葛拉齐亚和这些时髦人物周旋,非常气恼。他恨他们,恨她。他对她生气,好似对罗马生气一样。他去看葛拉齐亚的次数减少了,已经想要动身了。

可是他并不动身。尽管讨厌那个意大利社会,他竟不由自主地感觉到它的魔力了。

暂时他不跟人家往来,只自个儿在城内城外溜达。罗马的阳光,平台上的花园①,被旭日照耀的海像腰带般环绕着的郊野,慢慢地把这块奇妙的土地的秘密让他体会到了。他瞧不起那些古代的建筑,发誓决不自动去找它们,除非它们来找着他。而它们果然来找他了:在岗峦起伏的城中随便散步的时候,他就碰见了它们。夕照之下的大广场,一半已经坍了的巴拉丁拱门,后面衬托着蔚蓝的天空:克利斯朵夫都不期然而然地看到了。他在一望无际的郊野徘徊:半红不红的台伯河浑浊一片,挟带着淤泥,仿佛是泥土在那里流动,——残废的古代水桥好比古生物的硕大无朋的脊骨。② 大块的乌云在蓝色的天空卷过。乡下人骑着马,挥着鞭子,赶着一群长角的淡灰的牛。笔直的古道,尘埃飞扬,没有一点荫蔽:脚如羊足,大腿上裹着长毛皮的牧人在那里静悄悄地走着。辽远的天际,意大利中部的庄严的山脉展开着连绵不断的峰峦;另一方面的天边,却映着古老的城垣,圣·约翰教堂的正面矗立着姿态飞舞的雕像,远望只看见黝黑的侧影……万籁俱寂……日光如火……风在平原上吹过……一座没有头的、臂上雕着衣饰的石像,被蔓长的野草掩没了;一条蜥蜴趴在石像上晒着太阳,只有肚子在那儿轻轻地翕动。克利斯朵夫被阳光灌醉了(有时也被加斯丹利酒灌醉了),坐在破烂的大理石像旁边的黑色的泥地上,微微笑着,蒙蒙眬眬地把什么都忘了,

---

① 欧洲庭园,特别在罗马,颇多利用地形筑成高至数丈之花坛,规模不下于花园。

② 大广场位于古罗马城的中心(在今城之南端),罗马帝国时代作为市集、审判及举行国民大会之用。今为罗马城中最伟大的古迹之一。巴拉丁为罗马七岗之一,今存有著名的废墟。台伯河为横贯罗马的意大利第二大河。水桥为罗马帝国时代将城外之水运至城内时安放水管之建筑,高出地面数十丈,下有无数环洞,远望宛似连绵不断的巨型凯旋门。

尽量吸收着那股罗马特有的气息，那股安静而强烈的力，——直到黑夜将临的时候。悲壮的日色隐没了，四下里一片凄凉，那时他心中悒郁，赶紧溜了……噢，大地，热情如沸而默无一言的大地！你面上多么和平，内心却多么骚动；我还在你的胸中听见罗马军团的号角声呢。多少生命的怒潮在你怀中汹涌！多少欲望都在要求觉醒！

克利斯朵夫遇到了几个心中还燃烧着千年火炬的人物。在死者的尘土下面，那个火始终被保存着。人家以为它已经和玛志尼①同归于尽，不料它复活了。还是同样的火。当然，愿意看到它的人是很少的，因为大家想睡觉。那是一道明亮而剧烈的光。凡是心中有这光明的人，——大半是青年，最大的也不满三十五岁，头脑开通，气质、教育、意见、信仰、各个不同的知识分子，——都为了崇拜这朵新生命的火焰而联合起来了。党派的名称尽管不同，思想的派别尽管各异，都没有什么关系：主要是“拿出勇气来思想”。要坦白，要敢作敢为！他们大声疾呼的要惊醒民族的迷梦。自从意大利听了英雄志士的号召在政治上复活以后，自从它最近在经济上复活以后，现代的青年更努力要把意大利的思想从坟墓中救出来。优秀阶级的懒惰而畏怯的麻痹状态，懦弱的性格，大言不惭的习气，使他们像受到奇耻大辱一般的痛苦。华而不实的空谈和奴颜婢膝的作风，几百年来像浓雾似的罩着民族精神，现在被他们嘹亮的声音把浓雾冲破了，一阵狂风把无情的现实主义和不稍假借的正气吹过来了。他们竭力要用清楚的头脑支配坚决的行动。必要的时候，他们能够为了民族生活所必不可少的纪律而牺牲个人的主张，但最高的祭坛和最纯洁的热诚仍是留给真理的。他们又兴奋又虔诚地爱着真理。这些青年中的一个领袖②被敌人侮辱、毁谤、威胁之下，气度伟大地回答：

“你们得尊重真理！我这是开诚布公地跟你们说，没有一点儿怨恨。我忘了你们给我的伤害，也忘了我可能给你们的伤害。你们第一

---

① 玛志尼(1805—1872)为近代意大利民主革命运动的领袖。

② 指葛斯伯·泼莱索里尼，当时与巴比尼共同领导一个叫做“民族之声”的社团。——原注(译者按：泼莱索里尼生于1882年，为意大利作家，对近代意大利文学影响极大。)

得真诚！凡是对真理没有虔诚的热烈的敬意的人，绝对谈不到良心，谈不到崇高的生命，谈不到牺牲，谈不到高尚。忠于真理是件艰苦的事，但愿你们努力。凡是拿虚伪做武器的，在没有损害别人之前，先要损害自己。哪怕眼前得到成功，也是徒然的。你们的灵魂不可能有根基，土地都被谎言蛀空了。现在我不是以敌人的资格和你们说话。咱们都站在一个超乎争执以外的立场上，即使你们的情欲在你们嘴里用着国家的名义，也改变不了这个事实。世界上还有些东西比国家更重要的，那便是人类的良心。世界上也有些你们不能侵犯的规律，要不然你们便不能称为意大利人。如今站在你们面前的只是一个寻求真理的人；你们应当听听他的呼声。他只希望你们伟大，纯洁；他也极愿意和你们一起努力。因为不管你们愿意不愿意，咱们始终是和世界上一切为真理努力的人共同努力的。我们的成绩（那是不能预料的）将要刻着我们共同的标记，如果我们的行为不违背真理的话。人类的特点就在于他有种奇妙的禀赋，能够寻求真理，看见真理，爱真理，为真理而牺牲自己。——凡是抓握真理的人，都能分享到真理的健康的气息！……"

克利斯朵夫初次听到这些话，好似听到了自己的声音的回声，觉得这些人和他原来是弟兄。固然，民族与思想的斗争，早晚有一天会使他们厮杀一场；可是朋友也好，敌人也好，他们总是同一个大家族出身。这一点，他们像他一样知道，比他先知道。他没有认识他们，他们先认识他了。因为他们早已是奥里维的朋友。克利斯朵夫发现他朋友的作品——（几册诗，几册批评的集子）——在巴黎只有极少数的读者，可是已经被那些意大利人翻译过去，对他们是很熟悉的东西了。

以后他才发觉他们和奥里维之间有着不可超越的距离。他们批判旁人的方式，表示他们完全保存着意大利人的面目，死抓着他们的民族思想。他们在外国作品中所找的，只限于他们民族的本能所愿意找到的成分，所采取的往往还是他们不知不觉先羼了进去的自己的思想。天生是平庸的批评家，拙劣的心理学者，他们太想到自己和自己的热情了，即使在醉心真理的时候也是如此。意大利的理想主义永远忘不了自己，对于北方人的那些无我的梦境绝对不感兴趣；它把一切归结到自己身上，归结到自己的欲望，归结到民族的骄傲。不幸这些健美的，很适宜于实际行动的意大利人，偏偏只凭热情行事，很快会感到厌倦；但是被热情吹打的时候，他们比无论哪个民族都飞得更高，只要看近代意大利的统一运动就可知道。——现在又是这一类声势浩大的风在一切党派的意大利青年中吹起来了：国家主义派，新加特力教派，自由的理想主义者，一切不屈不挠的意大利人，希望做罗马帝国——世界之后——的公民的人，都受着这股潮流激荡。

最初克利斯朵夫只注意到他们的热诚，以及使他跟他们意气相投的共同的反感。在瞧不起上流社会那一点上，他们当然和克利斯朵夫立场相同。克利斯朵夫的恨上流社会是因为葛拉齐亚喜欢跟它来往。但他们比他更恨那种谨慎、麻木、苟安的精神，恨那些可笑的丑态、半吞半吐的说话、含糊两可的思想、遇事无所取舍的骑墙作风。他们都是自学出身的好汉，从头到脚都是自己造起来的，没有时间也没有能力加一番最后的琢磨，倒反有心露出他们天生的粗野和乡下人的辛辣的口吻。他们要教人听见他们的话，要逗人家攻击；无论怎样都可以，只受不了大众的不理不睬。为了刺激民族的元气，他们便是自己先吃民族元气的亏也是乐意的。

当时他们不受欢迎，也不想法求人家欢迎。克利斯朵夫白白地和葛拉齐亚提到他这批新朋友。她既然是一个喜欢和平与中庸之道的人，当然觉得他们可厌。她认为他们便是在支持最值得人同情的问题的时候，所用的方式有时也会引起反感。这个批评是不错的。他们爱挖苦人，一味采取攻势，批评的苛酷差不多近于侮辱，哪怕对他们不愿意伤害的人也是如此。他们太自信，对事情的推论太快，肯定得太快。自己没有发展成熟就要参与公共的行动，所以他们一下子醉心这个，一下子醉心那个，态度都是一样的偏激。热烈，真诚，肯整个儿地舍身，不稍吝惜，他们一方面过分地重视理智，一方面太早地参加狂热的劳作，把自己消耗完了。年轻的思想一出胎就暴露在太阳里是不卫生的。心灵会被灼伤的。只有时间与沉默才能酝酿丰满的果实。但他们就缺少时间与沉默。多数有才气的意大利人都遇到这种不幸。暴烈而不成熟的行动好比一种酒精：理智尝到了这味道立刻会上瘾，而理智的发展也可能从此不正常了。

他们这种直言无讳的坦白，和一般专讲中庸之道的人的枯索平凡，畏首畏尾，不敢说一个是或非的作风相比之下，不用说克利斯朵夫是赏识年轻人的朝气的。但过后他不得不承认，讲中庸之道的人的恬静而体贴的智慧也有它的价值。反之，他的那些朋友们使生活永远处于战斗状态，结果也不免令人厌恶。克利斯朵夫自以为上葛拉齐亚那儿去是替他们辩护，但有时候倒是为了要把他们忘掉一下才去的。没有问题，他们跟他很相像，太相像了。今日的他们就是二十岁时候的他。而生命的河流是不能回溯的。克利斯朵夫很明白自己和这种激烈的思想已经告别了，此刻正向着和平的路走去，而葛拉齐亚的眼睛中间似乎就藏着和平的密钥。那末为什么他对她感到愤愤不平呢？……因为爱情是自私的，他想把她独占。他受不了葛拉齐亚来者不拒的嘉惠于人，对谁都招待得那么殷勤。

她看透了他的心思，有一天便用着那种可爱的坦白的态度和他说：

"你不喜欢我的作风是不是？唉，朋友，别把我看得太理想。我是一个女人，不比别的女人更有价值。我不一定要跟那些人来往；但我承认看到他们也很愉快，正如我有时候喜欢看不大高明的戏，念无聊的书，那都是你瞧不起的，可是对我是种安息，是种娱乐。我有什么就享受什么。"

"那些混蛋，你怎么受得了呢？"

"生活的教训使我不再苛求了。一个人不能要求太多。真的，倘若有些老老实实的人来往，只要心地不坏，人生也算对你不差了……当然你不能对他们存什么希望。我知道一朝我需要人帮忙的时候，多半的朋友马上会不见的……可是他们对我很好。只要得到一点儿真情，其余的我可以满不在乎。你不喜欢我这样是不是？原谅我这么平凡。可是至少我分得出自己哪些地方是最好的，哪些地方是比较差的。而对你，我的确拿出了最好的一部分。"

"我要的是整个。"他咕噜着说。

可是他很明白她说的是真话。他以为她对他的感情是毫无问题的，所以踌躇了几星期，有一天终于问她："难道你始终不愿意……"

"什么啊？"

"属于我。"他马上又补充："……就是说你不愿意我属于你吗？"

她微微一笑："现在咱们不就是这样了吗，朋友？"

"你明明知道我说的不是这意思。"

她听了有点儿慌乱，但她握着他的手，很坦白地望着他，温柔地回答："不，朋友。"

他话说不上来了。她看出他很伤心。

"对不起，我使你心里难受。我早知道你会对我说这个话的。咱们既然是好朋友，应当非常坦白。"

"朋友！只能做个朋友吗？"他不胜怅惘地说。

"别这么不知足！你还要什么呢？跟我结婚吗？……从前你眼睛里只看见我美丽的表姊的时候（你记得不记得？），我很难过，因为你不明白我对你的感情。不错，咱们的一生可能完全是另外一副面目。现在我认为这样倒更好；我们没有让友谊受到共同生活的考验，没有在日常生活中把最纯洁的东西亵渎了，不是更好吗？……"

"你说这种话，因为你不像从前那么爱我了。"

"噢！不，我始终是那么爱你的。"

"啊！这还是你第一次对我说呢。"

"咱们中间不应该再有什么隐瞒。告诉你，我对婚姻已经没有信心了。我自己的经验，我知道，不能作为一个有力的例证。可是我仔细想过，在周围仔细看过：幸福的婚姻实在太少了。这个制度有点儿违反天性。要把两个人连在一起，他们的意志必有一个受到摧残，或者竟是两败俱伤；而这种痛苦的磨炼还不能使灵魂得到什么益处。"

"啊！"他说，"我的意见恰好相反，我认为婚姻是两心相印，相忍相让的结合，真是多美妙的事啊！"

"是的，在你梦里是美妙的。事实上你会比谁都更痛苦。"

"怎么？你以为我永远不能有个妻子，有些儿女，有个家庭吗？……别跟我说这个话！我会多么爱他们啊！难道你以为我不可能有这种幸福吗？"

“那很难说。我看是不可能的……要是有个老实的女子,不大聪明,不大美丽,对你忠诚的,可是不了解你的,那也许还可能……”

“你太刻薄了!……可是你不应该取笑人家。一个好心的女人,即使谈不上风雅,究竟是好的。”

“对呀!要不要我替你找一个?”

“别说了好不好?你简直是刺我的心。怎么能说这种话呢?”

“我又没说什么。”

“难道你竟一点儿不爱我,所以能够想到我跟别的女子结婚吗?”

“正是相反;我正因为爱你,所以要使你幸福。”

“你要是真的……”

“甭提了!甭提了!告诉你,那对你是不幸的……”

“别替我操心。我发誓我会幸福的!可是老实告诉我:你,你自己是不是跟我一起的时候会痛苦?”

“噢,痛苦?不会的。朋友,我太敬重你了,太佩服你了,决不会跟你在一起而觉得痛苦……并且我可以告诉你:我相信如今无论遇到什么事,我都不会怎么痛苦的了。我见得太多了,把一切都看得很淡……可是很坦白地说,——(你不是要求我坦白的吗?你不会生气吧?)——我知道我的弱点,我或许会相当地愚蠢,过了几个月要觉得跟你在一起不十分幸福;那是我不愿意的,正因为我对你抱着最圣洁的感情;我无论如何不愿意使这点感情受到影响。”

他听了很悲哀:“是的,你这么说无非是为减轻我眼前的痛苦。我不能讨你喜欢。我有些地方使你非常讨厌。”

“哪里哪里!没有这种事!别这样垂头丧气的。你是一个挺好挺可爱的男人。”

“那末我简直搅糊涂了。为什么我们不能融洽相处呢?”

“因为我们太不同了。两个人的性格都太显著,太特殊了。”

“就因为这个我才爱你。”

“我也是的。但也因为这个,我们将来会发生冲突。”

“不会的!”

“会的!或者因为我知道你比我有价值,我要埋怨自己不应该拿我这个渺小的人来妨碍你;那时我就会把自己的个性压下去,一声不出,但心里是要痛苦的。”

克利斯朵夫眼泪都冒上来了。

“噢! 这一点我是绝对不愿意的。我自己受什么罪都可以,却不能教你受罪。”

“朋友,你别急……你知道,我这么说也许把我自己看得太高了些……也许我还不能为你牺牲呢。”

“那不是更好吗?”

“可是你要被我牺牲了,然后我回过头来也得痛苦了……你瞧,不论从哪方面看,都没法解决。还是像现在这样罢。天下还有什么东西胜于我们的友谊的?”

他摇了摇头,不胜悲苦地笑了笑:“是的,这些无非证明你骨子里并不怎么爱我。”

她也很亲切地笑了笑,带点儿惆怅的意味,叹道:“也许是罢。你说得不错。我不是个年轻的人了,朋友。我疲倦了。生活真磨人,尤其对一个不像你这样强的人……噢! 你,有些时候我看你还像个十七八岁的大孩子呢。”

“唉! 大孩子! 脸已经这么老,皱裥这么多,皮肤这么憔悴了!”

“我知道你受过很多痛苦,和我一样多,也许更多。那是我看得出的。但你有时候望着我,眼睛完全跟年轻人的一样,于是我感觉到你心中涌出一股朝气。我吗,我是已经熄灭了。我当年有热情的时节,像人家所说的黄金时代,我可是多么不幸啊! 现在我没有力量再那么来一下了。我只有一点儿极稀薄的生命,没有胆量再去尝试婚姻。啊! 从前,从前……倘若一个我熟识的人向我有所表示的话! ……”

“你说啊,说啊……”

“唉,甭提了……”

“这样说来,要是我从前……噢,天哪!”

“什么? 要是你从前? 我又没说什么。”

“我明白了。你太狠心了。”

“从前我是疯了,如此而已。”

“你现在说这个话是更要不得。”

“可怜的克利斯朵夫！我说什么都会使你伤心。不说也罢。”

“说罢，说罢……跟我说呀。”

“说什么？”

“说点儿好听的。”

她笑了。

“别笑我啊。”

“你可别伤心哪。”

“我怎么能不伤心呢？”

“你不应该伤心，真的！”

“为什么？”

“因为你有了一个非常爱你的女朋友。”

“真的吗？”

“我告诉了你，你还不信？”

“再说一遍罢！”

“说了你可以不难过了罢？可以知足了罢？咱们这番宝贵的友谊总该教你满意了罢？”

“不满意也没办法！”

“薄幸啊，薄幸啊！而你还说爱我。其实我爱你还甚于你的爱我呢？”

“嘿！怎么可能！”

他这样说的时候，那种爱情的激动把她逗笑了。他也笑了。他还坚持着说：“那末你再说一遍啊……”

她静了一会儿，望着他，随后突然凑近克利斯朵夫的脸，把他亲了一下。那真是太突兀了，把他愣住了。等到他想张开手臂搂抱，她已经挣脱身子，在客室门口瞧着他，把一个手指放在嘴边，说了声：“嘘！”——就不见了。

从这一天起，他不再和她提到爱情，而他跟她的关系也不像过去那么拘束了。从前，不是故意沉默便是无法抑制的感情激烈的表现，现在可变了一种淳朴的、恬淡的交谊。这是朋友之间坦白的好处。说话没有弦外之音了，幻象与恐惧也没有了。他们彻底认识了彼此的思想。克利斯朵夫在葛拉齐亚家里跟那些他讨厌的外客碰在一起的时候，听见女朋友和他们交换一些无聊的谈话，说些交际场中的俗套，而他觉得不耐烦的时候，她立刻发觉了，望着他微微一笑。那就够了。他知道他们俩是在一起，他的心情也就变得平静了。

和爱人觌面可以使自己的幻想不至于再有毒素，欲念也不至于再那么狂热；既然精神上把爱人占有了，一个人也不会再心猿意马。——并且葛拉齐亚和谐的天性，无形中有一股魅力散布在周围的人身上。过火的举动，语气，即使是无意中流露的，也会使她难堪，觉得是不淳朴的，不美的。在这等地方，她慢慢地使克利斯朵夫受了影响。他自从不需要压制冲动以后，渐渐养成一种自主力；而因为不必再为了无谓的暴躁的脾气消耗，那股力量尤其强大。

他们的心灵彼此渗透了。葛拉齐亚那种只顾体味生活的甜美而蒙眬半睡的境界，一遇到克利斯朵夫蓬蓬勃勃的生机，也觉醒了。她对于精神生活的兴趣变得更直接，更积极。她素来不大看书，懒洋洋的只喜欢几部过去的名著，回来回去地翻着；现在却对于别的思想开始注意，不久也受到了吸引。她并非不知道现代思潮的丰富，但没有兴致自个儿去探险；如今有了一个带路的同伴，她不觉得胆怯了。不知不觉的，她一边撑拒，一边跟着大家去了解那个年轻的意大利，虽则她一向讨厌它用那种激昂慷慨的热情去推翻传统。

两颗灵魂交融的结果，还是克利斯朵夫得益更多。在爱情中间，往往是性格比较弱的一个给得多；并非性格强的人爱得不够，而是因为他强，所以非多拿一些不可。从前克利斯朵夫就是这样的得了奥里维不少精神上的财富。但这一次神秘的结合给他的收获更丰富：因为葛拉齐亚带来的是最难得的、奥里维所没有的珍宝，——欢乐，心的欢乐，眼睛的欢乐。无处不在的光明好比拉丁天空的笑容，把最微贱的东西的丑陋都洗净了，在古旧的墙上点缀了鲜花，甚至使悲哀也闪出恬静的光彩。

光明的盟友是苏生的春天。新生命的梦在温暖麻痹的空气中酝酿。银灰的橄榄树有了绿意。古水道的暗红穹隆之下,杏仁树开满了白花。初醒的罗马郊野:春草如绿波,欣欣向荣的罂粟如火焰。赤色的葵花,如茵如褥的紫罗兰,像溪水一般在别庄的草坪上流动。蔓藤绕着伞形的柏树;城上吹过一阵清风,送来巴拉丁古园的蔷薇的幽香。

他们常常一块儿散步。只要她肯从几小时的迷迷糊糊,像东方女子那种似醒非醒的境界中醒过来,她就完全变了一个人。她喜欢走路:高个子,腿很长,又结实又窈窕的身段,侧影颇像森林的女神狄安娜。——两人最常去的地方,不外乎那些别庄,八世纪时庄丽的罗马被比哀蒙蛮族蹂躏以后的遗物。他们最喜欢玛丹别庄,位于罗马古城的边缘,可以从那儿俯瞰荒郊。他们沿着橡树成荫的走道蹀躞,两旁全是古墓,树叶丛中宛然透露出那些罗马夫妇的凄凉的面目和手挽着手的影子。两人坐在走道尽头的蔷薇棚下,背靠着一个白椁。前面一片荒凉,清静到极点。喷泉慢慢地滴着水,懒洋洋得像要咽气似的……他们俩低声谈着。葛拉齐亚神态安详的眼睛盯着朋友的脸。克利斯朵夫叙述他的生涯,他的斗争,他的过去的苦恼;现在提到这些已经不觉得悲伤了。在她身旁,在她的目光之下,一切都很单纯,好像是应该那样的……她也讲她的故事。他不大听到她说的话;但她的思想都被他抓住了。他和她的心合二为一;他用她的眼睛观看,而且到处看到她的眼睛,那么安静的,燃着一朵深沉的火焰的眼睛:他在古代雕像的残废的脸上看到,也在它们沉默的谜一般的目光中看到。树叶像羊毛似的杉树周围,在太阳底下乌油油发光的橡树中间,罗马的天空笑得多么甜蜜;而在这天上也有她的眼睛。

拉丁艺术的意义,经过葛拉齐亚的眼睛渗进了克利斯朵夫的心。至此为止,他对意大利作品是完全不感兴趣的。野蛮的理想主义者,日耳曼森林中的孤僻的人,对于阳光底下的,美丽的石像的浓郁的韵味,像一盘蜂蜜一般的味道,还没懂得体会。他老实不客气对梵蒂冈博物院中的古物抱着敌意。那些蠢笨的头,那些女性化的或是大块文章的躯干,那种鄙俗的肥胖的身段,那些小白脸,那些武士,他都深恶痛绝。他喜欢的只限于几个雕塑的肖像;但它们所代表的人物并没使他感到一点兴趣。他也讨厌没有血色的,装腔作势的佛罗伦萨派的作品,病态的妇女，拉斐尔以前的皮色苍白，患着肺病的维纳斯。至于摹仿西施庭作风的粗野颟顸的英雄，汗流浃背的运动家，[1]在他眼中仅仅是一堆当炮灰的肥肉。唯有弥盖朗琪罗一人，为了他悲剧式的痛苦，为了他鞭挞世俗的傲气，为了他圣洁的热情，才得到克利斯朵夫暗中的敬意。他像那位大师一样用着一种纯洁而野蛮的热爱，爱他那些年轻的无邪的裸体，爱他那些犷野的处女，痛苦的《黎明》，眼神犷悍的《圣母》，和美丽的《丽亚》。[2] 但在这位痛苦骚乱的英雄心中，克利斯朵夫所发现的仍旧是自己的心灵的扩大的回声。

葛拉齐亚替他打开了一个新艺术世界的门。他领会到拉斐尔与铁相的清明恬静的境界，看到了古典天才的庄严的华彩，像狮子般威镇着这个被他们征服的，由他们支配的"外形"的宇宙。威尼斯大师[3]的霹雳般的目光直射到你的心里，强烈的闪电把遮蔽人生的迷蒙的大雾给撕破了。还有那些拉丁天才，不但征服了世界，并且征服了自己，战胜之余始终守着严格的纪律，挑出最有价值的战利品让自己吸收；其成绩便是拉斐尔的一批意境高远的肖像画，和他在梵蒂冈宫中所作的几间屋子的壁画。对于克利斯朵夫，那些名作是比瓦格纳的音乐更丰富的音乐。线条明净，结构和谐的音乐，完全显出颜面、手足、衣褶、举止的美。一切都是智慧。一切都是爱。有的是年轻的身心中踊跃出来的爱。也有的是精神的力，享受生命的力。永远年轻的温情，带着讥讽意味的智慧，动了春情的肉香，驱散阴影，把热情催眠的笑容。还有被艺术家驯服的倔强的生命力……

克利斯朵夫不由得问自己："他们既然能把罗马的力跟和平联合起来，为什么我们就办不到呢？现在一般最优秀的人往往为了追求其中的一个而摧残另外一个。波生，洛朗，与歌德所赏识的和谐的境界，倒是意大利人比别个民族更不懂得领会。难道再要一个外国人来提醒

---

① 十六世纪后半期至十七世纪时，意大利艺术家摹仿弥盖朗琪罗在西施庭教堂所作的壁画（《最后之审判》与《创世纪》），大半流于粗野鄙俗。

② 《黎明》《圣母》《丽亚》均系弥盖朗琪罗雕塑的女像。

③ 威尼斯大师系指铁相（1477—1576），因其为威尼斯画派的领袖。威尼斯派在画史上以色彩鲜明著称。

他们吗？并且谁能够把这种和谐传授给我们的音乐家呢？音乐上还没有一个拉斐尔那样的人。莫扎特仅仅是个孩子，是个德国小布尔乔亚，神经质的，感伤的，话太多，举动太多，为了一点儿小事就会哭，就会笑。繁琐的巴赫，英勇的贝多芬，他的巨人式的后裔，——尽管把贝利翁山叠在奥萨山上咒骂天神，①——也始终没看到上帝的笑容……”

克利斯朵夫可是看到了，因为看到了，所以对自己的音乐感到惭愧：无益的骚动，浮夸的热情，唐突的怨叹，拉拉扯扯的老谈着自己，漫无节制的发泄，使他觉得又可耻又可怜。那等于一个没有牧人的羊群，一个没有君主的王国。——骚动的灵魂非加以控制不可……

在这几个月中间，克利斯朵夫似乎把音乐忘了，没有这需要了。他的精神受着罗马气息的感应，正在怀胎的时期。他整天像喝醉了酒似的出神。初春时节的自然界也和他一样，一方面因为酣睡方醒而非常困倦，一方面又飘飘然有点醉意。大自然跟他一起做着梦，彼此像一对睡梦中的情人那样紧紧地抱着。他不再讨厌罗马郊外的骚动的神秘气息，因为他已经体会到悲壮的美；他把沉沉酣睡的大地之神抱在怀里了。

四月中，他得到巴黎方面的邀请，要他去指挥几个音乐会。他不加考虑就想谢绝了，但认为先应该跟葛拉齐亚谈一谈。他觉得把自己的生活去和她商量，心里非常愉快；这样他可以假想她是参加他的生活的。

这一回她可使他大为失望。她要他把事情详细说了一遍，劝他接受。他听了非常难过，认为这表示她对他冷淡。

葛拉齐亚这么劝他的时候也许心中并不是没有遗憾。但克利斯朵夫为什么要去跟她商量呢？既然他要她代为决定，她便认为对于朋友的行为负了责任。自从他们在思想上沟通以后，她也有点感染到克利斯朵夫的意志，觉得行动不但是我们做人的义务，而且也是件美事。至少她认为她的朋友应当把行动当做一种责任，不能随便放弃。她比他更清

---

① 神话载，古代有巨人族，将贝利翁山叠在奥萨山上与丘比特作战。

楚,意大利的气息有种麻醉的力量,好似温暖的南方季候风包含着迷人的毒素一样,会潜入你的血管,催眠你的意志。她屡次感觉到这种不大好的魅力而无法抗拒。所有她的朋友多多少少全害着这个精神上的痁疾。从前一般比他们更刚强的人都受过这病菌的害;它把母狼像上的青铜都腐蚀了。① 罗马城中有股死气:古人的坟墓太多了。在这儿久居,不如做客比较卫生。住在罗马太容易忘记时代:而这一点对一般年纪还轻,需要干一番事业的人是危险的。葛拉齐亚明知她的环境为一个艺术家不是一个有生气的环境。同时,她虽然对克利斯朵夫抱着比对无论哪个人都更深切的友谊……(她是否敢承认还有问题)……心里可并不因为他要走开而觉得不高兴。可怜!他也使她厌倦了,而使她厌倦的就是她所喜欢他的地方:他的太多的智慧,和积了多少年而快要溢出来的生命力;她的平静的心境被扰乱了。厌倦的理由也许还有一部分是因为她老是觉得受到爱情的威胁;这爱情虽是甜蜜的,动人的,但带着苦苦纠缠的意味,需要她时时刻刻提防,最好还是隔得远一点。她决不承认这些,以为自己出的主意完全是为克利斯朵夫着想。

而为克利斯朵夫着想,她的理由就多了。一个音乐家在当时的意大利不大容易过活。他的空气受着限制。音乐生活是窒息了。这块土地当年是替欧洲音乐播种的,现在被戏剧工厂铺满了油腻的灰跟滚热的烟。凡是不肯加入这个歌唱队的,不能或不愿意进戏剧工场的,就得被遗弃或是被窒息。民族的性灵并没有枯竭,但人家让它停滞,让它迷路。长于旋律是意大利宗师的特色,古代艺术的单纯精练的美几乎是种本能;青年音乐家中保有这些长处的,克利斯朵夫不止遇见一个。可是谁关切他们呢?他们的作品既没有人肯演奏,也没有人肯出版。纯粹的交响曲没有人感兴趣。不是涂脂抹粉的音乐就没有人听!所以他们只能有气无力地唱给自己听,结果也静下来了。有什么用呢?还不如睡觉罢。——克利斯朵夫很愿意帮助他们。但即使可能,他们多所猜疑的自尊心也不能接受。不管他做些什么,他总是一个外国人。一切旧家出身的意大利人,面上尽管殷勤备至,心里始终把外国人看做蛮

---

① 母狼为罗马城的象征,历代雕塑家多以此为题材塑成铜像。

子。他们认为,他们的艺术害了病,应当归他们自己解决。所以虽则对克利斯朵夫非常友善,他们总不拿他看做一家人。——那他还有什么办法?他究竟不能和他们竞争;他们在太阳底下的位置原来只有那么一点儿,还好意思跟他们争吗?……

况且,天才不能缺少养料。音乐家不能缺少音乐,——不能没有音乐听,也不能不把自己的音乐奏给人家听。短时期的退隐对于精神固然有益,使它能韬光养晦,——但必须以重新出山为条件。孤独是高尚的,但对于一个从此摆脱不了孤独的艺术家是致命的。一个人应该体验当代的生活,哪怕这生活是喧闹的,糜烂的;应当一刻不停地吸收,一刻不停地给,给,然后再接受……在克利斯朵夫的时代,意大利不是当年那个艺术大市场了,也许它有一天会恢复这个地位。但眼前的思想市场,沟通各个民族心灵的市场是在北方。你要愿意活下去,就得上那儿去生活。

克利斯朵夫凭着一厢情愿的心思,极不愿意回到喧闹的社会中去。但关于克利斯朵夫的责任,葛拉齐亚倒反感觉得更清楚。她对他比对她自己苛求得多。没有问题,那是因为她看重他的缘故,同时也因为这样为自己更方便。她把打起精神去生活的事交给他代办了,自己仍旧保持清明恬静的心境。——他没有勇气怪怨她。她跟圣母一样,已经尽了她最大的使命。在人生中,各有各的角色。克利斯朵夫的角色是行动。她吗,只要世界上有她这样一个人就行了。他也不要求她更多……

是的,他不要求她更多,只要求一点,就是希望她的爱他能少为他一些而多为她自己一些。因为他不满意她的友谊毫无自私的成分,以至于只会替她的朋友的利益着想,——而这朋友是只求她不要想起他的利益的。

他走了。他跑得远了,可是并没离开她。古话说得好:“你心里不同意的时候,永远不会离开你的朋友。”

第二部

他到巴黎的时候心里非常不好过。从奥里维死了以后,这是克利斯朵夫第一次回来。他本来是永远不想再看见这个城市的。从车站到旅馆的路上,他坐在马车里简直不大敢向车外张望。最初几天,他老躲在房里不愿意出门。一想到在门外等着他的那些往事,他就有一阵悲怆。但究竟是哪一种悲怆呢?自己弄清楚了没有呢?他自以为怕看到往事活生生地跳出来,或者看到过去的面目都已经死了,那是使他更痛苦的:——他的悲怆可是这种恐惧造成的吗?……其实对于旧梦重温的痛苦,一个人的本能无形中已经发动了所有的机智,有了防备。因此,他挑了一个——(也许自己不觉得)——和从前住的区域离得很远的旅馆。初次上街散步的时候,到音乐厅去指挥预奏会的时候,重新接触巴黎生活的时候,他先还闭着眼睛,不愿意看到眼前的景象,一味固执着只看到从前的景象。他对自己再三说着:"是的,这是我认识的,认识的……"

艺术界和政界仍旧是那么专横那么混乱。广场上仍旧是同样的市集。只有演员的角色换过了:当年的革命党变了布尔乔亚,超人变了时髦人物。以前的无党无派人士正在压迫现在的无党无派人士。二十年前的青年如今比他们当初攻击的老头儿更保守;他们的批评家不承认新来的人有生活的权利。表面上什么都没改变。

但实际上什么都改变了……

*　　*　　*

"朋友,请你原谅!你真好,不埋怨我这么久没信给你。你的来信使我非常快慰。几星期以来,我心乱如麻。人亡物在,故旧星散。你不在眼前尤其使我怅然若失。和我生离死别的人,在我周围造成了一片可怕的空虚。一切我和你讲起过的老朋友都不见了。夜莺——(你该记得她的歌声罢,——就在那可悲可喜的夜晚,我在人堆里徘徊,在一面镜子里看见了你对我望着的眼睛。)——夜莺实现了她目标并不太高的理想,得了一笔小小的遗产,住到诺曼底去了;她在那儿管着一个农庄。亚诺先生告老了,夫妇两人回到他们的南方,住在翁热附近的一个小城里。我那时代的名人,死的死了,倒的倒了;唯有几个老朽的木头人,二十年前在艺术上政治上初露头角的,现在还做着他们的戏,老戴着那副假面具。除了这些面具以外,我连一个人也认不出来了。我觉得他们好似站在坟墓上扯鬼脸。这种感想真是可怕。——并且我初到这儿的时期,生理上也很不舒服:离开了你们灿烂的阳光,跑到这灰暗的北方!看到种种事物的丑恶,黯淡的屋子,某些穹隆与某些纪念建筑物上的庸俗的线条,过去从来没注意到的,现在都使我受罪。而精神气氛也不见得使我更愉快。

"可是我没有理由抱怨巴黎人。人家对我的态度跟从前大不同了。仿佛我在离开巴黎的几年中变了名流。这些恕不多谈了,我知道那是怎么回事。他们在文章上口头上说我的好话,使我很感动,我很感谢他们。可是告诉你:我觉得自己和从前攻击我的人倒比现在恭维我的人更接近……这是我的错,我知道。别埋怨我!有一个时间我心里有点惶惑。那是应有之事。现在可好了。我明白了。是的,你打发我回到社会里来是对的。那时我的孤独把我埋在了沙堆里。扮查拉图斯特拉①的角色是不卫生的。生命的波流消逝了,从我们身上消逝了。必有一个时间,我们只能成为一片沙漠。要在沙土底下掘一条新的水道通到大江必须花许多艰苦的日子。——这一点现在已经办到了。我不觉得眼花了。我又赶上了大江。我瞧着,我看到……

"唉,朋友,法国人这个民族多古怪!二十年前我以为他们完了……不料他们又往前了。亲爱的奥里维曾经对我预言,我疑心他是骗骗自己。当时怎么能相信他的话呢?法兰西跟它的巴黎一样到处是

① 查拉图斯特拉为七世纪时伊朗宗教的复兴运动者。尼采假托其名宣传超人哲学,著为《查拉图斯特拉如是说》,假定他在山中隐居十年,然后悟道。

土堆瓦砾,给人拆得东一个窟窿,西一个窟窿。我曾经说:他们把什么都毁了……不是一个蛀虫式的民族是什么!——哪知它竟是一个海狸[①]式的民族。人家以为他们死抓着残垣断瓦的时候,他们却就拿这些残垣断瓦奠定他们新都的基础。此刻我看见到处都在动工盖屋子,这真叫做:一件事情成功的时候,连傻子都会懂得……

"其实,法国人的骚动混乱依然如故。你一定要习惯之后,才能在喧哗扰攘之中辨别出各尽本分的劳动者。这些人,你是知道的,不能做一件事而不爬在屋上把事情大声叫喊出来,也不能做着自己的事而不非难邻人的工作。的确,这种作风使最清楚的头脑也会搅糊涂的。可是像我这样在他们中间混了靠十年之后,不会再给他们的叫叫嚷嚷骗过去了。你会发觉那是他们刺激工作的一种方法。尽管咭咭呱呱地说个不停,他们手里也忙个不停;每个营造厂都在盖它的屋子,结果整个城市都翻造好了。最了不起的是全部的建筑并不怎么不调和。虽然各人坚持各人的论调,大家的头脑却长得一个样儿。别瞧他们一片混乱,骨子里有的是共同的本能,有的是民族的逻辑,它的作用跟纪律一样。而归根结底,这纪律也许比一个普鲁士联队的纪律更可靠。

"到处都是对于建设的兴致与热诚:在政治上,社会主义者与国家主义者争先恐后地工作,想把松懈的政权加以巩固;在艺术上,有的想为特权阶级重建一座贵族的古宫,有的想替大众造一所广厦,给集体灵魂歌唱:一方面是光复过去,一方面是缔造未来。而且不论做些什么,那些灵巧的动物老是在构造同样的细胞。他们海狸式的或是蜜蜂式的本能,使他们在几百年中完成了同样的行为,找到了同样的形式。最激烈的革命分子也许(不自觉地)和最古老的传统结合得最密切。在工团组织中,在最优秀的青年作家中,我发现不少人有中古时代的灵魂。

"现在我对于他们骚动的作风重新习惯以后,我就心里很高兴地看着他们工作。老实说:我太老了,太孤僻了,待在他们的屋子里不会觉得舒畅;我需要自由的空气。但他们究竟是极优秀的工人。这是他们最高的德性。它把一般最平庸的最腐化的人也超升了。他们的艺术

① 海狸善于破坏陆地树木,用以建造它们海中的巢穴,其整齐工巧不下于人间的村镇。

家的审美感又是多么灵敏！我从前还不大注意。那是你点醒我的。罗马的阳光使我睁开了眼睛，你们文艺复兴期的人物使我懂得了这里的作家。德彪西的一页乐谱，罗丹的一座半身像，舒阿莱的一句散文，都是跟你们一五〇〇年代的人物同一血统的。

“使我不快的事这儿并不是不多。我又遇到了当年节场上的熟人，曾经激起我多少义愤的人。他们并没有改变。可是我，我改变了，不敢再对他们严厉了。赶到我忍不住要对这种人不留余地地批判一顿的时候，我就对自己说：你没有这权利。你自以为是强者，可是做的事比这些人更要不得。——同时我也弄明白了，世界上原来没有一件东西没用的，便是最下贱的人在悲剧中间也有他们的角色。腐败的享乐主义者，不可向迩的无道德主义者，完成了他们那种白蚁式的任务；摇摇欲坠的屋子，先得拆了才好重造。犹太人也尽了他们神圣的使命，这使命是在一切别的民族中成为一个异族，从世界的这一头到那一头织成一个人类大同的网。他们把各民族中间的知识壁垒推倒，为通灵的理性开辟出一个自由的天地。最下流的腐蚀分子，冷嘲热讽的破坏分子，便是在毁灭我们对于过去的信仰，杀害我们亲爱的死者的时候，无形中也是为了神圣的事业工作，为了新生而工作。国际的银行家固然造成多多少少的祸害来满足他们凶残的欲望，骨子里也是不由自主的和那些要打倒他们的革命家站在一条线上，为未来的世界大同努力，而且他们的贡献比幼稚的和平主义者更实际。

“你瞧，我老了，不会再咬人了，牙齿钝了。在戏院里我不再像一般天真的观众那样咒骂演员，诟辱卖国贼了。

“慈悲的女神，我只跟你谈我的事，可是我心里只想着你。你才不知道我对自己多么气恼呢！那个‘自我’压迫我，把我淹没了。那是上帝挂在我脖子上的重负。我真想拿它放在你的脚下！当然是可怜的礼物……你的脚生来是为踏在柔软的泥土和清脆可听的砂上的；我还看到这双亲爱的脚懒洋洋地踏在铺满风信花的草坪上呢……（你有没有再上陶里阿别庄去过？）……走不多时你的脚已经累了！现在你又斜躺在你平时最喜欢的地方，在客室的尽里头，手托着下巴颏儿，拿着一本书，可并不看。你那么慈祥地听着我，没十分留意我的话：因为我使你厌烦。你为了增加耐性,有时想着你自己的念头;但你是殷勤的,体贴的,留着神不让我生气,偶尔有一言半语把你从极远的地方叫回来的时候,你那惘然若失的眼睛立刻会装出聚精会神的模样。而我,嘴里说着话,其实跟你一样地心不在焉,也不大听见我自己的声音;我一边留神我的话在你脸上引起的反应,一边在我心坎里听到另外一套话;那是我没有对你说出来的,和我嘴里说的完全相反的,可是你,慈悲的女神,你都清清楚楚地听到了,只是假装没听见。

"再会了。我想你不久会重新见到我。我不会在这儿无精打采地待下去的。音乐会举行过了,还有什么事可做呢?——我亲你的两个孩子,亲他们可爱的脸蛋。那是你的出品:我亲了他们不是应该满足了吗?……

克利斯朵夫"

* * *

"慈悲的女神"的复信是这样写的:

"朋友,我就在你回想得那么清楚的客厅的一角收到你的信;我看一忽儿,让你的信休息一忽儿,让我自己也像信一样地休息一忽儿!别笑我!这个办法可以使你的信显得更长。这样我跟它消磨了一个下半天。孩子们问我老看不完地看着什么。我说是你的一封信。奥洛拉瞧了瞧信纸,不胜同情地说:哟!写一封这样长的信真是受罪啰!我解释给她听,这可不是我给你的罚课,而是我们在一块儿谈话。她听着一声不响,带着弟弟溜到隔壁屋子玩去了;过了一会儿,正当雷翁那罗大声嚷嚷的时候,我听见奥洛拉说:别嚷;妈妈正在跟克利斯朵夫先生谈话呢。

"你说的关于法国人的情形使我很感兴趣,可并不惊奇。你该记得,我曾经埋怨你对他们不公平。人家尽可以不喜欢他们,但不能不承认他们是一个多聪明的民族!有些平庸的民族是靠了好心或强壮的体格得到补救的。法国人是全靠聪明。聪明把他们所有的弱点洗刷掉了,使他们再生。人家以为他们颠覆了,堕落了,腐化了,不料他们那种涓涓不竭的智慧使他们返老还童了。

"可是我还得埋怨你。你求我原谅你只谈着你的事:这简直是胡说。你一点没跟我提到你自己,没提到你的所作所为,所见所闻。直要表姊高兰德——干吗你不去看她呢？——把关于你音乐会的剪报寄给我，我才知道你的成功，你只在信里随便提到一句。难道你竟这样地看破一切吗？……我想不会的。你该告诉我说，那些事使你高兴……而且应该使你高兴，因为第一，我就觉得高兴。我不喜欢你把一切看得这样冷淡。来信语气很凄凉，真是不应该。你对别人更公平固然很好，但决不能因此而自卑，说你比他们之中最糟的还要糟。虔诚的基督徒可能称赞你。我却认为不对。我不是一个虔诚的基督徒，而是一个老实的意大利女子，不喜欢人家为了过去的事而烦恼。能管着眼前已经很够了。我不大知道你以前究竟做了些什么。你只提过寥寥几句，其余的我大概可以猜想得到。那当然不大体面；但我心中还是把你看得很重。可怜的克利斯朵夫！一个女子到了我这个年纪，决不会不知道一个男人往往是很软弱的。要是不知道他的弱点，她也不会这样爱他了。别再想你做过的事。不如想你将要做的事。后悔是没用的。那只是往后退。而不论在好的方面或坏的方面，什么事总是往前进的。'永远要向前啊，萨伏阿！'①……倘使你以为我肯让你回到罗马来，你可错了！这儿没有你的事。还是留在巴黎罢，去创造，去活动，去参与艺术生活。我不愿意你采取听天由命的态度。我愿意你作些美妙的东西，我希望它们成功，希望你越来越强，以便帮助一班新的克利斯朵夫去开始同样的斗争，突破同样的难关。你应该寻访他们，帮助他们，好好地对待你的后辈，别像你的前辈当初对你那样。——并且我愿意你坚强，让我知道你是强者：你真想不到这一点能给我多少力量。

"我几乎每天都和孩子们上鲍尔该士别庄去。前天我们坐着车到邦德·谟尔，然后徒步在玛丽沃岗上绕了一转。你瞧不起我可怜的腿。它们对你很生气：——他说些什么，这位先生？说我们在陶里阿别庄走了十几步就会累吗？他才不认识我们呢。我们不愿意辛苦是因为我们懒，不是做不到……——朋友，你忘了我是乡下姑娘出身……

"你该去看看我的表姊高兰德。你还对她记恨吗？骨子里她是个老实人，而且对你佩服得五体投地。似乎巴黎女子都被你的音乐颠倒

① 十九世纪意大利统一运动有此口号。因该时以萨伏阿王族为建国的核心。

了。瑞士的野人快要成为巴黎的红人了,只要他自己愿意。有什么太太们给你写情书吗?来信连一个女人都没提到。你还会钟情吗?不妨讲给我听听,我决不忌妒。

你的朋友　G·”

*　　　*　　　*

“嗬!你以为我会感激你信上的最后一句话吗?爱取笑的女神,你要忌妒,别希望我来使你忌妒。你说的那些为我疯疯癫癫的巴黎女人,我对她们毫不动心。疯癫!她们的确愿意,但事实上她们是最不疯癫的人。别希望我会被她们迷住。倘若她们对我的音乐漠不关心,也许我还可能上当。但她们的确爱着我的音乐;我怎么还会受骗呢?一朝有人和你说懂得你,你就可以断定他是永远不会懂得你的……

“可是我这些嬉笑怒骂的话,你别太当真。我对你的感情不至于使我对旁的女子不公平。自从我不再用爱人的目光去看她们之后,我对她们的好感可以说是从来未有的。我们男人太愚蠢了,只知道自私自利,压迫女人,使她们过着一种委屈的、不健全的、近乎仆役的生活,结果是男人女人两败俱伤。三十年来她们为了摆脱那种生活所花的心血,我觉得是这个时代的一件大事。在这样一个都会里,我们不能不佩服这一代的女性,不管那么多的障碍,凭着天真的热情去征服学问,征服文凭,——那是她们认为能够解放她们,替她们打开陌生世界的秘库,使她们和男子跻于平等之列的!……

“当然,这种信念是虚幻的,有些可笑的。但无论哪种进步,从来不能照我们所希望的方式实现;途径尽管不同,进步还是一样的进步。现代女性的努力决不会白费。它可以使女人更完全,更富于人性,好似那些大时代中的妇女一样。她们对于世界上重大的问题不再表示冷淡了:那种冷淡根本不合人性,因为便是一个最重视家庭责任的女人,也不应该不想到她在现代都市中的责任。她们的曾祖母,在圣女贞德和凯塞琳·斯福查①的时代,就不是这样想的。从那个时候到现在,女性

① 凯塞琳·斯福查为意大利十五世纪时贵族,在当时封建战争中以保卫家族著名。

变得贫血了。我们克扣了她们的空气和阳光。如今她们居然拼命从我们那里把阳光和空气夺回去了。嘿,真是了不起!……自然,在今日这些奋斗的妇女中间,有许多会夭折,有许多会身心失常。这是疾病到了生死关头的时代。元气过分衰弱的人做这种努力未免太剧烈了。一株久旱的植物遇到第一场雨就可能完事大吉。可是进步而不必付代价的事是没有的。将来的人一定会靠着这些苦难发荣滋长。现在一般献身于战斗的可怜的处女,好些是永远结不了婚的,但她们为未来所预备的果实,将要比以前多少代生儿育女的女性更丰富:因为新的黄金时代的女性会从她们的牺牲中间产生。

“这些勤勉的蜜蜂,决不能在你表姊高兰德的沙龙中遇到。你为什么一定要我上那儿去呢?我不得不服从你的命令;但这是不对的,你滥用威权了。我拒绝了她三次邀请,收到了两封信没有复。于是她到我某次的预奏会上——(人家正在试奏我的第六交响曲)——来盯我了。在休息时间,我看见她迎面而来,探着鼻子拼命地呼吸,嘴里嚷着:唔,真有点儿爱情的气息!……啊!我多喜欢这个音乐!……

“她的外表改变了;唯有猫儿似的豹眼和扯动不已的鼻子依然如故。脸盘变得宽大,结实,血色很好,非常健康。参加体育活动的结果,她和从前不同了。她对于这个玩意儿喜欢得如醉若狂。你知道她的丈夫是汽车俱乐部和航空俱乐部的要人。所有的飞行比赛,所有水、陆、空的运动,史丹芬·台莱斯德拉特没有一次不到。他们老是奔东奔西地旅行。要跟他们谈话简直不可能;两人说的无非是赛跑、赛船、赛球、赛马。这是一批新的时髦人物。悲莱阿斯的时代过去了。如今大家不在精神方面讲究时髦了。少女们所追求的,是在露天与阳光底下跑来跑去晒出来的鲜红的皮色。她们瞧着你的时候,眼睛跟男人的一样,笑也笑得很粗野,语气也更火爆更放肆了。你的表姊有时会若无其事地说些野话。她过去是这也不吃那也不吃的,此刻居然成为饭桌上的健将。她还抱怨胃不好,因为她这样说惯了,事实上并不因此少动一叉。她连一本书都不看。在她那个社会里,谁也不看书了。唯有音乐还承蒙她们瞧得起,同时它也因为文学失势而沾了光。等到这些家伙疲倦得浑身软瘫了,音乐就等于他们的土耳其浴,温暖的蒸汽,按摩,东方烟袋……完全用不着他们思想的。在体育活动与恋爱之间，音乐是一种过渡的玩意儿，并且也还是一种运动。但在一切审美的娱乐中，今日最受欢迎的运动是跳舞。俄国舞，希腊舞，瑞士舞，美国舞，在巴黎什么都可以拿来跳舞：贝多芬的交响曲，埃斯库罗斯①的悲剧，巴赫的《十二平均律》，梵蒂冈教廷中的古物，格路克的歌剧《奥尔弗》，瓦格纳的《特里斯坦》……那些人都害上了想入非非的怪毛病。

"最有意思的是看你的表姊怎样把这些调和起来。她的唯美主义，她的体育活动，她的精明干练——（因为她母亲处理事务的才干跟日常生活中的专制作风，她都承继了）——合在一起必然成为一种莫名其妙的混合物；但她觉得很舒服；她的最疯狂的怪癖并不妨碍她清楚的头脑，正如她驾着风驰电掣的汽车不会眼花也不会手忙脚乱。那真是一个了不得的女子；丈夫，宾客，仆役，都被她随心所欲地支配着。她也参与政治，拥护殿下②；我不相信她是保王党，可是这样一来，她的忙乱可以多一个借口。并且她虽然一本书念不上十页，照旧参加学士院的选举。——她自告奋勇要做我的后台。你知道这对我就不是味儿。最可恶的是，我是为了听从你的话才去看她的，不料她自以为对我有什么影响……我自然要气气她，当面把她揭穿了。她听了不过笑笑；还厚着脸跟我顶嘴。你说她骨子里是个老实人；不错，只要在她有点儿事情可做的时候。她自己也承认这一点：倘若机器没有东西可以碾磨，它为了找材料，什么都做得出。——我上她家去了两次。现在我不去了。对你，这已经足够证明我的服从。你总不至于要我的命吧？我从她那儿出来简直筋疲力尽，累得要死。我上次看了她回来，夜里做了一个可怕的噩梦：我变做她的丈夫，整个生活都给搅得天翻地覆……真正的丈夫可决不会做这样荒唐的梦；因为所有我在她府上见到的人里头，他是和她相处最少的一个；便是碰在一起，他们也只谈运动。他们俩非常投机呢。

---

① 埃斯库罗斯为古希腊的悲剧诗人。

② 本书写作时期，法国王室的后裔是路易·菲力浦·劳白·奥莱昂公爵（1869—1926）。自十八世纪大革命以后，法国的保王党运动始终存在，每个时代的党人均以当时在王室世系上应当继承王位的人为假想的王，称之为"殿下"。

“所有这批人怎么会捧我的音乐的？我不想去了解。据我看，大概那对他们是一种新的刺激。他们喜欢我的音乐粗暴。目前他们爱着一种油脂厚重的艺术。至于油脂里头的灵魂，他们连想也没想到。他们会从今天的如醉若狂转变到明天的视若无睹，再从明天的视若无睹转变到后天的非难中伤，实际是从来没有认识对象。这种情形是所有的艺术家都遇到的。我对于自己的走红不存什么幻想，那是不会久的，而且还要我付代价呢。——眼前我只冷眼看着那些怪现象。对我崇拜最热烈的（你猜是谁？……）是咱们的朋友雷维-葛，那位漂亮人物，从前我跟他做过一次可笑的决斗的，你总该记得罢？此刻他在开导那些从前不了解我的人，而且开导得很好。所有谈论我的人还算他最聪明。其余的是些什么货也就可想而知了。你瞧，我有什么可得意的？

“并且我也没有这心思。人家所赞美的我的作品，我自己听了羞死了。我看出自己的面目，而我不觉得我美。对于一个有眼睛的人，一件音乐作品是一面多么无情的镜子！幸而他们又是瞎子又是聋子。我在作品里放进了自己多少的骚乱与弱点，以至于我有时候觉得把这些魔鬼放到世界上来简直是干了件坏事。直看到群众非常安静，我才放下心：他们穿着三重的铁甲，什么都伤害不到他们，否则我非入地狱不可了……你埋怨我责己太严。那是因为你的认识我并不像我的认识我自己。人家只看见我们现在的模样；看不见我们可能成为的模样，大家称赞我们的，多半是推移我们的时势和支配我们的力量，而很少是我们修养得来的成绩。让我讲一件故事给你听罢。

“前天晚上我走进一家咖啡馆。巴黎有些咖啡馆奏着相当美好的音乐，虽然方式很奇怪；我去的便是这样的一家。他们用五六种乐器，加上一架钢琴，奏着所有的交响曲，弥撒祭乐，清唱剧。那正如罗马的大理石铺子出卖小型的梅迭西斯祭堂，给人做壁炉架上的装饰品。似乎这么办是对艺术有益的。为了要使艺术流通，非把它铸成铜子儿不可。除此之外，那些音乐会倒也货真价实：节目非常丰盛，演奏的人都很尽心。我在那儿遇到一个跟我素有往来的大提琴师；他的眼睛跟我父亲的很像。他把一生的经历告诉我。祖父是农夫，父亲是北方一个村公所里的办事员。人家想培植他做个上等人，当律师，便送他到附近的城里去念中学。孩子又结实又粗野,不是做小公证人那种细功夫的料子。他不能安分守己,从墙上跳出去,在田野里乱跑,追逐女孩子,逞着蛮力跟人打架;要不然就游手好闲,做梦一般地想着些永远做不到的事。只有一样东西吸引他,就是音乐。天知道为什么!家族里头没有一个音乐家,除了一个疯疯癫癫的叔祖。那种怪物,内地有的是,往往很聪明,很有天赋,可惜孤高自傲,为了一些古怪的无聊事儿把才气消磨尽了。那叔祖发明了一种新的记谱法,——(你瞧,又是一种!)①——可以促成音乐革命的;他还自以为发明了一种速记术,可以把歌词、曲调、伴奏三者同时记录下来;但一写下来,他自己先认不清了。家族一边嘲笑这个老头儿,一边也很得意,心里想:——他是个老疯子。可是谁知道?也许他真有天才……——大概侄孙的爱好音乐就是从他那里遗传得来的。他在那小地方能听到些什么音乐呢?……可是恶俗的音乐所引起的爱,跟美好的音乐所引起的一样纯洁。

"不幸这种热情似乎在他的环境里是不可告人的,孩子又没有叔祖那股顽强的戆气。他只能偷偷地翻着老疯子呕尽心血的作品,作为他畸形的音乐教育的基础。在父亲面前和舆论面前,他又虚荣又胆怯,在没有成功之前绝不敢提起他的志愿。老实的孩子受着家庭的压迫,像所有法国的小布尔乔亚一样,因为懦弱,不敢和家属的意志对抗,表面上一味服从,实际却永远过着偷偷摸摸的生活。他并不走自己喜欢的路,却毫无兴趣地做着人家指定的工作:既不能好好地有所成就,也不能痛痛快快地失败。考试都马马虎虎地考及格了。考及格的好处,是从此可以逃掉内地与父母的双重监督。他看到法律就头痛,决意将来不吃这行饭;但只要父亲活着,就不敢说出自己的志愿。也许他很乐意在决定去取之前再等些时候。像他那等人,一辈子都空想着将来做些什么,可能做些什么,目前却一事不做。巴黎的新生活使他陶醉了,出了轨,凭着乡下青年的狠劲,把自己交给了两桩热情:女人和音乐;一方面被音乐会搅昏了头,一方面也为了寻欢作乐搅昏了头。他为此虚度了几年,一点不想办法补足他的音乐教育。骄傲,暴躁,独立不羁与

① 很多欧洲人发明新的记谱法,认为五线谱还不够完美。

多疑的坏脾气，使他没法跟任何教师去学，也不愿向任何人请教。

“父亲死后，他把法律书一股脑儿丢开了。没有勇气学习必不可少的技术，他先就开始作曲。由于懒惰游荡的老毛病与寻欢作乐的嗜好，他不能再下苦功。心里很有感情，但他始终抓不住自己的思想与形式，结果只能写些无聊的滥调。最糟的是，这个平庸的家伙心中的确有点儿伟大的东西。我看过他两件从前的作品，东零西碎的颇有些动人的思想，仅仅露出些端倪，马上就变了样。那仿佛泥坑上面的一些磷火……而且他的脑子又是好不古怪！他想对我解释贝多芬的奏鸣曲，居然看到其中有些幼稚可笑的故事。然而他抱着何等的热情，态度何等的严肃！他一边说一边含着眼泪。他能够为了所爱的东西把自己的命都送掉。你一看到他就会觉得他又动人又滑稽。正当我预备当面笑他的时候，心里竟想拥抱他了……真是老实到了骨子里。他瞧不起巴黎文艺社团的欺诈，也瞧不起那些空头的名人——另一方面仍禁不住像小布尔乔亚一样天真地仰慕走红的人……

“他得了一笔小小的遗产，几个月工夫就把它吃完了，而等到分文不名的时候，又像许多跟他差不多的人一样，偏偏老实起来，娶了一个被他勾引的没有钱的女人。她嗓子很好，并不爱好音乐而弄着音乐。两人的生活，只靠她的嗓子和他的不高明的大提琴演技来维持。自然，他们不久就发现了彼此的平庸，不能忍受。他们生了一个女儿，父亲在她身上又大做其好梦，以为自己做不到的事可以由她来实现了。小姑娘像她的母亲，只能成为一个毫无天分的钢琴匠；她非常敬爱父亲，拼命用功，想博取他的欢心。几年之中，他们跑遍了名城胜地的旅馆，挣来的钱还不如受的羞辱多。娇弱而劳作过度的孩子死了。绝望的妻子脾气越来越坏。简直是无边的苦海，没有希望跳出来，同时他心里又抱着一个没有能力达到的理想，更增加自己的痛苦……

“唉，朋友，我看到这可怜的一事无成的家伙，一生只是一组连续不断的悔恨，我就心里想：——瞧，我就可能成为这种人。我们童年时代的心灵很有些相同的地方，一生的遭遇也差不多；甚至我们的音乐思想也有某些共同点；不过他的是在半路上停了下来。我没有像他那样地陷落是靠的什么呢？没有问题是靠了我的意志。但也靠了偶然的遭遇。并且即以我的意志而论，难道那完全是凭我自己的努力得到的吗？岂非多半是靠我的种族，靠我的朋友们，靠那帮助我的神的力量吗？……——想到这些，我就变得谦卑了。一个人觉得所有爱艺术、为艺术受苦的人跟自己都是兄弟。从末流到第一流，距离并不大……

“在这一点上，我想到了你信上的话。你说得对：一个艺术家只要还能帮助别人的时候，绝不该独善其身。所以我留在这里了，我要强迫自己每年在这儿住几个月，或是在维也纳，或是在柏林，虽然我已经住不惯这些都市。可是我不应该离开岗位。即使这种逗留不能有益于人，——那是我很有理由担心的，——至少可能对我自己有点儿好处。而且想到这是你的愿望，我还可以觉得安慰。再说……（我不愿意扯谎）……我在这儿也渐渐感到愉快了。再会罢，专制的王后，你胜利了。我不但做了你要我做的事，并且喜欢做了。

克利斯朵夫”

*　　*　　*

这样他就留在巴黎，一部分是为讨她喜欢，一部分也因为他艺术家的好奇心觉醒之下，被新生的艺术界景象迷住了。他精神上把所见所为的一切都献给葛拉齐亚，写信告诉她。他很知道，希望她对这些感到多大兴趣未免是妄想；也许她还有点儿漠不关心呢。但他感激她并不过于表示出来。

她经常每半个月复他一封信，都是措辞亲切而极有节度的，像她的动作一样。提到自己的生活的时候，她始终保持着温柔、高傲、矜持的态度。她知道她的话会在克利斯朵夫心中引起何等剧烈的反响，所以宁可表示得冷淡一点而不愿意挑动他的热情，因为她不愿意跟着他一起兴奋。可是她凭着女性的聪明，自有办法不让朋友的爱情感到失意，倘使她有何冷淡的话扫了对方的兴，她会立刻用几句甜蜜的话把伤口包扎起来。克利斯朵夫不久就看透这种策略，便也使出爱情的狡计，努力压制自己的冲动，把信写得更有节制，使葛拉齐亚复信的时候减少一点儿警惕。

他在巴黎越住下去，对于大家忙忙碌碌的新的活动越感到兴味。

特别因为青年人对他的好感比较少，所以他觉得更有意思。他没有看错：他的走红不过是昙花一现。十年退隐之后再回到巴黎来，他不免在社会上轰动一时。可是命运弄人，这一回捧他的竟是他从前的敌人——时髦朋友和上流人物；一般艺术家倒反暗中对他抱着敌意，或者存着猜忌的心。他的权威是靠着他年代悠久的名字，数量巨大的作品，热烈肯定的语气，不顾一切的真诚。固然大家不得不承认他是个人物，不得不佩服他或敬重他，可是不了解他，不喜欢他。他已经站在当代的艺术潮流之外了。他是个怪物，是个不合时宜的活榜样。那他一向是的。十年的孤独更加强了这一点。他不在的那个时期，在欧洲，尤其在巴黎，就像他亲眼看到的，完成了一番复兴的事业。一个新的秩序产生了。一代新人兴起来了，——爱行动甚于爱了解，爱占有甚于爱真理的一代。它要生活，要抓住生活，哪怕要用谎言去换取也有所不顾。骄傲的谎言，——各式各种骄傲的谎言；种族的骄傲，阶级的骄傲，宗教的骄傲，文化与艺术的骄傲，——对它都是好的，只要是一副铁的盔甲，只要能供给它刀剑盾牌，保护它踏上胜利之路。所以这一代的人最讨厌听到响亮的苦恼的声音，使他们想起世界上还有怀疑与痛苦；那仿佛是飓风，曾经扰乱那个才溜掉不久的黑夜的；而且大家虽然否认，虽然想忘记，那些飓风还继续威胁着世界。距离太近了，要不听见是不可能的；于是青年们恨恨地掉过头去，大声疾呼地嚷着，想震聋自己的耳朵。但那个声音比他们的更响。所以他们恨克利斯朵夫。

反之，克利斯朵夫倒很友善地望着他们，看到大家不顾一切地向着一个切实的目标，一个新的秩序攀登，不由得表示敬意。他们在这个潮流中故意做得胸襟狭窄，并不使他惊骇。一个人向着目标迈进的时候应当笔直地朝前望的。至于他，坐在一个世界的拐角儿上，能够回头瞧瞧那个惊心动魄的黑夜，向前瞻望那年轻的笑容可掬的希望，对着清新而狂热的黎明体会一下那种不可捉摸的美，觉得挺有意思。他站的地位是钟摆的轴心上稳定的一点，钟摆却又在往一边荡过去了。他虽然不跟着钟摆一起动作，却非常高兴地听着人生的节奏跳动。那班人否认他过去的悲怆，他可是和他们一同希望着。要来的一定会来的，就像他所梦想的一样。十年以前，奥里维在黑暗与痛苦中——那可怜的高卢小公鸡——曾经用他脆弱的歌声报告天将破晓的消息;歌唱的人不在了,歌的精神却是实现了。法兰西园子里的鸟都已经醒过来。突然之间,克利斯朵夫听见奥里维的声音复活了,盖过了别的啼声,更响亮,更清楚。

他在一家书铺的柜子上随便翻着一本诗集。作者的姓名很陌生。但有些字句引起了他注意,使他不忍释手。他在没有裁开的书页中间慢慢地读下去,仿佛认出了一个很熟的声音,一些很熟悉的特点……既不能确定他的感觉是怎么回事,又不忍把书丢开,便买了下来。回到家里,他继续念着,不料那执着的念头占据着他的思想。诗中剽悍强劲的气息,清清楚楚地令人想起那些广大无边的古老的灵魂,——想起那些冬天的树木(人类只是它们的枝叶与果实),——想起那些人类的祖国。字里行间跃现出母性的超人的面目,——现在、过去、将来、永久存在的面目,君临着世界,有如中世纪艺术上的圣母,像山一般高,虫蚁似的人类在她们脚下祈祷。诗人颂赞这些伟大的女神做着英勇的决斗,从有史以来就在那里短兵相接:这些几千年的伊利亚特史诗之于特洛伊战迹,就好比阿尔卑斯山脉之于希腊岗峦。

像这样一部骄傲与战斗的史诗,对于克利斯朵夫那样的欧罗巴灵魂,思想上当然距离很远。可是在法国诗人的幻象中,——(妩媚的处女雅典娜拿着盾牌,蓝眼睛在黑暗中发光,她是劳动的女神,盖世无双的艺术家,高于一切的理性,用她毫光四射的长矛把蠢动的蛮族制服了)①——克利斯朵夫在闪烁的光明中瞥见一道目光,一副笑容,是他认识的,爱过的;但正要去抓握的时候,幻景消失了。他因为追逐不到而非常懊恼,不料翻过一页,读到了一桩奥里维去世以前不久讲给他听的故事。

他大为惊愕,马上跑到出版者那里去问诗人的住址。人家照例不肯说。他生了气,可是没用。后来他想也许可以在年鉴中找到,果然不

① 希腊神话以雅典娜为童贞的女神,代表战争,代表艺术,代表聪明,代表劳动,保护农业,保护城市。她的德性与职责多至不胜枚举。

错;他立刻奔到作者家里。他的脾气是想做什么就做什么,从来不肯等的。

在巴底诺区里,他爬到一座屋子的最高一层楼上。公共走道里有好几扇门,克利斯朵夫依着人家的指点敲了一扇。可是开的倒是隔壁的门。一个并不好看的年轻的女人,额上覆着深褐色的头发,皮色乌七八糟的,抽搐的脸配着一对炯炯有神的眼睛,带着猜疑的神气问他来意。克利斯朵夫把访问的目的说明了,对方又提出别的问话,便报了自己的姓名。于是她走出屋子,从身上掏出钥匙开了另外一扇门,并不请克利斯朵夫进去,先教他在过道里等着。她自己进去之后重新把门关上。后来他终于踏进了戒备森严的屋子,先穿过一间空荡荡的做餐室用的房间,里头摆着几件破烂的家具,靠近没有窗帘的窗口放着一个笼子,有十几只鸟在那里乱叫。隔壁房内,一张破破烂烂的便榻上躺着一个男人。他抬起身子迎接克利斯朵夫。那张灵光四射的瘦削的脸,那对火辣辣的、秀美的、绒样的眼睛,那双长长的细致的手,那个残废的身体,那种带点儿沙的尖锐的声音……克利斯朵夫马上认出来了……那不是爱麦虞限吗?就是那残废的小工人,无意之间断送了……爱麦虞限也突然站了起来,认出了克利斯朵夫。

他们俩一言不发,同时都看到了奥里维的影子……不敢马上伸出手来。爱麦虞限往后退了一步。那种连自己也不承认的怨恨,从前对克利斯朵夫的妒意,过了十年又在暧昧的本能深处抬起头来。他站在那里,存着戒心,抱着敌意。——可是看到克利斯朵夫那么感动,看到他们俩心里都想着的名字(奥里维……)快要被克利斯朵夫说出来的时候,他忍不住了,立刻扑在对他张开着的臂抱里。

"我知道你在巴黎,可是你,你怎么能找到我的?"

克利斯朵夫回答:"我读了你最近的著作:我听到了他的声音。"

"是吗?你认出了他是不是?我现在的一切都是他赐给我的。"

(他避免说出名字。)

停了一忽儿,他沉着脸又说:"你我之间,他更喜欢你呢。"

克利斯朵夫笑了笑:"真正爱的人没有什么爱得多爱得少的;他是把自己整个儿给他所爱的人的。"

爱麦虞限望着克利斯朵夫;个性坚强的眼中那点儿悲壮的严肃,突然蒙上一道柔和的光。他抓着克利斯朵夫的手,请他坐在便榻上,靠近着他。

他们把彼此过去的经历讲了一遍。从十四到二十五岁之间,爱麦虞限干过不少行业:印刷工人,地毯工人,小贩,书店掮客,诉讼代理人的书记,政客的秘书,新闻记者……在所有的行业中,他都想办法下苦功自修;偶然也有几个好人,被这小家伙的毅力感动了,帮他一点忙,但多半的人是利用他的穷苦与天赋。他得了不少惨酷的经验,结果总算不太灰心,只是把他原来就很娇弱的健康都损失完了。因为学习古文字特别快(在一个传统上受到人文主义熏陶的民族中间,这种才能并不算是例外),他得到一个研究古希腊学问的教士帮忙。虽则他没有时间把这些学问钻研得如何精深,可是已经养成了思想的纪律和文字的风格。这个出身微贱,一切知识都靠自修得来而漏洞很多的人,居然学会了运用辞藻的能力,能够用思想来控制形式,那是布尔乔亚青年经过十年的高等教育也不容易培养成功的。他把这种好处归功于奥里维。虽然别人给他的帮助比较更实际,但替这颗心灵在黑夜中把长明灯点起来的,的确是奥里维。别人不过是做了添加灯油的工作。

他说:“从他去世的时候起,我才开始了解他。但他和我说过的话都进到了我的心里。他的光明从来没有离开我。”

他谈着他的作品,谈着自以为是奥里维留给他的任务,提到法兰西民族精神的觉醒,英勇的理想主义的火焰,为奥里维所预告的;他想替这些做一个响亮的声音,超临在战斗之上,报告未来的胜利。他为他复兴的民族唱着史诗。

他的诗歌的确是这个奇异的民族的出品。经过了多少世纪,这民族把克尔特古族的气息始终保持得那么牢固,同时又有一种古怪的骄傲的脾气,把罗马征服者的遗物和法律裹在自己的思想外面。爱麦虞限的诗中有的是高卢族的胆气,疯狂的理智,辛辣的讽刺,英勇的精神,又是自大又是勇敢的性格,例如敢向罗马贵族挑战,洗劫台尔弗神庙①,狞笑着

---

① 台尔弗为希腊古城,曾被高卢族攻陷。

对天挥舞长枪的气魄。但这个巴黎侏儒像他那些戴假头发的祖先一般,也像他未来的子孙一般,还会把他的热情寄托在二千年前的希腊英雄和神明身上。这是法兰西民族的奇怪的本能,和它追求“绝对”的需要融洽一致的本能:它的思想明明追随着几千年前的足迹,但它反而以为是把自己的思想教以后几千年间的人作为楷模。古典形式的束缚反而使爱麦虞限的热情愈加奋激。奥里维认为法兰西是有前途的,他的信念是安详沉着的,到了他的门徒身上却变了如火如荼的信仰,急于行动而胜券在握的信仰。他要胜利,看到了胜利,欢呼胜利。他所以能煽动法国群众的心,便是靠这股狂热的信仰和乐观的气息。他的著作跟战争一样地有力量。怀疑与恐怖的阵线被他突破了。所有年青的一代都跟着他蜂拥而前,向新的命运扑过去……

他一边说着一边兴奋起来:眼里冒着火焰,苍白的脸上东一处西一处有了红晕,嗓子也提高了。克利斯朵夫不禁注意到这一堆气势逼人的烈火,和烧着这堆烈火的可怜的身体之间的对照。但这个命运弄人的惨状,他还只看到一部分。诗人讴歌咏叹的是毅力,是这一代醉心于体育、行动、战斗的勇猛的青年,诗人本身可是连走路都是上气不接下气的,只能过着极有节制的生活,饮食受着限制,只喝清水,不能抽烟,没有情妇;他浑身上下都是热情,但为了脆弱的健康不得不过着清心寡欲的日子。

克利斯朵夫打量着爱麦虞限,觉得他又可佩又可怜。他当然不愿意流露出来;但大概他的眼睛透露了一些消息,或者是伤口始终没结好的爱麦虞限的傲气,以为在克利斯朵夫眼中看到了恻隐之心,那是他觉得比恨更要不得的。忽然之间,他激昂慷慨的感情低了下去,不作声了。克利斯朵夫竭力想把他的信心争取回来,只是徒然。心灵已经关上了门。克利斯朵夫看出对方是被他伤害了。

爱麦虞限一声不出,抱着敌意。克利斯朵夫站起来,爱麦虞限默默无言地送到门口。他一走路就更显出他的残废;他自己知道这一点,因为骄傲而装做毫不介意;但他以为克利斯朵夫在暗中留神,于是心里愈加怨恨。

他正冷冰冰地握着客人的手告别,忽然有个年轻的漂亮女人来按他的门铃。一个装模作样的男人做着她的跟班,那是克利斯朵夫在戏院上演新戏的时候注意过的,老是笑容可掬、絮絮不休、颠头耸脑地行着礼,吻着妇女们的手,从正厅的座位上嘻着脸和熟人打招呼,直招呼到最后几排:克利斯朵夫不知道他的姓名,便叫他“花花公子”。——那时“花花公子”和他的女伴,一见爱麦虞限就拿出肉麻的礼数和亲热的态度扑向“亲爱的大师”。克利斯朵夫一边走出来,一边听见爱麦虞限斩钉截铁地回答说今天有事,不能见客。他很佩服他不怕得罪人的胆量。可是爱麦虞限为什么对这批上门来献殷勤的、有钱的时髦人物这样冷淡,克利斯朵夫还不知道呢。他们说话很甜,满嘴都是恭维,可并不想减轻他的灾难,正如赛查·法朗克的朋友们让他到死都靠教钢琴过活。

克利斯朵夫又去看了好几次爱麦虞限,却没法再恢复初次访问时那种亲密的感觉。爱麦虞限看到他,并不表示愉快,只抱着猜疑而矜持的态度。有时他的性灵需要发泄一下,被克利斯朵夫一句话打动了心,忍不住兴奋起来,让他的理想主义射出一些绚烂的光芒,照着他深藏的灵魂。接着他热情突然下降,憋着一肚子的怨气不出声了,使克利斯朵夫又看到了敌人的面目。

两人不同的地方太多了。年龄的相差也关系很大。克利斯朵夫越来越认清自己,越来越能控制自己。爱麦虞限却还在变化不定的阶段,精神上比克利斯朵夫一生无论哪一个时期都更骚乱。他的面貌所以这么特别,是因为他心中有许多互相冲突的因素:严格的苦行精神竭力想把隔世遗传的欲念压下去,——(我们别忘了他父亲是个酒徒,母亲是个卖淫妇);——狂热的幻想竭力反抗着铁一般的意志,不受约束;极自私的心理和极慈爱的心肠,教人永远看不出两者之中哪一个会占上风;还有英勇壮烈的理想主义和对于光荣的渴慕,使他一看到旁人的优越就会着急到近于病态的程度。即使奥里维的思想,独往独来的个性,大公无私的精神,都可以在他身上发现;即使他有诗才,有平民的活力(使他不会讨厌实际行动),有粗糙的表皮(使他不会厌恶这个,厌恶那个),因而胜过他的老师:可绝对达不到奥里维那种清明恬静的心境。他天生是虚荣的,骚动的,而除了自己的苦闷以外还要加上别人的苦闷。

他和一个邻居的少妇，第一次接待克利斯朵夫的那个女子，住在一起，常常争执。她爱着爱麦虞限，一片热诚地照顾他，替他打杂，抄写作品，或是把他念出来的文字写下来。人长得一点儿不美，感情却非常骚动；平民出身，做过很久的纸版女工，后来又当过邮局职员，毫无生趣的童年是在巴黎一般穷苦工人的环境中过的：身体与精神都受着挤逼，做着辛苦的工作，永远是乱七八糟的环境，没有空气，没有静默，从来不得清静一下，心中的小天地老是受到外界的扰乱。脾气很高傲，对于真理抱着一种迷迷糊糊的理想与宗教式的热情，她夜里睁着倦眼，有时甚至没有灯火，在月光底下抄写雨果的《悲惨世界》。她遇到爱麦虞限的时候，正是爱麦虞限贫病交迫，比她更潦倒的时候；从此她就委身于他。这桩热情是她生平第一次的，也是仅有的一次爱情；所以她像饿鬼似的一把死抓。但对于爱麦虞限，她的感情反而是个重担；他那方面并没这种情分，只是勉强容忍她的。看到她无微不至的忠诚，他极其感动，知道她是最可靠的朋友，只有她拿他当做自己的性命一样。但这种心理，他就难以忍受。他需要自由，需要孤独；她时常用眼神哀求他瞧她一眼，他却觉得厌烦透了，对她恶声相向，恨不得和她说："去你的罢！"她的丑陋和急促的举动惹他生气。尽管他很少认识上流社会，同时还轻视上流社会，——（因为相形之下，他显得更丑更可笑了）——骨子里却喜欢高雅，喜欢那个社会里的女子；不料她们对他的心情正和他对那个女朋友的心情一样。他勉强和她表示好感，心里可并没有这个好感，或者是常常不由自主要爆发出来的恨意把他的好感掩没了。他毫无办法。他有一颗慈悲的心，竭力想对人好；同时身上又有一个强暴的魔鬼，拼命想损害人家。这种内心的冲突，和他明知道冲突的结果对自己有弊无利的感觉，使他暗中恼怒；这怒意发作的时候，克利斯朵夫就得受到无妄之灾了。

爱麦虞限不由自主地对克利斯朵夫有两种反感：一种是他从前的嫉妒遗留下来的（那些童年的偏见，即使原因早已忘了，仍旧有它的作用）；一种是由激烈的民族主义煽动起来的。他把上一代的优秀人士所想象的关于正义、怜悯、博爱的美梦，全部寄托在法兰西身上。他并不认为法兰西和欧洲其余的民族处于敌对地位,靠着别国的衰微而繁荣的;他是把自己的民族放在别的民族的行列前面,仿佛一个正统的王后为了大家的福利而统治,——为理想做卫士,替人类做向导。他宁可法国灭亡而不愿意它犯一桩蹂躏正义的罪行。但他决不怀疑它有这种事。他的心胸,他的修养,都证明他彻头彻尾是个法国人,单靠法国传统做养料的;而在他的本能里面,他就能找到法国传统的深刻的意义。他老老实实否认外国的思想,对它抱着轻蔑的态度,——倘若外国人不肯接受这种屈辱的待遇,他的轻蔑就一变而为恼怒。

这一切,克利斯朵夫都看得挺明白;但因为年纪比较大了,人生的教训受得多了,他决不因之而不愉快。虽则这种民族的骄傲使人很难堪,克利斯朵夫却并没受到伤害,认为那是爱国心促成的幻象。神圣的感情即使过火,他也不想加以指摘。并且所有的民族都自命不凡地相信自己的使命,那对整个人类也有好处。他和爱麦虞限格格不入的原因固然很多,但使他真正难过的只有一点,便是爱麦虞限有时把嗓子逼得太尖,使克利斯朵夫的耳朵大为受罪,甚至脸都抽搐了。他想法不让爱麦虞限觉察,努力教自己只听音乐,不听那乐器。残废的诗人常常提到为别的胜利作前驱的精神的胜利,提到征服天空,提到那个把民众煽动起来的“飞翔的上帝”,像伯利恒的明星①一般引着他们如醉若狂地扑向无垠的空间,或走向未来世界……那时可怜的驼子脸上就显出了悲壮的美。但在这些庄严的境界中间,克利斯朵夫感觉到了危险:这冲锋陷阵的步子,和这个新《马赛曲》的越来越响亮的歌声,将来会把民众带到什么路上去,克利斯朵夫已经预感到了。他带着点讥讽的心情想着(可并没有对于过去的惆怅和对于将来的恐惧),这些诗歌将要产生出诗人意想不到的后果,早晚有一天,人们会不胜感慨地追念以往的“节场”时代……那时大家才多么自由!真是自由的黄金时代!一去不复返了。世界正在走向一个新时代,有的是力,健康,强毅的行动,也许还有光荣;但同时你得守着严格的纪律,不能越出狭窄的范围。我们

① 据《新约》载,耶稣生在犹太的伯利恒,有几个博士从东方来拜,说是因为看见了生下来做犹太人之王(即指耶稣)的星。

不是一心一意企望这个铁的时代,古典的时代吗?伟大的古典时代,——路易十四或拿破仑,从远处看来都是人类的高峰;也许民族在那个时代把它国家的理想实现得最完满了。可是你去问问当时的那些英雄作何感想。你们的尼古拉·波生跑到罗马去过了一辈子,死也死在那里;①他在你们家里透不过气来。你们的巴斯加,你们的拉辛,都向社会告别。而在一般最伟大的人物中间,因为受到社会的歧视,压迫,而过着隐居生活的又有多多少少!便是莫里哀罢,心中也藏着多少悲苦。——至于在你们怀念不止的拿破仑治下,你们的父亲那一辈似乎也不觉得幸福;那位英雄自己也看得很准,知道他死了以后,大家都会松一口气,叫一声“啊!……”在皇帝四周,思想界是多么荒凉!等于非洲的太阳照到广漠无垠的沙漠上……

这些翻来覆去想着的念头,克利斯朵夫绝对不说出来。只要露一些口风已经使爱麦虞限怒不可遏,怎么再敢尝试呢?但他把自己的思想藏在肚里也没用,爱麦虞限知道他那么想着。而且他还隐隐约约感觉到克利斯朵夫比他看得更远,因之他更气恼。青年人是不肯原谅他们的前辈强迫他们看到二十年以后的事的。

克利斯朵夫看透了他的思想,对自己说着:“他这是对的。各有各的信仰!一个人应当相信他所相信的。我千万不能扰乱他对于未来的信念。”

但只要他在场,彼此精神上就会骚动。两人待在一起的时候,尽管都抑捺着自己的个性,结果总是这一个压倒那一个,使那一个因为屈辱而心怀怨恨。爱麦虞限的骄傲的脾气,因为克利斯朵夫的经验与性格都比他优越而感到痛苦。也许他还强自压制,不让自己对克利斯朵夫发生感情,因为事实上他已经慢慢地在喜欢他了。

他变得更孤僻了:关起门来谁都不见,信也不复。——克利斯朵夫只得不去找他。

---

① 尼古拉·波生(1594—1665)为法国画家,一六二四年前往罗马,至一六四〇年被路易十三强逼回国,一年后因受宫廷画家嫉妒,仍回罗马,终老于罗马。

时间到了七月初。克利斯朵夫把几个月的收获总结了一下:新思想,很多;朋友,很少。轰动一时而完全虚空的成功,看到自己的面目与作品在一般平庸的头脑中反映出来,不是变得模糊了就是变成了漫画,真不是味儿。他很愿意得到某些人的了解,无奈他们对他毫无好感;他去接近他们,他们简直不理不睬;不管他怎么样地想参加他们的理想,做他们的盟友,可始终不能加入他们的队伍。似乎他们多所猜忌的自尊心不愿意接受他的友谊,宁可他做一个敌人。总而言之,他眼看自己的一代像潮水般地过去了而自己没跟它一同过去,下一代的潮水又不要他加入。他是孤独的,可并不惊异,他一辈子孤独惯的。但他认为在这一次新的尝试之后,可以问心无愧地回到瑞士隐居去了。他心中还有一个计划,最近越来越成熟了:随着年龄的老去,他念念不忘地想回到家乡去终老。那边已经没有一个熟人,也许精神上比住在这外国的都市里更孤独;但家乡总是家乡;你并不要求和你血统相同的人和你思想也相同:大家暗中有着无数的联系;彼此的感觉都能领会天地这部大书,彼此的心也讲着同样的言语。

他心平气和地把自己的失意告诉葛拉齐亚,说他想回瑞士去,还说笑似的要求她允许。动身的日子定在下星期内。可是他在信尾添了一句:

"我改变了主意。行期延迟了。"

克利斯朵夫绝对信任葛拉齐亚,跟她无话不谈;但心里还有一个部分只有他自己有钥匙的,那是一些不单属于他,而也属于那些亲爱的死者的回忆。所以他绝口不提奥里维的事。这种保留并非由于故意,而是在他想和葛拉齐亚提到的时候说不出口。她和他是不认识的啊……

那天早上,他正在写信给他的女朋友,有人敲门了。他一边去开门,一边因为被人打搅而嘴里嘀咕着。来的是一个十四五岁的男孩子,说要见克拉夫脱先生。克利斯朵夫不大高兴地让他进来了。黄头发,蓝眼睛,面目清秀,不十分高大,身材瘦瘦的,他站在克利斯朵夫面前有点儿胆怯,不出一声。过了一忽儿他定了神,抬起清朗的眼睛把克利斯朵夫好奇地打量着。克利斯朵夫瞧着这可爱的脸笑了笑;孩子也笑了笑。

"说罢,有什么事呢?"克利斯朵夫问。

“我是来……”孩子又慌起来,红着脸,不作声了。

“不错,你是来了,”克利斯朵夫笑道,“可是为什么来的？你瞧我呀,难道怕我吗？”

孩子重新堆着笑脸,摇摇头:“不怕。”

“好极了！那末先告诉我你是谁。”

“我是……”

他又停住了,好奇的眼睛在屋子里扫了一转,无意中发现克利斯朵夫的壁炉架上摆着一张奥里维的照相。克利斯朵夫不知不觉跟着他的目光望去。

“说啊！拿点儿勇气出来!”

孩子就说:“我是他的儿子。”

克利斯朵夫大吃一惊,从椅子里直跳起来,两手抓着孩子,拉他到身边,重新坐下,把他紧紧搂着。他们的脸差不多碰在一起了。他瞅着他,瞅着他,再三说着:

“我的孩子……我可怜的孩子……”

他突然之间把孩子的头捧在手里,亲着他的额角、眼睛、腮帮、鼻子、头发。孩子被这种激动的表示吓坏了,心里很不舒服,挣脱了他的臂抱。克利斯朵夫松了手,捧着脸,把额角靠在墙上,过了几分钟。孩子直退到屋子的尽里头。等到克利斯朵夫重新抬起头来,脸色已经平静了;他堆着亲切的笑容,望着孩子:“我把你吓坏了。啊,对不起……你瞧,我太爱他了。”

孩子不回答,心还有点儿慌乱。

“你多像他!”克利斯朵夫说,“……可是我又认不得你。是哪些地方不同呢?”

他接着又问:“你叫什么名字?”

“乔治。”

“不错。我记得了。你叫做克利斯朵夫-奥里维-乔治①……你几

---

① 西方人的名字往往不止一个,大都为纪念前人或亲友而袭用他们的名字。奥里维·耶南的儿子名字叫做克利斯朵夫-奥里维-乔治,前面两个名字即纪念父亲的好友与父亲。

岁啦?”

“十四岁。”

“十四岁!嗬!日子过得真快……我还觉得是昨天的事呢,——好像老是在我眼前呢……你多么像你父亲,脸完全一样,可又明明不是他。眼睛的颜色是相同的,目光却不同。同样的笑容,同样的嘴巴,可是声音不同。你更结实,腰背更直,脸蛋更饱满,也和他一样地会脸红。你过来,坐下罢,咱们来谈谈。谁教你到我这儿来的?”

“我自己来的。”

“噢,你自己来的?你怎么知道我的呢?”

“人家跟我讲起您。”

“谁?”

“母亲。”

“啊?她知道你到我这儿来吗?”

“不知道。”

克利斯朵夫静默了一会儿,又问:“你们住在哪儿?”

“靠近蒙梭公园。”

“你是走来的?路不少呢,你累了吧?”

“我从来不觉得累的。”

“好极了!把手臂伸出来给我瞧瞧。”

他拍拍他的胳膊。

“好小子,长得很棒……告诉我,你怎么会想起来看我呢?”

“因为爸爸最喜欢您。”

“是她……”他又改口说:“是你母亲和你说的吗?”

“是的。”

克利斯朵夫微微一笑,心里想:“她也在忌妒!……他们全都那样地爱他!干吗他们不早对他表示呢?……”

然后他又问:“干吗你等了那么久才来看我呢?”

“我早想来的。可是我以为您不愿意见我。”

“我不愿意见你?”

“好几个星期以前,在希维阿音乐会上,我看见您的;那时我跟母亲在一块儿，离您只有几张椅子；我对您行礼，您斜着眼睛瞪了我一下，皱了皱眉头，不理我。”

“我，我对你看了一下吗？……可怜的孩子，你竟以为我？……唉，我没看见你啊。我有点近视，所以我皱眉头……难道你以为我很凶吗？”

“我想您可能很凶的，倘使您要凶的话。”

“真的吗？”克利斯朵夫接着说，“既然你认为我不愿意见你，又怎么敢来的？”

“因为我，我要看您呀。”

“要是我把你撵出去，你怎么办？”

“我不会让人家这么做的。”

他这么说的时候神气很坚决，有点难为情，也有点挑战的模样。

克利斯朵夫不禁哈哈大笑；乔治也跟着笑了。

“你倒可能把我撵出去呢，是不是？嘿！好大的胆子！……你真不像你的父亲。”

孩子笑嘻嘻的脸突然沉了下来：“您觉得我不像他吗？您刚才明明说……那末您以为他会不喜欢我吗？您也不喜欢我吗！”

“我喜欢不喜欢你，对你有什么关系？”

“关系大呢。”

“为什么？”

“因为我喜欢您啊。”

一刹那间，他的眼睛，嘴巴，脸上各个部分，有了好几种不同的表情。好比四月里的天，春风把一堆堆乌云的影子照在田里。克利斯朵夫看着他，听着他，心里舒服极了，过去的烦恼都被一扫而空；他的可悲的经验，受的磨折，他的和奥里维的痛苦，一切都给抹掉了。孩子是从奥里维生命中长出来的嫩芽，而克利斯朵夫自己也在这个嫩芽身上复活了。

他们俩谈着话。几个月以前，乔治还完全不知道克利斯朵夫的音乐；但自从克利斯朵夫回到巴黎以后，凡是演奏他作品的音乐会，乔治一次都没错过。一提到他的乐曲，他就眉飞色舞，眼睛发亮，笑眯眯的，连眼泪都要上来了，简直是入了迷。他告诉克利斯朵夫，说他热爱音乐，同时也想学音乐。但克利斯朵夫提了几个问题，发觉孩子对音乐还一无所知。他盘问他的学业。原来是在念中学；他还轻松地说自己不是一个好学生。

“你在哪一方面比较强呢？文学还是科学？”

“都差不多。”

“怎么？怎么？难道你是个没出息的学生吗？”

他坦白地笑了：“大概是吧。”

接着他又补上一句真心话：“可是我知道不至于的。”

克利斯朵夫禁不住笑了。

“那末干吗不用功呢？难道没有一样东西使你感兴趣吗？”

“相反！什么都使我感兴趣。”

“那又怎么呢？”

“什么都有了兴趣，就没时间啦。”

“没时间？你又干些什么鬼事呢？”

他做了个意义不明的姿势。

“噢，事情多呢。我搞音乐，参加运动，参观展览会，还要看书……”

“最好多念念你的课本。”

“课本顶没意思了……而且我们还要旅行。上个月，我在英国看牛津跟剑桥比赛。”

“嗯，这样你的功课才会进步呢！”

“您别说这个话！这样可以比在中学里学得更多的东西。”

“你母亲对这些认为怎么样？”

“母亲是很讲理的。我要怎么办，她就怎么办。”

“坏东西！……算你运气，没有像我这样的人做你父亲。”

“倒是您没运气有我这样的儿子……”

他那种撒娇的神气真讨人喜欢。

“那末告诉我，你这个大旅行家，”克利斯朵夫说，“你认得我的国家吗？”

“认得。”

“我敢说你连一句德语都不懂。”

“怎么不懂！我的德语很好呢。”

“咱们来试着瞧罢。”

两人便说起德语来了，孩子乱七八糟地说着，语法也不准确，可是非常有把握；他很聪明，机灵，懂得的少，猜到的多，常常猜错；那时他自己先笑开了。他挺有劲地讲他的旅行，讲他看的书。他看得很多，匆匆忙忙的，浮光掠影的，只看着一半，把没有过目的自己造出来，但永远受着一种强烈而新鲜的好奇心刺激，到处寻找使自己兴奋的因素。他从这个题目跳到另一个题目，眉飞色舞地讲着他受过感动的戏剧或作品。所有的知识都毫无系统：他会看一本不入流的书而偏偏不知道那些最出名的。

“这些都很有意思，”克利斯朵夫说，“可是你要不用功的话，决不会有什么成就。”

“噢！我用不着。我们有钱。”

“该死！这个话可严重了。你愿意做一个一无所用、一无所事的人吗？”

“哪里！我什么都要干。一辈子只干一行，太傻了。”

“可是唯有这样，一个人才能把本行干得像个样。”

“有人是这么说呀。”

“怎么！有人是这么说？……我，我就这么说。瞧，我把自己的一行研究了四十年，才有点儿门径。”

“学本领就得花四十年，那末什么时候才能动手做呢？”

克利斯朵夫笑起来了。

“小家伙，你倒会顶嘴呢！”

“我愿意做个音乐家。”乔治说。

“那末马上就学也不算早了。要不要我教你？”

“噢！那我多高兴啊！”

“你明天再来。我要瞧瞧你有多大出息。要是你没出息，我就不许你碰钢琴。要是你有天分，咱们可以想法教你有点儿成就……但是我先告诉你,你非用功不可。”

“我一定用功。”乔治说着,快活极了。

他们把约会定在第二天。临走,乔治想起明天已经有别的约会,后天也是的。对啦,这个星期简直没空。于是他们另外定了一个日子和钟点。

但到了那一天那个时间,克利斯朵夫空等了一场,大为失望。他想到能够再看见乔治,竟欢喜得像小孩子一样。这个意想不到的访问使他的生活有了光明。他为之那样的快乐,感动,甚至当夜没有能睡觉,不胜感激地想到这小朋友是代表他的朋友来看他的;他对着脑子里那张可爱的脸微笑;孩子的天真,可爱,又调皮又老实的谈吐,完全把他迷住了。他体会着这种醉意,耳朵里跟心里只听见嗡嗡地响着,快乐的情形像他和奥里维订交的时期一样。同时他还有一种更严肃的,几乎是虔敬的感情,因为他的心除了活人以外又看到了故人的笑容。——乔治失约以后,他一连等了好几天。始终没有人来,也没有一封道歉的信。克利斯朵夫悲伤之下,竭力想出理由来原谅孩子。他不知道他的住址。即使知道了,也不敢写信去。老年人的喜欢青年人,是不好意思把少不了对方的心情表示出来的;他知道青年人心里并没有这种需要:双方的情势根本不同,而我们最怕用感情去强制一个对我们并不在乎的人。

日子一天天地过去,消息全无。克利斯朵夫虽然很难过,却硬着头皮不去想法找耶南一家的踪迹,只每天等着。他也不上瑞士去,整个夏天都待在巴黎。他觉得自己荒唐,但再没兴致旅行了,直到九月才上枫丹白露去住了几天。

十月将尽的时候,乔治·耶南跑来敲门了。他若无其事地道了歉,对于失信的事没有一点儿惭愧的神气。

“我没有能来,”他说,“后来我们又动身到布列塔尼去了。”

“你该写信给我啊。”

“是的,我想写信的。可是我老是没有空……并且,”他笑着说,“我也忘了,把什么都忘了。”

“你什么时候回来的?”

“十月初。”

“哼,你又等了三星期才来看我? ……老实告诉我:是不是你母亲不准你来? ……是不是她不喜欢你来看我?”

“不! 正是相反。今天还是她教我来的。”

“怎么?”

“暑假以前我来看过您之后,回去一五一十都说给她听了。她说我做得很对;她问起您;这个那个的问了好多话。三星期以前,我们从布列塔尼回来的时候,她就要我再来看您。八天以前,她又提我一回。今儿早上,知道我还没有来,她生气了,要我吃过中饭立刻就来,不许再拖了。”

“你跟我讲着这些,不觉得难为情吗? 直要人家逼了,你才肯到我这儿来吗?”

“不是的,不是的,您别这样想! ……噢! 我使您生气了! 对不起……我真糊涂……您尽管骂我罢,可是别恨我。我很喜欢您。要不然我也不会来了。人家并没强迫我。第一,人家只能强迫我做我愿意做的事。”

“坏东西!”克利斯朵夫说着,不由得笑了出来,“那末你关于音乐的计划怎么了?”

“噢! 我老在想呀。”

“光是想,就会成事吗?”

“现在我要开始了。最近几个月的确忙不过来,我有多多少少的事要做! 可是现在,您瞧着罢,我要用功了,倘使您还肯教我的话……”

(他做着媚眼。)

“你这是开玩笑了。”克利斯朵夫回答他。

“您不拿我当真吗?”

“不当真。”

“讨厌! 没有一个人把我当真的。我灰心透了。”

“要看到你用功的时候我才把你当真。”

“那末马上就来!”

“我没空,明天罢。”

“不,明天太远了。我不能让您在这一天之内瞧不起我。”

“你多讨厌。”

“我求您……”

克利斯朵夫看着他那些缺点笑了笑,教他坐在钢琴前面,和他谈起音乐来了。他问了他几句,又要他解答几个和声方面的小问题。乔治根本不太懂;但他的音乐本能把他的愚昧无知给补足了不少;虽则不知道和弦的名字,他居然找到了克利斯朵夫所要的和弦;便是找错了,那种笨拙也显出他有特别的趣味和特别敏锐的感觉。克利斯朵夫的批评,他先要讨论过了才肯接受;而他提出的那些很聪明的问题又表示他非常真诚,不承认艺术是一种教条似的公式,而是要经过自己体验的。——他们所讨论的并不限于音乐。提起和声的时候,乔治谈到一些图画,风景,人物。他像野马一般的不受束缚,得时时刻刻把他拉回来;克利斯朵夫往往没有这勇气。他听着这聪明活泼的小家伙嘻嘻哈哈地东拉西扯,觉得挺好玩。他的性格和奥里维的完全不同……父亲的生命是一条埋在地下的河,默默无声地流着;儿子的却全部暴露在外面,像一条使性的溪流,在阳光底下玩耍,消耗它的精力。可是本质上是同样纯洁的水,像他们俩的眼睛一样。克利斯朵夫微微笑着,看到乔治有某些出于本能的反感,看到他喜欢的东西跟不喜欢的东西,都是他熟识的;还有那种天真的执着,对自己喜欢的人倾心相与的热情……所不同的是乔治喜欢的对象太多了,使他没有时间爱一个对象爱得怎么长久。

下一天和以后的几天,他都来了。他对克利斯朵夫有了那种青年人的热情,把他教的东西都学得很有劲……——然后,高潮低下去了,来的次数减少了……然后他不来了,又是几星期的没有影踪。

他轻佻,健忘,自私得天真,亲热得真诚,心地很好,非常聪明,可舍不得用这个聪明。人家因为喜欢看到他,便处处原谅他。他是幸福的……

克利斯朵夫不愿意批判乔治,也不怪怨乔治。他写信给雅葛丽纳,谢谢她教儿子来看他。她复了一封短信,显而易见是压着情感写的;她只希望克利斯朵夫照顾乔治，指点他怎么做人，语气之间没有想和克利斯朵夫见面的表示。为了怕触动旧事，也为了高傲，她不敢来找他。而克利斯朵夫也觉得不被邀请就没有权利先去。——所以他们不相往来，只偶尔在音乐会里远远地看到，还有孩子难得的访问使他们之间有点儿联系。

冬天过去了。葛拉齐亚很少来信。她对克利斯朵夫始终保持着忠实的友谊。但因为是真正的意大利女子，很少感伤气息，只关心现实，所以她即使不一定要看到了朋友才会想起他们，至少要看到了他们才会想起跟他们谈天的乐趣。为了保持心中的记忆，她非要把眼睛的记忆常常更新一下不可。因此她的信变得简短而稀少了。她从来不怀疑克利斯朵夫的友谊，好似克利斯朵夫从来不怀疑她的友谊一样。但这种信念所能给人的，多半是光明而不是热度。

克利斯朵夫对于这些新的失意不觉得怎么难过。音乐方面的活动尽够消磨他的光阴。到了相当的年龄，一个强毅的艺术家大半在艺术中过活，实际生活只占了很少的一部分；人生变了梦，艺术倒反变了现实。和巴黎接触之下，他的创造力又觉醒了。只要看到这个大家都在埋头工作的都市，你就受到极大的刺激。便是最冷静的人也会感染它的狂热。克利斯朵夫在健康的孤独生活中休息了几年，养精蓄锐，又有一笔精力可以拿来消耗了。法国人的不知餍足的好奇心，在音乐的技术方面有了新的收获；克利斯朵夫拿着这笔新的财产，也开始去搜索他的新天地；他比他们更粗暴，更野蛮，比他们走得更远。但他现在这种大胆的尝试，再也不是凭本能去乱碰的事了。克利斯朵夫一心一意追求的是"清楚明白"。他的天才，一辈子都跟着缓一阵急一阵的流水的节奏；它的规则是每隔一个时期就得从这个极端转换到另一个极端，而把两端之间的空隙填满。前一个时期，他把自己整个儿交给"在秩序的面网底下闪烁发光的一片混沌"，甚至还想撕破面网看个真切；可是他忽然感到要摆脱混沌的诱惑，重新把理性盖住人生的谜了。罗马那股征略天下的气息在他身上吹过了。像当时的巴黎艺术一样(那是他不免有所感染的)，他也渴望着秩序。但并非依照那般疲倦不堪的开倒车的人的方式,他们只能拿出最后一些精力保护他们的睡眠;——也不是华沙城中的秩序。① 那般好好先生回到了圣·桑与勃拉姆斯的路上,——回到了一切艺术上的勃拉姆斯,把学校里的功课做得挺好,因为求安静而回到平淡无味的新古典派去了。他们的热情不是消耗完了吗? 哼! 朋友们,你们疲倦得真快…… 我所说的可不是你们的秩序。我的秩序不是这一类的,而是要靠自由的热情与意志之间的和谐建立起来的……克利斯朵夫在自己的艺术中竭力想做到一点,就是使生命的各种力量得到平衡。那些新的和弦,那些被他在音乐的深渊中挑起来的妖魔,他是用来建造条理分明的交响乐的,建造阳光普照的大建筑的,像盖着意大利式穹隆的庙堂一样。

这些精神的游戏与斗争,消磨了他整个的冬天。而冬天过得很快,虽则有时候,克利斯朵夫在黄昏时做完了一天的工作,回顾着一生的成绩,也说不出冬天究竟是短是长,他自己究竟是少是老……

于是,人间的太阳射出一道新的光明,透过幻梦的幕,又带来了一次春天。克利斯朵夫收到葛拉齐亚一封信,说预备带着两个孩子到巴黎来。她早已有这个计划,高兰德几次三番地邀请过她。可是要她打破习惯,离开心爱的家,走出懒洋洋的恬静的境界,回到她所熟识的巴黎漩涡中来,是需要打起精神的,而她就怕打起精神,便一年一年地拖了下来。那年春天,有种凄凉的情绪,也许是什么暗中的失意——(一个女人心里藏着多少为别人不知道而自己也否认的可歌可泣的故事!)——使她想离开罗马。恰好当时有传染病流行,她便借此机会带着孩子们赶快动身了。写信给克利斯朵夫不多几天之后,她人也跟着来了。

她才到高兰德家,克利斯朵夫就去看她。他发觉她迷迷惘惘的,仿佛心还不在这儿。他看了有点难过,却不表示出来。现在他差不多把他的自我牺牲完了,所以变得心明眼亮,懂得她有一桩极力想隐藏的伤

---

① 一八三一年华沙被俄军占领时,波兰外长塞巴斯蒂尼答复议员质问,声称:“华沙城中秩序很好。”实际是俄军在城内镇压波兰民族之反抗,以求“恢复秩序”。

心事;他便不让自己去探索,只设法替她排遣,嘻嘻哈哈地说出他不如意的遭遇,他的工作,他的计划,一方面不着痕迹地把一腔温情围绕着她。她被这股不敢明白表露的柔情渗透了,知道克利斯朵夫已经猜着她的苦闷,大为感动。她把自己那颗哀伤的心依靠着朋友的心,听它讲着两人心事以外的别的事。久而久之,怅惘的阴影在朋友的眼中消失了,两人的目光更接近了,越来越接近了……终于有一天,他和她谈话的时候突然停下来望着她。

"什么事啊?"她问。

"今天你才算是回来了。"

她微微一笑,轻轻地回答说:"是的。"

要安安静静地谈话不是件容易的事。两人难得有单独相对的时间。高兰德常常陪着他们表示殷勤,使他们觉得太殷勤了些。她虽则有许多缺点,人倒是挺好,很真心地关切着葛拉齐亚和克利斯朵夫;但她万万想不到自己会使他们厌烦。她的确注意到——(她把什么都看在眼里)——她所谓克利斯朵夫与葛拉齐亚的调情:调情是她生活中的一个重要节目,她看了只会高兴,只想加以鼓励。但这正是人家不希望她做的,他们但愿她别过问跟她不相干的事。只要她一出现,或是对两人中的一个说一句心照不宣的话(那已经是冒失了),暗示他们友谊,就会使克利斯朵夫与葛拉齐亚沉下脸来,把话扯开去。高兰德看到他们这样矜持,不禁竭力寻思,把种种可能的理由都想遍了,只漏掉了一个,就是那真正的理由。还算两个朋友的运气,高兰德不能坐定在一个地方。她来来往往,进进出出,监督家中所有的杂务,同时有几十件事情在手里。在她一出一进之间,只剩下克利斯朵夫与葛拉齐亚单独跟孩子们在一起的时候,他们才能继续那些无邪的谈话。两人从来不提到彼此的感情,只交换一些身边琐事。葛拉齐亚拿出她的女人脾气,盘问克利斯朵夫的日常生活。他在家里把什么都搞得很糟,老是和打杂的女仆吵架,她们对他虚报账目,无所不为。她听着不由得哈哈大笑;同时因为他不会管事,她有点像母亲可怜孩子那样的心情。有一天,高兰德把他们纠缠得比平时格外长久;等到她走开了,葛拉齐亚不禁叹了口气:"可怜的高兰德!我很喜欢她……她把我闹得多烦！……”

“如果你是因为她把我们闹得心烦才喜欢她，那末我也喜欢她。”克利斯朵夫说。

葛拉齐亚听着笑了：“告诉我……你允许不允许……（在这儿真没法谈话）……我上你那边去一次？”

他听了浑身一震。

“上我那边？你会上我那边去吗？”

“那不会使你不高兴吧？”

“不高兴！啊！天哪！”

“那末星期二行不行？”

“星期二，星期三，星期四，哪一天都行。”

“那末准定星期二，下午四点。”

“你真好，你真好。”

“别忙。我还有一个条件呢。”

“条件？干什么？随你罢。你知道，反正你要我怎么办都可以，不管有没有条件。”

“我喜欢有个条件。”

“我答应你就是了。”

“你还没知道是什么条件呢。”

“那有什么相干？我答应了就完了。什么条件都依你。”

“也得先听一听呀，你这个死心眼儿的！”

“说罢。”

“就是从现在起，你家里不能有一点儿变动，——听清没有？一点儿都不能变动。你屋子里每样东西都要保持原状。”

克利斯朵夫立刻拉长了脸，愣住了。

“啊！这算是哪一门呢？”

她笑了：“你瞧，我早告诉你别答应得太快。可是你已经答应了。”

“你为什么要？……”

“因为我要看看你家里的情形，你平时并不等我去的时候的情形。”

“可是你得允许我……”

“不。我什么都不允许。”

“至少……”

“不,不,不,不。你说什么我都不爱听。或者我干脆不上你那儿去倒也没关系……”

“你知道我什么都会答应的,只要你肯去。”

“那末你答应了?”

“是的。”

“一言为定了?”

“是的,专制的王后。”

“她好不好呢?”

“专制的王后不会好的;只有被人喜欢和被人恨的两种。”

“我是两者都是的,对不对?”

“不! 你只是被人爱的。”

“那你真是哭笑不得了。”

到了那天,她来了。克利斯朵夫素来把答应人家的话看得挺认真的,在乱七八糟的屋内连一张纸都不敢收拾,觉得移动一下便是失信。但他心里很难过,一想到朋友看了这情形作何感想,就非常难为情。他好不心焦地等着。她来的时间很准,只迟到了四五分钟,很稳健地迈着小步踏上楼梯。打铃的时候,他已经站在门背后,马上开了。她穿得朴素大方。从她的面网中间,他看见她眼神很镇静。两人低声道了一声好,握着手。她比平时更沉默了;又局促又激动,一声不出,免得显出心里的慌乱。他请她进来,早先预备下对于屋子的杂乱向她说几句道歉的话,结果也没说。她坐在一张最好的椅子里,他坐在旁边。

“这就是我工作的屋子。”他所能说的就是这么一句。

大家静默了一会儿。她从容不迫地望着,非常慈爱地微微笑着,她也有些心慌意乱呢。(后来她告诉他,她还是个女孩子的时候,曾经想到他家里去;但正要进门又吓得跑掉了。)她看到屋子里凄凉的景象大为感触:过道又窄又黑,环堵萧然,到处是寒酸相。她很同情这位老朋友一辈子做了多少工作,受了多少痛苦,也有了点名气,而物质生活还是这么清苦！同时她也注意到他不在乎起居的舒服不舒服。房间里四壁空空，没有一张地毯，没有一幅图画，没有一件艺术品，没有一张沙发；除了一张桌子、三张硬椅、一架钢琴而外，再没别的家具；和几册书乱堆在一起的是许多纸张，而且到处都是纸，桌上，桌下，地板上，钢琴上，椅子上，——她看到他这样诚心地守约，不禁微微地笑了。

过了一会儿，她指着他的座位问："你是在这里工作的吗？"

"不，在那边。"

他指着室内最黑的一角和背光摆着的一张矮矮的椅子。她走过去有模有样地坐着，一声不响。两人默然相对了几分钟，不知道说什么好。他在钢琴前面坐下了，临时即兴地弹了半小时，觉得自己整个儿被朋友的精神包围了，心里只有一片欢乐的感觉。他闭着眼睛，弹着一些奇妙的东西。于是她体会到这个房间的美，其中充满了出神入化的音乐；她也听到了这颗热爱的苦恼的心，仿佛就在自己胸中跳动。

音乐完了，他还对着钢琴一动不动地待了一会儿，随后听见朋友在背后抽噎的声音，才掉过身来。她走来抓着他的手，轻轻地说了句："谢谢你。"

她嘴巴有点儿哆嗦，闭着眼睛。他也把眼睛闭上了。两人这样地握着手过了几秒钟；时间停止了……

她重新睁开眼睛；为了压制心中的惶乱，她问："能让我瞧瞧别的屋子吗？"

他也很高兴能避免感情的激动，便打开隔室的门，可是他马上觉得很难为情。里头摆着一张又窄又硬的铁床。

（后来他告诉葛拉齐亚，说他从来没带过一个情妇到他家里去；她挖苦他说："那也是想象得到的；她要有极大的勇气才行呢。"——"为什么？"——"睡在这样一张床上，不是要有勇气的吗？"）

卧室里还有一口乡下人家用的五斗柜，墙上挂着一个贝多芬的头像，近床的地方，值不了几个钱的框子里放着他母亲和奥里维的照相。五斗柜上另外有张葛拉齐亚十五岁时的相片，那是在她罗马的照相簿里偷来的。他当时对她招认了，请她原谅。她瞧着相片说："在这张像上你居然认得我吗？"

“认得,我还记得你那时的模样呢。”

“两个人中,你更喜欢哪一个?”

“你始终没有变。我总是一样地爱你。我到处都认得你,便是在你小时候的照片上也认得。我在这个幼虫身上已经能感到你整个的灵魂了。单凭你的灵魂,我就知道你是不朽的。我从你出生的时候起,出生以前起,就爱你了,直爱到你……”

他不说了。她也一言不答,心中充满了爱,不胜惶惑。她回到书室,他指给她看窗外的一株小树,说是他的朋友:许多麻雀在树上聒噪。

她说:“现在咱们来吃点心罢。茶叶跟蛋糕,我都给捎来了,因为我知道你不会有的。并且我还带着别的东西。把你的大衣给我。”

“我的大衣?”

“是的,是的,给我罢。”

她从手提包里掏出针和线。

“怎么？你……”

“前天我看见有两个扣子快掉下来了。现在到哪儿去了?”

“不错,我还没想到缝上去。太麻烦了!”

“可怜的孩子！拿来给我罢。”

“那多难为情!”

“别管,你去沏茶。”

他把水壶跟酒精灯端进来,一忽儿都不肯离开朋友。她一边缝一边很俏皮地在眼梢里觑着他笨拙的举动。喝茶的杯子都是残缺的,用的时候不能不小心;她认为这些茶具简直要不得,他却一本正经地辩护,因为那是他和奥里维同居时代的纪念物。

她快走的时候,他问:“你不笑我吗?”

“笑什么?”

“屋子里搞得这样乱糟糟的。”

她笑了:“我慢慢会把它整理好的。”

她走到门口预备开门了,他忽然跪在地下亲了亲她的脚。

“你干什么啊?”她叫起来,“疯子,亲爱的疯子。再会罢。”

她约定以后每星期在同一天上到这儿来，要他答应不再做出癫狂的行为，不再跪在地下亲她的脚。克利斯朵夫被她温柔安静的气息感化了，便是在情绪激动的日子也同样受到影响。他一个人私下想到她的时候，往往热情冲动得厉害；但见了面，他们永远像两个不拘形迹的好朋友。他从来没有一个字或一个举动会引起葛拉齐亚不安的。

到了克利斯朵夫的节日，她把奥洛拉穿扮得跟自己初遇克利斯朵夫的时代一模一样；又教孩子在琴上弹着克利斯朵夫当初教她弹的曲子。

这种情意，这种温柔，这种深厚的友谊，和许多矛盾的心情混在一起。她是轻浮的，喜欢交际，受人奉承，就是被傻瓜们奉承也觉得高兴；她会卖弄风情，除掉和克利斯朵夫，——甚至和克利斯朵夫也不免。他要对她表示温柔的话，她便故意装做冷淡，矜持。倘若他表示冷淡与矜持的话，她却装出温柔与亲热的态度挑引他了。不用说，她是女人之中最规矩的女人。但就在最规矩的女人身上有时也会露出风骚的本相。她要敷衍人，适应社会习惯。她很有音乐天分，懂得克利斯朵夫的作品，但不十分感兴趣，——他也很知道。对于一个真正的拉丁女子，艺术的妙处是在于能够归纳到人生，再由人生归纳到爱情……而所谓爱情是藏在肉感的，困倦的身体中的那种爱情……至于波澜起伏的交响乐，英勇壮烈的思想，北欧人那种醉心于理想的热情，对她是不相干的。她需要的音乐，是能使她费最少的力量，把藏在心里的欲念舒展出来的那种音乐，是有热情而不至于使她精神疲劳的那种歌剧，总之是感伤的、有刺激性的、懒洋洋的艺术。

她性格软弱，很容易变化；凡是正经的研究工作，只能断断续续地做；她需要消遣，今天说明天要做某一件事，到了明天不一定会做。幼稚和使性的地方不知有多少！女人的骚乱的天性，病态的不讲理的脾气常常会发作……她也感觉到这些，便想法躲起来让自己孤独几天。她知道自己的弱点，恨自己脾气压制得不够，既然那些弱点使朋友伤心；有时她为了他做着很大的牺牲，他根本没觉得；但归根结底，天性总是强于一切。并且葛拉齐亚受不了克利斯朵夫有支配她的神气；有一两次，为了表示独往独来，她故意做了跟克利斯朵夫要求的完全相反的事。过后她懊悔了,清夜扪心,埋怨自己没有使克利斯朵夫更快乐。她爱他的程度,远过于面上所表示的;她觉得这场友谊是她一生最可宝贵的一部分。两个性格完全不同的人,一朝相爱之下,往往在分离的时候精神上最接近。克利斯朵夫与葛拉齐亚的没有能结合,固然是由于小小的误会,错处却也不像克利斯朵夫所想的完全在他这方面。便是从前葛拉齐亚爱着克利斯朵夫的时代,她会不会嫁给他也是问题。也许她肯把生命为他牺牲;可是她能一辈子和他过共同生活吗?她明知道(当然不告诉克利斯朵夫)自己爱着丈夫,即使到了今天,丈夫使她受了那么多的痛苦之后,她仍旧像从前一样地爱着他,而那种爱的程度是她从来没爱过克利斯朵夫的。那是感情的神秘,肉体的神秘,自己觉得并不体面而瞒着心爱的人的,一则为了敬重他们,二则也为了觉得自己可怜……克利斯朵夫因为是纯粹的男人脾气,决不能猜到这些,但有时也会灵机一动,发觉最爱他的人其实并不把他放在心上,——可见一个人在世界上对谁都不能完全依靠。他心中的爱并不因此受到影响,甚至也没有什么牢骚。他被葛拉齐亚的和平的气息笼罩了,对什么都平心静气地接受了。噢,人生,有些东西原来是你不能给的,为什么要怪怨你呢?你的本来面目不是已经很美很圣洁了吗?育公特①,我们应当爱你的微笑……

克利斯朵夫把朋友的优美的脸长时间地打量着,看到许多过去未来的事。在他幽居独处的悠长的岁月中,在旅行中,观察多于说话的结果,使他学会了揣摩脸相的本领,懂得面部的表情是多少世纪培养成功的丰富复杂的语言,比嘴里讲的更复杂到千百倍的语言。整个民族性都借它来表白了……脸上的线条和嘴里的说话是永远成为对比的。譬如某个少妇的侧影,轮廓清楚,毫无风韵,像柏恒·琼斯②一派的素描,像个悲剧的角色,似乎有股秘密的热情,妒忌的心理,莎士比亚式的苦恼,把她侵蚀着……但一开口明明是个小布尔乔亚,愚蠢无比,连她的风骚与自私也是平凡的,根本没意识到自己在相貌上表现的那种可怕

---

① 《育公特》一名《蒙娜·丽莎》,为达·芬奇画的有名的女像,鉴赏家均谓画上的笑容象征人生之谜。

② 柏恒·琼斯为十九世纪英国画家,作品带有象征、神秘、感伤的意味。

的力量。然而那热情,那暴戾之气,的确在她身上。将来用什么形式发泄出来呢?是孜孜为利的性格吗?是夫妇之间的嫉妒吗?还是了不起的毅力,或是病态的凶恶?我们无从知道。甚至这些现象在本人身上来不及爆发,倒先遗传给她的后人了。但这个因素老是无形中罩在那种族的头上,像宿命一样。

葛拉齐亚也承受着这份乱人心意的遗产,在古老家庭的所有的遗产中,这一份是保存得最完整的。她至少认识这一点。一个人真要有很大的力量,才能知道自己的弱点,才能使自己即使不能完全做主,至少能控制自己的民族性,——(那是像一条船一样把你带着往前冲的)——才能把宿命作为自己的工具而加以利用,拿它当做一张帆似的,看着风向把它或是张起来或是落下去。葛拉齐亚闭上眼睛的时候,便听见心中有好几个令人不安的声音,那音调都是她熟悉的。但在她健全的心灵中,所有的不协和音终于融和了;它们被她和谐的理性作成了一个深邃的、柔和的乐曲。

不幸,我们没法把自己最好的部分传给我们的骨肉。

在葛拉齐亚的两个孩子中间,十一岁的小姑娘奥洛拉是像她的:没有她好看,比较粗糙一点,略微有些瘸腿。她脾气很好,性情快活,对人亲热,身体非常强壮,很有志气,可惜缺少天分,只想闲着,一事不做。克利斯朵夫很疼她,看她挨在葛拉齐亚身旁,等于看到了两个年龄不同的葛拉齐亚……那是一根枝干上的两朵花,达·芬奇笔下的《圣家庭》,——圣母与圣·安娜①,——是同一个笑容变化出来的。你一眼之间把女性的两个阶段,含苞欲放和花事阑珊的景象,同时看到了;这是多美多凄凉的景象,因为你眼睁睁地看着花开花落……所以一个热情的人会对姊妹或母女同时抱着热烈而贞洁的爱。克利斯朵夫便是在爱人的子女身上爱他的爱人。她的一颦一笑,脸上的每一条皱纹,岂非都是她眼睛没睁开以前的生命的回忆吗?岂非也是她眼睛闭上以后的未来的生命的预告吗?

---

① 圣·安娜是圣母玛利亚的母亲。

男孩子雷翁那罗刚好九岁。他像父亲,比姊姊俊俏得多,因为父系的血统更细气,太细气了,已经因贫血而衰败了。他很聪明,很有些恶劣的本能,会奉承,会作假。大蓝眼睛,淡黄的长头发像女孩子的,皮色苍白,肺很娇弱,近于病态的神经质,那是他一有机会就利用的;因为他天生地会做戏,特别能抓住别人的弱点。葛拉齐亚偏疼着他:第一是做母亲的对身体单薄的孩子总要宠爱一些,其次,她像那些老实而善良的女人一样,觉得既不老实又不善良的儿子特别可爱,因为自己一向压制着的某些性格可以在他们身上发泄一下。同时这种儿子教她回想到那个使她又痛苦又快乐,也许被她瞧不起但私下仍旧爱着的丈夫。那都是些异香扑鼻、令人心醉的花木,在下意识的暧昧而温暖的花房中生长的。

葛拉齐亚虽是尽量地对两个孩子一视同仁,奥洛拉仍感觉到有高低厚薄之分,因此心里不大舒服。克利斯朵夫猜到她的心事,她也猜到克利斯朵夫的心事;两人不知不觉地互相接近,不像在克利斯朵夫与雷翁那罗之间暗中有股反感,——那反感在孩子方面是用撒娇的方式来遮盖的,在克利斯朵夫方面是认为可耻而抑捺着的。他克制自己,硬要自己喜欢这个另外一个男人的孩子,把他当做葛拉齐亚生的。他不愿意找出雷翁那罗的恶劣的天性,和令人想起另外一个男人的特征;他竭力在孩子身上只看到葛拉齐亚的灵魂。心明眼亮的葛拉齐亚,的确把儿子看得清清楚楚,但反而因之更爱他。

在孩子身上潜伏了多年的肺病终于爆发了。葛拉齐亚决意带着孩子去躲在阿尔卑斯山中的一所疗养院里。克利斯朵夫要求陪她一同去。她为了顾虑舆论,把他劝阻了。他看到她这样过分地重视礼教,心里很不舒服。

她走了,把女儿留在高兰德家里。但她不久就感到孤单得可怕:周围的病人只讲着自己的疾苦,气象森严的自然界似乎对那些残废的人扮着一副冰冷的脸。那般可怜虫手里捧着痰盂,偷偷地你瞧着我,我瞧着你,眼看死神的影子在邻居身上渐渐地扩大。葛拉齐亚为了躲避他们,从巴拉斯旅店搬出来,租了一所木屋和她的小病人单独住下。海拔的高度非但没有减轻雷翁那罗的病势，反而把它加重了。热度更高起来。夜里，葛拉齐亚焦急万状。克利斯朵夫远远地凭着直觉感到了，虽则朋友信上只字不提。她硬着头皮撑着，心里很希望有克利斯朵夫做伴；但她当初不许他跟着来，现在也不敢告诉他说："我支持不住了，我需要你……"

一天傍晚，她站在木屋外边的走廊里。心中苦闷的人最怕这黄昏日落的时间……她看见，自以为看见，在架空铁道的小站通到屋子来的小路上，有个男人急匆匆地走着，走一会儿停一会儿，有点儿踌躇，微微伛着背，抬起头来望着木屋。她赶紧躲到屋子里不让他看见，把手压着胸口，激动到极点，笑了出来。虽则她对宗教并不热心，却也跪在地下，拿手捧着脸，觉得需要感谢什么人……可是他还不上门。她回到窗口，躲在窗帘后面张望。他背对着一片空地外边的栅栏，在靠近木屋大门的地方停着，不敢进来。而她心里比他更慌乱，一边微笑一边轻轻地说着："喂，你来呀……来呀……"

终于他下了决心，打铃了。她早已到了门口，把他让了进来。他的眼睛好似一头怕挨打的狗，嘴里说着："对不起，我是来……"

"多谢你！"她回答。

然后她说出自己是多么急切地盼望他来的。

克利斯朵夫全心全意地，帮助她看护病势日渐沉重的孩子。孩子对他非常凶暴，说出许多恶毒的话，不再掩饰仇恨的心理。克利斯朵夫认为是疾病所致。他那时的耐性是从来未有的。他们俩在孩子床头一连过了好几天痛苦的日子，尤其是情势危急的一夜。过了那一夜，似乎没有希望的雷翁那罗居然得救了。两人守在睡着的孩子旁边，觉得快乐到极点。——她突然站起来，拿着大衣，拉着克利斯朵夫往外跑，在雪地里走着。静寂的夜里，天上亮着瑟缩的星。她搀着他的胳膊，欣欣然呼吸着那股凛冽的、和平的气息。两人难得开口，根本没有一句隐射他们爱情的话。回来的时候，她站在门外的阶沿上，因为孩子得救而眼中闪着幸福的光芒，叫了声：

"亲爱的，亲爱的朋友！……"

除此以外再没有别的表示。但两人都觉到彼此的关系变为神圣的了。

经过了长时期的休养以后，她回到巴黎，在巴西区租了一所屋子，不再顾虑什么舆论。她觉得自己颇有勇气为了朋友而冒犯舆论了。从此以后，他们亲密的程度使她觉得，倘若因为怕人议论（那是不可避免的）而把两人的友谊再藏起来，未免太懦怯了。她随时招待克利斯朵夫，和他一起出去，散步，上戏院，当着众人跟他挺亲热地谈话。谁都以为他们俩是一对情侣了。甚至高兰德也觉得他们过于招摇，和葛拉齐亚隐隐然提了一句，葛拉齐亚微微一笑拦住了她的话，若无其事地扯到别的问题上去了。

可是她并没给克利斯朵夫什么新的权利。他们不过是朋友而已；他和她说话的时候，口气老是那么亲切，恭敬。两人之间再没有什么隐瞒的事，一切都彼此相商。克利斯朵夫不知不觉地在她家里有了相当的权威：葛拉齐亚常常听从他的劝告。自从在疗养院中过了一冬以后，她完全变了：忧虑和疲劳损害了她素来结实的身体。便是精神也受到了影响。虽然以前那种使性的脾气还留着一部分，她可另外有一点儿更严肃更沉着的气息，更加想努力进修，慈爱待人，不教旁人痛苦。克利斯朵夫的无所为而为的温情，纯洁的心地，把她感动了；她预备将来把克利斯朵夫已经不敢再希望的幸福给他，就是说跟他结婚。

他自从被她拒绝以后，从来没向她再提那个话，也不敢再提。但他对于这个不可能的梦想始终抱着遗憾。尽管他尊重朋友的话，但她把婚姻看做完全虚空的议论并没使他信服；他还是相信，两个相爱的人，用一种深刻而虔敬的爱情相爱的人的结合，是人生最大的幸福。——等到他和亚诺夫妇相遇之下，心里更觉得遗憾了。

亚诺太太五十多岁，她的丈夫已经到了六十五六。两人的外貌都似乎不止这个年龄。他发胖了；她又瘦又小，皮肤有点儿打皱；从前已经那么弱不禁风，现在更只剩一丝气了。从亚诺退休以后，夫妇俩隐居在内地。在死气沉沉的小城市中与他们半睡半醒的麻痹生活中，他们已经和时代隔绝了，只有报纸还把世界上的喧扰带来一些明日黄花的回声。有一回在报上看到克利斯朵夫的名字，亚诺太太写了一封亲热的短信给他，稍微带着客套，表示他们知道他的成功很高兴。克利斯朵夫接到信，也不通知他们，立刻搭着火车动身了。

他到的时候，他们正在园子里，坐在一株槐树底下蒙眬出神。时方盛夏，天气很热。像鲍格林笔下的老夫妻一般，两人手握着手在花棚下面打盹。阳光，睡眠，衰老，使他们觉得重甸甸的，掉在另外一个世界的梦境中，大半个身子已经埋了进去。两人的温情始终如一，那是生命最后的微光：彼此手拉着手，渐渐熄灭下去的肉体中还有一阵暖气互相交流……——克利斯朵夫的访问使他们想起了所有的往事，欢喜极了。他们谈着过去的日子，回顾之下，那才显得多么光明。亚诺很有兴致说话，却记不起这个那个的姓名。亚诺太太在旁提他。她不大开口，更喜欢听人家说；但当年的许多形象在她沉默的心中保存得很新鲜；它们一闪一闪地透露出来，像一条小溪中的乱石子。她那么亲切那么同情地望着克利斯朵夫，克利斯朵夫明明觉得她那时想的是谁，可是大家都没说出奥里维的名字。亚诺老人对太太表示那种絮烦而动人的关切，不是怕她冷了，就是怕她热了，又用着非常操心的、不胜怜爱的神气，端相着那张心爱的憔悴的脸；她却堆着疲倦的笑容努力安慰他，教他放心。克利斯朵夫瞧着他们，又感动，又羡慕……这便是所谓白头偕老的景象。丈夫在太太身上连岁月的磨蚀都爱到家了。他们彼此说着："你眼睛旁边的，鼻子上面的那些小皱纹，我是认得的，看着它一条条地刻下来的，我知道它们是什么时候来的。这些可怜的灰灰的头发一天天地褪色了，和我的一同褪色了，并且一部分也是为了我！这张细腻的脸，被煎熬我们的疲劳苦难磨得虚肿了，发红了。我的灵魂，因为你和我一起痛苦，一起衰老，所以我更爱你了！你的每一条皱纹，为我都是过去的一阕音乐。"……可爱的老人们，战战兢兢地在一块儿过了一辈子，快要在和平恬静的黑夜中一块儿睡下去了！看到他们，克利斯朵夫悲喜交集。噢！这样的生命多有意思，这样的死也多有意思！

他回去不免把这次的访问告诉葛拉齐亚，并没说出自己的感想。但她体会到了。他说话之间常常出神，把眼睛向着别处，话也是断断续续的。她望着他，微微笑着，克利斯朵夫心里的骚乱把她传染了。

那天晚上她独自在卧室里的时候，不由得胡思乱想起来。她把克利斯朵夫的叙述温了一遍;但眼前的形象不是那对在槐树底下打盹的老夫妻,而是她朋友不敢吐露而热烈希望着的梦境。于是她心里充满了爱,躺上了床,熄了灯,想道:

"是的,错过这样的幸福是荒唐的,罪过的。能使你所爱的人快乐,不是世界上最大的幸福吗? 怎么! 难道我爱着他吗?"

她静下来,不胜激动地听见她的心回答说:"是的,我是爱他的。"

正在这个时候,隔壁孩子的卧室里忽然有一阵急促的、声音嘶嗄的咳呛。葛拉齐亚马上竖起耳朵。从儿子害病以后,她老担着心事。她问他。他不回答,只继续咳呛。她便赶紧下床,走到他身边去。他气哼哼地抱怨,说是不舒服,一句话没说完,又咳了。

"什么地方不舒服呢?"

他不回答,只是哼哼唧唧地叫苦。

"好宝贝,你说呀,哪里不舒服呢?"

"不知道。"

"是这儿吗?"

"是的。——唉,不是的。我不知道。我浑身都不好过。"

说到这里,他又剧烈地、过分夸张地咳起来,把葛拉齐亚吓坏了;她觉得他是故意要咳嗽,但看着孩子浑身是汗,上气不接下气的模样,又觉得冤枉了他,便抱着他,和他说些好话。他渐渐安静了;可是只要母亲想走开去,孩子就会立刻咳起来。她不得不打着寒噤留在床头,因为他不许她去穿衣服,要她抓着他的手,他也要拿着她的,到完全睡着为止。那时她才冻得冰冷地上床,又是急,又是累,没法再把刚才的梦做下去。

那孩子有种特别的本领会猜透母亲的心。我们往往发现——但很少到这个程度——血统相同的人有这种本能:只要眼睛一扫,就能知道对方的思想,从无数不可捉摸的征兆上猜到。这种天赋,经过共同生活的训练当然更有进步,而在雷翁那罗是被他处心积虑的恶意琢磨得愈加尖锐了。阴损别人的欲望,使他眼睛格外明亮。而他又是恨极了克利斯朵夫。为什么呢? 为什么一个孩子会对这一个或那一个从来没得罪过他的人怀着仇恨呢？往往是由于偶然。只要孩子有一天自以为恨某人，这个恨就能成为习惯；而且人家越是开导他，他越固执；起先他不过是玩弄仇恨，结果却真的恨起来了。但有时还有些更深刻的理由，超过儿童的想象力的，儿童自己也不觉得的……从看到克利斯朵夫的最初几天起，裴莱尼伯爵的儿子对于他母亲曾经爱过的人就有了恨意。后来葛拉齐亚心里想嫁给克利斯朵夫的时候，仿佛孩子在直觉上是当场感觉到的。从此他就一刻不停地监视他们，紧跟着他们。只要克利斯朵夫来了，他就不肯离开客室，或者正当他们在一起的时候出其不意地闯进去。更厉害的是，倘若母亲独自在家而暗中想着克利斯朵夫的话，他会坐在旁边用眼睛盯着她，直把她看得非常难堪，几乎脸红了。她只得站起来遮盖慌乱的心绪。——他又顶高兴当着母亲的面用难听的话提到克利斯朵夫。她要他住嘴。他偏偏说个不停。要是她想惩罚他，他就用害病来威吓。这是他从小用惯而极有效力的手段。他还很小的时候，有一天挨了骂，就想出报复的办法：脱光了衣服，赤裸裸地躺在砖地上教自己受凉。——有一回，克利斯朵夫带来一个曲子，特意为葛拉齐亚的生日作的，不料被雷翁那罗拿去弄得不见了。后来人家在一口柜子内发现，已经给撕成一条条的了。葛拉齐亚冒了火，把孩子狠狠地训了一顿。于是他又哭又叫，跺着脚，躺在地下打滚，大大地发了一场神经病。葛拉齐亚吓坏了，只得抱着他，哀求他，答应了他所有的要求。

从此他成为主人了，因为他看清了这一点，并且几次三番拿出这个有效的武器。人家简直弄不明白他的神经病有几分是真的，有几分是假的。后来他也不限于在人家违拗他的时候用作报复，而只要母亲和克利斯朵夫想一块儿消磨一个黄昏，他就纯粹凭着恶意来捣乱了。他甚至于因为闲得无聊，因为想做戏，因为要试试自己的威力能够到什么程度而玩着这个危险的把戏。他极巧妙地发明许多古怪的、歇斯底里的花样：有时饭吃到一半突然抽搐起来，把玻璃杯翻倒，或是把盘子打破；有时在楼梯上用手抓着栏杆，手指拘挛，说是伸不开了；再不然，他肩膀底下像针刺一般地疼，直叫直嚷地打滚；或者是要闭过气去了。自然，他结果也闹了一场真正的神经病。但他的辛苦并没白费。克利斯朵夫和葛拉齐亚都被他骇住了。他们再也不得安静,——悠闲的谈话,看书,音乐,所有这些微薄的幸福,为他们当做天大的乐事的,从此都给破坏完了。

每隔许多时候,小坏蛋把他们略微放松一下,或是因为玩得腻了,或是因为恢复了孩子脾气,想着别的事。(现在他知道能控制他们了。)

于是,他们赶快利用。凡是这样偷来的时间,每小时都显得特别宝贵,因为没把握是否能从头至尾不受扰乱。他们觉得彼此多亲近!为什么不能长此下去呢?……有一天葛拉齐亚自己也表示这种遗憾。克利斯朵夫便抓着她的手问:

"是啊,为什么呢?"

"你是知道的,朋友。"她不胜怅惘地笑了笑。

不错,克利斯朵夫是知道的。他知道她为了儿子把他们的幸福牺牲了,知道雷翁那罗的手段并没有瞒过她,可是她还是心疼自己的儿子。他知道那种盲目的骨肉之爱,使最优秀的人把所有的牺牲精神都为了要不得的或是没出息的儿女消耗完了,以至于对一般最有资格消受的,自己最爱的,但不是同一血统的人,倒反没有什么可给了。克利斯朵夫虽则很气,有时想杀死这个破坏他们生命的小妖魔,结果仍旧默默无声地忍了下去,懂得葛拉齐亚不得不这么做的苦衷。

于是他们俩都放弃了心中的念头,不再作无益的反抗。他们分内的幸福固然被剥夺了,可是什么也不能阻止他们两颗心的结合。并且就为了放弃幸福,为了共同的牺牲,他们之间的关系比肉体的关系更密切。各人都对朋友倾吐心中的苦闷,也听着朋友的苦闷:互相交换之下,连悲哀本身都变做欢乐了。克利斯朵夫把葛拉齐亚叫做"忏悔师"。凡是他的自尊心感到屈辱的弱点,他都毫不隐瞒,同时又过分地责备自己;她一边笑着,一边劝解这个老孩子的过虑。他甚至对她说出物质方面的窘况。但那是先要她答应了不给他任何帮助,他也声明不接受任何帮助之后才说的。这是他非维持不可而她也加以尊重的最后一道骄傲的防线。她因为不能使朋友的生活过得舒服一点,便尽量把他最重视的东西——她的温情——给他。他没有一个时间不是觉得被她温柔的气息包裹着；早上睁开眼睛之前，夜里闭上眼睛之前，他都要先做一番爱情的默祷。在她那方面，醒来的时候或是夜里几小时的睡不着的时候，她总想着：

"我的朋友在想念我。"

于是他们周围布满了和平恬静的气息。

葛拉齐亚的健康受了损害。她老是躺在床上，或者整天睡在一张躺椅里。克利斯朵夫每日来跟她谈天，念书给她听，把他的新作品给她看。于是她从椅子上站起来，撑着虚肿的脚，一拐一拐地走到琴前，弹他拿来的音乐。这是她所能给他的最大的快乐。在他的学生中间，她和赛西尔两人最有天赋。但在赛西尔是本能地感觉到而并不了解的音乐，对于葛拉齐亚是一种懂得很透彻的美妙和谐的语言。她完全不知道人生与艺术中间有什么恶魔的因素，只拿自己玲珑剔透的心把音乐照亮了，把克利斯朵夫的心也给照亮了。朋友的演奏，使他对自己所表白的暧昧的热情了解得更清楚了。就在自己的思想的迷宫中，他闭着眼睛听着她，跟着她，握着她的手。从葛拉齐亚的心中再去领会自己的音乐，等于和这颗心结合了，把它占有了。这种神秘的交流又产生出新的音乐，有如他们生命交融以后的果实。有一天，他送给她一册选集，都是他和朋友的生命交织起来的乐曲，他对她说："这是咱们的孩子。"

不管是否在一起，两人的心永远息息相通。在幽静的古屋中消磨的夜晚又是多么甜蜜！周围的环境似乎就为了衬托葛拉齐亚而安排的，轻声轻气而非常亲切的仆役对她竭尽忠诚，同时又把他们对女主人的敬意与关切转移一部分到克利斯朵夫身上。两人一同听着时间的歌曲，看着生命的水波流逝，觉得其乐无穷。葛拉齐亚的身体虚弱不免使他们的幸福染上一点不安的影子。但她虽则有些小小的残废，心胸却是那么开朗，那些不说出来的疾苦反而增加了她的魅力。她是"他的亲爱的、痛苦的、动人的、脸上放射光明的朋友"。有些夜晚，克利斯朵夫从她家里出来，胸中的热爱要溢出来了，等不及明天再跟她说，便写信给"亲爱的亲爱的亲爱的亲爱的亲爱的葛拉齐亚……"

他们享了几个月这种清福，以为能永久继续下去了。孩子似乎把他们忘了，注意着旁的事。但放松了一个时期，他又回过头来，这一回可抓着他们不再放手。阴狠险毒的小子非要把他母亲和克利斯朵夫分离不可。他又做起戏来：没有什么预定的计划，只逞着每天的性子做到哪里是哪里。他想不到自己对人家的损害，只想拿捣乱作消遣。他缠绕不休地逼着母亲，要她离开巴黎到远方去旅行。葛拉齐亚没有力量抵抗。而且医生也劝她上埃及去住些时候，不应当再在北方过冬。最近几年来精神上的刺激，永远为了儿子健康问题的担心，长时期的踌躇，面上不露出来的内心的斗争，因为使朋友伤心而伤心：总之，影响她身体的事太多了。克利斯朵夫对这些都很明白，而且不愿意再增加她的烦恼；所以虽然离别的日子一天天地逼近使他很悲伤，他也一句话不说，也不想法延缓她的行期，两人都强作镇静，但互相感应之下，他们真的变得心平气和了。

日子到了。那是九月里的某一个早上。他们先在七月中一同离开巴黎，到和他们六年前相遇的地方很近的安加第纳，消磨了离别以前的最后几星期。

五天以来，淫雨不止，他们不能再出去散步，差不多单独留在旅馆里；大部分的旅客都溜了。最后一天早上，雨停了，但山顶上还盖着云。两个孩子和仆人们先坐了第一辆车动身。随后她也出发了。他把她送到山路曲曲弯弯往着意大利平原急转直下的地方。潮气透进车篷。他们俩紧紧靠在一起，一声不出，也不彼此瞧一眼，四周是半明半暗的异样的天色……葛拉齐亚呼出来的气在面网上凝成一片水雾。他隔着冰冷的手套紧紧压着她温暖的小手。两人的脸靠拢了。隔着潮湿的面网，他吻了吻那张亲爱的嘴。

到了山路拐弯的地方，他下来了。车辆埋在雾中不见了。他还听到车轮和马蹄的声音。一片片的白雾在草原上飘浮，织成密密层层的网，寒瑟的树木似乎在网底下哀吟。没有一丝风影。大雾把生命窒息了。克利斯朵夫气吁吁地停下来……什么都没有了。一切都过去了。

他深深地吸了一口浓雾，重新上路。对于一个不会过去的人，什么都不会过去的。

第三部

一朝离别,爱人的魔力更加强了。我们的心只记着爱人身上最可宝贵的部分。远方的朋友传来的每一句话,都有些庄严的回声在静默中颤动。

克利斯朵夫和葛拉齐亚通信的口吻变得沉着,含蓄,好似一对已经受过爱情磨炼的夫妇,因为过了难关,手搀着手走着,对于他们的前途和脚力很有把握了。各人都相当的强,足以支持对方,领导对方;也相当的弱,需要受对方的支持与领导。

克利斯朵夫回到巴黎。他本来不愿意再去,可是自己发的这些愿有什么用呢!他知道在那边依旧能找到葛拉齐亚的影子。情势的发展,仿佛和他暗中的愿望串通一起,把意志推翻了,使他看到在巴黎还有一件新的义务等着他。消息灵通的高兰德告诉克利斯朵夫,说他的小朋友耶南正在胡闹。素来溺爱儿子的雅葛丽纳不想管束他了。她精神上也在经历一个苦闷的时期,自顾不周,没有心思再管儿子。

自从那次可悲的情变把她的婚姻和奥里维的生活一齐毁掉以后,雅葛丽纳闭门不出,过着很稳重的生活。巴黎社会扮着伪君子面孔,把她当做瘟疫一般隔离了相当时间,又来亲近她,她可是拒绝了。她不觉得为了自己的行为在这些人前面有什么惭愧,也认为无须向他们负责;因为他们比她更要不得;她坦坦白白做的事,在她所认识的女子中,有半数是无声无息地、戴着家庭的假面具做的。她觉得痛苦的只有一件事,就是害了她最好的朋友,她唯一的爱人。她不能原谅自己在这么贫弱的世界上失去了像他那样的爱。

这些遗恨和痛苦慢慢地减淡了,剩下来的仅是一种郁闷,一种瞧不起自己瞧不起别人的心理,还有是对儿子的爱。她因为所有的爱没有地方可发泄了,便统统倾注在母爱里面,使她对儿子一无办法,没有力量抵抗他的任性。为了譬解自己的懦弱,她硬要相信这是向奥里维补赎罪过。在某个时期内她可以对儿子温柔到极点,然后又厌倦了,马上不闻不问;一忽儿她用着苛求的、过分烦心的爱和乔治纠缠不清;一忽儿觉得腻烦了,什么都由他做去。她明白自己教子无力,心里懊恼得很,但并不改变方法。等到她偶尔想要把做人之道依着奥里维的精神改塑一番的时候,结果真是可叹;奥里维的悲观主义对她母子俩都不合适。她想只用感情来控制儿子。这当然是对的:因为两个人不管怎么相像,除了感情以外究竟没有别的联系。乔治·耶南很受母亲的吸引,喜欢她的声音、她的姿态、她的动作、她的柔媚、她的爱。但他觉得精神上和她是完全陌生的。在母亲方面,直要到青春期的第一阵风吹起来,把儿子吹远去了,她才发觉这情形。于是她惊异,愤慨,以为他的疏远是由于别的女性的影响,便很笨拙地想消灭那些影响,结果反而使他离得更远。其实他们一块儿生活的时期,素来各转各的念头,对于双方的分歧点抱着自欺欺人的幻想,因为有些表面上的共同的好恶而以为彼此相同;但等到孩子从模棱两可的、留着女性气息的阶段转入成人的阶段,那些共同的情感就没有了。雅葛丽纳很心酸地对儿子说:“我不知道你究竟像谁:既不像你父亲,也不像我。”

这样她更使他体会到两人之间的不同;他暗中还因之骄傲,同时也有点焦躁不安的情绪。

上一代跟下一代对于彼此格格不入的成分,永远比对于彼此接近的成分感觉得更清楚;他们都需要肯定自己的生命,即使要用不公平的行为或扯谎做代价也在所不惜。但这种感觉的强弱是看时代而定的。在古典时代,因为文化的各种力量在某一个时期内得到了平衡,——好比由陡峭的山坡围绕着的一块高地,——所以在上一代和下一代之间,水准并不相差太大。可是在一个复兴的时期或颓废的时期,那些或是往上攀登或是往陡峭的山坡冲下去的青年,往往把前人丢得很远。——而乔治和他年龄相仿的人正在攀登山峰。

在思想上、性格上,他没有过人的地方:无论学什么,能力都差不多,成绩没有一样是超过中上的。可是他入世的时候,已经毫不费力地比他的父亲,——比那个在短短的一生中消耗了一笔不可估计的智慧与毅力的父亲,高出了几级。

他的理智在世界上才睁开眼来,就看到了周围这一片仅仅有几点炫目的微光的黑暗,一大堆的可知与不可知,敌对的真理,矛盾的错误,为他的父亲不胜烦躁地摸索过来的。但同时他意识到自己有一件武器可以使用,那是奥里维从来没认识的:他的力。

他的力?从哪儿来的?……那是一种神秘的现象:一个疲弱到昏昏入睡的民族突然复活起来,好似山中的一道急流到了春天突然泛滥一样……他怎么使用这股力呢?是不是也要拿去开发现代思想这个迷离扑朔的丛林呢?不,那对他毫无吸引力。他还觉得有许多潜伏的危险在那里威胁他。它们曾经把他的父亲压倒了。与其再来一次同样的经验而回到悲惨的森林中去,他宁可放一把火把它烧了。凡是奥里维为之着迷的,讲着明哲的理论或是表现神圣的疯狂的书,例如托尔斯泰那种虚无主义的怜悯,易卜生那种以破坏为能事的骄傲,尼采的那种狂热,瓦格纳的那种壮烈的富于刺激性的悲观主义:他才看了一眼就又愤怒又惊骇地掉过头去了。他恨写实派的作家在半世纪中把艺术中间欢乐的成分都消灭了。可是笼罩着他童年的凄凉的梦影,究竟不能完全抹掉。他不愿意向后回顾,但明明知道影子就在后面。因为太健康了,他不能用上一个时代的懒惰的怀疑主义把不安的心绪引到别的路上去;他痛恨勒南和阿那托·法朗士一派的玩世气息,认为是自由思想的没落,没有快乐的笑,没有气魄的幽默:那种可耻的方法只适用于做奴隶的人,因为不能斩断铁索,就拿着铁索玩儿。

他太刚强了,不能拿怀疑来满足自己,同时又太懦弱了,不能由自己来确定什么;但他需要确定,一心一意地追求着。而社会上永远有些沽名钓誉的人,空头的大文豪,投机的思想家,利用青年们这个顽强的、苦苦追求的欲望,大吹大擂地叫卖他们的解毒剂。这些大医生个个都在台上喊着说,只有他的补药是好的,别人的全是不好的。其实他们的秘方都是半斤八两,没有一个卖药的肯费心去找什么新方子。他们都在柜子里搬出些破烂的药瓶。所谓万应灵丹,有的是旧教教会,有的是正统的王室,有的是古典的传统。还有一般开玩笑的家伙,说只要恢复拉丁文化就能把所有的病都给治好。另外一批说些教傻子们听了发呆的大话，一本正经地提倡地中海精神，（过一晌也可以提倡大西洋精神呢！）俨然以新罗马帝国的继承人自命，以反抗北方与东方的蛮子自命……说来说去无非是废话，东拣西拾的废话。那好比图书馆中的底货，被他们拿来随便往四下里播送。——年轻的耶南像他所有的同伴一样，到一个一个的贩子那边去听他们的夸口，有时也受着诱惑，走进棚子，然后大失所望地退出来，有点儿羞愧，因为糟蹋了金钱与时间，只看到衣衫破烂的老丑角。可是青年人的迷梦不容易醒，相信确定的事一定会找到的，所以听见一个新的贩子说有什么新的希望出卖，又跑去上当了。他是真正的法国人：天生的爱好秩序，但非常挑剔。他需要一个领袖，可是对无论哪个领袖都受不了：他的铁面无情的讥讽把他们一个一个都批驳得体无完肤。

在他还没有找到一个能告诉他谜底的人的时候，他等不及了。他不像父亲肯一辈子以探求真理为满足。他的烦躁的年轻的力需要消耗。不管有无理由，他要打定主意，要行动，要使用他的精力。先是旅行，艺术，尤其是他拼命吸收的音乐，成为他间歇的如醉如狂的消遣。人长得很俊，又是早熟，又受到许多诱惑，早就发现了外表那么迷人的爱情的天地，便用一种富有诗意的、贪馋的、兴奋的心情跳进去。但这个善于钟情的少年，天真与贪得无厌的程度简直没有分寸，所以不久就对女人厌倦了，需要行动了。于是他对体育着了迷：每样都要试，每样都要玩。凡是斗剑和拳击的比赛，他无不参与，又是赛跑与跳高的全国冠军，当着某足球队的队长。他和几个像他一类的青年疯子，有钱而抖搂的家伙，在汽车竞赛中比胆量；其荒唐激烈的情形等于死亡的比赛。随后他又丢下一切去搞新的玩意儿。群众的飞机狂把他传染了。在兰斯举行的航空大会中，他和三十万人一齐呐喊着，快乐得哭了，觉得自己在这个庆祝欢呼的场合和全人类结合了。人和鸟一样地在他们头上飞过，把他们也带到了空中。自从大革命的黎明时期以来，破题儿第一遭，这些民众举眼望着天空，看到另外一个世界给打开了……——年轻的耶南说要加入征略天空的队伍，使母亲听了大吃一惊。她哀求他，甚至于命令他放弃这个危险的野心。他却只管独断独行。雅葛丽纳以为克利斯朵夫一定是站在她一边的,不料他只嘱咐孩子小心一点;其余的话,他断定乔治决不会听,要是他处在乔治的地位也不会听的,他认为即使能够,也不可以阻挠那些年轻的力量,不让它们有健康而正常的活动:要是这么办了,它们可能回过来毁灭自己。

雅葛丽纳不能听天由命地让儿子逃出掌握。她真心以为自己已经把爱情放弃了,可是没用,她仍少不了爱情的幻象;她所有的感情,所有的行为,都染着爱的色彩。多少做母亲的人,都把不能在夫妇之间或情人之间发泄的热情移在儿子身上;一朝看到儿子对自己居然满不在乎了,不再需要她们了,精神上的痛苦就跟情人的欺骗和爱情的幻灭没有分别。——这一下对于雅葛丽纳又是一个新的打击。乔治可完全没觉得。青年人万万想不到周围发生着什么感情的悲剧:他们来不及看到;自私的本能教他们头也不回地往前直冲。

雅葛丽纳自个儿把这个新的痛苦吞了下去。直到日子久了,痛苦慢慢地解淡了,她才得到释放。同时她的爱也跟着解淡了。当然她始终爱着儿子;但那是一种远远的、没有幻想的情爱,因为明知这情爱是无用的,所以她对于自己的感情和儿子都不以为意了。她这样忧忧郁郁地挨了一年,他一点没注意。然后,这颗遭逢不幸的心既不能死,也不能没有爱情而活下去,就得造出一个对象来让自己爱。于是她忽然有了一种奇怪的热情;这个情形,在某些女性,特别是一般最高尚最不容易让人高攀的心灵,到了成熟时期而没有采到人生的美果的话,常常会发生的。她认识了一个女子,一见之下就被她神秘的吸引力抓住了。

那是一个女修士,年纪和她差不多,专做救济事业的。人长得高大,强壮,有点儿臃肿;褐色的头发,脸上的线条很好看,很鲜明;眼睛极精神,一张阔大而细腻的嘴巴老是在微笑,下巴的长相表示性格专横。她聪明过人,没有一点感伤气息,像乡下女人那么狡猾,对实际的事务很精明,再加上南方人的想象力,目光远大,必要时也会把尺度看得很准;神秘主义的气息和老公证人那样的阴险混在一起,特别有种韵味。她是惯于支配人的,而且支配得不着痕迹。雅葛丽纳立刻被她迷住了,对救济事业热心得不得了。至少她自己这么相信着。女修士安日尔知道这股热情为的是谁;挑起这一类的情绪原是她最拿手的本领;表面上装做没注意到对方的热情，骨子里她却是很冷静地拿它去献给她的上帝和她的救济事业。雅葛丽纳把金钱、意志、感情，统统捐献了出来。她变得慈悲了，因为需要爱而变得有信仰了。

大家很快就注意到她着了魔。只有她自己没觉得。乔治的监护人开始担心了。连一向很慷慨、糊涂、不注意金钱问题的乔治，也发觉了母亲被人利用，大为懊恼。他想和她恢复从前的亲密，可是太晚了；两人中间已经隔了一重幕。他把这个情形归咎于妖术作祟，对于那个他称为阴谋家的女人，甚至也对于母亲，公然表示气愤至极。他认为母亲的感情是他的私产，决不能让一个不相干的女子侵占。他可没想到那是自己放弃了才被人侵占的。这时他非但不想法把它争回来，反而对付得很笨拙，使人难堪。母子两个都是脾气急躁、性情激烈的人，不免交换一些难堪的话，加深了原有的裂痕。而安日尔左右雅葛丽纳的力量倒反因之更加巩固。乔治便像脱缰的野马一般往外跑了，只管忙着玩儿。他去赌博，输了很多的钱；并且一边乱搞，一边还故意在人前招摇，为了好玩，也为了报复母亲的胡闹。——他和史丹芬·台莱斯德拉特家里的人是熟的：高兰德早就注意到这个漂亮青年，想在他身上再试一试她风韵犹存的魔力。她知道乔治的种种荒唐事儿，觉得挺有意思。表面上她虽很轻佻，人确是通情达理，好心也是真的：由于这两点，她发觉了这个疯疯癫癫的青年所冒的危险。又因为她知道自己决计救不了他，便通知了克利斯朵夫。他接到信就赶回来了。

克利斯朵夫是唯一对年轻的耶南有点儿影响的人。影响并不大，而且是断断续续的，但因为无法解释，所以这影响尤其值得注意。克利斯朵夫属于昨日的一代，正是乔治和他的伙伴们以非常激烈的态度反抗的一代。克利斯朵夫又是那个暴风雨时代的最高代表之一，而青年人对于暴风雨时代的艺术和思想都存着猜忌的敌意。凡是新的《福音书》，小型的先知和老魔术师嘴里的符咒，向一般老实的年轻人布送的、连罗马连法国连全世界都能挽救过来的灵验如神的秘方，都与克利斯朵夫无缘。他忠于自由的信仰，不受任何宗教的拘束，不受任何党派的影响，不受任何国家的限制，——可是这种信仰已经不时行了，或者还没有重新时行。最后,他虽然已经把国家问题摆脱干净,但在巴黎究竟是个外人,因为照当时的风气,每个国家的人都是把外国人看做蛮子的。

年轻的耶南,轻浮,快活,最恨扫兴的人,一味喜欢作乐,喜欢剧烈的游戏,极容易受当时那一套花言巧语的骗,因为筋骨强壮、思想懒惰而偏向于法兰西行动派①的暴力主义,同时又是国家主义者,又是保王党,又是帝国主义者,——(他自己也不大弄得清)——心里却只佩服一个人:克利斯朵夫。凭着早熟的经验和得之于母亲的灵敏的感觉,他早已认出克利斯朵夫是了不起的,他自己的社会是一文不值的,虽然依旧割舍不得这个社会,也不因为它一文不值而减少自己的兴致。他白白地拿运动和行动来麻醉自己,父亲的遗传始终没法摆脱。他常常会突然之间有一阵空泛的不安,觉得需要替自己的行动确定一个目标:这便是从奥里维身上来的。还有使他去接近奥里维曾经爱过的人的,那种神秘的本能,也是得之于奥里维。

他去探望克利斯朵夫。生性爱说话,甚至有点儿嘴碎,他喜欢讲自己的事,从来不管克利斯朵夫有没有时间听他。克利斯朵夫可听着他,毫无不耐烦的表示。但逢着乔治突如其来地上门,打断了他的工作的时候,他就心不在焉了。他的精神会溜走几分钟,把胸中的作品润色一下,然后再回到乔治旁边。他对于这种情形觉得很好玩,正如一个人提着脚尖回到屋里,没人听见。但也有一两次,乔治注意到了,愤愤地说:“你怎么不听我啊?”

于是克利斯朵夫不好意思了,马上很温柔地听下去,并且听得格外用心,借此表示歉意。乔治说的故事颇有发噱的地方,克利斯朵夫听到某些胡闹的事不由得笑了:因为乔治无话不谈,并且坦白的程度使人对他毫无办法。

可是有些笑话在克利斯朵夫是觉得笑不出来的。乔治的行为往往使他很难过。克利斯朵夫不是一个圣人,并不自以为有教训别人的资格。乔治的风流韵事和挥金如土的作风,还不是克利斯朵夫最愤慨的

---

① 《法兰西行动》为近代法国最反动的日报,创于一九〇八年。

事。他最难宽恕的，是乔治把自己的过失看得轻描淡写，非但不以为意，还认为挺自然。他对于“道德”的观念和克利斯朵夫的完全不同。对于他那一类的青年，男女关系只是一种自由的游戏，无所谓道德不道德。只要相当坦白，只要心地好（也不用顾虑周详），就够得上称为诚实君子了。他决不像克利斯朵夫那样认真，给自己找麻烦。克利斯朵夫看了大不以为然。尽管不愿意强迫别人跟他一样看法，他究竟不是个宽容的人，从前那种火气不过减掉了些，有时照旧会发作的。他不能不把乔治的某些手段看做卑鄙，老实不客气对他说出来。乔治不比他更有耐性。两人常常吵得很凶，接着便几星期的不见面。克利斯朵夫发觉自己这样的生气决不能改变乔治的行为，而硬要一个时代的道德去适合另一个时代的标准也有些不公平。但他不由自主，一有机会又发作了。对于我们依靠了一辈子的信仰，怎么能怀疑呢？那简直是放弃人生了！干吗要假装想着自己没有的思想，去学邻人或敷衍邻人呢？这是毁灭自己而对谁都没有好处的。最要紧的是保持我们的本来面目，应当有胆量说：“这是好的，那是坏的。”一个人要帮助弱者，应当自己成为强者，而不是和他们一样变做弱者。对于已经做了的坏事，不妨宽大为怀，如果你愿意。对于将做未做的坏事可决不能放松。

这态度当然是对的；但乔治决不肯把将要做的事和克利斯朵夫商量，——他将要做些什么恐怕连自己都不知道，——只等事后才告诉他。——那时……那时，除掉不声不响地存着责备的心，像一个明知不会有人听的老伯老叔一般，望着这个淘气的孩子，耸耸肩膀笑笑以外，还有什么办法？

逢着这样的日子，他们就要沉默好一会儿。乔治瞧着克利斯朵夫那双出神的眼睛，觉得自己完全变了个小孩子。克利斯朵夫的俏皮的深刻的眼光赛似一面镜子，照出了乔治的本相，使他看了也不觉得体面。克利斯朵夫难得搬出乔治告诉他的心腹话来埋怨他，仿佛根本没听见。两人在眼睛里默默地交换了几句以后，他气哼哼地摇了摇头，然后讲一桩似乎跟刚才的事渺不相关的故事：或者是他自己的历史，或者是别人的，有时是真实的，有时是虚构的。乔治慢慢地看到，在可恼与可笑的情境中，明明白白地显出他的“副本”（那是他认得的），经历着一些和他类似的错误。他看了不由得要笑自己,笑他那副可怜的面目了。克利斯朵夫不加按语,这种洒脱的态度倒反加强了故事的作用。他提到自己像提到旁人一样,用着同样满不在乎的神气,同样达观同样安定的心情。这点儿安静的气息把乔治感动了。他就是来找这种气息的。等到絮絮叨叨地招供完了,他仿佛一个人在溽暑熏蒸的下午,扎手舞脚地躺在大树底下。火辣辣的阳光使人头晕眼花的刺激没有了。和平恬静的气氛像翅膀一样张盖在他身上。眼看身边这个人心平气和地挑着那么重的人生的担子,乔治自己的骚动也平静了。听着克利斯朵夫说话,他整个的人都得到休息。他也和克利斯朵夫一样不是始终听着的,往往让自己的精神溜出去;但不管游魂到哪里,克利斯朵夫的笑声老是在他的周围。

可是,老朋友的思想对他仍旧是陌生的。他心里奇怪克利斯朵夫怎么能忍受那种精神上的孤独,怎么能跟艺术团体、政治党派、宗教党派、任何集团都不生关系。他问他:“你从来不觉得需要把自己关在一个阵地里吗?”

“把自己关在一个阵地里!”克利斯朵夫笑道,“我们在外面不是很好吗?你整天跑在外边的人,倒说要把自己关起来!”

“啊!精神是和肉体不同的,”乔治回答说,“精神需要肯定,需要和别人一同思想,接受同时代所有的人都接受的原则。我羡慕从前的人,古典时代的人。我的朋友们要恢复过去美妙的秩序是对的。”

“没勇气的家伙!”克利斯朵夫说,“从来没见过像你这样灰心的人!”

“我并不灰心,”乔治愤愤地争辩,“我们中间没有一个是灰心的。”

“不灰心又怎么会怕你自己?怎么!你们需要一种秩序而不能自己来创造吗?你们要吊在曾祖母的裙角上!天哪!你们不能自个儿走路吗?”

“先得把自己的根种在土里。”乔治非常得意地说出这句当时流行的话。

“要把根种在土里,难道树木就得给装在箱子里吗?这儿有的是泥土,大众可用。把你的根插进去罢。找出你的规则来罢。在你自己身上找罢。”

“我没有时间。”乔治说。

“你这是害怕。”克利斯朵夫回答。

乔治先是不服，后来终于承认，要他瞧自己的内心的确没劲。他不懂人家怎么会对此津津有味：靠在这个漆黑的窟窿上面张望，不是有掉下去的危险吗？

“那末把你的手让我拿着好了。”克利斯朵夫说。

他说着便好玩地揭开窟窿的盖子，让乔治对人生的现实而悲壮的境界看了一眼。乔治马上倒退了一步。克利斯朵夫笑着把风洞重新关上。

“你怎么能这样过活的？”乔治问。

“我不是活着吗？并且很快乐呢。”克利斯朵夫说。

“我要是老看到这个，我会死的。”

克利斯朵夫拍拍他的肩膀。

“啊，啊，我们的运动健将原来不过如此！……好吧，你别瞧就是了，倘使觉得头脑不够结实的话。反正没有谁强迫你。向前罢，孩子！可是要向前，也用不着要一个主子在你肩膀上打印，像对付牲口一般。你等什么？信号早已发出。装鞍的军号已经吹过，马队已经在前进了。你只要管着你的马。快快地归队，向前奔罢！”

“往哪儿去呢？”

“往你的队伍所去的地方，去征服世界。抓住空气，降伏元素，冲破自然界的最后一批堡垒，你得逼空间后退，逼死神后退……

> 台太尔已经把天空试探过了……①

“你拉丁文很好，可知道下面这句话吗？能不能把它解释给我听？

> 他已经渡过了阿希龙……②

“……瞧，这便是你们的命运，你们这般幸运的征略者！……”

他把新的一代应当负的英勇的责任说得明明白白，乔治不禁诧异

① 神话载：台太尔为希腊大建筑家，被囚于克兰德迷宫，乃以羽毛与蜜蜡造成翅翼而遁。

② 神话载：阿希龙为地狱之河，今作死亡解。

地问道:“既然你感觉到这些,干吗不跟我们一起来呢?”

“因为我另有任务。去罢,孩子,去干你的事。尽管追出我,只要你能够。我吗,我留在这儿,我要担任警戒……你读过《天方夜谭》,该记得其中有一个精灵,像山一般高,被关在压着所罗门印玺的箱子里……哎,你知道没有,精灵就在这儿,在我们的灵魂深处,就是你不敢低下头去瞧一瞧的那颗灵魂。我跟我同时代的人,和它搏斗了一辈子,我们没有把它打败,它也没把我们打败。如今我们和它都在透一口气,彼此瞪着眼,可没有怨恨,没有恐惧,对咱们的战斗都很满意,等着休战期满。你们哪,你们该利用休战的机会养精蓄锐,预备去摘取世界上的美果!你们尽量地快活罢,享受这个短时期的休息罢,可是千万记住,你们,或是你们的儿子们,有一天从征略大业中回来的时候,应当回到我现在所站的地方,拿出新的力量跟留在那边而为我在旁监视的精灵搏斗。这搏斗,虽则中间可能有多少次的休战,但直要等到两者之间有一个被打倒的时候才能结束。你们应当比我们更强,更幸福!……——目前,你尽管玩你的运动,如果你愿意;你得活动你的筋骨,锻炼你的心志;别发傻劲,把你跃跃欲试的精力为一些无聊的事浪费掉:放心,你现在所处的时代早晚会用到你的精力的。”

克利斯朵夫说的话,乔治并没记着多少。他胸襟相当宽大,足够容纳克利斯朵夫的思想;但他一只耳朵进,一只耳朵出,还没走完楼梯已经把什么都忘了。可是他仍旧有种甜美的畅快的感觉,即使在产生这种感觉的事情早已想不起的时候也是这样。他对克利斯朵夫非常尊敬,却完全不信克利斯朵夫所信仰的东西。(他心里一无信仰,对什么都是一笑置之。)但要是有谁敢毁谤他的老朋友,他是会拼命的。

幸而没有人在他面前说克利斯朵夫的坏话,否则他什么事都会干出来。

克利斯朵夫把风向看得很准,不久它果然转变了。年轻的法国音乐的理想是和他的理想不同的。这一点使克利斯朵夫对法国音乐的好感多添了一个理由,但法国音乐界对他绝对不表同情。他在群众之间那么时行,决不能使那些闹饥荒闹得最厉害的青年和他携手;他们肚子里没有多少东西,所以牙齿格外的长,格外地要咬人。克利斯朵夫可不把他们的凶恶放在心上。

“他们多么认真啊!”他说,“这些孩子正在磨炼牙齿呢……”

比较之下,他几乎更喜欢他们,而讨厌那般因为他的声名而来巴结他的小狗,——好似杜皮尼①说的:“一头猛犬把头伸在一只奶油钵里时,就有小狗们来舐它的胡子表示庆贺。”

他有一部作品被歌剧院接受了。才接受,人家就开始排练。有一天,克利斯朵夫看到报上有攻击他的文章,说为了他的作品,人家把预定上演的一个青年作家的剧本无限期地搁下去了。那记者不胜愤慨,认为这种滥用势力的事应当由克利斯朵夫负责。

克利斯朵夫跑去见经理,对他说:“你没预先通知我。那怎么行呢?你该把那部先收下的歌剧先上演。”

经理大惊小怪地嚷着,嘻嘻哈哈地拒绝了。他把克利斯朵夫的人品、作品、天才,竭力恭维了一阵,对另外一部作品表示轻蔑到极点,一口咬定它一文不值,绝对不能卖座。

“那末你干吗收下来呢?”

“一个人不能每样事都逞着自己的心思去做。每隔一些时候,我们不能不敷衍一下舆论。从前,那些青年尽管叫叫嚷嚷,谁也不理会的。此刻他们找到了一个方法,挑拨一般国家主义派的报纸来攻击我们,把我们叫做卖国贼,劣等法国人,倘使我们不幸而没对他们的少壮派表示钦佩的话。哼!少壮派!就谈少壮派罢!……要不要我告诉你是怎么回事?我真是够受了!群众也是够受了。他们用那种挽歌来叫你头痛!……脉管里没有一滴血,对你老唱着弥撒祭,描写爱情的二重唱简直像追思祈祷……倘若我糊里糊涂拿人家硬要我接受的剧本上演,要不把我的戏院亏完才怪!我把作品接受下来就完了,人家不能要求我——唉,谈咱们的正经罢。你呀,你的大作是准会叫座的。”

接着又是一大篇恭维。

克利斯朵夫直截了当地打断了他的话,气冲冲地说:“我决不上

---

① 杜皮尼为十六至十七世纪的法国诗人,讽刺作家。

当。如今我老了,‘成功’了,你们便利用我来压倒青年人。我年轻的时候,你们也会用同样的手段压倒我。要不先上演那个青年的剧本,我就把我的撤回。”

经理举起胳膊向着天,回答说:“你难道不明白,倘使我们听了你的话,人家岂不以为我们被报纸的攻击屈服了吗?”

“那对我有什么相干?”

“随你罢!第一个吃亏的还是你。”

于是人家开始排练青年音乐家的作品,同时也不中止练习克利斯朵夫的作品。一部是三幕的,一部是两幕的;戏院决定拿它们在同一晚上演出。克利斯朵夫和他所提拔的人见了面。他要亲自报告这个消息。那青年说了许多感激的话,表示没齿不忘。

经理全副精神地对付克利斯朵夫的剧本,克利斯朵夫当然没法阻止。另一部作品的演出没有被照顾到,克利斯朵夫却一点都不知道,只参加了几次排练,觉得作品很平常,随便表示了一些意见,人家也不表欢迎;他便至此为止,不再顾问。此外,经理又要那位新进作家把作品删节一部分,倘若他愿意马上演出的话。这种牺牲,作者先是很乐意地答应的,不久却大不痛快了。

上演那晚,新作家的剧本完全失败,克利斯朵夫的大为成功。有几家报纸竭力攻击克利斯朵夫,说那是故意做的圈套,要陷害一个年轻而伟大的法国作家;他们说歌剧院为了巴结德国大师而把法国作家的音乐割裂了;而这个德国大师是妒忌一切新兴的明星的。克利斯朵夫耸耸肩膀,想道:“他会答复他们的。”

“他”可是一声不出。克利斯朵夫把这些批评剪了一部分寄给他,附了一句话:“你看到没有?”

他回信说:“遗憾之至!那位新闻记者太关切我了!真是,我很抱歉。最好还是别放在心上。”

克利斯朵夫笑了,心里想:“他说得对,这个胆怯鬼。”

于是他把这件事像他所谓地“置之脑后”了。

但那个难得看报,而且除了体育新闻以外都看得很马虎的乔治,这一回竟一眼看到了抨击克利斯朵夫最剧烈的文字。他认得那个记者,便跑到一家准可以找到他的咖啡店去，果然找到了，打了他嘴巴，跟他决斗，一剑刺伤了他的肩膀。

第二天，克利斯朵夫一边吃中饭一边从一封朋友的信中知道了这件事，马上气都塞住了，饭也没吃完，就赶到乔治家里。出来开门的就是乔治。克利斯朵夫像一阵狂风般卷进去，抓着他的胳膊，愤愤地摇着，破口大骂。

“畜牲！你为了我去跟人打架！谁允许你的？你这个小子，你这个糊涂虫，居然来管我的事！难道我自己管不了吗，嗯？你以为占了便宜！你给这个坏蛋面子，跟他决斗。那正是他求之不得的呢。这一下他变了一个英雄了，知道没有，傻瓜？而且要是不巧……（我断定你是依着你的老脾气，冒冒失失地去干的）……要是你送了命！……可怜虫！我简直一辈子都不能原谅你！……”

乔治早已笑得像疯子一般，听了最后一句威吓的话，更是捧腹大笑，把眼泪都笑出来了：“老朋友，你真是怪了！太滑稽了！因为我替你出了气，你这样地骂我！下回我攻击你，也许你会跟我拥抱了。”

克利斯朵夫住了嘴，把乔治搂在怀里，亲着他的脸，然后又说：“我的孩子！……对不起。我老糊涂了……可是这个消息把我吓坏了。跟人打架，亏你想得出！我们犯得上跟这种人打架吗？答应我，以后不能再这样胡闹。”

“我什么也不答应你，”乔治说，“我爱做什么就做什么。”

“我可不许，听见没有？倘使你再闹这种事，我就不要再看到你了，我要登报否认你，我要把你……”

“取消继承权是不是？好，随你罢。”

“得啦，乔治，我是央求你呀……你这么来一下有什么用呢？”

“亲爱的老朋友，你人比我好几千倍，比我多知道的事简直数不清；但对于那些流氓，我比你认得更清楚。你放心，那是有用的；现在他们要侮辱你，先要把他们的毒舌掂掂斤量了。”

“嘿！那些小子对我有什么相干？他们说的话，我都一笑置之。”

“可是我并不一笑置之。你只管你自己的事罢。”

这样以后，克利斯朵夫唯恐再有什么新的文章引起乔治猜疑。事情真滑稽:以后的几天,从来不看报的克利斯朵夫,居然扑在咖啡店的桌子上翻着所有的日报,预备看到一篇辱骂的文章,就想尽方法(不管是怎么卑鄙的方法)不让它落在乔治眼里。过了一星期,他才放了心。孩子果然说得不错。乔治的举动教那些叫叫嚷嚷的家伙都要想一想了,——而克利斯朵夫一边尽管埋怨小疯子耽误了他八天的工作,一边觉得自己也没有资格教训他。他想到从前——还不算怎么长久呢——自己为了奥里维而跟人决斗的事。于是他仿佛听见奥里维对他说着:

"由他去罢,克利斯朵夫,我欠你的债也得还你的。"

人家的攻击,克利斯朵夫固然不以为意,另外一个人却没有看破一切的涵养。那便是爱麦虞限。

欧洲的思想界演变得非常快。它仿佛跟机械方面的新发明和新的引擎同时加增了速度。偏见与希望这种存粮,从前足够维持人类一二十年的,此刻在五年之中就被消化掉了。几代的思想都在那里飞奔,一代跟着一代,往往还是一代踏着一代:时间已经下了冲锋令。——爱麦虞限被人追出了。

讴歌法兰西毅力的诗人从来没否认他宗师奥里维的理想主义。尽管爱国心那么热烈,他依旧崇拜精神上的崇高伟大。他在诗歌中提高着嗓子预告法兰西的胜利,乃是要借此表示自己的信仰,表示他的爱法兰西是因为它代表今日欧罗巴最高的思想,代表那个向暴力反攻而得胜的权利。不料权利本身就染上了暴力的气息,暴力又赤裸裸地出现了。新兴的一代,结实,耐苦,渴望战斗,在没胜利之前就存着胜利者的心理。他凭着他的肌肉,凭着他宽阔的胸脯,凭着他的强烈而渴求享受的感官,凭着他像鸷鸟一般翱翔于平原之上的巨翼而得意扬扬,迫不及待地想扑下来试试他的利爪。民族的英武,超越海洋超越阿尔卑斯的飞翔,横跨非洲沙漠的驰骋,新时代的十字军(神秘气息不比菲利浦二世和维尔哈杜伊昂为少,功利观念也不比他们多),①把民族的头脑冲

① 菲利浦二世为十二至十三世纪时的法王,第三次十字军领袖之一。维尔哈杜伊昂为十二至十三世纪时法国史家、政治家,曾发动第四次十字军。

昏了。那些年轻人对于战争的认识都是从书本上来的,以为是壮美的。他们气势汹汹,取着挑衅的态度。什么和平,什么思想,他们都厌倦了;他们所宣扬的是战争,说法兰西的威力将来可以在战争的洪炉中锻炼出来。因为种种的学说无非是可厌的空谈,他们便存了反抗的心,瞧不起以信仰为主的理想。他们大吹大擂,提倡狭窄的见识,粗暴的现实主义,也提倡民族的自私自利,露骨的自私自利,只要能增加本国的光荣,不惜把别人和别的民族踩在脚下。他们排斥外族,反对民主,极力主张——连最无信仰的人在内——恢复旧教的势力,因为他们需要把“宇宙万物的本体”集中在一处,需要把“无穷无极”交给维持秩序而掌权的人监督。昨天那些温和的饶舌家,空洞的理想主义者,人道主义的思想家,不但受到轻视,并且还被认为社会的罪人。在青年人眼中,爱麦虞限便是属于这一类的。而爱麦虞限为之非常痛苦,也非常愤慨。

他知道克利斯朵夫像自己一样受到这种不公平的待遇,而且更厉害,便同情克利斯朵夫了。他的恶劣的心绪早已使克利斯朵夫灰心,不再去看他。现在他的骄傲仍旧不允许他去找克利斯朵夫,使人看出他后悔。但他想出办法,好像是无意中遇到的,而且还使对方先来迁就他。这样以后,他的小心眼儿的脾气总算满足了,不再隐藏他欢迎克利斯朵夫的访问。从此两人时常见面,不是在这个家里,就是在那个家里。

爱麦虞限把心中的牢骚都对克利斯朵夫说了。他被那些批评惹得气愤至极;又因为克利斯朵夫不怎么动心,就拿报上评论克利斯朵夫的文字给他看,人家说克利斯朵夫不懂他本行的文法,不懂和声,剽窃同行,亵渎音乐,叫他做“老疯子”;又说:“这些大发神经的表演,我们受够了!我们是代表秩序,代表理智,代表古典的平衡……”

克利斯朵夫看了只觉得好玩,他说:“这是应有的事。青年人总把老年人丢在臭沟里的……不错,在我的时代,一个人要到六十岁才被认为老。如今大家跑得快多了……无线电,飞机……每一代的人都疲倦得更快……可怜的家伙,他们的得意也不会久的!让他们赶快瞧不起我们,在太阳底下耀武扬威罢!”

但爱麦虞限不是像克利斯朵夫那样健康的人。他思想上是刚强的,却受着有病的神经控制;心是热烈的,身体是残废的;他需要战斗,却生来不是个战斗的人。某些恶毒的批评竟使他痛彻心扉。

“啊!”他说,“要是批评家们知道,他们随便说的一句不公平的话使艺术家受到怎样的痛苦,他们也要觉得那套本领可耻了。”

“他们何尝不知道!他们就靠这个过活的。世界上不是大家都得生存吗?”

“那简直是一般刽子手。我们被生活折磨到浑身是血,为了跟艺术斗争而筋疲力尽。他们非但不伸出手来,不用慈悲的态度提到你的弱点,不用友善的心情帮你补救那些弱点,倒反双手插在袋里,眼睁睁地看你挑着重担上坡,说:‘哼!他到不了的!……’等到你上了山顶,有的说:‘上是上去了,可是方法不对!’有些更固执的还说:‘他并没爬到呀!……’——他们不把石子摔在你腿上教你倒下来,已经是你的大幸了。”

“话得说回来,有时他们中间也有两三个好人,那给你的好处才大呢!毒蛇猛兽到处都有,不论哪一行。没有慈悲心的艺术家,抱着一肚子虚荣和牢骚,把世界当做他的战利品,因为不能细细咀嚼而暴跳如雷:这样的人不是也有吗?那不是最要不得的吗?你得耐着性子。不论什么祸害都还有点儿好处。最凶恶的批评家对我们也是有益的;他好比一个练马的人,不许我们在路上闲逛。每次我们自以为达到了目的,就有猎狗来咬我们的腿。往前罢!得跑得更远一点,爬得更高一点!我还在向前,它已经不耐烦再来追我了。别忘了那句阿拉伯的名言:‘不结果的树是没人去摇的。唯有那些果实累累的才有人用石子去打。’我们应该可怜那般不受骚扰的艺术家。他们将来会留在半路上,懒洋洋地坐着。等到他们想站起来,两条蜷曲的腿已经挪不动了。我的敌人其实是朋友,我欢迎他们。他们在我一生中给我的好处,远过于我的朋友,因为所谓朋友其实倒是敌人。”

爱麦虞限不由得微微地笑了。随后他说:“可是像你这样一个老战士,受一般刚出头的小子教训,不觉得难过吗?”

“我只觉得他们好玩,”克利斯朵夫回答,“这种傲慢表示他们热血奔腾,只想往外流。从前我自己就是这样的。这是三月中的骤雨,下在刚刚复活的土地上……让他们来教训我们罢。归根结底，他们是对的。应当由老年人去学青年人！他们利用了我们，忘恩负义是应有之事！……但他们凭了我们的努力，可以比我们走得更远，可以把我们尝试的事去实地做出来。倘若咱们还有点儿朝气，那末也来学一学，想法子脱胎换骨。要是办不到，要是咱们太老了，那么瞧着他们，咱们心里也高兴。看到萎靡不振的人类永远会开出鲜花来，看到这些青年人的乐天气息多么有生气，看到他们欢天喜地地去冒险，看到这些为征略世界而再生的种族：不是挺有意思吗？"

"没有我们，哪里会有他们！他们的欢乐是我们的眼泪给培养出来的。那骄傲的力量是整整一代人的痛苦开出来的花。你们就是这样地为人作嫁……"

"这句古话是不对的。我们创造一个超出我们的种族，其实还是为了我们自己。我们把他们的储蓄收起来，在一间四面通风的小屋子里保护它，拼命地抵着门才能挡住死神。我们亲手开辟了胜利的路，让儿子们走。我们的苦难把前途挽救了。我们把方舟驶到了福地的进口。它将来会驶进港去，带着他们一起，同时也靠了我们的力量。"

"我们横渡沙漠，拿着神圣的火把，捧着我们民族的神明，把这批在今日已经成人的孩子背着走，可是他们还会有一天记得我们吗？……忧患痛苦，忘恩负义，这些滋味我们已经尝够了。"

"那末你后悔吗？"

"不。一个像我们这样轰轰烈烈的时代，为了它所创造的一个时代作牺牲，的确有一种悲壮的伟大，使你感到醉意。舍身忘我的欢乐，现代的人是体会不到的了。"

"我们还是最幸福的人。我们爬上了尼波山，山脚下展开着我们不会进去的地带。① 但我们比那些将来进去的人更能欣赏那风景。凡是下降到平原中去的，就看不见平原的广大与遥远的天边了。"

克利斯朵夫给乔治和爱麦虞限的那种令人安定的影响，是从葛拉

① 据《旧约·申命记》，摩西去世以前，曾登此眺望上帝预示他不能进去的福地。

齐亚的爱情中汲取来的。由于这股爱情,他才感到自己和一切年轻的东西密切相连,才对于生命的一切新的形式永远抱着同情。不管使大地昭苏的是什么力量,他总是跟这力量在一起,哪怕在和他对立的时候。看到那些新兴的民主政治,一小部分的特权阶级为了自私自利而惊呼狂叫,克利斯朵夫可是不怕;他决不把衰老的艺术死抓不放,决不奉那些陈言俗套为金科玉律;他深信不疑地等着,等一种比以前更有力量的艺术,从虚无缥缈的幻境中,从科学与行动已经兑现的梦想中产生出来;他欢迎世界上新的曙光,不管旧世界的美是否要跟自己一同死灭。

葛拉齐亚知道她的爱情给克利斯朵夫的好处:因为知道了这一点,她精神上达到了更高的境界。她用书信来对他发挥力量。并非她有什么可笑的念头,想在艺术方面指导他:她太聪明了,对自己的界限看得很清楚。但她那个准确而纯粹的声音好比一只音叉,给他拿去调准灵魂的。只要克利斯朵夫觉得那声音说出来的就是他自己所想的,他就能想到一些完全准确、纯粹,而值得说出来的思想。一架美妙的乐器的声音,对于音乐家正像他的梦境所寄托的一个美丽的肉体。两颗相爱的心灵自有一种神秘的交流:彼此都吸收了对方最优秀的部分,为的是要用自己的爱把这个部分加以培养,再把得之于对方的还给对方。葛拉齐亚不怕告诉克利斯朵夫说她爱他了。因为大家不在一起,也因为她知道永远不会嫁给他,所以她说话倒更自由了。这爱情有股宗教般的热诚感染了克利斯朵夫,使他能永久保持和平的心情。

葛拉齐亚固然给克利斯朵夫领会到和平,但她自己早已没有和平了。身体完全磨坏了,精神的平衡也受到严重的损害。儿子的情形并无起色。两年来她老是惴惴不安地过日子,而雷翁那罗还要玩那种致人死命的手段,增加她的恐惧。他使爱他的人整天提心吊胆的本领,简直到了最高峰;为了要人注意,为了折磨坏人,他空闲的头脑里装满了奇妙的念头,结果竟变成一种狂病。最惨的是,在他装病的时候,真正的病慢慢地加深了,死神来到门口了。真是惊心动魄的讽刺!葛拉齐亚几年来被儿子假装的病磨够了,等真病来的时候倒反不再相信……一个人的感情是有限度的。她的慈悲心被谎话透支完了。临到雷翁那罗说出了实话，她却以为他做戏；而她一朝明白真相之后，又一辈子地悔恨不尽。

雷翁那罗恶毒的心理始终不变。他对谁都不爱，却不答应周围的人除他以外再喜欢别人。他唯一的情欲是妒忌。他把母亲和克利斯朵夫隔离了还不满足，还想毁掉他们之间始终如一的亲密的关系。他已经拿他常用的武器——害病——教母亲发誓不再嫁人，但仍旧不放心，更要逼母亲和克利斯朵夫停止通信。这一下她忍无可忍了。儿子的滥用威权把她解放了。她揭穿他的谎话，狠狠地骂了他一顿，过后又责备自己，像犯了罪似的；因为雷翁那罗狂怒之下，真的病倒了。而他的病势因为母亲不愿意相信而更加严重。他愤恨至极，只希望快快死去，好对母亲出气，可没想到这希望真会实现。

赶到医生告诉葛拉齐亚，说她的儿子没救的时候，她好似中了霹雳一般。但她还得把绝望的心情藏起去，骗那个屡次骗她的儿子。他自己也觉得这一回真的严重了，可不愿意相信，拼命瞅着母亲的眼睛，只盼望像他说谎的时候一样能看到责备他的表情。终于到了不能不信的时间。那对他跟他的家属都是可怕到极点：因为他不愿意死！

看到儿子终于长眠不起的时候，葛拉齐亚没有一声叫喊，没有一声怨叹；她的沉默使人奇怪，其实她连痛苦的气力都没有了；唯一的愿望是死。她继续干着日常的事，表面上照旧很镇静。过了几星期，她更加沉静的脸上甚至也会堆起笑容来了。谁也没想到她内心的悲苦，尤其是克利斯朵夫。她只把消息通知他，完全没提到她自己，对于克利斯朵夫又不安又恳切的来信置之不复。他想赶来，她教他不要来。过了两三个月，她又恢复了以前那种严肃而恬静的口吻，认为把自己的弱点交给他负担是桩罪过。她知道她所有的感情都会在他心中引起回声，也知道他需要依傍她。她并没怎么苦苦地压制自己。她的能够得救是靠一种精神上的纪律。在倦于生活的情形之下，使她还能活下去的只有两点，就是克利斯朵夫的爱情和她那种意大利女子的宿命观念，——快乐也罢，痛苦也罢，骨子里她都是这个性格。这宿命观不是从智慧来的，而是一种动物的本能；凭着这本能，一头困惫至极的野兽会不觉得自己的困惫而眼睛发呆着往前走，像做梦一样，忘了路上的石子，也忘了自己的身体,直走到倒在地下为止。宿命观支持着她的肉体。爱情支持着她的心。她自己的生命已经消耗完了,只因为有克利斯朵夫可以给她寄托而活着。然而她那时更小心地避免在信中表白她的爱。没有问题,这是因为她的爱情比从前更强了,但也因为老记着亡儿的反对,使她的爱情受着良心的责备。于是她缄默了,强迫自己在某一个时期内不再写信。

克利斯朵夫不明白这缄默的道理。有时,他在一封语气单纯而平静的信中听到一些出人意料的口吻,表示有一股硬压着的热情在那里哀号。他吓坏了,却一句话都不敢提,好比一个人屏着气,生怕那个幻象消失。他知道她下一封信一定是特别冷淡的,因为要遮盖这一次的感情……然后又是一片恬静……

一天下午,乔治和爱麦虞限在克利斯朵夫家里。两人都想着自己的烦恼:爱麦虞限是对于文坛的牢骚,乔治是为了某次运动比赛的不如意。克利斯朵夫心平气和地听着,很亲热地跟他们打趣。忽然有人打铃,乔治去开了。原来高兰德的当差送一封信来。克利斯朵夫坐在靠窗的地方看信。两个朋友继续讨论,没看到背对着他们的克利斯朵夫。他走出了房间,他们根本没觉察,而等会发觉了也不以为意。但因为他老是不出来,乔治就去敲隔壁的门。没有回音。乔治知道老朋友的怪脾气,便不再坚持。过了几分钟,克利斯朵夫进来了,神色很镇静,很疲倦,很温和。他因为冷淡了客人表示很抱歉,又把刚才打断的话接下去,提到他们的烦恼,说了许多安慰的话。他的语气使他们莫名其妙地非常感动。

然后他们走了。乔治跑到高兰德家,看见她哭得泪人儿似的。她第一句就问:

“他受到这个打击怎么样啦,那可怜的朋友?真是太残酷了!”

乔治听了莫名其妙。高兰德向他解释,说她才送信去把葛拉齐亚故世的消息通知克利斯朵夫。

葛拉齐亚来不及向任何人告别就去了。几个月来,她的生命差不多已经连根拔起,只要轻轻的一阵风就能把她吹倒。这次的流行性感冒发作的上一天，她接到克利斯朵夫一封温柔的信，大为感动，想要叫他来，觉得一切把他们分隔的理由都是虚伪的，罪过的。因为没有精神，她把写信的事拖到下一天。到了下一天，她又不得不躺在床上，写了几行就头昏脑涨，而且也踌躇着不敢写出自己的病状，怕惊动克利斯朵夫。他那时正忙着练习一阕带有合唱的交响曲，根据爱麦虞限的一首叫做福地的诗写的：两人都很喜欢这个题材，因为有点象征他们的命运。克利斯朵夫把这作品向葛拉齐亚提过好几回。第一次的演奏定在下星期内……那当然不该打搅他。葛拉齐亚在信中只说起自己伤风，后来还以为说得太过分，便撕掉了，又没气力再写。她预备晚上再动笔。不料到晚上已经太迟了。要他来已经太迟了。连给他写信也太迟了……死真是来得多快！要几百年才能培养起来的东西，不出几小时就被毁灭了……葛拉齐亚只来得及把手上的戒指交给女儿，要她转交克利斯朵夫。她一向和奥洛拉不大亲近，现在要离开世界的时候，才抱着一腔热情瞅着这张留在世界上的脸，紧紧地握着女儿的手，这只手将来可以代表她去握她朋友的手的；她快乐地想道：

“我没有完全离开世界。”

> 怎么？我说，气势这样伟大的，充满着我耳鼓的，
> 同时又这样温柔的声音，是什么声音？……
>
> ——《西比翁之梦》①

乔治热情冲动之下，从高兰德家里出来又回到克利斯朵夫那里。高兰德平日冒冒失失的话，早已给他知道葛拉齐亚在他老朋友心中所占的地位，甚至——（青年人是不知轻重的）——他还当做打哈哈的资料。但那时他又同情又紧张，体会到这样一件祸事所能给克利斯朵夫的痛苦；他要跑到他前面，拥抱他，可怜他。因为知道克利斯朵夫的感情非常激烈，所以看了他刚才那种镇静的态度不大放心。他打了铃。没有动静。他再打铃，又照着跟克利斯朵夫约定的暗号在门上敲了几下，才听见一张椅子移动的声音，又听见沉重而迟缓的脚声。克利斯朵

① 《西比翁之梦》为古罗马作家西塞罗所著《共和国》第六卷内的一篇。

夫把门开了，脸上那么平静，使本来预备扑到他怀里去的乔治呆住了，不知道说什么好。克利斯朵夫很和气地问："是你吗，孩子。可是忘了什么东西吗？"

乔治心慌意乱，结结巴巴地回答说："是的。"

"那末进来罢。"

克利斯朵夫过去坐在乔治没有来以前就坐着的椅子里：靠着窗口，把头仰在椅背上，瞧着对过的屋顶和傍晚天上的红光，根本不理会乔治。乔治假装在桌上找东西，偷偷对克利斯朵夫瞅了一眼。老人脸上毫无表情，夕阳照着他上半部的腮帮和一部分额角。乔治走到隔壁屋里，好似继续找着什么。刚才克利斯朵夫便是拿了信把自己关在这儿的。此刻信还在床上，被褥上清清楚楚有个身体躺过的痕迹。另外有本打开的书掉在地毯上，正翻在褶皱的一页。乔治捡起来一看，原来是《福音书》里叙述玛特兰纳遇到园丁的一段。①

他又回到外面的屋子，东翻翻，西找找，免得手足无措，觑空又对一动不动的克利斯朵夫望了一眼。他很想告诉他，他替他多么难过。但克利斯朵夫神色那么开朗，使乔治觉得说什么都不大得体。那时的情形仿佛倒是他需要人家安慰了。他怯生生地说了句："我走啦。"

克利斯朵夫头也不回过来，只说："再会吧，孩子。"

乔治走了，轻轻地带上了门。

克利斯朵夫这样地待了好久。天已经黑了。他没有痛苦，没有思想，没有一个确切的形象。他好比一个困顿不堪的人，听着一阕模糊的音乐，并不想了解。赶到他弯着腰站起来，时间已经到了深夜。他往床上一倒，呼呼睡熟了。音乐继续在那里响着。

于是他看见了她，她，那个心爱的人……她对他伸着手微微地笑着说：

"现在你已经越过了火线。"

他的心融化了。一片和平充塞着明星密布的空间，各个星球的音

---

① 据《新约·约翰福音》第二十章，玛特兰纳于耶稣葬后到墓上去，发现墓穴已空，回头看到一个人，以为是园丁，其实便是复活的耶稣。此处隐指一个人见到了真主而不认识。

乐展开着它静止的、深沉的洪流……

他醒过来的时候，天已经大亮，极乐的境界却依旧存在，听到的话始终在那里，像遥远的微光。他下了床。一种无声无息的、神圣的热诚鼓动着他的心。

……现在我看到了，我的儿子，
在俾阿特利斯和你之间只有这堵墙壁……

可是他已经跨过了他和俾阿特利斯①之间的墙壁。

他一半以上的灵魂久已到了那一边。一个人越是生活，越是创造，越是有所爱，越是失掉他的所爱，他便越来越逃出了死神的掌握。我们每受一次打击，每造一件作品，我们都从自己身上脱出一点，躲到我们所创造的作品里去，躲到我们所爱的而离开了我们的灵魂中去。最后，罗马已经不在罗马了；自己最好的一部分已经在身外了。在墙垣的这一边，只有一个葛拉齐亚把他留着。而她也去了……现在，痛苦世界的门已经给关上了。

他心里非常兴奋地过了一个时期，不觉得再有什么束缚，不再等待什么，不再依靠什么。他解放了。斗争已告结束。走出了战场，他望着燃烧的荆棘在黑夜中熄灭了。它已经离得很远。荆棘的火光替他照着路的时候，他自以为差不多到了山顶。可是从那时起，他又走了多少的路，而山顶并不见得更近。现在他才知道，即使永远走下去，也到不了那里。但是一个人进了光明的区域而没有把所爱的人丢在后面，那末即使跟着他们永远走下去，你也不会觉得时间太久。

他闭门不出，也没有一个人来敲门。乔治把所有的同情一下子发泄完了：回到家里，放了心，第二天就把这件事忘得干干净净。高兰德上罗马去了。爱麦虞限一点都不知道。他老是那么小心眼儿，不声不响地生着气，因为克利斯朵夫没有去回拜他。克利斯朵夫因此尽可以安安静静地和他心坎里的人做着无声的谈话；——从今以后，她像母腹

① 俾阿特利斯为但丁终生倾慕的爱人，上引诗句见《神曲·净罪界》第二十七。

中的婴儿一般不会再跟他分离的了。而他们的谈话又是多么动人，非言语所能形容，便是音乐也不大能表达出来。克利斯朵夫感情洋溢的时间，只能闭着眼睛，一动不动地听着自己的心歌唱。或者他坐在琴前，让他的手指几小时地说着话。在这一个时期，他的临时即兴比一生任何时期为多。他不把自己的思想写下来。写下来干吗呢？

过了几星期，他重新出门和大家相见：除了乔治以外，跟他亲近的人谁也没想到他那些经过的情形。临时即兴的习惯还保留了一些日子，往往在意想不到的时候出现。一天晚上，在高兰德家里，克利斯朵夫在琴上弹了差不多有一小时，他尽量地发泄，忘了客厅里都是些不相干的人。他们都不想笑他。这些惊人的即兴把大家听得惶惶然不知所措。连那般不懂其中意义的人，心里也难过极了；高兰德甚至含着眼泪……克利斯朵夫弹完了，突然转过身来，看到大家激动的情形，便耸了耸肩膀，大声笑了出来。

他到了一个境界，便是痛苦也成为一种力量，——一种由你统治的力量。痛苦不能再使他屈服，而是他教痛苦屈服了：它尽管骚动，暴跳，始终被他关在笼子里。

这个时期产生了他的最沉痛同时也是最快乐的作品。其中有《福音书》里的一幕，那是乔治一听就知道的：

> “女人，你为什么哭？”
>
> “因为有人把我主挪走了，不知道放在哪里。”
>
> 她说完之后转过身来，看见耶稣站在面前：而她不知道就是耶稣。

——另外有一组悲壮的歌，依着西班牙的通俗歌谣写的，其中特别有一首情歌，凄怆的情调好比一朵黑色的火焰：

> 我愿成为那座埋葬你的坟墓，
>
> 使我的手臂可以永远抱着你。

——还有两阕交响曲，题目叫做《平静的岛》和《西比翁之梦》。在约翰-克利斯朵夫·克拉夫脱的全集中，这两件作品是把当时音乐上所有最高的成就，结合得最完满的：德意志的那种亲切，深奥，富有神秘气息的思想,意大利的那种热情的曲调,法兰西的那种细腻而丰富的节奏,层次极多的和声,都被他融合在一起了。

这种从“生离死别的悲痛中发生的热情”,维持了两三个月。然后,克利斯朵夫怀着坚强的心,踏着稳实的步子,又回到人生的行列中去了。悲观主义的最后一些雾雰,苦修的心灵的灰暗之气,半明半暗的神秘的幻境,都被死亡的风吹开去。纷纷四散的乌云中显出一条长虹。天色更明净,好像被泪水洗过了似的,堆着微笑。这是山峰上恬静的黄昏。

第四部

潜伏在欧罗巴森林里的火开始往上冒了。这儿给你扑灭了,它在别处又烧起来。浓烟滚滚,火星四射,从这一处跳到那一处,燃着干枯的荆棘。在东方,前哨战揭开了国际战争的序幕。整个的欧罗巴,昨天还带着怀疑色彩而萎靡不振的,像死了的树林一般的,今天已经被大火包围了。每个人的心里都有厮杀的欲望。战争随时可以爆发。你把它压下去了,它又抬头了。最无聊的借口也能成为它的养料。大家觉得受着偶然的支配,偶然就能发动争端。连一般最和平的人也感到事情不可避免了。那些理论家正扯着蒲鲁东的旗号讴歌战争,认为可以发挥人类最高的德性……

西方民族的身心复活,原来归结到这个结果!热情的行动与信仰,竟然把民族逼上了屠杀的路!要使这个乱冲乱撞的行动有个预定的,经过选择的目标,唯有一个拿破仑式的天才才能办到。但欧洲无论哪里都没有这种行动的天才。仿佛大家特意挑了一批最庸碌的人当家。人类的聪明不在这方面。——你只有听任那个带着你往前冲的巨潮摆布。统治的和被统治的都是一样。欧罗巴的局势是普遍的紧张。

克利斯朵夫回想起那次跟惶惶不安的奥里维一同经历的,差不多一样紧张的情形。但那时战争的威胁不过像转瞬即逝的乌云。现在,威胁的影子可罩着整个的欧洲了。而克利斯朵夫的心情也改变了。他不能再参加这些民族的仇恨。他的心境正像一八一三年代的歌德:没有恨,怎么能厮杀?过了青春,又怎么能恨?他早已走出仇恨的区域。他对于这些相持不下的民族完全一视同仁,不分轩轾。各个民族的价值,对世界的贡献,他都认识清楚了。一个人在精神上到了相当程度,就"不再分什么民族,而对于邻族的祸福会感觉得像同胞的祸福一样亲切"。暴雨的乌云已经沉到你脚底下,周围只有天空,——"给鹏鸟

夫也不愿意教他们懂得。他不要求人家和他一般思想来证实他的思
:他对自己的思想很有把握。他所求的是要有机会认识别的思想,爱
的心灵。要爱,要认识,越多越好。要看,要想法子会看。他现在不
能容忍别人抱有他从前攻击过的思想,而且还觉得有意思,因为这样
能使世界更丰富。因为乔治不像他那样把人生看做悲剧,他才更喜
乔治。倘若所有的人都道貌岸然,或者都像克利斯朵夫一般有那种
雄式的克制功夫,那末人类也太贫弱了,太灰色了。人类需要欢乐,
要无所顾忌,需要敢于大胆地亵渎偶像,包括最神圣的在内。但愿高
民族的诙谑精神永远不灭!怀疑与信仰,两者都是必需的。怀疑能
昨天的信仰摧毁,替明日的信仰开路……一个人渐渐地离开人生的
候,一切都显得明白了,好比离开一幅美丽的画的时候,凡是近处看
是互相冲突的色彩都化成了一片和谐。

克利斯朵夫对于物质世界的无穷的变化,也像对于精神世界一样
看清楚了。这是他第一次意大利旅行的收获。在巴黎,他特别和画
雕塑家来往,觉得法国民族的精粹都在他们那方面。他们非常大胆
追逐一切动的现象。抓住那些颤动的色彩,把遮蔽人生的网扯下来,
你的心快乐得直跳。在一个真有眼睛的人,一滴光明等于汲取不尽
宝藏。有了这种精神上的极乐境界,无聊的喧闹与战争还算得什
……便是这些喧闹与战争也成为世界奇观中的一部分。应当把什
都抓在手里,把积极的力与消极的力,把人生所有的材料都投入我们
心中让它们融化。结果便是在我们胸中锻炼出来的塑像,精神的美
凡是能使这个美果更美的都是好的,哪怕需要我们牺牲也无妨。从
于创造的人是不足道的。只有创造出来的成绩才是真实的……想要
害我们的敌人休想接触到我们。我们是受不到你们攻击的了……你
只咬到一件空的衣服,我的身体早已不在那里。

他创作的音乐,境界变得恬静了。当年的作品像春天的雷雨,在胸
积聚,爆发,消灭的雷雨。现在的作品却像夏日的白云,积雪的山峰,
体放光的大鹏缓缓地翱翔,把天空填满了……创造!就像在八月里
静的太阳底下成熟的庄稼……

飞翔的无边无岸的天空”。

然而有时候,克利斯朵夫也觉得四周的敌意有点儿难堪。在巴黎,大家表示得那么露骨,使他随时感到自己属于敌对的民族;便是他心爱的乔治也忍不住在他面前表白他对德国的心情,使他悲伤。于是他走开了,推说要看看葛拉齐亚的女儿,到罗马去住了一阵。但那边的环境也并不安静。民族主义的骄傲已经像瘟疫一般地蔓延到了,改变了意大利人的性格。那些素来被克利斯朵夫认为麻木而懒散的人,现在也只想着武功,想着战争,想着侵略,想着罗马的鹰隼在利比亚沙漠的上空飞翔;他们自以为回到了罗马帝国时代。[①] 最了不起的是,各个对立的党派,社会党,教会派,保王党,都极真诚地受着这种狂热的感染,而并不以为反叛自己的主义。可见各个民族一旦被传染病式的热情扫荡之下,所谓政治,所谓人类的理智,都会变得无足重轻。那些热情还不屑于消灭个人的热情,只是利用它们,使一切都集中到同一个目标。在功业彪炳的时代,情形一向是这样的。亨利第四的军队,路易十四的内阁,那些建立法兰西的丰功伟业的先民,富于理智与坚于信仰的,和追求名利与享乐的一样的多。不论是扬山尼派还是好色之徒,是清教徒还是情欲强烈的人,在满足他们的本能的时候,连带也为共同的使命出了力。在将来的战争中,国际主义者与和平主义者一定都会参加;像他们国民议会时代的祖先一样,各人都深信这是为了求自己民族的幸福,为了求永久的和平……

克利斯朵夫站在罗马耶尼居峰的平台上,带着嘲弄的笑容,眺望这个又杂乱又和谐的城市,正好象征山峰底下的世界:古时的废墟,巴洛克式的屋面,现代的建筑,虬结在一处的杉树与蔷薇,——各个世纪,各个作风,被聪明的头脑融成一个坚固而连贯的整体。同样的,人类的精神会把它本身所具备的秩序与光明,照在纷争不已的世界上。

克利斯朵夫留在罗马的时期很短。这个城市给他的印象太强了,他有点儿害怕。要能利用这种和谐,他必须站得远远的;在这儿留下去

① 公元前一世纪时,利比亚为罗马帝国领地;一九一二年后,又曾沦为意大利的殖民地。

颇有被吞没的危险，好似多少与他同种的人一样。——他不时上德国去住一下。但虽然德法二国的冲突迫在眉睫，结果还是巴黎永远在吸引他。那边有他当做儿子一般的乔治。而且他不但受着感情方面的影响，思想方面的理由对他也有作用。一个思想活跃的，热烈参与一切精神生活的艺术家，不容易再习惯德国的生活。并非那边缺少艺术家。而是艺术家在那边缺少空气。他们和自己的民族隔离了；大家对他们不感兴趣，都忙着别的事，或是社会方面的或是实际方面的。诗人们因为人家瞧不起他们的艺术，也就存着瞧不起人的心躲到他们的艺术中去了；他们一气之下，干脆把自己和群众生活的最后一些联系斩断，而只为了几个人写作。他们都是很有天分的、精练的、贫弱的小贵族，本身也分化为许多敌对的小组，在狭小的天地中喘不过气来；因为不能扩大范围，他们便拼命地往下挖，把泥土翻来翻去，直到把里头的精华吸尽为止。于是他们在一片混乱的梦境中迷失了，甚至不想把梦境彼此沟通。各人站在原位上在大雾中挣扎。没有一道共同的光明指引他们。各人只能在自己身上找光明。

反之，在莱茵河那一边，每隔一些时候必有些集体的热情，群众的骚动，在艺术上面吹过。像巴黎被铁塔威镇着一样，照在欧洲平原上的也有那座永远不熄的灯塔，那个古典的传统，靠着几百年的辛苦与光荣培养起来而一代一代地传到现在的。它既没有把精神奴役，也没有加以拘束，只是指出了几世纪以来所遵循的大路，使整个民族都受到它的光明。德国的思想家像黑夜里迷失的鸟一般投向遥远的灯塔的，已经不止一个。可是把邻国多少慷慨的心引到法兰西来的那股声气相求的力量，法国有谁想得到呢？伸手乞援而与政治的罪行毫不相干的人又不知有多少！……而你们德意志的弟兄们看不见我们，没听见我们说着："瞧，我们在这儿伸着手啊。不论什么谎言与仇恨，都不能教咱们分离。为了求我们精神的伟大，民族的伟大，我们需要你们，你们也需要我们。我们是西方的一对翅膀，缺了一个就飞不起来。战争要来就来罢！咱们的手始终紧紧地握着，像兄弟般契合的心灵始终在一块儿飞跃。"

克利斯朵夫这么想着。他感觉到两个民族是怎样的相得益彰，也

感觉到倘若彼此不相助的话，他们的精神、艺术、行动，
不全。他因为出身于莱茵河流域，正是两股文明合流
就本能地感觉到它们需要联合一致，而他的天才一辈
两翼的平衡。他越富于日耳曼民族的梦想，便越需要
与条理。法兰西对他显得那么可贵，就为了这一点；而
能认识自己，控制自己，保持自己的完整。

他能对付那些与他有害的成分，也能吸收与他不
元气旺盛的人健康的时候，能吞下所有的力量，连有
把它们化为自己的血肉。甚至有的时候，一个人会觉
像的成分倒反最有吸引力，因为其中可以找到更丰富

克利斯朵夫喜欢的倒是那些和他对立的艺术家
的摹仿者的作品；——因为他也有了摹仿者，自命为
为懊恼。那是一批老实的、用功的、品德兼备的青年
克利斯朵夫很愿意能喜欢他们的音乐，可是没有办法
品一无价值。倒是另外一般对他个人表示反感，在艺
立的倾向的音乐家，能够使克利斯朵夫赏识他们的
立，那有什么关系呢？这等人至少是活的！生命本身
一个人缺乏了生机，即使他有一切其他的德性，也不
因为他不是一个完全的人。克利斯朵夫开玩笑地说
攻击他的人是他的信徒。有一回一个青年音乐家对
愿，把他恭维了一阵，以为能讨他喜欢。克利斯朵夫
使你满足吗？你就是用我的方式来表白你的爱或恨

"是的，大师。"

"那末你还是免开尊口！你根本没有什么可说的

因为痛恨那些只知道服从的人，因为需要吸收
受着和他的主张完全相反的人吸引。他所交的朋友
把他理想主义的信仰、把他的道德观念看做已经过
生、爱情、婚姻、家庭，一切的社会关系，另有一套看
人，但精神上是发展到另一个阶段的；把克利斯朵夫
分的那种悲痛与苦闷，对他们简直是不可解的。这

先是模模糊糊的，元气充沛的，迷惘的境界，像丰满的葡萄，饱绽的麦穗，像怀孕的妇女一般有种说不出的欢畅的感觉。管风琴隆隆地响着，蜂房里的蜜蜂唱着歌……从这片沉着响亮的音乐中间，渐渐地显出主要的节奏；行星的轨迹分明了，开始打转……

于是意志出现了。它抓着风驰电掣的梦境，像驯服野马一般地把它紧紧夹着。创作的灵感，懂得带着它飞奔的节奏自有它的规则，非服从不可；它约束那些疯狂的力，替它们定下目标，指定行程。理智与本能开始合作了。黑洞洞的影子开朗了。前面的路上还有一团团的光明，它们也会在未来的作品中酝酿为互相关联的小天地……

画上的稿图已经勾勒停当。晓色矇眬中露出了它的面目。色彩的和谐，脸上的线条，都变得明确了。为了完成作品，他拿出自己所有的宝藏。记忆的仓库也给打开，冲出一阵阵的香气。精神解放了感官，让它们如醉如狂；它自己可不声不响地伏在一边等着，预备挑选对象。

一切都已准备就绪：工人们用着从感官方面抓来的材料，把头脑所设计的作品开始去做了。一个大建筑家是需要一批技术纯熟而肯卖力的工人的。大教堂便这样地完工了。

“而上帝瞧着他的作品，觉得还不够好。”

建筑家把整个作品打量了一番，再亲自修改一下，使它更和谐。

幻梦完成了。噢，我的上帝！……

夏日的白云，通体放光的大鹏，缓缓地翱翔；整个天空被它们的巨翼掩蔽了。

然而他的生活并不限于艺术。像他这一类的人不能不有所爱；他要的不但是一视同仁的爱，为艺术家散播给一切生灵的爱：而且还需要有所偏爱；他需要把自己给一般由他亲自挑选的人。这是树木的根须。他心中所有的血都是靠这个爱更新的。

克利斯朵夫的血还没到枯竭的时候，还受着爱的培养，——那是他最大的快乐。他的爱是双重的：一方面是对葛拉齐亚的女儿，一方面是对奥里维的儿子。他心中已经把两个孩子结合了，以后还要在实际上把他们结合起来。

乔治和奥洛拉是在高兰德那儿见到的。奥洛拉住在她的表姨母家里;每年在罗马住几个月,余下的时间都待在巴黎。她十八岁,比乔治小五岁。个子很高,身子很直,姿态优美,头不大而脸盘很宽,淡黄头发,皮肤给太阳晒得黑黑的,上嘴唇有些薄髭的影子,明净的眼睛,笑盈盈的老是若有所思,肥胖的下巴,褐色的手,又美又圆又结实的胳膊,长得很好看的脖子:她很快活,爱享受,精神非常饱满。没有书卷气,也很少感伤情调,她性情像母亲一样的懒散,能一口气睡十一小时。余下的时间,她荡来荡去,嘻嘻哈哈,似乎还没完全醒。克利斯朵夫叫她睡美人,常常使他想起萨皮纳。她上床也唱歌,起床也唱歌,没来由地哈哈大笑,像儿童一样地傻笑,格格的笑声像打嗝。谁也说不出她把日子怎么消磨的。高兰德千方百计想教她一套漂亮的功架,那对一般的姑娘像油漆一样很容易涂上去,对奥洛拉可完全没用。她什么都不想学,一部书可以看上几个月,觉得作品挺有意思,但过了八天连名字题材都记不起了。她满不在乎地写别字,谈到高深的问题常常闹大笑话。她的年轻,她的兴致,她的没有书卷气,甚至她的缺点,近于麻木的糊涂,天真的自私,都使人觉得耳目一新。并且她老是那么自然。但这个老实而懒惰的女孩子有时也会挺无邪地卖弄风情,勾引一般青年,居然到野外去写生,或者弹弹肖邦的《夜曲》,拿着从来不念的诗集,说些想入非非的话,戴着同样想入非非的帽子。

克利斯朵夫留神看着她,暗中好笑。他对奥洛拉的感情近于父亲的慈爱,宽容的,带点儿打趣的意味;同时也有一种虔敬的心理,因为这个预备接受另外一个人的爱的女孩子,便是他当年的爱人的化身。谁也不知道克利斯朵夫的情爱深到什么程度。唯一能猜到的是奥洛拉。她从小看见克利斯朵夫差不多老是在她身边,简直把他当做家族中的一分子了。以前不像兄弟那样受宠爱而感到痛苦的时期,她不知不觉地跟克利斯朵夫亲近,猜到他有同样的苦恼,而他也看到她的悲伤;两人并不明言,却把彼此的苦闷放在一起。后来她一发现母亲和克利斯朵夫之间的感情,便自以为参与了他们的秘密,虽则他们从来没告诉她什么。葛拉齐亚临死付托给她的使命,和此刻戴在克利斯朵夫手上的戒指,她都懂得其中的意义。所以她暗中和克利斯朵夫不知有多少的联系,用不着了解清楚就能感觉到它们的复杂。她很真心地喜欢那个老朋友,虽则从来不能花点儿精神把他的作品弹一遍或看一遍。她颇有音乐天分,可是连把题献给她的乐谱裁开来的好奇心都没有,只喜欢跟他不拘礼数地聊天。而自从知道在他那儿可以碰到乔治·耶南以后,她来的次数更多了。

在乔治那方面,也从来没觉得和克利斯朵夫在一块竟会这样有趣。

可是两个年轻人直过了好久才体会到自己真正的感情。他们先用着讥讽的眼光相看。两人没有一点相像的地方。一个是流动不已的水银,一个是沉沉酣睡的死水。但没有多少时间,水银变得平静了些,而酣睡的死水也似乎清醒了些。乔治指摘奥洛拉的装束,指摘她的意大利口味,——不大懂得细腻的层次,喜欢对比的颜色。奥洛拉却挖苦乔治,学他那种老气横秋而有些装腔作势的谈吐。尽管互相揶揄,两人依旧很高兴——可不知为什么高兴,是为了能互相讥讽呢,还是为了能借此搭讪?他们甚至把克利斯朵夫也拉进去了,他也俏皮地替他们传递冷箭。他们假装不在意;其实正是相反,他们对冷嘲热讽的话太注意了,而且绝对隐藏不了心里的怨恨,尤其是乔治,所以一见面就免不了斗嘴。那些口角并不怎样剧烈,因为大家怕伤害对方,觉得打在自己身上的手非常可爱,所以挨打也比打人更有意思。他们非常好奇地互相观察,睁着眼睛搜寻对方的缺陷,不料结果反而更加着迷。他们决不承认这一点。跟克利斯朵夫单独在一起的时候,各人都说那一个讨厌极了。但只要克利斯朵夫给他们一个碰面的机会,他们都不肯轻易放过。

有一天,奥洛拉在老朋友家里,说星期日上午再来看他。过了一会儿,乔治照例像一阵风似的卷进来,对克利斯朵夫说他星期日下午再来。星期日早上,克利斯朵夫空等了一场奥洛拉。赶到乔治约定的时间,她却出现了,道歉说她有事相阻,不能早来,接着又编了一个小故事。克利斯朵夫觉得她这种无邪的手段挺好玩,便说:“可惜。你本来可以遇到乔治;他来过了,我们一块儿吃了中饭;下午他没空,不能待在这儿。”

奥洛拉大失所望，不再听克利斯朵夫的话了。他却高高兴兴地和她谈着。她心不在焉地对答，差不多要恨他了。忽然有人打铃。原来是乔治。奥洛拉不由得大为惊愕。克利斯朵夫笑着，望着她。她这才懂得他是耍弄她，便红着脸笑了。他又俏皮地用手指做着威吓的姿势。突然她感情冲动之下，跑去拥抱他。他在她耳畔轻轻用意大利文说着："小顽皮，小坏蛋，小奸刁……"

她把手堵着他的嘴。

乔治看着他们又是笑又是拥抱，觉得莫名其妙。而他的诧异的，甚至有点儿着恼的神色，愈加使他们俩乐开了。

克利斯朵夫便是这样地暗中使两个孩子接近。等到成功了，他又差不多埋怨自己。他不分高低地爱着他们，但把乔治批判得更严，因为他看出他的缺点；而另一方面他把奥洛拉看得非常理想，自认为对奥洛拉的幸福比对乔治的负有更大的责任：因为乔治近乎他的儿子，可以说代表自己的一部分。所以他不敢决定，把天真无邪的奥洛拉交给一个并不怎么天真无邪的同伴是不是罪过。

他们俩订婚之后不久，有一天在树荫底下谈话，碰巧克利斯朵夫在后面走过，听见奥洛拉一边说笑一边向乔治问起他以前的一桩私情，克利斯朵夫不禁吓了一跳，乔治却很痛快地说了出来。此外，他们俩还坦然说些别的话，表示奥洛拉对于乔治的道德观念并没像克利斯朵夫那么重视。两人虽则非常相爱，却并不把彼此看做是永远分不开的。在爱情与婚姻问题上，他们那种洒脱的精神固然也有它的美，但和旧制度的白头偕老、"至死勿渝"的结合是大不相同了。克利斯朵夫望着他们，不免有点儿惆怅……他们和他离得很远了！载着我们儿女的船驶得多快！……可是耐着点罢，早晚大家都会在彼岸相遇的。

目前，那条船并不怎么考虑它的航路，只是随风漂荡。——使当时的风俗慢慢改变的自由精神，在思想与行动的别的方面照理也应当有所表现。可是并不：人类的天性是不在乎矛盾的。一方面风俗变得更自由了，一方面思想倒反变得不自由了，居然要求宗教替它戴上枷锁。而这两种各走极端的情形尽管极不合理，竟会在同一批心灵中出现。复兴旧教的潮流正在使一部分上流人物和知识分子着迷，把乔治和奥洛拉也迷住了。最有意思的是看到这个天生好辩的乔治,从来不信宗教,从来不理会什么上帝与魔鬼的,——对一切都冷嘲热讽的真正的小高卢人,——会突然之间说出真理就在基督旧教中间的话。他的确需要有一个真理,而这一个真理正好和他的需要行动,和他的法国布尔乔亚的间歇遗传,和他对于自由的厌倦相配合。小马游荡得够了;他走回来,自动地把自己缚在民族的犁上。只要看到几个朋友的榜样就够了:对于思想界的气压特别敏感的乔治立刻成为第一批的俘虏。奥洛拉跟着他,——无论他到哪儿,她都会跟着走的。他们一下子就非常地自信,瞧不起一切不和他们一般思想的人。噢,那真是大大的讽刺!这两个轻佻的孩子居然变了真诚的信徒;而葛拉齐亚与奥里维,凭着他们的纯洁、严肃、努力,和那样的苦心孤诣,倒反从来没得到信仰。

克利斯朵夫很好奇地观察着这些心灵的演变,可不像爱麦虞限那样想对抗;因为爱麦虞限抱着自由的理想主义,看到从前的敌人重新得势非常气恼。但我们不能对抗吹过的风,只能等它过去。人的理智太疲劳了。它才做了一次巨人般的努力,昏昏欲睡,像一个熬了一天的疲倦不堪的儿童,在睡觉之前做着祈祷。梦乡的门又给打开了:除了宗教,还有那些通神的、神秘的、玄妙的理论,跑到西方人的头脑里来。连哲学也有些动摇了。被奉为思想上的神明,如柏格森,如威廉·詹姆斯,都踉踉跄跄地步履不稳了。甚至在科学里面也表现出理智的困乏。这种时间是会过去的。让他们喘一口气罢!明天,精神会清醒过来,变得更敏锐,更自由……辛辛苦苦地工作以后,睡眠是甜蜜的。难得有时间歇一下的克利斯朵夫,很高兴看到他的孩子们能代他享受这个清福,心定神安,自以为信仰坚固,相信着他们的美梦。他不愿意,也不能够和他们易地而处。他心里想,葛拉齐亚的哀伤和奥里维的烦闷在儿女身上居然解脱了,也是很好的事。

"我们所有的痛苦,我,我的朋友们,多少在我们以前的人所受的痛苦,不过是使这两个孩子能够得到快乐……这快乐,安多纳德,你是应该享受而被剥夺了的!啊!一般不幸的人对于他们的牺牲所能产生的幸福,倘若能预先体会到的话,那可多么好!"

为什么要反对这种幸福呢?我们不应该要人家依着我们的方式幸

福，他们应该依着他们的方式幸福。充其量，克利斯朵夫不过很温和地要求乔治和奥洛拉，别太轻视像他一样不和他们一般信仰的人。

他们却是连跟他讨论都有所不屑，神气之间仿佛说："他是不会了解的……"

在他们眼中，克利斯朵夫是个过去的人。而他们并不重视过去！他们中间常常很天真地谈着他们将来要做的事，等克利斯朵夫"不在"的时候……——但他们的确很爱他……真是两个目空一切的孩子！他们在你身旁像蔓藤一般地生长。这股自然界的力把你推着，赶着……

"去罢！去罢！你走开呀！现在轮到我了！……"

克利斯朵夫听到他们这种没有说出来的话，很想对他们说："别这么急！我在这儿觉得很好呢。别把我当做死人看呀！"

他觉得他们天真的专横的脾气很好玩。有一天他们对他表示轻蔑，他就满不在乎地告诉他们："你们痛快说出来罢，说我是个老糊涂罢。"

"不，老朋友，"奥洛拉哈哈大笑地回答，"你是世界上最好的好人；可是有些事你不知道。"

"而你又知道些什么，姑娘？你算是大贤大哲了吗？"

"别嘲笑我，我知道的事固然很少，可是他，乔治，他知道呢。"

克利斯朵夫笑了："是的，孩子，你说得不错。爱人永远是无所不知的。"

要克利斯朵夫承认他们思想上比他高明还不难，要忍受他们的音乐可不容易。他们尽量磨他的耐性。只要他们一到，钢琴就不得休息了。仿佛小鸟似的，他们唱歌的兴致被爱情鼓动了，但不像小鸟那样会唱。奥洛拉对自己的音乐天分并不自负，可是对未婚夫的才具，看法就不同了；她不觉得乔治的演奏和克利斯朵夫的有什么高低，或许她还更喜欢乔治的呢。而乔治虽则很聪明，很会自嘲自讽，也差点儿被爱人的信心说服了。克利斯朵夫不和他们争，反而卖弄狡狯，跟奥洛拉说着一样的话。有些时候他厌烦死了，只能走出房间，把门关得特别响一些。他又恳切又怜悯地微微笑着，听乔治在琴上弹《特里斯坦》。那小子拿出全副精神，把这个壮烈的曲子表现得像少女一般温柔。克利斯朵夫不由得哈哈大笑,可不愿意说出他好笑的缘故,只拥抱着乔治。他就是喜欢他这样,说不定更喜欢他了……可怜的孩子!……噢,有了爱,艺术也无足轻重了。

他时常和爱麦虞限谈起他的孩子们,——(他是这样称呼他们的。)很喜欢乔治的爱麦虞限,开玩笑似的说克利斯朵夫已经有了奥洛拉,应该把乔治让给他,克利斯朵夫垄断一切太不公平了。

虽是两人很少和外界往来,他们的友谊在巴黎社会中差不多已经成为美谈。爱麦虞限对克利斯朵夫抱着热情,只为了骄傲而不表示出来;为了要遮掉这点儿感情,他还故意喜怒无常,有时对克利斯朵夫很粗暴。但这也瞒不过克利斯朵夫。他知道这颗心现在对他多么忠诚,也知道这忠诚是多么可贵。没有一个星期他们不是见两三次面的。逢着身体不好,不能出门的时候,他们便写信,都是一些好像来自远方的信。世事的变化,远不及思想在科学与艺术方面所表现的进步使他们感兴趣。他们老是在自己的思想中过活,对着他们的艺术苦思默想,或者在混沌的事实中间辨别出一些无人发现的,可是在人类的思想史上留下痕迹的微光。

更多的时候是克利斯朵夫上爱麦虞限那儿去。虽然从最近一次病后,他的身体也不见得比朋友的强,但他们早已认为爱麦虞限的健康需要更多的将养。要克利斯朵夫轻而易举地爬上爱麦虞限住的六层楼也不可能了,走到的时候要歇好一会儿才能喘过气来。他们俩都一样地不知保重。尽管两人的支气管有病,时常会气塞,却都是烟瘾很大。克利斯朵夫宁愿自己上爱麦虞限家,这也是原因之一:因为奥洛拉往往为他抽烟的嗜好和他闹,使他不得不躲开。两个朋友在谈话中间时常会剧烈地咳呛,停下来相视而笑,好比两个做了错事的小学生。有时,一个会教训另外一个正在咳呛的人:但只消一口气平了下去,受教训的一个就坚决抗议,说咳嗽与抽烟无关。

爱麦虞限堆满纸张的书桌上有个空的地位,蹲着一只灰色的猫,一本正经地瞅着两个抽烟的人,带着责备的神气。克利斯朵夫说它是代表他们的良心;因为不要跟良心照面,他便把帽子盖在它身上。那只猫非常虚弱,也不是什么贵种,当时爱麦虞限在街上把它在半死状态中捡来的;它受了那次磨难从来没复原,吃得很少,难得玩儿,没有一点儿声响;性情极温和,睁着聪明的眼睛盯着主人,他不在家的时候显得挺可怜,他在家的时候便心满意足地待在他身边,不是沉思默想,便是几小时地对着可望而不可即的笼中的鸟出神。只要你对它表示一点儿关切,它就很有礼地打鼾。爱麦虞限兴之所至地摩它几下,克利斯朵夫下手很重地摩它几下,它都耐着性子接受,永远留着神不抓人,不咬人。它身体娇弱,一只眼睛老在淌眼泪,常常咳呛;倘若它能说话,一定不会像两个朋友那样厚着脸说"抽烟与咳嗽无关";但他们的行为,它一律忍受,仿佛心里在想:"他们是人,他们不知道他们所做的事。"

爱麦虞限很疼它,觉得这个可怜的动物的命运和他的有些相像。克利斯朵夫还认为他们连眼睛的表情都是相同的。

"那也不足为奇。"爱麦虞限说。

动物往往反映它们的环境,相貌会跟着主人而变的。一个糊涂人养的猫,目光决不跟一个有思想的人养的猫相同。家畜的和善或凶恶,坦白或阴险,聪明或愚蠢,不但依着主人给它的教训,还跟着主人的行为而定。甚至也用不着人的影响,单是环境就可以改变动物的长相:山明水秀的风景可能使它的眼睛特别有神采。——爱麦虞限的灰色猫,是和没有空气的顶楼、主人的残废,以及巴黎的天色调和的。

爱麦虞限变得和气多了,跟最初认识克利斯朵夫的时期大不相同。一桩平凡的悲剧给了他很深的刺激。有一回他脾气来了,很露骨地向他的女朋友表示受不了她的感情。于是她突然失踪了。他找了一夜,急得不得了,终于在一个警察分局里把她找到。原来她想跳在塞纳河里,正在跨过桥栏的时候被人扯住了衣角;她不肯说出姓名住址,还想去寻死。看到这个情形,爱麦虞限大吃一惊:自己受过了磨难以后再去磨难别人,那是他绝对受不了的。他把绝望的女子带回家,竭力安慰,要她相信她所要求的感情,他一定给她。他把她的气平下去了,无可奈何地接受了她的爱,拿自己生命中仅存的一部分交给了她。这样以后,所有他天性中的精华又在心中涌起来了。主张行动的使徒此刻竟相信只有一桩行动是好的:就是勿加害于人。他的使命已经完成。掀起人间的巨潮的那些力，只拿他当做触发行动的工具。一旦完成了任务，他就一无所用：行动继续在那里进行，可不需要他了。他眼看着它向前，对于加在他个人身上的侮辱差不多已经不以为意，但对于诋毁他信仰的行为还不能完全无动于衷。因为他这个自由思想者虽则自命为摆脱了一切宗教，还取笑克利斯朵夫是个伪装的教士，但像所有强毅的思想家一样，他究竟有他的祭坛，把梦想作为神明一般地供奉着，不惜拿自己做祭礼。现在这祭坛没人去礼拜了，爱麦虞限为之很痛苦。那些神圣的思想，大家千辛万苦才把它们捧上台的，一百年来最优秀的人为之受尽磨折的，现在却被后来的人踩在脚下：怎么能不伤心呢！所有这个法兰西理想主义的辉煌的遗产，——对于自由的信念，为了它有过多少圣徒、多少英雄、多少殉道者的，还有对于人类的爱，对于天下为一家、四海皆兄弟的境界的渴望，——都被现代的青年们闭着眼睛糟蹋完了！他们中了什么疯魔，竟会追念那些被我们打败的妖怪，竟会重新套上被我们砸得粉碎的枷锁，大声疾呼地要求武力的统治，在我的法兰西心中重新燃起仇恨与战争的疯狂？

"这不但在法国，整个世界都变得这样了，"克利斯朵夫笑容可掬地说，"从西班牙到中国，都受到同样的暴风吹打。没有一个地方可以让你避风了！连我的瑞士也在高唱民族主义，不是滑稽吗？"

"你看了这个情形觉得放心吗？"

"有什么不放心的？我们在这儿看到的潮流不是少数人的可笑的情欲激发起来的，而是操之于一个支配宇宙的看不见的神明。在这个神明之前，我知道低头了。倘若我不懂得，那是我的过失，不是他的过失。你得想法去了解他。可是你们之中谁肯操心这个问题？你们得过且过，只看见近边的界石，以为那就是路程的终点；你们只看见鼓动你们的浪，看不见汪洋大海！今日的浪潮，是昨天的浪潮、我们的浪潮推动起来的。而今日的浪还得替明日的浪开路，使明日的浪忘记今日的浪，正如今日的浪忘记昨天的浪。我对于眼前的民族主义既不称赏，也不害怕。它会跟时间一同过去的，它正在过去，已经过去了。它是梯子上的一级。咱们爬到顶上去罢！输送给养的军曹自会来的。听呀，他已经在打鼓吹笛了！……

（克利斯朵夫拿手指在桌上打起鼓来，把猫吓了一跳。）

“……现在每个民族都有个迫切的需要，要集中自己的力量，立一张清单。因为一百年来各个民族都改变了，而这改变是由于相互的影响，由于世界上一切聪明才智之士做了巨大的投资，建立了新的道德、新的科学、新的信仰。每个民族和其余的民族一同踏进新世纪之前，的确需要把自己考察一番，清清楚楚地知道自己的面目和财产。一个新时代来了。人类要和人生订一张新的契约。社会将根据新的规则而再生。明天是星期日。各人都在那里结算一星期的账目，扫除房屋，希望把它整理得有条有理，而后站在共同的上帝面前和别人联合起来，跟上帝订一分新的同盟公约。”

爱麦虞限眼睛里反映着过去的梦境，望着克利斯朵夫。他等克利斯朵夫说完了，停了一会儿，才说：“你是幸福的，克利斯朵夫！你看不见黑夜。”

“我能在黑夜里看到东西，”克利斯朵夫回答，“在黑夜里日子过得久了，我变了一头猫头鹰了。”

那个时期，他的朋友们发觉他的举动态度有了改变。他往往心不在焉，人家说的话也不留神听。他笑容可掬，若有所思。人家一提醒他这种漫不经心的态度，他就忙着道歉。有时他用第三人称代表自己：

“克拉夫脱会替你把这件事办了的……”

或者是：

“克利斯朵夫才不在乎呢……”

一般不深知他的人说，那是他的自溺狂。

其实正是相反。他是站在旁人的地位上，从外面来看自己。他已经到了一个时期，对于为了美的奋斗也不在乎了，因为自己的任务已经完成，相信别人也会完成他们的任务；而且归根结底，像罗丹所说的，“美永远会得胜的”。社会的恶意与不公平也不能再使他反抗。——他笑着说反抗是不自然的，而且生命已经渐渐地离开他了。

的确他没有从前那么壮健了。一点儿体力的劳动，走了一段长路，或是跑得快一些，都使他感到疲乏，立刻会喘不过气来，心跳得厉害。

有时他想起老朋友苏兹。他这些感觉从来不跟别人提，提了有什么用呢？只能教人担忧，同时你的健康又不会有起色。何况他对这些不愉快的事也并不当真。他不怕害病，倒是怕别人强迫他保重。

由于一种神秘的预感，他想再见一见故乡。这是他一年一年拖下来的计划。他老是想，等下年再说罢……这一回他可不再延期了。

他对谁也不通知，偷偷地走了。在故乡逗留的时间很短。克利斯朵夫要去找的景象都没有能找到。上次他回来看到城里刚开始有点儿变动，现在大功告成，小城一变而为大工业城市了。古老的屋子不见了，公墓也不见了。原来是萨皮纳的农庄，此刻盖了一所烟囱高耸的工厂。河水把宽利斯朵夫童时玩耍的那片草原给冲完了。一条全是古怪的建筑物的街道题着克利斯朵夫的名字。过去的一切都完了……好罢！生命还是在继续下去，或许在这条题着他名字的街上，破屋子里有别的小克利斯朵夫在出神，在痛苦，在奋斗。——规模宏大的市政厅中，人家奏着他的一件作品，意义完全给颠倒了，他简直认不出来……好罢！音乐受到了误解，也许会把新的力量刺激起来。我们已经播了种子。你们爱把它怎么办就怎么办罢，把我们去做你们的养料罢！——黑夜将临的时候，克利斯朵夫在城市四周的田野中漫步，大雾在田上飘浮，他想着快要罩着他的生命的大雾，想着那些他心爱的，离开了世界的，躲在他心坎里的人，为将临的黑夜快要把他们和他一齐盖住的人……好罢！好罢！黑夜，我不怕你，你是孵育阳光的！一颗星熄了，无数的星会亮起来。好似一杯沸腾的牛乳，空间的窟窿里都洋溢着光明。你不能把我熄灭的。死神的气息会使我的生命重新冒起火焰……

从德国回来，克利斯朵夫想在当初遇到阿娜的城中耽搁一下。自从离开她以后，他完全不知道她的消息。他不敢写信去问：多少年来，一想到她的名字就会发抖……现在他安静了，什么都不怕了。可是晚上在靠着莱茵河的旅馆里，听到熟悉的钟声预告下一天的节日，过去的印象又复活了。河上传来当年那股危险的气息，他此刻已经不大了解。他整夜回想着那件故事，觉得自己躲过了可怕的主宰，不由得悲喜交集。他不知道下一天究竟怎么办，一忽儿又想——（“过去”不是离得那么远了吗!)——去拜访勃罗姆夫妇。但到了第二天,勇气没有了;他甚至不敢向旅馆打听一下医生和他的太太还在不在。他决意动身了……

正要动身的时候,有股不可抵抗的力量逼着他走到阿娜从前去做礼拜的教堂,掩在一根柱子背后,——那儿可以望见她以前常来下跪的凳子。他等着,相信要是她来的话,一定还是坐在这个位置上。

果然有一个女人来了;他可认不得。她和别的妇女完全一样:胖胖的身材,饱满的脸,滚圆的下巴,淡漠与冷酷的表情。她穿着黑衣服,坐在凳上一动不动:既不像在祈祷,又不像在听,只向前望着。在这个女人身上,丝毫没有教克利斯朵夫想起他所等待的那个女人的影子。只有两三次,有一个古怪的姿势,好似要抹平膝上的衣褶。从前她是有这个姿势的……出去的时候她在他身边慢慢地走过,双手抱着放在胸前,捧着一本《圣经》。阴沉而烦闷的眼睛对克利斯朵夫瞅了一下,闪出一点儿微光。他们彼此都没认出来。她挺着身子,直僵僵地走过了,头也不回。直到一忽儿以后,他才心中一亮,在那冰冷的笑容底下,在嘴唇的某些皱纹中间,认出那张他曾经亲吻过的嘴……他的气塞住了,腿也软下来了,心里想:

"主啊,这就是我曾经爱过的人吗?她在哪儿呢?她在哪儿呢?而我自己又在哪儿?爱她的人在哪儿?我们的身体,吞噬我们的残酷的爱情,现在留下些什么?——不过是一堆灰烬。那末火在哪里?"

他的上帝回答道:"在我身上。"

于是他抬起眼睛,看着她挤在人堆里,走出大门,走到了太阳底下。

回到巴黎以后不久,他跟多年的敌人雷维-葛讲和了。雷维-葛是凭着诡计多端的本领和恶毒的用意,老是攻击他的,后来雷维-葛功成名就,心满意足了,倒还有那点儿聪明,暗中承认克利斯朵夫了不起,想法去接近他。可是攻击也罢,殷勤也罢,克利斯朵夫只装没看见。雷维-葛终于灰心了。他们住在一个区里,常常在街上遇到,都装作不相识的神气。克利斯朵夫走过的时候可以若无其事地对雷维-葛瞧一眼,仿佛根本没看见他这个人。这个目中无人的态度把对方气坏了。

他有一个女儿，大概在十八至二十岁之间，长得好看，细气，大方，侧影像小绵羊，一头金黄的鬈发，一双极有风情的眼睛，笑容像意大利画家吕尼笔下的人物。父女两人时常一同散步；克利斯朵夫在卢森堡公园的走道上碰见他们，神气很亲密，女儿挺可爱地靠在父亲臂上。克利斯朵夫为了消遣，对优美的脸素来是注意的，而看到这一个尤其觉得喜欢。他想到雷维-葛，对自己说着："这混蛋运气倒不坏！"

但一转念他又得意起来："可是我也有一个女儿呢。"

于是他把她们俩作比较。当然他存着偏心，认为所有的长处都在奥洛拉方面。但这个比较终于使他把两个并不相识的女孩子假定为一对朋友，并且他精神上也不知不觉地跟雷维-葛接近了。

从德国回来，听说"小绵羊"死了，他那种为父的自私心理马上想到："要是我的一个倒了霉，那还了得！"

这一下他对雷维-葛非常同情，当时就想写信给他，起了两次稿都不满意，而且还觉得不好意思，没有把信寄出。过了几天，他又遇到雷维-葛，一看对方那副痛苦的神气，可忍不住了，径自走过去伸出手来。雷维-葛也不假思索地握了他的手。克利斯朵夫说："你那个孩子多可惜！"

雷维-葛被他激动地口吻深深地打动了，觉得说不出地感激……两人胡乱说了几句伤心的话。等到分手的时候，他们之间的隔膜完全没有了。他们是打过架的：没有问题，那是命中注定的；各有各的性格，各有各的使命，非完成不可！但悲喜剧演到了终场，各人都把在台上当做面具用的情欲丢开了，——以本来面目相见之下，便发觉谁也不比谁高明；所以演过了自己的角色应当互相握手。

乔治和奥洛拉的婚期定在春初。克利斯朵夫的健康很快地往下坡路上走。他注意到孩子们很焦急地把他打量着。有一回他听见他们低声地谈话。

乔治说："他脸色多不好！很可能病倒的。"

奥洛拉回答："但愿他别耽误了我们的婚期！"

他记着这几句，暗中答应他们的愿望。可怜的孩子们，放心罢！他决不妨碍他们的幸福的！

可是他的确不知保重。婚期前两天，——(最近他紧张得有点儿可笑，好像他自己要结婚似的)——他竟糊里糊涂地让旧病复发了，远在节场时代发作的那个肺炎似乎又回来了。他骂自己不小心，决意要撑到婚礼结束的时候。他一方面回想起临死的葛拉齐亚，在他举行音乐会的前夕不愿意把病倒的消息通知他，免得妨碍他的正事与快乐；一方面又想到现在要把她从前对他做的事还给她的女儿，不禁非常快慰。所以他把自己的病瞒着人；但要硬撑下去的确不容易。幸而看着两个孩子的幸福，他欢喜极了，居然把长时期的教堂仪式挨了过去。从教堂回来，一到高兰德那里，他就精力不济，赶紧躲在一间屋里。过了一会儿，有个仆人发觉他晕倒了。克利斯朵夫醒来之后，不许人家跟当晚要出发去旅行的新夫妇提起。而他们也太注意自己了，根本没留神旁的事。他们快快活活地和他告别，答应写信给他，不是明天准是后天……

他们一走，克利斯朵夫立刻躺在床上。热度又来了，再也不退下去。他孤零零地没有人陪。爱麦虞限也闹着病，不能来。克利斯朵夫不看医生，并不认为自己的病势严重，同时也没有仆人可以去请医生。打杂的女人只有早上来两个钟点，根本不关心他；而他还更进一步，完全不要她服侍。她收拾屋子的时候，他嘱咐过几十次，别移动他的纸张。她却顽固得厉害，这一回他上了床，她认为机会到了，可以照自己的意思大大地清除一下。克利斯朵夫从衣柜的镜子里望见她在隔壁屋里把什么都搅乱了，不由得勃然大怒，——(真的，老人的脾气依旧没改！)——立刻从被窝中跳出来，从她手里抢下了一卷纸，把她推出大门。他这一怒，马上发了一场高热；而那个老妈子气恼之下，从此不来了，也没通知一声“这个老疯子”(她是那样称呼他的)。于是他害着病，没人侍候。早上他起来拿门外的牛奶瓶，再瞧瞧看门女人有没有把那对爱人答应他的信塞在门下。结果是没有。他们快乐得把他忘了。他不怪怨他们，想到自己处在他们的地位也是一样的。他想着他们那种无愁无虑的快乐，又想到那是他给他们的。

等到奥洛拉的信终于来到的时候，他病已经好了一些，开始起床了。乔治只在信尾签了一个名。奥洛拉很少问起克利斯朵夫的近况，报告的消息也不多;但另外倒托他办一件事,要求把她忘在高兰德家的一条围巾寄给她。虽然这不是一件要事,——(还是奥洛拉没话找话,临时想起的)——克利斯朵夫却因为还能帮他们忙而很高兴,赶着出去了。外面下着骤雨,又来了个寒潮,下过了雪,刮着冰冷的风。街上连车辆都没有。克利斯朵夫在寄包裹的地方等着。职员又无礼又故意把手续办得很慢,使他生气,可是生气也解决不了问题。他早已心神安定,照理不会让自己动火的,近来的脾气一部分是由于疾病所致;他的身体根本上已经动摇了,好似快要倒下来的橡树,挨了一斧,不由得发出一阵最后的颤抖。他哆哆嗦嗦地回家。看门女人在楼下递给他一段从杂志上剪下来的文字。他瞧了一眼,原来是一篇把他痛骂一顿的文章。这些东西现在是难得有的了。打一个不觉得挨打的人是没劲的!便是一些最顽强的敌人,尽管讨厌他,也不由自主地对他有了敬意,唯其如此,他们心里很气。俾斯麦曾经说过,似乎带着点遗憾的意味:"人家以为爱是最不由自主的。其实敬重更不由自主……"

但那篇文章的作者是一个比俾斯麦更强的强者,爱和敬都沾染不到他。他对克利斯朵夫信口谩骂,预告下半个月还要发表几篇攻击他的文字。克利斯朵夫看着笑了,一边上床一边对自己说:"哼,他要大吃一惊呢!那时他找不到我了。"

人家劝他雇一个看护,他执意不肯。他说他一向过着孤独的生活,这个时候请看护不是剥夺了他的清福吗?

他并不觉得无聊。近年来,他老是跟自己谈着话,仿佛一个人有了两个灵魂。而最近几个月,他心中的同伴愈加多了;他的灵魂不但有了两个,而且有了十个。它们互相交谈,但唱歌的时候更多。他有时参与他们的谈话,有时不声不响地听着它们。床上,桌上,就在随手抓得到的地方,他老放着空白的五线谱,可以把那些心灵和他自己的谈话记下来,一边听着针锋相对的议论发笑。他已经养成一个不假思索的习惯,"想"和"写"这两个动作差不多是同时的了;对于他,写下来等于想得更明白些。凡是打扰他和这些灵魂谈话的,都惹他厌烦和生气。有的时候,连他最心爱的朋友也不免使他有这个感觉。他竭力不对他们表示;但这种强制功夫使他非常疲倦。等到事后又能跟自己单独相对的时候,他高兴极了:因为他刚才是迷失了;人间的絮语把内心的声音盖掉了。他的静默是通神的静默!……

他只允许看门女人或是她的随便哪个孩子,每天来两三次看看他有什么事没有。他也托他们送字条,因为直到最后几天还跟爱麦虞限有书信来往。两位朋友差不多病得一样重,对自己的情形也看得很清楚。克利斯朵夫的有信仰的自由的心灵,和爱麦虞限的无信仰的自由的心灵,殊途同归,都到了物我不分的清明恬静的境界。笔画颤抖的字迹越来越不容易认了,但他们从来不提到自己的病状,只谈着那些永远谈不完的题目:他们的艺术,他们的思想的前途。

直到有一天,克利斯朵夫用着颤巍巍的手,写出瑞典王在战场上临死时的一句话:

"我目的达到了,兄弟,你自个儿想办法罢!"

好似对着一座重重叠叠的楼阁,他把自己的一生整个儿看到了……青年时期拼命地努力,为的要控制自己;顽强地奋斗,为的要跟别人争取自己生存的权利,为的要在种族的妖魔手里救出他的个性。便是胜利以后,还得夙夜警惕,守护他的战利品,同时还不能让胜利冲昏了头脑。友谊的快乐与考验,使孤独的心和全人类有了沟通。然后是艺术的成功,生命的高峰。他不胜骄傲地以为把自己的精神征服了,以为能够主宰自己的命运了。不料峰回路转,突然遇到了神秘的骑士。遇到了丧事,情欲,羞耻,——上帝的先锋队。他倒下去了,被马蹄践踏着,鲜血淋漓地爬着,爬到了山顶上:锻炼灵魂的野火在云中吐着火焰。他劈面遇到了上帝,他跟他肉搏,像雅各跟天神的战斗一样。战斗完了,筋疲力尽。于是他珍惜他的失败,明白了他的界限,努力在主替我们指定的范围内完成主的意志。为的是等到播种,收获,把那些艰苦而美妙的劳作做完以后,能有权利躺在山脚下休息,对阳光普照的山峰说:

"祝福你们!我不欣赏你们的光明。但你们的阴影对我是甜美的……"

这时候,爱人出现了,握着他的手;死神摧毁了她肉体的障碍,把她的灵魂灌输到了他的灵魂里面。他们一同走出了时间的洪流,到了极乐的高峰,——在那儿,过去,现在,将来,手挽着手围成一个圆周;平静的心同时看到了悲哀与欢乐的生长,发荣,与枯萎,——在那儿,一切都是和谐……

他太急了一些,自以为已经到了彼岸。可是胸口的剧痛,脑子里乱哄哄的人影,使他明白还有最后而最不容易走的一程路……好,向前罢!……

他一动不动地躺在床上。一个蠢女人在上一层楼上几小时地弹着琴。她只会弹一个曲子,翻来覆去地弹着些同样的乐句,觉得其乐无穷。这些句子对于她是代表一种欢乐,代表千变万化的情绪。克利斯朵夫懂得她这种快乐的意义,可是听得厌烦至极,几乎要哭出来。要是她不弹得这么响倒还罢了!克利斯朵夫恨吵闹,像恨一个人的恶习一样……终于他也忍耐了,要能够听而不闻不是件容易的事。但也不见得像他想象中的那么难。他已经慢慢地离开他的肉体,离开这个又病又猥琐的肉体……在里头关了多少年也够受了!他看着它渐渐地坏掉,心里想:

"好罢,它把我关也关不多久了。"

他又想看看人究竟自私到什么程度,便问自己:"你究竟更喜欢哪一样?是克利斯朵夫的姓名永久流传而让他的作品消灭呢,还是作品永久存在而让他的姓名消灭?"

他毫不迟疑地回答道:"让我的作品永生而我自己消灭罢!在这种情形之下,我留存的只有我的最真实的,唯一真实的部分。让克利斯朵夫去死灭罢!……"

但过了一会儿,他觉得作品跟自己一样地没有意思。相信他的艺术会永生,未免太可笑了!他不但明白看到自己的作品的命运,并且还见到一切现代音乐的命运。音乐的语言比什么都消耗得更快;一两百年之后,它只有少数的专家才懂得。现在能有几人了解蒙特威尔第与吕利的?薛苔已经在侵蚀古典森林中的橡树了。那些音响的建筑,我们在里头唱出我们的热情,可是将来都得成为空虚的庙堂,结果只剩下一片瓦砾……克利斯朵夫很奇怪,怎么自己能瞧着这些废墟而竟无动于衷。

“难道我并不怎样地爱生命吗?”他不胜惊讶地问自己。

但他立刻懂得,这正是表示他更爱生命……对着艺术的废墟痛哭吗?那是犯不上的。艺术是人类反映在自然界中的影子。让它们一齐消灭罢,被阳光吞没罢!它们使我看不见阳光……自然界无穷的宝藏都在我们手指中间漏过。人类的智慧想在一个网的眼子里掏取流水。我们的音乐只是幻象。我们的音阶是凭空虚构的东西,跟任何活的声音没有关联。这是人的智慧在许多实在的声音中勉强找出来的折中办法,拿韵律去应用在“无穷”上面。人需要用这个谎言去了解那个不可解;因为他要相信这个谎言,所以他就相信了。但它究竟不是真的,不是活的。精神从自己创造的音乐上所得到的快感,其实是把对于现实的直觉加以颠倒混乱的后果。不时有个天才,偶尔和大地接触了一刹那,居然看到了真正的流水;那是超乎艺术之外的。于是堤岸崩溃了。现实从一个隙缝里透了进来。但这裂痕不久就被填补了。人的理智必须有那个堤做保障。要是理智遇到了耶和华的目光,它就完了。所以它要把自己的牢房再涂上一阵水泥,使外边的东西一进来就给它消化掉。这个办法对于一般不愿意睁开眼睛的人也许是美的……可是我,我是愿意看到耶和华的面目的。即使我会消灭,我还是要听你打雷似的声音。艺术的声音使我感到局促。精神别出声罢,人类别出声罢!……

但这段高论才说过了几分钟,他又到散在被单上的纸堆里去摸索,还想写下几个音符。一发觉自己的矛盾,他就微笑着说:

“噢,我的老朋友,我的音乐,你真好。我是个忘恩负义的人,我把你赶走,可是你,你绝对不离开我;尽管我使性,你却并不灰心。原谅我罢,你很明白,这不过是些废话。我从来没欺骗你,你也从来没欺骗我,我们彼此都是很信任的。朋友,咱们一起走罢。有始有终,留在我身边罢。”

然后咱们一同解脱……

他长时期地昏迷了一阵,发着高热,做着乱梦。等到他醒过来,奇奇怪怪的梦境还印在心头。他瞧着自己,摸着自己的身子,找自己,可是找不到了。他似乎变了“另外一个人”了。另外一个,比他更可宝贵的一个……谁啊？……仿佛梦中另外有个人化身在他身上了。是奥里维吗？葛拉齐亚吗？……心脏和头脑都那么衰弱,他在所爱的人中分不出是哪一个了。而且分辨出来有什么用？他对他们都是一样爱的。

他精神酣畅,浑身酥软。他也不愿意动弹。他知道痛苦潜伏在一边,像猫等着耗子一样。他便装死。怎么！已经死了吗？……屋里没有一个人,楼上的琴声缄默了。孤独。静默。克利斯朵夫叹了口气。

“到了生命的终点而能够说就在最孤独的时候也从来没有孤独,那才教人安慰呢！我一路上遇到的灵魂,在某一个时期帮助过我的弟兄们,在我思想中的神秘的精灵,死的与活的,——全是活的,——噢！我所爱的一切,我创造的一切,你们都这样热烈地抱着我,守着我,我听到你们美妙的声音。因为我能得到你们,我要祝福我的命运。我是富有的,富有的……我的心都给装满了！……”

他望着窗子……没有太阳,但天气极好,像一个美丽的瞎子姑娘……克利斯朵夫望着掠在窗上的一根树枝出神。树枝膨胀起来,滋润的嫩芽爆发了,小小的白花开满了。这个花丛,这些叶子,这些复活的生命,显得一切都把自己交给了苏生的力。这境界使克利斯朵夫不再觉得呼吸艰难,不再感到垂死的肉体,而在树枝上面再生了。那生意有个柔和的光轮罩着他,好似给他一个亲吻。在他弥留的时间,那株美丽的树对他微微地笑着;而他那颗抱着一腔热爱的心,也灌注在那株树上去了。他想到,就在这一刹那,世界上有无数的生灵在相爱。为他是临终受难的时间,为别人是销魂荡魄的良辰;而且永远是这样的,生命的强烈的欢乐从来不会枯涸。他一边气急,一边大声哼着一阕颂赞生命的歌,——声音已经不听他的思想指挥,也许喉咙里根本没发出声音,但自己不觉得。

他忽然听到一个乐队奏起他的颂歌,不由得心里奇怪:

“他们怎么会知道的呢？我们又没练习过。希望他们把曲子奏完,别弄错了才好！”

他挣扎着坐在床上,要教整个乐队都能看到他,舞动着粗大的手臂

打拍子。但乐队奏来一点不错,很有把握。多神妙的音乐!啊!他们竟自动替他奏出下文来了!克利斯朵夫觉得很有趣:

“等一等,好家伙!我一定追上你。”

于是他把棍子一挥,逞着兴致痛快把船驶了出去,向左,向右,穿过危险的水道。

“这一句,你们能接下去吗?……还有那一句,赶快啊!……这里又是一句新的了……”

他们老是把路摸得很清楚;你给他们一些大胆的乐句,他们的答句却是更大胆。

“他们还会搞出些什么来呢?这些坏东西!……”

克利斯朵夫高声叫好,纵声大笑。

“该死!要跟上他们倒不容易了!难道我要给他们打败吗?……你们知道,这个玩意儿是不能作准的!今天我累了……没关系!谁胜谁负还不一定呢……”

但乐队所奏的想入非非的东西,层出不穷,而且都是那么新奇;结果他只能张着嘴听他们,听得连气都喘不过来……克利斯朵夫觉得自己可怜极了。

“畜牲!”他对自己说,“你完了。住嘴罢!你的本领不过如此。这个身体已经完了!需要换一个的了。”

可是身体跟他反抗。剧烈的咳嗽使他听不见乐队。

“你还不安静下来吗!”

他掐着喉咙,用拳头捶着胸部,好似对付一个非打倒不可的敌人。他看到自己在那儿混战。一大堆的群众在那儿呐喊。一个人使劲把他抱着。他们俩一齐滚在地下。那人压在他身上。他窒息了。

“你松手啊,我要听!……我要听!要不然我就杀了你!”

他把那人的脑袋撞在墙上,但他始终不放……

“那究竟是谁啊?我跟谁扭做一团地打架啊?我抓着的这个火辣辣的身体是什么呢?”

昏迷狂乱。一片混沌的热情。狂怒,淫欲,池塘里的污泥最后一次地泛了起来……

“啊！难道还不马上完吗？粘在我皮肉上的水蛭，难道拉不下来吗？……好，你这个臭皮囊，跟水蛭同归于尽罢！”

克利斯朵夫挺着腰，撑着肩，突着膝盖，把那看不见的敌人推开……行了，他挣脱了！……那边，音乐老是在演奏，慢慢地远去。克利斯朵夫浑身淌着汗，向它伸着手臂：

“等等我呀！等等我呀！”

他跑上去追它，摇摇晃晃，碰到什么都得撞一下……跑得太急了，没法呼吸了。心跳得厉害，血在耳朵里响：一列火车在隧道中驶过……

“天哪！这不是胡闹吗？”

他无可奈何地对着乐队挥手，要他们别把他丢下来……终于出了隧道……一切都静下来了。他又听到了。

“多美！多美！再来一次！弟兄们，放大胆子……这是谁作的？……你们说是约翰-克利斯朵夫·克拉夫脱作的？得了罢！别胡说！那我可能认得的。这样的东西，他从来写不了十节……谁又来咳嗽了？静下来行不行！这个是什么和弦？……还有那一个呢？……别这么快，等等我呀……”

克利斯朵夫发出一些不成音的叫喊，用手抓着被单，做着写字的姿势，而困乏的头脑还不由自主地推敲这些和弦是怎么配合的，下面又应该是什么和弦。无论如何想不起来：心里一急，他不得不放手……又接着再来……啊！这一回，那可太……

“停下来，停下来，我跟不上了……”

他的意志完全涣散了。克利斯朵夫合上眼睛。紧闭的眼皮内淌着幸福的眼泪。门房的小姑娘瞧着他，很虔诚地替他抹着眼泪，他可没觉得。这个世界上的一切，他都感觉不到了。乐队的声音没有了，他耳朵里昏昏沉沉地只留下一片和声。谜始终没解决。固执的头脑还在那里反复地想：

“这个是什么和弦呢？怎么接下去呢？我很想找出个答案来，趁我还没死以前……”

那时有许多声音响起来了。有一个热烈的声音。阿娜那双凄惨的眼睛……但一忽儿又不是阿娜了。又是一双那么仁慈的眼睛了……

“啊，葛拉齐亚，是你吗？……究竟是你们中间的哪一个呢？哪一个呢？我再也看不清你们了……为什么太阳这样地姗姗来迟？”

三座钟恬静地奏鸣着。麻雀在窗前鼓噪，提醒他是给它们吃东西的时候了……克利斯朵夫在梦中又见到了童年的卧房……钟声复起，天已黎明！美妙的音浪在轻快的空中回旋。它们是从远方来的，从那边的村子里……江声浩荡，自屋后上升……克利斯朵夫看到自己肘子靠在楼梯旁边的窗槛上。他整个的生涯像莱茵河一般在眼前流着。整个的生涯，所有的生灵，鲁意莎，高脱弗烈特，奥里维，萨皮纳……

“母亲，爱人，朋友……他们叫什么名字呢？……爱人，你们在哪儿？我的许多灵魂，你们都在哪儿？我知道你们在这里，可是抓不到你们。”

“我们和你在一起。你安息罢，最亲爱的人！”

“我再也不愿意跟你们相失了。我找你们找得好苦呀！”

“别烦恼了。我们不会再离开你了。”

“唉！我身不由主地给河流卷走……”

“卷走你的河流，把我们跟你一起卷走了。”

“咱们到哪儿去呢？”

“到咱们相聚的地方。”

“快到了吗？”

“你瞧罢！”

克利斯朵夫拼命撑着，抬起头来，——(天哪，头多重！)——看见盈溢的河水淹没了田野，庄严地流着，缓缓的，差不多静止了。而在遥远的天边，像一道钢铁的闪光，有一股银色的巨流在阳光底下粼粼波动，向他直冲过来。他又听到海洋的声音……他的快要停止的心问道：

“是他吗？”

他那些心爱的人回答说：

“是他。”

逐渐死去的头脑想着：

“门开了……我要找的和弦找到了！……难道这还不完吗？怎么又是一个海阔天空的新世界了？……好，咱们明天再往前走罢。”

噢,欢乐,眼看自己在上帝的至高的和平中化掉,眼看自己为上帝效劳,竭忠尽力地干了一辈子:这才是真正的欢乐!……

“主啊,你对于你的仆人不至于太不满意吧?我只做了一点儿事,没有能做得更多。我曾经奋斗,曾经痛苦,曾经流浪,曾经创造。让我在你为父的臂抱中歇一歇罢。有一天,我将为了新的战斗而再生。”

于是,潺潺的河水,汹涌的海洋,和他一齐唱着:

“你将来会再生的。现在暂且休息罢!所有的心只是一颗心。日与夜交融为一,堆着微笑。和谐是爱与恨结合起来的庄严的配偶。我将讴歌那个掌管爱与恨的神明。颂赞生命!颂赞死亡!”

当你见到克利斯朵夫的面容之日,
是你将死而不死于恶死之日。

(古教堂门前圣者克利斯朵夫像下之拉丁文铭文)

圣者克利斯朵夫渡过了河。他在逆流中走了整整的一夜。现在他结实的身体像一块岩石一般矗立在水面上,左肩上扛着一个娇弱而沉重的孩子。圣者克利斯朵夫倚在一株拔起的松树上;松树屈曲了,他的脊骨也屈曲了。那些看着他出发的人都说他渡不过的。他们长时间地嘲弄他,笑他。随后,黑夜来了。他们厌倦了。此刻克利斯朵夫已经走得那么远,再也听不见留在岸上的人的叫喊。在激流澎湃中,他只听见孩子的平静的声音,——他用小手抓着巨人额上的一绺头发,嘴里老喊着:“走罢!”——他便走着,伛着背,眼睛向着前面,老望着黑洞洞的对岸,削壁慢慢地显出白色来了。

早祷的钟声突然响了,无数的钟声一下子都惊醒了。天又黎明!黑沉沉的危崖后面,看不见的太阳在金色的天空升起。快要倒下来的克利斯朵夫终于到了彼岸。于是他对孩子说;

“咱们到了!唉,你多重啊!孩子,你究竟是谁呢?”

孩子回答说:

“我是即将来到的日子。”

“名著名译丛书”书目

（按著者生年排序）

第一辑

书名	著者	译者
荷马史诗·伊利亚特	[古希腊]荷马	罗念生 王焕生
荷马史诗·奥德赛	[古希腊]荷马	王焕生
伊索寓言	[古希腊]伊索	王焕生
一千零一夜		纳训
源氏物语	[日]紫式部	丰子恺
十日谈	[意大利]薄伽丘	王永年
堂吉诃德	[西班牙]塞万提斯	杨绛
培根随笔集	[英]培根	曹明伦
罗密欧与朱丽叶	[英]莎士比亚	朱生豪
鲁滨孙飘流记	[英]笛福	徐霞村
格列佛游记	[英]斯威夫特	张健
浮士德	[德]歌德	绿原
少年维特的烦恼	[德]歌德	杨武能
傲慢与偏见	[英]简·奥斯丁	张玲 张扬
红与黑	[法]司汤达	张冠尧
格林童话全集	[德]格林兄弟	魏以新
希腊神话和传说	[德]施瓦布	楚图南

高老头 欧也妮·葛朗台	[法]巴尔扎克	张冠尧
普希金诗选	[俄]普希金	高　莽 等
巴黎圣母院	[法]雨果	陈敬容
悲惨世界	[法]雨果	李　丹 方　于
基度山伯爵	[法]大仲马	蒋学模
三个火枪手	[法]大仲马	李玉民
安徒生童话故事集	[丹麦]安徒生	叶君健
爱伦·坡短篇小说集	[美]爱伦·坡	陈良廷 等
汤姆叔叔的小屋	[美]斯陀夫人	王家湘
大卫·科波菲尔	[英]查尔斯·狄更斯	庄绎传
双城记	[英]查尔斯·狄更斯	石永礼 赵文娟
雾都孤儿	[英]查尔斯·狄更斯	黄雨石
简·爱	[英]夏洛蒂·勃朗特	吴钧燮
瓦尔登湖	[美]亨利·戴维·梭罗	苏福忠
呼啸山庄	[英]爱米丽·勃朗特	张　玲 张　扬
猎人笔记	[俄]屠格涅夫	丰子恺
包法利夫人	[法]福楼拜	李健吾
昆虫记	[法]亨利·法布尔	陈筱卿
茶花女	[法]小仲马	王振孙
安娜·卡列宁娜	[俄]列夫·托尔斯泰	周　扬 谢素台
复活	[俄]列夫·托尔斯泰	汝　龙
战争与和平	[俄]列夫·托尔斯泰	刘辽逸
海底两万里	[法]儒勒·凡尔纳	赵克非
八十天环游地球	[法]儒勒·凡尔纳	赵克非
马克·吐温中短篇小说选	[美]马克·吐温	叶冬心
汤姆·索亚历险记	[美]马克·吐温	张友松
爱的教育	[意大利]埃·德·阿米琪斯	王干卿
莫泊桑短篇小说选	[法]莫泊桑	张英伦
契诃夫短篇小说选	[俄]契诃夫	汝　龙
泰戈尔诗选	[印度]泰戈尔	冰　心 等
欧·亨利短篇小说选	[美]欧·亨利	王永年

名人传	[法]罗曼·罗兰	张冠尧 艾 珉
童年 在人间 我的大学	[苏联]高尔基	刘辽逸 等
绿山墙的安妮	[加拿大]露西·蒙哥马利	马爱农
杰克·伦敦小说选	[美]杰克·伦敦	万 紫 等
卡夫卡中短篇小说全集	[奥地利]卡夫卡	叶廷芳 等
罗生门	[日]芥川龙之介	文洁若 等
了不起的盖茨比	[美]菲茨杰拉德	姚乃强
老人与海	[美]海明威	陈良廷 等
飘	[美]米切尔	戴 侃 等
小王子	[法]圣埃克苏佩里	马振骋
钢铁是怎样炼成的	[苏联]尼·奥斯特洛夫斯基	梅 益
静静的顿河	[苏联]肖洛霍夫	金 人

第 二 辑

威尼斯商人	[英]莎士比亚	朱生豪
忏悔录	[法]卢梭	范希衡 等
罪与罚	[俄]陀思妥耶夫斯基	朱海观 王 汶
哈克贝利·费恩历险记	[美]马克·吐温	张友松
漂亮朋友	[法]莫泊桑	张冠尧
斯·茨威格中短篇小说选	[奥地利]斯·茨威格	张玉书
海浪 达洛维太太	[英]弗吉尼亚·吴尔夫	吴钧燮 谷启楠
日瓦戈医生	[苏联]帕斯捷尔纳克	张秉衡
大师和玛格丽特	[苏联]布尔加科夫	钱 诚
太阳照常升起	[美]海明威	周 莉

第 三 辑

神曲	[意大利]但丁	田德望
吉尔·布拉斯	[法]勒萨日	杨 绛
都兰趣话	[法]巴尔扎克	施康强

叶甫盖尼·奥涅金	[俄]普希金	智　量
笑面人	[法]雨果	郑永慧
红字　七个尖角顶的宅第	[美]纳撒尼尔·霍桑	胡允桓
死魂灵	[俄]果戈理	满　涛　许庆道
南方与北方	[英]盖斯凯尔夫人	主　万
莱蒙托夫诗选　当代英雄	[俄]莱蒙托夫	余　振　等
前夜　父与子	[俄]屠格涅夫	丽　尼　巴　金
白鲸	[美]赫尔曼·梅尔维尔	成　时
米德尔马契	[英]乔治·爱略特	项星耀
小妇人	[美]路易莎·梅·奥尔科特	贾辉丰
娜娜	[法]左拉	郑永慧
一位女士的画像	[美]亨利·詹姆斯	项星耀
十字军骑士	[波兰]亨利克·显克维奇	林洪亮
樱桃园	[俄]契诃夫	汝　龙
约翰-克利斯朵夫	[法]罗曼·罗兰	傅　雷
我是猫	[日]夏目漱石	阎小妹
嘉莉妹妹	[美]德莱塞	潘庆舲
月亮与六便士	[英]威廉·萨默塞特·毛姆	谷启楠
人性的枷锁	[英]威廉·萨默塞特·毛姆	叶　尊
人类群星闪耀时	[奥地利]斯·茨威格	张玉书
尤利西斯	[爱尔兰]詹姆斯·乔伊斯	金　隄
好兵帅克历险记	[捷克]雅·哈谢克	星　灿
城堡	[奥地利]卡夫卡	高年生
喧哗与骚动	[美]威廉·福克纳	李文俊
老妇还乡	[瑞士]迪伦马特	叶廷芳　韩瑞祥
金阁寺	[日]三岛由纪夫	陈德文
万延元年的 Football	[日]大江健三郎	邱雅芬